編年体大正文学全集

taisyô bungaku zensyû 第十巻 大正十年

1921

【責任編集】
中島国彦
竹盛天雄
池内輝雄
十川信介
海老井英次
藤井淑禎
紅野敏郎
紅野謙介
松村友視
東郷克美
保昌正夫
曾根博義
亀井秀雄
安藤　宏
鈴木貞美
宗像和重
山本芳明
〔通巻担当・詩〕
阿毛久芳
〔通巻担当・短歌〕
来嶋靖生
〔通巻担当・俳句〕
平井照敏
〔通巻担当・児童文学〕
砂田　弘

【本巻担当】
東郷克美
【装丁】
寺山祐策

編年体　大正文学全集　第十巻　大正十年　1921

目次

創作

小説・戯曲・児童文学

評論

評論・随筆

詩歌

詩・短歌・俳句

［詩］

編年体　大正文学全集　第十巻　大正十年　1921

ゆまに書房

創作

小説
戯曲
児童文学

冥途

内田百閒

一　冥途

高い、大きな、暗い土手が、何処から何処へ行くのか解らない、静かに、冷たく、夜の中を走つてゐる。その土手の下に、小屋掛けの一ぜんめし屋が一軒あつた。カンテラの光りが、土手の黒い腹に、うるんだ様の暈を浮かしてゐる。私は、一ぜんめし屋の白ら白らした腰掛に、腰を掛けてゐた。何も食うてはゐなかつた。ただ何となく、人のなつかしさが身に沁むやうな心持でゐた。卓子の上にはなんにも乗つてゐない。淋しい板の光が私の顔を冷たくする。

私の隣りの腰掛に、四五人一連れの客が、何か食うてゐた。沈んだ様な声で、面白さうに話しあつて、時時静かに笑ふ。その中の一人がこんな事を云つた。

「提灯をともして、お迎へをたてると云ふ程でもなし、なし」

私はそれを空耳で聞いた。何の事だか解らないのだけれども、何故だか気にかかつて、聞き流してしまへないから考へてゐた。するとその内に、私はふと腹がたつて来た。私のことを云つたのらしい。振り向いてその男の方を見ようとしたけれども、どれが云つたのだか、ぼんやりしてゐて解らない。その時に、外の声がまたかう云つた。大きな、響きのない声であつた。

「まあ仕方がない。あんなになるのも、こちらの所為だ」

その声を聞いてからまた暫くぼんやりしてゐた。するとと、私は、俄にほろりとして来て、涙が流れた。何といふ事もなく、ただ、今の自分が悲しくて堪らない。けれども私は、つい思ひ出せさうな気がしながら、その悲しみの源を忘れてゐる。

それから暫くして私は酢のかかつた人参葉を食ひ、どろどろした自然生の汁を飲んだ。隣の一連れもまた外の事を何だかいろいろ話し合つてゐる。さうして時時静かに笑ふ。さつき大きな声をした人は五十余りの年寄りである。その人丈が私の目に、影絵の様に映つてゐて、頻りに手真似などをして、連れの人に話しかけてゐるのが見える。けれども、そこに見えてゐながら、その様子が私には、はつきりしない。話してゐる事もよく解らない。さつき何か云つた時の様には聞こえない。

時時土手の上を通るものがある。時をさした様に来て、ぢきに行つてしまふ。その時は、非常に淋しい影が射して身動きも出来ない。みんな黙つてしまつて、隣りの連れは、抱き合ふ様に、身を寄せてゐる。私は、一人だから、手を組み合はせ、足を竦めて、ぢつとしてゐる。

通つてしまふと、隣りにまた、ぽつりぽつりと話し出す。けれども、矢張り、私には、様子も言葉もはつきりしない。しかし、しつとりした、しめやかな団欒を、私は羨ましく思ふ。

私の前に、障子が、裏を向けて、閉ててある。その障子の紙を、羽根の撚れた様になつて飛べないらしい蜂が、一匹、かさかさ、かさかさと上つて行く。その蜂丈が、私には、外の物よりも、非常にはつきりと見えた。

隣りの一連れも、蜂を見たらしい。さつきの人が、蜂がゐると云つた。その声も、私には、はつきり聞こえた。それから、こんな事を云つた。

「それは、それは、大きな蜂だった。熊ん蜂といふのだらう。この親指ぐらゐもあつた」

さう云つて、その人が親指をたてた。その親指が、また、はつきりと私に見えた。何だか見覚えのある様ななつかしさが、心の底から湧き出して、ぢつと見てゐる内に泪がにじんだ。

「ビードロの筒に入れて紙で目ばりをすると、蜂が筒の中を、上つたり下りたりして唸る度に、目張りの紙が、オルガンの様に鳴つた」

その声が次第にはつきりして来るにつれて、私は何とも知れずなつかしさに堪へなくなつた。私は何物かにもたれ掛かる様な心で、その声を聞いてゐた。すると、その人が、またかう云つた。

「それから己の机にのせて眺めながら考へてゐると、子供が来てくれくれとせがんだ。強情な子でね。云ひ出したら聞かない。己はつい腹を立てた。ビードロの筒を持つて縁側へ出たら庭石に日が照つてゐた」

私は、日のあたつてゐる舟の形をした庭石を、まざまざと見る様な気がした。

「石で微塵に毀れて、蜂が、その中から、浮き上がる様に出て来た。ああ、その蜂は逃げてしまつたよ。大きな蜂だつた。ほんとに大きな蜂だつた」

「お父様」と私は泣きながら呼んだ。

けれども私の声は向うへ通じなかつたらしい。みんなが静かに起ち上がつて、外へ出て行つた。

「さうだ、あれはお父様だ」と思つて、私はその後を追はうとした。けれどもその一連れは、もうその辺りに居なかつた。

そこいらを、うろうろ探してゐる内に、その連れの立つ時、「そろそろまた行かうか」と云つた父らしい人の声が、私の耳に浮いて出た。私は、その声を、もうさつきに聞いてゐたのである。

月も星も見えない。空明りさへない暗闇の中に、土手の上だけぼうと薄白い明りが流れてゐる。さつきの一連れが、何時の間にか土手に上つて、その白んだ中を、ぼんやりした尾を引く様に行くのが見えた。私は、その中の父を、今一目見ようとしたけれども、もう四五人の姿がうるんだ様に溶けてゐて、どれが父だか、解らなかつた。

私は涙のこぼれ落ちる目を伏せた。黒い土手の腹に、私の姿が、カンテラの光りの影になつて大きく映つてゐる。私はその影を眺めながら、長い間泣いてゐた。それから土手を後にして、暗い畑の道へ帰つて来た。

二　山東京伝

私は山東京伝の書生に這入つた。役目は玄関番である。私は、世の中に、妻子も、親も、兄弟もなく、一人ぽつちでゐた様である。私は山東京伝だけを頼りにし又崇拝して書生になつた。

私は、玄関の障子の陰に机を置いて、その前に坐つてゐた。別に私の部屋は与へてくれない。けれども、私は、不平に思ふ様な事はなかつた。兎も角も、かうして山東京伝の傍に居られるのが、うれしいと思ふ。

私は、その机の上で、丸薬を揉んだ。一度に、五つも六つも、机の上に置いて、手の平で、ころがして居る内に、箸の様な薬の棒を切つたままの、角のある片れが、ころころと丸薬になつた。私は、一生懸命に揉んで、机のまはりに、ざらざらする程、丸薬をためた。その間に、いろいろの人が、玄関を訪れて来た様だけれども、みんな、はつきり覚えられない。

そのうちに、御飯の時が来た。御飯を食ふところは、何でも非常に奥の方の、白けた様な座敷であつた。私がそこへ這入つて行くと、山東京伝は、もう、ちやんと、上座に坐つて、食事をしてゐた。私は、閾の上に手をついて、丁寧に御辞儀をした。暫くして頭を上げて見ると、山東京伝は、知らん顔をして、椀の中に箸をつけて居た。それで私は猶の事、山東京伝を尊敬し度くなつた。

私は、白けた座敷の中に這入つて、私の膳についた。辺りに、自分の影が散る様な心持がして、気になつて仕方がない。それに、広い座敷の中に、私と山東京伝の外、誰もゐない。私は、気が詰まる様で、黙つて居られなくなつた。又黙つてゐては悪からうと云ふ心配もあつた。けれども、つまらぬ事や、気に触る様な事を、みだりに云つて、怒られても困ると思つた。私は、頻りに、もぢもぢして居た。山東京伝は知らん顔をして汁を吸うてゐた。私は、いよいよ、山東京伝を畏敬する心が募つた。

私は早く飯が食ひ度くて堪らない。けれども、山東京伝は、食へとも何とも云つてくれない。食へとか、何とか、云ふのが厭なのかも知れない。さうだと、無暗に遠慮してゐるのは、却つて悪いかも知れないから、食はうかと思つた。けれどもさうでないのかも解らない、今丁度食へと云はうとして居るところかも知れない、すると私が無遠慮に箸をつけるのも又よくない。私はどうしようかと思つて、膳を前に置いて、もぢもぢ迷つて居た。

その時、玄関へ、だれか来た様な気がした。私は、直ぐに玄関へ行き、途途ほうと大息をついた。玄関には何人も居ない。だれか来た後の様な気がする。非常に玄関が淋しくて、そこに起つてゐられない。私はすぐに奥の座敷へ戻つた。さうして、山東京伝の顔を見た。山東京伝は、大きな顔で、髯も何もない。睫がみんな抜けてしまつて瞼の赤くなつた目茶茶である。私は、その顔を見て、俄に心の底が暖くなつた。

「誰もまゐつたのではありません」と私が云つた。

山東京伝は返辞をしなかつた。私は怒つたのだらうかと思ふ。ぢきに起つて、神主が歩く様な風に、しづしづと座敷を出て行つた。私は蒲鉾をそへて、御飯を食ひ、それから、鼻の穴に水の抜ける程、茶をのんだ。さうして、玄関の脇で、丸薬を揉んで居た。

暫くすると、非常に小さい人が訪ねて来て、玄関の式台から、両手をついて上つて来だした。

私は、山東京伝のところへ、その事を云ひに行つた。山東京伝は何だか縁の様な所にぼんやり起つて居た。私がかう云つた。

「只今、まことに小ひさな方が、玄関から上がつてまゐりました」

「何ツ」と山東京伝が非常に愕いた変な声を出した。聞いてる方がびつくりして飛び上がる様な声である。私はまた同じ事を云つた。

「只今、まことに小ひさな方が、玄関から上がつてまゐりました。式台に、かう両手をついて……」

「そらツ」と山東京伝が、いきなり、馳け出した。私も後をついて走つて、玄関に出た。山東京伝が、玄関の閾に起つて、目を据ゑて、式台の方を眺めてゐる。私は、その後にぢつと起つてゐた。

すると、山東京伝が、急に後を向いた。その顔が鬼の様に恐ろしい。

「気をつけろ。こんな人間がどこにある」さう云つて山東京伝は、にじりよつて、私を睨んだ。「これや、山蟻ぢやないか」

私は、尻餅を搗く程、びつくりして、その方を見た。成程、頭から脊が、黒い漆をぬつた様に光沢のいい山蟻であつた。

私は、山東京伝に謝りを云つた。山東京伝はきいてくれない。

「士農工商、云つたつて駄目だ。君の様に頼み甲斐のない人はない」

私はうろたへて「誠に申しわけ御座いません」と云つた。

「いや、詫つてすむ事でない」と云ふ。

私は、山東京伝が、こんな事を云ふのを心外に思つた。けれども、自分が誘つた様なもんだから、仕方がないと諦めた。

「出て行け」と云つたきり、山東京伝は黙つてしまつた。もう、なんにも云はない。私は、たうとう、山東京伝の所を追ひ出された。

私は、道の真中に、追ひ出されて、当惑してゐるごたごたした心持を、どこへ持つて行つて、片づける事も出来ない。泪を一ぱいに流して、泣いてゐると、解つた。蟻は丸薬をぬすみに来たのである。だから、山東京伝が、あんなに、うろたへて、怒つたのだらう。けれども、山東京伝が、どうしてそんなに丸薬を気にするんだか、それはわからない。

三　花火

私は長い土手を伝つて牛窓の港の方へ行く。土手の片側は広い海で片側は浅い入江である。入江の方から脊の高い蘆がひよろひよろ生えてゐて、土手の上までのぞいて居る。向うへ行く程蘆が高くなつて、目のとどく見果ての方は蘆で土手が埋まつて居る。

片一方の海の側には、話にきいた事もない大きな波が打つてゐて、崩れる時の地響きが土手を底から震はしてゐる。けれども、そんなに大きな波が少しも土手の上迄上がつて来ない。私は波と蘆の間を歩いて行つた。

暫く行くと土手の向うから紫の袴をはいた顔色の悪い女が一人近づいて来た。さうして丁寧に私に向いて御辞儀をした。私は見たことのある様な顔だと思ふけれども思ひ出せない。私も黙つて御辞儀をした。するとその女が、しとやかな調子で御一緒にまゐりませうと云つて、私と並んで歩き出した。女が今迄歩いて来た方へ戻つて行くのだから、私は怪しく思つた。丁度私を迎へに来た様なふうにものを言ひ、振舞ふ。しかし兎も角もついて行つた。女は私よりも二つか三つ年上らしい。

すると入江の蘆の生えてゐる上に、大きな花火が幾つも幾つも揚がつた。綺麗な色の火の玉が長い光りの尾を引いて入江の水に落ちて行く。女がその方を指しながら、

「あの辺りはもう日が暮れてゐるので御座います。早く参りませう。土手の上で夜になると困りますから」と云つた。

私はこんな入江に花火の揚がるのが、何だか昔の景色に似てゐる様に思はれた。

段段行く内に蘆の脊が次第に高くなつて来て、私の頭の上に小さな葉の擦れ合ふ音がするやうになつた。すると辺りが何となく薄暗くなつて来て、土手が夜に這入りかけた様に思はれる。さうして海の上の空が鮮やかな紅色に焼けて来た。暗くなりかけた浪がしらに薄い紅をさして不思議な色に映えて来た。私はそれを見てそれから女を顧た。女は沖の方を指しながら、

「沖の方も、もう日が暮れてゐるので御座います。早くまゐりませう」と云つた。

ぢきに、真赤に焼けてゐた空の色が何処となく褪せかかつて来た。入江の向うの遠くの方から、紙の焼けた灰の様なものが頻りに海の上の赤い空へ飛んだ。

「あれは海の蝙蝠で御座います。もうここも日が暮れるので御座います」と女が云つた。

土手の上が暗くなつて来た。私は心細くなつた。浪の響や蘆の葉の音が私を取り巻いてしまつた。女の淋しさうな姿丈がはつきり私の眼に映つてゐる。私はこの陰気な女と一緒に行つて碌な事はない様な気がし出した。けれども一筋道の土手の上で、道連れを断るわけに行かないから黙つて歩いて行つた。すると道の片側がぼうと明かるくなつて来た。驚いてその方を振り向いて見たら、蘆の原の彼方此方に炎の筒が立つてゐて、美しい

火の子がその筒の中から暗い所へ流れて出ては跡方もなく消えてゐる。その辺りの空には矢張り花火がともつたり消えたりしてゐた。花火の火の玉が蘆の中に落ちたんだらうとその景色に見惚れながら私は思つた。

「左様で御座います。今にここいら一面に焼けて参りますから早くまゐりませう」と女が云つた。

土手の妙な所から女が入江の側に下りて行く。私もその後をついて下りた。もう向うには牛窓の港の灯がちらちら光つてゐるのに女と離れられない。私はその灯を見ながら、女についで行つたら、浅い砂川のほとりに出た。女がそのほとりを足早に伝つて行く。暫く行くうちに、砂川はぢき消えてしまつて、長い廊下の入口に出た。女がそこへ私を案内して這入つた。私はもう行くまいと思ひ出した。さう思つて女の方を見ると、女は涙をためた目でぢつと私の方を見ながら黙つてゐる。私は引き込まれるやうな気持がして、女について行つた。

廊下を歩いて行くと段段狭く暗くなつて足もともわからない。何処かで廊下の曲がつた時、向うの端にぼんやりしたカンテラの柱にともつて居るのが見えた。その光りが廊下の板にうるんだ様に流れてゐた。女と私が次第に押しつけられる様になつて来た。私は段段息苦しくなつてもう帰り度いと思ふ。私は女が私をこんな所へ連れて来たわけが次第に解つて来た様に思ふ。私は早く土手の上で別れればよかつたと思つた。すると左側に広い白ら白らした座敷のある前に来た。まだ日が暮れては居なかつたと思つて私はほつとした。その次にまたも一つ座敷があつた。その座敷のほんとの真中に、見台がきちんと据ゑてあつて、その上に古びた紙の帳面が一冊拡げてあつた。私が何の気もなくその方を見てゐると、女がそれを読んでくれれば、何もかもわかると云ふ様な風に見えた。私はあわてて目を外らしてその前を行き過ぎた。何だか非常に怖いものに触れかけた様な気持がして心が落ちつかない。向うに縁があつて、手水鉢の上に手拭がひらひら舞つてゐる。私はその手拭掛の下まで来てぼんやり起つてゐた。もう帰らうと思ふ。すると女が私の前に跪いてしくしく泣きながら私の顔を見た。

「もう土手は日がくれて真暗で御座います。どうかもう少し私の傍に居て下さいませ」と女が云ふ。私は黙つて、帰る事を考へながら起つてゐた。何処かでさあさあと云ふ風の様な音が頻りに聞こえた。

「蘆の原に火がついて、もう外へは出られません。あれは、蘆の茎が何千も何万も一度に焼け割れてゐる音で御座います」と女がまた云つた。けれども私は帰らうと思つた。こんな女の傍にゐるのは恐ろしい。

すると女がまた云つた。「土手は浪にさらはれてしまひました。もう御帰りになる道は御座いません」

さう云つてしまふと俄に大きな声を出して泣き始めた。さうして、顔を縁にすりつける様にうつ伏せになつて、肩の辺りを慄はせた。女の上で手拭掛の手拭がひらひらしてゐる。私はその間に帰らうと思つて、そこからもとの廊下に引返しかけた。その時に私はふと縁にうつ伏せになつてゐる女の白い襟足を見入つてゐた。女は顔も様子も陰気で色艶が悪いのに襟足丈は水水してゐて云ひやうもなく美しい。私は不意に足が竦んで水を浴びた様な気持がした。私はこの襟足を見た事があつた。十年昔だが二十年昔だかわからない、どこかの辻でこの女に行き会い、振り返つてこの白い襟足を見た事があつた。ああ、あの女だつたと私が思ひ出す途端、女がいきなり私を追つかけて来て私のうなじに獅噛みついた。

「浮気者浮気者浮気者」と云つた。

私は足が萎へて逃げられない。身を悶へながら顔を振り向けて後を見ると、最早女もだれもゐない、それのに目に見えないものが私のうなじを摑み締めてゐて私は身動きも出来ない、助けを呼ばうと思つても、咽喉がつかへて声も出ない。

四　件

黄色い大きな月が向うに懸かつてゐる。色計りで光がない。夜かと思ふとさうでもないらしい。後の空には蒼白い光が流れてゐる。日がくれたのか、夜が明けるのか解らない。黄色い月の面を蜻蛉が一匹浮く様に飛んだ。黒い影が月の面から消えたら、蜻蛉はどこへ行つたのか見えなくなつてしまつた。私は見果てもない広い原の真中に起つてゐる。軀がびつしよりぬれて尻尾の先からぽたぽたと雫が垂れてゐる。件の話は子供の折に聞いた事はあるけれども自分がその件にならうとは思ひもよらなかつた。からだが牛で顔丈人間の浅間しい化物に生れてこんな所にぼんやり立つてゐる。何の影もない広野の中でどうしていいか解らない。何故こんなところに置かれたのだか、私を生んだ牛はどこへ行つたのだか、そんな事は丸でわからない。

そのうちに月が青くなつて来た。後の空の光りが消えて、地平線にただ一筋の、帯程の光りが残つた。その細い光りの筋も次第次第に幅が狭まつて行つて、到頭消えてなくならうとする時、何だか黒い小さな点が、いくつもいくつもその光りの中に現はれた。見る見る内にその数がふえて、明りの流れた地平線一帯にその点が並んだ時、光りの幅がなくなつて、空が暗くなつた。さうして月が光り出した。その時始めて私はこれから夜になるのだなと思つた。今光りの消えた空が西だと云ふ事もわかつた。からだが次第に乾いて来て、脊中を風が渡る度に短い毛の戦ぐのがわかる様になつた。月が小さくなるにつれて、青い光りは遠くまで流れた。水の底の様な原の真中で、私は人間でゐた折の事を色色と思ひ出して後悔した。けれどもその仕舞の方はぼんやりしてゐて、どこで私の人間の一生が切れるのだかわからない。考へて見ようとしても丸で摑へ所のない様な気がした。私は前足を折つて寝て見た。すると毛の生えてゐない顎に原の砂がついて気持がわるいから又起きた。さうしてただそこいらを無暗に歩き廻つたり、ぼんやり起つたりしてゐる内に夜が更けた。月が西の空に傾いて夜明けが近くなると、西の方から大浪の様な風が吹いて来た。私は風の運んで来る砂のにほひを嗅ぎながら、これから件に生れた始めての日が来るのだなと思つた。すると今迄うつかりして思ひ出さなかつた恐ろしい事をふと考へついた。件は生れて三日にして死し、その間に人間の言葉で未来の凶福を予言するものだと云ふ話を聞いてゐる。こんなものに生れて何時迄生きてゐても仕方がないから、三日で死ぬのは構はないけれども、予言するのは困ると思つた。第一何を予言するんだか見当もつかない。けれども幸ひこんな野原の真中にゐて、辺りに誰も人間がゐないから、まあ黙つてゐてこの儘死んで仕舞はうと思ふ途端に西風が吹いて、遠くの方に何だか騒騒しい人声が聞こえた。驚いてその方を見ようとすると又風が吹いて、今度は「彼所だ、彼所だ」と云ふ人の声が聞こえた。しかもその声が聞き覚えのある何人かの声に似てゐる。

それで昨日の日暮に地平線に現はれた黒いものは人間で、私の予言を聞きに夜通しこの広野を渡つて来たのだと云ふ事がわかつた。これは大変だと思つた。今のうち、捕まらない間に逃げるに限ると思つて私は東の方へ一生懸命に走り出した。するとまもなく東の空に蒼白い光が流れて、その光が見る見る内に白けて来た。さうして恐ろしい人の群が黒雲の影の動く様に此方へ近づいてゐるのがありありと見えた。その時風が東に変つて、騒騒しい人声が風を伝つて聞こえて来た。「彼所だ彼所だ」と云ふのが手に取る様に聞こえて、それが矢つ張り誰かの声に似てゐる。私は驚いて今度は北の方へ逃げようとすると、又北風が吹いて大勢の人の群が「彼所だ、彼所だ」と叫びながら、風に乗つて私の方へ近づいて来た。南の方へ逃げようとすると、南風に変つて矢つ張り見果てもない程の人の群が私の方に迫つてゐた。もう逃げられない。あの大勢の人の群は皆私の口から一言の予言を聞く為にああして私に近づいて来るのだ。もし私が件でありながら、何も予言しないと知つたら、彼等はどんなに怒り出すだらう。三日目に死ぬのは構はないけれども、その前にいぢめられるのは困る。逃げ度い、逃げ度いと思つて地団太をふんだ。西の空に黄色い月がぼんやり懸つてふくれてゐる。昨夜の通りの景色だ。私はその月を眺めて、途方に暮れてゐた。

夜が明け離れた。

人人は広い野原の真中に私を遠巻きに取り巻いた。恐ろしい人の群れで何千人だか何万人だかわからない。其中の何十人かが列の前に出て忙しさうに働き出した。材木を担ぎ出して来て私の廻りに広い柵をめぐらした。それからその後に足代を組んで桟敷をこしらへた。段段時間が経つて午頃になつたらしい。私はどうする事も出来ないから、ただ人人がそんな事をするのを眺めてゐた。あんな仕構をして、これから三日の間ぢつと私の予言を待つのだらうと思つた。なんにも云ふ事がないのに、みんなからこんなに取り巻かれて途方に暮れた。どうかして今の内に逃げ出したいと思ふけれどもそんな隙もない。人人は出来上がつた桟敷の上の段段に上つて行つて、桟敷の上が見る見るうちに黒くなつた。上り切れない人人は桟敷の下に立つたり、柵の傍に蹲踞んだりしてゐる。暫くすると西の方の桟敷の下から、白い衣物を著た一人の男が半挿の様なものを両手で捧げて私の前に静静と近づいて来た。辺りは森閑と静まり返つてゐる。その男は、勿体らしく進んで来て、私の直ぐ傍に立ち止まり、その半挿を地面に置いて、さうして帰つて行つた。中には綺麗な水が一杯はいつてゐる。飲めと云ふ事だらうと思ふから、私はその方に近づいて行つて、その水を飲んだ。

するとと辺りが俄に騒がしくなつた。「そら、飲んだ飲んだ」と云ふ声が聞こえた。

「愈飲んだ。これからだ」と云ふ声も聞こえた。

私はびつくりして辺りを見廻した。水を飲んでから予言するものと人人が思つたらしい。けれども私は何も云ふ事がないのだから後を向いてそこいらをただ歩き廻つた。もう日暮が近くなつてゐるらしい。早く夜になつて仕舞へばいいと思ふ。

「おや、そつぽを向いた」とだれかが驚いた様に云つた。

「事によると今日は云はないのかも知れない」

「この様子で見ると余程重大な予言をするんだ」

そんな事を云つてる声のどれにも私はみんな何所となく聞き覚えのある様な気がした。さう思つてぐるりを見てゐると、柵の下に蹲踞んで一生懸命に私の方を見てゐる男の顔に見覚えがあつた。始めははつきりしなかつたけれども、見てゐる内に段段解つて来る様な気がした。それからそこいらを見廻すと、私の友達や、親類や、昔学校で教はつた先生や又学校で教へた生徒などの顔が、ずらりと柵の廻りに並んでゐる。それ等がみんな他を押しのける様にして一生懸命に私の方を見詰めてゐるのを見て、厭な気持になつた。

「おや」と云つたものがある。「この件は、どうも似てるぢやないか」

「さう、どうもはつきり別らんね」と答へた者がある。

「そら、どうも似てゐる様だが、どうも思ひ出せない」

私はその話を聞いて、うろたへた。若し私のこんな毛物になつてゐる事が友達に知れたら、恥づかしくてかうしてはゐられない。あんまり顔を見られない方がいいと思つて、そんな声のする方に顔を向けない様にした。

いつの間にか日暮になつた。黄色い月がぼんやり懸かつてゐる。それが段段青くなるに連れて、廻りの桟敷や柵などが薄暗くぼんやりして来て夜になつた。

夜になると人人は柵の廻りで篝火をたいた。その焔が夜通し月明りの空に流れた。人人は寝もしないで私の一言を待ち受けてゐる。月の面を赤黒い色に流れてゐた篝火の煙の色が次第に黒くなつて来て、月の光は褪せ、夜明の風が吹いて来た。さうして又夜が明け離れた。夜のうちに又何千人と云ふ人が原を渡つて来たらしい。柵の廻りが昨日よりも騒騒しくなつた。頻りに人が列の中を行つたり来たりしてゐる。昨日よりは穏やかならぬ気配なので私は漸く不安になつた。

間もなくまた白い衣物を着た男が半挿を捧げて私に近づいて来た。半挿の中には矢つ張り水がはいつてゐる。白い衣物の男はうやうやしく私に水をすすめて帰つて行つた。私は欲しくもないし又飲むと何か云ふかと思はれるから、見向きもしなかつた。

「飲まない」と云ふ声がした。

「黙つてゐろ。かう云ふ時に口を利いてはわるい」と云つたものがある。

「大した予言をするに違ひない。こんなに暇取るのは余程の事だ」と云つたのもある。

さうして後がまた騒騒しくなつて、人が頻りに行つたり来たりした。それから白衣の男が幾度も幾度も水を持つて来た。水を持つて来る間丈は、辺りが森閑と静かになるけれども、その半挿の水を私が飲まないのを見ると、周囲の騒ぎは段段にひどくなつて来た。そして益頻繁に水を運んで来た。その水を段段私の鼻先につきつける様に近づけてきた。私はうるさくて腹が立つて来た。その時又一人の男が半挿を持つて近づいて来た。私の傍まで来ると、暫らく起ち止まつて私の顔を見詰めてゐたが、それから又つかつかと歩いて来て、その半挿を無理矢理に私の顔に押しつけた。私はその男の顔にも見覚えがあつた。だれだか解らないけれども、その顔を見てゐると何となく腹が立つて来た。

その男は私が半挿の水を飲みさうにもないのを見て、忌ま忌ましさうに舌打ちをした。

「飲まないか」とその男が云つた。

「いらない」と私は怒つて云つた。

すると廻りに大変な騒ぎが起つた。驚いて見廻すと、桟敷にゐたものは桟敷を飛び下り、柵の廻りにゐた者は柵を乗り越えて、恐ろしい声をたてて罵り合ひながら私の方に走り寄つて来た。

「口を利いた」

「到頭口を利いた」

「何と云つたんだらう」

「いやこれからだ」と云ふ声が入り交じつて聞こえた。

気がついて見ると、又黄色い月が空にかかつて、辺りが薄暗くなりかけてゐる。いよいよ三日目の日が暮れるんだ。けれども私は何も予言することが出来ない。だが又格別死にさうな気もしない。事によると予言するから死ぬので、予言をしなければ、三日で死ぬとも限らないのかも知れない。それぢやまあ死なない方がいいと俄に命が惜しくなつた。その時駈け出して来た群衆の中の一番早いのは私の傍迄近づいて来た。するとその後から来たのが前にゐるのを押しのけた。その後から来たのが又前にゐる者を押しのけた。さうして騒ぎながらお互に「静かに、静かに」と制し合つてゐた。私はここで捕まつたら、群衆の失望と立腹とでどんな目に合ふか知れないから、どうかして逃げ度いと思つたけれども人垣に取り巻かれてどこにも逃げ出気がついて見ると、何時の間にか人垣が少し広くなつてゐる。群衆が少しづつ後しさりをしてゐるらしい。

「己はもう予言を聞くのが恐ろしくなつた。この様子では、件はどんな予言をするか知れない」と云つた者がある。

「いいにつけ、悪いにつけ予言は聴かない方がいい。何も云はないうちに早くあの件を殺してしまへ」

その声を聞いて私は吃驚した。殺されては堪らないと思ふと同時に、その声はたしかに私の生み遺した忰の声に違ひない。今迄聞いた声は聞き覚えのある様な気がしても、何人の声だとはつきりは判らなかつたが、これ許りは思ひ出した。群衆の中にゐる息子を一目見ようと思つて私は思はず伸び上がつた。

「そら、件が前足を上げた」

「今予言するんだ」と云ふあわてた声が聞こえた。その途端に今迄隙間もなく取巻いてゐた人垣が俄に崩れて、群衆は無言のまま、恐ろしい勢ひで四方八方に逃げ散つて行つた。柵を越え、桟敷をくぐつて東西南北に一生懸命に逃げ走つた。人の散つてしまつた後に又夕暮れが近づき、月が黄色にぼんやり照らし始めた。私はほつとして、前足を伸ばした。さうして三つ四つ続け様に大きな欠伸をした。何だか死にさうもない様な気がして来た。

五　土　手

私は暗い峠を越して来た。冷たい風が吹き降りて頭の上で枯す隙がない。騒ぎは次第にひどくなつて、彼方此方に悲鳴が聞こえた。さうして段段に人垣が狭くなつて私に迫つて来た。私は恐ろしさで起つてもゐてもゐられない。夢中でそこにある半挿の水をのんだ。その途端に辺りの騒ぎは一時に静まつて、森閑として来た。私は、気がついてはつと思つたけれども、もう取り返しがつかない、耳を澄ましてゐるらしい人人の顔を見て、猶恐ろしくなつた。全身に冷汗がにじみ出した。さうして何時迄も私が黙つてゐるから又少しづつ辺りが騒がしくなり始めた。

「どうしたんだらう、変だね」

「いやこれからだ、驚くべき予言をするに違ひない」

そんな声が聞こえた。しかし辺りの騒ぎはそれ丈で余り激しくもならない。気がついて見ると群衆の間に何となく不安な気配がある。私の心が少し落ちついて、前に人垣を作つてゐる人人の顔を見たら、一番前に食み出してゐるのは、どれも是も皆私の知つた顔許りであつた。さうしてそれ等の顔に皆不思議な不安と恐怖の影がさしてゐる。それを見てゐるうちに、段段と自分の恐ろしさが薄らいで、心が落ちついて来た。急に咽喉が乾いて来たので私は又前にある半挿の水を一口のんだ。すると又辺りが急に水を打つた様になつた。今度は何も云ふ者がない。人人の間の不安の影が益濃くなつて、皆が呼吸をつまらしてゐるらしい。暫くさうしてゐるうちに、どこかで不意に、

「ああ、恐ろしい」と云つた者がある。低い声だけれども、辺りに響き渡つた。

葉が鳴つた。何処かで水の底樋に落ち込む音がしてゐるけれども、その場所も方角もわからない。も一つ向うの畂の山裾らしい辺りに、灯りが二つ三つ風にふるへてちらちらと光つてゐる。さうかと思ふとまた、そんなに遠くない所にも、あひだを置いた小さな灯が雫の様にちらりちらりと光つてゐる。けれどもそこらに見える灯は、少しも私の便りにならない。みんな私によそよそしく光つてゐた。折折私は脊中がぼうと温くなり又冷たくなつたりした。

私は少しも休まずに歩いて行つた。私の傍には一人の道連が歩いてゐる。道連はどこ迄もついて来て、時時「栄さん」と私の名を呼んで、それきり黙つてしまふ。聞き返しても返事をしない。私はこの男と何時から道連になつたかよくわからない。冷たさうな足音をたてて、私と一しよに並んで歩いた。私は道連の事を考へたり考へなかつたりして、一人の時と同じ様に歩いた。峠を越す時一人であつた事だけわかつてゐる。

私は道連とならんで、土手の様な長い道を歩いて行つた。土手だらうと思ふけれど、辺りに川らしいものもない、暗い中に目を泳がせて見ても、道の両側の低いところには、稗田か枯野の黒いおもてが風を吸うてゐる計りであつた。それだのに私はさつきから、何処かで水の音を聞いてゐる。淵によどんでゐる水を無理に掻きまはす様な音に聞こえる。道連の足音が時時その音を消した。すると私は、ほうと溜息をつく様な心持がする。けれども暫くするとぢきにまた、その水音が何時とはなしに私の耳に返つてゐた。

空には星が散らかつてゐた。大きな星や小さな星が不揃ひに空を混雑させてゐる。星の光つてゐない辺りも、どことなく薄白い光りがにじんでゐる。一体に明るい空が大地の上に流れて居る。それだのに大地は真暗で一足先の道も見えない。こんな夜のある筈はない。私は次第にうそ寒くなつて来た。

暫く歩いて行くうちに、何処へ行くのか解らない道を、無気味な男と道連れになつて歩いて行くのが、堪らない程恐ろしくなつて来た。すると道連が変に低い声で、又「栄さん」と云つた、私はひやりとして、髪の毛の立つ様な気がした。

「栄さん、己が送つて上げるからいいぢやないか」と道連が云つた。

私は合点の行かぬ気持がした。何とか云ふのも気味がわるいから、又黙つて歩き続けた。私の足は頻りに道の枯草を踏んでゐる。私は道の外れを歩いては居ない。それのに枯れて固くなつた草の葉や茎が、足の裏に折れる音を私は聞き続けに歩いてゐる。この道は人の通らぬ道なのかも知れない。それから又暫く歩いた。

「栄さん」と道連が云つた。

「何だ」と私がきき返したら、それきり黙つてしまつた。「向うの方に灯りが見えるぢやないか」と私の方から続けて云つた。

「うん」と道連が同じ様な低い声で答へた。

「あれは人の家の灯だらう」

「あれは他人の家の灯さ、栄さん、己はお前さんの兄だよ」と道連が云つた。

「私は一人息子だ。兄などあるものか」と私は驚いて云つた。恐ろしい気がした。

「栄さん己は生まれないですんでしまつたけれども、お前さんの兄だよ。お前さんは一人息子の様に思つてゐても、己はいつでもお前さんの事を思つてゐるんだ」

道連はさう云つて、矢張りもとの通りにすたすたと歩いて行つた。私は生れなかつた兄の事など一度も考へた事がないから、どう思つていいのだか、丸つきり見当もつかなかつた。ただ何とも云へない気味わるさに襲はれて、声も出ない様に思はれた。黙つて道連の行く方へただ歩いてゐるうち、馬追ひ虫の鋭い声が何時の間にか私の耳に馴れてゐた。気がついた時には、何時からそれを聞いてゐたんだか、たどつて見る事も出来なかつた。それにしても草の枯れてしまつた後に、馬追ひの生き残るのは腑に落ちないと私は思つた。

その内に私の足もとが滑らかになり、景色が暗いうちに何処となく伸び伸びして来た様に思はれた。空には煙の様に薄白い雲が、形もなく流れて、星を舐つてゐる。さつき向うの山裾らしい辺りに見えてゐた灯は、消えたんだか隠れたんだか、みんな無くなつてしまつた。私は次第に恐ろしくて堪らない。道連の足音を何時とはなしに頼りにして、道の延びてゐる方へ、ただ当もなく歩いて行つた。

すると底樋に落ちる様な水音が、また私の耳に戻つて来た。私は同じ所をぐるぐる歩き廻つてゐるんではないかと気にかかり出した。

「栄さん、己はお前さんの兄だよ。己はお前さんに頼みたい事があつてついて来たんだ」と道連が云つた。

私は息のつまる様な気がした。道連はさう云つたきり、後を云はないで矢張りすたすたと冷たい音をたてて歩いた。頭の上が暗くなつて来た。道が山裾に這入つて、何だか硬さうな枯葉が騒騒しく降つて来た。歩いてゐる内にまただらだら坂の岨にかかつた。風が少し荒くなつて、時時山土のにほひがする様に思はれた。

暫く行くと道連がまた「栄さん」と云つた。声の調子が変つて、泣いてゐる様に聞こえた。「栄さん、己の頼みをきいておくれよ、己はその一ことをきいて貰ひたいが為、かうしてお前さんについて来たのだよ」

私は恐ろしくて、口も利けない。

「栄さん、怖くはないよ、己の願ひは何でもない事だ、ただ一口己を兄さんと呼んでおくれ」

私はびつくりすると同時に腹が立つた。掠れた様な声で「気味のわるい事を云ふのは止してくれ」と云つた。

「栄さん、そんな情ない事を云ふもんぢやないよ。お前さんはお父さんやお母さんやおまけにお祖母さんまであつて羨ましい。己は一人ぽつちで、お父さんやお母さんは一度だつて己の事を思つてもくれないんだ。己は淋しいからかうしてお前さんについて来たんだよ。兄さんと云つておくれ」

私は益気味がわるくなつて来ると同時に、何となく悲しい様な気持がして来た。黙つて歩きながら考へた。けれども、兄さんと呼ぶ様な気にはなれなかつた。道連もまたそれきり黙つてしまつて、ただすたすたとついて来た。屾を大分登つたのだらう。道の片側が真暗な崖になつて、その底の方に青い灯が水に映つた様にきらきらと光つてゐる。私はその灯りを見てゐたら、何時の間にか目に涙が一ぱい溜つてゐた。

「栄さん、己はお父さんの声がききたい。お父さんの声はお前さんの様な声かい」

「そんな事が自分でわかるものか」と云つてしまつて私は自分の声が道連の声と同じ声なのにびつくりした。頭から水を浴びた様な気がした。

「ああ、矢つ張りそんな声なんだ、ああさうだ、さうだ」と道連が云つた。泣いてゐるらしい。

私は恐ろしくもあり、悲しくもなつた。

「栄さん、どうか云つておくれ」

「ああ」と私が云つた。悲しい気持で、生れなかつた私の兄を兄さんと呼ばうかと思つた。

「云つてくれるのか、己はどんなにうれしいか知れない、早く云つておくれ」と道連が云つた。私は道連の声を聞いてゐるうちに、段段自分の声との境目がわからない様な気がして来た。するとに涙が一どきに溢れ出た。

「兄さん」と私は云はうと思つた。その途端に自分の声が咽喉につまつて、私は口が利けなくなつた。

「早く、早く」と道連がうろたへた様に云つた。

私は益悲しくなつて来た。生れて一度も人を呼んだことのない言葉だと云ふ事を忘れてゐた。何処だか方角のたたぬ辺りで夜鳥が戸のきしむ様な声をして鳴いてゐる。私はその声を聞きながら歩いた。道連は矢張りすたすたと冷たい足音をたてて歩いてゐた。暫くして、

「ああ」と道連が悲しい声をして云つた。

「それぢやもうお前さんともお別れだ。栄さん、己は長い間お前さんの事を思つてゐて、やつと会つたと思つても、お前さんはたうとう己の頼みをきいてくれないんだ」

道連の云ふ事を聞いてゐるうちに、私は、何だか自分も何処かでこんな事を云つたことがある様に思はれた。さつきから聞いてゐた水音にも何となく聞き覚えのある様な気がしてきた。

「もうこれで別れたら又いつ会ふことだかわからない」と道連が泣き泣き云つた。

「ああ」と私は思はず声を出しかけて、咽喉がつまつてゐるので苦しみ悶えた。忘れられない昔の言葉を、私の声で道連が云ふのを聞いたら、苦しかつたその頃が懐しくて、私は思はず兄さんと云ひながら道連に取り縋らうとした。すると今まで私と並んで歩いてゐた道連が急にゐなくなつてしまつた。それと同

時に私は自分のからだが俄に重くなつて、最早一足も動かれなかつた。

六　豹

坂の途中に小鳥屋が一軒あつた。鼻の曲つた汚い爺さんが、何時も店頭に胡座をかいて、頻りに竹を削つて居た。その前を通るともとは目白や野鵐や金糸鳥などが、かはいらしく鳴き交はして居たのに、何時の間にかそんなものは、みんな居なくなつてしまつて、小屋根の上の大きな檻の中に、鷹が番ひ、雛を育てて居た。その次にその前を通つた時、鷹の雛がもう大きくなつたらうと思つて屋根の上を見たら、鷹ではなくて、鷲であつた。親が雌も雄もどちらも一間ぐらゐに雛は鶏ぐらゐ大きかつた。さうして親も雛も、頭や頸や脊の羽根が、摑んで拗つた様に荒く抜けてゐる。その隣りの檻に豹がゐて、ぢつと雛をねらつて居た。大変だと思つてぐるりを見ると、牧師と法華の太鼓たたきとそれから得体の知れぬ人間が十五六人矢張り起つてみてゐた。豹が恐ろしい声をして鷲の巣に手を突込んだ。鷲の雌が鋸の様な羽根を立てて豹を防いでゐた。雛は嘴で毛虫をつんでゐた。雄は向うをむいて知らぬ顔をしてゐた。すると豹が細長い体軀を一ぱいに伸ばして、脊中に一うねり波を打たせた。その様子が非常におそろしい。その時またすごい声をして哮えたので私は心配になつて来た。

「この豹は見覚えがあるね」と云つた者がある。今そんな事を云つてはいけないと私は思つた。すると果して豹がこちらを向いた。

「ああいけない、檻の格子が一本抜けてゐる。何か嵌めて置かなくちやあぶない」と云つた者がある。わるい事を云つた、豹が知つたかも知れないと私は思つた。その時に又、

「豹が、鷲をねらつてゐるのは策略なんだね」と云つた者がある。黙つて居ないと大変な事になるのにと私は思つた。すると果して豹が屋根を下りて私等を喰ひに来た。私は一生懸命に逃げた。そこいらに居た者もみんな、同じ方へ逃げた。両側に森のある馬鹿に広いきれいな道をみんなが団まつて逃げた。風が後から追掛ける様に吹いて来た。豹が風の中を馳け抜けるやうに走つて私等に近づいた。一番に牧師が喰はれた。道の真中を逃げて居たから食はれたのだ。私達は道の片端をすれすれに逃げた。今度は法華の太鼓たたきが食はれた。私は一寸振り返つて見た。広い白い道の真中で、豹が法華の太鼓たたきを抑へてゐた。その間に私丈はそこから横町へ曲がつて、細い長い通を逃げた。何だか町ぢゆうが寂びれ返つてゐる。私は片側町に逃げて来た。みんな骨董屋計りで、店に人は一人も居ない。大きな羅漢の木像があつた。庭に水の一ぱい溜まつてゐる家があつた。私はそこへ逃げ込んで二階へ上がつた。二階から往来を見ると豹が向うから、地に腹がつく様に脊を低くして走つて来た。豹は私をねらつてゐるらしい。畳や梯子段にぬれた足跡がついてゐやしないかと思ふ。私はここも駄目だと思つた。けれども、

もう表へは出られないから、裏口から田圃の中へ飛び出して又逃げた。しかし豹が何故私丈をねらひ出したのか解らない。あれは豹の皮を被つてゐるけれども、ほんとは豹ではないのかも知れない。さう思ひ出したら猶の事怖くなつた。何しろ早くかくれてしまはなければ大変な事になると思つた。私は田圃の中を夢中でどのくらゐ逃げたかわからない。

　仕舞ひに野中の一軒屋に逃げ込んだ。庭口に大きな柘榴の樹があつて、腹の赤い豆廻しが頻りに鳴いて居た。後を向いたら、丁度その時、向うの禿山の頂を豹の越したのが鮮やかに見えた。私は大急ぎで戸を締めてしまつた。雨戸がみんな磨硝子で出来てゐた。硝子では不安心だと私が思つた。家の中に半識りの人人が五六人ゐた。みんな色沢のわるい貧相な男計りであつた。私は家の内ぢう戸締りをしてしまつた。一ケ所、扉の上に豹が飛び込める程の隙があるけれど、何もそこを塞ぐものがなかつた。その内に私は考へた。木の雨戸よりは却て磨硝子の方がいいかも知れない、豹がいくら爪をたてても爪が滑つてしまふから。すると豹の爪と磨硝子とが、がりがり擦れ合ふ時の音が予め私の耳に聞こえた。私はからだぢゆうさむさむがたつた。

　外が余り静かだから、私は磨硝子の戸を細目にあけて、のぞいて見た。内から、

「あぶないあぶない」と云ふ者があつた。

「豹があなたの顔を見るとわるいからおよしなさい」と云つた者もあつた。その時豹は向うの黒い土手の上で痩せた女を食うてゐた。その女は私に多少拘り合ひのある女の様な気がして来た。私は戸の細目から首をのぞけた。豹がその女を見る見る内に食うてしまつて、着物丈を脚で掻きのけた。さうして私の方を見た。私は豹に見られたと思つて驚いて隠れようとした。その時豹が急に後脚で起ち上がる様にこちらを向いて妙な顔をした。笑つたのではないかと思ふ。私はひやりとして、あわてて戸をしめた。

「この扉の上丈だから、ここ丈どうかならんかな。これだけ居るんだから、みんなで豹を殺せない事もなからうぢやないか」と私がみんなに云つた。

　みんなは割り合ひに落ちついた顔をしてゐる。矢つ張り私丈なのかも知れない。私は心細くて堪らなくなつた。さうして又怖くてぢつとしてゐられない。

「どうかしてくれ、豹に喰はれたくない」と私が云つて泣き出した。

　すると辺りにゐた五六人のものが一度にこちらを向いた。

「あなたは知つてるんだらう」と一人が私に云つた。さうして変な顔をして少し笑つてゐる。

「洒落なんだよ」と外の一人が駄目を押す様に云つた。

「何故」ときいた者がある。

「過去が洒落てるのさ、この人は承知してゐるんだよ」

「ははん」と云つて、その尋ねた男が笑ひ出した。するとみんなが一しよになつて、堪らない様に笑ひ出した。

私はあわてて、なんにも知らないんだからと云はうと思つたけれど、みんなが笑つて計りゐるから、兎に角涙を拭いて待つてゐたら、そのうちに私も何だか少し可笑しくなつて来た。気がついて見たら、豹が何時の間にか家の中に這入つて来て、みんなの間にしやがんで一緒に笑つてゐた。

（「新小説」大正10年1月号）

象やの粂さん

長谷川如是閑

『さあ〳〵象をお召しなさい、象を。お坊ちやん方、お嬢さん方の、おうちへのお土産。』

野天の電燈のブラ〳〵してゐる下で、玩弄の象を列べた台を前にして、うはの空のやうに、さう叫んでゐるのは、どんつく布子に、厚い襟巻をした、若いやうな年寄りのやうな、売物の象に少し似た顔を、好い加減赤くしてゐる男である。

『さあ〳〵象をお召し下さい。大象、中象、小象、お好み次第。象は動物のうちで、一番大きくて、一番可愛らしい。それがこんなに小つちやくて、こんなに可愛らしいのだから、それは〳〵可愛らしい。「これ〳〵小象さん。」「へイ〳〵何御用。」鼻ピヨコ〳〵のピーピーピーとお返事をする小象さん。上等舶来のゴム細工。おうちへ御帰りまで、おや壊はれた、泣かなくなつた、なんぞと申す品ではございません。さあお坊つちやん、お手に採つて御覧下さい。こちらは大和好み真綿細工。泣かないのは育ちのよい為め。お嬢さん方のお友達には、持つてこいの小象さん。さあ〳〵御召し下さい。ハツクシヨイ。象は印度ベンガルの産。印度は熱国お寒いのは少々閉口。鼻は人間の両手指先の用をいたします。さあ〳〵お召し下さい。何うゾーおめし下さいだ。アツハツハ。』

『象や、相変らず元気だね。』と通りかゝつた風船屋のお婆さんが声をかけた。

『根つから元気でもないんだよ、おつかあ。今朝から見ると何だか象の数が殖えたやうだ。』象やは、台の上の、所謂小象、中象、大象を見廻して、ベソを掻く真似をした。

『象が子供を産みやしまいし、馬鹿にしてゐるよ。売れないのかい。』大きな包を背負つたお婆さんは、寄つて来て、慰めるやうにさう云つた。

『売れねへ。今時の子供は、象でもなからう。あれ見や、いやにこまつちやくれてゐやあがら。』象やは、向ふから来る、夫婦連れの紳士の連れてゐる、洋服の子供達を見ながらさう云つた。

『売手がそんなこと云つてちや、誰れが買うもんかね。……もうお仕舞ひよ。ポツ〳〵やつて来たよ。』お婆さんは真闇な空を見上げた。

『おつかあ、もう帰るのかい。ぢや一緒に行かう。お隣の大将、仕舞はねへか、ポツ〳〵やつて来たとよ。』象やは、荷物を片附けながら隣の南京豆屋に声をかけた。

『やつて来た？』豆やは、ガラ〳〵取手を廻しながら『情けねへ時にやつて来やがつたなァ。俺の店は、これからだ。』

『慾張つてるよ。』お婆さんは、クンと鼻をならして、『あんまり儲けると、帰りに追剝に遭うよ。』

『追剝に遭うほど儲けたら、追剝にだつてちつとは、呉てやらァ。』

『南京やさん、お休み。』象やは、片付けた荷を背負つて、お婆さんと連れ立つた。

『粂さん、お前さん又此頃お酒を始めたさうだね。』お婆さんは、暗薄がりの狭い町に入つてから、象やにさう云つた。

『始めたつて、おつかあ、可哀相に、酒を飲んだつて気のするほど飲めた試しはねえんだからね。』

『でも、お前さんとこのきいちやんが泣いてるぢやないか。てんで一文だつて家へ持つて帰らないで、皆飲んぢやうんだつて。きいちやんだつて可哀相ぢやないか。昼間工場へ行つてさん〴〵働いて、夜は夜つぴて内職ぢや、やり切れやしないよ。』

『そりやおつかあ、きい坊は可哀相さ、けど俺だつて随分可哀相だ。』

『何をいつてゐるんだい、此の人は。まだおつかあに死なれたこと、クヨ〳〵思つてるのかい。無理はないけど、もちつと男らしくおしよ。』

『おつかあ？　あんなものは何んでえ。誰れがクヨ〳〵なんぞ思つてるもんか。……さうぢやねへんだよ。』

『何うなんだよ。それぢや。』

『何うもかうもねへんだから、始末に終へねえや。』

『訝しな人だねへ。お前さんはそれでよからうが、きいちやんが可哀相ぢやないか。』

『だからよ、俺だつて可哀相だつてんだよ。』

『変だよ。お前さんは。象が売れない〳〵て云つてゐる癖に何うしても外の商売をしないんだもの。さうしといて、俺が可哀相もないもんだ。』

『売れたつて売れなくつたつて、象はやめられねへ。』

『それだから訝しな人だつて云んぢやないか。……きいちやんだつて、もう年頃だつてえのに、お母さんはゐやしず、親爺は構ひつけず、真黒けになつて独りで働いて、ほんとうに感心な子だつちやありやしない。あの子があんなでなかつたら、お前さん泣いてもおつかないんだよ。有りがたいとお思ひよ。』

『有りがてへ。』

『人を馬鹿にしてるよ。今に子罰が当るからさうお思ひ。』

『思つてらァ。……けどおつかあ、さうだぜ、世の中つてものは、かうのんきにしてゐねへといけねえもんだぜ。俺ら象を列べて、勝手なこと喋舌つてると、いろんなことすつかり忘れちやつて、かう大変のんきなんだ。のんきに限らァ。おつかあだつてのんきの方だぜ。』

『そりや私はのんきさ。のんきでなきやア、此の歳になつて、孫を相手に風船なんか売つて生きてゐるもんかね。』

『さうだ、それで好いんだ。俺ァ世間のことは何も知らねえけれど、おつかあ見てえに、風船売つて、のんきにしてゐるなァ一番だぜ。俺ァそれが一番好いと思わ。』

『何が一番だい。呆れるよ、この人は。お前さんなんざァ働き盛りで、何でも出来るんぢやないか。こんな年寄りと同じやうなことしてゐて何うするの？　確りおしよ。』

『でもそれが好んだ。俺ら象を売るのをやめたら駄目だ。何だか駄目なやうな気がすらァ。』

『馬鹿にしてゐるよ。余ツぽど何うかしてゐるんだね、お前さんは。』

二人は、そんなことをいひながら、一つ路次を入つて、お互ひに向ひ同士の、破れ格子を引あけて分かれた。

象やの粂さんは、薄暗い上り口から、すぐと階子段を上つた。

『をやお父さん……今夜早かつたのね。』薄暗い電燈の下で、鼻緒を手にしながら、十七八の、目のくるりとした、口元の締つた、粂さんの象のやうなのとは大分違つた、賢しこさうな顔付の娘が座つてゐた。

『今日はから駄目だつた。何うも彼処は何時もいけねへ、何ういふもんだらう。それに、御向ふのおばさんが、ポツ〳〵やつて来たつてえから、急いで仕舞つて来ちやつた。』親爺は、荷を解いて、縁のとれた小さい長火鉢の傍に胡座をかいて、『もう大分寒くなつたな。これからは、吹き曝しは下さらねへな』

『さうねへ』娘はさういつて、一寸笑つて見せながら、『飲んで？』

『済まねへなァ。だがあるんかい？』粂さんは、子供が物をねだる時のやうな顔をした。

『あるのよ。』娘は立ち上つて、手早く仕度をして、徳利を湯沸の中に差入れた。

『何うして有るのか知つてゝ？』娘は、首をかしげて見せた。

『済まねへ〳〵。』親爺はむやみに恐縮して、『今日問屋へ行つたのか。』

『いんへ、そうぢやないの。』

『そうぢやねへ。ぢや何うしたんだ。』

『今日ね。』娘は焦らすやうに『好いお話があるのよ。』

『何だい、好い話つて。何うせ碌なことぢやなからう。』親爺は、まだ出来る筈のない徳利を出しては触つて見てゐる。

『好いお話なの。今しがた、あの新さんが来たの、お酒をお土産だつて持て来てくれたのよ。』

『何、植木屋の新公か。何んでへ、何年にも俺のとこへなんぞ来たこともねへ癖に、何うしたてんでへ。其れに酒なんぞ持つて来やがつて。まさか毒は入つちやゐやしめえな。』そんなことを云ひながら、粂さんは、待ち切れないやうに、徳利を出して、一寸猪口に注いで、又湯沸へ返した。

『ひどいことをいふのね、お父さんは。』娘はたしなめるやうに『新さんは、大変好い植木屋さんになつてゐるのよ。田〇様つて伯爵とかだつて華族さんのお出入なんですとさ。……それで好いお話があるの。』

『何だつて？ 田〇さんてへ華族さんのお出入だつて？ 新公の奴は若いうちからおべんちやらがうまかつたから、出世すらァ。で好い話てえのは何なんだい。』

『その華族さんの別荘が渋谷とかにあつてね、それが大変に広い〳〵、上野見たいに広いんですとさ。そのお邸には、立派な御殿や西洋館があつて、それから動物園見たいに、孔雀だの鶴だの、いろんなものが居て、御馬も沢山飼つてあつて、殿様や若様が皆で御乗りになつて、奥様まで御乗りになるのですつて。さうしたら今度、何とかいふ、私聴いたけど忘れちやつたわ、実業家がね、象をお邸へ献上したんですとさ。』

『何、象？』粂さんは、口に持つて行きかけた猪口を中途で止めて、小さい目を見開いた。

『えゝ象よ。』娘はつゞけた『何んでも若様達が、ふだんから、象に乗りたい、象に乗りたいつて云つたもんだから、その実業家が、献上したんですつて。華族さんなんて好いものね。そんなことをいふと、すぐ誰れか象を持つて来てくれるなんて。私華族さん、ほんとに好いと思つたわ。』

『その象が何うしたてんだい。』親爺はもどかしがつた。

『でね、その象の番人を探したけどないんですつて、印度から態々取り寄せたんで、誰れもまだ馴らしたものがないんですつて。それで新さんも頼まれてね、考へて見ると、お父さんが、象やだつたので、こりやうまいと思つて、大変お父さんとこ探して、やつと解つたんで、今夜お酒のお土産を持つて、今しがた来たのよ。お父さんの帰りが遅いつて云つたら、ぢやあしたの朝早く来るから何処へも行かずに待つてゐるやうにつて、帰つて行つたのよ。こんなに早いと思つたら、待つてゝ貰うのだつたのに。』

『で何か、俺にその象の番人になつて、馴らしてくれつてんだな。』

『えゝ、お邸のお長屋へ入つてね、御給金も沢山出るんですつて。何んでもね、象を馴らす人なんか、滅多にないから、お父さんが来れば、御給金はいくらでも出すつて、お邸では、さう云つてるのですつて。いくらか知らないけど、何でも大変らしいのよ。新さんがさういつてたわ。お父さんがたまげるほどの御給金だつてつて。お父さんは承知するだらうね、て新さんがいふから、私、それは承知しませう、て云つたわ。お父さん承知して？　するわね。』

『そいつァオツりきな話だ。象も、「善八」見てへに、あんな稼業さして、日本中引張り廻して、とう〳〵殺ろしちやつたりしちや、もう、俺真平御免だが、お邸のなら、そんなこともあるめへ。』粂さんは、さういつて暗い顔をした。

『善八』といふのは、粂さんが、使つてゐた象の名である。粂さんは、横浜で生まれて、「浜の黒坊」で通つてゐた印度人の動物商に使はれてゐた経験から、或る興業師が、其の印度人の手から買つた象について、その興業師の手で興業をして歩いてゐたのであつた。善八は、まだ生後二歳足らずの小象だつたので、粂さんは、自分の子のやうに、それを育て上げて、十何年間、その象が、小山のやうな大象になるまで、一日でも、その象の傍を離れたことがなかつた。それは、必ずしも、粂さんの愛着ばかりではなく、子供のやうに、粂さんに馴致んでゐた象は、一日位は兎に角、二日三日粂さんの姿を見ないと、気が荒くなつて、直きに吼え狂つて、外のものゝ手に終へない為め、粂さんは、必要上、何うしても、長く善八の傍を去ることが出来なかつたのである。けれども、粂さんも、自分の留守に、善八が、物を喰はないで暴れ狂つてゐる話を皆から聴かされると、自分も、とても長く善八と離れてゐることは出来ないと思ふのであつた。

『善公、何んだつて俺の留守にそんなに暴れやがつた。』と粂さんが、傍へ行つて怒鳴りつけると、善八は、詫びるやうに首を下げて、垂れた鼻をブラン〳〵やつて、頻りにフウ〳〵と嬉れし相な息を吐くのである。

粂さんが、その善公を引張つて、各地を興業して廻る際には、元より汽車には乗せられないので、ズツクで大きい蚊帳のやうなものを作つて、それをすつぽりと善八の身体に被せて、歩かせるのであつた。善八は、鼻の先だけを幕の下から出して、巧みに方向を定めながら、のそ〳〵と往来を練つて行くのであつた。

或る歳、善八は、さうして木曾街道を練つて行つた時に、雨後の崖壊れで、軟らかくなつてゐた地盤を、知らずに踏んで、数丈の崖から河原へころげ墜ちて、とう〳〵命を失つてしまつた。その際傍についてゐた粂さんも、一緒に転ろげ落ちたが、幸に土砂の上を辿つただけで、一時は気絶したが、救けられて直ちに蘇生した。粂さんは、自分が息を吐き返すと直ぐに、善八のことを尋ねた。善八は、岩に打たれて重傷を負ふてゐると聴いて、粂さんは、人に扶けられて、善八の倒れてゐる河原に下りて行つた。さうして、河原の砂利の上に巨い身体をころがしてゐた善八の頸にしがみつきながら、下唇を引抱へて、粂さんは、声を限りに善八の名を呼んだ。その声を聴くと共に、善八は細い眼を開いて、悲惨な叫び声を二声三声挙げたきりで、そのまゝ絶命してしまつた。粂さんは、善八に取りついたまゝ、『善八が死んだ。〳〵、俺も死んでしまう〳〵』と物狂はしげに叫んだ。それから数日の間、粂さんは、殆んど失神の態で、たゞ時々『善八が死んだ、俺も死んでしまう』と繰り返へすばかりなので、一同は、厳重に粂さんを監視してゐた。善八の遺骸は、その河原で火葬にして、山のやうな遺骨を、そのまゝ河原に埋めて、一同はそこを引揚げたが、粂さんは、東京へ帰つてからも、久しく、興業師の世話で、脳病院に入院してゐた。回復してからも、粂さんは、口癖のやうに、『俺は死ぬ時には、あの河原へ身を投げて死ぬのだ』と云つてゐた。

粂さんは、その後いろ〳〵の仕事を転々して、結局象を売る大道商人になつたのは、それから何年か後のことであつた。粂さんは、何商売をやつても、善八が眼の先にちらついて、ちつとも気乗りがしないので、すべて失敗に終つて、ひどく貧乏してしまつて、親子三人喰はず飲まずでウロ〳〵してゐるやうな日も鮮くなかつた。その頃、ふと往来で、粂さんが横浜時代に出入した貿易商に逢つて、事情を聴かれて、その後の身の上を話すと、主人は気の毒がつて、自分の店で扱つてゐる玩具の象を分けてくれて、粂さんは、それを大道で売ることになつたのであつた。

粂さんは、玩具の象を売るやうになつてから、ひどく商売熱心になつて、雨の降らない限り、何処かへそれを売りに出ない日はなかつた。さうして、それを台の上に列べて、その前に座つて、売れても売れなくても、何か一人で喋舌つてゐれば気が済むのであつた。その代り、自分の前に玩具の象のないところでは、粂さんは、言葉を忘れてしまつたやうに、口を利くのを億劫がつて、酒でも飲《や》つた時の外――その時は又よく喋舌つた、――話の受け答さへ頓陳漢なことが多かつた。

尤も善八の生きて居たころから、粂さんは、そんな風だつた。粂さんが、面白ろ相に話をする相手は善八だけで、人間と話をするのは、粂さんには、難義なことのやうに見えた。餌をやる時でも、寝藁をかへてやる時でも、

『さあ善公、御馳走だ。なんて嬉れし相な面しやがるんで。それ涎が垂れら、見つともねへ。十日も喰はずに居たやうだなァ。だが図体が大きいから饑もじからう、辛棒してくれ、俺が悪い

やうにァしねへから。』

そんなことをいふのは、雨でも続いたり、入りの悪かつた時は、食料の玄米の分量を減らされるので、粂さんは苦心して、平日少しづゝ誤魔かして、取つて置いて、そんな時に、足してやつたりすることをいふのであつた。

『さあ善公、布団が敷けたから寝なせへよ。好い秣だなァ。けど俺達はおめへのお蔭で、御まんまが喰べられるんだから、おめへに使はれるなァ仕方がねへや。今夜済まねへけど、おめへと雑魚寝をさせて貰うぜ。藁が新しいから、臭へ布団よりいくら好いか知れねへ。真ッ平御免よ。』

そんなことを云ひながら、粂さんは、よく善八と一緒に藁の中に転がつて寝るのであつた。仲間が、蔭で善八をいぢめたり、馬鹿にしたりしたのが、粂さんに知られたら、それこそことだつた。

『やい善公、おめへのお蔭で飯を喰つてゐる奴らに、あんなにされて、黙つて引つこんでゐる箆棒があるかい。なんだつてその鼻でヒツぱたいてやらねんだ。人が善いにも程があら。おめへが耻を掻かされるのァ、俺が掻かされるも同然だ。待つてゐねへ、仇を打つてやるから。』

粂さんが、さういひ出すと、相手は、粂さんが、象を使ふ鳶口を小脇に抱ひ込んで現はれない先きに、貧乏徳利と黒砂糖を持つて、粂さんと善八に詫びに行かなければならなかつた。

その代り、善八が少し粂さんの云ふ事でも聴かないで、満足に藝当をしなかつた時には、粂さんは、半日位、善八を怒鳴付けてゐるのであつた。

『大きな図体しやがつて、大飯を喰らやがつて、働くのが忌やたァ何の事つた。手前のやうな獣だつて、人間を多勢喰はして呉れると思ふから、俺だつてブツとも云はねえで、手前に奉公してゐるんだ。働くのが忌やで、毎日ぶら〳〵遊んでゐてへなら、勝手にしろい。俺もう手前に奉公しねえから、さう思へ。人間が、遊んでる獣に奉公するギムはねへんだ。俺達の命の親だと思ふから、大飯を喰はしてやつてるんだぞ。手前が忌だつてへなら、俺だつて忌やだ。奇麗さつぱりと縁を切つてしまう。その代り、明日から、手前、人間の米を喰やがると承知しねへぞ。人間の為めをしねえものが、人間の米を喰ふケンリはねへんだ。穀潰ぶしだ、殺ろしてしまへ、といふ奴があつても、俺ァもう助けてやつてくれ、とは云つてやらねへからさう思へ。……』

そんな風なことを、のべつに善八にまくし立てるのである。善八を前にしての粂さんの雄弁は、丁度今、玩具の象を前に置くと、ペラ〳〵と出鱈目な口上が、口を突いて出るのと同じであつた。

『新さんの話ぢや、』娘は、粂さんに、話の続きを云つた。『その象てえのは、まだ小さいのだけれど、少し荒らくつてね、檻から出した時に、大へん暴れて、向ふから附いて来た番人を大怪我さしたんですつて、それで今ぢやゆはいた切りで、遠くの方から、桶に入れた食べ物を、棒の先で、押してやつたりしてゐるんですつて。誰れも傍へよれないんだつていふのよ。お父さんなら大丈夫だらうけども、もう久しく象の世話もしたことがないから、怪我でもされると、私大変だつて、新さんに云つたのよ。お父さん何う？　大丈夫？』

『そりや、俺なら大丈夫だ。善公だつて、一生荒つぽかつたつだからな。動物園の象見てえになつちやつたんでも、俺なら馴らして見せる。そんな子供は屁でもねへや。』粂さんは、チビリ〳〵やりながら、流石に得意の色を示した。

『それならいゝけれど。でも新さんはさう云つてよ。万一怪我でもして片輪になつたら——お父さんなら、そんな事はないけれど——まあそんな目に逢つたら、一生楽に遊んで暮らして行けるやうなお手当が、お邸から出るんですとさ。随分象一匹でも、怠けた、お入費《かゝり》ぢやないつて、新さんがさう云つたわ。』

『さうかなァ。ぢや何だな。俺が行けば、象を相手にして遊んでゐて、お給金を沢山貰つてゐられるつて訳だな。うめへな。明日新公が来たら、すぐでもお邸へ行つてやらう。玩具の奴より、本物なら、何んなに面白れへか知れねへ。きい坊、俺も運勢が向いて来たんだぜ。』粂さんは、他愛のない顔をしてうま相に飲んでゐる。

『嬉れしいのね。私だつてさうなつたら、工場へ行かないで済むかしら。私も何かお邸の御用でもしてゐれば、好いでせうね。』

『さうだ。象も象だが、人間が第一だ。おめへだつて、さうなれりァちつとは、楽になるだらう。それだけでも、お邸へ行くがものはあらァ。……けど何か？　お邸ぢや、別に其の象を興業師に貸してやる訳でもなし、見物人に見せて、芸当をやらせて木戸銭取るつてんでもねへんだな。』

『それはさうよ。華族さんが、そんなことする筈はないわ。』

『それぢや、何んで象なんぞ飼つてゐるのだらう。』

『あらお父さん、いやだわ。だから私云つたぢやないの、若様が、象に乗りたいつて云つたものだから、誰れかゞ献上したんで。耄碌したのね、お父さんわ。』

『あゝ、さう〳〵。若様のおもちやだつけ。……けど訝しいなァ。毎日おもちやの象を売りに出ても中々売れねへのに、本物の象をおもちやにするものもあるんだなァ。それならもうちつと、玩具の象を買つてくれてもよさ相なものだになァ。』

『でも、大道で売るにしちや、あの象は高過ぎるつて、お向ふのおばさんも云つてゝよ。だから売れないんだわ。』

『高けへたつて、象だもの。本物なら千両もするんだ。当今ぢや、中々そんなものぢやあるめへ。そいつを玩具にしてゐるものがあるんだから、三十銭や五十銭の象は高へことはねへや。』

『でも、それは大変な華族さんなんぢやないか。そんな人は、世間にざらにあるもんかね。子供のおもちやに三十銭も五十銭も出すなァ、贅沢だわ。』

『だつて何千両もする本物の象をおもちやにするものさへあるんだ。三十銭や五十銭の……』

『お父さん又同じこと言つてるよ。だからお酒を飲むと、あたい、お父さん忌やだつていふのよ。』

　条さんが、田〇子爵の別荘――といつても、そこが実は本邸で、市内の邸は、寧ろ先代の奥方の隠居所になつてゐるのであつた。――に引移つたのは、それから数日後のことであつた。

　あの翌日条さんは、植木屋の新さんに連れられて、お邸に象を見に行つた。馬場の傍に、新しく建てられた洋風の洒落れた象の小舎は、先づ条さんを驚かした。条さんは、もうすぐと、そのことを象に話し出した。

『やい手前、こんな西洋館にへえりやがつて、我儘一杯してやるがるた太へ奴だ。善公を見ろい。年中天幕小屋に寝起をして、日本国中稼いで廻つて、俺達を養つてくれたんだ。さうして、しめへに、崖から墜つこんで死んでしまつたんでえ。あゝあ、一遍でもこんな西洋館に入れてやりたかつたなァ。』

　条さんは、さういつて、ポロ〳〵涙をこぼした。象を馴らす名人が来たといふので、ゾロ〳〵出て来て周囲を取りまいてゐた、殿様や奥様や若様達を始め、家令や召使の男女は、条さんがそんなことをいつて泣き出したのを見て、驚くよりも、可笑がつて、腹を抱へて笑ふものもあつた。訳を知つてゐる植木屋の新さんは、寧ろ条さんに同情したやうに、

『善公を思ひ出すのは無理はねへ、条さん、善公の二代目だと思つて、此奴を可愛がつてやらァ好いや。』

　そんなことをいはれると、条さんは堪えられなくなつて、手拭で、ごし〳〵眼をこすつて、外聞もなく鼻を啜《すす》つてゐるばかりである。その真面目さ加減は、笑ひながら見てゐた人達も、笑つたことを間を悪がつて、しんみりとした心持になつたやうな顔をする位であつた。

『新公済まなかつた。俺はもう大分年を採つちやつたから意気地がなくなつちやつた』条さんは、漸く涙を収めて、そんなことを云ひながら、小さい象に近いて行つた。

　何しろ、誰れも近よつて世話をするものもないので、折角の石畳の床も、糞尿で一杯で、象は太い足で、泥濘にゐるやうに、それをくちや〳〵と捏ね返してゐた。

『ヤア大変だ。』それを見て、条さんは顔をしかめて『こんなことをして置くから象だつて機嫌が悪いんだ。赤坊がおしめを汚したまゝで置くと、ギヤア〳〵泣くのと同じだ。』

　条さんは、象を一遍、馬場へ追ひ出すから、男衆が皆で小舎を掃除してくれといひ出した。居合はしたものは、そんなことされては、大変だと騒いで、家令の老人は、それは所謂虎を野に放つが如きものだ、などと云つたけれども、条さんは、まあ見てゐて下さいといつて、鳶口を手にして悠々と象の鼻の先へ歩み寄つた。

　ブラン〳〵と象は鼻を振つたので、条さんは、今にもその鼻の先で刎ね飛ばされるかと、一同ヒヤリとしたが、意外にも、

象は、その鼻を、高くあげて、ホールドアップを喰つた西洋人のやうな風を見せた。粂さんは、自分の身体を象に凭せかけて、その下の方へ差し出てゐる下唇を攫んだかと思ふと、象は、恐ろしい声を立て、ワオーと叫んだ。取り巻いてゐた連中は、同じやうな声を立てゝ逃げ出したが、粂さんは、それでもう象の友達になつて、鼻先に突立つて、懐に入れた固パンを出してやつてゐた。もう無いと、手を振つて見せると、象は、鼻の尖きを粂さんの懐に差し入れたので、一同は大笑ひだつた。

　粂さんは象の後へ廻つて、太い杭に繋いである後足の綱を解いてやつた。象の身体が全く自由になつたので、取巻いてゐた連中は、驚いて、皆馬場の埒の外へ出てしまつた。久しい間、そこに結ひつけられてゐたので、象は自由になつても、動き出さうとはしなかつた。粂さんは、固ぱんで象を誘つたけれども動かなかつた。頸の辺に巻いた綱を男達が大勢で引張つて見たけれども、大磐石で、ビクともしない。

　すると粂さんは、男達を悉く埒の外へ出してしまつて、自分はシヤツ一枚になつて、例の鳶口を持つて、象の後ろに廻つた。皆は、粂さんが何をするかと遠方から見てゐると、粂さんは、いきなり、その鳶口を大上段に張り上げて、エイとばかりに、象の尻を目がけて打込んだ。それで象がビクともしないのは一同を驚かしたが、粂さんが更に矢声を上げて、二つ三つと打ち込むと、象は、俄に恐ろしい叫び声と共に、小舎を飛び出して、その巨体を疾風の如くに走らせて、埒の外の見物まで声を立てて逃げ惑ふのを追ひかけるやうに、馬場の埒の内をぐるりと一周して、小舎の前に立ち止つて、荒い息を吐いてゐた。埒の、象の身体の触れたところは、苧殻《をがら》のやうに外の方へ折れ曲つてゐた。その時、何よりも皆を驚かしたのは、象の後ろに立つて、鳶口を象の尻に打ち込んでゐた筈の粂さんが、荒れ狂ふ象の頸玉の綱に釣り下りながら、象と一緒に馬場を一周したことであつた。フウ〳〵と息を吐いてゐる象の頸の下で、粂さんもフウフウ云つてゐた。

　久時して、粂さんが、象の頸の綱を採つて、徐かに歩み出すと、象も、同じやうにのそ〳〵と歩き出した。一同は覚えず喝采した。それからもう、象は、若様始め一同の友達になつて、埒の内から鼻を伸ばして、その人達の手から固パンを貰つて、喰べた。

　で粂さんは、所謂魂げるやうな給金で、象の家庭教師――若様がさう云つた――として、田○子爵家の長屋に住むことになつたのであつた。

　粂さんは、この象に『善八』といふ名をつけることを子爵家に願はうかとも思つたが、善八の最期のことを考へて、此の象の為めに、それはやめて、元から付いてゐたゴルコンダといふ名の頭だけ云つて、ゴルさんと呼んでゐた。『さん』といふのは、善八のやうに興業師の持物ではなく、華族様の持物といふので、敬意を払つた訳であつた。

　ゴルさんのお守り役となつて、子爵家に入つた粂さんには、自分の生活も周囲の生活も、皆粂さんを面喰はせるやうなものばかりだつた。第一自分の月給が百円といふのが、粂さんには最初の驚きであつた。善八を連れて歩いてゐた頃は、給料といつては、月廿五円で、たゞそれに木戸の歩合がつくが、これは甚だ不定で、ひどく景気が好ければ百円位になることもあるが、それは寧ろ稀れで、大抵はその半分にもならなかつた。然かも粂さんは、歩合ならば、百円が二百円でも、もと〳〵木戸がそれだけ入るのを、約束通り分けて貰うのだから、誰れのお情をうけてゐる気もしなかつた。象のお守をするものに百円も呉れるのは、何ういふ勘定なのだか、粂さんには分らなかつた。で娘のきいちやんを捉へて、さういつた。

『だつておめへ、驚いちやうぢやねへか。象のお守りに百円も呉れるのは、大変なことだつと思つたら、何おめへ、それどこぢやねえんだ。自動車の運転手だつて、その位貰つてゐるんだ。それからおめへ、今は居ねえさうだが、犬ころのお医者が居たんだが、それはおめへ驚いちやいけねへぜ、月三百両だつてへぢやねへか。尤もその犬てえのが千両からするんだつたんだ。新公の奴、時々殿様の鉄砲のお伴をするんだてへが、その時殿様やお附きのものが持つて行くものだけで、一万両からの金目のものだてへから驚かア。第一鉄砲が、何とかいふ奴で一挺千五百両てへのを何人かで一つ宛持つて行くから、それだけでぢき五千円位にならァ。それに犬が千両よ。洋服がおめへ、鞣皮の洋服だつてへぢやねへか。これもぐづ〳〵すりや千両だとよ。まるで夢見てへな話だ。せへから自動車てへものは、俺今まで、そんなたいしたものたァ知らなかつたが、殿様の乗つてるのは一万六千両だてへぜ。それで日本一てへ訳でもねへんだとさ。馬だつて矢張り一万両。いやになつちまはァ、一万両が、そころ中にごろ〳〵転がつてゐやがら。俺ァつく〴〵いやになつちやつたァ。』

けれども粂さんは、ゴルコンダのお守をしてゐると、そんなことは、皆忘れてしまうらしかつた。粂さんは、若様達をゴルさんの背中に乗せる外に、ゴルさんに、前足をあげてチン〳〵することや、片足をあげて招き猫の真似をすることや、前足を折つてお辞義をすることや、碁盤乗りと称して、四角な石の上へ乗つてグル〳〵廻ることや、鼻で喇叭を吹くことや、オイチニの号令で足踏みをすることや、いろ〳〵のことを教え込むので、昼の間は、まるで家に居なかつた。娘のきいちやんは、工場へは行かず、内職はせず、暇な身体を持ち扱つたが、御殿からの言ひ附けで、昼の間、お台所を働くこと、なつた。で親子二人は、夜になると、お互に、見たり聴いたりした外国の生活のやうな御殿の生活を話し合つた。きいちやんは目を丸くして、こんなことを云つた。

『ね、お父さん、あたい今日、お奥が皆お留守だつたので、お掃除番にくつついて、御殿をすつかり拝見したのよ。その立派なことつたら、まるでお芝居の御殿のやうよ。お廊下がずつとあつて、広い〳〵お座敷が沢山列んでゐて、誰れも居ないのよ。

畳がつる〱して、あたい駆け出したら滑つてころんぢやつたわ、それから、西洋館の方たらないのよ。大きな油絵がいくつかあつて、そこら中が何だかキラ〱して、けど道具屋へ行つたやうに、いろんなものが列べてあつたわ。せへからちよいと〱、お父さん、お寝間を拝見したわ。そこら中に立派な幕がかゝつてゐて、大きい寝台があつて、それがすつかり幕で隠れるやうになつてゐるの、せへから、殿様と奥方とそこへお入りになると、お部屋の内から鍵をかけてしまうんだつて、ホ、、、、訝しいわね。』

『ヘツヘツへ。うまくやつてやがら。』粂さんは、例によつてチビリ〱やりながらそんなことをいつた。

粂さんは粂さんで、自分が新公につれられて、お庭を拝見したことをきい坊に話して聴かせるのであつた。

『何んだつておめへ、山があつたり、谷があつたり、森があつたり、物凄い八幡知らず見てへなことがあるかと思やァ、奇麗な芝生になつてゐて、好い見晴があるんだ。立派な石橋が懸つてゐるかと思やァ、壊れかゝつた田舎の土橋のやうなのが、溝見てえなとこにかゝつてゐるんだ。さうかと思やァお池の中へ八ツ橋が懸つてゐて、藤棚があつて、風流つて奴なんだらうな、あれが。せへからおめへ、さつきの芝生のとこに、土蔵の抜け殻見てえな、真白い変挺なものがあるんだぜ。これやァ何だつて聴いたら、それがおめへ、野天で芝居をする舞台だつてへぢやねえか。その芝居てえの新公は見たんだつてへが、なんでも若い別嬪が大勢で、紗のやうな着物を着て、身体を丸出にして、大勢でひつからんで踊るんだつてぜ。たまらねえ、てやがら。そいつ一つ見てやりてえもんだな。昔大名が、御殿女中に裸踊をさせて涎を垂して見物したつてへが、そいつを西洋で行くんだな。けど、野天だつてえから、こいつの方が豪れえや。何しろ豪的なもんだ。好い株だなァ。年中そんなことして、仕てへ三昧してゐたら、たまるめへな。三日でも好いから、やらして貰へてへな。あゝあ、俺何だか変挺になつちやつた。』粂さんは、何かいふと、屹度しまひにそんな嘆声を発するのだが、根つから忌やになつたらしくもなく、うま相に尖つた口を猪口に持つて行くのであつた。

『でも殿様も奥様も、随分気さくな方よ。』きいちやんは、そんなこともいつた『何処とかの新華族たらの殿様なんぞは、お自分の御殿の御台所へお出ましになつたことはないなんて方があるてへけど、こちらの御殿様は、奥方と御一緒に、時々御台所へおいでになつて、やれ流しがこれぢやいけないの、御戸棚の工合を斯うするので、大工に御指図するんですつて。その度、又御模様代へで勝手がわからなくなるつて皆困るんですとさ。今日は、女学校の生徒だつてのが、大勢で来て御台所拝見ですつて、ワイ〱云つて、それァ大騒ぎだつたわ。奥様がお出ましで、長い間、そちを開けたり、こちを揚げたりして、皆に御話してゐたわ。道理で、今朝から総掛りで、入れ物を仕末したり、いろ〱な喰べ物をそつちへ置いたり、此方へ置いたりしてゐるから、何が始まるのだと思つたら、女学生が、見に来るんでその御仕度だつたんだわ。何んだつて、華族さんの御台所なんか拝見に来るんだらう。』

『そりや、おめへ、華族さんの御台所は大きなもんで、いろんな御馳走が沢山仕舞つてあるから、拝見するんだあな。おめへが殿様のお寝間を拝見に行くやうなものだ。そこが下々だ。そんなもの見たつて、何うにもなりやしねへんだが、矢つぱり見てへんだ。下等社会てものは浅ましいもんよ。』と粂さんは、矢張り嘆声を発するのであつた。

そんな風に二三月経つた頃のことであつた。或る晩、きい坊は、粂さんに、こんなことをいひ出した。

『私ね、御殿の奥女中の隊長の、あのほら、よく象を見に来る肥つた御婆さんね、あの人が、私に、貞×様のお邸へお小間使に行かないかつていふのよ。行儀見習つてんですつて。さうしていろ〳〵何年か辛棒すると、お花だの、お茶だの教へていたゞけるのですつて。』

『貞×様てえ何だ。』粂さんは、嬉しさうに、さういふきい坊の顔をじろ〳〵見ながらさういつた。

『貞×様つて、御殿様のずつと末の弟さんなのよ。あれ何度も象を見に来たぢやありませんか。』

『おめへ此頃いやに言葉が丁寧になつたなァ。矢張御殿へ上つてゐると、人間らしくなるのかなァ。』粂さんは、つけもなく、そんなことを云つた。

『あれ言葉なんかどうでも好いのよ。それより、貞×様のお邸へ上つちやいけない？』

『貞×様つてえのは、あの馬に乗つてよくふざけるあの人か。』

『えゝ、立派な若様よ。でもまるで書生さんね。』

『書生さんて云や、此方の大将だつて、まるで書生つぽぢやねえか。奥方だつで、女書生に毛の生えたやうなもんだ。あんな風をして、何うして、こんな立派な御殿やお庭が入るんだらうな。昔の大名なら「下に居ろ」で道中を練つて歩いてゐるんだから、御殿も入るだらうが、今の華族なんざァ、書生つぽだもの、こんな大きい屋台骨を抱え込むことなんざァ入りやしねへんだ。何だか可笑しいや。』

『そんなこと何うでも好いぢやないの。それより私貞×様のお邸へ上るわ。』きいちやんは、頻りに貞×様を主張した。

『そりやおめへが、行きたけれァ、行くが好いや。家にゐて、毎晩、親爺の酔つぱらつた面ばかり見物してゐたつて面白れへことはあるめへ。行きなせへ。貞×様でも、笠森様へでも行きなせへ。』粂さんは、別段不機嫌といふ風でもなく、皮肉らしいことを云つた。

『あれお父さん、そんな訳ぢやないのよ。私だつてちつたァ行儀も覚えたいし、何か稽古位したいぢやないか、工場へ出たり、内職したりしてばかりゐたんだもの、学校だつて碌に行きァしないから、御殿へ上つたつて、肩身が狭くつて、泣きたくなるわ。』きい坊はそんなことを云つて、少しはツンとして見せた。

『エヘツへ。御殿へ上つたと思つて、大分気位が高くなつたな、さうして何か、華族さんの御聟さんでも貰はうつてのかい。』粂さん自身も柄にない戯談をいつてゐる。

『馬鹿におしでないよ。お父さんは、そんなことゝいふんなら私、お父さんに構はず、行つてしまつてやるから好い。』

『ま、まつて呉れよ。お父さん、てめへに行かれちやうとちつと困るなァ。』

『何だい。今まで散々人を困らして置いて、今になつて、俺が困るもないものだ。』きい坊の気焔は中々強い。

『だからよ。今になつたから困るんだ。俺は一人ぼつちは、馴れつこになつてるけれど、此頃は、何だか、年の故か、一人ぼつちが淋しくつていけねへ。』

『ゴルさんがゐるぢやないか。お父さんは象の顔さへ見てゐれば、いゝんぢやないか。』

『ところがいけねへ。』粂さんは、酔つてもゐるが、酔つたよりも、外の心持で、それをいつてゐるやうであつた。

『何うもゴルさんは、善公見てへにいかねへ。』

『何うしたのさ。』ときい坊も少し意外のやうに目を見張つた。

『何な、俺は善公に藝当をさして歩いてゐた時分にァ何んだかかう、善公と俺とで、皆を征伐してゐるやうな気がして、善公と俺と居さへすりや、何処を転ろがつて歩いたつて、皆がお賽銭を上げて俺達を拝がんでやがると思つてゐたんだ。だつて、さうだつた。善公と俺とは、何処の何奴にも、頭を下げて金を貰つて居たんぢやねえんだ。見てへ奴は見ろ、見たくねへ奴は見るなつて威張つてゝも、皆見に来たんだ。そればかりぢやねえや。善公だつて俺だつて、同勢を皆喰はしてやつてたんだ。俺達二人は隊長だ。指でもさす奴があれば唯措かなかつたんだ。だから善公だつて、皆が「大夫さん〳〵」て立てゝゐて、御機嫌でも悪いと、心配してお世辞を使つたもんだ。善公と俺は夫婦の王様だつたんだ。その善公が死んぢやつたんでへ。』粂さんは、久しぶりで、又善八の死を追想して、ポロ〳〵涙をこぼした。

『お父さん、もうおよしよ。お父さんは善公のことを云ひ出すと、屹度泣くんだもの。ゴルさんが居るからいゝぢやないか。二代目善八が出来たつて云つて、お父さん喜んでゐたぢやないか。』

『うん、もうよさう。』粂さんは、水洟をすゝつて『けれどな、きい坊、ゴルさんぢやいけねへんだ。何うしても駄目だ。俺はもうつく〴〵いやになつちやつた。百両は惜しいけど、俺もう象や廃めたくなつたつちや。』

『何うしてさ。』ときい坊も多少不安な顔をした。

『だつてさうぢやねへか。善公と俺は王様の夫婦だつたんだ。誰れにだつて頭を下げて、帮間持ち見てえなことはしやしなかつたんだ。俺のすることを見せてやるつて、威張つてゐたんだ。』

『そりや解つたよ、お父さん。ゴルさんが何故いけないんだ聴いてるんぢやないか。』きい坊は悶どかしがつた。

『ゴルさんはおめへ、あんな小さな餓鬼に玩具にされて、おんぶしたり、御辞儀をしたり、意気地はねへんだ。さうしなければ、飯を喰はされねへから、仕方がねへや。』

『そりや善八だつて同じぢやないか。』

『違はい！　善公は、俺の間夫なんだ。俺と一緒なら、嬉れしがつて何でもしたんだ。それだから、俺が忌やだつて云へば善公だつて忌やだつて云つたァ。善公がいやな時にァ、俺だつていやだつた。二人で忌やだつて云つたら、皆閉口しちやつたんだ。御酒だの御砂糖だの持つて御願に来やがつた。俺よく善公がふてると人間の役しねえ奴は死んじまへ、て怒鳴つてやつたけど、馬鹿にされたり、強引で来られたりすりや、誰れがすなほに働いてやるもんか。働らかねへで困るつてなら、ちやんと道を立てゝ来いて云つてやるんだ。』粂さんはもう猪口を忘れてしまつて、水洟をすゝりながら続けた。

『ゴルさんは駄目だ。そんなことといつて威張つたつて、誰も困らねへ。あんな餓鬼の。……』

『お父さん、若様のこと「餓鬼〳〵」つて何だねへ。人に聴かれでもしたら大変ぢやないか。』きい坊は隣を気にして遏つた。

『何んでへ、若様だつて、餓鬼は餓鬼だ。……あんな餓鬼にへイコラしねへぢや飯が喰へねへんだ。……俺だつてさうだ。ゴルさんと一緒になつて、チン〳〵したり、お辞儀したりしてゐるんだ。全体あんな大きな図体したゴルさんが——俺だつてさうだ。これでも一人前の人間だ——そいつが二人揃つて、あんな餓鬼の前で、チン〳〵したり、お廻りしたりして、固パンの一つや半分貰つて喜んでゐるとァ、何の事つたい。あの餓鬼共は、何のケンリで俺達に、そんな真似をさせやがるんだ。餓鬼の癖に、三千両もする象を玩具にしやがつて、——世間の子供は、俺の売つてた五十銭の象だつて、高えの安いので、買つて貰へねへでゐるんだ。第一親爺の奴が間違つてら、鳥屋へ行つて、一両も出せばウンと来る鳥を取るのに、千両の犬だの、二千両の鉄砲だのつて、何の真似だ。裸踊りをする土蔵なんぞオツ建てやがつて、いゝ年をしやがつて、ちつとは考へろ。親爺がそんな量見だから、餓鬼が増長するんだ。ゴルさんの背中に乗りやがつて、俺の頭を靴で蹴るのを自慢してゐやがら。俺善公と歩いてゐて、そんな真似をされたら、唯は置かねえんだ。今だつて百両貰つてなけれァ、引ずり下して蹴飛ばしてやるんだ。俺始め百両なんて貰うな大変だと思つたら、何だ彼奴等、犬の医者に三百円もやつてやがるんだ。俺は、嬶が死ぬ時だつて、碌そつぽ医者にも見せられやしなかつたぞ。俺の嬶は犬ぢやねへ、人間だぞ。人間を見殺しにしやがつて、犬が風を引いたつて、三百両だ。……』

　きい坊は、粂さんが、今まで酔つて管を巻いても、これほど理屈をいふのを聴いたことはなかつた。粂さんは、巡業中に、善八と自分とが仲間に馬鹿にされた時には、何時も酔つぱらつて呶鳴り出して皆を弱らせたのだが、きい坊はそれを知らなかつた。だから、粂さんが、こんな風に啜嗚るのを始めて聴いて、恐しくなつた。壁一重の隣の馬丁の家へ聴えても大変だつた。で一生懸命に遏つたが、中々黙らなかつた。

『お父さん、もうおよしつてば。後生だからよしておくれよ、お父さん。そんなことといつてると、私何処へか行つてしまうから好いや。』

『え丶行つちまへ、〳〵。貞×様でも何処へでも行きやがれ。俺も行つてしまはい。誰れが、こんなとこにゐるもんか。』

きい坊はしく〳〵泣き出した。彼女は、蒼くなつて啜嗚つてゐるお父さんの様子を見て、全く恐しくなつたのだらう。さうして、又工場へ通つたり内職をしたりしなければならないことを考へて悲しくなつたのであらう。

『何を泣いてやがるんで。おめへは貞×様へ行けば好いぢやねへか。だから行きねへつてんだ。俺一人は、何処を転がつて歩いてたつて済まア。』

『おい粂さん、大分御機嫌だね。』さういつて入つて来たのは、植木屋の新さんであつた。障子をあけて、其の場の様子を呑み込めないで、変な顔をして突立つてゐる。

『何だ、新公か。え丶いけねへ〳〵。入つて来ちやいけねえ。』

粂さんは、無暗と手を振つた。

『入つちやいけねえつて？　何うしたんだい、粂さん。大分御神酒が廻つてゐるね。おや、きいちやん泣いてるのかい。何うしたんだい。』新さんはつぎ穂のないやうな顔をしてそこへ座つた。

『え丶、出て行きなせへつてことよ。此処はおめへ達の来るところぢやねへ。出なせへ〳〵。』

粂さんは、執念くさういつて、首を振つた。

『何うしたつてんだよ、粂さん。まあ落付いて話をしたつて好いぢやねへか。何うだい一つ猪口を貰はうか。』

『何を云つてやがるんで、おめへらに猪口をやるやうな悪い事をした覚えはねへ。』

『こいつは厳しいな。だが久しぶりで昔の粂さんに逢つたやうな気がするね。十年前には、それで随分皆を困らしたもんだぜ。』

『余計な御世話だ。もうい丶から帰えんなせへ。』

『何うも困つたね。……きいちやん、一体、何うしたんだい。』

きいちやんは、自分が貞×様に行けと勧められてゐることを、お父さんに一寸話したのが始まりで、こんなことになつたことをいつて、

『お父さんは、もう直ぐにお邸を出るつて云ふのだもの、私いやになつちやつたわ。……』

『さうよ、おめへが貞×様へ行けば、俺は御邸を出るのは当り前だ。』

『粂さん何かい？　きいちやんが、貞×様へ行くのが、おめへ不服なのかい？』

『余計なことといふない。不服だらうが感服だらうがおめへに用

はねへ。』

『さうぢやねへ、大ありなんだ。実は今日もそのことで貞×様からお話があつて、おきくを小間使に使ひたいから、お前一寸、親爺のところへ行つて相談して来てくれ、当人は来るやうなこと云つてた相だからつて、お話だつたから、畏りました、今晩早速行つて話して見ませうつて、やつて来た訳なんだ。』

『何んだと。』粂さんは恐ろしい権幕で、新さんを睨みつけて
『そーれ見ろ、俺の推量通りだ。手めへ、きい坊を、貞×の邸へ妾奉公に出す相談に来やがつた。』

『馬、馬鹿云つちやいけねへ。』新さんは身体が一尺位横へ摺れたほど面喰つて『そ、そんなことはあるもんか。唯の小間使だよ。そんなこと云つちや困ら。……』

『嘘をつけ。』粂さんはセ、ラ笑つて『華族の若殿が、自分で小間使の心配をする奴があるかい。妾奉公に出せつてに違へねへ。』

『アツハツハツハ。』と新さんは畳を舐めるやうに首を下げて笑つた『おめへは当世を知らねえからそんな事云つてるんだ。今時の華族さんは、そんなものぢやねへよ。自分で、小間使どころか、茶漬の指図までしるのが当世なんだ。』

『何んでも好いからいけねへ。手めへは、昔からそんなことをして方々のお邸へ首を突込んでゐやがつたんだ。さうでなくつたつて、手前が面を出しや、さうに定まつてら、帰へれ〱。』

『困つたなァ、何うしてもいけねへや。ぢやきいちやん、今夜はあつしは帰るからね。明日お父さんが酔つて居ねへ時に能く話さう。ぢや粂さん、まあ大人しく寝てしまいなせへ。きいちやんが可哀相だ。』

『さつさと帰れ。寝るに手めへの世話になるかい。』

『こいつは違へねへ。アツハツハぢやきいちやんお休み。』

翌る朝の粂さんは、昨夜のことはすつかり忘れてしまつたやうに、早くから汚たない洋服を着て、ゴルさんの世話をしてゐた。一と仕事済まして小舎の前のベンチに腰をかけて日なたぼつこをしてゐると、新さんが、仕事の装でやつてきた。

『粂さん。お早う。昨夜は大分御機嫌だつたぜ。』云つて、粂さんと並んで腰をかけた。

『さうだつたな。何うもよく覚えねへが、何でも、おめへに「帰れ〱」て云つたな覚えてら。』

『さうだらう。そればかり云つてたんだもの。時にきいちやんの一件だが、おめへやつぱり不服なんかい。』

『きい坊の一件て、貞×様へ行くて事か。』

『さうよ。お前も一人になつて不自由だらうが、百両がとこ取つて居りや、雇婆さんの一人やそこら置くに世話はねへや。もしなんならもうちつと若い調法のも置けるぜ。アツハツハ。』

『人を馬鹿にしてやがら、頭を見てくれ、頭を。そんなことは、三十年も前の話だ。』粂さんは上機嫌で応対してゐる。

『三十年たァ大く出たな。もつと近所で、つひ此間まで、随分話の種をこしれへてた癖に。アツハツハ。』

『よしてくれ、冗談ぢやねえ。ゴルさんが笑つてら。』

『そんなこと何うでも好いが、そのきいちやんの一件だぜ。好からう、何うだい。』

『そりや何俺のとこは何うでも好いんだ。けど俺アあんな生白い殿様のとこへ小間使なんかにやるのァ何んだか虫が好かねへんだ。』

『生白くつたつて、真黒けだつて、殿様は殿様だ。何でも好いや、きいちやんも乗気になつてるんだから、さうしなせへ。悪い事はいはねへ。それに小間使てへものは、中々給金もいゝんだぜ。』

『さうか、幾何位なんだ。相場は。』

『相場つて、別にあるめいが、貞×様のとこへきいちやんが行けば、三十両でも五十両でも、話のしやうで、何うでもなら。』

『五十両！』粂さんは、目を丸くして、『何でへ、それァ小間使でか？』

『まあよ、小間使にも、いろ〳〵あるてもんだ。象の御守をしたつて百両になるんぢやねへか。殿様のお守をして五十両ぢや安過ぎら。』

『ハツハツハ。』粂さんは、案外に上機嫌で『おめへは、昔からそんなことばかりやつてるやうだが、きい坊のは、全くそれぢやあるめへな。』

『フツフ。』新さんは、変に笑つて、『粂さん、「帰れ〳〵」て呶鳴らねへかい。』

『何云つてやがるんで。』粂さんは苦笑ひをして『それの話か。』

『実は、それの話でなくもねへんだ。』新さんは瀬ぶみをするやうに『貞×様は、奥方が病気で、此春から鎌倉へ行つてなさるんだ。肺だつてへからまあずつとあつちに居据りだらう。それで実は、きいちやんが御殿で働いてゐるのを貞×様が、目をつけなすつたて訳だ。お邸にも随分若いのが居るけれど、こゝはそれ、奥方が女学校仕込みと来てゐるんで、若いのも皆妙にツンとしたんだの、いやに、にちや〳〵するのだの、面白くねえのを揃へたてもんだ。きいちやんは、そこへ行くと、生意気けはなし、さつぱりはしてゐるし、粂さんの前だか、きりやうだつて十人並はぬけてゐら、ほんとうだ、俺は二三年見ねへうちに、見違へちやつた。此間の晩家へ行つて、何うも違やしねへかと思つた。あんなに別嬪ぢやなかつた筈だ。アツハツハ。』

『ウツフ。』粂さんは、人の好さ相な顔をして笑つた。

『それで何うだい、一層始めから先方の思惑通りイエスとやつたら…をつと「帰へれ〳〵」は御免だぜ。』

『いけねへ〳〵。』粂さんは、首を振つて、『おめへも随分気の利かねへ男だな。これがおめへ、俺が「象をお召し下せへ」てやつてた時分なら、何しろ親子二人、焼芋で凌いでゐたことが、いくらあつたか知れねへんだから、そんな話でもあつたら、俺も背に腹は代へられねへ、そんなことを承知したかも知れねへが、今はおめへ、俺はこれでも百両の月給取りだぜ。それが娘を妾奉公に出したつてちや、世間に済むめへぢやねへか。駄目だ、そんな話は。』

『それもさうだ。』新さんは案外すなほに、『それに違へねへけど、まあさういつて見れば、百両の月給をおめへに呉れてる殿様が、きいちやんを所望なんだぜ。だから忌やとでもいつたら、まづい事に無るかも知れねへ。』

『馬鹿いひなせへ。如何に華族だらうが殿様だらうが、娘を妾に出さねへからつて、親爺を首にするなんてそんな乱暴な話はあるもんぢやねへ。』

『ところが、困つたことがあるんだ、粂さん。』新さんは、真個に弱つたやうに『おめへ、昨夜飛んでもねへ失敗りをやつちやつたぜ。』

『何うしたんだ。』粂さんは、驚いて目を丸くした。

『何うしたつておめへ、隣の馬丁の奴に皆聴かれちやつたんだ。おめへが、若様のことを餓鬼だの、殿様を色気違ひだの、飛んでもねえことを呶鳴つたのを。』

『俺そんなこと云つた覚はねへぜ。誰れが、そんな事云つてた。』粂さんは、呆れたやうな顔をしてゐる。

『だからおめへ酒を飲んぢやいけねへつてんだ。馬丁の奴すつかり聴いちやつたんだから、おめへ云はねへつたつて駄目だ。若様を餓鬼は仕方がねへが、あの何でもねへ殿様を色気違ひとは何のこつたい。ひでへこと云ふにも程があるぜ。』

『俺、若様を餓鬼たァ云つたやうな気がするが、殿様を色気違ひなんて云つた覚は、何うしてもねへぞ。馬丁め何んだつてそんなこしれへ事いやがつてんだ。あの野郎唯置かねへからさう思へ。』粂さんは、『象やの粂さん』の本性を現はして、いきり立つた。

『おい〳〵粂さん。そんな大きな声出しちやいけねへ。ちつとはおまけもあるだらうが、何しろ根のねへこつちやねへんだから始末にいけねへ。すつかり三太夫に内通してしまつてやがるんだから、荒立てちや却つて此方が破滅だ。まあ、あんまり象の評判が好んで、馬が焼もちを焼いたんだと思ひなせへ。アツハツハ。』

『笑ひこつちやねへ。あの野郎何うするか見やがれ。』

『まあ待ちなせへ。もう一遍坐りなせへ。』と、新さんは、立上つた粂さんを無理に引据へて、『何しろ奥へ知れた日にやことだ。三太夫め忠義ぶつて、碌なことはしねへに定つてら、此頃は、象に金が要る〳〵つて云つてやがるから、好い汐にして、おめへをお払ひ箱にしねへとも限らねへ。おめへも、その年になつて、何時まで、ゴムの象を列べて喋舌つても居られめへ。さうなつたら、きいちやんが第一可哀相だ。又工場通ひで、夜は夜つぴて鼻緒と首ぴきぢや浮ぶ瀬はねへや。考えて見なせへ。うまへ分別でもあるかい、え、粂さん。』

粂さんは茫やり考へ込んでしまつた。今更ら象を並べて喋舌つて見ても、親子二人は愚か、自分一人の口糊ぎも六つかしいのは知れたことである。さうかといつて、善公の夢から、何うしても醒め切れない粂さんは、象を離れて生活することが出来るか何うか自分にもわからなかつた。少くとも、何かの象によつて、生活する外に途はなかつた。その外の途を取る気にもなれなかつた。

『ひどく考へちやつたな。思案があるかい。』新さんは催促するやうにいつた。

いくら催促されても粂さんには、手も足も出なかつた。ゴルさんには未練はないにしても――子供の玩具になつてゐるゴルさんのお守りは、粂さんには、不愉快な仕事に違ひないけれども――それをやめられた時に、もつと好い仕事があるとは思へなかつた。好い仕事どころか、善いにも悪いにも、この頃の寒空に、玩具の象を並べて、吹き曝しの中で夜ぴて立ち通す仕事の外には何もなかつた。同じ玩具の象でも、ゴルさんの方は、粂さんに月百円の収入を与へてくれる点で、ゴムや真綿の象とは比べものにならなかつた。真から忌やだと思ひ出した今の仕事が、急に、何よりも獲難い、善い仕事のやうに思はれた。

『粂さん、さう考へ込んでしまつちやいけねへ。』新さんは、親切らしく、『おめへは正直だから、うつかり話が出来やしねへ。首のことは心配は入らねへんだ。三太夫を取つちめるには、い丶法があるんだ。貞×様に御頼みして、一寸御声がかりがあれば、三公いくらジタバタしたつて駄目なんだ。彼奴貞×様に睾丸を握られてゐやがるんだから。それだから粂さん、きいちやんの一件を、寧《い》つそのこと、貞×様の思召通り、オーライとくりや何のことはなく済むんだ。さうしなせへ。え、粂さん。』

『いけねへ、〱。』粂さんは無性に頸をふつて『俺ア歳を取つたつて、自分の頸を継ぎてへばつかりに、娘をそんな目に遭はしたつて云はれちや、男が立たねへ。俺はなんぼ意気地なしだつて、そんな真似は出来ねへ。』

『まあ、さう固いことをいふには当らねへ。当世は、そんなものぢやねへぜ。それにおめへは、きいちやんを、そんな目に遭はせるなんていふけれど、きいちやんがそれを好いてら何うする。』

『馬鹿抜かせ。』粂さんは、何うやら白面で昨夜の勢を盛り返へしさうに見えた。『俺の餓鬼は、野倒れ死にしたつて、そんなさもしい根性は起しやしねへぞ。』

『アツハツハ。』新さんは、昨夜のやうに、閉口しないで、事もなげに笑つて『いけねへよ、粂さん。おめへ根つから、きいちやんのことなんか構ひつけもしねへで、俺の餓鬼も人の餓鬼もあつたものぢやねへ。』

『だつて、俺だつて自分が野倒れ死をしかければ、餓鬼だつて思ふやうに構へねへのは当り前ぢやねへか。』粂さんは、もう幾何か、タヂ〱の気味となつた。

『だから、いけねへつてんだ。おめへが構ひたくも構へねへなァ察してら。けど構はなかつたにア違へねへんだ。今更らきいちやんが何をしたつて、おめへが小言をいふ権利はありやしねへ。』

『それァさうだけど、俺ァきい坊の親爺だ、勝手な真似はさせねへぞ。』

『まあ、いくら親爺だつて、さう力んでゐるばかりが能ぢやねへ。実は何だぜ。』新さんは、物々しげに、四方へ眼を配つて、いやに声を低くして『貞×様ときいちやんは、当人同士もう出来てるらしいんだぜ。』

『ええ。』と粂さんは、飛び上るほど驚いて『そりや真個か。え、新公、出鱈目をいふと聴かねへぞ。』

『そんなに驚くことはねへやな。』新公はいやに落着いて『悪い話ぢやねへぜ。象やの娘が、殿様を射止めるなんざ、大手柄てもんだ。』

『馬鹿にしちやいけねへ。』粂さんは、息をはづまして居る。

『おい〳〵。真個に落着いて考へて見なせへよ。これこそおめへの運勢が向いて来たんだ。嘘でも出鱈目でもねへ。先月だつけが、奥が皆御留守の時に、貞×様ときいちやんが、殿様のお寝間へ入つて、中から鍵をかけたのを、出る時にお掃除番の女中が見つけちやつたんだ。貞×様は、ちやんとその女中に口留料をやつたんだけれど、天知る地知るだ。この新さんはちやんと御承知なんだから悪いことは出来ねへ――おつと、悪い事ぢやなかつたつけ、つひ口が滑べつた。』

粂さんは、目をぱちくりさせて、舌がひきつつたやうに、口をわく〳〵させた。

(「中央公論」大正10年1月号)

秋山図

芥川龍之介

「――黄大痴と云へば、大痴の秋山図を御覧になつた事がありますか?」

或秋の夜、甌香閣を訪ねた王石谷は、主人の惲《うん》南田と茶を啜りながら、話の次手にこんな問を発した。

「いや、見た事はありません。あなたは御覧になつたのですか?」

大痴老人黄公望は、梅道人や黄鶴山樵と共に、元朝の画の神手である。惲南田はかう云ひながら、嘗見た沙磧図や富春巻が、髣髴と眼底に浮ぶやうな気がした。

「さあ、それが見たと云つて好いか、見ないと云つて好いか、不思議な事になつてゐるのですが、――」

「見たと云つて好いか、見ないと云つて好いか、――」

惲南田は訝しさうに、王石谷の顔へ眼をやつた。

「模本でも御覧になつたのですか?」

「いや、模本を見たのでもないのです。兎に角真蹟は見たのですが、――それも私ばかりではありません。この秋山図の事に就いては、煙客先生（王時敏）や湘碧先生（王鑑）も、それぞれ因縁が御有りなのです。」

王石谷は又茶を啜つた後、考深さうに微笑した。

「御退屈でなければ話しませうか？」

「どうぞ。」

惲南田は銅檠の火を掻き立ててから、慇懃に客を促した。

× × ×

思白先生（董其昌）が在世中の事です。或年の秋先生は、煙客翁と画論をしてゐる内に、ふと翁に、黄一峯の秋山図を見たかと尋ねました。翁は御承知の通り画事の上では、大痴を宗としてゐた人です。ですから大痴の画と云ふ画は苟くも人間にある限り、看尽したと云つてもかまひません。が、その秋山図と云ふ画ばかりは、終に見た事がないのです。

「いや、見る所か、名を聞いた事もない位です。」

煙客翁はさう答へながら、妙に恥しいやうな気がしたさうです。

「では機会のあり次第、是非一度は見て御置きなさい。夏山図や浮嵐図に比べると、又一段と出色の作です。恐らくは大痴老人の諸本の中でも、白眉ではないかと思ひますよ。」

「そんな傑作ですか？　それは是非見たいものですが、一体誰が持つてゐるのです？」

「潤州の張氏の家にあるのです。金山寺へでも行つた時に、門を叩いて御覧なさい。私が紹介状を書いて上げます。」

煙客翁は先生の手簡を貰ふと、すぐに潤州へ出かけて行きました。何しろさう云ふ妙画を蔵してゐる家ですから、其処へ行けば黄一峯の外にも、まだいろいろ歴代の墨妙を見る事が出来るに違ひない。――かう思つた煙客翁は、もう一刻も西園の書房に、ぢつとしてゐた事は出来ないやうな、落着かない気もちになつてゐたのです。

所が潤州へ来て観ると、楽みにしてたる張氏の家と云ふのは成程構へは広さうですが、如何にも荒れ果ててゐるのです。墻には蔦が絡んでゐるし、庭には草が茂つてゐる。その中に鶏や家鴨などが、客の来たのを珍しさうに眺めてゐると云ふ始末ですから、さすがの翁もこんな家に、大痴の名画があるのだらうかと、一時は思白先生の言葉が疑ひたくなつた位でした。しかしわざわざ尋ねて来ながら、刺も通ぜずに帰るのは、勿論本望ではありません。そこで取次ぎに出て来た小厮に、兎も角も黄一峯の秋山図が拝見したいと云ふ、遠来の意を伝へた後、思白先生が書いてくれた紹介状を渡しました。

すると間もなく煙客翁は、庁堂へ案内されました。此処も紫檀の椅子机が、清らかに並べてありながら、冷たい埃の臭ひがする、――やはり荒廃の気が舗甎の上に、漂つてゐるとでも云ひさうなのです。しかし幸ひ出て来た主人は、病弱らしい顔はしてゐても、人がらの悪い人ではありません。いや、寧ろその蒼白い顔や華奢な手の恰好なぞに、貴族らしい品格が見えるやうな人物なのです。翁はこの主人と一通り、初対面の挨拶をすませると、早速名高い黄一峯を見せて頂きたいと云ひ出しました。何でも翁の話では、その名画がどう云ふ訳か、今の内に急いで見て置かないと、霧のやうに消えてでもしまひさうな、迷信じみた気もちがしたのださうです。

主人はすぐに快諾しました。さうしてその庁堂の素壁へ、一幀の画幅を懸けさせました。

「これが御望みの秋山図です。」

煙客翁はその画を一目見ると、思わず驚嘆の声を洩らしました。

画は青緑の設色です。渓の水が委蛇と流れた処に、村落や小橋が散在してゐる、——その上に起した主峯の腹には、悠々とした秋の雲が、蛤粉《ごふん》の濃淡を重ねてゐます。山は高房山の横点を重ねた、新雨を経たやうな翠黛ですが、それが又硃《しゅ》を点じた。所々の叢林の紅葉と映発してゐる美しさは、殆何と形容して好いか、言葉の着けやうさへありません。かう云ふと唯華麗な画のやうですが、布置も雄大を尽してゐれば、筆墨も渾厚を極めてゐる、——云はば爛然とした色彩の中に、空霊澹蕩の古趣が自ら漲つてゐるやうな画なのです。

煙客翁はまるで放心したやうに、何時までもこの画に見入つてゐました。が、画は見てゐれば見てゐる程、益神妙を加へて行きます。

「如何です？　御気に入りましたか？」

主人は微笑を含みながら、斜に翁の顔を眺めました。

「神品です。思白先生の絶賞は、たとひ及ばない事があつても、過ぎてゐるとは云はれません。実際この図に比べれば、私が今までに見た諸名本は、悉下風にある位です。」

煙客翁はかう云ふ間でも、秋山図から眼を放しませんでした。

「さうですか？　ほんたうにそんな傑作ですか？」

翁は思はず主人の方へ、驚いた眼を転じました。

「何故又それが御不審なのです？」

「いや、別に不審と云ふ訳ではないのですが、実は、——」

主人は殆処子のやうに、当惑さうな顔を赤めました。が、やつと寂しい微笑を洩すと、怯づ怯づ壁上の名画を見ながら、かう言葉を続けるのです。

「実はあの画を眺める度に、私は何だか眼を明いた儘、夢でも見てゐるやうな気がするのです。成程秋山は美しい。しかしその美しさは、私だけに見える美しさではないか？　私以外の人間には、平凡な画図に過ぎないのではないか？——何故かさう云ふ疑ひが、始終私を悩ませるのです。これは私の気の迷ひか、或はあの画が世の中にあるには、余り美し過ぎるからか、どちらが原因だかわかりません。が、兎に角妙な気がしますから、つひあなたの御賞賛にも、念を押すやうな事になつたのです。」

しかしその時の煙客翁は、かう云ふ主人の弁解にも、格別心は止めなかつたさうです。それは何も秋山図に、見惚れてゐたばかりではありません。翁には主人が徹頭徹尾、鑑識に疎いのを隠したさに、胡乱《うろん》の言を並べるとしか、受け取れなかつたからなのです。

翁はそれから少時《しばらく》の後、この廃宅同様な張氏の家を辞しました。

が、どうしても忘れられないのは、あの眼も覚めるやうな秋山図です。実際大痴の法燈を継いだ煙客翁の身になつて見れば、何を捨ててもあれだけは、手に入れたいと思つたでせう。のみならず翁は蒐集家です。しかし家蔵の墨妙の中でも、黄金二十鎰に換へたと云ふ、李営丘の山陰泛雪図でさへ、秋山図の神趣に比べると、遜色のあるのを免れません。ですから翁は蒐集家としても、この稀代の黄一峯が欲しくてたまらなくなつたのです。

そこで潤州にゐる間に、翁は人を張氏に遣《つか》はして、秋山図を譲つて貰ひたいと、何度も交渉して見ました。が、張氏はどうしても、翁の相談に応じません。あの顔色の蒼白い主人は、使に立つたものの話によると、「それ程この画が御気に入つたのなら、喜んで先生に御貸し申さう。しかし手離す事だけは、御免蒙りたい」と云つたさうです。それが又気を負つた煙客翁には、多少癇にも障りました。何、今仮して貰はなくても、何時かはきつと手に入れて見せる。――翁はさう心に期しながら、とうとう秋山図を残したなり、潤州を去る事になりました。

それから又一年ばかりの後、煙客翁は潤州へ来た次手《ついで》に、張氏の家を訪れて見ました。すると墻に絡んだ蔦や庭に茂つた草の色は、以前と更に変りません。が、取次ぎの小厮に聞けば、主人は不在だと云ふ事です。翁は主人に会はないにしろ、もう一度あの秋山図を見せて貰ふやうに頼みました。しかし何度頼んで見ても、小厮は主人の留守を楯に、頑として奥へ通しません。いや、しまひには門を鎖した儘、返事さへ碌にしないのです。そこで翁はやむを得ず、この荒れ果てた家の何処かに、蔵してある名画を想ひながら、惆悵と独り帰つて来ました。

所がその後思白先生に会ふと、先生は翁に張氏の家には、大痴の秋山図があるばかりか、沈石田の雨夜止宿図や自寿図のやうな傑作も、残つてゐると云ふ事を告げました。

「前に御話するのを忘れたが、この二つは秋山図同様、繢苑の奇観とも云ふべき作です。もう一度私が手紙を書くから、是非これも見て御置きなさい。」

煙客翁はすぐに張氏の家へ、急の使を立てました。使は思白先生の手札の外にも、それらの名画を購ふべき槖金を授けられてゐたのです。しかし張氏は前の通り、どうしても黄一峯だけは、手離す事を肯じません。翁は終に秋山図には意を絶つより外はなくなりました。

× × ×

王石谷はちよいと口を噤んだ。

「これまでは私が煙客先生から、聞かせられた話なのです。」

「では煙客先生だけは、確に秋山図を見られたのですか？」

惲南田は髯を撫しながら、念を押すやうに王石谷を見た。

「先生は見たと云はれるのです。が、確に見られたのかどうか、それは誰にもわかりません。」

「しかし御話の容子では、――」

「まあ先を御聴き下さい。しまひまで御聴き下されば、又自《おのづか》ら私とは違つた御考が出るかも知れません。」

王石谷は今度は茶も啜らずに、娓々と話を続け出した。

×　×　×

煙客翁が私にこの話を聴かせたのは、始めて秋山図を見た時から、既に五十年近い星霜を経過した後だつたのです。その時は思白先生も、とうに物故してゐましたし、張氏の家でも何時の間にか、三度まで代が変つてゐました。ですからあの秋山図も、今は誰の家に蔵されてゐるか、いや、未に亀玉の毀《やぶ》れもないか、それさへ我々にはわかりません。煙客翁は手にとるやうに、秋山図の霊妙を話してから、残念さうにかう云つたものです。

「あの黄一峯は公孫大嬢の剣器のやうなものでしたよ。筆墨はあつても、筆墨は見えない。唯何とも云へない神気が、直ちに心に迫つて来るのです。――丁度龍翔はあつても、人や剣が見えないのと同じ事ですよ。」

それから一月ばかりの後、そろそろ春風が動き出したのを潮に、私は独り南方へ、旅をする事になりました。そこで翁にその話をすると、

「では丁度好い機会だから、秋山を尋ねて御覧なさい。あれがもう一度世に出れば、画苑の慶事ですよ」と云ふのです。

私も勿論望む所ですから、早速翁を煩はせて、手紙を一本書いて貰ひました。が、さて遊歴の途に上つて見ると、何かと行く所も多いものですから、容易に潤州の張氏の家を訪れる暇がありません。私は翁の書を袖にしたなり、とうとう子規が啼くやうになるまで、秋山を尋ねずにしまひました。

その内にふと耳にはひつたのは、貴戚の王氏が秋山図を手に入れたと云ふ噂です。さう云へば私が遊歴中、煙客翁の書を見せた人には、王氏を知つてゐるものも交つてゐました。王氏はさう云ふ人がらでも、あの秋山図が、張氏の家に蔵してある事を知つたのでせう。何でも坊間の説によれば、張氏の孫は王氏の使を受けると、伝家の彝鼎や法書と共に、すぐさま大痴の秋山図を献じに来たとか云ふ事です。さうして王氏は喜びの余り、張氏の孫を上座に招じて、家姫を出したり、音楽を奏したり、盛な饗宴を催した揚句、千金を寿にしたとか云ふ事です。私は殆雀躍しました。滄桑五十載を閲した後でも、秋山図はやはり無事だつたのです。のみならず私も面識がある、王氏の手中に入つたのです。昔は煙客翁がいくら苦心をしても、この図を再び看る事は、鬼神が悪むのかと思ふ位、悉失敗に終りました。が、今は王氏の焦慮も待たず、自然とこの図が我々の前へ、蜃楼のやうに現れたのです。これこそ実際天縁が、熟したと云ふ外はありません。私は取る物も取りあへず、金閶にある王氏の第宅へ、秋山を見に出かけて行きました。

今でもはつきり覚えてゐますが、それは王氏の庭の牡丹が、玉欄の外に咲き誇つた、風のない初夏の午過ぎです。私は王氏の顔を見ると、揖もすますかすまさない内に、思はず笑ひ出してしまひました。

「もう秋山図はこちらの物です。煙客先生もあの図では、随分苦労をされたものですが、今度こそは御安心なさるでせう。さう思ふだけでも愉快です。」

王氏も得意満面でした。

「今日は煙客先生や湘碧先生も来られる筈です。が、まあ、御出になつた順に、あなたから見て貰ひませう。」

王氏は早速傍の壁に、あの秋山図を懸けさせました。水に臨んだ紅葉の村、谷を埋めてゐる白雲の群、それから遠近に側立つた、屏風のやうな数峯の青、——忽ち私の眼の前には、大痴老人が造り出した、天地よりも更に微妙な、小天地が浮び上つたのです。私は胸を躍らせながら、ぢつと壁上の画を眺めました。

この雲煙邱壑は、紛れもない黄一峯です。痴翁を除いては何人も、これ程皴点を加へながら、しかも墨を活かす事は——これ程設色を重くしながら、しかも筆が隠れない事は、出来ないのに違ひありません。しかし——しかしこの秋山図は、昔一たび煙客翁が張氏の家に見たと云ふ図と、確に別な黄一峯です。さうしてその秋山図よりも、恐らくは下位にある黄一峯です。

私の周囲には王氏を始め、座にゐ合せた食客たちが、私の顔色を窺つてゐました。ですから私は失望の色が、寸分も顔へ露れないやうに、気を使ふ必要があつたのです。が、いくら努めて見ても、何処か不服な表情が、我知らず外へ出たのでせう。王氏は少時たつてから、心配さうに私へ声をかけました。

「どうです？」

私は言下に答へました。

「神品です。成程これでは煙客先生が、驚倒されたのも不思議はありません。」

王氏はやや顔色を直しました。が、それでもまだ眉の間には、幾分か私の賞賛に、不満らしい気色が見えたものです。

其処へ丁度来合せたのは、私に秋山の神趣を説いた、あの煙客先生です。翁は王氏に会釈をする間も、嬉しさうに微笑を浮べてゐました。

「五十年前に秋山図を見たのは、荒れ果てた張氏の家でしたが、今日は又かう云ふ富貴の御宅に、再びこの図とめぐり合ひました。真《まこと》に意外な因縁です。」

煙客翁はかう云ひながら、壁上の大痴を仰ぎ見ました。この秋山が甞翁の見た秋山かどうか、それは勿論誰よりも翁自身が明らかに知つてゐる筈です。ですから私も王氏同様、翁がこの図を眺める容子に、注意深い眼を注いでゐました。すると果然翁も顔も、見る見る曇つたではありませんか。

少時沈黙が続いた後、王氏は愈不安さうに、怯づ怯づ翁へ声をかけました。

「如何です？　今も石谷先生は、大層褒めてくれましたが、――」

私は正直な煙客翁が、有体な返事をしはしないかと、内心冷《ひ》や冷やしてゐました。しかし王氏を失望させるのは、さすがに翁も気の毒だつたのでせう。翁は秋山を見終ると、叮嚀に王氏へ答へました。

「これが御手にはひつたのは、あなたの御運が好いのです。御家蔵の諸宝もこの後は、一段の光彩を添へる事でせう。」

しかし王氏はこの言葉を聞いても、やはり顔の憂色が、益深くなるばかりです。

その時もし湘碧先生が、遅れ馳せにでも来なかつたなら、我々は更に気まづい思ひをさせられたに違ひありません。しかし先生は幸ひにも、煙客翁の賞賛が渋り勝ちになつた時、快活に一座へ加はりました。

「これが御話の秋山図ですか？」

先生は無造作な挨拶をしてから、黄一峯の画に対しました。さうして少時は黙然と、口髭ばかり嚙んでゐました。

「煙客先生は五十年前にも、一度この図を御覧になつたさうです。」

王氏は一層気づかはしさうに、かう説明を加へました。湘碧先生はまだ翁から、一度も秋山の神逸を聞かされた事がなかつたのです。

「どうでせう？　あなたの御鑑裁は。」

先生は歎息を洩らしたぎり、相不変画を眺めてゐました。

「御遠慮のない所を伺ひたいのですが、――」

王氏は無理に微笑しながら、再び先生を促しました。

「これですか？　これは――」

湘碧先生は又口を噤みました。

「これは？」

「これは痴翁第一の名作でせう。――この雲煙の濃淡を御覧なさい。元気淋漓ぢやありませんか。林木なぞの設色も、当に天造とも称すべきものです。あすこに遠峯が一つ見えませう。全体の布局があの為に、どの位活きてゐるかわかりません。」

今まで黙つてゐた湘碧先生は、王氏の方を顧ると、一々画の佳所を指さしながら、盛に感歎の声を挙げ始めました。その言葉と共に王氏の顔が、だんだん晴れやかになり出したのは、申し上げるまでもありますまい。

私はその間に煙客翁と、ひそかに顔を見合せました。

「先生、これがあの秋山図ですか？」

私が小声にかう云ふと、煙客翁は頭を振りながら、妙な瞬きを一つしました。

「まるで万事が夢のやうです。事によるとあの張家の主人は、狐仙か何かだつたかも知れませんよ。」

×　　×　　×

「秋山図の話はこれだけです。」

王石谷は語り終ると、徐に一碗の茶を啜つた。

「成程、不思議な話です。」

惲南田はさつきから、銅檠の焔を眺めてゐた。

「その後王氏も熱心に、いろいろ尋ねて見たさうですが、やはり痴翁の秋山図と云へば、あれ以外に張氏も知らなかつたさうです。ですから昔煙客先生が見られたと云ふ秋山図は、今でも何処かに隠れてゐるか、或はそれが先生の記憶の間違ひに過ぎないのか、どちらとも私にはわかりません。まさか先生が張氏の家へ、秋山図を見に行かれた事が、全体幻《まぼろし》でもありますまいし、――」

「しかし煙客先生の心の中には、その怪しい秋山図が、はつきり残つてゐるのでせう。それからあなたの心の中にも、――」

「山石の青緑や紅葉の硃が、今でもありあり見えるやうです。」

「では秋山図がないにしても、憾む所はないではありませんか？」

惲王の両大家は、掌《たなごころ》を拊つて一笑した。


（「改造」大正10年1月号）

幻影の都市

室生犀星

かれは時には悩ましげな呉服店の広告画に描かれた殆《ほとんど》普通の女と同じいくらゐの、円い女の肉顔《かほ》を人人が寝静まつたころを見計つて壁に吊るしたりしながら、飽くこともなく凝視《みつ》めるか、さうでなければ、やはり俗悪な何とかサイダアのこれも同じい広告画を壁に張りつけるかして、にがい煙草をふかすか、でなければ冷たい酒を何時までも飲みつづけるのである。

かれは、わざと描かれたうす桃色の拙《まづ》い色調のうちから誘はれた、さまざまの記憶にうかんでくる女の肉線を懊悩に掻き乱された頭に、それからそれへと思ひ浮べるのであつた、それらの女の肉顔《かほ》は何処で怎《ど》う見たことすら判明しないが、ただ、美しい女が有《も》つところの湯気のやうな温かみが、かれの坐つてゐるあたりの空気をしつとりとあぶらぐませ、和《やはら》ませてくるのである。温泉町の入口にでもひよいと這入つたやうな気が、かれの頬や耳や胸もとをくすぐつてくるのであつた。かれの信じるところによれば、美しく肥えた女が特別な空気を惹き寄せるといふより、その皮膚や鼻孔や唇などが絶え間なく、そば近い空気をあたためてゐるやうに思はれるのである。

　わけても電車のなかや街路や商店の入口などで、はつとするほどの女の顔をみた瞬間から、かれ自身が既《も》うみづから呼吸するところの空気を、別なものに心でえがき、心で感じるからであつた。かれは第一に何故《なにゆゑ》にそのハツとした気もちになるか、なぜ胸を小衝《こづ》かれたやうな心もちになるか。そして又なぜに自分の視覚がその咄嗟の間にどきまぎして、いままで眺めてゐたものを打棄《うつちや》つて、急にその美しいものに飛び蒐《かゝ》つて見詰めなければならないか、しかもその為めに一時《じ》に断たれた視線が、その美しいものに追ひ縋るまでの瞬間に例令《たとへ》一時的にも何故《なにゆゑ》に痲痺するかといふことを、かれは髪のなかに手をつツ込むやうな苛々しい気持ちになつて考へ沈むのであつた。かうした彼れは何よりその広告画の表面の色彩と肌地のいろが、かれの今まで眺めては消えてゆく女の、いろいろな特長をかれの眼底にすこしづつ魅《よみ》がへらしてくるのである。

　かれの住むこの室《へや》のそとはすぐ往来になつてゐるために、いつも雨戸は閉されてゐるのであつた。しかも昼間は、広告画を始めとして、かれが蒐集したところの総ゆる婦人雑誌や活動写真の絵葉書、ことに忌はしげな桃色をした紙の種類、それからタオルや石鹼や石鹼入れなどが、みんな押入れのなかに収《しま》はれてあつた。かれは、ふしぎにも一枚の薄い竹紙《ちくし》のやうな紙のなかにも、卑俗な女学雑誌の表紙に描かれた生々しい女の首や、具《つぶさ》のやうな手つきをまで忍ぶため、いちいち大切に秘蔵してゐるのであつた。しかも彼にとつては猶充分な飲酒をも貪ることのできない貧しさのために、かれはかれの内部に於て、それ自らの快楽をさぐりあてなければならなかつたのである。かれにとつては此のあらゆる都会のうちにかれ自身を置くべきパンの住家《すみか》はないばかりではなく、あらゆるものが彼れとは背中合せであつたのである。それゆえかれは自分のうちに自分を次第にとも食ひをするやうな生活をしなければならなかつたのであつた。

　日ぐれころになると、的《あて》もなくぶらりと街路へでかけて、いつまでゞも歩きつゞけるのであつた。かれは何よりかれの住んでゐる町裏から近い藝者屋の小路を、往来からふらふらと何かの匂ひに吊られた犬のやうにぶらつきながら、きれいな華緒《はなを》の下駄や雪駄《せつた》、それからさうしたところに必らずある大きな姿見に、これまた定《きま》つたやうに帯を結んだり化粧をしたりする派手な女を、一軒ごとに見過すのがつねであつた。かれにとつては、さういふ種類の女に近づいたこともなければ、また、さういふ機会もあらう筈がなかつた。何かしら色紙ででも剪《き》つて作りあげたやうな擦れちがひの藝者などを、そば近く呼ぶものが此の世にあらうとさへ思へなかつたのである。ぐなぐな円つこいその手や足、いたづらに白いからだの凡ての部分、さういうものがただちに自由になるといふこと、その事実がいまもなほ行はれてゐることを考へると、かれは頭の至るところに或る疼痛《たうつう》さへ感じるのであつた。それほど、このきらびやかな待合《まちあひ》の通りでは彼の着物がみすぼらしく、溝板《どぶいた》のやうな下駄をはいてゐるからであつた。誰もかへり見るものもなく、また、知合ひとてもないのである。

その通りは、すべての都会にあるやうな混乱された一区劃で、新建《しんだて》で、家そのものさへ艶めかしい匂ひと艶とをもつてゐるのであつた、ことに僅かばかりの石燈籠に寒竹《かんちく》をあしらつたり、多摩川石を敷石のまわりに美しく敷き詰めたり、金燈籠《かなどうろう》からちらつく灯《ひ》さへ、毎夜の打水にすずしく浮んでゐるのを眺めるごとに、かれは乞食のやうにその敷石の上を思はず知らずとんとん踏んで見て、わづかに心遣りをするのであつたが。

『どなた！』と、まだ聞いたことのない卵のやうに円いなまめかしい声で呼ばれると、慌てて門へ馳け出しながら、吻《ほつ》と一と息つくのであつた。そのやうな僅かな胸さわぎがいかに彼にとつて珍らしく、むづ痒い快感によつて思はず知らず微笑みを泛《うか》ばせたことであらう。ことにその小路に多い二階には、いつも影があつて女と男とがうつつてゐた。内部がしんみりと何かの香料にでもつつまれてゐるやうで、ふうわりとした座布団や快よい食卓、みがきをかけたやうな一枚板のやうな畳、そこに菓子折のやうに美しく白い膝を折つた女の坐り具合、などと悩ましく考へるごとに、かれはそこにふらふらとしてゐる箱屋さへも、それ自身が彼女等の日常にふれることによつて非常に幸福なやうなものに思へたのである。

かれにとつて堪えがたいものは、その通りで聞くところの何処から起つてくるとも分らない一種の女の肉声《こゑ》であつた。それは何の家々からも二階からも起るらしい艶めかしい笑ひ声と交つて、かれの喉すぢを締めつけるやうな衝動的な調子でからみついてくるのであつた。

『おれはあの声をきくごとに、からだの何処《どこ》かが疼《うづ》いてくる。あの声はおれのからだぢゆうを掻き探つておれの呼吸をまで窒《と》めるのだ。』

かれは、さう何時《いつ》もふしぎな女の肉声《にくせい》をきくごとに感じたのであつた。その肉声《こゑ》のなかには鵙《もず》のやうな啼き工合や、いきなり頬を舐め廻されるやうな甘い気持や、また、いきなり痒いところを尚痒く擽《くす》ぐるやうな毒々しさをもつてゐた。なかには、あたまの底までしんと静まり冴え返らせるやうな本能的な笑ひ声と交つてゐるのであつた。ともあれ、それらは悉《ことごと》く障子戸の内部から、あるいは雨戸越しに遠くきこえたりするのであつた。

そらから最《も》う一つは、かれと擦れちがひにあるく女らが、どういふ時でも必らず一度はかういふ種類の女にありがちな一瞥を施してくれることで、そのため彼はどれだけ暗い往来で、ふいに花をぶつけられたやうに慌てたことであつたか判らない。どの女らも決つたやうに鼻や唇や耳にくらべてその、目つきが悧巧げに黒々と据えられてゐて、ひと目投げると対手《あひて》の足のさきから頭のさきまで見とどける周到な働きと迅速な解剖的視覚をもつてゐるのであつた。何かの黒漆《こくしつ》な虫、とくに何ものでもない異常な光、その冷たさうに素早く輝くものが、いつもかれに一滴の異体の知れないものを注いでゐた。それがかれにとつて理由なく嬉しかつたのである。しかし、かれにそそがれる目つきは、なかばは卑しげなものを見下すひかりで、なかばは、かういふ界隈はあなたがたのくるところでないといふ叱責さへも加はつてゐるやうであつた。かれはそのために赧《あか》くなつて溝《どぶ》板《いた》のやうな下駄の音を忍んであるくのであつた。

かうした毎夜のやうな彼の彷徨は、つゐにふしぎな或る挿話をいつごろとなく彼の耳にいれてゐた。その何より先きに、かれが一度ばかりでない数度も、そのふしぎな娘とも女中ともつかない女を見たのであつた。

ある蒼白い冬の晩であつたが、はしなく人人が馳るので何心なく近づくと、有名な女でみんなは「電気娘」と呼んでゐたのが歩いてゆくのであつた。おもにこの界隈の使ひあるきや、大掃事の手づたひなどをして歩いてゐた。いつか彼女が金か何か盗んだときに、みんなで捕まへやうとしたが、彼女の肩や手に手をふれると、異様なエレクトリツクの顫動《せんどう》をかんじると同時に、とくに変な悪寒さへ感じたのであつた。それでも皆でぐるぐる巻きに縄をつけたが、どれだけ巻いても、するすると抜け落ちるか、ふしぎにも途中で切れてしまふのである。しまひには皆が気味悪くなつて、もう二度と彼女を追ふものさへゐなかつた。かの女は老婆と一しよに住んでゐたが、それから後も忙しい家族の手伝ひに次から次へと傭はれてゐた。ただ、おかしいことには三度おんぶした子供が三度とも窒息してしまつたことで、医師に診させると、別に外部からどうといふことがない。唯女の肉体にはげしい鰻や夜光虫などの持つ電気性が多いとかで、それが決して彼女自身の内部にあるときは有害ではないといふことであつた。ただ、

『その子供の種類にも依《よ》るし、彼女の電気性に摩擦力を与へるもののみが危険であるやうだ。』とだけで、医師もくわしいことは説明しなかつたのである。それ以来、かの女が子供を負《おぶ》つたことを見たことがなかつた。

かれは此のふしぎな女に、よくその小路で出会ふごとに何日《いつか》は話をしやうと思つてゐた。女はいつも風呂敷包みをもつたり、巻煙草をかひに出かけたり、車を呼びに行つたりしてゐた。はじめのうちは彼女は彼をうすきみ悪く眺めてゐたが、このごろになつて微笑《わら》つて通つてゆくやうなことがあつた。実際、かの女が何かの樹木に（その木は何といふのであつたか忘れた。）つかまつたとき、樹木がいちどきに震えたといはれたことや、ある家では食卓をたたまうとして、突然に、食卓に感電したとのことであつた。

かれは第一に彼女が驚くべき蒼白い皮膚をしてゐるのを見逃がさなかつたばかりではなく、その蒼白さは年の若いせいもあらうが、極めて肉着きがゆるやかで、その上肥《こ》えた色白な女が有《も》つやうなうつすりした冷たささへ感じるのであつた。概して皮膚の冷たさには、内部の皮膚生活が枯れきつたそれと、また、

脂肪それ自らによつて肉着が冷たくなつてゐるのと二た通りあるが、かの女はその後者であつて、いつも、くつきりした蒼白さは可成な冷たさをもつてゐたのである。かれの考へるところに拠《よ》ると此のふしぎな女の皮膚の蒼白さには、どこか瓦斯《がす》とか電燈とかにみるやうな光がつや消しになつて含まれてゐて、ときには鉱物のやうな冷たさをもち、または魚族のふくんでゐるやうな冷たさをもつてゐるやうにながめられたのである。

　それゆえ彼れは何よりも彼女を街燈の下でなければ、商店の瓦斯の光で眺めることを好んでゐたのである。かれの異常な、殆説明しがたい物好きは、かの女に一瞥をあたへるごとに、その皮膚の蒼白さにぴたりと眼球を蓋されたやうな悩ましさを感じるのであつた。たとへば、その洋紙のやうな白みに何時もうつすりとあぶらぐんだ冷たさうな光は、形よく整つた鼻を中心にして、鼻の両側から少しづつ蒼白さを強めて、最后に鼻のさきの方で、いつも一と光りつるりと往来の灯を反射してゐるのであつた。ともあれ、これらの驚くべき、また多少気味悪い皮膚は、かの女の憑きものゝやうに言はれてゐる電気性と一しよに、この界隈のひとびとから一種のふしぎな徴候として眺められてゐたのである。綺倆《きりやう》は決して悪くはない。ただ余りに鮮やかに白すぎる顔面に、あまりに生きのいい黒ずんだ目が翳《かざ》されてゐることで、なほよく見れば決して黒目が黒目ではなく、むしろ茶褐な瞳孔で、その奥の方に水の上を走しるまひまひ虫のやうな瞳が据つてゐることが、なほ彼女をえたいの分らない女としてゐた。そこまで彼女を見研《みきは》めるなれば、遂にその皮膚のこまか過ぎる点や、産毛の異常に繁毛してゐるのや、白すぎる色あひや、ところどころにどうかすると痣のやうな影をもつてゐること（しかしそれは彼女の顔を側面から見たりするときに、ふいに痣のやうなものを見るが、気をつけると決してそれがあざではないやうである。）などが、かれにとつては益々おかしな疑ひをもたすのである。それは果して彼女が日本人であるかないかといふ疑問で、ひよつとすると、外国人の種子《たね》をもつてゐはすまいかと云ふことである。

　と言つても彼女は決して雑種児《アイノコ》としての条件的相貌の全部をもつてゐないのである。日本語の巧みなことや、髪の毛のやや黒いこと（しかしそれは日光などの当つてゐるときに見ると、殆んど茶いろに近いのだ。）ことに彼女の母親であるといはれてゐる馬道《うまみち》の裏二階に住んでゐる老婆が純日本人であることなどを取り併せると、雑種児《アイノコ》ではないやうにも思へるのである。しかし、こゝに疑問とすべきは、彼女の身体《からだ》つきが非常にがつしりとしてゐることと、背丈の高いこと、そして骨盤のあたりが殆《ほとんど》西洋人にくらべても遜色ないこと等《とう》である。いつも、すらりと足早にあるいてゆく彼女の長い足つきは、そのまま踵の高い女靴をはかせ、その上、スカアトを着けてみたなれば決して見劣りのない西洋人のやうに見えることである。その歩きぶりは其等の凡ての条件を全うすべき資格をもつてゐるのである。彼女はすらり／＼と歩きながら八百屋の角や小路の曲り目などでは、凡ての西洋人の持つところの軽快な歩行と、しかもかなりな繊細《かよわ》さをもつてくるりと八百屋の角をまがつてゆくことである。かの女のちぢれ毛がそのときは実によい調和をあたへるのである。もしその小さい風呂敷包みを手に持つことなく、日本風な汚ない着物をつけてゐなかつたとしたら、かの女はすつかり西洋人のやうに見へたにちがひない。

　しかもかれは暗い小路から突然に出てきた彼女に分会《であ》ふごとに幾度《いくたび》驚きを新たにしたことであらう。それは紛ふ方もない一人の西洋人が暗《やみ》にまみれて歩きつづめてゐるやうな気がするのであつた。スカアトのあたりからあふられるともない優しい風さへ、かれの神経をおののかせたのである。それに彼の界隈にあるふしぎな十二層の煉瓦塔が、夜々のかの女のあやしい姿と、最《も》う一つは彼れ自身の目の前に、あるときは黒ずんで立ち、あるときは星を貫いて立つてゐるのである。その窓々はいつも暗く閉されてあつたが、眺めてゐるうちに不思議にいろいろな想念に織り悩みこんでくる古い塔の尖端に、かれは毎夜のやうにかれの伝奇的興趣をそそるやうな星座を見出すのであつた。かれは何故にふしぎな女とこの変な煉瓦塔とをむすびつけて考へたことであるかは分らないが、それら二者を離しては、もう彼女といふものを完全に考へ出すこともできなかつたからである。

　かれがこの女の奇声ともいはるべき声をきいたのは、その晩がはじめてであつた。かれはいつものやうに町から町をあるきつづめ、この都会の澱んでカスばかり溜つた小路をあるきながら、例によつて何等の感銘もなく、ただ徒《いたづ》らに歩行するだけの毎夜の疲労にとぼとぼ歩いてゐたとき、例によつて何処《どこ》から何《ど》処《こ》へ何《なん》の用事があつて往来するかわからない群衆からはなれたときに、かれは、ふいに彼女が暗い小路からでてくるのに出会したのである。

　誰でもさうであらうが余り度々《たび〳〵》出会《でつくわ》すときは、意志のない振り顧りをやるものである。彼女はそのときも例によつてかれの顔を凝視しながら忙《せは》しげに往来へ出て行つた。かれはその背後《うしろ》姿《すがた》を見つめたときに、いつもの暗い屋上に積みかさねられた塔を目に入れ、また彼女の足早な姿を目にいれたのである。かれは何のために毎夜のやうに逍《うろ》つくのか、そして逍《うろ》つかなければ眠れない遊懶《ゆうだ》と過剰された時間は、ただに疲労のみが眠りを誘ふにすぎなかつたのである。また、決して彼女と話をしやうといふ気もおこらなかつたのである。なぜかといへば、かれがさういふ界隈の家々の二階や下座敷の灯《とも》れてゐるのを眺めて居れば、かれ自身も何かしら其らのものから、むづがゆい聯想と、れいの時々おこる肉声《こゑ》のなまめかしい声言によつて、かれのあらゆるものを擽られる感覚的愉楽をとり入れることができたからである。それがため、かれは例の忌はしい広告画を押入れにしまつて、宿を出ると、いつも騒々しい楽隊や喧擾や食物や淫漫な巷の裏から裏を這ひありく犬のやうに身すぼらしくぶらつくのであつた。

かれはそのとき何をきいたか。また、どういふ言葉の意味であつたか判らないが、突然呼び止められたことは実際であつた。

かれの前には、異様に色白な彼女が佇んでゐたのであつた。片側はしもた屋になり、片側から軒燈が漏れてゐて、蒼白い彼女の皮膚をいよいよ冴えた蒼白さに射かへして、くつきりと夜のくらみを劃《くぎ》つた上に、むしろ重く空中に浮いてみえたのである。

『わたしを呼んだのは君かね。いま何か言つて呼んだのは――。』

かれはさう言ひながら、彼女の黒ずんだ目をみつめた。それは瞬きもせずに、むしろ猫のやうなあやしい光をたゝへてゐた。何か言はうとしながら、手に風呂敷包みをもつたまゝ、むしろぼんやりとした視線をかれにそゝいでゐた。

『たしかにわたしを呼んだのは君だとおもふが……。』

かれは又さう言ひながら「しかし間違ひかも知れない。あの女がわたしを呼ぶわけがない。」しかし彼れは殆《ほとんど》奇声にも近い声をきいたことは実際である。

『いえ。わたしではございませんわ。わたしは……。』

と彼女はそのとき不審さうにかれを見つめた。かの女にはかういふ他人から呼び止められた経験に乏しいらしかつたのであらう。その顔いろはいくらか慌てゝゐた。かれは初めて蒼白い皮膚がその表情の雑多に富んでゐるといふことを見て取つた。

『さうですか。どうか構はないで行つて下さい。べつに用事がないんですから。』

かれはさう言つて、かの女に道をゆづらうとしたとき、彼女の目が素早くかれの額に投げつけられた。それは目のなかで瞳をひと廻りさせたやうな素早さで、むしろ艶めかしい匂ひをもつてゐたのである。決して日本の女にはできない多くの外国の女らが持つところの大きな瞳とその表情であつたからである。

『ではごめんなさいまし。』

さう言つて腰をかがめ、かゞめた腰をあげたときに上目をしながら、じろりと柔かく一と目見て足早やにあるいて行つた。かれはそのとき一体何をきいたのであらうか、あの女の声でないとすれば、かれは誰から呼び立てられたのであらうかと考へながら、ぶらぶら歩いてゐた。

かれはこの巷に於けるさまざまな汚ない酒場やカフフエ、飲食店などの併《なら》んでゐる通りをあるくごとに、それらを包む夜のそらをながめながら、そこの公園にうとうとと一と眠りをするか、でなければ、必らず毎夜のやうに一時間余も同じところに客待ちをしてゐる自動車の側面に、それに追ひ立てを食はないばかりの安逸さを、わづかな時間を偸《ぬす》んで眠る人人のむれを見た。または泥にはまり込んで腰から下が水気《すゐき》で腫れた毎夜の乞食が、どこからどう消えてゆくか分らないが、集まつては消え失せてゆくのを見た。

かれは昼間も、この騒々しい公園の池のほとりに凭《もた》れたベンチの上に坐つてゐた。かれが二度目に例のふしぎな女を見かけたのは、この池のまわりであつたのである。
殆《ほとんど》どいちやうに、このベンチに集まるひとびとは、みな疲れ込んで、なりも汚れてゐたし、顔といふ顔には当然現はれるべき疲労と倦怠、つぎには悲しげな苛々した貧しさをたたへてゐたのである。あるものは、電車の乗かへ切符を手にもちながら、それをどれだけ細かく引裂けるものであるかといふことを試すもののやうに、タテに裂いたり横にちぎつたりしながら、ぼんやり池一つへだてゝ通りを眺めてゐるのもゐたし、なかには腭《あご》つきを膝の上でやりながらぼんやり失神したやうに或る一点をながめくらしてゐるのも居た。なかには講談をよんでゐるのも居たが、どれもこれも、となり合つたベンチの上にゐながら、お互ひに話をしやうとするものがなかつた。さういふことに興味をもたないもの丶やうに見えた。かれらは、お互ひに人目を盗んでは煙草をひらひ合ふか、べつに何ごとかを深く考へ込んで、根が生えて立てないやうにも見えた。

　かれは、そこにある池のなかにゐる埃《ほこり》と煤《すゝ》だらけの鯉をながめてゐた。かれはどういふものか、これらの魚族が決して生きてゐるもののやうに思へなかつたのである。俗悪な活動の絵看板の色彩が雨にでも流れ込んだものでなければ、ふしぎに、紙作りでもされたもの丶やうに、わけてもあやしい緋の鯉や蒼いのを見つめた。かれらは懶《ものう》げに、よどみ込んだぬらぬらした池《ち》水《すゐ》を重たげに泳ぎ、底泥《ていど》につかれたやうなからだを水の上にあらはし、ほつかりと外気をひと息に吸ふのであつた。空気は、さうざうしい人々の埃と煤と雑音とによごれて、灰ばんで池の上に垂れてゐた。しかも、そこには、幾千といふことない看客を呑みこんでゐる建物が、さかさまにそのボール製の窓々と、窓々をさし覗く腰のまるい女らの姿をうつしてゐたのである。あるものは悩ましげな藍いろの半洋服で、あるものは膝よりも白い頸をさしつらぬいで、蒼々した水の上に、何らの波紋もなく、しんとして映つてゐるのであつた。日かげは、これらの高層な建物のうしろにつづく大通りの屋根々々の上にかがやいてゐるらしく、その為めななめに蔭られて、ベンチの上の悲しげな蒼白い相貌をなほ一層憂鬱に、かつ物懶げに映し出してゐるのであつた。かれのからだにも日の光りはあたたかに当つてゐた。

　池のなかばにも日があたつてゐた。かれらの悲しげな泳ぎは温かい方へ、そこの明るみに舞ふところの微塵はみな水の上におちて行つた。風船玉の破れや、活動のプログラムを丸めたのや、果物の皮、または半分に引きさかれた活動女優の絵はがき、さういふものが岸の方へみな波打ちに寄せられ、あるかないかのさざなみに浮んでゐた。哀しげなアニタ・ステワードの白々しい微笑んだ絵はがきが、かれの方から濡れたまゝ、日の光りのまにまに浮いて見えたのであつた。かれはそれを見るともなく眺めてゐるうち、ふしぎにその印刷紙の蒼白い皮膚が濡れてゐるために、ふいに、れいの女のことを思ひ出した。
『ちやうど、ああいふ風な蒼白さで、そして何時《いつ》もすらりと歩いてゐるのだ。よく似てゐる。さびしげな頬のあたりが、ほとんど彼女にそつくりだと言つてもいい。』

　かれがさういふ思ひに充たされてゐるときに、不意に、赤い鯉が池のそこから浮びあがつてきて、何かを吸ひこんで、はつきりともんどり打つて再び水中にかくれた。そのとき、かれは緋鯉の円つこい胴体が捩ぢられて、湾曲されて滑らかに露《あら》はれたのをみた。それは彼れには、婉然として円みのある胴体ばかりでない、美しいある咄嗟の幻想にいざなひ込んだのであつた。みればあたりの水は濁り、ひつそりとして彼女のすがたは消え失せたのであつたが、水面に浮んだ分の鱗がちらと光つたまゝで、かれの視覚にもつれついて中々離れなかつた。

　ひよいと見ると、かれの正面の××館の看板絵にもなまなましいペンキ絵の女の顔が、するどく光つた短刀を咥《くは》へて、みだれた髪のまま立つてゐるのであつた。その唇の紅さ、頬の蒼白さ、病的にばらばらに、かれの頬のあたりまで靡《なび》いてくるやうな髪の毛の煩ささを感じながら、かれは飽くこともなく見つめたのである。かれは、さういふ一切の光景のうちに、病みわづらふた彼れの性的な発作がだんだんに平常のかれ以上のかれに惹き上げつつあるのであつた。かれにとつて、もはや一切の流《りう》旗《き》や看板絵や、わづかに棄てられたアニタ・ステワードや、鯉の胴体や、なやましげに紫紺の羽織をきた女や、下駄ずれの音や、しぶとく垂れてゐる柳や、さては、そこにある交番の巡査のさびしげな赤い肩章まで、かれのからだに響を立てゝ、一種の花のやうにむら咲きをはじめたのであつた。それと反対にかれの顔面は荒《すさ》んだやうな上乾きをしてゆき、悲しげな鼻翼の線を深めるばかりであつた。

『おれは彼の鯉の胴体をしつかり心ゆくまで摑んで見たい願ひをもつてゐる。あれが不思議な冷たい生きものであるか。単にそれだけのものであるか、それとも柔らかい名状しがたい別な生きものであり、そしてその摑んで見ることによつて何等かの愉楽を感じ得るものであるか、ともあれ、あれのからだには様々なもの、感覚が、この混閙《こんぱい》の巷のうちの何かが潜んでゐはすまいか。』

　かれの恁《か》ういふ詰らない考へは、殆《ほとんど》熱病のやうにかれのからだのなかに広がつてゆくのであつた。埃と煤と紙きれと。またそれらにまみれた空気よりしかないこの池、あやしげな一切の影をうつす水の面、そのなかには、かれ自身さへ知ることのできないものが有り得るもの、やうに思へた。三年に一度づつの底浚ひにはふしぎにも幾つのダイヤモンドの指輪と、ほかに又純金の指輪が必らず落されてゐるといふことや、銀貨が沈められてゐることや、その他に純金細工の櫛やかんざしや珊瑚珠や、ときとすると不思議な絵画が幾束となく固く封じられて底深く沈められてあることや、男と女との人形が固く両方から搏められ、錘《おもり》をつけられ、かつ呪はれたままで底泥のなかに沈みこんでゐることなどがあつた。あらゆるこの都会の底の底の忌はしげな情痴の働きが、なほかつ此の水中のなかに春のやうに濃く、あるものは燦然と輝いて沈められてあるのであつた。夜《よ》は夜《よ》についで蒼く明けきらないうちに、いかにそこは諸々《しよく》のものが棄てられ沈められることであつたらう。かれは、これらの考へから、水とはいへない一種のあぶらのやうな水面をなほ永くふしぎなものを見詰めるやうに眺めるのであつた。

　そのとき。うつすりと日が陰つたやうな気がした。が、実はさうではなく、五六間さきに一人の女が歩いてゆくのが見られた。はつとする間もなく、彼女は、すぐかれを見つけると何気なく、すなほに微笑んだのである。そのとき彼れは殆《ほとんど》夜ばかり往来で見た彼女の皮膚が、日光に透いて見えて、いかに白く明確に輪廓づけられたものであるかを初めて知つたのである。それは貝類の肌のやうな白みのなかに稍々《やゝ》うつすりしたオレンヂいろを交ぜたやうな光沢をもつたところの、殆《ほとんど》、日本人としては稀に見る皮膚の純白さをもつてゐたのである。之加《しか》も夜《よ》、やや褐いろに近いと思へた目は紛ふかたもない藍ばんだ黒さで、両側の長い睫毛《まつげ》に敝はれてゐて、あだかも澄んだ蒼い池のまはりの蘆芦《あし》の茂みのやうで、しかもゆつくりした光をもつて、しづかに、かれの視線を見返したのであつた。

　この不思議な女は、まごふ方もない雑種児《アイノコ》であることを感じたのである。かれはその微笑をほとんど咄嗟の間に返すと、かの女もすぐさま又返してきたのである。何かの買ひものをした帰へりであらう、風呂敷包みを有《も》ちながら、裾を蹴散らして歩く背高い姿はひとびとの目を惹いたのである。かの女は足早やに往来へ出て行つたが、その異常に白い頸首《くび》ははつきりとかれの目に抉《えぐ》り込まれてつツ立つてゐた。

　そのとき彼れの疲れた耳もとで、誰かが物うげな声でささやくのが聴えた。それほど彼女の姿はひとびとの目につき、また彼女自身がそれほど有名なものになつてゐたのであつた。かれは耳を立てたとき、うしろのベンチで囁きはふたたび起つたのである。

『あの女は電気をからだに持つてゐるんださうだ。何をするか分らない。異体《いたい》の知れない女ださうだ。』

　と、言ふのがきこえた。にぶい虻のやうに疲れた声であつた。

『どういう風に電気があるのだ。そんなものが人間のからだにある筈がないぢやないか。』

　と別な声がいふと、さきの声が再《ま》たこれに答へた。

『あの女がね。樹なんぞ揺ぶると、樹がガタガタ震えるのだ。ふしぎに子供を負《おぶ》さすと何時の間にか窒息してしまふのださうだ。だから彼の女はできるだけ電燈のそばに坐つたり歩いたりなぞしないさうだ。いつも暗いところばかり撰《よ》つて歩くのださうだ。』

　と言つたときに、彼女の姿はもう人込みに揉み消されてしまつてゐた。

『そんな不思議な女がいまどき居るものかね。』

　と感嘆したやうな声がつづくと、

『一種のああいふ病気なんだよ。あの変に白つぽい顔色を見ても何かの病持《やまひも》ちだといふことが判るぢやないか。』と、さきのだるい声がぜいぜい続いたのである。かれはしばらくすると、そこのベンチを離れた。

　そのとき日の光は、人家の屋根の上にななめにさしてゐた。冬近く、黄ばんだ夕方ちかい光線は、あらはに二階家の内部や、商店や飲酒店の暖簾をそめてゐた。この巷にきて、これらの光線を見ることは、いつも彼にとつては堪えがたい寥々《れう〳〵》とした気持に陥ち入らせるのであつた。かれが観音堂の裏あたりへきたとき、うしろから来た男が何か言ひたげに、うそうそと影のやうにつき纏つてゐることを見いだしたのである。

　かれは、若い銀杏の木のしたに来たとき、その男は、低い声で、すれすれに寄つてささやいた。

『あなたは電車の切符をおもちでせうか。実は……。』

　と言ひかけて、かれは藍色した切符を一枚取り出して

『これをあなたに買つていただきたいと思ひましてお願ひしたんです。わたしはまだ何も食はないんです。けさから……。』

　かれは、その男のよれよれになつた単衣《ひとへ》と古下駄と、この都会を絶えず彷徨してゐるもののみに見る浅黒い皮膚とを目にいれた。けれどもかれはまだ黙つて、睡眠不足らしいかれの目をみつめた。

　かれは内懐中《うちぶところ》から一枚の銀貨をつまみ出すと、やはり低い声で、

『お困りでせうに――これだけあるから使つて下さい。』

さう言つて、男の手のひらに銀貨をのせたのである。男は幾度も礼を言つてしつこく切符をかれにわたさうとした。

『それは要りませんよ。そんな心配はしないで下さい。』と言ひながら、かれはくるりと踵を見せてあるき出した。

　かれは、かれの背後《うしろ》で浅猿《あさま》しくも幾度となく挨拶をいふ男の声をききながら、忌はしさのために、自分自身のしたことについて或る不愉快な憎しみを抱きながら歩いてゐた。何処《どこ》から何《ど》処《こ》となく、町角に出るかと思ふと、とある飲食店の内部に、さむざむとかれは夕食をしたためてゐたりしてゐた。

　かれは其処《そこ》でさまざまな人々を見た。それは、当時に流行《はや》つた小唄をヴァイオリンに併せて弾いたりする卑俗な街頭音楽者のむれであつた。かれらは、吉原に近い土手裏の湿《じ》め湿《じ》めした掘立小屋のやうな木賃に、蛆のやうに動めきながら、朝から晩まで唄ひつづけてゐたのであつた。かれがふとしたことから、その木賃をたづねたときは、午后三時ころの斜陽が、煤と埃とボロにまみれた六畳の、黒ずんだ畳の上をあかね色に悲しげに射してゐた。

　音楽者らは、みなヴァイオリンを一日十銭づつに賃借りをしてゐた上に、糸や楽器の破損は凡て自分持ちにしてゐたのである。手垢にまみれた楽器はどれだけの人々の手に触れたか分らないほど黒ずんだ光沢をもつて、胴の中はおびただしい埃にまみれてゐたのである。かれが其処に凡ての人々がするやうに、ぶら

りと這入ると、すぐ紹介された。歳太郎《としたらう》といふかれの郷里から出てきた古い友人が、かれを時々脅して電車賃などを持つて行つたが、しまひに、かれをそこに紹介してくれたのである。

そこには四人の青年がゐたが、みな一様に日焼けをしてゐた上に、営養不良らしい蒼白い皮膚をしてゐた。昼間は、ときどき万年町の元締からくる毎日の新しい小唄を予習することに趁はれてゐたが、もとよりメロデイばかりを弾くのであるから、それほど困難ではなかつた。ひとりが唱へば、ひとりが弾きながら

洋燈《ランプ》さん、わたしあなたに、
ほやほや惚れた――
心《しん》のあるのを見て惚れた――。

と、悲しげな皺枯《しはが》れ荒《すさ》んだ声でうたふのである。かれは、三人ともみな魚《さかな》のやうな大きな口をあけて、うすぐらい室でうたひ出すのをきいてゐると、本願寺の境内のくらやみや、公園の隅々、それから町裏などに歌つてる帽子をも冠らない浮浪人のむれを思ひ出すのであつた。その声は、変に破《わ》れて錆ついたやうな喉声で、永くきいてゐるとひとりでに心が荒みながら沈んでゆくやうな気がするのである。わけても折釘にぶら下げた垢まみれの着物やシヤツや帽子や、蠅の糞でくろずんでゐる天井、すぐ窓さきが隣の厠にひきつづいた湿つぽい腐つた板囲ひ、それから次第に天井の方へ這ひあがつてゆく一くれの日かげの寂しさ、さういふものが悉《ことごと》くかれらの声音とよく調和されて何時までもつづくのであつた。

ほやほや惚れた、れた……

と、きいきい軋むヴイオリンが、同じいメロデイを幾度《いくたび》となく繰りかへされながら、うたはれるのであつた。

かれは、歳太郎が手に持つてゐる薄い印刷物を借りてよむと、そこには小唄が十種ばかり書いてあつて、定価がつけられてあつた。それらの印刷物は万年町の元締めから「卸し」にされて、例の街頭で売り捌くことになつてゐるのであつた。

『この小唄を作る男に会ひましたが、早稲田を中途でやめて此の方を専門にやつてゐるんですよ。やはり原稿料みたいになつてゐるんです。絶えず新しい作ばかりを節づけてゐるんですよ。』

と、歳太郎は、その男が現にこの原稿ばかりで食つてゐることや、東京で唄はれる流行歌はみなその男が作ることなどを話したそして、

『大阪と京都へもわざわざ旅費をつかつて出かけるんですよ。それがつまり東京を振り出しにして横浜までの旅費さへあれば、ヴイオリンを一挺持つて、町々で唄つては此刷物を売つて歩けば大阪へでも京都へでも行けるんです。』

と言つて、沢山の刷物を二つ折りにしては重ねてゐた。そこにゐた仲間らしい青年がさつきからじろじろ見てゐたが、

『あなたは美術家ですか。』

と言つたので、かれは慌て、さうでないと言つたのである。

ところが歳太郎はすぐ口をきつて、

『この人は詩をかくんだから、小唄などは何でもないんだ。書いて貰ふとい丶。』と言つて、

『君、何か一つかいてやつてくれませんか三四十行の奴を――。』と言つたのである。するとその男は、

『詩つていふのは新体詩のことですか。万年町の小唄の作者も詩がうまいんだといふ話ですよ。』

さう言ひながら『わたしも文学希望で田舎から出てきたんですけれど、とうたう、こんな処へ陥り込んだのですよ。T先生S先生にもお会ひしたことがありますよ。あのころからずつと遣つて居れば、今頃はどうにかなつてゐたかも知れないがなあ。』

と関西なまりで言ふと、そばにゐたヴイオリン弾きが笑ひ出して、肩から楽器をおろしながら皮肉さうに、

『こんな男が君何をやつたつて出来るものですかね。木賃にごろ〲してゐるより外に能のない男ですよ。なにかの癖にああして泣言をいひますがね。』と、抉るやうな浮いた調子で言つて『僕なんぞも三度も音楽学校の試験に落第したものですよ。学校のなかの芝草の生えたところがあるでせう。あそこで胸をどきつかせながら試験場へ這入つて行つたものです。けれども、それも今は話の種子でさ。』と、自分で自分を卑下するやうに、からからと笑つた。すると、さつきの男が、じつと見つめてゐたが、

『嘘を吐け、君が音楽学校の試験なぞを受ける資格があるものかね。第一、中学は卒《をへ》てゐないし、英語はビイルのレツテルも読めないぢやないか。』

と云ふと、ヴイオリン弾きはすぐ赤くなつて、唇を噛んで、慌て丶赤くなつた顔の遣り場に困つたらしくどぎまぎしたが、

『馬鹿を云へ。きさまなんぞに音楽学校のことを言つたつて分るものか、そのころ勉強した音程の本なぞ皆ちやんと今でも持てゐるんだ。』

さう少し蒼ざめながらいふと、さきの男は追ひかけるやうに、

『ぢや拝見しませうかね。音程の本がきいて呆れらあだ。』と毒づいて、気短かさうに煙草に火をつけてゐた。歳太郎がそばから、

『詰らないことを言はないで今夜のやつを練習しなければものにならないよ。日がだいぶ詰つたぢやないか。』と、年頭《としがしら》だけにさう言ふと、ぐすぐず言ひながら、

『君、ちよいと失礼します。』と言つて、また大きな口を開けながら、長々と歌ひはじめるのであつた。いちやうに大きく開《あ》けた口もと、そのきたない歯並、それらはただ機械的にすぼがつたり開けられたりした。どこか哀調をふくんだところではわざと目をほそめ、額にしはを寄せながら泣くやうな声を出すのであつた。

『楽器などがないと思つて大きな声でうたへよ。低くつていけない。』

と、ヴイオリン弾きがどやしつけるやうに呼ぶと、さきの男もぶつきら棒に叩きつけるやうに怒鳴つた。

『ヴイオリンのやうな高い声などが人間に出るものか。』

『そこを出すのがいいのぢやないか。ヴイオリンは今の場合伴奏にすぎないんだよ伴奏なんだよ。』

と遣り込めると、さきの男は、

『伴奏といふのは別の曲を弾くことなんだ。メロデイばかりぢやないか。』と、これも唱ひながら嚙みつくやうに喚いた。

『生意気をいふな。——そら間違つた。もつと長く引くんだ。い、い、ほやほや惚れた——とかういふ風に。』

と、ヴイオリン弾きは、かれを横目で見ながら、決して此男などに負をとらないと云ふ暗示を与へるやうにツケツケ呼ぶのであつた。

歳太郎は黙つてゐたが、さすが子供のときからの友だちの前で啀《か》み合つてゐる仲間を見られた極まり悪さに陰気になつて考へ込んでゐたが、

『こんな口諍ひは毎日なんですよ。どうにもならないんですからね。』

と低い声で言つた。歳太郎は子供のときから明笛《みんてき》や流行唄《はやりうた》などを上手くうたつたが、こんな処へ墜ちてきた自分をいつも彼れの前では蔑すんでゐたのである。

「どちらでも同じことなんだよ。僕なんぞも君らのやうな仕事さへできなくてのらくらしてゐるんですよ。』と、彼は彼で低い沈んだ声で囁くのであつた。

『だつて為るにも事欠いで唄うたひなんですからね。』と言ひながら、軽く思ひ上つたやうな調子で、

『食ふには食へるんですよ。別に人さまに頭を垂げなければならないこともありませんしね。行き当りばつたりで気に入つたところで唄つてゐさへすればいゝんですよ。それだけが取りどころです。』と、歳太郎は言つて安心したやうな顔になつたが、

『これで雨の十日も降られると、どうにもならなくなるんですよ。そと稼ぎはできないしね。蛆のやうに此処でねころんでゐるんです。そんなときになると君などと遊んだ郷里の町などを考へ出しましてね。あれはどうしたらうなどと思ひ出すんですよ。』と、三十近い能なしに彼れは、眉根の薄くなるやうな寂しい顔をするのであつた。

かれは先刻から室《へや》の隅に色白な少年が、じつと坐つたきりで少しも動かないでゐるのを偸《ぬす》み見てゐた。皆のあとにつきながら、口をもがもがさせてゐたが、少年の声音《こゑ》だけが皆の荒れたのにくらべて、なま若く不調和な高い調子になるので、すこし唄つては止め、さうしては居られなさうに又急に、へんに跳ねあがるやうな声で唄つてゐた。さうしては時々かれの方を眺めながら、かれの視線に出会すとあはて、視線を外らし、いくらか惶《あは》て、声をへどもどさせるのである。それらの調子がどうしても最近にこの仲間へ入つてきたものとしか思へなかつた。それに少年の顔は他の仲間にくらべて、まだ滑らかな悪ずれのし

てゐない若々しい光沢をもつてゐるのであつた。

かれはそつと歳太郎の耳もとで
『あの少年はどうしたのかね。こんなところへ来るものとも思へないやうだが……。』

さう問ふと歳太郎もちよいと一瞥しながら低い声で『あの少年ですか。あれは。』と言つて一層声をひくめて、

『一週間ほど前に自分から進んでやつて来たんですよ。田舎から出てきたらしいんだが、やはり種々《いろ〳〵》仕事を捜したが無いんで此処へやつてきたらしいんですよ。それでも（君は将来はどうするのかね。）と尋ねると（昼間は学校へ行つて苦学をしたいんです。晩はどんなことをしたつていいんです。）と言ふんですが、誰でも始めは皆さうなんですが、しまひには怎《ど》うにも恁《か》うにもならなくなつて了ふんですよ。ああして居るもの丶ちやんと私にはどんな人間になるかが解るやうな気がするんです。いまはああやつて恥かしさうにしてゐますがね。』

歳太郎はやや自信あるらしい調子で言つてゐるうちにも、少年は自分のことを話されてゐる不安な予覚のためにこちらの方をじろじろ眺めてゐた。

『では最《も》う街で唄ひ出すのかね。あれでは物にならないだらうが。』といふと、

『まだ恥かしがつてゐるんですが、なあに二週間も経てばすぐですよ。それも一度街で唄へばもうしめたものです。どこまでも厚面《あつかま》しくならなければなりませんからね。巡査がやかましく追つ払ひますからね。考へて見ると厭な商売ですよ。』

と、歳太郎はすつかり刷り物を揃へてしまふと、懐中瓦斯とサイダアの瓶に湯ざましを詰めこんで、小さな風呂敷包みのなかに入れた。

『サイダアの瓶はどうするのかね。』と問ふと、

『唄つてゐるうちは喉が渇くでせう。それで用意して行くんです。』

かう歳太郎は言つて、はははと寂しく笑つた。他の連中も練習が済むと、みな刷り物と懐中瓦斯とを一と包みにした。さきの少年はむんづりと立つと、自分の分と、連れられてゆく歳太郎の分とを土間の板の上にならべ、みんなの下駄をそろへた。

そのとき日は室内にも外にも陰《かげ》つて、うそ寒げな夕方の空気があたりを這ひはじめてゐた。ヴイオリン弾きは木綿の袋に楽器を入れると、それを抱えて、さきの口争ひをもけろりと忘れたやうにして、

『さあ出掛けよう。君はゆつくりして入らしつて下さい。』と言ひながら『なにを愚図々々してゐるんだ。出かけよう。』と、さつきの男に言つた。さきの男は青いボール箱から両切《りやうぎり》を出すと火をつけて、かれに挨拶がはりに何か言ひながら、二人とも素足のまま古下駄をひツかけて出て行つた。二人とも同じい背丈で、どこか似たやうな寒げな埃ばんだ背後姿《うしろすがた》をしてゐた。

『君もそろそろ出かけるんだらう。』といふと
『そろそろ出かけなければ……』と言つて立ちあがつた。少年

はヴイオリンと刷り物を抱えて、まだ何処か可愛げなさつま絣の紺の褪せない筒袖をきてゐた。そとへ出ると、かれは歳太郎と少年とに別れた。

十二階から吉原への、ちやうど活動館のうしろの通りの、共同便所にならんで、いつも一台の自動車が憩《やす》んでゐた。晩の十二時ごろからどうかすると明方の一二時ころまで、いつも決つたやうに休んでゐる自動車はめつたに動いたことがなかつた。何時《いつ》の間《ま》にやつて来て、いつ動き出すか分らないが、きまつたやうに窓々にカーテンをおろしながら、街燈と街燈との間の暗《や》みに、にぶい玻璃窓を光らしながら置かれてあつた。

それに又、ふしぎなことには、ただの一度も運転手の姿を見たことがなかつた。どういふときでも、誰かが修繕をしながら一と走りに機械でも取りに行つてゐるやうに、人気もなく、あざらしのやうな黒い光沢のある自動車の全体が、しんと静まり返つて、空《から》ツ風《かぜ》のなかにじつとしてゐた。

かれは、そこにある柏《かしは》の並木の黄葉《くわうえう》がぼろぼろ落ちる夜なかに、一度、ふとした好奇心から通りとは反対の、溝のある方のハンドルのそばから内部を窺き見したことがあつた。そのとき彼れは殆《ほとんど》叫び出さうとする位の驚きに、おもはず自分の口もとを自分の手で塞いだくらゐであつた。——ちやうど彼れが忍びよりながら、夜目《よめ》にも自分の姿をうつす漆塗りの胴ツ腹から、そつと玻璃窓内を覗ふたときに、内部の深緑色（その晩は天鵞《びらう》絨《ど》のやうな黒味をおびてゐた。）の窓帷《まどかけ》がどうした途端であつたか片絞りをされて二寸ばかり開いてゐたのであつた。そこから彼れが視線を流しこんだとき、かれは、いきなり喉を締め上げられたやうに吃驚《きつきやう》したのである。なぜだといへば、あかりを消した内部に陶器のやうな白い女の肉顔が、まつすぐに坐つてゐるせいか、じつと動かないで据えられてゐたからであつた。

しかもその瞬間に、かれが第二の驚きの声をあげやうとしたのは、その女の顔とすれすれに又別な男の顔を見出したことであつた。ちやうど二つの白い瓜をならべたやうな姿勢《しせい》が、内部のあるかないかの、恰《あだか》も通りからカーテンを透してくる明りがぼんやりしてゐるのに浮きあがつてゐたからである。女の顔はくつきりと白く鮮やかな輪廓をもつてゐた。かれはかうした予期はしなかつたが、このふしぎな自動車のなかに女の肉顔《かほ》を見いだしただけでも、かれの靡乱しつくしたやうな心をどれだけ強くゆすぶつたか不明《わか》らなかつた。あり得べきところにあるものとは云へ、しんと静かな内部に鰈《かれい》のやうに白く泳ぎ澄んでゐるやうな彼女の顔は、変態なかれの情痴をぶちこはして了つたのである。

女はその服装の華美な点から言つても、毛皮の襟巻をしてゐるところから見ても、やはり女優のやうな妖艶さと押し出しをもつてゐた。第一、かの女の目はくらやみのなかでも、曇り硝子のやうなくすんだ光をもつて見えたのである。男は服をきてゐた。黒のソフトを深くかむつてゐた。かれらは黙つてゐた。

話し声も何もしなかつた。ただ、さうしてゐるのは、葉巻でも買ひにやつたらしく思はれる運転手の帰つてくるのを待つてゐるものとしか思はれなかつたのである。けれども運転手は十分二十分経つても帰つて来ないばかりか、それらしい姿さへ見せなかつたのである。

　かれはその時咄嗟の間に、ある不思議な神経的な誘惑をかんじた。

『いつたい何をしてゐるのであらう。話し声もしなければ煙草ものんでゐない。唯うごかずにふたりは白い瓜のやうに併《なら》んでゐるのは変だ。何か本でも読んでゐるのか。』

　さう思つて気をつけても、それらしいものが膝の上にはなかつたが――かれは、そのとき突然にドアから驚いて飛び退《の》いたのであつた。何者かがゐてハジキ飛ばしたやうに、かれはかれのからだを溝からすぐに人家の裏口になつてゐるところの、とある家と家との隙間に身を潜らせたのであつた。かれはかのとき、異体のしれない蒼白いものゝ折り重なつてゐたのを感じたのであつた。

　二三分の後に通りとは反対の（ちやうど彼れの方から正面に見えるところの）漆塗のドアに、一本の生白い手がすうと辷り出たかと思ふと、ハンドルにその手につかまつて逆にねぢられた。重さうで厚いドアが、さも軽る軽ると音もなくひらかれた。そこへなりの高い女が、ぱつと飛び下りると続いて服をきた男が下りた。かれらはあたりを見廻して暗い通りを足早やに歩いて行つた。そのとき烈しい香料の匂ひが、溝の臭気を圧しながら、ふうわりと羅《ら》のやうに漂ひながら匂つてゐることをかんじた。

　かれは、これらの不思議な場面に、胸を小突《こづ》かれてなほ暫らく立ち止つてゐると、どこから現はれてきたのか、一人の運転手が自動車のそばへ近づくと直ぐに運転台に上つたのである。間もなく、このあやしげな自動車はゆるゆると動き出して、俵《たはら》町《まち》の方へひと廻りすると、やゝ早く馳り出した。と見る間にその自動車はかげのやうに消えてしまつたのである。

　かれは人家の隙間から飛び出すと、何気なく自動車のタイヤのあとを見たりしてゐたが、又ぼんやり歩き出した。かれは眼底にうかんでくる様々な映像に悩まされながら、脳は重く心は疲れてゐた。かれ自身が何故《なにゆゑ》に忌はしいこの巷の毎夜をぶらつかなければならないかといふことも、又さうすることに依つて彼自身の内部が益々《ますます》荒頽《くわうたい》してゆくことをも考へなかつたのであつた。かれは、総ての荒んだ独身者や失業者、また一切の無能者の当然辿るべき道を歩いてゐるに過ぎなかつたのである。

　かれは間もなく、殆《ほとんど》幽霊のやうに樹立《こだち》から樹立を縫ひながら公園をあるいてゐた。かれ自身何の目的もなく、多くの用なしとゝもに其処のベンチにもたれてゐたのであつた。かれの前から半町ほどさきから、かれが曾《か》つてきゝ覚えのある唄ひ声がきこえてきた。よく見ると、とある木立《こだち》のかげに瓦斯を点しながら、三四十人の群衆にとりかこまれて、れいの卑俗なセンチメンタリズムが今さかんに弾き唄はれてゐるのであつた。かれはその時すぐ街頭音楽者のむれを思ひ出した。それと同時に、『誰に顔を見られたつて最《も》う何とも思ひませんよ。恥も此処まで落ちてくれば落ちつくものです。』と歳太郎が、れいの爺むさい顔をして言つたことを思ひ出した。かれはベンチを離れると群衆の方へむかつて歩き出した。

　歳太郎は自分で弾きながら、れいの沈んだ声で、ときどき故《わ》意《ざ》と悲しげに長くひいたり、群衆の顔をいちいち眺めたりしながら唄つてゐた。少年は、ぽつねんと蹲《しやが》んで、右の手に刷り物をもつて手持無沙汰に歳太郎の顔と群衆の顔をかはるがはる見くらべてゐた。

　かれは群衆の人垣の間にはさまれながら、しばらく聞いてゐるうちに、均《ひと》しく群衆が悲しげにすゝり泣くヴイオリンを、あだかもうつとりと聞きとれてゐるもの、やうに思へた。歳太郎はもちろん彼れには気づかなかつた。弾き終へると、少年はもぢもぢした声で、人垣をぐるぐる廻つて、

『ご入用の方はありませんか。一冊十銭づゝです。唄は節づきでこのなかへ皆おさめられてあるのです。』と言つては、刷り物を人の目のさきに突き出して引つこませた。うす暗い群から『こゝへ一冊。』といふ変な声で買ふものがあるかと思ふと、また反対の隅の方から鼠のやうな声で『こつちへも一冊。』と声がかゝつた。

　歳太郎は買手がつくと、きうに大声で怒鳴つて

『たつた十銭で唄は残らず入つてゐるのです。今のうちに、売りきれないうちに。』と急《せ》き立てゝゐた。そしては群衆越しに、あちこちを不安さうに眺めては、少年を急がしてゐたのである。それは公園廻りの巡査に追ひ立てを食ふので、それを予覚しながら素早く刷り物を売り捌くのであつた。

　見てゐるうちにも七八冊売れると、群衆はだんだんに散りはじめた。黒々とした人垣の輪が一人づゝ引つぺがされて、最後の四五人になるまで歳太郎はしつこく売りつけてゐたが、そのとき突然にかれは鋭どく少年を呼んで手を振つて、

『瓦斯《がす》を消してしまへ。』と呼んだ。少年はすぐ瓦斯を吹き消さうとしたが、なかなか消えなかつた。歳太郎は何か言ひながら、ふつと慣れた口つきで消した。

『早く逃げないと駄目だよ。早く瓦斯ランプを畳むんだ。』

　と言ひながら、歳太郎は手早く刷り物を風呂敷包みにたゝんだ。そして二人は観音堂の方へ急いで人込みのなかへ隠れて行つたのである。かれはそれを見てゐるうち、果して一人の巡廻の警吏が靴音をしのびながら歩いてくるのを眺めた。

　所在ない日夜の彷徨は、至るところの街路の裏町にかれの姿を浮きあがらしてゐた。かれは何のために毎夜のやうにほツつき廻らなければならないかといふことを問はれたならば、一言も答へることが出来なかつたであらう。かれには理屈なしで、ひとりでにその足はいつも雑踏の巷に向くのであつた。そのう

ち冬は完《まつた》きまでに、この巷の公園の樹の肌に凍えつき、安建築を亀裂《ひび》らせるやうな寒さを募らした。

　或る晩、かれは十二階のラセン階段を上つて行つた。いつかは昇つて見ようと思ひながら、一度も昇つたことがなかつたのである。かれの予側した古い黴のやうな匂ひや、埃のむれや、至るところに不思議な軋り泣きする階段をおもしろく感じた。何かしら彼の好奇心をそゝるやうな寂然とした自分の足音の反射、またかれと同じいやうにこの塔を見物するために上つた少女のむれなどが、かれに奇怪な或る幻像を編み立てさせたのである。

　かれは第九階にまで昇りつめたとき、そこの壁にさまざまな落書が鉛筆や爪のあとで記されてあるのを読んだ。地方人らしい見物の人々がその生国をかいたり、年号を記したりしてあるのがあつた。なかには北海道とか日向国《ひうがのくに》などがあつた。爪のあとには埃が溜つてゐて、鉛筆のあとも消えぎえになつてゐるのもあつた。『われは笈《きう》をみやこに負ひ来れど、いまわれ破れてむなしく帰へる』とか又は「こゝよりして、遠く故郷の空気をかぐ。此処よりしてわが願ひは空し。」などゝ記されてゐるのがあつた。それらの都会の落伍者をかれはかれ自身の上にも感じるのであつた。都会を去るもの去らうとして悩むものが、かれの目にありありと考へ出された。あるひは『明治四十五年十月五日武島天洋。』などゝ無意味にかいてあるのもあつた。たゞ、その年号といふものが奈何《いか》にも寂しくあたまにひゞくことであらう。かれは暫らくぼんやりと眺めてゐたとき、すぐ歳太郎の爺むさい顔をおもひ出した。

　かれが頂上に昇りつめたとき四囲の窓々がすべて金網を張りつめられ、そこから投身できないやうにしてあつた。風は烈しかつた。かれはそこから公園一帯の建物と道路と電燈のむらがりとを見おろした。道路には蟻のやうに群れた通行人のうごめく黒い諸々の影が、砥《といし》のやうに白い道路の上に、伸びちゞみしながら、あるものは水の上にあるものゝやうに、あるものは鳥のやうに動めいてみえた。そこには電燈がいたるところに悲しげに点《とも》れてゐた。あだかも人影と人影との間に、建物と建物とのまわりに煌然《くわうぜん》として輝いてゐた。かれはそれを眺めてゐるうちに、恰《あたか》も射すくめられたやうな一羽の鴉が舞ひおちるやうに、かれ自身がいま地上へ向けて身を投げることを思ひいたつた。

　そのとき彼れは既に地上に、へシ潰されたやうになつて、道路の上につツ伏してゐた。ひとびとは黒々とかれのまわりを取り巻いたが彼れはもはや呼吸《いき》を切らしてゐた。そこまで考へたとき、かれは金網につかまつてゐる指さきが余りに強く摑つてゐるために痺れてゐることに気がついた。

『おれのやうなやくざな人間の死も死にあたひするであらうか。おれの投身はきつと群衆を駆け集めることはできるであらう。今まで平和でゐたひとびとの表情をしばらくは掻き乱すことはできるであらう。しかし次ぎの瞬間には、たゞ何事もなく、波紋のおさまるやうに人々は又平気で、先刻に考へてゐたことを更らに考へつなぎ、愉楽するものはその方へ急いでゆくであらう。そこにおれは何の値せられるものがないのだ。』かれはかう考へたとき、あとから来た少女のむれも怖さうに地上を見おろしながら小鳥のやうに囀つてゐた。

『わたし此処から飛び下りて見たいわ。死んぢもうでせうか。』と、その少女は、そばにゐた最《も》つと大きい少女にたづねた。

『え。きつと死ぬわ。あら危ないわ。そんなにそばへ行つては――。』と、うしろから小さな少女の肩を抱きすくめてやつてゐた。

かれは、何気なかつたが次第に蒼ざめながら立つてゐた。このふたりの少女をおれが地上まで連れて行つたら、この階上から飛び下りたら、そしたら或ひは、ひよつとするとおれは……などゝ悩ましげに考へ込んでゐたのであつた。

そのとき初めて少女達はかれの姿をドアと金網との間に見出した。かの女らの平和で斑点ひとつない顔は、すぐかれの蒼ざめた相貌から移しかへられたやうに、さつと変つて青ざめたやうであつた。すくなくとも、その不安な顔いろは、かれが何者でもないものであることを知悉しながら、なほこの空中にあるかれは自らの優しいからだを護《まも》るためにしだいにうしろ退《ず》さりして行つた。

『おれは怖がられてゐる。おれは彼女らから見れば何といふ荒い容貌をしてゐることだらう。』かれはさう考へると、くるつと反対を向いて、烈しい夜ぞらに鋭どく光る星座のあらゆる光をあびた。寒かつた。それは殆《ほとんど》痛みをかんじるほど寒かつた。

しばらくすると彼女らは慌しく階段から下りる音がした。それをきいた時かれは初めて安らかな心持ちになつた。何もできはしない。しかし彼れは彼れの内部にうづいてゐるものをその娘を恐れてゐた。五六分は過ぎた。しかしそのとき彼れは突然に金網の方へ走つて見た。『おれはかういふ風に走つてみるが、いや決して投身するのではない。さういふおれは馬鹿ではない。唯かうして走つてみるだけだ。』と自分を制しながら、金網の破れたところを引ツ掻いてゐたのである。張りつめた金網はふしぎな金属性の音響を立てゝ、きみわるくドアの内側にまでひゞいた。そのとき初めてそこにゐた番人をかれは目にいれたのであつた。その老人は静かに出てくると、かれの冷たい手をおさへた。

『さういふ乱暴をなすつてはいけません。それを破いてはいけない。』と、凡ての老人がもつ皺枯《しはが》れた声で言つて、かれの上から下をじろじろ眺めた。かれは殆《ほとんど》機械的にぼんやり見返すと、

『乱暴とは……。』と、なに気なく言つたのである。老人は狎《な》れたやうに微笑《わら》つて、そつと近よると、

『だいぶ永くそこにいらつしやるぢやありませんか。此処《こゝ》は高いところですよ。俗にいふ魔が射すといふやうなこともありますからね。さあもうお降《くだ》りなすつたらいゝでせう。』

さう言ひながら、しづかに彼の背なかを押すやうにドアのう

ちへ誘ひ込むのであつた。かれは黙つて老人のする通りにしてゐた。階段の入口へまで送つて、

『ずつと下りなさい。わき目をふらずに下りなさい。』と言つてくれた。

かれは腰から下がふらふらになつてゐることを感じた。目まひが酷くなると却《かへ》つて肉体が酔ふものであることを初めてかんじたのであつた。かれは階段をいくつも下りながら考へてゐた。

「おれはあの老人から止められたほど変になつてゐたのであらうか。すくなくとも然《さ》う思はせるだけのものが、おれの目つきにあらはれてゐたであらうか。」と思ふと、ふしぎに彼の塔の上にくると、誰でも高いところに登つたものは一度飛び下りてみたらと、ふいとわけなく然う考へるやうに、れいの『魔がさしてくるのであらうか。』それとも、あの老人が何かしら塔の上にくる人々の顔いろによつて、そのひとが何を目的にして登つてきたかゞわかるやうに習慣づけられてゐるのであらうか。と、かれはぎつしりぎつしりと階段を下りながら思ひ悩んでゐた。一つの階段ごとに一人の番人がゐて、卓子《テーブル》に向つてゐた。そのたびに彼れは淋しい時計が静かな室内にときを刻んでゐるのをきいた。番人らは、かれの異常にあをざめた顔いろと、その変につかれた足どりとを目にいれると、またつぎの階段の入口で消えてゆくのを眺めた。ふしぎにこれらの階段の幾つとない入口から入口へと消えてゆくものが、昼となく夜となく打続くことで、誰も昇つたものがゐない筈の階段を不意にきしませて、誰かゞうしろから歩いてくるやうな気がして仕方がなかつた。さうかと思ふと、反対の階段からもぎしぎし昇つてくる足をとが微《かす》かにしてくるのであつた。まるでそれは入れかはり立ちかはり、絶え間なく影燈籠のやうにくるくると廻つてゐるやうに思はれるのであつた。かれはしまひには幾つの階段を上つたり下りたりしてゐるか分らなかつたのであつた。目がふらふらしてきたのである。しかも手すりの真鍮をつかまりながらゐるので、手はだらりと冷たく凍えあがつたやうに垂れてゐた。そのとき番人はあはてゝ
『入口はそちらですよ。飛んでもない。窓から転げおちますよ。飛んでもない。』さう言ひながら、麻のやうな手つきで階段の下り口を指さした。河馬《かば》のやうな大きな入り口は、かれの方にむかつて、窓あかりに浮きながら開かれてゐた。

『さうですか。そちらでしたかね。』と、かれも慌てゝ歩き出して行つた。と思ふと、かれは、たしか七階目を下りた筈だのに、まだ八階目にゐたのであつた。窓外から吉原の灯つゞきがぼんやり見えた。かれは恐ろしくなり出すと駆け足で下りはじめた。足音は相渝らず次から次へとつゞき、背中をはたいてくるのであつた。

かれは、しまひに堪らなくなつて、そこにゐた番人に問《たづ》ねた。

『いつたい此処《こゝ》は何階目なんです。さきから考へてもわからないんですが……。』さう言ふと、番人はぢつとかれの顔をみつめた。その目はうごかなかつた。かれもしばらくぢつとしたが、

顔が乾いて熱が出てきたやうな気がした。

『こゝは七階目ですよ。あなたは先刻から此処《こゝ》を一体何の気でかけ廻つてゐるんです。気味の悪い方だ。さあ、こゝが下り口ですよ。』番人は気短かにさういふと、かれを下り口へつれて行つて、押すやうにしながら鈍い声で
『此処《こゝ》からわき目をしないで下りなさい。窓を見ないで。』

さう言つて引きかへして行つた。かれはその通りにした、いくつも階段を下りて行くうちに、ある番人は湯気のあがつた鉄瓶からいま茶をいれやうとしてゐるのが、ほとんど夢のやうに遠くながめられた。かれは、そこをも息をもつかずに下りた。

三分の後かれは、とんと足の裏を小突《こづ》かれたやうな気がした。気がつくとかれは、道路の上に立つてゐた。足のうらがしいんと脈打つてゐた。かれは、そのとき思はずふり仰ぐと、このふしぎな古い塔のドアがみな閉められはじめた。

その塔はあたかも四囲なる電燈の海にひたつてゐるため、影といふものがなく、呼吸《いき》をのんで立ちがあつてゐた。しかも彼れが再び見あげたとき、ふらふらと目まひがしさうになつて一種の余寒をさへ感じたのであつた。

かれは、それから間もなく或る不吉な冬の夜の出来事に出会した。いつものやうに歩いてゐたとき、公園全体の人込みがみな塔の方へ向いて走つてゆくことゝ、そのなだれが塔の根の方を黒々と染めたことゝ、であつた。

かれは端《はし》なくその晩、いつかの電気娘が塔の上から投身したことを聞いたのであつた。かれが馳けつけたときは既《も》うその死体は運ばれてしまつて、群衆も次第に散りはじめたころであつた。かの女が何のために投身したかすら判らなかつたが、かれは三四度かの女を見ただけの理由で、或る悪寒と哀惜とを同時にかんじた。しかもあの純白な皮膚がかれの目の前から去ることもなく、いつまでも彼れにこびりついてゐたのである。

それから幾晩かのあとに、かれは、塔のふもとの空地で彼のまづしい街頭音楽者らがヴイオリンを弾きながら唄つてゐるのを聞いた。かれは人込みのなかに佇んで、永い間歳太郎の顔をながめたのであつた。なぜ歳太郎がこんな寂しい土地を選んだかと言ふより、その日、かれはかれ自身が音楽者のむれに身を投じやうかとさへ思ふくらゐ、消極的な無為な或る淋しい観念にとらへられてゐたのであつた。

人々が散りはじめたときに、かれは歳太郎の肩を叩いた。歳太郎は驚いて、そして、

『先刻から君はきいてゐたんですか。僕のうたつてたのを――。』と言つて、顔をあからめた。

『いや別に聞いたわけでもないが、もう止めるのかね。』といふと、歳太郎は瓦斯《がす》を消して、れいの少年に風呂敷に包ませると、暗いところを選んで蹲《しゃが》んだ。

『こんな晩はいけないんですよ。なんだか陰気でね。一人寄つたかと思ふと、二人行つたり、しまひには、ばらばらに四五人

も固まつて散つてしまふと、てんで唄ふ気がしないもんですよ。妙に神経的なものでしてね。さういふ晩は初めから――さう、宿を出てくるときから解るやうな気がするんですよ。』

歳太郎はさういふと、爺むさい顔をなほ陰気にくもらせた。かれは、いくらか元気をつけるやうに、

『もう一度やつて見るさ、第一此処《こゝ》は場所がわるいんだよ。暗いしじめじめしてゐるしね。』と言つて、かれはふいと塔の方へ目を走らせた。八角に削り立てられた尖端に、何かゞ引つかゝつてゐるやうな気がして仕方がなかつた。

『場所も悪いが……今夜はもうだめです。寄つてくる奴がみんな影のうすい奴ばかりなんですから――それに、今夜は妙に腹の減つたやうな人間ばかりだつたんですよ。あそこの瓦斯燈のせいもあつたが、蒼白くへんに皆のかほが歪んで見えてね。』と歳太郎は言つて、ちよいと瓦斯燈をながめた。その下を一疋の黒い犬がすたすたと歩いて行つた。瘠せた骨立つた犬であつた。

かれはその時まで今も話さうかと思ひながら、もぢもぢしてゐたが、ふいに口をすべらした。

『昨日こゝに身投げがあつたといふぢやないか。知つてゐるかね。ちやうど此《こ》のあたりだよ。』

かれはさう言ひながら、老人の頭のやうに生えた雑草を見た。歳太郎はいやな顔をしたが、

『うん。知つてゐますよ。さつきから私《わたし》もそれを考へてゐたんです。あゝいふことがあると商売がきつと甘《うま》くゆかないものですよ。』と言つて、煙草をつけると、

『私どものやうに外で商売をするものは、身投げなどに縁起をとるものでしてね。今夜も宿を出るときは此処《こゝ》でしないことに考へてゐたんですが、いつの間にか始めてから気がついたんですよ。』と言つて、かれは寒さうに肩をすぼめた。れいの少年はやはり歳太郎と同じい姿勢で踞《しやが》んで、こつこつと石と石とを叩いてゐた。乾いた変な音がして気になつて仕方がなかつた。歳太郎もやはり気になるやうにちよいちよい振り顧《かへ》つたが、少年はそれに気づかないで叩いてゐた。

かれも歳太郎も黙つてゐたが、ふいに、歳太郎はかう尋ねた。

『あの女を見たことがありますかね。白い顔をした――。』と言ひながら、ちらと暗い目つきで。かれの顔をながめた。

『二三度見たことがあるんだ。そこらの通りでね。』

と、かれは、いつか彼女がにんがりと微笑《わら》つて行つたことを思ひ出した。それきり又かれらは黙つてゐた。

少年は依然として石をこつこつ叩いてゐた、乾いた音がした。

『おい、そんな変な音を立てるなよ。詰らない。』

と、歳太郎は神経的に言ふと、音はすぐ歇んだ。それきり話が女のことに移らなかつた。

明るい通りへ出ると、歳太郎は真蒼な顔をしてかれに囁いた。そこは恰度《てうど》玉乗小屋の前で、すれちがひに行く女がゐた。紛ふかたもない例の女のすらりとした姿で、頸首《くびすぢ》もすつきり白く浮

いてゐた。

『あの女が行く。何んといふ変な晩だ。たしかにあれにちがひない。』と歳太郎は叫ぶやうに言つた。

かれはその時総身に或るふしぎな顫律をかんじた。かれの眼にもはつきりとその姿が見えたからであつた。どこか西洋人のやうな足早やに歩いてゆく姿は、いつかの待合の小路で見たのと少しも異つたところが無かつた。併し彼の女が生きてゐるわけがない。あの女はたしかに投身したのだ。と思つても、やはり似てゐた。かれは歳太郎の言葉をさへぎるやうにして、

『あの女が歩いてゐる筈があるものかね。いま時分、しかも死んでしまつたものが歩いてゐるものか。』

と言ふと、歳太郎は胸をどきつかせながら呼吸《いき》をきらして、

『しかし変だ。たしかに似てゐるのだ。』

と、またあとを振《ふ》り顧《かへ》つた。群衆は絶え間なく、つぎからつぎへと動いてゐた。一とゝころに溜るかと思ふと流れ、流れるかと思ふと、それが又ぞろぞろと溜つたり澱んだりした。

かれは、そのとき突然にある思念に脅やかされた。若《も》しも、ひよつとすると……と思ひながら口を切つた。

『君はあの女をだいぶさきから知つてゐるのかね。君の木賃から近くにある彼の女の宿を君は知つてゐるのだらう。』

歳太郎はそのとき顔いろを変へて、かれの顔を見つめた。それは紙より白く顫えるやうになつてゐたのである。二分ばかり黙つてゐたが、

『だいぶ以前から知つては居るんです。しかし……。』と言つて、躓《つま》づいたやうに黙り込んでしまつた。かれも黙つて歩きながら、次第に心持まで蒼ざめるやうな或る予覚のために震えをからだの凡てに感じ出したのである。あの女が噂のやうに妊《はら》んでゐたとすれば、そうして腹の子が彼女が地上に飛び下りたときに、蛙のやうにへシ潰れてゐたといふことが実際だとすると……彼れはさう考へるとちらと、歳太郎をみたとき、かれは極度の恐怖と不安ともつかない或る不思議な悪寒とに脅かされた蒼白い顔を偸《ぬす》み見たのである。

かれはそのとき又背後に大きな重い十二層の建物がのつそりと立ちあがつてゐることを何気なく感じた。射落された鴉のやうな姿をも、その塔の上から飛下する姿を、一切が衰弱したかれの神経のうへに去来する影をも。


（「雄弁」大正10年1月号）

脂粉の顔

宇野千代

横浜の羽二重輸出会社の支配人である瑞西人《すいすじん》のフバーから、カフエの給仕女のお澄が、月額六十円の手当を宛《あて》がはれる談合には、何等明白な条件と言ふものは無かつた。

その晩、フバーはひよつこり店へ這入つて来て、バロアの肱掛椅子に腰を下した限《き》りで、ちび〳〵とキユラソの盃《さかづき》をなめづつて居たが、突然、流暢な日本語で、

「一体貴女は、一ケ月に何程《いくらかゝ》要ります？」

卓子《てーぶる》から三尺位の処に、片足を片足に凭せ掛る様に組んで、一寸気を惹く様子を為《し》乍《なが》ら、銀盆の縁をぐる〳〵廻して居た手を止めてお澄は一寸、怪訝な顔を挙げたが直に持前の派手な笑顔に返つて

「六十円は無くつちやあねえ」

と言つたのだが、無論格別の成算もないほんの出鱈目に過ぎ無いのであつた。

「ほう」とフバーはお澄の顔をしげ〳〵見詰めた眼の縁に（お前には既《と》うから眼を附けて居たんだぞ！）とでも言ひそうな、思はせ振りな笑を刻み乍ら、一旦外へ出た。

そして二度目に遣つて来た時は態《わざ》と店へは這入らないで、玄関ボーイにお澄を呼ばせたのであつた。

軽い線画を現はした飾窓の向ふから流れる瓦斯《がす》の微光を顔面斜半分に浴びて、お互に突立つた儘、ほんの三分間で話を済ませると、フバーはお澄の手に西洋封筒入りの札六枚を握らせて、さつさと大股に行つて了つたのであつた。

金銭に恬淡なのか、自分に心を惹かされたのかそれとも一種の術《て》なのか、お澄は夜床の中へ這入つてからも、会体の知れない異邦人の胸を割つて見たいと思つたが、兎に角、纏まつた金の六十円は有難い事に違ひ無かつた、明日からカフエを止すのは無論の事だがさりとて此の儘フバーの妾にせられるのでも無さそうだし、何しろ歴然《はつきり》した条件のない、曖昧な境遇に置かれると言ふ丈けで、遊んで暮せるのは実に好い、と思つた。

「久し振りで……」とお澄は、側《かたは》らに鼠の子の様な丸髷を捻ぢ向け、痩せた片腕を胸に宛て、寝呆けて居る老た母を見返り乍ら、朝から晩までの勤めから解放せられる喜びを、充分に玩味する様な笑《ゑみ》を浮べた。

翌朝、お澄がたつぷり寝呆けた眼を、土鼠の様な眩しさを感じ乍ら見開いた時は、日は高々と昇つて居た。薄ぼやけた眼の中で母に呼び起された気のする、速達郵便の水色封筒が、少し向の曲つた塗枕の横に食み出て居た。下手な鉛筆の片仮名書き

のそれは、一目で日本字に馴染ないフバーの手だと分つたが、午後から目黒の大競馬を見物しようと言ふのであつた。

　指定せられた停留場へ行つて見ると、フバーの外にも一人見知らぬ娘が立つて此方《こつち》を見て居た。お澄は全《まる》で予期しないこの美しい連れをちらと見たゞけで、惑本能的な不安に襲はれた。(碌で無い)事が有りさうであつた。

(粟粒程の値打も無いお前のお陰で、私達はさんざ待たされたのよ。)とでも言ふ白眼に似た一瞥を呉れて、その娘はフバーを促し乍ら、ずん〳〵先きへ行つて了つた。その後姿を見詰めたお澄の顔の無意識に浮んだ愛嬌笑ひが、片頰の隅で阻まれて、泣き出しそうな皺を刻んだ。

　三人がボギー電車に乗り、ずらりと一側《かは》へ列んで腰を下すと、実に妙な取り合せであつた。真中に挟まれたフバーは好《い》いとしても左右の女同志は全く変であつた。なよやかな羅《うすもの》の着物を、小さい骨組の形よく盛上つた肉の上に、ぺつたりと吸ひ附いた工合に、無雑作に、だが一分の隙も無く着こなして、しな〳〵とフバーへ寄り添ひ乍ら、少し巻舌の甘い声音で絶間なく饒舌つて居る娘に較べて、お澄は、カフエの瓦斯の光りの下では何《ど》うか斯《か》うか誤魔化しの利いた新お召の単衣の、背負揚げの処や小股の辺りが少々汗浸みて染色の斑らでさへある、自分の身態《みなり》に致命的のひけ目を感じた。その身態《みなり》でのひけ目を顔で償ふ積りの、その化粧の薬が利き過ぎて、ぱつと開いた濃い脂粉の牡丹の花の様な顔が、首から上で戸惑つて居た。其上に、一辺ぐしやつと潰された気持ちが容易にほぐれて来なかつた。電車が停つてから、可成りの坂を上つて行く途次でも、一言の軽口さへ言へないのが、忌々しい程であつた。

　会場へ着いてからは、お澄の居る事が全く忘れられた容《かた》ちであつた。

　小憎らしい程な自由さと、而も異邦人には気付かれない程に気取つた無邪気さとで、其の娘の饒舌が、一心に見入つて居る辺りの見物の眼を、馬が走り、倒れ、蹶き嘶《いなな》く。めまぐるしい空地から奪つて了ふ程であつた。と、娘は、其場で知り合ひになつた直ぐ前の席の老紳士の背中をぐい〳〵押し始めた。丁度デスクにするのに都合の好い角度に迄、うん〳〵声を挙げて赤くなり乍ら、その背中を押し曲げた丈けで、辺りの人を他意のない笑ひに引込ませるのに充分であつたのに、彼女はもつと念の入つた悪戯を始めた。

　何時何処で摑まへたものか、娘は自分の化粧バッグの中を探つて一匹の蟬を出した。その裸の、チヨキンと羽を切られた、死に遅れた蟬を、例の老紳士の脊中のデスクに一枚の紙を拡げた上で、食指《ひとさしゆび》で押へ付けた。何が始まるか、その凝つた悪戯が終り次第、洪水の様な笑声を挙げ様と用意した幾つもの顔が、ちよい〳〵競馬の方へ気を惹かれ乍ら、その蟬の上へ集まつた中を、娘は態《わざ》と落付いて小さい万年ペンで蟬の辺りを、丹念に紙の上に写した。そうして幾つもの動物教科書中の挿画の様な蟬が出来上ると、

「ね、ねえ、貴君《あなた》蝉の複製は要らない？」と、例の甘い調子で、辺りの見物人へ紙を千切つては遣るのであつた。一寸の間、皆の気が其の奇妙な贈り物の上に注がれて居る時、突然、

「ひえつ！」

と、咽喉《のど》笛《ふえ》に噛み付かれた様な叫び声が起つて、例のデスクにされて居た老紳士が棒立ちになつた。その椅子が横撲りに倒れた側《そば》には喇叭《らつぱ》の口から吐き出された様な笑声を立てゝ、娘が体中を揺すり上て居るのであつた。軈《やが》て、その騒ぎは娘が隙を睨《にら》つて蝉を老紳士の頸筋から這はせたので最う其時には、脂つ濃い、髯むしやの背中の皮膚を大分下まで、むづ搔ゆい六本の昆虫の脚が這つて居るのだと分つた。踊出したサンタクロースのお爺いさんの様な老紳士の変な腰付きに、皆は破れる様な喝采を浴びせ掛けた。

その騒ぎには、流石のお澄も笑はせられたが、このグループでの自分のぶざまな地位が歴然分つて来た。どんな役割を演じる為めに、この美しい騒々しい娘のお伴を為たのか、と思ふと堪らなかつた。同時に、何時もあのカフエの瓦斯の光りの下で彩色美人の誇りを恣にした境涯が、如何に安易であつたかを、今更らしく思ひ返さずには居られなかつた。

「如何です、このリスの様な娘の可愛いらしい事は、私の連れですぜ。」とでも言ひ度い、柔かい微笑を含んで、娘と辺りの人達を絶へず見配つて居るフバーが、如何かした拍子に、お澄と顔を合せでもすると、狼狽《あはて》て眼を反らすのであつたが、そのちらと閃いた眼光には、見逃せない気難しさがあつた。（お前なぞ、消えて無くなつて呉れ。）とでも言つて居る様であつた。お澄は最後に、娘とフバーとの間に避暑とも避寒ともつかない、気晴らしの温泉行の相談が出来上つたのを迄、側に居ながら聴かねばならなかつた。斯うした拙い気分に滑り込んで来たのは、何が始まりか何が終りか、てんで見当が付かないのであつた。

彼女は浮かない顔をして母の家へ帰つた。

又、翌朝《よくてう》、お澄は気が進まない乍らも、何となしに然《さ》うしなければならないもの丶様に思へたので、既《も》う、会社に出て居る筈のフバーに電話を掛けた。二言目には吃り様なぎこちなさで、一昨夜は思ひ掛けない御同情に預つてお気の毒に思つた事、昨日は大変愉快であつた事など、丁寧に述べたのだが、相手は、気乗りがしない処か返事すら極く偶《たま》にしかしない位で、彼がどんなに気難しいか、見える様であつた。

その夕方、又速達で、予期しては居たが余りに早過ぎるフバーからの絶交状が来た。が、お澄には彼女の牡丹の花の様な脂粉の顔が秋の真昼間の白光の下で、何の程度迄の幻滅を感じさせるものか、最後迄解らないのであつた。只、六十円の手当でも償ひの付かない或、むしやくしやした糟《かす》が胸の中へ溜つて、何時までも取れなかつた。

（「時事新報」大正10年1月2日）

獄中より

尾崎士郎

L事件と言へば、日本開闢《かいびやく》以来国民の歴史に印せられた、最もおそろしい事件の一つとして記憶せられてゐる。その事件については数年前、Hといふ法学士がT雑誌に「××」といふ小説を書いて、その小説の内容が多少その事件の実体を説明したものであつたといふ理由から、いまゝで嘗て官憲から注意を受けたことのないT雑誌が発売禁止に処せられたほど、政府がその発表を嫌ひ且つ恐れてゐたものである。——従て、社会的にはこの事件は今猶混雑した誤解にとりまかれてゐる。

私は、その事件に関与して捕へられ、同時に死刑台に連れてゆかれた一人の友人を持つてゐる。彼の名前は○と言つた。○が何故《なにゆゑ》その事件に関与してゐたか?○がいかなる思想の所有者であつたか?○はいかなる理由の下に死刑台に上つたか?——それらについて語ることは私にとつて全然不可能である。然し○が世の中の所謂《いはゆる》革命を希《こひねが》ふ Revolutionist の一人でなかつたことだけは事実であつた。彼は一種の運命的な享楽主義者であつた。そして彼は最後まで——おそらくはその死にいたるまで——その運命主義で一貫した。かういふ愛すべき青年がL事件の犠牲となつて死んだといふことは考へるだけでもいたましいことである。私は今、その頃○が私に送つた次の数通の手紙によつて幾分にても○のその当座の遣瀬ない気持を世間に伝へ度いと思ふ——。附け加へて置く、○が死んだのは廿四歳であつた。彼には繋累といふ者は一人も無く、彼だけに思ひ焦れてゐた一人の恋人があつたばかりであつた。その恋人と言ふのは、L事件以後十年間に亘る日本の×××運動の中心として動いた——そして同時に彼の思考上の先輩であつた、T博士の令嬢Y子であつた。Y子は今F県下のある有力な新聞の主筆の妻君になつてゐる。

○はいさゝか吃りであつた。そしてせき込《こ》むやうな物の言ひ方が一層彼の性格を情熱的にしたやうであつた。彼は眼の鋭い、豊かな頬をした小男であつた。今、私の手許《てもと》には彼が生前私にくれた、マキシム、ゴルキーの古びた写真丈《だ》けがある。「淋しさに野辺に来りて木をゆれど木をゆすれども葉さへも散らず」——その裏に濃い鉛筆で彼の作つた歌がかう書かれてある。

×月×日

君がこの前くれた手紙を僕は何度読み返したかわからぬ。君は蔵書をすつかり焼いてしまつたと言つて悄気返つてゐるが僕の現在では君のそういふ心に同情するやうな気持ちにはとてもなれぬ。ありていに言へば、そういふ呑気な遊びに耽つてゐるとのできる君の境遇が羨ましいといふよりも軽蔑したくなる。僕はこの二月ほどの目まぐるしい身の変化を思ふと全く夢のやうだ――しかし、君の手紙はうれしかつた。僕は今此処から出られるとも考へないが、また出られないと考へない。僕は最近にとんでもない天変地異が起りはしないかといふことを何時も考へる、昨夜も僕は××が××を提て押しかけてくる夢を見た。僕は今でもその夢を憶ひ出すと、思はず胸が躍る。――僕の最後の判決もいよいよあと二週日に迫つた。

書き度いことや言ひ度ひことで胸が一ぱいだ。監獄の鉄格子を見上げると、ちらつとばかり青い空が見える。世間はさぞ賑やかいことだらう。監獄は十二月に入つて滅切り寒くなつた。わけて独房は寒い。Y子さんのことについてもいろ〳〵言ひ度いことがある。あゝ僕は何と言ふ馬鹿だ。とき〴〵故郷のことを考へる。昔の憶ひ出が――いまゝで忘れ切つてゐた微少な断片的な憶ひ出までが――それからそれへとはつきり頭に描き出されてくる。君が差入れてくれたマクドナルドの Sabour Movement も最早半分ほど読んだ。けれども僕の現在にはこんなものは何の興味も無い。それより僕はウンと複雑な西洋の探偵物が読みたい。しかし、それはとても駄目だらう。若し駄目だつたら何か天文学の本を入れてくれ。人間の生活からとびはなれた宇宙といふ概念の中に入ることがどの位僕の現在の悩みを柔げ、救つてくれるであらう。

×月×日

大分寒い日が続く――僕は如何しても地球の滅ぶることを信ずる。今日、マクドナルドを読んでゐたら、フリエーの章に「世界の存在は八万年で終る」と書いてあつた。何だか知らないが僕は非常に嬉しかつた。八万年経てば、歴史も伝統も、藝術も恋愛も、何も彼もがみんな滅び去るのだ、僕はKさんが此前獄中で病死した時書残した遺書の文句を憶ひ起す。――「死といふものは高山の雲のやうなもので遠方から眺めてゐると大した怪物の形にも見えるけれど、近づいてみれば何でもない。唯物論者には左右に振つてゐた柱時計の振子が停止したより以上の意義はない」――こんな言葉を憶ひ出すことすら僕にはうれしいのだ。先便一寸Y子さんのことを書いたが僕は矢張りY子さんに恋してゐるのだ、あゝ何故僕はもつと勇敢でなかつたらうか。僕は何といふ哀な男であらう。

革命家――あゝ何といふ馬鹿々々しい名辞であろうか。Kさんにしろ、Iさんにしろ、それから先生にしろみいな革命が一つの享楽なのだ。遊びなのだ。彼等は女郎買ひをしたり、淫売買ひをしたりするのと同じ気持で革命遊蕩をやつてゐるのだ。そして、死ぬまで彼等はその遊戯の中にあることを決して悔ないのだ。

今日は空の色がばかに晴れやかだ。去年の冬、君と二人で酔ぱらつて、街を暴れ廻つたことを憶ひ出して、覚えず吹き出してしまつた。人間といふ奴はどんな苦しい境涯に置かれても「笑」といふことを忘れることはできないものだ。段々年の暮が近づいてきた。吉原なぞはさぞ酉の市が賑はふことだらう。僕は最早全く運命を信ずるのほかはない。

×月××日

多少予期はしてゐたものゝ、この手紙を書く日がこんなに急激に而《しか》もこんなに不意にやつて来やうとは思はなかつた。君は最早や疾《と》くに新聞で承知してゐるだらう。何《なに》も彼《か》もいよ〳〵おしまひだ、この手紙を書くまでの僕が如何に悩み通したかといふことは君にも大抵想像がつくだらう。僕は中学の頃君と二人で語り合つたあのシエレーの詩を思ひ出す、晴た秋の日の午後、僕等はよくあの植物園のそばの雑草の上に寝転んで愉快な話しをしたものだ「月見よ、これ等の塁《るい》々たる墓の中に多くのミルトンとシエクスピアとが眠る」と。僕等は何度繰返して話合つたらう。僕は僕が天才で無いといふことを如何にしても信ずることができない、そして僕は今牢獄の中で殺されやうとしてゐるのだ。

何といふ淋しいことであらう。僕は革命といふ名辞の下に僕の死の隠されることが厭だ。バーデイン・ソイルのネヅダーノフは未だ僕よりは幸福であつた。彼には未だ自分で自分を処理する自由が与へられてゐたか。どうぞ君らたちよ、かりそめにも僕を志士だとか国士だとか呼んでくれるな。――けれども、そういふ言葉の底から僕は未だ奇蹟を信ずる。――あのバスチールの牢獄が破壊されたやうに――――。

恐怖と焦燥と、それから限りなき情慾が夜毎に僕を苦しめる。僕といつしよに死んでゆく○○人の人々はそれ〳〵彼等の死後に対し犠牲者としてのあるあこがれを持つてゐるやうだ、それだけに彼等は幸福なのだ。寒い、寒い、しかし今は最早その寒さも忘れるほどにぼんやりしてゐる。T博士なぞは相変らず、親切に青年を煽動してさわいでゐることだらう、考へてみればあの人にとつてはそれが必然なのだ。今後十年、あるひは幾十年、L事件といふものが始めて世の中の批判に上る日がくるであらう。Y子さんの周囲には彼女をとりまく男の群が無数に現はれるであらう。そして、同じやうな青年が同じ革命功名心と出来心とに刺戟されて、同じやうな努力をつゞけてゆくことだらう。

そして、吾々と共にSさんが死ぬことになつて――××運動の巨頭の一人が失はれることになつてT博士の地位は益々安全となるであらう。あゝ何といふ悲痛な矛盾だ。――同じことを何度くりかへしても同じだ。最早紙がないから止める。昔の友人に会つたらよろしくと伝へてくれ。君にも長い間厄介をかけたな。

（「時事新報」大正10年1月4日）

入れ札

菊池　寛

上州岩鼻の代官を斬り殺した国定忠次一家の者は、赤城山へ立て籠《こも》つて、八州の捕方を避けて居たが、其処も防ぎ切れなくなると、忠次を初、十四五人の乾児は、辛く一方の血路を、斫り開いて、信州路へ落ちて行つた。

夜中に利根川を渡つた。渋川の橋は、捕方が固めて居たので、一里ばかり下流を渡つた。水勢が烈しいため、両岸に綱を引いて渡つたが、それでも乾児の一人は、つひ手を離したゝめ流されてしまつた。

渋川から、伊香保街道に添ふて、道もない裏山を、榛名にかゝつた。一日、一晩で、やつと榛名を越えた。が、榛名を越えてしまふと、直ぐ其処に大戸の御番所があつた。

信州へ出るのには、この御番所が、第一の難関であつた。此の関所をさへ越してしまへば、向ふは信濃境まで、山又山が続いて居る丈であつた。

忠次達が、関所へかゝつたのは、夜の引き明けだつた。わづか、五六人しか居ない役人達は、忠次達の勢に怖れたものか、彼等の通行を一言も咎《とが》めなかつた。

関所を過ぎると、遉に皆は、ほつと安心した。本街道を避けて、裏山へかゝつて来るに連れて、夜がしらじらと明けて来た。丁度、上州一円に、春蚕が孵化《かへら》うとする春の終の頃であつた。山上から見下すと、街道に添ふた村々には、青い桑畑が、朝靄の裡に、何処までも続いて居た。

関東縞の袷に、鮫鞘の長脇差を佩して、脚絆草鞋で、厳重な足こしらへをした忠次は、菅のふき下しの笠を冠つて、先頭に立つて、威勢よく歩いて居た。小鬢《びん》の所に、疵痕のある浅黒い顔が、一月に近い辛苦で、少し窶れが見えたゝめ、一層凄味を見せて居た。乾児も、大抵同じやうな風体をして居た。が、忠次の外は、誰も菅笠を冠ぶつては居なかつた。中には、片袖の半分断《ちぎ》れかけて居る者や、脚袢の一方ない者や、白つぽい縞の着物に、所々血を浸《にじ》ませて居るものなども居た。

街道を避けながら、而も街道を見失はないやうに、彼等は山から山へと辿つた。大戸の関から、二里ばかりも来たと思ふ頃、雑木の茂つた小高い山の中腹に出て居た。ふと振り顧ると、今まで見えなかつた赤城が、山と山の間に、ほのかに浮び出て居た。

「赤城山も見収めだな。おい、此所いらで一服しようか」

さう云ひながら、忠次は足下に大きい切り株を見付けて、どつかりと、腰を降した。彼の眼は、暫らくの間、四十年見なれた懐しい山の姿に囚はれて居た。赤城山が利根川の谿谷へと、緩い勾配を作つて居る一帯の高原には、彼の故郷の国定村も、彼が売出しの当時、島村伊三郎を斬つた境の町も、彼が一月前に代官を斬つた岩鼻の町もあつた。

国越をしようとする忠次の心には、さすがに淡い哀愁が、感ぜられて居た。が、それよりも、現在一番彼の心を苦しめて居ることは、乾児の仕末だつた。赤城へ籠つた当座は、五十人に近かつた乾児が、日数が経つに連れ、二人三人潜かに、山を降つて逃げた。捕方の総攻めを喰つたときは、廿七人しか残つて居なかつた。それが、五六人は召捕られ、七八人は何処ともなく落ち延びて、今残つて居る十一人は、忠次のためには、水火をも辞さない金鉄《きんてつ》の人々だつた。国を売つて、知らぬ他国へ走しる以上、此先あまり、いゝ芽も出さうでない忠次のために、一緒に関所を破つて、命を投げ出して呉れた人々だつた。が、代官を斬つた上に、関所を破つた忠次として、十人余の乾児を連れて、他国を横行することは出来なかつた。人目に触れない裡に、乾児の仕末を付けてしまひたかつた。が、みんなと別れて、一人限になつてしまふことも、いろ〳〵な点で不便だつた。自分の目算通に、信州追分の今井小藤太の家に、ころがり込むにした所が、国定村の忠次とも云はれた貸元が、乾児の一人も連れずに、顔を出すことは、沽券にかゝはることだつた。手頃の乾児を二三人連れて行くとしたら、一体誰を連れて行かう。さう思ふと、彼の心の裡では、直ぐその顔触が定《きま》つた。平生の忠次だつたら、

「おい！　浅に、喜蔵に、嘉助とが、俺と一所に来るんだ！　外の野郎達は、銘々思ひ通に落ちて呉れ！　路用の金は、別けてやるからな！」

と、何の拘泥もなく云へる筈だつた。が、忠次は赤城に籠つて以来、自分に対する乾児達の忠誠を、しみじみ感じて居た。鰹節や生米を噛ぢつて露命を繋ぎ、岩窟や樹の下で、雨露を凌いで居た幾日と云ふ長い間、彼等は一言も不平を滾《こぼ》さなかつた。忠次の身体が、赤城山中の地蔵山で、危険に瀕したとき、みんなは命を捨てゝ働いて呉れた。平生老ぼれて、物の役には立つまいと思はれて居た闇雲の忍松までが、見事な働きをした。

さうした乾児達の健気《けなげ》な働きと、自分に対する心持とを見た忠次は、その中の二三人を引き止めて、他の多くに暇をやることが、何うしても気がすゝまなかつた。皆一様に、自分のために、一命を捨てゝかゝつて居る人々の間に、自分が甲乙を付けることは、何うしても出来なかつた。剛愎な忠次も、打ち続く艱難で、少しは気が弱くなつて居る故《せい》もあつたのだらう。別れるのなら、いつそ皆と同じやうに、別れようと思つた。

彼は、さう決心すると、

「おい！　みんな！」と、周囲に散がつて居る乾児達を呼んだ。烈しい叱り付けるやうな声だつた。喧嘩の時などにも、叱咤する忠次の声丈は、狂奔して居る乾児達の耳にもよく徹した。

草の上に、蹲まつたり、寝ころんだり、銘々思ひ〳〵の休息を取つて居た乾児達は、忠次の一喝で、みんな起き直つた。数

日来の烈しい疲労で、とろ〳〵眠りかけて居るものさへあつた。

「おい！　みんな」

忠次は、改めて呼び直した。「壺皿見透し」と、若い時仇名を付けられて居た、忠次の大きい眼がギロリと動いた。

「みんな！　一寸耳を貸して貰ひてえのだが、俺《おらあ》これから、信州へ一人で、落ちて行かうと思ふのだ。お前達を、連れて行きてえのは山々だが、お役人をたゝき斬つて、天下のお関所を破つた俺達が、お天道様の下を、十人二十人つながつて歩くことは、許されねえ。もつとも、二三人は、一緒に行つて貰ひてえとも思ふのだが、今日が日まで、同じ辛苦をしたお前達みんなの中から、汝《われ》は行け汝は来るなと云ふ区別は付けたくねえのだ。連れて行くからなら、一人残らず、みんな一緒に連れて行きてえのだ。別れるからなら、恨みつこいのないやうに、みんな一様に別れてしまひてえのだ。さあ、茲に使ひ残りの金が、百五十両ばかりあらあ。みんなに、十二両宛、呉れてやつて、残つたのは俺が貰つて行くんだ。銘々に、志を立てゝ落ちて呉れ！　随分、身体に気を付けろ！　忠次が、何処かで捕まつて、江戸送りにでもなつたと聞いたら、線香の一本でも上げて呉れ！」

忠次は、元気にさう云ふと、胴巻の中から、五十両包みを、三つ取り出して、熊笹の上に、づしりと投げ出した。

が、誰もその五十両包みに、手を出すものはなかつた。みんなは、忠次の突然な申出に、何う答てい丶か迷つて居るらしかつた。一番に、乾児達の沈黙を破つたのは、大間々の浅太郎だつた。

「そりや、親方悪い了簡《けん》だらうぜ。一体俺達が、妻子眷族を見捨てゝ、此処までお前さんに、従《つ》いて来たのは、何の為だと思ふのだ。みんな、お前さんの身の上を気遣つて、お前さんの落着く所を、見届けたいと思ふ一心からぢやないか。いくら、大戸の御番所を越して、もうこれから信州までは、大丈夫だと云つたところで、お前さんばかりを、一人で手放すことは、出来るものぢやねえ。尤も、かう物凄な野郎ばかりが、つながつて歩けねえのは、道理《ことわり》なのだから、お前さんが、此奴だと思ふ野郎を、名指してお呉んなせえ。何も親分乾児の間で、遠慮することなんか、ありやしねえ。お前さんの大事な場合だ！　恨みつらみを云ふやうな、ケチな野郎は一人だつてありやしねえ。なあ兄弟！」

みんなは、異口同音に、浅太郎の云ひ分に賛意を表した。が、さう云はれて見ると、忠次は尚更撰みかねた。自分の大事な場所である丈に、彼等の名前を指すことは、彼等に対する信頼の差別を、露骨に表はす事になつて来る。それで、選に洩れた連中と――内心、忠次を怨むかも知れない連中と――其儘、再会の機も期《ご》し難く、別れてしまはねばならぬ事を考へると、忠次は如何うしても、気が進まなかつた。

忠次は口を銜《つぐ》んだ儘、何とも答へなかつた。親分と乾児との間に、不安な沈黙が暫らく続いた。

「あゝ、いゝ事があらあ」釈迦の十蔵と云ふ未だ二十二三の男が叫んだ。彼は忠次の盃を貰つてから、未だ二年にもなつて居なかつた。

「籤《くじ》引がいゝや、みんなで籤を引いて、当つた者が親分のお供をするのがいゝや」

当座の妙案なので、忠次も乾児達も、十蔵の方を一寸見た。が、嘉助といふ男が直ぐ反対した。

「何を云つてやがるんだい！　籤引だつて！　手前の様な青二才に籤が当つて見ろ、反つて、親分の手足纏《まと》ひぢやないか。籤引なんか、俺あ真つ平だ。此麼時に一番物を云ふのは、腕つ節だ。おい親分！　くだらねえ遠慮なんかしねえで、一言、嘉助ついて来いと、云つてお呉んなせい」

四斗俵を両手に提げ乍ら、足駄を穿いて歩くと云ふ嘉助は一行中で第一の大力だつた。忠次が心の裡で選んで居る三人の中の一人だつた。

「嘉助の野郎、何を大きな事を云つてやがるんだい。腕つ節ばかりで、世間は渡られねえぞ。まして、此れから、知らねえ土地を遍歴《へめぐ》つて、上州の国定忠次で御座いと云つて歩くには、駈引万端の軍師がついて居ねえ事には、どうにもならねえのだ。幾ら手前が、大力だからと云つて、ドヂ許りを踏んで居ちや、旅先で、飯にはならねえぞ」

さう云つたのは、松井田の喜蔵と云ふ、分別盛りの四十男だつた。忠次も喜蔵の才覚と、分別とは認めて居た。彼は、心の裡で喜蔵も三人の中に加へて居た。

「親分、俺あお供は出来ねえかねえ。俺あ腕節は強くはねえ。又、喜蔵の様に軍師ぢやねえ。が、お前さんの為には、一命を捨てゝもいゝと、心の内で、とつくに覚悟を極めて居るんだ」

闇雲の忍松が、其処迄云ひかけると、乾児達は、周囲から口々に罵つた。

「何を云つてやがるんだい、親分の為に命を投げ出して居る者は、手前一人ぢやねえぞ。巫山戯た事をぬかすねえ」

さう云はれると、忍松は一言もなかつた。半白の頭を、テレ隠しに掻いて居た。

さうして居るうちに、半時ばかり経つた。日光山らしい方角に出た朝日が、もう余程さし登つて居た。忠次は、黙々として、みんなの云ふ事を聴いて居た。二三人連れて行くとしたら、彼は籤引では連れて行きたくなかつた。やつぱり、信頼の出来る乾児を選びたかつた。彼は不図一策を思ひ付いた。それは、彼が自ら選ぶ事なくして、最も優秀な乾児を選み得る方法だつた。

「お前達の様に、さうザワ〳〵騒いで居ちや、何時が来たつて、果てしがありやしねえ。俺一人を手離するのが不安心だと云ふのなら、お前達の間で入れ札をして見ちや、どうだい。札数の多い者から、三人丈連れて行かうぢやねえか。こりや一番怨みつこいがなくつて、いゝだらうぜ」

忠次の言葉が終るか終らないかに、

「そいつあ思ひ付きだ」乾児のうちで一番人望のある喜蔵が賛成した。

「そいつあ趣向だ」大間々の浅太郎も直ぐ賛成した。

心の裡で、籤引を望んで居る者も数人あつた。が、忠次の、怨みつこいの無いやうに、然も役に立つ乾児を、選ばうと云ふ肚が解ると、みんなは異議なく入れ札に賛成した。

喜蔵が矢立を持つて居た。忠次が懐から、鼻紙の半紙を取り出した。それを喜蔵が受取ると、長脇差を抜いて、手際よくそれを小さく切り分けた。さうして、一片宛みんなに配つた。

先刻からの経路を、一番厭な心で見て居たのは稲荷の九郎助だつた。彼は年輩から云つても、忠次の身内では、第一の兄分でなければならなかつた。が、忠次からも、乾児からも、そのやうには扱はれて居なかつた。去年、大前田の一家と一寸した出入のあつた時、彼は喧嘩場から、不覚にも大前田の身内の者に、引つ担がれた。それ以来、彼は多年培つて居た自分の声望がめつきり落ちたのを知つた。自分から云へば、遥かに後輩の浅太郎や喜蔵に段々淩《しの》がれて来た事を、感じて居た。そればかりでなく、十年前迄は、兄弟同様に賭場から賭場を、一緒に漂浪して歩いた忠次迄が、何時となく、自分を軽んじて居る事を知つた。皆は表面こそ「阿兄！　阿兄！」と立てゝ居るものゝ、心の裡では、自分を重んじて居ないことが、あり〱と感ぜられた。

入れ札と云ふ声を聴いたとき、九郎助は悪いことになつたなあと思つた。今迄、表面丈は兎も角も保つて来た自分の位置が、露骨に崩されるのだと思ふと、彼は厭な気がした。十一人居る乾児の中で、自分に入れて呉れさうな人間を考へて見た。が、それは弥助の他には思ひ当らなかつた。弥助も九郎助と同様に、古い顔であつて、後輩の浅太郎や喜蔵などが、グン〱頭を擡げて来るのも、常から快からず思つて居るから、かうした場合には、屹度自分に入れて呉れるだらうと思つた。が、弥助丈は自分に入れて呉れるとしても、弥助の一枚丈で、三人の中に這入ることは考へられなかつた。浅太郎には四枚は這入るだらうと思つた。喜蔵に三枚這入るとして、十一枚の中、後へ四枚残る。その中、自分の一枚のけると三枚残る。若し、その中、二枚が、自分に入れられて居れば、三人の中に加はることが出来るかも知れないと思つた。が、弥助の他に、自分に入れて呉れさうな人は、どう考へても当がなかつた。ひよつとしたら、並川の才助がとも思つた。あの男の若い時には、可成り世話を焼いてやつた覚えがある。が、それは六七年も前の事で、今では「浅阿兄、浅阿兄」と、浅にばかりくつ付いて居る。さう思ふと、弥助の入れて呉れる一枚の他には、今一枚を得る当は、何うにもつかなかつた。乾児の中で年頭でもあり、一番兄分でもある自分が、入れ札に落ちることは——自分の信望が少しも無いことがまざ〱と表はれることは、もう既定の事実のやうに、九郎助には思はれた。不愉快な寂しい感じに堪へられなくなつて来た。

一本しか無い矢立の筆は、次から次へと廻つて来た。

「おい！　阿兄！　筆をやらあ」

ぼんやり考へて居た九郎助の肩を、つゝきながら横に居た弥助が、筆を渡して呉れた。弥助は筆を渡すときに、九郎助の顔を見ながら、意味ありげに、ニヤリと笑つた。それは、たしかに好意のある微笑だつた。「お前を入れたぜ」と云ふやうな、意味を持つた微笑であるやうに九郎助は思つた。さう思ふと、九郎助は後のもう一枚が、どうしても欲しくなつた。後の一枚が、自分の生死の境、栄辱の境であるやうに思はれた。忠次に着いて行つたところで、自分の身に、いゝ芽が出やうとは思はれなかつたが、入れ札に洩れて、年甲斐もなく置き捨てにされることが何うしても堪らなかつた。浅太郎や喜蔵の人望が、自分の上にあることが、マザ〳〵と分ることが、何うしても堪らなかつた。

かれは、筆を持つて、ぼんやり考へた。

横に坐つて居る浅太郎が、彼に云つた。

「おい！　阿兄！　早く廻してくんな！」

阿兄！　と云ひながらも、語調丈は、目下を叱して居るやうな口調だつた。九郎助は、毎度のことながらむつとした。途端に、相手に対する烈しい競争心が――嫉妬がムラ〳〵と彼の心に渦巻いた。

筆を持つて居る手が、少しブル〳〵顫えた。彼は、紙を身体で掩ひかくすやうにしながら、仮名で「くろすけ」と書いた。

書いてしまふと、彼はその小さい紙片をくる〳〵と丸めて、真中に置いてある空になつた割籠の蓋の中に入れた。が、入れた瞬間に、苦い悔悟が胸の中に直ぐ起つた。

「賭博は打つても、卑怯なことはするな。男らしくねえことはするな」

口癖のやうに、怒鳴る忠次の声が、耳のそばで、ガン〳〵鳴りひびくやうな気がした。彼は皆が、自分の顔を、ジロ〳〵見て居るやうな気がして、何うしても顔を上げることが出来なかつた。

吉井の伝助は、無筆だつたので、彼は仲よしの才助に、小声で耳打ちしながら、代筆を頼んだ。

皆が、札を入れてしまふと、忠次が、

「喜蔵！　お前読み上げて見ねえ！」と言つた。

皆は、緊張のために、眼を輝した。過半数のものは諦めて居たが、それでも銘々、うぬぼれは持つて居た。壺皿を見詰めるやうな目付で、喜蔵の手許を睨んで居た。

「あさ、あゝ浅太郎の事だな、浅太郎一枚！」

さう叫んで喜蔵は、一枚札を別に置いた。

「浅太郎二枚」彼は続いてさう叫んだ。

又、浅太郎が出たのである。浅太郎が、此の二三年忠次の親任を得て、影の形に付き従ふやうに、忠次が彼を身辺から放さなかつたことは、乾児の者が皆よく知つて居た。浅太郎の声が、つゞくと忠次の浅黒い顔に、ニツと微笑が浮かんだ。

「喜蔵が一枚！」

喜蔵は、自分の名が出たのを、嬉しさうに、ニコリと笑ひながら叫んで、

「嘘ぢやねえぞ！」と、付け足しながら、その紙を右の手で高く上げて差し示した。

「その次ぎが又、喜蔵だ！」

喜蔵は得意げに、又紙札を高く差上げた。

「嘉助が一枚」

第三の名前が出た。忠次は、心の中で、私に選んで居る三人が、入札の表に現はれて来るのが、嬉しかつた。乾児達が自分の心持を、察して居て呉れるのが嬉しかつた。

「何だ！　くろすけ。九郎助だな。九郎助が一枚！」

喜蔵は、声高く叫んだ。九郎助は、顔から火が出るやうに思つた。生れて初て感ずるやうな羞恥と、不安と、悔恨とで、胸の裡が掻きむしられるやうだ。自分の手蹟を、喜蔵が見覚えては、居はしないかと思ふと、九郎助は立つても坐つても居られないやうな気持だつた。が、喜蔵は九郎助の札には、こだはつて居なかつた。

「浅が三枚だ！　その次は、喜蔵が三枚だ！」

喜蔵は大声に叫びつゞけた。札が次ぎ〳〵に読み上げられて、喜蔵の手にたつた一枚残つたとき、浅が四枚で、喜蔵が四枚だつた。嘉助と九郎助とが、各自一枚宛だつた。

九郎助は、心の裡で懸命に弥助の札が出るのを待つて居た。弥助の札が出ないことはないと思つて居た。もう一枚さへ出れば、自分が、三人の中に這入るのだと思つて居た。

が、最後の札は、彼の切ない期待を裏切つて、嘉助に投ぜられた札だつた。

「さあ！　みんな聞いてくれ！　浅と喜蔵が四枚だ。嘉助が二枚だ。九郎助が一枚だ。疑はしいと思ふ奴は、自分で調べて見るといゝや」喜蔵は最後の決定を伝へながら、一座を見廻した。

誰も調べて見ようとはしなかつた。誰よりも先に、九郎助はホツと安心した。

忠次は自分の思ひ通りの人間に、札が落ちたのを見ると満足して、切り株から、立ち上つた。

「ぢや、みんな腑に落ちだんだな。それぢや、浅と喜蔵と嘉助とを連れて行かう。九郎助は、一枚入つて居るから連れて行きたいが、最初《はな》云つた言葉を変改することは出来ねえから、勘弁しな。さあ、先刻からえらう手間を取つた。ぢや、みんな金を別けて銘々に志すところへ行つて呉れ」

乾児の者は、忠次が出してあつた裡から、銘々に十二両宛を別けて取つた。

「ぢや、俺達は一足先に行くぜ」忠次は選まれた三人を、麾くと、みんなに最後の会釈をしながら、頂上の方へぐんぐん上りかけた。

「親分、御機嫌よう。御機嫌よう」

去つて行く忠次の後から、乾児達は口々に呼びかけた。

忠次は、振り向きながら、時々、被ぶつて居る菅笠を取つて振つた。その長身の身体は、山の中腹を掩ふて居る小松林の中に、暫くの間は見え隠れして居た。

取り残された乾児達の顔には、それぞれ失望の影があつた。

「浅達が付いて居りや、大した間違はありやしねい！」

口々に同じやうなことを云つた。が、やつぱり、銘々自分が入れ札に洩れた淋しさを持つて居た。

が、忠次達の姿が見えなくなると、四五人は諦めたやうに、草津の方へ落ちて行つた。

九郎助は、忠次と別れるとき、目礼したまゝぢつと考へて居た。落選した失望よりも、自分の浅ましさが、ヒシビシ骨身に徹へた。札が、二三人に蒐まつて居るところを見ると、みんな親分の為を計つて、浅や喜蔵に入れたのだ。親分の心を汲んで、浅や喜蔵を選んだのだ。さう思ふと、自分の名をかいた卑しさが、愈々堪へられなかつた。

朝の微風が吹いて来て、入れ札の紙が、熊笹を離れて、ひら〳〵と飛びさうになつた。

「あゝ、こんなものが残つて居ると、とんだ手がゝりにならねえとも限らねえ」

さう云ひながら、九郎助は立ち上つて散ばつて居る紙片を取り蒐めると、めちや〳〵に引き断つて、投げ捨てた。九郎助の顔は、凄いほどに蒼かつた。

「俺、秩父の方へ落ちようかな」

九郎助は独言のやうに云つた。彼は仲間の誰とも顔を合して居るのが嫌だつた。秩父に遠縁の者が居るのを幸に、其処で百姓にでもなつてしまひたかつた。

彼は、草津へ行つた連中とは、反対に榛名の西南の麓を目ざして、ぐん〳〵山を降りかけた。

彼が、二三町も来たときだつた。後から声をかけるものがあつた。

「おい阿兄！　稲荷の阿兄！」

彼は、立ち止つて振り顧つた。見ると、弥助が、息を切らしながら、追ひかけて来たのであつた。彼は弥助の顔を見たときに、烈しい憎悪が、胸の裡に湧いた。大切な場合に自分を裏切つて居ながら、また身の振方をでも相談しやうとするらしい相手の、図々しい態度を見ると、彼はその得手勝手が、叩き切つてやりたいほど、癪に障つた。

「俺、よつぽど草津から越後へ出ようと思つたが、よく考へて見ると、熊谷在に伯父が居るのだ。少しは、熊谷は危険かも知れねえが、故郷へかへる足溜りには持つて来いだ。それで俺も武州の方へ出るから、途中まで付き合つて呉れねえか」

九郎助は、返事をする事さへ嫌だつた。黙つてすたこら歩いて居た。

弥助は、九郎助が機嫌が悪いのを知ると、傍へ寄つた。

「俺あ、今日の入れ札には、最初《はな》から嫌だつた。親分も親分だ！　餓鬼の時から一緒に育つたお前を連れて行くと云はねえ方はねえ。浅や喜蔵は、いくら腕節や、才覚があつても、云はゞ、お前に比ぶればホンの子僧つ子だ。たとひ、入れ札にするにしたところが、野郎達が、お前を入れねえと云ことはありやしねえ。十一人の中でお前の名をかいたのは、この弥助一人だと思ふと、俺あ彼奴等の心根が、全くわからねえや」

黙つて聞いた九郎助は、火のやうなものが、身体の周囲に、閃めいたやうな気がした。

「此の野郎！」

さう思ひながら、脇差の柄を、左の手で、グツと握りしめた。もう、一言云つて見ろ、抜打ちに、斬つてやらうと思つた。

が、九郎助が火のやうに、怒つて居ようとは夢にも知らない弥助は、平気な顔をして寄り添つて、歩いて居た。

柄を握りしめて居る九郎助の手が、段々緩んで来た。考へて見ると、弥助の嘘を咎めるのには、自分の耻しい卑しさを打ち開けねばならない。

その上、自分に大嘘を吐いて居る弥助でさへ、自分があんな卑しい事をしたのだとは、夢にも思つて居なければこそ、こんな白々しい嘘を吐くのだと思ふと、九郎助は自分で自分が情けなくなつて来た。口先丈の嘘を平気で云ふ弥助でさへが考へ付かないほど、自分は卑しいのだと思ふと、頭の上に輝いて居る晩春のお天道様が、一時に暗くなるやうな味気なさを味はつた。

山の多い上州の空は、一杯に晴れて居た。峰から峰へ渡る幾百羽と云ふ小鳥の群が、黄い翼をひらめかしながら、九郎助の頭の上を、ほがらかに鳴きながら通つて居る。行手には榛名が、空を劃つて蒼々と、聳えて居た。


（「中央公論」大正10年2月号）

雨瀟瀟

永井荷風

その年の二百十日はたしか涼しい月夜であつた。つゞいて二百二十日の厄日も亦それとは殆ど気もつかぬばかりいつに変らぬ残暑の西日に蜩の声のみあはたゞしく夜になつた。夜になつてからは流石厄日の申訳らしく降り出す雨の音を聞きつけたもの丶然し風は芭蕉も破らず紫苑をも雞頭をも倒しはしなかつた——私はその年の日記を繰り開いて見るまでもなく斯く明に記憶してゐるのは其の夜の雨から時候が打つて変つてとても浴衣一枚ではゐられぬ肌寒さに私はうろたへて襦袢を重ねたのみかすごく夜の深けかけた頃には給羽織まで引掛けた事があるからである。彼岸前に羽織を着るなぞとはいかに多病な身にもついぞ覚えたことがないので、立つ秋の俄に肌寒く覚える夕といへば何ともつかず其の頃のことを思出すのである。

その頃のこと丶云つたとて、いつも単調なわが身の上、別に変つた話のあるわけではない。唯その頃まで私は数年の間さしては心にも留めず成りゆきの儘送つて来た孤独の境涯が、つまる処私の一生の結末であらう。此れから先私の身にはもうさして面白いこともない代り又さして悲しい事も起るまい。秋の日のどんよりと曇つて風もなく雨にもならず暮れて行くやうに私の一生は終つて行くのであらうといふやうな事をいはれもなく感じたまでの事である。私はもう此の先二度と妻を持ち妾を蓄へ奴婢を使ひ家畜を飼ひ庭には花窓には小鳥縁先には金魚を飼ひなぞした装飾に富んだ生活を繰返す事は出来ないであらう。時代は変つた。禁酒禁煙の運動に良家の児女までが狂奔するやうな時代に在つて毎朝煙草盆の灰吹の清きを欲し煎茶の渋味と酒の燗の程よきを思ふが如きは愚の至りであらう。衣は禅僧の如く自ら縫ひ酒は隠士を学んで自ら落葉を焚いて暖むるには如かじと云ふやうな事を、不図ある事件から感じたまでの事である。

十年前新妻の愚鈍に呆れてこれを去り七年前には妾の悋気深きに辟易して手を切つてからこの方私は今に独りで暮してゐる。興動けば直に車を狭斜の地に駆るけれど家には唯蘭と鶯と書物を置くばかり。いつか身は不治の病に腸と胃とを冒さるゝや寒夜に独り火を吹起して薬のむ湯をわかす時なぞ親切に世話してくれる女もあらばと思ふ事もあつたが、然しまだ〳〵その頃には私は孤独の侘しさをば今日の如くいかにするとも忍び難いものとはしてゐなかつた。孤独を嘆ずる寂寥悲哀の思は却て尽きせぬ詩興の泉となつてゐたからである。私は好んで寂寥を追ひ悲愁を求めんとする傾さへあつた。忘れもせぬ或年……矢張二百二十日の頃であつた。夜半滝のやうな大雨の屋根を打つ音にふと目を覚すとどこやら家の内に雨漏の滴り落るやうな響を聞き寝就れぬまゝ起きて手燭に火を点じた。家には老婢が一人遠く離れた勝手に寝てゐるばかりなので人気のない家の内は古寺の如く障子襖や壁畳から湧く湿気が一際鋭く鼻を撲つ。隙もる風に手燭の火の揺れる度怪物のやうなわが影は蚰蜒の匐ふ畳の上から蠑螈のへばり付いた壁の上に蠢いてゐる。私は寝衣の袖に手燭の火をかばひながら廊下のすみ〴〵座敷々々の押入まで残る隈なく見廻つたが雨の漏る様子はなかつた。枕に聞いたそれらしい響は雨だれの樋から溢れ落ちるのであつたのかも知れぬ。私は最後に亡父の書斎になつてゐた離れの一間の杉戸を明けて見た。紫檀の唐机水晶の文鎮青銅の花瓶黒檀の書棚。十五畳あまりの一室は父が生前詩書に親しまれた当時のまゝになつてゐる。机の上にひろげられた詩箋の上には鼈甲の眼鏡が亡き人の来るを待つが如く太い片方の蔓を立てゝゐた。本棚の蠹を防ぐ樟脳の目にしむ如き匂は久しくこの座敷に来なかつた私の怠慢を詰責するもの、やうに思はれた。私は斑竹の榻に腰をおろし燭をかざして四方の壁に掛けてある聯や書幅の詩を眺めた。

碧樹如煙覆晩波。
清秋無尽客重過。
故園今即如煙樹。
鴻雁不来風雨多。

これは今猶記憶を去らぬ書幅の中の一首を記したに過ぎない。

私はいつか燭もつき風雨も夜明けと共に静まる頃まで独り黙想の快夢に耽つてゐた。

正月二日は父の命日である。或年の除夜翌朝父の墓前に捧ぐべき蠟梅の枝を剪らうと私は寒月皎々たる深夜の庭に立つた。その時も私は直にこの事を筆にする気力があつた。

長年使ひ馴れた老婢がその頃西班牙風邪とやら称へた感冒に罹つて死んだ。それ以来これに代るべき実直な奉公人が見付からぬ処から私は折々手づからパンを切り珈琲を沸しまた葡萄酒の栓をも抜くやうになつた。自炊に似た不便な生活も胸に詩興の湧く時はさして辛くはなかつた。私は銀座通へ出掛けた時には大抵精養軒へ立寄つてパンと缶詰類を買つて帰る。底冷のする雪もよひの夜であつた。二斤程買つた麵麭は焼いたばかりのものと見えて家へ帰るまで抱えた脇の下から手の先までをほか〳〵と好い工合に暖めてくれた。精養軒の近処は夜となれば藝者の往来がはげしい。私は嘗て愛誦した春濤詩鈔中の六扇紅窓掩不開…………妙妓懐中取暖来といふ絶句を憶ひ起すと共に妓を擁せざるも麵麭を抱いて歩めば豈寒からんやと覚えず笑を漏した事もあつた程である。

詩興湧起れば孤独の生涯も更に寂寥ではない。貧苦病患も例へばかの郎子院が車馬雖嫌僻。鶯花不棄貧。といひ白居易が貧堅志士節。病長高人情。といふが如き句あるを思ひ得ば亦聊か慰めらるゝ処があらう。然し詩興はもとより神秘不可思議のもの招いて来らず叫んで応へるものでもない。されば孤独のわびしさを忘れやうとして只管詩興の救を求めても詩興更に湧き来らぬ時憂傷の情こゝに始めて惨憺の極に到るのである。詩人平素独り味い誇る処のかの追憶夢想の情とても詩興なければ徒に女々しき愚痴となり悔恨の種となるに過ぎまい。

私は街を歩む中呉服屋の店先に閃く友禅の染色に愕然目をそむけて去つた事もあつた。若き日の返らぬ歓びを思出すまいと欲したが為めである。隣の家から惣菜の豆煮る匂の漂ひ来るに私は腹立しく窓の障子をしめた事もあつた。嘗てはわれも知つた団欒の楽しみを思返すに忍びなかつたからである。庭に下りて花を植る時、街の角に立つて車を待つ時、さては唯窓の簾を捲かんとする時吹く風に軽く袂を払はれても忽征人郷を望むが如き感慨を催す事があつた。かくては風よりも月よりも虫の声よりも独居の身に取つて雨ほど辛いものはあるまい。私は或日の日記に

　久雨尚止まず軽寒腹痛を催す夜に入つて風あり燈を吹くも夢成らず。そゞろに憶ふ。雨のふる夜はたゞしん〳〵と心さびしき寝屋の内。これ江戸の俗謡なり。一夜不眠孤客耳主人窓外有芭蕉。これ人口に膾炙する老杜の詩なり。また憶ふ杜荀鶴が半夜燈前十年事一時随雨到心頭。然り雨の窓を打ち軒に流れ樹に滴り竹に濺ぐやその響人の心を動する事風の喬木に叫び水の谿谷に咽ぶものに優る。風声は憤激の声なり水声は慟哭なり。雨声に至りては怒るに非ず嘆くに非ず唯語るのみ訴るのみ。人情千古易らず独夜枕上これ

を聴けば何人か愁を催さゞらんや。況やわれ病あり雨三日に及べば必ず腹痛を催す真に断腸の思といふべきなり。王次回疑雨果中の律詩にいへるあり。

病骨真成験雨方。呻吟燈背和啼螿。
凝塵落葉無妻院。乱帙残香独客牀。
附贅不嫌如巨瓠。徒癤安忍累枯腸。
唯応三復南華語。鑑井蚌蟖是薬王。

この詩正しくわれに代つて病中独居の生涯を述ぶるもの。故に復これを録す。

その年二百二十日の夕から降出した雨は残りなく萩の花を洗流しその枝を地に伏せたが高く延びた紫苑をも頭の重い雞頭をも倒しはしなかつた。その代り二日二夜しと〳〵と降りつゞけた揚句三日目になつても猶晴れやらぬ空の暗さは夕顔と月見草の花のおづ〳〵昼の中から咲きかけた程であつた。物の湿ることは雨の降る最中よりも却て甚しく机の面はいつも物書く時手をつくあたりの取分け湿つて露を吹き筆の軸も煙管の羅宇もべた〳〵粘り障子の紙はたるんで隙漏る風に剥れはせぬと思はれた。彼岸前に袷羽織取出すほどの身は明日も明後日も若し此のやうな湿つぽい日がつゞいたならきつと医者を呼ばなければなるまい。病骨は真に雨を験するの方となる。然し私は床の間に置き捨てた三味線の不図心付けば不思議にもその皮の裂けずにゐたのを見ると共に、わが病軀もその時は又幸例の腹痛を催さぬ嬉しさ。三日ほど雨に閉籠められた気晴しの散歩かた〴〵私は物買ひにと銀座へ出掛けた。

私はその雅号を彩牋堂主人と称へてゐる知友の愛妾お半といふ女が又本の藝者になるといふ事を知つたのは鳩居堂で方寸千言といふ常用の筆五拾本線香二束を買ひ亀屋の店から白葡萄酒二本程ぶらさげて外堀線の方へ行きかけた折であつた。

曇つた秋の日は暮れるに早い。家の門を明けると軒にはもう灯がついてゐた。私は抱えて戻つた葡萄酒の栓を抜いて直様夕飯をすますと煙草ものまず巻紙を取り上げた。

拝呈其の後は御無音に打過ぎ申訳も無之候。諸処方々無沙汰の不義理重り中には二度と顔向けさへならぬ処も有之候程なれば何卒礼節をわきまへぬは文人無頼の常と御寛容の程幾重にも奉願上候。実は小生去冬風労に悩みそれより滅切年を取り万事甚懶く去年彩牋堂竣成祝宴の折御話有之候薗八節新曲の文章も今以てそのまゝ筆つくる事能はず折角の御厚意無に致候不才の罪御詫の致方も無御座候。さればこそ本業の小説も近頃は廃絶の形にて本屋よりの催促断りやうも無之儘一字金一円と大きく吹掛け居候もの丶実は少々老先心細くこれではならぬと時には額に八の字よせながら机に向つて見る事も有之候へども一二枚書けば忽筆渋りて癇癪ばかり起り申候間まづ〳〵当分は養痾に事寄せ何にも書かぬ覚悟にて唯折節若き頃読耽りたる書冊埒もなく読返して僅に無聊を慰め居候次第に御座候。寐ては起き起きては物食ひその日〳〵を送行く事さへ実は辛くて成らぬ心地致され候。それは三味線も切れたる糸掛換へるが面倒にてそのまゝ打捨て鶯も先日鳥屋へ戻し遣申候。有楽座始め諸処の演奏会は無論芝居へも意気な場処へも近頃はとんと顔出し致さず従て貴兄の御近況も承る機会なく此の事のみ遺憾に堪申さず候然しその後は薗八節再興の御手筈だん〳〵御運びの事と推察仕居候処実は今夕偶然銀座通にてお半様に出遇ひ彩牋堂より御暇になり候由承りあまりと云へば事の意外なるに甚以て驚愕仕候次第もとより往来繁き表通りの事わけても雨もよいの折柄とて唯両三日中には鑑札が下りませうからとのみ如何なる訳合にや一向合点が行き申さず余りに不思議に候まゝ御無沙汰の御詫に事寄せくだ〳〵しく御尋申上候も兎角人の噂聞きたがるは小説家の癖と御許被下度候いづれ近々参堂御機嫌伺上度く先は御無沙汰の御詫まで匆々不一

九月　日

金阜散人拝

彩牋堂雅契

封筒に切手を張つてゐる時折好く女中が膳を取片つげに襖を明けた。食事をしたせいか燈火のついたせいか或は雨戸を閉めたせいでもあるか書斎の薄寒さは却て昼間よりも凌ぎ易くなつたやうな気がした。然し雨はまたしても降出したらしい。点滴の音は聞えぬが足駄をはいて女中が郵便を出しにと耳門の戸をあける音と共に重さうな番傘をひらく音が鳴きしきる虫の声の中に物淋しく耳についた。点滴の音もせぬ雨といへば霧のやうな糠雨である。秋の夜の糠雨と来ては物の湿ける事入梅にもまさるが常とて私は画帖や書物の虫を防ぐため煙草盆の火を掻立て、蒼朮を焚き押入から桐の長箱を取出して三味線をしまつた。そのついでに友人の来書一切を入れた柳行李を取出しその中から彩牋堂主人の書束を択み分けて見た。雨の夜のひとり棲みこんな事でもするより外に用はない。

彩牋堂主人とは有名な何某株式会社取締役の一人何某君の戯号である。本名はいさゝか憚りあればこゝには妓輩の口吻に擬してヨウさんと云つて置かう。私とは二十年ほど前米国の或大学で始めて知合になつた。ヨウさんは日本の大学に在つた頃俳人としてその道の人には知られてゐた。今でも折々名句を吐くので若しヨウさんの俳号をいへばこの方でも知る人は必ず知つてゐるに違ひない。然し彩牋堂なる別号は恐らく私の外には誰も知らないであらう。況や今では彩牋堂なるその家は在つても住むものなくヨウさんは再びその名を用ゆる折がなくなつてしまつたのである。彩牋堂の由来は左の書簡中に自ら説明せられてある。

拝啓御新作出勤の途次車上にて拝読致候倉皇の際僅に前半の一端を窺ひたるのみに御座候得共錦繡の文章直に感嘆の声を禁じ得ず身屢自働車の客たる事を忘れ候次第忙中却て

よく詩文の徳に感じ申候目下新緑晩鶯の候明窓浄几の御境涯羨望の至に有之候。扨旧臘以来種々御意匠を煩し候赤坂豊狐祠畔の草庵やつと壁の上塗も乾き昨日小半新橋を引払ひ候間明後日夕景よりいつもの連中ばかりにて聊か新屋落成のしるしまで一酌致度存候間乍御迷惑何卒御枉駕の栄を得たく懇請奉候。当夜は宮薗千斎は無論の事宇治紫仙都呉中等も招飲致候間お互に親類のおつきあひ其の御覚悟十分然るべく候電話も今明日中には通ずべき筈芝〇〇番に御座候由乍御面倒貴答に接するを得ば幸甚々々

彩牋堂主人

金阜先生　硯北

二伸　かの六畳土庇のざしき太皷張襖紙思案につき候まゝ先年さる江戸座の宗匠より売付けられ候文化時代吉原遊女の文殻反古張に致候処妾宅には案外の思付に見え申候依てかの家を彩牋堂とこぢつけ候へども元より文藻に乏しき拙者の出鱈目何か好き名も御座候たゞ御示教願はしく万々面叙を期し申候

ヨウさんは金持であるが成金ではない。品格もあり学問もあり趣味には殊に富んでゐる。私の処へ寄越す手紙にはその用件の次第によつて時々異つた雅号が書かれてあるが其れを見てもヨウさんの趣味と学識の博い事が分る。いつぞや私が天明時代の江戸の画家東江源鱗の書帖の事について問合した事があつた時ヨウさんはその返事に林檎庵頓首と書して来た。沢田東江の別号来禽堂から思ひついた戯れであらう。自働車が衝突した時見舞の返書に富田塞南と書いて来た事もあつた。次に録する手紙に半兵衛としてあるのは口舌八景を稽古してゐた為めと又藝者小半の事にかゝはつてゐるからであらう。

昨夜はまた〳〵無理に御引留致しさぞかし御迷惑の段御用捨被下度候人生五十の坂も早や間近の身を以て娘同様のもののいつも側に引付けしだらもなき体たらく耻し気もなくお目にかけ候傍若無人の振舞いかに場所柄とは申乍ら酒醒めては甚赤面の至に御座候然し放蕩紳士が胸中を披瀝致候も他日雅兄小説御執筆の節何かの材料にもなるべきかと昨夜は下らぬ事包まずお尋のまゝ懺悔致候次第に御座候明後日は会社の臨時総会にて残念ながら半輪亭のけいこ休みと致候但当月中には是非とも口舌八景上げたきつもり貴処もせい〴〵御勉強の程願はしくお花半七掛合今より楽しみに致居候

半兵衛ｓ

金阜先生さま

その頃までは何の彼のといつても私にはまだ若い気が残つてゐた。四十の声を聞いて日記雑録等筆を執る毎に頻と老来の嘆をなしたのも思へば猶全く老ゆるには到らなかつた証拠であら

う。愚痴不平をいふ元気のある中はまだ真に絶望したとはいはれない。今の藝者の三味線なぞは聞かれたものでないなぞと人前で耻じ気もなくそんな事が言はれたのはまだ色気もあり遊びたい気も失せなかつた証拠である。遊びたい気があれば勉強の心も失せない訳である。述作の興味も湧くわけである。一夜某人の薗八節を語るを聞き私もその古調を味ひ学びたいと思立つて薬研堀なる師匠の家に通つてゐた事がある。その時分ふとした話から旧友のヨウさんも長唄歌沢清元といろ〳〵道楽の揚句か薗八となり既に二三年も前から同じ師匠を木挽町の待合半輪といふへ招ぎ会社の帰掛け稽古に熱心してゐる由を知つて互にこれは奇妙と手を拍つて笑つた。それから私はヨウさんに勧められるまゝ朝の稽古通ひを止めて夕刻木挽町の半輪へ出向く事にしたのであつた。

ヨウさんは稽古の日といへば欠さず四時半頃に会社からお抱の自働車で馳けつけ稽古をすますと其儘私を引留め贔屓の藝者を呼んで晩餐を馳走した。そして十時半といふと規則正しく帰仕度をする。雨の降る晩なぞわざ〳〵私の家の門前まで自働車で送つて来てくれる事もあつた。ヨウさんのお座敷に呼ばれる藝者は以前は長唄清元なぞの名取連も交へられてゐたさうであるがその頃は自然河東一中薗八といふ組のものばかりに限られてゐたので若いといつても二十五六より下はない。既に藝者とよりは師匠らしく見える老妓もあつた。さればその頃初めて十九になつたとやらいふ小半の姿は正に万緑叢中の紅一点あまり引立ち過ぎて何となく気の毒にも見えまた問はずしてこの女がヨウさんのお世話になつてゐるものと推量されるのであつた。

小半はいかにも血色のよい大柄ながつしりした身体付。眼はぱつちりして眉も濃く生際もよいので顔立は浮彫したやうにはつきりしてゐる代り口の稍大きく下腭の少し張出してゐる欠点も共に著しく目に立つて愛嬌には至つて乏しく愁もまづきかぬ顔立であつた。豊艶な女をばいつの時代にも当世風とするならば小半も勿論その型の中に入れべき者である。当世風の小半がヨウさんの持物である事を知つた瞬間には私は実をいへば少し意外な気がしないでもなかつた。然しその心持は小半が年に似ず当世風に似ず薗八の三味線も大分その流義になつてゐる事を知るに及んで直ちに取消されてしまつた。

或晩いつもの如く稽古をすましてから勧められる儘座敷をかへてヨウさんと盃を交した。小半を始めいつも来るべき筈の藝者はいづれも歌舞伎座に土地の藝者のさらひがあるとやらで九時近くまで一人も姿を見せず、その晩は又師匠までが少し風邪の気味だから稽古をすますと直様車を頂戴して帰つてしまつた。ヨウさんと私は女中に酌をさせながら却て話に遠慮のいらぬのを幸江戸俗曲の音楽としての価値及びその現代社会に対する関係から将来の盛衰についてまで互に思ふ処を論じ合つた。三味線は言ふまでもなく二世紀以前売色の巷に発生し既に完成し尽した繊弱烈哀なる藝術である。現代の社会に花柳界と称する前代売色の遺風がそのまゝ存在してゐる間は三味線も亦永続すべき力があらう。三味線は浮世絵歌舞伎劇等と同じく現代一般の社会観道徳観を以て見るべき藝術ではない。生きた現代の声ではない。過去の呟きであるが故に愁あるもの此を聞けば却て無限の興趣と感慨とを催す事恰も少女不知亡国恨隔江独唱後庭花の趣にも比すべき処正に江戸俗曲の現代に於ける価値であらう。これは以前から私の持論である。ヨウさんは日々職務の労苦を慰める娯楽としては眼による書画の鑑賞よりも耳に聞く音楽が遥に簡易である。太閤様は茶を立てたが茶よりも浄瑠璃がよい。浄瑠璃も諸流の中で最もしめやかな薗八に越したものはない。薗八節の凄艶にして古雅な曲調には夢の中に浮世絵美女の私語を聞くやうな趣があると述べた。二人の言ふ処はいづれにしても江戸の声曲を骨董的に愛玩するといふことに帰着するのである。

女中が欠伸をそつと嚙みしめながら銚子を取替へにと座を立つた時ヨウさんは何か仔細らしく私の名を呼んだ。そして、「実はこの間からおはなししたいと思つてゐたのです。あの、小半のことです。小半はどうでせう。うまく成るでせうか。みつしり薗八をけいこさせて行々は家元の名前でも継がせて見たいと思つてゐるのですが、どんなものでせう」

薗八節は他派の浄瑠璃とは異り稽古するもの丶少い為め今の中どうにかして置かなければ早晩断滅しはせぬかと危まれてゐるものである。ヨウさんがその趣味と其の富とによつて正に衰滅せんとする江戸の古曲を保護しやうといふ計画には異議のあらう筈がない。又小半の腕前もその年齢に似ず望を嘱するに足るべき事は私もとくに認めてゐたので、其の通り思ふ処を述べるとヨウさんは徐に一盞を傾けつ丶事の次第を話した。

「何ぼ何でもこの年になつて色気で藝者は買へません。藝でも仕込んで楽しむより仕様がない。あなたの前だから遠慮なく気焔を吐きますが僕はかう見えても此でなか〳〵道徳家のつもりです。今の世の中の紳士や富豪は大嫌です。富豪も嫌ひなら社会主義者も感心しません。真面目な事を言つたつて用ひられべき世の中ぢやありませんからな私は寧それをい丶事にして毎晩かうして遊んでゐるんですが……まアそんな事はどうでもい丶として……私が藝者に藝を仕込んで見やうなぞと柄にもない事を思付いたのにはいさ丶か訳があります。茶碗や色紙に万金を擲つのも道楽だ。藝者に藝を仕込むのも道楽にかはりはありますまい。

私はこれまで随分大勢の人を世話しました。真面目に世話をしましたがその結果は要するに時勢の非なるを悟るに過ぎません。現に家には書生が三人居ます。惣領の悴も来年は大学にはいる筈です。私は人の世話をしたからとて其人から礼を言はれたいなぞとそんな卑劣な考は微塵も持つては居ません。失敗成功そんな事は私の深く問ふ処でない。唯いつまでも心持よく話の出来るやうな人物になつてもらひたい。私の世話をしたものは皆成功してゐます。然し私には其の成功振りが甚気に入らんのです。

名前は言ひませんがもう七八年前の事です。人から頼まれ又私自身も将来有望と思つて或青年の画家に経済的援助を与へた事がありました。蕪村とか崋山とかいふやうな清廉な画家になるだらうと思つたら大ちがひでした。展覧会で一二度褒美を貰ひ少し名前が売れ出したと思ふともう一廉の大家になりすました気で大に門生を養ひ党派を結び新聞雑誌を利用して盛に自家吹聴をやらかす。まるで政治運動です。然しその効能はおそろしいもので素寒貧の書生は十年ならずして谷文晁が写山楼もよろしくといふ邸宅の主人になりました。

もう一人成功した家の書生で私の閉口してゐるものがあります。これは教育家です。大学に通つてゐる時分或日私に俳句を教へてくれといふから私ももと〳〵嫌ひな道ではないので蔵書も借してやる。又時には此方からどうだ句はまだ出来ないかと催促して直してやつた事もありました。然し後になつて考へて見ると其の男は別に俳句が好きといふのではない、私が時々句をよむから御気に入らうと思つてそんな事をきいたのでせう。兎に角さういふ抜目のない男の事ですから学生になつて或地方の女学校の教師になると間もなく其の土地の素封家の聟養子になり、今日では私立の幼稚園と小学校を経営して大分評判がよい。それ丈けの話なら何も悪くいふ処はない。私も大に感心しなければならんのですがどうも気に入らないのはその男のやり方です。教育の事業をまるで商店か会社の経営と心得てゐるらしい。毎年東京へ来て朝野の有力者を訪問する三年目には視察と称して米国へ出掛け半年位たつて帰つて来ると盛に演説をして廻る。まアそれも結構です。私の甚だ気に入らないのは去年の事だやつと四十になつたかならずの年輩でありながら自分の銅像をその地方の公園に建て己れの功績を誇らうとした事です。天下の糸平の石碑がいかに大きからうがそれは子孫のやつた事だから致方がない。自分の道楽からわが銅像をわが家の庭に立てるなら差支はないが、その男のやり方はそれとなく生徒の父兄を説いて金を出させ地方の新聞記者を籠絡して輿論を作り自分は泰然としてゐるやうに見せ掛けるのだから困ります。

私は一体に今の人達の立身出世の仕方が気に入りません。失敗して金を借りに来ても心持さへさつぱりしてゐれば私は喜びます。いくら成功しても正義堂々としてゐないものはいやです。私はそれ等の事から真面目に人の世話をするのがいやになり馬鹿々々しくなりました。それ等の事が直接の原因といふ訳ではありませんが小半に薗八の稽古をさせてゐる中私はいつか此の女を自分の思ふやうに藝人に仕立てゝ見たらばと柄にもない気を起すやうになつたのです。世の中を相手にする真面目な事は皆駄目でしたから今度は藝人を養成しやうかといふのです。今の藝人は男も女も御存じの通り皆仕様がありません。この先名人上手の出やう筈もない。それに薗八なぞは長唄や清元とはちがつて今の師匠がなくなれば一寸その後をつぐべきものも無いやうな始末ですから、もし小半が私の思ふやうにみつしり修業を積んでくれゝば私の道楽も真面目くさつて云へば俗曲保存の一事業にもならうといふわけです。」

ヨウさんが小半をひかせる事に話をきめ妾宅の普請に取か丶つたのはそれから三月程後のことである。その折の手紙を見ると。

御風邪の由心配致居候蒲柳の御身体時節柄殊に御摂生第一に希望致候実は少々御示教に与り度き儀有之昨夜はいつもの処にて御目にか丶れる事と存居候御病臥の由面叙の便を失し遺憾に存候ま丶酒間乱筆を顧ずこの手紙差上申候御相談と申すはかの妾宅の一件御存じの如く兼々諸処心当りへ依頼致置候処昨日手頃の売家二軒有之候由周旋屋の手より通知に接し会社の帰途一応見歩き申候一軒は代地河岸一軒は赤坂豊川稲荷横手裏に御座候本来は築地辺一番便利と存じ最初より注文致置候処いまだに頃合の家見当り申さぬ由あまり長引き候ては折角の興もさめ勝になる恐も有之候間御意見拝聴の上右浅草か赤坂かの中いづれにか取極め度き考に御座候当人の小半は代地は場所柄とて便利なだけ定めし近隣の噂もうるさかるべく少し足場はわるけれど赤坂の方望ましきやう申居候赤坂の売家は庭古びて樹木もあれど家屋はまづツブシと存ぜられ候代地の方は建具造作の入替位にてどうにか住へるかと存じ候へど場所柄だけあまり建込み日当あしく二階からも一向に川の景色見え申さず値段も借地にて家屋丈建坪三十坪程にて先方手取壹万円引ナシとは大層な吹掛様と存じ候江戸向は庭はなくとも我慢は出来申候へども川添ならでは奇妙ならずさて赤坂の方はこの辺もと〳〵成金紳士の妾宅には持つて来いといふ場所なれば買つた上でいやになれば却て値売の望も有之候由周旋屋の申条に御座候地所七十坪程家屋付壹万五千円の由坂地なれば庭平ならぬ処自然の趣面白く垣の外すぐに豊川稲荷の森に御座候間隠居所妾宅にはまづ適当と存ぜられ候昨日見に参候折参詣人の拍手打つ音小鳥の声木立を隔て丶かすかに聞え候趣大に気に入申候地勢東北は神社の森かげとなりまづ西南向に相見え候間古家建直しの折西日さへよけるやうにすれば風通しも宜かるべくまさか田福が「わが宿は下手のたて丶る暑かな」の苦しみも無かるべくと存じ候兎に角山の手は御存じの如く都の中にても桃隣が「市中や木の葉も落す富士嵐」の一句あり冬の西風と秋の西日禁物に有之候方角昨日は磁石失念の為しかとわからず今一応検分のつもり何卒貴下御全快を待ち御散策かた〴〵御鑑定希望の至に御座候とんだ御迷惑甚恐縮しかし昔より道楽は若い時に女中年に藝事老いては普請庭つくりこれさへ慎めば金が出来るとやら申す由なれど小生道楽の階程も古人の誡に適合致候は誠に笑止に御座候とてもの事に道楽の仕納めには思ふさま凝つた妾宅建てたきもの何卒御暇の節御意匠被下まじくや同じ江戸風と申しても藺八は一中なぞやるには梅暦の挿絵に見るものよりはも少し古風に行きたく春信の絵本にあるやうな趣ふさはし

きやに存ぜられ候江戸趣味は万事天明振ありがたし〳〵
「冬来るや気儘頭巾もある世なら」
御病気御全癒の程この際一日千秋の思に御座候

十一月　　日　　　　　半兵衛ゟ

金阜先生

その頃世の中は欧洲戦争のおかげで素破らしい景気であつた。株式会社が日に三ツも四ツも出来た位なので以前から資本のしつかりしてゐるヨウさんの会社なぞは利益も定めし莫大であつたに相違ない。贅沢品は高ければ高いほど能く売れる。米が高いので百姓も相場をやるといふ景気。妾宅の新築には最も適当した時勢であつた。その頃旧華族が頻に家什の入札売立を行つたのもヨウさんの妾宅新築には甚好都合であつた。ヨウさんは地形もまだ出来ぬ中から売立のある毎に私を誘つて入札の下見に出掛けた。勿論俳味を専とする処から大きな屏風や大名道具には札を入れなかつたが金燈籠、膳椀、火桶、手洗鉢、敷瓦、更紗、広東縞の古片なぞ凡て妾宅の器具装飾になりさうなものは価を問はずどし〳〵引取つた。やがて普請が出来上ると祝宴の席で私は主人を始め招がれた藝人達にも勧められ辞退しかねて彩牋堂の記なるものを起草した。それのみならず薗八節新曲の起稿をも依頼される事になつた。

その翌日から私は早速新曲の資材となるべき事蹟を求めたいと例の燕石十種を始めとして国書刊行会翻刻本の中に蒐集された旧記随筆をあさり始めた。そしてこれはと思ふ事蹟伝説が見当つたならすぐにも筆を執る事ができるやうに毎夜枕元に燈火を引寄せ松の葉を始め色竹蘭曲集都羽二重十寸見要集のたぐひを読み返した。その頃私には江戸戯作者のするやうな斯ういふ事が興味あるのみならず亦甚意義ある事に思はれてゐたので既に書かけてゐた長篇小説の稿をも惜しまず中途にしてよしてしまつた。山田美妙斎以来殆ど現代小説の定形の如くなつた言文一致体の修辞法は七五調をなした江戸風詞曲の綴述には害があると思つたからである。このであるといふ文体については私は今日猶古人の文を読返した後なぞ殊に不快の感を禁じ得ないのデアル。私はどうかしてこの野卑乱雑なデアルの文体を排棄しやうと思ひながら多年の陋習遂に改むるによしもなく独り空しく紅葉一葉の如き文才なきを嘆じてゐる次第であるノデアル。私はその時新曲の執筆に際して竹婦人が玉菊追善水調子「ちぎれ〳〵の雲見れば」或は又蘭洲追善浮瀬の「傘持つ程になけれども三ツ四ツ濡るゝ」と云ふやうな凄艶なる章句に富んだものを書きたいと冀つた。既にその前年一度医者より病の不治なる事を告げられてから私は唯自分だけの心やりとして死ぬまでにどうかして小説は西鶴美文は也有に似たものを一二篇なりと書いて見たいと思つてゐるのである。

鶉衣に収拾せられた也有の文は既に蜀山人の嘆賞措かざりし処今更後人の推賞を俟つに及ばぬものであるが私は反覆朗読する毎に案を拍つて斯の文こそ日本の文明滅びざるかぎり日本の言語に漢字の用あるかぎり千年の後と雖必日本文の模範となる

べきものとなすのである。其の故は何ぞといふに鶉衣の思想文章ほど複雑にして蘊蓄深く典故に拠るもの多きはない。其れにも係らず読過其調の清明流暢なる実にわが古今の文学中その類例を見ざるもの。和漢古典のあらゆる文章は鶉衣を織成す緯と成り元禄以来の俗体はその経をなしこれを彩るに也有一家の文藻と独自の奇才を以てす渾成完璧の語こゝに至るを得て始めて許さるべきものであらう。私がヨウさんに勧められ彩牋堂の記を草する心になつたのも平素鶉衣の名文を慕ふのあまりに出でたものである。彩牋堂記の拙文は書終ると直様立派な額にされたが新曲は遂に稿を脱するに至らずその断片が今でも抽斗の中に蔵はれてある。

私が新曲に取用いやうと思定めた題材は江戸名所図会に記載せられた浅草橋場采女塚の故事遊女采女が自害の事であつた。ヨウさんの賛成を待つて筆をつけやうと思つた時は丁度七月の盆に近く稽古は例年の通り九月半まで休みになる。ヨウさんは家族をつれて大磯の別荘に行く。私は暑気にあてられて十日程寝る。秋涼を待ち彩牋堂のけいこが始る頃にもなつたら机に向はうと思つてゐると、今度は師匠が病気になつた。十月に入つて師匠が稽古に出られる頃にはその年は折悪しく主人のヨウさんが会社の用で満韓へ出張といふ次第。帰京すれば間もなく歳暮に近くそれから正月一ぱい此れは又藝人の習慣で稽古は休みである。

就中采女塚はそんな事ですつかり執筆の興が失せてしまつた。二月に至つて彩牋堂から稽古始の勧誘状が来たが毎年私は余寒のきびしい一月から三月も春分の頃までは風のない暖な午後の散歩を除いては成るべく家を出ぬことにしてゐるので筆硯多忙と称して小袖の一枚になる時節を待つた。独居の生涯は日頃人一倍気楽なかはり病に臥した折の不自由はまた人一倍である。それもいつそぐつと寝就いてしまふ程の重患なれば兎や角いふ暇もないが看護婦雇ふほどでもない微恙の折は医者の来診を乞ふ折にもその車屋にやるべき祝儀も自身に包んで置かねばならず医者の手を洗ふべき金盥や手拭の用意もあらかじめ女中に命じて置かねばならぬ。養痾の為めに却て用事が多くなるわけなので風邪引かぬ用心と寒気を恐るゝ事は宛ら温室の植物同然の始末である。

その年は矢張凶年であつた。日頃の用心もそのかひなく鳥啼き花落る頃に及んで却て流行感冒にかゝりつゞいて雨の多かつた為めか新竹伸びて枇杷熟する頃まで湯たんぽに腹あたゝめぬ日とてはなく食事の前後数へれば日に都合六回水薬粉薬取交ぜて服用する煩はしさ。臥して書を読まうにも繙く手先早くつかれ坐して筆を把らうにも興を催すによしなく、わづかに書肆の来つて旧著の改版を請ふがまゝ反古にもすべき旧稿の整理と添刪に日を送れば却て過ぎし日の楽しみのみ絶え間もなく思返されるばかり。しば〳〵朱筆を畳に抛て

収二拾《シテ》残書《ヲ》一剰《ス》二幾篇一。軽狂蹤跡廿年前。
笑傾《ク》犀首花間《ノ》盞。酔扶蛾眉月下船。

黄祖怒《ル》時偏自喜。紅児痴処《ナル》絶堪憐。
如今興味銷磨尽。剰愛《ス》銅鑪一炷烟。

と疑雨集中の律詩なぞを思出して僅に愁を遣る事もあつた。かくては手づから三味線とつて浄瑠璃かたる興も元気も起らう筈もない。彩牋堂へはその儘忘れたやうに手紙の返事さへも出さず一夏を過して秋もまた忽半に及んだ其日の夕。私は突然銀座通で小半の彩牋堂を去つた由を知るやおのれが無沙汰は打忘れたゞ事の次第を訝つたのであつた。

点滴の樋をつたはつて濡縁の外の水瓶に流落る音が聞え出した。もう糠雨ではない。風と共に木の葉の雫のはら〳〵と軒先に払ひ落される響も聞えた。先程から焚きつゞけた蒼朮と煙草の烟の籠り過ぎたのに心づいて私は手を伸して瓦塔口の襖を明けかけた時彩牋堂へ宛てた手紙を出しに行つた女中がその帰りがけ耳門の箱にはいつてゐる郵便物を一握みにして持つて来た。郵便物は皆しつとり濡れてゐた。葉書が三枚その中の二枚は株屋の広告一枚は往復葉書で貴下のすきな藝者と料理屋〆切までに御返事下さい抔と例の無礼千万な雑誌編輯者の文言。その外に書状が二通あつた中の一通は書体で直様彩牋堂主人と知られた。私は此の際必ずお半の一条が書いてあるに相違ないと濡れたまゝの封筒を干す間もなく開いて見た。

久しく御消息に接せず御近況如何に候哉本年は残暑の後意外の冷気に加へて昨今の秋霖御健康如何やと懸念に堪ず候この分にてもう二三日晴れやらずば諸河汎濫鉄道不通米価いよ〳〵騰貴可致と存候扨突然ながらかのお半事この程いさゝか気に入らぬ仕儀有之彩牋堂より元の古巣へ引取らせ申候古人既に閑花只合閑中看一折帰来便不鮮とか申候間兎や角評議致すは却て野暮の骨頂なるべく又人に聞かれては当方の耻にも相成申可き次第と申せば大通の貴兄大抵は早や御推察の事かと存候拙者とて藝者に役者はつきものなり大概の事なれば見て見ぬ度量は十分有之候況や外の藝事とはちがひ心中物ばかりの薗八節けいこ致させ惚れねばならぬ殿ぶりに宵の口説をあしたまで持越し髪のつやぬけて抔申すところは取分け情をもたせて語るやう日頃注文致居候事とて口舌八景の口舌ならねど色里の諸わけ知らぬ無粋なこなさんとは言はれぬつもりに候へども相手が誰あらう活動の弁士と知れ候ては我慢成難く御払箱に致申候同じいやなものにても壮士役者か曾我の家位ならまだ〳〵どうにか我慢も出来可申候へども自働車の運転手や活動弁士にてはいかに色事を浄瑠璃模様に見立てたき心はありても到底色と意気とを立てぬいて八丈縞のかくし裏なぞといふやうな心持には成兼申候この辺の心事は貴下平素の審美論にも一致致すべき次第一層御同情に値する事かと愚考罷在候お半二度左褄取る気やら又晴れて活弁と世帯でも持つか其の後の事はさつぱり承知致さず唯折角の彩牋堂今は主なく去年尊邸より頂戴致候秋海棠坂地にて水はけよき為め本年

は威勢よく西瓜の色に咲乱れ居候折柄実の処銭三文落したよりは今少し惜しいやうな心持十文位と思召被下べく候まづ〳〵御笑草まで委細如件

月　日　　彩牋堂旧主

金阜先生

雨はやつと霽れた。霽れさへすれば年の中で最も忘れがたい秋分の時節である。残暑は全く去つて単衣の裾はさわやかに重る絽の羽織の袂もうるさからず。簾打つ風には悲壮の気満ち空の色怪しきまでに青く澄み渡るがまま隠君子ならぬ身もおのづから行雲の影を眺めて無限の興を催すもこの時節である。曇つて風絶れば草の花蝶の翅の却て色あざやかに浮立ち濠の面には城市の影沈んで動かず池の水溝の水雨水の溜りさへ悉く鏡となつて物の影を映すもこの時節である。

　昨来《ノ》風雨鎖《ス》ニ書楼《ヲ》一。
得ニ叫《ノ》新晴《テ》一簾可《シ》レ鉤。
　籬菊未開山桂落。
　雁来紅占《ハム》一園《ノ》秋。

思出すまゝ先人の絶句を口ずさみながら外へ出た。足の向くまゝ彩牋堂の門前に来て見ると檜の自然木を打込んだ門の柱には□□寓とした表札まだそのまゝに新しく節板の合せ目に胡麻竹打ち並べた潜門の戸は妾宅の常とていつものやうに外から内の見えぬやうにぴつたり閉められてあつた。久しく訪はなかつたのでいはれなく這入つて見たいやうな気がした。普請の好きな私は廊下や縁側の木地にも幾分かさびが出来たであらう庭の土も落ちつき石にも今年は雨が多かつたので苔がついたであらう。私の家から移植えた秋海棠の花西瓜の色に咲きたる由書越された手紙の文言を思出しては猶更我慢がならず耳門の戸に手をかけるとすら〳〵と明いたのみならず、内にはいれば此れはいかに、萩垣の彼方から聞える台広の三味線。丁度二を上げて一撥二撥当てた音〆。但し女にあらず。女にあらずとすれば正しく師匠の千斉である。私は二の糸の上つた様子から語つてゐるのは何かと耳を傾けるとも知らず内ではおもむろに

　おもひきらしやれもう泣かしやんな

と主人が中音。さては浮橋縫之助互に「顔と顔とを見合せて一度にわつと」嘆きさへすれば後は早間に追込んで鳥辺山の一段はすぐさま語り終られると知るものから私は無遠慮に格子戸明けて中座させるも心なき業と丁度目についた玄関の庇に秋の蜘蛛一匹頻に網をかけてゐるさまを眺めながら佇立んでゐた。

「いや君実に馬鹿々々しい話さ。活弁に血道を上げるとは実にお話にならない。あれは全く僕の眼鏡ちがひだつた。活弁の一件がないにしてもあの女は行末望みがないやうだ。藝者をしてゐる時分藝事には見込みがあるやうに思はれたのはつまり非常に勝気な女で何事によらず人にまける事が嫌ひだからそれで自然稽古にも精を出したものらしい。だから商売をやめたとなる

と競争する張合がない。一月二月とたつ中三味線の稽古は私への義理一方といふ事になつた。初めは私もいろ〳〵小言を云つた。生れつき性のわるい方ではないのだから今の中みつしりやつて置けと云聞かしても当人には自分の天分もわからず従つて藝事の面白味も一向に感じないらしい。たとへば用がなくて退屈だといふ時何といふ気もなく手近の三味線を取上げて忘れた手でも思出して見やうといふやうな気にはならないらしい。それなら何が好きなのかといふと別にこれと云つて好きなものはないらしい。針仕事は勿論読み書きも好きではない唯芝居へ行つて友達と運動場をぶら〳〵するとか三越や白木へ出掛けて食堂で物を食ひ浅草の活動写真を見廻るといつたやうな事がまづ楽しみらしい。小言を云ふと遂には反抗する。面倒な思をして三味線の師匠なぞになつた処で何が面白いと云はぬばかりの様子を見せるやうになつた。これでは到底望がないと思つて暇をやつた訳だが然しこれはあの女ばかりに限つた話ではない。今の若い女は良家の女も藝者も皆同じ気風だ。会社で使つてゐる女事務員なぞを見ても口先ではいろ〳〵生意気な事をいふが辛い処を辛棒して勉強しやうといふ気は更にない。今の若い藝者に薗八なんぞ修業させやうとしたのは僕の方が考へれば間違つてゐたとも云へる。家の娘は今高等女学校に通はしてあるがそれを見てもわかる話で今日の若い女には活字の外は何も読めない。草書も変体仮名も読めない。新聞の小説はよめるが仮名の草双紙は読めない。薗八節稽古本の板木は文久年間に彫つたものだ。お半は明治も三十年になつてから後に生れた女だ。稽古本の書体がわからないのはその人の罪ではない。町に育つた今の女は井戸を知らない。刎釣瓶の竿に残月のかゝつた趣なぞは知らう筈もない。さういふ女が口先で「重井筒の上越した粋な意見」と唄つた処で何の面白味もない訳だ。「盛りがにくい迎駕籠」といつたところで何の事だかわかりはしない。分らない事に興味の起らう筈はない。五元集の古板は其角自身の板下だからいくら高くてもかまはない買ひたいと思ふのは吾々の如き旧派の俳人の古い証拠で、新傾向の俳人には六号活字しか読めないのだから木板の本はいらない訳だ。今の藝者が三味線をひくのは唯昔からの習慣と見ればいゝ。丁度新傾向の俳人が其の吟作にまだ俳句といふ名称を棄てずにゐるのと同じやうなものだ。僕はもう事の是非を論じてゐる時ではない。それよりか吾々は果していつまで吾々時代の古雅の趣味を持続して行く事ができるか、そんな事でも考へたがよい。僕の会社でもいよ〳〵昨夜から同盟罷工が始つた。もう夕刊に出る時分だが今日はそんな騒で会社は休みも同然になつたのでもつけの幸と師匠を呼んで二三段さらつたわけさ。」

ヨウさんは溜池の三河屋へ電話をかけ私に晩餐を馳走してくれた。私は家へと帰る電車の道すがら丁度二三日前から読みかけてゐたアンリイ、ド、レニエーが短篇小説 Marceline ou la punition fantastique の作意とヨウさんの話とを何がなしに結びつけて思ひ返したのであつた。レニエーの小説といふのは新妻の趣味を解せざる事を悲しみ憤る男の述懐である。男は日頃伊太利亜もヴニズの古都を愛してゐたので新婚旅行をこの都に試みたが新妻は何の趣味をも感じない。男は或骨董店で昔ヴニズの影絵芝居で使つた精巧な切子人形を目付け大金を惜まず買取つてやがて仏蘭西の旧邸へ帰る。夫婦の仲はだん〴〵離れて来る。新妻の友達に下卑てゐながら妙に女の気に入る医者があつて主人をば精神病の患者と診断し新妻は以後主人を狂人扱ひにする。或日主人は外から帰つて見ると先祖代々住古した邸宅は一見新に建直されたのかと思ふばかりその古びた外観を改め又昔の懐しい家具は椅子卓子に至るまで悉く巴里街頭の家具店に見られるやうな現代式のけば〳〵しい製造品に取替へられてゐる有様、男は憤怒のあまり周囲のものを打壊して卒倒してしまふ………私はヨウさんに別れて家へ帰へると直ぐ様読掛けたこの小説の後をば蚊帳の中で読んだ。……篇中の主人公がヴニズの骨董品で買取つた秘蔵の人形は留守中物置の中に投込まれてゐたのが折から照り渡る月の光に動き出して話をしだす。感情の昂奮してゐる主人公は夢とも現ともわけが分らなくなつて遂には何うやら自分ながらも日頃周囲のもの丶云つてゐたやうに真の狂人であるが如き心持になつてしまふ――といふのが此の小説の結末であつた。

　蚊帳の外に手を延して燈火を消した時遠く鐘の音が聞えた。数へると二時らしかつた。秋も夜毎にふけ行く夜半過わけて雨のやんだ後とて庭一面蟀の声をかぎりと鳴きしきるのに私は眠つかれぬまゝそれからそれといろ〳〵の事を考へた。一刻も早く眠りたいと思ひながらわけもなく思ひに耽ける思ひである。あくる日起きてしまへば何を考へてゐたのやら一向に思出す事の出来ない取留めのない思ひである。

　その後私は年々暑さ寒さにつけて病をいたはる事のみにいそがしく再び三味線のけいこをするやうな気にもならず又強いて著作の興を呼ぶ気にもならなくなつた。生がひもなき身と折々は憂傷悲憤に堪えなかつた其の思さへも年と共に次第に失せ行くやうである。たま〳〵思当るのはフエルナングレイが詩に

J'ai trop pleuré jadis pour des legêres!
Mes douleurs aujourd' hui me sont êtraugêres……

Elles ont beau parler à mots mystèrieux……
Et m'appeler dans l'ombre leurs voix légêres;
Pour elles je n'ai plus de larmes dans les yeux.

Mes Douleurs aujourd' hui me sont des inconnues;
Passantes du chemin qu'on êut peut-ètre aimêes,
Mais qu'on n' attendait plus quand elles sont venues,
Et qui s'en va là-bas comme des inconnues,
Parce qu' il est trop tard, les âmes sont fermees.

わけなき事にも若い日は唯ひた泣きに泣きしかど。」その「哀傷」何事ぞ今はよそ〳〵しくぞなりにける。」哀傷の姫は妙なる言葉にわれをよび。」小ぐらきかげにわれを招ぐもあだなれや。」わが眼なみだは枯れてうるほはず。」

なつかしの「哀傷」いまはあだし人となりにけり。」折もしありなば語らひやしやん辻君の。」寄りそひ来ても迎えねば。」わかれし後は見も知らす。」何事をわかき日ぞかし心と心今は通はず。」

成程情は消え心は枯れたにちがひない。欧洲乱後の世を警むる思想界の警鐘もわが耳にはどうやら街上飴を売る翁の簫に同じく食つては寝てのみ暮らすこの二三年冬の寒からず夏の暑からぬ日が唯何よりも嬉しい。胃の消化よく夢も見ず快眠を貪り得た晩の幸福はおそらく美人の膝を枕にしたにも優つてゐるであらう。然しフト思立つて私は生前一身の始末だけはして置かうものとまづ家と蔵書とを売払つて死後の煩を除いた。閑中いさゝか多事の思をなしたのは唯この時ばかりであつた。

住み馴れた家を去る時はさすがに悲哀であつた。明詩綜戴する処の茅氏の絶句にいふ。

壁有蒼苔甑有塵。
家園一旦属西鄰。
傷心畏見門前柳。
明日相看是路人。

その中売宅記とでも題してまた何か書かう。

（「新小説」大正10年3月号）

私

谷崎潤一郎

もう何年か前、私が一高の寄宿寮に居た当時の話。

或る晩のことである、その時分はいつもいつも同室生が寝室に額を集めては、夜おそくまで蠟勉と称して蠟燭をつけて勉強する（その実駄弁を弄する）のが習慣になつて居たのだが、その晩も例に依つて、電燈が消えてしまつてから長い間、三四人が蠟燭の灯影にうづくまりつゝおしやべりを続けて居たのであつた。

その時、どうして話題が其処へ落ち込んだのかは明瞭でないが、何でも我れ我れは其の頃の我れ我れには極く有りがちな恋愛問題に就いて、勝手な熱を吹き散らして居たかのやうに記憶する。それから、自然の経路として人間の犯罪と云ふ事が話題になり、殺人とか、詐欺とか、窃盗などゝ云ふ言葉がめいめいの口に上るやうになつた。

「犯罪のうちで一番われわれが犯しさうな気がするのは殺人だね、」

と、さう云つたのは某博士の息子の樋口と云ふ男だつた。

「どんな事があつても泥坊だけはやりさうもないよ。――何しろアレだけは実に困る、外の人間は友達に持てるがぬすツととなるとどうも人種が違ふやうな気がするからナア」

樋口はその生れつきの品の好い顔を曇らせて、不愉快さうに八の字を寄せた。その表情は彼の人相を一層品好く見せたのである。

「さう云へば此の頃、寮で頻りに盗難があるツて云ふのは事実かね。」

と、今度は平田と云ふ男が云つた。平田はさう云つて、もう一人の中村と云ふ男を顧みて、「ねえ、君」と云つた。

「うん、事実らしいよ、何でも泥坊は外の者ぢやなくて、寮生に違ひないと云ふ話だがね。」

「なぜ」

と私が云つた。

「なぜツて、精しい事は知らないけれども、――」と、中村は声をひそめて憚るやうな口調で、「余り盗難が頻々と起るので寮以外の者の仕業ぢやあるまいと云ふのさ。」

「いや、そればかりぢやないんだ、」

と、樋口が云つた。

「たしかに寮生に違ひない事を見届けた者があるんだ。――つい此の間、真ツ昼間だつたさうだが、北寮七番に居る男が一寸用事があつて寝室へ這入らうとすると、中からいきなりドーアを明けて、その男を不意にピシヤリと擲り付けてバタバタと廊下へ逃げ出した奴があるんださうだ。擲られた男は直ぐに追つかけたが、梯子段を降りると影を見失つてしまつた。あとで寝室へ這入つて見ると、行李だの本箱だのが散らかしてあつたと云ふから、其奴が泥坊に違ひないんだよ。」

「で、その男は泥坊の顔を見たんだらうか?」

「いや、出し抜けに張り飛ばされたんで顔は見なかつたさうだけれども、服装や何かの様子ではたしかに寮生に違ひないと云ふんだ。何でも廊下を逃げて行く時に、羽織を頭からスツポリ被つて駈け出したさうだが、その羽織が下り藤の紋附だつたと云ふ事だけが分つてゐる。」

「下り藤の紋附? それだけの手懸りぢや仕様がないね。」

　さう云つたのは平田だつた。気のせいか知らぬが、平田はチラリと私の顔色を窺つたやうに思へた。さうして又、私も其の時思はずイヤな顔をしたやうな気がする。なぜかと云ふのに、私の家の紋は下り藤であつて、而も其の紋附の羽織を、その晩は着ては居なかつたけれども、折々出して着て歩くことがあつたからである。

「寮生だとすると容易に掴まりツこはないよ。自分たちの仲間にそんな奴が居ると思ふのは不愉快だし、誰しも油断して居るからなあ。」

　私はほんの一瞬間のイヤな気持ちを自分でも耻かしく感じたので、サツパリと打ち消すやうにしながらさう云つたのであつた。

「だが、二三日うちにきつと掴まるに違ひない事があるんだ、――」

　と、樋口は言葉尻に力を入れて、眼を光らせて、しやがれ声になつて云つた。

「――此れは極く秘密なんだが、一番盗難の頻発するのは風呂場の脱衣場だと云ふので、二三日前から委員がそつと張り番をして居るんだよ。何でも天井裏へ忍び込んで、小さな穴から様子を窺つてゐるんださうだ。」

「へえ、そんな事を誰から聞いたい?」

　此の問を発したのは中村だつた。

「委員の一人から聞いたんだが、まあ余りしやべらないでくれ給へ。」

「しかし君、君が知つてるとすると、泥坊だつて其の位の事はもう気が附いて居るかも知れんぜ。」

　さう云つて、平田は苦々しい顔をした。

　こゝで一寸断つて置くが、此の平田と云ふ男と私とは以前はそれ程でもなかつたのに、或る時或る事から感情を害して、近頃ではお互ひに面白くない気持ちで附き合つて居たのである。尤もお互ひにとは云つても、私の方からさうしたのではなく、平田の方でヒドク私を嫌ひ出したので、「鈴木は君等の考へて居るやうなソンナ立派な人間ぢやない、僕は或る事に依つて彼奴の腹の底を見透かしたんだ。」と、平田が或る時私をこツぴどく罵つたと云ふ事を、私は嘗て友人の一人から聞いた。「僕は彼奴には愛憎を尽かした、可哀さうだから附き合つてはやるけれど、決して心から打ち解けてはやらない」と、さうも云つたと云ふ事であつた。が、彼は蔭口をきくばかりで、一度も私の面前でそれを云ひ出したことはなかつた。たゞ恐ろしく私を忌み、若しくは侮蔑をさへもして居るらしい事は、彼の様子のうちにありありと見えて居た。相手がさう云ふ風な態度で居る時に、私の性質としては進んで説明を求めようとする気にはなれなかつた。「己に悪い所があるなら忠告するのが当り前だ、忠告するだけの親切さへもないものなら、或は又忠告するだけの価値さへもないと思つて居るなら、己の方でも彼奴を友人とは思ふまい。」さう考へた時、私は多少の寂寞を感じはしたものゝ、別段その為めに深く心を悩ましはしなかつた。平田は体格の頑丈な、所謂「向陵健児」の模範とでも云ふべき男性的な男、私は痩せツぽちの色の青白い神経質の男、二人の性格には根本的に融和し難いものがあるのであり、全く違つた二つの世界に住んで居る人間なのだから仕方がないと云ふ風に、私はあきらめても居た。但し平田は柔道三段の強の者で、「グズグズすれば打ん擲るぞ」と云ふやうな、腕ツ節を誇示する風があつたのだ、此方が大人しく出るのは卑怯ぢやないかとも考へられたが、――さうして事実、内々はその腕ツ節を恐れて居たにも違ひないが、――私は幸ひにもそんな下らない意地ツ張りや名誉心にかけては極く淡白な方であつた。「相手がいかに自分を軽蔑しようと、自分で自分を信じて居ればそれでいゝのだ、少しも相手を恨むことはない。」――かう腹をきめて居た私は、平田の剛慢な態度に報ゆるに、常に冷静な寛大な態度を以てした。「平田が僕を理解してくれないのは已むを得ないが、僕の方では平田の美点を認めて居るよ」と、場合に依つては第三者に云ひもしたし、又実際さう思つても居たのだつた。私は自分を卑怯だと感ずることなしに、心の底から平田を褒めることの出来る自分自身を、高潔なる人格者だとさへ己惚れて居た。

「下り藤の紋附?」

さう云つて、平田がさつき私の方をチラと見た時の、その何とも云へないイヤな眼つきが、その晩はしかし奇妙にも私の神経を刺したのである。一体あの眼つきは何を意味するのだらうか? 平田は私の紋附が下り藤である事を知りつゝ、あんな眼つきをしたのだらうか? それともさう取るのは私の僻みに過ぎないだらうか?――だが、若し平田が少しでも私を疑ぐつて居るとすれば、私は此の際どうしたらいゝか知らん?

「すると僕にも嫌疑が懸るぜ、僕の紋も下り藤だから。」

さう云つて私は虚心坦懐に笑つてしまふべきであらうか? けれどもさう云つた場合に、こゝに居る三人が私と一緒に快く笑つてくれゝば差支へないが、そのうちの一人、――平田一人がニコリとせずに、ますます苦い顔をするとしたらどうだらう。私はその光景を想像すると、ウツカリ口を切る訳にも行かなかつた。

こんな事に頭を費やすのは馬鹿げた話ではあるけれども、私はそこで咄嗟の間にいろいろな事を考へさせられた。「今私が置かれて居るやうな場合に於いて、真の犯人と然らざる者とは、各々の心理作用に果してどれだけの相違があるだらう。」かう考へて来ると、今の私は真の犯人が味ふと同じ煩悶、同じ孤独を味はつて居るやうである。つい先《さつき》まで私はたしかに此の三人の友人であつた、天下の学生たちに羨ましがられる「一高」の秀才の一人であつた、しかし今では、少くとも私自身の気持に於いては既に三人の仲間ではない。ほんの詰まらない事ではあるが、私は彼等に打ち明けることの出来ない気苦労を持つて居る。自分と対等であるべき筈の平田に対して、彼の一顰一笑に対して気がねして居る。

「ぬすツととなるとどうも人種が違ふやうな気がするからナア」

樋口の云つた言葉は、何気なしに云はれたのには相違ないが、それが今の私の胸にはグンと力強く響いた。「ぬすツとは人種が違ふ」――ぬすツと！　あゝ、何と云ふ厭な名だらう、――思ふにぬすツとが普通の人種と違ふ所以は、彼の犯罪行為その物に存するのではなく、犯罪行為を何とかして隠さうとし、或は自分でも成るべく其れを忘れて居ようとする心の努力、決して人には打ち明けられない不断の憂慮、それが彼を知らず識らず暗黒な気持ちに導くのであらう。ところで今の私は確かに其の暗黒の一部分を持つて居る。私は自分が犯罪の嫌疑を受けて居るのだと云ふ事を、自分でも信じまいとして居る。さうして其の為めに、いかなる親友にも打ち明けられない憂慮を感じて居る。樋口は勿論私を信用して居ればこそ、委員から聞いた湯殿の一件を洩らしたのだらう、「まあ余りしやべらないでくれ給へ」彼がさう云つた時、私は何となく嬉しかつた。が、同時にその嬉しさが私の心を一層暗くしたことも事実だ。「なぜそんな事を嬉しがるのだ、樋口は始めから己を疑つて居やしないぢやないか。」さう思ふと、私は樋口の心事に対して後ろめたいやうな気がした。

それから又斯う云ふ事を考へられた。どんな善人でも多少の犯罪性があるものとすれば、「若し己が真の犯人だつたら、――」といふ想像を起すのは私ばかりでないかも知れない、私が感じて居るやうな不快なり喜びなりを、こゝに居る三人も少しは感じて居るかも知れない、さうだとすると、委員から特に秘密を教へて貰つた樋口は、心中最も得意であるべき筈である。彼はわれわれ四人の内で誰よりも委員に信頼されて居る。彼こそは最もぬすツとに遠い人種である。さうして彼が其の信頼を贏ち得た原因は、彼の上品な人相と、富裕な家庭のお坊つちやんであり博士の令息であると云ふ事実に帰着するとすれば、私はさう云ふ境遇にある彼を羨まない訳に行かない。彼の持つて居る物質的優越が彼の品性を高める如く、私の持つて居る物質的劣弱、――S県の水呑み百姓の伜であり、旧藩主の奨学資金でヤツと在学しつゝある貧書生だと云ふ意識は、私の品性を卑しくする。私が彼の前へ出て一種の気怯れを感じるのは、私がぬすツとであらうとなからうと同じ事だ。私と彼とは矢張り人種が違つて居るのだ。彼が虚心坦懐な態度で私を信ずれば信ずるほど、私はいよいよ彼に遠ざかるのを感ずる。親しまうとすればするほど――うはべはいかにも打ち解けたらしく冗談を云ひ、しやべり合ひ笑ひ合ふほど、ますます彼と私との距離が隔たるのに心づく。その気持ちは我ながら奈何ともする事が出来ない。……

「下り藤の紋附」は其の晩以来長い間私の気苦労の種になつた。私はそれを着て歩いたものかどうかに就いて散々頭を悩ました。仮りに平気で着て歩くとする、みんなも平気で見てくれゝばいゝが、「あ、彼奴があれを着てゐる」と云ふやうな眼つきをするとする、さうして或る者は私を疑ひ、或る者は疑つては済まないと思ひ、或る者は疑はれて気の毒だと思ふ。私は平田や樋口に対してばかりでなく、凡べての同窓生に対して、不快と気怯れを感じ出す、そこで又イヤになつて羽織を引込める、と、今度は引込めたが為めにいよ／＼妙になる。私の恐れるのは犯罪の嫌疑その物ではなく、それに連れて多くの人の胸に湧き上るいろ／＼の汚い感情である。私は誰よりも先に自分で自分を疑ひ出し、その為めに多くの人にも疑ひを起させ、今まで分け隔てなく附き合つて居た友人間に変なこだはりを生じさせる。私が仮りに真のぬすツとだつたとしても、それの弊害はそれに附き纏ふさま／＼のイヤな気持ちに比べれば何でもない。誰も私をぬすツとだとは思ひたくないであらうし、ぬすツとである迄も確かにさうと極まる迄は、夢にもそんな事を信ぜずに附き合つて居たいであらう、そのくらゐでなければ我れ我れの友情は成り立ちはしない。そこで、友人の者を盗む罪よりも友情を傷ける罪の方が重いとすれば、私はぬすツとであつてもなくつても、みんなに疑はれるやうな種を蒔いては済まない訳である。ぬすツとをするよりも余計に済まない訳である。私が若し賢明にして巧妙なぬすツとであるなら、――いや、さう云つてはいけない、――若し少しでも思ひやりのあり良心のあるぬすツとであるなら、出来るだけ友情を傷けないやうにし、心の底から彼等に打ち解け、神様に見られても耻かしくない誠意と温情とを以て彼等に接しつゝ、コッソリと盗みを働くべきである。「ぬすツと猛々しい」とは蓋し此れを云ふのだらうが、ぬすツとの気持ちになつて見れば其れが一番正直な、偽りのない態度であらう、「盗みをするのも本当ですが友情も本当です」と彼は云ふだらう。「両方とも本当の所がぬすツとの特色、人種の違ふ所以です」とも云ふだらう。――兎に角そんな風に考へ始めると、私の頭は一歩／＼とぬすツとの方へ傾いて行つて、ます／＼友人との隔たりを意識せずには居られなかつた。私はいつの間にか立派な泥坊になつて居る気がした。

或る日、私は思ひ切つて下り藤の紋附を着、グラウンドを歩きながら中村とこんな話をした。

「さう云へば君、泥坊はまだ摑まらないさうだね、」

「あゝ」

と云つて、中村は急に下を向いた。

「どうしたんだらう、風呂場で待つて居ても駄目なのか知らん、」

「風呂場の方はあれツ切りだけれど、今でも盛んに方々で盗まれるさうだよ。風呂場の計略を洩らしたと云ふんで、此の間樋口が委員に呼びつけられて怒られたさうだがね。」

私はさつと顔色を変へた。

「ナニ、樋口が?」

「あゝ、樋口がね、樋口がね、——鈴木君、勘忍してくれ給へ」

中村は苦しさうな溜息と一緒にバラ〳〵と涙を落した。

「——僕は今迄君に隠して居たけれど、今になつて黙つて居るのは却て済まないやうな気がする。君は定めし不愉快に思ふだらうが、実は委員たちが君を疑つて居るんだよ。しかし君、——こんな事は口にするのもイヤだけれども、僕は決して疑つちや居ない、今の今でも君を信じて居る、信じて居ればこそ黙つて居るのが辛くつて苦しくつて仕様がなかつたんだ。どうか悪く思はないでくれ給へ。」

「有り難う、よく云つてくれた、僕は君に感謝する。」

さう云つて、私もつい涙ぐんだ、が、同時に又「とうとう来たな」と云ふやうな気もしないではなかつた。恐ろしい事実ではあるが、私は内々今日の日が来ることを予覚して居たのである。

「もう此の話は止さうぢやないか、僕も打ち明けてしまへば気が済むのだから。」

と、中村は慰めるやうに云つた。

「だけど此の話は、口にするのもイヤだからと云つて捨てゝ置く訳にや行かないと思ふ。君の好意は分つて居るが、僕は明かに耻を搔かされたばかりでなく、友人たる君に迄も耻を搔かした。僕はもう、疑はれたと云ふ事実だけでも、君等の友人たる資格をなくしてしまつたんだ。孰方《どつち》にしても僕の不名誉は拭はれツこはないんだ。ねえ君、さうぢやないか、さうなつても君は僕を捨てないでくれるだらうか。」

「僕は誓つて君を捨てない、僕は君に耻を搔かされたなんて思つても居ないんだ。」

中村は例になく激昂した私の様子を見てオドオドしながら、「樋口だつてさうだよ、樋口は委員の前で極力君の為めに弁護したと云つて居る。『僕は親友の人格を疑ふくらゐなら自分自身を疑ひます』とまで云つたさうだ。」

「それでもまだ委員たちは僕を疑つて居るんだね?——何も遠慮することはない、君の知つてる事は残らず話してくれ給へな、其の方がいつそ気持ちが好いんだから。」

私がさう云ふと、中村はさも云ひにくさうにして語つた。

「何でも方々から委員の所へ投書が来たり、告げ口をしに来たりする奴があるんださうだよ。それに、あの晩樋口が余計なおしやべりをしてから風呂場に盗難がなくなつたと云ふのが、嫌疑の原にもなつてるんださうだ。」

「しかし風呂場の話を聞いたのは僕ばかりぢやない」――此の言葉は、勿論それを口に出しはしなかつたけれども、直ぐと私の胸に浮かんだ。さうして私を一層淋しく情けなくさせた。

「だが、樋口がおしやべりをした事を、どうして委員たちは知つただらう？　あの晩彼処に居たのは僕等四人だけだ、四人以外に知つて居る者はない訳だとすると、――さうして樋口と君とは僕を信じてくれるんだとすると、――」

「まあ、それ以上は君の推測に任せるより仕方がない、」さう云つて中村は哀訴するやうな眼つきをした、「僕はその人を知つて居る、その人は君を誤解して居る人だ、しかし僕の口からその人の事は云ひたくない。」

平田だな、――さう思ふと私はぞつとした、平田の眼が執拗に私を睨んで居る心地がした。

「君はその人と、何か僕の事に就いて話し合つたかね？」

「そりや話し合つたけれども、……しかし君、察してくれ給へ、僕は君の友人であると同時にその人の友人でもあるんだから、その為めに非常に辛いんだよ。実を云ふと、僕と樋口とは昨夜その人と意見の衝突をやつたんだ、さうしてその人は今日のうちに寮を出ると云つて居るんだ、僕は一人の友達の為めにもう一人の友達をなくすのかと思ふと、さう云ふ悲しいハメになつたのが残念でならない。」

「あゝ、君と樋口とはそんなに僕を思つて居てくれたのか、済まない済まない、――」

私は中村の手を執つて力強く握り締めた、私の眼からは涙が止めどなく流れた、中村も勿論泣いた。生れて始めて、私はほんたうに人情の温かみを味はつた気がした。此の間から遣る瀬ない孤独に苛《さいな》まれて居た私が、求めて已まなかつたものは実に此れだつたのである。たとへ私がどんなぬすツとであらうとも、よもや此の人の物を盗むことは出来まい。……

「君、僕は正直な事を云ふが、――」

と、暫く立つてから私が云つた。

「僕は君等にそんな心配をかけさせる程の人間ぢやないんだよ。僕は君等が僕のやうな人間の為めに立派な友達をなくすのを、黙つて見て居る訳にや行かない。あの男は僕を疑つて居るかも知れないが、僕は未だにあの男を尊敬して居る。僕よりもあの男の方が余つぽど偉いんだ、僕は誰よりもあの男の価値を認めて居るんだ。だからあの男が寮を出るくらゐなら、僕が出ることにしようぢやないか。ねえ、後生だからさうさせてくれ給へ、さうして君等はあの男と仲好く暮らしてくれ給へ。僕は独りになつてもまだ其の方が気持ちがいゝんだから。」

「そんな事はない、君が出ると云ふ法はないよ、」

と、人の好い中村はひどく感激した口調で云つた。

「僕だつてあの男の人格は認めて居る。だが今の場合、君は不当に虐げられて居る人なんだ。僕はあの男の肩を持つて不正に組する事は出来ない、君を追ひ出す位なら僕等が出る。あの男は君も知つてる通り非常に自負心が強くつてナカナカ後へ退かないんだから、出ると云つたらきつと出るだらう。だから勝手にさせて置いたらいゝぢやないか。さうしてあの男が自分で気が付いて詫りに来るまで待てばいゝんだ。それも恐らく長いことぢやないんだから。」

「でもあの男は剛情だからね、自分の方から詫りに来ることはないだらうよ、いつ迄も僕を嫌ひ通して居るだらうよ。」

私の斯う云つた意味を、私が平田を恨んで居て其の一端を洩らしたのだと云ふ風に、中村は取つたらしかつた。

「なあに、まさかそんな事はないさ、斯うと云ひ出したら飽く迄自分の説を主張するのが、あの男の長所でもあり欠点でもあるんだけれど、悪かつたと思へば綺麗さつぱりと詫りに来るさ。そこが彼の男の愛すべき点なんだ。」

「さうなつてくれゝば結構だけれど、――」

と、私は深く考へ込みながら云つた。

「あの男は君の所へは戻つて来ても、僕とは永久に和解する時がないやうな気がする。――あゝ、あの男は本当に愛すべき人間だ、僕もあの男に愛せられたい。」

中村は私の肩に手をかけて、此の一人の哀れな友を庇ふやうにしながら、草の上に足を投げて居た。夕ぐれのことで、グラウンドの四方には淡い靄がかゝつて、それが海のやうにひろびろと見えた。向うの路を、たまに二三人の学生が打ち連れて、チラリと私の方を見ては通つて行つた。

「もうあの人たちも知つて居るのだ、みんなが己を爪弾きして居るのだ。」

さう思ふと、云ひやうのない淋しさがひしひしと私の胸を襲つた。

その晩、寮を出る筈であつた平田は、何か別に考へた事でもあるのか、出るやうな様子もなかつた。さうして私とは勿論、樋口や中村とも一と言も口を利かないで、黙りこくつて居た。事態が斯うなつて来ては、私が寮を出るのが当然だとは思つたけれども、二人の友人の好意に背くのも心苦しいし、それに私としては、今の場合に出て行くことは疚しい所があるやうにも取られるし、ます〳〵疑はれるばかりなので、さうする訳にも行かなかつた。出るにしてももう少し機会を待たなけりやならない、と、私はさう思つて居た。

「そんなに気にしない方がいゝよ、そのうちに犯人が掴まりさへすりや、自然と解決がつくんだもの。」

二人の友人は始終私にさう云つてくれて居た。が、それから一週間程過ぎても、犯人は掴まらないのみか、依然として盗難が頻発するのだつた。遂には私の部屋でも樋口と中村とが財布の金と二三冊の洋書を盗まれた。

「とう〳〵二人共やられたかな、あとの二人は大丈夫盗まれツこあるまいと思ふが、……」

その時、平田が妙な顔つきでニヤ〳〵しながら、こんな嫌味を云つたのを私は覚えて居る。

　樋口と中村とは、夜になると図書館へ勉強に行くのが例であつたから、平田と私とは自然二人きりで顔を突き合はす事が屢々あつた。で、私はそれが辛かつたので、自分も図書館へ行くか散歩に出かけるかして、夜は成るべく部屋に居ないやうにして居た。すると或る晩のことだつたが、九時半頃に散歩から戻つて来て、自習室の戸を明けると、いつも其処に独りで頑張つて居る筈の平田も見えないし、外の二人もまだ帰つて来ないらしかつた。「寝室か知ら?」——と思つて、二階へ行つて見たが矢張り誰も居ない。私は再び自習室へ引返して平田の机の傍に行つた。さうして、静かにその抽出しを明けて、二三日前に彼の国もとから届いた書留郵便の封筒を捜し出した。封筒の中には拾円の小為替が三枚這入つて居たのである。私は悠々とその内の一枚を抜き取つて懐ろに収め、抽出しを元の通りに直し、それから、極めて平然と廊下に出て行つた。廊下から庭へ降りて、テニス・コートを横ぎつて、だら〳〵と地面がなぞへになつて居る草のぼう〳〵と生えた薄暗い窪地の方へ行かうとすると、

「ぬすツと!」

　と叫んで、いきなり後から飛び着いて、イヤと云ふほど私の横ツ面を張り倒した者があつた、それは平田だつた。

「さあ出せ、貴様が今懐ろに入れた物を出して見せろ!」

「おい、おい、そんなに大きな声を出すなよ、」

　と、私は落ち着いて、笑ひながら云つた。

「己は貴様の為替を盗んだに違ひないよ。返せと云ふなら返してやるし、来いと云ふなら何処へでも行くさ、それで話が分つて居るからいゝぢやないか。」

　平田はちよつとひるんだやうだつたが、直ぐ思ひ返して猛然として、続けざまに私の頬桁を擲つた。私は痛いと同時に好い気持ちでもあつた、此の間中の重荷をホツと一度に取り落したやうな気がした。

「さう擲つたつて仕様がないさ、僕は見す見す君の罠に懸つてやつたんだ、あんまり君が威張るもんだから、『何糞! 彼奴の物だつて盗めない事があるもんか』と思つたのがしくじりの原《もと》なんだ。だがまあ分つたから此れでいゝや、あとはお互ひに笑ひながら話をしようよ。」

　さう云つて、私は仲好く平田の手を取らうとしたけれど、彼は遮二無二胸倉を掴んで私を部屋へ引き擦つて行つた。私の眼に、平田と云ふ人間が下らなく見えたのは此の時だけだつた。

「おい君達、僕はぬすツとを掴まへて来たぜ、僕は不明の罪を謝する必要はないんだ。」

　そこへ戻つて来て居た二人の友人の前に、平田は私を激しく突き倒して云つた。部屋の戸口には騒ぎを聞き付けた寮生たちが、刻々に寄つて来てかたまつて居た。

「平田君の云ふ通りだよ、ぬすツとは僕だつたんだよ、」

　私は床から起き上つて二人に云つた、極く普通に、いつもの

通り馴れ馴れしく物を云つて居る積りではあつたが、矢張り顔が真青になつて居るらしかつた。

「君たちは僕を憎いと思ふかね、それとも僕に対して耻かしいと思ふかね、」

　と、私は二人に向つて言葉をつゞけた。

「――君たちは善良な人たちだ、しかし不明の罪はどうしても君たちにあるんだよ。僕は此の間から幾度も幾度も正直な事を云つたぢやないか。『僕は君等の考へて居るやうな値打ちのある人間ぢやない。平田君こそ確かな人物だ、あの人が不明の罪を謝するやうな事は決してない』ツて、あれほど云つたのが分らなかつたかね。『君等が平田君と和解する時はあつても、僕が和解する時は永久にない』とも云つたんだ。僕は『平田君の偉いことは誰よりも僕が知つて居る』とまで云つたんだ。ねえ君、さうだらう、僕は決して一言半句もウソをつきはしなかつたゞらう。ウソはつかないがなぜハツキリと本当の事を云はなかつたんだと、君たちは云ふかも知れない。やつぱり君等を欺して居たんだと思ふかも知れない。しかし君、そこはぬすツとたる僕の身になつて考へてもくれ給へ。僕は悲しい事ではあるがどうしてもぬすツとだけは止められないんだ。けれども君等を欺すのは厭だつたから、本当の事を出来るだけ廻りくどく云つたんだ。僕がぬすツとを止めない以上あれより正直にはなれないんだから、それを悟つてくれなかつたのは君等が悪いんだよ。こんな事を云ふと、いかにもヒネクレた嫌味を云つてるやうだけれども、そんな積りは少しもないんだから、何卒真面目に聞いてくれ給へ。それほど正直を欲するならなぜぬすツとを止めないのかと、君等は云ふだらう。だが其の質問は僕が答へる責任はないんだよ。僕がぬすツととして生れて来たのは事実なんだよ。だから僕は其の事実が許す範囲で、出来るだけの誠意を以て君等と附き合はうと努めたんだ。それより外に僕の執るべき方法はないんだから仕方がないさ。それでも僕は君等に済まないと思つたからこそ『平田君を追ひ出す位なら、僕を追ひ出してくれ給へ』ツて云つたぢやないか。あれはごまかしでも何でもない、本当に君等の為めを思つたからなんだ。君等の物を盗んだ事も本当だけれど、君等に友情を持つて居る事も本当なんだよ。ぬすツとにもそのくらゐな心づかひはあると云ふ事を、僕は君等の友情に訴へて聞いて貰ひたいんだがね。」

　中村と樋口とは、黙つて、呆れ返つたやうに眼をぱちくりやらせて居るばかりだつた。

「あゝ、君等は僕を図々しい奴だと思つてるんだね、やつぱり君等には僕の気持ちが分らないんだね、それも人種の違ひだから仕様がないかな。」

　さう云つて、私は悲痛な感情を笑ひに紛らしながら、猶一と言附け加へた。

「僕はしかし、未だに君等に友情を持つて居るから忠告するんだが、此れからもないことぢやないし、よく気を付け給へ。ぬすツとを友達にしたのは何と云つても君たちの不明なんだ。そんな事では社会へ出てからが案じられるよ。学校の成績は君たちの方が上かも知れないが、人間は平田君の方が出来て居るんだ。平田君はごまかされない、此の人は確かにえらい！」

平田は私に指されると変な顔をして横を向いた。その時ばかりは此の剛腹な男も妙に極まりが悪さうであつた。

それからもう何年か立つた、私は其の後何遍となく暗い所へ入れられもしたし、今では本職のぬすツと仲間へ落ちてしまつたが、あの時分のことは忘れられない。殊に忘れられないのは平田である。私は未だに悪事を働く度にあの男の顔を想ひ出す。「どうだ、己の睨んだことに間違ひはなからう。」さう云つて、あの男が今でも威張つて居るやうな気がする。兎に角あの男はシツカリした、見所のある奴だつた。しかし世の中と云ふものは不思議なもので、社会へ出てからが案じられる」と云つた私の予言は綺麗に外れて、お坊つちやんの樋口は親父の威光もあらうけれどトントン拍子に出世をして、洋行もするし学位も授かるし、今日では鉄道院○○課長とか局長とかの椅子に収まつて居るのに、平田の方はどうなつたのか杳として聞えない。此れだから我れ我れが『どうせ世間は好い加減なものだ』と思ふのも尤もな訳だ。

読者諸君よ、以上は私のうそ偽りのない記録である。私は茲に一つとして不正直な事を書いては居ない。さうして、樋口や中村に対すると同じく、諸君に対しても「私のやうなぬすツとの心中にも此れだけデリケートな気持ちがある」と云ふことを、酌んで貰ひたいと思ふのである。

だが、諸君もやつぱり私を信じてくれないかも知れない、けれども若し——甚だ失礼な言ひ草ではあるが、——諸君のうちに一人でも私と同じ人種が居たら、その人だけはきつと信じてくれるであらう。（大正十年二月作）

（「改造」大正10年3月号）

招魂祭一景

川端康成

躁音がすべて真直《まつすぐ》に立ちのぼつて行くやうな秋日和である。

曲馬娘お光はもう人群《ひとむれ》に酔ひしびれてゐた。乗つてゐる馬が時々思ひ出したかのごとく片脚を上げなぞする度に、ばらばらに投げ散らかされた手足が、ふつと一所《ひとところ》に吸ひ寄せられて、生《いき》物《もの》らしい感《かんじ》を喚《よ》びもどすが、直ぐ瞳の焦点を失つてしまふ。——でも、ふと、遥か遠くの百姓爺の顔がはつきり目にとまつたり、直き前に立ちどまつた男の羽織の紐の解けてゐるのが妙に気になつたり、それさへ夢のうちのことのやうでもあつた。

お光には、靖国神社の境内だけが気違《きちがひ》めいて騒がしく、その代り世の中がぴたと静まり返つてゐるとも思へる。数知れぬ人の頭が影絵に似て音なく動いてゐる気もする。

馬の背にお光一人、寂しい所に置き残されて、泣き出すべきなのをぼんやり忘れてゐたやうでもあつた。

新栗を焼くかんばしい香が急に鼻につく。食べたい。——一寸一事《ひとこと》にまとまつた心は疲れ果てた現《うつゝ》の夢からお光を呼び醒ました。

すると、がらがらがら、細かい金網の筒形器械を廻して大豆を炒る音も聞えはじめる。曲馬小屋の前の人通《ひとどほり》を距てゝ、器械を右手で廻しながら、おかみさんが息のぬけた空気袋のやうな乳房をあらはに、蛸頭《たこあたま》の赤坊にふくませてゐる。同じ露店に亭主が網の上の栗を長い金火箸で器用にころがしてゐる。

栗と大豆の香を吸ふともなしに、お光はほうつと太息《といき》した。

その隣がゆで卵屋である。

鼻たれ小僧が二人、店先《みせさき》で口論してゐる。

『何を!』一人が卵にふりかけてある塩を掴んで、相手の口に投げつけた。

『あつ!』他の一人は、

『ぺつ　ぺつ。』と辛《から》いのを吐き出してゐたが、

『うめえや、…………うまい、うまい。』と変挺に情ない顔して口の周囲《まはり》をなめ出した。

『こらつ、畜生。』塩を盗まれた卵屋が立ちあがると、塩を投げた小僧は、卵屋にいいんと尻を突き出してからなめてゐた相手の首元に腕をかけ肩組して人波に姿を消してしまつた。——

お光はちらと微笑《ほほえ》み、こんなに押し合ひながら、見世物小屋の側《がは》ばかり眺めて、誰一人この小僧のすばしつこい働《はたらき》に気づいてゐないと考へた。——と、大変なことがある。眼球《めだま》の悪光りしてゐる素的に耳の大きい鳥打帽の学生らしいのと、角帯ゆえ

満更学生でもあるまい獅子鼻の若者とが、小屋の前囲《まへがこひ》の横棒につかまりながら、さいぜんからお光の顔をみつめてゐる格好である。

思ひ設けぬ視線にまごついて照《て》れた時、お光の心に辛じて張りがよみがへつて来た。

お光にけどられて、鳥打帽が角帯の袖をひいた。

――――轡で繋がれた二頭の裸馬が、子供を一人づつ乗せ、胴をすれすれに並んで円道をめぐつて行く。お光は二頭の背に、子供の乗つた後に両脚を踏み構へて、上身を心持《こゝろもち》前屈みに腰を引き、踵で調子をとりながら馬の足を早めさせる。お光の身と馬の足並《あしなみ》の呼吸が合つて来る時に、二人の子供を馬の背に立たせ、帯を握つて差し上げ、一旦はお光の両肩に子供同志向ひ合つて跨《またが》らせる。更に気合を計り、握る力を強め、うんと両腕を伸して、二人をお光の両肩に立たせる。子供が片手を結び合ひながら、肩の上にしやんと立つて、お光の腕を頼《たより》に、右肩の子は右の手脚を、左肩の子は左の手脚を、ぴんと水平に拡げると、客の拍子が起る。その形のまゝ、拍子を浴びつゝ馬上の三人は一二周する。子供が一挙に肩から馬の背へ飛び下りる。

……………少し前この曲藝をすまして、憩ふ間も客を呼ぶため、仮小屋の表に馬上の姿をさらしてゐるのであつた。

空馬《からうま》が三頭、娘を乗せたのが二頭、小屋の前に並んでゐた馬の一番右のがうなだれてゐた頭をあげ、列から離れて歩み始めた。

お光もそれに倣つて手綱をひいた。

小屋の前を端《はし》から端に行き戻りして、ひとさら行く人の目をそばだたせる為めであつた。

右端まで来た。隣りは八木節《やぎぶし》の小屋である。

「ちよいと出ました三角野郎が
　こゝにしばらく暫時の間
……………

木の台に立ち上つて大太皷のふちを叩きながら、男が声を張りあげてゐる。大正踊の踊り娘が五六人舞台に並んで、小屋内の客には後姿を、しかも腰から上を、肩にした絵日傘でかくして、踊を待つてゐるのが、外から、曲馬小屋の右端まで来た馬上のお光にまで見える。ここでも小屋の表が大きな一枚幕になつてゐて、十分毎くらゐに幕をあげさげして、踊子の花姿をみせびらかし、愈々踊が始る時、鐸《かね》を合図に幕を下し、この娘《こ》等の踊が観たければ木戸をお払ひなさいと云はぬばかりである。左隣りは魔術小屋だが今は只では見せられぬ佳境らしく、表の幕は閉ぢられてゐた。

『お光さん。……………しばらく。』

さつき、睨《にら》め顔の学生と角帯のゐた前囲の横棒に身を寄せて呼ぶ小柄《こがら》の女を、お光はちよつと想ひ出せなかつた。

『あんた大きくなつたんで、一寸分らなかつたわ。』再び云つて、その女は両肘をしやくるやうに一時に引いてみせた。その

癖ではつと、

『あら、お留さん。』

お光は馬から飛び下りようと上身を斜に傾けかけたものの、靴下と続いた桃色のめりやすずぼんをはいた短く太い脚が、馬を離れると、いかに醜いかといふ念に思はず制せられたのか、そのまゝ馬の頭を向き変へて近づいた。

肝腎のお留はぽかんとお光を見上げたきりだつた。

お光は馬の横腹に伸してゐた両脚を縮め、背で折りたたみ、前に身を倒して、右手で鬣を握り、左手をお留めと並べて横棒にかけた姿で、間近《まぢか》に馬をとどめた。

『今どこにゐるの？』

『日暮里《にっぽり》。……』

『矢張り源吉さんと一緒？』

『きまつてるぢやないの。』と答へるどころか、うなづく気力も無さそうに、お留は黙つてゐる。

『この頃どうしてるの？』

『…………。』

『源吉さん何してるの？』

『…………。』

「まあ！　この人は。…………どうしたんだらう。白痴《こけ》のやうだわ。」と。お光は話しながら殆相手もみてゐない自分の眼に、疲れ果てた気力を集めて眺めると、元から小さいお留の顔は一層ちぢかみ、生際《はえぎは》の薄い額ばかりてかてかして、目がきよとんとしてゐる。

『源吉さんと別れちやつたの？』

『いいえ…………。』

『日暮里にゐるの？』

『ええ。』

『さう…………。』

今聞いたばかしのお留の居処を問ひ返したのに気づいて、きまり悪いお光なぞに、お留は一向無頓着らしかつた。

『お光さん、大きくなつたのね。いくつ？』

何か一事を考へてゐる風にお留が真向からぼんやりみつめてゐるので、お光は照れかくしに、左手を横棒から離して馬の首に廻し、頬をぺつたり馬の首につけた。

『お光さん、いくつになつたの？』

『どうしたのよ。…………』

『ほんとにいくつ？』

『十七…………。』

『伊作さんまだゐるの？』

『ええ、ゐるわ。』

『お光さん。…………伊作なんかに欺されちや駄目よ。』

『だ――。』お光は、母の膝に眠つて乗つてゐた電車に衝突された子供のやうに、どきんとして、

『だつて、(何々)』と我にもあらず言訳《いひわけ》しようとしたのを驚いてやめた。

『あいつは鬼だから…………。』

『ええ。…………』お光は知らず知らず右手に鬣を固く握りしめてゐた。

『きつと誰かに会へると思つて来てみたの。』

『さう…………。』

『あんた大きくなつたわね。』

『…………』

『つまらないでせう。』

『そりや…………。』

『もう今の間にそんな商売やめるものよ。』

『ええ。…………』

『人間も馬臭くなつちやおしまひよ。』

『ええ。…………』

『親の見られた格恰ぢやないわ。』

『ええ。…………』

どきんと胸うたれてから屍人形のやうなお留もまともに見ることが出来ず、眼には唯馬の皮がぽうと拡がつてゐたお光は、聞くともなしに応答《うけごたへ》してゐるうち、自身をいぢらしく思ふ念がはびこつて来た。

『お倉さんも出てるの？』

『お倉さん今日はお休み。』

『さう。』

『だけど、少しばかり観てゆかない？』

『観たつてつまらないわ。』

『さうを。…………』

『お光さん、男のおもちやになり出したらもうきりがないことよ。』

『…………。』

『そしたら死んだも同然よ。』

『…………。』

『誰かきめて早く抜け出しなさいね。』

『…………。』

『わたし、八木節でも聞いて行くわ。』

お光の顔をみつめて考へ出さうとしてゐたのはこれだけだ、これだけ云へば用はない、といふ風に、お留はすたすた立ち去つた。

右隣りの小屋では、ちやかぽこ踊の最中である。

お光が顔をあげると、二人の話を人だかりして聞いてゐる。さつきの鳥打帽と角帯が、また何時《いつ》の間にか引き返して佇んでゐる。

「をや！」悪夢にうなされて目覚めてみると自分の寝態《ねざま》を沢山の人に見られてゐたのが分つた時のやうな心持で、お光は泣笑顔に身を起した。

「――――だつて、お留さん。伊作さんに欺されたつて欺されなくつたつて、結局同じことだわ。何も伊作さん一人が、…………」お光はお留を見送つた。――――「両脚を踏み構へて、上身を心持《こころもち》前屈みに腰を引み、踵で調子をとりながら馬の足を早めさせる。…………歩いてゐるお留も、まだその姿が抜けないではないか。短い脚を拡げてよたよたするのは、馬に跨つてゐる形ではないか。腰が後《うしろ》にずり落ちさうな浅間しいお留は、袷羽織がなかつたら、目のあてられた後姿でなかつた。

　お光は瞼が熱くなつた。

「――今しがたの子供のやうに、わたしもお留さんに肩馬されて、恐々《こはごは》お留さんの頭にかぢりついてゐた。お留さんの肩に立つて脚も開いた。お留さんだつて男の玩弄物《おもちや》になつた。あんただつて、その時、唯あきらめてたぢやないの。………………」

　外《ほか》の馬上の二人は、お光お留の邂逅に殆素知《そし》らん顔で、小屋の前を悠々往《ゆ》き復《かへ》りしつづけてゐた。

　その二頭の間に、お光は馬を乗り入れた。

　相手がお留と云ふのでない、でも意地目《いぢめ》られてゐた相手を追《おひ》払《はら》つてくれた母に慰められ甘やかされながら、考へると意地目られた原因《もと》は自分の悪戯《いたづら》なので、これから大人しくしましようと自身に誓ふ場合の子供に似た純な心が滾々と湧いて来るやうで、折り縮めた膝は、なにゆえか気恥しくて伸せなかつた。お光は世間尋常の女と同じく、裸馬の背にきちんと座つてゐた。

　お光の前を、わざわざはいいからな藝名まで自分勝手につけたこの曲馬団の花形桜子が、つんと身を反《そ》らせ、足の尖にぴんぴん小唄を唄はせながら乗つて行く。

「桜子さんだつてさうだわ、意地を張つて、男の顔を叩いたり、かみついて地団太踏《ぢだんだ》んだつて、同じ堕落《おち》だわ。伊作さんには初手からかなはない。…………………」等いろいろつぶやいて、お光は気休めを云つてみたが、――却つて、初めて見物の前に出た小娘らしく、緑の葉に紅い花らしいのを散らした、腰の周囲《まはり》と手首にひだを拵《こしら》へた新しい乗馬衣の身姿を恥らふ心が抑へ切れなかつた。

　ので、ぱたと上身を倒して馬の首を抱き人々に見えぬ側の鬣の裏に顔をうづめた。――成程、馬の臭がする。臭がする。――と思ふと、「馬臭くなる。」と誡めたお留の出現にも、少し可笑しさが加つてくる。道化て一寸《ちよつと》眼をあげると、なんとなく、前の凜々《りゝ》しい桜子が、お光に頼母しくてならなかつた。

『さくらさん。』

　威高くちらり桜子はふり返つた。

『さくらさん、あの人知つてて?』

『元《もと》ゐたんでせう。』

『ええ。…………』

『尻餅つきさうな格好してたわね。』

『でも、永く馬に乗つてると、ああなるんぢやなくつて?』

『いやなこと。中気病みか、きつとりゆうまちすでも患つてるんだわ。』

『まあ。』

『乞食みたいな風してたのね。』

『だけど、わたし等もあんなになるんだと心細いわ。』

『そりや、気性一つだわよ。』

胸に鎖附《くさりつ》きの銀めだるを下げた桜子は、両端に窪みが出来るくらゐきつと結んだ深紅の唇と、それを守る下ぷくれの頬に、驕慢の色を漂はせ、小屋の左端まで来たので、馬の頭をめぐらした。

魔術小屋の前幕が外《そと》から覗けるやう上がつてゐる。

桃色の上衣に青の下衣の女が、舞台でびいゐる壜から国々の旗を限りなく引つぱり出し、おしまひに大日章旗をぱたぱた翻してゐる。その女が、旗ごとに、一つ二つと数へる科《しぐさ》を繰り返す度に、長い頤を一ぺん一ぺん、右左交る交る、突き出してゐるのまで、お光は見とどけた。

頤が斜に落ちてしまひさうな、突き出す、——その真似を二三度、鬣の影でやつてみると、ほうと心が明るくなつた。

お光は顔を馬の首の右側から左側の影に移して、桜子に倣ひ馬をめぐらせた。

——お光の日々、現《うつゝ》の身が哀れに荒めば荒むほど、夢は美しくなりまさる。でも、もう夢と現の架け橋なんぞ信じはしない。そのかはり、望み次第の時に、天馬に跨り空を夢へ飛ぶのであつた。……………

ほうと明るんだ心に、尚も、

「でも、桜さんは、わたしのやうに、誰からも狐みたいだなんて云はれやしない。……………桜さんも云つたわ、気性がちがふ。……………。」お光は夢のうちの自分に答へた。が、

「なに云つてゐるのよ。この人は。」お光はつぶやいた途端《とたん》、泣いた後機嫌直した子供のいたづらつ気で、ぴよいと、——丁度その時、小屋の前の中程、入口近くまで乗つて来て、通行人に尻を向けて秣を食つてゐた空馬にすれすれ通つた丁度その時だつたので、膝頭に力を入れ、それに飛び移つてしまつた。

『をや。この娘《こ》は！』

傍にゐた親方のおかみは驚いた。

『おかみさん、お留さんが来ましたよ。』

『分つてるよ。何だね、妙な真似して、お前は……………』

場所外《はづ》れたお光の奇曲藝の間の悪さは、何と云つてもかくせなかつた。

忽ちお光の夢はさめた。

それから半往復。——

さつと開かれたら入口から桜子は小屋内に駈け込んだ。

お光も軽く口笛吹いて馬を促した。

小屋の中央円形に敷いた板の上で曲藝を演じてゐた子供達が、蜘蛛の子のやうに散つた。

『ひゆう、ひゆう——』

伊作が爽快な姿を真中《まんなか》に現し、高く口笛吹いた。

馬ばかりとは云へない。――お光までが、その音で、しやんと心を取り直すのであつた。

伊作が長い革の鞭で板を打ち、馬を追ひ立てた。

二三周乗り廻し、こんどは曲藝のためにふたたび両脚を折りたたみ、馬の背にきちんと座つた。

幅二三尺の長い赤布の四隅を男二人がぴんと引つぱり、馬道に張つて、道の両側に立つてゐる。そこを乗り過ぎる時、馬は布の下をくぐらせ、娘は膝頭に力を入れてその上を飛び越し、下をくぐつた馬の背と上を飛び越えた自分の膝とを布の前で合せて、再び駈けつづけるのである。

桜子が素早く飛んだ。――

と、他事《ひとごと》が目についた暇もなく、お光は布に足の尖をとられて、馬の背に両手をついた。不覚である。

伊作の眼が険《けは》しく叱つてゐる。――

第二の赤布は夢中に越えた。――覚束《おぼつか》ない膝頭の力なのを、二人の男が気を利かせ、瞬間にぐつと布を後《うしろ》へ引いてくれたからだつた。

お光に厭応《いやおう》考へる余裕も与へず、小鳥を摑み去る鷹のやうに、馬はどんどん駈けて行つた。

それでも、お光は知らぬ間に、次の曲藝のため馬の背に立ちあがつてゐた。

…………桜子は燃えついた半隋円の針金の両端を双手に持つて、くるくるくる、独縄飛《ひとりなはと》びを、駈け躍る馬の背で軽やかに演じてゐる。焰で出来た隋円の額縁《がくぶち》の中に画《ゑが》かれた女神のやうだし、足の下から頭の上までめぐる円光につつまれたかのごとく艶《あで》やかでもある。――

お光の受け取つた針金も火が隋円の尖まで燃え移つた。その輪を縄飛《なはとび》する時と同じ具合に、後《うしろ》から前に廻して、眼のあたりまで来ると、焰の音がぶうつと耳から、光が目から、今日に限つて心まで通るかと、ほいと手が鈍つてしまふ。ひよう子を失ひ、後《うしろ》からやり直し、針金を足の下一くぐりさせると、こんどは馬だけ宙飛んでゐて、自分の足場がさらはれ目がまひさうだ。

…………桜子は半隋円を完全な焰の隋円にみせて、自分の姿がその中につつまれてしまふ妙藝を続けてゐる。――

桜子の画く隋円がお光の眼にちらちらして、馬の背に立つてゐるのも危つかしくなつた。

『ひゆう、ひゆう、ひゆう――』伊作の口笛。

お光はもう、身を転々させて、足をばたばた、だだこねて泣いじやくりたい衝動で一ぱいになつた。

――日毎幾度となく巧に美しく繰り返すこの曲藝が、ほんとに出来ないのか、我儘から飛びたくないのか、此間からよくない身体《からだ》に三日間の招魂祭の疲れが一時に出て自分が大病なのか、お光には何も分らなくなつた。

ふらふらつとしたはづみに、焰を馬の眼の前に投げ出し、どんと尻を馬の背に落してしまつた。

驚いたお光の馬は前脚を高く上げて一散に駈け出した。
「あ　桜さんに追ひついた、桜さんを追ひ越した。」――とお光がはつきり思つた途端、曲馬団の花形桜子は焔の円光諸《もろ》共《とも》落馬した。（十、二、十六）

（「新思潮」大正10年4月号）

一と踊

宇野浩二

一

私は、考へるとやつぱり不思議に思はれてならぬのである。そんな町、これ迄地図の上でだつて、碌に目を止めて見たことはなかつたのである。それが三十歳の或る秋の日のこと、ふと何といふ訳もなく東京から汽車で八時間ばかりの道程《みちのり》のその町に、友達と二人で出かけたのであるが、沿道は隧道だらけだし、汽車はガタ馬車のやうに揺れるし、私たちは屢々途中でいつその事下りてしまはうかと言ひ合つた位であつた。それはたつた一昨年のことで、指折り数へて見ると、その日から未だ二年の月日さへ経つてゐないのである。

だが、今や私にはその町の停車場の、屋根一つない貧弱なプラットフオームも、二三等の区別もない一間《ま》切りの小さな待合室も、駅前に並んでゐる繭だか糸だかを入れる、一寸見ると兵営のやうな窓の沢山附いてゐる大きな白壁造りの土蔵の行列も、停車場前から一直線に走つてゐるでこぼこの道も、道端の家々の前を流れてゐる溝川も、青いペンキ塗りの郵便局も、その郵便局の建て附けの悪いドアも、さては二つに別れて急な阪道になる道の傍に立つてゐる石の地蔵も、その道の突当りにある私の宿屋のいつも硝子が壊れたまゝになつてゐる瓦斯燈も、悉くそれ等は恰も私が生れた日以来ぢつと見馴れて来たもの、やうに、私の記憶の蔵の中に収められてしまつたものである。

だが、斯うはいふものゝ、而も私は何もその町につゞけて住んでゐた訳でも、滞在してゐた訳でもなかつたのである。その始めの時は二週間ばかり、二度目には一ケ月余り、三度目にはほんの五日程、そして四度目の時は二ケ月近く――それが去年の春のことであつた。そして私はその町の一人の藝者と犬のやうに夫婦になつたのである、そしてそれが私の今の女房なのである。

五月、――彼女は彼女の家財道具を引纏めて、彼女は元東京の者であつたが、十年間その町に住んでゐたのである。彼女にとつて十年間の浮世の町、私は今日限りさらりと身を洗ふのだ、さらばさよなら、と惜気もなくその町を引上げて来たのである。さればその秋に行はれた国の国勢調査の日、彼女はけろりとした顔をして、生れた時から私に連れ添うてゐたやうな顔をして、調査員に向つて、戸籍にもあります通り、私は何某妻でございます、としやあ〳〵として述べたことに違ひない。彼女は私の家に来て以来、あんな山の中の町、鬼に喰はれてしまへ、と言つて更に振り向かないのである。

けれども、私は彼女と夫婦になつた後も、彼女に隠れて又二度もその山の町に出かけて行つたものである。その訳は斯うである、――始め私はその町で今の私の女房でない、別の一人の藝者に恋したのである、その女は藝名をゆめ子と言つて、当歳の子を抱えてゐた、けれども私たちの間には到頭怪しい関係はなかつたのである。

どんな男にもどんな女にも色々違つた面があるものである、それが白と黒と程の違つた面でも、その白もその黒も偽ではないところのその人間の一部なのである、例へば一人の弁慶が泣かぬ弁慶になつたり泣く弁慶になつたり、一人の賢女が教育家であつたり道ならぬ恋に陥つたりすることは、それ〴〵皆人間の自然なのである。つまり私も随分悪い男であり、その子持藝者も案外だらしのない女であるかも知れないが、神様の覚召しか、或ひは彼の悪戯《いたづら》か、私は彼女と組合はされた場合、お雛様のやうに二人は向ひ合つて、処女のやうに二人は話し合ふのである。――何処《いづこ》を見てもいつの折も、何とも早や浅ましい、厭なことだらけの世の中である、私とあなたで一つ夢のお伽話をこしらへませうよ、とまあ斯うい ふ訳なのであつた。

だから、別れてゐると二人は手紙を書き合ふのである。だが、その手紙には一切恋しいとか、好きだとかは認《したゝ》めぬのである。二人は又屢々贈物などし合ふこともある、が、私は大抵わざと彼女の子供へのものを贈るのである、すると彼女は私の母への物を贈つて来るのである。念には念を入れ、用心には用心をしないと、夢のお伽話は壊れるのである。ところが、私がその町に二度目に出かけて行つた末の頃に、私等の間に今の私の女房が現れて、四度目の時の中頃に、私が彼女に攫れたのか、彼女が私を攫つたのか、遂に取返しの付かぬことになつた次第である。

二

その私の女房といふのは中々悧好者で、しつかり者で、もつとも十年も藝者をしてゐたのではあるが、三本の簞笥と二本の長持と、その外茶棚やら本箱やら、（普通の書生の持つやうな本箱を二つも）それから長火鉢やら客火鉢やら、手水鉢やら下駄箱まで、それ等を先に言つた隧道を幾つも通るガタ馬車のやうな汽車に、三十何箇の荷物にして持つて来たのでも分るであらう。当時彼女はもう一本の藝者であつたばかりでなく、藝者屋の主婦でもあつた、配下に藝者さへ抱へてゐたものである。そして更に感ずべきことには、彼女の同僚であるところの、その町の七十八人の藝者たちは、無論旦那がない筈がないが、しかし誰が、どんな人が彼女の旦那であるかを誰も知らない位であつた。斯ういふと、彼女は如何にも海千山千の剛の者らしく聞えるかも知れないが、無論さういふ類の何かには違ひないが、私と同じ年の生れで私と似て至つて気弱《きよわ》の性質で、姑である私の母にもよく仕へ、夫である私にも誠に柔順で、それは中々感心な女房である。

従つて、この女、随分頭も働く気のきいた者であるが、何処やらうつかり者のところもあるのである。彼女が私のがらんどうの家にその三十何箇の荷物を運び込んだ時、折から私は旅に出てゐて留守中だつた、そして三日目に私は帰つて来たのである。一週間程前、空家のやうな体裁の家から旅立つた私は、帰つて来て、その同じ家の中に相当な家財が充満し、それ等が悉く整頓されておかれてあるのに驚いたことは言ふ迄もない。ところで、それ等の一つの簞笥の中からと、下駄箱の中からと、私は一枚の洗張りして間もない銘仙の男の丹前と、二三度穿いたばかりの男の下駄とを見出して、一寸困つたことである。だが、私はそれに就いて黙つてゐたばかりでなく、私自身の丹前を洗張りしてゐる間、どんな男が着たのだらう？　その女房の持つて来た丹前を着、お湯に行く時などの不断穿きに、どんな男が穿いたのだらう？　その女房の持つて来た下駄を穿いたものである。

これは然し女心の物を惜しむ性質から、思ひ切つて捨て兼ねて、彼女が持つて来たものかも知れないが、その事がなくてもやつぱり彼女がうつかり者である証拠は、やはりその時分のことであつたが、「もう大抵入らないと思ひましたし、母さんもこれは入らないと仰言いましたが、念の為に紙の類は新聞でも何でもこの中に入れておきましたから……」と彼女は言つて、押入の中の一つの支那鞄を指さした。「さうか、さうか、」と私は答へて、その日はそのまゝになつてゐたが、その翌日何かの用事があつて、私はその支那鞄の中の紙屑を掻き探してゐた。その時私は一冊の小さな、見馴れない古びた手帳を手にとつて、何だらう？　と思つてぱら〳〵と中を繰つて見た、それは彼女の日記だつたのである。「何年何月何日」と細いペンの字で書いてあるのが一番始めに目についた、もう五年ばかり前の月日の事である。

　私はふと好奇心に誘はれて読んで見ると、それは特に彼女が懐しい何某といふ中に書いてある男と、伊香保に遊びに行つた二日間だか、三日間だかの日記なのである。その報告に依ると、彼女はその町の停車場から一人で乗つて、汽車が乗り換へになる或駅でその男と会つて、二人で楽しく出かけて行くのである。高崎から伊香保までの電車の中で、愛嬌のある酔つ払ひの男に会つた話は、私がまだ彼女と客と藝者として坐つてゐた時分に、彼女からよく聞かされたものであるが、その事もこの日記の中に出てゐる。その話を聞いた時にも、無論彼女はそんな事とは言はなかつたが、私は心の中で誰か男と一緒に行つたのだな、と察してゐた、何故と言つて、彼女は頗る旅の見聞の狭い女で、旅行の話といへば、子供の頃箱根に行つた話と、この伊香保の話と、もう一つ何処とかに行つたこと切りない、その何処とかの旅行談には必ず連れの大勢の客や藝者たちの行動をまぜて話すのにこの伊香保の話に限つて決して彼女自身の身辺に就いて話さなかつたからである。

　その日記の中で、彼女はその男と夫婦として三日間行動したことを、女らしい嬉しさを廻らぬ筆に現はして、その途上の電車中での所見にまで、嬉しさの情を現はしてゐる。私はそれを読み終つた時、元よりよい気持にはならなかつたが、そのまゝ支那鞄の紙屑の中に押し込んで、始めの自分の探し物を止《や》めて、町に散歩に出たことである。が、それに就いて彼女に何にも言はなかつたのは勿論である。

三

　そして彼女と私と連れ添つてから、早いもので丁度かれこれ一年になるのである。

　さて又一月ほど前のことであつた、夕方、私たちは母を合はして三人で夕飯を食つてゐたとこへ、女中が一束の郵便を運んで来て、私たちの傍でそれを改めながら私の前に置いた時に、一通だけ「これは奥様、」と言つて一つの手紙を彼女の前においたことがあつた。

　彼女は最早や実家がない身の上で、唯一人の義理の妹の外、どこそこに叔母が、どこそこに叔父が、又どこには以前父の店にゐた者が、などと話すことがあるが、妹と叔母との外には殆ど文通などをしてゐない。見ると、今来た手紙ははつきりした男の筆蹟で、彼女はそれを女中の手から受取ると、一寸顔色を変へて、あわてゝ懐の中に扭ぢ込んだ。無論、私も母もそれに就いて何の質問もしなかつた、「悪い手紙らしいな、」としかし私は思つたが……。

その晩も私は散歩に出て、夜遅く帰つて来て、すぐ床に就いたが、気が付くと彼女の顔色がいつになくさえぬのである。いつもは屹度晴々しい顔をして、今夜は夫の機嫌はどうだらう？と半ば伺ふやうに半ば活気づけるやうにする彼女が、その晩に限つてそんな余裕を失つて、ひどく自ら悄気てゐるのを見て、私は直に、あゝ、あの夕方の手紙に就いてだな、と思つたが、黙つて床に着いたのであつた。

ところが、彼女は私が寝てからも、隣の間《ま》で、いつ迄経《た》つても床に就かないらしいのである、彼女は何かひどく煩悶してゐると見えるのである。そこで私は思ひ切つて、「お前の俺に都合の悪いことで、つまり秘密で、俺の気持の悪くなるやうなことで、それが隠せることなら成るべく隠しておいてくれる方がいゝ。だが、どうしても隠し切れないことや、どうしても自分で始末の出来ないことがあるなら、遠慮なく言つてもいゝ、」と私は言つたのである、すると彼女はしく〳〵と泣き出したのである。

「夕方来た手紙に就いてか？　どうしたんだ？」と私はそこで努めて優しく言つた。

「済みません、済みません、」と彼女が泣きながらつゞけて言ふところに依ると、今から三年程前に彼女はその男から五百円の金を借りたが、半月程後にそれを返さうとすると、まあいゝよ、今は。いづれ一万円も君に金がたまつたら返してくれ給へ、それ迄はまあ預けておかう、と言つたのださうである。

「お前はその時分その男と関係があつたのか？　どうせ話すのなら、話の分るように隠さずに言へ、」と私がそこで言ふと、

「ありました、」と彼女は俯向いたまゝ言つて、「が、直に、一ケ月しないうちに切れました。その人が外の人と又関係の出来たことを聞きましたので、私の方からお断りしたのです、その時お金を返さうとしたのです。」

「差支へなければ、その手紙を見せて見な、」と私は言つた。

そして見ると、それは男をこしらへて逃げて行く金を君に用立てはしない、どうしてくれる？　返事を下さい、と言つたやうな簡単の意味のものであつた。彼女が言ふには、

「今から半月程前に葉書で始めてお金の請求状のやうなものを突然よこしたのですが、それはそんな請求されるやうな筋のものぢやありませんから、さう書いて返事を出しておいたのです。」

「さうか。その金は兎に角俺がこしらへてやらう」と私は暫くしてから言つたのである。「それから、ついでだから、此後又そんなお前も煩悶し、俺も気持の悪くなるやうな事で、底の割れて来さうな心配のある話があるなら、みんなしてしまはないか、それ等のお前の沢山の家財道具や、抱え藝者の着物や帯なんかのことで、又どこかから抗議を申込んで来やしないか？」

「いゝえ、」と彼女ははつきり言つた、「それは私が夢廼家の年が明けて、二度目に自分で三春家に抱えられた時のお金とか、

その他一切自分のお金で買つたのです。外にもう何もあなたの御迷惑になるやうなことはないつもりです。」

四

実際、今の彼女の量見としては、そんな町の思出や、幽霊や、みんな消えてなくなれ、私は今人の正当な妻である、忘られるものならあんな町のこと皆忘れたい、私の今迄の生活は今日の日の為の用意だつたのだから、ねえ、あなた、あんな町のことなどあなたも忘れて下さいな。――さう彼女は心に祈つてゐるに違ひないのである。

けれども、私には忘れられぬのである。だから私は彼女と住んでからの一年の間に二度も、そして今度と合はして三度も、彼女に隠れてその山の町に行つたのである。

彼女が私にこの町に行かしたくない理由は色々あらう。が、その最も大きな理由の一つは、嘗て彼女の同僚であつた、あの子持藝者のゆめ子と私との関係である。彼女にして見れば、ゆめ子と私とがそんなお伽話の関係であるとは中々信じられないのである、よし又それを信じたところが、そのお伽話がいつ迄お伽話の境に安定してゐよう？　と心にかゝるのである。彼女はそのゆめ子の姉さん藝者でありながら、不意に現れて、そして鳶のやうに私を攫つたことも思ひ出すであらう、その腹立まぎれに、ゆめ子が彼女に就いての知つてゐる秘密の、ある事ない事を私に告げ口しないものでもない、……それからそれと考へると、彼女の心配は三十何箇の荷物にも這入り切らない程に、次第々々に増えて来るのであらう。

「どうぞ後生ですから、」と彼女は屢々私に言ふのである、「外にどんな好きな人をおこしらへになつても、私は決して何とも申しませんから、どうぞあの町にだけは行つて下さいますな、後生ですから。」

「よし、よし、」と私は答へておくのである、私だつて彼女の量見を推察して同情しないものでもないのである。

けれども私は、たま〳〵私の商売が著述業であるのを利用して、屢々それをしに、家では落着いて出来ないといふ理由で、旅に出るのである。そして旅先でそれを仕上げて、そこに一寸二日なり三日なり家の方の体裁をごまかせる余裕を見出すと、そつとその町に廻つて来るのである、そして一年前のやうに、私の愛する子持藝者ゆめ子と、お雛様のやうに向ひ合つて坐つて来るのである、唯それだけの事なのである。そツと彼女のだん〳〵大きくなつて行く子供の為に、玩具とか、襦袢とか、靴とか、そんなものを買つて行つてはその僅かばかりの逢瀬の一日をば、彼女と彼女の子供と、そして私との三人で、浮世の苦労の風は何処の空を吹くか、人間の邪気や罪や浅ましさの雨は何処の土に降るか、と言つたやうな顔をして、私たちは子供のやうな罪のない話をして、膝一つくずさずに行儀よく交際して、そして私たちは別れて帰るのが常であつた。

子持藝者のゆめ子も亦珍しく悧好な、しつかりした、頭のよい女であつた。考へて見ると、今となつては彼女にとつて私は可成り不愉快な、憎むべき男に違ひないのである。何故と言つて、彼女は以前、よし私が彼女に恋してゐたやうに彼女は私に恋してゐなかつたとしても、町の噂では、現に私の女房でさへもそれを信じてゐた程、私と彼女とは親しい仲だつたのである、それをおめ〳〵と、――私はこんなもう頭さへ禿げ掛つてゐるやうな男だが、客としてはこれでもそんなに悪い部類のものではないに違ひない、流石にあの人は子供までであるけれど、東京の、学問などする人間の目に付くところがあると見える、結構なことである、とまあこれはお話だが、多少町の外の藝者たちに羨まれてゐたのであらうが、――それがおめ〳〵と裏切られて、年もずつと上の姉さん藝者に寝とられてしまつた、何といふ甲斐性なしだらう、と人々に後指さゝれたことであらう、藝者としてこれは死ぬ程の恥に違ひない。その事もその事だが、彼女は又彼女だけの考として、その事があつてから私の顔を見る毎に、この人は常々あんな奇麗な口をきいてゐながら、やつぱりさうだつたのか、と私流の言葉で言ふと、お伽話を無惨に打ちこわされた恨もあるであらう、そして未《いま》だにしやあ〳〵とした顔をしてやつて来るとは、呆れた人だ！　とゆめ子は心の中で思つてゐるに違ひないのである。

果して、私が女房を迎へた後に、彼女に隠れておめ〳〵と一度行き、二度行きしてゆめ子に会つた時、私の心なしか彼女の言葉や行ひは殆どこれ迄と変らなかつたが、が何となしに私に対して冷たくなつたのを私は感じ出した。元々一寸薄情らしく見える女ではあつたが、その薄情らしい中に、その薄情らしい形式にさへも、私は魅力を感じたものであるが、今やさういふ事でなしに、彼女が真から心の底の冷たさをちよい〳〵と私に対して、一度目の時よりも二度目の時と言つた風に、出して来るやうに思へてならぬのである。

そしてそれは決して無理とは思へぬことである、若し彼女がもう少し毒婦型の女であるならば、此際彼女はうんと私に親みを見せて、私が近附いて行つたところでぴんとはね附けて、私に復讐すべき程のものである。だが、誠に甘い話だが、たとへ彼女がさうであつても、私は私として彼女に益々愛を覚えるのである。私も随分をかしな人間である。

五

私が家で屢々その子持藝者を賞める時とか、たまに彼女と友達のやうな文通をする時とか、さういふ時に、どうかした拍子に私の女房は色々と藝者の内幕話をすることがある。私は子供の頃、ふとした機会で或市《あるまち》の藝者町に十年ばかり育つたので、今更私が女房から聞く迄もなく、色々な彼女等に就いての内幕は聞き知つてゐる。今や、それ等の藝者の一人であつたものを縁あつて女房に持つにつけて、私はそれ等の話を思ひ出すことは、私に決して心よい気分を与へないのである。

私の女房の言ふことに、何某といふ藝者は、それは仕様のない女で、或男と思ひ合つた末、やつと一緒になつたと思つたら、今度は別の男に惚れて、かと思ふと、又別の男に口説かれたので、その方になびいてしまつて……等、等と話すのである。そんな話はしないがよい、と私がたしなめると、馬鹿でない私の女房はふと気が附いて、ふツと話を変へるのが常であつた、藝者仲間の腐つた話を聞くことは、私の女房はどれ程の程度のものか知らないが、やつぱり引いて彼女の過去の身の上が様々と私に邪推される訳だからである。

　或日は又彼女は私の愛する子持藝者の身の上に就いて話すのである。「あなたはどんな風に思つてらつしやるか存じませんが、あの人は中々一通りや二通りの人ぢやありません、」と彼女は言ふのである。そして私が聞いたところに依ると、彼女は始め或男と堅く約束もし、深い関係もあつたのであるが、その男が兵隊に取られて東京に行かねばならぬことになつた。そこで、二人の男女は実際傍《はた》の見る目も気の毒な程別れにくがつた、彼女はわざ〳〵男が入営する前の日まで、東京まで送つて行つて別れを惜んだものである。

　ところが、その男が兵隊に行つて二年の間に、彼女は腹に子を持つたのださうである。二年の後、兵隊から帰つて来た男に呼ばれて、彼女は俯向いてその男の前に坐つた時、男は「お目度たう、よく留守をしてゐてくれたね。しかし、これでもう君と会ふこともあるまい、さよなら」と言つて、幾らかの金をくれたさうである。彼女は子のこぼれ落ちさうな腹をかゝえながら、男の言葉を徹頭徹尾黙つて聞いてゐた、そして黙つて金を受取つた。「ゆめちやんだつて辛かつたでせうが、男の方の心はまあどんなだつたでせうね。だけど本当によく出来た人だとみんな賞めました、その男の方《かた》を、」と私の女房は言ふのである。

　尚、彼女の言ふところに依ると、ゆめ子の養母の、彼女の叔母は、その町の藝者家中で一番金をためてゐると言はれてゐる位で、随分人でなしの評判の悪い人だが、ゆめ子も一寸見たところは音無しいが、あの阿母さんの気性を十分受けてゐるといふ人の評判である。その時の子が今の赤ン坊で、その子の父親から手切金として、及び子の養育料として、間《あひだ》に彼女の養母が色々と奔走した末、随分のお金を取つたといふことである。その上、まだ子が大きくなつた時の何とか料として、十五年後に払ふ約束で金一万円の証文まで取つたんださうだが、それは何でも間《あひだ》に新聞記者が這入つて、うまく騙し取られて破り捨てられてしまつたが……などと私の女房は色々と悪い取沙汰をするのである。

　それ等の話は本当か、嘘か、どの位の本当か、どの位の嘘か、私は知る由もない。が、まあ、世の中といふものは何としたものであらう。けれども斯ういふ事は恐らく藝者仲間だけの話でなく、華族には華族の、金持には金持の、学者には学者の、それ〴〵各々の階級の人の間にもやつぱり色々と変つた形で転がつてゐることであらうか。

だが、それは私と彼女との間に起つた事ではないのである。――私たちはこんな事ばかりでなく、物事を常にこんな風に判断して、世の中を渡つて行く必要があると私は思ふものである。だから、私は一寸も変らず、今も尚その子持藝者が懐しく、彼女の住むその山の町がやつぱり私のお伽話の町であることに変りはないのである。

六

ところが、今から一ケ月ほど前のことである。或日暫く音信の絶えてゐたその子持藝者のゆめ子から、突然私に手紙が来たのである。私は何とはなしに震へる手附でその封を切つた、私は胸を打たれた。

その一二ケ月前に私は私の一人の友達と、私の女房に内所でその町に行つたことがあるのである。先に言つた、それが私が女房を迎へてから、隠れてそこへ行く第二度目の時なのであつた。その時のこと、或晩、私はその町から一里程はなれた隣の町に、ゆめ子と、もう一人外の藝者と、私の友達と私との四人で、自働車に乗つて活動写真を見に行つたのである。その事が後《あと》でその町の人の噂に上つて、私たちの事が何か隠れ事をしに行つたといふ風に見做されて、その町の新聞に載せられたのださうである、彼女からの手紙の中にその新聞の切抜が這入つてゐたのである。

そして彼女の手紙が言ふには、私がどんなに弁解しても人が承知しません、あなたと私とが決して汚い仲でないことを。私は口惜しくてなりません、どうぞ、私を可哀さうと思召すなら、あなたからも、あなたと私との交際が潔白なものであるといふ事をお手紙に書いて来て下さい、とざつと斯ふいふ意味なのである。

つまり、到頭私たちの間に破裂が来た訳である。私は思ふのである、言ふ迄もなく、これは彼女が明らかに私をそでにした気持で書いたものに違ひないのである。恐らく彼女に目下《もつか》よい旦那が附いてゐるのであらうか、その旦那がこの新聞の記事を見たり、人の噂を聞いたりして、大きに怒つて、彼女を詰《なじ》つたものであらうか。彼女はそれを色々弁解した末、旦那の発言でか、彼女の思ひ付でか、兎に角二人一緒にゐるところで、この手紙を認めたものに違ひないのである。何とも無理もない次第である。

私は直に彼女の要求通りの返事を書かうかと思つた。だが、もうさうしなくても、恐らくこの手紙を書いたといふことだけで、彼女の用は足りたのに違ひないと思つた。私は女房に見られぬうちに、そツとそれを灰にしたことである。

だけど、私が彼女を愛することは毛頭これ迄と変りはないのである。が、もう私は、如何に彼女がまだ藝者稼業をしてゐるものであるからと言つて、最早やあの町に出かけて行つても、彼女を呼ぶことは遠慮しなければならぬことになつたのである。恐らく私はもう二度と彼女を見ないかも知れないのである。

七

けれども、この文章の始めに書いたやうに、今私は又三度目にその山の町に、女房に隠れて、此度は一人でやつて来たのである。そして此度は私はわざとこれ迄の行きつけの宿屋には行かなかつた。

汽車で私は屋根もない貧弱なプラットフオームの停車場に夜《よる》着いて、帽子を深く被つて、マントの襟を立てゝ、知らぬ宿屋に俥をつけた。私はそこの女中に頼んで、少しぐらゐ部屋は汚くても狭くてもいゝから、奥まつた隅っこの、人目に附かない、そして便所に行くにも湯殿に通ふにも、余り長い廊下を通らないやうな部屋に通してくれと頼んだ。東京を出たのは一週間ほど前で、私はもう目的の著述の仕事は他所でしてしまつて、最早や家に帰るまで何にもしなくてもいゝ身体になつてゐたのであつた。その辺の土地では宿屋に藝者が這入るので、夜になると方々の部屋から陽気な声が一人の私をそゝるやうに聞えて来るのである。

私は昼間《ひるま》は持つて来た小説本を読んだり、又はぼんやりと机に肘を突いたりして、茶を飲んで煙草をすつて、煙草をすつて茶をのんで、そして障子の間の硝子窓を通して山を見て暮した、山はこの世に於いて女と共に私が最も見ることを好むところのものである。だが、そんな風にして暮すと、一日は一年のやうに長い退屈な思ひがするのである。以前は私はこの町に来る毎に、夜でも昼でも、一寸でも間があると藝者を呼んで、藝者とそして窓の外の山とを楽んで暮した、藝者は大抵ゆめ子を呼んだことは言ふ迄もない。今も、退屈だから、外の知らない藝者でも呼ばうか、と幾度私は机の前の、柱に取付けてあるベルを押さうとしたか知れない。だが、私は辛抱した。そして日が暮れると、帽子を深くかぶつて、私はその何《なに》を見ても最早や私の記憶の蔵にあるところの、町の色々を見て歩いた。そんな時如何に私の心が二十歳のやうにセンチメンタルになつたか？　それは諸君の想像にまかさう。私は何となく主人のない犬のやうな気がした、この町は物のにほひ迄私の腸《はらわた》に染みるのである。

そして私はそこに三日ゐたのである。そんな風にしてゐても、私はいつ迄もこの山の町を離れたくない気がした。けれどもそれ以上ゐると、もう家の方にごまかしが付かなくなるので、三日目の夜の汽車でそツと来た町を、又そツと立つつもりでゐた。

その日の朝のことである。朝早く、まだ町の家々の戸が八分通りまで閉まつてゐる時分であつた。私は宿屋の裏門を出て、なるべく裏町を通つて、なるべく早く町外れに出で、そして町の後の山に上つたのである。何をしようといふ目的があつてゞはない、唯漠然と、日の光の下に横たはつてゐるその町を見ようと思つて、と言ふよりも更に少年らしいセンチメンタルな気に襲はれてゞある。

山道を五六町上つたところに、右に這入るとその町の小さな、春は桜の咲く公園がある。私はその公園への道を行かずに、道が二つに分れる角のところで、少しばかり道のない草の中を分け上つて、草の上に蹲んで煙草を吹かした。私の足の下には掌《てのひら》ほどに小さくその町が見下ろされるのである。先づ目につくのは、その町の権威であるところの、製糸工場の煙突である、どういふ訳からかそれ等の煙突は悉く赤色に塗つてある。この前この上の公園に今の私の女房やゆめ子等と一緒に遊びに行つて、同じ町を見下ろした時には、それは僅か半年ほど前のことに過ぎないが、当時生糸の相場は天井知らずで、これ等の赤色の百本の煙突は万本あつても足りないかと思はれる程、黒々とした軍艦のやうな威勢のいゝ煙を吐いてゐた。ところが、今ではその相場が四分の一に下つてしまつたといふ話で、それ等の煙突の工場はこの所当分休業しなければならぬ状態なのださうである、心なしか私の目に今はそれ等が何と半年前の威勢に比べて、如何にも悄然として朝空に立つてゐるやうに見えるのである。

して見ると、それ等の煙突の何本かの持主の、私のゆめ子の子の父親も、此頃は見らるるやうに商売も不景気だからなぞと言つて、彼女への仕送りを減らしたり、或ひは断つたりしてはゐないか知ら？　そして又思ひ出したことには、先日私の女房に五百円の金を催促して来た男といふのも、多分やつぱりそれ等の煙突の持主で、世の中の景気が悪いにつれて、むしやくしや腹からあんな手紙をよこしたものか知ら？　その男も今はあの煙突の下あたりで眠つてゐるか、子持藝者も眠つてゐるか、子は泣いてゐはせぬか、泣いてゐるなら乳をやれ、乳を飲んで子が又寝入つたら、ゆめ子よ、まだ朝は早い、君ももう一度お休みなさい。……

その時、私の足下の道を麓の方から歩いて来る人の気配がしたのである。見てゐると、柴でも採りに行くのか、背中に四角な木の匡のやうなものを背負つた、二人連れの老婆の姿が現はれた、二人とも黙りこくつて、肩を並べて歩いて来るのである、年の頃は双方似たもので、六十近くであらうか。彼女等は私のすぐ足下の道の辺まで上つて来た時、始めてどちらかゞ「一服しようか、」と言つて、路傍《みちばた》の石の上か何かに、多分その石が小さいので、小鳥のやうにくつ附いて並んで腰を下ろした、それは私のところから辛うじてその頭だけが見える位置である。「大分暖かになつたね、」とどちらかゞ随分暫くしてから斯う言つた。見ると、煙草でもすつてゐるらしく、紫色の煙が彼女等の頭のところから、ぷかり〳〵と私の方に上つて来るのである。「もう山にもすつかり雪がなくなつたね、」と又暫らくしてから別の声が言つた、そして後は紫の煙ばかりがぷかりぷかりと上つて来て、そのまゝ話声はしないのである。

私はその時咽喉元《のど》に痰か何かゞからまつて、オホンと一つ咳払ひがしたくて堪らなくなつたのであるが、さうすると下の彼女等を驚かしはしないかと気兼されて、幾度も唾を呑んで辛抱した。その代り今の先までの変挺な感慨の気分などは彼女等の煙草の煙と共に、さらりと何処かに消えてしまつたと見えた。

何の鳥だかゞ、ちろり〳〵と私の頭の上の枝で鳴くのも聞えるのである。ひどく天地が悠久な気がされるのである。

「一つ踊つて行かうかね、」とその時ふと又下の老婆の声が聞えたのである、私は私の耳を疑つた、が、確にそんな風に言つたと聞えたのである。

「あゝ、」と他の老婆がはつきりと皺枯れた声で答へたのである。

私は驚いて、下の道に目を凝らすと、いつの間にか背中の匡《はつ》を外して身軽になつてゐた二人の老婆が、追分道のまん中に現れて、

「俺、声が出ないから、お前うたつてくれね、」とその一人が言つたかと思ふと、他の一人が返事の代りに、

〽エー引エ、せくなせきやるな、浮世は車、めぐる日なみの、ソラ、めぐる日なみの約束に……

と忽ち唄が始まつて、私の目の下に二人の老婆がしやあ〳〵として、極めて簡単な、足を二歩ばかり交る交る前に出したり、手を一二度叩いたり、両手をぶらりと脇に垂れたり、それで終ひ、――と言ふ程の簡単な踊ををどつたものである。めぐる日なみの、ソラ、と言ふところでは、うたはぬ方の老婆も合唱するのである。そして最後に「そら来い、あばよ、又来なよ」とそこでもうたはぬ方の老婆も合唱するのである。これは私が以前この町で藝者を呼んだ時分に屢々見たところの、この辺の土俗の唄を踊つたのである。さて、一さし終ると、踊の手振りの終らぬうちに、

「も一つやろか、」とうたつてゐた声があわて、言つて、

〽エー引エ、はなれ〴〵のあの雲見れば、明日のわかれが、ソラ、明日のわかれが思はるゝ、ソラ来い、アバヨ、又来なよ。……

とつゞけて、二人の老婆は先と同じ踊をくり返した。

そして私が呆気に取られて、実際心から感動して眺め入つてゐるうちに、踊は一息の間に済んでしまふと、道の上の老婆は又傍《かたはら》の私のところから見えないところに這入つてしまつて、暫くがさ〳〵とやつてゐたかと思ふと、即ち前の通りの、背中に何か匡のやうなものを背負つた恰好になつて、その間始終無言で、さつさと何事もなかつたやうに、山への道を歩き出して行つたのである。――これは嘘の話ではないのである。

彼女等の姿が左の道の山の蔭に隠れた時、私は始めてにツと口元を歪めた、私は頬に不思議なほゝ笑みを感じたのである。が、それと一緒に次の瞬間に私は目の中が急に生温《なま》くなつて、ぽツと眼前の足の下の町の景色が濡れて見えるのを感じた、私は目に不思議な涙を感じたのである。その時何処の笛だか、多分朝が明けはなれたことを知らすのだらう、ボーと鳴り渡つたのである。で、私は急いで私の宿屋への裏道を急いだ。

宿に帰つてからも、私は頻りにあの山道の二人の老婆のことを思ひ出した、思ひ出すと、にツと頬笑まれて、次の瞬間に反対に目に涙を感じた。飯を食つて、机にもたれて、障子の硝子

越しに山を見た時、ふと私は今夜この町を帰るんだ、今度又いつ来られるだらうと思つてセンチメンタルになつた。今迄幾度来た時でも、私は彼女ゆえにこの山の町がこんなに忘れられなくなつたところのその彼女、――ゆめ子に会はなかつたことはなかつた。だが、此度を始として、これからは幾度来てもやはりこんな風に、机にもたれて煙草をすつて、山を眺めて夜だけ町をそツと歩いて、それだけでいつも彼女に会はずに帰らねばならぬのだと思つた。ふと又私の可哀さうな、この町で威張つて藝者をしてゐた時よりも決して心の嬉しくなつてゐない、どうぞあの町の話をして下さいますな、唄や三味線を私は忘れたいと思つて居ります、私はもう大分忘れました、と言つて、料理の本などを一生懸命に見てゐる、私の女房のことを考へた。

だが、いつか、直に私たちもみんな爺さん婆さんになるだらう。そして若しゆめ子と私の女房と、又私とても、どんな縁あつて同じ土地に住むやうなことがあるまいものでもない、そしたら柴刈りに行け、柴刈りに行け、その時は今日の婆さんたちのやうに、仲よく踊りなさい、踊りなさい、と私は思つたのである。……

私はその晩その町を立つた。そして家に帰つて、「やつと原稿を書いたよ。少しゆつくり遊んで来ようと思つたが、すぐ帰つて来た、」と鹿爪らしい浮世の夫の顔をして、斯う女房に言つたのである。

（「中央公論」大正10年5月号）

ある死、次の死

佐佐木茂索

一

花嫁が式服を替えて、再座に著いた頃には、席は既に可なりな乱れやうであつた。

隆治夫妻は、機会さへあれば、もう帰りたいと思つてゐた。そこへ、廊下伝ひに来た女中が、彼等の背後の障子を静かに開けた。

「吉田さん、でいらつしやいますね。」と確めるやうに一つ微笑してから、「御電話で御座います。」

「おい。」

隆治が気軽に起たうとすると、妻の綾子が「私が参りませう。」と、女中のあとを、廊下へ出てしまつた。

隆治は、い、機会だから、これで帰らうと思つた。それで、床の前に坐つてゐる当夜の花嫁花婿を眺めながら、ぼんやりと腹の中で帰る口上を考へてゐると、

「あなた！」と不意に背後の障子が開いた。妻は、息をはづませてゐる。「あなた、孝ちやんが死んだのですつて！」

思ひきり障子に摑まつた右の手先が、おかしいほど震えてゐた。

「なに！」

「たつた今。」ぐつと声を落した。「毒を嚥んだのですつて！」

「ほ！」

思はず隆治も声を低めた。

「で、すぐいらして頂けないかつて。孝ちやんのお母様が電口に出てらつしやるの。」

隆治は、すつかり聞き終らない中に、起ち上つた。障子の外へ辷り出ると、その儘そつとあとを閉めて、夫妻は近々と顔を見合せた。綾子は驚いた時の癖の、左の眉を心もちひきつるやうにあげてゐた。

廊下から、廂を通してみた空は、雨催ひの、しつとりと押へつける様な空だつた。庭木は、灯の光りの及ぶ限りの葉を照らされて、深々と黝ずんでみえたが、みづ〳〵した苔の庭土は、妙に明るい色だつた。

「さあ、おい。」

椿の葉だなと、鉢前の一むらの繁みを見て、何のかゝわりもない事を、ぼんやりした心の片隅で確めながら、隆治は妻を促した。

二

「まあ、なにしろお芽出たのお席なんですからと、電話を借りに参ります前にも、よつぽど、思案致しましたのですけれど、どうにも私たちだけぢや、只うろ〳〵するばかりで、何とも仕様が御座いませんので、誠にどうも、………お騒がせ申しまして。」

確りしたなかに、何処か隠し切れない人のよさを持つてゐる死んだ孝一郎の母親は、隆治夫妻が俥から降りて玄関にかゝつた時、すぐかうしたことを口早に、しかも可なりな明晰さで云ひ告げながら、ぺつたりと其処へ両手を突いて、ゆつくりしたお辞儀をした。

「まあ、それは、あとで。」

隆治が、帽子をとつて、挨拶をしやうとすると、すつかり興奮し切つてゐる妻の綾子は傍《かたは》らからさう云つて、ずん〳〵座敷の方へ行きかけた。隆治は、妻の思ひつめたさまを見ると、微かな笑ひともつかない笑ひが、不意に場所柄でなく現はれた。母親も淋しい微笑を示した。

「では。」

「どうぞ。」

これだけの事を、無言で応答して立ち上りながら、帽子を掛けやうとすると、母親が手を出したので、そのまゝ渡した。腰をかゞめて、隆治もすぐ妻のあとを、奥へ続いた。

八畳の座敷の、床をやゝ左手に除けたところに死んだ孝一郎が寝かせてあつた。

綾子は、もう思ひ切りよく泣いてゐた。

「こんなに、こんなに。」

隆治が続いてはいつて来たのを認めると、彼女は、孝一郎の死顔を震へる手で指しながら、ぐつと言葉を詰めてむせかへつた。隠すやうに深々と掛けてある蒲団をはねると、死顔には、やゝ紫がゝつた赤い斑点が、数限りなく現れてゐた。

隆治も、妻のそばへ腰を下して、ぢつと死顔に眺入つた。――疑ひもなく、二十四になつたばかりの青年が死んでゐた。今更のやうに、改まつた悲しみが襲つて来た。泣きさうだと隆治が不意に思ふと、すぐ追ひ落すやうに涙がぱらぱらとこぼれた。

「あなた！」

綾子は、隆治が畏つてゐる袴の膝に、力の籠つた手をついた。埃のうへにかゝつたぱらぱら雨のやうに、涙のしみがむらについた妻の手を眺めおろしながら、隆治はまた頰を伝ふ涙を覚えた。――

母親は、二人からやゝ離れたところに坐つて、泣き脹らした瞼をしばたゝいてゐた。

更に離れたところに、手伝ひに来てゐる隣家の、未だ赤い手柄をかけた若い細君が坐つてゐて、その膝の中から、切れ切れの泣きじやくりが、洩れて来た。――死んだ孝一郎の十二になる妹が、しつかりと其若い細君の膝に抱かれてゐるのだつた。

膝に手を突いたまんま、まつ黒に濡れた大きな目で、じつと自分を見上げた妻を見返しながら、隆治は妻の口の中から、金属性の響きを、かすかに聞きとつた。歯が慄えて、打ち当る細《こま》かな音だつた。

電燈が、どこまでも明るくともつてゐた。

三

孝一郎は、ストリキニーネを嚥んだといふ事だつた。

いつもの通り夕餉を済ましてから孝一郎は、書斎にはいつて行つたが、暫くすると、誰にともなく、

「綾子姉さんは、やはりあす名古屋へ帰るのかなア。」と云ひ乍ら、茶の間へやつて来たので、母親が、

「さうださうだね。」と何心なく云ふと、

「つまんない。もううちへ寄つて行く暇もないんだらうな。」と云ひさして、再び茶の間を出てしまつたのださうである。が、暫くすると、――それでもおそらくは三十分も経つてゐたらうか、――こんどは、次の間まで来て、

「頭が痛いから寝る。」

さう云ひながら、押入れから蒲団を出しかけたが、どうしたのか、暫く柱に摑まつたまゝ動かなかつたさうである。

「どうおしなのだい？」

が、母親が、さう問ふた時には、それには答へないで、蒲団

を無理に引きづり出して、引きづり出すが早いか、頭からだらりと引つ冠つて、書斎兼居間の方へ歩き出したさうである。

——

「それが、あれの一番しまひの力だつたので御座いました。」と母親はさう云つた。

——蒲団をだらりと頭から引つ冠つた孝一郎は、次の間へ一歩踏み込まうとする時に、ひよろりと一つよろけると、片手をかけた襖をずるずる〳〵と、止るところまで押して行つて、そこで背一ぱいのびて、ばつたり敷居越しに倒れたのださうである。

一瞬の間、そのあり得べからざるやうな出来事を、息をのませられて、眺めさせられてゐた母親は、孝一郎の倒れるのと同時に、長火鉢の前から飛び出したさうである。

「孝一郎、孝一郎！」

蒲団を、べたりと向ふへはねて、蒼白になつた伜の顔を睨むやうに見入つて、母親は思ひ切り声高に呼んだつもりだつたが、後で聞くと、咽喉にひつかゝつたしやがれ声しか出てゐなかつたさうである。

孝一郎が倒れて、母親が飛び出して、その母親の口から恐ろしい喚き声が叫ばれるや否や、十二になる妹は、今迄眺めてゐた雑誌を投り出して、はだしで庭へ飛び下りると、その儘、「小母《おば》さん！」と金切声を上げながら、隣りのうちへ駆け込んだのださうである。

すぐ隣りのうちからは若い細君が来てくれて、それから町医が来て、駄目だと分ると、警察へといふ町医を無理に待つて貰つて、隆治夫妻へ電話をかけたのださうである。

「——まあ何と思つたもので御座いませう。孝一郎を抱き起さうとしますと、右の手に、私としたことが、この聖書をしつかりと握つてゐたので御座いますよ。長火鉢の猫板の上にいつも載せてあるので御座いますが、うろたへて飛出す時に、夢中で摑んだので御座いませうね。あはてゝ擲り出して……。」

さう云つて母親は、隣家の細君や、十二になる女の子を見た。

血も何も汚ないものは少しも吐かず、非常に綺麗な死様だつたさうである。町医も、

「分量が驚くべく正確だつたのです。」と感心してゐたさうである。

四

厳封した隆治夫妻宛の遺書が、すぐ発見された。

第一に隆治が黙読して妻に手渡した。読んでゐるうちに顔色を激しく変へてゆく妻が、読み了るのを待つてから隆治はやゝ改まつた口調で云つた。

「本人の遺志を尊重して、この遺書は公表しません。お母様、あなたにさへも申上げませんよ。——只遺骸を灰にして、高い山から、西風の吹く日に吹き飛ばして呉れといふ子供染《じ》みた申状と、遺稿のうち、採るべきものがあつたら出版して欲しいと

いふ希望だけを、発表しておきます。」

さうして、遺書は、母親の何か云ひたげなのに関はずに、すぐさま隆治の内ふところに奥深く納められてしまつた。その手許を綾子は、目に涙を一ぱいためたまんま、ぢつと見つめてゐた。今にも、あるだけの涙が流れ出しさうな目だつた。隆治はすぐ声を柔げて、妻に云ひかけやうとした。——

「綾子！」

だが、綾子は返事をする代りに、立上つて障子に手をかけた。

「おい！」

追ひかけるやうに、隆治は片膝を立てゝ、やゝ険しく呼びかけたが、彼女は向ふ向ひたまゝ、かすかに首を振つて、そのまゝ次の間へ廊下伝いに駈け込んでしまつた。

隆治の心を、ある予感を持つた不安が、鋭く掠つた其一瞬のあとへ、同じやうにその場の異常を感じた母親が、つと立ち上つた。隆治が手を挙げて制するのを拘はずに、母親は綾子のあとを廊下へ出たが、次の間で折り崩れて泣き入つてゐる綾子を一目見ると、その儘足音を忍ばせて座へ戻つて来た。さうして何も云はずに座について、べたりと隆治にお辞儀をした。

受く可からざるものを受ける当惑を、どきりと胸に感じ乍ら、隆治は母親を見返した儘、黙つてゐた。ひたすら、綾子の情誼に感じ入り切つてゐるやうな母親を見るのが、遺書を読んだ彼にはつらかつた。

五

翌日、電報に驚かされた孝一郎の兄が、名古屋の熱田から上京して来た。

その午後、故人の所属してゐた教会堂で、ささやかな告別式が挙行された。

雨だと思つた空からは、一旦の暖かさを忘れたやうに、細かな雪が、傘のいらない程に降り出して来た。そのなかを、淋しい行列が、柩車を護つて行つた。

教会堂には、死者の「兄弟姉妹達」がもう大ぜい、つゝましやかに待ち構えてゐた。

祭壇の傍に安置された遺骸に、人々は地上で最後のさようならを告げた。

元々は黄色に塗られた教会堂の、今は汚れて灰白色になつた中から、讃美歌が太く立ち揚つた。——

水が引いたやうに、取り残された極く僅かの内輪だけが、また淋しい話を始め出した。

とうたう、一旦かけられた白金巾の覆が、再はがされた。寝棺の、顔のあたりだけを切り抜いて、其処は硝子張りにした蓋を透して、死人の顔は飽かず見守られた。——

「まあ綺麗！」

綾子は低いがはつきりした声で隆治を驚かせた。

実際、死顔は綺麗だつた。死んだ日に見たやうな赤い斑点は、もう何処にもなかつた。自殺が重い罪である此教会で、毒を嚥んだ形跡が少しでも他人に感づかれるやうな事があつてはと、隆治等が尠からず心配してゐたのは、杞憂といつて、もうよかつた。母親は、有難い奇蹟だとした。

「それでは火葬場へ——。」

誰かがさう注意した時には、沢山な花の中に埋まつてゐる安らかな死顔に、ステインドグラスを通して、もう夕日が赤く落ちるほど時が経つてゐた。

六

この不意の出来事で、予定よりも二日余計に滞在した隆治夫妻は、もうこれ以上帰任を延す事が出来なかつた。また都合をつけて、出来るだけ早く出京して来るといふ事にして、告別式の翌日、皆が骨あげに出かける前に、東京を立つ事にした。

故人の乏しい遺稿のやうなものを、すつかり一まとめにして荷造りをしながら、

「名古屋で、また逢ひませう。」と隆治は孝一郎の兄に云つた。熱田で手広く商売をしてゐる傍ら、万葉振りの歌を詠む故人の兄は、商人らしくない神経質な蒼白い顔を伏せて、御礼を云つた。

隆治は名古屋へ帰り著くと、商業学校長としての事務が山積してゐた。

忙しい学校での半日が終ると、午後はY・M・C・Aへ寄つて書記から報告を聴取したり、市の教育課へ出頭したりするので時間が潰れてしまつた。

東京へは一寸行けさうもなかつたし、遺稿の整理も当分手が著けられさうになかつた、

そのうち或夕方、東京から帰つて来たといふ孝一郎の兄の訪問を受けた。兄は半月ばかり滞在して、いろ〳〵とあと形づけをして、帰りに母親と末妹を連れて箱根へ寄り、そこで或日、西の風が註文通りに吹く時、山の上から灰になつた弟を、吹き飛してしまつた事を隆治に細かく話してきかせた。東京の家は、もと〳〵故人の為めに今まで構えてあつたのだから、母親と末妹は近く熱田へ引取るのだといふことも話した。悲傷してゐる母親と末妹とは、暫く箱根に置くことにして来たのださうであつた。——

この孝一郎の兄を送り出してから、隆治と綾子とは、今更のやうに、孝一郎のことをお互の胸に持つた目で、凝と見合つたまゝ、動かなかつた。

——東京から帰つて以来、げつそりと弱り入つたやうな妻の姿を見ると、隆治は何も云ひ出す気にはなれなかつた。綾子の方も、寛大そのものかのやうに、何でも素直に受け入れてゆく夫の顔を仰ぐと、一語も口にする前に、自づと伏目になり勝ち

だつた。

この晩も、隆治が二階の書斎へ上つてゆくと、綾子は取り残されたまゝ、ぢつと坐つてゐるより仕方がなかつた。

七

それから暫くしたある晩だつた。

隆治は晩く迄書斎に腰かけて、孝一郎の遺稿を読んでゐた。殆ど感想ばかりと云つてい丶日記が最も多かつた。感想の処は、ほんの拾ひ読みに止めて、主として事実の記述に注意を払ひ乍ら読んで行つた。


その晩は、綾子も遅くまで起きてゐた。十時頃に書斎へ、コヽを運んで来たつきり、姿を見せなかつたが、隆治には綾子が何時までも起きてゐる事が、分りきつてゐた。

夜中の三時頃に、隆治が小用に下りた時には、綾子は明かに其居室に目覚めてゐた。お前の起きてゐるのは、俺にはよく分つてゐるよと知らせるやうに、隆治は故意《わざ》とらしい咳払ひをして二階へ上つた。

——自分が校長になつて二年、其前たゞの教師で四年半、その長い間に孝一郎ほどに好意と親愛とを両方から感じた生徒は只の一人もゐなかつたことを、彼は考へた。どうした時からこんなに親しくなつたのかは、はつきり想ひ浮べられなかつたが、孝一郎が学校からの帰りに、殆毎日のやうに彼の家へ寄るやうになつたのは、土地の教会で始めて生徒と先生として以外の言葉を交してから、ほんとに間のないことであつただけは確かであつた。

隆治を兄さんと呼び、綾子を姉さんといふやうになつたのも、見てゐるうちだつた。流石に隆治だけは「山添君。」と姓を呼んでゐたが、綾子はぢき「孝ちやん。」と親しい弟のやうに呼びかけた。


隆治は、何程の遺稿も読まないうちに、夜が白《しら》けて来るのを知つた。弱々しい外光が、戸のすきだけの巾の白い線を、薄《うつす》りと障子に筋つけるのを見ると、電燈が消えるのも、もうすぐだといふ事が分つた。

彼はステップを静かに下つて廊下へ出た。雨戸を開けて庭へ出て、新鮮な——と云ふよりも、痛々しいほど寒い早春の暁の気に、暫く触れてみやうためであつた。

と、彼は既に傍らの窓が開かれて、そこから澄み切つた空気が、光るやうに流れ入つてゐるのを認めた。同時に、意外にも妻の綾子が廊下にべつたり膝を突いて、肘をや丶張つて両手を窓にかけて、庭先へ顔を突き出してゐる姿を、寂しく見てとつた。一瞬、妻が窓の上へのめつてゐるやうに思つたのだが、それはさうでない事がすぐ分つた。隆治は、自分の下りて来たことに少しの気もついてゐない妻の、や丶離れた背後に、凝と立つてゐた。

夜は、見る間に明けていつた。一寸わきを見てゐると、幾段かの層を飛越して、朝が近づいてゐた。横手の障子の中で、電燈がすつと消えてしまつた、

明るさと共に、綾子の姿がはつきりと浮び上つて来た。腰から下へは今まで向けられてゐなかつた注意が、あたりの明るさと共に自然向けられて、隆治の眼にはつきりと映り出した。するとそこに、夥しい手紙が散乱してゐることが分つた。

隆治が一歩前へ出やうとしたとき、綾子が不意に身動きをして、唾を吐いた。悲しさを唾にしたやうに、庭先へつゞけさまに吐いた。その拍子に彼女が一握りの手紙を、右手にも持つてゐる事が分つた。

隆治は静かに足音を立てた。

綾子は存外驚かなかつた。思つた程蒼い顔もしてゐなかつた。夜を徹しての興奮が、寧ろ両頬に微かながら赤味を帯びさせてゐた。

「その手紙をお見せ。」

妻に近づいて只それだけ云つた。ぴたりと隆治の視線を自分の涙の目で受け乍ら、綾子は右の手をそのまゝ彼の前に延べた。あらがふ力さへ無いもののやうに弱々しかつた。

隆治は、片つ端から手紙に目を通し出した。

雨戸を締め切つたうちのなかへ、窓からの光線が廊下を流れ込んだ。ぐいぐいと明るくなつてゆく窓のところで、べつたり二人は手紙の中に坐つてゐた。

読み終つた頃に、隆治は激しい身慄ひをした。徹夜した肌に、朝風が冷たかつた。つゞけさまに大きな嚔みをした。

「風をひいたかな。」

やゝ寒さを帯びた声で静かにさう云ひ乍ら立ち上つた。

八

それからまた暫く経つた或る昼であつた。

隆治は、感冒から来た急性肺炎で臥てゐた。枕許に坐つてゐる綾子だけが、彼の死を医者から警告されてゐた。

今迄天井を凝と見つめてゐた隆治は、

「お前が声楽が好きだから、山添も声楽を習ひ始めたと、あの手紙には書いてあつたね。」

右の手で額の氷嚢が目の上にづりかけるのを止めながら、さう綾子に云ひかけた。綾子は、これで三度目だつた。

「えゝ。」

さう答へるより仕方がなかつた。

「フランス語もお前が好きだつたのだな。」

「えゝ。」

「——海商法を研究してゐるといふのは、…………さうだ、あれは俺が勧めたのだつた。」

弱々しい微笑が暫く漾つて再消えると、

「まあい丶や。死ななくともよかつたのになあ。——お前なぜキスしてやらなかつたのだい。去年来たときさ。——」

「そんなこと、もうどうぞ——」

「い丶さ。い丶よそんな事。——名古屋まで遊びに来たらキスしてあげるて書いてやつたのだらう？……姉さんは嘘吐きです。……か。あの手紙では山添少し怒つてゐたね。それからあの遺書だね…………おい……」

——綾子は黙つて泣いてゐた。看護疲れの身体全体を揺り動かしながら。


目をあけるとまた云つた。

「あの手紙は、やはり遺稿に入れない事にしやう。——焼いてしまつてもい丶よ。あの朝、お前がもう少し早く焼いてゐればよかつたのだね。なぜ愚図愚図してゐたのだい。——愚図愚図。——うん、唾ばつかり吐いてゐたぢやないか。」

云つてしまふと、隆治は荒い息つかひになつた。綾子は細々とした頸をのべて、隆治の目の上へ自分の目を持つて行つた。しかし、大きな涙が目の蓋をしてゐた。崩れ落ちすやうにあとからあとからの涙が、綾子の胸を揉みしだいた。


（「新潮」大正10年5月号）

話好きな人達

高群逸枝

話好きな人達

話好きな人達で、朝から車座になつて話をした。今夜はエム老人の番なので、一寸困つたなと云ふ顔を彼はしたが。

進行につれて、夜は段々更けていくし、技術も幾らか拙づくなつたので、兎に角廃《よ》さうと云つた。

『兎に角つて？』

と、右側にゐた娘が、一寸可笑しさうに首をすくめた。

『だが時間と云ふものを皆は什ふ思ふ？』と云つたのは、驚く可き夢想家、アイ商人であつた。

其の時まで巫山戯《ふざけ》合つてゐた、青年男女の一塊りも、面白さうに集《たか》つて来た。

ランプはきらきら輝いた。風は戸外で吹き募つた。

『どうも今年は風が吹く』と、向ふ側のジイ百姓が云つた。

『時間が什《ど》うしたい？』

憤りつぽい、ワイ在郷軍人が吐鳴つた。

『まあ急《せ》くな。俺つらつら思ふに、時間には絶頂といふものがある』

『客観してか？』

と、エッチ薬屋が云つた。

『さうさ』

一人の少女が、クツと笑つた。

『ちょいと！ あの人来てて？』

『ああ、来てたよ』

『何か云つて？』

『きまつてら』

斯かる私語者もゐた。

『さて昨夜は』と当事者は始めた。

『さて昨夜は、ゼー湖畔に佇んだ』

『ひや！』

『月は好し風は無し、対岸の家には灯《ひ》が点《つ》いてゐる』

一人の青年が欠伸をして立ち上つた。其所にも此所にも追従者があつた。彼等は背后の戸を開《あ》けて、スーと辷るやうに出て仕舞つた。暫らくの間、道を行く話声が聞えてゐた。薬屋も在郷軍人も何時の間にかゐなくなり、百姓と老人と娘と一人の青年とが、ゐ残つてゐるだけであつた。青年は従順なロマンティストに見えた。

当事者は続けた。

『さて、二枚戸から這入り込んだね』

『二枚戸？何処の？』――百姓。

『対岸のさ。佳人の部屋のさ。だが佳人は驚かない。過去か未来かと云ふ話を持ちかける。俺つらつら思ふに時間には絶頂と云ふものがある。』

『廃せ！廃せ！また夢想話だ。何処へ引つ張るんだ』――老人。

『ぢや、廃さう。だが結論だけ聞いて呉れ。俺思ふに時間には絶頂と云ふものがある。君をいま其の絶頂に立たしめる』

『君つて誰だ？』

『貴様さ。貴様思ふに……僕は思はないよと百姓が不機嫌な顔をした……暦つて奴どうも気障だ。そこで標準と云ふものを君等は什う考へるね』

『君はたぶん変手古だよ。』――百姓
『君の仰有る事は分りません。だが絶頂とは何です？価値名ですか』と、ロマンティストが遮へぎつた。

『価値名？いや仮名だ』

『君、そりや違はう。仮名の意味を君は知つてるか』と遂に老人が吐鳴つた。

『ぢやあ、俺は廃す。実は俺自身何を云つてるか解らないんだ。いや失敬。今夜は寒いよ』

と云つて当事者もまた、戸を抜けて仕舞つた。残された一団も、それぞれ片附いて行つた。

守護神よ

守護神よ。

余はいま帰つて来た。予の前には窓がある。その窓は閉されてゐる。壁がある。

だが、此等のものが何を予に暗示し得るか。恐らく無効であらう。余は夜にして昼を眺めてゐる。と云ふのは、何か特異なものを認めてゐると云ふ事だ。

守護神よ。

日が沈むと直ぐに月が出た。彼女は恍然《うつとり》と野山の景色を眺めてゐた。

余は仕方なしに、立ち上つて口笛を吹いた。月の光は、窓から、戸口から、霧のやうに流れ込んだ。そして一帯のもの——樹も水も丘も傾斜も凹地も——漠然と其所に見渡された。

守護神よ。

その数分間後に、余等は野の中を歩いてゐた。彼女は非常に快活に見えた。そして、つぶやいた。

タンダラダイ！

小鳥も内密《ないしよ》でゐてお呉れ！

畜生！　と余は思つたが諸君！　いや君！　余は確かに魅せられた。余は一本の松の樹の下で、彼女を抱いた。彼女は小鳥のやうに、予に抱かれて歌を歌つた。

何て夜の美しいこと！

そしてあなたの優しいこと！

女よ娘よ可愛いい子よと
あなたは仰有る微笑んで
余等は汎ゆる仕方で以て巫山戯ちらした。

守護神よ。

そして、余が最後に何をしたと思ふか。〇〇〇〇〇〇〇〇〇〇〇〇〇。〇〇〇〇〇〇〇〇〇〇。〇〇〇〇〇〇。驚くべき世界が其所にはあつた。一個の肉体は余の前に横はり、月は醜悪な余の姿（塵を払つてゐる）を照らした。余は侮蔑の目を以て彼女を見た。そして汎ゆる不潔な思ひ出が（彼女に関する）、余の精霊を傷けた。余は彼女を引き起して、道を急いだ。併し余は、未完成なる或る何ものかの、圧迫を感じた。

守護神よ。

余は彼女を救ふ事に依つて、余自身を救ひたいと思つた。彼女は静かに歩いてゐた。そして時々余を見上げて、憐れみを乞ふかの如くであつた。余は腹立たしさと苦しさとを感じた。そして、左の如く考へた。

ああ、此の獣類に依つて、余が生涯の一部は汚された。

余は併し、彼女のみを責めようとは思はなかつた。罪は寧ろ、余自身にあるのだと考へた。余は彼女の前に懺悔したく思つた。そして其の如くした。然るに余は彼女が身動き一つしないのに驚かされた。（予等は路傍の芝生の上に座つてゐた）

『どうしたんです？』

彼女は、すると嫣然《にっこり》した。そして暫くの后、余の手を取つて、

『解りました。解つてゐます。して結論は?』

余は少なからず面喰らつた。そこで云ふには、僕は同情してるんです。人の云ふ事なぞ信じやしません。僕は貴女を愛する。よし今夜の行為が、不自然な衝動からであつたとは云へ、僕は貴女を捨てようとも思はねば……彼女はにこりと笑つた。余は急き込んだ……。僕は早速貴女と結婚しよう。僕等は既に重大な契りを結んだ。


守護神よ。


恁う云つて余は泣きたくなつた。一の高尚な感動が、余の胸を衝き走つた。余は更らに繰り返へした。

『僕は貴女に同情する。貴女を理解する。貴女を愛する。誰が何と云はうと構はない。僕は貴女を救ふ事に依つて、僕自身を救ひたい』

そして余は云つた。貴女は僕を什うお考へです?と。


守護神よ。


もしも君が人間であるか、人間のやうな者であるなら聞いて呉れ。君は彼女が什う云つたと思ふか。彼女は云つた。

『わたしは、あなたを、軽蔑してゐます』


（「新小説」大正10年5月号）

顔を斬る男

横光利一

京の娘は美しいとしきりに従弟が賞めた。それに帰るとき、

『此の雨があがると祇園の桜も宜しおすえ。』

とそんなことを云つたので、猶金六は京都へ行つてみたくなつた。

縁側で彼の義兄が官服を着たまゝ魚釣り用の浮きを拵へてゐる。金六は義兄の傍に蹲んだ。

義兄はあら削りの浮きを一寸掌の上に載せてみて、

『子モロコを食はしてやるぞ、五六十疋も釣つて来てなア。』

と云つた。

『おいしいのですか。』

『うまいの何んのつて、東京にゐてや金さんらにや食へんわ。』

それも一度食べたいと彼は思つた。ふと眼を庭のぎぼしの芽に移した。芽は刺さつたやうに筒形をして黒い土の上から二寸程延びてゐた。東京から此処へ来て初めて庭の隅でその芽を捜しあてたとき、毎日これを見やうと思つた。それに三日も忘れ

てゐる。彼は三日分のを取り戻さうと云ふ気になると何ぜだか立ち上つた。すると身体の奥底で何か融けてずる〳〵崩れ出すやうに感じた。毎年春さきになると彼はこんなのを感じる。それが近頃殊にひどかつた。危険になつてゐるなと彼は思つた。そのまゝ暫く両手を帯へ差して少し前へ傾くやうな姿勢をとつて立つてゐると、足を踏み変へなければ身体が前へ自然にのめつて倒れさうに思はれた。

『こりやおかしい。どうしても妻が欲しいんだ。』

そんなことを思ふと、彼は妻でなくとも好いせめて恋人なり一人欲しいと思つた。彼はまだ恋を知らない。しかし、こんなものだらう位は知つてゐた。

『ほんまによう降るな、モロコは沖へいつとるであかんぞ、こりや。』と義兄は云つた。

『雨があがるといゝんですか。』

『さうやな、磯へ餌さが集るで来よるわけやな。』

何ぜ雨が降りやめば餌が磯へ集るのか彼は考へてみた。分らなかつた。

奥の間で娘の三重子の眠つてゐる暇を盗んで縫物をしてゐる金六の姉が、

『義兄《にい》さんたら、金さんが来たら酢モロコを食べさすのやつて、こないだからやい〳〵言ふてやはるのえ。そんな物食べたうないわなア金さん？』

と声をひそめるやうにして言つた。

『何アに、うまいのなんのつて、』

と義兄が云ふと、

『アレ、自分が好きやつたら他人《ひと》までが好きやと思ふて。』と妻は笑つた。

『きまつてら、どうれ。』

義兄は立ち上ると膝に溜つた削り屑をぽん〳〵と音高く叩いた。妻は顔を顰めた。

『そんな大きな音さして、三重子が起きますやないの。』

『お前はなんぢや。大つきな声出して。』

金六の義兄は内庭へ廻つて行つた。姉も立つてその方へ廻つた。

金六は蹲み込むと庭の芽を見乍ら、矢張り自分を一番幸福にするのは恋だと思つた。しかし、何故に公平な分け前物である筈のその幸福が、自分を許り避けるのか。これは機会がなかつたからだ。世の中の総ての幸福者は適宜に此の機会を捕へて放さなかつた。いや何よりも自分は憶病なんだ、これが一番いけない。さう思ふと、これまで数多くの機会が間断なく自分に向つて進んで来てゐたやうに思はれた。が、次には是非鏡を覗いて見たくなつた。鏡台は縁側の隅にあつたので、彼は立ちさへすれば好かつた。そこへ姉が戻つて来て又縫物をし始めた。

『金さん。今夜活動へ行かう。今やつてるのは片思ひつて言ふのえ。知つてる？』

知つてゐると答へて彼は立つた。鏡には彼の帯と胸とが映つてゐた。

『酢モロコつてどんな物?』

彼は思ひついたまゝのことを訊いてをいて鏡の傍へ行くとその頭の処を少し突いた。姉は酢とかお味噌とか云ふ言葉を使つて何か云つてゐる。彼は元の処へ戻つて鏡を見ると棚の上の番傘が三本映つて見えた。

『酢モロコつてそんな物か。』

彼は又鏡の下を突きに行つた。

『さうおいしゆうないけれど、珍らしいものえ。金さんら好きかもしれんわ。あ、そや〳〵金さん酢の物は好きやつたな。』

『酢モロコよりは恋だ。』と彼は思つて又鏡を見ると、今度はうまく顔が映つた。少し色が黒いと思つた。眼と眼の間が離れ過ぎてゐる。それに何か食べたさうに空を見てゐる鼻の頭が気になつた。が、彼は暫く姉に用心しながらも写真を撮る時のやうな気になつて顔を引き絞めて見てゐると、自分の顔から丸木舟が聯想された。此の顔で水を汲めば五勺は汲める。そんなことを考へると何んだか世の中が急に頼りなくもなつて来た。

『鏡ばつかり見て。』と姉は言つた。

金六は少し羞しい気がしたが頬を撫でながら姉の傍へ行くと、

『痩せたね、近頃俺は。』とごまかした。

『運動すると好《え》えのや。』

『うむ。一つ酢モロコでもうんと食べてみやうかな。』

『酢の物を食べるとよけい痩せるわ。』

『さうかなア、女の人つて痩せた人は嫌ひなものかしら。』

姉は箆をひきながら、

『そんなこと好きずきやわ。』と答へた。

『姉さんは?』

『さうやな、私《うち》、金さんみたいな人嫌ひや。』

『嫌ひか。』

彼が笑ふと姉も笑つた。が、姉の言葉は彼の心を強く叩いた。

『本当にまだ俺を好きだと云つた人を聞かないんだが、困つたものだね。』

『好《す》かれん方が好《え》え。好かれる人いやゝ。』

『いやアもう、好かれるのも良いぞ。』

『そんなら好かれるやうにするとええやないの。』

『ところが成る可くさうしてるんだがなア。』

彼は姉との対話が生温く感じると可成り真面目な気持ちで、

『俺の顔はどうかな、姉さん、』と訊いてみた。

姉は一寸彼の顔を見ると俯向いて、

『あかんわ。』と答へた。

彼は幾分腹が立つたが、針で針刺しの布を突きながら黙つてゐると、

『杓子顔や。』と又姉が云つた。

『本当か、女の人は好かないか?』

姉は首を縮めて「クツ」と云つた。

金六は急に羞しさが増して来た。

『針差しがこわれるやないの。』

彼は仰向けに寝た。とても駄目だ、さう思ふと全く力が脱けた。

『アラ、雨があがつたわ。』と姉は言つた。

彼は片方の手をぱたんと畳の上へ延ばした。

『コレッ！』

姉は彼を睥んだ眼で眠つてゐる三重子の顔を見た。

『杓子顔か。』と彼は呟いた。

暫くしてから姉は、

『それでも金さんに手紙が来たことがあるやないの。』と言つた。

金六には姉の言葉がまるきり通じなかつた。

『来るものか。』

『それでも私見たことあるえ。』

『来ないもの見る理窟がない。』

『嘘、私いつやらな、金さんの所へ女手《おんなで》の手紙が来てゐたで見たら、やつぱりさうやつたわ。』

『本当《ほんとう》か？』

『本当《ほんと》。』

『どうした？』

『こんなの金さんに見せたら、タメに良うないと思ふたで破いといてやつた。』

『締めたツ！』と彼は思つた。胸が鳴つた。姉は薄笑ひをもらしてゐる。

『何日だね。』

しかし落ちつかなければいけないと彼は思つた。

『あれは―ツと？』

姉は物尺の端を唇にあてて上眼をした。

『私《うち》が女学校の三年の時やつたで、金さんが六年の時やつたかしら、アそやそや、六年の時や、何んべんも来たのやろ？』

ひと昔のことか、さう思ふと金六は急に張りがなくなつた。が、まだ自分にも恋の可能性があるのだと思ふと嬉しかつた。

『誰からだね？』

『お前知らんの？』

姉は不思議さうな顔をしてゐた。

『知らないとも、誰だね？』

『お絹さんやつた。』

金六はそんな名前を一つも知らなかつた。

『ほれ、みつちやんの妹さんや。』

姉の言葉は醜い杓れた女の子の顔を彼の頭に浮かばせた。

『アツ、あれか。あれも杓子顔だぞ。』

姉は大きな声で笑ひかけたが、急に声を潜めて赤い顔をした。

『破いといて呉れて好《よ》かつたよ。』

『何やら何やらで、どうぞ姉さんに見せんといて呉れつて書いてあつたわ。それにその当人の姉さんが見てるのや。』

さう言つて又姉は笑つた。

しかし姉も不埒だと金六は思つた。もし差し出し人がお絹さんでなかつたなら、自分は此の場限り姉を永久に敵としたかも分らない。がたゞ数秒の間自分の胸を慄はせて済んだと云ふのも、お絹さんの顔の杓子顔か否かにあつたのだ。これがある運命の別れ目だつたのだ。してみると、自分の杓子顔も以後これと似寄つた運命を、この様な形式でこの様な鮮かさで裁断するかも分らない。さう思ふと今二人がゝりで侮辱してゐたお絹さんが自分のやうにも思はれた。彼はお絹さんに対して気の毒に思ふよりも自分が不快になつた。いかにもつまらない男だと思はれた。

暫くして金六は湯へ行かうと思つた。石鹸を貸して呉れと姉に云つたら、姉はいつも行く湯は今日は休日だから小さい方の湯へ行けと教へた。その湯へ行つた。

番台には十七八の色の蒼白い内気らしい娘が坐つてゐた。金六は直ぐその娘が好きになつた。

彼は着物を脱ぐときメリヤスがひどく汚くなつてゐるのが気になつた。一番早くそれを脱ぐ方法はどうしたものかと暫く帯を解いたまゝ立つて考へてゐたが、矢張り一度は娘にメリヤスを見られなければならないと思ふと元気を出して裸体になつた。彼はわざと落ちつくやうに心掛けて浴室へ這入つた。

金六は顔を一番初めに洗つた。多く洗へば洗ふ程色が白くなるだらう。白くなればなる程杓子顔に見えなくなるだらう。さう思ふと彼は湯舟から出る度に石鹸を目に見える程減らして顔を洗つた。湯舟の隅に軽石が一つ浮いてゐた。それで額と顎とを擦れば少しは杓子に見えなくなるかもしれない、そんなことまで考へた。番台の娘の顔が浮んで来た。その娘を妻にしてゐる自分を考へてみて、何んでも云ふことをきいてやるぞと思つた。

彼は浴室を出ても一度も娘の方を見なかつたが、絶えず娘に自分の杓子顔を見せないやうにも気をつけた。メリヤスを着なければならぬ。これが又彼には困り物だつた。彼はメリヤスを着ずに着物を着た。そして湯屋を出るとき初めて番台の方を眺めてみたが、何時のまに変つたのかそこには年寄の女が湯札を忙しさうに数へてゐた。

彼はメリヤスを丸にして抛り上げた。

夕暮前に金六の義兄はモロコの腸を抜きにかゝつた。妻は活動へ行くのだからそんなことは明日にすればよいと云つた。

『いいや一晩置きやさつぱり食へん。お前ら勝手に好きな所へ行きやえゝ。』

『たつた十疋そこ〳〵の物、そないに大騒ぎして。』と妻は笑つた。

『阿呆なこと云へ、これでも金さん一人にや良い御馳走になるわい。』

『それなら、あんたはん抛つといて私《うち》ら行つて来ますえ。』

『おう〳〵、行つてこい行つてこい。金さん、帰りを楽しんでるとえゝ、うまい物を拵へといてやるぞ。』

義兄は金六にさう言つてから、妻にまた、

『おい酢は残つてるな。』と訊いた。

夕餉の時義兄は御飯を食べながらも、傍の七輪にかけた串刺しのモロコを裏返してゐた。

金六と三重子を背負つた姉とが活動へ行かうとすると、義兄は奥から自分のトンビを持つて出て来た。寒くなるから着て行けと云ふ。彼はまだ一度もトンビを着てみたことがなかつた。着てみて自分の両肩を見るといかにも一人前の男らしく見えた。彼は義兄を見上げて、『どうです。』と訊くと、

『えゝとも、立派なものや、』と云つて笑つた。

三重子は姉の肩の上から義兄を見て、

『アツ、アツ、』と声をかけてお辞儀をした。

義兄も、『アツ、アツ、』と答へた。そして、

『行つといで、行つといで、』

さう云ひ乍ら娘のまる〳〵した顎に手をかけて顔を擦り寄せると、三重子は母親の背中の上で身体を揺つて笑つた。

『これ〳〵。』と姉は言つて外へ出た。

外は風が少し強かつた。

活動はもう始つてゐた。土間には蓙が敷いてある。金六と姉とは出口に近い婦人席の隅の方に坐つた。金六は花道に肱がつけた。姉は彼の横に坐つて膝の上に三重子を載せた。

幕の上を自働車が走つて通つた。すると、三重子は急に立ち上つて大きな声で、『ポーツ、〳〵。』と言つた。


それが静になつてゐる小屋の中に大きく響いた。金六は気が気でなかつた。姉は割りに平気らしかつた。が、三重子は自働車の出て来る度に声を立てるので、金六はもう参つて了つた。早く旧劇物になればよいと思つてゐると次には滑稽物があつた。自働車が出て呉れねばよいがと思つたがこれは又しつきりなしに出始める。三重子は初めの間は姉の膝の上で声を立てゝゐたが、姉が写真の面白さに手を弛めてゐると膝から降りて、前の女の人の肩を攫まへて又、『ポーツ、ポーツ。』と言つた。

写真を見て笑つてゐたその女の人は振り返ると顔を顰めて身体を前に延ばした。

『姉さん。』

金六はもう本気で怒り出した。

姉は三重子を抱き寄せやうとすると、三重子は姉の胸を押しながら背を曲げて、『ヤーツ、ヤーツ、』と声を立てた。

金六は逃げて帰らうかと思つた。そして、

『もう厭だ。』と云ふと姉は苦笑ひして、

『いつでもかうえ、仕方あらへん。』と云つた。

するとその中に彼の横の方でも三重子程の男の子が声を立て始めた。彼は気を落ちつけてその子の声がどんな程度で自分の耳にこたへるかと吟味してみた。別に大して気にもならなかつた。少し安心が出来ると、姉と自分とが赤の他人であると仮定して、遇然隣り合せに坐つてゐる場合を想像してみた。そして、さう考へれば少しは楽《らく》になるだらうと思つたので、彼は心の中

でそんな態度を姉にとりかけた。

すると、また三重子は前の女の人の肩を攫んで意味の通じないことを大声に喋舌つた。女の人は三重子を見ると苦い顔をして鬢を直した。

『これどうや、どもならん。』

さう言つて姉は三重子を引つ張つたが三重子はきかなかつた。

金六はもうはら〳〵し出した。恐い顔をして前後の人々の顔を見廻した。すると、それらの顔の中に二間程斜めに経だてた処から、彼を見詰めてゐる眼の大きな美しい町娘の顔に行きあつた。彼は視線を幕の上へはね返した。胸で動悸が激しく打つた。――あの娘は何ぜ俺を見るのだらう。恋ではないのかしら、いやあれから恋が湧いて来るのだ。今恋が俺を見てゐるのだ、そんなことを考へると彼は今の機会を逃がしてはならないと思つた。が、さてどうすればいゝのか、これはむづかしかつた。けれども、とにかく三重子の声で娘の耳を邪魔させてはいけないと思つた。――何と云ふ綺麗な顔だらう！澄んでゐる。もしあの娘が妻になつて呉れたなら。さう思ひながらその娘が他人の妻になつてゐる処を想像すると苦しくなつた。どうかして妻にしたい。出来ないだらうか、一体妻にするのはむづかしいことなのだらうか。そんなことを考へてゐるとき、ふと彼は姉が自分の傍にゐると云ふことは此の機会をみす〳〵取り失ふ大きな原因になると思つた。それに、俺は義兄のトンビを借りて着てゐる、これはいけない。俺と姉とは夫婦に見えるにちがひない。さう思ふと彼はもう姉に一切口をきかないことに決心した。

滑稽物が終つて小屋の中が明るくなつた。いよ〳〵だと彼は思つた。そして娘に眼で報らせて、便所へ連れて来てそこで名刺を渡さうと考へた。

『私はあなたを愛してゐますとさう云はう。いやそれよりも、私はあなたをお慕ひ申してゐますとさう云はう。響きが良い。いや待て、それよりも、私がもしあなたをお好き申してゐますと云つたならあなたはどうなさいますかとさう云ふんだ。それがいゝ。一番上品だ。』

金六は胸を鳴らせながらぢり〳〵と成るだけ眼許り廻るやうに気をつけて娘の方へ頭を向けていつた。娘は首条へ両手をあてがつて少し顔を俯向き加減にして金六を眺めてゐた。

彼は直ぐ又眼を外らしたが急に自信が盛り上つて来た。『見ろ！』と誰も彼もに云ひたかつた。

『金さん、三重子を眠かさう、なア？』と姉は言つた。

彼は腹が立つた。遠い舞台の上を見たまゝ口を結んで、『うむ。』と低く答へた。

姉は三重子を横抱きにして乳を飲ませやうとした。三重子は乳房を一寸舐めさがすと直ぐ又立ち上つて前の人々の肩を割つて出て行かうとした。

『あれ見な。』

姉は金六を見てもう笑つて了つた。彼は恐い顔をして故意に不快さをあらはした。そして娘の方を窺ふと娘は綺麗な顔を二階の方に向けて何かを捜してゐた。

(俺は捨てられた！　俺は捨てられた！) 金六は姉が敵のやうに呪はしくなつた。義兄の親切のトンビが夏の蒲団のやうに腹立たしくなつて来た。

　再び暗くなつて小屋は静まつた。

『あつちへ出て見てゐやうかしら。』と姉は小さい声で訊いた。

『出ろ々々。』

　さう金六は追ひ立てる気持ばかりで云つた。

『出てるわ。』と姉は云ふと、花道の尽きた明い処まで出て下駄場の方へ拡つた板間へ三重子を下ろして遊ばせた。

　幕の上には新派の悲劇物が映つてゐた。それは家を出る時から金六の姉が見たがつてゐたものである。

　金六が姉の方を見ると、姉は蹲んだまゝ背を柱に凭らせて幕の方を向いてゐたが、三重子は傍にゐなかつた。『ほつてをいて危いぞ。』と彼は思つた。

　が、ふと彼は姉の方を向いてゐる時の自分の顔は娘の方から見れば、一番杓子に似て見えることに気がついた。彼は直ぐ正面に向き直つた。

　写真はだん／＼面白くなつて来た。が、彼は矢張り三重子が気になつた。姉は写真に見とれてゐるにちがひない。さう思ふとまた頭が自然と姉の方へ向かうとした。しかし、完全な杓子を娘に見られたくない掛念のために、顔を幕から外らせてはゐるものゝ、姉の方へも向けきらず小屋の一方の隅へそわ／＼しながら向けてゐた。

　彼の傍で鼻を鳴らして泣き出した者がゐた。その横でも鼻が鳴つた。やがて小屋のあちこちで白い物が上下に動き出した。

　その時戸を経だてた後の方で金物の転がる音がした。金六の姉は、『アツ！』と叫んだ。

　彼が後を振り向いたとき姉は柱の処にゐなかつた。彼は膝を立てて入口の方を見てゐると三重子の泣き声が激しく聞えた。

『やかましツ、やかましツ。』と小屋の方々から怒声がをこつた。

　彼は姉のゐた柱の処まで出て来ると、蒼い顔をした姉が三重子を片手で抱いて片手で三重子の顔に載せた手巾を抑えて小走りに階段の横から現れた。そしてまだ金六の来てゐることを知らない筈の姉は三重子を見続けたまゝ、

『義兄さんに直ぐ来て貰ふて、小寺さんや。』と早口に云つた。

『どうした？』

『ミイの眼が潰れた、ガラスで。』

　さう云ふと姉は木戸口から跣足で表の方へ駆け出した。彼も駆け出した。そして後から、

『ほんとうか、ほんとうか。』

と訊いたが、姉は黙つてとつとと家と反対の方へ走つた。彼も従《っ》ひてゐた。

『義兄さんを呼んで来て、早よう！』と姉は一口強く云つた。

　彼は家の方へ二三歩引き返した。が、又立ち停ると、

『ほんとうか、』と訊いた。

三重子の泣き声だけが聞えた。

『嘘だ！』

さう呟き乍ら彼は又家の方へ馳け出した。

彼は嘘だと思ふ気持ちを強めるためにわざと足を弛めてみた。が、直ぐ又走つてゐた。盲目の三重子が浮んで来た。一生彼女につきまとふ不幸が思はれた。姉の泣き顔が浮んだ。義兄の悲しみが眼に見えた。皆自分からだ。――何処かへ突きあたりさうに思はれた。涙が出て来た。

『妻にしやう。』

さう云ふ考へが不意に彼の頭に浮んだ。彼は自分の年齢と三重子の年齢とを比べてみた。二十年違つてゐる。『二十年待たう。しかし俺はほんとうに待てるか。』彼は自分の興奮がいつもあてにならないのを思ひ出した。すると出て来る涙も風にあたつてゐるからだと強ひて思つた。

（いや二十年待てる。断じて待たう。どうぞ俺の心の変らないやう。）彼は本気になつて何かに願つた。そのまゝ暫く走り続けた。するとまた、妻にして何の償ひになるものか！と思つた。もう彼は思ふこともすることもなかつた。

何時の間にか金六は姉の家の前に立つてゐた。義兄は謡を謡つてゐた。

彼が中へ這入ると義兄は、

『えらう早かつたな、三重子は？』と訊き乍ら立ち上つた。

彼は黙つてゐた。なぜだかそのまゝ便所の方へ足が動いて行かうとした。

義兄は戸棚から魚を盛つた小皿を出して来ると、

『今夜の酢モロコは一寸食へるぜ。』

と云つて一疋つまんで食べ乍ら皿を火鉢の縁へ載せた。

金六は流しもとまで来ると白く光つた物が眼にはいつた。

『庖丁だな。』と思つた。

『此の顔からだ！』と次に思つた。

彼は自分の顔を一層醜くしたくなつた。彼は庖丁を手にとつてみた。

『三重子は俺の顔の綺麗なのを好くかもしれない。』

ふと彼はそんなことを考へた。するとさう考へたと云ふことが、まだ自分が自分の顔を保たせやうと思つてゐるからだと思つた。と、又その後から、ひよつとしたなら三重子の眼は潰れてゐないかもしれないと思つた。もう彼は自分に全く愛想がつきた。憎くなつた。涙が出て来た。

『やれッ！』

彼は身慄ひすると歯を食ひしばつて息を一つ吸ひ込んだ。

庖丁が動いた。彼の片頬から一条の血の糸が滲み出た。それが二条になり三条になつた。間もなく彼の杓れた顔は血で真赤になつて大きく息を吐き出した。

彼は自分の顔が眼に浮かんだ。すると突然今までと全く違つた悲しさに襲はれた。

『なぜ悲しいんだ！　なぜ悲しいんだ！』
彼は自分がとても浮かばれない不潔な心の男に思はれた。彼は庖丁を首へ突き刺さうとした。が、彼の手はもう動かなかつた。彼は声を立て、泣き出した。

（「街」大正10年6月号）

悩ましき妄想

中河与一

一

城壁のやうに高く連つてゐる高架鉄道が、山の腹から出て東へ野原を横《よこ》ぎつてゐた。それと斜《はす》かひに通つた野の道は線路の下をトンネルのやうにくりぬいて、向ふに見える小さい村に消えてゐる。

彼は、どうして其の村へ帰らうかと思ひ煩ひ乍ら放心者のやうな歩みを運んでゐた。――余り熱心すぎる――

彼は、さう思ひ返した。余りにも馬鹿げた無体な懸命さを気《き》軽《がる》にしよう為めに。

と、すぐ、もう眼前にトンネルが迫つてゐた。彼は呼吸を、こらへ乍ら、その辺の空気を、押しのけるやうに着物の袖を異様な焦慮にはたいて、あとしざりした。

今朝の事である。何気なく其のガードの下を通り乍ら、緑色に晴れ渡つた大空に象眼の様《やう》にカツキリと二本の黒色の鉄道を支へた灰色の枕木が適当な間隔を置いて並んでゐるのを見上げた時、汚れた青味をおんだ血と血糊に固まつた女の髪とが落ちて来るのを見た。そして或るものは、其の切通しのジメ〳〵と苔の生へた黒ずんだ石崖《いしがけ》を伝ひ乍ら、陰気に流れたり、しただつたり、固まつたり、又或る髪の毛の如きは中途の蜘蛛の巣にひつかゝり乍ら生き物のやうに気味悪く震るへてさへゐた――

彼は朝通つた時から随分と其の事だけで頭が一杯になつてゐたのに、実際は其れに就いてこれと云ふハツキリした考へが何も付いてゐなかつた。

彼はガードから四間程てまへに退いた時、頭を振つてみた。そしてどうすべきか明瞭に考へねばならぬと思つて眼をつぶつた。と、すぐ何処か近い小川の流れの音が耳一杯湧くやうに溢れて来た。チロチロと云ふのである。益々大きく拡がり乍ら。それは頭の中に溢れ得る樫の量のある重い音であつた。彼は其の為めに自分の考へが、かき乱されるのを恐れて慌てゝ目をカツと見開いた。そればかりか毎夜、おそはれる恐ろしい不眠症と悪夢の間に経験する魔にでも見入られるやうな気持ちがしたから。

麦の畑を軽く早春の風が撫でゝゐた。そして剣のやうに尖つた葉さきが夫々少し傾く度にチカチカと鋭い光を彼の目に射込んだ。

『ふふふふ……』

突然彼の馬鹿馬鹿しさに、これ程の、をかしさは無いと云ふ風に笑つた。

それは、ひき返して、ずつと大廻りをして帰ればいゝと云ふ事に気付いたからである。

彼はクルリと後へ向いてスタスタと、もとの大通りに出てから遥かに迂廻して別のガードに出ようとした。

其のガードは勿論、はるかに明るかつた。けれ共殊更に用心して下を向いて急いだ彼に矢張り気味の悪い血と髪の毛が、どうも、ちらついて見えたやうな気がした。

× × × ×

彼が少年時代の半ばを過した叔父の家は外科医であつた。彼は幾つもの鉄道惨死者の、むごたらしい回想を、くりひろげる事が出来る。そしてそれが小さい時の事件であればある程、特異の凄惨と恐ろしく誇張せられた空想的な奇妙な印象とを持つて。

叔父の手術衣の影から見た時、解剖室の隅に切断された足が、ずいゝきの茎のやうに紫色に朽ちかゝつて破れたズボンを、はみ出してゐた光景、ザク〳〵になつた太股を止血帯で縛り上げた光景、さては乗せてかき込んだ雨戸から流れ落ちる血糊を土足に踏み込んで帰る其の友達や人足。死床の肉親が亡びゆく人の唇に筆で水を塗る光景、線香の匂ひ、堪へられぬうめき声、事件にまつはる色々な取沙汰や、ひそめき、女の自殺者、機関車連結手の過失、殊に女の髪の毛と、あの空想的に、はれ上つた股《もゝ》――

彼は家へ帰つてからも机の前に坐つて、もう一度ガードの下を、くゞつた時の光景を考へねばならなかつた。然し其れは何のつかみどころも無かつた。唯、昔見たものの幻覚と云ふより他に考へやうがなかつた。で、彼はもうガードの下を通らぬやうにさへすれば、いゝと考へた。

けれ共、斯うして次第に生活の範囲が、せばめられてゆくのを思ふと、さすがに彼は淋しかつた。そして此んな事ではいけないと励ませた。

彼は何となく自分の手が汚く思はれたので、立つて毒薬の甕に手を浸しに行つた。其の毒薬は例へば彼にとつて絶対的な信仰を以て総ての清めの水とせられてゐた。――自分は毒薬と書く事を、なぜか、不愉快に思ふ、それ故今後分子式 Hgx で其れをあらはす事にする――

二

彼は Hgx が無くなつた時、叔父の家へ盗みに行かねばならなかつた。

仕方なく叔父が往診に出て行く迄、細菌学や組織学の本を手あたり次第に、ひき出して読んでみた。そして知らぬ間に彼は非当な熱心で頁を、くつてゐた。

然も、あやしい彼の妄想は今繰りひろげてゐる頁の何処にも見出せないやうな、ある恐ろしい病気を実感として胸に描き出し乍ら――事実、彼は彼の恋人が肺であつた事を知つて以来、極度の煩悩と憂鬱に、おち入つてゐたのであるが、それ以上に彼は恐ろしい此の『空想の病気』を明瞭に意識し見る事が出来るやうになつてゐたのであつた。若し、さうでないならば、ほんの恋人が肺で、あつたと云ふ位ゐの事実が、なぜ彼を斯うした狂気の生活に追ひやる事が出来るであらう。

彼は自己以外の総ての存在が、その『空想の病気』と悉く何等かの機縁を持つてゐると云ふ理由の為めに恐ろしく汚なく思はれた。

例へば此処にアラン、ポーの『赤き死』の概念を記して、その風光の一面を想像して、もらふ事にするならば。

――赤き死が長い間、国内を荒らした。且つ是程人を殺す恐ろしい悪疫は今迄決して無かつた。血が真紅な恐ろしい血が其の化身であり証印であつた。先づ烈しい苦痛を感じて急に眩暈をし出し、それから毛孔から夥しく出血をして死んで了ふ。患者の身体殊に顔にあらはれる深紅色の斑点が、その悪疫の兆候であり、忽ち人々は患者に看護も同情も、しなくなる、而してその病ひの襲来も経過も終局も総て、ほんの半時間程の出来事であつた。プロスペロ公は運強く又勇敢であり怜悧でもあつた。公は宮中の貴婦人やナイトの中から千人の壮健な仲間を呼びよせて、其等の人々と共に城がまへをした一つの僧院の中に奥深く隠遁した。家来達は中へ、は入つてから鎔鉄炉と大きい鉄槌を運んで来て閂を焼き付けて了つた。

――と云ふのである。然し彼の『空想の病気』は、それよりも、もつと嫌悪すべく恐怖すべく執拗で、あらゆる場所に隠れてゐた。従つて彼は何物にも何人にも触れる事を、ひどく嫌つてゐた。Hgx は、せめてものプロスペロ公の、はかない城壁にも相当するであらう。

やがて彼は此の特異の興奮を呼び起す医書を閉ぢてから硝子窓に、ふりそそぐ太陽の光線に充血した瞳をしばたたき乍ら、書斎から出て行つた。

一歩毎に或る英雄的な行為を自分が、するのだと云つたやうな媚を次第に強く心に感じ乍ら。

赤い紙に毒薬と黒く刷つたレッテルの、貼つてある硝子戸棚の中に白つぽい Hgx の瓶が饑餓の人の食慾をそそるやうに置いてあつた。鍵が見付からぬので彼は、あせつた。戸外の道を人が通るやうな気配や看護婦の声が聞えたりするとギヨツとして手をひつこめたりした。然し到頭巧みに鍵の下りたまゝの戸を、はづして了つた。そしてウント用意してゐた紙に包んだのである。

彼はホツと安心して又、もとの通りに其辺を繕ふと外に出て行つた。

蘇鉄の蔭から、ヒヨツクリのぞいた出逢ひ頭《がしら》が然も真つ青だつたので彼は少なからずドギマギしたが、なぜか裏の病室の方へ廻つてみた。よく洗ひきれない血の、にじんだまゝのガーゼや繃帯が高く吊して乾されてあつた。それが風に、ゆらぐのさへ息がつまるやうに彼は大変に危険な気がしてならなかつた。

逢ふ人毎に、みな丁寧に恐れ乍ら見てゆくと、向ふも大変注意深く彼を見返す。

彼は幾人も幾人も注意して行つた後、初めて人間らしい顔色の人に逢つたので声を、かけてみた。その男は益々近寄つて来た。――

彼は身構へをして心の精密さを失ふまいとした。話してゆくと此の男は此処の掃除人である。彼は急に、こんな処で呼吸してゐる事が苦しく思はれたので、息をこらへて表へ走り出た。

と、青い影が自分の背中に、さはりさうになつて追つかけて来る。

彼は、あわてて鋭い瞬間のまなざしを後に向けた。自分の帯が、ひこずつてゐるのである――。彼は慌しくグルグルと帯を思はず巻いて了つた。それも向ふから、やつて来る美しい女に気付いたから。

が、女が通りすぎると、

『しまつた!』

と彼は心の髄から悄げ返つた嘆声を、もらした。此の帯は汚い、此の着物も、此の身体も、みんな清めて了ふ迄は――

彼は折角はりつめてゐた心の精密さを、つい叩きつぶされてメチヤメチヤになつたのが堪らなく無体に淋しかつた。

――恐ろしい空想の病は、ぽつぽつ彼の心の中に斯うして明瞭な姿を描き出しつつあつた――

彼は、こんな手や着物が口や鼻に触れぬやうに懸命の注意をし乍ら家へ急いだ。

台所では何時ものやうに鉄瓶が湧き返つてゐた。彼は其れを提げて、自分の室の方へ行つた。が、すぐ室には入らないで、入口に置いてある天秤で盗んだHgxを計つてみた。

彼はロートに湯を六〇〇〇グラムだけ盛ると六グラムを少し多い目にHgxと別に食塩をもはね込んだ。

結晶の解けるのが苦しい程、待ち遠しかつた。が、五分間位すると其れは影も形も無くなつた。然し彼は、なほ充分に溶けてゐる事を信ずる為めに、二十分間程待つた。時計が極めて、のろ〳〵針を運んだ。

彼はロートを取り上げ乍ら、二三度強く振蕩してから、極端な精密さに心を籠のやうに張りつめて、トトト、ト……とHgx水を廊下の板敷に、こぼして行つた。

そこで彼は、ぬれた板敷の上に両足を運んだ。そして残つた液を備へ付けの甕に、うつし込んだ。

次には帯をといて、その甕の中に浸し、帯が十分に此の怪しい清めで浄められると、彼は、ひき上げて、ぬれた板間へ置いた。そして今度は着物を脱いでヅップリと押し込んだのである。着物が十分に濡れる間に、帯で身体中を残る隈なく幾度も幾度もふいた。

一寸でも残つてはならぬと思つて、彼は思ひ出したやうに脛の内側や耳の後を拭いたりした。着物は溶液を沢山吸収して殆んど甕の水を無くして了つた。で、彼は、しつこく神経質に幾度となく圧搾してHgxの液をにじみ出させて万遍に行き渡るやうにした。

ポタポタ……と雫の垂れる着物と帯を持つと、彼は安心したらしく彼の室に這入つて息を吐いた。行李から着物を出して着た。そして、もう一度Hgxを溶かねばならなかつた。それは常に彼が用意の為めに備へて置くべきものであつた。

室の中にあるHgxでぬらした草履をひつかけると、彼は板敷に出てロートに又素湯を盛つた。そして溶きだした。

若し人が此の光景を見たならば、その如何にも窮屈な身体の屈伸や、手の上げ下げの妙な一定の角度やを何う云ふ風に解釈するであらう。

あらゆる熱心と注意とは集中せられ、どんな姿勢に於ても総ての感覚と神経とは敏感に四方に放射せられてゐる。

――溶け方が案外、早かつた――

彼は、ふとHgxの結晶を入れなかつたのではないかと疑つた。入れたには異ひなかつた。然し其処に何等の証拠もないと云ふ理由から、もう六グラムだけ、入れねば、どうしても気がすまなかつた。

けれ共、その時又失敗した。それはロートの外へ粉末が少しこぼれたからである。

彼は少し神経をイライラさせ乍ら、然し気を、しづめて全然やり直しをしやうと思つた。そして庭の方へはねまくと新に溶き出した。溶けて了つたと思はれた時、彼は室からピンを持つて来てロートの中へ入れてみた。

それは果してHgxが溶解してゐるか否かを疑ひ深く験する為めに、彼が常にとる方法であつた。やがて小さい金属は光沢を失つて、鉛のやうな色になつて了つた。

彼はピンを取り出して折つてみた。金属はボロボロと見事に砕けて了つた。で、彼は嬉しかつた。金属の折れ工合が少し悪くても、彼は果してHgxが完全に千倍に解けてゐるか否かを疑つて全々やり直しするのであつた。

彼は陰鬱で猜疑深い眼を少し明るくして、其れを室の中へ持ち込んだ。特異の熱心と注意とで身体は全く興奮し、こはばつてゐた。

三

弟は隣家の縁先きに腰を掛けて日なたぼこをしてゐた。

母に言ひつかつて、父の帰る見張り番をして出てゐるのである。

彼は立つて、のび上り乍ら其の可愛想な弟を見た後又寝椅子に寝そべつた。そして考へ続けてゐた事を、もう一度考へなほす様に屋根裏の椽《たるき》に眼を注いだ。彼が寝椅子を据ゑてゐる椽側は二間程、先きで、右へ折れて厠の方へ続いてゐるのである。

寝ながら見ると、丁度前に手洗鉢があつて、水が初夏の午後の陽ざしを受けて光つてゐた。その、ずつと向ふには隣りの屋根を越して目に一杯に山の膚が見えてゐる。少し左の方へ頭を傾けると、青く青く晴れ上つた空を限つて山の頭が、けざやかに見られる——書くのを忘れたが此れは彼の室である。勿論彼は誰れをも此の室へ入れなかつた。——

青い空からは蜂が時々蜘蛛の巣に、ひつかかりさうになつては逃げて来て、椽《たるき》につかまつた。そして激しく羽根を鳴らして、十尾位が、あちこちと飛びめぐつて異性を探し合つてゐる。雄は大概、椽に止つて、とんまに、のぼせた姿で、羽根を震はせ乍ら、雌《めす》の丁度近くへ飛んで来るのをイゴイゴして待つてゐる。

近くで雌の羽音がすると雄は意気地のない歩みで其の方向へ行くが、大概は其処へは止つてくれないで行き過ぎるので、雄も又続いて飛びたつたりした。折角雄が異性の背に這ひ上つても、どうしたせゐか不成功に別れて了ふのが多い。

彼は、ふと寝椅子から立ち上つて、一層注意深く昆虫の行ひを見てゐた。それは狂気じみた異常に無体な綿密さであつた。——彼の足には勿論Hgxで、ぬらした草履がはかれてゐた——

厠の窓に止まつてゐた一匹は金色の腹に黒い条の入つた長いお尻を、両方に拡げた羽根の間から上へ突き出して日光に曝してゐた。そして雌が羽音をたてて光の中を飛びめぐると、デリケートに其のお尻は異性の羽音の方向を追うて回転してゐた。

『交尾期なんだ』

彼は何となく、そう一人で呟いてみた。すると光の中に、あらはな昆虫の行ひが、とほうもない空想に迄辷《すべ》り込んで行つた。いそがしげに飛びめぐる彼等は其れ自身『恐ろしい病気』の培養基を、まき散らし、まき散らして、行く小鬼そのもののやうに思はれる。且つ彼等のトンマな然し敏感な行動は彼等が知らぬ振りを装ひ乍ら人間にする反逆を明瞭に感付かせる。——

彼はすぐ立ち上ると息を、こらへ乍ら庭へ飛び下りた。そして長い間、考へ耽つた。夕方になつた時、どんなにして此の小鬼共を閉《し》め出すべきか、そして如何にして縁側を浄めるべきか——然し余り熱心すぎるのに気付くと彼は忙いで歩き出した。

裏の離れでは、母の三味線がけだるさうに聞えてゐる。父が外出すると母はすぐ弟を見張りに出してひき初めるのであつた。調子を下げる為めに母は象牙の駒をはづして、お箸に紙片を巻き付けたのを枕にした。そして一人絶え入るやうな三味線に自分を慰めるのであつた。

父が三味線を止《と》める理由は随分と奇妙であつた。

『此の間も目くらはんに鉋屑《かんなくづ》をやつた相だが何だつて同じ事だ、縄切れをためて金を、こしらへたと云ふ人も有るぢやないか。それは、いゝとしても四十を越して娘子供のやうに三味線のさらひ等をするなんて、近所隣にもざまが悪いぢやないか』

すると母は投げ出すやうに斯う云ふのだつた。

『私の慰めですわ。あゝ嫌だ嫌だ。一緒になつて此の方一度だつて貴方の笑顔は見た事も無いぢやありませんか』

実際暗い顔をして緊張しきつてゐるやうに見える——それとも皆夢をみてゐるやうな無表情かも知れないが——此の家人達が下女等には恐ろしい程に迄、時々見えたりした。

父は、よく盲《めくら》はんを発見すると狂気のやうに離れへ行つて追ひ出した。

母は『まあ可愛想に』

と云つて手で顔を掩うた。

盲目はんとは、時々来る三味線の師匠である。

盲目《めくら》は四つ位な女の子を背負つて、馴れた道を杖で探り乍ら、よく母の離れへコツソリやつて来てゐた。

『ひどい男もあればあるもんです。此れを頭に二人も子供のある仲をほつたらかして、他の女子《をなご》と逃げて了つたのです。それで此の歳寄つた不自由の私が斯うしてお邪魔につれて上るんです……どれ、それでは今日も初めませうか』

子供を脊から其辺に下ろして、母と向ひ合せに手さぐりで座を占めると母の与へた撥と三味線で調子を合せた。——

彼は裏へ廻り乍ら又おのづと気が滅入つて行つた。

『彼女は、ほんたうに肺なのか……肺だとすると』

彼女からの手紙は前に皆、消毒して了つたのだからそんな事はもう考へないでいゝのに、何ぜか考へられてならなかつた。

彼の心は又追ひつめられた氈鹿のやうに何処へも行き得ない圧迫の中で苦しみ出してゐた。彼は恋人が肺であると云ふ事を打ち消したかつた。もつと適切に言へば肺であるか無いかが明瞭に分かれば問題は簡単なのではないかと思つた。

——自分は第二節に於てほんの恋人が肺であつたと云ふ位の事が、なぜ彼を斯うした狂気の生活に追ひやる事が出来るであらうと云ふ風に書いた。然し、もつと適切に云へば此の肺は彼にとつて『恐ろしい病気』を空想さす事に於て又何かの点で、それが恐ろしい病気への階梯であるやうに思はれてならぬのであつた——

勿論肺であるならば別れるきりであつた。いや今だつて別れてゐるやうなものではあるが。

恋人は琴子と云ふのだつた。海を越えて、はるかな島に住んでゐた。

彼は十五日も躊躇した後、彼女が送つて呉れた『死よりも強し』を投げ捨てに行つた海の色をよく思ひ出した。

捨てにゆく途上、決して其の包を自分の風上に保たぬ様に風の方向に迄気づかひ乍ら行つた時の、あの恐怖と愛憐の情！

其頃彼は彼女の魂を海の底に沈めたやうな自分の罪を殊更に誇張して迄『愛に生きるんだ。愛に生きるんだ』と自分を励ますやうによく云つてゐた。それは同時に彼が空想の病気を見まいとする努力であり、憂鬱からのがれようとする自己への誡ではあつたが。

彼は自分を亡しに来る細菌に迄、その愛を押し拡げるべきだ。そして其の絶滅を願ふよりも彼等を自由にしてやる——其処にこそ、ほんとの落ち付きが来る筈だ……

彼は、斯うした妄想にさへ屢々逃げて行つた。

彼は『死よりも強し』を海に沈めようと決心した前に、実はHgxで清めようと企てたものであるが、一頁一頁消毒して行つて、殆ど四百頁を全部して了つた時に、ホトホト疲れの中にさへ猶ほ力強く決して書籍なんかが消毒しおうせるものではないと思つたのである。

病源の媒介者として、文明の最も偉大な部分であるべき印刷術こそ恐ろしい人間の世界への呪ひの間諜であるかのやうに考へられた。

『こりや駄目だ』

彼は投げ出すやうに斯う呟いて、掌をHgxの甕に浸した。

アルデヒドのガス消毒にしても、熱気消毒にしてもこれを完全に清め尽す事は出来ぬやうに思はれた。実際は出来るにしても、決して彼は其れを信仰するわけにゆかぬやうな気がした。

叔父の書斎で読んだ細菌の概念が自ら誇張せられて思ひ出されるのである——

綴目《とぢめ》や脊皮と紙との間や、糸が固く紙を、くくつてゐるすき間へ、どんなにして蒸気やガスが這入つて行き得よう。

事実、這入つて行くにしても其れは彼にとつて決して信じられない事であつた。

彼は静にHgxのしたたる本を甕から取り上げて、そのま丶紙で幾重にも幾重にもくるんで隠して置いたけれ共それは宛で爆発薬を持つてゐるやうなものである。

彼は段々と恐怖に堪へられなくなつた。そして到頭、海へ入れる事に決心して了つた。

其の包みが海の中に落ちて行つて暫くの漂ひの後沈み果てた時、彼は失神した様な奇妙な哀愁と安堵とに囚はれた。けれ共、せめて焼いたり等して其の形を破壊してしまはない迄に海底に沈めた事を少しの慰めにしなければならなかつた。

――

『何処へ行くの』

弟は、やはり日なたぼこをし乍ら隣人と話してゐた。そして突然斯う問ひかけた。

『海へ行くんだ、見張りだね、お前は』

兄は淋しげに弟を見て、あはれな奴だと云ふ気がした。未熟な欲望に燃えてゐる筈の歳《とし》であり乍ら、小さい時から小説等を読ませたせゐでもあらうが平気で目くらはんのする下らぬ色恋沙汰を、うけうりに伝へてくれる弟が兄には大変にものたりなかつた。

『兄さん草履を、はいてるぢやないか』

彼は振り返つて弟の方を見て一寸笑つた。弟の鋭い病身の顔と足に太陽が降りかかつてゐた。

彼は人と摩れ合ふ事を一生懸命に避け乍ら臆病げに街を歩いて行つた。

四

彼は今朝、弟が自分の牢獄を汚しに這入つてゐたのを見て、どんなに敵意にふるへた事であらう。それはプロスペロ公が『赤い死の仮面』を見た時の憎悪や煩悩と同じ程度であると云つてよかつた。

彼は火のやうになる顔を、こらへ乍ら、静かに忍び寄つて弟に怒鳴り付《つ》けた。

『何故あれ程、止《と》めてある室へ這入つた？』

弟は自分の行為を、とがめる心と、にはかな大声の襲来に心の平衡を失つて、ドツと椅子の上にへたばつた。

机を見ると、長らく音信を絶つてゐた例の島からの恋人の手紙が其処にひろげられてゐた。

『しまつた！』

彼は思はず叫んだ。弟を室から追ひ出すと、扉の〔一字欠〕を下ろし乍ら、中からサンザンに弟を罵つた。弟は泣き声の中から訴へるやうに叫んだ。

『這入りたくて仕方がないから入つた。どんなに禁じても入れると思ふから入つてみた……。もう何時か水に這入つて死ぬだけだ。兄さんの言葉は、あまりだ。もう許してくれ』

× × × × ×

『今日戴いた手紙は弟が先づ開けて見てゐました。貴女は知るまいが、弟も貴女を慕つてゐたのかと思ふ。なぜか、そんな気がしました。けれ共もう私達とは別れて下さいませんか。私達は二人共狂人なのです。そして貴女と交つてゐれば兄弟は二人でお互の胸に益々強い狂気の焰をたきつけ相で心配でなりません故』

彼は斯う其の女に手紙を書いた。

錠前を開けて扉を押してみると弟はもう居なかつた。彼はふと弟が自殺でもしやしないかと思はれたので、急いで草履をひつかけると、奥の方へ行つてみた。

弟は赤くなつた目をつぶつて、

『琴子さん、琴子さん』

と畳の上に、しきりに名前を書いてゐた。

『やつぱし、さうだつた』

と彼は思つたが、恋してゐる人間とも思はれぬ程、何のオドオドした所も熱情も無いやうな弟がヒドク淋しまれた。

『やつぱし身体が悪いからだ』

冬等になると弟は一人ボツネンと炬燵にあたつて、よく神経質な顔に何か途方もない事を考へ続けてゐるらしかつた。

『あゝわからん、人格は見えないかなあ』

ソツと隠れて彼が弟の様子を伺つて居るのに、突然向ふから斯んな事を尋ねたりした。彼は其の度び不思議の感に打たれた。

自分の室へ帰ると他は室中を Hgx で浄めねばならなかつた。

弟が坐つた椅子から机の上、そしてその時机の上に置かれてあつたもの全部。

彼は、いちいち丁寧に、甕に浸してはすくひあげて畳の上に置いて行つた。

畳は思ふ存分 Hgx でグサグサにぬれた。

けれ共、斯うして清めて了ふと、彼は弟をあんなにも叱り飛ばした事が苦しく思はれて来た。そして手紙に斯う書き添へた。

『兎に角、弟が貴女を慕つてゐる事は事実らしい。僕は、やがて此処をひきあげて東京のアトリヱに帰る。それは多分一ケ月も後の事であらう。けど、その時には自由に手紙を、よこすなら、よこしてやつてもいゝけど、今から一ケ月間、そして僕には全然よこさないやうにして下さい』

彼は午後になつてから又海へ出かけた。

途上琴子への手紙を出さねばならなかつた。彼はポストの前へ来て、その手紙を左の手で投げ入れると、すぐ右の手で Hgx の入つた瓶をとり出して、左の掌にこぼして、両手をすり合はした。

丁度海は潮がさして来るところであつた。彼は気持のいゝ海の風を思ふ存分に呼吸し乍ら、いつもの岩の処へ来た。

こゝは彼が自分と自分で保つた彼の室以外のたつた一つのプロスペロ公の牢獄であつた。

後ろに松が大きく三本生へて、一寸他所からは見えぬ様に岩をかくまつてゐた。

勿論そこへ坐れば、坐る人もかくまれる筈である。その癖、海の方から射して来る太陽は常に其の岩を照り付けてゐるのであつた。

　彼はイソ〳〵と岩の所へ下りて、腰をかけた。けれ共ジッと砕けては、ひき返しひき返しする潮を見てゐると、又重苦しい感じに圧迫されて来た。

　どうしても弟が自殺するやうな気がして、ならなかつた。

　今朝の罵り方が余りひどかつたのを思ひ出して後悔した。

　そして、しまひには、あの琴子からの手紙をいらつた手で、弟が自分の室の種々なものをいらつたかもしれない。机の上以外にも。それは疑ひ得る――

　彼は、もうぢつとしてゐられなくなつた。

　心が段々と暗く疑ひ深くなつて行つた。

　総てが不安になつて揺ぎ出した。彼はムカ〳〵する胸をこらへ乍ら、急に立ち上つた。

五

　弟の指がふれたかも知れないと思ふと、何処をも信ずる事は出来なかつた。畳は朝ふいたにしても。本箱、本、そして弟の着物――着物には弟の汚《けが》れた指が触れたに違ひない――を、すりつけたかも知れない室の壁。

　さては今自分が着てゐる着物、それは壁にふれ本箱に触れたに相違ない。やがては自分の身体も、その着物に包まれてゐる以上清めねばならぬ理由だ。

　彼は先づ本箱の中から消毒を初めようと思つた。そしてハガキ等を縁側に皆持ち出した。一枚一枚、丁寧に Hgx の甕に浸しては、すくひ上げ、すくひ上げして板の上に並べた。板の上に投げ付けられる度に、ハガキは西日をうけて彼の目を鋭く射つた。

　時々少年時代の葉書等が出て来た。彼は如何に自分が愉快で、そして、おだやかな少年であつたかを思ひ返し乍ら感傷的な気分になつて、つい涙さへにじみ出るのを覚えた。

『さみしい時には昔の手紙を出してみるに限るよ』

『出してみようにもそんな手紙等ないさ』昔、何処かで交はした会話が彼の頭に浮んで来た。

　無いどころではない、どれもこれも今の彼から見れば、ある境界をへだてゝ如何にも落付いた世界に自分も嘗ては住んでゐたのだと云ふ風に思はれた。

　彼は三十分位で、葉書や手紙を全部やつて了つた。

　そして、つい涙脆い自分になつてゐたのに気付くと自分で自分を嘲りたいやうな気にさへなつた。

『まあいゝ、此れから本だ』

　彼は室へは入り乍ら斯う心で呟いて、本箱の一冊を手に取つたが、

『ウウ、本は駄目だ』

と、すぐ絶望的な考へに頭を襲はれた。そして皆、室から外へ投げ出して了つた。

本のうちには、彼がかなりに愛読してゐたものも、あつたが、さゝいな、ごまかしで疑ひを否定したまゝ表面だけ消毒して持つてゐる事が、今後どんなに彼の全生活に渡つて後悔を残さすやうな糸ぐちになるかも知れないと思つた。

彼は甕を室に持ち込むと机と本箱と、そして壁《かべ》と、しまひには着物と身体迄浄《きよ》めた。その頃には、もう水色の月がのぼりかけてゐた。

彼は夕飯を止める事にした。折角何もかにも浄めて了つてホツとした安心が、どんな事で破られるかも知れないと思つたから。

そして、うす暗い室の中に坐つてゐた。強烈な毒薬の為めに彼の指は、刺されるやうにひどくうづいた。

六

何時でも食事には熱いものより食べない彼である。

『今日は、お肉の、すき焼きですから、久し振りで一緒におあがりになりませんか』下女の婆さんが扉の外から声をかけた。

かなり気の落ちつきかけた彼は幾分不安でもあつたけれど、弟達と一緒に食べてみたいやうな気にもなつて、茶椀と箸とを持つて台所へ出かけて行つた。

弟達は兄の着物に一寸でも触れて怒られる事を心配して、注意深く其辺に避けた。彼はHgxの雑巾で自分の坐るべき所をふいた後に座を占めた。

ふところから茶椀と箸をとり出すと、三人の弟達を見廻はして『自分が此処にゐるのだぞ』と云ふ意義を、はつきりと彼等の心に、もう一度描かしめた。

ジユージユーと汁がアルミニユームの鍋から溢れまけては、火の中で燻つて細い油ぎつた煙をあげた。

弟達は周囲から箸をのぞけて、うまさうに熱いのを堪え乍ら舌の上でまはしまはしして、むさぼり食つた。

彼は水差しを握るのも汚なかつたので、弟に命じた。

『おい、いり付きさうになつたぢやないか、少し水を差しておくれよ』

弟は他の弟に自分が一寸でも水を差してゐる間に、肉を沢山食はれるのを恐れて、手をのばして水を差した後、いそいで砂糖と醤油をつぎ込んだ。

彼は、その時何かしら一心に弟の動作に注意してゐた。やがて又、いり付きさうになつた。

『もう下ろさうや』

彼は斯う云つて弟に命じた。

弟は鍋を越えて向ふ側に落ちてゐる布巾を取らうとして、袖をまくつて手を延した。

彼の心は声もやう立てない程にハラ〳〵し乍ら、弟の動作を用心深く凝視してゐた。

それは全く間髪を入れない程の奇妙な瞬間であつた。

布巾をつかんだ手が鍋を越えて、もとの位置にもどらうとした時に、かすかにその袖が野菜を摩つた。

彼は思はず神経を苛立たせて、弟に声をかけた。勿論もうそれは何にもならなかつた。彼は弟が袖を触れた位置を十分に記憶して鍋を下ろさせた。

弟は七輪を婆さんに引かせて、その後へ団扇をしいて鍋を置いた。其時弟は鍋を一廻転した。

据ゑると、ひときは暖かな甘いホケが鍋からモヤモヤと上つて、彼の顔中に味覚と嗅覚の快感を燻しかけた。

彼は気を落ち付けて弟のふれた所をさけるやうに鍋の中に箸で区画をして、自分の安心して食べられる所だけを弟達と別けた。

そして彼は食つて行つた。それは、まさしく食慾にひきずられてゐる彼であつた。

暫くして、彼は肉の一片を口に含むや否や吐き出した。

その肉の一片がむやみに甘かつたからである。弟達は思ひ合せた様に心配さうな顔で兄の顔をのぞいた。彼は、すぐ箸を其処に捨てゝ、室へ帰つて了つた。

七

砂糖を入れた辺が弟の手許に近かつた……手を延して向ふの布巾を取つたのだから……袖の、ふれたのは、きつと其の辺だ……そして一廻転して置いた……区画をした……まちがつてゐる筈がない……一生懸命見てゐたのだから……けれ共、あの肉は砂糖のかたまりのやうに甘かつた……どうもわからぬ――けれ共熱心に見てゐた……耳のところを布巾で握つて、そして……では、なぜ、あの肉は甘かつたのだらう……決して砂糖が溶解して、全体にゆき渡つてはゐなかつた筈である。

狂気じみた執拗さで弟に尋ねてみたが、曖昧で、反つて袖のふれた所を択んで食べたやうな結論になりさうであつた。

彼は何時の間にか、一・五グラムの Hgx を飲むと、決して蘇生の見込が無いのだと云ふ事を思ひ出してゐた。

腹の中に弟の触れたものがあると思へば、今にも飲みさうな気になつたりした。

飲んで死ぬのだつたら、飲まないで、そのまゝ捨てて置いても同じぢやないか……けど、熱心に見てゐたのだから……それにしても甘かつたのは不思議だ――彼は同じ事を繰り返し繰り返し考へてゐた。

そして気がムシヤクシヤして、すばらしい加速度で頭の中を何者かが渦巻き返すやうに思はれた、彼は床についてからも長い間、不眠症にわづらはされた。そして眠つたかと思ふと、またすぐ醒めて了つた。彼は寝かへりを打つたり起き上つて室の中を歩き廻つたりした。数日してから又叔父の家へ行つた。

―― 1 micron = $\frac{1}{1000}$ m, m ――

彼は細菌の概念を頭に描き乍ら、

『決して清めたつて清めきれぬわい』

と思つた。けど消毒せぬよりは、する方がより確かだと思ひ返した。

彼は更に其の辺の医書を繰つてゐた。

　特異なる腸内殺菌消毒新薬サローミン
彼は何時の間にか新薬時報と云ふ雑誌をひろげてゐた。

サロミンは水及胃酸に溶解せず、亦クロロフオルム、石油エーテルに難溶解にして酒精エーテルに易溶にして、亜爾加里性液には徐々に溶解し、フオルムアルデヒド、フエノルサルチル酸に分解す――その腸管に達するや、その粘膜の表面に附着して防護膜を形成し、機械的に外来刺戟を防ぎ、その一部は徐々に分解してサルチル酸及フエノル類を遊離する事、彼のザロールの如く不完全なるものにあらず。加之是に伴うてフオルムアルデヒドを傍生するを以て腸内醱酵制止は勿論大なる殺菌消毒の作用を発揮し……彼は急いで、その広告の頁を、ひきさいて懐中に、ねぢ込んだ。

――けど、腸内には生理的に必要な細菌もゐるのだが――

彼はボンヤリと考へ乍ら家へ帰つて行つた。帰つてからは、言ふ迄もなく着物から身体を浄《きよ》めた。

八

彼はフラフラと出て行つた。

その足付きが自分でもをかしかつた。霧がいつぱいに降つた月夜である。水の中で、たはいもなく胸のあたりをおさへつけられるやうな感じで歩いてゐた。

呼吸をすると、重たい霧が喉《のど》を通るのがわかる。指を以て顔にさはると、ジメッとして水気が一面にふりかゝつてゐる。

まるで幽霊のやうに歪んだ足である。フラフラと如何にも危なかしい水母《くらげ》の様に揺ぐ足である。彼は途方もない心よさで月を見乍ら尚も歩いてゐた。

月は如何にも美しかつた。

青白くボーッとした大きな円形が彼の心を天上迄吸ひあげさうであつた。

彼は唯月だけ見て歩いてゐた。何んだか重い霧が喉《のど》をかすかに通ふのが、反つて夢の世界に彼を導くやうであつた。

彼は、やがて立ち止つて柳の枝を折らうとした。と、自ら枝がこちらへ流れて来て、ほの赤いポストがすぐそこに浮んでゐた。

彼は何となく手紙を取り出すと其の中に落し込んだ。そしてニタニタとうす気味の悪い笑ひ方をした。月光の中に柳の糸が絶えず、或はなやましさうに泳いでゐる。

彼は、なぜかポストの前に暫く立つてゐた。唯黙つてゐるのである。祈りでもしてゐるやうな心持である。

彼の心は果しなく澄みきつてゆく――

全く音の死んで了つた世界であつた。彼の心は手紙の中へは入つて、底ひの知れぬ赤塗りのポストの奥へ奥へと落ち沈んで行くやうであつた。

余りに尊い静けさに、彼はもう身動きも出来なかつた。

その時『おや』と思つた。

彼は、ふところをさぐつてみた。

『無い筈だ。手紙は投げ込んだのだから』

斯う呟いて、彼はまた歩き出した。

月夜の川水は白く霧の底を流れてゐた。

彼はほのかな疲れを覚えた頃、そつと家に帰つて眠つてゐた。

×　×　×　×

二日程すると、彼は又気がイライラして来た。そして初めてサロミンがやつて来ぬのを知つた。殆ど放心の状態から初めて醒めて見ると、何もかも其の間にとり逃した様な気がして淋しかつた。

サロミンの来ぬ事は夢だつたやうにも思へる。あの月の夜を思ひ出させた。

彼は陰鬱な雨の中へ傘をさして出て行つた。川はかなりに水量を増して、薄く濁つて流れてゐた。

川沿ひの柳は生き生きとした緑の糸を雨に曝らして静かであつた。

彼は幾度もその辺をあちらこちらと探し廻つたが、どうしてもある筈のポストが見えなかつた。

『不思議だなあ』

と、かなり悠暢な気分で彼は斯う思つたが、早く電報でも打つて取り寄せねばならぬと思ふと、額から汗が、にじみ出て、頭がグラグラつとするのを覚えた。

九

彼は段々に世の中から遠ざかつて行くのが自分でもわかつた。

弟達は勿論下女迄が怒られるのを恐れて、行きずりにもよほど注意して彼に触れぬやうに道を避ける。

一番小さい弟は、彼がこんな事にならぬ前には、よく彼に可愛がられたのであるが、さうした小さい子供でさへ兄の事を知つてか淋しさうな目付きで、

『小さい兄さん、小さい兄さん』

と云つて、弟の室の方へ遊びに行くやうになつてゐた。

それは、よく彼の帯《おび》や腰にさばり付いて遊んだものであつた。

今日彼が室の中でじつと考へ込んでゐると、小さい身体を横にかゞめて、恐ろしい所でも覗くやうに見てゐた弟は、やがて、

『大きい兄さん、此処の椽側へ出てはいけない？　出たくつてしようが無くなつた』

と云つた。その姿が如何にもいとしく見えた。斯うした子供の自由な欲望にさへ圧迫を加へてゐると云ふ事が彼には苦しかつた。彼は後で清めさへすればいゝと思つて、踏むべき道を畳の上に示してから弟を許した。

許しを得た小さい者は椽側から方々を見廻してゐた。宛も、

『長い間見たかつた所だ』と云ふ風に。

小さい者は彼を病人だと思つてゐた。そしてあはれな人だと

云ふ事を知つてゐるやうであつた。彼もこんなに長い間小さい弟と遊ばぬと、自然と心が離れて行くのを覚えた。

若しかすると、小さい弟の心からは遊び友達としての彼は、もう薄い薄い影ほどの存在も認められてゐなかつたかも知れぬと思つた。

小さい弟は、病人に対するいたはしい心から、何でもよく聞きわけてくれた。

『鋏もつて来ておくれ』

と彼が云ふと、すぐ走つて持つて来るが、じつと彼がそれを浄めてから爪を切りだすのを如何にも『かあいさうに』と云ふ風に見守つてゐた。

× × × ×

今日は叔父がやつて来た。そして入口の戸にもたれて、彼に話して聞かせた。

先づクロレンケが赤痢を伝染病だと断定した時、反対の学者はその学説を否定する為めにその菌を食つたが、病気にはならなかつたと云つた後、

『何も恐ろしいものは無い筈だ。自己に、それだけの確信さへあれば、きつと病気には打勝てるのだから』

と続けて、

『お前のは決して潔癖が昂進したものではない。潔癖から来たのだつたら、こんなに、お前の室のやうに、とりさがしてはない筈だ。やつぱし狂人の一種だ。まあお前のやうな事を他人がするか、はがきでも出して問ひ合せてみるがいゝ』と言つた。

勿論彼の室は一寸も汚れてはゐなかつたにしても、かなりとりさがしてはあつた。それにしても、はがきで問ひ合せてみろとは飽く迄気違ひ扱ひだなと彼は思つた。

『手を出して見ろ』

と云はれてヒリヒリと痛む手を彼が差し出した時、

『お前Hgx許り、いらつてゐると中毒するぞ』

と叔父は吐き出すやうに言つた。

叔父は最早、彼がHgxを幾度も盗んだ事を知つてゐた——

彼は黒くなつた醜い自分の爪をいぢくり乍ら、嘗て叔父の家でみたモルヒネや鉛中毒の患者の事を思ひ出してゐた。

殆ど強迫するかのやうにモルヒネの注射を医者に要求する狂態。そしてどうする事も出来ぬ程だらけきつてゐる身体が一本の注射で生れかはつたやうに元気になる光景。

然し、その度《ど》が強まるに従つて益々多量のモルヒネを要求し。使用すればする程、益々頽廃し破滅してゆく肉体。彼は立ち上つてベツと庭に唾を吐いた。

十

彼は、もう上京する事に定めて了つた。きつとアトリヱに帰つて、新な生活を初めたら、自分も恢復するだらうと思つたからである。弟を中に立てゝ、父にたのんでみたが、父は却々許し

さうでなかつた。

　ある日弟は斯う云つた。

『叔父さんが来た時に、決して上京等させてはならぬ、他所《よそ》へやつて癒るだらう等と思ふのは素人の考へだ。あれでは決して他所へなど出してはならぬ、と云つたさうです』

　彼はこれを聞いて、

『お前が自分の事にして尽力せぬから駄目なのだ』

と云つて弟に腹を立てた。

　その夕方であつた。

　彼は根《こん》も力もぬけ果てゝ、早くから床の中に横はつてゐた。

『許さぬなら、勝手に出て行つてやらあ』

　しほれた心は、唯そんな風に、あまり燃えると云ふのでもなく思ひ続けてゐた。

と、けたゝましく弟が次の室から叫んだ。

『どうしたんだい』

　彼は力のぬけた低い声で斯う問ひかけた。

　暫く答へなかつた弟は、

『蜘蛛が来たんだ。早く来て殺してくれ』

と狼狽たらしく叫んだ。

『馬鹿、馬鹿しい仰山な』

と彼は疲れきつた頭で思ひ乍ら、じつとしてゐた。

『兄さん早く、早く、早く来て殺してくれなきや』

『やかましく云ふなよ、蜘蛛位に』

　彼はグツタリとして床の中で横はつてゐた。

　やがて弟は、とり乱したらしく走つて来て、扉の外から兄に起きよと強請《せが》んだ。

　弟は子供の時から蜘蛛に強迫観念を持つてゐるのを兄も知つてゐた。けれ共、さう大《たい》してやかましく誇張する事は無いぢやないかと思つて、ぢつとしてゐた。

『たのむから起きて、おくれよ』

　彼は黙つて相手にしなかつた。到頭弟は腹立ちまぎれに其処にあつた棒で彼の室の扉をひどく打つた。と、大きな音がして扉の破片が飛んだかと思ふと、杉板がかなり大きく破れて、そこから燈の光が彼の室へ流れ込んで来た。

『俺は、もう気が狂ひさうだから黙つてゐてくれよ』

　弟は又つゞけざまに扉を打つた。

『何と云ふ事だ』

　やがてドヤドヤと父と母とがやつて来ると、弟の室へ行つて蜘蛛を追つてやつた。

『なぜ、お前は、起きてやらぬのだね』

　彼はもう心がしなび切つて、口をきくのも嫌であつた。

『こんなにして破《こわ》して了つて、何をするんだね……兄が兄なら弟も弟だ』

　やがて父と母とは帰つて行つた。力も根《こん》もぬけ果てた彼は何と云つて、のゝしられてもかまはぬやうにダラツとして横たはつてゐた。

十一

母が家の便所を倒したり大きい藤棚を切つたのは良い事だつたと、彼は汽車にゆられ乍ら考へてゐた。

『あゝして少しでも家が明るくなつて行く事は決して悪い事ぢやない――

彼は、やつと恐ろしい所をのがれたやうな幾分輝かしい心持になつてゐた。

けれ共、藤の事で父と争つた事を如何にも青褪めた顔になり乍ら、母から出発前に聞かされたのは何かの不吉な徴でも、あるかのやうに思はれてならなかつた。

一箇年間の陰鬱な故郷での生活を一つ一つ思ひ浮べてゐた。

島の恋人や弟達の事や、そしてガードの下を通つた時の事や、月夜の青白い思ひ出や、又其等の間に何者かを探るやうな思惑を辿つてゐた。

『兄さんは追迹忘想だよ。すんだ事を色々に考へてはあの時には斯うした積りだが、しなかつたかもしれない、どうもわからぬと云ふ風に考へるんだ。それではきりがない。何でも疑へぬものは無いんだから……けど、ニュートンも追迹忘想だつたんですね』

と、いつかすぐ次の弟が言つた言葉を蘇らせたりしてゐた。

今もその過去を追迹してゐるのであると思つた。過去を追迹してゐると、現在の影が薄くなつて信仰がすぐこはされて了ふ。自分の今持つてゐる荷物にしても、家で手をついて御辞儀をした俥夫が、そのまゝの手で運んでくれたのだとも思つた。さうすれば、当然この荷物には故郷の幽霊がこばり付いてゐる筈である――が、彼は今度こそ快活な生活を初めやうと思ひ続けて、つとめて、そんな考へを払ひのけやうとした。

彼の周囲には余り感じの悪い乗客もゐなかつたので彼は安心してゐた。それにしても、あんなに迄云つてゐた両親が、よく自分を一人で手離したものだと思つたりして。

十二

一年して帰つて来ると、アトリヱの中は蜘蛛の巣や埃で随分とよごれてゐた。

彼は毎日、日光を導くやうに注意して気分を快活に保つた。カンバスに向つて叩いてみたが、いたく感情が荒廃してゐるやうで、思ふやうな何物も出て来なかつた。唯十号の自画像と十二号の風景を書いたぎりで、彼はもとの憂鬱に帰りさうでならなかつた。

何だか細胞を通して極めて生理的な描法をとつてゐる cover の怪奇な絵が、彼の心によく触れあつた。

彼は毎日 cover のマスターピースを繰りひろげる許りして日を過ごした。そして、何も手に付かなかつた。

cover の絵は彼を昔の陰鬱に、ひきもどしさうに思はれる程、気持ち悪く同時に妙な魅力を持つてゐた。彼はマスターピースを拡げ乍ら、よくHgxの事を考へてゐる自分を見出した。そして呟いた。

『何しろ。消毒するより確かな事はない』

或る日であつた。

彼は街上で突然『空想の病気』を呼び醒まされた。それは妙な事件であつた。彼は町角《まちかど》で肺患者に出逢つた時いそいで身をかはした。そして発作的に、全く発作的に踵《きびす》を中心にして急激に身体を一廻転した。

彼は気付いた時、何物かを払ひのけるやうに慌しく袖《そで》を振つてゐた。

其の夜、彼はHgxを送るやうに長い長い手紙を弟に書いた。

十三

彼は弟からの手紙を受取つた。それは叔父の薬局から盗みとつたHgxを今発送したと云ふのであつた。

彼の心は急に明るく輝き出した。

やがて其の小包が着くだらうと思ふと、一日中戸口を出たり、は入つたりし乍ら待つた。

けれ共到頭来ぬとなると彼の心は又暗く沈んで行つた。そして夜の十時が打つた時には、もう断念せねばならなかつた。

彼はベツドにずり込む前に、非常な精密さで何処へも触れぬやうに両手を袂の中へ入れて了つた。それは彼の手が国からの手紙に触れたと云ふ恐怖の為めであつた。

握つた拳が袖口に触れさうになつた時彼は殆ど命がけと云つてもい、程の厳重さで、こはばる手を縮めた。

彼は袂の中から丁度厚い手袋を穿つた時のやうな不自由で色々なものをつかんだ。

然し彼は斯した事には恐ろしく熟練してゐたのである。例へば随分と複雑な事でも右手でも左手でも又は足ででも同様に片方だけで十分用事を達した。

両方とも汚れると困る事が、きつと出来るのを知つて以来の事である。

彼は鍵を持つてドアを閉めて来た。そしてベツドに上つた。窮屈な袂の腕をなるべく楽《らく》なやうな位置に置くと、弟の手紙を読んで以来、何処かへ手を触れはしなかつたか、幾度も考へなほした。彼は何時迄も眠れなかつた。翌日は昼迄、袂から手を出さなかつた。そして郵便の来るのを待ち続けた。

配達夫は通つて行つたけれど、決して彼に小包を手渡しては行かなかつた。彼の心は又次第にイライラして来た。そして何も出来ないで、じつと手を袂の中に納めて居らねばならぬのが、たまらなく苦しくなつた。

それに朝飯を食べなかつたので、ひどく腹が減《へ》つて行つた。

彼は急に腹立たしさと悩しさが一緒にこみ上げて来ると、断末魔のやうな唸りをさへ上げた。

そして、終ひには坐板を踏み鳴らし乍ら始終アトリヱを出たり、は入つたりしてイゴイゴし続けねば、気がをさまらなかつた。

と、彼はたまらなく驚かされた。ふとアトリヱの中に人間が立つてゐるのを見付けたから。空想の病気そのまゝの幽霊が戦慄と憎悪と恐怖とを以て、たちふさがつてゐたから。彼は思はず狂気のやうな、あとしざりを続けた。と、やつと目を据ゑて怪《け》訝《げん》に相手を見入つた。

『何だい』

彼は喉にかゝるやうな妙にかすれた笑ひをもらし乍ら、大きな驚愕と恐怖の後に安心しやうとして、静かに鏡の中の自分の青い顔をのぞき込んだ。血の気のない堪えがたい青褪めた表情が其処にあつた。

後は動悸を静め乍ら、わざと笑つて見た。鏡がやはり苦笑した。

彼は変に嫌な感じにおさへ付けられ乍ら、ボンヤリ立つてゐると、ふと興味を感じて役者のする誇張した表情を色々鏡の前でする気になつた。終ひには、どうしても左の眉を引きあげる事と、右の目を閉ぢる事が出来ぬのを発見した。

けれ共、総てのなすべき事を失つてゐた彼にとつて此れは意外な満足を与へかけてゐた。と彼は又、急にゾツとした。それは自分の顔がゴホの狂人の顔になつて行つたからである。彼は全く嫌になつて、もう其処を立ち上つた。そして鏡の背後に廻つて壁に張つてある狂人の絵をひきむしつた。

彼は又表へ出て行くより仕方が無かつた。けれ共郵便受けには、まだ何も入つてゐなかつた。

『チヱ、何と云ふ、まぬけだらう。一体何うしたと云ふんだ』

彼は、もどかしさに神経をヒリヒリさせて斯う怒り続け乍ら身体を、ふるはせてゐた。そして何時の間にか自分は狂人になるのだと云ふ気がしてゐた。

禊《みそぎ》なんて何も食べないでゐて、遂に気が狂ふのをやはり叔父の書斎で読んだ事がある——

曇つた空に、けだるい午砲が鳴り響いた。彼は今にも早く何か食べねばならぬと気付いた。そして食事に出るついでに郵便局へも行つて、小包の事を尋ねようと思つた。

外へ出てドアに錠を下ろした。

ガチリと云つて錠が下りた。彼は袂の中からハンドルを握つて、ひつぱつて見た。大丈夫錠前が下りてゐる。

初めて手を殆ど一昼夜の後に袂から外光の中へ出した。それは、やはり異常な精密さであつた。

彼は少し痛みを覚える関節を、つきのばして手を振つてみた。けれ共何んだか其の自由は、あまり嬉しいものではなかつた。

近くの局へ行つて尋ねると、此処では配達は取扱はぬので、そんな事なら王子の局迄行かねばならぬと教へてくれた。市外ではあるものの小石川の郵便局がはるかに近いのに、わざわざ王子迄行かねばならぬとはおかしな事だと思つた。

兎に角、かなりな店を見付けて暖簾をくゞつた。其間にも決して手が他へ触れぬやうに注意してゐた。そして二度と此の店へは来ない為めに、屋号をしつかり憶《おぼ》えて外へ出た。

銭入れが丁度袂の中に、あつたので、大変都合がよかつた。

彼は田端から汽車に乗つたが、腰も下ろさないで立つてゐた。

『もう来てゐる筈だ』

と低い声で確めるやうに繰り返し乍ら、日数を数へ数へしてゐた。

汽車を下りてから電車に乗つた。

電車では運転台に立つてゐた。吊革を握る事は後日彼が電車に乗らねばならぬ度々に恐怖と不自由とを感ぜさすだらうと思つて。それは総ての電車に空想の病気の幽霊を植ゑつける事になるから——

そして、やつと王子の郵便局迄来た。

『まだ、そんな宛名の小包は来てゐませんよ』

と云つて、局員は何日頃に向ふを発送したのかと尋ねた後、

『小包だと三四日は、どうしても遅れますね』

と宣言した。

彼は失望した。そして停車場にひき返した時、それでも、しつこく、どんなに遅くとも昨日の朝手紙が着いたんだから、今日は配達されぬにしても局へは来てゐる筈だ等と思ひ乍ら、汽車の発着時間表を繰つてみたりした。

三四日も遅れる理由がどこにあるんだと思つた。もう一度局へ行つて確めようかとも考へたが、きつと局員が自分を不思議がるだらうと思つて躊躇した。

彼は淋しい、たよりなさを感じ乍らアトリヱへ帰つても、又黙り込んで一人居らねばならぬのかと思ふと、何処かへ寄つて帰りたい気がした。

十四

Sの内へ寄ると、表に貼り紙がしてあつた。

製作中に付き御気の毒乍ら面会を謝絶します。面会日——日曜日——

彼は、ひき返さうかと思つたが、訴へるやうにドアで足を蹴つてみた——手で訪つてゐるかの如く聞えるやうに——

中からは、しばらくしてSが顔を出した。

『まあ這入りたまへ』

『貼り札がしてあつたもんだから』

『何あに、あれは書いてあるだけなんだよ』友達は斯う云つて彼を導き入れた。その時には、もう両手を袂につツ込んでゐたのである。

彼は勿論帽子等、今日冠つて出たのではなかつた。

到頭友達は感付いて、

『なぜ手を出さないんだ』

と尋ねた。

彼は、その理由を話すのが恥しかつたので、幾分顔を赧らめ乍ら黙つてゐた。

室の中はストーブの匂ひにホコホコとむせるやうであつた。

モデルは向ふの隅で着物を着けて帯をしめてゐた。

『今ポーズだけ定めた所なんだ。何でもない事なんだが、馬鹿にポーズ等が気にかかつてね』

と友達は言ひ乍ら、ストーブの火を消さうとしてゐた。モデルを帰らせた後に友達はモデルの事を話して聞かせた。

歳はまだ十七だと云ふ事と、処女らしくするのだがどうしても処女ではないらしいと云ふ事と。あいつは俺に参つてゐるのだと云ふ事と、もう一週間もすれば叩き出して、すつぽかして了ふんだと云ふ事などを。

そしてその話が余りに乗り気になつてゐたのを自分でも気付いたのか、てれかくしにもう一度彼の袂に入れた手に付いて尋ねた。

『これには深い理由があるんだよ』

と答へてこらへてゐたが、

『気違ひなんだよ』

と彼は思はず言つて了つた。

友達は、そこで狂人の話をあべこべに向ふからして呉れた。

それは斯う云ふのである――

僕の叔父さんは狂人と云ふのではなかつた。これは皆僕の少年時代の事なんだが、叔父さんは何時でも袖で顔を掩うてゐたんだ。僕なんかが遊びにゆくと、炬燵にあたり乍ら、矢張り顔を隠して手頸の下から目だけ出して、

『やう、おいでよ、お上りんか』と云つたもんだ。そして今でも欲しいと思ふんだが、それは、それは、いろんな奇妙な絵や良い絵をたくさん集めてゐたよ。僕はあがりはなから這ひ上つて何時でも、その絵を一枚一枚めくつたものだ。幸か不幸か、親に、そむいて迄藝術に生きやう等と力《りき》むやうになつたのも、つまりは此の叔父さんがあつたからかも知れないよ。叔父さんは決して昼は出なかつた。夜が来ると顔をかくして、どぶ鼠のやうにチヨロ〳〵と、それは早かつたさうだよ。軒づたひに本家の方へ来たさうだ。そして戸を叩くんだね。祖父さんが、

『誰だい』

と中から尋ねかけると、

『勇三ぢや、これから大阪へ行つてくるだなあ』

てな事を云ふんだね。それつと云つて祖父さんが戸を開けると、もうそれは早い早い姿も見えぬのだつて、然もそれが度々なんだ。時によると、

『モウシヌ』なんて電報がポツカリ新潟の方から来たりするんださうだ。早速目星をつけて行つてみると宿屋の二階で寝てゐると云ふ次第さ。連れて帰る。叔父さんも喜んで帰る。また半ケ月位すると出て行つて下の関あたりから電報が来たりするんださうだ。少年の頃なんど全く頭のいゝ子だつたと母なんか話してゐたがね。ところで顔を隠すから醜いのかと云ふと、さうぢやなかつたさうだ。実に、良い顔をしてゐたと云つてゐたよ。あんな奇麗な奴は無かつたと母なんかよく云ふ位だよ。箱根の山中で賊に逢つたてな事も話してゐたが、そんな人だから、ど

うせ十里でも二十里でも歩いて行つたのかも知れやしないさ。でも始終顔を隠してゐるんだからたまらないやね。ところが顔を隠すには隠すんだが昼でも外へ出るやうになつたんだとさ。で、皆癒るのだらうと思つて喜んでゐると或日例のやうに大阪へ行つて来るから金をくれと云ふんだつて。それつきりだつたんだね。それが叔父さんの二十三の春なんだ。もう一昔《ひとむかし》になるが行衛不明で、未だにわからないいんだ。母は、もうきつと死んでゐると云ふんだが、僕はどうもさう思へないいんだよ。堺警察署の署長が叔父さんそつくりだ、なんて聞いて、若し署長にでもなつてゐるのかとさへ思つて面会を求めに行つた仕末なんだよ。

実際僕は未だに死んだとは思へないね、が一昨年の夏だつた。川津と云ふ海岸の町へ写生に行つた事がある。余り良い風景でもなかつたが、半ケ月許り滞在して帰つた。その二町程沖に大きい渦の巻いてゐる所があるんだね。渚に立つて見ると、黒く海水のなつた所が、その渦なんださうだが、其処へ落ちたら最後未だに死体の上つた験しが無いと云ふんだ。そして其の町の人に聞くと、丁度身なりも年恰好もテツキリ叔父さんに相当した人が死んだらしいと云ふ事を聞いたんだ。そんな事は母には話さないが。いやそれでも矢張り生きてゐるやうな気がするもんだね。

× × × × ×

ふいと話が変るが昨夜ね。窓の外から便所を貸してくれと云ふ人があるんだ。ガラスを透けてみると、絣《かすり》の着物らしく見えるから学生だらうと思つて、よろしいと云つたんだ。所が有難うと云つて帰つて行く姿を見ると、癩病人のやうに眉も落ちたらしい奴だつたらしいいんだ。無論はつきり見たわけではないのだが――

『そんな奴が来たんなら、その便所は、もう倒すがいいよ、いやだね』

と彼は、すぐ言つた。

それにしても彼は此の一体つかみやうのない友達の叔父さんに就いて、其の原因は無いかと尋ねて見た。

『失恋した事もあると言つてゐたよ』

彼はそんなとつつけもない事を原因等と認める事は出来なかつた。彼は友達が案外叔父さんに同情のない話をするのが、何か自分がののしられてゐるやうに不満だつた。

色々と質してみたが、その原因は到頭わからなかつた。反つて何んだか自分の事を尋ねてゐるやうな気がして、自ら話題はそれて了つた。

もううす暗い頃であつた。

彼がアトリヱに帰つてみると、小包が届いてゐた。彼は意外な喜びにこおどりし乍ら、すぐ庭へ持ち出して封を切らうとした。

と、紙がボロボロとくづれて了つた。彼は怪しみ乍ら尚も中をひき破つてHgxを取り出さうとした。ずつと中の中迄包紙はボロボロになつてゐた。

それどころか、中から取り出した薬袋は褐色に焦《こ》げついて、Hgxを包んである薬包紙は真黒になつてゐた。

彼は全く意外に打たれ乍ら、薬包紙を一つ一つ大切に拾ひ上げようとしたとたんに、皆不用意に土地へこぼして了つた。

彼は全く暗くなつた庭に、ほの白いHgxの紛末を見入り乍ら、又深い懐疑に囚はれて行つた。

明日の日にも警察から自分を捕へに来はせぬかと思つた。勿論叔父だつて猛毒であるだけに、ひどく医師法違反で拘引されるに違ひない。弟だつて、そのまゝですむ筈が無い。

彼は、とりかへしのつかぬ事をして了つたと云ふ気がした。けれ共少しの間だつてHgxを持たないではもう安心の出来なくなつてゐる自分をも知つてゐた。

『どうせ、斯うなつたら、破れかぶれだ』

彼は斯う思ひ返し乍ら、阿片耽溺者が国禁を犯して一服の阿片に絶望的な快感をむさぼるやうな心持で、すぐ電報を打つ事にした。

『クスリ　クロコゲ　ウマクハヤクオクレ』

彼は若し罪に問はれるやうな事があつたら、全部の責任を自分が背負つてやらうと決心してゐた。又さうすべきであると思つた。

勿論これは刑事上の問題だから、さう簡単にはすむまいが。

彼はアトリヱの鍵を下ろしてから、又色々と想像をめぐらせた。

真暗な暗室で、或る不可思議な化学的光線によつて、小包の外面の包みは傷けないで、中味だけに熱の焦点を集めて完全に焼却して了ふ光景が、目の前に展開された。

けど、果して当局者は、それ程の好意を持つてくれるだらうかと思つた。きつと小包に何か細い管でもさし入れて、中の粉末の少量を取つて試験してゐるに相違ない——若しかすると、その少量のHgxが大切な犯罪の証拠品として、何処かの研究室か何かで、今頃は試験されてゐるかも知れないと思つた。まあ何れ十日位の内には、どうにかなつてくれると、彼は殆ど、やけ気味の気分で思つた。

十五

それは粉末の振蕩音が聞えたので爆発薬かと思つて焼いてあつたに相違ありません。今度は雑誌に挟んで十分と上から糸で巻いてありますから、そんな恐れはないと思ひます。けれ共十分兄上に於ても注意して下さいませんと、若し他人が飲んで死んだり、又は兄上が中毒でもした節には、叔父は勿論私達全体は刑罰に触れるのです故、出来るだけ用心願ひます——数日してから斯う云ふ手紙が弟から届いた。その後、警察からは何とも言つて来ぬ。――彼は数日来の苦しい心づかひから逃《のが》れたやうな軽やかな気持になつたが、今度は一日でも早く小包が着けばいゝになあ、と思ひ続けた。窮屈な手を袂から出してしらべてみると、叔父の書斎から盗んだ古るぼけた医書には明瞭に次のやうに記載してあつた。

――Hgx 急性中毒

口腔、咽頭、胃粘液の腐蝕、銅の如き味感を覚え、咽頭狭窄の感、灼熱、嘔吐、下痢を発し、脈膊頻促不整、顔面蒼白を呈し、虚脱に陥りて斃る。――慢性中毒。水銀性赤痢と名づけ血便を下し著名なる裏急○○を発す。屢々、汞毒性歯齦炎、泌尿減少又は絶止、口内炎、貧血痲痺、精神障害を来し斃る――彼は叱られるやうな気持で、いそいで本を閉ぢて目をつぶつた。『恐ろしい空想の病気』を払ひのけて、それ程に強く生きたい彼の欲求は、しかし必然に『中毒で斃れねばならぬ』と云ふ絶望的な彼の最後を暗示してゐた。

(「新公論」大正10年6月号)

埋葬そのほか

葛西善蔵

前川の忠僕嘉七は、今日の弔詞を、小学校の老校長先生に頼みに行つた。

『村では誰も読まない?……何、無言の弔詞? あの連中そんなこと云つてゐたか。しかし誰が読まなくても俺だけは読むつもりだ。尤もあの連中たちとしては、見殺しにしといて、今更死んで帰つたからい丶わで、読まれもしまいて。生きて帰られたら皆困る連中たちばかしだからな。それにしても嘉七さんもえらく力を落したな今度は……』と、老先生は嘉七を慰めて云つた。

『まつたくどうも。……生きてさへゐて呉れたら、いつかまたどうにかなる、さう思つて待つてゐたんでしたが、あゝ骨になつて帰て来られたんでは、どうにも仕様がごわせん。わしは滅多に夢なんか見ない質なんですがな、此頃はよく旦那の夢を見るんで、このあひだの晩も、二人で山へ行つた夢を見ましてね、旦那が雉を一羽射落して、わしが腰にさげて帰つて来たんでしたが、あの山神堂の裏まで来ると、雉が二羽だつたと云ひ出しましてね、わしがいくらさう云ひましてもね、どうしても二羽だと云つてわしをひどく叱りつけて、あんな優しい旦那だつたのにそれは腹を立てましてね、しまひにはとうとうその一羽もわしがいくらあやまつても聴かないで、雪の上へ棄てさせたんでしたが、雪の上へ棄てるとその雉の咽喉から真紅な血がドロ〳〵流れ出たんでね、わしは眼がさめてからも厭な気がされましたが、何しろ旦那もこゝの病ひだつたと云ひますから……』と、嘉七は深い溜息をついて言葉を切つた。

『正夢と云ふ奴だつたらうさ』と、老先生も眼をつぶつて云つた。

前村長、前三等郵便局長、前信用組合長、前何々の前川弥吉氏の粗末な葬式の行列が、主家も土蔵も取毀されて離れの一棟のだゞ広い屋敷の前から、十二月半ばの雪路を、村の下手の方へ繰り出された。官林材の払下げに村の元老株四五人と共謀して一寸とした利益を貪つたことが曝露して、この二月に彼一人が責任者として郷里を出奔し、長い漂泊の揚句二三日前東京で骨になつて帰つて来た――形ばかしの小さな輿が、紋服に袴の股立高く取つた、嘉七の日にやけた太い首筋に吊りさげられて、カンカン――ヂヤラリン〳〵と、婆さん達の和讃念仏の声に送られて、嘉七の夢の場に現はれた山神堂側のだら〳〵坂を山麓の共同墓地へと運ばれて行つた。青年団と小学生の養生会から寄贈――それも老先生の厚意からの晒し白布の二本の旗が淋しい影を往来で見送つた人々の胸に投げられた。十七の娘を頭に末が六つの四人の子供たちを始め、送葬者の焼香が済んだところで、詰襟服に足駄履きの老先生は壇の前に出て、ガツシリした身体の腕を張つて、咳一咳と云つた調子で読みあげた。

君の人格、君の素養を以てしては、これから本当の仕事が出来るべきであつたのに、轗軻不遇不幸にして旅で、まだ四十と云ふ年で、死んで来たと云ふことは、まことに残念で、哀悼に堪えない次第である。――斯う云つた意味のことが、明晰な調子で読みあげられたが、そこまで来た時に、老先生の調子が一段と張りあげられた。

『……或は、君近時の行動に対し、妄りに漫罵酷評を加ふるものあれど、蓋し、真の声名は棺を蓋ふて後始めて定まるべく、君の真実の人格が今後に於て始めて理解せらるゝに到るべきは予の確く信じて疑はざるところ、君また衷心省みて一点の疚しきを覚えざりしならん。幸ひに瞑せよ!……』

老先生の声も、張られた腕もブル〳〵震へて見えた。村へ来て三十年、未だに独身生活を続けて居る老先生が、これまで斯うした不幸な不遇な弟子達のために、幾度斯した弔詞を読んで来たか! 薄給の中からひそかに見舞ひの金を送りつゞけてゐたのは彼ばかしではなかつたか!……無言の弔詞連中も、さすがに殊勝らしく頭を垂れてゐた。……

遺失

死ぬ二十日程前だつたが、十一月の下旬で、その時は私はある文壇的な祝ひの会へ出席するため鎌倉を出て行つたのであるが、彼を見舞ふと、その時分にはもう彼は階下の便所へ起つのも不自由な程衰弱してゐた。長い漂泊の旅から帰つて来て、五月の初旬私を鎌倉に訪ねて来た時、彼は郷里へ帰るつもりだつた。今彼の看護に当つてゐる彼の従弟の庄治君と、彼が私を訪ねて来た前の晩帝劇へ出かけて、偶然郷里の方の人と会つたが、その人から彼の弟が流行感冒で死んだと云ふ話を聞いて、郷里へ帰る決心になつたのであつた。がそれが後で虚報だつたことがわかつたが、しかし彼の方でもまたやつぱしその時帰る決心を鈍らしてしまつたのであつた。彼はやはり東京へ引かゝつてしまつた。

八月の初旬だつたが、彼はまた郷里へ帰る決心になり、郷里から出てゐたH代議士を日比谷附近の旅館に訪ねて行つて御馳走になり、旅費の金を貰つて、九時過ぎ頃日比谷公園を通つて帰つて来た。暗い、蒸すやうな暑さの晩であつた。彼は池の傍のベンチに腰かけて、噴水の音に、自分の生命の放散して行くやうな悲哀の甘さを感じた。復活の望みのない社会的廃人——彼はさう自分のことを思つた。そしてまた、たゞ時の問題である不治の病気のことを思ふと、彼はやはり郷里へ帰つたつて仕方がないと云ふ気がされた。彼等は自分の帰郷を悦ばないであらうが、地獄では、自分の友人たちや肉親の人たちやが、どんなにも歓迎して呉れるに違ひない。自分に取つては最早生は執着ではない。死は恐怖ではない。……

二十五歳の時、彼は父への反抗から妻子を棄てゝ出奔した。大正三年村長時代に公金の流用問題で失脚して満洲へ逃げた。今度は三回目である。彼は今度の半年近くの漂泊の間絶えず死の恐怖に脅かされて来た。生きては帰れまいと云ふ予感に脅かされて来た。しかし、どんな未来が自分を待つてゐて呉れる……?

噴水のしぶく音は、生命の放散の甘さから彼を眠りに誘つた。彼は何十分かさうしてうつら〳〵してゐたが、突然白絣にパナマ帽の男に荒々しく揺り起され、無理無体に引張られて行つた。普選問題で喧ましい時分であつた。彼の鞄の中には発売禁止になつた雑誌の切抜や、某顕官の名刺など這入つてゐた。それに彼は偽名を使はねばならぬ事情に置かれてゐた。彼は穏しく南京虫と蚊に責められて、朝々の白い光に指を繰つて二十五日○○署の留置場で送つて来た。

此世の人間と思はれないやうな、歩く力すら失はれたフラ〳〵の姿になつて、彼は神田のある工場に働いてゐる従弟の庄治君を訪ねて来た時は、彼の脚は丸太棒のやうに腫れあがつてゐた。それから十二月の中旬息を引取るまで、彼は庄治君夫婦の借間の四畳半で惨めな病床の人であつた。……

その晩私は庄治君の御馳走になり、酒を飲みながら遅くまで彼の枕元で話した。気分には変りがなく、言葉の調子も元気であつた。帰る時私は彼から日記帳と書翰紙に三十枚位ゐ書いたものを渡された。それは今度の事件の内容と漂泊中の旅日記であつた。事件に出て来る人達は私もよく知つてゐた。彼が失踪中に事件の解決をつけて、彼を迎ひに来るべき筈だつたのだが、その解決がまだ附けられてなかつた。私は彼の手記を材料として揶揄的な対話風なものを書くつもりだつた。そこには、憎むにも憎まれないやうな、しかしそれは不正であり虚偽であるに違ひないやうなことが平気に鈍感に行はれてゐる私の地方の生活相は、私の揶揄性を刺激するものがないでもなかつた。

彼はまづ郷里から東京――京都、城崎温泉、山陰線で出雲、松江、東郷温泉、倉吉町、鳥取市、――京都、大阪、――船で門司、小倉、八幡、福岡、二日市温泉、太宰府、久留米、別府、四国の多度津、琴平、八嶋、――岡山、大阪、京都、東京、鎌倉、東京――

大体斯んなやうな順序で、彼は三月余りの遍歴の旅を重ねて来た。その詳しい旅日記であつた。二つともが私自身の為めにも、また庄治君の豊かでない、家計の為めにも差迫つて役立てなければならない重要なものでまた彼が四十度近い熱の身体から絞り出された執心の産物でもあつた。

『もつと詳しく書くつもりだつたけれど、此頃少し疲れてるやうで、よく書けなかつた。それにあの連中たちのことを書くんだと思ふと、余りいゝ気持ぢやないからな』と、彼は淋く笑つて云つた。

十二時近くなつて、私は早稲田の終点から電車に乗り、飯田橋で下りて神楽坂の友人の下宿へ泊つた。朝、ご飯をたべてしまふ時までも私はそのことに気がつかずにゐたが、『オヤツ、ゆうべたしか持つて来たやうな気がするが……』と、私は気がついて急に狼狽しはじめた。『しかしゆうべは随分酔つてゐたから、持つて来たつもりで置き忘れて来たのかも知れない』斯うも思つて見たが、気が気でなくなつた。私は神楽坂から戸塚まで、胸をドキ〳〵させ、眼も眩みさうな気持で、膝頭がガタ〳〵するやうな恐慌に圧倒されて、駈けるやうに歩るいて行つた。駄菓子屋の店先きから案内も乞はずミシ〳〵する梯子段を登つて行つたが、庄治君の細君が留守で、彼一人仰向いて寝てゐた。

『私ゆうべこゝへ風呂敷包みを置いて行かなかつたでせうか？』と、私は障子を開けるなり突立つたまゝで云つた。彼もハツと嚇かされたやうな顔して、

『いや、たしかにこゝを出る時は持つて行つた。あなたの手帳といつしよに風呂敷に包んで持つて行つたが、外套のポケットへ這入らないやうなので、随分酔つてゐたやうだから途中どうか知らとは思つたが、兎に角こゝを出る時は持つて出たですよ』と、喘ぐやうな調子で云つた。

『やつぱしそれでは電車の中だつたかなあ、出て呉れるといゝがなあ、……兎に角車庫へ行つて検べて見よう』

私はもうすつかり落胆して、煙草も吸はずあたふたと出かけようとすると、

『オヤ、雨が降つて来たやうぢやありませんか。洋傘を持つて

行つたらいゝでせう』と、彼に注意されて見ると、窓の外の曇つた空からポツリ〳〵落ちはじめてゐた。

彼が旅で持ち馴れた洋傘を出して、サックを抜き取らうとしたが、あわて切つてゐる私にそれが容易に取れない。彼は見兼ねた態で、『どれ〳〵、僕取つてやらう』斯う云つて、はじめて床の上に起きあがつて、痩せ細つた腕に力を込めてたうとう抜き取つたが、

『しかし、あまり心配せんがいゝですよ。僕気分がよかつたら、明日からでもまた書いて置くが、しかしあの連中たち、あなたに書かれたくなつたのかも知れないな……』

彼は斯う云つて、ぢいつと、私の顔に、彼としては私の方を却つて気の毒――さう云つた意味だつたやうに思はれるが、ぢいつと視入つた彼の深く暗く落込んだ眼――魂の苦悩の暗さ深さを覗かしてゐるやうな眼に、はじめて気づいて、冷めたい不安な予感に襲はれた。しまつたことをしたぞ。油断だつた。恐らく彼自身も死に対して油断してゐるのだ――

私は早稲田の車庫から丸の内の本社へも廻つて調べて見たが、やつぱし出て来なかつた。私はそれから雨の中を会主催の講演会へも聴講に出かけ晩餐会へも出席した。三百名に近い盛大な晩餐会であつた。眩ゆきばかりの席上、趣向を凝らした余興――さう云つた間に在りながら、私の心は洞窟のやうに暗く陰気だつた。

越年

叔父の骨を送つて、二十幾時間汽車に揺られて、私は郷里に帰つて行つた。そして三晩通夜をした。そしてまた二十幾時間上野まで乗り、鎌倉の室を借りてる寺へ帰つて来た。伜の清吉は一人でいろ〳〵な恐怖の妄想に襲はれながら、私の帰りを待ち侘びてゐた。

私は悲嘆と疲労とでほとんど病気になつた。それでなくつてさへ、私はいろ〳〵な生霊とか死霊とか云うやうなものを信じなければならないほどに不幸な惨めな生活をして来てゐる自分のことだから、帰つて来ると、半月ばかしの間、明け暮れ、彼の死霊と語り合つてゐた。それが感傷的な慰めでもあつた。酒でも飲むと、ポロ〳〵涙がこぼれた。叔父は都会で窮死同様な死方をして行つたのであつたが、しかしニコ〳〵の往生だつた。そのニコ〳〵顔が、私にはかなり強い死の魅力であつた。

大晦日があと二日と迫つた日、私は清吉をつれて、叔父の死霊に励まされて、東京へ金策に出かけて行つた。大晦日の日は朝から雪降りであつた。私は降りしきる雪の中を、ほとんど狂気のやうになつて、一寸ばかし顔を見知つてる位ゐの人のところへも出かけて行つた。乞食だと思はれたら、乞食でもよろしい。詐欺師だと思はれたら、詐欺師でよろしい――そんな気持で私は押かけて行つた。しかも私は最後の最後までも失望しなかつた。死霊のニコ〳〵顔がついて廻つてゐた。私は始終励ま

され慰められてゐた。彼は生前私の唯一の保護者であつた。彼の死霊が決して私を失望に終らせないだらうと云ふことを、私は信じない訳に行かなかつた。

が悉くが徒労に終つた。私はすつかり疲れ切つて、空腹と痛い脚を引ずりながら、清吉ひとりを残して置いた山の手の宿の方へ帰つて来た。その時途中で、ふとK医院と云ふ電燈の下の表札を認めて、私は脚をとゞめた。一寸した門構への家で、院長の若い医学士とは私は叔父のところで二三度会つてゐた。

『こゝだつたのか……』斯う思つた刹那に、私は死霊の誘惑にかゝつてゐた。叔父がたうとうこゝまで私を導いて来たと云ふことに、私は深い因縁を感じない訳には行かなかつた。叔父の御礼も申し上げる義務がある——斯う云ふ理由に考へ及んだ時、私は猛然として勇気づけられた。そして私は院長に面会を求めた。もう十一時近い時刻であつた。

三十を越したばかしの、血色のいゝ、髭の美しい、金縁の蔭に細い柔和な眼した、大島揃ひの院長は、看護婦に案内された明るい診察室に、一寸ばかし待たせて、這入つて来た。彼は微醺を帯びてゐた。家庭の幸福、新年の希望——さう云つた無限に楽しげな気分のものが、彼と共に這入つて来た。私は私の死霊の影が急に薄くなつたのを感じて、狼狽した。

『此間中はどうもいろ〳〵と御厄介になりまして、お蔭で葬式も済まして……』と、私はかつと逆上せた気持で狼狽した調子で云つた。

『いやどうもいたしまして、まことにお気の毒なことでした。何しろ私の診た時分にはもうすつかり心臓の方がいけなくなつてゐたので、それでないとまた方法もあつたのでせうが、何分にも少し手遅れになつてゐたやうでしたから……』

『何しろ当人があの通り観念し切つてゐるので、どうにも仕様がなかつたので、やう〳〵あの時分になつて医者に診せると云ひ出したやうな訳で、それまでは何と云つても聴き入れなかつたので、当人もまさか死ぬとは思つてゐなかつたでせうから……』

『いや私も最初にあがつた時でしたが、熱が四十度を超えてるのに、今日は少しばかり気分がわるいやうだと云つてた位ゐでしたからね、あの病気は最後まで気分がはつきりしてますからね、うつかりすると素人の方は油断をしますから』

『まつたくどうも、まさか死ぬ病人だとは思つてゐませんでした。何しろあの通り観念し切つてゐたので、あれも一寸えらい男だつたのでしたが、ある事情からつひあんな死方をして行つたのでしたが、私は実に残念で……惜しい人間だつたのですが……私はつひもう毎日……』

私はつひ斯う云ひかけたが、医学士の怪訝さうな瞬きに気がついて、私は言葉を呑んだ。そして何かしら身のまわりが振りかへられた。狼狽と困惑が感じられた。——何う云ふつもりで俺は這入つて来たのだつたらう?……金を借りる?……オヤ〳〵変だぞ——私はすつかり狼狽してしまつて、二つ三つペコ

〳〵頭をさげて、こそ〳〵と門の外へ出て来たが、雪の中で叔父の死霊が、生前滅多に見せたことのなかつたひどく陰気な仏頂面を見せて、私のことを『馬鹿！』と怒鳴つた。

獲物

一月以来私は毎日、空気銃の練習で日を送つて来た。それは、生の忘却――と云つたやうな意味で私には有益なことであつた。贅沢酒と睡りと空気銃――私はそれで、充分に満足してゐた。贅沢を云つても、それは及ばないことであつた。

四月半ばの日曜日だつたが、私と清吉とは町の方へ雀を撃ちに出かけて行つた。最初のうちに清吉の方がうまかつたが、学校があるので、それに私の病的な練習ぶりから、此頃では私の方はずつと自信を得てゐた。それで、当然彼の方が私のポインターの役目をすべきであつた。

材木座の別荘にA君が創作をしに来てゐた。そこの底へ雀が沢山来ると云ふので、私たちは前から訪問を約束してゐた、私は今日こそは自分の技量を実地に試して、大いにA君を驚かしてやらうと思つた。

八幡前の、石の鳥居のすぐ傍の電線に雀が一羽とまつて、そつぽを向いてチヨン〳〵啼いてゐた。『清吉！』と云つて私は彼の担いでゐた銃を取つて、覘ひを定めてプスツとやると、ピクツともせず陽炎立つた日光の中を羽をひろげて落ちて来た。三角ダマが尻の方の柔かい部分を突抜けて、傷口にちつとばかし血が浸染んでゐた。

『うまいもんですなあ、……何を覘つてゐたのかと思つた』葉桜の間の往来をぞろ〳〵やつて来た遊覧客の一群が傍に寄つて来て私の技量を賞讃した。

小町の方へ曲つて、往来に向いた茅葺屋根の棟で春の悦びを交換し合つてゐるそのどちらだつたかに覘ひをつけて、プスツとやると、囀り声がシーンとしたと思ふと、コロツと一羽転がり出したが、途中で引かゝつてしまつた。私たちはだいぶ屋根上を恨めしく眺めて待つて見たが、諦めて一町ばかし歩るいて来ると、後から子供が『今落ちて来たから』と云つて追かけて持つて来て呉れた。私は少年の親切を謝した。今度のは眼玉を完全に射抜かれて血が吹き出てゐたので、少し残酷な感じであつた。それからA君の別荘へ行く途中ではみな射損じてしまつた。

A君のところには近所に住んでゐる友達のS君が遊びに来てゐた。S君は本当の鉄砲を持つてゐた。A君のところへは東京から友人達が遊びに来ると云ふので、十二時幾らの汽車へ迎ひに出て行つた。その間本営の鉄砲を持出して来たS君と私たちは、裏の山へ登つて鵯の声を追かけたりして遊んだ。やはり時間を持て余してゐるS君は、昨年の暮に買つたのだが、まだ二三度しか持ち出してないと云ふことだつた。

『やはり一人では、相手がないと憶劫だらうから、今によくうちのポインターを馴らして置きますからね、そしたら日曜に貸しますよ』と、私は清吉をからかつたりした。

『何か獲つて見た？』

『いや、この前たつた一羽鶯見たいな鳥を撃つたがね、脚の方だつたものだからまだ活きてゐてね、口を開けて抵抗する風をしたりしてね、気味がわるかつた』

『そいつを喰べて見た？』

『いや喰べなかつたね』

『なぜ喰べなかつたかねえ』と、私は惜しい気がされた。

東京から来たA君の若い友人の三人と、年頃の令嬢と、女学校へ入つたばかしの女学生二人と、A君S君、私たちといふ大勢で、海岸の方へ繰り出して行つた。何と云ふ四月のいゝ天気、いゝ海、いゝ人達であらう。すべてが輝かしく、爽かであつた。鬱積した、溷濁した、老廃した私の魂にも、新鮮な悦びを感じさせた。S君が眩しく陽炎立つた空中に向つて、一発パーンと放つた。そして彼等は一斉に滑川の方に向つて駈け出した。彼等には若さがあり、健康があつた。A君の友人のO君が、クリーム色のパラソル翳した令嬢と肩を並べて何事かを語り合つて行く姿も、美しい絵のやうに思はれた。私たちはめい〳〵に鉄砲やステツキを兵隊のやうに担いで、滑川の海岸のトロツコの線路の橋の上に並んで立つて、持つて来た小型の器械で写真を撮つた。鎌倉ドンキホーテ――A君は私の姿をさう評した。由井ケ浜では団体の宴遊会の幾組かゞ、各趣向を凝らした余興を演じてゐた。


長谷で遅い昼飯を済して、電車で藤沢へ廻る一同と別れて、私と清吉とは長谷の通りを自働車や馬車の埃りを浴びながら帰つて来た。私はかなり疲労を覚えたが、しかし愉快な一日であつた。清吉は細紐で頸を結えて、日光と人目を避けるためその上を新聞紙で蔽ふた獲物をさげて、やはり疲れた様子の歩きぶりであつた。彼等と別れて、私たちは何となく哀愁を感じた。それを紛らさうと云ふやうな気持から、私はまた途々撃つて見たが、最早当りさうもなくなつた。

『もうせめて二羽位ゐほしいものだな。一羽づゝではほんの一寸だらう』と私は云つた。

『いや僕は喰べなくてもいゝよ。お父さんだけ喰べるといゝ』

一体が気味わるがり家の彼は、眉を寄せるやうにして云つた。

『いやお前も喰べて見るさ。そりやうまいよ。喰べて見たことがないだらう？……早く帰つて僕が料理をするからね。A君に聴いたやうに、まづ腹を割いて、それから鋏で両方の肋骨をパチン〳〵と鋏んでそれを開くと臓物がそつくり出て来るさ、それを醤油をつけて焼いて喰べるんだね。そりやうまいだらう……』

料理をすることも面白さうだし、斯んなに簡単に撃てるのだからこれからは毎日お湯へ来たついでに二三羽づゝもセシめて行つて、貧しい晩酌のお膳に珍味が添えられること、思ふと、二十五円と云ふ大金を奮発した甲斐もあり、数ケ月練習の効も空しくなかつたと、清吉の理解を超えた私には満足があつた。

練習に棄てた何千発と云ふ弾丸が惜しい気がされた。実地の方だともつと早く上達もしたであらうし、相当の獲物もあつた訳で、酒と眠りには獲物と云ふものがないが、此方は一挙両得の働きをする結構な物だと云ふことに、新らしく気がつかれた。今夜の晩酌がいかにうまく飲めるだらうかと、私は清吉の倦怠の色に気が咎めながら、胸の中に空想して楽んだ。

私たちは行きつけの小町の裏通りのお湯へ這入つて、それから師範学校の前を通つて八幡様の境内へ這入り、参詣の舗石道のあたりまで来た時、

『お父さん、雀が一羽しきやないよ……』と、清吉は顔色を変へて云ひ出した。

『一羽しきやない？　そんな筈がないぢやないか！　お前が気をつけないものだから落して来たんだろう。いつだつてお前はさうぢやないか、物事に対しても実に粗略で、不注意だよ……』と私はすつかり不機嫌になつて、殊にさつきからの彼の倦怠ぶりが気に触つてゐたところだつたので、私は口を尖らして怒鳴つた。

『さうぢやないんだけど、……さつきお湯屋を出る時はたしか二羽あつたと思つたんだけど……』と彼はすつかり怯えた顔して、引返して捜して来ると云つた。

『ぢやあ、あそこの師範の石橋のとこまで行つて見て来い。それで見つからなかつたら帰つて来い！』

私は彼の駈け出して行く後姿を見送つて、云ひやうの無い暗鬱な嘆息が感じられた。不幸な惨めな感じであつた。お互ひに惨めで孤独な私たちの生活の間では滅多に来ないであらう今日の楽しかつた一日の終りに、斯うした予期しなかつた不幸な破綻が待つてゐたのであつた。私は彼を憫れむと同じやうに自分を憫れまずにゐられなかつた。

『なかつた……』と云つて、彼は悄然として帰つて来た。

『ないものは仕方がないね……』と、私たちは黙り合つて歩き出したが、境内と往来の境の小さな流れの橋まで来た時に、

『そいつも棄てつちまへよ……』と云つた。

夕方の迫つて来たこぶくろ坂を、二人はいつまでも暗く黙り合つて、帰つて来た。練習だけにとゞめて置くべきであつた――いつまでか二人の記憶に今日の雀一羽のことが刻み込まれるであらうと云ふことは、私には遣る瀬ない後悔であつた。

お神籤

『一度は流寒で死んだと云ふ噂さまで立てられたが、その時も助かつたし、情死では死損ふし、やつぱしまだこの娑婆に縁があつたのですね。まつたくモルヒネの量にも間違ひがなかつたんだから、それで二人とも助かつてゐる、……ほんとに医者も不思議がつてゐましたよ』と、死んだ弥吉氏の弟のT君は、相手の女と二人で撮つた写真や、まだ商売に入らない前の女だけのやら旅鞄から出して、私に見せながら云つた。

『成程、かなりの美人だ。これ位ゐだとやはり一等格の方でせ

うね。そして、今もやはりいつしよに居るんですね。細君たちとはすつかり離縁になつたんださうですね……』

『いや、女はまだ年が明けてないんですよ。いつしよに居るなんてのは世間の噂さですよ。女のおふくろや弟たちとはいつしよにゐるんですが……』

『それにしても離縁とは、細君たち可哀相ぢやありませんか……』

『そんなことあるもんですか！　年の若い自分が云つては変なものだが、死なうとまで思ひ詰めて来るとそりや妻子のこと位ゐ何でもないもんですよ。あなたなんか経験がないからでせうが、そんな点では実に不徹底な気がしますね。あなたの書くものなんかでも、そんな点では随分歯痒いところがあると思ひますね』と、彼は冷の調子で云つた。

弥吉氏の葬式が十二月に村で行はれたのだが、M市の情人の実家に潜伏してゐたT君は、たうとう葬式にも出て来なかつた。が今度幸ひに、県教育会から補助のある教育活動写真の興行権――そんなやうなものを握ることが出来て、その用事で出京したのであつた。

『そりや死んだ者の方がどれほど幸福だか、有りたけの財産を悉く使ひ尽して、何も無くなつたところで旅でこつそり死んで帰る――兄ほど幸福な人間はないぢやありませんか。生き残りの自分なんかこそ不幸だ。死ぬには死なれず……しかし今度は大いにやるつもりです。さう云ふ方にかけては今度の女は性格的に非常によく出来てますよ……』

『さうだと結構ですね』と、私も云ふほかなかつた。

やはり丁度昨年の五月の初旬頃だつたが、弥吉氏が漂泊の旅から帰つて来て一晩泊つた時、二人で半僧坊のお神籤を引いたが、弥吉氏は吉で、私は五十四番の凶であつた。その時弥吉氏は何と思つたか、私に『あなたは女難の相があるから注意しないといけない』と云つた。

私はその時のことを思ひ出して、T君にすゝめた。彼はひとりで出かけて行つたが、九十六番の大吉を引当てゝ、『素敵々々！』と云つて帰つて来た。

『これで益々前途有望と云ふ訳かね。大いに貴人の庇護を得ん、と云ふところもすつかり当つてますね。残り者の果報で、兄は身代りに死んで呉れたんだらうし、さう思ふと、兄の死も有難いことになるかな。兎に角大いにやりますよ、……大吉！　大吉！』彼は恭しく額にいたゞき、情人の写真の間に大事に挟んで、二晩泊つて雨の中を昂然として帰つて行つた。

教育活動――兄の死――情死未遂――お神籤――仏殿の前で彼を見送つた私は、何かしら不安定な暗い苛立たしいやうなものが残された気がして、仏殿の前の地面にむごたらしく崩れて雨にたゝかれてゐる牡丹の花弁を眺めては、しばらく立つてゐた。そして、神意に占はれた彼の前途を祈りたい気になつた。

――十年五月――

（「改造」大正10年7月号）

棄てられたお豊

保高徳蔵

一

お豊は長らく潜つたことのない銀行の扉を排して中に這入つたが、同じやうな窓口が幾つもあるので思はず一寸の間立ち迷つた。

『もし〳〵、何か御用ですか。』

巡査と駅員とをちやんぽんにしたやうな洋服のお爺さんが、彼女の様子を見て傍へやつて来た。お豊は思はず小腰を屈めて、

『へえ、一寸この』と、手にしてゐたふくさ包みを解いて、当座預金の通帳を取出しながら、『この通のお金はまだこちらさんに預けたあるか、お伺ひしとおまして……』と云つた。

『あ、さうですか、それならあの三番目の窓口でお訊きなさい』と、お爺さんは気軽に教へて呉れた。

『へえ〳〵、さよごツか、おおほきに』と、彼女は二三度立て続けにこまかにお辞儀をした。

三番目の窓口には色の生ま白い、若い銀行員が頻りと、何か大きな帳面に書き込んでゐた。

『あの、一寸お訊ねしますが』

お豊の声に、その若い男は初めて気がついたやうにこちらを向いた。

『この通《かよひ》のお金はまだその儘ちやんとこちらさんに預けておまツしやろか』と、彼女は云ひながら、通帳を窓口へ差し出した。

『はあ、一寸お待ち下さい。』

若い銀行員はかう云つて、また別の大きな帳薄を取出して仔細に調べてゐたが、やがてこちらを向くと、云つた。

『山本さんの預金はもうすつかりお出しになつて、利息が五十三銭残つてゐるきりです』

『はあ、さよでツか。』と、お豊は思はず言葉を途切らせたが、気がつくと、『それでは何時頃みな出して終ひましてん』と訊ねた。

『先月の十七日に五百円出されたので、すつかりお終ひになりましたのです』

『へえ、先月の十七日、すると七月の十七日でんな?……いや、おほきにお邪魔いたしました』

お豊はかう云つたかと思ふと、相手が変な顔をして見てゐるのには頓着なく、ツイと戸外へ出て来た。一時に地面がぐら〳〵と動くやうな気がした。滝村屋の女将に注意されてからは、一寸疑つても見たが、六年間も関係があつて二人の子供まで出

来て、上の子は生まれるなり山本の家に引き取られてゐる間柄だから、それに、あの山本の人物から考へても、正歟そんな人の悪い騙しやうはしまいと、外の点では兎に角、この通帳の事だけは信じてゐたのに……さうだ、これもあの狐の差し金に相違ない、と思ふとくら〳〵と眩暈がした。

『かうなつたら、石に噛りついてでもど狐の、お島の住居を捜し出して、山本をとつちめてやらなくちや……』と、彼女は一人で歯咬みをした。

『先月の十七日に五百円出してお終ひになつた……』と、彼女は銀行員の言葉を思ひ出した。先月の十七日、十七日、さうだ、高津さんの宵宮の日だ、山本が、伊勢の海で石炭船が三艘沈没して、相憎保険が附してなかつたので十幾万円の損失を蒙つたから、とても今迄通りにはやつて行けないから一時別れて呉れ、と萎れた様子で話して、あの千五百円の銀行の通帳を何かの時に使つて呉れと差し出した。その前の日なんだ……いつもよく行つた境内の湯どうふやが祭でこむだらうからと、新世界の電気風呂へ行つたので日はよく憶えてゐる……あの前の日に、すつかり預金を引き出して終つて、置いてあんな嘘を云つて、空《から》の通帳を渡してくさつたのだ。それを知らずに、相手の言葉を信じてホロリとして、自分一人で屹度子供を育てゝ行くから、この金はあなたの商売の方へ廻して下さいと云つたことを思ふと、滅茶苦茶な腹立と、相手に対する憎しみとが、頭に突き上つて来るのを感じた。

お豊は知らぬ間に停車所を通り越してゐるのに気がついた。が、今更引返す気になれないので、次ぎの停車所まで炎天の下を歩いて行くことにした。見ると、何時の間に包んだのか、空の通帳を大切にふくさに包んで、パラソルの柄と一緒に握りしめてゐた。

『糞つ！』と彼女は、ふくさの一端をつまむと、その通帳を地面へたたきつけた。撒水車の通つた後のじく〳〵の地面に、通帳の表紙が烈しい日光を受けてくつきりと白く見えた。彼女はそれに眼もくれずに一二間向行き過ぎたが、また気を変へて、後戻りをしてそれを拾ひ上げた。『証拠になる』かう口の中で呟きながら、帯の間から塵紙を取り出して、丁寧に泥を拭ふた。往来の人が二三人、怪訝な顔をして彼女の行為を眺めてゐたが、彼女はそんなことを気にもとめなかつた。

『あの狐のお島奴が……』と、彼女はまた歩き出しながら、烈しい憎悪の籠つた眼つきで空に浮んだ競争者の顔を睨みつけながら呟いた。

今年の二月、今度の子のため大きくなつて来たお腹の始末がどうにも出来なくなつて、滝村屋を無断で飛び出して山本に囲はれるやうになつてからでも、お豊は、山本が外の藝妓に手を出すのは別に何んとも思はなかつた。けれど、自分の後へお島が仲居に這入つたと云ふ事を耳にした時は、何んとも云へない、不安とも疑惑ともつかない、厭はしい心持を感じたのであつた。『女梅ケ谷』と云はれてゐる肥つちよの、大女の自分とは異つて、少し狐面ではあるが、ぬける程色の白い、藝妓の中には余り見られない程眼鼻立ちの整つた、そして柳腰の細つそりしたお島——豊田屋にゐた時分、女嫌ひと云ふ評判の高かつた北浜の野島と云ふお客を咬へて振るやうに迷はして終つた凄腕のお島が——、自分の後へ滝村屋の仲居になつたと聞くと、何故とも知れず怪しい程胸が騒いだのである。

『あんた、外の人はよろしいが、あの人にだけは関《かゝ》かんなはんなや』と云つて、お島が顔に似合はず腕の凄い毒婦であることを、いろんな実例を挙げて話した時、

『わしもかの女のことはよう知つてる……それに仲居にはお前でもう懲り懲りした。』

山本はかう云つて、彼女の言葉を取り上げもしなかつた代り、お島に対してもそれ程深い興味を感じてゐるやうには見えなかつた。遊び馴れた男のことであるし、自分の心配が根も葉もないことであるしするので、その時はそれきりになつたが、まだ心配になつたので、その後も山本に逢ふたんびに二三度注意をしたが、

『馬鹿な女《をんな》ごやな……お島一人が女ごでもあるまいし、そんな阿呆らしいことはえゝ加減に止めんかい』と窘められた。

それつきり山本を信じて何も云はなかつたのが、何時の間にかこんな事になつてゐたのだ。

そのお島が相手であるだけに、しかも、その相手の入智慧で侮辱も侮辱、こんなひどい騙され方をしただけに、彼女の心は尚更わく〳〵となつた。そんなこととは知らずに、山本が損をして苦労をしてゐるのに、自分がまた茶屋勤めをするでもあるまいと思つて、山本から貰つた銀行の金は一切手をつけずに子供の養育費にあてゝ、自分はミシンの稽古をして、それに依つて暮して行かうなんて殊勝な考をしてゐたのを思ふと、口惜しくつてならなかつた。

心斎橋のミシン会社へ行く途中で、久し振りに滝村屋へ寄つて、その話をすると、

『へえン、ミシンの稽古？ 何んぼ肥えてるか知らんが、おまはんも余つ程血のめぐりが悪いな、お島がお前の二代目をやつたのに気がつかんのか』と、女将に嘲けられた。

女将の言葉は、無断でそこを飛び出した彼女に対して、ざまを見ろと云ふやうな嘲りがあると同時に、一度ならず二度までも自家の仲居を唳かされた山本と、それからお島とに対する報復の手段として彼女を煽動してゐる処もあつた。しかし事実は、女将の話以上に効果があつた。お豊は、女将の嘲るやうな調子にはムツとしたが、聞いて行く中に我を忘れる程、話に熱中してしまつてゐた。

仲居は藝妓程自由が利かないために、二人の間に工夫されたいろ〳〵なシーン——それは嘗て自分も山本と演じたことのある、仲の好い藝妓に旨を含ませて置いて、遠出を口実に好きな事をして楽しんだ。宝塚や箕面の料理屋の静かな座敷のことが、眼に見えるやうに浮んで来た。また自分も、買物にでも行くや

うな様子でそつと家を脱け出して、待ち合はしてゐた山本と二人で俥を列ねて、ちやんと用意の出来てゐた妾宅へ這入つたやうに、天下茶屋のどの辺かの家へ這入つて行つたお島と山本の姿が忌ま〳〵しく眼の前に現はれたりした。

かうした考が、お豊の頭の中を電気のやうに駈け廻つた。彼女は、今度は停留所の前でハツと気がついて、折よく来合はした電車に乗り込んだ。が、切符を切つた車掌に『どちらです』と云はれながら、茫んやりしてゐて、家のそばの停留所を急には云へなかつたりした。

『お母はん、今帰りました』

家の玄関を上る時には、故意に元気よく云つたが、座敷に通ると流石にがつかりした、暫くは物も云へなかつた。

『どうぢやつたえ？』

この六日から、子供の面倒を見るために郷里から来て呉れてゐる腰の曲つた母親は、心配さうに彼女の顔を見上げながら云つた。

『悪い奴や、やつぱり銀行の通ひも贋やつた』と云つた時、思はず眼頭に涙が浮んで来た。

『お、、』と云つた母親の顔も俄にひき緊まつたが、後は何とも云はずに、彼女の顔をぢつと見詰めてゐた。

『何んちう畜生やろ、ほんまに……屹度仇を取つてやる』

『……………』

『騙すにも事を欠いて、手切金に銀行の贋の通を渡したりしやがつて……こつちが何んぼ無学な女やと云ふたかて、あんまりや』

『……………』

『屹度あのお島のど狐の入智慧だつたせ、見てやがれ、今に思ひ知らしてやるさかい』

お豊は一人言ともつかず、母親を相手にともつかず、こんなことを云ひながら、たうとう泣き出して終つた。

『これお豊、そげん泣くもんぢやない……これも災難ぢやと思ふとりや、腹も立つまい……そげん気にして体に触ると悪いけえ』

母親はおろ〳〵しながらかう云つてお豊を宥めた。宥められると、お豊は一層悲しくなつて来て、咽び上げて泣いた。

二

『横沼しま、横沼しま』と、頭の中で繰返しながら、お豊は軒別に片つ端から家々の表札を見て歩いた。相手のお島に自分の姿を見られてはまずいと思つて、なるべくパラソルで人眼を避けるやうにして歩いた。

高が天下茶屋だ、番地位ゐ分らなくても、一軒残らず捜して歩いたつて知れたものだと、好い加減にしてやつて来たけれど、さて歩いて見ると中々広かつた。最初、阪堺電車の北天下茶屋で下りて、そこからぼつ〴〵捜して歩いた。彼女は停留所から住吉街道の方へ行く道を歩いて行つたが、その中に如何にもお島の家がありさうな横町に出くわして、曲つて見たがなかつた。で、その先きを歩いて行くと、また望みのありさうな横町に出くわして曲つて見た。が、やはりなかつたので、またどん〳〵行つた。しかし、その中に今迄素通りにして来た横町のことが気になり出した。駄目々々、天下茶屋中をもれなく捜さうとしてゐるのに、こんな歩き方をしてゐては何にもならないと思つて、彼女は、今度は秩序的に家の立ち列なつた一廓をくるつと一と廻りして、それから次ぎの一廓に移ることにした。この歩き方は成程洩らす処なく見て行けるが、仲々捗どらなかつた。それでも次ぎから次ぎへと現れて来るいろんな名前の表札の中に、今にも『横沼しま』とした表札がふいと現はれて来るだらうと云ふ異常な期待にひきづられて、根気よくいつまでも歩いた。

いつか正午も過ぎてゐて、天の真上に来た太陽はカツと烈しい光で照らしてゐた。道が白く乾いて、その反射といきれとがむん〳〵と顔に迫つて来た。さらでも肥満した、人一倍暑がりやの彼女の顔は真つ赤にゆだつたやうになつて、拭いても〳〵たら〳〵と汗の滴が頬にも首筋にも流れて来た。ハンカチフは疾つくにびしよ〳〵になつてゐた。一時になつても二時になつても、食慾は更に起らなかつたが堪らなく喉の渇きを感じた。

とある横町から、一寸した通りに出た時、行く手の方に真新しい氷屋の幟がチラチラと動いてゐた。

『御免やす』と、お豊はのつそり這入つて行つた。家を出てから数時間、一と言も物を云はなかつたのと、口の中がカラカラになつてゐるのとで舌が重くて動かしにくかつた。

『へえ、おいでやす。何いたしまへよ』

近所への出前をこしらへてゐた中年増のかみさんが愛嬌よく云つた。

『レモン一つお呉れやす』

『レモンでつか、へえ』

やがて、かみさんは出前を十三四の女の子に持たしてやつてから、レモンをこしらへて、

『おほけにお待つたうはん』と云つて持つて来た。

彼女は一と口たべて見たがかす〳〵で、渇きを癒すには何の効果もないので、

『すんまへんが、おひやをお呉んなはらんか』と云つた。

『お冷やでつか、』かう云つて水差しを持つて来たかみさんは、お豊の真赤な顔を見て、『今日は中々厳しうござりますな』と云つた。

『へえ、今時分戸外を歩くとまるで焼きつけられるやうだす』

『さうでつしやろ、私等家に居りまして汗でづく〴〵になりますよつてにな』

こんな会話の中に、ハツと気づいたので、

『えらいつかん事お訊ねしますが、二十日程前に、この辺へ横沼と云ふ家が宿がえしてけえしまへなんだか』と訊ねた。

『横沼はん……さいでんなア』とおかみさんは小首を傾けて、

『一向存じまへんなア、この御近所ではどこも二十日程前に宿がえしておいでになつた処はござりまへんが』と云つた。

『さうでつか……も一つお呉れやす』

『へえ』

かみさんは出前を持つて行つて帰つて来た女の子にも訊ねて呉れたがやはりなかつた。

お豊は幾分か涼しくなつたのに元気を得て、また歩き出した。しかし行つても行つても『横沼しま』の表札は見つからなかつた。たま〳〵横と云ふ字が眼につくと、ハツとなつて全身の神経を眼に凝らして見て見るが、横田とか、横井とか、横川とかで、横沼と云ふのは一軒もなかつた。あの横川の川が沼であつたら、など、考へたりした。

かうして夕方までに、南海線、阪堺線、住吉街道と、並行して南に走つてゐる線路と街道との間を、南海線では玉手駅の近くまで、阪堺線と住吉街道では阿部野神社の南の方まで、家の立ち列んだ一廓一廓を洩れなく捜して歩いたが、どうしても見つからなかつた。それまでにも二度氷屋へ這入つた。そしてそこでも訊ねて見たが、矢張り得る処はなかつたのだ。影つて、だん〳〵涼しくなつて来た日は、その中に暮れて来た。まだ住吉街道の東手の山手と、南海線の西側の方とが残つてゐた。気が張り切つてゐるので、足の裏が少し痛むだけで体の疲れは更に感じなかつた。それより、どうしてゞも見つけ出してやりたいと云ふ一念で、かうして軒別に表札を見て歩いてゐる中の方が、苦しい程にいきり立つた心を幾分圧へることが出来るので、お豊にとつては日の暮れるのが残念でならなかつた。

彼女は、とあるレストランへ這入つた。が、不思議に食慾が起らないので、ミルクセーキを二杯飲んでそこを出た。足はいつか踏切を越へて、南海線の西側の方へと歩いて来てゐた。とつぷりと日は暮れて、涼しい風は頰をも汗じんだ着物をも冷やした。軒燈のある家、軒燈はなくつても、格子の間から簾越しに家の中の様子がよく見える家などがあるので、結局、それ等を仔細に見て行く方が、涼しくもあり、お島に見つかる憂もなしするので、お豊には都合がよかつた。ピアノの音の洩れて来る門構への家や学生の詩吟が聞えて来る家やがあつた。また、涼しさうな座敷に、浴衣がけの体を楽々と横へてゐる男の姿や、縁側で団扇を使つてゐる女の姿の見える家もあつた。お豊は、さうした光景を見ると、この天下茶屋の何処かに、お島の奴もやはり今頃は浴衣がけで涼しさうに寝そべつてゐるか、それとも、山本と二人で……と思ふと、汗じんだ着物の儘、まだ湯にも這入らずに草履ばきの足をぱた〳〵と運ばせてゐるみぢめな自分の姿を思ひ合はせて、ひとりでに苛ら苛らとして来るのであつた。

十一時が過ぎた時分、流石にがつかりと疲れはてゝ、絶望的な思ひを抱きながら、お豊はとぼ〳〵と天下茶屋の停車場へ這入つて来た。どつかりとベンチに腰を下ろすと、重い石を抱かされたやうに、もう身動きするのも厭やになつた。パラソルを杖に、柄の端に両手を重ねて乗せて、その上に額をあてがつて眼をつむると、体が腰掛けたまゝ深い奈落へ沈み込んで行くやうに思はれた。一日汗みづくになつて捜し廻つて、捜し得ないと云ふことが、どう考へても残念でならなかつた。この天下茶屋の何処かにあのお島が、自分をこんな目に逢はせて置きながら、ぬく〳〵と寝そべつてゐるかと思ふと、口惜しくてならなかつた。

夜更けて電車から吐き出される、大阪の方からの乗客は大抵酒気を帯びてゐた。どやどやと改札口を出て来た乗客の足音に、ふと顔を上げるなり、『おや』と思つて、お豊は急にまた顔を伏せた。松井と云ふ××銀行の重役で、彼女が滝村屋にゐた頃は、外に相手をする者がないので、彼女と二人でよく酒の飲みつくらをしたお客であつた。暫くしてそつと見て見ると、彼方に気がつかなかつたかしてすた〳〵と停車場の外へ出て行く処だつた。

『さうだ、あの人の家は天下茶屋だつた。大方、滝村屋からの帰りでゞもあらう……それにしてもこんな姿をよく見られなかつたものだ』と、お豊は一人で思つた。と同時に、チラとある考が心に浮んだ。『若しかして山本が何処かで一と遊びしてお島の処へ来るとすれば、丁度時刻は今頃になる』かう思ふと、急にまた心が軽くなつて、それからは来る電車、来る電車の乗客を仔細に注意しだした。

次第に電車と電車との間が長くなつて行つた。そして四辺はしんと静になつて来た。お豊は扇でぱた〳〵と蚊を追つたり、蚊に刺された額や足をぽり〳〵掻いたりした。やがて終電車が可成りの乗客を吐き出して行つた後は、再び静になつた。

『あとは新聞電車や』かう彼女は一人言つた。もうとても望みはなかつたけれど、こゝにも軒別に家々の表札を見て歩いた時と同じ、行きつく処まで彼女を引きずつて行かねば置かぬと云つた心持が彼女を引き止めてゐた。

それから二時間経つた。新聞電車は、静まり返つた四辺の空気を破つて轟々と走つて来て、停車すると、明日の新聞紙と若干の乗客を下して、その儘また烈しい響きを残して行つて終つた。四辺はまたしんと静まり返つた。彼女は一人取り残されたやうな暗い心持を感じた。もう朝まで帰るにも帰られないと思ふと、家に残して来た子供や母親のことが初めて心に懸つて来た。朝、家を出がた一寸抱いて乳を呑ませた切りの子供の体の軽い重みや、乳臭い臭ひが、懐しく腕や鼻に感じられた。また、昨日銀行から帰つてから彼女の昂奮した様子に心配してゐた母親が、彼女が夜になつても帰つて来ないのに益々心配して、今頃は郊外の淋しいあの家に一人で眠りもせずにゐることを思ひ出した。自然に涙が頬を伝ふて来た。

彼女は駅員達の思惑が憚られるので、戸外へ出た。そして、的もなく真夜中の淋しい町をとぼ〴〵と歩き出した。静かな、暗い道を、自分の足音を聞きながら歩いてゐると、頭が冴えて、いろんな事が思ひ出された。

富田屋の小静と云ふ変り物の藝妓に、二人の間を取り持たれて、初めて山本と送つた箕面の料理屋の静かな夜のことが思ひ出された。何年も色街の空気を呼吸してゐながら、それ迄は山本の前に出ると小娘のやうに急に堅くなつた、山本に対する自分の心持が顧られた。あの小静は、その後北浜の株屋に落籍されて島の内に囲はれてゐたが、その近所の家の息子の洋画家と恋に陥ちて東京へ駈落をしたま丶今は何処にゐるか知れない。そして自分は今こんな思ひをして、この暗い町を一人で歩いてゐる――こんな事を思ふと、お豊はまた涙がこぼれた。

無意識に歩いてゐながら、彼女は何時の間にか停車場へ帰つて来てゐた。もう切符売場の窓も閉ぢられて、駅員の姿も見えず、場内はガランとしてゐた。彼女は流石に疲労を感じてベンチに腰を掛けた。

三

翌朝、八時頃にお豊は郵便局の詰所で配達人に教へられた通りに歩いて行つた。こんなに訳もなく分るのだつたら、何故もつと早く気がつかなかつたのだらうと、昨日の苦しみを思ふにつけ、余りにカツと逆上《のぼせ》過ぎて分別がなくなつてゐた自分をおかしく思つた。

成程、ポストの角を東へ曲がると、直ぐ赤いペンキ塗の煙草屋の看板が目に着いた。お豊はそれを見ると忽ちわく〳〵となつた。パラソルで顔が隠れるやうにしながら、その向いの家を見て行くと、紛れもなく白い瀬戸物の表札に『横沼寓』と云ふ黒い字が浮き出るやうに彼女の眼に這入つた。彼女の心臓は聞える程烈しく鼓動した。彼女は不意にパツとパラソルで顔を隠して通り過ぎて終つた。そして十間程行つて立止まつて振返つて見た。小じんまりとした格子造りの平家が、朝の光の中に見られた。こ丶なら、昨日ついそのポストのある角の住吉街道を通つてゐたのだのに、僅か五六軒横へ曲がつてゐるために見つからなかつたのだ、と思ふと、歯がゆさにむづ〳〵と全身が顫へた。でも今は、捜しあぐねたその家が漸く見つかつたと云ふ意識に、気分も心も急に緊張した。

今にも格子戸がガラガラと開いて、しやれた身装をしたお島が出て来はしないかと、用心深くパラソルを楯に、ドキンドキンと波うつ胸を抑へながら、彼女は引返した。そしてポストの角まで来ると、暫くぢつと佇んでからまた引返して見た。しかし素通りしたゞけでは家の様子が分らなかつた。三度四度と、お豊は一時間程の中に七八度もその前を往復した。そして、幾度も躊躇した後、彼女はたうとう決心したと云ふ様子で煙草屋の店先きに立つた。

『なにお上げしまよ』と、四十前後のかみさんが云つた。

『敷島を五つ程おくんなはれ』

彼女は煙草を受取ると、それをハンカチフに包んでから、

『えらいつかん事を伺ひますが、向いの横沼と云ふ家は、二十

日程前に宿換して来たんやおまへんか』と云つた。

『へえ、さよでおます』と、かみさんはぢろ〳〵彼女の顔色を見ながら云つた。

『主人は二十四五の、色の白い、体つきの細つそりした女《をな》ごやおまへんか』

『さうだす』

『あツ、そんならやつぱりさうや』と、お豊は急に砕けた態度で、『実は、うちの人のこれ（と小指を出して）らしいおますね……どんな人が出入りしてます』

　かみさんは急に好奇心に満ちた眼つきをして、薄笑ひをしながら云つた。

『三十五六の髯の生へた、立派な人がちよい〳〵来やりまつせ』

　お豊はかみさんの態度を見て、心に『しめた』と思ひながら云つた。

『背の高い、眼鏡をかけた？』

『へえ〳〵』と、かみさんは頷いた。

『そんなら、もう間違ひはない』と一人言つてから、急に調子を改めて、『えらい怪つ体なお願ひをしますが、後生でおますさかい、お宅の二階を暫く貸して貰へませんやろか。決してこちらはんの御迷惑になるやうなことはせえしまへん。一寸、様子を探つて行きたうおますのでな……ほんまに、決して御迷惑はかけまへんさかい』と、熱心の色に浮べて頼んだ。

『へえ……さうでんなア』とかみさんは不意をくつて躊躇するやうな返事をした。

『ほんまにお願ひですわ……実は昨日の朝から捜しに来て、昨夜は天下茶屋のステンシヨで夜通ししてしもて、今朝郵便局で聞いて漸う見つけたとこだすねん……どうぞ助けると思ふて暫く貸しとくなはれ』

　お豊はかみさんが逡巡してゐるのを見てとると、拝むやうな手附きをして云つた。かみさんも、それには断り切れなくなつて、

『そんなら何にもようお関ひ致しまへんが』と云つた。

　上りしなに十一二の男の子が机に向つて図画を描いてゐたので、お豊は五十銭紙幣を四枚紙に包んでその子に握らした。かみさんは礼を云つて窓際に座布団やお茶まで持つて来たりした。

　一人になると、お豊は眼を瞠つて、向いの家を覗込んだ。奥の庭に、何やら植木が一杯あつて、それにパツト日光が射してゐるので、格子の隙間の簾越しに家の中が見透せた。つや〳〵した畳や壁に植木の葉の青い明るい反射が映つてゐて、奥の間と台所との間に掛けられた浅黄の模様の麻の暖簾が、中の二つがたぐり上げられ、垂れた両端が、吹き込んで来る風にゆら〳〵と揺れてゐるのが、如何にも家の中を涼しさうに見せてゐた。そして暖簾の間からチラ〳〵見える、目の通つたらしい桐の箪笥や大きな姿見から見ても、山本がお島のために金目を惜しまずに出してゐることが察しられた。お豊は、山本の懐の都

合も察して、控目に〳〵として、あの郊外の長屋建ちの狭い家で、一本の箪笥ももたずに締つた生活をしてゐる自分のことを思ふと、またむら〳〵と烈しい衝動を覚えた。猜ましさを通り越した。身の焦げるやうな憤怒がお島の上に走つて行つた。無情な山本が呪はしかつた。

お島の姿は、何の蔭になつてゐるかして見えなかつた。女中らしい女が、縁側を拭いてゐる姿が一寸の間見えたが、間もなくそれも見えなくなつた。

何処かの時計が十一時を報じて間もなくであつた。魚屋が廻つて来た。十五六の色の黒い女中が見に出て這入ると、今度は藍地の浴衣にくつきりと白い衿足を見せたお島が出て来た。お豊はくら〳〵と眼が眩みかけたのをヂツと抑へて、手に汗しながら、息をはづませて壁格子の窓から覗いてゐた。お島はあれこれと見てゐたが、女中が大皿を持つて来ると、魚屋に太い章魚の足を一本切らせた。

『何んぢや、章魚の足をたつた一本しか買はんのか吝嗇《けち》な奴やなア』と、お豊は満身の憎悪を籠めて、腹の中でお島を罵つた。あの流儀で、鼠が物を引くやうに山本からいろんな物をせびり取つて、蓄め込むのだらうと思ふと、その狡いやり方に堪らなく気がいら〳〵したりした。

昼飯には、近所からおすしを取寄せて貰つた。午後二時三時頃になると、昨日からの疲れが出て思はずとろ〳〵となつた。

永い日がそろ〳〵影つて来た。流石にお豊もこの退窟な仕事に厭きて来た。それに山本が来ない限りどうしやうもなかつたし、此家の人達の迷惑さも考へられた。昨日の朝から出たつ切りの家のことも気になつた。

『まあえゝ、家さい分つてゐたら……』

お豊はかう自分に呟いて、かみさんに礼を云つて煙草屋を出た。

お豊は、家の一丁も手前で、母親ばかりのもつ本能で、烈しい赤ん坊の泣き声を耳にした。彼女は駈るやうに急いで行つて、家の格子戸を開けた。

『そら、お母ちやんが帰つた。そら、お母ちやんが帰つた』

烈しく泣き立てる赤ん坊を抱いて家の中をうろ〳〵しゐた母親が、老の眼に涙を一杯ためながら、かう云つて上り框の上に立つた。『お母はん、えらい済んまへん……おゝ、よし〳〵、可憐さうに、お乳が欲しいのか』と云つて、お豊は母親から子供を抱き取ると、もう一度『おゝ、よし〳〵、坊やを放つといて……悪いお母ちやんやな、よし〳〵』と云ひながら、子供をひしと抱きしめた。

四

次ぎの日は体がぬける程だるかつた。昨日まであんなに張り詰めてゐた心も、今日は重くて何をする気にもなれなかつた。子供の傍にごろりと横になつて、お豊はうつら〳〵と取止めのない物思ひに耽り詰めで、母親に対しても碌に口も利かなかつた。

『お豊、そげん考へ込まんがえゝ。不実な男にいつまでも未練をもつと関かり合つてゐるより、悪い夢を見たと諦めて、気を広ろもつて、早よう忘れてしまふ方がお前の体には徳ぢやけえ』

母親はお豊の心持を心配してかう云つた。お豊はかう云はれると、思はずカツとなつて、さも穢らはしさうに、

『お母はん、おいとくなはれ。誰があんな奴に未練なんぞおますもんかいな。』と、吐いて棄てるやうに云つた。

けれど、『憎い山本、憎い〳〵山本、』と思ひながら、知らず〴〵いろんな記憶を心の中に繰返してゐる中に、訳の分らない涙が一杯眼にたまつて来るのであつた。彼の女のために別れ際に、空つぽの銀行の通帳を摑ますやうな事さへするやうになつた男の心を思ふと、以前のいろんな記憶がしみ〴〵と心に迫つて来ずにはゐなかつた。こんな事もあつた、あんな事もあつた、かう思ひながら、心がふと現在に返へると、忽ち深い底へづしんとづり込むやうな気がして、思はず眼が潤んで来るのであつた。

兎に角、云ふだけの事は云つてやる。殊にあの通帳の事に対しては何んとも弁解の辞はないだらう――と思ふと、余り酷いことをしたと、今になつて、寝覚めが悪くて後悔してゐる山本の姿さへ想像せずにゐられなかつた。

次ぎの日も一日ごろ〴〵してゐた。

けれど、その次の日には、もう、またぢつとしていられないやうな、せか〳〵した心持になつてゐた。

午後の一時頃には『山本商店石炭部』と金看板の掛かつた、安治川の山本の事務所へ、子供を背負つた彼女は這入つて行つた。

『へえ、お出やす』と、白い詰襟の洋服を着たボーイが丁寧にお辞儀をしながら云つた。

『御主人はおゐでだすか、一寸お眼にかゝりたうおまして……』

『どなたはんでおます』

『辻井やと云ふとくれやす』

ボーイは奥の方へ引込んだが、直ぐ出て来た。

『只今一寸お留守でおますが』

お豊はボーイの顔色で、それが嘘だと云ふことを見てとつた。

『はあン、お留守でおまつか。そんならまあ帰つて来やはるまで此処でゆつくり待たして貰ひまつさ』

彼女は誰が何と云つても取り上げないぞ、と云つた態度で云つた。ボーイは怪訝な顔をして彼女をぢろ〳〵眺めてから、また這入つて行つた。と、直ぐ、

『やあ、誰やと思たらあんたゞつたのか……そんなとこにゐんと、まあ〳〵こつちへ』と云ふ声がした。

見ると、吉田と云ふ山本の店の一番々頭であつた。以前は山

本のお伴でよく遊びに来たので、お豊も知つてゐた。彼は、応接室の中から不意に彼女の前に現はれたのであつた。

『まあ、あんたあんたどうなはつたんです。子供を背負ふて、こんな事務所へ来たりして』と吉田は白らばつくれて云つた。

お豊には、吉田の態度がまだ気に喰はなかつた。で、応接室の椅子に掛けると、

『へえ、一寸他人に云へん訳がおましてな、大将が留守やつたら、帰つて来やはるまで此処で待たして貰ひまつさ』と、図々しく構へ込んだ。

吉田はいろ〳〵に云つて彼女を宥めて帰さうと骨を折つたが、お豊は一切取上げなかつた。で、彼もたうとう匙を投げて出て行つた。

お豊は暫く一人で待つてゐた。ものゝ半時間を経つた頃、扉が開いて、山本が造り笑ひをして這入つて来た。

『あゝ、来たんか、お前』

『へえ、千五百円も騙りにかゝつて食べて行けまへんさかい。この子を引取つて貰ひに来ましてん』と彼女は皮肉に云つた。

『騙りとは厳しいな』と山本は苦笑した。

『騙りやないと云へますか』

『いや、まあ待つて。あれはそんな悪気でしたんやない。実はあの時、丁度詰つてゐたので、まあお前の気休めにあれを渡して置いて、後で現金と引換へる積りやつたんや』

『フン、ようそんな白ら〳〵しい事が云へまんな……お島のど狐の差金で人を騙して置きながら。聖天坂のあの狐の巣は一体何んだす。こつちには何も彼も証拠が上つてまつせ』

お豊の声は知らず〳〵大きくなつて行つた。山本は四辺にきよろ〳〵気をかねた。そして彼女の傍へ近寄ると、狡るさうな笑を洩らしながら、

『まあ、さう怒んないな』と云ひつゝ、彼女の手をぎゆつと握締めて、『後でお前の気が済むやうに、ゆつくり話をするが』と猫撫で声を出した。

お豊は右の手に、以前にも憶えのある、山本の手の生ま暖かい触感を感じたが、この浅薄な誘惑が、今は却つて汚らはしかつた。

『離しとくなはれ』と鋭く云つて、彼女は山本の手を振り払つた。『昔のお豊と違ひます。誰がそんな甘い手に乗るもんか。色魔』

扉《どあ》をノツクして吉田が這入つて来た。

山本のこんな様子と、お豊の怒に燃えた眼つきとを見較べながら、吉田は、

『どうしたんです』と云つた。

『いや、大分昂奮してるやうで話がしにくいねン。わしは一寸行て来るによつてに、後をよろしく頼む。よくこの人の話を聞いてな』

山本はかう云ふなり逃げるやうに行つて終つた。

『なあ、お豊はん、どうしなはつてん。さう怒らんとわてに一

応詳しい話をして貰へまへんか。わても男だす。屹度誓つてあんたの顔は立てたげますよつてに……』

吉田がこんなに、いろ〳〵と彼女を説つたが、お豊は相手にしなかつた。

五

一時間後には、お豊は天王寺の山本の住居へ行つて、四年前、前の子供を引取られる時に会つた事のある山本の細君と向合つて話してゐた。彼女は、四年前自分の子供を細君の手に渡す時、断然山本と手を切つて終ふと細君に誓つた誓を破つて、千円の手切金を持つて山本と、方々遊び廻つてその金を費消して終つたが、それも山本の強請に依つた事、それからつい先月まで関係が続いてゐて、二人の間には二人目のこんな子供も（と、抱いてゐる子供を見せて）出来てゐる事、それにまた山本がお島と云ふ毒婦に関係して、天下茶屋へ囲つてゐる事、それがため自分に銀行の贋通帳を摑ませた事などを、続け様に話して、極力山本の行為を罵倒して、この子も一緒に引取つて呉れ、と云ふ話を持込んでゐた。

この話は、細君にとつては全く籔から棒らしかつた。

『まあ、さうでつか』と云つて、細君はギクリとした。そして『えへ、へえ』と彼女の話に返辞をしながら聞いてゐる中に、顔色がすつかり蒼褪めて行つた。彼女の話が終つた時には、『まあ、そんなことがおましたのか』と云つて、眼を閉ぢて俯向いてしまつた。

話してゐる中に、またしも山本に対する反感がこみ上げて来たお豊は、細君の出方に依つては、喧嘩の一つもする気になつてゐた。場合に依れば、抱いて来た子供を突きつけて帰つてやらうと云ふやうな気にもなつてゐた。で、この細君の弱々しい様子には少々意外な感がして、手持ち無沙汰に、ぽかんと眺めてゐた。

暫くして細君は顔を上げた。その時には、細君はやつと込み上げて来る感情を抑へてゐるらしかつた。

『お豊はん、まあよう云ふとくなはつた。山本があんたを騙して、そんな贋の通帳を摑ましたりしたことは何んとも申訳がおまへん。わてからもお詫びします』

『奥さん、何もあんたが詫まりはやはるやうなことはあれしまへんで……』と、お豊は多少まだ喧嘩腰に云つた。

『山本がそんな情ないことをして呉れると、矢つ張りわての恥にもなりますよつてにな……こら、どうしてわてからも詫まらんなりまへん』と、細君はニッと微笑をして、『あんたも腹が立つやろけど、どうぞわてに免じてかにんしとくなはれ』

『…………』お豊は黙つてゐた。

それから細君は、自分の立場も考へて見て呉れと云つて、穏かな、何処までも相手を怒らせないやうな云ひ廻し方で、四年前に千円の手切金を渡して、お豊の子供を引取つたのも、自分にとつては可成りな苦痛だつたと云ふ事や、それに夫が別れると誓つて置きながら、あれから四年間も関係を続けて来て二番目の子供までこしらへてゐて、その上また別に女を囲つて、お豊に対してあんな浅間しい嘘を吐いたと云ふことを聞かされる自分の心持はどんなだか察して呉れと云つた。

かう云はれると、お豊は一言もなかつた。

細君はまた山本の嘘に対しては、自分が屹度責任をもつていゝ処置をとるし、子供もお豊の足手纏ひになるのだつたら、山本と相談して引取つてもいゝ、自分は石女で前に引取つた子供一人切りでは淋しいから……と云つた。

お豊は、まだ〳〵云ひたい事が胸に一杯塞がつてゐるやうな気がしてゐるのに、何も云へなかつた。云はうと思つても云ふべき言葉が急に頭に浮ばなかつた。細君は、お豊が萎れて来たのを見ると、彼女の膝から子供を抱き取つて、

『まあ、可愛らしいこと……この子も兄さんに生き写しだんな』と云つた。

それを聞くと、お豊には急に前の子供に合ひたいと云ふ慾求が起つた。

『慎一はどうしてます』

『あの子は、乳母やがついて、今日は隠居の方へ行つてます』かう云ひながら、細君は『あゝ、よしよし、あんたは兄さんに生き写しやな……さうか〳〵、よし〳〵』と、子供をあやした。

子供は無心にニコニコ笑つた。

『笑つてる……まあ可愛いらしい……よしよし』と、細君は如何にも子供好きらしい相好をして、頬ずりした。

お豊は、見てゐる中に、子供をさはられでもするやうな気がむら〳〵と起つた。上の子が隠居の方へ行つてると云ふことも嘘だ。自分が這入つて来た時には、確に奥の方で子供の声がしてゐた……と辟んだ心持が起ると、急に、この子も呆りすると細君の手に永久に奪はれてしまふだらうと云ふ気がして、ゆつくり細君に抱かさせてゐるのも惜しまれた。

『そんなら、どうぞ私を信じて待つてとくれやす。屹度、悪いやうにはしまへんさかいな。呉れ〴〵も私から頼んます』

かう念を押す細君の言葉に頷きながら、お豊は奪ひ返すやうに子供を抱き取つて、山本の家を辞した。彼女には、もうどうしていゝのか分らないやうな気がした。彼女の眼には、細君の睫毛の長い聡明さうな茶色の眼と、お島の二重瞼の大きな眼とが、入れまぢつてチラチラと浮んで来た。

六

二三日経つてからであつた。

――拝啓、先日はわざ〳〵のお越しに何のおあいそもなく失礼いたし候。扨て山本様のことに就き是非お前様と御相談いたしたき事これあり候間、この状着き次第、私方まで御越し下され度、待ち入り候。

と云ふはがきが、滝村屋の女将から来た。

お豊は早速出かけて行つた。

『お豊か、えらい早よ来られたな』

女将はかう云つて、もう小皺のよつた面長の顔をニコニコさしながら彼女を迎へた。

『はがきを見るなり早速飛んで来ましてん』とお豊も愛想笑ひをしながら云つた。

女将の相談と云ふのは、山本から、『嘘を吐いたのは誠に悪かつた、就いては細君からの注意もあるので、お豊の顔を立てるために千五百円の金は現金で渡すし、子供も細君が欲しがつてゐるから、お豊の方で足手纏ひになつて困るやうであつたら、何時でも引取るしするから、これで山本との関係はすつぱりと断つて呉れ』と云ふ事を頼まれてゐるのであつた。

『なア、おまはんも、相手がそんな気になつてんねやよつてに、そんだけのお金でも取つてすつぱり思ひ切つてしもた方がましやで……なあ、さうし。お金もわてが預かつてるよつてに、おまへさい承知したら今直ぐ渡したげる』と云ひながら、女将は手提金庫を持つて来て、封をして、板のやうになつた十円紙幣の束を彼女の前に置いた。

『わていもあんな男に何に未練がおますもんか』と、お豊も気さくに云つたが、紙幣の束を見ると、もうこれで万事がお終ひかと、流石に淋しい気がした。

『そんなら承知やな……おまはんがさつぱりとさう云ふと呉れると、わても重荷が下りるわ』女将はかう云つて、小婢《おちよぼ》に硯箱を持つて来さした。『そんなら先方へ見せんならんよつてに、一と筆書いてんか』

『そんなん、わてよう書きまへんが……おかみさん、あんた何んなと書いといとくなはれ』

『さうか、ほんなら書いたげるよつてに、名前だけおまはんが書きや』と云つて、女将はさらさらと巻紙に筆を走らせてゐたが、やがて、『こんでえゝか……一とつ金壹千五百円也、右手切金として正に受取申し候。就てはこれからはあなたの事にて一切かれこれ申さず候間一札如件』

『へえ、結構だすとも』と云つて、お豊は女将に云はれた場所へ棒切れを列べたやうな字で、『大村とよ』と書いて、太い親指の爪印を押した。

『さあ、これでえゝ』と云つて、女将は小婢《おちよぼ》に硯箱を片附けさした。

それから暫く、いろんな世間話が出た。話は自然とお島の上に落ちて行つた。けれど、女将は、今日は余りお島の悪口を云はなかつた。お豊は、山本の手から女将に充分な附け届がしられてあることを感じて、またむらむらと猜ましくなつた。けれどそんな気持はぐつと抑へて、

『兎に角、あの人は凄い腕だんな、わてらとてもあの人と太刀打ちが出来まへんわ』と云つた。

女将は笑つてゐた。

『山本はんも』と他人行儀に云つて『あの人に仕込まれたら、見てる中にやり手になりやはりまつせ……これまで、手切金に

贋の通《かよひ》を摑ますやうな性の悪いことをしやはつた事はなかつたんやが』と、お豊は、さもそれはお島の差金らしく云つた。

『あらお前、まともにとつたらいかんで』と女将は山本を弁護するやな口調で、『何も千五百円位のお金が惜しいてあんなことしやはつたんやない……今やよつてに云ふが、あら芝居やつたんや』と云つた。

『芝居て、何んの？』

『まあ、おまはんも悟りが悪いな、別れてしまふためにやがな』

　お豊は暫く黙つてゐたが、不意に石のやうな表情をして、

『すると、わてがひつこうて離れへんさかい、怒らしてしまふつもりでしやはつたんだつか』と云つた。

　彼女は魂のしんが凍りつくやうな気がした。今迄の狂人じみた行為もみな、彼等の予定した圏内でぢたばたしてゐたに過ぎないのだ、それ以上に彼はもつと冷酷だつたのだ、と思ふと、もう物も云へない程、彼女の無智な心は打砕かれて終つた。


（「早稲田文学」大正10年7月号）

竹内信一
（結婚に関して）

瀧井孝作

一

　信一に松子は、荻田と別かれた事を聞かせた。信一の居間で、彼女は傍に座蒲団を控へたなり畳に膝を置て、其話をした。

「荻田が顔が合せられない事があるので、——はなしに往つて下さつた石本サンが、一緒に店を出かける時、荻田が急にもぢもぢして、海運橋の袂に後向で洋傘を拡げて彳《たと》つ居る女《ひと》を、石本サン——来てるよ！と其《それ》を指して、来てる！と脚を竦めたのです、つて」

　机の前で聴いとる信一は、何だか其男の容子を知りたくないと思つた。

「石本サンもハツと思つて、左う？と云つたが元元左様な筈でないので、——違ふ女《ひと》だよ！と、誘つたけれ共中々出てこなかつたのです、つて」話す松子は、男自身が其程怖がる、其為た悪事を信一に伝へたかつた。

が信一は、男の行働を話す松子が、未《まだ》心持があるなと考へた。其儘口を噤んでゐた。

「――生涯の中一度は何うかして逢つて、此恨を復《かへ》したいと思ひます」

早口で話す、松子は思ひなしか割に元気がなかつた。が真面目なので、信一は一寸詞を挟んだ。苦苦《にがにが》しい口気で、

「恨を復す、なんて、未《まだ》お前さんが気があるからだ。なんともなけりや、ソンナ心持も無い道理だが」

松子は、考へを中断され明かに迷ふらしかつた。顔に無意味な頬笑が来、其襟に腭をつけた。

窓口に木綿の窓掛が下つとる机の前で、信一は手を束ね少時動かずに居た。

《左う云ふ頭は、或憶出が掠《あすこ》めて居つた》

……始め松子の体を吉原から出さしたのは、荻田ではなく、今川橋辺の某商家の主だつた。機嫌がとり憎い客だから頼むとお茶屋の詞があつた、三十五六のいつも洋服を著とる、真夏の日其服に汗の沁が出たが頑固に上着を脱がなかつた。又何うしてか寝床へ上らない客だつた、むつつりした人で、彼女に得うとらないでは耻だと思はせ骨を折らせた。兎も角其の人は彼女の客になつて、左うして程なく贖身《みうけ》の話が出た。松子は馴染が薄かつたが、金は直ぐ出て体が根津へ移された。

根津の所帯へ、主人に伴はれ折折子供が遊びに来た。其四つ位の男の子は絣の背ろに帯の結瘤をつけてて、松子は好きになつた。子供も直ぐなついた。「ネツのおばさん」と呼んで其ネツのおばさんの膝に小さな腰を据ゑた。子が父親と一緒に泊つた夜、其夜中にむつかり出して、松子は払暁の権現の境内へ母を慕ふ子を伴れて出て、池中の鯉の魚を見せ又稚い子を慰める歌の一節を口に出し、彼女自身が子供と一緒に泣きたくなつて居つた。

主人が時時今川橋から、不意に訪れて来た。旅行中だとか云うて居つて其晩顔を出した。いきなりでよくどぎまぎし乍ら松子は主人をもてなした。斯く不図顔をみるのを、松子は自分が理解《のみこみ》得ない主人の性分の一部だと看做て、事柄に拘泥せず深く理《わけ》を探さうと為なかつた。――左様に主人に重きを措かなかつた、松子の頭は其時分一の出来事に入つて居て、当時彼女の頭の中には主人と等分《ひとしなみ》に考へ得られない、一杯な荻田の事があつた。

……吉原に居て逢つた蛟俠《わかもの》で、廊下では往き来に自身面てを匿し、皆に顔合せるのが厭で朝の洗面所へ出ず嗽する楊枝や金盥やを座敷へ運ばせて為て、二人揃へて置くと何とかだと女の周りのものが噂し合ふた、彼女より一つ年上の柔さしい其男は荻田と云ふた。其荻田は、松子附の新造於米の気入《きにいり》になつて、新造の気入の男は其部屋で凡そ幸福で、荻田はいつか松子の心持をも惹著てゐた。

於米は松子が退く時、自分の妹聟石本の住居が根津なので、其附近に松子の寓居を世話した。於米は松子と一緒に其家へ移

つた二日目に、当時鎌倉へ養生に出てゐた荻田の許へ松子を伴出した。そこには荻田の母親が居て、荻田は松子を近しくする其家の娘だと云うて母に紹介した。左うして於米は又荻田を誘つて根津の松子の寓居へ戻つた。――其須賀町の寓居を今川橋へ知らせ始て主人を呼んだのは其跡の七日目であつた。

　松子は自分の母親を横浜の知辺に置いてゐたので其母を訪ねる日があつた。出かける時留守居の於米が「あちらへ寄らずに横浜だけで帰りなさい」と云ふた。が松子は一人の母の顔をみた跡で又鎌倉への汽車に乗つて居た。其地には其人の品の佳い母親が居て気兼だが松子は行かずには居られず、窓の日除の鎧扉に彼女の頭髪《あたま》をもたせて居つた。

　其後又兜町の店へ荻田が来て、松子が根津で其顔をみる事が多かつた。寓居へ主人が来てる晩は、荻田を石本の許に一時置いて貰つて、「こちらはすぐ帰すからネ、待つてゐてネ」と頼んだ。其上隙をみて石本の門へ来て「待つてゐて」を松子は繰返した。この女の心根は石本夫婦にもイヂラシい感じを持たせた。於米に「荻田と一緒にさしてあげるから」と、本気にならせた。

　九月から明けの正月まで根津に置いて世話した今川橋の主人は「身を固めたいから」と申出られた時、直ぐ諾《き》く気になつた。於米も其座に来てゐて、「国に帰つて身を立てたいと申しますから」と言添たが、主人はそれには答へず、彼女に後三ケ月の生活費と所帯一通とを呉れて、自分は身を退いた。――それから荻田と生活《くらし》始めた松子は横浜の一人の母を呼寄せて、二月に荻田も金を出し、母子は故郷の紀伊へ父の展墓の旅をし、併せて関西見物をして一箇月経て帰京した。其後根津の地で住居が変つたが松子母娘は、ずつと半年余荻田の世話をうけて居た。

《――如上の憶出は、信一がこの四月以降知つた、松子自身が話した其話柄を綜合した物だが、この話材は松子が話す折信一が努めて平気で聴かうとしたが聴き乍ら奈こか彼の我《が》に触つた。いま、荻田と別れた松子と対座して居つても、この憶出は彼の我《が》に触つた。――以下、信一自身と松子との間柄に移る……》

　ことしの正月松の内の或夜、信一は前から考てはゐたが其時渇く程の急な気持で、支那の詩殊に杜甫の詩集が読みたかつた。彼は躊躇せず本を買に出た。神田の本屋で青木嵩山堂発兌の小形の帙入をみた。同じ帙入の李白白楽天等揃うて居る、何れもよく解らないのだが信一は感じで杜甫が自分に一番近いと思つた。李白や白楽天の前で信一は杜甫を憶ふ事で自分の篤実な性質を自ら確める如き気がした。――左ういふ信一はよく友人に、寂しい男だ、と云はれた。自身でも目の前に大きな空虚《あな》が明いとる気がする、と思ふた。其空虚《あな》は信一が茲一年余逢はぬ松子の其脱殻がみえるのではつきりしてゐた。が左様口外は為なかつた。……松子を見初《みそ》め信一が彼女に近づいて、彼の貧乏なのと心持の本気なのとは彼女の周囲に非道く調和為なかつた。其《それ》は、松子には「イヂラシイ」と思はせた。於米には「厭やな男」と思はせた。最後に於米が信一の事で其世話するお茶屋と悶著を惹起し、彼に松子を逢はせぬやうにした。吉原《あすこ》ではそれだけだつた。併し信一の真面目な気持は根を惹いて、常に頭は其脱殻に向いて居つた。

　其四月の九日午近く、広小路から上野の山へ対し左側の店屋の前で、信一は松子らしい二十過の女と行違つた。信一は跡戻り為て其女の左側の肩に自分の肩を並べて十間程一緒に歩いて側から松子か奈うかを観察した。無雑作に束ねた髪で脂粉の無い下ぶくれの頬から、頸筋へ眸を移し瘰癧を切つた痕をみて、信一は「左うだ」と思つた。松子は大島の上下で素足を畳付の下駄にのせて居つた。詞をかけようとしたが横に並んで歩いとるので勝手が悪く、角のレストランの白い幕の前へ来て、彼は其肩へ手をかけた。肩がビクツとした。

「をい」と軽く云ふた。顔を向けた松子は信一が解つた。

「よく解りましたわネ」と、彼女の癖の顔を斜にもたげて「変つたでしよ」と赧い面持で笑つた。健康らしかつた。少時彳つてゐた。

「どこへ行くの?」

「柴又へ、帝釈様の。あなたは?」

「田端まで」と云うて、信一は日曜は居るからと自分の住所を書いた名刺を出した。××新聞社文藝部の肩書がある。彼は社用の途中であつた。

「――根津須賀町□□番地ですわ、お寄り下さい」と松子が云ふた。

「表札もお前さんの名?」

「えエ」と頬笑んだ。

　白い幕の下りた店の前で、二人は少時顔を見合つて左うして別かれた。信一は動坂行の車中で、彼女と柴又へ何故一緒に行くと言はなかつたかと、頭は悔しがつた。一時間跡で、信一は聞いてた番地で陶製の其表札を探し宛て、裏通の其二階家の欄干の側に彳んだ四十台の婦人の山繭縞の筒砲袢纏で日を浴びてるのをみ仰ぎ、信一は素通りして来た。

　其晩直ぐ、信一は菓子折の手土産を携へ、松子の寓居を訪ふた。玄関と茶間とのあいだの壁寄に、白い前掛の彼女が花を活けてゐた。茶間へ上つた彼は、一度顔をみせたのみで長いこと花筒の花の枝を揉《た》めてゐる、背向の彼女に辛棒して坐つてゐた。其夜信一は興奮してゐて話題は統一を欠き、対手の詞の意味等をも頭は受付兼た。松子が今世話になつてる人の株式店の名を教へたが、知りたくもなかつた。ただ坐つたなり彼は十一時過まで長居した。

　其《それ》を始にして、信一は其後繁く根津へ往き出した。階下は二タ間きりで長火鉢の前にいつも大きな座布団があつた。彼がゆくとめりんすの座布団は退けられ跡に普通の客用のが出た。其座で信一は非道く重苦しく肩から圧へられるやうな感じを持つた。いつも母娘の他誰をもみかけず、松子の主人と云ふ其男に逢はぬだけ、其座で彼の頭は不安を加へて来た。彼は剛情に坐つて居た。――左ういふ寓居で、側に母が居ず松子一人の場合は、彼は無遠慮に生活や気持に立入つた質問をした。彼は対手の心持を汲む余裕のないヂカな気持で居た。

日曜の昼信一の下宿へ松子が顔を出す折は、平常の彼でなしに松子の気持に自分から同化する傾があつた。彼女が縁側の欄干の前へ来た生れたての蜻蛉を干棹で押へようとするのを、彼が荒荒しい気なしに手伝つて、蜻蛉をそつと押へるのに骨折つて注意した。部屋の前の石垣の根へ遊びに来る子供等が手に手に春の草の葉を持つてゐるのを、松子の側で信一はやさしく眺めてゐた。これは今迄彼にかくれてゐた感情であつた。——それから信一は独住《ひとりずみ》の夜の電気の下で、意識して自分の顔を一寸斜にもたげて、彼女が一方の瞳にほしがあつて左うする、女の癖の顔付を真似てみた。居間で独の折露骨にそんな事をした。頭の一方が光をうけ明るんで居るやうな気持であつた。

根津の寓居を訪ひ日曜に自分の下宿へ来て貰つて、信一はそれだけで猶足りなくて、彼女が十二日目毎の申《さる》の日午前に柴又の帝釈天へお参りする、其折に逢はふと考へた。而して二人が一緒に柴又へ始て出かけた日、帰途に堀切の菖蒲をみようか又ただの田舎道を歩いて金町から汽車にせうかと二つの企を話合ふた。信一は彼の気持から只の田舎道を択んだ。が、二人は五月の田舎の道に迷うて停車場へ出る迄かなり時間を要した。又駅では待合室の壁張りの腰掛で一時間汽車を待つた。松子は遅れて母の心配を気にして青くなつて居た。其後も二人は柴又へ行つた。が直ぐに帰るのでいつも往復三時間ですんだ。信一は左ういふ朝上野の三枚橋の処に彳んでヂツと松子を待つたが、其は朝日が暑くなる七月八月にも続いた。

或日、松子の寓居で母親と信一と三人が、午後の簾の内側で話をして居た。表通で子供の何か唄ふ声がした。孤児院の孤児の群が来たのだ。松子は其歌声に惹かれてゐた。顔に涙が出て来た。「何です、泣いたりして」母のてつが松子をみた。「阿母さん！ でも」松子は左う云うてわあわあ泣き出した。信一は其容子をヂツとみて居た。——ズカズカした信一の心持は其夏から秋へかけて根津の母娘の寓居へ滲透つて往つた。

其中に、一家を世話してる荻田が、松子に疎くなり遊蕩生活が非道くなり幾週間も来ない、左う松子が告げるようになつた。其を聴いた信一は、寓居の玄関に男の下駄を眺めて荻田の性格なら其処から引返し兼ない、左う想像して苦笑した。実際彼は其人に終に一度も会はなかつた。併し信一自身も心持は非道く切なかつた。

秋の中頃になつて、松子が来て「母と別居し、荻田の店に近い、浅草代地のお友達の二階に移るかも知れぬ」と云ふた。其荻田の友達は洲崎にゐた女と一緒に代地河岸に住んでゐると云ふた。信一は母と別居の其《それ》には強く不賛成を云ふた。頭には、彼女が又妙な生活に入る事が危まれたが、其事は云はなかつた。而して其次の日曜に逢つた松子は、「なかにはいる人があつて、話がきまるかも知れぬ」と別かれる意を洩し、「寄つかない様な薄情では末の見込が無いと云ふ人があつて」と附足した。根津で或晩信一が逢つた石本サンと云ふ中年の其男は彼に意味を持つた眼をくれて家族と世間話をして帰つた。なかにはいる人は石本だなと信一は直覚した。兎も角も左う云ふ話が持上つた事がわかつた。信一も其結果に近づきたかつた。待つてゐた次の日曜に松子が顔をみせず、左うなると猶予得うしない彼は、夜根津へ出かけた。

彼女は頭痛だと云うて怖い顔で鬱いで居た。彼は母親の口から容子を訊かうと考へたが躊躇して唯坐つて居た。十時が過ぎると思切つて、

「お母さんにお訊きしたいことがあるンですが」と、云つて立ちかけた。母のてつは羽織を重ねてわけなく蹤いて外へ出た。明い月しろの広い道の上へ出て信一は、肩が並ぶようになつて口をきき始めた。

「——別かれるやうな話をききましたが」

「あの子が左様な事を云ひましたか」母は、立入つた問だと思ふ風で云つた。

「どんな容子なのですか」信一が押返した。

「——おとなしい性で、自家《うち》に客があると直ぐ二階へ上つて終ふ様な按配で、——朝は御飯も食べずに出かけるので『店に沢山牛乳をとつてあつて悪くなるから』と、御飯の支度をしても諾かずに出かけます」

信一は松子の容子を知りたかつた。が左う言出兼た。

「此頃は?」ときいた。

「つい、夜遅く来て、泊らない事もあります」と、店が繁忙だとか、友達と自動車で来て待つてゐるとかで直ぐ出てゆく、其話をして「——未だ若いのですから」と弁解する風に云つた。荻田の事のみであつた。

塀の屋根が続き月が当つた、道の上で話し乍ら、二人は石の鳥居の前へ来て止つて、少し彳んでゐて、而して元の道を真直ぐに引返した。母のてつが荻田に持つ憎みを、明かに割引して話してると信一は考へた。左う母の心持にはいると信一は、松子と荻田との結びつきが猶堅く善くなるやうにと、思はずに居られなかつた。月が真上にある、路地の角で母の後姿をみ、其処で別かれた信一は自分は身を退《ひ》かうと思つた。

——其後信一は頭は惹かれたが根津へ足を向けず、十一月中松子の顔を見なかつた。其が今日の松子は荻田と別かれてゐるのである……

《斯出来事を通した或感情が、彼の頭を掠めたのである》

木綿の窓掛の前に信一の毬栗頭が出とる、其を松子がみた。

信一は、松子と離れた荻田を咎められない気がした。又彼女が一途に捨てられたと考へ而して恨を云ふが単純だなと思つた。

「——今川橋の、前の主人は、其ころ荻田との事を解つて居たの? よく不意に訪ねたと云ふが」別なはうから信一が訊ねた。

「言はなかつたから、知つてませんわ。でも跡で、又吉原《あすこ》へ行つて聞いたでせうね、荻田に退《ひ》かされて一緒なのだつて、あすこの評判を於米サンが来てしまひましたから——」

松子が素直に答へた。信一は薄笑を洩した。知られてゐて縁《て》が切れたのを、彼女は左うは邪推せず真直ぐに考へてゐる……。其は主人にも松子にも良いことだと信一は思つた。

「では、僕との往来を荻田が知つてゐたの？」

「石本サンは知つてましたわ。――ずつと前四月頃荻田が来て、わたしが居ない折で、往つてると云ふ家を阿母さんが尋ねて来たが、居なかつたものですから、『左う？』と不審な顔をして直ぐ帰つたさうですが、――あなたと歩いてた晩ですわ」

「僕は一度も逢はぬが、荻田は此方を見てたかも知れぬ。――左う云ふ事は言ひ憎い物だから、黙つて居る中に、妙な具合になつたのだ――」

左う云ふた信一は、《荻田が僕に圧されて自然松子から離れたので、又荻田は松子の気持には悪いようなので顔が合されないのだ》左う思つた。併し松子には其は言過るので口を噤んだ。又頭に於米の事が浮んだ《於米は松子に荻田を尽力して、曩の信一の事を松子に償はうとしたのだ》信一は左う考へるはうが於米に善いと思つた。

木綿の窓掛から目を離し、松子は顔を落して居た。

「恨を復す、なんか無くしなさい」信一が云ふた。

間を措いて、

「えエ」と低く、彼女は伏目に瞼をみせた。太い息を吐いて居つた。

少時し、信一は気をかへて、

「外へ出よう」と云ふた。直ぐ支度し障子を開けて出た。跡から、彼女は其儘一寸おじぎして、畳の膝を起した。

街角の切目に、しのばずの水面が光つて居た。松子は惹かれるやうな気がして、伴れの信一に一寸目を呉れた。彼も一緒に水面の光つてをる方へ踏出した。

平らに伸べた水が明るく、池べりの広つぱの上には疎らな砂利が残つてをり、二人が踏む其僅かな礫《こいし》が折折音を立てた。矢来の根に近づくと、ヒウ！ヒウ！云ふ細い鳴り音が耳近くをかすめた。始は何の音かと疑はれる程の耳を惹く声で、雁鴨の類が水面に粒ぶ粒ぶに点在し、啼いてゐるのだ。松子は其には一瞥を与へただけで立留つた。信一も彳んだ。

釵で束ねた無雑作な頭髪《かみ》から肩へ、日がさし彼女は温かく、目立たない平常着《ふだんぎ》のなりであつた。出掛る時暖気を感じたので、揃へた白足袋を手に持ち同じく二つに折れた襟巻とコートとを腕にからんできた。その素足には畳付の下駄を穿いてゐた。松子は外で左うしとる、自分の姿が何だか恥かしくて、其処の矢来の根に凭つて、手にして来た品を体につける事をした。猶コートの隠しから青い手套を取出した。

支度のすんだ松子が矢来から身を離さうと為た。信一はマントの翮《はね》を合せた、二つ釦の旧い型の胸をだし、水禽の啼く声から放れるやうに歩き出した。

十二月でも始の日曜で池の端から上野近く人出がある――

「にぎやかな処へ往く？或は淋しい方がいい？」信一が口を開いた。

「清清した処がよござんすわ」鬱陶し顔で松子が云ふた。

「では、山手電車からいつか見た、原ツぱがあつたね、あすこへ行かう」

彼女はただ蹤いて来た。

……五月に、一緒に渋谷へ出掛た折、往懸け山手線で松子が戸山ケ原をみて「清清した処ね！」と云ひ、帰りにここを歩いてみようと約束した。其帰途は夜で原つぱへは下りず其儘になつた事がある。

渋谷は、曩にお茶屋の女中で彼をよく世話した於千代と云ふ女が料理屋をしてる、其処へ寄つた。於千代は非道い近眼で、松子は一寸解るまいと思つて出掛たが、

「あら！——左う、ですか」と女主人は両人を見た時云ふた。卓を隔てて話をして居た松子が一度階下へいつて戻つて来ると、

「出ませうよ！悪いわ」と云ふた。信一は始め何の事かと思つた。「此家はお料理だけではないのネ」と続けた。彼は、於千代が気を利かしたのかと考へて、少時して本気で、

「お前さんがイケないンならば、出よう」とヂカに云ふた。

「此家へ悪いわ」と、松子は知つとるので躊躇するやうな事を云ふた。

「僕たちだけでは、何も無かつたけれども、——於千代は一緒なのをみた始めから、左う思つてる——」

——結極彼女は否めなかつた《此の事は此の場合きり跡先二度は無かつた——》女は身を起す折、かれの顔の下で「早く清清した処へネ！」と斯様な事を云ふた。固い女帯を背でグイと締めてやつて、信一は一と間を出て来た。風呂を勧められ飯を食べしてるうちに、電気が灯いた。

其家を出たらすつかり暮れて居た。細い坂を信一は彼女の手を把つた《手を交す親みは其先にも為た》。渋谷の停車場で彼は切符に払ふ銭がなかつた。松子は、

「さつき、於千代サンの家へ始てなのに、手土産も何もないので、女中衆と家へ包んで遣りましたわ。で……」と、革の銭容から銅貨をあるだけ出した。

鶯谷で降りて上野の山を一緒に越しながら、信一は夜の道の上で傍の松子が非道く弱り込んで居るやうに覚えた。暗くて露はでないので、気持の堪へを失くしたのだと思はれた。

「疲れたでせう」

「いいえ」

其きり二人共黙つた。頸を垂れた息が聞え其手を握つとる信一は、憐れで歩かせず何か抱上げて家へ送届けたい気がした……

左ふ云ふ事から行かずに終つた、其時の原つぱを信一は憶出した。上野駅へ来た。信一は出札口へ赴き、彼女が売店で莨を買ふた。莨を嗜ない信一は女が莨を買ふ様を眺めて何かなしイ

んで居た。が、信一は彼女が来て朝日の袋二個共彼の手に渡した時は其儘受取つた。

車室が人でぎつしりになつてから、鈴の声で動き出した。信一と松子とは腰掛て膝を並べて居た。少時して、信一が乗合の或婦人の眼を見入つた。其眼が射返してる気がした。と、彼の頭は自分の側の松子が、若し他の男の眼に見入り左うしてゐないかと気がつき、彼は自分の眼の遣場に困つて来た。

隣席の松子は、無雑作なふくらんだ髱を真上に頸凹《ぼんのくぼ》をみせ、深く顔を落して、面に襟巻を押当て居つた。信一は其を眺めてグイと惹著られる様な気がした。何か興奮して泣いて居る容子を、直ぐ傍から信一は看て居た。頭が重くてか又感情でか、彼女が、顔をもたげて居れない心持が、彼にも応へて来た。信一は容子をたづねず其姿で置いた。長い間して松子は鬱陶しい怯づ怯づしとる顔をあげた。

高田の馬場で下車し、野原への新しく築いた道の上へ出て、信一はマントの隠しから思出して莨を女に渡した。彼はそこの赤土を切開いた溝へ尿をした。松子が燐寸を何本も燧り紙巻に火を移し兼とるので彼が風除に立つて居つた。赤い火のついたのを吸ひ、彼女は道端の咲残りの野菊にさはつた。彼も莨の吸口を啣へながら歩いた。

淡い冬の日が原の上にさして居た。二人は別に口は言はなかつた。頭の半面は風物に向き半面は自分自身の考へが掠めて居た。型から抜いた如く丸い秣塚があり、其に体が近づくと枯草の匂が面へ来た。又松子は歩いとる信一から肩を離して、一寸裾を褰げて、掃集めた推い木の葉の中へズカズカ踏込んで行つた。信一は其様を眺めて、嘗て根津で、姿見の前で彼女が足袋を穿く折、一寸外出著の裾を褰げ身を曲げる動作で鞠のやうに畳の上に据つた、其軽い気持が似てゐると思うて突立つてゐた。左うして枯生の上でどちらも腰を据ゑず憩ふとせず、気持は動揺してゐた。戸山ケ原の奥は草地に水溜りが点在し、彼等は其へりを辿つて歩いた。

大久保百人町へ出た時は夕靄が屋根に下がつて、家家は頭を截りとられた如くみえた。其町から二人は又山手電車に乗り、半時間一寸して上野駅の板張天井のホームへ降ろされ、直ぐ上野の山の根の、古い雑な石垣の腹が出ばつた、其傍へ出て来た。

「食事をして行つてもいい？」

「えゝ」

松子が自家《うち》を気遣ふので、左うきいて、信一は附近の世界の上り口へいつた。

席の明く間、伽藍とした店二階に待たされた。彼女は懐紙に挟むだ黄楊の櫛を出し、座敷の一隅へ起つた。溜塗の障子を躰が出るだけ開け、廊下へ蹈むで髪を解かした。而して元の如く釵で束ね上げてから此方へ来た。

「直ぐ緩むんですもの！」左う云うて顰め顔してみせた。

酒が飲めないので肉と飯とだけの食事を済まし、灯で明い表へ出た。其夜、信一は銀座の或場所の会合に出席する約束があり、上野から電車で行く筈だつた。停留所に彳んどる間、未《まだ》松子が傍にゐた。電車は一寸来なかつた。信一は線路の湿つた舗石の上へ二タ足三足身を移して、頭は伴れの人と離れとるのに気付いた。《彼の頭は、今日始て縁《て》が切れたのをきき、一緒に歩き、女の寂しく弱弱しい事が心持の上に沁残り、「毀れ物のやうな生活をしとる」その考へ事で一杯であつた》。頭が別になつて居た。左う気付いて、彼は松子を顧みた。彼女も考へ沈むやうに只彳んで居た。電車はまだ来なかつた。信一が、

「根津まで送つてあげよう」と云ふた。

「えゝ」松子は意味がとれたのか奈うかわからぬ返事した。が、彼が歩き出したので直ぐ蹤いて来た。池の水が見える公園のへりを通り、砂が仄暗い足許で音をたてるだけで、お互に無口だつた。精養軒の窓の灯がさす何かの枯枝がゆらいでゐた。大仏の下をぬけて、信一が徐口《やをら》を開いた。

「僕の許《とこ》へこない？」それだけで意味が通じる筈の詞だつた。そこまで気持が来てゐた。かういふ道を歩く折の習慣で手は握合されてゐた。松子は少し往つてから、

「わたくしのやうな者は！」と云つた。彼の申出を拒む意味でなくて、自身をかなしむ気持が籠つてゐた。

「今迄お前さんが色色な境遇を経て来て、――悪いのはお前さん自身のせいにはならぬ」左う云うて、信一は何かに憤りたいやうな気がした。而して、

「自分を卑下する事は無い！」と続けた。……曩に度度信一が、はつきりしたい気持から、一緒になる事の申出をした。が、松子は「二度目なのですから」と応じなかつた。先の主人と別かれて荻田と左うなつた、彼女が自ら為た事に軽薄でない点で、又いつも左う云ふ申出を容易に応じない点で、信一は一面に却つて頼もしく感じた。其が頭に来た。美術学校の前へ曲つていつか公園を出てゐた。

「阿母さんがあるので、相談をしてみねば――」

松子がひくく答へた。時時街燈のあかりが顔にさした。信一は肯いて、

「左う。――が、お前さん自身の気持は？」と直ぐ訊ねた。

「あなたの、御迷惑になるやうに、思ひますわ」と正直に云ふた。信一は、

「いや」と其考へを強く打消し、詞をかへて又、

「併し、僕は貧乏だから、苦しいよ。芝居や活動へは行けず、贅沢は出来ない、其は前から断つて措くが」

「贅沢したくありませんわ、芝居や活動も止ござんすワ」

「ぢや、来る？」信一はキック云ふた。

松子は肯いた。其儘顔を俯けて、片方だけ手套を剥いて握合せてた、其手を離して顔を覆ふた。或店屋の明い硝子障子の前で面を揚げた、松子の眼に涙が光つて居つた。

「何泣くの！」

「否《うーう》！」と、低く松子は頭を振つて、而して「何故か涙が出て来るンですもの！」と云ふた。

先程電車の中でも泣いた様だが、其とは意味が違ふと信一は思つた。松子の容易でない気持は解つた。

谷中から真嶋町へ下りて自家《うち》の傍へ来たが手套の無い手を信一に托した儘少し通り過ぎ藍染町へ出た。信一はマントの間から帯に結へてた時計を引ぱり出した。七時廻つてた。

「では、其気持で。猶よくきめませう」と云ふた。松子は黙つて頭を下げ、路地の角から帰つた。信一は藍染橋から元気よく電車に乗つた。――――

其夜の十一時過に、信一は一人仄暗い池の端を通つて居た《銀座の会が果て上野桜木町へ帰る友達と山下まで来て別かれた》。夕食に沢山食べた肉がまだ腹に一杯で、其上会の席上で何杯か飲んだ紅茶がまだ喉にまで有る気がした。と、ヒウ！ ヒウ！　云ふ水禽の声が耳を掠めて来た。……

二

つくしやの店の瀬戸の火鉢に手を措き信一は腰を下して、店の椅子が低いと思つた。籐の小さい円籠に更紗の座蒲団が結付てあるそれが狭い土間に二つ置かれて、信一には毎度この腰掛が低いが坐ると落著を覚えた。信一は菓子の容器の箱類がある店の間の、口上書や額や掛幅等の一様な書風を眺めた。親しみのあるK・H先生の字で此書から信一はつくしやに佳い感じを持つた。――つくしやの先代の主人がこの書を好いて店の看板其の他凡てを書いて貰つた。跡を継いだ伜の吉郎がまだ十八だがやはりK・H先生を好いた。――其の夜も信一は店の硝子戸の中へ来て、此家の息子の吉郎と対ひ合ふた。

吉郎は近頃煙草をのみ始め、色色の紙巻を箱に交ぜて持つて居た。吉郎は、

「お嫁さん貰ふの？」と、信一の顔をみた。

信一は、一昨晩来た中学生達が伝へたのだと思つた。《信一が一番年上で、吉郎そのほか稚い中学生三四の仲間で文藝の回覧雑誌を作つてゐた》

「未だ何日と極めてないが、多分近いうちに」

「さいですか」

左う云つて、吉郎は顔を膝へ落した。信一はさいですかがよそよそしいと思つた。――信一は最近吉郎に一杯な事が言へた。吉郎が文学書を読耽り、俳句や歌を作り其会に出たがつた。母は店の忙しい事からそれを心配した。昨年父親が死んで、若くて忙しい店を継いだ、吉郎の境遇は文学どころでなかつた。信一がそれを指摘した。また作る俳句や歌に一杯な批評をした。――吉郎のさいですかは彼の気に入らない場合で、信一は屢々聞いた。信一は自分の結婚の事でそれを聞いたので跡が続かなかつた。で口を噤んだ。

吉郎も其ほか言はなかつたが、少時して顔をあげて、

「別にお祝ひしません。お互に手数ですから」と云ふた。

「その方がいい」と、信一も手数の事を考へてゐたので、直ぐ云ふた。併し何だか厭な気がした。

時時吉郎は、円い眼の少しうけ唇の顔をあげるきり、黙つて居た。

「このごろ本を買つた？」信一は話題をかへた。

口を噤んだ儘、吉郎は店の床の戸袋から二三、翻訳の小説本を出した。

「はあ」と、信一は本を手にしたが、頭は冷たい滓が残つて居る気がした。少時みてゐたがどうも気まづいので其儘本を措いて、信一は腰掛から起ち上つた。

「また来る！」と云ふた。

「……」吉郎は会釈した。母親は奥の硝子戸の向ふで忙しさうであつた。

帽子に手をかけて、而して信一は外へ出た。真直ぐに下宿へ帰らうと思つた。——

其夜遅く、信一は居間の机に肱をかけて、頭は或憶に囚はれて居つた。

このごろ信一は、松子と一緒になつて直ぐ相当な家を持つ程の余裕がなし、又借家は探しても一寸ないので、つくしやの控家は無人だから左うなつたらあの二階に置いて貰つたら賑かだ、……と独り考へてゐた。併し、吉郎の今晩のしうちが信一の色色な空想を一度に打砕いてしまつた。其事を考へた。

「吉郎君は、——妹さんの稲子ちやんの事があるのだナ」と信一は思つた。

……今年の一月、藪入に午前中店の者を伴れ池上の父さんの墓に参る、と吉郎が云ひ、其《それ》が、信一は佳い感じがしたので共に行くと云ふた。——信一は東京に住んで墓参はこれが始めてあつた。秋、子規忌に田端の正岡子規の墓へ行つたがこれは同人大勢で、沁沁した気がしなかつた。——つくしやの墓所は大森池上の山のしかも墓地の外れで、菜畑や雑草の茫茫した畔の傍で、信一に佳い感じがした。其墓の前に少時彳んで居た。其帰りは店の者と一緒に芝の太田屋で飯をくひ、又吉郎と信一とは歌舞伎の立見をした。而して信一は「父の墓よ藪入の店の者を伴れ丘の端に出で」等の俳句と池上行の小品を仲間の回覧誌へ出した。吉郎は其時の、羽左衛門のいがみの権太雀右衛門のお里の出る芝居の評を著付など通に同じ回覧誌に書いた。

其墓参から、信一はつくしやに家庭的な感じを持つた。

そこの娘の稲子は今年十六だが、前の年片瀬の別荘へ父親が出養生した折も附添て看病し、また現在は十一歳の弟と七つの妹を監督して控家で、母親が店をしまつて帰る其留守居をして居た。信一は其娘さんの事を聞いて中中確かり者だと思つた。而して本人をみる時は其下ぶくれの少し甘へた口つきが、松子に似てゐると思はれ信一は其頃松子の脱殻をみてゐたので、左う云ふ娘に一寸惹かれた。

春の終りの日曜に、回覧誌の同人とつくしやの弟の富男が一緒に、朝から遠足に出て、午後の日の明いうちに天神町の控家の門口へ戻つて来た。路地の舗石には打水があり掃除が行届いてゐた。信一の頭に直ぐ稲子が来、自分達の埃まみれが気がさ

した。稲子は皆を迎へ、七つになる末の女の子が賑かさを悦んで、信一の手へぢやれるやうに、

「小父さん！」と云ふた。

信一はどぎまぎし、又がつかりした。廿六歳の割に老てみえる彼は子供からかう云はれるのは当前だが、信一は始て小父さんと呼ばれたので、其場で当惑した。

其晩は控家で句会を開く筈で、信一達は埃と汗を流す為、銭湯へ出掛る事にした。稲子が其支度をした。

近辺の銭湯は、湯槽の底が次第下りに深くて、信一は立つて胸まで浸かり、富男は浮足で彼の手に摑まり、口に湯が入るので顔を仰向て居た。富男の貌容《かほだち》は姉さんと同じ母親似で美しいと思つた。信一は笑ひかける眼を、湯の上の仰向な其少年の笑顔から放さなかつた。

つくしやの母親《子供達が阿母さんと呼ぶきり、信一は其名を知らなかつた》は、沢山の子供と繁盛する店とを其双肩に負うて、信一に其緊張した心持が解つた。彼が店で腰を下してると奥から出て来てよく挨拶した。母親に左うされると信一は恥かしい気がした。而して信一はそこの吉郎に趣味本位興味本位の話でなく、立入つた家の事情の話をするやうになつて来た。

「他の事よりも、君は店が大事だ」と吉郎に云ふた。或夜は左う云ふ話に母親が加つて、信一自身涙ぐんだ事もあつた。

或時信一に吉郎が、

「お嫁さん貰はふかしら？」と、相談するやうに云ふた。

信一は「君が？」と口に出かけたのを押へて、黙つて居た。稚い身に妻は重荷だと思つた。

「阿母さんが働きづめだから……」と、吉郎は母の手助の事を述べ其には自家へ出入するよく気の解つた確かりした女の人で、三つ年上の廿一の人がある、其人柄を詳しく話した。

聴き乍ら信一は、阿母さんの故で貰ふ気持はよくのみ込めなかつた。で「阿母さんの事は別として、その女の人君自身が好きなの？その人でなくばならない気持なの？」と訊いた。

道の上を歩いて話したので、顔は解らなかつたが、吉郎は肯いた。信一は又、

「女房の事は結極自分の問題だから」と云ふた。

「僕が貰ふのです」と、吉郎には信一の気持が応へた。

「阿母さんに相談した？」

「今晩これから頼みに行きます」

何か信一は突然な気がしてならなかつた。左う云ふ第一印象を一番重く考へる彼だが、頭は友達に同情せうとして随分努力した。而して、

「結婚は鬮引のやうなもので当るか奈うか初から解らない。が、気心が知れてて互に好きだと思へば、其丈で非常にいい事だ」信一は年上らしくそんな話をした。少時歩いてゐて「ではよく相談して！」と云ひ、其夜は別かれた。

《そのころ信一は松子と往き来してゐて、又つくしやの事を云うてゐたので、吉郎が嫁を貰ふ話を松子に聞かせた。松子は、

「若いのに其お考へ、感心ネ」と、吉郎を賞めた。

信一は一寸驚いた。而して左うはつきりした判断が下せる松子の心持を羨しく思つた。併し、松子は離れた立場に居るからだと、跡で考へた》

其後、信一は吉郎に二三度逢つたが前の話は出ず、企の運ばなかつた事を信一は直覚した。吉郎は平穏に店で働いて居た。

左う云ふ吉郎が或晩信一の下宿へ、鈴虫と松虫との籠を提げて来て、飼へと云ふた。其時、お嫁さんの話は阿母さんが承知したが早速池の端の或卜者にたづねて、当人同士はいいが先方の身内に故障がある、との事で中止したと云ふた。猶吉郎達はトを信じて家内中が人相をみて貰つた事を話し、「……稲ちやんは心臓が弱いので、長湯はいけないし、お芋を好きではいけないし、塩をなめたらいい」等、色色聞せた。信一はトの話は気が惹かれなかつたが、稲子の生理上の問題には注意した。左ういふ彼の頭に稲子の姿がかなり浮出て居た。

秋が深うなつた十一月、信一は稲子と共に帝劇の芝居をみた。其日信一は吉郎富男稲子の三人を宰領して池上の墓へ参つて、帰りに芝居へ行くようにと、母親から頼まれた。

大森では予て知合の日本画家のK・K氏の許へ寄つた。K・K氏に吉郎は親んで唐栈の著物の話などした。而して氏に裏の山から馬込村への道案内をして貰つて、真黄な秋日の中を皆は池上へ出た。墓参の帰りは足弱を俥に乗せる信一の考へだつた。が、稲子は諾かず一人少し跡から歩いて、其を気遣ふ信一は折折立留り、稲子は日本髪の顔の少し上気した、眸はあらぬ方をみた儘静かに歩を運んで来た。

帝劇の狂言は、妹背山、鰻谷、柿右衛門の三つで、一番目の中途からみた。鰻谷は《於妻だけが感じから、信一はその頃遠退いてゐた、母親と暮してる松子が憶出された》其劇の筋は堪らない不愉快なものだつた。柿右衛門の序幕は、父親侍を始め、好いてる許嫁を裏切る其息子にも同感できず、取柄のない幕だと思つた。二幕目は主人公の柿右衛門が、心に非道い打撃をうけとる其姉娘を目前にして、空虚なことのみ云ふとる、娘の変つた容子に気付かぬ大切なものに鈍感なこんな名工は嘘だと思つた。お互に解つてる父親ならば逆に娘から訴へさせる位の力があつて至当だ。又娘の家出した其幕切に、自身深く反省せず猶他人を呪つてゐる柿右衛門には腹が立つた。駄目な人間が徒らに事件を紛紜させとる愚な芝居だと思つた。

左う云ふ幕毎に出鱈目な人物が現はれる、舞台は不愉快だつた。信一は稲子が一緒なので我慢して入つてゐた。三幕目は、稲子が何故か席に居なくなり、信一は或仄暗い歩廊の人中に其桃割髷を見出して其方に惹かれてゐた。

其後或夜、黒門町に火事があつた。湯島の信一の下宿から、つくしやの控家の近くにみえたので直ぐ馳つけた。控家の路地口を出た向側が二軒燃えてゐた。人は疎らで明るさと物の爆る音と熱さとキナ臭い匂とを信一は感じた。路地の奥の控家の前には母親と店の職人等が立つてゐた。信一は、

「片付る程の事はないですよ！」と、声は落着いてゐた。袋路地で荷物運びようはなかつた。

「危ないやうなら、亜鉛塀を破つて向ふの庭へ逃げよう」左うい ふ声が聞えた。

「吉郎は用足しから帰らないが」母が云ふた。信一は其人の傍を離れずにゐた。此路地内の人は狭い石畳を往つたり来たりし、外のはげしい喧噪から、却つて内は落著いてゐた。明い中に入口の棟と棟とが見えてゐた。風のない晩であつた。少時して、

「モウ大丈夫だ」左う思はれて来た。母親は、

「稲ちやんに知らしといで」と、店の衆の一人に云ふた。店へ避難した事だと信一は思つた。

「さつき、稲ちやんが真蒼な顔で店へ走つて来て、阿母さん！と云ふ姿《なり》涙をぼろぼろツとこぼすンです！――妾は、前が火事と聞いたから、店を動かないやうにと言置いて慌てて来たのです。ま安心しました。他の子供達は下でよく寝てゐるからようご座んす。これで起きてると中中心配ですが！――本統に斯麼事があると、此家は子供許りで心配でござんす」

母親が急に饒舌になつて来た。茶が淹いり、其中に信一は稲子をみたくなつた。其処から廻つた信一に、店で稲子が紊れた髪の悪い顔色で怒つた様な按配に挨拶した。……

――それから二三日して、信一の許へ松子が来た。彼が退《の》いてた、一ケ月前の十月中に松子は別かれ話が極つたと云ふた。信一は其日曜に松子に逢つただけで、自分らの話を定めて終つた。――

つくしやの控家は無人だし、頼めば自分らの生活にあの二階が借りられる、信一の考へが左うなつて来た。

が、吉郎は、結婚する信一を非道く厭がつてゐる！……信一は自身の配偶に稲子を考へた事があつた。其で一杯になつた事があつた。年が稚いのだから約束だけ母親に頼もうとした事があつた。が、母が「自分が女だとあなどつてぶしつけナ」と左うひけた考へをしやしないかと、信一は又気遣つて黙つてゐた。父親があれば無論ぶつかつてゐる信一だつた。――虫のいい考へをすれば、左う云ふ気持が対《むか》ふに応へてゐたかも知れない。猶つくしやの人人が、信一を左う考へてゐたかも知れない。

――今晩の吉郎の無愛憎が、信一の頭に左う考へさせた。而して信一は吉郎の一国な性分を思うて独り笑ひした。

左様に、信一の空想は打砕かれた。それ以上に打砕かれた、つくしやの人人の心持を、信一は又抛つて置けなかつた。具体的な傷でないのをせめてもにして、其感情をやがて時が拭うてくれる事を、信一はひそかに願ふ他《ほか》無かつた。

――左うして信一は今更に、松子との間柄の動かす事の出来ない心持をはつきり感じた。

松子と一緒になる信一は、頭に吉郎らの事が引つかかつたが、別な折又机に向つてゐると、其頭は次の事柄に出遇つた、――暫く逢はぬ十二年《とし》上の友達の青舎《左う雅号を呼びあふた》に

ついてである。

……松子を最初にみた折信一は青舎と一緒に居た。信一が女に対ふ心持を其後青舎に話した。青舎は彼に非道く同情した。或時信一は、女の気持が自分にあるかどうか、他からみた其を青舎に訊ねた。

「全きり無い?」信一は不安を感じた。

「左うぢやあない」と青舎が打消した。

「ぢや、ある?」

「………」青舎は口を噤んだ。信一には解らなかつた。其事はK・H先生の前などで、信一が居なくて、当人に離れると青舎は忌弾なく云へるやうだつた。青舎が直ぐ相手の気持に入つてしまうて、自分の意見は出せない人だ、と信一は思つた。併し好い友達だと思つた。又不満足な友達だつた。

彼が松子に夢中になつとる当時、青舎は其事で随分困つた。青舎は信一を引とめるやう云ふ事は出来なかつた。信一が松子に逢はなくなつてから、青舎はほつとした。

其後信一が松子の脱殻をみてゐる事になつて、青舎は信一が女に拘泥してゐるのをよく思はなかつた。妙に執拗なのを青舎は救はれないと思つた。

信一は友達の感情に反くのが解つたが、自分の気持は枉げられなかつた。――青舎との間柄が疎くなるのを感じた。

――今年の七月K・H先生が大坂のT新聞の幹部の一人として関西に移るやうになり、一晩同人皆が顔を合せ送別会を開いた。其会が果てて信一は青舎と一緒に道の上を歩いた。信一はこの春松子に逢つた其事をずつと正直に青舎に話した。前の行がかりがあるので其耳に入れて置かうと思つた。神田から御成道を饒舌りながら来た。上野の山の前の広い路の少し傾斜の上で、

「いい具合に遣つてるんだね」と、青舎が云ふた。冷やかす様な調子があつた。

普通の女話ととられたので、信一は立留つた。青舎の顔をみ、其行手を控へる様にした。あたりは山下の明りがたゞようて来てゐた。信一の容子が鋭いので、青舎は一緒に立留つた。少時顔をみ合て突立つてゐて、

「僕が何か云つたつて、諾《き》くやうな君でもあるまいから」と、青舎が云ふた。而して、

「君の自由なやうに、これから僕は、唯みてゐる事にする」と、はつきり云ふた。青舎は自身が不愉快で堪らない様に醜い顔をした。其に気付いて黙つて歩き出した。

「左う!」と跡から蹤いて、信一は非道く淋しい気がし、同時に何かしら腹が立つた。左うして心持の離れて終つたのを感じた。青舎がはつきりした態度に出た、左うさせた、信一自身頭は其で我慢した。が、つき放された淋しさはどうせうも無かつた。心持は参つた。結極この友達が、松子に同感しない事が解つた。

「さいなら!」信一は大きな声をあげた。青舎は脊をみせた儘

早く歩いて行つた。《其夜の青舎は、K・H先生が関西へ去る其物足りなさがあり皆が別別になる、左う思ふ事が頭にあつた》……

其後、お互に一度も訪ねず、信一は気がかりだつた。が、いま信一は松子と一緒になる事で、この友達とは極りがつくと思つた。其頭で信一は、其反動的になりたがる気持を要心した……。

――机に両肱をついて左う、吉郎らの事から、青舎の事が考へられた。而して信一は結婚には猶、第二第三と肚を極めるやうな難関が来るのを感じた。

三

「重ねは著憎いから、阿母さん、ひよくのにせうかしら」松子が支度にかかつて云ふた。

「容子がいけないから、降つてくるよ」母のてつは天候を案じて居た。

「――比翼のにするワ」

比翼といふ著物は脊中が重ねでなく下著の袖と裾だけ重ねに縫付てある、其を信一は始てみた。松子は長い方のコートを著てから、

「行つて来ます」と云ふた。而して信一は母に一寸頭をさげた。

「これを持つておいでなさイ」と、母が雨傘を二本持たした。

二人は低い歯の下駄で出た。

何かが思通りに往く、左う思つた……。信一はこの夕松子と一緒に深川の徳永サンの許へ行つて、そこの長兄で信一の恩人《Patoron》である徳永翁に、松子を紹介《ひきあは》せ、共に夕飯をくふ事にした。――母のてつが松子の結婚に間に人をいれて欲しいと云ふので、信一は深川の徳永さんを頼み、其人が口をきいて、母が承諾した。其母に信一が、上京中の徳永翁の事を話し、信一は郷里の自分の父親に徳永翁から話して貰へるから、深川へ松子と一緒に行くと云ふた。母はうなづいた。――信一はこの夕皆一緒に飯をくふ事を自分達の結婚式としたいと思ふた。其が普通の形式的なものよりどんなにか感じが佳いと思つた。

「阿母さんは西洋料理がきらいだから為方がない」左う松子が云ふた。で信一は母を残して来た。

松子が袂時計の根付を買ふと云ふので、下谷町の或飾屋のショーウインドウの前へ来て彳んだ。雨が落ちて来て傘を拡げ、信一が近づいた硝子戸の中は電燈が灯つてゐた。松子は予てみて措いた其根付を買ひ、而して彼女の小さな時計と共にコートの裡の帯に挟んだ。

深川は、もうすつかり暗かつた。徳永さんは、

「頭が痛んで、今日は店へ出ない始末だ」と、下に寝てゐた。

二階に独りで待つてゐる翁の前へ信一らは出た。松子との始ての挨拶がすんでから、

「春三も出られないようだし、雨が降るから、自家へとつて貰ふ事にした」と、徳永翁は晩餐の事から、信一の顔をみた。

「で、今晩九時の汽車でお発ちになりますか？」信一は外で夕飯をたべ、跡で皆と東京駅へ行く考へで居た。

「十一時のにします」

いはれて、二人が肯く如く頭を下げた。徳永の細君がも一つ火鉢を調へて来た。翁にすすめられた、厚い座蒲団に松子が坐つて、一室の皆の心持が落著いて来た。

《信一の少年時からずつとみて来て、其学生時代には物質的な世話までした徳永翁は、彼と一緒になる松子の事を何もかも知つてゐた。――信一が吉原へ行き初めた折恰度上京してた、翁はK・H先生らと一緒にそれを心配した。いま信一が結婚の事を言出し、翁は其話に立会ふ事になつた。其時信一は「国の親父にこの事を伝へて欲しいのですが、他の事は云はずに措いた方がよいかと思ひます」と、徳永翁に頼んだ。跡から解るだらうが強いて知らせる事はないと思つた。翁はうなづいた――》

「年はいくつでしたかナ？　――二十四！　では君と二つ少いな」翁が云ふた。会話は、信一が必要以上口をきかない男だし、松子は初めてなので一寸困難した。信一が前もつて「お父さんの様な人だ」と言聞せてたので、松子は何か訊ねられると自然に明瞭に答へて居た。強いて話しかける事はしなかつた。それだけの彼女に彼は惹かれるのを感じた。

其中に食卓が用意され、スープと麵麭と普通の肉や野菜類の料理が一時に出た。食卓に余る皿は又盆の上に置かれた。此家の妹さんが酒を持つて来た。松子も杯を持せられ「飲めないのです」と両手でうけて、それでも一つは飲んだ。信一は一つ二つで直ぐ真紅になつた。勿笑老来量更加、憂愁万斛以何凌……何とかと咏酒の近作がある、徳永翁を信一は眺めた。

翁の手許の杯は乾されてた。信一は松子をみた。酒に気のつかぬ、左うすすめる事のヘタなのを、信一は却つてこの場合に松子の素直さをみた。彼女に過去の姿が無いと思はれた。左様に彼が考へてゐた、翁の前の杯は何度も乾されたなり置かれてゐた。

左うして三人が食事を終ひ、猶みかんを剝ぎお茶をすすり、寛いでをる時間があつた。松子は行儀よく坐つて居た。

戸外は雨が非道いので、東京駅まで自働車を電話をかけて貰つたが、斯様な雨の晩は皆出払ふとかで其車は無かつた。で、荷物が提げ得る程度なので電車にした。徳永さんは風邪気で行けず細君と其妹さんとが見送ると云ふた。松子は玄関で着物を長襦袢まで裾を折返して引上げ、上からコートを着てコートの裾と素足とは濡れてもいいやうにした。而して皆は雨風の荒い露気が顔をうつ道の上へ出た。霊巌町から乗つた、電車の中では彼が荷物を持ち、松子が濡れた雨傘の頭を保つて居た。

東京駅の三等待合室に来て少しやすんだ。

「早く家《うち》があればいいが」徳永翁が信一らの住居に頭をかして居た。而して「国の方の町も住宅払底の声があるが」と云ふた。

《翁は汽車がない山国の町の名誉町長で、また自家の商用で毎年二三回づつ東京と京阪と北陸とを巡廻し、頭はいつも都会の

文明に触れてゐる、不便な山間の人に罕にみる新知識で、――信一が郷里の町の町長としては理想的な人物だといつも考へてゐる》

「費用も多いので、始は部屋だけ借りやうかと思ひます」と彼が答へた。彼女は深川の女達と話してゐた。

「其方がいい」翁は中折を手に大きな腰掛の中で頬笑でゐた。

　左うして、時間で皆が動き出したので、信一が荷物を提げて起つた。

　軈て列車の一つの窓から徳永翁が顔を出した。未何分かあつた。翁は彼女に名刺の裏に書付たものを渡した。「蜜柑むいてみかんの紀州のはなしする」と即興の句がある、彼女の紀伊の生れなのが頭に来たのだ。信一は、京都から大阪へ廻る翁に、「大阪でK・H先生によろしく」と頼んだ。

　翁は肯いた。松子が其窓へ近づき顔を揚げ、「お父様によろしく申上げて……」と小声で云ふた。深川の人達も何かと挨拶した。

　警鈴が響き汽車の窓が動き出した。其時松子の瞼は涙を持つた。

　徳永翁をみ送るなり、信一は深川の人達に今晩世話になつた、其礼を云ふた。深川行で日本橋へ来、二人は乗換て根津へ戻つた。自家《うち》の土間で松子はコートの裾が素足の甲へ盛に雫してるのをみた。

「泊りなさい、あたし達は下に寝ますから」と松子が云ひ、信一は其考へが無かつたが、茶の間で話してるうちに遅くなつた。母が居る前で彼が、

「今晩初めてみた徳永さん？　どんな気がした？」と松子に訊いた。――自分と彼女と考へが似るか試みる、――信一は松子に対し宵から左ういふ《観察者》であつた。

「やさしい方の様ですわね。町長様つて、どんなこはい躰つきが逞しい人と思つてましたわ。言葉もやさしい、深切な、落著イた方でしたワ！」

「左う」と、信一は又「お前さんも今晩ああ云ふ人中へ出て、容《たち》は中中いい出来だつたよ」と松子を褒めた。母が顔を心持脇向けてきいて居つた。

　それから二階で信一は独柔らかい夜具だと思ひながら眠つた。

　翌朝、……馴れぬ室が眼に入る信一は、彼女が来て話をして僅か一週間余経たない変り様を思つた。而して母子の食卓で、熱い飯の上に玉子を掛ける朝食をした。

　ある夜、上野山下の時計台の針が九時過るのを眺めて、彼が三橋に突立つて居た。其信一は傷めつけられた非道い頭をもたげてゐた。

　……徳永翁との会後、松子は夜分でも信一の下宿へ遊びに来、彼も根津へ往復して楽しい時を過した。が、左様な一週間を経た、今夜信一が根津の茶間で、母親の思ひがけぬ詞に逢ふた。

「――家を探す々々を云うて、家は第二番で、前に極める事

をちやんとせにやならぬが」左う云うて、結納や杯等の事を言出し、深川の徳永と云ふ人が、媒酌ならばそれらしくして欲しい。こちらが女許りだと思つて、おろそかに振舞うて居る、と左様な心持を洩し、「此方の仲人は石本サンを頼むが、相手がそんな風では、話を毀すだらうよ」と、彼から眸を反向けて母親が言続けた。

彼は厭な気がした。結納とか式とかはキライで、又自分達一生の大事な場合に間に人をいれようと云ふのも解らなかつた。で、「そんな事しなくともいいと思つてゐた」と、母親に云ふた。

「それでは、馴合といふものぢや！　あなたは若いから知らないにしても、口をきく人が有つて左うでは為方がない！」

彼は詞が言へなかつた。頭は思ひがけないものに出遇つて困つてゐた。――自分が信頼した人を明かに悪く云はれて気持が鬱窟し、自分に同情しない母親の肚を考へて、いらいらして来た。松子は其処の畳の上近く腑向いて、額際の皰《にきび》を摘んでゐた。彼女が皰を摘むのは自家《うち》で困惑した場合よく遣るので信一は屢々見た。

「徳永サンが始てみえた時、つい差上げますと答へたが――どうせ独で置けない身ではあるけど――まア考へてをきますと云うて、此方から人をいれて返事するのが本統でした」と同じ調子で母親のてつが云ふた。

彼はわけが解らなかつた。いきなり面をピシツピシツ擲られる気がした。少し口を噤んでた跡で「徳永サンは話が纏まる方こそ考へようが、悪意があらうとは思へません。此間話して貰つて、其跡跡の事は私から云はないし、それでいいと思つてるのでせう」と正直に述べた。

「そんな事て?あるもんぢあない。仲人が手続を知らなイなんて！」

信一は「私自身始てなので知らないのですが、どうすればいいか教へて下さい」左う頼んだ。

母親は、聟嫁両方で仲人を立て其人等が談合して結納や式の万事を運ぶ、其を説き、なほ、此方の石本サンは度度遣つてるから、向ふが解らない人では突込まれるだらうと云ふた。

彼は、目前に自身の思想が根こそぎ踏躪られる気がした。形式や因襲を厭がつて居つたのが、肝心の際で其に頭を下げねばならぬ場合になつたと考へ、自分の築いたものが眼前で毀れて行く様に思はれた……。彼は、「是から深川へ行つて、兎も角話して来ます」と、茶間の火鉢から起つた。頭が妙な具合になる此場から脱れたかつた。

――直ぐ、深川で彼が対ひあふた徳永さんは、

「こちらは貰ひに往つたのだから。向ふの言ひなりにならう。結納取替せ善し、日比谷大神宮も行きますと言はう」と、笑つた。而して「其石本と云ふ人に逢はう」と、左うきめた。頭に厭な感情が残ると信一が云ふのを「左うだ」と同情し「竹内君も大変だなあ」と、真面目に彼の顔を眺めた。――

深川から根津へ向けて、信一は帰りしな、「この厭な気持を奈うせう！」と頭で思つた。自分の関しない人の意志で成る成らぬが左右される、其が心外で堪らなかつた。而して彼自身壊れるものなら壊れてもいい、左う捨てた心持になるのを覚えた。其頭で彼は上野山下の時計台を仰いだのである。……

三橋に突立つた彼は、次に出る電車の長い横腹に記された数字を注視した。彼は何か迷ふ場合其数字の奇数偶数で心占をみる癖があつた。其を行つた。が、其判断でも彼の心持は落著が無かつた。聽て歩き出した、彼の足先は池辺から根津へ向いた。

池の仄暗い水の面は矢張りヒウ！　ヒウ！　鴨類の声を伝へてゐた、母のてつが今晩何であの様な針を含んだ言葉をみせたのか！　信一は考へて歩いてるうちに、「母親自身寂しいのだ!!」と思うて、解つた様な気がした。解つたのが何か明瞭しないが、彼の厭な気持は不思議にとれかけて居た。彼は自分ぎめで、……母が一人娘を聽てとられて終ふその寂寥から、こちらへの本能的な敵視が露骨に出たのだ、と考へた。母の気持が結納や式事でなほるならそれもいいと思つた。彼は、不忍の北側の広広した《其年博覧会が焼けた》焼跡を歩いて居た。

少時して、根津の寓居の同じ茶間で、信一は母親に深川のはうの詞を伝へ、「石本サンによくして貰ふやうに――」と頼んだ。……

《ずつと跡で松子が、この縁を母がトにみて貰つて凶く言はれたと話した。母が否定的に強く出たのは其影響があつたと思へた。が、母がト者なぞに持出し懸念する、其頼りなさが自分の顕れから来たと考へて、信一は赧くなつた》

其十二月廿九日が日柄が佳いからと石本氏が定めて、午前中に結納の事を為、晩に式と披露を行る事になつた。――式は料理屋などでするとも大仰で、かと云うて信一の下宿の部屋でも出来まいからと、根津の寓居の二階で杯だけして、下谷の料理屋で御飯をたべる――と云ひ、結納の品物を両方共母のてつが買つて来、会席の方を石本氏が費用の点など交渉して呉れた。

其日に近づき松子が風邪気の熱で床に仰臥してゐた。当日正午に石本氏が来て、白木の台の上にある水引をかけた品を信一に渡した。而して彼女が起出たと伝へた。彼はうけた品を居間の袋戸棚の厚い上板へのせて置いた。

すつかり暮れて、彼は徳永氏と根津へ行き、狭い通りの軒毎歳末の竹の葉が埋めとる下を通つた。家で松子は紋服に帯を著けて居た。彼も羽織と袴とを礼服に著かへてから、二階の六畳に坐つた。

杯は普通屠蘇に用ふ三重の陶器のが出た。彼は平気を意識してそれをとつた。松子は少しして其酒で顔が紅くなり、うつむくと其眉毛が際立つて濃くみえた。

そのあとで直ぐ彼は平常著にかへた。彼女も縞の著物の姿で、母親と、又松子の友達で同朋町の姉さんといふて先刻ひき合された婦人も一緒に、皆が家を出かけ、石本の細君が留守居をした。並んだ姉さんと云ふ女《ひと》が品の好い髷をみせ、松子が奴元結をかけた島田髷を上げ襟巻の肩を心持猫脊にして腑向いて行く。道の上はぬかるみで困難した。藍染橋で皆を電車にのせ、信一が一番終ひに踏段に乗つた。

下谷の料理屋の普請が出来た座敷で、床を背ろに石本氏徳永氏、其左に信一と松子とが坐つた。石本氏から右角に姉さん、次に母親が列つた。石本氏から右が皆酒を嗜み、左側のこちらは呑めぬ口だつた。平野水をうけた徳永氏が「おや！」と云ふ様な眸を母親へやつた。てつは紙巻煙草を啣へて居た。

信一の脇の火鉢へ松子がうつ伏して其縁へかけた手が顫へてゐた。

「どうしたの！」と彼が訊ねた。

「寒いンですの」ガタガタ歯が鳴つて居た。

彼は火を赤赤と熾して又風邪だと思つた。「辛棒できる？」彼女は肯いた。小声なので一座は気付かず、酒は中中終らなかつた。が、早く彼が飯にした。石本氏が、

「お嫁さんを送つて貰はねばならぬが、阿母さんに頼もう」と云ひ、母は承知した。

皆一緒に其処を出て、彼は街上で石本氏に近づき、自分の箸をつけぬ折の包を、留守居の細君へと考へて其酒気の出てる手へ持たせた。

松子のガタガタ顫ひは薄らいだが熱の気がみえ、彼女自身は湯島まで歩けると云ふので左うした。

——下宿の信一の居間を母親が始てみた。大きな木綿の窓掛の中の小座敷で電気が明るかつた。

発熱で真赤になつとる松子に、直ぐ床を展べた。

「このごろ中斯うなのですが、汗が出ると熱は直ぐ退くのです」と母が云ふた。彼が自分の新しい浴衣を出し、彼女が其一重に著換て横になつた。母は脱いだものの始末して、明朝根津で飯を食べるやう、と約束をして帰つた。

枕につけた、松子の顔には油汗が滲んで居た。信一が入つて触れた、その体からは高い熱が直《ぢ》かに伝つた。

「無理がない！」彼は何かなし思つた。事の多かつた彼女とこの発熱とを考へて、信一は左う思ふほか無かつた。……

（大正十年六月）

（「新小説」大正10年8月号）

三等船客

前田河広一郎

一

「あれ、擽ぐつたい。」

はねのけるやうに疳高な、鼻のひくい、中年期の女のみが発し得る声が、総体にゆらゆらと傾いだ船室の一と隅からひびいた。女の姿は何かの蔭になつて見えなかつたが、男の前のめりに動いた姿だけ、汚らしい壁の上に、不自然な暴動の影を投げて、挫れるやうに暗らい方へ消えてしまつた。

「畜生、ふざけてやアがる。」

かなりな距離であつたが、さつきからその暗ら隅を見すかしてゐた偏目《かため》の男は、巻煙草の端を上のベッドから床へ投ると同時に、もうじつとして見ては居られぬと云ふ風な性急な言葉を吐いた。

そのわきに、ベッドに匍腹になつて講談本を読んでゐた男も、その時、むつくり頭をあげて、偏目の男の熟視してゐる方を眺めたが、すぐつまらなさうに横を向いて、髯の中で嗤つた。

「ハワイへ着いたら尻尾を出すよ。」

偏目の男は、向き直つて対手に何か云ひかけやうとした刹那、

「わたし、もう立つの。つまらない。ちよつとそこを通してさ。」

と早口に云つて、暗ら隅に居た女が、煤けた送風機《ヴエンチユレータア》の後ろから上気した顔をあらはしたので、急いでまた元へ向き帰つた。

「そんなに急いで立たいでもいいぢやないか、かみさん――。」

肺の強さうな、男の声が、蔭の方から女を追ひかけた。

「もう、男の人は、いや。」

脚元があぶないので、送風機《ヴエンチユレータア》の胴へ片手を置きながら、華奢な踵の高い白靴を、船室のまん中の一段高くなつた壇の上へ載せた女は、肥つた笑ひ顔を、今出て来た方へ向けた。その拍子に、船が一と揺れしたので女の手は送風機の胴を離れて、壇の上の足が床の上の足と重り合ふたと思ふと、彼女の両手はすぐ横手のベッドの鉄柱をめがけて、身体もろともぴつたりと吸ひついた。

「おお危い。――書生さん、御勉強ですか？書生さん。」

抱いた鉄柱をそのまま震すぶつた彼女は、のびあがるやうにして上のベッドを見あげたが、そこにゐる青年は頭から毛布を被つて眠つてゐた。方々のベッドの男どもは、彼女の偏平つたい顔と、派手な格子縞のスカートとに向つて犯すやうなみだら

な視線を注いだ。女はきまり悪るげに、いろいろな色合の毛布や蒲団で囲まれたベッドとベッドとの間に、まぎれ込んでしまつた。

「ふられたね。」

　うすつぺらな笑ひとともに、妙に細い声が、暗ら隅の男へ話しかけたらしく、その辺のベッドから響いた。二三人のえへら笑ひがそれに続いた。

「ありや一体何だい、君？」

「酌婦よ。」

「さうかな、それにしても堅気らしい処もあるぜ。」

「君はまだ若いよ。」

　正面の上のベッドに、あぐらをかいて、林檎をむきながら話し出した二人の青年の会話も、その時、船窓の外を、まつ蒼な大幅の波が、強い肩でぐいと船体を押のめして、甲板の上に大男が仆れた時のやうな物音を立てたので、揉消されてしまつた。乱雑な室内のすべての物は、一瞬間、ふらふらツと宙に浮いて、一と息ついたかと思ふと、又逆にもとの位置へ急にぐらぐらツと押し戻された。けたたましい嬰児や子供の泣き声と、それらの母親らしい女の声とが、一時に方々に湧きあがつた。枕元の金盥をさぐる音と生欠伸を嚙む声もそれにまじつた。

『……後ろは禿山、前は海、
　尾のない狐がゐるさうな、
僕も三度四度騙さアーれイた、
　　なつちよらん……。』

　誰やらが、ほそい撓つた鼻声で突然唄ひ出した流行遅れの歌は、すべての騒音に穢がされた病的な空気をかい潜つて、歌の続く間は人々の耳に、船室の労苦を忘れさせる為の妙薬のやうにひびいた。

「――あすこの隅の奴等は、みんな彼女に惚れてるんださうだ。面白いね。」

　偏目の男は、また執拗く暗ら隅の方を見ながら、講談本の男の肩を震すぶつた、話しかけられた方は、二三行読み通してから、やつと「……両人はこれより播州姫路をさして急ぎました。」とある処へ中指を挿し入れたまま本を閉ぢて、充血した眼をあげた。

「さうかね？――」暫く考へるやうな眼付をしてゐたが、思ひ出したやうに彼は駱駝の画いてある安煙草を片手でつまんで、「――皆な渴へてる連中ばつかりなんだからね。」とシガレットを口へ運びかけて、「この三等室に乗つてる女と云ふ女で、亭主のないのア彼女つきりだらう。皆が張りこむのも無理はなからうぢやないか。お化粧さへすりや、あんなお多福だつて満更捨てたもんでもないからな。――」とシガレットを口にくはへて、枕下の米国製のマツチを鉄柱に擦つた。

「あ、こりや大変。あすこの奴等ばつかりと思つたら、君《ユー》も、もうまゐつてゐるんだね。」偏目の男は顔の半分だけで、苦しさうに笑つて、いきなり対手の肩を打つた。

「何をぬかす。君《ユー》こそ、見い、シスコを出帆してから、彼女の臀ばつかり狙つてるんぢやねいか。」

「僕《ミー》が？……」と云ひかけて偏目の男はさつと顔を赧らめながら、「そ、そんな馬鹿なことがあるけい。」と絡らみつくやうな声で笑つて、彼は揉みくちやになつた蒲団を敷いたベッドの上へ、くるりと仰向けに寝転んで、一つの目をつぶつた。

人々の会話の複音は、一種の単調さを以ていつまでも続いた。時々それが、階上の便所の扉が船の震動とともにやけに柱に打ち当る音や、どこかでフライ鍋が釣るされたまま壁を伝つて動く拍子にからからと鳴る響や、船腹を撲つて甲板にざわざわと裾を曳く波の音などに寸断されて、一としほ眠さうに響くのであつた。多くの人々から発散する甘酸つぱく、饐えたやうな動物性の臭が閉ざされた送風機の艙口《ハッチ》の為めに、どこへも逃場がなくなつて、辛ふじてシイ・デツキの便所の戸口へ通ふてゐるので、そこへ溜つた尿素と石炭酸の臭を抱和したまま、再び船室へ舞ひ下りて来て、八十幾つかのベッドにある夜具の古綿や、めいめいの処に積み重ねた手荷物や、果物の籠や、蒼ざめた顔をして寝てゐる女どもの肺の底までも泌み込んでしまふやうに思はれた。その空気に浸りつくした船客のうちには、巨きい拇指のびくびく動く足の裏だけを見せてゐる男や、未熟な果物のやうな乳呑児にだらけた胸元をひろげて寝てゐる婦や、青白い腹を露はしてゐる女の子や、電燈の光の届かぬ辺に蒲団やら子供やらわけのわからぬ黒い団塊になつて突伏してゐる者などが、一様に臭い息を吐いてゐた。折々、臨月にまぢかい婦が、肩で息をしながら、ベッドの鉄柱伝ひによぼよぼと二階の便所へ通ふ姿などが、多数の視線につきまとはれて室内から消えて行つた。

広い物置のやうな一室に、わづか五つしかない煤つぽけた舷窓の彼方に、黄昏の海は、寒さに刺戟された蒼白い波を戦慄かしながら、絶えず後ろへ後ろへと流れて行つた。時には、ガラス一枚の外が、まるで滝のやうに暗碧の水の縞がどろどろと壁をふるはせて打ち当つたり、それが遠退くと氷山のやうな水の層が、また近づいて来る大波と、温和しく抱き合つて、船から離れながら深い谷を作つて渦を巻いて行つたりするのが、恐ろしい他界の不思議な暴力の如く人々の眼を脅かすのであつた。

「腹がへつたな、——まだ飯にならんかなア。」皺枯れた声が、どこからか、さう呟いた。すると、そのすぐ傍から、

「飯つたつて、例のバケツ臭い乾物の煮しめと、塩つ辛い沢庵漬ぢや食ふ気にならんからね。」と誰やらが、不平らしく継ぎ足した。その時、色の蒼黒い船室附のボーイが、だらしない雪駄ばきのまま戸口へあらはれて、莫迦叮嚀な声で叫んだ。

「さア、さア、皆さん、これから船室の検査がありますから、どうぞ床の上へ物を落つことさんやうにして下さい。煙草の殻や、蜜柑の皮などね。済み次第すぐ御飯に致しますよ——。」と妙に船客を鼻であしらふやうな事を言つてゐなくなると、人々の間には、一としきりベッドの上へ立ちあがつたり、金盥

をかたづけたりする気勢がして、片頰へべつとり寝乱髪のねばりついた女がきよろきよろ首だけ擡げてその辺を見廻したり、子供が眠から醒された時に限つて立てる泣声などが聞え出した。一日中、必らず誰かがどこかの隅で燃やしてゐる会話の火は、再び船室一杯にひろがつた。元気の良い掛声で、上のベツドから飛び降りる若い者などもあつた。

「どうです、かみさん、一と寝入しやしたか?」赭ら顔のがつしりした男が、暗ら隅からあらはれて、『十三番』と札を貼つた酌婦のベツドへ、つかづかと寄つて来た。飛びあがるやうにして毛布の中から半身を起した女は、まだ眠むげな眼をぼんやり瞠いて忘れたことを思ひ出したやうに、

「もう、御飯ですか?」と訊ねた。

「御飯——?さうよ、御飯はとうに済んだがね。あんたがあんまり寝坊しとるんで、もう明日の朝までは御飯にありつかないよ。」

　男はとぼけ顔をして、女のベツドの片端へ無遠慮に腰をおろした。女は絹の靴下のちらと見えたスカートの辺をかばひながら、無意味な笑ひに、健康さうな歯を見せて、ベツドから降り立つた。

「嘘。」

「いいや、ほんたうさ。今御飯をつめた俺の腹アこの通りつつ張つてるがな、触つて見なされ。——」

「どれ、どれ——」

「あいたツ。」

　その時、三人の男がそのベッドの前へどやどやと押寄せて来た。

「もう来てるか、早いのう。」

　紀州訛の、角顔な、色のなま白い男に続いて、顔の黒い、声の細い青年が、剽軽な声でわめき立てた。

「妬けるね、いつもかう二人でちんかもをきめてるのを見ると。」

「さうよ、いくら船ん中だつてな。」

　茶色のスウエタアを暖かさうに着た偏目の男が一番後になつた。五人は狭いベツドに目白押しに掛けて、囂々わめき散らしてゐたが、突然、いままで静かであつた上のベツドから、色の浅黒い二十五六の青年が、安全剃刀を片手に、半身をあらはして、心持侮蔑を含むだ眼元で一同を見競べてから、女へ向つて、

「君、あの鏡をちよつと貸してくれませんか?」と優しく尋ねた。

　女の瞳は、素早く青年の視線を掬ひ上げて、一瞬間、二人の視線は絡らみついたやうに、空中にじつと交錯したまま挑み合つてゐたが、女は急に媚のある甲高な声をあげて、

「顔を剃るんですか?」とわざとらしく眼を瞠りながら尋ねたが、やがて男どもを立たせてベツドの辺をそそくさ探がし初めた。

「御安くないね、いよう、色男。」

「二階にお軽がのべ鏡かね。」

下の四人は、そんなことを小声で言ひ合つた。

「あ、ありました。書生さん。」女は青年の顔を下から覗くやうにして、鏡を手渡しながらにツと笑つた。

「よう、よう。」

「俺も書生さんにあやかりたいな。」

人々の声に遮られた青年の言葉は「……どうも髯が伸びて」と云ふ一句だけが女の耳に入つた。女が自分のベッドの方へ戻るといきなり誰かの拳をびしやりと平手で叩く響がした。上のベッドの青年は、ブラッシユで鼻の下や頤へ石鹸を塗り立てた。

この時、かつかつと階子段を降りて来る五六人の靴音がして、妙に語尾を落とした会話のきれぎれが、急にひつそりとなつた一室の内へ響いて来た。船客の多くはベッドから伸びあがつて、検査に来た船の役員どもの姿を訝しさうに見遣つてゐた。役員は総勢五人で、室のボーイが一番後から、ふだんよりも威張つた表情をして、白のジヤケツトを着込んでついて来た。真鍮釦をひからした彼等は何かの欠点を船客の間から探し出さうとする鋭い眼で隅々を見廻しながら、さもさも重要事らしく何事かを囁き合つて靴音厳かに次室へ通過して行つた。まつ先に立つた制服制帽の、口髯を短く刈り込んだ、日本人の船長の貌だけは、暫く人々の記憶に残つた。

「船長も糞もあつたもんけい。一体俺達を何と思つてやがるんだ。かう見えても、へん、御客様だぜ。船賃こそ安いかは知らねえが、ちつたア人間並みの待遇をしろい。船会社ア俺達がかうやつて大勢乗り込むからこそ儲かるんだ。こんな臭いとこへぶち込みアがつてさ、あの飯は何だ、一体、莫迦にするのもいい加減にしねえか。……」

眼の円な、赤肥りに肥つた老爺が、酒臭い臭を吐いて、一番先に煽動家らしい口吻で船室の沈黙を破つた。彼は叫びながら、ベッドからまん中の食事用の卓へせり出て来て、そこへ括り猿のやうな拳をとんと置いた。

「さうよ、さうよ、まるで豚小屋ぢやねえか、このざまはよ。」

百姓らしい老人が、胡麻塩頭をふりながら、講談本を読んでゐる男の下のベッドから合槌を打つた。それからそれへと、相応ずる者の声で、夜になつた一室には、桑港を出てからここ三日間の待遇の悪い会社の仕打を非難する不平で充ちてゐた。『十三番』の女を中心として集まつた男どもは、何やらはしやいだ声で、高らかに唄ひながら、折々、どつと哄ひ挫れてゐた。

「飯だ。」

正面のベッドにゐた二人の青年が、さう叫んで、ベッドを立ちあがつた。送風機の向ふから、ボーイが茶碗と箸を入れた笊と、香の物を盛つた鉄葉の皿を抱へながら、動揺する床をふみしめ、ふみしめこつちへ運んで来るのが見えた。次室の天井から、湯気の立つ飯櫃を、汚らしい縄で釣り卸すのが、立ち犇めく船客の間から、手にとるやうに見えた。複雑な騒がしさが、急に室の四隅から湧いて、まん中へ集まつた。

「飯だ、飯だ――。」
「御飯ですよ。」
「そら、飯、飯、飯ツ。」

口から口へと、この簡単な言葉が、見る見る伝染して行つた。口に出さぬ者も、群衆の勢ひに動かされて、腹の中ではかすかに「御飯」と囁かざるを得なかつた。箸箱を持つてベツドから飛び降りる者や、子供の名を呼ぶ声や、茶碗の壊れる音や、バケツを蹴つた靴音や、人々の重みにきしるベンチの響や――大勢の人が、無雑作な会食をする際に起すすべての物音は、船室の萎へた空気を一変して、急に賑かな、騒々しい景気付をした。

「ボーイさん、お菜が来ないぞ！」
「お菜だ、お菜だい、間抜奴。」
「何をしてるんだい。先刻注文しといた蒲焼と口取を忘れるない。」

人々は哄ひどよめきながら、首を伸ばして次室の天井から、まつ黒い縄で釣り下げられる笊を見てゐた。一人の男が、箸で茶碗の縁をかんかん叩いて、床板をとんとんと拍子を取つて蹴ると、もう一人の男が、別な場所でにやりと笑ひながら同じことを繰り返した。すると、それをきつかけに、模倣者がそこにもここにも増えて、しまひには、卓へ顔を出した男どもは、皆一斉にその即興の馬鹿囃を初めた。男どもの間に挟まれた婦達は、狂気染みた動乱の底に、食慾のなささうな顔に微笑を噛みながら、うつむいてゐた。

「さア、さア、皆さん、御待ち兼ねのお菜が参りましたよ。――鉢巻をしてお食んなさい。頬つぺたが落つこちるほど甘い物ですよ。食料はついてゐるんですから、御遠慮なしにたんとお食んなさい。――どうぞお静かに願ひます。」

煮物の小皿を山のやうに積んだ笊を、汗みどろになつて運んで来たボーイは、唇を歪めて叫びながら、一同を哄はせた。暫くすると、船室はにはかにひつそりして、湯を啜る音と、舌打する響と、飯櫃を少しこつちへよこして呉れるやうにと囁く声などが聞えるだけであつた。人々は、時々、茶碗から眼をあげて、自分の周囲を見廻して、これ程大勢の人間がこの船室には居つたかしらと疑ふやうに、卓へ押し掛けた多数の人々を眺めた。席がないので、立ちながら頬張つてゐる者もあつた。食物だけは二等まがひの特別な膳を運んで貰つてゐる者は、尊大らしくベツドの上から下の食卓を瞰下して、ボーイの持つて来るオムレツなどを撮んでゐた。箸をつけたと思ふと、すぐ吐瀉してしまふ婦なども見受けられた。

二

晩餐のすむだ後には、牛肉の片や、箸の折れや、沢庵の端などが、処ろ嫌はず撒き散らされた飯粒と、煙草の吸殻とに雑つて、恰度、何者かが突然そこへ乱入して、手当り次第にすべての物を破壊して行つた跡のやうに思はれた。それをボーイがせつせと掃除してゐるのを見戍りながら、人々は、蛆のやうに転ろげて行く飯粒や、歯形の立つた大根の端などに、つくづく食物と云ふものの気拙さをさとつたやうな眼付で、めいめいのベツドに飽食の体を横へた。

　湯気のやうにむんとする暖かみと、すべての物が核心から腐つて行くやうな臭みとに閉ざされた船室には、だんだん時が経つにつれて、人々の談もやゝ下火になり、時間の拘束の無い場所にあり勝ちな、底深いけだるさと、何かしら強烈な刺戟を覓める本能が、陸の生活のすべての約束から解放された人々の頭に根強く湧いて来た。一様に懶い表情をして煙草を吸ふたり、とろんとした眼を明けたり閉ぢたりしてゐる彼等の或者は、折々、何か事件が起ればいいと云ふ風に、ひよつくりベツドから首を擡げて、部屋中を見廻すのであつた。船の賄の粗悪な談や、アメリカ人と喧嘩した談などが、かう云つた老やけた空気のうちに、ちよろちよろと流れ出ては又すぐ沈黙に吸ひ込まれた。それでも、女の談だけは執念深くそこゝに繰り返された。

――

　一隅の上のベツドに、仰向けに寝そべつてトランプを弄つてゐた青年が、向ひ側のベツドに鼻唄を歌つてゐる紀州訛の男へ話しかけた。

「やろか。」

　話しかけられた方は、しまりの無い唇を開いたなり。流眄に青年の釣りあがつた眉を見遣つて、

「何をするんか。」とじめじめした口吻で訊き返した。

「トワンテー・ワンは？」

「よからう。」彼は首肯いて、青年の隣のベツドに、膝を組み立ててその上へ本を載せて読んでゐた学生に「あんたはどう？」と起きあがりさま、促した。学生は気軽に受けて、膝の上の本を枕の下へしまひ込んだ。三人では面白くないと云ふので、『十三番』の女と、赭ら顔の男とが加へられた。五人は青年と学生とのベツドに、珈琲色の毛布を敷いて、円座を画いた。

「親は誰？」

「くじがいい。」

「ぢやんけんで定めやうよ。」

　親になつたのはトランプを持つた青年であつた。マツチの棒が一人前二十五本づつ、一本二十仙で各自が親から買ふことゝ定まつた。無聊と倦怠から急に一つの遊戯に集中された五人の人々は、活々とした笑顔を浮べ、心の中には一種の家庭的な親しみを共有してゐるやうに感じたのであつた。器用に切られて、器用に各自の膝下へ撒かれる札の一枚づつ増えて行くのを楽しみに待つてゐるかのやうに、四人は妙に張りつめた忍耐力を以て、親の細長い指を油断なく見戍つた。五人の頭の影は、カードを拾ふために動く時だけ、ひらりひらりと毛布やベツドや壁の上に躍動したが、ややともすると、じつと珈琲色の毛布の上に永い間しがみついて何か深い考へ事をでもしてゐるかのやうに見えた。彼等の弛みない視線と指尖だけが、注意深く働いた。

「もう一枚。」赭ら顔の男は、手元に配られた伏せ札とハート

の女皇を見くらべてゐたが、太い声で呟いた。

「いいの？」親の手からはダイヤの三がひらりと辷り出た。

「よし。」貰つた方は首を縮めて、それを伏せ札と数へ合はしてから、強く口を噤むだ。

「そちらは？」

「もらはうか。」

「ほら来た。」

「もう一枚。」紀州訛の男は、手札を二枚開いて、片手で煽るやうな手付をしながら、伏せ札を呼んだ。

「そーら、ブローク。」親は慣れた手付でマッチを浚つて行つた。


一回目の勝負は、親の全勝に帰した。マッチの大部分は彼の膝下へ無雑作に投り込まれた。かうした勝負が、しばらくの間続いた。マッチはそつちへ集つたり、こつちへ掻きよせられたり、一人の膝の前に手薄になつたと思ふと、すぐ又そこへ倍になつて戻つたりした。立ち罩めた煙草の煙を通して、

「張りますよ。」

「そら、ブラック・ジヤックだ。」

「ああ、これで一弗損しちまつた。」

などと云ふ言葉が、次第に静まりかへつて行く船室の片隅から漏れた。いつの間にか凪になつた海の上を、辷るやうに進んでゐた船は、折々心臓のやうな機関の鼓動を、遠くの方で間歇的に聞かしてゐる外、時々、海のどこかで、綿の棒で大地を撲ぐつたやうな波の音が、ま夜中の底知れぬ大洋の寝返りを打つてゐる態を想像させる音のみが聞えた。そここゝのベッドには鼾の声がだんだん高まつて行つた。


紀州訛の男は、ポツケットからウイスキイの瓶を出して、

「どうです？」と学生の鼻先へ突付けた。

「いや、いけません。」

「ぢや、あんたは？」突出した手首を動かさずに、罎の口だけ女の方へ向けた。

「ウイスケ？すこしくださいな。」女は眉根に小皺を刻みながら、罎を受取ると「このまま飲むの？」と罎の貼札と男の顔を見くらべた。

「喇叭飲よ。」彼は素気なく答へて、札を切り初めた。罎は女から赭ら顔の男と眉の釣りあがつた青年へ廻つたが、他に飲む人がなかつた。自分の処へ帰つた罎を掴むと紀州訛の男はまだ九分通り入つてゐる酒を、本能的に眼の前に翳して見て、ぐいとそのまま口へ持つて行つて、咽喉を鳴らしながら半分ほど飲むでしまつた。飲み終ると「ほーう」と太い息をして、再び罎をポツケットへ納めた。カードを撒き終つてから、被は膝下のマッチを擦つてシガレットに火をつけながら、酒に嗄れた声で、

「さア、少し仰山張ろか。――」と云つて、マッチをぽんと外へ投つた。


立ち後れた形で、三人は勝負にならず、伏せ札とジヤツキとスペードの三をじつと手元に見戍つてゐた学生と、彼との勝負

になつた。

「見やうか。」学生はマツチのありたけを場へ払ひ出した。その時、隣り合ひに座つてゐた『十三番』の女の柔かい膝が、骨張つた学生の膝を二三度ぐいぐいと小突いた。目をあげると、女はほんのり上気した眼を意味ありげに細めて、彼に眴をしてゐた。

親は自分の札を用心深く引いて、一枚だけ手元に伏せて待つてゐた。

「いかう、――鉄火でいかうかい。」頓がて彼は膝の下のマツチを太い手でぐいとまん中へ押し遣つて、学生の顔をじつと覗き込んだ。マツチの大部分は場へ集つた。手合せになると、学生は自信のある手付で、伏せ札を軽く撮んでひよいと場へ開いた。五人の視線は一時にその一枚の札へ集つた。と思ふと、急に転じて親の手元へ撥ね帰つた。そして、突然湧いた一種の感情を陰蔽した時誰もが使ふ急劇な表情、――沈黙を守つて、恐ろしさうにまん中のマツチの数を目で計つた。すこし経つと、傍らの三人は、殆ど同時に叫び出した。

「紀州さん、どうしたの?」

紀州訛の男は酔の廻つた顔をあげて、唇を歪めながら、てれがくしに高く嗤つた。

「ブラフだと思つたら、トワンテイ・ワンか。――敗けた。敗けた。」

彼の鼻にかかつた声は、船室いつぱいに底力のない、からな響を送つた。どこかで、小児の魘される声がそれに雑つた。

「わたし、酔つちまつたの。もうよさうぢやありませんか。大分遅いわよ。」女は紅くなつた頰を、円い手で撫でおろして、人一人動いてゐない船室を、不思議さうに見廻した。マツチを数へてゐる学生に向つて、紀州訛の男は、熟柿息い臭を吐きかけながら、

「勝つたのう、あんたは。」と取つて付けたやうな御世辞を浴びせた。ひつそりした室内に皆の勘定してゐる金貨や銀貨の音が、気味悪くひびいた。

彼是三十弗ほど損をした紀州訛の男は、金を払ひ終ると、怠屈さうに脊伸びをして、膝を組みなほした。学生に金を数へてやつてゐた女がふと眼をあげると、彼の細い鋭い眼が刺すやうに自分の上に注がれてゐるのを知つたので、彼女は何気なく、肥つた頰で笑つて見せた。

「あんた、大へん酔つたやうだが、一寸甲板へでもあがりませう。私もこんなに酔つちまつて、どうもならん。そんなに遅いことはないがの、まだ十一時ぢやけに。」彼は金側の大きい時計を女の方へ向けた。女は顔へ表はした笑ひをどう始末していいか迷つたやうに、不自然な微笑を続けたが、不意に膝を立てながら、冗談らしく答へた。

「連れてつて頂戴な。」

「あれだ。」赭ら顔の男はベツドの梯子をおりかけて、情けなさうな眼で彼女を見あげた。

「甲板へ出りや、あんたと二人切りぢやけに、よ、——」紀州訛の男は女の手を執りながら笑ひ挫れた。話の継穂が無ささうに黙つて俯首いてゐた学生は、

「僕もいつしよに行きませうか。」と顔を染めながら言つて、きまり悪るげに二人の様子を下眼で見くらべた。

「書生さんも？……かまないことよ。いいでせう？」女は男の手を振り捥いで、紀州訛の男に訊ねた。

「……三人でかい？」彼はごくりと咽喉を鳴らして、一瞬間の躊躇を示したが、すぐと猾るさうな眼を天井へ投げて「……変な御連れさんぢやて。」と空嘯いた。

「浪にさらはれると危険だよ。」学生はけつけと咽喉から鋭い言葉を吐いたが、言ひ終つてから自分で自分の拙さ加減に苛立つた風に唇を嚙みながら、枕の下の本を取りあげた。

　女は黒と白の毛織の襟巻をすつぽり頭から被つて、あぶなげな足取で、男の導くままに階子段をあがつて行つた。

「書生さん、妬いたのう。」男は上甲板へ出る艙口《ハッチ》の梯子をのぼりつめて、アメリカ流に女の腕を執つて戸口を跨がせながら、鼻先でせせら笑つた。暗と電燈との境に、彼の金歯がちらりと気味悪るくひかつた。女は不安な表情を見せまいとするやうに、黙つてただにつと笑つて見せた。

　月の無い晩であつた。のろりと重い海の上を、汽船は幽かに浪を截る音を立てながら、辷るやうに暗の中へ、暗の中へと深く進んでゐるのであつた。風呂桶を長くしたやうな煙突から右舷へかけて、斑らな星の帯が、深い黝い空を斜に切つて、長く幅広くひろがつてゐた。仄白い旗を結びつけたマストは、そのすぐ傍の妙に底びかりのする一つの星を、掠めて二三寸外れたかと思ふと、又そこへ戻つて来ながら、わづかに巨船が何物か船よりも強い力に押し動かされながら進むでゐるのを暗示してゐた。蒼茫とした船の外の世界から、青白いものが、大きい皺のやうに、折々靄をわけて、縒れ縒れになつて近づいて、甲板の光圏へ入ると黒と青の二幅の波に割れて、船腹を擽るやうにさわさわと逃げて行つた。女の後れ毛が片頰へ戯れつくほどの軟風が、どこからともなく吹いてゐた。

「——ハワイへつくのは、もう二日目？」女は、ずんずん先に立つて急ぐ男を引留めるやうに、意味の無い問を発した。

「三日目だよ、——」男は熱い息を吐きながら、言葉をちぎつて答へた。彼の細い眼は女の全身を取入れてしまふやうに、じいと彼女の朧ろな姿を凝視めた。突然男の腕が彼女の背に廻つた。「あんた、さみしいか？」

「そんなことないわ。みんな親切な人ばつかりですもの、どこへ行つても。」

「いままでどこにゐたの？」

「シスコよ。それから田舎の方へも行つたわ、パパさんと。」

「パパさん幾歳？」

「わたしと十六ちがうのよ。姉さんを貰ふはづだつたんだけど、姉さんが他の男と出来ちまつたのでわたし身代りに来たの。わ

ざわざ写真と御金を送つて来たんですから、――」女は、一等室の円窓から漏れる光の前を横ぎる拍子に、まつ黒い海を脊負つて、一瞬間くつきりと浮出た男の横顔を、流瞥にちらと見遣つて、声を落した。男はがつがつと身内に悶を感じた時のやうに、暫く押黙つてさつさと早足に歩いた。誰もゐない長い甲板には、二人の靴音が不規則に、暗を刻んでどこまでも続いた。舳の方へ近づくに従つて、機関の響と船の動きとがより強く感ぜられた。暗に慣れた二人の眼には、その辺の送風機の群やら、起重機の柱やら、艙口の扉やら、欄干やボートなどが、手を触れたならそのますうつと暗へ消え失せさうに、青白く立ならんでゐるのがわかつた。甲板の下の方から、まだ寝つかぬ人々の話声が、厚いガラス窓を徹して響いて来た。二人は自分自分の事を勝手に考へて歩いた。女は幾度か無言で抱きよせる男の執念深い腕をすり抜けたのであつた。

「わたしあんたのパパさんになるがなア。――」冷めたい欄干へ手を置いた女に、男は後背から優しげな声で囁いた。

「今夜、あなた大変敗けたのねえ――」女はつかぬことを言つて、圧迫して来る男の力を外らさうと試みた。男は黙つて、鼻から呼吸をした。暫く経つと彼は、

「金なんかどうでもいいや。――」と投げ出したやうに言つて、海へ向つてぺつと唾を吐いた。上のエイ・デツキで誰かの靴音が遠くの方から聞えて来て、又ばつたり止むでしまつた。機関の音が船の胴体の底に、重々しく何かに焦燥を感じたやうに、急に二人の耳へ入つて来た。男は抵抗の無い女の肩を隻手で掻きよせて、

「いやなの？」と息を喘ませながら、女の唇をもとめた。痙攣的な微かな動作で女は男の方へ体をねぢ向けた。

「誰か見てるといけないわよ。」

暫くすると、女の尖がつた鼻声が、折重つた靴音の下に、か細く響いた。

「何、誰もゐやせんがな、そりや気の所為ぢやけに。」男はぼそぼそと囁いた。その途端に、女の襟巻が獣か何ぞのやうに、ひらりと暗に跳ねあがつて、音も無く甲板へ落ちた。すると、突然、空の方から、絹を裂くやうに、

「あツはは、あツはは……」

と笑ふ淋しい声がした。

男と女は撥ね飛ばされたやうに、距離を置いて、暗から立ちあがると、女の方から先に小犬のやうな唸を発して、男の腕へしがみついたのであつた。上の方をすかして見て、男は、

「あれ、狂人よ、あすこの房室にゐる婦だよ。」と強さうに言つた。

「おお、びつくりした。さ、帰りませうよ、わたしこわいわ。」

「ま、もちつとゐやうよ。あんなもん無関《ドン・ケヤ》ぢや。」

蜿りの大きい波が、一と揺り船を動かした後は、靄の深くなつて行く甲板には、大洋のどん底から湧き出すやうな、重苦しい沈黙がすべての物音を小さく封じ籠めてしまつた。

と、突然、女のヒステリツクな声が沈黙を破つた。

「いや、いや。この人は、黙つてるといい気になつて！」

びしやりと男の頬を撲ぐる響がして、もつれ合つた二人の肩の間から、女の円るまつちい手が、五本の指をひろげたなりに、男の胸をめがけて飛んだ。

三

　前の日と同じやうに、その日も暮れるのであつた。

　すべての出来事が、前の日の出来事を真似てゐるやうに単調で、古臭かつた。同じやうに舌触りのわるい飯が、同じやうに塩辛らい副食物であしらはれた。甲板の散歩も、煙草の味も、安煙草の煙の層の下に漂ふてゐる話題も、一定の仕事のない無聊さも、サン・フランシスコを出発した其日から、一日として変つたことがなかつた。人々の心も、同じ獄衣を着て、規則正しい監視の下に置かれたやうに、何一つ珍らしい事を考へ出すことが出来なかつた。それでも、この重苦しい、老やけた空気のうちに、だんだん熱帯地へ近づいて行く予感としての暖かさだけは、少しづつ人々の生活を変へて行くと同時に、彼等の心に自分達の旅行に就いて何かの目的があつたことを思ひ起させるのであつた。そして、彼等の会話のうちには日毎に『ハワイ』と云ふ言葉が余計に挟まれるやうになつた。だが、彼等の大多数は盲目的に自分の生活を、汽船その物に任せ切つて、サン・フランシスコから横浜までの旅程を出来るだけ何も考へずに、その日その日の生活を送つて行くやうな自暴的な懶惰に陥つてゐるのであつた。さう云つた人達は物を食べてゐない時は、鈍重な眠に陥るか、無駄話をするか、その孰ちかを選んだ。たまに甲板へ出たり、ものの本を読んだりする者があつても、それは彼等の全生活とは何の関係もない、不意の出来心からする行為に過ぎなかつた。

　その晩も食事が済むと、まだ雑巾のあとの乾かぬうちから、一と塊りの男どもが、白らけた、みだらな微笑をうかべながら、二三人の饒舌者を中心として集つた。

「――その半巾お玉つてい名はどうしてつけたんですか。」と一人が訊ねた。

「いや、面白いんだ。人三化七たアあの女のことなんだらう。処が、奴さん、顔は醜いが客の待遇が上手でね。それで、御客は顔だけ見ないやうに、半巾を掛けると云ふ寸法さ。――」

「メリケン人が日本人を排斥するのも無理はないと思ふこともあるね。写真結婚をやかましく云つてるが、あれで、ほんとうの処を曝け出した日にや、お互に肩身が狭いからなア……」

「白ん坊だつて、あんた、中へ入つて見りや随分腐敗しとるちう話ぢやねえか。」

「まア、人間つてい奴は、五分々々だね、白人だつて皆々善い奴ばかり揃つてるとは限らんよ、ジヤツプが悪いなんて云つても、大統領のウイルソンなんざア淫蕩で仕方がない男なさうだからな。それから今、日本で代議士だの、学者だのつて威張つてる連中がもとを洗へば、女郎のピンプをやつて勉強したり、白人の寡婦を騙して学位を貰つたりした連中もかなりあるんだからね。」

「――ともかく、かうやつて皆の話を聴いてゐるが、船ん中ぢや女の話に限るね。当り触りがなくていいや。ほかの事になると、どうも話がごつくて、角が立つもんだが、この話ばかりは、聴いてゐても誰も損をした試しはないからなア……」

いつも酒臭い息を吐いてゐる、眼の円らな老人が、若い者を見廻して、むくれあがつた唇を舐づりながら、「あツハ、あツハ」と無遠慮に哄笑つた。彼の声に和して、笑ひ興じてゐた一群の若い者は、だらしない眼付で、ベツドの上にゐる婦どもを見返つた。束髪の形がくづれた油じみた頭を、重苦しさうに持てあましてゐた婦どもは、彼等の枕元で男達が、言葉で表はせぬほどの猥褻さを手振りや身まねで表はして、展覧会に工場が競ふて製作品を出品するやうに、あること無いことの限りを捏造して語りあつてゐるのに、顔一つ赧らめもせず、くすくすと男にはわからぬやうな微笑を含むで、耳を済ましてゐた。

そのうちに、何かの機会で、微かな変化が船室一般の空気を支配するやうに見えた。一と隅には、昨晩の連中が、またトラムプを初めたらしく、そこへ吸収されて行つた人々の為めに、まん中の食卓に集つた人影も、大分斑らになつた。話し疲れた者はベンチへ足を伸ばして、あたり憚らぬ大欠呻をした。煙草を吸つてゐる者は、一口でも早く一本のシガレツトを吸ひつくしてしまひたさうに、やたらに黄ろい煙を鼻孔から吐いた。まだ話続けてゐる者どもも、話をする当人が、言葉を選んだり、記憶を辿つたりする為めに、咽喉の辺で「え――」と声を引張るのが、堪らなく待ちもどかしさうに、いらいらした眼で御互の顔を見戍つた。彼等は各自に、だんだん深いけだるさの底に落込んで行く心を、無理にも刺戟の強い言葉や、実感を再現することで、惹き立てやうとあせればあせるほど、言葉が上は辷りになつて、ほんとうに言はうとすることと遠くなつて行くのを感じた。今まで無限の好奇心から眺め合つた、違つた顔も、その人の職業も、もう珍らしさを失つて、普通の挨拶以上にその人間の気質や経験などを穿鑿して見やうと云ふ気が起らなくなつてしまつた。

どのベツドにも、寂寥に苛まれた、壮健な肉体を持つた男や女が、息のつまるほど彼等の前途に塞がつてゐる『時』の重みを、どうして過ごさうと云ふ考へもなく、彼等の第二の本能である労役から、一時の間釈放されたまま、何をすることもなく、ただぼんやり煤けた天井や、上の人間の体のなりにふくらむだ帆布のベツドなどを眺めてゐるのであつた。

「諸君、ちよつと御相談に及びますが――」一人の肥つた男が、小さなしよぼしよぼした眼を、肉の塊のやうな顔に働かせながら、いつのまにか船室の入口から妙な声を絞り立てて室内へ叫んだ。大食をする家畜のやうな男であつた。彼の背後には、偏目の男と講談本の男が、ポツケツトへ手を捻ぢ込むで、心持ち腹を突き出しながら、一室を見廻してゐた。

「あのう、ずつは今晩、当船に乗合せました日本浪界の権威、雲右衛門没後の今日真に彼の衣鉢を伝ふる第一人者と謂はれまする木村楽燕君が、兼々米国で皆様の御贔負を蒙つた御恩報じに、一夕の御清聴を煩はし度いと、不肖を通ずて申込んで来られますので、それならと云ふので当室の有志と御相談の上、幸ひ機関室とは一番かけ隔つて居りまする当室を暫時御借り申して、一と晩丈け御邪魔をさして戴くさうで御座いますが、如何でせうか、もし諸君に御異議がなくば、早速その準備に取りかからせることと致します。」云ひ終つて、彼は胸の太い金鎖を弄りながら、じろじろ四方を見廻した。彼の奥州弁は、撓つたセンチメンタルな声と対照して、ちよつと滑稽な感じを与へたのであつた。

その男の傍から、偏目の男も、尖がりを帯びた声を張りあげて、

「今暗は、只今御話の通り、木村君の最も得意な義士銘々伝の大立者たる堀部安兵衛をやられるさうですから――」と附け加へて、自分で自分の言葉に恥ぢたやうに、颯と顔を赧らめながら、一室の喝采や拍手に送られて、次の室へ出て行つた。

今までの単調が急に破られて、人々の心には新しい感激が湧いた。ボーイが三人どこからか紅白の幕を持つて来て、正面のベツドの鉄柱へ釣りあげる。食卓が取除かれた壇の上には、帆布が一面に敷きつめられ、弁士卓にはフラスコとコツプが運ばれる。見る見る汚い船室は、浪花節の定席と変じてしまつた。しぼりあげた幕の前の、日本の国旗と汽船会社の旗とが、人々の眼には如何にも華々しく映じたのであつた。

舳の三等室から来た人々と、艫の船客とは、初めのうちは異人種のやうに、滅多に話もせずに別々に塊り合つてゐたが、時が経つにつれて、煙草の火を借りる者や、語り手の噂をする者や、前に座つてゐる女の批評をやる者などが増えて、いつのまにか、同じ目的の下に集つた、単純な複数に化つてしまつた。

鈴《ベル》が鳴る。奥州弁の男が、卓の前へ立つた。壇をはみ出た群衆は、梯子段や、床の上、壁の際などから、熱心に拍子をした。

「不肖が在米邦字新聞記者を代表すまして、今晩の司会の任を帯びましたことは非常な光栄に感ずる次第で御座います。床次内相閣下が浪花節を以て忠君愛国の大精神を鼓吹する宣伝機関と御考へになられましたことは、実に深い意義があることと存じます。同じく思想方面の宣伝者たる私どもの、今夜の如き会を皆様の前で企てしましたことも、決して御縁の無いこととは申されません。抑も、藝術と思想とは……」

その男は歯の浮くやうな事柄を、生硬な植民地式な熟語で長々としやべり立てた。幕の後ろには、語手らしい男が、黒の三つ紋の羽織を着流して、聴衆の中の婦の顔をじろじろ覗いてゐた。稍だれ気味になつて、新聞記者の演説が終ると、音〆を合せる三味線の音が、拍手や呼び声の響に雑つて、人々の心を浮き立たせた。世話役の偏目の男は、幕の後ろから、ひかつた

一つの眼を働かせながら、黒い団塊になつて蠢動してゐる頭の数を概算してゐた。続いて起る拍手のうちに、につこり笑つた、若い男が、軽快な動作で卓の後ろへあらはれた。紅白の幕の前に立つた彼の白い皮膚と、角刈にした頭と、外つ歯の愛嬌ある口元とは、何よりも先づ藝人に接したと云ふ遊戯的な気分を人々に与へたのであつた。最後の拍手や、野次馬の呼び声などが鳴りやむでから、わづかの間の沈黙が、秒と秒との間にダッシユを引いた。

「――ええと、金門湾頭から降るアメリカを後にして、桜花咲く日の本の横浜埠頭まで、旅程十六昼夜、長の御旅のつれづれを私ども藝人風情が、御聴旧しの題を掲げまして、一夕の御清聴を煩はすことは、甚だ恐れ入りました次第で御座りまするが」

外国ではどんな場合にも聞かれない種類の、個人性を極端まで否定してかかつた敬語の連発と、慴伏したやうな彼の動作は、聴衆を、一段高まつた、藝人を愛顧してやつてゐると云ふ見物人の心理状態に置いた。

「……この御仁、十を知つて百を悟り、目から鼻へ抜けるやうな恐ろしい智慧で、――幸ひ智慧であつて結構、これが梅毒ででもあつて御覧じろ……」

一同は顎を外づして笑つた。気のゆるみに乗じて、合の手を籠めた三味線は、冴えた撥音に、現実の固有名詞や代名詞を、遠い昔の空想の距離に押し隔てた。鼻にかかつた低音が、言葉を操り、せりあげて、だんだん口腔いつぱいの濁つた強音に変ると、人人の脳裡に刻まれる一句一句は、封建時代の社会観や、日本でなけりやわからぬやうな不自然な思想や、それに絡らみついて醜悪なものを美化しやうとする雲とか花とか云ふ自然の現象や、卑俗な英雄崇拝の観念などであつた。声の抑揚が騒々しい言葉を運んで、ぐんぐん音階を登りつめると、末はやはらかな妙音になり、語手は自分の声に魅《チヤーム》されたやうに、眼を閉ぢてびしやり卓を扇で叩いて、苦痛に堪へぬやうな長音を引いて、沈黙が呑むままに声を納めた。と思ふと、くだけた、平板な叙実が浪花節特有の誇張した談話体で、いろいろな事件を、さもさも面白さうに、疑惑を挟まぬ頭で考へられて来た通り、するすると物語られて行くのであつた。……朱鞘の刀をさした偉丈夫とか、月代の青い町人の群とか、忠僕の奴隷的奉仕とか、あらゆる人権を放棄してまでも男性の横暴を助長した婦人の風習とか、さう云つた事柄が、水の落ちるやうな吟声で、単純な復讐譚に織込まれて語られるのであつた。聴いてゐるうちに、人々は長い海外の漂泊から、故国をさして帰りつつある自分達が、むさぐるしい三等船室で、軽薄な浪花節を聴いてゐることを忘れてしまつた。或者は眼を堅く閉ぢて、膝頭に顎を埋めたなりに、身動き一つしなかつた。或者は調子といつしよに、頭を左右にゆすぶつて音頭をとつた。或者は肺の底から息を吐いて「うまいもんです！」と隣の男に話しかけた。壁にひたと凭りかかつて、憂鬱な表情をして傾聴してゐる者もあつた。――

彼等のすべては、大道藝術の浪花節を嘆賞してゐるのではなくて、彼等の一人一人が、自ら藝術家となつて同じ伝奇的な出来事を、自分の頭の中で創作し、朗吟し、感動してゐるやうな気がした。

彼等の内省は知らず知らずのうちに、聴いてゐる事件の中へぴつたりとはまつてしまつた。彼等の知つてゐるすべての事が、その霊妙な節廻しのうちに籠つてゐさうであつた。それは、彼等が生れてから、また生れぬ前からも、幾度か聴いてゐた節ではなかつたらうか。いや、彼等自身曾て、その事件のうちに住んでゐたのではなかつたかしら。彼等は皆一人の堀部安兵衛として、江戸中の安料理屋や酒屋を千鳥足で飲み廻したのではなかつたかしら。そして、今かうやつてアメリカから長い間の力労を終へて小金をためて日本へ帰つて行くのは遠い昔の出来事で、実は自分自身、酔眼を睜つて、伯父の決闘の知らせを読むで、驚いてゐるのではないかしら。――あの思慮深い、忠義一徹な伯父が、みすみす窮地に陥るものとは覚悟しながらも、武士と云ふ片意地な身分から、どうしても後へは退けず、拙者にも知らせずに老いの身で、ひとりで仇敵のまつ只中へ飛び込んで行つた光景が、一々堅苦しい手紙の文句の行と行との間に読み取れるやうな気がする。思はずはらはらと大粒の涙が書面を濡らす。残念なことをした。もう決闘が始まつた頃だらう。甥の安兵衛酒は飲むでも、腸までは腐り居らぬぞ。続いて拙者も、おお、さうだ。高田の馬場とは……はて、道は遠いが、息の続く限り馳せ参じたなら、よもや間に合はぬこともなからう。伯父殿はやまつてはくださるな、安兵衛がおつつけ参りまするぞ。甥奴で御座る、安兵衛で、――なに、酒屋だ、小僧、邪魔立するな。隣の婆さん、後をよろしく頼むぞ。安兵衛が駆けた。人々の魂も駆けた。井戸側の婦どもは呆気にとられて彼を見送つてゐる。町の人通が、皆立ち止まつて何事が出態したかと、口を開いて、血相変へて飛んで行く彼を眺めてゐる。砂利が素足に痛い。雞が驚いて、垣に飛びあがる。屋敷の黒板塀は長い、長い。並木がある。橋は二た跨ぎに飛び越えた。人家が続く。市場が開けてゐる。街道へ出た。天秤を横に担いで行く莫迦者がある。邪魔だ、邪魔だ、道を開け。ええ、面倒だ、とうとう突き飛ばした。たわけ奴が。そろそろ息が切れかかつた。高田の馬場はまだか、ええ、安兵衛これ位で呼吸が迫つて堪るものか。伯父殿、今この安兵衛が参じまするぞ、甥の助太刀で御座りまする、決してはやまつてくださるな。何と云ふ長い街道だ。……

「えツへん、安兵衛が高田の馬場を指して急ぐが聴いてあきれらあ。大笑ひさせアがる。やめろ、やめろ、ちよんがり奴。」

誰かが、突然、階子の上から、尖がりを帯びた酔どれた口吻でがなり立てた。

「誰だ、誰だ、黙れ。」二三人が立ちあがつた。

そこには水夫の服を着た、日に焼けた四五人の若い者が、階子の中腹から船室を見卸して嘲笑してゐた。素肌に浴衣をひつかけて、湯上りの髪を後ろへ撫でつけた小粋な若い者なども見受けられた。

「俺だ、俺さまだよ。ちよんがり節だからちよんがりつて云つたんだい。」同じ声が罵り続けた。

「やかましい。」

「しづかにせい。」

「喧嘩なら上へ来い、どん百姓。」

「何をツ——。」

　聴衆の気持は急に幻覚の世界から突つ離された。今まで演壇へ集つてゐた視線は、階子段の上に船室の空気を脅かす為めに控へてゐる不穏な闖入者の群を見て、恨めしげに震へた。英語まじりの罵倒が、呼吸の迫つた群衆のうちから、礫のやうにそこを目懸けて飛んで行つた。何かが宙をけし飛んで来て、どしんと船室のうちの何物かに打当つた。偏目の男は、演壇の前に落ちた古靴を拾ひあげるや否や、獣的な呻吟を発して、人をかきわけながら、階子段の方へ急いだ。続いて四五人の男が水夫の群に肉迫した。風船玉を両手で打破つたやうな物音が起つた。まつ黒い一団の人々のうちから、三つ四つの拳が団塊の中心に向つて乱射されるのが、一瞬間、かつきりと下の人々の眼に映じた。複雑な喧囂がそこから発して、シイ・デツキに空洞な波動を起した。階子段を辷つた靴音と、靭かい物が、重く床の上へ堕ちた音とが、けたたましい子供の泣声と、さう云ふ場合に誰しもが発する、言葉とも呻吟ともつかぬ、動物のやうな叫び声の底に、太い音の輪廓を引いた。どやどやと潮のやうな人数が、音の迸る方へ押寄せた。面白半分にわいわい人の肩を押して行く者もあつた。総立ちになつて、血走つた眼で御互を見成つてゐる男どもの間から、狼狽した女の顔が、蒼白く電燈の下に見えた。気の早い若い者などは、

「この腐れ船の水夫なら、やつつけちまへ。」などと大勢を頼んでわめき立てた。藝人は扇を構へて、口を開きながら闘争の中心点を呆然と見あげてゐた。暫く口汚く啀み合ふ声と、格闘のひしめきが、他のすべての紛沓の上に続いた。誰が止めるとなく、それが漸次に鎮まると、誰かが仆れた男を起して階子段をあがつて行く気勢がした。五六人の船客が、階子段の人だかりを分けて降りて来ると、群衆は皆好奇心と信頼とを持つて彼等を前後から取巻いた。

「なアに、この船の水夫でさア。」偏目の男は、半巾で鼻血を拭ひながら、新聞記者へ話した。「あいつらは航海ごとに浪花節や琵琶の会を開いちや御客の心附を貰ふ筈なんですが、今度ア本物が居るんで、裏をかかれたやうな始末でさア。あの乞食どもが、うんと云ふほど下顎を喰はしてやつたんですよ。——」

　聴衆は再びもとの座へ納つた。木村楽燕は、また扇をとりあげて、騒々しい復讐譚の終局を、手短かにはしよつて、調子も外れ勝ちに、幕の外の三味線の音と共に、演じ終ると、手拭で汗を押へながら、一同の前に平身低頭した。だが、その姿は、

今となつては、いかにも莫迦々々しく群衆の目に映じたのであつた。彼等は世話役の廻した帽子に、思ひ思ひの小銭を投りこんで、我勝ちにとそこを立ち初めた。閉会の辞などは、彼等の話声や笑ひ声に埋れて、新聞記者の動かす両手が、騒音の底に落胆した人のする表情のやうに見えた。

その晩は、遅くまで、堀部安兵衛を真似て唸つてゐる男が多かつた。

一日経つと、汽船は鱶と土人の泳ぎまはつてゐるホノルルの湾口へ着いた。

四

ホノルルでの碇泊は、あはただしい夢のやうに、過ぎ去つた。上陸前に約束した知人や、同伴者と、連れ立つて船を出る暇もなく、着いたと思ふと、わつとどよめき立つ大勢の人々が、後から後からと押して来るまま、船客の多くは税関の石段を、敵の襲撃にあつた潰走兵のやうに、ちりぢりばらばらになつて降り立つたのであつた。

そこから町へ入つて、時間に制限されながら、そはそは見物したハワイの光景は、彼等の期待したほどの慰安も、快楽も酬いてはくれなかつた。船の中で、あの女といつしよにどこかの宿屋の奥まつた小座敷で、ゆつくり酒を飲みながら、あは良くば口説いて見やうとか、支那街の白人の娼婦を探しあてやうとか、久し振りで藝妓をあげて一と騒ぎしやうとか、退屈まぎれに、じめじめと思ひ耽つて、頭の中だけで地図を引いてゐた計画の大部分も、コールタアの臭の濃く漂ふた空気に、鉄材に釘を打ちこむ機械の響が忙しげに、たゝたゝたた——と響き亙る広場へ出たり、世界のいたる地方の衣類を大急ぎでよせ聚めたやうな服装をしたいろいろな人種が、午日のはげしく照りさかつたペーヴメントの上に、皆何か一定の目標を目懸けて狂奔してゐるやうな実務的な人混みのうちに入つては、何の実現力もない、慾情の臆病な小細工に過ぎないやうに、みすみす打毀はされて行くのを感ぜずには居られなかつた。……有色人種を人間と思はぬ顔に、太い葉巻の煙を吐いて濶歩するアメリカ人や、シヤツとズボンだけでチヨコレート色の皮膚を掩ふた醜い土人の青年や、出来るだけ短時間に、出来るだけ多量の商品を鬻がうとあせつてゐる小売商や、涼しげな羅を着流して買物をして歩く西洋の婦人や、陰険な顔を地に向けて日蔭の街を足音もなく往来してゐる支那人や、太筆に日本字で汽船の発着表などを書き散らした旅館の列や、むくむくと膨れあがつた熱帯地の植物が、含むでゐる限りの緑素を吐いて暑苦るしさうに葉を垂れてゐる態や、芝居の書割にありさうな一ぜんめし屋に、油じみた稲荷鮨のならべられてあるのや、——さう云つた風な、ごみごみした、いかにも植民地らしい風物が、まとまりの無い印象になつて、数時間の散歩の後に、人々の頭に斑らに残つてゐるに過ぎなかつた。

ただ、この一瞬間の幻影のやうなホノルルの碇泊時間に、彼等の心に深く染み込んだ何物かがあつたとすれば、それは久し振りで味はつた土の踏み心地であつた。動揺する船の甲板を踏み慣れた彼等にとつては、靴の下に、いささかの動揺もなく、太古以来の安定さを以て、重々しく横はつてゐる大地は、不思議な新しい世界のやうに珍らしく感ぜられたのであつた。

暫くの間、ハワイの晶るい港湾や、樹木の曲線や、まつ白い家並や、常夏の果園や、そこで味はつた果物などが、船客の記憶を占めて、彼等の食後の話題にのぼつたりしたが、彼等が出来るだけ島の記念を船の中へ蒐めやうと試みたやうに、競つて買ひ求めたバナナや鳳梨《パイン・アップル》果が、船室の温度に熟れて、各自のベツドの鉄柱に酸の強い芳醇な匂を発散する頃になると、それらもやがて忘れられてしまつた。終りには、一つ捥がれ二つ剥かれて、だんだん果物も人々の鼻につき始め、子供らでさへも半分食べかけて床へ投るやうなことが多くなつた。そして、その頃から、窖のやうな船室には、再び絶大な海の単調さから沁み込む寂寥が、容赦なく人々を囚にしたのであつた。

汽船は北へ航路を変へた。ささらのやうに裂けた寒い水面には、折々、鯨が潮を吹いたり、船のまはりを飛び交ふ信天翁の群が終日悲しさうな声をあげて鳴いたりした。波濤の音は、次第に甲板近くに、性急に嚙みつくやうに聞えた。気候の変り目から、船客のうちには鼻カタールを罹ふ者が多くなつた。

しかし、ハワイを越してからの人々には、目に見えて一つの変化が起つたのであつた。それは一日経てば経つほど、それだけ日本に近づいたことになると云ふ距離に対する自覚が彼等の胸に萌したことであつた。日本は、彼等にとつては、普通の内地人の考へてゐるやうな、単純な故国ではなかつたのである。――さびしい、頼りない、迫害され勝ちな異国から、一生に一度しか越したことのない巨きい海を隔てて、今まで毎日毎日憧憬の眼を潤まして翅望して来た、彼等の力労と孤独の半生に対する最後の安息地であつた。あらゆる困難を冒し、どんな激労をもいとはず、いかなる屈辱にも甘んじて、再びそこへ、より富み、より強き、より有名な人間となつて帰ることが、彼等の異国に於ける長い漂泊の唯一つの願望であつたのである。その為めには石も投げられた、拳もうけた、熱い涙を幾度か呑み込むだ。忍び難い精神上の虐殺をもじつと怺へて忍んで来た。無知な彼等は、自由思想の発達した外国人か、日本の国体や、軍事行動や、社会組織や、商業道徳などに対して、あらゆる誹謗を行つても、ただただ盲目的な愛国心を以て抗争するより外はなかつた。彼等は心の中で「今に見ろ！」と言ひながら、負けて、負けて、負け抜いた移民の生活を続けて来た。煩瑣な日本の徴兵猶予願や、無能な駐在官吏や、舌たらずの外交官の遣り口などを、何の批評もなく寛恕して来たのも亦何の為めに自分達が迫害されるかを、植民地の低級な邦字新聞の社説以上に深く省察することがなく、すべてを教へられたままの帝国主義一点張りで通して来たのも、それは皆、彼等の日本と云ふ、抽象化された理想に対する愛が、他の何ものよりも強かつたが為めである。彼等の日本は、彼等自身の生活の、より高い大部分であつた。彼等の持つた願望のすべては、日本に帰ることに依つて実現されるもの、古木のやうな彼等の一生はそこの土に接触して直ちに若芽を吹き出すもの、と彼等は先入的に久しい間信仰して来たのであつた。或者は、そこに娶らざるうら若い妻を予想してゐた。又、他の者は異国で拒まれた女性に対する復讐的な奴隷化を夢みてゐた。小金を貯へた者は新しいアメリカ風な商売や、耕作法などを企図してゐた。食物や、言語や、衣服に対する伝統的な必要は、すべての人々の同じ欲求であつた。

　切端つまつた、険悪な北太平洋の中に、汽船は酔漢のやうにしどろもどろな足取で、寒い方へ、寒い方へ、と進路をとつて行く日が多くなつた。さういふ日には、人々は皆五つの小さな舷窓の彼方に、ぬつとあらはれては、陥落するやうに消えて行く、昏らい鋼鉄色な水平線を、恐る恐る見遣りながらも、懐かしい日本への距離が、一と波ごとに近づいて行くのを思ひ、わづかに、大自然が無慈悲な、気まぐれな力を以て、万物を無雑作に取扱つてゐることを忘れるのであつた。恐ろしい外界から眼を閉ぢて、日本へ着く迄の現実の生活を、出来るだけ遊戯化しやう、そして何でもいいから思索力を要求せぬことに、意識を麻痺して過ごさうと云ふ気持か、殆ど類型的に人々の心に、行為に、表情にあらはれた。酔ふ者は泥のやうに酔ふて暮した。賭博に耽る者は、夜となく昼となく、蒼い緊張した夜業者にあるやうな顔をして、食卓の隅に黒山のやうに塊り合つた。読むで暮さうと思ふ者は、ハワイで買つた講談本や、通俗小説や、雑誌などを、幾冊も幾冊も枕元に重ねて、滅多にベッドから顔をあげなかつた。すべての男どもは、女に対する態度を一変した。女どもの眼も、男に向つて大胆になつた。彼等は「御前がわたしに何を求めてるかはよく知つてるよ。」と眼で語つてゐるやうであつた。一切は、日本へ着くまでの旅の恥に過ぎない、と云ふ無責任な思想が、目に見えて著しく人々の動作にあらはれた。人の行為の最後に踏みとどまる羞恥と云ふ観念の、薄い皮一枚を剝げば、みだらな野獣性の跳梁してゐるやうな行動を目撃することが多くなつた。互にそれに慣れてしまふと、羞恥の観念も、鈍く稀薄になつて行つた。悉くの人が、はしやいだ、不純な、一時限りの恋に陥つた。放縦な、狂暴な色慾上の想像力が、人々の脳を襲ふた。彼等の眼は、密閉された、鳳梨果の腐る臭と、ペンキと、便所の汚物の悪臭と、コスメテイックの香りを籠めた、ぐるぐる転動して熄まぬ空間に、火を吹くやうに燃えあがつた。いたる処にもつれ合ふ彼等の視線は、今まで知らなかつた御互を、全く別な半面から、目新しく発見したやうに、異常な嫉妬と、疑惧と、執着心とを以て、じいと他を凝視めるのであつた。何かしら新鮮な刺戟が、誰かに依つて外から齎されなければ、その爛熟した雰囲気が、今にも饐え腐つて、人間を海豚のやうに痴鈍にしてしまひさうであつた。そして、外からは、何等の新しい刺戟も来なかつた。

　何を見ても物の本質がわからぬほど、彼等の感覚は懶く、硬ばつて行つた。その癖、洋装の中からあらはれる女の肌や、子供が甘さうに甜つてゐる豊満な乳房や、何かに押しひしがれてゐた打ち廻るやうな、男の戯れた妄動などに対しては、鋭いびりびりした視線が、四方八方から、攻め立てるやうに蝟集するのであつた。はげしい、上はずつた、衝動的な動作が多くなつた。それに続いて、嵐のあとのやうな、深酷な、魯鈍な弛緩が、ひつそりして息の音一つ通はぬ船室に漲るのであつた。人々は砂の中に埋められた者が、口だけ開いて救ひを求めてゐるやうな表情をして、隅から隅へ、底びかりのする眼を睜るのみであつた。発作的な会話が、所々、風に煽られたやうに、彼等の間に燃えあがつた、言葉――それだけが、ただ一つ彼等の間に黙許された自由な交際機関であつた。言葉はあらゆる象に悪用された。彼等は言葉で抱擁し、言葉で性の慾望を貪り遂げ、言葉で競争者を殴ぐつた。いささかの接触も、偶然の握手も、不用意な微笑も、それが男と女との間に交はされたものであつたなら、忽ち群衆の罵詈や誹謗の中心となり、後々までもしつこく口汚く糺弾された。だんだん個人性を失つて行く人々の言葉は、御互の異つた趣味や、性格や、職業などをあらはす調子が薄らいで、ともすると、全く無意味な、狂燥的な、淫逸その物の叫喚のやうな響を伝へるのであつた。長い間、植民地で擦りへらされた彼等の言語は、さもしいアメリカの俗語や冒瀆辞《プラスアエミー》などを雑へた、日本語とも英語ともつかぬ呂律で、混沌とした泥の中を爬ひながら、陸の上では見出せない別な世界を、そこに築きあげやうと試みるやうに、あらゆる物に向つて発せらるるのであつた。

それから、暴風の日が続いた。

空と云はず、水と云はず、茫漠とした、まつ白い濃霧の中を、船は刻み足で、一寸二寸と、足場を探ぐりながら進むやうに思はれた。けしかけるやうな風は、汚い煙突の煙を、みるみる白濛々の世界へ、襤褸屑をちぎつて擲きつけるやうに飛ばして行つた。マストや柱や欄干は、髪を挘られる女のやうな悲鳴をあげて身を撓めた。あらゆる垂直した立体は大自然の暴力に依つて、みすみす圧搾されて縮められてしまふやうに見えた。ビードロの山のやうな巨濤は、甲板の数尺上まで盛りあがつて、船腹に裂かれるごとに、冷めたい残忍な音で甲板を罵りながら、細かいガラス屑のやうな飛沫を、船一面に浴びせた。波の落ち窪むだ個処に、風の工合で飛沫が薄らぐと、千丈の甍の傾きかかつたやうな海の腹に乱射する雨の脚が凄いほどはつきりと見えた。空は低く、壁のやうに水面に垂れて、その上を怪物の影のやうな雲が、予想外の速度でけし飛んで行つた。永遠の黄昏が迫つたやうに、船室は柿の果ほどの電燈がともつてゐる外、深い闇のうちに没してしまつた。夜とも昼とも、日が幾日経つたともわからぬやうな、恐ろしい時間の停止が、船室に蟠まつた。

誰一人外へ出る者がない。地下室のやうな三等船室には、すべてを忘れる為めの賭博が、一団の男女を聚めてゐる。四五十の人影が、まん中の六七人の博徒を取囲んで、ひたひたと重り合ふ。食卓の上の電燈は、醜い、頭の巨きな侏儒のやうな彼等の影を、卓から床の上へ、そこからまたベッドのある周囲にまで、薄つすりと投げ出して、それが糊けた辺には、白い歯を剝いだ女や、馬のやうに鼻孔を大きくした男や、蜥蜴のやうな手をひろげた子供の姿などが、朦朧と見える。

　銀貨の音がする。暫く沈黙が続く。すると、芝居の幕切の刹那のやうな雑音が、息を潜めて見てゐた群衆から湧く。その都度、いい加減に損をした者が、群衆の中から吐き出されるやうに、一人二人汗を拭ひながら、外へ出て来る。夢中になつて札を引いてゐる良人の袖を、曳留める額の抜けあがつた婦もある。俯向いて煙草を吸ひながら険のある眼付で他人の動作ばかり視てゐる「親」もある。傍観者は、自分達の冒険心を他人の財産で購ふ為めに、残忍なほど批判力を磨ぎすまして、敗けた者の射倖心を煽り、勝つた者の名誉心を唆かす。酔漢がわめき立てて卓の金を掻き廻はす。ベンチが仆れる。群衆が割れると、立ちあがつた博徒の一人が、酔漢を撲ぐり飛ばす。船客が十重二十重にそこを取り巻く。地獄のやうな騒音が鎮まつて人が散る。再び、深い沈黙のうちに、弗《ドル》が幽かに鳴り響く。外には、暴風が海を底の底から攪拌して、澎湃たる叛逆の手をあげて、鉄と木材とに隠れた卑怯な生物に挑みかかつてゐる。

「そんなに追駈けちやいけませんよ！」

　金切声が、二三度高く船室に響いた。『十三番』の女の声であつた。群衆は首を傾げて彼女の方を覗いた。

「もう、これつきり。」

　尖がりを帯びた男の声が、切り捨てるやうに彼女を払ひのけた。学生であつた。彼は今までのしやつきりした姿態を掠奪されてしまつたやうに、カラーもネクタイも着けずに、髯の生ひ伸びた顔を、卓の前へあらはして、何も見えぬやうな眼付で、自分の手元へ配られるカードを凝視めてゐた。女は彼のすぐ側に掛けてゐた。

「二弗、行つた。」胡麻塩頭の老人が、ぢみちな手付で、銀貨を二枚場へ置いた。

「二弗受けて、もう五弗。」紀州訛の男は意味ありげに学生の顔を偸み見ながら金歯を嚙むだ。

「ぢや、こつちは七弗で見やうかい。」偏目の男は放胆的に十弗紙幣を場へ投げて、三弗の銀貨を手元へ引込めた。

「日腐れ博奕つたあこのこつたよ。俺は恰度にして、もう十三弗、二十弗で見やうよ。」赭ら顔の男が、狡猾さうに眼で笑つて、紅い二十弗紙幣を出した。

「どうせ博奕だ。よかろ、二十弗で開く。」胡麻塩頭の老人が手先の銀貨を勘定し初めると、「親」になつてゐた手の甲に牡丹の文身のある男が、突飛ばすやうにその男を遮ぎつて、

「君《ユー》は、落ちたんかい、それとも賭けるのか？」と彼は三角な眼を学生へ向けて早口に訊ねた。学生は、この二三日二十弗、

三十弗と敗け続けて、今はポツケツトには幾何も残つてゐなかつた。だが、彼の手札は彼を誘惑した。彼は急いで場面を一目の下に取り入れた。ひよつとすると紀州訛の男の三枚続きの一つがダイヤのスポツトなら、四揃になるが、その他の者は別に恐るべきほどの手でもない、と彼は突嗟の間に考へた。しかしそれはこの多人数の勝負にはあり得ないことだ。賭博にさう経験の多くない彼の心には、今まで失つた彼是三百弗近くの金が、必らずいつか帰つて来るもの、と云ふ妄信が絶えず働いてゐた。賭博の最弱点たる所有慾を以て、彼は賭けた。所有慾は彼の眼を鈍らしてゐたことを彼は知らなかつた。

「もう、これつきり。」と、女に云つた言葉を、彼は再び心のうちで繰返した。そして、立ちあがるなり、すこし激昂した口調で、

「二十弗受けて、もう三十弗……」

ときつぱり叫んだ。

一坐は森として、彼の微顫を帯びた声を受け入れた。『十三番』の女は、青年の声が彼女には余り高過ぎたと云ふ風に、ぎよつとして、彼の横顔を仰いだ。

「五十弗、行つた。」紀州訛の男が応じて、巨きい平手を卓の上へ守宮のやうに粘ばしつけた。舌を巻いて落ちる者は落ちた。学生は、椅子の上へ片足を載せて、青白いわなわなした手で、編上げの紐をぐるぐるとほどいた。靴紐はかなり長かつた。細長い指に絡らまつた紐を、殆ど引きちぎるやうにして、靴を脱ぎ捨て、靴下を捲くり卸ろした彼は、指の曲つた、長いこと日光を浴びたことのない、繊細な片足をあらはした。人々は息を凝らして、彼の不思議な行動を見戍つてゐた。間もなく、彼は靴下を捲くりあげて、手早く靴を穿き直ほした。彼の頬には、余裕のない時に余裕を示す為めに、日本人のみがする病的な微笑が閃めいた。脂汗ににじむだ一枚の百弗紙幣が、無雑作に彼の手から投り出された。『親』と、紀州訛の男と、学生との手合せになつた。あり得ないことが実現された。それはほんたうにあり得たのだ。紀州訛の男は、ダイヤのスポツトを魔術手のやうに起して、部厚い、葡萄畑の土のまだこびりついてゐさうな指で、山のやうな場の金を横柄に浚つて行つた。学生の手元には五十弗の剰金が戻つて、カードはまた切り換へられた。

「もういいぢやないの、わかつたでせう?——だめよ、だめですよ。」女は囁きながら、彼の腿を堅く押へた。学生の心には、何かが挫れて、どこかへ流れて行くやうな気持がした。「失くした!」と失ふ観念が、突然その流の中に渦巻いた。彼は無意義にまた配ばられたカードを取りあげて、心の渦を凝視めてゐた。そして、いつの間にか、その渦がだんだん大きくなつて来て、すべての意義や判断をその底へ引擦り込んでしまつたことを感じたのであつた。彼には何も聞えなかつた、何も見えなかつた。百弗紙幣を切挫した賭博は、その余勢で、性急な、緊張した二三回の小さな勝負で、みるみる残りの五十弗も吸ひ竭くしてしまつた。最後の十弗紙幣をいらぬ物のやうに掻きよせて

行く紀州訛の男の太い拇指を視てゐた学生の眼は、心のなくなつた瞳に、無限の同情を湛へたやうに、熱心に、忠実に、その拇指の動く方向に従つて動いて行つた。彼の視線が、拇指の持主の顔にまで伝はつて行くと、彼は初めて、その拇指の持主が唇を歪めて、自分の傍にゐる女に妙な笑ひを送つてゐるのに気がついた。女はじつとして、失神した者のやうに彼の傍に掛けてゐた。突如、学生の眼の底に涙が湧いた。彼の心の中には、紅い、黒い、大渦が凄まじい勢でぐるぐる廻つてゐた。それに脅かされたやうに彼は半分笑ひながら、女や、老人や、子供を押し別け、突退けて、そこを飛び出した。

「……よう色男……」と云ふ声が、走つてゐる彼の耳に落ちた。盲目的に階子段の下まで駈けつけた彼はちよつと立ち停まつた。彼は総身が急にまつ昏な物に押しひしがれたやうな気がした。その途端に、誰かが後ろから彼の腕を押へた。

「どこへ行くんです?」

女の声だ。彼はその女の誰であるかを知つてゐた。

「どこへも行かんよ……」彼はむつつり答へると同時に、階子段を昇らうとした。

「あなた、泣いてるのね。」女は追ひ縋つて、いつしよに階子段を昇つた。後ろの方から、どつと笑ひ興ずる人々の声がひびいた。階子段は二人の足下に、むくむくと駝背のやうに膨れあがつた。すると、今度は反対の方へ急な傾斜を作つて、辷り落ちた。凄まじく上甲板にくだけた波の音が、何か叫んだ女の声を打消した。彼は女を振り切つて、階子を駈けあがり、シイ・デツキの艙口から夢中で重い扉を押し退けて、狂奔の海をまともに受けた上甲板へ半身をあらはした。ごーツと云ふ響が、彼の耳から耳へ通り抜けたかと思ふと、彼の全身を擲き潰しさうな勢で、扉が逆にあほり返された。辛うじて両手で、それを支へると、にはかに彼の両眼から涙がはらはらこぼれた。

まつ昏い、底知れぬ騒音の世界から、恐ろしい勢で二人の巨人のやうな大浪が、もつれ合ひ、挑み合つて、急激に目の前へ近づいたかと思ふと、汽船が暗礁に打砕かれたやうな震動と響とが、一度にどつと彼の支へた扉を襲撃して、弾き飛ばされた学生は、よろよろと艙口の階子段をよろけ堕ちた。したたかに濡れた彼の体を抱き留めたのは『十三番』の女であつた。

五

なまなましい血が、隣のベツドをしきつたカナリア色の毛布の全面へ、恐ろしい勢で迸つて、みるみるあざやかな斑点になつて沁みとほつた。殆ど同時に、圧搾されたゴム人形のやうな幽かな響が、重苦しい沈黙をかい潜つて、可憐な音の輪を画いた。その音の輪はだんだん大きくなつて、終ひには船室いつぱいに充ちわたつた。すると、その音のかたはらから、底力のある、嗄れた、苦痛に歪められた声が、ややともすると、朗かな音を奪ひ取つて、もつと太い音の輪を画いた。——長い間二つの声が相争つた。

　寝てゐる船客の耳にその声は、小うるさく、しつこく附纏ふた。だが暫く経つと、その二つの音声はどこか遠い遠い昔から聞覚えのある、それでゐて何とも云へぬ不思議な、慟しみと怡びをいつしよにした複音のやうにひびいた。それにしても、彼等の醒めかけた意識が、だんだん明瞭になるにつれて、その二つの違つた声は、彼等の寝てゐる船室、彼等の枕元で、さつきから響き続けたことに、漠然とした疑ひを起したのであつた。

　その突嗟、いろいろな雑音と振動とか、一度に湧きあがつた。

　誰やらが、咽喉をしめられた時のやうな声をあげた。ベツドの梯子が外れて床の上へばつたり仆れた。寝てゐる者を呼び起す気勢がした。金盥か何か、金属性の器物が鳴つた。足音が、ど、ど、ど――と何処かへ伝はつて行つた。そつちにも、こつちにも、ただ一つの感情をあらはした人々の言葉が、入り乱れて、船室はにはかに沸騰したやうに騒しくなつた。船客の大部分はベツドを離れた。

　夜は白ら白ら明けに近かつた。渋みを帯びた藍色の海は、どろりと重く舷窓の下に低く湛へてゐた。靄を含むだ海面のどこからかかすかな光が伝はつて来て、船の周囲に忍び寄るやうに見えた。凛とした寒さが、人々の肌を犯した。

「御産ですつて？」

「誰れ？」

「あの五十番の、例の御腹の大きい婦よ。」

「どうも昨晩から容子がへんだとは思つたんですがね。」

「おかみさん、お医者は今すぐ来ますよ。――でも良かつた。二人とも健康でね。」

「おお、ひどい血だ。こりや、きたない。」

　しどけない姿態をした人々は、いつも暗のうちに埋られたやうな、正面から左手の「五十番」のベツドを鍵状に取り巻いて、一人の歯の汚い婦が、血の滴る布や、蒲団などを取除けたり、産婦の枕の下へ掛蒲団をあてがつたり、独りでいそがはしげに立ち働いてゐるのを眺めながら、ひそひそと囁き合つてゐた。駈けつけやうとしてあせる子供を抱き留めてゐる婦もあつた。みだらな笑ひを含むで上のベツドから下を覗いてゐる青年などもあつた。にはかにこの産婦が一室の中心点になつた。

　産婦は蒲団の層の中に、高い鼻と歯だけをあらはして、低い呻吟を立てながら臥てゐた。一応洗ひ浄められたらしいが、ベツドの下にあるごみごみした着物や、布切や、器具などの中に、踏み捨てられた歯磨楊子が一本、血に染まつたまま、濡れた床に転ろがつてゐた。

「さア、皆さん、どうかあちらへ行つてくださいよ。」

　産婦の世話をしてゐた婦は、以前は産婆でもあつたらしく、さう云ふ場合に限つてあらはれる職業的な落ち着きを、歯切れの悪い声に聞かせて、何やら一と塊の布に包まれた物を劬りながら、だんだん近寄つて来る人々をたしなめた。円い布の包の中には蠢動する肉の団塊が、精一杯のひいひいした声で泣いてゐた。そこから少し遠退いた人々は、喪服をつけた親属の会議のやうに、ひそひそ声で話し合つてゐた。婦と婦とでなけりやわからぬやうな会話が、そこここに取り交はされた。

金釦のついた制服を着けて、船医が来たのは、夜が全く明け放れた頃であつた。彼は急いで、後から続いたボーイから、鞄を受け取ると、慣れた手付で聴診器などを出して、看護をしてゐた婦の云ふことを、熱心に聴取つた。やがて彼が立ちあがるとボーイに担架を命じて、

「ともかく病室へ連れて行つてからにしますから。――こまつたなア、今夜着港と云ふのに。」と、額に小皺を刻みながら、何か心配げに訊ねるその婦に対して答へた。

船医と入れ違ひに担架が来た。産婦は白い布に覆はれて、二人のボーイに担はれながら出て行つた。看護をしてゐた婦が、嬰児を抱いてその後について行つた。薄紅い朝の日光が、ちらとその血よりも紅い嬰児の鼻とも頬とも唇ともわからぬ肉の団塊に落ちて、一室の視線から消えてしまつた。その飢ゑたやうな、慈愛に渇したやうな声だけが、巨船の腹部を貫いて、どこまでも、どこまでも、長い音線を曳いたやうに、人々の耳には聞えたのである。永い間、人々は押黙つて、偶然、今朝彼等の目の前で仲間入をした一人の小さい者のことを考へた。

「運の好い児だね、今日と云ふ今日――」一人の老人が、余程経つてから船室の沈黙を破つた。

「さうだね、こんな縁喜の良いこたアありませんよ。」歯の出た、顔のくすむだ中年の男が、心から嬉しさうに同じた。

人々の話は、今日に限つてしむみりと、人間の持つてゐる深さから湧き出るやうに、厚みがあつた。話と話とは、思慮深い間を置いて交はされた。

舷窓の外には、蕨のやうにうねうねした浪が、きらきらと朝日の破片を泛べて、その反映が、昼夜ともし放しにしてある電燈の光を弱く見せた。小さなパノラマの背景のやうな空には、灰色な雲の断層に、真珠色の柔かな朝の空が、炉のやうに赤い日光に焦がされて、漸次に紫に変つて行くのが見えた。

「愈着きますなア――。」

「わしは三十年振りでがすよ。変つてやせうなア、日本も。」

「今晩、何時でせう、着陸は？」

「何でも検疫が済むのは八時だつていんですから、九時頃でせう。」

「まだ陸は見えませんかね？」

そんな会話が、どの隅にも交はされた。すべての人が、日光と、凪の海とに緩和されて、つい二三日前までの狂暴な、野獣のやうな動作も、気質も、言葉も、すつかり洗ひ落としたかのやうに見えた。晴々とした声で笑つてゐる婦どももあつた。

「雞が鳴いてますぜ。」などと剽軽な軽口をきいた男もあつた。

朝餐が済むと人々は、各自の荷物を取纏めにかかつた。誰かが、あたふたと甲板から降りて来て、誰かに囁いて、又階子段を駈けあがつて行つた。と見ると、気の浮き立つた若い者が四五人、続いて上甲板へ足音高く走りあがつた。一室の人々

に、舷窓から外を覗いて、

「もう着いたんかい?」などと叫んだ。

「夜ぢや惜しいもんだのう、富士山が見えんぢやけに。」と紀州訛の男は、洗面器へ石鹼やブラッシユを詰めながら、傍の眉の釣あがつた青年へ話しかけた。

「わしの知つてるもんは、先達日本へ帰つたんだがな、甲板から富士山を見てからに、あんまり嬉しがつたもんで、海ん中へひつくり返つたんだよ。フレスノで葡萄作つてね、何でも二万からは持つて帰つたと評判された男だつたが、自分で葬式の費用稼ぎにアメリカへ行つたやうなもんだよ。」そんなことを云ひながらも、青年は溢れるやうな悦びを微笑みながら、紙製の鞄を両脚で締めてゐた。

人々は急に理想家になつた。今まで彼等の異国の生活や、恐ろしい世界は『日本』と云ふ一つの神聖な観念に触れて、忽ち一変して、坩堝を通過した金属のやうに煥曜やいた。彼等はあらゆる事の予言者となつた。天地が急に晶るく快活になつたやうに、彼等は対手嫌はずにしやべり出した。髪の生え際まで蒼白く病みつかれてゐた婦も、むつくり起きあがつてベッドの辺を片付け始めた子供達は大人の群に感染して、わけもなく嬉しさうな顔をして室内を狂ひ廻つた。船客の顔は、どれもどれも、皺が舒びて、柔和な、慈悲深い表情をしてゐた。言葉にあらはせない彼等の心は、十六日間じめじめと見古した床の上を、朝餐の飯粒の散らばつた上を、

「日本、日本、日本――」

とコーラスを唱つて飛び廻つてゐた。

長い間ベッドの鉄柱に釣るされたバナナの朽ちた幹が、どさりと切り墜される。まとめた布包を上のベッドから床へ投つて、

「あつ、しまつた。」と顔を顰めて、あはてて飛び降りる者もある。毛布や蒲団のカーテンが払ひ除かれる。税関がやかましいからと云ふて、買ひ込んで来たシガレットを手当り次第に呉れて行く者もある。自分が宿引にでもなつたやうに、横浜の旅館の屋号をならべて、他人を慫慂してゐる者もある。不用になつた物は、皆惜しげもなく床の上へ捨てられた。金盥、鳥打、佃煮の缶詰、果物、煙草の鑵、古靴、女のコルセット、講談本、ウイスキーの罎――これらの物品は、突然、持主の所有慾を離れて、みるみる床の上に積み重なつて、必要品から廃物に変じてしまつた。毛布や、道具類や、船客の乗つてゐないベッドは、今までのやうな個性を失つてしまつた。斑点だらけの壁が、床の上や、壇の上のごみごみした廃物を四方から包んで、一室が巨大な塵埃棄場のやうに見えた。遮へぎる物の無くなつた壁の上には、春の海の反映が、ゆらゆらと光線の戯むれを画いた。

不思議な融和力が、人々の心に働きかけた。それは単に昨日一昨日までの憂鬱と倦怠の生活から反動した、気まぐれの歓びだけではなかつた。すべての人に共通な、すべての人を満足させる、すべての人の理想である。そして、今までの現実よりも高い、偉大な、幸福なものが、彼等の目前に迫つて来て、すぐ

と彼等の生活に溶け込んでしまふ、と云ふ晴々しい予感が、各自の小さな迫害心や、獣力や、利己主義なども打ち破つて、彼等を同じ大きな目的に向つて進んでゐる仲間同志にしてしまつた無意識な欣びが相互の間に結合力となつたからである。荷造りを終へた者共は婦や老人どもに力を添へた。覚束ない手跡で田舎の住所を認めながら、遊びに来給へ、と隣のベツドの他国者に勧めてゐる者もあつた。ボーイを呼んで幾何かの心附けを取らせて、叮嚀に礼を述べてゐる者もあつた。鞄の中をあらためて、税関を通過せぬ物を除けてやつてゐる世話好きな者もあつた。男達は云ひ合はしたやうに、アメリカ仕立の一張羅に、派手なネクタイを結んだ。婦どもは田舎の帽子屋から売りつけられたやうな、大束の造花を重げに載せた天鵞絨の帽子や、思ひ切つて夏向きなスカートを着た。彼等の眼は皆霞むだ。彼等の足は軽かつた。彼等の声は空洞になつて船室を鈴のやうにひびきわたつた。

「陸が見えるよ、——日本が！」

あたふたと、甲板から降りて来た偏目の男は、まだ荷物の始末に忙しい講談本の男へ話しかけた。その声が、意外に高かつたので、一室の人々は総立ちになつて、甲板へあがつて行つた。

甲板の上は寒かつた。二月の風はコートやスカートの裾を翻へして、柱や壁の蔭には霜の気が潜んでゐた。正午近い海は、無数の飛魚が泳いでゐるやうに、白い日光の下に耀いた。静かな蒼空は、澄むで、巾広い白金のやうな日光を漲らして、水平線からくつきりと立ち離れて見えた。五六艘の反古紙を糊りつけたやうな日本の漁船が、モータアの力で、汽船から離れやう離れやうとするやうに、沖へ向つて駛つてゐた。冷めたい波は、船の両舷の下に逆毛のやうに白く砕けて、うねりを打つごとに黒い冬の影を舒して行つた。船客の多くは、右舷の欄干に凭れて、鋸形の一帯の陸地が、処斑らに白い歯を閃かして近づいて来るのを見戍つて、がやがやと喧ぎ立ててゐた。

人気のない船室に、自分の頭文字を書いた鞄の上へ腰かけて、甘くもなささうに幾本も幾本もシガレットを吹かしてゐた学生はふと立ちあがつて、片隅のベツドへよぢ昇つた。毛布や蒲団の除かれた帆布のベツドは、体の重みにき、き、きと軋つた。彼はその辺を見廻して、はつと息をひそめた。空洞な船室には、産婦のゐなくなつた跡に撒いた石炭酸の臭ひが縞を織つて流れてゐた。彼は恐る恐る手を伸ばして、ベツドの上に載せてある紀州訛の男の手鞄を引寄せた。鞄にはまだ錠が卸ろしてなかつた。それを開きながら彼は鋭い眼を、階子段の方へくばつた。其時、シイ・デツキに忙しげな靴音がして、船室の階子の前でぱつたりと停まつた。

「日本が見えますよ、ね、園田さん。——園田さん！」女の声が、筒抜けに正面の壁へ衝当つて、やけにこつちの壁へ反響した。

いきなり、何かの兇器で頭を殴られたやうに、彼は立ちすくむで、大きな眼をすぐ前の壁の上に堅めた。彼が、何か言はうとして、痙攣的に唇を開いた時、『十三番』の女の、華奢な、踵の高い白靴が、階子段をことりと一階降りて来た。

（「中外」大正10年8月号）

奇怪なる実在物（グロテスケン）

富ノ沢麟太郎

私の愚かしい空想の織物は、実在の上に把握すべき人間の誠の性命に纏《まと》はらうとはしない。そしてこの織物は常に、私の生に対する邪悪な心の臓の陰鬱と恐怖とから微動する動悸のともなりによつて、苦しい憂鬱の呼吸を息づく。この屢々の憂鬱と退屈とに悩乱させられるこの織物は、時折慴えるやうに私の身辺を飛びたつて行く。かうした場合、私の心身は、地軸の真中に投げ込まれ、空洞に等しいその地軸の髄のなかを狂瀾の舞踏に委ねる。軈てこの舞踏は地軸を取巻く地熱と心身の活動の白熱とのために倦怠の気分に襲はれる。そしてこの機を窺ふてゐる睡魔のために私の心身は、白昼も暗夜も弁へずに、時計さへ持ち耐へる気力を失ふて、肉体と思想との疾病を同時に背負ふたやうになる。この刹那私の心身は華飾絢爛ともいふべきかの織物に裹まれて、涯ない海底に真珠を拾ふ人のやうに、又は疑惑のうちに探究を進めるかの昔日の錬金術者のやうに、神経のみ苛立てる興奮しきつた心意の状態で、無謀な歓楽の夢の流れに棹さしゆくのである。

私は或春半ばの夜の都会を散歩してゐた。大路は傾いたやうに聳え立つ電柱を不満気もなく立て並べてゐる。そして電車の軋る震動のあるたびに、何か苦悩の源ででもあるやうにそれぞれの電柱は錯雑した微妙な運動を繰返してゐる。非常な人々と交通機関との雑鬧は、その大路の総ての燈火を滅するやうに店頭を塞ぎ、僅かに軒燈と電柱の燈火とを輝かしてゐる。遠く近く半空のうちに明滅してゐるのは花電気だらうか、それとも花火だらうか。私はこの雑鬧した大路に足を踏みいれたことを後悔しながら、顔を歪めて歩いた。しかしどうしたものか、私の歩みは何ものにも妨げられなかつた。そして時々は、何か思ひ残りでもあるやうな不安な態度で歩みを止めては疲れた眼光を周囲に注ぐのであつた。私はけふといふこの日が祝日でもあるのかと、ふと考へてみたが、それに関することは何も思ひ浮べられなかつた。

さうして歩いてゐるうちに私は何かに衝きあたつたやうに感じた。と、私は十字街の雑鬧のひと流れのなかに送り出されてゐた。そして数分と経たないうちに、私は十字街の雑鬧を見たくなつたので、後ろを振返つた。その時、私は奇妙な光線が群衆の塊の頭上に光つてゐるのを見付けた。その光線は直径五六尺の楕形円の格好で白熱燈の光度を保ち、空間の薄明りとの分光線はくつきりと明るい円錐状をなして、或店頭の二階位の置地の壁のうちに消えてゐる。私はそれを思ひつきのよい夜分の広告法だと思ふた。私の推察は的中した。それは写真屋の広告燈で、街路の方へ三十度程傾斜してゐる写真機に擬《なぞら》へた大きなレンズから強度の光線を放射する機械であつた。私の歎賞的好奇心は愉快に波打ちたてる響を全身に鳴らした。そして私の足は、電車線路にさへ食出《はみだ》してゐる部厚いひと流れの間をどんな風にして横切つたか、又線路には電車が駛つてゐたかさへ知らずに、その写真屋の店頭に駆け込んだ。

私の前には一人の少年が立つてゐた。その少年は無帽子のボーイで、殆ど間隔のない位の金釦附《きんぼたんつき》の短衣を着て、その一条《ひとすぢ》の金釦のなかごろに右手の掌をあてたまゝ、事務的に頭を下げながら彼は私に挨拶した。そして直ぐ二階の広間に通した。そのボーイが退いたと同時に、同じドアからは服装だけ似てゐる、背丈の高い、鼈甲縁の眼鏡を気障な恰好にかけたボーイが、茶と菓子との器を持つて這入て来た。そして彼は事新らしく私に挨拶の礼をして、その茶菓を勧めた。その時の私の動作は、嘗て求められなかつた感喜の心情の横溢でその動作の快活を助けた。けれども、その快活は私の奇しくも巧緻に織りなされた憂鬱の寿衣《きやうかたびら》の遺薫を多分に含んでゐた。

「よくこそいらつしやいました。さあ、どうぞこちらへ。」私はこの声で仮睡からでも呼び醒されたやうに、自分が時折外の噪音に耳傾け、或瞬間は多分けふのための遠くに聞えるオルケストラの微かな音楽に酔ふてゐたその酣酔から急に自分の心を引きはなした。同時に私の唇は軽くひらいて、「えゝ、えゝ、どうぞ。」と言葉を洩した。そしてもうその時は私の頭も呼びかけた声の主の方に向いてゐた。予期してゐなかつた私の心の驚愕は、自分の瞼を、眼球の蠢動の弾力でまんまるくひらかせた。一婦人は私の傍に頬笑みながら立つてゐた。真黒な天鵞絨のガウン様の物を着たその婦人は異様な容子を示してゐた。そのガウン様の被衣《かつぎ》は、丸味のある三角形に裂けて胸の方でひらいてゐる。そこからは、瀟洒な半ゑりがもんもりと盛りあがつて、金糸銀糸の綾の筋の所々に宝石を一粒二粒閃めかし、三眠の蚕の透徹した乳白色のやうな肌理《きめ》の顔と頸とのへんに、色移りのよい配合をその光滑さで映えさせてゐた。

「間もなくお写し致しますから、背景は御自由にお選び下さい。」かう言つた婦人は椅子に腰をおろした。私はこの時やうやく、写真を撮るのだと考へた。周囲の事情がさうらしく見えたからである。しかし私がここへ這入つたその動機は少くとも、さうした表面的の事柄に結びついてゐる筈ではなかつたらう。私の心身が、緊張された神経的な興味に溢れ慄へてゐるといふことは、今もなほ私の静寂な気分に埋れてゐる精神の外部へのうごきで十分認められる。

その二階の広間で、私はそのうちにいつかただ一人になつて、奥の長椅子の前に佇立んでゐた。その部屋には二つの窓が開かれてゐると思へた。一つの窓からは、市街に雑鬧する群衆の動揺が風の渦に乗つて時となく洪水の早さで流れ込んで来る。他の窓はどうしたのだらう、漆のやうに黒くそして柔く重みのある暗夜其物の一部分を長方形の長持の恰好に切り取つて来て、壁上に粘貼し飾立てたやうに内部の方へむくみ出てゐる。そして時折、然もそれは屢々であるが、その窓からは軽い愛嬌のある人の声が漏れてくる。その声は私に話かけてゐるらしい。婦人はもう写真機の置地を直し終へたのか、私の傍に来て、写真機とは正反対の方を瞶めてゐる。「いかがです。ボーイは懸命に貴方の写真の背景画を選んで居りますが、ひとこと返事をしてやつて下さいませ。」婦人の言葉は息苦しさうだつた。そこで、私は今まで婦人が熱心に瞶めてゐた方に自分の両の眼を差向けた。其処は奇妙な窓のあつたと思へた場所であるに拘らず、驚いたことには、最早其処には窓はなく、其代りあの縁厚い鼈甲の眼鏡をかけそして黒の金釦附の短衣を着たボーイが彼の仕事の煩雑を託つやうな声を言葉に裏付けては、背景画の開展をつぎつぎと折返しながら、それらの説明を続けてゐる。

「黒！」

「黒の背景で御座いますか。」

「さう。」

「さうだらうと思ふて居りました。」この最後の婦人の言葉は、私の耳底に驚異の重苦しいオルガンの重音を残し去つた。

私は立ち上つて等身鏡の前に行つた。その鏡の面には、扉と帷帳《タペストリー》とが斜にそれらの姿を映してゐる。その前には二間程の間隔を置いて、私の無表情なそして頑固さうで然も忍耐性に富んでゐる不動の姿影が、しやんと突き立つてゐた。私はちよつと、ネクタイに触つてその歪みを直した。そして又、伊太利亜特産の子安貝に浮彫したVといふ字形のピンを正面に表はれるやうに挿しかへた。私のこの動作は、最も詰らない私の性癖の渣滓《をり》であつた。

大きな穹形をしてゐる天井の下に私は腰をおろさせられた。写真機は、私とのよい間隔距離を定められるために、婦人の手によつて前後左右に滑らされてゐた。写真機は機械人形のやうに脚をキユーキユーならして動いてゐた。私の周囲は急に明るくなつた。穹形の天井から降り灑《そそ》ぐ白い幕に掩はれた瓦斯の白光は、左右の電燈との調節をとるために、薄ぼんやりと淡い光を漂はしてゐる。部屋はその滴り落ちてくる光の雨でのみ支配された。私は夕立の霽れあがる時分大路に面したカフエの二階の窓辺に片肘をついて、階下の音楽を窃み聞きしながら、覆盆子《ゐちご》を一顆づつ味ふてゐるやうな気分になつた。黒衣の婦人は静かに私の方に進んで来て、私の呼吸を忖《はか》つてゐたが、直ぐそのまゝの姿勢で、写真機の方に足摺りして行つた。私はその時、噴泉の辺に立ちつくしたまま、その歔欷に聞き惚れる異国に住む山の乙女の瞳を思ひ浮べた。しかし私はこれまでその乙女に逢ふて共に話合ふたことはなかつた。私には、このことが、今の場合この事情にどんな連関があるのか解らない。しかしながら私はかうしたスピリチユアルな性質の異象のものが私の脳裡を彷徨《さまよ》ふたことで、私の無智無能な感激を笑ふ。

私が空気の震動を感じたと思ふたその瞬間、私は、自分の視力の失せたことを疑ふたので、注意しながら柔かく自分の瞼を帕手《ハンケチ》で拭ふた。早まつた私の粗野な振舞は、黒衣の婦人の一声で心から安心の光に裹まれ、同時に又必要のなくなつた燈火の消されたことも知つた。

三日ののち、私は言はれたまゝに、又その写真屋を訪れた。「貴方、いらつしやいまし。」かう声が、二階から、私の最後の靴音が店の三和土《たゝき》の上に消えないうちに、淋しく然も深い情をこめて響いて来た。夕陽を避けたカアテンからは、微細な繊埃の雑つた紫色の光が洩れてゐて、部屋は一たいにその紫色の光の霧で明るかつた。婦人は先夜と同じ衣裳をつけてゐた。その頰には緑の勝つた白粉が薄く暈《ぼか》されてゐた。もしかするとその蒼白い緑は婦人の皮膚その色ではなかつたらうかしら。

理性から湧きでる悲哀によつて打消されさうな婦人の緩慢な頰笑は、その伏目がちな婦人の顔ぢうを這ひ廻つた。私は説明し難い色々な記憶や、又は神経的な感覚の不安な状態に重苦しく襲はれた。不測の不幸な禍の前兆を想像した。すでに起つて終ふたが然も未だ私には知られてゐないその不測の不幸な禍は、大きく羽搏つ翼を私の目前に拡げた。兇兆の霊気は婦人の黙想してゐる心のうちに、又その不安気な頰笑のうちに充ち満ちてゐるやうに思はれた。

「これは貴方のこないだの御写真です。」その不気味な沈黙は破れた。婦人の右手は天鵞絨のガウン様のうちかけの左から不意に出て来た。手渡しされるまゝにその写真をひらいて見た私は故意と大声をたてゝ笑つた。そして、「御冗談でせう」と呟く瞬間、私はもう名状し難い朦朧とした戦慄を感じながら、物凄い病的な恐怖に虐げられてゐた。その上一層私の精神の刺戟を昂めたことには、今のその呟きと笑声とは、後ろの帷帳の数多い襞積《ひだ》に触れたのか、パイプキイをいち時に掻き鳴した時のやうな反響を轟して、その部屋を擘《つんざ》き去つた。「いいえ。」この洞声は婦人の声であつたか、それとも帷帳の叫喚であつたか私には解らない。疑惑に湿ふた婦人の明眸が私の上半身の上に顫へた刹那、私の肉体は疼痛を感じ乍ら眩暈のうちに私の眼は瞼に重く掩はれた。暫時して落着いた私の心意は、婦人の低い調子の魔力ある言葉に耳傾けることを許した。

「それではお話致します。」婦人の言葉は考へ深さうだつた。「私はこの職業を始めてから幾年になるかさへ思ひ出せない程です。それ程私の職業は、言はば経験を積んで居るのですから、皆様からお疑ひをかけられるやうな事は致しません。貴方の場合でもさうです。さう、私の方の焦点は貴方の心と一致しました。私はこの刹那貴方のお姿を、いえ、貴方のお心を私の焦点のうちに燬きつけたのです。」私はこの物象の世界から余りかけ離れ過ぎやうとする婦人の談話、否却つて説話に近いこの談話によつて、私の内心に迸り湧いてくる喜悦を一笑に退けて終ふ気にはなれなかつた。そこには超越された荘厳と華かな恐怖とがあつた。寧ろ色褪せて行く現世の影は、永劫より一歩手前の薄紗《うすもの》のうちにその影の淡い像を宿してゐることを私の詰らない性質のなかに悦び迎へた。

「今お話した通り、私の職業の年齢は年寄つて居ります。この長い期間中、私の店を訪ねた皆様は数を以ては表はせないでせう。そのうちの一人である貴方は……さうです。多分写真を撮らうとなさる方は屹度きまつていつも愉快さうな気分と態度とを持つてゐらつしやいます。それなのに貴方は、どうでせう、本当にその寂しい御様子で、悲しげなお顔色で、真紅の血潮は最早失ふたといふやうな、寂しい御様子で私の店にお出になつたではありませんか、まだお年もめさない年輩でありながら老人ぶつた態度で。さうでした。そして私は私のどんな記憶を呼び起しても、さうした、魂を失ふたやうな、いえ、それなら増しですが、却つてかう申す方が穏当でせう。魂には亀裂が罅《ひび》いりさうしてその罅いるままに打ちすて置く魂は、ひと呼吸ごとにその亀裂を増して行く、そしてその破るゝにまかしてゐるさうした青年を、私の記憶のうちに呼び戻すことは出来ません。失礼ですが、貴方の寂寥と憂鬱と退屈とは決して社会的のものではないでせう。まあ、どう申しませう、それは世間によくある失恋とか事業上の事柄に結びつく失敗などの原因に拠るものではないでせう、それは恐らく貴方自身の情熱的で然も脆いその精神を蚕食して行く貴方自身の無慈悲な性命の歯のためなのではありませんでせうか。」私の身体は内心から血液と一緒に竦み始めた。婦人は熱心の度を深めて語り続けた。「こんなお話が未だに私達仲間の間に伝へられて居ります。一応はお聞き下さい。」深く瞼を閉ぢ、唇を結んだ婦人は心のうちに何事かを反芻する容子だつた。この話頭の変移は幾分私の慄きを治めてゐた。

「それは少し古い年代の頃です、勿論写真の発明後ですが……巴里に素晴しい女優が居りました。その人は女優のうちでも、そしてその仲間で昔の時代から数へられて来ても、かなりの美人に指折らるべき有名《なうて》の人でした。そして芳薫にも等しい舞台に、白日を赤々とうけてその艶麗な花弁を誇る薔薇にも似通ふその人の妍姿は、どうしたものでせう、写真に映るその姿はいつもきまつて、それには似ても似つかない醜悪な絵姿となるのでした。まあ、私などの引合はその場合の想像をかなり助けませう。(私は婦人の唇を掠めた彼女の笑ひを感じたやうに思ふ。)……そこで、その人は金と時とを嗇にせずに、どうかしてただ一枚でもよいから自分の姿其物を写真に撮つて置きたいといふ希望で胸一ぱいでした。そんな訳で、その人は人手を煩はし、又その人自らもその事に心がけながら、写真屋、いえ、写真師を探し廻りました。そして結局は、巴里に非常に腕利きの女写真師の居ることを知りましたので、その人のところへ自分の条件をつけて頼みました。その女写真師は快くその条件を容れて呉れました。するとその女優はたいへん喜んで……それは当然の悦びでせうが……未だ写真の出来ないうちから、焼増のことや、その焼増を自分のパトロンや贔屓に贈ることを誇らしげに吹聴してきかせましたので、その周囲の人々もその祝ひを催うしてやらうといふまでにその写真の無事に出来上ることを祈り且つ喜び期待して居りました。そして、たうとうその人の写真はネガテイヴから薬紙に焼きつけられました。その時その人はそれを受取るのも待ちかねて、暗室のドアを幾回となくノツクしました。そしてまだ湿つてゐる写真を掌にのせたその女優の顔は、その写真が何か化学的魔力でも持つてゐるかのやうに、その写真の現示によつて、漂白作用でも惹き起したやうに真青《まつさを》になり、いままでの喜悦もおのづとその蒼白い色のうちに吸ひ取られたやうに消え入りました。」婦人の言葉はぷつつり切れた。婦人の瞳は深く何ものかに吸ひ附いたやうにぢつとして動かない。婦人の瞳孔はその女優の驚愕したその時の表情の影を追ふてゐたのだらうか。そして婦人の肩先がピクリと動いたと思ふたら、婦人の瞼は閉ぢ、小鼻は微かに蠕いてゐた。

「そしてどうでせう、その女優はその後五日とも経たないうちにその写真の恐るべき誘惑に敗北したやうに、又は彼女の驚愕した神経作用に屈伏されたやうに、その写真が表示した腫物に罹つて、その写真が彼女の手から投げ捨てられたやうに彼女は自分の肉体をおのれの精神から脱ぎ去つて終ふのでした。」その余裕のある言葉は黒衣の婦人の顔を崇愛の光と微笑とで輝かした。私はその時眼に見えぬ何ものかに目礼したやうに感じた。私は無言で、少くとも婦人の目じらせがあつたやうに感じたからもう一度私の手に握られてゐた私自身の写真をひらいて見た。

そこには私自身の頽廃しきつた容貌が、神経系疾病振顫麻痺の顕現のやうに、寧ろ慴えきつた心の苦悶の礼拝の再現のやうな姿が肉体といふ卑陋な物象をかり幾すじもの輪廓を顫はせて写真の上に現はれてゐた。そして私の体はこの顫ひのやうに空中に顫へくづれ乍ら腐蝕して行くのであらうか。

この時私はふとこの婦人が、あの巴里の有名の女優その人の性命の姿を撮影した女写真師ではなからうかと考へたので、それを訊き正さうとした。しかしそれは却つて、詰らぬ自分に対する皮肉自身が自乗されさうなことなので止して終ふた。そのうちに例の鼈甲縁の眼鏡をかけたボーイが、名刺を持ちながら、来客の旨を女主人に勿体ぶつて告げて来た。そしてちらりと彼の横目が眼鏡の底で光つたと思ふたら、「おお！　先生この写真は？　この木乃伊《みいら》の瞼を無理に引き離して撮つたやうな写真は一たい何処で？」と彼は笑ひを嚙み殺しながら問ふた。

その時の私の無拘束な憤怒から転化して行く慴懼と畏怖とは、視覚と聴覚とを失はせ、同時に顔面は筋根の痙攣で筋肉を顫はせ、そして皺といふ皺は二重三重の影をつくりながら、冷たくも氷のやうな鋭さで然も稠粘《ちうねん》の汗と膏とで醜くも燃え盛《さか》つてゐる皮膚の上を流れ去つた。心臓の皷動は顳顬《こめかみ》の動脈に移つり、四肢はその血管を凝結させて終ふた。数十秒は過ぎた。私の自判力は一種の双和的《せふくわ》緊張をもつて混惑の藻搔きの泥中から救はれてゐた。

私は暫時は何らの響もきかなかつた。しかし恢復されて行く私の心の臓は私自身を嘲けるがやうに、どくどくとその皷動を波打つてゐた。私の苦い笑ひは、私のその写真と共に円卓の上にふいと投げ出された。——一九二一年六月——

（「街」大正10年8月号）

怒れる高村軍曹

新井紀一

一

消燈喇叭が鳴つて、電燈が消へて了つてからも暫くは、高村軍曹は眼先きをチラ〳〵する新入兵たちの顔や姿に悩まされてゐた。悩まされてゐた――と云ふのは、この場合適当でないかもしれない。いざ、と云ふ時には自分の身代りにもなつて呉れる者、骨を拾つても呉れる者、その愛すべきものを自分は今、これから二ケ年と云ふもの手塩にかけて教育しようとするのであるから。

　一個の軍人として見るにはまだ西も東も知らない新兵である彼等は、自分の仕向けやうに依つては必ず、昔の武士に見るやうに恩義の前には生命をも捨てゝ呉れるであらう。その彼等を教育する大任を――僅か一内務班に於ける僅か許りの兵員ではあるが――自分は命じられたのだ。かう思ふ事に依つて高村軍曹は自分が彼等に接する態度に就ては始終頭を悩まされてゐた。で、眠つてる間にもよく彼等新兵を夢に見ることがあつた。彼はどんな場合にも、自分の部下が最も勇敢であり、最も従順であり、更に最も軍人としての技能――射撃だとか、銃剣術だとか、学術に長じることを要求し希望してゐた。

　彼は自分のその要求や期待を充足させることが、自分を満足させると同時に至尊に対して最も忠勤を励む所以だと思つてゐた。それに又競争心もあつた。中隊内の他のどの班の新兵にも負けない模範的の兵士に仕立てようと云ふ希望をもつてゐた。が、その希望はやがて大隊一の模範兵を作らうと云ふ希望になり、それがやがて聯隊一番の模範兵にしようといふ希望に変つて行つた。この時彼の心にはまた昔から不文律となつて軍隊内に伝はつてゐるところの、いや現在に於て自分たちを支配してゐるところの聯隊内のしきたり――部下に対する残虐なる制裁に対して、不思議な感情の生れて来るのを感じた。また自分よりかずつと若い伍長や軍曹、上等兵なぞがまるで牛か馬を殴るやうに面白半分に兵卒たち、殊に新兵を殴るのを見ると、彼は妙に苛立たしい憤慨をさへ感じた。殊に自分までが一緒になつて昨日までそれをやつてたのかと思ふと、不思議なやうな気さへした。新兵の時に苛められたから古兵になつてからその復讐を新兵に対してする――そんな不合理なことが第一この世の中にあるだらうか。自分たちを苛めてゐた古兵とは何んの関係もない新入兵を苛める――その不合理を何十年といふ長い間、軍隊は繰り返してゐるのだ。そして百人が百人、千人が千人といふもの、少しもそれを怪しまずにゐたのだ。俺はなぜ、そんな分り切つた事を今まで気がつかずにゐたらう？――さう思ふと彼は只不思議でならなかつた。

彼は聯隊では一番古参の軍曹であつた。もう間もなく満期となつて、現役を退かなければならなかつた。が彼は予備に編入される前には必ず曹長に進級されるであらうと云ふことを、殆ど確定的に信じてゐた。また古参順序から行けば当然、今年度の曹長進級には彼が推されなければならぬのであつた。それは強ち彼れ自身がさう思つてる許りでなく、他の同僚たちもさう信じ、よく口に出しても云つてる事であつた。だが、彼に取つて最も気懸りなことが一つあつた。それは自分の隣村から出身してゐる聯隊副官のS大尉が、その地方的の反感から自分を単に毛嫌ひしてゐると云ふこと、埒を越へて、憎悪してゐると云ふことを知つてゐたから。

S大尉さへ自分に好意を持つて、呉れるなら、いや好意は持たずとも無関心でゐて呉れたなら、自分はどんなに有難いだらう。だがあのS大尉はいつも自分を貶しよう貶しようとしてゐる人だ。現に、自分が新入兵の入営する間際になつて、第八中隊から此の第十二中隊に編入を命じられたと云ふのも、つまりはあのS大尉の差しがねに違ひない。それはもう明白な事実だ。――

彼はS大尉のその軍人らしくない、百姓根生の染み込んだ卑劣な態度をどんなに憎んだことだらう。彼は兵卒から現在の故参下士官になる八年と云ふ長い間、自分の家庭のやうに暮して来た第八中隊を離れて此の中隊へ来た時、自分の部下たるべき第×内務班の兵卒の凡て、それから同僚の下士たちの凡てが、如何に冷たい眼をして、まるで異邦人の闖入をでも受けたやうな眼をして迎へた印象を、いつまでも忘れることが出来ない。今居る班の兵卒たちは皆んな、自分の教育したのではない、苦楽を倶にしたのではない、まゝつこだ――とも思つた。しかし、こん度入営して来る新兵こそは、自分に取つて実子である。自分は温かい心をもつて、理解ある広い同情をもつて、彼等を迎へ、彼等を教育してやらう。――彼は実にかう思つて、今の此の十五人の新兵を自分の班に迎へたのであつた。だから自分に取つてまゝつこである二年兵たちが新兵を苛めるのを見ると彼は頭がカツとした。彼は理由も訊さずに二年兵たちを叱つた。

高村軍曹は実にかうしたいろ〳〵の理由からして、兵卒たちを自分の恩義に狎れさせ、信服させようと努めたのであつた。また自分の受持である新兵教育を完全に果して、聯隊随一の模範兵を作ると云ふことは、取りも直さず自分の成績を上げることであり、それは又曹長進級の難関を通過する唯一の通行券となるものであつた。如何に利け者のS大尉が聯隊本部に頑張つてゐたからとて、自分の成績が抜群であり、自分の教育する部下が優良兵であり、模範兵となつたならばどうにもなりはしないだらう。高村軍曹は眼をつぶると浮んで来る部下の顔に、愛撫の瞳を向けながらそんなことを思つてゐた。

これから第一期の検閲までにはざつと四ケ月ある。それまでは……と、彼は自分に与へられた四ケ月と云ふその「時」を楽しむやうに、いろ〳〵教育に関して計劃を廻らした。

その日の演習が終つて入浴や夕飯をすますと、他の各班の班長たちはあとの事を上等兵たちに任せて外出して了ふのであつた。が、その上等兵は上等兵で只だ役目に二十分か三十分、厭や〳〵新兵を集めて読法とか陸軍々制につひての学課をして、帰営後の班長に報告するに止まつてゐた。だから少し記憶の悪い兵や、ふだん憎まれてゐる兵は、さらでも自分の「時」を新兵たちの為めに犠牲にされてると考へてゐる上等兵の疳癪を募らしては、可なり痛々しく苛めつけられてゐた。時には「パシーツ」「パシーツ」と横頬を喰らはされるらしい痛々しい無気味な音が、下士室まで響いて来たりした。高村軍曹は何んとも云へない複雑な表情を浮べてそれを聞き、やがて自分の部下のゐる第×内務班にスリツパを引き摺りながら入つてゆく。

「敬礼!」と云ふ叫び声が一かたまりの部下の中から起つて、彼等は一斉に起立して高村軍曹に対し敬礼した。彼は笑顔をもつてそれに答へた。

「古兵はよろしい、初年兵だけこつちへ集まれ、学課をする!」

高村軍曹は矢張り微笑を浮べながら云つた。初年兵たちは三脚並んでる大机を挟んで、両側に対ひ合つて腰をおろした。

「宮崎!」

高村軍曹はさう叫んで一人の初年兵を立たせた。宮崎はのつそりと立ち上つて、窟の奥の方からでも明るい外光を見るやうに、眩しさうな眼をして高村軍曹の顔を瞶めた。宮崎は高村軍曹の一番手古摺つてる兵であつた。彼の眼はいつも蝙蝠を明るいところへ引き出したやうにおど〳〵してゐた。

「おい、返事はどうした!」高村軍曹はぽかんと突つ立つてる宮崎を見ながら小供を教へるやうに穏やかに云つた。『呼ばれて立つ時には必ず「はいツ」と返事をしなければいけない』

「へーツ」

宮崎はからだをくね〳〵と曲げて揺さぶりながら長く語尾をひつぱつて云つた。腰掛の両側からくす〳〵と笑ひ声が起つた。

「笑つてはいけない。軍隊は笑ふところではない!」と、高村軍曹は一寸顔をしかめて見せて云つた。

「宮崎! 昨日教へた勅諭の五ケ条を云つて見い!」

「へーツ」と、宮崎は再び云つて頸をだん〴〵下へ垂れて、時々蝙蝠のやうな眼で高村軍曹の顔を見る。そして「忘れました」と云つた。

「忘れたら思ひ出すまでそこに立つて居れ!」と云つて高村軍曹は眼をきよろ〳〵させて其処にかしこまつて腰掛けてゐる初年兵たちを物色する。「では田中!」

「はい!」と、田中は威勢よく立ち上つて「一つ、軍人は忠節をつくすを本分とすべし」「一つ、軍人は……」と云つてすら〳〵と片づけて了つた。

高村軍曹の顔には嬉しげな微笑が浮んで、「さア、宮崎云つて見い！」と、また宮崎の顔を見つめた。

「一つ、軍人は……」と云ひかけて、彼はまたつかへて了う。

高村軍曹の顔は一寸曇つたが、今度は自分で一句一句切りながら自分の云ふあとをつかせて、宮崎に読ませた。そして云つた。「暇があつたらよく暗記して置かなくてはいけないぞ！」

かうして一時間ばかりの学課がすんで、高村軍曹が下士室へ引き上げると間もなく点呼の喇叭が鳴つた。外出してゐた各班の下士たちもぞろ〳〵時間を違へずに帰つて来て、班毎にならぶ。点呼がすんでやがて消燈喇叭が鳴り、皆んな寝台について了ふと高村軍曹は必ず、自分が寝る前に一度自分の班に来て見て皆んな寝顔を見てから自分の寝床へ入るのであつた。が、彼は班内を巡視する時に、若し寝てゐる筈の初年兵が寝台に居ずに空になつてゐる時には、いつまでもそこに待つてゐた。兵卒たちは大概点呼がすんでから便所に行つて寝るので彼等は便所から戻るのが遅くなつた場合にはいつも、高村軍曹の心配げな顔に見迎へられるのであつた。

高村軍曹はまた夜中にふと眼が覚めたりすると、必ずシヤツのまゝで下士室を出て自分の班に行つて見た。彼には一つ気になつてたまらない事があつたのである。それは毎夜のやうに自分が班内を見て廻るのに、皆んなぐう〳〵鼾をかいて寝てゐる中に宮崎だけがいつも溜息をしながらゴソ〳〵寝返りを打つてゐるのを見かけるからであつた。彼の今までの長い軍隊生活の経験に依つて、逃亡するやうな兵は兵営生活に慣れない一期の検閲前に一番多く、そして最も注意すべき事は宮崎のやうな無智な人間が、殊に何か屈託があるらしい溜息をついたり眠れなかつたりする時であつた。

困つた奴を背負ひこんだもんだなア——高村軍曹の頭はいつもこの事の為めに悩まされてゐた。

日曜が来た。各班では初年兵を一纏めにして、一人の上等兵がそれぞれ引率して外出するのであつた。が、高村軍曹は上等兵には関はないで自分が引率して外出した。彼は時間を惜しむ余り、かうした休暇をも何かしら他の班の兵たちの及ばない智識を得させたいと思つたのであつた。

「皆んなどういふ所へ行つて遊びたい？」

先頭に立つてゐた高村軍曹は歩きながら後ろを振り返つて云つた。が、誰れも、どこそこへ行きたい——と自分の希望を述べる者はなかつた。

「では観音山へ登つて見よう」暫く皆んなの返事を待つて得られなかつたので、彼はかう云つてまた先頭に立つた。

観音山はK川を隔てゝ、高台にある聯隊と相対してゐる山であつた。山の頂上には京都の清水の観音堂になぞらへて建てられたといふ観音堂が、高い石の階段を挟んでにゆツと立つてゐた。

K川にかゝつてるH橋を渡ると、麦畑と水田が広々と拡がつてゐた。高村軍曹はそこの道を歩きながら云つた。

「かういふ広いところを開豁地と云つて、演習や実戦の場合、軍隊が行進する時には最大急行軍をもつて通過して了はなければならない。さうしないと直ぐ敵から発見されて了ふ……い丶か、かういふ広い場所を開豁地と云ふのだ。」

高村軍曹はかう教へてから「駆け足――ツ」と号令をかけた。足を揃へることも、ろくに知らない十五人の初年兵は、バタ〳〵高村軍曹のあとについて走り出した。学課の時、寝てゐる時、いつも高村軍曹の注意を惹く宮崎は、この駆け足の時にも彼の眼を惹いた。宮崎はまるで跛を引いたやうに、右と左の肩をひどく揺さぶつて足を引き摺り、埃をポカ〳〵と立てた。

「宮崎！　お前どうかしたか？」高村軍曹は走りながら訊いた。

「足でも痛めたんぢやないか」

宮崎は最初は顔をしかめて頸を左右に振つて、どうもしたんぢやない――と云ふことを示してゐたが、やがて「班長殿！靴がでつか過ぎてバタ〳〵して駆けられません」と、云つた。

隊はやがて観音山の麓について、百姓家のボツ〳〵並んでる村に入つた。

「早足ーツ、オーイ」と、言ふ号令が高村軍曹の口から出た。皆んな息をハア〳〵はづませながら、普通の歩き方に復つた。道の両側が竹籔だの雑木林だので狭くなつてゐるところへ出た時、高村軍曹はまた後ろを振り返つて云つた。

「かういふ狭い処を隘路と云ふ。そしてかういふ処を斥候なんかになつて通る時は必ず、銃に剣を着けて、いつ敵の襲撃を受けてもそれに応じられるやうに要意して置く。」

高村軍曹はかう云つてまた直ぐ宮崎に呼びかけた。「宮崎ツ、かういふ狭い処を何んと云ふ？」

「アイロと云つて剣を着けて通ります」宮崎は得意然として蝙蝠のやうな眼を光らせながら、今度は言下に答へた。

「ふむ、今度は記憶へたな！　忘れないやうにしろ、いまに野外要務令でかういふ学課があるんだから」高村軍曹は微笑を含みながら云つた。そして観音堂の正面につけられた石階の道を取らないで、側道へ入つて行つた。そこは少しも人工の加はらない自然のま丶の山道であつた。箒のやうに細かい枝の尖つた雑木林の間には松や杉の木が緑の葉をつけて立つてゐた。山へか丶ると同時に、陰鬱な萎びたやうな宮崎の顔がすつかり元気になつて、生々とした色が蘇つて来た。山道で皆んなの足が疲れて来ると反対に、宮崎の足はぐづ〳〵してゐる仲間を追ひ越して先頭に立つて了つた。

高村軍曹は驚異の眼をもつて彼を見た。

「宮崎！　お前は隊へ入るまで何をしてゐたんだ、商売は」彼は静にかう訊いた。

「班長殿、木挽をしてゐました。あつしらの仲間はもうはア山から山を歩いて一生涯山ん中で暮しますだよ」宮崎はいつか高村軍曹の穏やかな言葉にそ丶られて、軍隊語を放擲して自分の言葉で話し出した。が、彼も別に咎めもしないで微笑をもつて聞いてゐた。

「木挽は儲かるか？」彼はまた訊いた。

「別に儲かりもしねえだが呑気でえゝがな、誰れに気兼ねするでもねえ猿や兎を相手に山ん中でべえ暮してるだからねえ」

「毎日毎日山ん中に許り居て飽きやしないのか」

「そりや班長殿、いくら山ん中つちうたつていろ〳〵遊びがあるだからね、丁半もあれば酒だつて皆んな内緒で醸るだからね」宮崎はかう云つて今まで笑つたことのない顔をにやにや笑ひに頽した。

「宮崎！　お前は丁半なんかやるのか」高村軍曹は愕いたやうに云つた。「だが木挽と兵隊とどつちが好い？」

宮崎はそれは何とも答へなかつた。黙つて何か思ひ出してはにやにやと笑つてゐた。

二

或る朝、日朝点呼の時であつた。週番士官が人員点呼を取りに来た時、どこへ行つたのか、宮崎の姿が見へなかつた。高村軍曹の顔は或る不吉な予感の為めにハツと変つた。

「Y上等兵！　宮崎は便所へでも行つてるんぢやないか、一寸行つて来て見い！」

週番士官は鋭い一瞥を高村軍曹に投げつけて「直ぐに調べて報告をせい」と云つて、そのまゝ他の班へコツ〳〵行つて了つた。

「おい、SもTも直ぐY上等兵と一緒にそこらを探して見い！」高村軍曹は二年兵にかう云ひつけて直ぐY上等兵の後を追はせた。異常なく点呼のすんだ他の班では直ぐに班内の掃除にかゝつたり、炊事場へ食事を取りに行つたり、手分けでもつていつもの通りの行事に取りかゝつた。が、高村軍曹の班だけはキチント並んだまゝ調べに出て行つた三人の報告を待つてゐた。この瞬間、高村軍曹の頭にはこれまでの軍隊生活に於ても度々あつた脱営兵や、汽車に轢かれて死んだ兵や、銃弾を盗んで自分で自分の喉を打ち抜いて死んだ兵や、さうしたさまざまの事件が洪水のやうに頭一面を蔽ふて浮んで来た。が、脱営兵の殆ど凡てが、自訴して帰営した者を除いては一人も捉まった者のない事実を思ひ浮べた。

宮崎はたしかに脱営したのだ。あいつは自殺するやうな男ぢやない。また自殺するやうな理由もありはしなかつた。たゞ、山ん中の自由の生活が恋しくなつたのだ――かう思つてる時高村軍曹はふと、此の間外出した日曜の翌る朝早く、宮崎がK川に臨んだ崖の方からたつたひとり、しよんぼりと何か考へ考へ中隊に帰つて来るのを見たことがあつた。その時自分が、「どこへ行つた？」と訊いたに対して「今日は暖炉の当番で焚きつけの杉の葉を拾ひに行きました」と、返事したことを思ひ出した。今になつて疑ひの眼をもつて見ると、それすら逃げる準備の為め、地理の視察に行つたのだとしか思はれなかつた。そこは逃げるには屈強の場所だ。他の三方は濠があり、歩哨なぞも所々の門に立つて居るに反し、そこだけは高い崖で下がK川になつてると云ふだけで別に何の取り締りもなかつたから。川を徒渉する時、少し冷たい思ひをすれば誰れでも、又いくらでも逃げ出せる場所であつた。

Y上等兵とSとTとの三人は間もなく帰つて来て夫々報告した。

「便所にはどこにも居りませんし、その他心当りを探しましたがどこにも見へません」

高村軍曹は何とも云へない悲しみと、絶望と、憤怒とを突き交ぜた、今にも泪の落ちさうな顔をして聞いてゐた。

朝飯がすんだ時には、宮崎の逃亡は中隊中の大問題となつて、各班から捜索隊が組織されて、夫々の方面へ向つて出発した。或る組は営内のありあらゆる井戸を捜索し、曾つて縊死した事のある弾薬庫裏の雑木林に分け入つたりして探し廻つた。又或る組は停車場にかけつけたり、各街道筋に出向ひたり、又彼の郷里に出張したりした。が、自分が中心になつて活働しなければならぬ筈の高村軍曹は、まるで喪心した人のやうにぼんやりして、週番士官や中隊長の云ふ事にさへ時々とんちんかんな返事をしてゐた。

あいつのお蔭で到頭「曹長」も棒に振つて了つた。――彼は情けなさゝうに独言ちた。あれ程骨を折つて、細心の注意を払つて、愛をもつて、良い模範兵を作らうとしたのに、なんと云ふことだらう！。若しもあの野郎どこかでふん捉まりでもしやがつたら……えゝツ何んと云ふ忘恩者だ。S大尉の奴が嗤つてゐる。態ア見やがれ！　と云つて。どうだ、あの高慢ちきなカイゼル髯は――。

まとまりのない刹那刹那の印象が頭の中に跳び出しては滅茶〳〵に掻き廻す。何が何んだか少しも分らなくなつて了つた。曹長に進級なんて昔の夢だ。まご〳〵すりや譴責処分ではないか――と思ふと、彼は自分を信ずる心を裏切られた憤の為に口を利くのすらが物憂くなつて来た。彼は心に浮んで来る宮崎の蝙蝠のやうな眼を持つた影像をむしやくしやに掻き毟り掻き毟りした。

夢のやうにぼんやりしてゐる内に半日はたつて了つた。停車場や、近くの街道筋まで行つた捜索隊は何の得物も持たずに帰つて来た。只、この上は彼の郷里へ出張した組の報告を待つ許りであつた。が、それも夜に入つておそく、高村軍曹の許へ徒らに失望を齎らしたに過ぎなかつた。

三

高村軍曹は毎朝初年兵の食事当番に依つて盛られて来る朝飯を、他の班長たちと一緒にその下士室で喰べかけてゐた。彼が一箸はさんで口に入れると、その後から水にふやけて白茶けた大きな鼠の糞が出て来た。彼はハツとして慌てゝ他の下士たちの顔を見廻し、それから急いでその鼠の糞を食器の底の方へ押しかくして、そのまゝ箸を置いて了つた。彼は初年兵たちがわざと鼠の糞の処を選んで持つて来たとは思はなかつたが、しかし自分に対して注意を払はない初年兵たちに対して平気ではゐられなかつた。が、それよりも今は鼠の糞を他の同僚たちに見られるのをより以上怖れた。

高村軍曹の奴、甘いもんだから新兵にまでなめられてやがる――と思はれるのが辛かつた。しかし他の下士たちは夢中で自分達の飯をつついてゐたので、誰も高村軍曹の飯の中に鼠の糞のあるのを見たものはなかつた。彼は勃然と心の底から湧き出て来る憤りを押さへて、卓子の上に肱を突き両手で頭を抱へ込んでゐた。食器を下げに来るその食事当番に対してなんと云つて自分の怒りを浴びせかけてやらうか――と考へてゐたのであつた。

「軍曹殿、どうかしたんですか?」

つひ最近伍長になつた許りのIが、どこか人を小馬鹿にしたやうな色を、顔のどこかに潜ませながら心配げに訊いた。

「なに、少し頭痛がするもんだから……」

彼は努めて憤りをかくして余り気乗りのしない声で云つた。

間もなく当番が食器を下げに来た。彼は突嗟に首を擡げて、顔中を峻しくしてみたが、予期してゐたやうな呶鳴り声がどうしても喉から出なかつた。同僚たちの大勢居る中で、現にたつた今、頭が痛くて……なぞ云つた手前「なぜ俺の飯の中へ鼠の糞を入れて来たのだ!」とも云へなかつた。彼は爆発する許りに充満した胸の中の憤怒をじつとこらへた。まるで悪い瓦斯でもたまつたやうに、胸の辺がグーグー云つてゐた。

「演習整列!」

廊下で週番下士が呶鳴つた。同時に中隊内のあちこちから騒々しく、銃だの剣だのがガチヤガチヤ鳴り出した。

彼は物憂さうに立ち上つて自分も仕度をはじめた。で、直ぐに営庭に飛び出して、中隊からぞろ〳〵出て来る新兵たちの動作を見守つた。今日に限つて自分の班の新兵たちの動作が殊に他の班と比較してのろ〳〵してるやうに思はれた。顔つきまでがどれもこれも野呂間げて見へた。片つぱしから行つて横つ面を張り倒してやつたら、奴らの野呂〳〵した動作も、野呂間げた顔つきが直りはしないか――と思はれた。さう思ふと右の腕がむづむづし初めて来て、兎ても凝乎としてゐられなくなつて来た。「ピシーツ」と云ふ音を二つ三つ聞いたら、この胸の中にたまつた悪い瓦斯のやうなものが気持よく抜け出して了ふだらうと云ふやうな気がした。

誰れか殴つてもいゝやうな頓間な事をしてる奴はないだらうか――彼の眼は本能的にさうした者を探つてゐた。しかしのろ〳〵はしてゐても、殴つてもいゝといふ程の失策をやらかしてゐる者は見当らなかつた。

「何をぐづ〳〵してゐる、早く出て来い!」

彼は中隊の出入口に立つて、ボツリボツリ出て来る者に向つて叫んだ。

彼はすつかり出揃つて、いつもの位置に隊形を作つてる初年兵の顔を見ながら云つた。

「いま一番あとから遅れて出て来た十人はここへ出ろ! 早駆

けをさせてやる。からだが軽くなつてこれから何かするのに非常に敏捷になつて好い」

高村軍曹に睨まれた十人はおづ〳〵と一歩前へ踏み出した。そしてその前に一列にならんだ。

「早駆け用意――ツ」と云ひながら高村軍曹は営庭の一番隅にある一本の松の木を示して「よーしツ」と振り上げてゐた右手を颯つと下におろした。

十人は競馬の馬のやうに走り出した。「遅れたものはもう一遍やり直させるぞ！」と、高村軍曹の声が更に彼等のあとを追つかけた。

見る〳〵彼等の姿は小さくなつて目標の松の木に近づいた。彼等がそこでぐるツと方向を転廻してこつちに向つた時には、先頭の者と後尾の者とでは可なり距離が出来てゐた。彼等はどん〳〵走る。彼等の姿はまた見るうちに大きくなつてこつちへ近づいて来る。間もなく彼等は高村軍曹の前でぴたりと止まつた。遅れた者も先頭の者もなく、十人の者が殆どゴチヤ〳〵とかたまつて来たのであつた。

高村軍曹は不快な表情をして顔を反けた。何んといふ横着な奴共だらう。皆んな相談してかたまつて来たんだ――と思ふと、自分が如何にもばかにされたやうに思はれて大勢の手前気愧しくてならなかつた。で、二度と彼等を叱る気さへ出なかつた。

その時新兵教育主任の大原中尉が出て来た。下士官たちは皆んな敬礼をしに中尉の許へ飛んで行つた。彼等が帰つて来ると直ぐに教練が始められた。風のひどい日であつた。下士や上等兵の号令と一緒に、風が始終兵卒たちの耳もとで鳴つた。うつかりしてると号令の聞き分けられないやうな事があつた。

高村軍曹は端から順々に、いろんな各個教練をさせて行つた。次から次と列兵から十五歩位はなれた前方に立つて、「になへ――銃ツ」「捧げ――銃ツ」と号令をかけてゐた。

彼はさうやつて一巡するとまた元の位置へ戻つて来て「立ち撃ちの構へ――銃ツ」と、右翼の一人に号令をかけた。その時突然砂礫を飛ばしながら突風がやつて来て、高村軍曹の号令を掻き消して行つた。号令をかけられた兵はこの瞬間、もじ〳〵と間誤ついてゐたが直ぐに、膝を折り敷いて膝打ちの構への姿勢を取つた。

怒気を漲らした高村軍曹の顔が礫のやうに飛んで行つた。かと思ふとその右手はいきなり膝打の構をしてゐる兵の左の頰を力任せに殴りつけた。パシツと云ふ緊縮した響きと殆ど同時に「アツ」と云ふ叫びが、殴られた兵の口から洩れて銃を構へたまゝ、横倒しにぶつ倒れて了つた。高村軍曹は更に殴りつける用意をして右手を顫はしてゐたが、倒れた兵は却々起き上らない。倒れたまゝギラツと光る眼を高村軍曹に投げかけてぎゆつと左の耳の上を押へてゐる。

「馬鹿野郎！」高村軍曹はいきなり呶鳴りつけた。貴様は俺を……高村軍曹をなめてやがるんだらう、新兵の癖にしやがつて一体生意気だ！」

彼は更に靴でもつて倒れたまゝの兵の腰の辺りを蹴りつけて、元の場所へ戻つて行つた。此の時彼は急にあたりが明るくなつたやうに、いつもの快濶な自分に復つたやうな気がした。胸の中にたまつてゐた悪い瓦斯のやうなものが、いつなくなつたのかなくなつて、大声で何か唄ひ出したいやうな気さへしてゐた。へえ、あいつを殴つたせいだ——彼はさう思つた。起き上つて服の埃を払つてる兵を見た時には、更にそれに違ひないと思つた。気がついて見るとそれは一年志願兵のTであつた。彼はこん時何んといふ理由もなく、T志願兵に対してふだん快く思つてない自分を思ひ出した。しかし殴る瞬間には、別にT志願兵だからと云つて意識してやつた訳けではなかつた。が、それがT志願兵であつたことを知ると一層胸の中が晴々して来た。矢つ張りやらうと思つたことは思ひ切つてやらなければ駄目だ——と、かう彼の胸は何かしら異常な大発見でもしたやうに叫んだ。

彼は自分が今非常に空腹であることを感じて来た。と、同時に鼠の糞の事も思ひ出した。宮崎の逃亡の事まで頭に浮んで来た。あの時から溜りはじめた胸の悪い瓦斯が、T志願兵の為めに爆発して四散したのだと思ふと、今度はT志願兵に対して何んとも云へない感謝の念が湧いて来るのだつた。

彼はチラツとT志願兵にその眼を向けた。何か昂奮したらしい青醒めたT志願兵の顔がふと、得体の知れない或る不安の影を彼の心に投げた。最初ポチツとした只の点のやうであつたその不安は、忽ちの内にその大きな黒い翼を拡げて折角晴々とした彼の胸の中をまた一杯にふさいで了つた。

午前の演習は終つた。高村軍曹はまるで砂を噛むやうにうまいのかまづひのかも知らずに昼飯を喰べて了つた。

午後の演習が始まつた。営庭に午前と同じやうな隊形で各班は陣取つた。番号をつけさすと一人足りなかつた。彼は頸をひねりながらもう一度番号のつけ直しを命じた。が、それでもやはり一人足りなかつた。折角癒着しかゝつた傷口をむりに引き裂くやうな苦痛が、彼の不安に閉ざされた胸をチクンと刺し貫いた。彼の胸に巣喰つてる宮崎の蝙蝠のやうな影像が、その傷口を咬み破つてるのだ。が、彼の眼は直ぐT志願兵が列中に居ないのに気がついた。得体の知れなかつたたゞつ黝い今までの不安は、此の時パツと一塊りの爆弾となつて彼の心臓を打つた。

教練半ばに中隊当番が駆け足で彼の処へ来て云つた。

「高村軍曹殿！　週番士官殿がお呼でございます」

週番士官の室には青醒めたT志願兵が耳を繃帯して立つてゐた。彼が入つて行くと、志願兵の眼が冷たい皮肉な笑ひを湛へて彼を迎へた。それはすつかり銷沈し切つた彼の心をくわつとさせる程、不遜な眼であつた。

彼は凡てを直覚した。屹度鼓膜を破つたに違ひない。それを奴は週番士官に申告したのだ——と。もう結果は分り切つてゐた、自分がこれから当に踏まうとする運命の道が電光のやうに彼の頭に閃いた。

軍法会議――重営倉――官位褫奪――除隊――。これが彼の行くべき道であつた。

「高村軍曹！」

週番士官は静かに、そして厳かに云つた。が、彼の耳には入らなかつた。彼の全神経はT志願兵に対する極度の憎悪の為めにぶるぶる顫へてゐた。自分の前半生を捧げて築きかけた幻影を宮崎に依つて滅茶苦茶に打ちこわされた憤りが、今またT志願兵に依つて倍加された怒りと悲しみの為めであらう。彼はもう自分で自分が分らなくなつて了つた。彼は頭がくら〳〵つとしたかと思ふと、「この野郎がツ！」と叫びながら猛然と、T志願兵に跳りかゝつた。

（「早稲田文学」大正10年8月号）

人さま〴〵

正宗白鳥

（一）

秋の末から春先きまで、眺望《ながめ》のいゝ貸別荘に住んでゐた高山夫婦は、借受けの期限の切れたのを機会に、一先づ大磯を引上げることにした。

立際《たちぎは》には、家主の狡猾と因業とをまざ〳〵見せつけられたので、大磯といふ土地全体について不快な感じを起させられた。天気も悪いし、荷物の整理にも予想以外に手間取るので、一日延ばして、翌朝緩くり出立したいと考直した私だちは、何の気なしに家主に向つてさう云つて許しを乞うたのであつたが、家主は「それは困ります」と、頭から拒絶した。他の借手に契約をしてゐるので、その人が明日にも東京から来るかも知れないから、それまでに家の掃除をしたり、破損したところを修繕したりして置かなければならないと云ふのであつた。明日の一番で立つと云つても愚図々々云つて聞入れなかつた。

「一日でも期限が延びれば半月分家賃を取るのが土地のきまりだと、此間家主が云つてゐました」と、まつ子が云つた。

さうなると、彼等は一刻もその家にゐるのがいやになつたので、とに角大急ぎで荷づくりをすることにして、偶然来合せた知合ひの土地の女にも手助けを頼んだ。運送屋の人夫をも雇つて来て、やうやく日暮前に停車場へ荷物を送り出した。後片付は手伝ひの女に頼んで、彼等は心当てにしてゐる発車時間に遅れぬやうに急いで出掛けてゐると、家主は手伝ひの女を通じて、まつ子に畳の修繕費を要求した。炬燵の火で焼焦がしたところがあるので、弁償しなければなるまいと、まつ子も思つて居たのであつたが、数日前家主に知らせた時には、「まあ仕方がありません」と、家主自身寛大な口を利いてゐたのであつた。

忙しい間際に争つてはゐられないので、高山は要求された一枚分の畳代を払つたが、あまりに忌々しかつたので、「そのかはり畳替えをしたら、今の畳は手伝ひの人にやつて下さい。それから、井戸の樋だの物干竿だの、私が買つた物は一切あの人にやることにしときますから」と云つて、手伝ひの女にも後で持つて行くやうに云つて置いて停車場へ急いだ。

食卓とか、洗ひ物の台とか、その他大工に頼んでわざ〳〵拵へさせた嵩張つた物は、打遣つて置くのも惜いし、預け場所を捜す暇もなかつたので、方法のつくまで仮りに運送屋に置いて行くことにした。

汽車に乗ると、夫婦は一安心した。

「大磯の宿屋へ泊つて、明日の朝ゆつくり立つてもいゝんだが、大磯といふ土地はつく〴〵いやになつたから、一刻も早く離れた方が気持がいゝ。二度とこんな土地へは来ないよ」

高山はさう云つて、細雨のしめやかに降つてゐる窓外を眺めて、滞在中彼れの散歩の目あてになつてゐた小千畳や海岸の松林に別れを告げた。まつ子は身心の疲労でガツカリして殆んど口を利かなかった。根を据ゑて落着ける家がなくつて、あちらこちらと転々としてゐる浮草のやうな生活は、彼女には詰らなく思はれた。二人とも、朝牛乳を飲んだばかりで、午餐も食べてゐないので汽車に乗ると、頻りに空腹を感じだして大船へ来るのを待ちかねて鯛飯を買つたが、さて箸を採ると、まつ子の方はむかづいて充分に腹を満たすことが出来なかつた。

彼等はつまりは、東京へ出て、空家捜しをしなければならぬと思つてゐたが、今はとに角まつ子の故郷であるK市へ行つて、彼女の父母の家に寄寓することにしてゐた。彼等は近年其家を旅から旅を渡る際の中継ぎのやうにしてゐて、雑多な書籍や衣類や世帯道具などを預けてゐるので、季節の移りかはりには、衣類の預けかへをして来なければならなかつた。で、まつ子は云ふまでもなく、高山も一年に一度くらゐは其家へ立寄つて、数日あるひは数週を過すのを例としてゐた。其家を根城《ねじろ》として、近傍の山河渓谷を見て歩いたり、あるひは温泉に浴したりすることもあつたが、海岸に生れながら（あるひはそのためにか）海の眺めよりも山の眺めを好んでゐる彼れは、甲信の山地に親むたびに清新な刺戟を受けて、懶い眠りから醒めるやうな気持がした。軽井沢の高原に住んでゐた間に屢々そんな気持がした。富士の晩秋の裾野を旅して、精進湖畔の見窄らしい宿に泊つて、雨中の半日、宿の窓から紅葉の山を見詰めてゐた時、寂寞の霊気が周囲の山の底にも、彼自身の心の底にも動いて、瞋恚焦燥の煩悩も一時掻消されるやうな気持がした。鰍沢から富士川を下つて身延の霊域に辿り着いて、独り御草菴の遺跡に立つて、蓊鬱たる樹間から、暮れかゝる空を仰いだ時には、宗教心に乏しい、ことに日蓮宗の如き者を好まない彼れでも、宇宙に動いてゐる尊い者の前に跪きたいやうな気持がした。（常住の住家である里へ下ると、直ぐに昏乱して、一日の安き心もなく、心に何の光をも見られないのが不断の彼れの習ひではあるが）

彼れは、半年足らずの固定した大磯の住居に飽果てゝ、春の光の差す頃となつた山の色を見たくなつて、荷物の整理をかねて、K市へ向ふのを喜んでゐたのであつたが、今度はその外の俗用をも有つてゐた。それは、数年来行悩んでゐたまつ子の弟の縁談が纏つて、三月中には結婚式を挙げるといふ知らせに接してゐたので、彼等夫婦もその席に列しやうと志してゐたのであつた。高山は数年前止むを得ない訳で、妹の結婚のために柄にない世間的の斡旋をして、堅めの盃の席へも披露の席へも、親代りに出て行つたことがあつたが、その他には、幾人かの弟の結婚の時にも、親戚の結婚の時にも、顔を出したことは一度もなかつた。葬式にはたびく列席しても婚礼の式場へ行くことを彼れは好まなかつた。しかし、まつ子の弟の良三には荷物の処分などについてたびく面倒を掛けてゐるのであるし、世間並の習慣を何よりも大事に思つてゐる良三の父親は、嗣子の婚礼には、親戚一同の列席を切望してゐるらしくもあつたので、高山の予定の日程には、良三結婚式出席と、大きく書記されてゐたのであつた。まつ子は先日東京へ日返りで行つて来た時に、三越へ寄つて、祝ひの品を買調へて来た。話の種の少い夫婦の間には、今度の縁談の決るまでのイキサツや、結婚後の青木家の変化の予想などが屢々話題に上つてゐた。

「今度こそあなたともお別れ見たいなものだ。これから後は、今までのやうな詰らない戯談を書いた手紙の遣取りは出来なくなります」と、まつ子は感傷的な気持で書いた葉書を良三に宛てゝ送つたりした。

「気楽にK市へ遊びに行けるのも、これが最後見たいなものだぜ。今度も式の前は何日泊つてゐてもいゝが、式が済んだら直ぐにお暇にしなければならないよ」と、高山が云ふと、

「さうですとも。私もこれからは今までのやうに浮かり親の家へ行けなくなりますよ。良三の家になつてしまふのですから」と、まつ子も云つた。

「おれだちの荷物だつて、何時までもあの家へ厄介を掛けとく訳には行くまい。第一書物なんかおれにはどうでもいゝんだからな。今度の機会にどうかして仕末をつけたいものだ」

「諸道具が邪魔なら、簞笥なんかはおれの方で買つてもいゝつ

て、お父さんは云つてゐるのだけれど、それもちよつと変ね」

「親爺さんがお前のために自分で撰択して買つて呉れた物を、自分の方へ買取るといふのも変だが、おれが邪魔者あつかひして、いくらにでも売飛ばすといふから、勿体ないと思つてゐるのだらう」

「世帯道具が邪魔だなんて、私の家にはいくらの道具があるものぢやない。大抵の家にはもつといろんな物がありますよ。あなたが女の身になつて、家の用を足してゐたら、道具のない不自由さが分るのだけど」

「おれは昔自炊してたことがあつたが箸と茶碗と土鍋と七輪とくらゐで簡単なものだつた。今でもどこかの山へ入つて自炊して見たいと思ふこともあるよ。こゝらが親に似てゐるのであらうが、おれは煎餅布団にくるまつて寝てゐようとそんなことは平気だ。先日もAさんが訪ねた時に、行李の上に鞄を載せて机代りにしてるのを見て、どうも簡単なものですなあと、驚いてゐたつけが、おれには紫檀の机なんかは無用な長物だよ」

「そんなことは自慢になりやしないわ。生活は豊富に気持よくしようと心掛けなければ働く張合ひがないぢやありませんか。文明の利器を利用して、無駄な労力や費用ははぶいて、気持ちよく暮すのが賢い人のすることなのよ」

「それはさうだが、おれはも一度生れかはつて、はじめからやり直さなければ生活を愉快にすることは出来ない。K市の親爺さんなぞには、古い因習だか何だかゞ、仏か鬼かのやうに頭の中に取付いてゐるのだが、おれにはそれと違つた仏か鬼かゞ、頭の底に巣をくんでるから、もうどうしやうもないよ」

「形容はどんなにもつけられるでせうけれど、生きてゐる間は今からでも生甲斐のあるやうに暮らさなければ損ですよ。……私だつて、もつと、いろんなことを知りたい。あなただつてまだ老い朽ちた歳ぢやなし、もつと世の中のいろんなことを知らなきや損ぢやありませんか。……私のお父さんはあんな風に、良三なんかのことばかり考へて、二十五にもなつた男が、ちよつと散歩に出るとか、活動写真を見に行くとかするのさへ、心配して、容易に許さないくらゐなのですけど、それが子供のための幸福だか何だか分りやしません。私だつて、女学校を卒業した時に、学校の成績もまあ〳〵悪い方ぢやなかつたから、先生にも勧められるし、自分ももつと学問したいつていふ気になつて、女子高等師範へ――その時は、女子大学とか英学塾とかいふやうな学校はお友達の中で評判になつてゐなかつたの――入りたいと思て、お母さんに頼んで、お父さんに云つて貰つたことがあつたの。さうすると、お父さんは私を呼寄せて、何といふ不量見だと血相変へて怒つたんです。親に逆らうつて気は微塵も持つてゐなかつた時分だから、泣寝入に諦めて、裁縫でも習ふ気になつたのだけれど、今になつて考へると、女だつて出来ることなら、学問をした方がよかつたの。今更後悔したつてはじまらないけど、女も独立して生活して行けるだけの藝は、身にそなへてゐなければ、安心して世が渡れないとしみ〴〵思はれることがありますよ。親や兄弟の人情を手頼りにするのは心元ないことだと私も思ふやうになつたんです。良三だつてお嫁さんが出来たり、子供が出来たりすると、次第に人間が変つて来るでせうし、それがまた本当なんでせう」

「おれだつて何時死ぬるか分らないしね」と、高山は云つた。

子供の無い上に世間の狭い彼等は、ことにまつ子は、日常心を紛らすすべがなかつた。そして、睡眠時以外には、生きてゐる人間として絶えず動いてゐる彼女の心は、自然と夫の一言一行の上に注がれた。日に月にさうしてゐるうちに、夫の人となりについて、彼女自身の解釈が、自からつくやうになつてゐた。世間の人は何と云つてゐようとも、当人が自分をどう吹聴してゐやうとも、夫は手頼りにならない人、詰らない人、お坊つちやんで利己的な人、何かしら秘密を持つてゐる人、こんな人、あんな人と、彼女の心では思はれるやうになつてゐた。夫が以前云つてゐたことゝ、この頃云つたことゝ矛盾してゐるのに気がついたり、夫が知つたか振りで予言したこと——たとへば、××なんかは将来の見込みのない人間だと、夫がひとり極めにしてゐたことが外れて、その××なんかゞ盛んな人気を取るやうになるのを見たりすると、夫の言葉にも信用が置けなかつた。夫がをり〳〵常識外れの不思議な事をするのも、彼女に取つては面白く感ぜられなかつた。

子供の無い上に世間の狭い彼等の心や目や耳は、互ひに探偵のやうに相手の上に注がれてゐた。

（二）

東神奈川から八王子行の汽車に乗替えると、その薄暗い粗末な列車にはスチームが通つてゐないので寒かつた。二等車には、彼等の外に色の白い若い官吏風の男と、古いトンビを着た髯は荒いが、眉の薄い、青肥《あをぶと》りのした田舎くさい老人とが入つて来た。汽車が動きだすと、老人は誰れに云ふともなく、此間中から寒気がぶり返したことを歎息したり、不景気がひどいのに旅費の減じないことを訴へたりしてゐたが、やがて若い男に向つて、

「あなたはどちらまでお出でになります」と、馴々しく訊ねた。

「八王子までゞす」と、若い男は簡単に答へた。

「八王子も生糸がいけなくなつたので、町を通つても、一二年前のやうな活気は見えなくなりましたね」

「さうでせう」

「失礼ですがあなたは、横浜の会社へでもお勤めになつてゐらつしやるんですか」

老人があまりに馴々しいので、若い男は顔を曇らせて、「まあ、さうです」と答へたが、老人は相手の無愛相なんぞは気にも留めない風で、

「私は忰が今度浜の××会社へ奉職することになりましたので、今日様子を見てまゐりました。あなたも御存じでせうが、桜木町の停留所の近くに新築されて、なか〳〵立派な会社になりま

した。社長さんにもちよつとお目に掛りました。百万といふ資本を運転する人はちがつたものだ。自然と威厳が具はつてゐますな。悴は昨年××大学を卒業してから暫く東京の弁護士の家に勤めてゐましたが、法律いじりはいやだつて当人が申しますから、昨年きりで暇を貰つて今度のところへ出ることにいたしました」と、話を続けたが、若い男はもう返事をもしなくなつた。老人は煙草を出して火を点けた。そして、相手欲しさに高山の方へ目を向けて、一二言問ひを掛けた。

高山は、煙草を持つた老人の左の指が曲つて自由な働きを欠いでゐるのに目をつけて、その顔付をも思合せて、癩病患者ぢやないかしらと疑ひだした。申訳だけの受答へをしながらよく見てゐると、薄明りに映つてゐるその皮膚の色は無気味であつた。

「夜汽車ぢやお困りでせう。それに八王子からは込合つて居りますで、緩くりお休みなさる訳にやまゐりますまい」

「さうですとも」

高山は見延の深敬病院で見た患者の顔や、沓掛で草津行の患者の馬上の姿を、疲れた頭の中に思起した。紅葉のあざやかな山に囲まれた病院の廊下では、むくれた顔のくずれかけたやうな患者が囂しく、声を立て丶互ひに笑ひ戯れてゐた。女の唄ふ声も洩れてゐた。

「汽車には乗せて貰へないのです」と、人の話すのを聞いて、雇ひ馬に乗つてゐる醜い患者を見た時に、高山はその患者に同情するよりも先づ、どんな目に会つても生きられるだけ生きて行かなければならない人間のいたましさを感じた。呪いたいやうな気がした。さうして、患者同士で笑ひ戯れてゐる病院の廊下こそ、人生の真の姿であるやうに、彼れは感じてゐるのであつた。さま〴〵な人間の平素の饒舌も、病院の廊下の気晴らしの戯れと同じやうに彼れには思はれてゐた。あれもこれもこの世の中の出来事であるのに関はらず、劇場の無台よりも饗宴の席よりも、あるひは花嫁花聟の相並んだ美しい姿よりも、痩馬に跨つた草津行の患者の状態に、一層多くの人生の真実が現はれてゐるやうに、どうかすると、彼れは思つてゐた。

「八王子から先きは景色がようがすが、この辺は昼間でも眺めの面白い所は御座いません」、老人は聞き手の無愛想に頓着しないで、何かしら口を利いてゐたが、町田といふ所で、皆んなに挨拶して汽車を下りた。

高山は向う側に腰を掛けてゐた老人から受ける不快な刺戟から免れたのに一安心して、大きな合財袋に寄掛つて目を閉ぢた。

八王子で乗替を待つ間は、待合室のストーブにあたつて、いろ〳〵な男女のいろ〳〵な話に耳を傾けてゐたが、久振りで異つた社会の話を聞くのは、彼れにも興味があつた。

「僕は此間東京へ行つた帰りに、上野の近所の洋食屋で、ひとりでウヰスキーを一本飲んで、新宿までの切符を買つて電車に乗つたら、どうにも溜らなくなつて眠込んぢやつて、上野から東京駅の間を三度行つたり来たりしたよ。車掌に起されて目を開けると、今度こそ失敗《しくじ》らないやうにと、一心になるのだが、どうにも頭が云ふことを聞かない。直ぐに夢になつちまふんでね。しまひには車掌に大小言を喰つちやつた」赭肥《あかぶと》りのした中老の田舎紳士が、さう云つて大笑ひをすると、あたりの人もどつと笑つた。

「寒いと思つたら、雪になつた」と、ある男が云つたので、皆んなの目がガラス窓の外へ注がれた。

　高山は外へ出て、闇の中に降頻る雪を見て来て、「一日延さなくつて却つてよかつたよ」と、まつ子に向つて囁いた。因業な家主に対する不快な感じも、自から消失せた。

　やがて彼等は、かの酒好きの紳士と一緒に夜行列車に乗つた。窮屈な寝様をしてゐる先客の中へ割込んだ彼等は、スチームの過度な温みや人いきれのために、疲れてゐる頭に痛みを覚えるほどであつたが、かの紳士は二三駅を過ぎる間に口を開けたまゝ、コクリ〳〵居睡りをしだした。山を登るにつれて雪はます〳〵繁くなつてゐた。をり〳〵息抜きに窓を開けると、雪を伴つた冷たい風が吹入つたが、それが高山には気持がよかつた。

「これで向うへ着きさへすれば、安心して眠られる家があるからいゝやうなものゝ、こんな寒い時に、当にするところがなかつたら心細いだらうな。どんな窮屈なところでも、屈托しないで熟睡の出来るやうになつたらいゝのだが、おれはどうしても眠れない」、高山はだるい欠伸を漏らしながら、まつ子に囁いた。半ば眠りに落ちてゐるまつ子に云つたつて効のないことだつたが、一口でも術ない思ひを口に出して見なければ、退屈の遣り場がなかつた。

　彼れは窮屈な寝様をしてゐる一人々々の顔を見て夜を過してゐたが、室内の顔の一つから記憶を呼び起されたのか、ふと東京の尾越夫妻へ宛てゝ音信《たより》をすることにして、鞄の中から封緘葉書と万年筆とを取出した。尾越夫婦とは去年の夏軽井沢で知合ひになつたので、年末《くれ》に東京へ行つた次手に、その家を一度訪ねたこともあつた。

「お二人で大磯へお出でになるといふお話があつたので、心待ちにしてゐましたが、そのうち小生等は土地に飽いて来ましたから、今日大磯を引上げて、今中央線の夜汽車に乗つて居ります。近日また東京へ出掛けますから、その際にはまたお邪魔に上るかも知れません。今雪が降つて居ます。離れ山の麓の我々の小さな家は、今時分凍つてゐるでせうが……」高山は不眠の退屈から、感慨を籠めた筆を運ばせかけたが、ふと自制して、少し詳しい転居の報告だけにして、暫く滞在する筈のK市の住居を明かに書き添へて、葉書は車掌に頼んだ。

　交友の乏しい彼れに取つては、尾越夫妻の如きは珍らしい知人になつてゐるので、軽井沢の生活を記憶から呼越すたびに、その夫妻のことを思出さないではゐられなかつた。秋風が吹き出して、避暑客は日に〳〵帰つて行つて、月見草の咲誇つてゐた高原も尾花の野となつた時分に、周囲の燈火の消えた闇の中に、尾越の家の一点の燈火のみが幽かに光つてゐるのを、彼れは懐しい思ひをして見てゐたのであつた。夫妻の間は睦じさうであつたが、あたり前の夫婦とは思はれないやうなところがあつた。第一、妻君が、派手なつくりをしてゐるのに関はらず、尾越と釣合はぬくらゐに歳を取過ぎてゐた。二人とも遊惰な生活をしてゐた。

　高山は、尾越の単純な話振りや、遊惰であつても悪気のなさゝうな人柄を好んでゐたが、それよりも妻君の色つぽい素振りに知らず〳〵心を惹かれてゐた。

　十月に入るまで踏留つてゐた高山夫婦は、その少し前に帰京することになつた尾越夫妻に誘はれて、告別の散歩を共にした。

「どちらが先きに退却するかと思つてたら、私の方が負けましたね。しかし、あなたもいゝ加減でお帰りなさい。野中の一軒家は怖いですよ」と、尾越は云つた。

「僕も大分東京が恋しくはなつてゐるんですが、しかし、東京へ行つて見たつて、面白いこともなさゝうですからね」

「私にだつて、東京がいゝ事を持つて待つてゐてくれるのぢやありません。むしろ煩い思ひをしなきやならないでせうが、でも、東京はうまい物が食べられるだけでも有難いですね」

「尾越はこの頃食気《くひけ》づいて、やれビステキが食べたいの、テンプラが食べたいのと、食物《たべもの》の事ばかり云つてゐるので御座いますよ」と、妻君は横から嘴《はな》を入れて、「辛抱気《しんぼうげ》がないつたらひどいんですからね。最初のうちは、私こんな淋しいところには十日ともゐられないだらうと思つてゐたのですけれど、住んで見ると、結句安心してゐられると、覚悟をいたましたの。それに尾越ははじめはこんな涼しい空気のいゝところはないつて、夢中で喜んでゐたくせに、余程前からこの土地に厭いてしまつたらしいんです。男の方が女よりは物に厭きやすいんで御座いますかね」

「さあ、どうですかね。……人によつてさま〳〵でせうが、大体男の方が物事に執着が深いんじやないでせうか」

　物事と云つても、高山は男女間の情事を念頭に置いて、さう云つたのであつた。それについて、尾越も妻君も頻りにめい〳〵の意見を述べた。四人は山腹の四阿《あづまや》に憩うて、暫く秋晴れの野を見廻した。此処で温かいコーヒーでも飲めたらいいと、誰れかゞ云つた。

　その言葉を思出すとともに、高山は、続けざまの喫煙で荒らされた喉を潤ほして、だるい頭に力をつけるために、一杯の温かいコーヒーを飲みたくなつた。

　夜明け前にK市に着いた時には、雪が可成り積つてゐた。湘南地方とはちがつた底冷たい、殺気を含んだ風が彼れの頬に触れた。どちら向いても春は萌してゐなかつた。

（三）

　市を取囲んだ遠近の山岳の雪晴の景色は美しかつた。高山は市の真中にある青木家の二階の窓から、富士を中心にした連山が、碧空の下に鮮明に聳えてゐるのを、新奇な思ひを寄せて、朝となく晩となく眺めてゐた。雪解道を荒川土手や古城のあたりまで散歩したりしたが、季節がまだ早いので、山奥を差して足を進めることは出来なかつた。

婚礼を前に控へた一家の人々の動静をも彼れは、新奇な思ひを寄せて、日に夜に眺めてゐた。高山自身の婚礼も、彼れが幹旋した妹の婚礼も、極めて手軽に取運ばれたのであるし、従来冠婚葬祭の世間的の儀式に親しくたづさはつたことはなかつたのだから、純日本の伝統的慣例や、この地方の習慣を巨細に渡つて守らうとしてゐる今度の婚礼の手順を見てゐると、事々に興味があつた。外目《よそめ》には結婚する当人同士の事はそつちのけにして、儀式のための儀式をしてゐるやうに見えるのが、奇怪不思議にも思はれた。

「結納の日取りがまだ極まらないのです」と、青木家の老主人は抵牾《もどか》しさうに云つて、いろ〳〵と臆測をしてゐた。去年の夏仲人の手を経て話が極ると、間もなく、相手の田村家へ此方から親子連れで出掛けて、酒が入つたので、その儀式は土地の風習として、結納の取交し以上に縁談の成立を保証するものであつたが、その後、先方からいろ〳〵な口実の下に、輿入れの期日を延し〳〵するので、青木家では心元なく思はれてゐた。気拙い思ひをさせられるやうな噂も世間の口から時々伝へられました。

「良三さんは当世の若い者には珍らしい堅いおとなしい方だし、稼業は繁盛するし、あなたはお仕合せですよ」と、親戚の者に云はれると、

「いや、嫁を娶つてしまふまでは、安心して眠れませんよ。重い荷を脊負つてるやうでね」と、老主人はこぼした。

「お嫁さんの撰好みに苦労するくらゐ、親として楽しみな苦労ぢやありませんか。此方のお嫁さんにならなら候補者はいくらでもあるのでせうから」

「傍《はた》で思ふやうにやいかないものでさ」

老主人は、おれの苦労はおれでなきや分らないのだと、これほどの一家の重大事を、傍の者が軽く見てゐるのを不平に思ててゐた。四五年以来、時々持込まれる縁談を、一々根掘り葉掘り調べて、些少の瑕瑾をも嫌つて拒絶して、自分で市中を物色して早くから目星をつけてゐた一人にのみ拘泥してゐた彼れは、自分の胸に描かれてゐる良縁に傍から水をかけられるのを好まなかつた。故障が起つたのぢやないかと疑はれるたびに心が萎れた。

当人の良三はすべてを父に任せて冷然と構へてゐた。「お父さんのお好きな××さん」、と、浮いた調子で座興に云つて笑ふ者もあつたが、さういふ時にも、老主人は真面目な顔をして弁じた。

「おれは自分の道楽で勝手に嫁を極めるのぢやない。容色《きりよう》でも育ちでも、気風でも、これなら青木家の嫁として、世間へ出して恥かしくない、世帯をまかせて大丈夫だと思へばこそ、お前だちにも相談して、こゝまで話を運んで来たのだ。だからお前

だちもつと真剣になつてくれなきや困るよ。誰れでもいゝ、当人の気に入つた者なら誰れでも連れて来いといふやうな手軽にや行かないぢやないか。藝者や女郎を引張つて来られても困るからね。相続者は何事も家のためといふことを第一に考へてゐなければならんのだ」

　高山も老主人から屢々かういふことを聞かされて、それが世間の親の普通云ひさうなことだとは思ひながら、固定した家といふ者を持つて居ない彼れは、そんなことは身に染みて感ぜられなかつた。

「私は早く世を継いで、若い時から今までしみ〴〵湯治や見物の旅をしたことがありませんよ。今度の事の片がついたら、後は若い者にお譲り申して、時候のいゝ時には十日なり二十日なり、緩くり何処かへ行つて見たいと楽しみにして居ります」

　老人はたび〳〵かう云つたが、ある時良三は、

「何時だつて行けたのぢやありませんか。今までに行けないやうなら、これからだつて駄目ですよ」と苦笑して云放つた。老人は笑つて黙つてゐた。

　若い健かな良三は、稼業の暇には、せめて市中の散歩でも存分にして見たかつたが、それさへ自由にならなかつた。で、湯に入つて来るのさへ、馬鹿にならない享楽の一つになつてゐた。自分が二十年来住んで来た町でありながら、この市中が何時も珍らしく彼れの目を惹いてゐた。

「今夜は久振りで活動を見て来たいんですが」と云つても、活動写真の見物さへ、快く許されない場合が多かつた。

「若い者はそんなに活動が見たいものかな」と、珈琲店だの活動小屋だのと、余計な娯楽場の出来るのを、父親は歎息した。

「お父さんの若い時分には、何が楽みだつたのでせう」良三の言葉には不平が籠つてゐたが、父親は笑つて黙つてゐた。

　子供の外出を喜ばない老主人も、自分で終日家の中に蟄居してゐると、頭が鬱陶しくなるので、何かに仮托《かこつ》けてはちよつとでも外を歩いて来たがつた。暫く寄寓することになつた高山が、日々の散歩に出掛ける時に、道案内として一緒に出掛けることもあつた。さういふ時には、世事に暗い高山をも、時に取つての相談相手として、縁談に関はつた疑問やら意見やらを、隔意なく口に出した。

「祝儀事もこれからの時世では、成べく質素にした方がいゝんでせうな。当人同士の心掛けがよくつて、内輪が円満に収まりさへすればいゝので、肝心なことはそれ一つですからね。しかし、先方はなか〳〵手が込んでゐて、手軽に済みさうぢやありませんよ。仲人も財産家で、私のために一はだ脱いで骨を折つてくれてるんですが、のつけに、今度は青木さんお気張りなすつてと切込んで来る有様で、此間も先方の仕度は大変ですぜといふ触込なんですよ。……弱つてしまふ」

「それは構はないぢやありませんか、先方は先方、此方は此方だから」

「それでいゝものでせうか。……私の方は昔からの家風で、家

の中も御存じの通りに昔のまゝで何処にも飾り気がないんですが、先方は一体に派手なやうです。……尤も私の家の生活《くらし》もあんまり控へ目過ぎるやうですから、これからは若い者次第で、少しは人前《ひとまへ》のいゝやうに華やかにした方がいゝかもしれませんね」

「さうでせう。財産の余裕があるのに、強いて質素に暮すのには及ばないでせう。自分の力で得られるだけの楽みは楽んで今日を愉快に暮したいと、当節は誰でも思つてるやうですから。」

「……ぢや、まあ、後々《あと〳〵》までの家の事なんかはどうでもいゝ、自分のしたいことを勝手にすればいゝつていふ訳なんですね」

「さう。……しかし、世の中はどう変つて、金持の財産も何時叩潰されるか分らないつていふ時代ですから、自由に費へる間に費つとくのが利口かも知れませんね。一寸先は闇の世ですからね」

「私どもは無理をしてまで儲けようといふ慾はなかつたものです。だから、お蔭で世間の信用も続いて来たし、親戚にも何かと云ふと、相談相手にされるつていふ風ですが、この先はどうなりますか」

「お嫁さんが来たら、家風も変つて来るでせう。何処の家でも、女房といふ者は隠然非常に勢力を持つてゐるやうですから」と云つて、高山は一二の例を挙げたりしたが、真面目に聞かれるのをいゝことにして、年長者に向つて世態人情を解くのが、少し気耻しくなつたので、「結婚の儀式も儀式だが、一つ新婚旅行をおさせになつちやどうです？　人間の一生に一番楽しいことらしいですから。それに一度機会を取外したら、あとではしようたつて出来ないことなのですから」と、半ば座興に云ふと、

「え、それはいゝでせう。結婚当時は家の中がごたつきますから、旅行にでも出てくれゝば、家の者の手数が掛からなくつて、結句便利かも知れませんよ」

老主人が家の事、子供の事に、老いの心を砕いてゐるのを感じるにつけて、高山は自分の父親の事を思出した。自分の故郷の家と青木家との気風の相違をも思比べた。親の側へ置いて親の稼業をそのまゝに継がせて、わが子の一挙一動、目顔の晴れ曇りにも、言葉のはし〴〵にも心を配つてゐる一人の父親と、子供の勝手気儘な行動を大抵は見過して、古い広い家に独りで産を守つてゐてあまり苦にも思つてゐない一人の父親との、二つの老いた姿を彼れは心の中に描いて、ぢつとそれを見てゐた。……高山は自分の妻を撰ぶに当つても、事後承諾と些少の費用を求むる以外に、父親の頭をも手足をも煩はさなかつた。彼の二三の弟の結婚もさうであつた。一人の妹でさへ自分で夫を撰んだ。

「どちらが子供のために幸福なのだらう？　どちらが親自身に取つても幸福なのであらう？」高山は、若し自分が良三の親のやうな親を有つてゐたなら、自分の生涯はどう変つてゐたであらうかと、想像をめぐらしたりしたが、それはとに角、一人の子供もない、将来生む望みもない彼れには、親心といふものは

些とも分つてゐなかつた。生物学者の説くところから考慮したり、日常見聞してゐるところから推察したりして、親心の概念は心得てゐても、身に染みて生き〳〵と感ずることはどうしても出来なかつた。世界の親々の心は、彼れの力では味ひ知ることの出来ない神秘不可思議の何物かであつた。

「おれの親爺は、いくらやりつ放しであつても、大勢の子供を育てゝ来たのだから、随分苦労したのであらうが、親心といふ不思議な物を味ひ知つてゐるのだから、おれよりは幸福だ」

彼れは、故郷の家の奥座敷の炬燵に当つて、算盤か帳簿かと睨めつくらをしてゐるか何かしてゐる今の父親を想像するにつれて、彼れが幼かつた時分の父親を追想した。……彼れが物覚えのいゝのを自慢してゐたらしい父親は、真夏の休暇に、日本外史や、十八史略の素読を授けようとしてゐたが、強いて学ばせられる彼に取つては、それが苦役のやうに感ぜられてゐた。満汐時を見計らつて水遊びに出掛ける近所の遊び仲間から誘ひの声を掛けられたりする時には、自己流の節をつけて朗々と読立てゝゐる父親の声が憎くなつた。で、時々は父が教へたがつてゐる時刻を予感しては、そつと家を出て遊んで来ることがあつた。……あの時分の父親は、今のおれよりも若かつたのだと思つてゐると、自分の身のまはりが淋しいやうに、高山には思はれた。

（四）

仕度は略々出来上つたから、結納の日取りも式の日取りもそちらで極めて呉れと、先方から仲人を通じて云つて来たので、此方では俄かに勢ひづいて、暦を取出して吉日の穿鑿をはじめた。九星暦の外に日蓮宗の暦をも参考にしたのであつたが、二つの暦の所説が一致してゐないので迷はされた。

結納として送るために、京都へ染めにやつた花嫁の式服が着くと、家の者も寄寓者も目を欹てた。式服には孔雀が羽をひろげてゐた。

「成ほどよく染め上げてゐる」と、皆んなが云つた。まだ見ぬ女がこの式服を着けた華美な花嫁姿を高山は想像しながら、

「先方のお好みださうですが、孔雀の模様は奇抜なのでせうね」

「孔雀は虚栄の鳥だといふぢやありませんか」老主人はそれを気にしてゐるやうだつた。

「孔雀は蛇を喰ふさうですよ。孔雀明王の有名な仏画を見たことがありますが、昔は呪ひをかける時に、僧侶がその前で祈つたのださうです」

両親や花聟の式服も、すでに新調されてゐたのであつたが、まつ子の式服は華美な場所に相応はしいのがなかつた。持合せの物は着る機会のないうちに自から世におくれて見窄らしくなつてゐた。老主婦は頻りにそれを気にした。先方の親戚は富家ばかりで、誰れとかさんは一万円のダイヤの指輪を嵌めてゐる

なんて、大袈裟な噂を聞いてゐるのに、さういふ人達の中へ、自分の娘をこんな身窄らしい物を着せて交はらせるのは、どうしても忍びられなかつた。

「これでいゝんですよ。どうせ一度お役目に着るきりなんですもの」と、まつ子は諦めてゐるやうに云つた。

「でも、年寄の私たちでさへ新調してゐるんだもの」

「着物のことなぞどうでもいゝの」まつ子は何となく哀れを感じて、「それよりもね。……私は子供はないし、落着くところがないやうな気がしてならないの。高山に死なれでもしたら、私の行場所がないんですから、それを思ふと、淋しい野原を一人で歩いてゐるやうな気がすることがよくあるんです」と、何時になくしみ〴〵と母親に訴へた。

「だつて、親もまだ生きてゐるのだし姉弟《きやうだい》もあるのだから、あなた一人で心細い思ひをしてゐなくてもいゝぢやないか」

さう云つた母親の目には涙が浮かんだ。まつ子が何故淋しい野原を歩いてゐるやうに思つてゐるのやら母親にはよく呑込めなかつたが、雨露の凌げるだけの小《さ》やかな家でも、まつ子のために建てゝやつて置かなければ、安心してこの世を去ることが出来ないやうな気がして、父親にその話をした。父親は笑つて聞いてゐた。

「お父さんは他所から来るお嫁さんのことばかり心配して、自分の娘のことは考へてくれないから仕様がない」と、母親はこぼしたりした。

皆んなが忙しかつた。邪魔物の取片付や汚れ物の洗濯や、新しい調度家財の整理などにまつ子も母親を助けて働いてゐた。自分だちが旅で汚した衣類の仕末にも骨が折れた。仲人をはじめ、人の出入りも多かつた。

用事のないのは高山一人であつた。毎日御馳走になつて、市中から近郊へかけて散歩をして、午睡をして、時々は、婚礼の準備を傍観してゐた。此処を立退いたら何処に住居を定めるかと考へて、まつ子などに相談することもあつたが、その場合が来たらどうにかならうと、軽く見做してゐた。

東京の知人との手紙の遣取りは殆んど絶えてゐたが、ある日計らずも、尾越の音信に接した。

「拝啓、小生先月末より郷里福島へ帰省いたし、昨夜上京仕候。お手紙の趣きによれば、最早大磯を御退却相成りし由。御訪問致さゞりしを残念に存じ候。小生は一身上の都合により、東京に住みがたく相成り候故、近々家を片付けて郷里へ隠退いたすことに決定いたし居候。他日拝眉の機会も之有候はんが、をり〳〵の御音信願上候。軽井沢の閑寂なる風色夢の如く思出され候。奥様へもよろしく」

高山はこの手紙を読むと、九段の中坂のほとりにある尾越の今の住居を目に浮べた。小さな家であつたが、二階が一室あし、日当りがよさゝうで、借家としては手奇麗に出来てゐた。空家の払底してゐるこの頃、あのくらゐな家が借りられゝばいゝと、ふと思ひついたので、まつ子にさう話した。

「式の日まではまだ大分間があるから、ちよつと東京へ行つて来よう。尾越の後《あと》が借りられるかも知れないし、あれがいけなかつたら外を捜して見てもいゝよ」

「こんなゴタ〳〵した家にゐたつて詰らないでせうから、明日でも行つて入らつしやい」

「東京で借家がうまく行かなかつたら、思切つて南九州の方へでも行つて見るんだね」

高山は退屈さましに二階で地図を披いて、未見の土地を空想してゐた。人間や超人の事をいくら考へて見たつて、生れながら持つてゐる自分の智慧はとつくに行詰りになつてゐて、新しい心の世界の開展する望みのないことを熟知して来た彼れは、身辺の事がもつと自由になつたら、未見の土地を巡遊して残生を送りたいとよく考へてゐた。海外の地図をも屢々注視してゐた。長崎島原などを経て、薩南の湯の町揖宿に暫く居を定めて見たいと思つたこともあつたし、日向の茶臼ケ原の孤児院を訪ねて見たいと思つたこともあつた。その孤児院には、少年時代の彼れを愛撫して、基督の道を単純平明な言葉で伝へた昔の田舎牧師が老後の生涯を送つてゐる筈なので、高山はお互ひがこの世に生きてゐる間に、一度その牧師に会いたいと思つてゐた。「二十何年先生にも御無沙汰をして世の中を渡つて来ましたが、肝心な事はつまり何も分らないで、分らないじまひで私も一生を終りさうです」と云ひたかつた。昔でさへ頭髪が薄くつて痩せさらばいてゐたかの牧師の今の有様はどんなであらうか。顔に似合はない鳩のやうな柔和な目付は、高山の記憶に今も懐かしみをもつてハツキリ残つてゐる。……都会から隔絶した原野で薄倖な小児の教養などに従事してゐるのこそ、人間としての最も尊い生活であつて、現世と天国とをつなぐ梯子はさういふ所にかゝつてゐるのかも知れないが、それでは彼自身かの牧師等の下に随いて安んじて働き得られるかと考へて見ると、考へるさへ可笑かつた。

(人を殺して心が安んじてゐられないのなら、人を助けたつて、わが心は安んじられないのだ。どちらにしたつて同じことだ)

階下《した》へ下りると、仲人が結納取かはしのために来てゐた。二三の親戚も座に加はつてゐた。縁喜を祝ふための茂久録の用語も字配りも、人々に頭脳を絞らせて六ケ敷かつた。いくつかの進物台に載せられた結納の品々は、翁の面や松に日の出などの模様のある風呂敷をかけられて、仲人の宰領で持出された。同じ家の中も、不断の夜とは違つて、奥床しく見られた。仲人が目出たく納めて帰つて来ると、祝ひの膳が並べられた。盃をやり取りしながら枝から枝へとうつゝて行く世間噺も、たえず歓喜の色に照つてゐた。

「良三さんも荷が重くなりなすつたから、これからまた一奮発なさるんですね」と、仲人が云ふと、

「これで身が極まると、働くにも張合がつきますよ」と、老主人が応じた。

（五）

高山は翌朝東京へ行つた。

飯田町の宿屋に着いて、茶を一杯飲むと直ぐに外へ出た。田舎から出て来るたびに、こんなに空気の濁つた騒々しい所で、よく人は生きてゐられることだと感じるのであるが、それと丶もに、自分の故郷へ帰つたやうな気持もした。女の美しさも彼の目を惹いた。筋肉の引締つた赭い顔した、天真の生気が身体に漲つてゐる大磯などの女よりも、虚弱な肉体を脂粉で色取つてゐる都会の女の方が美しく見えるのを如何ともしがたかつた。

神保町あたりまで行つて、医薬など二三の買物をした後で、中坂の尾越の家を訪ねるつもりで、九段下まで来ると、数人の若い男女が電信柱へ大きな紙を貼りつけてゐた。立留つて見ると、××会主催の婦人問題講演会の広告であつた。講演者の中には高山の知人もあつた。知名な社会主義者もまじつてゐた。

貼終つたところへ、巡査が急ぎ足でやつて来て、

「これは届けてあるのかね」と訊ねた。

「いえ、別に届をしてはゐないです」と、髪を長く延した袴を着けた学生らしい男が答へた。

「ぢや、いけない。剥いで下さい」巡査は凛として迫つた。

「剥がなくともいゝと思ひます」

「いけない。剥ぎたまへ」

二人は顔を紅らめて二三の押問答をしてゐたが、やがて巡査は警察署までの同行を命じた。先つきから後の方に立つてゐた、髪を七分三分に分けて束ねてゐる仲間の女は、微笑しながら、

「警察署へ行くんだつて。行け〳〵」と、小声で云つて随いて行つた。

街上のさういふ光景は、高山には珍らしかつたので面白かつた。

尾越は家にゐたが、家を片付けてゐる様子は見えなかつた。

「お移りになるのなら、後を譲つて頂きたいと思つてゐるのですが」と、高山は玄関へ上りながら云ふと、

「実は故郷《くに》へ引込む日取りは、まだハツキリ極つてゐないのですよ」と、尾越は面羞さうに云つた。

二階へ通されてから、高山は成べく東京へ住みたくなつた自分の心持を話して、相手の郷里隠退の理由をも訊ねたが、尾越は暫くその答へに躊躇してゐた。

「どうも思はしい職業が見つかりませんから、一二年田舎で親爺の手伝ひをしようかなんて思つてるんですが、私の故郷はちよつと帰つて見てもいゝ所ぢやありませんからね。……まだ当分は此方で遊んでゐたつて饑え死する心配はないのですが、懐手をして暮すのは社会に対して済まないやうに思はれますよ」

「しかしあせらないで、此方でゆつくり方針を立てたらいゝぢやありませんか。資産家の御子息が田舎でブラ〳〵してゐるのは、尚更傍の者の目について遊惰な人間と思はれるでせう」

「いや、今度帰つたら、一生懸命に汗を出して働くつもりなの

です。遊んで暮すのも傍で思ふほどに気楽ぢやありませんからね」

尾越はふと興奮した口を利いたかと思ふと、相手の言葉も耳に入らぬやうな風で、落着かない目をしてゐた。

これには何か訳があるのであらうと、高山は感付いたので、長座を遠慮して、間もなく暇を告げた。妻君の顔を見ないのが物足らなかつたが、この夫婦の間に何か変つたことでも出来てゐるのではないかと危まれたので、妻君のことは訊かなかつた。

去年の末に訪ねて来た時には、夫妻は他の中年増と三人で昼間からトランプを取つてゐた。軽井沢で退屈のあまり、はじめてこんな物を手にしたのだと、妻君は言訳をしてゐた。

「大晦日を目の前に控へてゐるのに、お宅は天下泰平ですね」と、高山は冷かして、「僕なぞは勝負事には興味がありませんよ。どちらが勝つても負けてもいゝつて思つてゐるから」と、悟つてゐるやうに云ふと、

「でも、詰らない遊び事にも負けるつてことはいやなものですわ。損得の関係がなくつても、負けるつてことは本当にいやなものだと、私思つてますの。」

「お前が今日は負けてばかりゐるからだらう」と、尾越が横から言葉を挟んだ。

「あんなことを。……まだはじめたばかりぢやありませんか。先の勝は糞勝ですよ。昨夕だつて御覧なさいな。あなたが泣顔して焼芋買ひにいらつしやつたくせに」

「買つて来たのは僕だつたけど、食べたのは誰れだつたらう」

「私かも知れないわね。勝つた方が御馳走になるのは当り前ですもの。」妻君は無邪気にさう云つたが、ふと真面目な顔を高山の方へ向けて、「いゝ歳をして馬鹿なことを云つてるとお思ひになるでせう。……私どもも遊び次手に今年一杯は怠けて暮しても、年が明けたら、心を入替えて一働きしようと思つてゐますのです。尾越は気に入つた職業がなければないで、語学の稽古にでも行つたらいゝだらうつて、私勧めてゐるのですけれど、相変らずの無性者で仕様が御座いませんの」

「だけど尾越君は語学は一通り修業済みなんでせう。軽井沢で外国人と何か話してゐたぢやありませんか。僕なぞは日常の挨拶も英語では云へないんですよ」

「毛唐と話したつて詰りませんね」尾越は気取つた口調でさう云つて、私の従弟は横浜のSN商会へ出て、何時も外人を相手にしてゐるのですが、その従弟は学生時代から語学が特別によく出来て、英語の外に仏蘭語も相当に話せるんです。此間うち四五日横浜へ遊びに行つてた間に、家内は従弟の話振りを聞いて非常に感心して、それから、私を鞭撻しだしたのですが、語学ばかりが学問ぢやありませんからね」

「学問のことはどうだか、私にはよく分りませんけど、英作さん（従弟）は働き者ぢやありませんか」と、妻君の言葉には棘を帯びてゐた。

が、高山の手前、話は外へ転じた。妻君は部屋を出て客あし

らひの準備に取掛つた。高山は尾越から芝居や寄席や活動写真などの事を聞かされたが、それ等についての彼れの批評や説明はすべて平凡であつた。

「暇だから、見に行つてるやうなもの丶、大分飽いて来ましたよ。それで従弟のゐる商館へ勤めようかと思つて、略々話がついてゐたんですが、詰らないことから中止になつて惜しいことをしました。私は俸給の多少に関はらず働いて見たくなつてるのですけど、運が悪くつて私の決心の鼻先がいつも挫かれるんです。しかし、来年は京橋のある貿易商の会社へ出られるやうに昨今話がつきか丶つてゐるんです」と、尾越はしみ〴〵と云つた。

妻君は再び入つて来た時には、服装を変へて顔をも飾つてゐた。

高山は二人の話相手として引留められるのを振切つて、夕餐の饗応は受けないで暇を告げたが、同じ夫妻だけの生活であつても、尾越の家には艶があつて、彼れの家のやうに、落寞としてゐないやうに思はれた。

「しかし、夫婦水入らずの生活も、はたの者の云ふほどに気楽なものぢやないからな」と、彼れは簡単な批評を下した。

毎日、朝餐を済ますと、直ぐに飯田町の宿を出て、就眠時刻まで何処かで遊び暮らすのを、彼れは例としてゐた。故郷へ帰つて来たやうな気持と、独りで旅へ出てゐるやうな気持とを一しよに持つて、都会の人臭い臭ひに身体を浸して彼方此方を歩いた。一度は講釈場の昼席へ行つて、日本人の心にまだこびりついてゐる古風な犠牲献身の残影を見て、彼れの如きもの丶心にさへ、日本の国土に育つて来た丶め、講釈の英雄に感動する分子が微かながらもあるのを感じて不思議に思つたりした。

知人に会ふたびに訊ねても、空家は絶対になさ丶うなので、結婚式にはまだ間があつたが、兎に角K市へ後戻りすることにした。

ところが、出立の前夜に、尾越から電話が掛つて来た。一度お訊ねしたいのだが、時刻は何時頃がい丶のだらうと云ふのであつた。

「今からお出でになつても構ひません。………ぢや、待つてゐます」と、高山は返事をした。

女中に客の案内を頼んで置いて、風呂に入つて来ると、尾越はすでに火鉢の側に坐つて、珍らしくも葉巻を吸つてゐた。

「なか〳〵寒いですね」高山は褞袍のま丶火鉢の側に坐つて、「先日のお話のヴエリタスといふ活動写真を見ましたよ。活動のうちでは見応へのある方なのでせうね。独逸物だけあつて神秘的な理屈が映画のうちに染徹つてゐるやうなところがありますね。三たび現はれ三たび消え、真理は最後の勝利を占むと云つて、艱難を押切つて真実を守れ、一時の情に負けて嘘を吐くなと云ふ全体の趣向は、近代劇や小説の中にはありさうなことで、いかにも西洋人の好きさうな理屈ですね」

「理屈に深みがあるし、指環が壁の中から出たり、漁夫の網にか丶つたりして、指環で筋が運ばれるのも面白いぢやありませんか。西洋人は思付がい丶んですね」

「そりや日本の講談なんかの趣向よりは巧い。……だけどあなた方はあんな活動や、イブセンの社会劇なぞを見て、真実さへ云へば安心してゐられる気になるんでせうか。……あの活動だつて、本当は、真理が最後の勝利を占めたのぢやない、作者が真理といふ世界の人気者を持つて来て、お座興に勝たせるやうにしたのですね。……嘘と真実だつて真剣に取組せたら、どちらが勝つか分つたものぢやない」

「だけど、本で読んでも、興業物で見ても、真実が負けたでお仕舞ひになると、い丶気持はしないですからね。世の中の実際の事件についてもさういふ気持がしますよ。あなたはさう思ひませんか」

「それはさうです……」

高山は、それから先きは、自分の智慧の行詰りで、考へたつて話したつて、果しがないので、さういふ茫漠たる疑ひの世界へ、尾越と一緒に進んで行く気になれなかつた。

「空家は見つかりませんが、僕は明日あたりKへ返らうかと思つてゐるんです。親類の婚礼に出席しなければなりませんから。……田舎の結婚式は旧弊でいやに仰々しいがあなたのお国の方だつてさうでせうね」

「私は田舎の結婚式にしみ〴〵出たことはないのですよ。姉の結婚の時には随分大袈裟だつたやうですが、私は東京にゐて、身体の加減も少し悪い時だつたから出席しなかつたのです」

「あなたの御結婚の時には、此方で式をお挙げになつたのですか」と、高山は何の気なしに訊ねたが、すると、尾越は苦しさうな顔をして、

「まあさうです」と、勢ひのない声で答へた。そして、何か見てゐるやうに、上目を空間に据えてゐたが、やがて、

「私は当分あの家で独り住ひをすることにしました」と云つて、その訳を高山が訊返すまでもなく、

「ワイフは私が福島へ帰つてゐる間に無断で家出をして、行先を私に知らせないやうにしてゐたのです。いくら居所を晦ましたつて、略々見当はついてゐたのですが、出て行つたものを追掛ける気にはなれませんから、私は打やつとくつもりにしたのです。今度故郷へ帰るについちや、ワイフの事が問題になつてゐたのですが、——実はまだ正式に籍に入つてゐなかつたので——当人は私の両親の許しを得る望みはないと堅く信じてゐたやうでした。それが家出の原因と云へば云へますので、遺書にもその点に重きを置いてゐるのですが、本当はさうぢやないのでせう。入籍するしないは我々の考へぢや第二第三の問題なのですからね。……一体私の方でも別れて、当分一人でゐた方が、自分のためにい丶んぢやないかと思つたこともたび〳〵あつたのでした。世間ぢや妻を娶ると生活に張合ひが出来て、仕事にも身が入ると云つてゐますが、私は例外な人間なのか、ワイフと一緒に住んでからは、生活の進路が止つてしまつたやうなの

ですよ。それで、独りでゐたら、何か相当な職業が得られて人並に働けるだらうと思はれてならなかつたのでした。京橋の会社の口も、私が独身だつたら、俸給は薄くつても取逃さないで勤めてゐたのでせうが、ワイフがゐたゝめに此方から駄目にしたのでした。故郷ぢや、はじめのうちは苦情を云つてゐましたが、この頃は黙許の形で私ちが定職でも出来て真面目に暮してゐたなら、早晩籍も入れて呉れるのでせうが、両親に会つてその話をした時に、私の方でどうも熱心に頼む気になれなかつたのです。当分アヤフヤにしといてもいゝつていふ気で、ワイフに対する言訳を考へながら帰つて来たのですが、ワイフの奴、見透してゐるやうなのだから遺書を見た時にはちよつと驚きましたよ。だけど、私の心ぢや、二三時間も立たぬうちに今後の方針が定つてしまつたから大丈夫だつたのです」

妻君が外に男をこしらへたのでもなければ、退屈醒ましに隠れんぼでもやつてるのだらうと思ひながら、高山はお座なりの受応へをして聞いてゐた。

「ワイフは、年末《くれ》にあなたがゐらつしやつた時にトランプの仲間になつてゐた女か、あるひはワイフの弟の家に多分隠れてるか、さうでなくつても、この二人は居所を知つてゐるに極つてると思つてゐましたが、私はわざとこの二人の所へは寄りつかないで、端書で訊合はすことさへ控へてゐたのです。無断で出て行つた女を追駆けると思はれるのはいやですからね。……とところが、高山さん、聞いて下さい。妙なことがあるんですよ。あなたが年末《くれ》にお会ひになつたあの女が――石本さつと云つてワイフとは子供の時からの知合だつてことですが――あれが一昨日の午過ぎに、顔色を変へて不意に私んところへやつて来て、奥様は本当にお宅にゐらしやらないのですかと訊ねるのです。白ばくれてゐるんだらうと思つて、

あなたは家《うち》の奴のゐないことを誰れにお聞きゝになりました？　と、私は荒つぽく訊返しました。

それであなたは奥様の今ゐらつしやる所を御存じなのですか。知つてる筈もないし、強いて知りたいと思つてもゐません。

御存知ないんですつて？　よくそれで平気でゐらつしやるのね。

あの女《ひと》は呆れたやうに云つて、それから訳を話したのですが、ワイフは使に手紙を持たせてあの女の所へやつて、ある事情でかういふ所へ来て、今九死一生の場合なのだから、××円くらゐの金を工面して届けるやうにしてくれ、着換えの衣服も何でもいゝから貸してくれつて頼んで来たと云ふのでした。九死一生と云つて何事が起つたのだらうと、私も吃驚しましたが、さう聞くと打遣つて置けませんから、あの女《ひと》と相談して、必要な金と着物とを持つて、一緒に出掛けたのです、気はあせつても大崎まで行くのだから途中が随分手間取りました。大崎の家にワイフの掛り合ひがあることは、これまで聞いたことがないので、電車の中で二人していろ〳〵に考へて見たのですが、新宿で乗換えを待つてる間に、あの女《ひと》が不意に思ひついたやうに、

これは自分だけで先きへ行つて様子を見た方がいゝと思はれるから、あなたは大崎の停車場か何処かで待つてゐてくれと、かう云ひだしたのです。九死一生といふ場合に安閑と待つてられる筈がないので、私は飽くまでも反対して、一しよに行くと言張つたのですが、

　おくめさんは出抜けにあなたに来られちや、面目のない思ひをするかも知れませんよ。御主人のお留守に家を出たことを、今は良心が咎めてるでせうから、出抜けにあなたをお連れして脅かしたら、却つて穏かに事が済まないだらうと、心配でなりません。ですから、私を信用なすつてお任せ下さいましな。おくめさんのためにもあなたのおためにも、決して悪いやうにはいたしませんと、あの女《ひと》は、どうしても私を連れて行くまいとするのです。ワイフに後目《うしろめ》たいことでもあるのなら、尚更早くその家へ行つて見なければ承知出来ない訳なのですが、

　ぢや、直ぐに私があなたを迎へに来るか、使を寄越すかするから、十分か五分でも待つてゐてくれつて、あの女はいかにも当惑したやうな顔して云つて、先方の家の名も番地もハツキリ教へてくれましたので、私も譲歩して、停車場で少しの間待つてゐることにしたのです。

　ところが、十分立つても二十分立つてもあの女《ひと》から音信《たより》がない。三十分を過ぎると、私はもうぢつとしてゐられなくなつて、慌てゝ、その家を訪ねて行きました。番地が解りにくかつたので、大分手間取りましたが、家のあることは確かにあつたのです。宿屋でもなし料理屋でもなし、新築の普通の家でしたが、ひつそり閑として、人の声は聞えないのです。入つて声を掛けると、下女だか主婦だかハツキリしないやうな五十がらみの女が出て来ました。そして、私がかういふ女が今訪ねて来てる筈だから、その人に通じてくれと頼むと、さういふ方は先つき入らしつたけれど、お訪ねになる方が此家にゐらつしやらないので、家が間違つたのかも知れないから、外を捜して見ると仰有つてゐましたと、親切に教へてくれました。

　私は仕様事なしにまた停車場へ引返して、暫く待つてゐましたが、果てしがないので、三番町のあの女の家へ急いで行つて見たのですが、無論家へは帰つてゐませんでした。置手紙をして一先づ自分の家へ帰りましたが、どうも腑に落ちないので、悄気《しよげ》てしまひました。があの女が詐偽をした訳ではあるまいが、一生にはじめて出くわした不思議な事なのですからね。私は手を組んで一心に考へて見ました」

　尾越はこゝでちよつと話を切つて茶を飲んだ。話してゐるうちにも、胸に蟠まりのないやうな明るい顔をしてゐるので、高山は気持よく聞くことが出来た。何よりも妻君の素性を詳しく聞きたかつたのであつたが、露骨にそれを訊ねるのは気おくれがされたので、

「その石本何とかいふ女の人は、どういふ素性の人なのです？」と訊ねると、

「亭主は質屋の通ひ番頭ださうですが大した収入はなさゝうで

す。女の方は私のワイフなんかとはちがつて口数の少い落着いた女ですが、ワイフは誰れよりも懇意にしてるくせに、あんまりよく云つてはゐないのです。弄花《はな》が好きで、そのために方々へ不義理なことをしてるつて云つてたこともありました。……今度の事もさういふ勝負事に関係してあの女《ひと》が、私から金を引出すために企《たくら》んだのぢやないか、事によつたら、私の留守中にワイフまでも勝負事の仲間に捲込まれてるのぢやないかと、私も疑つて見ました。晩になつてあの女の家を訪ねて見ると、まだ帰つてゐない。いよ〳〵私を騙したのにちがひないと思つて、復讐の手段を考へてゐたのですが、すると、昨日の夕方になつて、奥様の居所をやうやく捜当てたから御安心なさい。それについてお話したいことがあるから私の家へ来てくれといふあの女の手紙が速達で来たのです。私は直ぐに仕度をして出掛けましたが、此処でいゝ気になつて訪ねて行つたら、私はまた元の通りの生活を続けなければならんことになるだらうと、一生の別れ目のやうな気がしましたから、道を変へて、他の方へ行つちやつたのです。停車場で待呆けを喰はされたかはりに、私は他所へ泊つて行衛を晦ましてゐるんです。先つきもある友人にこの話をすると、今時分妻君は君の家へ帰つて待つてるだらうつて、笑ひ事にするのですが、私は思切つて笑顔で帰つて行く気にやなれないんです。……私は忍耐力のない人間なのでせうが、自分のワイフに、競馬馬扱ひされて、矢鱈に競走さゝれるやうにされちや溜りませんからね。いくら勝負事が好きだからつて、女つて者は自分の夫までも勝負の道具に使ひたいものですかね」

「あなたの奥さんはどうだか知りませんが、当世の女はみな負けん気になつたんですね。今に我々は女のお差図を受けて生きて行くやうになるんでせう」

高山は、世間の男女関係の常例から推して、尾越は今夜にでも妻君と妥協するだらうと堅く信じてゐて、彼れの強がつてゐる一時の決心などには殆んど価値を置かなかつたが、妻君の家出や石本の企らみについては、尾越の打明話以外の隠れた真相を知りたかつた。

（十八）

翌日、高山は前触れはしないで、K市の青木家へ帰つて行つた。結婚式まではまだ数日の余裕があつたが、家の人だちは寸暇もないやうに忙しさうであつた。

「東京では面白いことがありましたか」と、老主人に訊かれると、

「東京の宿屋へ泊ると、夜眠れなくつて困ります」と、高山は答へた。

「商人でも東京の人はやり口が烈しいですね。私なぞもたまに東京へ行つて見ると、励みがついていゝやうです。しかし、この頃は店員がみな東京へ出たがるので、油断がなりませんよ。先きへ行つてる者が、手紙を寄越して唆かしたり、たまに帰つ

て来ると、洒落れた服装《なり》なんぞして見せびらかしに来るんだから仕末が悪い。東京へ行つたからつて、取つた給金は右から左へ消えて行くだけで、金を残す者は、十人に一人もないのですが、若い者はみんな腹の中がうはついてゐるから、ちよつとしたうまい口にも直ぐに乗せられてしまうのですな」

「他所の子息の使ひにくいのは当り前でせう」

高山は人を使つて仕事をした経験は殆んど無かつたので、空々しい返事をした。

「以前は十年の年季に五年のお礼奉公をするやうな者もあつて、店員が落着いて働いてくれましたが、これからはやりにくくなりますよ、商売を止めて、小い家で内輪だけの生活をすりや、気骨が折れなくて至極安穏に日が送れる訳ですが、何もしないで遊んで暮すといふのも、若い者のためによくないでせうかな」

「さあ。……何もしないで生きてるのも案外苦しいかも知れませんね。どつちにしてもい丶事ばかりはないとすると、働けるだけ働いた方がい丶んでせうね」

高山は自分の身についてもふとさう思つた。自分が長い年月やつて来た仕事が、たとへ無意味の事であつたにしろ、手を拱いて茫然として生きてゐるよりは、働き得るかぎりは勢一杯働いた方が、まだしもましなのだと自から力をつけた。さう思ひついた時の彼れの気持は、老主人の気持とさして相違してゐなかつた。家財を譲るべき男子を持つてゐる老主人も、子供の無い彼も所有慾や世間慾に支配されて生命《いのち》を生きて行かうとするのに差別はなかつた。彼等の脳裡に差してゐる光や影は同じやうな色をして同じやうに動いてゐた。相手の話すことが互ひの耳によく順つた。

今日までに店を仕上げた苦心談や今日までに社会的地位を得た苦心談が、二人の口から出て、炬燵の側の一夕の話が栄えた。老主婦の見立てたお茶菓子が持込まれた。側で縫物をしてゐるまつ子も、世の家庭団欒の悦楽をこの晩にこそ感じてゐた。彼女の式服も間に合つてゐた。

まつ子は一日、良三や店員の助を借りて、預け物の整理をしたが、瀬戸物の食器が壊れてゐるのを見たり、桐の火鉢が紛失してゐるのに気がついたりすると、住所不定の生活に気を腐らせた。何時でも容易に運び出されるやうに荷造りをして、土蔵の一隅へ積重ねてから、土蔵の入口で埃を払ひながら、良三と肩を並べて一休みした。狭い空地に置かれた石燈籠の側には、春らしい光が笑つてゐるやうに揺いでゐた。

「もう直きに桜が咲くんだわね」まつ子は帰つてからも見たことのなかつた故郷の澄んだ青空を仰いで、「あなたは今どんな気持がしてゐて?」

「別に変つたこともないさ」

「だつて、あなたの一生の大切な時ぢやないの」

まつ子は揶揄《からか》つて見たい気がしたが、十年前の自分の結婚前後の事を考へると、弟を揶揄ふ余裕のないやうに、ある感じが胸に喰入つた。夫との関係や夫の身内との関係など、自分の十年の間に経験させられて来たことが、棘をもつて一時に彼女の神経に触つた。そして、男女の別はあつても、良三も今に知らないではゐられまいと、思はれた。

「お父さんはお嫁さんさへ来れば、家の中がいゝ事づくめになるやうに云つてゐるけれど、あなたゞつてこれから、痛い思ひをすることもあるわよ」

「そりや、何時までも独身でゐる方が気楽だらうね」良三は屋根の端で羽を光らせてゐる小鳥の軽快な運動に目を注いだ。

「あなたは責任が重いんだから、独身でゐられるものかね。お父さんは家といふことばかり考へてるから、どの子供よりも相続者のあなたを重んじてるのだよ」

「家を大切にするのはいゝが、少しでも新奇なことをすると、危《あぶな》かしがつて御機嫌が悪いんだ。去年の暮れにも、×町の長家の井戸が壊れたから、この機会に水道を引いたら、借家人も喜ぶし、新奇に井戸を掘るよりや経費もずつと廉くて上ると云つたのだけど、昔から有つた井戸を潰すのは縁起が悪いと云つてお父さんは聞かないんだ。それで手数を掛けて掘直すと、いゝ水が溢れるほどに湧き出したものだから、お父さんいよ〳〵御自慢なのさ……万事がさういふ風なのでね」

「しかし、商売の方はいぢけてゐないで、勢一杯にやつて御覧よ。自分が見込をつけてはじめたことが失敗したつて、それは諦めがつくぢやないの」

「僕の家《うち》は不景気の打撃は受けないからいゝやうなもの、、商売も傍で云ふほどにや儲らないものだよ。それに何だのかだのと出銭《でせん》が多くつてね」

「さうだらうね。大所《おおどころ》には大きな風が吹くつて云ふから」まつ子は戯談のやうに笑ひ〳〵云つたが、「でも、あなたは道楽をしないからいゝさ。今度の事には随分無駄なお銭《あし》がかゝつてゐるやうだけれど、道楽をして使ふ人のことを思へば何でもないからね」

まつ子自身の昔は云ふまでもないのだが、良三の結婚までの身体も純潔に保たれてゐるのを、彼女は結構な事として考へた。……若い時は慌だしく過ぎてしまふ。良三も二十五歳の今までをこの鬱陶しい家の中で過してしまつた。……何が結構だか幸福だか分らないやうにも思はれた。

「あなたは丈夫だからいゝね。私はこれつぱかり身体を使つても、足腰が挫けるやうに疲れるのよ。昔はさうぢやなかつたのだけど、一度悪くなつた身体はどうしても元のやうにはならないものよ」

良三なぞに話したつて甲斐がないと思ひながら、ふと起きて来た体内の疼みを口に洩らした。それにつれて、自分と同年輩の近所の知人が病んでゐるといふ噂を思出して、病気の経過を良三に訊ねてゐると、女のやうな声をした男の唄が、塀越しに聞えて来た。「春は〳〵。春は花咲く向島。オール持つ手に花が散る。ヤートセー〳〵」

「どうしました？。荷物は片付きましたか」と、老主婦がニコ〳〵して寄つて来た。

「おちかさんの病気はどうしても癒らないんですかねえ」と、まつ子が訊くと、

「寝てばかりゐるんだつて。墓々しく癒り目が見えないから、病人も癇が起るんだらうよ。若い人の長患ひは本当に気の毒だよ」

「若い時を患つて暮らすのは因果ですよ。病気なら激しくつても、癒るか癒らないか、早く極りがついた方がいゝのよ。嬲殺しにされるのはいやですからね」

母子が話をはじめた間に、良三は二人の間を通抜けて店の方へ行つた。

（七）

春雨が音のせぬほどに降つた晩、花嫁持参の品々が大勢の人夫によつて運込まれた。通りがゝりにふと立留つて傘を傾げて此方を見ては行過ぎる男女の様子が、高山には面白く見られた。路傍に差してゐる潤んだ光の中に現はれて来る一人々々がそれ〴〵の目付を店の内へ注いでは、やがて闇の中へ消えた。

昔ながらの座敷の中に、簞笥や夜具戸棚や、いろ〳〵な調度が坐るところもないほどに収められて、新しい光を放つた。人夫をねぎらつてから、内輪の祝ひの酒宴が別席で開かれたが、一点の批難も打ちどころのない行届いた仕度について、みんなの話が賑つた。価額の評価もされた。幾棹のかういふ簞笥の中へ収められてゐる衣類の美を尽してゐることも予想されたが、かういふ品物によつて花嫁其者のねうちも数層の重みを加へたやうであつた。これぢや花嫁さんも家へ来て、家の中の汚らしいのに驚くかも知れないと、老主人は喜びのうちにも気遣つたりした。

三十近い下女のおきくは、薄暗い台所で店員の食事拵へなど、自分の受持の仕事にいそしみながらも、婚礼の話にはかねて耳を留めてゐたが、荷物が来てからは、彼女の神経も緊張した。簞笥や調度を覗き見して、驚いたり、平生は酒の気のないこの家に、毎日贅沢な料理の匂ひや酒の匂ひのするのに心を唆かされたりした。家の中に自然に漂つてゐる華やかな空気は、台所の片隅に蹲つてゐる彼女をも包むことを忘れなかつたのであつたが、彼女は店員よりも誰れよりも烈しい刺戟を受けてゐた。結婚といふものが、衣類や調度やさま〴〵な儀式に装はれないで、「結婚その者」として、あるがまゝの正体を彼女の目前に鮮かに浮べてゐた。

「私だつて相手さへありや、まだ子供の一人や二人は生んで見せるよ」と、おきくは先日笑顔をして云つてゐたが、彼女は一度子供を生んだこともあるし、戸籍面でも認められてゐる夫《をつと》と名のつく男をも有つてゐたのであつた。その男はノラクラして当り前の稼ぎをしない上に兇暴なところがあつたので、彼女自身もついに愛想を尽かして、屢々両親の注意をも受けた揚句に、

人を間に立てゝ、離別の話をつけたのであつた。別れてからは、農事をもすれば女中奉公をもした。何処でゞも働き者として通つて来た。夫と一緒にゐた間は、絶えず生活《くらし》に苦しんでゐたが、独り者になつてからは、立派に自分の口を糊した上に、両親へも貢《みつ》ぐことが出来た。「あの男にはもう会つちやならんぞ」と両親に云はれるたびに「会ふものかな、恐ろしい」と答へてゐた。

口ばかりではなくつて、堅く決心して独り稼ぎの気楽さを喜んでゐたのだが、日に月に以前の苦しかつた記憶が薄らぐにつれて、懐かしい記憶のみが心の中に淀んで来た。ある時ある所で、ある店の若い人に戯談口を利いてゐると、戯に肩を叩かれたことがあつたが、それが何とも云へないいゝ気持がした。もつと強くどやしてくれゝばいゝと思はれた。別れた夫《をつと》にどやされた時には、もつと強い手答へがした。その夫にをり〳〵打《ぶた》れた時の、全身に響渡つた疼みが、今は怨み憎みの種になるどころか、恋しい懐しい思出になつてしまつた。

で、年末《くれ》のある夜、風呂の帰へりに、別れた夫に久振りで行会つた時にも、さして恐れなかつた。卒気ない素振りをされないで、取合つて貰へるのが悦しかつた。そして、誘はれるまゝに木賃宿で一泊した。その後、外出の機会をつくつては二三度媾曳した。

おきくは周囲に渦巻いてゐる婚礼の潮に自分も浸されて、別れた夫の面影を頻りに思出してゐた。お金が残つても人の家に奉公して人の家で寝起をしてゐるよりは、貧しい思ひをしても自分の家にあの夫と一しよに住んでゐた方がはるか仕合であるやうに思はれた。貧乏するといつても餓えるのでもないし凍えるのでもないのだもの、……

此方の思ひが先方へも通つたのか、別れた夫はふと店先へ姿を見せた。しかもそれが、結婚式の当日のことであつた。蓬頭垢面の男が、塵一つ留めてゐない土間へ泥下駄で入つて来るのを見ると、家の者は眉を顰めた。目出たい席へ不吉の影が差したやうであつた。

「おきくに会はせて下され。是非話さねばならん大事な用事があるんです」と、その男は頻りに首を垂れた。

「今日は忙しんだから困る」と、家の者は一度は断はつたが、その男は動かなかつた。若し無理な拒絶をして、こんな男を怒らせて怨みを買つたら、今日の大事な日に傷のつくやうな不愉快なことが起らないとも限らないと、気遣はれたので、とに角おきくに云つてその意志にまかせた。

おきくはニヤ〳〵笑ひながら、平然としてその男を自分の部屋へ連れて行つた。男は「お宅ぢや今夜目出たい式があるんだつてな。おら、此間の晩お嫁さんの荷が入るのを、電信柱の蔭に隠れて見とつた。豪勢なもんだな」と云つて、部屋の中に手足を伸した。

「私も忙しんだよ」

「だからセツセと働くがいゝや。おらあお前の邪魔をしに来たんぢやねえ。疲れたから一休みさせて貰ひさへすればいゝんだ」

男はおきくが掛けてくれた夜具にくるまつて、いゝ気持で眠りに就いた。おきくは台所へ出てセツセと働いたが、今までよりも仕事に張合ひがついて来た。そして、酒の残りや肴の残りを、寝てゐる男の枕許へ運んで行つた。家の者は混雑に取紛れて、その男のことは忘れてゐた。

女だちが化粧や着衣に手間取つてゐる間に、寄集つた親戚の男同士は、久振りで顔を合せたものもあるので、お互ひの近状について賑かに話合つた。稼業がらで、経済界の景気不景気や、金儲けのことが、何よりも興味のある問題になつてゐた。医師の一人も、最近百日咳の注射薬の新発見をしたので、××製薬会社から広く売出すことにしたと云つて、その効果や莫大な年収の予想の説明をした。

「この土地には、実業家が多いやうですが、学問や新発明をして有名になつた人はあまりないやうですね」と、高山が訊くと、

「この県内には本当の実業家も少いんです。多いのは相場師と賭博者《ばくちうち》だけです」と、医師は答へた。

前触れによつて一同は店先へ列んで、両親や親戚に護られて到着した花嫁を出迎へた。……下女部屋で残肴冷酒に舌鼓を打つて、いゝ気持で寝そべつてゐたかの男は、どよめいた家の様子に耳を留めると、あたりが暗くなつて人もゐないのを幸に、障子の隙間から、顔を出して、狭長い土間の向うを見やつた。明るい光の中を、立派に着装つた男女が、ごだ〳〵と入つて来てゐる。おきくも小奇麗なのに着替えて、片隅に立つて謹ましやかに出迎へてゐる。

「金持のすることはちがつたものだ。だけど、詰りは同じこつた」と呟いて、彼れはまたも安楽なごろ寝をした。

偕老同穴の堅めの盃や、兄弟親戚の盃事や、両家の親戚引合せの式が型の如く運んだ後、自働車で新婚披露の式場へ出掛けた時には、夜が可成り更けてゐた。

おきくは皆んなが出て行つたあとで、下女部屋へ入つて来た。

「お嫁さんは奇麗だつたらうな」と訊かれると、

「お前にも見せたかつたよ。だけど、花嫁さんは何処で見ても俯向《うつむ》いてゐるから変でねえかの。」

「お前だつてもおらと盃事した時にや俯向いとつたでねえか」

「空《そら》云ふでねえよ。」おきくは無邪気な笑ひを洩して、「盃事といへば、今夜は何処かの女中さんが二人も三々九度のお酌をしに来てゐたよ」

「おらは手酌で頂戴した。……もうけへらざなるめいな。お蔭様で御馳走になつた」

(八)

披露の宴が首尾よく終つた時には、十二時が過ぎてゐた。高山夫妻は、まつ子の姉婿の注意でその家に一泊することになつた。離れの新しい座敷で絹夜具に包まれた。が、高山は夜更け

ての飲食のために胃腸を悩まされ、場馴れない窮屈な宴席で行儀を守つてゐたゝめに神経を疲らされてゐたので、快く眠られなかつた。まつ子も饗宴の席で絶え間なく受けてゐたいろ〳〵な印象や、青木家の今後の変化に関する想像などによつて刺戟されて、屢々熟睡を妨げられた。

　彼岸は過ぎてゐたが山国の夜はまだ寒かつた。高山は屢々夜着を掻合せては腹匍ひになつて煙草を吸つた。気を紛らす書物は傍にないのだから、雑念の虜になつてゐるより外はなかつた。平生稍々ともすると眠づらい夜を送つてゐる彼れには、今更珍らしいことではないが、深夜に連続して湧上る雑念ほど心を疲らせて、しかも何の役にも立たないものはなかつた。……何時どんな酷い病気に罹るか、どんな酷い災難に会ふかして、苦しい死様をするか分らないのだから、どうせ免れがたい死を偶然の運に任せきりにしてゐないで、自分の意志で、最も苦痛の尠い方法を採つて死を早めた方がいゝのぢやないか。人間の真の幸福はつまりはこれ一つで、他の種々雑多な幸福は畢竟水の上の泡沫《あぶく》同様なものではないかと、彼れは自分に取つての最大な真理はそれであると思込むことがあつた。動脈を切つて滴る血汐を見ながら快く死に就いたといふ「クオ、ヴアヂス」の中のペトロニウスや、蠍《さそり》に胸を吸はせて眠るが如くこの世を去つたといふクレオパトラの物語が思出された。さま〴〵な自殺の方法が絵となり文字となつて闇中に浮んだ。……しかし、かういふ類の妄想や雑念は、明日の日になると、彼れの身に何等の効果をも与へないで、水上の泡沫同様に消えてしまふのであつた。「君は自殺の出来る人ぢやないよ」と、彼れは若い時分でさへ、ある友人に云はれたことがあつた。情熱が乏しくなつて理性に富んでゐる人には自殺は出来ないと云はれてゐた。

　友人の評語の当否は兎に角、彼れは露国の文学に接触しだしてから、情婦と心中したり主君のために切腹したりするやうな、彼自身の共鳴しがたいやうな自殺とは、根本の異つてゐる自殺がたまに書かれてゐるのを見て、大いに心を動かされた。……アルツイバーセフ（？）の「死」といふ短篇に書かれてゐる見習士官は、姑息な感情の支配を受けないで、理性のみによつて、自己の採るべき最良の方法は自殺であると確めて、その所説を実行した。

「しかし、小説の筋をそのまゝに信ずるのは間違つてゐるかも知れない。どんな作者だつて思付を誇張して書くやうだから」

　彼れはたび〳〵心を動かされた露国の文学からも、実際上の感化は受けることがなくつて今日に到つた。それ等の文学は深夜の妄想雑念を助けるだけの力を彼れの上に揮ふに過ぎなかつた。

「今日帰つて見たら、様子がまるきり変つてゐるだらうな」と、高山は夜が明けてから云つた。

「私だちは明日《あす》のうちには立たなきやなりませんよ。お父さんもさうした方がいゝだらうつて云つてゐました。私だちに見られてゐちやお嫁さんが居づらいだらうからつて」と云つて、まつ子は今日からは自分の生れた家にも安んじて身を托する訳に行かなくなつたことを、痛切に感じた。

「東京へ行くと、差当り宿屋住ひをするんだが、厄介だな」

「普通の女で宿屋暮しなんかしてゐる人は滅多にないでせう」

「安い売家でもあつたら買つて見るんだね」

先日、青木家と取引のある東京のある商店の店員が、芝に住みい丶格安な売家のあることをわざ〳〵知らせて呉れてゐるので、夫妻は東京へ行つたら、先づその家を見に行くことに話を極めた。


夫妻は家族と一しよに、炬燵の上でパンと牛乳の朝餐を饗ばれただけで、匆々に暇を告げた。青木家ではすでに朝の仕度を済まして、珍らしく風呂も沸されてゐた。老主人や花嫁や、附添の老女などは、座敷に落着いて、茶器や菓子皿を前に於て、話してゐたが、老主婦のみは落着かぬ顔して、何となしに忙しさうにしてゐた。まつ子は昨日までのやうに、勝手にどの室へでも入る訳には行かなくなつたやうに思はれた。


老主人に招かれて、二人は座敷へ入つて話の中に加はつた。花嫁のたね子は、重くるしかつた昨夕の島田を崩して、軽快な束髪にしてゐた。その方がよく似合つた。

「昨夕は久振りでグッスリ眠りましたよ。これで重荷を卸して安心しました。花嫁さんとも、今朝家の気風なんかを、掛価なしにお話し丶たら、異存はない結構だといふことで、私は何よりも喜んでゐますよ。私の家も今までは殺風景でしたが、若い人が一人殖ゑたので、これからは陽気になるでせう」老主人は、風呂の中で思出した古歌を例に引いて、寂しい庭の梅の木に来て留つた鶯を、花嫁に喩へたりして、自分の喜びを、高山夫婦にも配たうとした。


花嫁は慎みながらも、可成り快活に話をした。まつ子は明日の出立の準備をするために、奥の間へ入つて、荷造りには母の手や良三の手を借りた。

「明日はどうしても帰るの？　何だか急に追立てるやうでいけないねえ」と、母親は気が済まぬやうな顔をして囁いた。


明日の晩には、三ツ目とか云つて花嫁が実家へ帰つて泊つて来るのであるが、その時の慣例や親類廻りの方法などについて、みんなの意見が闘はされた。花嫁も一つ所に坐つてゐるのは苦しかつたので、機会を見ては座を立つて、胸に溜つた鬱気を洩らした。湿つたものを乾かしに物干台へ行つたまつ子の後を追つて、「姉さん」と、懐つこい声を掛けたりした。まつ子ははじめてさう呼ばれたので、座敷の中で他所々々しい口を利いてゐた時とは違つた親しみを覚えて、「入らつしやいな」と招いた。そして、木蓮のはびこつてゐる隣家の中庭を見下したりしながら、打解けた話に耽つて笑ひ声をも立て丶ゐたが、その声を聞きつけた附添の老女は、

「たね子様、階下《した》へゐらつしやいまし」と、階段の下から呼立てた。


島田は重くつて頭痛がするから、明日の里帰りには束髪に結

つて行きたいと、花嫁は望んだが、老女は許さなかつた。明日の朝まつ子の出立の際には是非停車場まで見送つて行きたいといふ望みをも、老女は頑なに斥けた。花嫁さんは首尾よく里帰りを済ますまでは一歩も外へ出るものではない。気儘にさういふことをさせては、自分が側に随いてゐる甲斐がないと云ふのであつた。

翌朝は雪がちらついてゐた。旅立には相応しい日ではなかつたが、高山夫妻は予定通りに青木家に別れを告げた。何時ものやうに良三は停車場へ見送つて荷物の世話などをした。

汽車が出ると、高山は、平穏無事で終始した他家の婚礼の事などは念頭から遠ざけて、今後の自分の方針を考へたり窓外の雪景色を眺めたりした。隧道を潜るにつれて雪は薄くなつて、武蔵の平野へ下つた時には、柔かい光があまねく照つてゐた。吉祥寺中野あたりに、粗雑な家が建ちかゝつてゐるのが、住宅のない彼等の目を惹いた。

(九)

芝の売家は早速見ることは見たが、問題にするに足らなかつた。彼等は、駿河台の旅館から赤坂の宿へ、部屋は薄汚くつても閑静なのを取得にして移転した。そして、四五日は市中の見物がてら、貸家を捜したり売家の検分をしたり、建築会社を訪ねたりした。面倒な思ひまでして家を持つには及ばないといふ腹があるので、住宅を求めるに熱心が足らなかつた。折角知人が知らせて呉れた二三の家をも、欠点を見つけては斥けた。まつ子にしても、汚い小さな不便な家を無理に求めてまで、東京住ひをする必要はないと考へるやうになつてゐた。

「あなたも洋行なさるのなら今のうちですね。あんまり歳を取過ぎたら行けなくなるでせう」と、ある日、思詰めたやうに云つた。

「そりや行つてもいゝ。日本の内地を見て歩くよりや異つてゝいゝに違ひない」

高山はかねてボンヤリ心に描いてゐたことを真面目に考へた。しかし、それにも煩しさばかりが目先にちらついて熱心が加はつて来なかつた。欧洲人をも欧米の文化をも今は崇拝して居ない彼れは、長い航海の苦痛を凌ぎ、言語の不自由を忍び、外人に媚び外人の生活と妥協するの累らひに耐へることを、想像してゐると、自から決心がひるんだ。欧米人に対等に親しく突合つて貰つたことを、この上もない光栄のやうに感じて、お茶に饗ばれたの、どういふ話があつたのと、自分が日本人以上になつたやうに傲りがに書いてゐる洋行者の記事文を読むたびに、無自覚の標本のやうに感じてゐた彼れは、自分も洋行したら、あんな風になるのぢやないかと思ふと、可笑しかつた。

「自分が外国へ行つたからつて、えらくなる訳ぢやないが、異つた景色や異つた生活を見るのは面白いだらう。巴里や倫敦でなくつても、知らない土地なら何処だつていゝのだよ。おれは軽便に行ける方法があればペルシヤか土耳古見たいな所へ行つて見たい。それも、一年とか二年とか云ふのでなしに、ゐられさへすりや一生でも住通す気で行つて見たい」と、彼れはまつ子に向つて述懐した。

　まつ子は高山の空想が若しも実現される場合には、自分の身の振り方をどうつけてい丶かと迷つて、日夜思煩ひだした。弟が結婚した後の実家へは最早安んじて身を寄せる訳に行かなかつた。女一人で東京の下宿屋に住む訳には行かなかつた。高山の故郷へも自分一人だけでは手頼つて行かれなかつた。東京で知人の家に寄寓するとしても、相応しい家が思ひ当らなかつた。

　宿の近くの山王台の桜が咲きかけた。K市の家族は花時には、用事をかねて東京へ遊びに来るのを毎年の例としてゐるのだが、今年はどうだらうと、まつ子は結婚後の実家の様子を知りたさに、誰れかゞ出て来るのを心待ちにして、誘の手紙を出したが、それと行違ひに、老主人から高山へ宛てた端書が届いた。

「……御出立後拙宅にも種々の事あり候へども、ゆる〳〵善後策を講じ居候」と、簡単に書かれてゐるのを見た高山はふと心に浮んだことがあつたが、不吉な憶測をするのを躊躇して、

「下女がゐなくなりでもしたのぢやないかな」と軽く見做した。そんなことぐらゐだらうと、まつ子も思つてゐた。

　ところが、その次の郵便で、良三からまつ子に宛てた手紙が届いたが、何気なくそれを読みかけたまつ子は、中途からおびえた顔して、一字一句を穴のあくほど見詰めた。

「お嫁さんは三ツ目に里帰りをしたつきり戻つて来ないんですつて」と云つて、重苦しい息を吐いた。

「どういふ訳で、……」高山は、縁談のはじまつてからの長い間の老主人の容易ならぬ心遣ひや、結婚前後の煩瑣な動揺を、親しく耳目に触れてゐるために、世間に有りがちのこと丶して見過すことが出来なかつた。

「理由がハツキリ分らないから困ると、手紙に書いてあるのです。里帰りの晩には両親も招かれて、大変御馳走になつて、田村家の内輪の人もみんな揃つて打解けて話をして来たのに、そのあくる朝になつて、たね子さんが頭痛がすると云つて、寝たつきりで、人に口も利かなくなつたのださうです。一日二日と帰りが延びるので、先方の心が分らないから、お父さんも行くし、良三も様子を見に行つたのだけれど、良三にもお嫁さんを会はさないんですつて。……多分駄目らしいつて良三が書いて来てゐますよ」

「家で可愛がられ過ぎてゐた女が、急に境遇が変つたので神経を痛めたのだらう。おみき（高山の妹）のやうな女でさへ、結婚したあくる朝、家へ駆込んで来て、上《うへ》へ上らないうちから、声を出して泣いて、一日寝てゐたぢやないか。処女から人の妻になるのは、一生の大事件なんだらうからね。……多分そのうちには収まるだらう。先方の親だつて、あんな立派な仕度をして寄越したものを軽卒に引取るつてことはあるまい」

　高山は女の心の底を察してゐるやうに云つた。可憐な処女の心が年を取るにつれて次第に太々しくなることにまで思ひを進

めた。

「だけど、お父さんはどんなに心配してゐるでせう。何よりも先きに世間体を気にしてゐる人が、世間体の悪い目に会つたのですもの。良三だつて、この結果が円く行かなかつたら、人間が変つてしまひますよ」

今度の結婚は世間の注意を惹いてゐたために却つて仕末が悪いと、二人は話合つてゐた。

引続いて葉書や手紙で情報が来た。どれも良三からまつ子に宛てたものばかりであつた。良三が例になく興奮して筆を執つた有様が文字の上に現はれてゐた。事件の経過は、高山が楽観してゐるやうなものではないらしかつた。

「仲人を煩はしても要領を得ない。……当人は以前から病気してゐるので、従来静養をつとめてゐたのだが、結婚のためにまた気分が悪くなつたやうだから、今後引続いて養生をさせたいと云つてゐる。……云ふことに腑に落ちない点があるから、此方から押して訪ねて行くと、先方の父親は、お宅へは申訳がないと云つて両眼に涙をためてゐる。……結果は覚悟してゐるが、考へてゐると頭が痛んで来てならぬ。往来の人が変な目付で店の方を覗いて通るので、帳場へ坐つてゐると、曝し物になつてゐるやうだ」

二人は良三の手紙の文句を種にして布衍して、青木家の昨今の鬱陶しい状態を互ひの心に描いてゐた。まつ子は慰めの手紙をながながと書いて良三へ贈つた。

「あまり立入過ぎたことは書かない方がいゝぜ。かういふ問題で迂濶に差出たことを云ふと、後で怨まれることがないとも限らないから……男女関係になると、兄弟にだつて遠慮のない意見なぞしない方がいゝよ」と、高山は注意した。他に心を許して交つてゐる人のないまつ子は、良三とだけは何時までも、親しみを続けて、何か事があつた時には力になつて貰つた方がいゝ、と、高山は彼女のために思つてゐたのであつた。

「私が行つてお嫁さんに会つて、よく事情を訊いたらどうでせう。女同士だから、こちらの出様によつちや、案外打解けた話をするかも知れませんよ」

まつ子は手紙の遣取りだけでは、痒いところへ手の届かぬやうな牴牾しさを感じてゐた。そこへ、季節の変り目で、衣類を取りに行く必要もあつたので、急に思ひ立つてK市へ出掛けることにした。

高山は電車の停車場まで一緒に行つた。まつ子に別れた後で、赤阪見附から三宅坂あたりまで散歩して、満開の桜を見て、宿の方へ帰りかけたが、ふと、見附の側で、橋田といふ知人に会つた。橋田は高山の故郷の隣村の生れで、時々来訪してゐたので、高山の住宅についても気をつけてゐたのであつた。

「今お訪ねしたのですよ。お家はまだ極らないのですか。……滝の川に売地があるんですが、一度見にお出でになりませんか。××建築会社の所有《もの》で、建築も便利な方法で引受けることになつてゐるのです」と云つて、橋田はポケツトから図面を出して説明した。

高山は気乗りがしなかつたが、暇な折だつたから、遊びのつもりで見に行くことにして、橋田が案内に立つた。途中で故郷の話が互ひの口から出た。

「さういへば、此間故郷《くに》へ帰つた時に、私を乗せた車夫があなたの噂をしてゐました。あのくらゐな人物になつても、東京で生活《くらし》を立てるのは六ケ敷いと見えて、毎月お家《うち》から仕送りをしてゐるんだと云つてゐましたよ。まさか、さうぢやあるまいと私は云つときましたが、本当ですか」と、橋田は訊ねた。

「それは無根の事でもないよ。仕送りで生きてるつていふ訳ではないがね」と、高山は立入つた話は避けて、「昔僕の名前が出掛つた時分には、僕が月々二百円づゝ故郷《くに》へ送つてゐるといふ噂があつたさうだよ。……この頃は僕の信用は故郷《くに》の方ぢや形無しだらう」

「私も今度は、死んだ親爺の跡始末をして、持物は一切競売にして来ましたが、これで私にはもう故郷といふ者がなくなつたやうなものです」

「せいせいしていゝだらう。気楽に喰へる道さへありや、君のやうな一人ぽつちの寺住ひがいゝのかも知れないね」

「しかし三度々々弁当飯を喰つて生きてるのはあきあきしますよ」と云つて、橋田はふと思出したやうに、「財産が殖ゑれば殖ゑるで、それだけでは満足出来ないと見えて、星野の銀助さんが東京へ学問しに来てるさうです」

「へえ、今から学問しようと云ふのかね」高山は奇異な感じに打たれた。星野は小学時代の彼れの同級生で、首席を占めた時が多かつた。さして学才があつたのでも学問が好きなのでもなく、一番になりたいために全力を尽くしてゐたので、一度その地位から落ちた時には、興奮して、首席の男を目の敵にしてゐた。小学卒業後間もなく結婚して、利殖の途に進んで、浮沈の多かつた数十年を過して、最近では早くから買占めてゐた朝鮮の土地の価格が暴騰したゝめに、百万長者になつたと噂されてゐる。

「神田の法律学校へ入つてゐるんださうですが、住所は秘密にして、知人には誰れにも会はないんださうです」

「金が出来たから、代議士にでもなりたくなつたんぢやないかね。今の政党は頻りに地方の金持を誘惑してゐるらしいから」

「さあ。……しかし銀助さんは甘《あま》い口にうつかり乗りさうな人ぢやありませんからね。……朝鮮なぞで土地を持つてると、いろんな面倒な法律問題が起つて来るらしいから、弁護士まかせにしとくのが不安心なので、自分で法律を心得て置かうと思つたのぢやないでせうか」

「成程、星野の性分から見て、あるひはさうかも知れないね。財産家になると、気骨が折れるものだね」

二人は駒込橋で降りて、程近いところにある売地を見た。二三軒新築が落成しかけてゐた。地所の売買などにはまるで経験のない高山は、ところどころに杭を打つて区切つてある地面を見てゐると、こんな土地に莫大な価格があるといふのが不思議でならなかつた。そして、其処に居合せてゐた肥満した会社員が、鼻声でこの地所の価値の説明をするのを、空々しい受答へをして聞流してゐた。

「偶然の力で人間は左右されるんだね。僕の故郷《くに》の家《うち》は、菜園や貸小屋や物干場なんかを合せると、持つてる地所が随分広い。辺鄙な土地だから、地代なんか無代価同様らしいが、あれくらいな地面を都会の近くに持つてゐたら、莫大なものだね。僕の親爺に手腕がなくつて、ここの土地の地主が理財の手腕の傑れてゐた訳ぢやない。偶然なんだよ」と云つて、彼れは莫大な価値を持つてゐるといふ空地の彼方此方を踏んで見た。

（十）

高山は橋田に別れて、独りで上野へ出た。埃の立たない静かな日だつたので、公園の花を見て、それから馴染の深い江戸川の花を久振りで見に行つた。電車が敷設されてからは其処は蕪雑な騒々しい所となつてゐた。

次手だつたから、中坂の尾越の家へ寄つて見たが、尾越は不在であつた。下女に向つて、奥様はゐるのかと訊ねると、

「ゐらつしやいません。旦那様お一人です」と下女は答へた。

「旦那様は毎日お勤めにでも行つてゐるのですか」

「いかゞですか。毎日外へお出掛けにはなりますけれど」

高山は自分の今の住所を書置いた。尾越の妻君が今まで帰つて来てゐないことが、彼れには不思議であつた。女の方で、尾越のやうな資産家の子息と軽々しく縁を切る筈はないだらうし、男の方でも、あのくらゐな容色のいゝ女とたやすく離別しよう筈はないと思はれてゐた。

彼れは銀座へ出て食事をして宿へ帰つたが、朝から働き通しに働いてゐたゝめ、足が邪魔になるほどに疲れてゐた。身体が羸弱であるとはいへ、まだ五官が人並の役目をしてゐて、手足も自由に動いて、自分の始末は自分でして出来ないことがないのだからいゝやうなものゝ、もう幾年かしたら人手を煩はさなければ生きてゐられなくなるであらうが、われも人の如く、耄碌するまでも余生を貪つてゐる外はないのかと思ふと、心底に捕捉しがたい不安が感ぜられた。

彼れは自分で寝床を延べて、疲れてゐる足を伸した。が、まだ本当の眠りに落ちないでゐるところへ、電話が掛つて来たので、寝衣のまゝで出て行つた。掛けたのは尾越で、近日下宿へ移転する筈だから、お望みなら家を譲つてもいゝと云ふのであつた。

高山は即答しかねた。一両日中に御返事すると答へて置いて、

「相変らずおひとりなのですか」と訊くと、

「えゝ、さうです。ちよつと面倒なこともありましたが、当分一人でゐることにしました。元の下宿暮しが私にはいゝやうですよ。四五日前から鍛治橋の側の××会社へ出勤してゐるんです」と、尾越は快活な音声で答へた。

その音声は、断じて胸に悩みをもつてゐる人の声ではなかつた。歳が若くつて気象も大人しさうなのに、あの奇麗な妻君に未練を残さないで離れることが出来たのかと、高山はいゝ気持がした。人といふ人の殆んどすべてが（高山自身もあるひはその一人として）何事につけても執念臭いのを常としてゐる世の中に愛人との離別をさへ雑作なくやつてゐる人が仮りにも存在してゐると思ふのはいゝ気持であつた。

　一日花見をしたゞけで、翌朝からは、当分部屋に閉籠つて、机に向ふことにした。世人を喜ばせるやうな材料をも手腕をも持つてゐない彼れも、十数年筆の上の修練を積んで来てゐるために、書きかければ何とか線褄を合せて相当な物が書けないことはなかつたが、心と筆とピツタリ合つたものゝ書けたことは、これまでに殆んど一度もなかつたと云つていゝ。そして、自分の技術の不足も感ぜられたが、それよりも、文字によつて自分の心が存分に現はされるものであらうかと疑はれることが多かつた。

「あなたがもつと〳〵真実《ほんとう》のことをお書きになると、お作が面白く拝見出来るんですがね」と、批評家でない老夫人にある時云はれると、

「真実《ほんとう》の事を大切にするのなら、書かないのが一番いゝのかも知れません」と、彼れは答へた。

　虚偽か真実か、彼れは三四日の間、机の前に坐つて筆にのみ親しんで暮した。そして、住宅の事は忘れたやうに、尾越に対する返事さへ出さないでゐたが、すると、頭脳の倦怠した日暮頃に、ふと尾越の来訪に接した。部屋へ入つて来ると、尾越はあたりの穢《むさく》るしくつて陰気なのに驚いたやうであつた。高山は仕立卸しらしい新しい背広を着けた珍らし尾越の洋服姿に、意味ありげな目を注ぎながら、

「この頃は家内がゐませんから、まだ御返事をしなかつたのです」と言訳した、

「かういふ所でよく御勉強が出来ますね」と云つて、尾越は珍らしい物を見付けたやうに、机の上の書き物に目を注いだ。

「僕の仕事は何処にゐたつて墓取らないのですが、あなたの方はどうです？」

「二三日前から受持が極つて、正式に出勤してゐるんですが、生活が規則的になつて身体のためにもいゝやうです」

「さうでせうね。僕なぞもある時間から時間までの間を、いやでも働かなければならんやうにした方が却つて自分のためにいゝのぢやないかと思ふこともありますよ」と云つて高山は会社の有様をも訊ねて、「それで、あの石本とかいふ人の事はどうなりました？　いけない魂胆があつたのですか」

「大した企らみはなかつたのでせう。あの金はちやんとワイフの手に渡つてるんですから」と云つて、尾越はあの話の続きを話すのが義務であるやうに話しだしたが、言葉に熱心は添はなかつた。

「あれから石本に会ひましたが、あの女は笑ひ事で済まして、

ワイフを私の家へ収めて元の通りしようと極めてかゝつてるんです。亭主の留守に勝手に遊び歩くくらゐは、私だちのこれまでの生活から云へば何でもないことなので、書置きまでして出たのも、一時の気紛れに過ぎないと云へば云はれるので、私も世間の習慣を楯に取つて、いきり立つて争ふ気はなくなつてゐたのですが、この先何時までも彼奴と一しよにゐるのぢや、私の精神が死んでしまひさうに思はれましたから、今が天の与へた時機だと思つて頑張つて見たのですよ。無論私がいくら頑張つて見たつても、ワイフがヅカ〴〵帰つて来ようなら、私が負けてへこ垂れてしまふでせうが、彼奴意地つ張りな上に、私を離れたつて廃《すた》れ者になる女ぢやないですから、石本の手を経て私に拘《こだは》つて来るばかりで、直接に私に打突《ぶつつ》かつて来ないから、私も助かつてゐるんです。ワイフには親戚が二三人東京にあるんですが、そんな所へは寄りつかないで、石本の家に同居してるやうです。……特別に憎み合ふ事情があつた訳ぢやないから、会社の帰り途なんかには、ふつと会つて見ようかつて気になることがありますが、見てゐて下さい。私がワイフに会つて愚図々々で一しよになるやうだつたら、私といふ人間はそれでもうおしまひなのですから」

「だけど、一度妻君を持つたことのある男が、独身で下宿住ひなんかしてゐられるものでせうか」

「私は女が嫌ひになつて、一生女を絶たうと思つてるんぢやありませんよ。……それに、私のことだから、外の女にでも関係すると、ぢきにまた捲込まれるかも知れないんですがね」

臆面のない尾越の言葉に、高山は不快な反感を起した。妻君の素性の卑しくないことや怜悧なことや、遊び事にかけても敏捷なことなどを、尾越は平然と話してゐたが、やがて、「御飯前へなら、晩餐を突合つて下さいませんか。この頃は晩餐は大抵友人と一しよに食べることにしてゐるんです」と云つて、高山を誘ひ出した。

尾越は有名な飲食店の所在を可成りよく知つてゐた。そして、一二度来たことがあるといつて、お座敷天ぷらの出来る山王下のある家へ入つて行つた。料理の支度の出来る間に電話で、ある友人を呼び出して、明晩の会食の約束をした。

（十一）

まつ子が、宿屋では思ふやうに出来ない汚れ物の洗濯をしたり、差迫つて入用な衣服を取出したりして、K市から帰つて来た時には、高山の取掛つてゐた机上の小さな仕事が終りに近づいてゐた。

「もう一日か二日でこれが片付くんだから、それまでは面倒な話は聞かないことにしよう」と云つて、彼れは筆の運びの妨げられるのを恐れた。神経の少しの動揺でも直ぐに筆の上に影響して、書きかけた物を引裂いたり反古にしたりすることが、たび〴〵あつたが、彼れのさういふ癖がまつ子には可笑しかつた。そして、時々は、裂かれた物を貼合せたり棄てられた物を拾集めたりして机の上に載せとくこともあつた。そんな廃物も何時か高山の手で利用された。

「私も汽車で疲れて、話をするのも大儀だわ」と云つて、まつ子は横になつて休息したが、こんないゝ季節に、埃《ほこり》つぽい宿で徒らに日を過してゐるのが、腹立たしいほど詰らなく思はれた。

「あなたが早く方針を極めなければ、私の方針も極りませんよ」まつ子は焦燥の感じに堪へられなくつて口走つた。今度見て来た実家の内情よりも、自分だちの境涯が一層痛切に胸に迫つて来たのであつた。

「まあ、も少し待つてろ」

　高山は、今の仕事が終りさへしたら、自分だちの身の処分について、いゝ考へが浮んで来さうに思はれてゐた。（自分が工夫して書いてゐる拵へ事から、却つて反射的に刺戟を受けて、鈍つてゐる心が磨かれて、自分の実生活についてもいゝ分別が出て来さうに思はれてゐた）

　いよ〳〵筆を擱いて一息吐く間もなく、意外にも青木家の老主人が訪ねて来た。顔や態度には心の屈托が少しも現はれてゐなかつたので、高山もさしていた〳〵しい思ひをしないで、その後の経過を訊ねることが出来た。

「とに角親類廻りだけはさせて、祝つて呉れた家へも返礼をすましましたから一安心です。身体《からだ》が悪いと云ふのだから、先方の気儘にさせて、当分養生をさせることにして置きました」と、老主人は答へた。

「しかし、急に身体《からだ》が悪くなつたていふのも変ですね」

「私の方でも、はじめのうちは先方の仕打がいかにも誠意がないと思つてゐましたが、先方の両親の腹が多少分つて見ると、強いことは云へなくなりますよ」

　機嫌よく実家へ行つた花嫁が、帰つて来るべき時に帰つて来ないので青木家の人々は寝耳に水のやうに驚いた。口ではあゝ云つてゐたもゝの、家の中が穢《むさく》るしくて旧式なのが、若い女の気に入らなかつたのであらうと、老主人はかねて気遣つてゐたことを思寄せて独り極めにした。仲人が先方の意を通じて来るのも空々しかつたし、訳を糺しに良三を先方へやつても、当人には会はれなかつた。花嫁持参の華美な調度を絶えず見せつけられながら、親子で善後の方法を講じてゐるのは苦しかつたが、何かにつけて出入する親戚や知人に返答のしようのないのが尚更苦しかつた。老主人はかつて経験しなかつた世間の狭い思ひに悩まされなければならなかつた。

「いつそ、道具を一切送返した方が奇麗サツパリになつていゝかも知れないのだが」と、老主人は歎息してその気になつたが、此処まで運んで来た結婚の道筋や、そのために消費した労力や金の事を考へると、纏められるものなら平穏に収めたかつた。

「どうせいけないのなら、早く見切をつけた方がいゝぢやありませんか。長引かすだけ此方が馬鹿を見るんですからね」と、親戚の一人で冷静な差出口を利くものもあつた。

鬱陶しい日が何日か続いた後、先方の父親が訪ねて来た時には、老主人もわれ知らず、昂奮した。

「あなたの仰有ることには誠意がない。仲人からいろ〳〵承つてはゐますが、どれがあなたの本心やら分らないのだから困るぢやありませんか。お預りしてる物を何時お引取りになつてもい丶やうに、私の方では覚悟はして居ります」

「誠意がないとお腹立ちになつても、私の方では一言も御座いません。自分の注意が行届かなかつたことをお詫びする外はないのですが」と云つて、田村の老人は目を伏せたが、一二滴の雫が膝の上に落ちた。「しかし、青木さん、私は一人の娘を戯談に結婚させたのぢやないですから、私の心もお察しを願ひたい。長い目で見てゐて下さればお分りになることですが、此方との御縁に不平のあらう筈がないぢやありませんか」

「それでどうなさるおつもりなんです」老主人は相手の涙を見ると、強いことは云はれなかつた。

「何しろ身体が弱いのですから、閑静な所へやつてみつしり養生させたいと思つてゐますのです。子供の持つてゐる寿命を見す〳〵縮めさせるのは、私も親として忍ばれませんので、申上げにくいことも申上げる次第なのです。世間体の悪いことも万々承知しては居りますが、子供の寿命には替へられません」

田村の老人は、一二年前からの娘の健康状態について話して、そのために此方との縁談を喜びながらも延ばし〳〵して来たことを打明けた。

さう云はれて見ると、老主人は誰れを相手に争ふことも憤ることも出来なかつた。せめて重なる家へだけでも花嫁に顔出しゝて貰つて、あとは向うまかせにする外に、執るべき手段はなかつた。

老主人の話振が概括的なので、高山はこまかい陰影を知ることは出来なかつた。かういふ場合の処置について意見を訊かれても、確信のある返答をすることが出来なかつた。

老主人が用足しに出てゐる間に、まつ子は高山に向つて、

「私が行つてる時に、たね子さんは一度お父さんに連れられて話しに来ましたよ。その時良三に、お腹の中をよく打明けて話したのでせう。……そのまゝ落着くのかと思つたら、お父さんが急立てゝ連れて帰つたんですがね。金紗に桜の花を散らした衣服を着て帯を高々と結んだ花嫁さんが、店員が差掛けた薄緑の派手な模様のついた雨傘を持つて店先を出て行つた時には、誰れの目にも奇麗な花嫁さんに見えましたよ。良三には尚更さう思はれたのにちがひありませんよ……だからこれからはお父さんの一存では行けなくなるでせう。良三も此間までの良三とは違ひますからね」

まつ子は田村の老人のやうな父親を有つた花嫁の心強さに思及んで、「世間体よりも娘の生命《いのち》を大事にするんですもの」と、ある感じを籠めて云つた。

その夜、高山は老主人を誘つて、有楽座の名人会へ出掛けた。寺子屋を語つた呂昇の声はまだ昔ながらの艶を有つてゐた。演藝には多少の興味をもつてゐる老人は、久振りで聴く名手の音

曲に感歎しながらも、此間うちの心労が出て来たやうに、屢々目を閉ぢては仮睡の寝息を洩らした。一仕事終つた後で心の弛んでゐる高山も、呂昇の声に誘はれて、をり〳〵首を垂れては昏睡の夢心地になりかけた。浄瑠璃の中の喜怒哀楽の声々が、遠い浮世の騒ぎのやうに幽かに彼れの耳に響いた。そして、"Anywhere, anywhere, out of the world"といつた誰れかの声が、彼れの力のない心の底で聞かれた。

いろはおくりの半ば頃にふと目を見開いた二人は、座を立つて帰りを急いだが、その夜は、古人が美くしと見た朧月が春の都会の空を照らしてゐた。

宿へ帰へつて、狭い部屋に三人が枕を並べて寝床に就く前に、「私の家も当分二階がみんな空いて居りますから、御都合で何時でもいらつしやい」と、老主人は云つた。

（「中央公論」大正10年9月号）

坂崎出羽守（四幕）

（無断興行厳禁）

山本有三

主要人物

徳川家康

その孫娘、千姫　徳川秀忠の長女、豊臣秀頼の室、後に本多忠刻に嫁す、十九歳

本多佐渡守正信

本多上野介正純

金地院崇伝

本多平八郎忠刻　勢州桑名の城主本多忠政の嫡子、二十二、三歳

坂崎出羽守成正　石州津和野の城主、三十一、二歳

家老三宅惣兵衛

家臣松川源六郎

坂崎の近侍数名

南部左門

刑部卿の局

千姫づき茶道二人
本陣の幕僚数名
　その他大勢

時代

元和元年五月より翌年九月まで

第一幕

第一場

茶臼山に於ける家康の本陣

三方に竹矢来が結つてあつて、それに葵の紋の幔幕が張り渡されてある。上手に家康の座所があるが、幔幕が二重に張つてあるので見物席からは見えない。その近くに旗やさし物、馬印などが立つてゐる。

舞台中央竹矢来のほとりに小高い樹木がある。樹上には物見の兵が登つてゐる。その下のところに鎧櫃を台にして二三の幕僚が地図をひろげて何事をか画策してゐる。

下手に入口。入口の近くには銃口を掃除してゐるものや、馬に水をやつてゐるものなどがある。幔幕の向ふも陣屋内のこゝろで多くの軍兵や軍馬がゐる。あはたゞしい陣屋内の気分が凡てに漲つてゐる。砲声やどよめきの声が絶間なく聞える。

遠くに大阪城の天守が見える。

元和元年五月七日の午後四時頃。

入口のところに立つて、一人の武者が高らかに法螺を鳴らしてゐる。それと共に幕が上る。

と、本営の執政、本多上野介正純が二人の使番の騎士に伝令の書状を渡してゐる。一人の騎士は既に馬に跨つてをり、もう一人の者もまた馬に乗らうとしてゐる。

正純　では、貴殿は直ぐに岡山のご陣所へ。（と一人の騎士にいふ）

騎士一　承知仕る。ご免。

（直ぐに馬で駈け去る）

正純　（もう一人の騎士に）貴殿は井伊殿に見参の上、この「書附け」を直々に、お手渡し下さい。

騎士二　承知いたした。ご免。

と、これも続いて駈せ去る。これと殆ど引違ひに表から軍兵が這入つて来る。そして正純に

軍兵　只今池田武蔵守様からお使者でございます。

正純　なに、武蔵殿からお使者！　急いでお通し申せ。

軍兵畏つて退出する。つゞいて池田の使者が導かれて這入つて来る。

正純　お使ひご苦労でござる。して武蔵守殿のご口上は。

使者　手前がたの人数河を渡り天神橋のほとりまで押出したい結構にございますが、お指図を仰ぎまゐれと主人からの申附けでございます。

正純　（地図を案じて）成程。至極のご分別。併し一応大御所様に申上げますからしばらくお控へ下さい。

正純が幕僚の一人に私語すると、幕僚は上手の天幕の中に這入つて入つたが、また直ぐに出て来て正純に答へる。

正純　大御所様からも、お許しが出ました。早速そのお手配を

おとり下さい。
使者　承知いたしました。
使者急いで去る。
と、遠くで烈しき砲声と共に鬨の声が聞える。
正純　（きつとなつて物見の兵に向ひ）物見の者、先手の模様は？
物見の兵　砲煙と人馬の砂煙にさまたげられて、しかとは判じかねますが、味方が勝色でございます。
正純　ではこちらの旗が進み出したか。
物見の兵　はい。越前家のご陣と覚えます。白吹貫に二つ引き輛の馬印がずい〳〵と敵方の方に押進んでをります。
正純　（地図を案じながら）して、越前家の進軍の方向は。
物見の兵　仙波口から黒門の方へ雪崩をうつて攻寄せてをります。
正純　なに、仙波口から黒門へ。（地図から眼を離し）真先がけてをるのは越前家のご陣だけか。
物見の兵　いえ〳〵、南の方に当つて、二蓋傘の上に鳥毛をつけ、中に金の切裂つけたる馬印の突進する様が、夕日を浴びてきら〳〵とわけても目立つて見えてをります。
正純　うむ、それこそは水野日向守が馬印。さすがは日向殿ぢや。して岡山口の様子はどうだ。
物見の兵　井伊殿のご陣と覚しく、赤備の一隊が稲荷台の前面にて敵と烈しくわたり合つてをります。
正純　まだ勝負は決しないか。
物見の兵　はい。勝負の程は………いや〳〵前田築前守殿の手の者が横合ひから突きかゝりました。敵は狼狽の様子にて。旗さし物が右往左往に混乱いたします。あれ〳〵城方は見るまに城門をさして退き始めました。
正純　では味方は直ぐ追撃ちに移つたらうな。
物見の兵　岡山口も天王寺口も味方は一勢に攻めかゝりました。中にも先手の一隊はもう三の丸の柵内に乱入した模様に見受けられます。
正純　めでたい〳〵。なほ油断なく見張つてをれ。
軍兵がはいつて来て正純に。
軍兵　佐渡守様がお越しになりました。
正純　なに。父上が。
本多佐渡守正信が這入つて来る。
正純　父上、味方勝利でございますぞ。
正信　うん、この旗色ならば城の落ちるのも間もあるまい。大御所もさぞご満足に思召さう。時に内々で御意得たい儀があつて急いで参つた。
正純　何かご密談でも。
正信うなづく。正純、正信を案内して上手の幔幕の中にはいる。
また軍兵がはいつて来る。そして幕僚に取次ぐ。
軍兵　申上げます。只今坂崎出羽守様がお出でゞございます。
幕僚一　出羽殿のお使者か。
軍兵　いえ〳〵、ご自身にお越しでございます。

幕僚一　これへご案内申せ。
軍兵　はつ。（と畏つて去る）
坂崎出羽守成正がはいつて来る。三十一二歳の魁偉の丈夫である。
幕僚一　出羽殿にはようこそ。
幕僚二　直々のご出馬は何か火急のご用事でも。
成正　折入つてお願ひ申したい節あつて推参いたした。大御所様にお取次が願ひたい。
幕僚二　畏つてござる。併したゞ今佐渡殿とご密談中ですから暫くお控へ下さい。
成正　承知いたした。
軍卒成正に牀机をすゝめる。
幕僚一　陣中とて疎略の段はお宥し下さい。
成正　それはお互のことでござる。
軍卒が急いではいつて来る。
軍卒　前田築前守殿からご急使でございます。
幕僚三　急いでこれへ。
軍卒畏つて退く。まもなく前田の使者入り来る。
前田の使者　詳しくは「書附」を以て申上げますが、当家の人数黒門口より攻め入り三の丸を乗取りましたから取あへずお知せをいたします。
幕僚三　いや、それはお手柄。早速大御所様に申上げるでござらう。お使ひご苦労でござつた。
前田の使者　ではご免を蒙ります。（去る）
幕僚三上手の幔幕の中に這入つて行く。
成正　（独ごとのやうに）もう三の丸が落ちたのか。
軍卒がまた這入つて来る。
軍卒　藤堂和泉守様からお使者でございます。
幕僚　なに、和泉守殿から。直様これへ。
軍卒畏つて退く。引違ひに松平の使者がはいつて来る。
藤堂の使者　追つけ和泉守罷り出でますが、取あへず「書附」を以てご披露いたします。何卒ご上覧にお供へ下さいますやう。（と書附を差出す）
幕僚一　畏つてござる。（と書附を受取つて奥へはいる）
幕僚四　貴殿はお疲れでござらう。馬を休ませておいでなさい。
藤堂の使者　有難うございます。（次へ去る）
と、突然樹上の物見の兵が叫ぶ。
物見の兵　やあ、二の丸もまた落ちました。
成正　（きつとなつて）なに、二の丸も。
物見の兵　攻入つたのは何れの手か、旗さし物ははつきり見えませんが、二の丸のあたりから黒煙がもう〳〵と立上つてをります。
幕僚二　先手は息もつがせず、ひた押しに押してゐると見える。
（幕僚四の手をとらへ）吉田氏愉快でござるな。
幕僚四　かうやす〳〵勝つとは思ひませんでしたな。（二人手をとつて喜ぶ）
その間に幕僚の一と三が座に戻る。と、越前家の騎士が幔幕の側近く馬を乗りつけて来る。

松平の使者　松平三河守の陣所から罷り越しました。

幕僚二　お使番大儀でござる。

松平の使者は馬から下りると、鞍に結びつけて来た二つの首桶を取って幕僚に渡す。

松平の使者　この首級を大御所様の見参にお供へ下さい。

幕僚四　早馬を以てのご披露は大将軍の首級と見えますな。

松平の使者　ご推察の通りでござる。手前の陣中では朝からの手合せに三千六百余級打取りましたが、この二つは別けても名あるもの故取あへずお目にかける次第でござる。こちらは御宿越前守政友。こちらは真田左衛門尉幸村の首級でござる。

成正　なに、真田を討取つたと申しますか。

松平の使者　如何にも。手前方の西尾仁左衛門が討取りました。

幕僚二　大御所様からお訊ねがあるかもしれません。ご同道下さい。

幕僚二は首桶を抱へて使者と共に奥にはいる。

幕僚三　昨日は木村長門、薄田隼人、後藤又兵衛が討死いたし、今日はまた名に負ふ真田、御宿が討たれては城方は最早人なしでございますな。

幕僚一　殊に三の丸、二の丸も陥つた上からは落城は目前でござる。(成正に)出羽守殿、ご同慶の儀でござるな。

成正　某は少しも嬉しくござらぬ。

幕僚三　これは出羽殿のお言葉とも覚えませせぬ、味方の勝利が貴殿には喜ばしくないと申されるのか。

成正　されば、今日は某後控へに置かれましたから、明日こそは是非とも先陣を承り、一働きをと念じをりましたに、越前家を始めとして、先手の面々にさう功名をせしめられては某の働くところがなくなつてしまひました。それが残念でたまりませぬ。

幕僚四　そこもとはいつもながら負けずぎらひでござるな。

成正　あゝ、腕が呻る。腿の肉がびり〳〵する。

幕僚三　出羽殿、さうあせることはありますまい。いくさはこれが終りといふではなし、また功名を立てるよい時節もありませう。

成正　今功名をしないで、いつまた手柄を立てる時があらう。あゝ、胸がむかつく。某はこれでお暇いたします。

幕僚三　大御所様にお目通りは？

成正　真田が死に、二の丸、三の丸が落ちたとあつては、もう先陣の願も無用になつた。こゝにゐて他人の手柄顔や、功名話を聞くのは、某にとつてはこの上もない辛いことでござる。拙者はこのまゝ立帰りますから、大御所様へはよろしくお伝へ下さい。

成正は元気なく、不平さうに帰つて行く。砲声が殷々として聞える。突然物見の兵が樹から滑り下りる。

物見の兵　本丸に火がかゝりました。

幕僚一　なに、本丸に。

遠く大阪城の櫓から火が盛に燃え出す。

幕僚四　では、直ぐにご前へ。

幕僚三　いや、大御所様がこちらへお成りでございます。

家康は本多佐渡父子、金地院崇伝その他を従へて出て来る。

正純　（心地よさゝうに）あゝ、燃える、燃える。

正信　不落とうたはれた名城も、今日限りにて落城ときはまりました。一同お喜びを申し上げます。

なみゐるものみな家康に辞儀をする。
家康はしばらく無言のまゝ燃え上る城をぢつと見てゐたが、ふと落涙する。

正純　大御所様にはご落涙を！

家康　万感胸に迫つて思はず涙を落した。

正信　お味方勝利の折柄にご落涙は心得かねます。

家康　ゆるせ。余が悪かつた。併し余も年をとつたの。あの城をぢつと見てゐると、秀頼につかはした孫女のことが気にかゝり出したのだ。嫁いだ先とは申しながら、千姫もあの火の中で果てるのかと思ふたら不憫になつたのだ。

崇伝　（今更のやうに）おゝ、さう申せば千姫君がご城内においでぢや。城の落ちぬ先に姫君様だけお迎へ申さなくつては！

正信　いや、そのご心痛はご無用にございます。

家康　なに気遣ひないと申すか。

正信　某の手の者を予て城内に入れておきましたから、追つけ城を抜け出で、姫君をこちらにお伴ひ申すでございませう。

崇伝　いつもながら佐渡殿は何事にもぬかりがございませんな。

軍兵が這入つて来る

軍兵　佐渡守様に申上げます。南部左門と申すもの、お目通りを願ひをります。

正信　おゝ、それこそ城内に入れておいた忍びの者。直にこれへ。

軍兵　はつ。（と畏つて去る）

南部左門が這入つて来る。

正信　左門、首尾ようしいつたか。

左門　殿、残念にございます。

正信　なに、では御簾中をお伴ひ申さないのか。うつけ者め。

左門　申訳けがございませぬ。実はお言附けの通り刑部卿の局と力を合はせてお落し申さうと謀りましたが、関東方の人質を逃してはならぬと淀殿が少しもお側を離れませんので、何とも手の下しようがございませんでした。

家康　その模様では落城のまぎはには、余を怨む余り必ず姫をさいなむであらう。

正純　そのやうなことがあつては一大事ぢや。

崇伝　直に姫君をお救ひに行く方はありませぬか。今の内ならばまだ間に合はぬことはございますまい。

家康　姫を伴ひ参つた者には重い恩賞をとらせるぞ。

正信　左門、その方いま一度城中にとつてかへせ。

左門　は、は丶。（といふが臀込みの様子）

と。大いなる爆声つゞけざまに聞える。ついで天守に火の手が上る。

幕僚一　あ丶、天守に火の手が！

崇伝　こりや寸刻も猶予がなりませぬ。あ丶、誰か城中に飛入る勇士はありませぬか。

正純　全軍に触れを出しませうか。

左門　併し何を申すもあの猛火では。

その時幔幕の蔭から突然坂崎成正が走り出る。

成正　その使は何卒某に仰せつけ下さい。

幕僚三　あ、出羽守殿か。まだそこにおいでゞござつたのか。

成正　いや、落城のお喜びを言上する為め、途中からとつて返しました。

正純　して、只今の話はお聞きでござるか。

成正　あらましお次で伺ひました。

正信　では、貴殿はあの猛火を犯して城内からご簾中をお救ひ出し申しますか。

成正　某、生命のある限りは屹度お伴ひ申します。

家康　うむ、その方に申しつける、早く行け。恩賞は望みにまかせる。

成正　はつ。（とお受けして直ぐに立上る）

家康　いや、待て。

成正　はつ。

家康　その方はまだ独身であつたの。

成正　はい。

家康　美事その方が助け出したら、姫はその方の妻にとらせるぞ。

成正　有難う存じます。ご免。

と、飛鳥のやうに駈け出して行く。一同あとを見送る。城の火の手はいよ〳〵盛になる。

道具廻る

第二場

本丸の一郭

門の矢倉に火がついて火の子が雨のやうに飛んでゐる。城内から三人五人思ひ〳〵の服装をして落ちて行くものがある。

時間は前の場から一二時間あとで、弦月が淡く空にか丶つてゐる。坂崎成正は三宅惣兵衛、松川源六郎等を従へて城兵と戦ひながら出て来る。そして一二人を斬ると共に城兵とのあしらひは部下に預けて自分独り門内にはいる。

部下の者は城兵としばらくの間戦ふ。お互に死傷がある。中にも松川源六郎は右眼のあたりをした丶か負傷する。

惣兵衛　（戦ひ乍ら源六郎に）やられたな。

源六郎　いや、これしき。某よりも殿のお身の上が。

惣兵衛　（不安さうに）お丶殿が見えない。

とゞ惣兵衛等は城兵を斬り倒し、或は追ひ払つて、彼等もまた門内に這入らうとする時、成正は顔面に火傷を負ひ乍ら千姫を肩にかついで出て来る。つゞいて刑部卿の局その他の腰元たちが後からついて来る。

物兵衛　(成正に) お丶、殿には首尾よく。
成正　うム。(と答へながら横合から成正に斬り込んで来た城兵を一刀の下に斬り捨てる)。
源六郎　ご前様にもお怪我をなさいましたな。
成正　いや、手傷を受けた覚えはない。
源六郎　併しご面体が!
成正　(片手で顔に触れながら) うム、火の中に飛込んだので少しばかり火傷をしたと見える。(語をかへて) 直につゞけ。
と、成正は足早に歩み出す。一同出掛けて行くと向ふから本多平八郎忠刻が (馬に乗つて) 多数の軍兵を従へて出て来る。
忠刻　(成正を見ると) それ、怪しいものが落ちるぞ。直ぐ引捕へ。
忠刻の手の者がばら〳〵と舞台へ来て成正等を取囲んでしまう。
成正　各々方は何をするのだ。卒爾の真似して後悔するな。
忠刻　いふな。上臈を背負ふからは城方の者に相違ない。もう落ちようとしても落すことではない。尋常に降参いたせ。
物兵衛　無礼なことを申されるな。貴殿にはこの肩印が目にはいらないか。
忠刻　では、合言葉は采か山か。
成正　采。
忠刻　してそこもとは。
成正　石州津和野の城主、坂崎出羽守成正。
忠刻　これなる女性は。
成正　辱くも将軍家のご息女、内府殿のご簾中にわたらせられる。大御所様の仰せによつて、某城内からお伴ひ申すところでござる。
忠刻はそれを聞くとひらりと馬から飛び下りる。
忠刻　これは慮外の疎相、乱軍のうちとは申しながら平にお宥し下さい。
成正　ご疑念がとけましたら罷り通ります。
成正は得意気に出掛けようとすると、殆ど気絶したやうになつて肩の上にゐる千姫は、聞えない程の声で側にゐる刑部卿の局に何かいふ。すると局は成正に。
刑部卿の局　まだお駕籠は見えませんか。
忠刻　無躾ながらお乗物ならこの馬を。
成正　いや、お駕籠の用意は前以ていたしてありますからそのご配慮には及びません。(千姫に) あの物蔭にお乗物が参つてをる筈でございます。どうか今しばらくご辛抱を。
成正は美しい千姫を肩にして心持よさうに歩き出す。

幕

第二幕

桑名から宮へ渡る船の中。舞台一面船の甲板。船を艫の方から稍斜に見た形で、舞台にあるのは前半身だけである。中央に大きな帆柱がある。それに風を孕んだ、真白い、大きな帆が殆ど舞台を中断するほど一杯に張られてゐる。その為めにはじめは舳や、舳のそばに立つてゐるご座の屋形はまるで見えない。両側の船べりには間をおいて葵の紋を染抜いた幔幕が張つてある。帆の前側とうしろに船底へ通ずる昇降口がある。船の外はすべて海。同じ年の秋。成正は船べりの欄に倚つてうつとりと海を見てゐる。その側に大阪陣で一眼を失つた松川源六郎が跪いてゐる。船の上には人影が見えない。たゞ千鳥の鳴く声が聞えるだけである。

成正　海の眺めはまた格別だな。

源六郎　ひろ〴〵としてよい気持でございます。

成正　向ふに霞んで見えるのはあれは何処だ。

源六郎　さやうでございます。何処に当りますかな。どうも手前不案内でございまして。

成正　（突然きつとなつて）船がひどく揺れる。源六郎、ゆれぬやうにいたせと船頭どもに申附けえ。

源六郎　畏りました。

成正　このやうに揺れては姫君にはさぞご難儀であらう。こゝろない船頭どもだ。

源六郎　よく申しきかせます。

源六郎急いで艫の方へ行く。と、舳の方から千姫づきの茶道が二人やつて来る。

茶道一　出羽守さまにはこちらにおいでゞございましたか。

成正黙つて稍横柄に二人の方を振りかへる。

茶道二　手前どもはご前さまにあやかりたいと存じましてお探し申してをりました。

成正　なに、余にあやかりたい。

茶道二　さやうでございます。火の中へ飛込んで姫君をお救ひ申すなぞといふことは、お伽の草紙にも滅多にない趣向でございます。それをご前様はやす〳〵とおやり遊したのですから手前どもは全くびつくりいたしてしまひました。それにはどのやうな秘法がございますものか、どうか手前どもに教へを願ひたいと存じまして。

成正　（少し得意になつて）はゝゝ、何の秘法もあるものか。たゞ火の中に飛込んだまでだ。

茶道一　ところがその飛込むと申すのが容易のことではございません。

成正　それならその方たちももう少し強くなつたらよいではないか。はゝゝゝ。

茶道一　これは恐れ入りました。

茶道二　併し武勇勝れた方は数多くございますが、ご前様のやうにはでやかな方はございますまい。やれ賤ケ嶽の七本槍の、どこそこの一騎打ちのと申しましても、とてもご前様の華やかさには及びません。まづ美しい姫君をお救ひ申す、つゞいて姫君を警護して駿府へお届け申す、それからやがて御台様としてお迎へ申す。いや、男としてこれ以上の果報はございますまい。ご前さまは全く日本一の色男でございますまい。

成正　（卑しい言葉を聞くとむつとして）何をつまらぬことを申すのだ。

茶道一　へ、、、ご前様のやうな果報にありつくやうに、手前はお指の先なり、お袴の裾へなりと触はらして戴きます。
茶道二　いや、手前も触はらして戴きます。
二人成正の手や袖に触はる。成正はうるささうに二人を払ひ退ける。
茶道一　ご前さま、そのやうになさらずと、どうか手前に果報をお授け下さい。
茶道二　どうかあやからせて戴きます。
二人なほもしつこく成正の衣に手を触れる。
成正　うるさい。(と、茶道を撥ねのける。茶道啞然とする。)
成正　(またも船の動揺を気にして)え、、何といふ梶のとり方だ。この揺れやうは。
さういひ捨て、、成正は荒々しく艫の方へ駈け出して行く。
茶道　(口真似して)いや、何といふお人だ。
茶道二　あれ程、あやかりたい、お授け下さいと、袖や袂に飛びついたり、抱きついたりしてちやほやしてもとんと通じないにはあきれました。
茶道一　あんな察しの悪い大名はありませんな。
茶道二　そのくせ、どなりつけるのは人一倍です。
茶道一　姫君をお救ひ申したことを鼻にかけて、いやに威張り散らしますな。
茶道二　併しあれだけのことをしてゐると、誰にしたつてついつい得意になりたがるものですよ。
茶道一　ですがあの顔ではどうももの凄うございますな。
茶道二　あんな男のところへお輿入れ遊ばすのでしては、全く姫君様がお可愛さうです。
茶道一　(舳の方を見て)お、、姫君様がおわたりだ。
千姫は刑部卿の局その他を従へて出て来る。
刑部卿の局　姫君様、かうして広い海をお眺め遊ばしますと、幾分かお気鬱が散じませう。
千姫　(無言)
刑部卿の局　姫君様、さうふさいでばかりおいで遊ばしましては、おからだに障はります。(ふと白鳥を見て)それ、ご覧遊ばしませ、白鳥が帆柱にとまりました、お、、また飛んで行つてしまひました。
と、艫の方で騒がしい声が聞える。
刑部卿の局　騒がしい。何事でございます。
茶道一　(艫の方を眺めながら)何か船頭どもがいさかひをいたしてをるやうでございます。
茶道二　(矢張向ふを見ながら)いや、出羽守さまが船頭を叱つてをるのでございます。
刑部卿の局　近ごろ出羽守さまは何ぞといふと直ぐお叱りになるやうですが、船のことなぞは船頭にお任せになつておいたらよろしさうに思はれますが。
茶道　さやうでございますな。——お、、誰か仲裁にはいつたやうでございます。(間)本多様ですな。
間。
茶道一　お、。すつかり騒ぎが治まつてしまひました。

刑部卿の局　お若いのに実に見上げた裁きやうですな。姫君様、ほんとうに悧潑なお方ではございませんか。
千姫　（向ふを見ながら）あれは本多の誰か。
刑部卿の局　平八郎忠刻殿でございます。当桑名のご城主美濃守殿のご嫡子で、四天王のご一人平八郎忠勝殿にはお孫に当る方でございます。
千姫　どうしてこゝには見えてをります。
刑部卿の局　この海を渡ります時はいつも桑名の藩主が船を仕立てることになつてをります。それで警護の為め船に供奉いたしましたのでございます。
千姫　（うなづきながら眼を艫の方へやつてぢつと忠刻を見てゐる）
刑部卿の局　平八郎殿はこのあたりのことには詳しいかと存じます。お呼び遊ばして地理をお訊ね遊ばしては如何でございませう。屹度興あること、存じます。
千姫　（心を読まれたやうな気がして少しはつとする。）
刑部卿の局　な、それがおよろしうございます。了斉どの、大儀ながら平八郎殿を。
茶道一　畏りました。（急いで艫の方に行く）
間もなく本多平八郎忠刻が茶道と共にやつて来て手をつかへる。
忠刻　お召でございますか。
刑部卿の局　妾たちは土地不案内でございますから、あなた様から姫君へこのあたりの景色をお物語り遊ばして戴きたうございます。
忠刻　何のご用かと存じましたら、おやすいことでございます。ではお話し申上げませう。まづこの桑名から宮への渡しは古くからございますもので、京からあづまへ下りますには必ずこゝを通りましたものでございます。業平朝臣の伊勢物語にも出てをります位有名な渡しでございます。この間が七里ありますところから俗に七里の渡しと申しますが、また間遠の渡しとも申します。古歌に「有明の月に間遠の渡して里に急がぬ夜の舟人」なぞと申してございますが、こゝは夜も船が通ひます。ご覧遊ばしませ、向ふに高い櫓が立つてをります。夜はあの櫓に灯がはいりますので格別景色がよろしうございますが、それがまた船人には夜の目じるしになるのでございます。
刑部卿の局　平八郎殿のお話を聞いてをりますと旅の憂さを忘れてしまひます。あなたさまのやうなお方と道中をいたしましたらさぞ面白いことでございませうな。
忠刻　どういたしまして、拙者は至つて無骨者でございますからお相手なぞはとてもかなひません。
刑部卿の局　ほんたうにこの渡しだけでなく、ずつと駿府までお供遊ばすのでしたらどんなによいかしれませんのに。
忠刻　いえ〳〵、ご警護には武勇勝れた出羽守殿がおいでのことゆゑ、拙者のやうな未熟者の出るところではございません。
刑部卿の局　併しご道中は武勇ばかりでもな。
忠刻　（言葉をそらして）たゞ今の先きをご案内申しませう。向ふに遠く霞んで見えますのが志摩の国の出鼻でございます。それからこの見当に当つて——こゝではよく見えません——どうかこちらへお廻りを願ひたう存じます。(帆の向ふ側に廻る)——この辺が二見ケ浦になつてをります。伊勢の大廟はその右のところでございます。

一同忠刻に従つて帆の向ふにはいる。舞台空虚。と、突然昇降口から松川源六郎が血相を変へて飛出して来る。つゞいて三宅惣兵衛が追ひかけて来てそれを止める。

惣兵衛　これ、控へませぬか。控へませぬかといふのに。

源六郎　いゝや、ご家老さまの仰せではございますが……(猶振切つて行かうとする)

惣兵衛　大事のご場所ですぞ、お慎しみなさい。

源六郎　いゝえ、決して殺害はいたしません。たゞ不具にいたしてやるだけでございます。さうしてわれ等の心持がどういふものか思ひ知らしてやるのでございます。

惣兵衛　そのやうなことをしたら警護の役にあるお殿様にどのやうなご迷惑がかゝらうもしれませぬ。お控へなさいと申すに。

源六郎　併しあの本多奴は自分の美貌を売物にして、婦女子の歓心を買はうとする武士の風上にもおけぬ奴です。不具になつたら少しは思ひ当るでせう。

惣兵衛　これ。(とまた止める)

源六郎　いや、そればかりではありません。殿がお指図をなさると、彼は陰に船頭をそゝのかしてお言附けに背かせ、自分がその間にはいつて虚名を得ようとする卑怯者です。一体ご前様が船頭たちといさかひをなさるなぞと申す事はいつにもないことではございませぬか。それにも係はらずあのやうなことを遊ばしたのは、突然あの本多奴があらはれたからです。そしてあののつぺりした顔とさかしらの弁口とを振撒いて歩いたからです。口重なお殿様がいら〳〵し出すのはご無理はございません。警護は殿様ご一人で沢山ですのに、あの小伜が差出たことをするからです。

惣兵衛　いや、それは廻はり気といふもの、こゝの渡しはいつも本多家で船を仕立てる慣例になつてをるのですから、決て殿のお役目を邪魔するものではありませぬ。あちらで何もかもやつてくれることゆゑ、海に慣れないわれ〳〵には却て為合せと申すものです。

源六郎　では、ご家老様に伺ひますが、あなた様は一体お殿様のご家来ですか。お殿様よりも他の者が幅をきかしてゐてもご恥辱とは思召しませんか。

惣兵衛　拙者はたゞ事なかれかしと願ふばかりです。駿府へ姫君をお送り申すには、まだ半分の道のりしか来てをりません。途中で事があつては、姫君に対しても、また殿にとつても一大事でございます。たゞ何事もないのが何よりではありませぬか。

源六郎　そのやうなお考だから本多にしてやられるのでござい

ます。あの小伜は女の心を捕へるのが上手です。そのやうにしてゐると彼は供奉の役を奪ふばかりか、つひには姫君をも奪ひかねません。

惣兵衛　いや、そのやうな気遣ひはありません。大御所様がお殿様にお約束なすつたことは天下周知のことです。本多殿がいかなる御仁であらうともそれを覆へすやうな大それたことは出来ますまい。こちらはたゞぢつとしてをればよいのです。さうすればそのまゝこちらのものではありませんか。必ずともにせいてはなりません。

源六郎　併し落着いてゐよと仰せあつても、傍にあゝいふ卑劣な男がゐては安閑としてはゐられません。

惣兵衛　源六郎殿、たかゞ七里の渡しではありませんか。たゞその間の辛抱です。本多殿とても船から先きはよもや供奉はなさいますまい。こゝは大事のところですから十分慎しまなくつてはなりません。殿はそれでなくつてさへ逸り気のお方ゆゑ、そのもとが傍からそのやうな事をなすつては、どんなことにならうも知れません。お控へなさい。お控へなさい。

と、そこへ成正がはいつて来る。

成正　源六郎、そこにをつたか。

源六郎　はい、何かご用でございましたか。

成正　船頭どもに釣竿の用意を申附けえ。

源六郎　はあ。

成正　姫君のお慰みに釣をご覧に入れようと思ふのだ。

源六郎　なるほど、それはよいご趣向でございます。先程からお殿様を差置いて、あの本多の小伜が姫君様のお相手をしてをるのを見ると、歯がゆくつてなりませんでしたが、これでやうやく胸が落着きました。

成正　はゝゝ。気にとめる程のことではないが、彼ひとりがさかしらの弁口を振つてをると、何となく余は物知らずの愚か者のやうに見えて苦しいから、ふと思ひついたまでのことだ。

源六郎　ご尤でございます。では直ぐに申附けるでございませう。

源六郎昇降口から降りて行く。

成正　惣兵衛、その方は先程から黙つてをるが、釣は不同意か。

惣兵衛　いえ〳〵、結構なお催しと存じてをります。併し……

成正　併し、何ぢや。

惣兵衛　あまりおせきにならぬ方がおよろしいやうに考へられます。

成正　うむ、心得てをる。心得てをる。

と、忠刻が先に立つて案内しながらやつて来る。千姫その他のものもそれについてはいつて来る。

忠刻　あれが木曾川の河口でございます。こちらが鍋田川、向ふに見えますのが庄内川の落口でございます。あれを過ぎますと間もなく宮へお着きでございます。

刑部卿の局　お大儀でございました。お蔭でところの地理に詳しくなりました。

忠刻　お言葉で痛み入ります。

と、成正がすゝみ出る。

成正　申上げます。船の中では姫君様さぞご無聊と存ぜられます。釣などご覧遊されては如何でございませう。

刑部卿の局　なるほどそれはよいお慰みでございます。早速お申附け下さいますやう。

成正　承知いたしました。

成正惣兵衛にさゝやく。惣兵衛更に家臣にさゝやく。家臣去る。

刑部卿の局　このあたりではどういふ魚がとれますな。

成正　さやうでございます。このあたりでは……（とはいつたが、困つて後がいへない。）

忠刻　（するとすぐにあとを受けて）こゝは内海でございますから、大きい魚はとれませんが、やがら、あいなめ、ちぬ鯛などがかゝつてまゐります。

（源六郎は船頭に釣竿を何本も持たせて上つて来る。そしてそれを成正や、忠刻やその他のものに分ける。）

茶道一　どうか手前にも釣らせて戴きます。

茶道までが釣竿を手にして、何人かゞ船べりから糸を垂れる。

茶道一　や、引いてゐますぞ。あつ、餌をとられてしまつた。

と、忠刻は直ぐ一尾釣りあげる。

茶道二　お、平八郎さまはもうお釣上げになりましたな。美事な黒鯛でございますな。

忠刻は糸を垂れると直ぐにまたかゝつて来る。

茶道二　いや、またお釣りになりましたな。どうもあざやかなことでございますな。

（つゞいて、他の一、二人も釣上げる。）

茶道一　釣りましたぞ。釣りましたぞ。手前もこんな大きなのを釣りました。（と見せびらかし乍ら、成正に）出羽守さまも何かお釣上げになりましたか。

成正は自分だけが釣れないのでいら〳〵してゐたが、それには答へないで無言のまゝ釣場を変へる。その間にも忠刻はまた数尾を釣り上げる。

源六郎も竿を下ろしてゐたが、さつぱり釣れないのであせつてゐると、偶〻一尾かゝつたので手早く竿のまゝそれを成正に渡す。成正は急いで竿を引きあげる。

茶道二　出羽守さまもお釣上げになりましたな。やあ、妙な魚ですな。口が三寸もありますな。何といふ魚でせう。

忠刻　（丁度その時小鯛を釣上げたが、それを見ると稍冷笑的に）それが「矢がら」です。こゝの海にはざらにをる魚です。

刑部卿の局　まあ、大層とれましたこと。殊に平八郎殿のお手際はあざやかなことでございますな。なあ、姫君さま。

千姫ははじめから忠刻の方ばかり見てゐたが、余りに上手に釣るのでいよ〳〵見とれてゐる。

千姫　同じ餌なのにどうしてあゝよく釣れるのであらう。

刑部卿の局　全く不思議なやうでございますな。

忠刻　恐れ入ります。（ふと帆柱を見上げて）おゝ、あの帆柱の上に白鳥が止つてをります。一つ射落してお目にかけませう。
（自分の近臣に）半弓を持て。

近臣直ぐに半弓を持つて来る。忠刻が弓を射ると白鳥が船の上に落ちて来る。

刑部卿の局　お美事〱、本当に平八郎殿は何事にもご堪能でございますな。

成正　（それを見ると）あゝ、釣は駄目だ。某も白鳥を射てお目にかけませう。半弓を。

源六郎急いで半弓を持つて来る。

成正　止てをる鳥では興がございません。某は飛鳥を射止めませう。

成正は空中の飛鳥を狙つて矢を放つ。併し当らない。

源六郎　おゝ、もう少しのところだつた。残念なことをしましたな。

成正　（少しいらだつ。ふと帆柱を見上ると白鳥がゐる、）おゝ、また帆柱の上に白鳥が一羽止まつた。平八郎殿、貴殿が射落すか、某が射落すか、あれを二人同時に、射ようではござらぬか。

忠刻　（競争を仕掛けられると知つて。稍興奮しながら）なるほどそれは面白うございます。ではお手並を拝見しませう。

刑部卿の局　これはまた一段と興味が増してまゐりましたな。

二人とも緊張しながら弓をしぼる。併しどちらも自重して容易に矢を放たない。なみ居るものも片唾を飲んで注視してゐる。と、突然二人は殆ど同じ瞬間に切つて放す。

茶道一　あ、鳥が落ちた。

茶道二　どなた様の矢が当りましたのですな。

突然成正は無念さうに半弓を折つてしまふ。一同ははじめて忠刻の射止めたことを知る。

成正　（いよ〱あせつて、忠刻に）美事のお腕まへ感服仕りました。そのお腕前では嘸がし剣道もご熟達と存じます。某お手のうちを拝見いたしたうございます。

忠刻　仰せではございますが、船中のことゆゑご免を蒙ります。

成正　では本多殿はお逃げなさると見えますな。

惣兵衛　（先刻から成正のいらだつてゐるのを見て心配してゐたが堪りかねて）殿、殿。（と袖をひかへる）

成正　え、うるさい。控へてをれ。

刑部卿の局　（成正を負かしてやれといふ腹で）平八郎殿、おやり遊ばしては如何でございます。

忠刻　しかし姫君のご前では。

千姫　いえ、〱、妾もそなたの手並が見たうございます。

忠刻　では、ご免を蒙りまして、（近侍に）木刀を。

近侍は木刀を持つて来る。二人仕合を始める。成正はやがて忠刻の木刀を打落して、したゝか小手を打つ。今度ばかりはまんまと勝ちおほせたので大いに得意になる。

千姫　（ふと忠刻の手首から血が流れてゐるのを見て）平八郎が怪我をしてをる。局すぐに手当を。

刑部卿の局　畏りました。（介抱してやる）

千姫　平八郎、傷口が痛みませぬか。
忠刻　い丶え、さしたることはございません。
千姫　直ぐに休息をしたがよい。妾も部屋に戻りませう。

　千姫は腰元等を連れて舳の方へ行く。つゞいて忠刻等もそれ〴〵去る。成正ははじめて自分の腕を見せることが出来たので、姫から何かお言葉があると思つてゐたのに、忠刻にだけ言葉を賜つたまゝ直ぐ去つてしまつたので、得意の色も忽ち消えてしまふ。そして前よりも一層重苦しい不安が胸に襲つて来る。
　惣兵衛は仕合ひの時殿が傍においておいた刀をとつて、無言のまゝ成正に渡す。
　成正もまた無言のまゝ刀を受取る。成正の眼には熱い涙がたまつてゐる。

成正　（力なく）今日は何故こんなことをしてしまつたのだ。
源六郎　（きつと立上つて）えゝあの本多の小伜奴が！
惣兵衛　また軽はづみな。しづまりませぬか。
源六郎　（為方なささうに）は、はい。
惣兵衛　ご前様、お気遣ひはございません。ご前様は大御所様からたしかなお言葉を承つてをるのでございます。大御所様のお言葉にご違背はございませんから、どうかお心を大きくお持ち下さいますやう。

　成正黙つてうなづく、と、船が港にはいつたらしく船内から着船の合図が鳴る。

源六郎　あゝ船がついたらしい。

　と、大きな帆がぎり〴〵と下ろされて、舳の方がすつかり見えるやうになる。その向ふに宮の港町が見える。
　成正等が立上ると舳のところに千姫と忠刻とが港の方を見ながら後向きに立つてゐる。成正はそれを見ると、たまらなくなつてむつとする。
　惣兵衛が袖をひかへる。

幕

第三幕

第一場

　駿府城内の小さな茶座敷。前は庭。
　前の幕から余り日数のたつてゐない秋の日午後のうらゝかな光が室のなかに差込んでゐる。
　家康は千姫に茶をたてゝ貰つて飲んでゐる。表向きの場合と違つて、かうして奥で茶をすゝつてゐるときは、家康とても家庭のたゞの祖父さんである。そして千姫は思切つてお祖父さんに甘へる孫娘である。

家康　いゝ時候ぢやな。おゝ、百舌が鳴いてをる。
千姫　お祖父さま。また鷹狩にお出かけでございますか。
家康　近いうちに出掛けよう。少し外に出ないと身体によくないからな。時におまへの気鬱病はどうした。近頃大分よいやうだな。
千姫　はい。この頃はすつかりよくなりました。
家康　それは何よりだ。一時はわしも心配してゐた。

　腰元がはいつて来て手をつかへる。

家康　何ぢや。
腰元　坂崎出羽守様がお越しでございます。

家康　(少し困つた様子で)なに、出羽が参つた?
茶道　はい。
千姫　お祖父さま、お会ひになるのでございますか。
家康　さうぢやな。
千姫　会つたらまたあの話をなさるのでございませう?
家康　それで態々来たのであらうから、しないといふ訳にもゆくまい。
千姫　でも、妾はあのお話は不承知でございます。
家康　(困った顔をしながら、腰元に)兎に角あちらに待たしておけ。
腰元　畏りました。
腰元去る。
家康　姫、そなたはそんなに出羽が嫌ひか。
千姫　はい。嫌ひでございます。
家康　醜いからか。
千姫　いゝえ、それはそんなにも思ひません。
家康　それならよいではないか。
千姫　でも、出羽は強がらうとするからいやでございます。
家康　今の世の中では強いのは何よりではないか。
千姫　その癖強がるほどは腕が出来てをりません。
家康　いや、そんなことはあるまい。
千姫　いゝえ、本当のことでございます。この間下向の折でございました。桑名の海を渡りまする間に、船の上でいろ〳〵の武術をいたしましたが、出羽はさつぱり腕がさえてをりません。
家康　あの男に限つてそんな筈はないと思ふが。
千姫　でも魚を釣りましても。
家康　魚が釣れなくつても武士の恥にはならないさ。
千姫　それから白鳥を射損じたり、仕合にきたない手をつかひましたり。
家康　そんなに色々のことをやつたのか。
千姫　本多平八郎がをつたものですから、出羽はやつきとなつて平八郎にいろ〳〵のことを申込むのでございます。
家康　うん、出羽が嫉妬したのぢや。自分独りでおまへを警護して来たのに横合ひから美しい平八郎が出たのであせり出したのだ。
千姫　あんなこま〳〵した、落付のない人は武士らしくございません。妾は嫌ひでございます。
家康　いや、さうとつては可愛さうだ。出羽としてはたゞおまへに腕が見せたかつたのだらう。
千姫　それなら落城のときでもう十分分つてをるではありませんか。
家康　分つてをつても、俺はもつと強いといふことを、男は女の前に出ると兎角見せたがるものだ。わしにしても若い時には覚えがあるよ。
千姫　だつて白鳥さへ射落せなくつては駄目ではございません

か。

家康　恐くあせつてゐたのだらう。平生腕のあるものでもさういふ時といふと、すつかり調子が狂つてしまうものだ。併しその為めに出羽は腕が鈍いとか、落付きがないのかいふのは心やりがなさ過ぎる。

千姫　お祖父さまは大層出羽のかたをおもち遊しますこと。

家康　いや、かたを持つ訳ではないが、その為めに出羽が厭やだとあるなら、それはそなたの思ひ違ひだから、ひととほり言ひ解いたまでだ。どうぢや、出羽のところに嫁入つてやらぬか。

千姫　いやでございます。

家康　そんな我儘をいつては困るではないか。

千姫　我儘なのはお祖父さまの方でございます。

家康　何故わしが我儘ぢや。

千姫　さうではございませんか。お祖父さまはご自分の戦ひの都合で、私をあつちへお嫁にやつたり、こつちへやつたり、勝手なことをなさるではございませぬか。

家康　（少しうろたへる）

千姫　世の中に妾ぐらゐ不幸な女はございません。まだ物心づかぬうちに、たゞお祖父さまのご都合一つの為めに大阪の内府さまのところにお嫁にやられました、大阪が落ちると、今度は今までに見たことも聞いたこともない人のところに嫁入をしろなんて、こんなひどいことがありませうか。（ヒステリカルに泣く）

家康　おい。さう泣き出しては困るではないか。

千姫　妾はこんな話をきく位ならいつそ落城のとき、城方の人と一緒に焼死んでしまつた方が増しでございました。

家康　そんな無茶なことを。

千姫　妾はお祖父さまの策略の進物になつて、あつちこつち貰はれて歩くのはいやでございます。

家康　いや、決してそんなことはない。そなたの身の上を案じて心配してゐるのだ。どうしてもそなたがいやだとあれば為方もないが、併し出羽は顔こそ醜いが今時には珍しい武勇の勝れた若者だぞ。

千姫　いゝえ、何といはれても妾はいやでございます。

家康　では改めて訊くが、そなたを大阪の城内から救ひ出したのは誰だ。

千姫　出羽でございます。

家康　それなら出羽はそなたのいのちの恩人ではないか。

千姫　それは申されるまでもなくよく存じてをります。

家康　それならその恩人のところにいつてやるのが道ではないか。

千姫　お祖父さまのお言葉でございますが、恩人には恩人に対する道があるかと思ひます。いくら恩を受けたからといつて妻にならなければならない義理はないと存じます。若し恩を受けた人には妻にならなければならないのでしたら、女はいくつからだがあつても足りません。
家康　どうも若いものには理屈ではかなはないの。併しわしはそなたをやると約束をしたのだ。
千姫　お祖父さまはお約束をなすつても妾はそんな約束はいたしません。本当にお祖父さまは気早でございます。妾にきいてからでも遅くはなかつたではございませぬか。
家康　どうもお姫は手におへないな。日本六十余州余の命に服さぬものはそなた一人だけだ。
千姫　お祖父さまはそんなことを仰しやつてまた威すのでございますか。
家康　いや、もう止めた〳〵、そなたがそんなにいやなら、実はわしとても強ひてやりたい訳ではないのだ。
千姫　それならはじめからさう仰しやればよろしうございますのに。
家康　実はな。出羽がそなたを救ひに出かける時、おまへを妻にやるといつたけれど、心の中ではおまへをやるつもりはなかつたのだ。併しその位のことをいつておいてやらぬと、何しろ猛火を犯して敵中へ飛込むのだから、なか〳〵本当には救ひ出して来ないからな。
千姫　まあ、ではお祖父さまははじめから嘘をついておいでなすつたのですか。
家康　嘘といふ訳ではないが、元気をつけておいてやつたのだ。
千姫　お祖父さまがそんなお心なら、妾はいつそ出羽のところへいつてやりませうかしら。
家康　(少しうろたへ乍ら) なに、ゆく。
千姫　え、あんまりあの人が可愛さうですもの。
家康　おまへ本当にゆく気か。
千姫　いつてもいゝんですけれど、どうも……(言ひよどむ)
家康　どうも、どうしたのだ。
千姫　(黙って恥しさうに顔を隠す)
家康　はゝゝゝ、外に嫁きたい人でもあるのか。
千姫　(いよ〳〵顔を隠してしまふ。)
家康　そしてそれは誰だ。
千姫　(顔を隠したまゝ恥しさうにきゝとれぬ程の小声で何かいふ。)
家康　なに、平八郎。うム、あの小倅か。成程おまへの好きさうな男だ。さういふ意中のものがあつてはこりや出羽のところにはゆかぬ筈だ。(間) ところで出羽が先程から来て待つてをるが、何とか挨拶をしてやらねばなるまい。併しどうも弱つたな。

間。

家康　(少し大きな声で、奥の方に) たそあるか。

腰元が出て来る。

家康　崇伝をこれへ呼べ。

腰元畏って退く。間もなく金地院崇伝がはいつて来る。

崇伝　お召しでございますか。
家康　崇伝、困つたことが出来たよ。

崇伝　何事が出来いたしました。
家康　実はの、そちも知つてゐる通り。出羽守にお姫をやる約束をいたしてあるが、姫はどうしても行くのはいやぢやといふのだ。
崇伝　はいはい。
家康　ところが出羽が今日やつて来てをるのだ。出羽は無論くれえといふであらうし、お姫はいやぢやといふのだから、余も今度といふ今度はほと〲弱つたよ。関ケ原。大阪陣以来の苦戦ぢやわい。ハハ、、。そこでそちを呼んだのだが何か名案はないかの。
崇伝　さやうでございますな。
家康　兎に角余は病気の体にして、そち代つて会つてくれ。
崇伝　畏りました。
家康　そちのことだから何かよい思案があるであらう。
崇伝　はい。突嗟のことでございますから、これといつて何も浮びませんが、併し出羽殿はご承知の通り一本生のご仁でございますから、それだけに話よいやうに存ぜられます。
家康　ではその方よいやうにはからつてくれ。
崇伝　承知いたしました。

道具廻る。

第二場

同じく城内表座敷の一室

出羽守成正がひとりぽつねんと座つてゐる。前に茶菓などがおいてある。
暫くして崇伝がはいつて来る。

崇伝　これはこれは出羽殿にはようこそお越しなされた。いつもご健勝で恐悦申します。
成正　崇伝長老にもお変りなく、大慶に存じます。
崇伝　さて大御所様がお目にかゝる筈でございますが、二三日来ご不快に渡らせられますから、ご用談でしたら愚僧までお伝へ下さい。お取次ぎ申上げませう。
成正　（少し困つたといふ顔で）なに、大御所様にはご不例！　余程ご重態でございまするか。
崇伝　いや、さしたることもございませんが、お引籠り中にございます。
成正　少しも存じをりませんで……実はこの間ご加増に預りましたから、お礼を言上いたしたいと罷り出でましたやうな次第にございます。
崇伝　それはご念の入つたること。大御所様へは御出府の趣愚僧から篤と申上げるでございませう。それはさうと、そこもとの大阪表のお働きは目醒ましいことでございましたな。ご加封はこりや当然のことでございます。
成正　いえ〲、お耻しうございます。ときに長老は大御所様のことについては何くれとなくご承知のこと、存じますからお訊ね申上げますが、手前がたにおきましてもそれ〲用意もございますから。姫君はいつ頃お下し相成りまするか、前以て承つておきたうございます。
崇伝　（少しとぼけて）姫君！　姫君と仰せられますと。
成正　千姫君のことでございます。某に賜ると大阪陣の折大御所様が仰せられました。その席には長老もたしかおいでゞあつたと存じてをります。
崇伝　あゝ、あのことでござるか。それならそこもとのところに既にお使ひが参つた筈と心得ますが。
成正　いえ〳〵、何のお使ひもお知らせもございません。
崇伝　はて、それは何とした手落であらう。篤と取調べさせるでございませう。
成正　（少し不安さうに）そのお使の趣こゝで承る訳にはまゐりませぬか。
崇伝　承知いたしました。まだご存じでなくば愚僧からお伝へ申しませう。それはかやうでございます。申上げるまでもなく、千姫君は大阪内府様のご簾中ゆゑ、落城とともに内府様御他界の後は、兎角ご気鬱にてご気分が勝れませぬ。これは姫君様としてご無理のないことゝ存じます。ところがこのごろ更に内府様のご冥福をお祈り遊すために、髪をお下し遊したいとの仰せでございます。
成正　なに、尼君になると仰せられますか。
崇伝　さやう、近々愚僧のもとにお越しなつて、黒髪をお断ちになることに定つてをります。そのことがまだそこもとへはお伝へがしてございませぬか。これは何といふ手ぬかりな。
成正　それはまことでございますか。
崇伝　愚僧が何しに偽を申しませう。
成正　では姫君を賜はることは、
崇伝　只今申上けましたやうな次第でございますから、どうか、お諦め下さいますやう。
成正　（少しむつとして責めるやうに）併し大御所様は大阪陣のみぎり確に某に賜はると仰せ遊されました。
崇伝　それは仰せなさいましたが、如何に大御所様のご威勢でも、仏道にはいると仰せあるものを、無理にも引止めてお輿入を強ふるといふ訳にはまゐりません。
成正　お言葉ではございますが、匹夫野人の申すことゝは違ひ、天下のしめくゝりを遊ばします大御所様の仰せに、ご違背があつてはご政道の表如何かと存ぜられます。
崇伝　一応ご尤の仰せではございますが、内府様の菩提をお弔ひ遊ばすといふものを、強いても他に縁組おさせ申すことは無道のことかと存ぜられます、なる程一旦お約束はなさいましたものゝ、人倫の上より見て不倫と思召すときは、お取消しに相成る方が、これこそ却て政道をしろしめす方のとるべき道ではございますまいか。
成正　（言ひつまる）
崇伝　併しこれは表向きの理窟と申すもの。そこもとの胸中をお察しいたしますとまことにお気の毒に存じます。兎にも角にも大御所様がお約束を遊ばされたには相違ないのでございますから、そこもとゝしては嘸かしご不満もございませうが、外のことゝは違ひ、姫君が仏の道にはいることでございますから、どうか快く承引が願ひたうございます。

成正　(無言)

崇伝　事実そこもとに対しては何と申訳のない儀でございます。大御所様に於ても決してあだには思召してをられますまい。この間二万石ご加封に相成つたのも恐らくその辺の意味合ひも含まれてをるものと拝察されます。併し次第によりましては、なほ大御所様へ愚僧からお心のうちをご伝達申上げるでございませう。

成正　いや、この上のご加封は分に過ぎます。それはご辞退申上げます。(少し砕けて) ときに長老、近ごろ卒爾のお願ひでござるが、某貴僧の金地院へ何か寄進をいたしたいと存じます。お受け下さいませうか。

崇伝　それはご奇特なお志。何なりと受納いたします。

成正　忝うござる、では取あへず黄金の燭台一対寄進いたします。なほくさ〴〵お納めいたしたいと存じますが、その代り曲げて某の願ひお聴入れが願ひたうございます。

崇伝　して、願ひと仰せあるのは。

成正　(真面目に) 貴僧のおはからひによつて、何卒姫君を某に賜はるやうおとりなしが願ひたうございます。

崇伝　(きつとなつて) 出羽守どの。たゞ今の仰せはそりやご本心でございますか。

成正　(少しあはて、崇伝を見る)

崇伝　(頭から成正を圧へつけようとして) 出羽守どのともあらうお方がそのやうなことをなされてはお名にかゝはりませぬか。寺に御寄進の志は尊いが、たゞ今のご一言によつてそこもとの胸中が見えすきました。寄進にことよせ、拙僧を籠絡して姫君を乞ひ受けようとは浅ましいお考でござる。賄賂によつて愚僧が動くと思召されるか。

成正　(あゝ悪いことをいつたと思ふと、急に席をすさつて) これは不調法をいたしました。長老の手前をも憚らず卑劣なことを口走りました段、平にご宥免下さい。

崇伝　(成正の恐縮したのを見ると) いや、たゞそこもとにご注意を申上げたまでのこと。お手をお上げ下さい。それではこちらが痛み入ります。

成正　あゝ、心が麻のやうに乱れて何もかも分らなくなつてしまひました。

崇伝　ご心中はお察しいたします。

間。

成正　(突然ひたと手をついて) 長老、拙者は今どうしたらよろしいのか、お慈悲にはどうかそれをお教へ下さい。

崇伝　教へよとは。

成正　(真実こめて) 只今は無躾なことを申しまして申訳けがございません。併し某は姫のことが諦めきれないのです。それでついあのやうなことを申したのですが、あれは全く不調法でございました。以後は屹度謹みませう。就きましてはどうしたら姫君が髪をお下し遊ばすことをお止りになるか、どうしたら某の願ひが叶ひますか、どうかそれをお教へ下さい。今となつてはたゞ長老におすがり申すより外に道がございません。某は無骨者で礼をわきまへませんから、どうお願ひしてよろしいのか分りませんが、たゞ思つてをる通りをありのまゝに申上げます。どうか長老の徳を以て某をお救ひ下さい。

崇伝　（困って）併しそれは……

成正　大御所様の仰せのない前は何とも思つてをりませんでしたが、賜はるといふご一言を伺ひましてからは、どうしても姫君のことが忘れられません。それからといふものは某はたゞ姫君のことの外は何にも考へないやうになりました。事実、拙者は姫君をお救ひ出し申す為めには火の中に飛込んで行きました。（顔を指し）これご覧下さい。この痕はその折受けた火傷でございます。いゝえ、これは決して功をいひ立てるのではございません。拙者の心の程を申上げるのでございます。それだけに姫君のことは、諦めろと仰せられても、某にはどうしても諦めきれません。長老、どうかこのあはれな心をお汲みとり下すつて、某にご助力下さい。

崇伝　（無言）

成正　長老が火の中に飛込めといへば火の中にも飛込みます。水の中にも這入ります。どんな苦しいことども、姫の為めなら決して厭ひはいたしません。実は拙者は今まで女のことでこんなにいのちがけになつたことはたゞの一度もございません。拙者が真剣になりますのはたゞ戦場に出た時ばかりでございます。それが今度ばかりは、お恥しい次第ですが夢寐にも忘れられないのです。かやうなことを申しましたら、人はさぞ笑ふでございませう。併し某は恥も外聞も恐れません。たゞ姫を賜はりさへすればそれが重畳でございます。

崇伝　お心のうちは十分分つてをりますが、これはどうも愚僧の力には及びません。それにそこもとがそれ程懸命にお思になつてをるとしても、姫君はご他界遊ばされた内府さまの外他意ない時は、折角のご婚儀も不縁になりはいたしますまいか。その辺も篤とお考へになつて然るべきやうに思はれます。

成正　（無言）

崇伝　出羽どの、こはお諦めになつた方がお為めでございませう。大御所様も屹度このまゝにはなさいますまい。

成正　（無言）

崇伝　殊に姫君が他へお輿入れ遊ばすといふではなし、仏門に帰せられるのですから、そのもとに於ても、お心が解けるといふもの、どうか今までのことは夢とお諦め下さい。

成正　では姫君は最早どこへもお輿入れなさるやうなことはございませぬか。

崇伝　尼君におなりになる上はそのやうなことはございませぬ。

成正　くどいやうでござるが、屹度お輿入れはなさいますすまいな。

崇伝　（少し恐しくなつたが、きつぱりと）確になさいませぬ。

坂崎は首を垂れて黙然としてゐる。

崇伝　（気の毒には思ひながらも）では、ご承引下さいまするか。

成正　（無言）

崇伝　（かぶせて）ご承引下さいますな。

成正　（苦しさうに）承知いたしました。

崇伝　それはよくこそお諦め下さいました。大御所様、姫君は申すに及ばず、黄泉の内府様までそこもとを徳とされるでございませう。

成正　（改まつて）長老どの、姫君は貴僧の金地院で得度されるのでございますか。

崇伝　さやうでございます。

成正　では、先程申上げました燭台を改めて喜捨いたしたうございます。素より喜捨の志でございますから、これには毛頭疚しい心は加はつてをりませぬ。どうかお受け下さいますやう。

崇伝　それは近頃ご奇特なこと。有難く受領いたします。

崇伝手を鳴らす。茶道がはいつて来る。

崇伝　申つけておいたお料理を。

成正　折角のおもてなしでございますが今日はご辞退いたします。

崇伝　（茶道に）では、せめてお茶など。

成正　有難う存じますが、気分が勝れませぬから、これでご免を蒙ります。

崇伝　（茶道に）ではご案内を。

茶道　承知いたしました。

成正は崇伝に一礼して力なく座を立つ。
百舌がまた鳴いてゐる。
崇伝はしてやつたりとは思ひながらも気のすまぬ面持。

幕

第四幕

坂崎出羽守牛込江戸邸々内成正の居間、それにつゞけて下手に小さい次の間がある。室の向ふに縁がある。縁の先きは庭。遠見に本郷の高台が聳えてゐる。
但しはじめは室に障子が立てきつてあるから向ふは見えない。
元和二年九月廿九日の午後から宵にかけて。
外には雨がしと〳〵と降つてゐる。
近侍が二三人お次の間で話をしてゐる。

近侍一　毎日鬱陶しいお天気ですな。

同二　お納戸役の広沢様が発狂なすつたとかいひますが、本当ですか。

同三　いや、発狂もなさいませうよ、毎日こんなお天気では。ときに今日のご上使はどなた様でございます。

同一　柳生但馬守様です。

同二　では、千姫君が今日本多家へお家入れになるのについて、またもやお話においでになつたのでございますな。
同一　さやうかと存じます。
同三　いくらご別懇の但馬守様がおいでになつても、今度のことばかりはお殿様もおきゝ入れには相成りますまい。
同二　さやうでございますとも。誰にしろこれは承知が出来ません。髪を下ろして仏門に這入るからご縁組は出来ないといふ口の下から、他へお輿入れなさるといふことは、いくら将軍家のご息女でも余りご勝手が過ぎます。
同三　併しおかけあひをなさいますにしても、お殿様とお約束をなすつた当の大御所様がこの春ご他界なさいましたから、お話がしにくゝつて困りますな。
同一　それをまたよいことにして、お殿様のご承諾もない内に本多家と話をすゝめ、今日お輿入れをなさるといふのは、余りにご当家をないがしろにした仕打ちではございませんか。
同三　今日お輿入れといふのは本当でございますか。
同一　本当でございますとも。お輿は永井信濃守様、青山大蔵小輔様、お具桶は安藤対馬守様のご守護ださうでございます。
同二　そしてお道筋は。
同一　牛込見附から当家の側を通つて、安藤坂に出で、本多殿のお邸へ達する道順だとかいふことです。
同三　このお邸の側を通るのでございますか。それはいよ〳〵当家を踏つけにしたなされ方でございますな。

同一　さういふ訳ではないかもしれませんが、お道順としてはどうしてもこゝを通らなくつてはなりますまい。
同二　それならお伴揃ひの中に斬り込んで、お乗物を奪ふには却て屈竟ではございませんか。
同一　併しそのやうなことは上へご謀反をなさることも同じですから、うかつに出来ますまい。それこそ御家は断絶でございます。
同三　しかしこのまゝでは余りにお殿様が。（とあとは言葉を呑む）
同一　さやうでございます。重役の方々もそこのところをご心配になつておいでのやうでございます。それに但馬守様が度々お訪ねになるのも、ご別懇のお殿様にお間違ひがないやうにといふお心添へからかと存ぜられます。

家老三宅惣兵衛がはいつて来る。近侍等一礼する。

惣兵衛　話は控へませんか。殿のお渡りですぞ。なほ申しておきますが、今日は容易ならぬ日ゆゑ、お殿様に粗相のないやう、わけても心をつけなければなりませんぞ。それからご酒は召上ると仰せられてもなるたけ差控へますやうに。
近侍等　畏りました。

成正がはいつて来る。

成正　咽喉がかはいた。茶を持て。
近侍二　はつ。（と畏つて座を立つ）

惣兵衛成正の前に進み平服する。

惣兵衛　今日は格別のお慈悲を以て何事もご隠忍下さいまして、惣兵衛たゞ〳〵有難涙にくれて居ります。

成正　但馬が使にまゐつたのでなければ、余はこらへるところではないのだが……

惣兵衛　ご尤でございます。

成正　余が救ひ出した姫君を何のゆかりもない本多づれに取られては武士の一分が立たぬ。余が亡き後は兎も角も、生きて世にある限りは、姫の乗物は一寸たりとも本多の門内へは乗入らせまいと思つてゐたが、外ならぬ但馬の使ではあり、その切なる願ひもあるから、今日のところは思切つて辛抱いたした。

惣兵衛　今更ながら殿のご寛大、感佩の外はございません。

成正　しかし惣兵衛、余は口惜しいぞ。

惣兵衛　ご胸中はお察し申します。併し今は何事もお鎮まりを。但馬守様のことでございますから、決して悪いやうにはお取りはからひはなさいますまい。

成正　余もさう信じてをる。もう愚痴は止めにしよう。

近侍二、茶を持つて来る。

成正　これは何だ。(成正は茶を一啜す、つたが、急に怒つて茶椀を近侍に叩きつける)

近侍二　(驚いて平服し) お熱過ぎましたか。

成正　熱過ぎることを承知でその方は持つて来たのか。不埒者め。

惣兵衛　(近侍に) 何故そのやうな粗相をなさるのだ。たゞ今も申し聞かせた許りではござらぬか。(成正に) 汲みかへさせませうか。

成正　もうよい。

家臣がはいつて来る。

家臣　申上げます。松川源六郎お目通りを願ひおります。

惣兵衛　今日はご前様別してご疲労にわたらせられる、明日改めて伺候するやうお伝へなさい。

家臣　是非とも今日お目通りを願ひたいと切りに申しをりますが……

成正　では、これへ呼べ。

家臣　はい。(退く)

松川源六郎がはいつて来る。

源六郎　格別の思召しを以て、お目通りを仰付け下さいまして、源六郎身にとり有難い為合せに存じます。

成正　して用事と申すのは何ぢや。

源六郎　恐れながら、これをご覧下さいませう。

源六郎懐から上書を出して捧げる。近侍の一人はそれを受取つて成正に渡す。

成正　(上書を披いて見て) こりや血書ぢやないか。

源六郎　はい。(恭しく平服する)

成正　何故このやうなものを書いたのだ。

源六郎　某、決死のお願ひでございます。どうかご上覧をお願ひ申します。
成正　（読んで行つたが急に上書を破つて源六郎に投げ返す、）余にこのやうなことを勧めるとは不埒な奴ぢや。
源六郎　（心血をこめた上書が投げ返されたので、落涙をおさへながら）では、お願ひはご採用には……
成正　こんな思慮のないことが出来るか。余は女一人のために乱をおこすやうなそんな浅はかなものではないぞ。
源六郎　（恐入つて）は、はい。（と恐縮する）
成正　但馬が来る前であつたら、余の心も或は動いたかも知れないが、今は無用のことだ。その方は公儀を恐れず、余に反逆をすゝめる不届な奴ぢや。直様手打にいたすところだけれど今日はゆるしてつかはす。追つて沙汰をするから控へてをれ。
源六郎なほ何かいはうとしてもぢもぢしてゐる。
成正　（源六郎の醜い片目を見ると非常に不快な気がして来たので）えゝ、何といふ目付をするのぢや。その方のやうな醜い奴は目障はりぢや。直に下れ。
物兵衛　お上の仰せぢや。お下りなさい。
源六郎しほ〳〵と去る。
成正　穢はしい血書なぞを持ちくさつて。（ふと血書をいぢつた手を見て、急に思出したやうに）これ、手水を持て。
小姓が手を洗ふ水を持つて来る。
成正は手水をつかはうとして小姓の持つて来た小盥に手を入れようとすると、ふと自分の醜い顔が盥に写る。成正はいはうやうない不快の感が胸に漲る。すると彼の顔はいよ〳〵恐しく見えて来る。小姓は成正のいら〳〵してゐる様子とその恐しい顔を見ては、一層おびえて手拭を差出す手もおのづと顫へゐる。
成正　（それを見ると）余が恐いか。
小姓は一言も答へられない。
成正　（直に気をかへて物兵衛に）物兵衛、余と先刻参つた源六郎といづれが醜い。
これは物兵衛にも答へられないのでもぢ〳〵してゐる。
成正　（苦笑しながら）は、、、。これでは嫌はれるのも無理はないな。
物兵衛にはなほ返事が出来ない。
成正　物兵衛。余はふつつりと思ひ切つたぞ。余のやうな醜いものが姫のやうな美しい女子と一緒になることは、これは何としても不釣合ぢや。余は姫を思ふほど姫の為めに為合せをはかつてやらなければならない。何ごとも姫の為めぢや。余は喜んで諦めよう。
物兵衛　そのお言葉を姫君がお聞き遊ばしましたらどのやうに思召しませう。物兵衛落涙をいたしました。（涙をふく）
間。この間に小姓等手水の小盥などを片づける。
成正　（また思ひ出したやうに）併しかういふ顔になつたのも！
物兵衛　殿、お諦めの筈ではございませぬか。
成正　（苦笑しながら）は、、。さうであつたな。（気をかへて）物兵衛、その方は碁を囲まなかつたの。
物兵衛　拙者は不調法でございます。（近侍を顧み）近侍の方々、お相手を。
近侍の者碁盤を運んで来る。
近侍一　お相手を仕ります。
成正　どうもその方とやると負けが込むな。
近侍一　恐れ入ります。
二人碁を始める。しばらくして家臣がはいつて来る。
家臣　申上げます。松川源六郎が切腹をいたしました。
成正　なに、源六郎が切腹した。（すると自分が侮蔑されたやうな気がしてむら〳〵となる。）あいつ余に面あての切腹をしたのだな。返す〳〵も不埒な奴だ。死体は八つ裂にして取捨てえ。それから彼の一家のものは悉く召捕へて殺してしまへ。
惣兵衛　併しそれは余りに極刑かと存じます。源六郎は大阪のご陣の折には……。
成正　（惣兵衛の言葉を中断して）なに極刑なことがあるものか。それでもまだ手ぬるい位だ。あいつ、姫の乗物を奪へと血書を以て勧めたが、余が取上げないのでそれが不満なのだ。いや、さうしないので、余を腰抜けだと思つてゐるのだ。それでそんな面あてをやつたに相違ない、余の深い心を知りもせず、主を誹謗する憎い奴だ。
惣兵衛　いや、源六郎に限つてそのやうなことは厶いません。彼は生一本な正直者でございます。恐らく自分の意見がご採用にならなかつたので、それを耻ぢて切腹したものでございませう。何にいたせ手前が速刻取調べませう。暫くご免を蒙ります。
三宅惣兵衛用人と共に急いで退出する。
成正　愚な奴だ。出さなくてもよい余計な血書なぞを書くから、こんなことになるのだ。あの男は一体早やまつた奴だ。いつもあせり過ぎてゐる。自分の墓穴を掘るのは自分だといふがよくいつたものだ。源六郎のやうな犬死をするのも、あの男の平生の行にあるのだ。そちたちも謹めよ。
近侍等恭しく拝承する。
成正　（相手の近侍に）その方の手ぢや。
また碁をつゞける。そして暫く打ち続けてゐたが、成正は急に碁盤を引つくりかへしてしまう。
成正　へつらひ者め。
近侍は恐懼する。
成正　何故その方は今のやうな手をうつのだ。何故逃げてばかりゐるのだ。余の石が切れるのに何故切らないのだ。その方はわざ負けをしようといふのだな。そんな碁は面白くないわい。
近侍一　いゝえ、つい見えなかつたのでございます。
成正　嘘を申せ。その方はわざ負けをして余の機嫌をとらうと思つたのだ。余はそんな諂らひものは大嫌ひぢや。もと〳〵

勝負事ではないか。たとひ家来であらうときも、その方の方が強かつたら主を負かしたらいゝではないか。切れるところがあつたら切つたらいゝではないか。それを上の者といふとびく／＼して諂らつた真似をする。見下げはてた奴ぢや。

近侍一　申訳けがございません。

雨いよ／＼降り出す。

成正　あゝ、いやに鬱陶しい天気ぢやな。酒を持て。

近侍等困つて顔を見合はせてゐる。

成正　酒を持つてまゐれといふに。

近侍等為方がなく酒肴を運ぶ。成正酒を飲む。飲み干すとそれを近侍三に差す。

成正　その方はいつも蔭日向なく仕へる忠勤者だ。盃をとらすぞ。

近侍三　有難う存じます。併し不調法者でございまして。

成正　余のやうな腰抜け者の酒は受けぬと申すか。

近侍三　いゝえ。全く以てそのやうな訳では……

成正　近侍の者にまで侮られるやうでは、余はよく／＼腰抜けと見える。笑へ、笑へ、余の意気地なしを大声で笑へ。併し余はそちたちが可愛いゝ、そちたちが扶持に離れたらどうあらうと思ふと、それが哀れさについ我慢をしてゐるのだ。それほど思ふてやつてをるのに、余の心も知らないで…………えゝ、そちが飲まなければ余が飲むわ。（またぐいと酒を飲む。）

成正　あゝ、何となく蒸し暑い。障子を開けえ。

近侍うしろの障子をあける。

成正　あゝ、よい風だ。（更に盃を出して）もう一杯つげ。

成正は心地よささうに盃を傾けてゐたが、ふと向ふの本郷台に夥しい提灯の光が登つて行くのを認めて近侍に問ふ。

成正　今頃あの夥しい光は何だ。

近侍　はい。（と答へたが、その先はいふことが出来ないので、わざと躊躇する。）

成正　あのもの／＼しい提灯の行列は何だ。

成正は更に問ふたが、それを見てゐる内に、自分にも直ぐ千姫の嫁入の道中といふことが分ると急に荒々しく、

成正　障子を立てえ。

近侍等はあはて丶障子を閉める。

成正　（しばらくの間じつと黙つて考へてゐたが、急に大盃をとり上げて）酒をつげ。

近侍はおづ／＼と酒をつぐ。

成正　もつとなみ／＼とつげ。

成正は盃に一杯になると、それをぐつと一息に飲み干して、盃を捨てるや、急に立上つて、つか／＼と敷居のところに行き、障子を明けると、嫁入の行列の提灯がしづ／＼と山を登つて行く。

近侍一　（成正に近づき）ご前様。

成正　（無言のまゝ、ぢつと光を見てゐる。）

近侍　ご前様、夜風がお障りになります。どうかお座へ。

成正は近侍の言葉を耳にもかけず、やにはに長押に手をかけて槍をと

ると、鞘を払ふなりばた〱と縁側から外へ駈け出してしまう。

近侍等　(驚いて) ご前様、〱。(と、その後を追つて行く。)

その声を聞きつけて外の室からもばら〱と人が飛び出す。惣兵衛も驚いて駈け出して行く。

舞台しばらく空虚。塀の外から刃のかち合ふ音や人のどよめきが聞える。坂の上の提灯の列が乱れる。

やがて惣兵衛等が成正を抱いて這入つて来る、大勢の家臣も一緒にはいつて来る。

成正　え丶、離せ、離せ。余は乱心者ではない。離せ。

惣兵衛　ご前さま、お心をお鎮め下さい。ご前さま。(成正を座につかせようとする)

成正　(それに反抗しながら) あ丶、残念だ。乗物をやり過してしまつた。一日でもい丶、一夜でもい丶、姫をこ丶に入れぬ先きに、本多づれに取られては!

惣兵衛　ご前さま〱。(猶鎮めようとする。)

成正　え、止めるな。離せといふに。

成正は抱き止めてゐる人々を力任せに払ひ退ける。

成正　(惣兵衛を見て) 余を止めたのはその方か、

惣兵衛　はい。手前がまゐります前に但馬守さまがお止めになりました。

成正　では、余を乱心者といつたのはあの但馬だな。

惣兵衛　はい。

成正　(無念そうに) 平生の入懇も忘れ、彼までが余を裏切つたのか。

惣兵衛　いえ〱、但馬守さまはご前様のお為めを思つて、さうお呼ばりになつたのでございます。

成正　何を申す。余は毛頭乱心者ではないぞ。

惣兵衛　それはよくご承知でございますが、後日ご前様にお咎めのかゝらぬやう、わざとさうお呼びになつたものと存じます。公儀に於てもご前様のご胸中はご推察になつてをると申すことでございますから、さういひ逃れますれば必ず重いお咎めはございますまい。

成正　では、その方まで余を乱心者にいたしたいのか。

惣兵衛　いゝえ、決してさやうな儀ではございませんが、只今のやうに申開きをいたしませんでは。

成正　いや、余は気が狂つて乱入したのではない。口惜しいから斬入つたのだ。腹立たしいから乗物を奪はうとしたのだ。

惣兵衛　しかしそのやうに仰せられましては、むざ〱お生命を…………

成正　(少し落着いて) その方から見たら、たゞ一言で助かるものをといふのだらう。しかし大御所の空な一言が余をこゝへ導いたことを思ふて見い。余にはどうしても偽りはいへない。偽りをいつて助かる心は起らない。余は乱心者となつて助かるよりは正気の人として死んだ方が心地よいのだ。

惣兵衛　(諦めたやうに) 如何さま、ご前さまとしてはさう思召しますのはご無理ではございません。

成正　惣兵衛、かういふことを為でかした上は、今夜にも討手のものが向ふであらう。さうしたらこの火傷の首を上使の者に渡してやれ。

成正脇差をとつて切腹の用意をす

幕

（市村座九月興行一番目台本として　十、八、五）

（「新小説」大正10年9月号）

御《おん》柱《ばしら》（一幕劇）

有島武郎

場　所——下総の或都会の東南半里程を距てた或村の百姓家。

時——安政元年五月九日の朝。

人——

龍川平四郎——彫物大工。六十一歳。

嘉助——堂宮大工。四十歳。

龍川久和蔵——平四郎の婿養子。三十二歳。

お初《はつ》——平四郎の娘。久和蔵の妻。二十七歳。

仙太郎——久和蔵の息子。八歳。

五兵衛——百姓家の主人。五十七歳。

五兵衛の女房——五十七歳。

其　他

風の音。幕静かに開く。

納屋を兼ねた五兵衛の裏庭の離れ。土間には筵を敷き、半成の木彫、木屑、彫刻用の器具、子供の玩具等。土間に続きて座敷、その隣に小間。堺は古びた障子立て。

久和蔵泥まみれになり、疲れた様子で座敷に坐つて煙草を吸つてゐる。

お初は土間の片隅で立ちながら泣いてゐる。行燈に薄く灯がともつて、朝はまだ明けきらぬ。

久和蔵——見舞の人がそろ〳〵来るづら。顔洗ひ代りに渋茶でも……お前……お初……へえ泣いたつて追つくもんか……

お初久和蔵には答へず、涙を押拭つてせつせとそこらを片付けはじめる。久和蔵立つて七輪に炭をつぎ足さうとする。

お初——いんね、それは私が今するに、お前はこれを（彫刻物を指し）その壁際になほしておくれ。一晩中ちつとも眠入らなかつたら五月といふに朝冷えが……お前まだ濡れたまゝだぞな。

二人彫刻物を片付け始める。

寒くはないかえ。

久和蔵——何あに。……けんど寒いといへば寒いなあ。郷里《くに》では御柱《おんばしら》の祭もへえ明日といふだが……野郎、嘉助の野郎、妙見様の罰があたるものかあたらねえものか……己《おの》れの猜みからこんな取かへしもつかねえ大事《おほごと》をしでかしやがつて……俺らあへえ（彫刻物を見やりながら）これをたゝき割りてえよ。

お初——そりやお前、お前の……万が一にもお前の僻見《ひがみ》じやあないかえ。

久和蔵——（険しい眼でお初を見やりながら）俺の僻見だ……今もよつくいつて聞かしたに、考へても見ろ。下小屋に不寝番を置いて、火許に気を配るのは大工の衆の役目だで、あの衆が火を間違はねえで、誰れが間違ふもんか。殊にも、明日は地鎮祭といふその晩だ。粗相のある筈がねえに……晩がたから火の手が上つてへえ……それもおかしなことだが、火許は一と所や二と所どころではねえ……つけ火だ。つけ火だ。嘉助が、あの嘉助の畜生が（このあたりより久和蔵は座敷に、お初は久和蔵に着物を着換へさせる）俺らあ家のおとつさまの評判を猜んで仕組んだことだわ。

お初——だけんど……

久和蔵——おとつさまが、へえ二年の上も、かうやつて他国の空で難儀をして、やうやく仕上げた宏大もない仕事が、昨夜一晩で他愛もなく灰になつたゞ。俺れもおとつさまに負けず骨を折つたつもりだつた。お前の甲斐々々しさもへえ一通りではなかつた。それもこれも今は無駄なこんだ。……おうまだ燃えてるづら、半鐘が聞えるに……

お初——（戸口なる急造の厨の方に行き、七輪をいぢりながら、小間の方に聞耳を立て）おとつさまは眼をお覚ましなさつたか知ら、音がするやうだえ。……あれまだ向ふの空が赤く見えるも何んも。

五兵衛野菜物を下げて登場。

あれ家主様済みましない、一晩中お寝みなさりもしずに、何かと難有う御座ります。

五兵衛——なあに、災難の節はお互ひのこんだよ。親方はよく休んだかなあ。本卦返りといやあはあ体を大事にしねえぢや……坊やもまだ眼が覚めねえだね……や、久和蔵さん帰つたけえ。
久和蔵――やあ家主様お早う御座ります。
五兵衛――（仕事場の方に廻り脱ぎ捨てた着物に眼をつけ）先《まあ》つでつかい騒ぎだつたんべ。ゑらい泥になつたなあ。お前さんとこの彫つたものはちつとは助かつたんべえか。
久和蔵――何から何までお世話になります。……（火鉢を持ち出しながら）あの風に煽てられたじやへえ一たまりもないで御座ります。……俺らあ死んだも同然に力が落ちてしまひました。
五兵衛――さうだつぺえともさ。時に……
久和蔵――（神棚の下にある小欄間用の透彫二枚を見かへりながら）せめてはと思つて、手軽な奴をあれだけさらひ出しはしたものの、大工の衆と違つて、俺らあ家は手不足だで……何せ、かうしてへえ親子ぎりのこんだから……
この会話の間お初五兵衛に茶をすすめ、小間の方に近づき隣室の寝息を伺ひ、更に愁を催す。
五兵衛――して大工の衆も鳶の衆も、彫物小屋の方には手伝のしつこなしか……はあて……この火事についちや村にも妙な噂さが伝はつてゐるだよ。
久和蔵――どんな噂が……
五兵衛――そりや……一体噂といふものははあげえもねえもんだから聞いたら聞き流しにして貰ふべえ……何んでもはあゆんべの妙見様の火事てえは怪火《あやしび》だといふだ。たゞの誤ちではねえ風だ。……誰れとなく見てゐたことだが、いかく燃え上つた火の中に、白装束をした白髪の姿のものがふつと現はれてな……それが見る〳〵火花の中に消えたといふこんだ。妙見様が怒りをなさつたゞ。もうお宮はどうあつても建つことはねえといつてゐたが……
久和蔵――それなら俺れもまざ〳〵と見た。白い衣冠束帯のお姿が勿体なくも火の中に消えて行つたゞ。それを見たものは誰れ彼れとなく、へえ胆まで震へ上つたが、恐れをなして遁げ出したゞよ。
五兵衛――はてすさまじいこんだなあ……親方の腕が余り冴えてゐるで、妬みに思ふ奴がゐたに違ひねえだ。それでなくつて何んであんな所からはあ火事が出べえさ……何しろおつかねえこんだ……やれやれ……じやまあ久和蔵さんもたんとがつかりしねえが分別だあ。何もはあ因縁ごとだかんなあ。
……別に何か用は無えかね。
久和蔵――へえ俺れも帰つてゐますで、なゝ案じなくて。……やい〳〵お初、茶呑茶碗がいくつかあるか。
お初――あれ、いくつもなかつたわやれ。
久和蔵――それじや家主様、ちつと貸して下さりますか。見舞人が来ると思ふで。
五兵衛――安いこんだともさ。じきに持つて来ますべえよ。
久和蔵――辱う御座ります。
お初――（同時に）難有う御座ります。

五兵衛退場。お初入口よりにじり上り行燈の灯を消して片隅によせ、久和蔵の真向ふに坐る。

お初——お前、仕事場に火をかけたのは嘉助親方に違ひないと思つてゐますかえ。

久和蔵——……

お初——心底からさう思つてゐますかえ。

久和蔵——おう、さう思ふに不思議があるといふだが。お前はあの野郎に恩でも着せられてゐるだか……

お初——あさましい……お前は……お前は男か……男かえ……男なら何でおめ〳〵と帰て来たゞえ。何んで嘉助といふ奴に仕返しはしてくれなかつたゞえ。これが浮世の年貢のなし納めだといつて、おとつさまがかうして仕上げなさつた大事な仕事を……おゝ私は胸が痛むわやれ、むごたらしい……その仕事を灰にし腐つた男に、お前は恨み言一つ云ひ得ずに帰つて来なすつたゞなあ。お前はどの面さげておとつさまにお辞儀しなさるえ。昨晩はおとつさまはこゝにかう坐りきりで、村の衆が見て来たことを、笑つたなり聞いてゐなすつたが、その胸の中を思ひやると、側にゐた私は切なくて、泣かずにはゐられなんだ。……お前……久和蔵さ……お前の仕事も煙になつたに、まこと口惜《くちお》しくはねえかえ。

久和蔵——…………

お初——お前は恩知らずだえ。七つの歳からこの家に養はれて、仕事の手ほどきからして貰つてゐるに……ほんとに……

久和蔵——俺れが男か男でねえか、恩知らずか恩知らずでねえか、見てゐろ。

お初——その高慢をいふ口がありや……

この時子供の呼び声小間より聞こゆ。お初はつとたつて小間の障子を開けて見る。

平四郎——(小間の中から)やい〳〵お前等がたんとわめき合ふで仙太郎がうなされるわ。昨夜はおそかつたでまだねむいらに……やあ、よし〳〵何でもねえだ。じつと眠つてろ……やあ、よし〳〵。

お初小間に入る。入れ代りに平四郎寝衣の上に長絆天を羽織りながら登場。久和蔵いひ出る言葉もないやうにうづくまる。

久和蔵いつ帰つたな。

久和蔵——さつきがた戻りました。

平四郎——御苦労だつたなあ。すつぱり焼けたか。

久和蔵——…………

平四郎——さうか……へえ何時だ。曇りだか晴れだか。まだ風は落ちねえな。

久和蔵——六つ少し前で御座いますづら……昨晩は少しはお休みなさりましたか。

平四郎——うむ、彼れ是れ……仙太が時折り眼をさましてなあ……どれ顔でも洗はづ……

顔を洗ひに立たうとする。お初小間より出て来て、

お初——いんね、そこにおいでなして、今私が水を汲みますに。

お初厨に下りて水を汲みて土間の方に持つて来る。平四郎顔を洗ひ終りて町の方を見ようとする、お初が何んとかしてさうさせまいとするけれども頓着なし。

平四郎——（独白の如く）ふむ、……まだゐらい煙だわやれ。何しろ山のやうな木材《きざい》だでなあ……や、お袋さまか。お初、家主のお袋さまが茶碗を持つて見えたぞ。お早う御座ります。

五兵衛女房登場。

女房——はあ眼が覚めたゞなあ……お早う御座りますよ。お初さ、こんなもので間に合ふべえか。

お初——間に合ひますどころか、難有う御座ります。

女房——久和蔵さんも帰つたゞね。ゐらいまあ災難で、嘸や難儀なことだんべえなあ。

平四郎神棚の方に向きながら、

平四郎——お袋様、昨夜お頼み申したお御酒《みき》はへえ来ますだか。

お初——それならこゝへ来てゐます。

女房——何ぞまだ用はねえかね。お、用といへば、嘉助親方といふ人が来て、俺《や》らが家で親方の眼を覚ますのを待つてるだあよ。どうすべえなあ。

久和蔵——何、嘉助が……

久和蔵走り出ようとする。お初思はずそれをとめる。

平四郎——やい〳〵久和蔵、手前づれの無分別者に嘉助がてこじろにあふ男かい。引込んでゐろ。手前は（土間の中央に長々と置かれたる雲龍の総彫りの虹梁を指し）そこにへたばつてそこの肩の所の仕上げでもするだ。

五兵衛の妻、去りかねてまご〳〵してゐる。

女房——親方、嘉助親方は……

平四郎——来いと申して下さりまし。

五兵衛の妻退場。

お初——へえ上げました。

やい〳〵お初、お御酒を明神様に（神棚を指す）上げてくれう。

久和蔵渋々道具を揃へて仕事にかゝる。

平四郎——さうか。今朝はむしやくしやするで顔洗をやるぞ。

平四郎神棚に行き祈念する。お初は朝酒の燗にかゝる。平四郎祈禱を終へてふと久和蔵が持ち帰りし彫刻物に眼をつけ、

平四郎——久和蔵。

久和蔵——へ……

平四郎——これはどうしたゞ。

久和蔵——……

平四郎——焼け残りを拾つて来たゞな。

久和蔵——火の中に飛び込んで、それだけは助け出したけんど、手の足りない俺らあとこのこんだで、あとはへえ無残々々と焼け終へたで御座ります。

平四郎——未練がましい奴が……

大工嘉助、岡持ちをさげたる手代を連れ、五兵衛に案内されて登場。

五兵衛——親方お早う御座りますよ。嘉助親方をこゝへお連れ申したから……

お初急ぎ小間の方へ退場。平四郎彫刻物を下に置き座りたるまゝ。五兵衛手代と共に退場。

嘉助――お免なせえまし。親方。寝ごみに押しかけたやうな仕儀になつちめえやして……

平四郎――ま、お上り。

嘉助座敷に上りよき所に坐る。久和蔵不穏。

久和蔵、その龍の肩の所が肉が厚いでそこを丹念にはつるだ。

(嘉助に向ひ) お早う御座ります。

嘉助――お早う御座いやす。久和蔵さんへ、お早う御座いやす、……親方何から申してよろしいやら、お互ひの災難とはいひながら、こんなことにならうとは、夢の夢にも思はねえことで御座いやした。口惜しいといつたんじや方図がつくが、私の胸は方図なしにかきむしられるやうで御座いやす。お悔みを申しに来てゐて、こんなことをいつちや間抜けじみてゐやせうが親方、私も親方の御愁歎はようくお察し致しやすが、私の心の中もおもひやつて下せえまし。……親方と一緒になつてかうして二年の余も、誠心のありつたけをこめて、江戸職人の名折になるまいと、夜の目も合はさずに精を出しやした。去年は去年で品川のお台場普請があるし、今年はまた炎上した御所の御造営で、第一に人手が引けるなり、西京への御寄進といふんで木場の材木は手つ払ひになるなり、手違から手違がつゞきやした。だがかうなつちや私も損得づくじや御座いません。痩腕ながら後々の人に後指をさゝれねえ仕事をしたいと念じ切つてゐやしたが、ふと魔がさしたとでもいふ……さあやつぱり魔がさしたんで御座いやせう、思ひも寄らねえ災難が持ち上つて……私は、親方、生きてる空も無えやうで御座いやす。

平四郎――親方はいくつだな。

嘉助――何んで御座いやす。

平四郎――親方はいくつだといふだ。

嘉助――はて丁度になりやすが、それが……

平四郎――四十かえ。若いなあ。待てよ、ふむ、すれば亥の年づら。思慮分別のやたらつゝ走る星まはりだわやれ。俺れは寅だ。寛政六の六十一で御座います……生ひ先のへえたんとねえお爺だよ (放笑) ……やいやいお初顔洗は如何しただ。

お初小間より出て来て、嘉助には挨拶もせず厨に行つて燗を見る。

お初――つい忘れてゐて、つき過ぎましたが……

平四郎――構はねえ。

お初燗徳利と猪口とを取りそろへて平四郎の所に持つて来る。

これは俺らが独娘のお初といひますだ。お初、これが江戸頭梁様の嘉助親方だわやれ。かしこまつてお辞儀をしろ。

お初父の命に従はず。

(放笑) 親方、気を悪るくしねえで下され。歳は二十七だが甘やかして育てだで、八つになる餓鬼のお袋といふよりは、己《おのれ》が三つ子同様で御座りますだ。(放笑)

お初そのまゝ小間に入る。そつと小間と土間との隔ての障子を開け、久和蔵をそゝのかして嘉助に害を与へようとする。

嘉助――（辛く憤りを鎮めながら）朝からけづりをおやりなさるなら、心ばかりでは御座いやすが、丁度御見舞にと思つてちよつとばかり肴を持つて来やしたから……

平四郎――それは辱ふ御座ります。やい〳〵久和蔵、親方からいたゞいた肴をそれ、戸間口にでも出しておけ。犬でも来て食ふづらに。

久和蔵立ちていひつけられた通りにする。

嘉助――（腹にすえかねて）親方、それや何ぼ何んでも無礼といふもんだ。何か私に意趣でもあるなら、この場ではつきりそういつて下さいやし。

平四郎――意趣……（笑）それは無えかといへば無えでも無え。……が……それはそれとして、江戸ではこれを朝酒といひなさるやうだが、俺らが在所の諏訪といふ山国では、顔洗ひといひますだ。これで一杯かう（燗徳利に手をかけ）あつゝ……熱いわ。熱過ぎるわ……これは全くお前様見たやうな酒だわやれ。（放笑）

長絆天の裾を徳利に巻いて酒をつぐ。

嘉助――……

平四郎――先づ毒味もしたに、親方も一杯行かうづ。

嘉助――（苦がり切つて）憚りながら顔を洗ふに人様の世話にはなりやせん。

平四郎――さうか、へえ顔は洗つたゞか……頸根つ子も序でに、洗つて来さつしやると世話がなかつたに……

久和蔵潜かに釿を執り上げる。

やい〳〵久和蔵、釿でそこをはつて何にする気だ。鑿で行くだそこは。

顔が洗つてあれば俺らが言葉もちつたあ解らづ。……お前は仕事で俺れの向ふに立つ気だつたゞな。

嘉助――知れたこつた。お前も俺れも同じ伊藤平の下請だ。信州からぽつと出の彫物大工づれに、江戸の大工がひけを取つて引込んでゐられるかい。

平四郎――（放笑）先づ拙いながらお前ほどの腕があつたら、物のよしあしは見極めがつく筈だ。……それがお前の不仕合せになつただなあ。意気込みだけでは仕事の出来るものではねえからな。賤しいながら甍と名のつく仕事をする上は生れ付きといふものが口をきくだぞ……修業が譃はいはせねえだぞ。俺れの仕事とお前の仕事とを己《おの》れが眼でしつかと見比べるがいゝだ。……やいやい久和蔵、手前は今朝は気でも狂つたか。そんな大鑿をつかつたら、龍の鱗はけし飛ばづ。小鑿で行くだそこは……五分鑿だ。……五分鑿だといつたら五分鑿でやれといふに、野郎……。（嘉助に向ひ）お前は……

嘉助――そりや、いふまでもない事だ。俺れも七つの年から年期を入れて、暑い寒いの辛い味から、鋸、鉋の甘《うめ》え味まで、この文身同様に身にしみついてゐるんだ。堂宮にかけちや、広い江戸でも深川の嘉助で通る男を、お前の見くびりやうは、そりやほぞがちつとばかり外れてゐやうぜ。寒天と蕎麦の名所では、薹がたつたばかりで凡くら者が名人と化けられるかは知らないが、憚りながら山のない江戸界隈ぢや、通らねえや。

平四郎――お前見たやうな未熟者がそんな口をきいてゐたら、犬も尿をひりつけめえまでよ。

嘉助――何んだと……年嵩だと思やこそ、折れて見舞に来れば……

久和蔵いきなり釿を取つて嘉助に走りかゝらんとす。

平四郎――馬鹿、研石はこつちには無え、そこの隅だわやい。（久和蔵手を下しかねる）見舞に来ればではねえ、探りに来ればといふだそこは（放笑）……さう短兵急に気をいらつちや、お前は寿命を取りにがさづ。孫奴が眼をさますで落着いて貰はふかな。久和蔵等も物々しいぞ。……久和蔵、村の衆が見舞ひに来るとうるさいに……お初、鼻紙を……やあ、それにも及ぶめえ、その筵に「忌中だで客無用」と書いて戸間口につるしておけ。でつかく書け。

お初――おとつさま延喜でもねえ、忌中だなんて誰れが死にましたえ。

平四郎――木曾の義仲が死んだわやれ。

以下の会話の間に久和蔵命ぜられるまゝに筵に書いて、お初に手伝はせて其を奥く行く木立ちにかける。

（嘉助に向ひ）ちつたあ気が落着いたづら。俺れが一つ昔話をして聞かせづ。

偖て、俺らが在所に諏訪明神といふ、いやちこな荒神の鎮守がある。（神棚を指し）な、こちらが当国の妙見様で、むかふが諏訪明神だ。こちらの宮造りは久和蔵がしたゞ。あちらは俺れだ。しつかと拝んでおくがいゝ。……この明神の御本体は建御名方尊といつて、大黒様のお子じやげな。その尊がな、仔細あつて信濃国に屛門になられたゞ。屛門といへば、家のぐるりに柵を打ちまはすが定だによつて、それが末代に残つて、寅の年申の年と、七年目には御柱《おんばしら》の祭といふがあるだ。囲り五抱へもあらづ立木を切り倒して、八ケ岳の山中から、郷々のものが引き出すだが、そいつの里引きが丁度今月の明日にあたるわやれ。それを一本づゝ社の四隅にぶつ立てるだ。それが柵の型を伝へたものだといふことだ。信濃国はさういふ国だ。山が高く、雪が深く、人の心も険しいが、一旦腹をするゑて山を出た上は、出たゞけのことはしねえではおかねえ人気だぞ。

俺らが昔話といふはそれだけだ。

偖て一昨年、下総の妙見神社といつて、由緒の深い御朱印二百石の御社を、江戸から南に類の無え見事なものに建てかへるとて、彫物一切を引受けたらと名古屋の頭梁から名指しがあつた時、俺れは死物狂ひで、山又山の柵を踏み越えて江戸の空へと転り出たゞ。相模の運慶、飛弾の甚五郎には及ばずとも、信濃国ではあばき足らぬこの腕つぷしを、命かぎり根かぎり試して見づと思ひ立つたゞ。……俺れの向鎚にまはる大工といふがお前だつた。俺れにとつては不足千万な生腕《なまうで》だ。……先づさう悪あがきをするものでねえ。……も一度眼をするゑてしつかとこれを見たがいゝだ。これを見ても誠頭が下らずは、お前の心はへえ慢心の業病で息気の根が絶えるだぞ。

平四郎久和蔵の持ち帰りたる彫刻物を嘉助の前に置く。嘉助始めは軽蔑の態度を示せしが、段々と牽きつけられるやうになつて、それを熟視する。

よつく見ろ……見えたか……手前もそれが見えねえ程のみじめな腕ではねえ筈だ。……それでもまだ頭が下らねえか……口の先きでは何とでもいへ、手前づれが俺れと肩を列べられる大工かさうでねえか、胸に手をあてゝ思案して見ろ……たわけたこんだわ。……末代までも国の宝とならづものを、お前はよくも一晩の中に灰にしたな。（没義道に嘉助の膝許から彫刻物を奪ひ取る。嘉助その言葉に思はずぎよつとして平四郎を見守る。）手前がへえ己《おの》れ一人の愚かさから国の宝を滅したゞぞ。

嘉助――聞き捨てならねえ雑言をほざく上は、俺れにも俺れの覚悟がある。よまひ言と思つて控へてゐれば方図のねえ。

平四郎――仕事づくで争ひもし得ねえ畜生はかうしてくれるわ。久和蔵、釿をよこせ。

久和蔵逸早く釿を平四郎に渡し、己れも得物を取り上げる。嘉助も懐ろに手をさし入れて身構へする。平四郎釿を手にし、やゝ暫らく嘉助を睨みつめてゐたが、突然憤を発して自分の彫刻物を滅多打ちに打つて微塵に砕く。一同思はず片唾を呑む。仙太郎その物音に眼を覚まし、大声に泣出す。お初小間にかけこむ。久和蔵その場にくづれて男泣きに泣く。

平四郎――（釿をがらりと放げ棄て）偖て俺れも年を喰つたなあ。愚に返り腐つたわやれ。……久和蔵、明日は俺れは在所に帰るぞ……

仙太郎母に伴はれて登場。

やれ仙太、眼が覚めたか。（仙太を抱き取る）昨夜は火事でおつかなかつたづら。へえ何んでもねえだぞ。案じるじやねえ。……この大工のおぢさまにお辞儀をしろやい。

仙太郎丁寧にお辞儀する。

仙太郎――（砕かれた彫刻物を見て）おぢいさまか、今これを敲き割つたは。俺れはへえ驚いたゞえ。

平四郎――うむ、気にすまねえ仕事は俺れはかうして敲き割るだ。……仙太、お前は諏訪に帰りてえ〳〵といつてゐたなあ。

仙太郎――あいよ、おばあさまが皆の帰るを待つてゐるらに。……俺れは御柱の祭も見てえだし。

平四郎――げえもねえ。祭は明日だに、諏訪へ行くには両手の指の上も日がかゝるだ。……さうだ、おばあさまも村の衆も俺ら達を待つてゐるら。明日はへえ帰るぞ。諏訪は今若葉になつて不如帰が啼きしきつてゐるづら。八ケ岳の雪もあらかた解けて、山膚が青く見えるぞ。

仙太郎――俺れは御柱の祭が見えだわやれ。
平四郎――はて聞き分けのねえこんだお前は。
仙太郎――だけんどおぢいさまの仕事はへえし終へたゞか。
平四郎――へえ遂へたわやれ。
仙太郎――し終へたゞけえ。
平四郎――うん遂へたゞ。
仙太郎――(お初に)し終へたゞなあ、へえ帰るだで……俺れは今日町に見に行くだ。
久和蔵――やい〳〵仙太。俺ら達の彫つたものは、お宮が建つてから飾りつけるだに、お宮は木取をし終へたばつかだで、俺らが家の彫物は今は大事に下小屋にかくまつてあるだ。
仙太郎――だら、おぢいさまもまだお宮に飾つたを見ねえだな。
平四郎――誰れも見ねえだわやれ。
仙太郎――それが見られねえなら、俺れは御柱の祭が見てえなあ……
平四郎――よし〳〵。したらおぢいさまが見せてやらづ。久和蔵、その虹梁の鼻へ綱を巻けや。これからは、おぢいさまはへえ仕事はやめて、ゆるりとお前と遊び暮らすだ。へえ元のやうには腹は立てねえぞ。……お前だけを可哀がるおとなしいおぢいさまになるらよ(放笑)
嘉助――親方……平四郎親方……私や今になつて始めて眼が覚めやした。済まねえことを仕でかしてしまひやした。

仙太郎驚きて平四郎よりお初の膝に移る。

平四郎――眼が覚めたか。
嘉助――え丶私や何といふ人非人だ。わが身の腕の足らねえのは棚に上げて、町の人も村の衆も親方の仕事ばかりに眼をつけるのを腹にするゑかねて、かうして普請が出来上つた上、二人の名前が末代まで列んだら、死んでも死に切れねえ業曝しだと一図に思ひこんだその上句が……何をお隠し申しませう、親方、仕事場一帯に火をかけさせたなあ……
平四郎――魔がさしたゞよ、誰れの科でもねえわやれ。
嘉助――さういつて安閑としては居られません。私は……
久和蔵――したら手前が……
お初――むごい事をし腐る人畜生……
平四郎――(放笑に紛らし乍ら)何んの、魔がさしたゞといふによ。……その魔性の奴の可哀さわやれ。……俺れはへえかうしたやくざな爺《ぢゞい》だが、一藝にはまり込んでこの長い年月を苦労したばつかで、その魔性のもの丶殊勝さがしみ〳〵と胸にこたへますだ。……手前でもねえ、お前でもねえ、お前様は矢張りお前様だ。……俺れも齢さへ若かつたら、お前様と兄弟の杯でもして、お互ひに腕を研かうによ……お前様はまだ生先きが長いだから、念にかけて早まつたことをするではねえぞ。
嘉助――……

消え半鐘の音近く聞ゆ。

平四郎――あれは何づら。
嘉助――しめつたな。

久和蔵――村でうつた消え半鐘で御座ります。

平四郎――さうか。へえ火事も遂へたか。……ぼう、風もねえいゝ朝げになつたなあ。……うら〳〵とした景色だわやれ。

仙太郎――おとつさま、綱がついたかえ。

お初――この子といへば会釈のねえ。

久和蔵――まて〳〵。

五兵衛、嘉助の手下の大工を案内して登場。

大工――こちらで……左様で……もし、やじやう、こちらですかい。大変だ。

嘉助――（屹となり）何んだ。

大工――何んだつてやじやう、大事《おほごと》が持ち上つてしまひやした。火事場にとう〳〵人死が出来ちやつたんだ。それも生やさしいんぢやねえ、宮司様が、やじやう……宮司様が我れと進んで火の中に飛び込みなすつたんで御座います。……何んでも真夜中頃、白装束の姿のものが火花の中に見え隠れしてゐたのは、やじやうも承知で御座いませう。今から思へばそれが宮司様だつたんだ。

久和蔵――それなら俺れもたしかに見た。

大工――おいたはしい、それが眼もあてられねえ姿になつて……

嘉助――それぢや何んだな、火事を出したのを済まねえ事におもひなすつて、妙見様にも代官所にも申訳の為め、我れと我が身をその火で焼いて――おしまひなすつたか。

大工――全くそれに違ひねえ。何んでも書置きが残してあつたんで、大騒ぎになつて、私達も鳶の者も滅多やたらに火の中を尋ね廻つた上句、骨にならんばかりの死骸を探しあてたんで御座いやす。……これは何をおいてもやじやうからも代官所に申立てねえじや落度になると思つて、私は取りあえず駈けつけやした。……すぐ帰つておくんなせえ。

嘉助――よし、今行くから待つてゐろ。……今お聞きになつたやうな訳で御座いやす。つく〴〵私は罰あたりだ……私は……

平四郎――出る所に出てその届けをさつしやれ。早えがいゝ。だがな。お前様の仕事はこれからだで、夢にも短気は出さねえもんだ。火の許は大工衆のあづかりだで、火事を仕でかしたは、何処までもお前様のあやまちだが、誤りは誰が身の上にもあるものだでなあ。この界隈の衆がどのやうな噂を立てやうとも、びくともするではねえ。事が面倒になつたら俺れがこゝにひかへてゐるで……お前様の仕事は俺ら達が足許にも寄りつかれねえ素晴しいもんだつたに、それを無残々々と焼き遂へたお前様の心を思ふを、老ひぼれは涙もろいで、泣かずにはゐられねえわやれ。

嘉助――親方、腸をかきむしられるやうで御座いやす。私は今になつてはもう何も申しません。……若し私が生き延びてゐやしたら、長い眼で見てゐて下さいまし。

平四郎――長生きをさつしやれ。俺れは信濃国の雪の中からじつくり見てゐるづらに。

嘉助――では御免なさいまし、親方、久和蔵さん、ごしんさん。

平四郎――早々とお見舞を辱ふ御座りました。

久和蔵、お初相当の挨拶をする。嘉助及大工退場。

五兵衛――やれ、親方、（忌中と書いた筵を見やりながら）これははあお前さ、何を書くだ。いたづらにも程があるべえものを。

平四郎――家主様、俺らが国にな、昔、義仲といふ荒武者がゐて、木曾の山の中から西京眼がけて猪の子のやうに飛んで出たゞが、力は余れど武運が拙くて、粟津が原の泥田に馬を駈けこまいて、犬死をして退けたゞ。今朝はふと、その昔を今のことのやうに思ひ出したでな、一つは今更らめかしい弔ひの心、一つは見舞の人のうるさゝにあゝ書いてつるしたで御座ります。（放笑）……偖も、家主様、俺ら達は永々と御邪魔になりましたが、明日は発つて在所に帰りますに……

五兵衛――それはまたあんまり火急だんべえさ。荷ごをりだけでせえはあ二日三日はかゝるべえに。

平四郎――いんね……

お初――おとつさま、それはお前様のいつもの悪い癖の短気ではねえかえ。二年の上も住み慣れゝば、名残りを申して廻らにやならぬ人様も数あるづらに。

平四郎――（激怒を以て）親の心子知らずとは手前のこんだ。俺れがこゝに（足で床をふみ）へえ一時でもゐたゝまれると思ふかやい。仕事が遂へればへえ、俺れには辞儀しで歩く人もゐはしねえだぞ。たわけが……家主様よ、「これがまあついの住家が雪五尺。」信濃国の山猿には、裸身の外にこをる荷物も御座りましねえ。ひよこり〳〵と親子四匹で軽々とした道中をしませうづ。

仙太郎――おぢいさま、おとつさまがこれに綱をつけ遂へたに、早く御柱を引かづ。俺れは待ち遠いわやれ。

平四郎――や、待たしたなあ、……仙太、こゝは下総ではねえ諏訪の山の中だぞ。あすこに見えるが、あれが（神棚を指し）八ケ岳、あすこのむかふが木曾飛弾の山又山、こゝからこれまでは諏訪の湖《うみ》、広い湖だぞ。そうれ岡谷の村も、下諏訪の宿も見えるら。こゝが神宮寺《じぐじ》村の明神様（壁際の積俵を指し）このわきにあるが俺ら達が住家だわやれ。今日は御柱をそこへ引くだ。おぢいさまの身のまはりに高々と四本ぶつ立てるだ。……高々と四本ぶつ立てるだ。……仙太は力がゑらいで綱元をやれ、おとつさまは綱ばな……おぢいさまはへえやくざだでこゝに（綱の中ほどを握る）立たづ。やれ見ろ仙太、在所のものも他国のものも俺らがためにいかいこと綱引きにとつどつて来たぞ。さあ皆の衆も綱を取つた。……それ仙太、音頭をやれ……

仙太郎――（よろこび勇んで）やれゑんやらさあ……

久和蔵、お初泣しづむ。五兵衛も貰ひ泣きをしてゐる。

何故に皆の衆は泣くづら。おかしいわやれ。

平四郎――それじや仙太とおぢいさまと二人で引かづ。

仙太郎——やれゑんやらさあ…………

平四郎——やれゑんやらさあ…………

虹梁動かず。

幕

この戯曲には方言を用ひる必要があつた。藤森成吉、吹田順助、里見弴の諸氏が私の為めに親切に教へて下さつた。玆に謝意を表する。

………作者

（「白樺」大正10年10月号）

人間親鸞
——恋の歌——

石丸梧平

一

「——今日のやうに桜の花が咲き乱れて居た。」と、範宴《はんえん》は七八年前のことを、いろいろと思ひ出すのであつた。

「だが、叡山では桜の盛りは四月に入つてからだから」と、また思ひ返した。さうだ花の盛りと同時に樹々の新緑が一せいに萌え出るのであつた。だから、三月ではなく慥かに四月十六日の夕方のことである。……

もう十幾回かを熱心に通《かよ》つて、それでもやつと、杉女に自分の心持を打ち明けて、——その頃は何と云つてもまだ若かつたのだ。たゞ杉女にそのことを打ち明けたと云ふだけだつたが、範宴は、その日は、興奮し切つて居た。

「わたしも、どないにあなたのことを毎晩思ひ出して居ましたことやら！」杉女がさう答へたとき、範宴は、今一度しつかりと杉女の手を握つた。——毎晩思ひ出すと云ふ言葉が、一寸おかしかつたが、それは反つて田舎娘にはふさわしい言葉だとも思つた。それに八瀬大原一帯、叡山北麓の村々では、女がよく働く習慣になつて居た。夜になつてやつと自分の身体《からだ》をやすらかに寝床の上に横《よこた》へることが出来るのだと、杉女はその時も云つた。「さうどすよつて、夜に一ぺんおいでやすな！」

「わざ〳〵夜出かけて来ることは出来ません。――斯《か》うして度《たび》々会へるのも、やはり托鉢に来た序《ついで》に――」

と、範宴が云ひかけると

「いやどすな、そんな托鉢の序やなんて！」如何にも不満らしく杉女が云つた。

初めて心の中《うち》を明し合つたのだが、お互ひに、なつかしい心は既に深くなつて居たらしかつた。杉女が馴れ〳〵しくさう云つた言葉も、決して誇張には聞えなかつた。一体に田舎娘の、殊にまだ十九ばかりの若い女であつただけに、対手《あいて》の心をどれだけ酌むことも出来なかつたが、何のかざりもない自然の声が、何とも云へず嬉しかつた。

それでも、とう〳〵その心を打ち明けてからは、別れる時などは、やはり少しは、いつもの調子とは変つたやうだつた。恥かしさうにした。けれどもそれがまた愛らしくも見えた。

寂念院《じやくねん》へ帰つて来たのは、いつもよりは少し遅かつた。――範宴はその頃、寂念院に唯一人住つて居た。それは勉学修行の都合上師の僧正から特に許しを得て、一ケ月ばかり前からさうして居たのである。

「範宴はさすがに自分が眼をかけただけで――」と僧正はよく云はれた。範宴が秀才の誉《ほまれ》は、その頃からだん〴〵高くなつて行つた。二十一才の春であつた。

「小人閑居して不善をなす！」範宴は、八瀬の杉女から別れて帰るとき、自《おのづか》らその言葉を思ひ出して居た。修行の便宜の為に、特に寂念院を与へられた師の僧正に対して、何とも申訳のない謝罪の念に満ちて居た。

けれどもどうすることも出来なかつた。だん〳〵かうした邪心が萌え出るにつけて、範宴は心から恐れて居た。だが、今から根本中堂《こんぽんちゆう》の方へ帰つて、他《ほか》の若いものの中《なか》に加はるのは、一層恐ろしかつた。

無論彼れ等が戒《かい》を守る正しい僧侶だと云ふのではない。恐らくはみな、範宴以上に多くの邪心を抱いて居る。それを恐れるのではない。だが、範宴は、彼等若僧の間に風紀係のやうな仕事を、師の僧正から命じられて居た。――その仕事が恐ろしいのであつた。今の範宴には、到底さうした重任を果されようとは思はれなかつた。――

不意に筒鳥《つゝどり》の啼く声が頭の心《しん》にまで響いた。八瀬からは、坂道を上つて疲れて帰つたので、そこに楽々と寝そべつて居たのだが、あの筒鳥の、大きい竹の筒をでも通り抜けたやうな、しかし梟《ふくろふ》よりはもつと重く寂びた、それで居てどこまでも端的な――その啼き声がピンと頭に響くと、範宴は思はず跳ね起きたのであつた。

「お地蔵さまにまだ挨拶をしない。」範宴は思はず呟いた。そして本堂の側の小さい地蔵堂の方へ歩《あし》をはこんだが、今日は何としても、この上詫びる言葉がないやうな気がした。

「只今帰りました。どうぞお許し下さいませ。」八瀬《やせ》から帰つた時は、いつもさう云つて詫びることにして居たのである。托鉢に出ることを詫びるわけはないのだが、その頃の範宴は、京の町や坂本あたりへ出かけることは稀れで、托鉢と云ふときつと脚《あし》が北麓の八瀬大原の方に向いてしまふ。なんとしても八瀬が忘れられないのである。

だが、戒を守らぬ罪が恐ろしかつた。わけても自分を信じて下さる師の僧正に対しては申訳がなかつた。それを悲しむ心の底から、すぐにもまた或る抑へ難い力が湧いて来た。——範宴はその時始めて、自分の生存の矛盾を感じたのであつた。

「また八瀬へ行かなければなりません。わたくしの留守中に誰かが用事にまゐりましたら、どうか私を憐と思召て、よろしいやうに取計つて下さいませ。」托鉢に定められた日でない時でも、思ひ出すと矢も楯もたまらなかつた。さう云ふときには、地蔵様にかう云つて歎願した。

誰れにだつてそんなことを話される筈ではなかつた。聖道門の教を奉じて居る叡山の僧侶が、しかもその仏に向つて、そんなことを歎願するのは、あまりに矛盾して居た。忽ちに、破戒の恐ろしい罰が降りかゝつて来ることを思はないでは居られなかつた。けれども、それを告げないからとて、仏は、人間の心の中のことぐらゐは洞察せられるであらうと思はれた。で、黙つて出かけるのは一層恐ろしかつた。

「只今帰つてまゐりました。どうぞ私の罪をお許し下さいませ。」さう云ふ度に範宴は、ほんとうに涙が流れた。悪いと云ふことは、よく知り切つて居る。けれども、どうしても止められないのであつた。

「まだ、あの女と、どれだけの関係があるわけではない。」そんなことを自ら弁護しても見たり「いゝえ、しかし自分は明かに杉女のことを——杉女を恋ひ慕ふて居るのだ!」

恐ろしいことだが、やはり仏の前に凡てを詫びた方が好いと考へた。詫びるより外にどうすることも出来なかつた。

「師の僧正にもこの心を打ち明けて詫びねばなるまい。」それも幾度か考へたことだが、しかし、僧正にこのことを話せば如何に僧正が自分を信じて居て下さつても、それは到底許されないことだと思はれた。もしそれを許すことになれば、一山の風儀が総崩れになることであつた。「それはとても許されないことだ!」

それに、僧正が、範宴を信じられると云ふのは「——さうだ、先づその理由を考へるが好い。信ぜられる理由が消え失せて、尚ほ信が残る筈がない。その時は自分は、僧正からは用のない人間なのだ!」

だが、このまゝ斯《か》うして居ることは、まさしく僧正を欺いて居ることであつた。深い御恩のある僧正であるだけに、範宴はそれも辛かつた。けれども、どうすることも出来なかつた。

その点では、地蔵様の前で詫びることは、今の範宴の心持には一番しつくりと合つて居た。無論罪は恐ろしかつた。しかしどうせ人間の心の中のことを知り切つて居る仏の前では、偽《うそ》は通らなかつた。罪は覚悟の上である。たゞ何よりも都合の好いことは、地蔵さまは、何とも言葉には出さなかつた。範宴が何と云つても黙つて居た。詫びながら胸が一ぱいになつて遂には涙にくれることがあつても、やはり黙つて居た。――ふと気がついて、かうした矛盾の自分の姿が、自分ながらあさましく、おかしくさへなることがあるのだが、その時さへも地蔵さまは黙つて居た。

「どうか私を山から逐《お》はないで下さい。今暫らく山に置いて下さい。」もしその言葉が、師の僧正への言葉であつたら、僧正がどんなに自分を愛して居ても、それは免れがたい運命だつた。――麓の茶屋女に遊んだもの、美少年と契りを結んだもの、さうしたものが、これまでから皆、山を放逐されたのである。

地蔵さまは、何と云つても黙つて居た。で、かうした罪の範宴も、やはりもとのまゝの師の信用をつなぎながら、寂念院で研究をつゞけることが出来た。――この罪と教へとの、矛盾が大きくなればなるほど、範宴は、研究には一層努めて居たのである。その点では、師の恩顧に背くまいと念じて居た。――

「只今帰りました。どうぞわたくしの罪をお憐み下さいませ。――殊に今日は、一層深い罪を重ねてまゐりました――」そこまで云ふと範宴はもうあとがつゞけられなかつた。急に不思議な感激が胸に迫つて、涙がとめどもなく流れた。

いつまでも地蔵様の前に額《ぬか》づいて居ると、涙がやゝ涸《か》れて、それからふとまた杉女のなつかしい顔と、八瀬へつゞく新緑の道とが眼に浮ぶのであつた。――

「お前の留守の間に、今日はお前の仲間が、お前を呼びに来た。――蕎麦《そば》を食ふからお前にも来いと云ふのだ。わしは玄関まで出て、今少し調べものをしてるからあとで行くと、さう云つて置いた。」

それは慥かに地蔵さまの声であつた。範宴は驚いて、額づいて居た頭を上げた。――誰れもが其処には居なかつた。やはり地蔵さまの声としか思はれなかつた。けれども寂《さ》び古けた木地蔵は、いつもの通り暗いところに黙つて居た。

範宴は、外に出るときも、雨戸を閉てはしなかつたが、障子だけは閉ぢて居た。――そのときまた、頻《しき》りに筒鳥の啼く音が聞えた。それから塒《ねぐら》に急ぐらしい名も知らぬ小鳥がさえづるのを聞いた。で、範宴は廊下に近づいて、そこの重い障子をからりと開け放つた。

湿つぽいがらんとした本堂のうちへ、涼しい風が流れ込んだ。範宴は廊下の鼻に出て、ほつと呼吸《いき》をついだ。「なぜそんな声を聞いたのか知ら。」いつも見馴れて居る山の杉並樹が、今日は何だか偉大なものにさへ見えた。矗々《そくそく》として高く突ツ立つて居るのが異様な感じをさへ与へた。その古樹《こじゅ》の群が尽きたところが、すぐに崖になつて居て——その谷は、見渡す限りの杉の並木になつて居た。その間に樫《かし》や欅《けやき》や、たまには楓《かへで》の、新緑の葉が波を打つて居た。琵琶湖の水が、その谷を越えて遥かに光つて居るのが見えた。

また杉女のことが思ひ出された。すると思はず地蔵様の方に眼を移したが、相変らず室内はがらんとして居た。しかも今日は、見馴れたこの外景までが妙に淋しさを誘《さそ》ふのであつた。ほんとうに、この寂念院に一人住居の自分を、範宴は痛感した。するとすぐにまた杉女のことが考へられて、それが不思議に甘い感情をさへ催させるのであつた。

「今日はお前の仲間がお前を呼びに来た。——蕎麦《そば》を食ふからお前にも来いと云ふのだ。わしは玄関に出て——」たしかにさう云ふ声を聞いたに違ひなかつた。今はもうお地蔵さまに詫びるよりも、それほどまでに許して下さるなら、この誰れも居ない寂念院へ杉女を連れて来て、名物の蕎麦を、こゝで二人で食べたいとも思つた。

さう思ひながらすぐにも恐ろしい気がして、急いで地蔵様の方を眺めた。木像の口は、やはりもとのまゝ堅く噤んで居た。

この時に範宴は、昨年の秋、山を去つた美少年の照円のことがふと思ひ出された。

「いゝえ、照円のことばかりではない。山の少年のことは一切忘れなければならない！」少年との関係は、これまでは自然に黙認されて居たのだが、しかしあまりにも度々さうしたことに関する争ひがあつたりして、この頃では厳重な所罰をされることになつたのである。最近にも、その為めに山を追はれたものは二人ばかりあつたのである。

範宴は、少年に対してそれほど趣味を持つて居るのではなかつた。けれども偶然の出来事が、範宴をさうした渦の中に巻き入れたのであつた。——

「わたしが悪かつたのです。どうか許して下さい。わたしは濫りにあなたのお名を借りました。それによつて、私が最も軽蔑して居る二人の青年の手から、その争ひの中から、のがれようとしたのでした。どうぞそれをお祭し下さいませ——私は、ほんとうにあなたをこそひそかに尊敬して居たのです。」

いよ〳〵山を去るとき、照円が、さう云つて自分の前に泣き入つたことを、範宴は今も忘れることが出来ない。——とう〳〵あはれな彼れは、どこかに行つてしまつた。範宴にはその少年僧が、いろ〳〵の意味で、その頃の自分の生活に深く喰ひ入つて居ることを感じないでは居られないのである。

「どうかお許し下さい。しかしわたしは、ひそかにあなたを尊敬して居たのです。」

くりかへして云つた彼れの、その言葉を範宴はどうしても忘れることが出来ない。その言葉は全く意外な言葉だつた。無論師の僧正からは幾度か賞められたこともある。励まされたこともある。それが嬉しさに、たゞ一生懸命に学問に熱中して居た。

僧正から賞められる言葉は、やがては自分の前途の光明を感じたからであつた。

けれども照円から聞いたその言葉は——彼れが自分を尊敬して居たと云ふ、それによつて範宴は、初めて師以外からのさうした言葉を聞いたわけであつた。で、悪い気持はしなかつた。

「あなたを憎むわけではありません。しかし私の身の上にあまりに意外な迷惑が降りかかつて来たからです。」

「すみません——」少年僧は眼を泣きはらして居た。

その事件は、全く範宴には迷惑に違ひなかつた。

斯《か》うしたことが比叡山の風習になつて居ると云ふことは、その頃もう範宴にも知つて居た。しかし眼のあたりに、しかも自分の身の上に甚だしい迷惑のかかつて来たさうした事件に対して範宴は怒らないでは居られなかつた。そして出鱈目に範宴の名を利用した照円を憎まないでは居られなかつた。で、止むを得ない立場になつて、範宴はその二人の関係者と、照円と、自分とが立ち合つた上で、いろ〳〵のことを話し合つたのであつた。

「照円が、美少年だと云ふ因縁によつて、かうした災害を蒙るのか!」

だん〳〵事情がわかつて来ると、範宴は遂には照円の為めに深い悲しみをさへ感じたのであつた。

なるほど照円が、年長者の慶運と二人、何か秘密事をでもするやうに、檜並樹《ひのきなみき》の影をあるいて居たことを、いつか範宴は見たことがあつた。

それからまた、或る意味の評判ものになつて居た道円が、それはまさしく悲しみに沈んで居るやうな照円を強いて何かに誘惑して行くところを、範宴は垣間見《かいまみ》たことがあつた——。

「やつぱりお前は出鱈目を云つてたのだ!」道円はさう云つて可哀さうなその少年僧をなぐつた。

「何んだ、この嘘つき!」慶運もさう云つてなぐりつけた。

「——」十六歳にしては、身体《からだ》は大きくはないが、照円は、さすがに秀才だと云はれる一面を持つて居るだけに、どことなくしつかりしたところがあつた。いつまでも何も云はずに黙つて居たが、もうそれ以上誰れもが手を出さなかつた。

どう云ふ事情が、その三人の間に起つて居たかは範宴には想像がついて居た。それに範宴が、はからずもそれ等の仲間に引き合はされたと云ふことは、照円が「わたしのほんとうに尊敬してる人は範宴さんなのです。範宴さんこそわたしはほんとの兄さんのやうに思つてるのです。」と、さう云つたからなのである。

何故《なぜ》照円がそんなことを云はなければならなかつたかと云ふことも範宴には想像がついた。たゞあまりの突然さに、範宴はその事件に迷惑を感じたのは事実である。

「わたしはもうつく〴〵山が辛いのです。わたしは思ひ切つて山を去るつもりです。どうか、御迷惑をかけたことは、お許し下さい。」

慶運と道円とが立ち去つたあとで、照円は、しみ〴〵苦しさうに云つた。それを見たとき範宴は、今の自分の態度が悔いられた。何故《なぜ》もつと照円をかばつてやらなかつたか。実は照円のその言葉は、自分の窮境をのがれる為めの出鱈目だつたことを感じたからである。これまで一度だつて、しみ〴〵と話したこともない範宴に対して、その範宴の名を、あれ等二人の争ひの中に持ち出したと云ふことは、あまりにも自分が汚されたことを感じたからである。けれども、おしまひには範宴はもう別れるのが悲しくさへなつて居た。

「山は去らなくても好いでせう。辛抱が大切ですよ。それにこれからはわたしも力になりませう。」

範宴がさう云つても、彼れはもう固い決心をして居た。

「わたしは町人の子です。こんなところへ来るのが初めから間違つて居たのです。わたしはもう辛抱する気はありません。祖《お》父《ぢい》さんが熱心な信者ですからこんなことになつたのです。たゞ町人の子が僧侶になると云ふ思はぬ因縁があつて、そして僧侶にさへなればえらい出世も出来ると云ふので、斯《か》うして山へ上ることになつたのですけれど、やはりもとの町人に帰ります。わたしには学問もおもしろくありませんし、それにこれからも、到底苦しい辛抱が出来さうもありません。」

とう〴〵彼れは山を去つたのであつた。

それから後《のち》範宴は、いつもその美しい少年僧のことを思ひ出して居た。そしていつの間にかそれが一種の恋愛にさへなつて居ることを自ら感じて居た。

「照円とは全く不思議な因縁だつた。」二三年も一緒に居ながら、あまり親しむ機会がなくて、彼れが去つてしまつてからそれほどまでに彼れを愛し焦《こが》れるやうになつたとは！

それから後も、美少年に関する争ひは幾度か、山の中にはあつた。その度に範宴は彼れを思ひ出さないでは居られなかつた。だん〴〵煩悩になやまされる身にはなつて来たが、その度に範宴は、あの美しい少年僧のことを、ただ思ひ出すことによつて、その純な幻の愛のうちに入つて行つた。そして僅かに愛慾の生活を浄化しようとして居た。

「わたしは、あなたをひそかに尊敬して居たのです。」その言葉がだん〴〵強いなつかしいものになつて行くにつれて、その照円の美しい頬と唇と――凛々しい黒い衣の姿とが一層はつきりとして来た。けれども照円はもうこの山のうちに、さうした姿を現はして居るのではなかつたのだが――。

「何と云ふ名になつて、どんな姿で、なにをして居るだらう。」

それを時々思ひ出しては今日まで来た。


「あの町女は何と云ふ心のやさしい奴だらう！」

それは若い僧侶が二人で話し合つて居る声だつた。――照円が山を去つてから一ケ月ばかり後のことである。その頃は範宴はまだみんなと一緒に根本中堂に居た。――範宴は隣の室で法華経を黙読して居たのである。隣の室との間には大きい一間《けん》襖が入つて居た。

「さうだね、あの女は全く茶屋女には珍らしいね。好い女だよ。君の為めに祝するよ。」

「冗戯ぢやないよ。本気で祝してくれよ。己《お》れはその為めに命を捨てゝも好いと思つてるのだ。」

「冗戯など誰れが云ふものか。」暫らくの間一寸とぎれて
「――もしかこんな話を誰れかに聞かれでもしたら、それこそお山は追放され、地獄行を宣言せられるんだからな。――誰れが冗戯に口を利くものかね。命がけだよ。」

「ほんとにさうだね。――それでも君とこんな話が出来るのはこの上もない幸福だね。死んで極楽へ行くよりは、生きて居て極楽に居たいね。――ほんとに君と二人で女のことを話し合つてるときは、こんな嬉しいことはないね。――君のおかねも美い女だよ。」

「また近いうちに行かうね。――君がおかねのことを賞めてくれるともうたまらなくなる。」

「また、ほんとに近いうちに行かう！」

その声はやゝ大きかつた。そしてそれが親友の法善だと云ふことがわかつた。――範宴はすつかり驚いてしまつた。法善は自分と同い年の、そして自分と相並んで、このお山では可なり前途を嘱望されて居る若い僧である。その法善が、斯うした秘密を持つて居やうとは！

法善は自分の親友だと、これまでから深く信じて居た。「それだのに法善は、これまで一度だつて、茶屋女のことなど自分に話したことがなかつた。」

さう思ふと範宴は淋しかつた。――茶屋女の噂などは無論きゝたくはない。範宴はその頃は、まだ、女のことなど考へたことがなかつたから――。そして仏の道に精進して、やがては名ある高僧になることを唯一の理想にして居たのだから！

しかし淋しいのは、法善が自分の親友ではなかつたと云ふ発見だつた。これまでいろ〳〵学問上の質疑をお互ひに語り合ひ、末々《すゑ〴〵》までも法の為め助け合つて行かうと、あれほど堅く約束して居た法善――その法善が！

「今一人の声は誰れだらう？」

いくら考へても範宴には見当がつかなかつた。全然知らぬ声だつた。――末々までの親友だと約して置きながら、今は、範宴は全然見当もつかない別の人間と親しさうに、しかもそれは、命がけの話をして居る。範宴は嫉妬をさへ感じたのであつた。

「――」もうそのまゝ黙つてしまつたかと思つたが、やはり何か話し合つて居た。

「――」もうすつかり聞き取れなくなつてしまつた。けれども何か、やはり話しては居る。

「一層《そう》のこと、僧正に告げ口をしてやらうか！」声が聞えなくなつたので、範宴は腹立たしくなつた。

法善でなければ、無論告げ口をする筈だつた。範宴は、同年輩のものの上に、風紀係と云ふやうな役目を僧正から云ひつか

つて居るのであつた。

「ほんとに法善でなければ。――あんまりにが〲しいことではないか！」さう一時は憤慨はして見たが、それからまた、断《きれ》々《ぎれ》に聞えて来る二人の、たのしさうな、嬉しさうな談話を聞いて居ると、範宴はもう決して悪《にく》めないやうな気がし出した。

「馬鹿な奴だ。地獄行の破戒僧だ。」

さうも思つたが、あゝして喜んで居るものを、むざ〲と恐しい地獄へやるのは可哀さうな気がした。地獄はおろか、もしか取締の方にそんなことがきこえたなら、それこそ一も二もなく破戒僧としてお山を追ひ出されるのである。――それさへも可哀さうな気がした。

「今のうちに何とか悔ひ改めるが好いが――」さう一人でいら〲して考へて居た。

「いゝえ、あの美しい法善に、茶屋女が心から許し合つて喜んで居るのは無理はない。法善こそ、そんとに好い若僧《じやくそう》だからな！」

それが男と女とだから――その男と女とが仲よくしたら、何《な》故《ぜ》悪いのか。あんなに思ひ出しては喜び――会つてはさぞ喜んで居るであらう二人の男女が、相愛し合ふことが何故《なぜ》悪いのか――。範宴はその時から、初めて女のことを考へるようになつたのだつた。

その翌日だつた。範宴はいつものやうに法善と二人で経文のうちの或る解釈に関して議論を戦して居た。その黒白がいつまでたつてもつかぬうちに二人は疲れてしまつた。――その時だつた。範宴は昨日、隣の室で襖越しに聞いた女の話を持ち出した。

「あなたがそんなことを聞いたのですか！」法善は狼狽しながら云つた。

「立ち聞きしたわけぢやないのですよ。自然に聞えて来たのです。しかし許して下さい。――けれども私は、あれを聞いてから、世界がよほど変つたやうな気がするのです。」

それから法善は凡てのことを打ち明けて聞かした。で、それ以来二人は一層、ほんとうの親友になつたのであつた。

二人はよく四明ケ岳の頂上に散歩しては、誰れも聞いて居ないその山の頂きで、女の話をしたり、美少年の話をしたりした。

托鉢に廻つた先で――八瀬の村娘杉女を見染めたのは、それから三月《みつき》も経つてからのことだが――。

二

石磴《だん》の方に高い足音がしたので、範宴はふと我にかへつた。六七年前の、あさましかつた叡山の生活を、今思はず追憶に耽つて居たのであつた。――足音は静厳僧都《しやうごんそうづ》ではなかつた。

「宮中から帰るにしてはまだ早過ぎる。」

どうせ夜に入るであらうと思ひながら、足音のする度に範宴は胸さわぎがするのである。師の僧正の運命が、どうなるであらうと云ふことを、一時も気づかはずには居られないのである。

華厳経の上に、範宴はまた眼をおとした。今日講演したところを今また、ふと気になつたことがあつたので、静厳僧都の帰院を待つ間と思つて、開いて見たのだが、そんなことにはもう心は向かなかつた。——何よりも僧正の危い運命が気がかりであつた。そしてこの突然の事件に対して、考へれば考へるほど、範宴にも、大きい問題が新に提出されたわけであつた。

叡山の追憶が、いつの間にか重い悒鬱に誘ふて行つた。範宴は経文を閉ぢて縁側に出た。——いつもそれほどに感じない一間廊下が、夕靄のうちに遠くつゞいて居るのを見ると、かうした大きい伽藍のうちに法《のり》を説く僧侶として生活するには、自分が何となく適して居ない気がし出した。——

この青蓮院の高台からは、岡崎鹿ケ《しゝ》谷《や》一帯の野が晴れ〴〵と見渡されるのであつた。そして彼岸桜がはや何処《どこ》の杜《もり》にも咲き乱れて居た。

けれどもそれを眺める心持が、範宴には、午前と今とでは、すつかり変つて居るのであつた。

今日正午前《おひるまへ》、師の僧正から特に命ぜられて、こゝの本堂で、自分の研究の発表をしたのであつた。その講演が終つて、席を立たうとしたとき、

「今日は実に立派なものだつた。」師の慈円僧正がさう云はれた。自分でも可なり得意だつたが、僧正からさう賞められると範宴は、その得意さがはつきりと裏付けられた気がした。

「もう桜が真盛《まつさか》りだ。今年《ことし》も好い春だ。」さう呟きながら、大得意で本堂からこの廊下づたひに、自分の控室へと帰つて来た。

それから間もなくであつた。静厳僧都が見えたと云ふので、僧正の室《へや》から範宴をお召しになつたのは——。

範宴が召されて行つて見ると、静厳僧都が頻りに語つて居るところであつた。範宴はそつと一礼して下座に着いた。

「僧正のお身の上に、意外な災難が降りかゝらうとして居ます。只今親しい殿上人から噂を聞きましたので、取り急いでまゐりました。」

「災難？　どんなことです。」僧正は別に驚いた風でもなかつたが、しかし範宴の胸は異様におのゝいた。

「さき頃の歌の会に関してです。僧正もあの時恋の歌をお詠みになつたようでございますな？」

「強いてすゝめられたものですから。」

「その歌が今問題になつて居るのです。——恐ろしく好い歌だと云ふではありませんか。」

「なに、そんなに好い歌ではありません。しかし主上が大層お賞め下さつて秀逸と云ふことになつたのですが——」

「では、恐らくその席上の公卿たちの嫉妬から来たことですな！　あの人たちは毎年、その秀逸を、血まなこになつて争つてるのですから。」

「——」僧正は一寸顔を曇らせた。範宴もそれを見るとなさけない気がした。強ひられて、交際の為めに歌を作つて、その歌が好過《よす》ぎたからと云ふ理由で災難が降りかかつて来る。

「災難とは、どんなことでございませう？」範宴はついさう訊いて見た。

「それがあまりにひどいのです。わたしには合点《がてん》がいきません。で、とりあへずお伺ひしました。僧正に何かお心当りがないかと思つたからです。何か御弁解があるなら、わたしが出来るだけのことは致しますから、なるべく早くさうなさつたがよいと思ひまして――」

「わたしには何も弁解することはありません。わたしはただ恋と云ふ題で歌を詠んだだけです。」僧正はどこまでも落ちついて居た。

「どんなお歌でございました。」

「わが恋は松を時雨《しぐれ》の染めかねて真葛《まくづ》が原に風さはぐなり――たゞそれだけの歌です。」

「なるほど――」静厳僧都はさう云つた切り考へて居た。範宴もぢつとその歌の意味を考へて居た。

「好いお歌には違ひありません。」と静厳僧都は顔を上げた。「その歌は、――公卿達の間の評判では、これほどの名歌をよむには、その作者に必ず恋の経験がなければ読めない筈だと云ふのです。そこが公卿たちの問題の中心なのです。」

「なるほど、さう云ふ風に考へるのも無理はありますまい。あの人たちは、好い歌をよむ為めに、いろ／＼おもしろい恋をして見るのだと云ひますからな。――それは好いとして、それで、災難と云ふのは、わたしをどうしようと云ふのですか？」

「それがあまりに馬鹿気て居ます。――青蓮院の僧正ともあらうものが、恋はおろか、女を近づけることさへもある筈がない人が、これほど恋を知り女を知つて居ることは、宗祖大師の徳を汚し、比叡の山を乱すものだと云ふのです。そしてその罪《とが》は流罪《るざい》にも当らうと云ふのです。」

「さうですか、――何と云ふわからない人たちでせう！」僧正はそれでもまだ驚かないやうだつたが、しかし不快の表情は明かに見えた。

範宴は、若いだけにこの問題が何だか恐ろしい気がした。「恋」の歌がすぐれて居たと云ふ理由で流罪になる！　何と云ふ恐ろしい社会だらう。――僧の社会！　そこにはあらゆる恐ろしいものが攻め寄せて居るのではないか。僧正のやうな高徳な人ならばいざ知らず、いやそれさへも、思はざる災難がかうして降りかゝらうとして居るのだ。――「恋」！　範宴自身は一度もそんなことを考へたことはなかつたか！　流罪に値するやうな、さうした慾念を起したことはなかつたか！　今二人の高僧の前でそれを考へるさへも恐ろしかつた。

「――」慈円僧正も暫らく黙つて居たが、やがてそれに答へるように云つた。「静厳僧都！　公卿達のその言葉は、あまりにも人を傷《きず》けて居ます。宗祖大師の徳をいよ／＼輝かさうとするの外、わたしには何の一念もないのです。しかし自分の徳の足らぬが為めにその輝きをいよ／＼増すことは、或は覚束《おぼつか》ないかも知れません。しかし自分の素行によつてその御徳を傷けようなどとは、如何に不肖だとは云へ、それは、どこまでも謹み畏れて居るつもりです。――だが、わたしの不徳は、一山の僧侶をこと〴〵く聖者にするだけの力がありませんでした。なるほど比叡の山にも多くの雲はかかつて居るでせう。ですからわたしは、昨年天台座主の栄職を退いたのです。わたしは到底その器ではありません。――しかし、わたし自身だけは一人の清い僧としては生きて居るつもりです。」

「御尤《ごもつと》です！」静厳僧都は緊張した顔をして云つた。それは、範宴自身も、心から師の僧正に捧げたい言葉であつた。

「わたしは慈円僧正ほどの御高徳なお方に接したことはありません！」範宴はさう云ひながら、いつの間にか涙が落ちて居た。それは自分を寵愛し、引き立て〳〵して下さつたその御恩を思ふばかりではなかつた。昨年六月、まだ二十六歳の範宴を朝廷に奏聞して少僧都に任じ、東山聖光院の門跡にまで取り立てゝ下さつた其御恩にのみ感謝しての涙ではなかつた。日頃僧正のお側近く居る範宴には、僧正がどんなに清い、徳の高い僧であるかは、充分に知り抜いて居るからである。

「わたしも無論僧正の御徳を敬慕して居ます。ですからわたしは、かう云ふ問題が公卿達の間に起つて居るのに対して、わたしはどこまでもお力をつくしたいと思つて居ります。――僧正！　何か御弁解のお言葉を承りませう。わたしはそのお言葉を聞いて早速参内《さんだい》致します。そして公卿たちに申上げます。」

「弁解と云つても、わたしは何も申すことはありません。」

「いや、どう云ふお心であの歌をお詠みになつたか、そのことを承つてまゐりませう。たゞそれだけでよろしうございます。」

「心と云つても、それはたゞ歌です。歌だから詠んだまでです。――経験がなければ詠めまいと云ふ公卿たちの疑問も、なるほど一応の理由はありますが、しかし歌と云ふものがたゞ経験の記述であらうとは思はれません。――恋の真も仏の真も要するに一つなのです。いや、わたしのあの歌がそれほどの深い体験から生れたものだとは思つて居ません。第一あの歌はそれほど好い歌ではないのです。ほんのその時の座興に文字を並べて見ただけなのです。――それならばこちらから聞きたいことですが、都ばかりに住んで居る人が、どうして深い山の景色を歌によむことが出来るでせうか。それとおなじです。あの歌はほんの歌にしたい為めに文字を並べただけです。それがどうして公卿たちの心を動かしたのでせう。わたしはそれが不思議なくらゐです。――僧都の御厚意ではありますが、もう捨てゝ置いて下さい。流罪にでも何でもなつて好いのです。わたし自身の心にさへやましくなければ、わたしはそれで満足です。」

「さう仰つてはいけません。わたしとしてもどうしてこのまゝに居られませう。」

「どうぞよろしくお願ひ申します。僧正ほどのお方がどうして――」さう云ひながら範宴はいよ〳〵自分自身の弱さつまらなさを感じて居た。――わたし自身の心にさへやましくなければ、と僧正は云つて居る。たゞそれだけの言葉さへ範宴には恐ろしいのであつた。――自分なら、どうしてそれが云へよう。この頃頻りに悩まされて居る或る衝動に対して、如何にその慾念を絶《た》たうと試みても、それはとても絶ち得ないことではないか――それをこの頃はくり返し〳〵悶えて居る。「自分自身の心にやましくない――」どうしてそんなことが範宴には云へよう。

「では、わたしはこれからすぐに参内《さんだい》してまゐります。――僧正には何の弁解もないと仰つた。たゞ歌としてよんだのだと仰つた。それだけで充分だと思ひます。そのお心持をよく公卿たちに伝へませう。」

さう云つて静厳僧都は取り急ぎ出て行つたのであつた。

「――」僧正は暫らく瞑目して居た。範宴は、僧正の瞑目が決してこの事件によつての心の曇りでないことを信じて居た。それほどに僧正は、どんなことにも動じない人だからである。けれども範宴は何だか悲しくてならないのであつた。僧正の身の上に、今にも大きい災ひの降りかかつて来ることを考へるのは、たまらないことであつた。

「――」僧正は黙つて障子を閉ぢたのであつた。

「わたしは、何としても残念でなりません。結局どうなるのでございませう!」範宴はさう云つた。胸が急につまるやうな気がした。――僧正が障子を閉ぢた心は、無論範宴の心とは違ふであらうが、しかし範宴は、このうら〻かな花の春が、如何にも物憂く悩ましかつた。障子を閉ぢて、何かを考へねばならぬ気がした。で、立つて自分の方の間近の、今一枚の障子を閉ぢたのであつた。

「――」僧正はやはり黙つて居た。範宴はふと気がついて、お茶を入れてすゝめた。

「範宴、あなたは疲れたらう。暫らく自分の室でお休みなさい。――静厳僧都が来るのは夜にならう、それとも明日の朝にでもなるか。何れにしても心配するほどのことではない。わたしはたゞ僧都の厚意に感謝はして居るが、この事件がどうならうともそれはもう眼中にないことだ。」

「――」何か云ひたいのだが、あまりに物思ふことが多くて、何とも答へることは出来なかつた。「それでは暫らく休ませて頂きます。御用がございましたら、どうぞお召し下さい。」

さう云つて控室に引き下つたのであつた。今夜は無論こゝで宿るつもりである。

自分の寺に少し用向もあるのだが、しかし静厳僧都が宮中の模様を報告して来るまでは師の許《もと》を一歩も去ることは出来なかつた。

静厳僧都が今夜のうちに、どんなことがあつても今一度来るであらうと思はれた。で、それを待つ間と思つて、今日講演した華厳経を、あちらこちらと開いて眺めて居たのだが――

「何と云ふ烏許《おこ》がましいことだ!」範宴はさう叫ばないでは居られなかつた。――華厳経は、釈迦牟尼《むに》仏が成道《じやうだう》を遂げられて、その最高潮に達した絶対の哲理を書き記されたものである。それはあまりに高遠な教へであり、あまりに尊いことであつた。

「――それを、自分風情《ふぜい》が、他人の前で説き述べる！　それはあまりに間違つて居た。」

慈円僧正門下の一大秀才として、叡山広しと雖も、誰れもそれを認めて居り、自分もそれを疑ふては居なかつた。よし足らぬところがあるにしても、一層励み努めることによつて、いよ〳〵自分の智慧をすゝめ得るものだとは考へて来た。

けれども範宴に取つては、今日は根本的に疑ひが起つて来た。自分の煩悩に対する苦しみは、必ずしも今日に初まつたことではないが、今日は何か知ら根本的に考へないでは居られない気がした。……

四明《しみやう》ケ岳の頂上で、それは忘れもせぬ新緑初夏のさわやかな日がつゞいた頃であつた。範宴が二十一歳、法善も二十一歳、二人は漲るやうな性慾に悩みながら、山の法規《おきて》を潜《くゞ》つて、ひそかに女の話と美少年の話とに耽ることを楽しんで居た。

「山の少年と関係するのはとても危ない。どんなに秘密にしたつて、周囲が多いのだからとても駄目だ。それに、もし敵が出来たら決闘するだけの覚悟がなければおもしろくないしね。」

「でも、その喧嘩が出来るから、取締の方で厳重な所罰にすることになつたんだらう。喧嘩は止せば好いのに！」と範宴は云つた。

「止すわけにはいかないさ。だから私は、初めからもう麓の茶屋へ行くのだ。町女《まちぢよ》と云ふのが私の対手《あいて》だよ。君も一度一緒に行つて見ないかね。――君は意気地なしだからな！」

「――」範宴は、これに答へるよりも、さき頃山を去つた美少年の照円のことを考へて居た。半年前までは、みんなで少年の話をして居ても、範宴は別に心にも止めては居なかつた。取締からいろ〳〵苦しい監督を受けながら、どうしてもみんながそんなことに興味を持つのか、それが不思議でさへあつた。――それだのに、あの照円が、いよ〳〵山を去るとき、にせさんにならうとして争つた慶運と道円との前で、ほんとうに自分が尊敬もし、愛しても居たのは範宴だと云つた。――その照円が去つてから不思議に範宴は、彼れの面影が印象に残つて居るのであつた。彼れが美しい少年であつたことを、つくづく考へる日が多くなつたのである。そして今は山に影を消した照円に対して、範宴はたまらなく恋ひ焦れるやうにさへなつた。「私はやはり美少年の方が好いね。」

「危いよ、用心しなければ。」と法善が云つた。「出来たのかい？」

「いゝや、そんなものはまだ一人もないけれど――」

範宴は照円の面影を急に浮べながら、靄にかすんだ京の町の方を悲しさうに眺めるのであつた。この山頂からは、ほんとに墨絵のやうに静かに、京の町が横つて居た。その先の方に淀川の流れが細い糸のやうに白く光つて居るのが見えた。その糸の源《みなもと》が琵琶湖になつて居るのだ。

「坂本の女がそんなに好《い》いのかね？」範宴は、自分の眼が琵琶湖の帆影から法善に移つた時に、ほゝえみながら云つた。

「君は何を考へて居るのだね。」と法善も笑ひながら云つた。
――
法善が、町女との関係を取締りの方に知られて、とう〳〵山を放逐されたのは、それから間もなくであつた。実は、範宴はその前から――八瀬へ托鉢に出た第一日に既に杉女を見染めて居たのであつた。法善が町女のことをさわぐのが、何としても羨ましくて、範宴も対手《あいて》が欲しかつたのである。けれども茶屋女もやはり危いと思つた。範宴はその点では要心深かつた。そして八瀬の村娘ならば大丈夫だと自分でもきめて居た。――杉女のことを、まだ法善に話さぬうちに、法善は山を逐はれたのであつた。

杉女へはその後も度々通つた。杉女は心から許さうとして居たが、或日のこと、母から聞いた村の伝説だと云つて、

「叡山のお坊さんと恋したものは地獄に落ちる。」と云ひ出した。

その後も会ふ度にその伝説について押問答をしたものだが、そのうちに範宴が、だん〳〵僧正から重く用ひられるやうになつて、自分の立身出世が一層明かになると、あきらめ難い杉女のことも、とう〳〵思ひ切つて忘れやうとした。のみならず範宴は、とう〳〵一人の美少年との関係もなくてその青春の危機を切り抜けて来た。山を逐はれる必要もなかつたし、師の僧正からはいよ〳〵秀才の名誉を贏《か》ち得たのであつた。――そして忠実なる学徒として今日まで歩んで来た。――

けれどもその煩悩がすつかりなくなつたと云ふのでは更にない。いや、それよりも、今は聖光院の門跡となり、二十六、七、だん〳〵分別ざかりの今日となつてさへも、その煩悩は一層つのりこそすれ、少しも減じたとは思はれないのである。

「他人はこの苦しみをどうして居るか！」

それはこの頃の範宴に取つての苦しい疑問である。

無論叡山には堕落した僧侶も居る。夜毎《ごと》に山を下つては麓の茶屋女を買ふてその日その日を慰めて居る。――それは昔と変らぬであらう。そればかりではない、この頃では、美しい少年僧との関係は、可なり寛大になつて居るとさへ噂されて居る。

「それが人間生活の自然なのではないか」と考へたこともあつたが、それを肯定する勇気は無論なかつた。これまでよんだ多くの経文のうちには、そんなことが許されて居やう筈がなかつた。今では、若い頃のやうに、どうにでもして一日をごまかして行きさへすれば好いと云ふ気には、とてもなれなかつた。ほんとうのものをつかまねばならなかつた。

「あんな人たちは僧ではないのだ。ほんとうの僧に自分はならうとして居る。ほんとうの僧！　世に高僧と云はれるやうな人は、さう云ふ人は、この苦しみをどうして居るのだらう。」

範宴はそれがききたかつた。――けれどもさうしたことを云ひ出すべき機会が一度だつてなかつた。範宴の師の慈円僧正は、世にも名なる高僧であるだけに、何としても恥かしくて、そんなことは聞き出すことが出来なかつた。――

「それが、はからずも今日知ることが出来た。」僧正はあの恋の歌の問題に関して、あれほどまでにはつきりと、静厳僧都の前で云ひ切つたのである。「――自分自身にさへやましくなければ好い。どんなに罪を買はうとも。」

さうだ、僧正はその流罪をさへ、少しも恐れて居る気色がない。

あの恋の歌は、寧ろ公卿たちの云ふ通り、恋に経験があつたからこそ、さうした佳作が生れたのだと、さう考へる方が寧ろ自然ではないか。だが僧正は、ないと云ひ切つた。師を信じて居る範宴には、師の言葉が偽《うそ》でないことは慥かなのだ。――けれどもそれを信ずることは範宴は恐ろしいことであつた。「さうすると、やはり自分などは、あの叡山の汚れた僧たちにこそ近いので、到底、生涯高僧と云はれる仲間には入ることが出来ないのか！」さう思ふと、僧正をさへ怨めしい気がした。

「叡山の僧たちが、みんな聖者であるかどうか、それはわたしにはわからない。――自分は思ふところがあつて昨年天台座主の職を退いたのだ。」僧正は、静厳僧都に対して、そんなことも云はれた。

計らずも師の僧正の、あまりにも清いことを知つて、範宴は失望のどん底に落ちたやうな気がした。「自分は到底その器ではないのか。」

最初のうちの学問は、ひたすら師の僧正から賞められることを楽しみにして居つたが、最近二三年、わけても聖光院の門跡になつてからは、学問の目的が一大変化して居た。それは無論誰れにだつて話したことはない。けれどもそれだけ苦しみが深いのであつた。――貪るやうに多くの経文を読んだ。参籠修行にも努めた。けれどもとう〳〵今日まで悩みを絶つことは出来なかつた。――それはもう自分の力ではどうすることも出来ない苦しみであつた。

それにつけても思ひ出されることは、昨年の正月、女と云ふものに深い哀れを感じたことである。

範宴はその日、扈従《こしよう》の相摸《さがみ》を伴《つ》れて、親しい公卿の家々へ年頭の祝儀に廻つて居た。そして日ももう暮れに近い頃、これから比叡山に上つて行かうとするとき、その麓の御蔭《みあれ》山のお社《やしろ》の中から一人の女性が出て来たのであつた。

「一寸お願ひ致します。」

範宴は早くから女性の姿を見て居たのだが、まるで見むきもしないでずん〳〵と歩んで行つた。

「何か御用ですか。」相摸は顧みてさう訊いて居た。

「もしや叡山へお登りになるのではございませんか。――もしかさようでございましたら、どうかわたくしをお供にさせて頂きたいのでございます。」

それをきくと範宴も捨てて行くわけには行かなかつた。で、歩《あし》をとゞめた。

「山にお登りになるつもりなのですか。」相摸は不審さうにまた訊きたゞして居た。

「実はわたくしは少し心願《しんぐわん》あつて、お山に参詣したいのでございます。どうかお伴れなさいませ――」

「では、何もあなたは御存知ないらしい。このお山は昔から女人禁制の掟があつて、いかにあなたが御望みになつても、それは到底許されないことなのです。――日もだん／＼暮れてまゐります。早くお宅へお帰りなさつたがよいでせう――」

それだけ云ひ放つと、相撲も、恐ろしいものを遮けるやうにさつさと急いだのであつた。……

「さうだ、それから、その時に云つた女人の言葉は自分に取つては大きい問題として残されて居るのだ！」

範宴は、いつも考へることを、今夜もまた思ひ耽つて行つた。その時女が云つた。「――女も人、男も人、人間と云ふことに変りはありますまい。まして広い深い愛の徳を持つて居られる仏が、女なるが故に登山を禁制されて居ると云ふことが、わたくしには大きい疑問でした。どう考へても合点がまゐりません。それで今日は決心するところがあつてまゐつたのでございます。わたくしには今、どうしても仏のお慈悲にすがらなければ止《や》まれない悲しみがございます。わたくしはどうしても仏におすがりするつもりでこゝまでまゐりました。――どうぞ御迷惑でもお伴れ下さいませ。」

その時相撲はどうする術《すべ》もないように範宴を顧みたのであつた。――その時範宴は何と答へたか。「あなたのお言葉は尤もです。御同情はします。殊に何かおかなしみを待つておいでになることを承つては尚更です。しかし、こればかりは仕方がないのです。法華経にも、女人は垢穢《くゑ》にして仏法の器にあらずと説かれて居ます。こんなことを当の女性に向つて申上げるのは、ほんとうに気の毒な気がします。けれどもこればかりは仕方ありません。」

それから範宴はまたつけ加へて云つたことを覚えて居る
「――現世に善根を植えて、来世は男子に生れてお出《いで》なさい。」

だが、今から考へて見ると、何と云ふ烏許《おこ》がましい言葉であつたらう。何故に男子がそれほど清いのか。何故にそれほど女人が汚れて居るのか。さうだ、女人が禁制されて居るのは、男子たるものが女人を見ては、すぐにも堕落するから、その為めに女人が罪深いものと云ふことに定められて居るのか。あゝ、けれども、それはあまりにも我まゝな男子の言ひ分ではないか。それはあまりに不合理なことだ。よし仮りに女人の禁制が合理であるにしても、さうして一切の救ひから拒絶されて居る女人はどうなるのだ。いつまでも地獄に落ちるにきまつて居るのか。――女人なるが故に地獄に落ちる。それはあまりにも不合理である。女人は地獄へ投げる為めに作られたものなのか、そんな筈がない。

あの時も女性が云つた。「――伝教大師ほどの高僧が、一切の衆生《しゆじよう》悉《ことごと》く仏性なりと云ふ経文を読ませられない筈がない。」と。さうだ、その通りだ。ほんとうの仏の心はそんな無慈悲である筈がない。すると、叡山に居る数多い高僧たちは、たゞあの日の一女性が疑問にした、その言葉にさへ気づかずに居るのだ。ほんとうに仏の慈悲と云ふことを考へたことがないのだ。そして女人を禁制した自分たちのみが極楽に行けると思つて居るのだ。それはあまりに恐ろしい。

のみならず山の僧侶たちは、いつも〳〵山を下つて麓の茶屋女を買ひに行く。全然意味をなさない。地獄行こそ彼等のことだ。女人に何の罪があらう！

けれども範宴は、その僧たちの地獄行をさへ、何とか許される道はないかと、この頃つく〴〵考へることがある。——範宴自身は、これまでにはさうしたどんな罪をも現実に犯したことはない。しかしながら心のうちでは全然清いと、どうして云へよう。そしてまた、それは、必ずしも自分の心が汚れて居るからではないのだ。これまでから、ひたすらさうした妄念と戦つて来た。ほんとうにそんなことを考へまいと幾度か念願をかけて来た。——けれどもやはり駄目なのだ。誰れが斯うした汚れた妄念をあやつつて居るのか。何としてもそれを絶ち切れないと云ふのはどう云ふわけか。そして、さうした強ひられた妄念によつて地獄へ行くとはどう云ふことか。

「もう山の僧侶たちの非行をさへ、悪《にく》まれないやうな気がする。」

範宴は、今日はしなくも起つた師の僧正の災難を——「恋」の名歌を作つたが為めに、公卿たちが主上に対して讒訴《ざんそ》して居ると云ふ今日の静厳《しようごん》僧都の言葉を、全く恐れないでは居られない。

僧侶であると云ふことが、今はもう生きながらの地獄に居る心地がするのであつた。——そして、このまゝ死ねば、無論地獄行であることは疑ひないのである。

実を云ふと範宴は、今も尚ほあの時の女性の面影を思ひ浮べる。それは払《はら》はうとしても払ひ切れない執着になつて居る。範宴の意志は、もうどうすることも出来ない無力なものになつて居る。

彼女は容姿《すがた》の美しい若い女であつた。身には柳裏《やなぎうら》の五衣《いつゝぎぬ》に、練貫《ねりぬき》の二重《ふたへ》を被《かぶ》つて居た。——その姿がいつも幻のやうに浮ぶのである。

範宴は、初めはその容姿《すがた》を愛したのではない。彼の女が語つた言葉に、信仰に先づ同感したのであつた。——女人なるが故に救はれないと云ふことは何としても不合理である。あの時のかの女の悲しみを思ひかへすと、範宴は何とか女人の為めに尽さねばならぬ気がしたのである。

女性に対する憐愍が、やがてあの日の彼の女に対する愛着となつたのであつた。

「それだからこそ女人禁制の意味があるのだ——」さう考へては彼の女を怨んだことさへあつたが、しかしそれはあまりにも浅薄な利己主義であつた。

「自分のこの汚れたる心も許されたい。そしてまた女人の罪も許されたい。」

深い仏の慈悲に、これが許されない筈がない。もし許されないものならば、人間がこの世に生を受けて居ると云ふことはそれは地獄の為めに作られてあるやうなものだ。もしそれが仏の御心ならば、仏ほど無慈悲なものはないとも云へよう。

それにしても、ほんとうに知りたいことは、慈円僧正が「恋した覚えがない」と云ひ切つたことだ。今更師の僧正を疑ふのではないが、よし今は老いてあるにしても、その若い頃、「――丁度二十六七の、範宴自身のやうな年頃の時、その時さへも僧正は?」

僧正はほんとうに女のことなどは一度だつて考へたことはないのだらうか!

「師の僧正が偽《うそ》を云はれる筈がない!」

さう思ふと範宴は全然失望せざるを得なかつた。「――自分は到底高僧の器ではないのか!」

照円や法善のことがまた考へられた。

あのころは、それ等の人々の為めに悲しみながら、しかし範宴には範宴の光明の道が開けて居た。心のうちに汚れたことを考へて居てもそれは山の問題にならずに済んだ。ましてや杉女のことさへ、何のとがめを蒙ることもなしに!

範宴と競争をして居た二三の秀才も次ぎ〳〵に山から逐はれた。それを自分の為めに祝さないでは居られなかつた。

それならばこそ、今日までにこれだけの出世もして来たのであつた。

「けれども今度は、自分が山を下りる時だらう。」無論出来るだけの修行は積むで行かう――今日まで、範宴の意志は可なり強かつた。修行は敢て辞するのではない。「だが、慈円僧正のやうに、さうした清浄な身体《からだ》になり切れない時は!」

その時はどうするかと云ふことが、今日の範宴の大きい問題であつた。もうごまかしではすまない気がした。

三

「静厳僧都がお見えになりました。――僧正さまが、お召でございます。」

小僧がさう云つて範宴に知らせて来た。さきほど山門の石磴《だん》に誰れかの足音がしたようにも思つたのだが、範宴は何かと夢中に考へ込んで居たので、つい気づかずに居た。

「僧都がお帰りになつたか! さうか。」

範宴はすぐに立つて僧正の室《へや》に出かけて行つた。――廊下を歩みながらも、何となく胸がさわいだ。夜もよほど更けて居た。

「それはまた難題を申しかけるな!」

僧正はさう云つて笑つて居た。範宴は敬《うや〳〵》しく座について、それから静厳僧都に厚いお礼を述べた。

すると僧都は、範宴に、事の次第を簡単に話してくれたのであつた。

歌なればこそ「恋」を詠んだと云ふ僧正の申開きに対して、

居合せた殿上人が更に云つた。

「経験がなくとも名歌の出来ると云ふのだね。なるほど、それでこそ和歌の天才とも云へよう。主上から透逸を賜はるのも道理だ。――それでは、その言葉を証拠立てる為めに、今一つ題を与へて見よう。――さうだな？　僧侶がちつとも経験しないこと、云へば何だらう！　恋の外に何だらう？」

「殺生《せつせう》ですな！」今一人の公卿がさう云つた。

「さうだ、〳〵。殺生はよもやしたことはあるまい。」

「けれど人殺《ころし》の歌も、あまりに興がありません。」

四五の公卿たちが談笑のうちに、とう〳〵定められた歌の題と云ふのが「鷹羽雪《たかのはのゆき》」と云ふのであつた。

「よもや狩に出たことはあるまい。そして鷹の羽の雪を見たことはあるまい。――さうだ、それが好い〳〵。――僧正に伝へて下さい。すぐに秀吟を上《たてまつ》るようにね。」

静厳僧都は、それを引き受けて帰られたとのことであつた。

……

「なるほど難題でございますな！」範宴は静かにさう云つた。

暫らく、一座には深い沈黙が蔽《おほ》うて居た。

「範宴、水を下さい。」僧正は硯の蓋を開いてさう云つた。

範宴は硯を受取つて、水さしからそゝいだ。さして墨をすつて再び僧正の机の上に運ぶと、僧正はすぐに筆を執つて短冊に書きつけたのであつた。

雪降れば身に引き添《そ》うるはし鷹のたたさきの羽や白うなるらん

静厳僧都は、短冊を取り上げて今一度誦して居たが「これこそは、前の恋歌にも劣らぬ秀吟でございます。」と云つた。

「好い歌だと思ひます。」範宴も嬉しかつた。

「いや、つまらない歌です。しかしあんな恋の歌に問題を起すような公卿たちなら、或はまた感心するかも知れません。」

戸外は凄いほど森閑として居た。さきほどまでざわ〳〵と騒いで居た梢も、すつかり眠つたかのやうに――そして、ただ鉄瓶の湯のみが、遠い世界の松風のやうにさゝやかに響いて居た。

「夜もよほど更けたやうですな！」静厳僧都は一寸障子を開いて見た。まだ外は暗かつた。もう三時過ぎからほのかに白む空も、まだ真暗い濃い闇に包まれて居た。――夜半《よなか》であることがわかつて居た。

「時を後《おく》れぬ方が好いのですが、これからすぐにわたしが参内してまゐりませう。」と静厳僧都が重ねて云つた。

「いや、それには及びません。それにあなたは大へんおつかれです。どうか今夜はこゝでお宿り下さい。」僧正はさう云つてから「――しかし折角の僧都の御厚意が、こゝまで事件を運んだのだから、とりあへずこの歌は届けることにしませう。――それには、この上僧都に御足労をかけるのは恐縮です。――どうぢや、範宴が出かけてはくれまいかね。」

「わたくしでお間《ま》に合ひますことならば何時《なんどき》でもお使ひを致します。――これからすぐ出かけませう。」

「いや、もう夜《よ》があけるだらう。今から出かけても仕方がない。それよりも暫らく寝床について、明日朝、早々に出かけて貰はう。」

四

宮城の門をくぐるとき、範宴は、いよ〳〵運命の暗い影に吸ひ込まれるやうな気がした。「――この一首の和歌によつて大僧正の運命が決するとも云へよう。たしかに、恩師生涯の一大事に違ひない。」

師の為めになることなら、自分の命を捨てゝも惜しくはないと思つた。しかし、今日の使は、自分がどんなに励んでも努めても何の価にもならないのだ。運命は凡てこの一首の和歌にかゝつて居るのだ。いやこの和歌が持つて居る価値よりも、公卿たちの中にその運命がにぎられて居るのだ。……

「清らかなお庭だな！」

ぱら〳〵と又雨が降つて来たので、範宴は深い瞑想から我れに帰つたのであつた。そして、今自分が歩いて居る清らかな白砂の道を、それから若芽の萌え出て居る樹々《きぎ》のすが〳〵しい姿を、つく〴〵眺めたのであつた。

ぬつと蔽ひかぶさるように、叡山の頂きに黒い雲が現はれて居た。――昨日は、得意な講演を終つてから廊下に立つて眺めた時、岡崎の野に咲き乱れて居たあの美しい桜、晴れた春の日が、今日すぐにも斯うして雨にならうとは！　それを考へるさへ、あまりに明かな無常であつた。

比叡に群がる雨の雲は、範宴は、京の町からそれを眺めるのが何よりも好きなのであるが、今日は、その黒い雲が何だか不吉の兆のやうに思はれて何となく胸が穏かではなかつた。雨を含んで足早やに浮遊する灰色の雲の群は、静かな南画の傑作にも見る趣きなのだが、それさへ一層胸をかき乱されるのであつた。

いつまで歩いても、清涼殿へは白砂の道がまだ遠かつた。――ふと範宴は四五日前に或る僧から聞いた武門の消息の二三を思ひ浮べたのであつた。

「一の谷の合戦で勇名を轟かした熊谷直実が出家をしたさうです！」

その言葉を特に意味深いものとして範宴は記憶して居る。

「人間は誰れでも、さう云ふときにはほんとうに感激しますからな！　熊谷と云ふ武士も、その花のやうな敦盛の首を打ち取るときには、いかにもいとしいものに思つたでせう。誰れだつて感激しないでは居られませんもの！」正円房がさう云つた。

さう云つた時、聞いて居る範宴の眼には、涙が催された。

好敵手だと思つた時には、その武士は功名の心に燃えたであらう！　しかし、容易《たやす》くそれを打ち伏せて、思ふがまゝに首を掻き切ることが出来た時、それがまだ花の少年であることを知つたとき、さすがの武士にも悲しみが湧いたに違ひない。そして殺したくないと思つたのも道理だ。

「殺したくないものを殺さねばならぬと云ふのは、何と云ふ恐ろしい運命だらう。」

出家の心が起るのも道理だ。――範宴はその武士の心に同情しないでは居られなかつた。「だが、その武士の、その出家は少くとも叡山の僧侶たちよりは幸福に違ひない。ほんものだと云ふ気がする！」

この頃から、いろ〱自分たちの生活の上に多くの疑問を抱きつゝある範宴には、すぐにさう考へたのであつた。――学問をすることゝ、その学問をして少しでも階級の高い僧侶になること、さうした社会的名誉の外、何物をも考へて居ないやうな叡山の僧侶よりも、その、四五日前に噂に聞いた武士の出家の方が、何だか深いものがあるやうな気がするのである。無論学問はあるまい。けれども僧侶になるには、その方が何だか本ものゝやうな気がする。……

雨が一層烈しく降つて来た。範宴は歩《あし》を早めた。と、やがて清涼殿の入口にたどりついたのであつた。

五

「さうですか。よろしい、すぐにお取計らひを致します。」さう云つて去つた蔵人《くろうど》の後姿を見送りながら範宴はやはり胸さわがずには居られなかつた。けれども取り次ぎに出たその蔵人は、範宴がかねてから知つて居る人だつた。で、いくらかの心安さを覚えたのであつた。

やがてまたその蔵人の案内で長い廊下を伝《つと》うて行つた。公卿たちの溜間《たまりのま》からは無論五間ばかり経《へだ》たつたところではあつたが、そこで待つように命ぜられたとき、範宴はその襖の隙間から、居並ぶ殿上人の――それは僧正の「恋」の歌の真偽を裁判する人たちなのだが――その面影がほの見えるのを一心に眺めて居た。

「恋の経験がなくて恋の詠めるものなら、殺生界を犯さぬ出家の身にも鷹羽の雪が詠めぬ道理がない。――さうではありませんか、鷹司《たかつかさ》右大臣――」

「関白のお言葉に同感です。」

凶か吉か、僧正の生死の別れるところである。――関白はやがて蔵人がさし出した封を開いて、幾度も黙読して居るようであつた。居並ぶ公卿たちはみな関白の方に凝視して居た。

「おましろさうだな！」暫らくしてから、やつと、さう云つた。そして短冊を右大臣の方へ渡した。

雪降れば身に引き添うるはし鷹のたゝさきの羽や白うなる
らん

右大臣はやゝ大きい声でそれを読み上げた。「なか〱よい歌ですね。」

と云つて、またそれを隣の公卿へ廻した。「冷泉大納言は名人だから――どうです、あなたの御批評は？」

その時、蔵人は急に気づいたやうに立ち上つて、少しばかり開かれて居た襖を、ぴしやりと閉ぢてしまつた。――範宴は夢の中から醒めたように我に帰つて頭垂《うなだ》れた。でも、ほつと、かすかな安心の吐息が出た。

蔵人が再び範宴の前に現はれたのは、それから間もなくであつた。いろ〳〵公卿たちの間に評議されたことは察せられたが――。

「およろこびなさい。僧正に対する疑ひはすつかり晴れました。今度の和歌は、前のよりも一層勝れて居るとの御衆評です。」

それをきくと範宴は、自然に頭が下つた。「ありがたうございます。」

「けれども――」と蔵人は気の毒さうに云つた。「今度はあなたの身の上に、一つの難題が下《くだ》つて来ました。――あなたにも御題を賜はるから、すぐに秀歌を上《たてまつ》れとのことです。」

「わたしどもにはとても――」

「使ひのものは誰れだとのお尋ねでしたから、わたしは、あなたのことを申上げたのです。――あなたのお父さんも、宮中には御縁が深いのですからな。皇太后宮大進右範様のお名は、宮中でもまだ知つて居る人があります。――それにあなたは歌の名人と云はれる日野三位様の猶子であり、殊には師の僧正が斯うした名歌をお詠みになるのですから。」

「いゝえ、わたくしなどはとても――」

「ですが、今は御謙遜の時ではないのです。是非詠んで上《たてまつ》れと云ふことで、既に御題がみよりの羽とまで定《きま》つたのです。――何としてもお詠みにならなければなりません。それに、あなたが好いお歌をお詠みにならなければ、折角の僧正の名歌も、いや、お疑ひの晴れたことも、どうやら無駄になりさうです。――ともかくあなたにこれを詠ませよと云ふ御厳命です。」

それを聞くと範宴は、その不合理な言葉がつく〴〵怨めしかつた。――師の僧正が既に第二の名歌を上つて、それによつて疑ひが晴れたのなら、もうそれだけで沢山ではないか。何が故に、範宴自身がそれに関係せねばならぬのか。

「もしか自分に好い歌が出来なかつたら、師の僧正にまで迷惑がかゝる!」

それは何と云ふ恐ろしい言葉だ。何と云ふ不誠実な言葉だ!

「けれども――」と範宴は思ひ返した。今はもう何としてものがれ難い羽目に陥つて居る。今はその言葉を怨むよりも、その不誠実を憤るよりも、自分自身が公卿たちを驚かすに足る名歌を作ることなのだ。それよりは外にどんな免れ道もないのだ。で、心を落ちつけることに先づ努めた。そして好い歌が生れるように念じた。しかし「もしかこの歌が失敗したら――」と思ふと、もうぢつとしては居られないような気もした。「好い歌――好い歌がよみたい。」

「料紙と硯とはこゝにありますから」

蔵人はそれを範宴の前に置いた。それから可なり苦しんだが、ふと溢れるやうに胸に浮んだ句があつた。範宴はすぐに筆を取り上げて書きつけた。

箸鷹《はしたか》のみよりの羽風吹き立てゝおのれと払ふそでの白雪

蔵人にさし出す範宴の手はかすかに震へて居た。だが、それを取り上げて黙読して居た蔵人が、「好いお歌です！　すぐにお取り次ぎ致しませう。」と云つて奥に行つた時は嬉しかつた。

六

「まあそれでよかつた。万事がよかつた。――わしもそれ。安心しました。」

僧正が幾度もさう云つて喜んだ言葉を、範宴は自分の室《へや》に下つてから、いろ〳〵考へて見た。……

それでは僧正も、範宴の使ひの結果がどうなるだらうと、それをやはり心にかけて居たのか。――静厳僧都の前では、流罪にならうと何にならうと、そんなことはどうでも好いと、さう云つて居たのだが、それでもやはり――。いや、それがあたりまへではないか。僧正が今、喜ばれたあの言葉こそは、ほんとうの素直な人間の心ではないか！「ほんとによかつた。自分も使者としての甲斐があつた。」

それにしても範宴は、最後に自分への題詠を命ぜられたときのことを、あの時の恐ろしかつた心持を忘れることが出来ない。もしかあの時、一首の歌も出来なかつたら、どうなつたらう。いや、よし辛うじて出来たにしても、もしかその歌が公卿達の気に入らなかつたら！

「さすがに慈円僧正のお弟子だとて一座の方々が感嘆なされました。――その上に一天万乗の大君までがあなたの秀歌を御覧あつて、御褒美を賜はりました。」

慈円僧正の名誉と地位を覆へす代りに、侍従はさう云つて、御小袖を賜つたのであつた。

「さうか、お前にも題詠を賜はつた！　どれ、どんな歌が出来たな？」

僧正は、その時のいろ〳〵の事情を聞いてほんとうに喜ばれた。そして範宴が詠んだ歌を数回よみかへしては賞めてくれた。

宮中に於ける成功と云ひ、僧正の満足と云ひ、範宴は今は幸福の頂上に居た。

それから範宴は、小僧が運んでくれた食事をすましてから、自分の寺のことも気になるので、やがて青蓮院を辞したのであつた。……

だが、範宴には毎日々々あの日のことを考へないでは居られなくなつた。読書して居るときでも、お経を誦んで居る時さへも、それはこの頃の範宴にはすつかり強迫観念となつて、いつとはなく浮んで来るのである。

考へれば考へるほど、それは斯うして平気で済まして置かれる事件ではないやうな気がし出した。

主上からの恩賜を頂いて青蓮院へ帰つた時、そして僧正があれほど喜んだとき、それは範宴に取つても幸福だつた。これまでから学問と修行の上に、師の僧正から賞められこそすれ、一度だつて叱責を受けたことのない範宴は、実は今度の成功も――あの時にはあれほどの恐怖を真剣に体験しながら――青蓮院へ帰つてからは、いつもの通りの得意さに満ちて居たのだ。

「お前は子供の頃から歌を習つて居たのだからな、それぐらゐのものが詠めない筈がない。でも公卿たちを驚かせたのは愉快だつたな！」

僧正からさう云はれたとき、範宴もつい、この成功が当然だと考へて居た。

「けれども考へれば考へるほど危いことだつた！」だん〴〵範宴にはその恐ろしさがほんとうにわかつて来た。宮中で題詠を命じられたときの真剣な恐怖がだん〴〵蘇返つて来た。

「済んでしまつたから——しかも成功してしまつたから——これで好いのだが、もしかあの時、成功の代りに失敗して居たら、どうなるのだ！」

それは、この頃の範宴に取つて最も恐ろしい問題となつた。——師の僧正が流罪になる。自分も同じく所罰を受ける。天台唯一の高僧である慈円僧正と、秀才の誉をほしいまゝにして居る範宴自身の、その末路、その危険があの一首の歌にかかつて居たのではないか。そして今度はよし成功したとしても、それがどうして、何時《いつ》どんな場合にも成功するときまつて居るのだ！

さう思ふと、範宴はもうたまらなくなつた。宮中で題詠を命じられた時は、恐ろしかつたには恐ろしかつたが、しかし何か好い歌が生れて来さうな気がした。そしてそのよい歌が生れることによつて、更に名誉の加はることを思はないではなかつた。その恐怖には、尚ほ希望が満ちて居た。

けれども今は、範宴にはもう何の希望もなくなつた。名誉と云ふものが如何に空虚なものであるかが、つく〴〵考へられた。

「自分がこれから出世して、さては僧正となり、天台の座主になることがあつたなら——」

その時のことを考へないでは居られなかつた。

慈円僧正は、嘗ては天台の座主で、そして叡山に於ける理想的人物ではないか。——それにも係らず、恋の歌一首によつて、流罪にもならうとした。何と云ふ危険なことだ。何と云ふ意味の無い地位だ。

範宴が、慈円僧正にまでなるには、これからさき、どれだけの学問を要するかも知れないのだが、然もその、一山の理想的人物たる慈円僧正にして、尚ほこれほどのはかないものとすれば！

範宴はもうたまらなくなつた。今日まで——九歳の年に出家してから今日まで二十年にもならうとするこの長い間、戒を持し、学問に励み、あゝ、そして何を得ようとして居たのか。学問と修行は何んの為めなのか！

「自分自身にさへやましくなければ——」

静厳僧都に対して云つた慈円僧正の言葉も、今はどうやらほんとうのものでない気さへするのであつた。

「ほんとうにそれが云へなければならない！」人間の生きた身《から》体《だ》のうちに、かうした煩悩のあることが、許されて好いものか！　それとも、許されないものとすれば、どうすればこれを絶ち切ることが出来るのか。——あの頃の叡山の生活では、何とかして、ごまかして行くことにのみ努めて居たのは、それはひたすら立身出世がしたかつたからである。

　しかし出世して、よしや大僧正になつたとしても、その大僧正なるものは、どれだけの価値があると云ふのか！「あゝ、慈円僧正が、流罪にまでならうとした。それも公卿たちの談笑のうちに——」

　ほんとうの道に生きんが為めに出家しながら、いつの間にか道を踏み違へて居た。「それが今はつきりとわかるやうな気がする！」

　範宴は、さて、どこに行くべきかについては、まるであてがなかつた。けれども斯《か》うした叡山の禁慾生活が、自分の精神生活に全然矛盾したものであることだけは明かだつた。のみならず、出世の最後のものにもいよ〳〵愛憎が尽きた。

「山を下《くだ》らう！」範宴は決心してさう叫んだ。

（「大観」大正10年11月号）

モナ・リザ

松岡　譲

　遥か右手に当つて、波濤の如く起伏してゐる葡萄の野を、銀の糸で縫つてゐた。アルノオの流も、今は紅を湛えて、若葉に煙る橄欖の樹の間を透して、指呼の間にせまつて来た。白馬に跨つたレオナルド・ダ・ヸンチは、弟子フランチエスコ・メルチの馬と、蹄の響を合せ乍ら、暮を急ぐ春の野に、軽い砂塵を飄げて、故郷フロレンスへと鞭を上げた。流石に十余年目に踏む故郷の地である。刻々にせまり来る近郊の風色は、又格別に懐しい。

　去年の降誕祭の朝、淡い雪を踏んで、永年住みなれたミラノを捨てゝ、再び漂泊の旅に上つたレオナルドは、弟子のサライとメルチの二人を連れて、一ト先づ水の都ヸエニスに落ちついた。サンタ・マリア・デラグラチエ寺院の「最後の晩餐」を描いて以来、彼の名声は至るところに喧伝されてゐた上、すでに伝説化せられたスフオルツアの騎馬像が、こゝでも人口に膾炙してゐたので、王侯鉅商の刺を通じたり、或は聘を致したりして、彼を招くものが多かった。が、傲慢ちきな貴族の肖像や、型にはまつたマドンナ像の註文には、いやが上にも食傷してゐた矢先きなので、彼は殆んどすべての依頼を謝絶した。そうしてこの地に来る第一の目的たる師ヹロッキオ仮葬の地を見舞つた後は、「聖アンナ」の構図を纏めるにつとめたが、此程特に興味を持ち出した解剖の実験の為めに、多くは病院を訪問したり、又は漫然と道聴途説の見聞を喜んだり、弟子たちと雑談したり、時には幾何学的の線を重ねて、建築図様を描いたりして時を費やした。そこへ再三再四マンチユアの大公夫人カタリナ・デステの使者が賚聘して、出廬を慫慂するに動かされて、アドリヤチコの海《みづ》も温む頃、水の都を後にしてマンチユアへと旅立つた。カタリナ大公夫人は殆んど五侯の礼をもつて、この天才を心の限り歓待した。併しレオナルドの心は歓ばなかつた。滞在一日にして古郷へ帰へる心の準備をした。そうしてまづその手始めに、案内知つた弟子サライに命じて、古郷フロレンスに仮寓の家を索めさせた。それから約半月カタリナを写生した二枚の木炭画を残して、この保護者気取りの大公夫人の城を辞し去つた。今しフロレンスの郊外を御りつつ行くレオナルド師弟の馬は、実にカタリナ・デステの心尽しであるのである。

　馬の歩みをゆるめ乍らなだらかな小い丘の裾に添つて迂廻すると、夕陽を浴びたフロレンスの市が、「花の都」の名に恥ぢず、まるで紅百合の花のやうに一望の中に開けて来た。中に一きわ高く寺々の円屋の尖端には金色の十字架が、蘂のやう輝いてゐる。メルチは思はず感歎の叫びを発した。レオナルドは馬上高く右手を挙げた。聖フランチエスコが静かな夕陽を浴びたアシシの市に、最後の祝福を与へたのを想ひ出して、底力のある声で、Landato sia lo signore（主は讃むべきかな）と、朗かに祝福を送つたのである。市からは、その声に応ずるかの如く、寺々の晩禱《アンジエラス》の鐘の音が、アヴエ・マリアと響き渡つた。師弟の間には、それ切り言葉もない。メルチの眼には涙が光つた。レオナルドも、幾度か背伸びをしては、深い感慨に耽つた。今にも消えなんとする芳しい夕暮の交響楽の中に、馬の蹄の響のみが、憂々として野末を駛る。市に近づくに従つて、メルチの馬は、嬉々として軽い脚取りを運んだ。レオナルドはそれを背後に聞き乍ら、都会の歓楽を求め喜ぶメルチの心を読んだ。それに引きかへレオナルドの心は次第々々に重くなつた。都会のもつ瘴魔の気が感じられ出して来たのである。

　市の城門ポルタ・アル・プラトについた時には、日は全く落ちた。水のやうな上空に、僅かに明星の如くひらめいて居るのは、大方サンタ・マリア・ノヴエルラ寺の十字架であらう。レオナルドは馬の手綱をゆるめて、新月の光を、胸迄伸びた髯の上に、仄白くうけた。其時人家の影から、一際鋭く鋭く先生と呼んで駆け出して来た者がある。瞳を凝らすと、それは弟子のサライであつた。サライは師の馬の轡を取つて、涙を流さんばかりに喜んだ。白皙の面は上気して、暫し言葉も出ないのである。

レオナルドは、子のやうに慈んでゐるサライの出迎をうけて、今の重い感じは殆んど跡方もなく消えて、始めて故郷へ帰へつた心地がした。

「サライ、家は見付つたかね。」

サライは感激に口籠り乍ら、師を仰いで、

「先達途中でフラ・ルカ・パチオリ様にお逢ひしましたので、其事を申しますと、丁度御宅の二階が空いてゐるから、是非来て呉れるやうにとの仰でした。で、早速そのやうにお願ひして、それから毎日、この町外れ迄お出迎ひしてゐたのです。今も今とて、日は落ちるし、城門は程無く鎖されさうなので、又がつかりし乍ら、パチオリ様の許へ引き返へさうかと迷つてゐるところへ、突然蹄の音が湧いて来たので、躍り出たといふわけなんです。先生愉快です。メルチ君、どうした。」

メルチはすでに馬を下りゐた。サライの声に応じて、二人は暫らく相抱いた。それからメルチは自分の馬の轡、サライは師の馬の轡をとつて、城門を入つた。途々サライは、此の半月余の間は見聞した古いこと、新しいことを、事細かに語り続けた。師レオナルドは、著しくフロレンスなまりになつた弟子の若々しい銀鈴のやうな言葉に聴き入つた。サライの物語は、先づ熱血の予言者サヴオナロラの殉難の場面について、此程更に荘厳を増したサンタ・ロオレンツオ寺院の模様を語つた。それから流行画家の作品を一ト通り批評した。後で、急に声を奮はせて、突如として彗星の如く出現した無名作家ミケロ・アンジエロ・ヴオナロッチの天才に対する讃歎と自己鞭韃を強張した。それから話は自づと反対に、薄幸な藝術家たちの数奇な運命の上に落ちた。其処には施療院で瞑目した老画家アレッソ・バルドヸネッケの大きな箱があつた。大方生涯稼ぎ貯めた金銀財宝の類であらうとあけて見ると、出て来たものは、僅かな絵とモザイックの書物であつたといふ。又、バルトロメオ・ツオレオニの騎馬像を、将に青銅に鋳込まんとして、業半ばにヴエニスに客死したレオナルドの師アンドレア・ヹロッキオも、其中の一人であつた。妻もなく縁者もない彼の亡骸は、僅かに一門生の手によつて、フロレンスに運びかへられた。そうしてサン・アムブロジヨの父祖の墓に埋葬されたといふことである。レオナルドは淋しい心持でそれらの話を聞いた。と、サライは其時急に語調を変えて、

「死んだ話で思ひ出したがね、先生、あの参政官《ピュオノミニ》のヂヨコンダ様の所では、此間御不幸があつたんですつて。」

「ヂヨコンダ？　さうか。フランチエスコのとこの誰れが亡くなつたんかね。」

「去年の暮れの事ださうです。三つになる天にも地にも掛け代えのない唯つた一人のお坊つちやんを、ほんの一夜の中にお亡くしになつたんですつて。何んでも人の噂では今日此頃は奥さんが死ぬ程悲んでゐられるといふことです。」

レオナルドは十余年前のヂヨコンダ夫人モナ・リザの記憶を喚び起こした。当時フロレンス第一の美人と歌はれたモナ・リ

ザが、名族ヂヨコンダ家の当主に婚いだのは、まだ花羞しい二十歳前のことであつたであらう。日常フランチエスコと親交のあつたレオナルドは、友の好運を祝福すると共に、新に得た美しい女の友の幸福をも保証することが出来た。そうして幾度か自分も、美しい友と交はる悦びを味はつたのである。しかし画家としての彼の眼は、夫フランチエスコの懇願にも拘らず、この美しいされども未だ洗練の足りない、何処となく未熟の若い女性を描くことを欲しなかつた。彼女の味には、たゞ一様の華さがあるのみで、陰影《ニユアンス》がなかつたのである。その同じモナ・リザが、今は憂を知り、悲みに泣いてゐるといふ。レオナルドは深い同情の中にも、微笑を禁ずることが能きなかつた。そうして悔み旁々、久潤を叙し度くもあり、憂を含んだモナ・リザに会つて見たいといふ念がまるで創作衝動のやうに切《しきり》に起つて来たので、その足で直ぐと、ヂヨコンダ家を訪ねることにした。

暫らく言葉がと切れた時に、師弟はポンテ・ヹキオの橋の袂に来蒐つた。こゝでレオナルドは弟子たちと分れて、ポンテ・ヹキオの上を、川面にゆらぐ灯影を眺め乍ら、馬首を右に転じて、道をパラツツオーピチの方へと取つた。ヂヨコンダの邸宅はその宮殿の近くにあるのである。

玄関迄馬を騎りつけたレオナルドは、頭上のヹランダを仰いで見た。若しや人影のゆらぐものがあつたら、親しく声を掛けて驚かしてやらうと思つたからである。しかし瞳を凝らすと、最早ブラインドを卸ろしたものか、微かな灯影さへ動く気勢もなく、欄干丈が、新月の光に雲母色に仄々と震えてゐるのみである。レオナルドは馬を降りて、玄関に立つた。そうして呼鈴の綱を引いた。と、遠く奥の方から、衣で包んだやうな鐘の音が響いて来た。しかし廃屋でもあるかのやうに、続いて人の足音さへ起つて来ない。唯、昔ながらの噴水の音が、瀟瑟として樹の間に私語するのみである。レオナルドは若葉をすかして、月よりも白いキユピツドの小像が、弓をためて淋しく人を待つのを見た。春の宵の価を知つてゐるフロレンスの人々が、かくも死の如き沈黙の底に沈んで、又とない歓楽の夜を徒らに閉ぢ籠めて過ごすのは不思議でならない。レオナルドは再び鐘の綱を引いた。と、今度は、何かしら内に動く気勢がしたと思ふ間に、扉の鍵穴のところから、か細い声が、

「何誰様で御座いますか。」

と悲しさうに尋ねた。レオナルドは余りに変はつた家の様子をいぶかり乍ら、思はず私ですと言はうとして、はつと気が付いた。

「レオナルドです。レオナルド・ダ・ヴインチです。」

と、内に短いあるかないやうな叫び声が起ると共に、性急に鍵をがちや〳〵と言はせるのが聞えて、扉が開いた。そうして仄暗い内部から顔丈白い黒装束の婦人が、

「まあ、先生でしたの。」

と言ひ様、レオナルドの手につり下つた。そうしてなつかしさうに顔を見上げ〳〵、言葉もなく、其場に涙に暮れた。先刻

から想像の裡に描いてゐたモナ・リザ・ヂヨコンダが眼の前で泣いてゐるのである。不意打を喰らつてレオナルドは言葉に窮した。

其時、玄関脇の窓のブラインドが、かちやりと開いて、明るい背景《バック》中に黒い影が頭を出した。

「リザさん、何誰です。」

声は稍々皺嗄れては居るが、たしかに聴き覚えのある親友フランチエスコの語調《アクセント》である。レオナルドは、その声に応じて、

「僕だよ、フランチエスコ君。レオナルドだよ。」

フランチエスコも大急ぎで玄関に出て、レオナルドを迎へた。そうして夫妻で一抱えもありさうな珍客の手を取つて、客間に招じ入れた。

レオナルドは微笑を湛えて、ヂヨコンダ夫妻をしげ〴〵と見較べた。わけてもモナ・リザを情の籠もつた深い洞察で見戍るのである。十余年前に較べて、きらびやかなあでやかさが洗ひ落されて、何といふ深く落ち着いた神秘的な美しさが加はつたことであらう。眺ても眺めても、眺切れない、味はつても味はつても、味ひ尽せない、いはゞ宇宙の謎からひらめき出た美しさである。華美を競ふ宮庭や社交界を数多く見て来た目にも、こんなにつゝましやかな、飾り気のない、まるで春の空をうつしたコモの湖のやうな、深く浄らかな美しさにはつひぞ会つたことがない。モナ・リザは一つの宝石をもつけないふくよかの手を膝の上に重ねて、つゝましやかに頸首れてゐる。生々とした長い睫毛の先には、露が今にも滴らうとして光つてゐる。熟し切つた首から肩、肩から胸に移る肉つき。それらを黒い喪服の中から、実に宝石のやうに輝かせて、静かに悲しんでゐるのである。愁に沈むアフロヂツトを眼のあたり見るやうである。レオナルドは、驚歎した。讃美した。そうして言ひ知れぬ深い同情の念に誘はれた。

其時、今はもう頒白になつた髪を指で櫛《か》き上げ乍らフランチエスコが、つく〴〵と妻を見戍る画家を眺めやつて、

「レオナルド君。此女《これ》も以前君に肖像を頼んだ頃とは違つて、ひどく年を取つた上に、今度のことで、えらく参ゐつちまつてね。御覧のとほり、毎日こんな風に辛気臭い顔をしてゐるんだよ。どうにも手がつけられない。奴隷たち迄が今頃から屋根裏に這ひ上がつて、家といへばこのとほりまるで大きな御棺さ。私《あたし》も気が滅入つて、何だか急に世の中が味気なくなつてね。白髪は増えるし、ぼけて了つた気がしてならないんだ。何とか此女《これ》を慰めてやつて呉れ玉へね。私はもう諦めてゐるんだが……。」

レオナルドは、莞爾《にこ〴〵》し乍ら、フランチエスコの方へ向きなほつて、

「何と諦めて居るのです。」

「仕方がない。全能の神の思召である。自分に対する試みである。たゞ一人の子を奪ひ給ふのも、不信の私たちに対する天の交の導きである。死んだヒラタオが、親たちの犠牲になつて呉

れたので、こんな風に考へて諦らめてゐるのさ。」

画家は、両つの手であご鬚を胸迄こき下ろして、

「それで諦らめがつきましたか。」

と言ひ様空のやうに深い目で、ぢいつと老友の顔を貫くやうに視た。フランチエスコは言葉に窮した。

「フランチエスコ君。親が子を自分の所有だと考へるのは、誤ぢやないかね。子の生れたのは、親の為めではないやうだ。従つて親の為めに死んだのでなからうぢやないか。一番大切な子供の生死迄を、とかく自分たち修道や信心の具と考へたがるのは、尤もらしい理屈で、実は少しばかり学問した親たちの悪い癖だ。つまり親の利己主義だと思ふがね。どうだらう。」

「成程、しかし君のやうに考へると、子供の死といふ意味が浅くなりはしないか。」

「私はそう思はない。子供の死、それ自身に深い意味があると思ふ。何も此の正しくない意味で置き換へることはなからうぢやないか。一体すべての物事には、その物事固有の意味があるものだ。君のは強いて深刻がらうとして、あるがまゝの意味から逃げてるとしか見えないね。時にどうです、奥さんは諦めがつきますか。」

モナ・リザは顔を上げた。そして青磁の瞳を沈めて、ぢいつと暖炉棚《マントル・ピイス》の方を見た。そこには小い青銅のダビデの像が、不思議な甲を冠つて、敏捷《すばしこ》そうな膝を、すとのばして、ゴリアテの首を踏まえて立つてゐる。若いレオナルドがドナテロのダビデを摸した小像である。ダビデの背後の壁には、同じくレオナルドの手になつた木炭画の聖母像が、細い金の覆輪の中に、神の子を尊び慈んでゐる。モナ・リザの目は、それらを見透ほして、更に遠くを見てゐるもの、やうである。

「先生。妾どうしても諦らめられませんの。」

モナ・リザの口のあたりに、一時《とき》隠鬱な不可思議の微笑が浮んだ。レオナルドが、はつと気のついた時には、彼女は又俯向いて了つてゐた。

「そうでせう。諦らめられないのが本当でせう。悲しみを悲しむことを知らない人は、喜びを喜ぶことをも知らない不幸な片輪者です。悲しい時には、思ふ様泣いたり、悲しんだりして、歎き切る外ないでせうね。」

モナ・リザは俯向いたまゝ、

「所が先生。妾もお恥しい我利々々なのでございます。近頃は妙に人が恋しくそうして人の顔さへ見れば、こんないやな顔で子供のことを話して泣くのでございます。そんな風に自分の勝手で悲んでゐる癖に、人が同情して呉れたり、慰めて呉れたりしないと機嫌を悪くするのです。それから慰め方がどうのかうのと、自尊心を傷けて見たり、怒りに近い不満を感じて見たりしてゐるのでございます。ところが近頃は、其上又外に、心を蝕むものが現はれて参ゐりました。」

モナ・リザはこゝ迄言つて顔を上げた時に、先刻の微笑が、又、唇のあたりに動いてゐた。フランチエスコは気使はし気に、

「それは何んだね。」

と落ち付いては居るが、性急に尋ねた。

「悲しみを楽しむ心で御座います。先生、どうしたらいゝのでございませう。」

レオナルドは、やす〳〵と蹄鉄をもひし曲げると云ふ偉大な、そうしてインテレクチユアルな両手を、ぎゆつと組み合はせて、其上に髯をもたせかけ乍ら、永遠そのもの、やうな深い眼差を、モナ・リザの胸に向けた。

「奥さん、それが人の世の約束といふものです。今奥さんが宝石のやうに尊んでゐられるその悲しみでさへ、時がたつたら消えるでせう。」

モナ・リザは忙しく睫毛を動かして反問した。

「この悲しみの消えることがありませうか。若し其時が来たら妾も共々死んで了ゐたい。」

「成程御尤です。が、奥さん。いつまでも一つ玩具ぢや、あきが来ますよ。」

と答へて、レオナルドは人の善い笑を朗に笑つた。最初レオナルドを玄関に迎へた時、モナ・リザは、暗黒の裡に、一益の光明に接する思ひがした。それから画家の手の中に、手を握りしめられた時、子供の時に親の腕に抱きすくめられたあの記憶が、ふと心に蘇生つて来た。何かしら人間以上の何者かに、安心して頼ることが出来るといふ気持である。それが今の笑ひ声を聴くに及んで、全く心の軽くなるのを覚えたのである。モナ・リザの唇から、自然と、驚いたやうな、媚るやうな、怨ずるやうな、短い嘆声が洩れた。そうして又謎の微笑が続いて現はれた。レオナルドは素早くそれを見てとつた。あでになまめかしい媚を含んだ笑でもない。わざとらしい不自然な笑でもない。さりとて勿論無意味な笑を笑ふ微笑みでもない。いはゞ開きかけた蕾が冷い風に逢つて、咲きもあへずに時を待つ風情である。譬ひやうなく淋しい中に、一脈の暖みの動いてゐるのは、丁度冷え切らうとしてゐる灰の奥に、火種がほか〳〵と赤らむであるのに比すべきでもあらうか。人の智慧で読める笑ではない。人の情愛が表はす笑ではない。知と情と、理と愛とを越えた神秘であつて、しかも何処までも人の微笑である。レオナルドは、まだ曾つてこのやうな深い美しい神秘に出会はしたことがない。画家は恍惚として、モナ・リザの顔を駛る瞬間的の表情に見惚れるのである。が、その美しい謎は、見る〳〵光のやうに過ぎ去つて、雲の影にも似た暗い以前の表情が、水よりも静かに漾つて来た。しかし画家の眼は、夫人の顔にも手にも、ある生気が動き出したのを見遁さなかつた。そうして小児のやうな喜びを感じたのである。今こそ時が来たのである。あらゆる瞬間的の美の現はれは、一にレオナルド一人の為めである。そうしてその瞬時の命を、すべての人の為めに、永遠の美に置き換へるのが、自分の天職である。今こそ天職を尽す時が来たのである。レオナルドの心は、創作の喜びに燃えたつた。其時モナ・リザはやさしい唇を開いて、余韻の高い潤のある声で物語つた。

「先生の御側に居て、お話を承つてゐますと、本当に心が落ち付いて、何とも言ひやうのない程清々しい気分になります。先生がフロレンスへ帰へつていらつしたのは、妾を救つて下さる大な思召だつたかも分りません。先生、どうぞ度々いらしつて頂きたう存じます。」

「私の帰へつて来たのを、一人でも喜んで下さる人があるのは、有難い。帰つた甲斐があるといふものです。が、奥さん。私もこれからは仰言る迄もなくしよちゆうお伺しますが、奥さんにも一つお出掛下けさるやう御願ひしたいのです。といふことは、ね、フランチエスコ君も聴いて呉れ玉へ。」

レオナルドは暖炉棚《マントルピース》の上に目を移してから、フランチエスコに声をかけた。それからダビデの立像と、マドンナの木炭画を指し乍ら、

「フランチエスコ君。御願ひだからその二つを撤回して呉れないか。幼稚な自分の作品を麗々しくこゝにおいて置かれるのは、何だか旧悪を広告してゐるやうで、甚だ心苦しい。その代りいつかの御頼みによつて、今度こそは奥さんの肖像を描いて上げるから。それと交換することにしやうぢやないか。」

フランチエスコはちらと夫人と顔を見合はせて、稍々返事をためらつた。

「そいつは一寸困るな。何も今でなくてもよからう。何しろこんな暗い顔をして衰へてゐるところを、択りに択つて描かなくとも……」

「いやそうぢやない。私が識つて以来、今が一番奥さんの美しい時だ。モナ・リザ・ヂヨコンダが、永遠に生きるには、今が最も光栄ある瞬間だ。これを外したら、たゞ寺の過去帳に名を止める普通の女性になつて了うだらう。」

さう言ひ終ると、レオナルドは、力の満ちた口を真一文字に刻み込んで、巌のやうな額を真直に立てたまゝ、瞑目して黙り込んだ。ヂコンダ夫妻は己の眠れるアキレスのやうな其姿を仰ぎ見るばかりである。やゝしばらく沈黙した後、レオナルドは、深さそのものゝやうな明澄な瞳に情熱を湛えさせ、重々しい、しかし音楽的の言葉を響かせた。

「私は今『聖アンナ』を描かうと思つて、其の構想が出来上つたところなのです。小高い岡の上が、聖母マリアが、小羊と戯れてゐる神の子を抱きよせんとして、母なる聖アンナの膝によりかゝつてゐる図です。そこには地上の苦を忘れた喜びと光明とがあるばかりです。つまりあらゆる選ばれた母性の天上の栄光を表はしたいと思ふてゐるのです。ところが奥さんを描きたいと言ふのは、その反対で、神の子となるかも知れない子を失つた地上の母、そう言つたものを表はしたい為めなのです。神は闇の中から光を創造した。私は光の一方に影を置いて、光の神秘と、影の神秘と、この二つの謎を現はして見たいと思つてゐる。どうです、奥さん。座はつて下さいますか。フランチエスコ君、君の意見はまた嚮どほりかね。」

「いや分つた。」

フランチエスコは手をもみ乍ら、幾度かうなづいた。

「成程、君の言ふとほりだ。私もそれを描いて貰つて、妻と共に地上の母なるものの悲しみを頒たう。ねえ、リザさん。」

モナ・リザは美しい睫毛を伏せて、敬虔そのもの、やうに、つ、ましやかに頭を下げた。レオナルドは次第に昂まつて来る感激の潮を全身に感じ乍ら、その喜びを味ふのである。

やがてレオナルドの帰郷を祝する意味の杯が卓子にならべられた。朗に栓をぬかれた罎から、三つの銀のコツプへ、金色の液体が、泡を立て、なみ／＼とつがれた。フランチエスコは杯の酒をしげ／＼と眺め乍ら、

「久しくこの金色の水の顔を見なかつたよ。」

と心から嬉しさうに微笑んだ。そうして三人は共々高く杯を挙げて、祝福し合つた。

レオナルドがポンデ・アラ・グラチエの橋を渡つて、ポルタ・アラ・クロチエの広場近くのフラ・ルカ・パチオリの家にかへつた時には、階上の涼台《ロギア》に、二人の弟子たちが、主人と共に師を待ち乍ら今しも落ちんとしてゐる新月を見送つて、盛んに微笑してゐる時であつた。フロレンスの春の宵は、昔ながらに無く又香はしい。

壁一面に薔薇の花が咲いて、蜂や羽虫がしきりに窓の外を飛んだ。紺碧の空には、息切れがするかとあやぶまれる程光が漲つて、フロレンスの地上には、正しく五月が訪れて来たのである。淡赤いよれ／＼になつた寛衣《ガウン》に魁偉の体をつゝんだレオナルドは、窓から空を見上げて、溢るゝばかり恵まれた光をまづ感謝した。それから又元の椅子にかへつて、フラ・ルカ・パチオリと対ひあつた。フラ・ルカは枯木のやうな長身を白いドミニカン派の法衣に納めて、片手に羊皮紙の分厚の書物を翻へし乍ら、片手はしきりと鵞ペンを動かしてゐる。レオナルドは凝乎その様を視乍ら、フラ・ルカが顔を上げるのを見計つて、

「君がそうやつてるところは、まづ博士フアウストスといふ図だね。」

「凡ての研究は不可能に入るの門だと、私の額にかいてありやしないかね。」

「それはお互様さ。が、君ののは相手が数字丈に始末がいゝよ。例の"De Duivica Proportione"は大分捗《はか》取るらしいぢやないか。」

フラ・ルカは花環のやうに残つた鶴髪を、ごし／＼と揉み上げてから、

「数の処理はどうにか片がつくが、幾何学的図様がまるで播けないので弱つてるよ。生来絵心といふ奴がてんでないんだからね。」

「それは私がひま／＼にやつて上げやう。絵を描くよりその方が面白そうだ。」

かう言つてレオナルドは室の内を見廻はした。一つの画架に

は、三人の人物に動物をあしらつた画布が、此方向きに立てかけてある。下ぬりのすんだ「聖アンナ」の画面である。今一つの画架には今しも枠張りを了つたばかりの画布が掛けられて、サライは師の椅子をなほしたり、絵具をならべたりしてゐる。メルチはその画布を目あてに、ロギアの二つの柱の真中に椅子をおいて、位置をきめてゐる。そうして自分で一寸腰を御ろして見て、サライに、

「どうだね。一寸見て呉れ玉へ。」

と声をかけて、独逸流の髪を上げた。サライはにつこりとして師の椅子にかけた。そうして眼を細めたり、小い穴を作つた拳を片方の眼にあてたりして、暫らく視てゐたが、

「そんなことでよからう。が其ぢや矢張り絵にならんね。」

と答へて、師の方に質問するやうな目を向けた。レオナルドは二人の弟子に軽く点頭いてから、又フラ・ルカに、

「どういふものか、近年絵に余り気が重らないでね。外の数字にしろ物理にしろ解剖にしろ面白いのさ。実際かうやつて描いては居るが、絵がどうも思想の代弁をしたがつていけない。その為めに興味が薄らぐんだらうと思ふ。で今日から一つ思ひ切つて全然行き方を変へて見やうと思つてるんだ。」

「今日から!? それでは『聖アンナ』をやりなほすのかね。」

「いや〳〵。今日は別のものを描く筈なんだ。もうモデルが来る頃だがね。」

「ほう、君がモデルを使ふ。珍らしいことだね。」

「画家は本来自然の伜である可きで、孫になつちやいけないんだといふことを、此頃つく〳〵悟つたのさ。」

「で、モデルは男? 女?」

「魅力に充ちた美しい女性だ。貴方々が恐れて、呪つて、目をそむけるものを、私等は幾時間でも面と対つて眺めるのだから、貴方々の目から見たら、まあさしづめ地獄行さね。尤も画家と言つても、フラ・アンヂエリコや、フリツピノ・リピのやうな聖者もあるのだから、一概には言へないが。併し天国が、フラ・アンヂエリコの絵のやうに処女のやうな天使ばかりで埋つてゐるものなら、此のレオナルドには地獄の方が面白さうだ。処女の美は謂はゞレモンの花だ。母となつた婦人の美しさには、レモンの実の香味があるといふものだからね。今度その母なるもの、最も美しいモデルを見付けたのでいかな此頃でもこればかりは非常に気乗りがして描けさうだ。と楽しみにして待つてるんだ。もう来る頃だがな。」

「ぢや、そろ〳〵、天国に未練のあるものは、下へ行つて、神聖な数字でもいぢくつてゐるとしようかね。」

フラ・ルカはひよろ長い身体を椅子から持ち上げて、鵝ペンを挟み込んだ羊皮紙の書物をかゝへ乍ら、階下に降りて行つた。それと共にレオナルドも立ち上つて、準備の成つた室の内をぶらつき歩いて、ロギアの椅子に据はつたモナ・リザの絵像を頭の中に描いて見た。手の空いた二人の弟子は、ロギアの柱に身をもたせかけて、楽しさうに小声で語り合つてゐる。聽てメル

チは銀の小笛を腰からぬいて歌口をしめした。そうして微かな呼吸を吹き入れて、指を操つた。蜂の羽音よりも軽い響が、一高一低するにつれて、サライの感傷に燃え易い瞳は、いつものやうに輝き出した。そうして笛の音と合はせるかのやうに、日常愛誦してゐる、ヂヨトの墓碑銘を、抑揚をつけて、小声に口ずさんだ。銘はメヂチ家の大英主、嚮のロオレンツオが、アンヂエリコ・ボリチアノをして撰ばしめたものである。サライは唄ふ――

噫嗟《あゝ》！　死せる絵に命を与へ、
美術を大いなる自然と一ならしめし者は、
予なり、吾なり。
右の手はこととしてなさゞることなし。
誰か更に美しく描き得るものぞ。
聖き鐘あるかしこの高塔を讃顕《ほめたゝえ》ずや。
星辰《ほし》に向つて、先づそゝり立てと命ぜしものは、予なりと知れ。
吾こそはヂヨツトなれ――敦ぞ吾が作をかたるの要かあらん。
歌の生くる間、吾が名も亦、永久《とこしえ》に消えざるべし。

レオナルドは弟子の感激に満ちた若々しさを、微笑をもつて眺めた。そうして昨日のことのやうな、笛を弄んだり、詩を作つたりした自分の青春の日を偲んで、今更のやうに流れ去つた三十年の歳月を顧みた。其間に於けるフロレンスの変遷、自分の変化、周囲の転変、思へば目まぐろしい時の流れである。しかしサンタ・レパラタの説教壇で、全市民の血を氷らせた熱狂の予言者、英邁の主ロオレンツオの死床に突立つて、罪を懺悔する死なんとする王者を冷に見下ろし乍ら、『神の慈悲を全信せよ。不当に獲しものを凡て旧に返へせ。フロレンスに自由を戻せ。』と絶叫したフラ・ジロラモ・サヴオナロラが、火に焚かれて死なうとも、流石の全盛を誇つたメヂチ家が衰へやうとも、攻略を事とする仏蘭西の新しい軍勢が攻め入らうとも、又は権謀術数に長けたマキアベリが一躍して政治界に頭を擡げやうとも、凡てレオナルドに取つては、いはゞカンパニイレの高塔が、鳥の糞で汚れた程にも気にならぬことである。が、その中にあつて唯々一つヂヨコンダ夫人モナ・リザの変化丈は、大きな出来事に相違なかつたのである。レオナルドには、一つの美の発見は、神の生誕にも比すべきことであつて、百人の英雄の出現よりも価値のあることであつた。この意味に於いて、彼は「時」を讃美した。美しさを殺す「時」は、又同時に美しさを生む「時」でもあるのである。あの言ひ知れぬ美しい陰影をもつた顔。深さそのものでもあり、又軟さそのものでもある。希臘以来、如何なる巨匠もあの神秘を現はしたものはない。あの美に一瞬の時をかすことを惜しまなかつた神は讃むべきかなだ。神の啓示は常に時を得て、そうしてしかも人を待つてゐる。今やその時が来た。一瞬の命が、永生にかへる時が来たのである。レオナルドの胸は、高山の頂が、曙を待つかの如く静まりかへつた。

其時、白い手が垂幕を二つに割ると見る間に、顔まで黒い紗で蔽つた全身黒装束のモナ・リザが音もなく室内に滑り込んだ。そうして面被《ヴェール》を上げて、レオナルドに一揖すると、すぐ様眼を落して、そのまゝ佇んだ。俄に蔽ひかゝつた幽鬱の雲が、深いものゝやうである。レオナルドは自分の、愛嬢を迎えるかのやうに、つか〳〵と近づいて、無造作に大きな手をモナ・リザの肩に掛けた。

「奥さん、どうしました。何でそんなにふさいでゐるんです。」

モナ・リザは手の重さを肩に受けると共に顔を上げて、レオナルドの髯の下から、巌のやうな顔を仰いだ。する中に肩先の抑圧の下から、仄な温みが伝はつて来る。と今の今迄胸の奥で泳つてゐた幽愁が、自づと解けて、思はず薄い笑が、唇のあたりに浮み上がつた。レオナルドは素早くそれを見て取つて、

「ほう〳〵。いくらか気が落付きましたね。一体どうしたといふんです。」

モナ・リザは始めて美しい睫毛をまたゝいて、

「ほんとに、先生、妾どうしたんでございませう。今日は此方へ上ると云ふので、五月の空の美しさを、始めて感じた程、朝から心も軽かつたのでございます。ところで馬車を駆つて来ます途中、サンタ・クロチエ寺前の四つ辻で、ダンテの像を指して、物を言つてるらしい子供を横抱きにしてゐる女の方を見たのでございます。と、丁度脇から、短い沓下を穿いた小い足が、丸々と肥えて下つてゐたのでございます。で、妾はつとしたのです。ヒラリオを抱いてゐる乳母の後姿そのまゝなのでございますもの。と思ふと、その足が、もうどうしてもヒラリオのあの可愛い丶足と外見えないのです。で、妾はもう前後見ずに馳け出して行つて、抱きつきたいとさへ身悶えする中に、それもほんの瞬間そのまゝ右左に、分れて了つたのです。妾思はず泣いて了つたのでございます。そうしてふとこんな悲しい思をするのも、此世で地獄の攻め苦に逢つてるんではないかしらと思ひましたら、急に淋しいやら、怖いやらで…………。」

モナ・リザは溜息をついて、言葉を切つた。そうしてあたりを見廻はして、更に言葉をついた。

「でも、まあ先生のお側に来て、すつかり安心しましたわ。やつと心が落ち付きました。」

「さうでしたか。地獄と言へば地獄かも知れないが、貴女があけくれたつた一目でもいゝから見たいと思つてゐられたその望がかなつたのだから、天国と言へば天国ですよ。」

レオナルドは穏に微笑んだ。それから弟子たちに命じて座を外させた。始めてモデルに坐はる人が陥り易い弊を惧れたからである。軈てレオナルドは、モナ・リザの心の静まるのを待つて、ロギアに据えた定めの椅子に導いて、姿勢を取らせた。

「極くゆつたりと、いつも貴女の客間で私と対ひあつて居る積りで掛けてゐて下さればいゝのです。写生されてゐるといふ意識にこだはつてはいけません。」

モナ・リザは稍斜に画家の方を見込んで、手をゆるやかに重ねて坐はつた。黒い衣装と、房々と垂れた毛髪《かみ》の中から、レオナルドが待ちに待つた愁を含んでアフロヂットの胸像《バスト》が、口辺に嬌羞とも淡愁ともつかぬ不可思議の微笑を湛えてゐるのである。レオナルドはチヨークを右手に握つたまゝ、殆んど微動もせずに、モデルを凝視し続けた。室内はまるで伽藍のやうな静けさである。ロギアの外側にうなる蜂の羽音さへ、その静けさを助けるかのやう。外は野を駛る雲の影さへもなく、僅かに丘の上に立てる橄欖の若木が、モナ・リザの右肩のあたりで、そよいでゐるのが目につく位のものである。レオナルドはあらゆる力を注いで、一心に視続けた。視てゐる中に順次に、モナ・リザの顔胸肩、それから波のやうな小い丘、丘の上の橄欖樹、それらがロギアの柱の間に挟つて、自然と画布の中に這入り込んで、適当なぬきさしのならない位置を占めるのである。構図は自づと白い画布の上に生まれて来た。しかしレオナルドは手を動かさうともしない。モナ・リザは画家の凝視が、青空を仰ぎ瞻るよりも更に深く輝くのを見た。

ものゝ小一時も経つたと思ふ頃、レオナルドは漸く我に返へつた。そうして元気よく気の毒さうに、

「やあ、お疲れでしたでせう。最初から随分長くつゞけて坐らせましたね。さあ休みませう。」

モナ・リザは椅子を立つて、画家に近づいた。

「あんな風でよろしうございますか。最初は何だかぢいつと顔を見られたので、少し変でした。が、少したつと先生の眼は、妾の心の底の底迄洞察《みとほ》してゐられるやうなので、却つて安心してゐられました。」

「いや、それ所か貴女の表情がすでに謎です。解けない謎です。がしかし解けない為めに、視ても視ても見尽し切れないものがあります。その為め画家としての喜びを、本当に近頃になく味ひました。」

モナ・リザは画布をのぞき込んで驚いた。

「おや〳〵。先生、少しも出来てないぢやありませんか。あの間何もお描きにならなかたんでございますか。」

「えゝ、御覧のとほりまだ何も描いてはゐません。しかし大分出来ては居ます。」

レオナルドはにこ〳〵と笑ひ乍ら、そのまゝ目を瞑つた。

「貴女は今日指輪をはめていらつしやいましたね。」

「えゝ、外出するのに、まるで装身具のないのもと思ひまして……………。」

「でもおとりになつた方がいゝやうですね。人によつてはそれもいゝでせうが、貴女には蛇足ですよ。元来指輪といふ奴はね、奥さん、神代にオリンポス山上の神聖な火を盗んだプロメチユスが、ヂユピター大神の怒に触れて、禿鷹に肝の臓をほじられ乍ら、コーカサスの岩に、三万年の間鎖で縛がれることになつたのです。しかしその後間もなく大神は、縛を解いては呉れましたが、最初の審判の意にちなんで、鎖の端を一つ外して、そ

れをいつまでも指にはめさせ、そうしてコーカサスの岩をけづつて、その指輪に入れて、岩に縛られてゐることを表徴したのだそうです。一体美しい指を、人工で醜くした石や金属などで、隠すなどは、勿体ないことですよ。流行にいゝものは殆んどありません。近頃の睫毛をぬく習慣などもその好例で、以つての外の悪流行です。が、貴女は感心にぬかずに居られますね。」

「妾も危くペラトイオを取り上げてぬきかけたのでございます。それでも永らく喪に居て、交際社会に出ませんので、まあ無難にすみました。」

「そうでしたか。それは幸でした。貴女の頬に動く睫毛の影が、本当に美しいのですよ。」

レオナルドは眼を開いて、独りで頷いた。それから殆んど独り語のやうに、

「宝石を包むのに錦襴を以つてすれば、両方の美しさが相殺されて了う。本質的の美しさを助ける為めには、是非共隷属的のもの、犠牲が必要だ。肉体の美しさを強調させるには、少くとも奥さんの場合には、黒い衣装に越したものはない。そうして軟い肖像は、曠野の背景の中に正しい処を見出すことでせう。奥さん、今度といふ今度こそは、私の理想の絵が出来さうです。さあ、又始めますかね。どうぞいま一息坐はつて下さい。」

レオナルドは又さきの凝視に帰へつた。そうしてモナ・リザの顔に稍〻慷悳の色の浮んだのに気付く迄、凡てを忘却し去つて、彼女一人に、顕微鏡を覗く科学者の眼と、偶像に跪く宗教家の心をもつて、専念になつてゐた。いやレオナルドにはすでに描く自分もなかつた。描かれたる彼女もなかつた。唯々無限の美しい神秘を持つた一つの存在が、徐々に画家の心を蕩かし去つて、全世界に拡がつて来た。そうしてとう〳〵レオナルドの心は、全くモナ・リザと化して了つたのである。レオナルドはその慷悳の気分に催されて、初めてモナ・リザの迷惑に心付いた。そうして恍惚の状態を惜しみ乍ら、起ち上つた。

「奥さん、大分お疲れの様子ですね。今日はこれでやめるとしませう。どれ、一つお慰みに笛を吹いて進ぜませうか。」

「まあ、嬉しい。先生の笛が聞かれるつて、本当に嬉しうございますわ。」

レオナルドは銀の笛を取り上げて、

「笛は本職のクラ程には行かぬかも知れませんよ。曲は何がお好きです。」

「何でも。」

「ではミラノに居る頃、テスダグロツサが作曲して呉れた『春の曲』がいゝでせうかね。誰にも受けのいゝ、美しい曲ですから。本当にあの男は歌を歌ふに一番ふさはしい男でしたつけが、私のこちらへ来る前に亡くなつて了ゐましたよ。」

レオナルドは黒い髭髯の中に銀の笛を置いて、軽かに吹出した。笛の音がおろ〳〵と低くむせぶ時には、朧月夜に夜鶯《ナイチンゲール》も歌に疲れて睡り、踊り狂つてゐた小鬼の影も地に隠れたかと思ふ中に、花の野は金糸の光に明けて、手に手をとつた恋人が、

互の誠を心行くばかり歌ひ続けて、エロスの神の祝福を受けるかと思はれるところに来ると、曲の調べは朗かな悦びに高鳴して、恍惚として、歓楽の光が漲るのである。と、無心に聴き恍れてゐるモナ・リザの唇に、見る〳〵美しい微笑が盛り上がつた。そうして慊悳の濁つた陰は旭日に逐はれる靄のやうに消えて、清らかな影がちら〳〵と動き出した。レオナルドはモナ・リザの指の爪先きまでが、静かな血の気の為めに、ピンク真珠のやうに輝くのを見たのである。

モナ・リザが辞してから、日の暮れる迄には、一日の半分が残つてゐた。レオナルドは椅子に倚つたまゝ呆然として最も充実した時を過ごした。そうして平野の彼方に、夕陽が忙しい波を上げ下げする頃になつて、卒然として画架に向つて、チヨークを取り上げた。レオナルドの目には、白い画布の中に、すでに怪しい微光をうけた、モナ・リザの微笑が、聖い影のやうに浮んでゐるのが見えて、汲んでも汲んでも汲み切れない神秘が、創造の手を待つかのやうに、画家を待つてゐるのである。レオナルドの心も手も体も、すべて画布の中の影像と一つになつた。世界には唯々一体になつた描かれるモナ・リザと、描くモナ・リザの一つがあるのみであつた。レオナルドは凡てを忘れた。描いてゐることをすら忘れて、影像の上に只管チヨークを走らせるのである。夕の光が怪しく仄かになるのにつれて、モナ・リザの微笑もいよ〳〵深くなつた。そうして全く夜の色が濃くなつた時、画布の上には、暈光のやうな静かな薄明が顕はれた。レオナルドはチヨークを捨てゝ、この光ならぬ光に跪いて、暫らく黙禱をつゞけたのである。

其時、ランプを持つたメルチを光に立てゝ恐ろしく着装つた男が、刺を通じて入つて来た。マンチユアの大公夫人カタリナ・デステの使者である。彼はしかつめらしく威儀を作つて一揖してから、自分の威厳を失はぬやうに気をくばり乍ら、いかにも世なれた態度でなれ〳〵しく言葉をかけた。

「殿様の御命令で、先頃マンチユアで御約束なされた絵といふのが如何程運びましたか見て来いといふ仰で、それを拝見した上復命する為めに、お訪ねしたやうな次第で御座います。丁度只今、その、執政官の病気に御招きにあづかつてゐたので、それ〳〵出かける途中、一寸御邪魔に上りました。如何でせう。余程お進みになりましたかな。」

レオナルドは室の間を見廻はしてからはぶつきら棒に、

「御覧のとほり、何も出来上つては居ません。そうしてまた描いても居ません。大公夫人へ宜敷お伝へ下さい。」

使者は追従笑ひをして、

「そんな事も御坐いますまい。今も描いてゐられる様子ぢやありませんか。この暗いのによくお精の出ることで御坐いますな。」

「貴方はヂヨツトとロバート王の対話を御存じですか。ある真夏のこと王は画家が汗みどろになつてせつせと描いてゐるのを御覧になつて、『チヨツト、私が君だつたら、こんな暑い盛りには、休んでゐるがね』つて言はれたのでした。とチヨツトは、『さうですとも、私が王でしたらな。」と言下に答へたさうです。」

使者ははゝゝゝと元気よく笑つて、

「それはいゝ話を承りまして。何して一代の大家の名作が手に入るといふので、大公夫人の御待ち兼ねと言つては、そりや大変なんです。近侍のものが時日の御詫をいふに困つてゐる始末なのです。どうぞ何でもいゝから早く一つ御願したいもので………。でないと、奥方御自身遥々こゝ迄御出掛にならないとも限りません。」

「何誰がおいでになつても同じことです。」

そう言ひ終ると、レオナルドは取りつく島もないやうに、深い沈黙に陥つて了つた。そうして灯をしたつて飛んで来た黄金虫を捉まへると、頭のところへ唾をつけて、机の上に置いた。虫はそのまゝ身動もしない。使者は画家の気をそらさないやうに、世辞を言つたり、幾度か尊大振つた頭を下げたりして、

「何分宜敷お願ひいたします。大公夫人の方へは、私からいゝやうに取計つておきますから。いづれ又其内に御伺いたします。」

と言ひ残して辞し去つた。レオナルドはすぐに微笑を浮べて、チヨークを取り上げた。そうして机の上の紙に、今の使者の顔の漫画《カリカチユア》を描いた。そこへ使者を送りに出たメルチが、サライを伴つて元気に上つて来た。メルチはまるで自分の絵を見せるかのやうに、サライにモナ・リザの素描を示し乍ら、

「そら、見玉へ。素的だらう。たつた一筆で描きおこしてあるんだが、あの微笑んでゐる口元が、何とも言へないぢやないか。手の肉付きだつて、吾々の描く干物のやうな奴とは天と地との差だ。第一謙遜な態度の中に、アルプスの高峰が聳え立つてるやうな偉大なる構図はどうだ。先生は先生だけあるな。こいつ・は屹度古今を通じての傑作になるぞ。ねえサライ君。」

驚嘆して突立つてゐたサライは、もう物も言ふことが出来ない。いきなりメルチに飛びついて、抱き合つた。そうして嬉し涙を流した。メルチは声を励まして、

「吾々は幸福だ。如何に戦禍が続いて起らうとも、人心が動揺してゐやうとも、眼の当り偉大そのものに面接して、壮厳《サブライム》の為めにいつも神興を覚える。こんな偉大な時代が外にあらうか。こんな幸福が何処に求められやう。ねえ、サライ君。吾々は、ことに君と僕とは、世の中で一番幸福者だぜ。」

サライは涙にぬれた顔を上げて、幾度か頷いた。レオナルドは机に向つたまゝ、使者の顔を余念なく描いて楽んだ。一本の小い線で、滑稽な顔の表情が、泣きも笑ひもする。それが面白くて仕方がないのである。それから次から次へと、あの男の主人大公の前に出た時のへつくばつた追従顔、目下のものに威張りちらす傲慢顔、女に向つた時の顔、酒に酔つ払つた顔、説教を聴く時の顔、感心した時の顔、怒つた時の顔、泣いた時の顔、

それから眠つた時の顔、最後に死んだ時の顔、生れた時の顔等を幾つも描いて見た。それが二三本の線でどれにも変化するのである。殊に簡単な心の持主の顔は、至極簡単に漫　画《カリカチユアライズ》化されるのである。メルチはそれを見付けて、今度は大きな声をあげて笑つた。

「おや〳〵先生。それは今の奴さんですね。やあ、泣いてらあ。笑つてらあ。死んでいやがらあ。」

レオナルドも共々微笑み乍ら、

「うむ、死んでゐるね。」

そうして飛んで来た黄金虫を捉まへて、又頭に唾をつけた。レオナルドの机の上には、黄金虫が幾つとなく玉虫の羽を納めて、説教に聴き惚れてゐる婆さんたちのやうに、仰まつて列んでゐた。メルチもぶん〳〵飛ぶ黄金虫を捉まへて、舌打をし乍ら紙を出して包んだ。そうして窓から投げ捨てやうとした。ぢいつとその容子を見てゐた師のレオナルドは、静かに声をかけた。

「メルチ。お待ちなさい。君はいつもさうするのかね。」

「えゝだつて五月蠅くて仕方がないのですもの。いつも紙に包んで捨てゝやります。すぐ叩きつけて殺すのも気の毒ですから。」

「これを御覧。」

レオナルドは机の上に仰まつてゐる一隊の黄金虫を指した。

「かうやつておけば君の邪魔もしまい。こんなにおとなしく幾時間でもぢいつとしてゐる。君はかうさせることを知つてるかね。」

「知りません。」

「ぢや、無闇に自然の児を捨て去るものではない。藝術家にとつても、すべての人にとつても、真の聖書は自然をよむことだからね。」

元気のいゝメルチの眼にひよいと露が浮んだ。

日を重ねるに従つて、モナ・リザはモデルに慣れて来た。別につとめるでもなく、画家が何を望んでゐるかを無意識の裡に苦もなく充すことが出来た。かうしてモナ・リザの心が、自づと匠まずして画家の心を迎へるやうになつてから、レオナルドは益々神秘の奥殿に額づいて、眼のあたり尊い何教かを礼讃する思がした。道は自ら開けてくる。レオナルドは幸福だつた。一つ一つの筆触が、未だ曾つて世界が見なかつた美しさを生んで行く。画家の心には絶えず宗教的恍惚の念が往き来るのであつた。

此日もレオナルドの筆は、渋滞なく運んだ。そうして心はいつしか人の世の約束を離れて、描くものと、描かれるものとの間には、鏡を向ひ合はせたやうに、何の曇りもなかつた。其うちにモナ・リザの顔が、倦み疲れていくらか硬ばつて来た。レオナルドはそれを見て取るとすぐに、口笛を吹いて合図をした。と、次の室にかさこそと楽器のかち合ふ音がしたと思ふ間に、生々とした笛の音にからまつて、余韻の高い立琴の糸の調べが、提琴と抑揚を一つにして、美しいメロデイを奏で始めた。まだ美しい夢で織られた処女の頃、吾れを忘れて聴き恍れた花祭りの音楽が、同じく夢の尾のやうに嫋々とつながつて、モナ・リザの心を奪ふのである。笛と糸とがもつれあつて、淡い愁をむせび泣くかと見れば、忽ちにして悦びのさゞめきに精神も蕩けるかのやうである。モナ・リザは恍惚として聴き入つた。と、胸の奥の扉が自づと開くかのやうに、あの奇しき微笑が、まるで暗い雨雲の上に輝く虹のやうに、口の辺りに現はれて来た。そうして全身が又、光と雨に恵まれた青草のやうにみづ〳〵しく生々として来た。レオナルドは瞬きもせず、この得難い時を、貪る如くあく迄も凝視するのである。

一曲が終ると、又一曲が始まつた。今度は謝肉祭に唄ふおどけた陽気な曲である。モナ・リザの微笑は、更に静かさを増したのである。と、丁度其時今迄ゆつたりと落ち著いてほゝえんでゐた顔が、忽ち一瞬の中に変はつて暗くなつた。と、「あつ」と叫んでモナ・リザは慌てゝ立ち上つて、後ろを振り返へつたのである。レオナルドも驚いて同じく立ち上つた。音楽ははたとやんで、あたりには急に物音が消えた。耳をすませば、遠く今にも消え入りさうな子供の泣き声が、微に断続して聞えるのである。モナ・リザは身を慄はせ乍ら、涼台《ロギア》の柱に体を支へて、一心に子供の泣く方を見つめた。声は追々に遠ざかつて、間もなくあたりは以前の寂莫にかへつた。モナ・リザは其場に泣き崩れた。レオナルドは大きな手で労はり起こして、

「奥さん、どうしました。あの子供の声ですか。もう聞えなくなりましたね。」

モナ・リザは息をはづませて、涙にぬれた顔を上げた。

「先生、あの声です。たしかにヒラリオの死ぬ時の声です。最初元気よく泣いてゐた声が、次第〳〵に衰えて来て、とう〳〵大気の中に呑まれつくしてあのやうに消えて了つた時、あの可愛いゝヒラリオは、もう天に呼ばれて、妾たちを永久に捨てゝ了つたのです。しかし蠟細工のやうな顔の中に、瞳が氷りついて了つても、それでも妾はあの子の死ぬといふことを信じることが出来なかつたのです。妾は右、フランチエスコは左と、刻々に脉の消え、熱のさめる小い手を握りしめて、淋しいやるせない不安の中にあり乍ら、妾は神聖な恋の証《あかし》を見戍つて、ひそかに勝利を感じてゐたのです。二人の間の今は冷くなりつゝある児をとほして、妾の克ち誇つた心はフランチエスコにも通じたことでせう。私たちは同じ思ひを微笑み交はしたのでございます。夫婦と子とが造つてゐる堅牢な愛の城を、何物がよく来つてぬくことが出来ませう。さう自惚れてゐました妾は、息を引きとつたヒラリオが、いつかは醒める時があるであらうと、いつまでも〳〵見戍つてゐました。しかし結局愛の力も死の力には及ばないことを感じた時に、妾は『愛』であるといふ神の存在を疑ひました。それから悲しみに打ちくだかれずに、なほも活きつゞけてゐる妾自身の存在をさへ呪ひました。そうして

すべての光明を一時に失つて了いました。それからの世の中は常闇です。若したつた一瞬の間でも、自分が楽しみでもした時には、後の悔みは如何程妾の良心を攻めたことでせう。妾には希望がなくなりました。只管死を希つて、ヒラリオの跡を追ひたいと、それればかりを思つて暮らしましたのです。それから妾は時々あの悲しい臨終の泣声を聞き妾を迎へる声かと聴き耳をたてる中、いつしかあのやうに何処へともなく消え失せるのでございます。たしかにヒラリオの泣き声です。が、それとも妾の耳が人の児の声を自分の児と思ひ誤まるのでせうか。先生、あれはたゞの此の辺の赤ちやんの声でございませうか。」

「私は確にさうだと思ひます。が、貴女が御自分のお子さんだとお聞きになれば、そうでもあるでせう。」

さう言ひ了ると彼は、深く感に堪えざるもの丶やうに、溜息をついた。そうしてひどく打ちしほれたモナ・リザの肩にいた〳〵しさうに手を置いて、

「奥さん、まあ、少し気を落ち着けなさい。私が面白いお話しをして上げませう。これは先達ヴエニスで、東洋の商人から聞いた話です。昔し昔し、それも遠い印度といふ国に、一人の若い母親がありました。その母がある時大事な一人子を亡くしたのです。それでもまだ死といふものを知らないんで、火葬にしやうとして集まつて来た人々を追ひ返へして、死んだ児を、生けるが如く抱いたま丶、『この子の病気をなほす薬を下さい』と言つて戸毎を廻はつたのです。見る人々は余りにいた〳〵しいので、皆泣きました。が、どうにも手がつけられません。すると一人が、其若い母に言ふやうは、『私はさういふ良薬は知りませんが、その薬を知つてゐられる方を教えて上げるから、その方のとこで薬を頂きなさい。』と言つて、ある聖者の元へやつたのです。聖者は若い母の頼みを聞いて、『それはわけもないことだ。が、その為めには是非四五粒の芥子粒がいる。それを貰つていらつしやい。但し昔しから死んだ人のない家から貰つて来なければ、効能はありませんよ。』と言ひ含められたのです。母親は喜んで、何のたかゞ四五粒の芥子粒、すぐにも手に入らうと、勇んで人の門に立つて、芥子粒を請ふたのです。『子の薬にするのですから、五つ六つの芥子粒を下さい。』で、その芥子粒をうけると今度は『親なり子なり、これまでの内に、何誰か亡くなられたことがありませんか。』と問ふのです。そうして幾軒廻はつても、合格する芥子粒は手に入りません。しかしこちらは子の病が癒し度い一念です。昼から夜、夜から暁方迄、街をさまよつて芥子粒を請ひました。しかしそんな芥子粒のあらう筈はありません。とう〳〵東の白む頃、はたと思ひ当りました。『あゝ世の中には、たしかに生きてる人より、死んだ人の方が多い。自分の子も確かに死んだのに違いない。』と観じました。そうしてその聖者の元へ帰へつてそう言つたのです。すると聖者は頷かれて、『そのとほり。死の神は洪水のやうに、すべての生たるものを、滅亡の海に流し去るものである。生けるものは皆死ぬ。貴女の子もその理《ことはり》をぬけることが出

来なかつたのだ』と言はれたさうです。そこで母親は人のことの最大な運命を知つたといふ話です。全くね奥さん、人がこれこそ確実だと断言出来るものはたつた一つの死の外ないかも知れませんね。」

モナ・リザは声を震はせて、

「先生、さう考へることは余りに淋しうございます。しかしさう観じれば、たしかに心が落ちつくやうでございます。妾もこれからは、芥子粒を求めてまはる愚な迷ひを繰り返へすまいと存じます。」

「しかし奥さん。覚めてると思ふことが案外迷ひであり、迷を楽しむことが却つて人世の本義であつたりすることが、ないとも限りませんよ。迷だ覚めたと言つても、いづれは人の玩具であるのに違ゐはないのですから。一つ玩具があきたなら、遠慮なく外のゝと取り代へるんですね。さうすれば人の世にも、自由な言ふに言はれぬ味ひが湧いて来るやうです。」

モナ・リザは見る〳〵自分の姿が、小児のやうに縮まるのを感じた。と、同時にレオナルドの掌を揺籃として、その小い姿を思ふ存分揺す振つて貰ひたかつた。モナ・リザは身をレオナルドにもたせかけ乍ら、肩に置かれた頑丈な手に触つて見て、不思議に心の安まるのを覚えたのである。

モナ・リザの肖像は、レオナルド自身が驚く程、順調に、速に運んだ。そうしてフロレンス近郊の山々が、秋の色を濃く染め出す頃には、色調丈を合はせた大ざつぱな背景を除けば、絵は殆んど完成したやうにも見えた。しかしレオナルドは満足しなかつた。毎日画像を前にして瞑想に耽つた。そうして時たま訪れて来るモナ・リザを迎へて、修正の筆を加へたり、新な発見を添へたりした。レオナルドに取つてモナ・リザは、宇宙そのものと同じやうに、汲み尽せない美の泉であつた。そうして最も深い意味をもつもの、常として、同時に心ゆくばかりの慰安でもあつたのである。かうしてレオナルドがモナ・リザに対してゐれば殆んど凡てを忘れるやうに、モナ・リザも亦画家と対ひ合つて居れば、凡ての憂を忘れた。不安を忘れた。そうして自分でも此頃は再び以前の晴かな生活を取り返へしたやうにも思ふのである。かつてヒラリオを失つた当時は、人の子を見るのが堪らなく恐ろしかつた。それが一転して噛みつきたい程の憎しみに変はつた時は、人の子を見るのが此上なく穢らはしかつた。ところが今は、どんな子を見ても抱き上げて赤い頬に接吻してやりたい程なつかしい。元よりヒラリオを想ひ起させる種ではある。が、その想ひ出そのものが、すでに懐しいのである。かうしてモナ・リザのどんより曇つてゐた心は、秋の気と共に澄み渡つた。しかしあの美しい謎の神秘は、其面影を変へやうともしない。かへつて愈々深さを増んばかりである。

葡萄の収獲が始まつて、秋は益々清迥の空を高めた。レオナルドは今日もひとり椅子によつたまゝ、秋空のやうな深い思に沈潜してゐたのである。其時、画中の影がぬけ出したかのやう

に、モナ・リザが音もなく入つて来た。そうしてレオナルドと同じく自分の画像に見入つて、

「先生、もう最後の仕上げが出来上つてもいゝ頃ではありませんか。」

「まだです。貴女の謎が此頃又深くなつて来ました。御覧のとほり『聖アンナ』の方は、大体あれでいゝ積りで、額縁迄造つて、入れて見ました。がこの方は、そんなわけで、いま少し坐つて見て下さいませんか。」

モナ・リザは言はるゝまゝに、いつものやうにロギアの椅子にかけ乍ら、

「先生、妾本当に何といふ幸福者でせう。先生御自身の手で、神聖な神の御家族と時と処を一つにして描いて頂くなんて、こんな光栄が外にありませうか。余りに幸福過ぎて、勿体ないとさへ思ひます。」

「そんなことはありません。画家にとつては、神だから、人だからと言つて、本来価値の高下があるわけはありません。神も人も禽獣も草木も山水も、皆同じことです。唯々深い眼で見て、尊い心で描いたものゝみが、本当に価値のある作品です。其点では一輪の花も、十字架上の耶蘇も、少しも経庭がないのです。つまりよく描かれざる神は、よく描かれたる小羊にも劣るといふわけです。まして貴女と聖母との間に、元来どれ程の差違があるのでせう。貴女は不幸にして神の子を失つた。聖母には幸にも神の子が健在でゐた。単にそれ丈のことです。誰か自分の子を、神の子と信じない母親がありませうか。しかしその一つの事柄の為に、神の家族は、このやうに光と栄えに満ち〳〵て楽しさうであるのに反して、貴女はひとりぼつちで暗く淋しさうだ。母であることは、何といふ喜びでありませう。が、母であつたことは、又何といふ悲しみでありませう。しかし……。」

と言つて、レオナルドは、いつもの深い眼差で、ぢいつとモナ・リザの顔と心をたしかめてから、

「しかし貴女も近頃は少し変りましたね。」

と言葉を結んで、穏に微笑んだ。モナ・リザは心持ち顔を赤らめ乍ら、目を落した。言はるゝまゝに心して内なる声に耳をすませば、軽くおかれた手の平に、微な胎動が伝はつて来るもの、やうである。モナ・リザは思はず微笑を洩らした。とそれを視たレオナルドは、手を揃つて喜んだ。

「奥さん、とう〳〵仕上げの鍵が見付かつたやうです。此頃から又一層深まつて来た貴女の美しい謎が、やつと少しばかりわかりかけたやうです。」

モナ・リザは顔を染めて、忙しく睫色を動かした。楽しい沈黙が、暫らくの間続いた。やがてモナ・リザは顔を上げてレオナルドに尋ねた。

「先生。先刻のお話しの続きですが、さうお話を承つて見ると、自分の肖像であり乍ら、まるで妾とは違つた拝みたくさへなる或る尊さがあるやうに思はれてなりません。そんなことを自分

の口から言ふのも変なものですが。」

「いや私も描くからには、そこまで見て頂かなくては張合がありません。貴女の肖像ではありますが、絵はどこまでも私の凝視から生まれた神秘の児ですからね。作品そのものに、神の如き威厳の備はつてゐないものを、私は描きたくないのです。若し自分の作にその欠けたものが出来上つたら、私は立ち所に破つて火の中にくべるでせう。しかし………」

と言ひかけて、レオナルドは、目を瞑つた。そうして更に重々しく、

「しかし本当の画家は、神の代理人です。神の意志に誤りのないやうに、心を打ち込んだ画家の凝視から、不具の児の生れるわけはない筈です。私はいつも、たゞ、見誤らないこと、見足りないことを恐れるばかりです。」

モナ・リザは睫毛を輝かして、

「先生、で、私は先生の手によつて、不朽になつたのでございますね。」

レオナルドの厳粛な顔が綻びた。

「いや、奥さん、それは違ゐませう。若し『不朽』の冠があれば、それは私が得るのです。そうして奥さんは、私を不朽にしたといふところに、不朽の誉れを担ふこととなるでせう。丁度キリストを生んだマリアのやうに。」

さう言ひ了ると、レオナルドは再び瞑目して、深い沈黙に陥つた。そうして巨人のやうな手をぎゆつとつがねつて、何物かを禱るやうに見えた。やがてレオナルドは重い口を開いて、やさしく言つた。

「奥さん、私が謎々をかけますから、解いて御覧なさい。」

「先生の謎は難しさうね。」

「いゝですか。人が非常に欲しがつてゐて、いざ自分のところへ来たとなると、もう分らないものは何でせう。」

「さあ」と小声でその問を繰り返へし乍ら、モナ・リザは美しい睫毛を動かして、考へてゐる。レオナルドは微笑を浮べてその様を見て楽んだ。

「何でせう………。あゝ、妾分りましたわ。眠りでございませう、先生。」

「おゝ、これはえらい。たしかに普通の人には眠りでせうね。但し私には永久の眠りです。よく働いた一日が、快い眠で酬えられるやうに、よく天職をなし果げた一生は、清い平和な死で結びたいものですね。」

さう言ひ了はると、レオナルドは、三度び瞑目して、深い沈黙に陥つた。それを見たモナ・リザの目には、無限大の根の生えた巌が、静かに眠らんとして、夕を待つてるもの、やうに映つたのである。

レオナルドが瞑想から醒めたのは、それから数分の後である。突如としてひた押しに寄せて来た神来の波に乗つて、筆は自ら動き出した。もう室内にたゞよつてゐる水のやうな秋の気を紊す隻語もない。モデルと画家の間には、天使と聖霊とが交会す

るやうに果しのない恍惚が続いた。その中にもモナ・リザは長い眉毛の下に、底のない碧湍そのまゝの眼が旭をうけたかのやうに、煌々と燃えるのを見たのである。

モナ・リザが涼台《ロギア》の椅子を離れたのは、無数の蜻蛉が、傾きかけた陽光に叛いて流れる頃であつた。清爽の気も、軽装の肌にはうそ寒い。モナ・リザは無意識に厚い外套を取り上げた。そうして忽ち「あらつ」と小く叫んで、外套をきゆつとかき抱いた。

「まあ、先生。妾吃驚いたしましたわ。外套をひよいと持ち上げると、丁度、以前手に覚えのあるあの子の重さなんですもの。でも、妾本当にうれしい。近頃では思ひ出すことも自然と少くなつて、それを考へると淋しかつたんでございますの。まあ、なつかしい。」

モナ・リザは懐しさうに瞳を輝かして室を出た。夕の祈禱には未だ早い刻限であるのに、パラツツオ・ヹキオの鐘であらうか、せき込み勝ちに鳴り続けてゐる。レオナルドは懐しい鐘の音を聞き乍ら、又口喧しい見得坊のフロレンス人が、さも事々しく集会を催して、児戯に類した決議を作る場面を想像して失笑した。街路は何となくざわめいて来た。レオナルドはひとり『モナ・リザ』と向ひ合つて深い瞑想に耽つた。

ところへメルチが、大きな枠張りの画布を提げて、サライと共に入つて来た。そうして師の前の『モナ・リザ』の画架の脚に立てかけた。

「先生、一寸これを見て下さい。サライ君が先生の摸写をやったんです。ちよつとも似てゐませんね。」

レオナルドは粗い筆で描かれたサライの『モナ・リザ』をしばらくの間無言で見た。それからサライに向つた、

「中々うまく描いてある。少し直ほさうかね。」

サライは顔を赤らめて、頭を下げた。レオナルドは筆を取り上げて、修正を始めた。筆の進むにつれて、夕の光の中に更に別のモナ・リザが、あの不思議の微笑を洩らし始めた。サライとメルチは唯々感に打たれて佇んだ。戸前では沈まんとする夕陽のシンフオニーを乱した、パラツツオ・ヹキオの鐘の音が、尚ほも物々しく鳴り続けた。やがてレオナルドは筆を措いて、画面に見入り乍ら、

「サライ、少しなほし過ぎたやうだね。この分でやつて行くと、まるで私の絵になつて了ゐさうだ。」

「先生、結構です。もつと描いて下さいませんか。僕は一生懸命で描いては居るんですが、先生が描かれたやうな絵丈が現はし得る一番大事なものは皆逃げて了うんです。そうして結果はこのとほりまるで石炭がらのやうなものになつて了います。」

「さうか。では要点丈私が描いてやるから、あとは自分で書いたがよからう。それから背景は、大抵そちらの『聖アンナ』のゝを摸写して見玉へ、あの峻はしい岩山も面白からうから。そうすれば、君は私の同じ時代の二つの画風を、一に組み立てることにもなるから反つて好都合だらう。」

サライは親切な師の教に、心から敬順の意を表した。そうして感激の瞳を輝かせた。メルチは独で髭をひねり〳〵まるで一変して了つたサライの絵を眺めて呻つた。

「うむ、先生。かうやつて見ると、絵にもぴんからきり迄ありますが、サライ君の、は、てんで絵にやなつてなかつたんですね。」

「いや、さうぢやない。サライも中々うまい。しかしサライは私の絵が何を描かうとしたかといふ思想を第一目につけて、それを再現しやうとしたから、絵に潤ひと奥行と陶酔の美しさがなくなつて了つたのだ。思想で現はせるものなら、私は絵筆にはよらないつもりだ。一番深い美は実在に心を任せ切つて、純粋の凝視を続けることから生まれるものだと思ふ。画家としてのサライの眼はまだ本当に開いては居なかつたのだ。自分の心が美に融け切らないで、美を考へてゐる。そこにサライの悩みがあるが、見事君のやうに無闇と大きな尺度で、人のものを測量するものぢやない。君はブルネレスキとドナテロの逸話を知つてるかね。」

「名前は二人共知つてますが、逸話はてんで知りません。」

「ある時ドナテロが立派な十字架像を造つて、内心得意でブルネレスキに見せた。大方褒めるだらうと期待してゐると、予期に反して色々な難点を挙げて、褒めるどころの騒ぢやない。ドナテロも少しむつとして、そのまゝ分れて了つたのだ。ブルネレスキは家へかへると、その日から室に閉ぢ籠もつたきり、一心に同じく十字架像を刻んだ。そうして数十日の后に漸く素的なのを造り上げた。そこでドナテロの元へ出掛けて行つて、久し振りで自分の室で食事をしやうといふので連れ出した。途々色々な食物を買つては、二人で手に提げた。ドナテロは鶏卵を持つて行つたのだ。いよ〳〵室に近づくとブルネレスキは先づドナテロを中に押し入れて、自分は后から入つた。と、其処には思ひ掛けなく、全く不意に、入神の技を振つた古今随一の十字架像が突立つてゐるではないか。ドナテロはその力に威圧されて、『あつ』と驚歎したまゝ、呆然として立ち尽した。と手の中から今迄後生大事と抱いて来た鶏卵が、いきなり床の上に落つこちて、皆一しよにつぶれて了つたといふ話だ。その像は今皆サンタ・マリア・ノヴェンラ寺院にあるあの有名な十字架だ。人の批評をするものは、いつもこのブルネレスキの覚悟がなくなつちやいかん。君もサライの批評をするが、それ丈の自信があるかね。」

「先生、サライ君を批評するなんて、そういふ積ぢやなかつたんです。それはお互様ですもの。」

「さうか、それならそれでいい。が、メルチ、金塊の貴いことは誰れでも知つてる。が、砂をふるつて迄、砂金を拾ふ人は少いものだ。いゝものを尊ぶのは無論のことだが、でないものからも、学ぶべきものを拾ひだすのが、作者にも自分にも忠実な所以だと私は思ふ。」

レオナルドは慈父のやうに弟子たちに説いた。それから話柄

を転じて、

「サライ、その絵を私に呉れないか。それを三人が合作して、紀念に残しておいたらどうだらう。吾々の縛がつてゐる深い因縁の結び目を、この画像の中に止めておくのも、意味のあることのやうだ。」

サライとメルチは感激の声を揃えて、

「先生さう致しませう。僕等は先生の名によつて後の世迄残れば、此上のない名誉です。幸福です。」

「いや〳〵。君たちはまだ若い。これからの勉強一つで此の絵を私の手から奪ひ取ることが出来るのだ。私は墓の下で、心からなる微笑をもつて、それを喜ぶだらう。」

弟子たちは師に励まされて、各々心の中に勉強を誓つた。それ切りレオナルドは深い沈黙の間に涵つた。弟子たちは師の傍に佇んでゐると、宛然春の夜の湖水に浮んでゐるやうな、静かにして、広々とした思がしたのである。此処へ燭をとつた白衣のフラ・ルカ・パチオリが、晩餐の迎へに入つて来た。そうしてロギアから星の瞬く室を見すかして、

「又あの鐘を鳴らしてゐるが、何か一大事の議会でも開くのかね。いやに喧しいぢやないか。かういふ場末に居ても、人心の騒々しい時は、何となく空気に迄落着きがないものだね。夕食をすませたら、パラフツオ・ヱキオの方へ様子見旁々散歩でもするかね。」

「それもよからう。市民の脉をとることのうまいマキアヱリの御手並拝見と出掛けるのも一興だね。」

レオナルドは笑ひ乍ら、巨人と見紛ふ体軀を立木のやうに持ち上げた。

帰郷満一年の其フロレンス全市が、今や洗礼のヨハネ祭りに躍り狂つてゐる中に紛れ入んでロマナの太守チエザレ・ボルギアの密使が、レオナルドの居を訪れて、太守の請を伝へた。其頃、画家は屢々サンタ・マリア・ヌオヴアの病院に解剖の研究に通つたり、或はアルノ河の修理に関係したり、特に幾何学、器械学に大部分の興味をよせて、己の本領をそこに見出したもの丶やうにも思つたのである。従つて『聖アンナ』及び『モナ・リザ』の二つを描いた後は、頓に絵画の方には感興が薄らいで、僅かな『洗礼のヨハネ』や『レダ』の構想を静かに考へたに止まつた。彼は狐疑なく、密使に内諾を与へた。そうして直ちに出発の準備にとりかゝつて、やりかけの仕事に片をつけ始めた。

レオナルドは先づヂヨコンダの元へ、『モナ・リザ』を届けさした。彼の前半生の作品が、多くは未完成であつたやうに。これも同じ運命をまぬかれることは出来なかつた。先づサンタ・バルナルド礼拝堂の祭壇に始まつて、『懺悔の聖ジエローム』『東方学者の参礼』『スフオリツヤ紀念像』それから『聖アンナ』、と数え上げて見ると、画家の歴史は、つまり苦い経験の連続であつたのである。併し幸ひに完成されたと言はれる

『最後の晩餐』の如きものも、至上絶対にして完全無欠でないといふ意味から言へば、レオナルドにとつては、同じく未完成であつたのである。数年の後、彼の偉大なる敵手が、シスチインの穹窿屋の上から、この老画家を睥睨して『卿は自分の恥辱の為めに仕事を中道にして棄てたり』と叱咤しても、実在の神秘は前を走る彼自身の影の如く、常にレオナルドより、前に進んでゐたのである。彼が勇躍一番すれば、影も亦飛躍を忘れなかつた。レオナルドは実に自然の忠実なる子であつて、同時に勇敢なる敵手でもあつたのである。

其年、一千五百〇一年の秋、レオナルド・ダ・ギンチは、一代の風雲児チエザレ・ボルギアの聘に応じて、機関長の職についた。子供が破壊に無上の創造の喜びを味ふやうに、堅牢な堡塁を築き、精鋭の軍器を考察して、大破壊の原動力を造り出すことに、有頂天の喜びを覚えた。人の私念を離れて、神自身の眼をもつて見たならば、所謂破壊も、一つの大きな創造であるかも知れない。或は創造は仕事であつて、破壊は遊戯であるかも知れない。レオナルドは心からなる喜びを禁じ得なかつた。そうしてたゞ一人弟子フランチエスコ・メルチを伴つて、分れを惜むフラ・ルカ・パチオリや、ヂヨコンダ夫妻、愛弟子サライ等に送られて、城門を出た。フロレンス城外の山野は、霜を呼ばうとする高い空の下に、落寞たる秋色を洒らして、寒々と映えてゐるのである。レオナルドは天を仰いで、送るものに先づ祝福を与へた。そうして新しき領土ウルビノに向つて、欣然として鞭を上げたのである。（大正十年十月稿）

（「新小説」大正10年11月号）

赤い蠟燭《らふそく》と人魚

小川未明

一

人魚は、南の方の海にばかり棲んでゐるのでありません。北の海にも棲んでゐたのであります。

北方の海の色は、青うございました。ある時、岩の上に、女の人魚があがつて、あたりの景色を眺めながら休んでゐました。雲間《くもま》から洩れた月の光が、さびしく波の上を照してゐました、どちらを見ても限りない、物凄い波がうね〳〵と動いてゐるのであります。

なんといふ淋しい景色だらうと人魚は思ひました。自分達は、人間とあまり姿は変つてゐない、魚《さかな》や、また底深い海の中に棲んでゐる気の荒い、いろ〳〵な獣物《けもの》等とくらべたら、どれ程人間の方に心も姿も似てゐるか知れない。夫《そ》れだのに、自分達は、やはり魚や、獣物等といつしよに、冷たい、暗い、気の滅入りさうな海の中に暮らさなければならないといふのはどうしたことだらうと思ひました。

長い年月《としつき》の間、話をする相手もなく、いつも明るい海の面《おもて》を憧《あこ》がれて暮らして来たことを思ひますと、人魚はたまらなかつたのであります。そして、月の明るく照す晩に、海の面に浮んで岩の上に休んでいろ〳〵な空想に耽るのが常でありました。

「人間の住んでゐる町は、美しいといふことだ。人間は、魚よりもまた獣物《けだもの》よりも人情があつてやさしいと聞いてゐる。私達は、魚や獣物《けもの》の中に住んでゐるが、もつと人間の方に近いのだから、人間の中に入つて暮されないことはないだらう」と、人魚は考へたのであります。

其の人魚は女でありました。そして妊娠《みもち》でありました。私達は、もう長い間、この淋しい、話をするものもない、北の青い海の中で暮らして来たのだから、もはや、明るい、賑やかな国を望まないけれど、これから産れる子供に、こんな悲しい、頼りない思ひをせめてもさせたくないものだ。

子供から別れて、独りさびしく海の中に暮らすといふことは、この上もない悲しいことだけれど、子供が何処にゐても、仕合せに暮らしてくれたなら、私の喜びは、其《そ》れにましたことはない。

人間は、この世界の中で一番やさしいものだと聞いてゐる。そして可哀さうな者や、頼りない者は決していぢめたり、苦しめたりすることはないと聞いてゐる。一旦手附けたなら、決して、其れを捨てないとも聞いてゐる。幸ひ、私達は、みんなよく顔が人間に似てゐるばかりでなく、胴から上は全部人間其のまゝなのであるから――魚や、獣物《けだもの》の世界でさへ、暮らされるところを見れば――其の世界で暮らされないことはない。一度、人間が手に取り上げて育ててくれたら、決して無慈悲に捨てることもあるまいと思はれる。

人魚は、さう思つたのでありました。

せめて、自分の子供だけは、賑やかな、明るい、美しい町で育てて大きくしたいものだといふ情から、女の人魚は、子供を陸の上に産み落さうとしたのであります。さうすれば、自分は、もう二たび我子の顔を見ることは出来ないが、子供は人間の仲間入りをして、幸福に生活をするであらうと思つたからでありました。

遥か、彼方には、海岸の小高い山にある神社の燈火《ともしび》がちら〳〵と波間に見えてゐました。ある夜、女の人魚は、子供を産み落すために冷たい暗い波の間を泳いで、陸《をか》の方に向つて近づいて来ました。

二

海岸に小さな町がありました。町にはいろ〳〵な店がありましたが、お宮のある山の下に小さな蠟燭を商つてゐる店がありました。

其の家には年よりの夫婦が住んでゐました。お爺さんが蠟燭を造つて、お婆さんが店で売つてゐたのであります。この町の人や、また附近の漁師がお宮へお詣りをする時に、この店に立寄つて蠟燭を買つて山へ上りました。

山の上には、松の木が生えてゐました。其の中にお宮がありました、海の方から吹いて来る風が、松の梢《こずえ》に当つて、昼も夜もがう〳〵と鳴つてゐます。そして、毎晩のやうに、其のお宮にあがつた大蠟燭の火影《ほかげ》がちら〳〵と揺めいてゐますのが、遠い海の上から望まれたのであります。

ある夜のことでありました。お婆さんはお爺さんに向つて、

「私達がかうして、暮らしてゐるのもみんな神様のお蔭だ。このお山にお宮がなかつたら、蠟燭が売れない。私達は有がたいと思はなければなりません。さう思つたついでに、お山へ上つてお詣りをして来ます」と、言ひました。

「ほんたうに、お前の言ふとほりだ。私も毎日、神様を有がたいと心でお礼を申さない日はないが、つい用事にかまけて、たび〳〵お山へお詣りに行きもしない。いいところへ気が付きなされた。私の分もよくお礼を申して来ておくれ」と、お爺さんは答へました。

お婆さんは、とぼ〳〵と家を出かけました。月のいゝ晩で、昼間のやうに外は明るかつたのであります。お宮へおまゐりをして、お婆さんは山を降りて来ますと、石段の下に赤ん坊が泣いてゐました。

「可哀さうに捨児だが、誰がこんな処に捨てたのだらう。其れにしても不思議なことは、おまゐりの帰りに私の眼に止るとい

ふのは何かの縁だらう。此《この》まゝに見捨て行つては神様の罰が当る。きつと神様が私達夫婦に子供のないのを知つて、お授《さつ》けになつたのだから帰つてお爺さんと相談をして育てませう」と、お婆さんは、心の中《うち》で言つて、赤ん坊を取り上げると、「おゝ可哀さうに、可哀さうに」と、言つて、家へ抱いて帰りました。

お爺さんは、お婆さんの帰るのを待つてゐますと、お婆さんが赤ん坊を抱いて帰って来ました。そして一部始終をお婆さんはお爺さんに話ますと、

「其れは、まさしく神様のお授け子だから、大事にして育てなければ罰が当る」と、お爺さんも申しました。

二人は、其の赤ん坊を育てることにしました。其の子は女の児であつたのであります。そして胴から下の方は、人間の姿でなく、魚の形をしてゐましたので、お爺さんも、お婆さんも、話に聞いてゐる人魚にちがひないと思ひました。

「これは、人間の子ぢやないが……」と、お爺さんは、赤ん坊を見て頭を傾けました。

「私もさう思ひます。しかし人間の子でなくても、なんといふやさしい、可愛らしい顔の女の子でありませう」と、お婆さんは言ひました。

「いゝとも何んでも構はない。神様のお授けなさつた子供だから大事にして育てやう。きつと大きくなつたら、悧巧ないゝ子になるにちがひない」とお爺さんも申しました。

其の日から、二人は、其の女の子を大事に育てました。子供は、大きくなるにつれて黒眼《くろめ》勝《がち》な美しい、頭髪の色のツヤツヤとした、おとなしい悧巧な子となりました。

三

娘は、大きくなりましたけれど、姿が変つてゐるので恥かしがつて顔を出しませんでした。けれど一目其の娘を見た人は、みんなびつくりするやうな美しい器量でありましたから、中には、どうかして其の娘を見やうと思つて、蠟燭を買ひに来た者もありました。

お爺さんや、お婆さんは、

「うちの娘は、内気で恥かしがりやだから、人様の前へは出ないのです」と、言つてゐました。

奥の間でお爺さんは、せつせと蠟燭を造つてゐました。娘は、自分の思ひ付きで、きつと絵を描いたら、みんなが喜んで蠟燭を買ふだらうと思ひましたから、其のことをお爺さんに話しますと、そんならお前の好きな絵をためしに描いて見るがいゝと答へました。

娘は、赤い絵具で、白の蠟燭に、魚や、貝や、または海草のやうなものを産れつき誰にも習つたのでないが上手に描きました。お爺さんは、其れを見るとびつくりいたしました。誰でも、其の絵を見ると、蠟燭がほしくなるやうに、其の絵には、不思議な力と美しさとが籠つてゐたのであります。

「うまい筈だ。人間でない、人魚が描いたのだもの」と、お爺さんは感歎して、お婆さんと話し合ひました。

「絵を描いた蠟燭をおくれ」と、言つて、朝から、晩まで子供や、大人がこの店頭へ買ひに来ました。果して、絵を描いた蠟燭は、みんなに受けたのであります。

するとこゝに不思議な話がありました。この絵を描いた蠟燭を山の上のお宮にあげて其の燃えさしを身に付けて、海に出ると、どんな大暴風雨《おほあらし》の日でも決して船が顚覆したり溺れて死ぬやうな災難がないといふことが、いつからともなくみんなの口々の噂となつて上りました。

「海の神様を祭つたお宮様だもの、綺麗な蠟燭をあげれば、神様もお喜びなさるのにきまつてゐる」と、其の町の人々は言ひました。

蠟燭屋では、絵を描いた蠟燭が売れるのでお爺さんは、一生懸命に朝から晩まで蠟燭を造りますと、傍《かたはら》で娘は、手の痛くなるのも我慢して赤い絵具で絵を描いたのであります。

「こんな人間並でない自分をも、よく育て可愛がつて下すつたご恩を忘れてはならない」と、娘はやさしい心に感じて、大きな黒い瞳をうるませたこともあります。

この話は遠くの村まで響きました。遠方の船乗りや、また漁師は、神様にあがつた絵を描いた蠟燭の燃えさしを手に入れたいものだといふので、わざ〳〵遠い処をやつて来ました。そして、蠟燭を買つて、山に登り、お宮に参詣して、蠟燭に火をつけて捧げ、其の燃えて短くなつたのを待つて、また其れを戴《いただ》いて帰りました。だから、夜となく、昼となく、山の上のお宮には、蠟燭の火の絶えたことはありません。殊に、夜は美しく燈火の光が海の上からも望まれたのであります。

「ほんとうに有りがたい神様だ」と、いふ評判は世間に立ちました。其れで、急にこの山が名高くなりました。

神様の評判はこのやうに高くなりましたけれど、誰も、蠟燭に一心を籠めて絵を描いてゐる娘のことを思ふ者はなかつたのです。従つて其の娘を可哀さうに思つた人はなかつたのであります。

娘は、疲れて、折々《をりをり》は月のいゝ夜に、窓から頭を出して、遠い、北の青い青い海を恋しがつて涙ぐんでゐることもありました。

四

ある時、南の方の国から、香具師《やし》が入つて来ました。何か北の国へ行つて、珍らしいものを探して、夫れをば南の方の国へ持つて行つて金を儲けやうといふのであります。

香具師は、何処から聞き込んで来ましたか、または、いつ娘の姿を見て、ほんたうの人間ではない、実に世にも珍らしい人魚であることを見抜きましたがある日のこと、こつそりと年より夫婦の処へやつて来て、娘には分らないやうに、大金を出すから、其の人魚を売つてはくれないかと申したのであります。

年より夫婦は、最初のうちは、この娘は、神様のお授けだから、どうして売ることが出来やう。そんなことをしたら罰が当ると言つて承知をしませんでした。香具師は一度、二度断られてもこりずに、またやつて来ました。そして年より夫婦に向つて。

「昔から人魚は、不吉なものとしてある。今のうちに手許《てもと》から離さないと、きつと悪いことがある」と、誠《まこと》しやかに申したのであります。

年より夫婦は、ついに香具師の言ふことを信じてしまひました。それに大金になりますので、つい金に心を奪はれて、娘を香具師に売ることに約束をきめてしまつたのであります。

香具師は、大そう喜んで帰りました。いづれ其のうちに、娘を受取りに来ると言ひました。

この話を娘が知つた時どんなに驚いたでありませう。内気な、やさしい娘は、この家を離れて幾百里も遠い知らない熱い南の国に行くことを怖れました。そして、泣いて、年より夫婦に願つたのであります。

「妾《わたし》は、どんなにも働きますから、どうぞ知らない南の国へ売られて行くことを許して下さいまし」と、言ひました。

しかし、もはや、鬼のやうな心持になつてしまつた年より夫婦は何といつても娘の言ふことを聞き入れませんでした。

娘は、室の裡に閉ぢこもつて、一心に蠟燭に絵を描いてゐました。しかし年より夫婦は夫れを見てもいぢらしいとも、哀れとも思はなかつたのであります。

月の明るい晩のことであります。娘は、独り波の音を聞きながら、身の行末を思うて悲しんでゐました。波の音を聞いてゐると、何となく遠くの方で、自分を呼んでゐるものがあるやうな気がしましたので、窓から、外を覗いて見ました。けれど、たゞ青い青い海の上に月の光りが、はてしなく照らしてゐるばかりでありました。

娘は、また、坐つて、蠟燭に絵を描いてゐました。するとこの時、表の方が騒がしかつたのです。いつかの香具師が、いよ〳〵其夜娘を連れに来たのです。大きな鉄格子のはまつた四角な箱を車に乗せて来ました。其の箱の中には、曾て虎や、獅子や、豹などを入れたことがあるのです。

このやさしい人魚も、やはり海の中の獣《けもの》だといふので、虎や、獅子と同じやうに取扱はうとするのであります。もし、この箱を娘が見たら、どんなに魂消げたでありませう。

娘は、夫れとも知らずに、下を向いて絵を描いてゐました。其こへ、お爺さんとお婆さんとが入つて来て、

「さあ、お前は行くのだ」と言つて連れ出さうとしました。

娘は、手に持つてゐる蠟燭に、せき立てられるので絵を描くことが出来ずに、夫れをみんな赤く塗つてしまひました。

娘は、赤い蠟燭を自分の悲しい思ひ出の記念《かたみ》に、二三本残して行つてしまつたのです。

ほんたうに穏かな晩でありました。お爺さんとお婆さんは、戸を閉めて寝てしまひました。

五

真夜中頃であります。とん、とんと誰か戸を叩く者がありました。年よりのものですから耳敏《さと》く、其の音を聞きつけて、誰だらうと思ひました。

「どなた?」と、お婆さんは言ひました。

けれど、其れには答へがなく、つゞけてとん、とんと戸を叩きました。

お婆さんは起きて来て、戸を細目にあけて外を覗きました。すると、一人の色の白い女が戸口に立つてゐました。

女は、蠟燭を買ひに来たのです。お婆さんは、少しでもお金が儲かるなら、決して、いやな気持はしませんでした。

お婆さんは、蠟燭の箱を出して女に見せました。其の時、お婆さんはびつくりしました。女の長い黒い頭髪《かみ》がびつしよりと水に濡れて月の光に輝いてゐたからであります。女は箱の中から、真赤な蠟燭を取り上げました。そして、ぢつと其れに見入つてゐましたが、やがて銭を払つて其の赤い蠟燭を持つて帰つて行きました。

お婆さんは、燈火《あかり》のところで、よく其の銭をしらべて見ますと、其れはお金でなくて、貝殻でありました。お婆さんは、騙されたと思ふと怒つて、家《うち》から飛び出して見ましたが、もはや、其の女の影は、どちらにも見えなかつたのであります。

其の夜のことであります。急に空の模様が変つて、近頃にない大暴風雨《おほあらし》となりました。ちやうど香具師が、娘を檻の中に入れて、船に乗せて南の方の国へ行く途中で沖合にあつた頃であります。

「この大暴風雨《おほあらし》では、とてもあの船は助かるまい」と、お爺さんと、お婆さんは、ぶる〳〵震へながら話をしてゐました。

夜が明けると沖は真暗で物凄い景色でありました。其夜、難船をした船は、数へきれない程でありました。

不思議なことに、赤い蠟燭が、山のお宮に点る晩は、どんなに天気がよくても忽ち大あらしになりました。其れから、赤い蠟燭は、不吉といふことになりました。蠟燭屋の年寄り夫婦は、神様の罰が当つたのだといつて、それぎり蠟燭屋をやめてしまひました。

しかし、何処からともなく、誰がお宮に上げるものか、毎晩、赤い蠟燭がともりました。昔は、このお宮にあがつた絵の描いた蠟燭の燃えさしを持つてさへゐれば、決して海の上では災難に罹《かゝ》らなかつたものが、今度は、赤い蠟燭を見たゞけでも、其の者はもつと災難に罹《かゝ》つて、海に溺れて死んだのであります。

忽ち、この噂が世間に伝はると、もはや誰も、山の上のお宮に参詣する者がなくなりました。かうして、昔、あらたかであつた神様は今は、町の鬼門となつてしまひました。そして、こんなお宮が、この町になければいゝがと怨まぬものはなかつたのであります。

船乗りは、沖から、お宮のある山を眺めて怖れました。夜になると、北の海の上は、永《とこしへ》に物凄うございました。はてしもなく、何方《どつち》を見まはしても黒い波がうね〳〵とうねつてゐます。そして、岩に砕けては、白い泡が立ち上つてゐました、月が雲間から洩れて波の面《おもて》を照らした時は、まことに気味悪うございました。

真暗な、星も見えない、雨の降る晩に、海の上から、蠟燭の光りが、漂つて、だん〳〵高く登つて、山の上のお宮をさして、ちら〳〵と動いて行くのを見た者があります。

幾年も経《た》たずして、其の下の町は亡びて、失《な》なつてしまひました。

（「朝日新聞」大正10年2月16～20日）

椋鳥《むくどり》の夢《ゆめ》

浜田廣介

広い野原のまんなかに一本の古い栗の樹がありました。その樹の洞《ほら》に椋鳥《むくどり》の子が、父さんと住んでゐました。

秋もくれて、そこらこゝらの芒《すゝき》の穂がまつ白になると、父さんの椋鳥は、その穂をたくさん取つてきて巣の中に敷きました。穂はやはらかで、間もなく体《からだ》がぬくもつてきて、綿《わた》の中にゐるやうでありましたから、やがて冬が近づいて、霜が降つても霙《みぞれ》が降つても、寒くて困るやうなことはありませんでした。

けれど、天気のわるい日がつゞいて、もう外へ出られなくなると、椋鳥の子は、母《かあ》さんの椋鳥を思ひ出しました。母さんの椋鳥は、もうこの世にゐないのでしたが、椋鳥の子はそれを知らないで、たゞ遠い所へ出かけていつたのだとばかり思つてゐました。父さんの椋鳥が、さうをしへたからでありました。

ある日、また椋鳥の子はきゝました。

「お父さん。未だ〳〵母さんは帰つて来ない？」

あたゝかな芒の綿にくるまつて、体をぢつとまるめたまゝ、

父さんの椋鳥は、目をつぶつてゐましたが、

「え?お父さん。」ときかれた時に、薄い眼《ま》ぶたをぽつと開《あ》けてそしてしづかに言ひました。

「あゝ、もちつと待つてゐるがよい。」

「ぢや今頃は海の上を飛んでるの?」と椋鳥の子がきくと、

「あゝさうだよ。」と父さんの椋鳥は答へました。

「もう今頃は、山を越えたの?」と、しばらくたつてから、また訊くと、

「あゝさうだよ。」と、父さんの椋鳥は同じやうに答へました。その様子は、ものうさうに見えましたから、椋鳥の子は、その上たづねませんでした。

けれど十日たつても二十日《はつか》たつても母さんは帰つてきません。椋鳥の子には、十日は一年よりも永いものにおもはれました。

さて、ある夜なかのことでありました。椋鳥の子は、ふと、ぽつかりと目を覚ましました。すると、カサコソ、カサコソといふ物音が聞えました。耳を澄ますと、樹の洞《ほら》の口もとらしく、しかもそれは羽の擦れ合ふやうな音でしたから、椋鳥の子は、父さんを起しながら言ひました。

「お父さん、お父さん。お母さんが帰つて来たよ。」

椋鳥は、あわてたやうにぽつと目を開きました。だが、すぐに、

「なあに、あれは風の音さ。」と答へて、またそのまゝ目を閉ぢてしまひました。けれど椋鳥の子は眠られません。こつそりと起きて洞の口に行つて見ました。すると、それは父さんの言つたとほりに、冷たい風が枯葉を吹いてゐるのでした。

「やつぱりさうかな。」と、椋鳥の子は呟きました。そしてまた洞の中にもどりました。あたゝかな寐床の中は冷えかけてゐました。椋鳥の子は、父さんの体に小さい体を擦り寄せて、肢《あし》をちゞめて眠りました。

夜があけると、朝の光がほの白くさしてきました。けれど樹の洞は薄暗くありました。椋鳥の子は、目を覚ますとすぐに、戸口の所に出てゆきました。見ると、樹の上の枝には葉が一つも付いてゐないのに、どうしたのか、たつた一枚の葉が、戸口に近い一つの枝に、枯れたまゝ付いてゐるのでありました。

短かい冬の日は早く沈んでゆきました。暗い夜がすぐに来ました。そして椋鳥の子は、いつものやうに父さんの椋鳥と並んで眠るのでしたが、その夜なかに、また目を覚ましました。すると、またカサコソと鳴る枯葉の音がきこえました。それは、いかにも母さんの羽音のやうに聞えました。また物を言ふやうにおもはれました。椋鳥の子は、聴いてゐるうちに、その枯葉のさゝやきが慕はしくなりました。なつかしくなりました。そして恋ひしくなりました。夜があけると、すぐに戸口に出てゆきました。すると、いつもより強い風が野を吹いてゐて、一枚の薄い枯葉はしきりに音をたてゝゐました。そしてそれは見てゐるうちに、ちぎり取られてしまひさうでありました。椋鳥の子は、急いで巣にもどつて、巣の中にまじつてゐる馬の尾の細

い毛を一筋《すぢ》くはへて、また急いで洞の口に出てきました。そして枝に飛びあがると、枯葉の元を、枝に固く毛でくゝり付けました。

「かうしておけば。」と椋鳥の子は独りごとを言ひました。「どんなに強い風が吹いても大丈夫。」

椋鳥の子は、もしか、俄《にはか》に大風が吹いてきて、たつた一枚きりの葉を、何処か遠い所へ運んでいつてしまふかもしれないと考へたのでありました。洞にもどると、父さんの椋鳥が訊きました。

「お前、何をしてきたの?」

そのしてきたことを、椋鳥の子は話しました。父さんの椋鳥は黙つてそれを聴いてゐました——目を閉ぢたまゝ。だが、次には目を開けて、つくづくと、その子の顔を見つめました。

その夜、椋鳥の子は、ひとつの夢を見ました。どこからか一羽の白い鳥が飛んできて、まつすぐに洞の中に入つたとおもふと、寐てゐる鳥のそばに寄つてきました。椋鳥の子はおどろいて、

「あゝお母さん!」と呼びました。

けれど白い鳥は何も言はないで、やさしい二つの目を向けて、椋鳥の子を眺めました。昼間、父さんの椋鳥が、つく〴〵と眺めたよりも、もつとつく〴〵とそして静かに椋鳥の子を眺めました。椋鳥の子は、羽を鳴らして飛び立つて、鳥の白い体に取りすがらうとしましたが、その時早く白い鳥はぱつと薄れてそのまゝ消えてしまひました。「あつ!」と椋鳥の子は声をあげました。するといつしよに目がさめました。闇のなかに目をあけたまゝ椋鳥の子は、きよろ〳〵と洞のなかを見まはしました。

あくる朝、早く起きて椋鳥の子は洞の口に行つてみました。すると枯葉には、うつすりと白い雪がつもつてゐました。椋鳥の子は、昨夜《ゆふべ》夢に見たあの白い鳥は、きつとこの雪のかゝつた枯葉であつたかもしれないと思ひました。その枝に飛びあがつて椋鳥の子は、羽で叩いて枯葉の雪を払ひ落してやりました。

大正八年十一月作

(大正10年8月、新生社刊)

蝗《いなご》の大旅行

佐藤春夫

僕は去年の今ごろ、台湾の方へ旅行をした。

台湾といふところは無論「甚だ暑い《チン・ソア》」だが、その代り、南の方では夏中ほとんど毎日夕立があつて夜分には遠い海を渡つてい丶風が来るので「仲々涼しい《カ・チウチン》」だ。夕立の後では、こ丶以外ではめつたに見られないやうなくつきりと美しい虹が、空一ぱいに橋をかける。その下を、白鷺が群をして飛んでゐる。いろ〳〵な紅《あか》や黄色の花が方々にどつさり咲いてゐる、眩しいやうに鮮やかな色をしてゐる。また、そんなに劇《はげ》しい色をして居ない代りに、甘い重苦しくなるほど劇しい匂を持つた花もどつさりある——茉莉《パクリ》だとか、鷹爪花《ヰエヌニアンホア》だとか、四馨《スウヒイヱン》だとか。小鳥も我々の見なれないのがいろ〳〵あるが、皆、ラリルレロの気持ちのい丶音を高く囀る。何といふ鳥だか知らないが、相思樹《さうしじゅ》のかげで「私はお前が好きだ《ゴア・テイヤ・リイ》」と、そんな風に啼くのもある。

……かう書いてゐるうちにも、さまざまに台湾が思ひ出されて、今にもう一度出かけて行きたいやうな気がする。台湾はなか〳〵面白いい丶ところだ。

で、僕が台湾を旅行してゐる間に見て来た「本当の童話」をしよう。

僕は南の方にゐたので、内地への帰りがけに南から北へところ〴〵見物をしたが、阿里山《ありさん》の有名な大森林は是非見て置きたいと思つたのに、その二週間ほど前に、台湾全体に大暴風雨があつて阿里山の登山鉄道が散々にこはれてしまつてゐたので、とう〳〵そこへは行けないでしまつた。それで、その山へ登るつもりで嘉義《かぎ》といふ町へ行つたのだが、嘉義で無駄に二日泊つて、朝の五時半ごろに汽車でその町を出発した。

い丶天気だつた。その上、朝早いので涼しくて、何とも言へない楽しい気がした。僕は子供の時の遠足の朝を思ひ出しながら気が勇み立つた。大きな竹藪のかげに水たまりがあつて、睡蓮の花が白く浮いてゐるやうなところを見ながら、朝風を切つて汽車が走るのであつた。

確か、嘉義から二つ目ぐらゐの停車場であつたと思ふ。汽車が停つたから、外を見ると赤い煉瓦の大きな煙突があつて、こ丶も工場町と見える。このあたりで大きな煙突のあるのは十中八九砂糖会社の工場なのである。その時、そこのプラツトホオムに四十五六の紳士がゐて、僕のゐる車室へ乗り込んで来た。その後から赤帽が大きなかばんを持ち込む。そのまた後から別にまたもう一人のいくらか若い紳士が這入つて来た。年とつた方の紳士といふのは、直ぐ私《わたし》のすぢ向ふの座席へ腰を下した。

この人はおなかの大きな太つた人で、きつと会社の役員だらうと僕は思つた。赤帽のあとから来た紳士は貧相な痩せた人であるが、この人は腰をかけないで太つた紳士の前に立つたまゝつゞけさまに幾つもお辞儀をしてゐた。この人もきつと会社の人で、上役が旅行をするのを見送りに来たのに違ひない。これはこの二人の風采や態度を見くらべてもよく解る。太つた紳士が金ぐさりのぶらさがつたおなかを突き出して何か一言いふと、痩せた紳士はきつと二つつゞけてお辞儀をした。汽車は五分間停車と見えてなか〳〵動き出さない。二人の紳士はもう言ふことがなくなつたらしいが、痩せた方の人は発車の合図があるまではそこに立つてゐるつもりと見えて、車室の床の上に目を落したまゝ、手持無沙汰に彼の麦稈帽子《むぎわらぼうし》を弄んでゐた。

僕は先刻《さつき》からこの二人の紳士を見てゐて、それからこの痩せた紳士が慰みにいぢつてゐる麦稈帽子に何心なく目を留めたが、見ると、この帽子の頭の角のところに一疋《ぴき》の蝗《いなご》がぢつと縮つてゐた。それは帽子が動いても別にあわてる様子とてもなくぢつとしてゐる、今に、この痩せた紳士が自分の帽子にゐる虫に気がついて、払ひ落しはしないかと、僕は何故《なぜ》ともなく蝗のためにそれが心配だつたが、帽子の持主は一向気がつかないらしかつた。

突然、発車の鈴がひゞくと痩せた紳士は慌てゝ太つた紳士にもう一度お辞儀をして置いて、例の麦稈帽子を冠《かぶ》ると急いで向き直つて歩き出した。その刹那に、今までぢつとしてゐた蝗は急に威勢よく、大飛躍をした。古ぼけた麦稈帽子からひらりと身をかはすと、青天鵞絨《あをびろうど》の座席の上へ一息に飛び下りた。

「田中君！」

太つた紳士が急に何か思ひ出したらしく、僕のわきの窓から首を出して、痩せた紳士を呼びとめた時には、汽車はもうコト〳〵と動き出してゐた。しかし太つた紳士がその隣から慌てゝ立ち上らうが、汽車が動き出さうが、太つた紳士が再びその傍へ大きなお尻をどつかと下して座席が凹《へこ》まうが、二等室の一隅、ちやうど私の真向ふに陣取つた例の蝗は少しも驚かなかつた。長い二本の足をきちんと揃へて立てゝ、蝗はつゝましくあの太つた紳士の隣席に、その太つた紳士よりは、ずつと紳士らしく行儀よく乗つかつてゐる。

僕は汽車に乗り込んだ蝗を見るのはこれが初めてゞある。田中君の帽子から汽車へ乗り換へた蝗のことを考へると、僕は——子供のやうに気軽な心になつてゐる僕は、可笑《をか》しさが心からこみ上げて来て、その可笑《をか》しさで口のまはりがもぢ〳〵動いて来る。僕は笑ひころげたい気持を堪へて、その蝗から暫《しばら》く目を放さなかつた。一たい、この蝗はどこからどんな風に田中君の帽子へ飛び乗つたか。台中の近所は米の産地だからそろ〳〵取入れが近づいたといふのでその地方へ出張するのだらうか。さうしてこの汽車でどこまで行くのだらうか。それともこの蝗はどこか遠方の親類を訪ねるのだらうか。それともほんの気紛れの旅行だらうか……。

汽車は次の停車場に着いた。四五人乗り込んだ、下りた人もあつた。しかし蝗はぢつとして未だ遠くまで行くらしかつた。その次の停車場でも、もう一つその次のでも下りはしなかつた。やはり最初のとほりに行儀よく遠慮がちにつゝましく坐つてゐた。新聞を読むのに気を取られてゐる乗客たちは、誰一人この風変りな小さな乗客には目をとめなかつた。これが結局この小さな乗客には仕合せであらう。

それにしてもこの蝗は何処《どこ》まで遠く行くつもりであらう。もう今まで来たゞけだつて、人間にとつては何でもない遠さだが、彼にとつては僕が東京から台湾へ来たぐらゐ遠い旅であるかも知れない。それから、僕はそんなことを考へて見た。僕が東京から台湾へ来たのだつて、世界を漫遊した人にとつてはほんの小旅行に相違ない、更に、人間よりもつとえらい者――それは何だか知らないが、もしそんな者があつて、さまぐ〵な違つた星の世界を幾つもまはり歩いて来たとしたならば、そのえらい者にとつては人間の世界漫遊などは、ほんの小さな星の上を一まはりした小旅行に過ぎないであらう。蝗の目には人間は見えないかも知れない。人間の目には人間よりずつと大きなものは見えないかも知れない。僕らが汽車と呼んでゐるものは、ひよつとすると、僕らには気のつかない程大きなえらい者の「田中君の麦稈帽子」かも知れたものぢやない。……

僕がそんな事を考へてゐるうちに、汽車はどん〳〵走つてやがて僕の下車しようといふ二八水《すゐ》の停車場の近くに来た。僕は手まはりの手荷物を用意してから、向側にゐるあの風変りな旅客の蝗の方へ立つて行つた。

「やあ！　蝗君、大へんな大旅行ぢやありませんか。君は一たいどこまで行かれるのです。真直ぐ行けば基隆《きいるん》まで行きますよ。基隆から船で内地へ行かれるのですか。それとも別に目あてのない気紛れの旅行ですか。それなら、どうです？　僕と一緒に二八水《すゐ》で降りては。そこから僕は日月潭《じつげつたん》といふ名所を見物に行くのだが、君も一緒に行つてはどうです。」

僕は心のなかで、蝗にかう呼びかけながら、僕の緑色のうらのあるヘルメツト帽を裏がへしにして、その緑色の方を示しながらこの小さな大旅行家を誘うて見た。この旅行家が常に緑色を愛してゐることを僕は知つてゐるから。しかし、蝗は外に用事があるのか、日月潭の見物は望ましくないのか、僕の帽子へは乗らうとはしなかつた。

汽車を下りる僕は、出がけにもう一度その蝗の方へふりかへつて、やはり心のなかで言つた――

「蝗君。大旅行家。ではさよなら。途中でいたづらつ子につかまつてその美しい脚をもがれないやうにし給へ。失敬」。

（「童話」大正10年9月号）

雪渡り

宮沢賢治

（小狐の紺三郎）（一）

雪がすつかり凍つてまるで大理石のやうに堅《かた》くなりました。空も冷たい滑らかな青い石の板で出来てゐるらしいのです。

お日様がまつ白に燃えて雪をギラギラ照らしました。

木はみんなザラメを掛けたやうに霜《しも》でピカピカしてゐます。

『堅雪《かたゆき》かんこ、凍《し》み雪《ゆき》しんこ。』と叫びながら、四郎とかん子とは小さな雪沓《ゆきぐつ》をはいてキックキックキック、野原に出ました。

こんな面白い日が、またとあるでせうか。いつもは歩けない黍《きび》の畑の中でも、すすきで一杯だつた野原の上でも、すきな方へどこ迄でも行けるのです。平らなことはまるで一枚の板の上のやうです。そしてそれが沢山の小さな小さな鏡のやうにキラキラキラキラ光るのです。

『堅雪かんこ、凍み雪しんこ。』

二人は森の近くまで来ました。大きな柏《かしは》の木は硝子《がらす》でこしらえた様な立派な氷柱《つらゝ》を沢山下げて重さうにじつと身体《からだ》を曲げてゐました。

『堅雪かんこ、凍み雪しんこ。狐の子あ、嫁いほしい、ほしい。』と二人は森へ向いて高く叫びました。

すると森の中から

『凍み雪しんしん、堅雪かんかん。』と云ひながら、キシリキシリと雪をふんで白い狐の子が出て来ました。

四郎は少しぎよつとしてかん子をうしろにかばつて、しつかり足をふんばつて叫びました。

『狐こんこん白狐、お嫁ほしけりや、とつてやろよ。』

すると狐がまだ若いくせに銀の針のやうなおひげをピンと一つひねつて云ひました。

『四郎はしんこ、かん子はかんこ、おらはお嫁はいらないよ。』

四郎が笑つて云ひました。

『狐こんこん、狐の子、お嫁がいらなきや餅やろか。』すると狐の子も頭を二つ三つ振つて面白さうに云ひました。

『四郎はしんこ、かん子はかんこ、黍《きび》の団子をおれやろか。』

かん子もあんまり面白いので四郎のうしろにかくれたまゝ低く歌ひました。

『狐こんこん狐の子、狐の団子は兎《うさぎ》のくそ。』

すると小狐紺三郎が笑つて云ひました。

『いゝえ、決してそんなことはありません。あなた方のやうな立派なお方が兎の茶色の団子なんか召しあがるもんですか。私らは全体いままで人をだますなんてむじつの罪をきせられてゐたのです。』

四郎がおどろいて尋ねました。

『そいじやきつねが人をだますなんて偽《うそ》かしら。』

紺三郎が熱心に云ひました。

『偽《うそ》ですとも。けだし最もひどい偽《うそ》です。だまされたといふ人は大抵お酒に酔つたり、臆病でくるくるしたりした人です。面白いですよ。甚兵衛さんがこの前、月夜の晩私たちのお家の前に坐つて一晩じやうるりをやりましたよ。私らはみんな出て見たのです。』

四郎が叫びました。

『甚兵衛さんならじやうるりじやないや。きつと浪花《なには》ぶしだぜ。』

子狐紺三郎がなるほどといふ顔をして、

『えゝ、さうかもしれません。とにかくお団子をおあがりなさい。私のさしあげるのは、ちやんと私が畑を作つて播《ま》いて草をとつて刈つて叩いて粉《こな》にして練つてむしてお砂糖をかけたのです。いかゞですか。一皿さしあげませうか。』

と四郎が笑つて、

『紺三郎さん、僕らは丁度いまね、お餅をたべて来たんだからおなかが減《へ》らないんだよ。この次におよばれしようか。』

子狐の紺三郎が嬉しがつて腕をばたばたして云ひました。

『さうですか。そんなら今度幻燈会のときさしあげませう。幻燈会にはきつといらつしやい。この次の雪の凍つた月夜の晩です。八時からはじめますから、入場券をあげて置きませう。何枚あげませうか。』

『そんなら五枚お呉れ。』と四郎が云ひました。

『五枚ですか。あなた方が二枚にあとの三枚はどなたですか。』

と紺三郎が云ひました。

『兄さんたちだ。』と四郎が答へますと、

『兄さんたちは十一歳以下ですか。』と紺三郎が又尋ねました

『いや小兄《ちひにい》さんは四年生だからね、八つの四つで十二歳。』と四郎が云ひました。

すると紺三郎は尤《もつと》らしく又おひげを一つひねつて云ひました。

『それでは残念ですが兄さんたちはお断はりです。あなた方だけいらつしやい。特別席をとつて置きますから、面白いんですよ。幻燈は第一が『お酒をのむべからず。』これはあなたの村の太右衛門《たゑもん》さんと、清作さんがお酒をのんでとうとう目がくらんで野原にあるへんてこなおまんぢゆうや、おそばを喰べた所です。私も写真の中にうつつてゐますよ。第二が『わなに注意せよ。』これは私共のこん兵衛が野原でわなにかかつたのを画いたのです。絵です。写真ではありません。第三が『火を軽べつすべからず。』これは私共のこん助があなたのお家《うち》へ行つて尻尾を焼いた景色です。ぜひおいで下さい。』

二人は悦《よろこ》んでうなづきました。

狐は可笑《をか》しさうに口を曲げて、キックキックトントンキックキックトントンと足ぶみをはじめてしつぽと頭を振つてしばらく考へてゐましたがやつと思ひついたらしく、両手を振つて舞ひはじめました。

「凍み雪しんこ、堅雪かんこ、

　野原のまんぢゆうはポツポツポ。

酔つてひよろひよろ太右衛門《たゑもん》が、

　去年、三十八、たべた。

凍み雪しんこ、堅雪かんこ、

　野原のおそばはホツホツホ。

酔つてひよろひよろ清作が、

　去年十三ばいたべた。」

四郎もかん子もすつかり釣り込まれてもう狐と一緒に踊つてゐます。

キック、キック、トントン。キック、キック、トントン。キック、キック、キック、キック、トントントントン。四郎が歌ひました。

『狐こんこん狐の子、去年狐のこん兵衛が、ひだりの足をわなに入れ、こんこんばたばたこんこんこん。』

かん子が歌ひました。

『狐こんこん狐の子、去年狐のこん兵衛が、焼いた魚《さかな》を取ろとしておしりに火がつききやんきやんきやん。』

キック、キック、キック、キック、トントン。キック、キック、トントン。キック、キック、キック、キック、トントントントン。

そして三人は踊りながらだんだん林の中にはいつて行きました。赤い封蠟《ふうろう》でこしらえたやうなほうの木の芽が、風に吹かれてピツカリピツカリと光り、林の中の雪には藍色《あいいろ》の木の影が落ちて日光のあたる所はまるで銀の百合が咲いたやうです。

すると子狐紺三郎が云ひました。

『鹿の子もよびませうか。鹿の子はそりや笛がうまいんですよ。』

四郎とかん子とは手を叩いてよろこびました。そこで三人は一緒に叫びました。

『堅雪かんこ、凍み雪しんこ、鹿の子あ嫁いほしいほしい。』

すると向うで、

『北風ピーピー風三郎、西風ドウドウ又三郎』と細いいゝ声がしました。

狐の子の狐三郎がいかにもばかにしたやうに、口を尖《とが》らして云ひました。

『あれは鹿の子です。けれどもあいつは臆病ですからとてもこつちへ来さうにありません。けれどももう一遍《ぺん》叫んでみませうか。』

そこで三人は又叫びました。

『堅雪かんこ、凍み雪しんこ、しかの子あ嫁ほしい、ほしい。』

すると今度はずうつと遠くで風の音か笛の声か、又は鹿の子の歌がこんなやうに聞えました。

「北風ピーピー、かんこかんこ
　西風どうどう、どつこどつこ。」
　狐が又ひげをひねつて云ひました。
『もう雪が柔らかになるといけませんからお帰りなさい。今度月夜に雪が凍つたらきつとおいで下さい。さつきの幻燈をやりますから。』
　そこで四郎とかん子とは
『堅雪かんこ、凍み雪しんこ。』と歌ひながら銀の雪を渡つておうちへ帰りました。

その二（狐小学校の幻燈会）

大きな十五夜のお月様がしづかに東の山から登りました。

雪は青白く光り、そして今日も石のやうに堅く凍りました。

四郎は狐の紺三郎との約束を思ひ出して妹のかん子にそつと云ひました。

「今夜狐の幻燈会なんだね。行かうか。」

するとかん子は、

「行きませう。行きませう。狐こんこん狐の子、こんこん狐の紺三郎。」と高く叫んでしまひました。

　そこで二番目の兄さんの二郎が
「お前たちは狐のところへ遊びに行くのかい。僕も行きたいな」と云ひました。

　四郎は困つてしまつて肩をすくめて云ひました。

「大兄《おほにい》さん。だつて、狐の幻燈会は十一才までですよ、入場券に書いてあるんだもの。」

　二郎が云ひました。

「どれ、ちよつとお見せ、ははあ、学校生徒の父兄にあらずして十二才以上の来賓は入場をお断はり申し候《そろ》　狐なんて仲々うまくやつてるね。僕はいけないんだね。仕方ないや。お前たち行くんならお餅を持つて行つておやりよ。そら、この鏡餅がいゝだらう。」

　四郎とかん子はそこで小さな雪沓《ゆきぐつ》をはいてお餅をかついで外に出ました。

　兄弟の一郎二郎三郎は戸口に出て、

「行つておいで。大人の狐にあつたら急いで目をつぶるんだよ。そら僕ら囃《はや》してやらうか。堅雪かんこ、凍み雪しんこ、狐の子あ嫁いほしいほしい。」と叫びました。

　お月様はもう静かな湖のやうな空に高く登り森は青白いけむりのやうなものに包まれてゐます。二人はもうその森の入口に来ました。

　すると胸にどんぐりのきしやうをつけた白い小さな狐の子が立つて居て云ひました。

「今晩は。お早うございます。入場券はお持ちですか。」

「持つてゐます。」二人はそれを出しました。

「さあ、どうぞあちらへ。」狐の子が尤《もつと》もらしくからだを曲げて林の奥を手で教へました。

林の中には月の光が青い棒を何本も斜めに投げ込んだやうに射して居りました。その中のあき地に二人は来ました。

見るともう狐の学校生徒が沢山集つて栗の皮をぶつつけ合つたりすまふをとつたり殊におかしいのは小さな小さな鼠位の狐の子が大きな子供の狐の肩車に乗つてお星様を取らうとしてゐるのです。

みんなの前の木の枝に白い一枚の敷布がさがつてゐました。

不意にうしろで

「今晩は、よくおいでゞした。先日は失礼いたしました。」

といふ声がしますので四郎とかん子とはびつくりして振り向いて見ると紺三郎です。

紺三郎なんかまるで立派な燕尾服を着て水仙の花を胸につけてまつ白なはんけちでしきりにその尖《とが》つたお口を拭いてゐるのです。

四郎は一寸《ちよつと》お辞儀をして云ひました。

「この間は失敬。それから今晩はありがたう。このお餅をみなさんであがつて下さい。」

狐の学校生徒はみんなこつちを見てゐます。

紺三郎は胸を一杯に張つてすまして餅を受けとりました。

「これはどうもおみやげを戴いて済みません。どうかごゆるりとなすつて下さい。もうすぐ幻燈ははじまります。私は一寸失礼いたします。」

紺三郎はお餅を持つて向ふへ行きました。

狐の学校生徒は声をそろへて叫びました。

「堅雪かんこ、凍み雪しんこ、硬いお餅はかつたらこ、白いお餅はべつたらこ。」

幕の横に、

「寄贈、お餅沢山、人の四郎氏、人のかん子氏」と大きな札が出ました。狐の生徒は悦《よろこ》んで手をパチパチ叩きました。

その時ピーッと笛が鳴りました。

紺三郎がエヘンエヘンとせきばらひをしながら幕の横から出て来て丁寧にお辞儀をしました。みんなはしんとなりました。

「今夜は美しい天気です。お月様はまるで真珠の皿のやうです。お星さまは野原の露がキラキラ固まつたやうです。さて只今から幻燈会をやります。みなさんは瞬《またゝき》やくしやみをしないで目をまんまろに開いて見ていて下さい。

それから今夜は大切な二人のお客さまがありますからどなたも静かにしないといけません。決してそつちの方へ栗の皮を投げたりしてはなりません。開会の辞です。」

みんな悦んでパチパチ手を叩きました。そして四郎がかん子にそつと云ひました。

「紺三郎さんはうまいんだね。」

笛がピーと鳴りました。

『お酒をのむべからず。』大きな字が幕にうつりました。そしてそれが消えて写真がうつりました。一人のお酒に酔つた人間のおぢいさんが何かおかしな円いものをつかんで喰べやうとしてゐる景色です。
みんなは足ぶみをして歌ひました。
キツクキツクトントンキツクキツクトントン
　凍み雪しんこ、堅雪かんこ、
　　野原のまんじゆうはポツポツポ
　酔つてひよろひよろ太右衛門《たゑもん》が
　　去年、三十八たべた。
キツクキツクキツクキツクトントントン
写真が消えました。四郎はそつとかん子に云ひました。
「あの歌は紺三郎さんのだよ。」
別に写真がうつりました。一人のお酒に酔つた若い者がほうの木の葉でこしらえたお椀のやうなものに顔をつつ込んで何か喰べてゐます。紺三郎が白い袴をはいて向ふで見てゐるけしきです。
みんなは足踏みをして歌ひました。
キツクキツクトントン、キツクキツク、トントン、
　凍み雪しんこ、堅雪かんこ、
　　野原のおそばはポツポツポ。
　酔つてひよろひよろ清作が
　　去年十三ばい喰べた。
キツク、キツク、キツク、キツク、トン、トン、トン。
写真が消えて一寸《ちよつと》やすみになりました。
可愛らしい狐の女の子が黍団子《きびだんご》をのせたお皿を二つ持つて来ました。
四郎はすつかり弱つてしまいました。なぜつてたつた今太右衛門と清作との悪いものを知らないで喰べたのを見てゐるのですから。
それに狐の学校生徒がみんなこつちを向いて「食ふだらうか。ね。食ふだらうか。」なんてひそひそ話し合つてゐるのです。かん子ははづかしくてお皿を手に持つたまゝまつ赤になつてしまいました。すると四郎が決心して云ひました。
「ね。喰べやう。お喰べよ。僕は紺三郎さんが僕らを欺すなんて思はないよ。」そして二人は黍団子をみんな喰べました。そのおいしいことは頬つぺたも落ちさうです。狐の学校生徒はもうあんまり悦んでみんな踊りあがつてしまいました。
キツクキツクトントン、キツクキツクトントン。
「ひるはカンカン日のひかり
　よるはツンツン月あかり、
たとへからだを、さかれても
　狐の生徒はうそ云ふな。」
キツク、キツクトントン、キツクキツクトントン。
「ひるはカンカン日のひかり
　よるはツンツン月あかり
たとへこゞえて倒れても
　狐の生徒はぬすまない。」
キツクキツクトントン、キツクキツクトントン。

「ひるはカンカン日のひかり
　よるはツンツン月あかり
　たとへからだがちぎれても
　狐の生徒はそねまない。」

キックキックトントン、キックキックキックトントントン。

四郎もかん子もあんまり嬉しくて涙がこぼれました。

笛がピーとなりました。

『わなを軽べつすべからず』と大きな字がうつりそれが消えて絵がうつりました。狐のこん兵衛がわなに左足をとられた景色です。

「狐こんこん狐の子、去年狐のこん兵衛が
　左の足をわなに入れ、こんこんぱたぱた
　　　　　　　　　　　　こんこんこん。」

とみんなが歌ひました。

四郎がそつとかん子に云ひました。

「僕の作つた歌だねい。」

絵が消えて『火を軽べつすべからず』といふ字があらはれました。それも消えて絵がうつりました。狐のこん助が焼いたお魚を取らうとしてしつぽに火がついた所です。

狐の生徒がみな叫びました。

「狐こんこん狐の子。去年狐のこん助が
　焼いた魚を取ろとしておしりに火がつき
　　　　　　　　　きやんきやんきやん。」

笛がピーと鳴り幕は明るくなつて紺三郎が又出て来て云ひました。

「みなさん。今晩の幻燈はこれでおしまひです。今夜みなさんは深く心に留めなければならないことがあります。それは狐のこしらえたものを賢いすこしも酔はない人間のお子さんが喰べて下すつたといふ事です。そこでみなさんはこれからも、大人になつてもうそをつかず人をそねまず私共狐の今迄の悪い評判をすつかり無くしてしまふだらうと思ひます。閉会の辞です。」

狐の生徒はみんな感動してワーッと立ちあがりました。そしてみんなキラキラキラキラ涙をこぼしたのです。

紺三郎が二人の前に来て、丁寧におじぎをして云ひました。

「それでは。さようなら。今夜のご恩は決して忘れません。」

二人もおじぎをしてうちの方へ帰りました。狐の生徒が追ひかけて来て二人のふところやかくしにどんぐりだの栗だの青びかりの石だのを入れて、

「そら、あげますよ。」「そら、取つて下さい。」なんて云つて風の様に逃げ帰つて行きます。

紺三郎は笑つて見てゐました。

二人は森を出て野原を行きました。

その青白い雪の野原のまん中で三人の黒い影が向ふから来るのを見ました。それは迎ひに来た兄さん達でした。


（「愛国婦人」大正10年12月号、大正11年1月号）

評論

評論
随筆

人生批評の原理としての人格主義的見地

阿部次郎

一

凡ての人がさうである可きが如く、私は今一つの立場を持つてゐる。その立場に立つて人生と社会と自己とを観察したり批評したりしてゐる。それは一言にして云へば、人格主義的見地と名けることが出来るであらう。私は此処でこの人格主義的見地に一つの概括的説明を与へて見たい。この立脚地に深い哲学的基礎を与へることと、これを現実生活の具体的事実に精細に応用することとは、固よりこの小論のよくするところではない。さうしてそれは、現在の私にとつては、企てても及び難い大望に過ぎないであらう。人格主義の思想をこの二つの方向に深め且つ広めて行くことは、今後に於ける私の重なる仕事の一つである。併し現在に於いても、私がこの信念の上に立つて生活してゐる限り、信条として私の根本的態度を宣明し、この信条に出来るだけ明瞭な形態を与へるように試みることは、社会にとつても自分にとつても、必ずしも無用な努力ではないであらう。私がこの見地に立つて現代の社会に対するとき、私の思想は、現代世界の大勢と認められてゐるものと、或場合には並行し或場合には逆行する。併し私が自ら守らむとする一つの立場を持つてゐる限り、並行が必ずしも喜ぶに足らず、逆行が必ずしも悲むに足らぬことは云ふを須ゐない。世界の大勢と思惟されてゐるものに対して、自分の態度を明かにして置くだけでも、私はこの論文を書くことが徒爾でないことを信ずる。私の思想が誤つてゐるか、私の思想と逆行する思想が誤つてゐるか、それは永遠の真理の法廷に於いて究極の審きを待つより仕方がないであらう。

二

人格主義とは何であるか。それは、少くとも人間の生活に関する限り、人格の成長と発展とを以て至上の価値となし、この第一義の価値との聯関に於いて、他のあらゆる価値の意義と等級とを定めて行かうとするものである。人格に代る価値として他の何物をも認容しないと同時に、人格の価値に奉仕する限りに於いて他のあらゆる物に価値を分与せむとするものである。併し人格とは、一体何であるか。私達の考察は先づ此処から出発しなければならない。

私は人格の概念を明かにするために、此処に四つの標識《メルクマール》を挙げることが出来ると思ふ。第一に人格は物と区別せられるところにその意味を持つてゐるものである。第二に人格は個々の意識的経験の総和ではなくて、その底流をなしてこれを支持しこれを統一するところの自我である。第三に人格は分つべからざるものと云ふ意味に於いての Individuum（個体）である。一つの不可分な生命である。第四に人格は先験的要素を内容としてゐる意味に於いて後天的性格と区別される。カントの言葉を用ゐればそれは単純な経験的性格ではなくて睿智的性格《インテリギブラー、カラクテール》を含んでゐるところにその特質を持つてゐるのである。

精神と物質とは異れる存在を持つてゐるものであるか、それは同一存在の両方面に過ぎないものであるか、若くは孰れかが根本的存在であつて他はその派生的存在に過ぎないのであるか――此等存在に関する問題は如何に解釈せられるにせよ、兎に角精神と物質とを区別して考へることが許される限り、それは異れる意味を持つてゐるものでなければならない。その意味の相違は、精神が思考し感じ意欲する主体であるのに対して、物質が思考せられ感ぜられ意欲せられる対象であるところにある。若くは、凡ての存在は、それが思考や感情や意欲の主体である限りに於いて精神であり、それが単に或る他の精神によつて思考せられ感ぜられ意欲せられる対象であるに止つて、自ら思考や感情や意欲の主体でなくなる限りに於いて物質である。私達が苟も精神と物質とを何かの意味に於いて区別するとき、その区別は当然に両者の間に於けるこの対立を意味しなければならない。従つて、少くとも価値の問題に関する限り、精神と物質とを区別するとは、直ちに精神を主として物質を客とすること――若くは従とすることになるのである。物の価値は精神によつて始めて与へられる。精神の要求を無視して物の価値を云為するは本来無意味である。さうして人格とはこの精神であり価値と意味との主であるところのものに名けた名であつて、その対象たるに止るところの物は之に対立する。人格は精神であるが故に、私達が人格である限り、私達は智者であり感情家であり努力家であることが出来る。併し私達は金であり時計であり又肉体であることは出来ない。此等の物は――私達の肉体と雖も――唯私達によつて持たれるものであるに止るのである。人格と物との差別は畢竟 to be の主体と to have の対象との差別である。私達は或者であり何物かを持つ。[一] 私達の持物を私達の精神的属性と区別するところに、人格の概念の第一の標識は成立するのである。（序ながら、ラッセルの所謂 to do と to have との区別も結局 to be と to have との対立の中に摂してしまふことが出来るであらう。to do は to be の発動であつて、従つてその一種である。彼のこの区別は少くとも基督教と共に、寧ろソクラテスやプラトーと共に旧い。彼のこの区別が重要なのは、それが新らしいからではなくて、永遠の真理を現代に生かさうとしてゐるからである。）

併し私は茲で、上述の所説と表面上正反対であるやうに見える一つの思想に、自分の立場から解釈を下して置く必要を感ずる。[二] それはニイチエのツァラツストラに於ける「肉体の侮蔑者について」の一章である。彼の説に従へば、精神《ガイスト》はたゞ微小なる理性であり、自我《イッヒ》の如きは或者の意志に操らる丶玩具の類に過ぎない。背後にあつてこれを駆使する者は、更に偉大なる理性、威力ある命令者、知られざる賢者である。それはツァラツストラの命名に従へばSelbst（自体）である。而も自体は畢竟肉体であるが故に、人間を根本より支配するものは、精神や自我ではなくて肉体でなければならない。「汝の肉体の中には汝の最良の智慧よりも更に多くの理性がある。」「それは自我を云はずして自我を行ふ。」「創造する肉体はその意志の手として自己のために精神を創造したのである」――私達は此の如き肉体の讃美と精神の侮蔑に対して如何なる立場をとるべきであるか。正面から私達の立場を覆さむとするが如き此説に対して、私達は如何に答ふべきであるか。思ふに此答は意外に簡単に片付けることが出来るであらう。若しツァラツストラの意味が、精神的生活の自然的条件として肉体の意義を高調するところにあるならば、それはMens sana in corpore sano（健全なる精神は健全なる肉体の中に）といふ古諺と同義に帰着する。然るにこの古諺は、精神の健全を目的とする者はその自然的条件として肉体を健全にしなければならぬと主張するに止つて、価値若くは目的の見地よりすれば、それは依然として精神を主位に立ててゐるのである。従つてこの諺にどれほどの一般的真理が含まれてゐるにせよ、それは私達の従来の立脚地を覆すには足りないのである。さうして若しツァラツストラの真意が――前述の引用によつても明かであるやうに――単に自然的条件として肉体の意義を高調するに止らずに、肉体の価値の優越を主張するところにあるとすれば、彼がこの優越を主張する根拠は畢竟何処にあるか。それは肉体が精神以上に偉大なる理性者、命令者、智者、不言実行者、創造者であるところになければならない。換言すればそれが、日常の言葉を用ゐれば肉体以上の或者――私達の言葉を用ゐれば正に精神であるところになければならない。ツァラツストラは肉体若くは自体といふやうな聳動的な言葉を用ゐて、その実、精神の世界に於ける二種の区別に注意を喚ばうとしてゐるのである。さうして彼の言葉をこの意味に解すれば、私達はその中に、人格の第二の標識を指示する意味深い真理を読むことが出来るであらう。私達の人格は、個々の刹那に於ける思考内容感情内容意欲内容の総和若くは連続ではない。それは此等のものを生起せしめ消長せしめつゝ、而も自らも充分に自己を把握し得ざるが如き内面的活動の主体である。統一の原理である、生命である。人格と外界との関係は単に意識とその所与との関係ではなくて、創造者とその材料との関係である。私達は人格の概念を問題とするとき、特にこれと意志若くは生命の観念との聯関に注目することを要する。

従つて人格は一つの分つべからざるもの、[三]一つの生命を本質とするIndividuum（個体）でなければならない。一つの生命によつて貫かれてゐないものは一つの人格ではない。一つの生命の連続を欠くとき、類似は固より全然たる同一と雖も、人格の同一の根拠とはなることが出来ないのである。此の意味に於いて人格は個体である。従つて人格が個体たる所以は他の人格との対立若くは相互制限にあるのではなくて、一貫の生命を持つてゐるところにある。対立若くは相互制限とは私達といふ特殊の人格に於いて発見せられる経験的事実に過ぎない。私達が若し制限を絶して而も一つの生命を有する神若くは宇宙といふものを想定することを許されるならば、その生命が精神的なものである限り、私達はこれを個体と名け、人格と呼ぶに、何の矛盾をも感ずる必要がないのである。人格となるとは他との対立を強調することではない。自己の本質に復帰することである。此処に人格の第三の標識が――人格主義を普通の個人主義と区別すべき主要な着眼点が、成立する。

　最後に人格の生活には、自己の如何ともし難き性格をも猶之を批判したり、詰責したりするやうな普遍的先験的原理が含まれてゐる。如何なる境遇と性格と宿命とによるにせよ、之に背反することを許容せず、苟もこれに背反する者に自ら安んずることを得ざらしめるやうな断言的命令が与へられてゐる。人格は単に一つの生命として自然的統一を有するのみならず、又一つの当為によつて先験的に統一されてゐなければならない。此処に人格と経験的性格との差別がある。人格の先験的要素は、経験的性格を、鼓舞し、激励し、苦め、悩まし、洗錬し、浄化して、人格を人格として琢磨せむとする。人格主義を主観主義と区別する、人格の第四の標識は此処に成立するのである。

三

人格主義とは此の如き人格の成長と発展とに至上の価値を置くものである。従つてそれは当然に物質主義と正反対の立場に立たなければならない。人格主義の立場より見ても、物質には或程度の価値がある。人格の生活にとつて物質の所有と使用とがどれだけの意義を持つてゐるか、此問題に対する解答の如何によつて物質を重視する程度に種々の差異あることは云ふまでもないが、兎に角人格の生活にとつて物質の所有若くは使用は欠くべからざるものであるとすれば、その限りに於いて物質は価値を持つてゐなければならない。併し人格主義が此の如く物質に或程度の価値を認めるのは、それが(四)人格の価値を増進する条件だから――換言すれば人格にとつての価値を持つてゐるからであつて、それ以外に何の根拠をも持つてゐるのではない。然るに物質の所有若くは使用は、或る条件の下に始めて人格の価値を増進するのであつて、この条件に反くとき、それは却つて人格の煩累となる。所有の過剰が如何に人格の生活を堕落せしめるか、それは富豪、特に富豪の子弟と称せらるる者の間に於いて、私達が見飽きるほど見てゐる現象である。故に物質はそれ自身の価値を持つてゐない。物質の価値は凡てこれを所有する人格の反映である。無告の物質を成仏せしめるものは、常にこれを使用する人格の光でなければならない。此処に物質の意義に対する人格主義の根本態度がある。現代の社会に於いて物質の生産並びに分配の問題が如何に重大なる地位を占めてゐるにもせよ、それは条件として重大なのであつて目的として重大なのではない。条件の問題を目的の問題に置きかへるとき、其処に非常な昏迷が惹起される。人格主義はこの昏迷に対して、明瞭に反対の態度を持続しなければならない。固より私がかう云ふのは、条件の問題は凡て軽視すべしと云ふ意味ではない。それが人格価値の実現に対する必要欠く可からざるものであるとき、条件の問題も亦生死を賭する問題であり得ることは勿論である。唯条件を目的に置きかへることの危険は、物質の増加を無条件の理想とするために、これが所有若くは使用を限定することが却て目的に協ふ場合もあり得ることを忘却するところにある。所有の増加が無条件の目的である限り、其処には所有獲得の途上に於ける妥協の問題はあつても、他の或原理を基礎とせる所有制限の問題が起り得る余地はないであらう。併し物質については大に制限の問題が必要である。人格の発展に有害なる無用の物質の堆積若くは所有欲を制限すること——この精神を教へるところに、人格主義が現代社会に対して働きかけなければならぬ一つの重大な使命がある。

併し物質主義は、それが概念上人格主義に対立する意味に於いては、畢竟一つの妄想である。如何なる物質主義者と雖も、実際物質に独立の価値を置いてゐるものは居ないであらう。それにも拘らず彼等がこれを主張するのは、彼等の自己解剖が足りないために、自ら自己の真意を知らないのである。守銭奴が目的とするところは、金銭所有の喜びであつて金銭といふ物質ではない。金銭といふ物質はこの喜びの条件として必要欠く可からざるが故に価値があるのである。さうして金銭所有の喜びもその最後の根本に於いては、これを使用することによつて生ずる享楽や便宜や、此等の享楽や便宜に対する保証を確保する安心の喜びに帰着するであらう。物質の所有によつて保証せられるのは官能的享楽の喜びである。さうしてこの享楽は物質所有の程度に正比例して、多ければ多いほど益々保証せられるであらう。故に物質主義者は畢竟官能的享楽主義者である。彼等は官能的享楽の条件として物質に価値を置いてゐるのである。彼等の目的とするところは、官能的享楽といふ一種の精神状態である。唯この精神状態に居るためには、物質の豊富な所有が不可欠の条件であり、この目的を達成するためには、物質の所有は多々益々弁ずるが故に、彼等は実際上物質の所有を唯一の関心事とする。人が享楽主義者である限り、この意味に於いて物質主義者となるのは当然の帰結と云はなければならない。

凡て物質の価値はそれが人間にとつての価値を持つてゐるところにある。人間にとつて価値あるものとはそれが人間の価値を高めるに役立つものである。あらゆる物質的享楽主義者も、事実上この原理の上に立つて物質の価値を評価してゐる点に於いては、私達と何の変りもない。併し人間の価値とは何であるか。彼等はその標準を官能的享楽の程度の多少に置く。最も多くの享楽を持つ生活が最も生甲斐のある生活である。故に彼等はあらゆるものを擲つて、享楽の機会と便宜とを攫取するために狂奔するのである。人格の価値に対する彼等の甚しき昏迷は此処から始つて来る。併し此の如き考へ方の誤謬は、此の如き生活の帰結《コンセクエンス》が最も明瞭にこれを証明するであらう。此場合に於いて、享楽とは私達の人格を消極的態度に置いて、それに働きかけて来る外界の印象に左右されるところから来る心身の快適である。従つて此の如き生活の結果は、受動的方面に於ける神経過敏である。外物に対する人格の奴隷的臣従である。人が美衣を貪るとき、美衣は彼の主人公であつて彼は美衣の奴隷に過ぎない。彼が美衣を着るのではなくて、美衣が彼を着るのである。又人が美食に耽るとき、美食は彼の君主であつて彼は美食の臣僕に過ぎない。彼が美食を食ふのではなくて、美食が彼の人格を喰ふのである。人格の能動的方面は――これこそ人格の人格たる所以である――此の如き生活の結果として次第に鎖磨に帰する。創造の楽みや労働の悦びや困難と戦ふ勇気や、凡て此の如き人格特有の生活を腐蝕するもの、物質的享楽主義より甚しきは尠いであらう。現代の社会が此の如き生活態度のために、如何に堕落の危機に瀕んでゐるか、それは、物質主義の余毒を身に受けてゐる私達には、容易に理解し難い程度に達してゐるに違ひない。一例を云へば私は、疑ひもなく現代社会の大問題なる経済生活の不安も、その最も血腥き方面に於いては、冥々の間に物質的享楽主義の根本仮定の上に立つてゐることを恐れる者である。固より私は現在に於ける経済生活の問題が、現代社会の深き欠陥に根ざしてゐて、それが人格生活の根本問題と絡みあつてゐるものであることを知つてゐる。併し私達は、此方面に於ける人格の権利の問題と物質的享楽欲の正面衝突の問題とを厳密に区別して考へなければならない。この二つのものは、実際問題としては、常に混同される危険を持つてゐるが故に、私達は猶更この区別を明瞭に把握して置く必要があるのである。露西亜や英吉利のことは知らず少くとも現在の日本に於いては、この方面の争には、他人の生存権を蹂躪しても猶自己の贅沢に耽らうとする者と、他人の贅沢を羨望しつゝ自己も亦その贅沢に与る権利あることを主張する者と――この二つの階級の攻撃防守の戦ひであるやうなことはないか、若くはこの戦ひに堕落せむとする危険を刻々に冒してゐるやうなことはないか。私達は不断にこの点に関する反省を緩めないやうにしてゐなければならない。経済生活の問題に、当然そのあるべきが如き意義を与へてその範囲を逸することを防止することは、現代に対する人格主義の使命の中でも特に重大なものの一つに属する。私達の社会問題は、衣食住の奴隷の間に行はれる贅沢権争奪の問題――この餓鬼道の問題であるべきではないのである。

四

人格主義の見地より見るとき、現在の経済生活は改造を要する多くの欠陥を持つてゐる。これは経済生活そのもの、内部に関する問題ではなくて、経済生活の倫理的意義に関する問題なるが故に、私のやうな経済学の門外漢も、猶之に容喙する権利があるであらう。私の見るところでは、この方面に於いて焦眉の急を要する根本問題を――孰れも実際的解決を得ることは極めて困難であつて、而もこれが解決されなければ社会の安定を望み得ないやうな根本問題を――少くとも四つ挙げることが出来る。一つは生存権保証の問題である。二つは財貨の公共性の問題である。三つは所謂労働の享楽化若くは藝術化の問題である。さうして最後には生活の単純化の問題である。この四つは相互に聯関して、現代に於ける経済生活の根本的欠陥を指摘してゐるものと見ることが出来るであらう。此等の問題は贅沢権争奪の問題ではない。人格生活の基礎としての経済生活の問題である。さうしてこの問題を発生すべき欠陥は、日本の社会にも明瞭に具備してゐる以上、日本の社会の内部からこの問題が発生して来ることも亦当然である。この事情をその儘に放置しながら、この問題を外来思想の感染にのみ帰せむとするは政治家のお目出たさである。人格主義は、此等の問題を明瞭に解決しない限り、現代の経済生活を是認することが出来ない。人格主義が人格を損ふが如き経済生活を是認するは、畢竟卑怯と胡魔化しに過ぎないからである。

物質の所有は必ずしも人間の幸福を増す所以ではない。この事は既に前にも述べた。併し或程度以上の物質の欠乏は例外なく人間を不幸にする。その程度には固より個人差があるが、人間が肉身を有する生物である限り、凡ての人にはなくてならぬ物質の一定量がある。此程度以上の物質の欠乏が如何に人を野卑にし愚鈍にし奸譎にするかは、単に所謂貧民の場合のみならず、非常な困窮の境涯に陥れる国民の間にも亦見るを得べき多くの事例である、故にその成員に対して人格の向上を要求する社会は、彼を人格として生活せしめるに必要な物質を供給すべき当然の義務がある。その事は苟も此方面に注意する凡ての論客の主張するところであつて、今更私の呶説を待たざる自明の真理である。然るに現代の社会はこの問題を解決してゐないのみではなく、この問題を解決すべき義務を明かに意識してゐるかゐないかさへも甚だ疑問である。人格主義は第一に此点に於いて、現代の経済生活を非難せざるを得ない。人類の生存権を保証するに必要である限り何時でもその経済的特権を抛棄する覚悟を持つてゐないものは、悉く人格主義の要求に適はざる者である。

併し如何にして各人の生存権を保証すべきか、この困難な実際問題を解かむとするに当つて、私達が最初に気が付くのは、それは分産に於いて不便にして集産に於いて便宜なことである。如何なる方面に於いて、如何なる程度に、分産が適当であり又集産が適当であるか、それは経済学者ならぬ私の能く解決し得る問題ではない。併し社会の各員にそのなくてならぬものを供給することの問題に於いては、それは恐らく大仕掛けであればあるほど原価の低廉を――従つて供給の豊富を――期し得るであらう。既にこの意味に於いても、財貨は或程度まで公共的のものになつてゐなければならない。況して人格の向上にとつて必要な諸種の文化事業が大に勃興して一般の福利を増進するためには、社会の富が充実してゐることは極めて必要である。故にそれを管理する者が政府であるにせよ、又は個人であるにせよ、兎に角管理者がその管理に属する財貨の公共性を信じ、その所有を増すに従つて益〻これを公共的に使用するの義務を負担するとき、財貨は始めて社会の人格を向上せしめるために役立つであらう。人格主義の倫理的要求は、必ずしも制度としての共産主義を必要とせず制度としての私有財産主義を非としない。唯彼にとつて絶対的に必要なのは、財産を公共的のものと思惟する観念である。この観念が各人の実行を支配することである。人格主義はこの観念が現在の経済生活を内部から支配することを求める。この観念の支配が確実になることによつて、私有財産は個人的享楽の――従つて享楽から来る人格的堕落の――無制限な保証となることをやめ、必然的にこれに随伴する奢侈遊惰並びに争奪の欲望は頗る阻止せられ、無産者も亦社会的福祉にあづかることが出来るやうになるであらう。財貨に対する今日の観念は甚しく人心を陋劣にする。単にこの陋劣を矯正せむがためにも、人格主義は財貨の公共性を主張せずにはゐられない。

　さうして財貨成立の順序を回顧するも、それが主として公共に属するは当然である。生産物に対する労働者の貢献は暫く云はず、生産条件の変更も生産物の価格の上下も――此等利得の機会を作るものは殆んど悉く社会であつて個人ではない。資本家は唯その社会に属する利得を攫取するに過ぎないのである。故に資本家の権利は唯公共の財貨を管理するところにあるに過ぎない。而もこの管理の権利は、彼が彼に属する財貨を正しく使用する能力を欠くとき、少くとも道徳上消滅に帰してしまふのである。従つて人格主義は、所有権の根拠に関しても亦その観念の変更を要求する必要を感ずる。(五)所有権の人格主義的根拠は、所有者の攫取若くは相続といふ事実にあるのではなくて、これを正当に使用し得る能力がこの権利の根拠とならなければならないのである。茲に於いて人格と財貨との聯絡は始めて完備する。社会はその蓄積する財貨の禍から始めて安全に保護せられる。財貨を積んでこれを悪用する者の禍は、現在の社会が既に余りに多く嘗め過ぎてゐるところである。善用する途を知らざる財貨の占有は、他の個人に対しては知らず、少くとも社会に対しては掠奪と云はれなければならないであらう。

　以上の二点は財貨使用の途に関する問題である。併し現代の経済生活は、財貨の生産及保護の途に就いて、一層苦き反省を私達に強ひる。上来の二点に就いては殆んど自由な良心を以てこれを論議することを得た私も、今は心に疚しさを感じつゝ自ら反省しなければならないことを感ずる。私達の今日の生活は、汽車なしには殆んど成立することが出来ない。汽車を動かすには、少くとも今日の工業の進歩を以てしては、必ず石炭がなければならない。石炭を掘出すためには、幾万の坑夫が二十四時間の半ばを、日の眼を見ぬ地底にゐて爆発や悪気の危険を冒しつゝ作業しなければならないのである。又私達が寒暑を凌ぐためには、絹布や綿布の衣服を纏はなければならない。然るに私達の着る絹綿の布を作るためには、無数の工女が不妊症や肺病の危険に晒されつゝ、而も道義的の誘惑さへ甚だ多いといふ工場の生活を送らなければならないのである。私達の財産を保護するためには、今日の社会は探偵と云ふ特殊の職業をさへ必要としつゝある。併し他人の罪悪をあばくことを職業とする者が、その品性に甚しき傷害を受けないといふことは、通則としては殆んど信じ難い。私達は此等の人の、心身に有害なる職業を基礎として、始めて今日の如き生活を持続してゐるのである。これは果して正しいことであるか。私達が彼等を犠牲にする権利と、彼等が私達の犠牲となる義務とは果して何処から来るか。彼等は此の如きことを職業としなければ生計の道を得ることが出来ないにしても、此の如き職業をしなければ食へないやうにして置く社会は、果して正しいと云ふことが出来るか。私は甚だ惑ひなきを得ない。茲に於いて、此の如き犠牲的労働に従事する人の人格としての幸福を図るべき途が、私達の良心にとつて甚だ剴切な問題となつて来るのである。彼等と彼等の家族とに生活の保証を与へ、現代社会の文化生活に与るべき機会と時間とを与へなければならないことは勿論であるが、問題は未だそれでは解決されない。何となれば、労働そのものに人格を損ふべき要素が具備してゐる限り、その労働以外に於けるあらゆる便益は、たゞ犠牲的労働に対する代償であつて、労働そのものの善化ではないからである。従つて良心を以て自他の職業に対するとき、換言すれば、私達の社会に於ける労働を、単に衣食のための賤業から脱却させる義務を感ずるとき、所謂労働の享楽化若くは藝術化の問題は、当然に湧いて来なければならない。労働そのものを享楽化するためには、種々の方面に於いて種々の手段があるであらう。労働時間を甚しく苦きものにする労働組織の官僚主義は一日も早く罷められなければならない。労働者の実力が充実するにつれて、労働者を次第に産業の管理に与らしめることも亦当然の帰結である。其他体力に適応して労働時間を制定すること、その労働の意義と興味とを労働者の心に徹底させること等、此問題に対する具体的考案は経済学者の精細な研究に俟たなければならない。兎に角、私達の社会生活を疚ましからぬものとするためには、人格を損ふ職業を私達の社会から一掃する必要がある。人格主義は、現代の社会生活に対して、この事を要求するのである。

併し私達が今日のやうな生活を継続せむとする限り、この生活を支持するに必要なあらゆる職業を享楽化若くは人格化することは果して可能であるか。(序ながら享楽化と云ふ言葉は弊害を伴ひ易いから、この言葉はその意味を明瞭にして置く必要がある。厳密に云へば必要なのは享楽化でなくて人格化である。職業を遊び半分のものにすることではなくて、職業の苦痛を人格に価ひするものとすることである。職業の中から人格を亡ぼさんとする苦痛を除き去ることである。）恐らく其処には到底人格化するを得ぬ若干の職業が残存するであらう。私達はこの職業を如何にすべきであるか。私達は心の底ですまながりながら、特志者の自発的犠牲を受くべきであるか。或ひは万人悉くこの犠牲的労働を分担すべきであるか。若くは私達の今日の生活は根本からあるまじき生活であつて、不当に他人を犠牲にすることなしには、到底支持し得ないやうな性質のものであるか。人格主義は私達に対して、この問題に対する反省を命ずる。若しそれがあるまじき生活であるならば、私達は苦痛を忍んでもこれを新らしくたてなほさなければならない。

私達の生活を如何にすべきか。私は自ら恥ぢながら自分には具体的考案がないことを告白しなければならない。併し問題解釈の方向は略々明かであると云ふことが出来るであらう。それは今日の如き物質的享楽欲の増進及び煽動によつては、到底解決することの出来ない問題である。この問題の解決は一面理化学の進歩に待つところなきを得ないが、それは石炭に代へるに日光のエネルギーを以てするが如き健全なる動力の発明、器械や工場衛生の方面に於ける進歩改良、生産能率の増加と労働時間の短縮とを両立せしむるが如き或種の考案等――凡て労働の非人格的苦痛を除去する方面の進歩であつて、贅沢品製造の進歩であつてはならない。併し此の如き進歩が、良心の苦痛なしに現在の私達のやうな生活を――若くは現在の私達以上の生活を、支持して呉れる日が来るまで、今日の経済生活を人格主義の要求に協ふものにするためには、私達は贅沢心を抑制して生活を単純化する方向に注意を向けなければならない。それは感謝しながら犠牲的労働者の犠牲を受けるにしても、各人が義務として犠牲的労働を分担するにしても、生活を単純化する必要に変りがないからである。人格主義的見地よりすれば、物質的享楽欲を制限するところに、今日の経済生活の真正の進歩がある。贅沢心の抑制と生活の単純化――これこそ今日の生活を無底の泥池から救ひあげて、私達の良心に安静を与へる不動の方針でなければならないであらう。さうしてこの方針は私達に、物質の堆積と便宜の増進以外に、人間の向上心を充すものがあることを教へる、物質的享楽の外にも私達の生活がある。寧ろ物質的享楽の外にこそ私達の人格の生活がある。それは、凡て創造の生活である。物質的創造以上に精神的創造の生活、自ら受用するよりも他に与へることを幸福とする愛の生活である。私達の生活の中心を此処に置くことによつて、私達は漸く現代経済生活の汚泥から脱却することが出来るであらう。私の考によれば、経済生活の問題を解くには、経済生活を超越した立場が必要である。この立場を持つてゐない限り、経済生活の問題は、恐らく利欲と利欲との正面衝突におはらざるを得ないのである。

社会主義者の中には、共産制度の確立によつて、現代経済生活の欠陥が完全に解決し得ると信ずる人があるかも知れない。併し私はさうは思はない。共産制度が確立すれば、恐らく生存権保証の問題や財貨公有の問題は解決されるであらう。併し共産国の各員が協力して生産せる財貨を悉く其処に積んで、これを各員の使用のために公平に分配するとしても、その一人の所得――並びに共産国の共同的給与――は決して人間の享楽欲を充すに足りないに極つてゐる。享楽の欲は無限にして物資の量には限りがあるからである。故に共産国の各員が今日の如き物質的享楽欲を持続する限り、其処には必ず共産盗用の競争が始まるに違ひない。かくて今日の資本家と労働者との間に行はれるやうな物資相奪の争ひは、異れる形に於いて其処にも亦繰返されるであらう。私達の経済生活に不安を生ずる根本原因は物質的享楽主義である。この主義に対して根本的方向転換を要求するものは、畢竟人格主義でなければならない。思ふに今日の経済問題は、人格主義の見地から、もう一度考へなほす必要があるのである。

五

以上私の議論は、僅かに物質主義に対して人格主義の立脚地を明かにしたに過ぎない。併し人格主義が現代生活に対して要求するところは、決してこの方面に限られてゐるのではない。それは主観主義や民主主義や貴族主義等に対しても亦特異の立場を持つて、或ひは並行し或ひは逆行してゐるのである。併し論歩を其処に進めるには、本稿はあまりに長きに失するであらう。故に私は更に稿を改めてそれ等の問題に触れて見たいと思ふ。

(一)「倫理学の根本問題」一七頁、四九頁、二二二頁以下参照。
(二)「ニイチエのツアラツストラ、解釈並びに批評」一五四頁以下参照。――議論の順序上私は同書の所説を繰返さなければならなかつた。
(三)「美学」一六四頁以下参照。
(四)「倫理学の根本問題」一七八頁参照。
(五)同書、二〇四―二〇九頁参照。

(「中央公論」大正10年1月号)

阿部次郎氏と現代社会問題

村松正俊

すべての特権が廃止せらるべきであるとはいへない。それはただ必然的ならざる、人為を以つてつくり上げられたる特権のみが廃止せらるべきである。しかしながら一般的に特権とは一たび必然的につくり出されたるものが、その必然の消失せるにもかかはらず、なほ止まれるがために特権となつたものであるが故に、過去及び現在のすべての特権は、廃止せらるべきが至当である。この意味に於て名誉上の、財産上の、政治上の、その他の特権が否認せられる思想の生じてゐることは自然のことである。然るにここになほ一つの奇異なる特権思想の残つてゐるのを見逃すわけには行かない。それは、知識及び知識階級のもつところの、知識上の優越感から来る特権思想である。それは特権ではない。しかし特権思想である。換言すれば、知識の自己優越の感である。この感のために、知識は知識階級の手に帰着すべきものであると考へてゐる。その他の無智階級は知識に関して口を入れることを専越なりとする思想である。さうしてそれは獲得せられたる知識に於てのみならず、また創造せられたる思想に於ても見得るのである。彼らの無意識的に認めるところは、思想を扱ふものは思想家に限り、しかもその思想とは哲学ならざるべからずといふのである。思想が哲学に帰着し、若しくはそれから派生されることは事実である。しかしながらそのために哲学がすべての思想の上に君臨せざるべからずといふ理はなく、思想を扱ふものが哲学者ならざるべからずといふ原則はないのである。しかもある種の哲学者は正しくさう考へてゐたに違ひないのである。

思想はいかなる種のそれも正しく思想である。これらはポアンカレが考へたるが故にそれが思想でなく、ベルクソンが思索するが故にそれが思想であるとはいへない。しかし彼等哲学者は、ポアンカレは哲学に入つたが故にそれが思想となつたと強弁してゐる。かくの如きものはもとより知識階級のあるものに染み込んではなれない特権思想の一つなのである。

現代社会思想はその社会生活の変動から来るところの種々の思想によつて充されてゐる。その思想は決していはゆる哲学者の思想でなくして、社会事実そのものが生み出した思想である。それに参加するものは決して哲学者にあらずして、社会学者、経済学者、労働者である。しかもそれが充分に一個の思想であり、また思想の外の何物でないことはつひに何人にも認められざるを得ざる事実である。かくして現代社会思想を扱ふものは、彼等正統哲学者にあらずして、いはゆる思想に対する全くの素人なのである。これこの事実は疑ひもなく、彼ら哲学者が、平素思想を扱ふと称へながら、実は眠つてゐた証拠であり、また彼らに事実上思想を取り扱ふ能力のないことを示すに外ならない。彼らはそれにもかかはらず不当なる特権の保護の下に、傲然と構へてゐたのである。この特権下の輩は、その脚下におこつた社会思想の勃興に対し、自己の領域が犯された如く感じ、内心大に狼狽しつつ、なほ外面には、それらの社会思想を扱ふものに哲学がない故を以つて之を軽蔑してゐた、しかも事実社会思想がその存在を確立するに及んで、彼らのある者はつひに身をこの渦中に投ぜざるを得なかつたのである。

事実のところ、思想は哲学に帰着するのであるが、現代社会思想にその哲学的背景の極めて乏しかつたのもまた否定し得られない。さうしてそれは社会思想が一個の思想となるために重大なる欠陥なのである。もしも思想を扱ふといふ哲学者どもが、真にそのいふが如くんば、その特権思想をすてて、自ら社会思想のうちに入るべきであつた。否らずして之を高処から冷眼視して、嘲笑するがごときは真の哲学者の任でない。従つて現代がかかる哲学者どもを置きざりにしたのは当然である。

然らばこの置きざりを食はざらんとして、あはてて社会思想のなかに身を投じた二三の哲学者はいかなる態度を示してゐたか。何人も知るがごとく、そこにはやはり打ち消しがたい知識のほこりがひらめいてゐた。彼らはその獲得したる知識の庫から、彼らの特権思想を満足せしむべき「原理」乃至「理想」をひき出して、高く之を示した。彼らはそれを掲げて、社会全体がそれを目的として進むべきを教へやうとしてゐる。かくして数かぎりない社会改造の「原理」や「理想」が示された。さうしてそのお題目といふのが、かの得体の知れない「文化」といふものであつた。

社会事実は決してある原理によつて支配されるものでない。「原理」とは結局「原理」といふ一文句に過ぎない。それは自然科学に於て、事実のレジユメたるところの法則に当るものである。事実は法則を生ずるが、法則は事実を生まない。新らしい観察と実験の結果は、よく法則を変更し得るが法則をいかにかへて見たところで事実は生れない。その事実は自然科学者のよく心得てゐるところであると共に、彼ら文化主義者の少しも知らないところである。文化主義者は、社会改造の「原理」さへ与へれば社会はその通りに、即ち彼らの思ふ通りに動くものだと考へてゐるのである。もしも社会改造の「原理」や「理想」がさうであるならば、それは一つであり、さうしてただ一つに限られざるべからざるものである。社会事実、生活事実は、その文化主義者の数だけ存在するのである。さうすると社会事実はどの「原理」に従つて進行するのであらうか。――これくらゐのことさへ考へないのがふだん思想を扱ふといふ哲学者の言ひ分なのである。又、そのいはゆる「文化」の内容といふものが、ある特権階級の生み出したもののみをいふのであつて、決して生活全体を意味してゐないのである。かかる偏した観方をするのも哲学者の特権なのである。真に思想を扱ふ哲学者はかかるものでない。それは正しく、社会思想をも正当に認めて、それに哲学の根柢を与へ、若しくはそれを哲学につくり上げるべきである。そこに特権思想があつてはならない。それが真の哲学者となるべきである。

阿部次郎氏は一個の思想家である。氏がかかる特権のかげにかくれて居たか否かは知るところでない。ただ氏が日本の生んだ有為なる哲学者の一人であり、まじめに考へる思想家であることは認められなければならない。氏が最近労働問題、社会問題に対してその意見を発表されるやうになつたのは、氏もまた真の哲学者として恥ぢざるものである。この場合に於て氏がいかなる態度に出でるかが問題である。さうしてそれが氏が真に思想家たり得るか否かを決するのであらう。

氏がとなへるところの「人格主義」とは何であらうか。それは殆ど普通に「人格」といはれるものと何等の差違がないといつていい。かかる見地はもしも他人が之を示したならば、それがもつところの意味は全く無に帰するであらう。それは水や空気が人間にとつて必要であるといふ意味の無であつて、即ちかかる見地は歴史的にいつて自明のことといはなければならない。ただわが若き日本がもつとここの一哲学者の提唱によつて、それの意味が興味もたれるのである。それはただ氏にかかる興味なので、人格主義そのものはそれらに何らの興味をも与へないであらう。然らば氏がかゝる見地をもち出した所以はいづこにあるのであるか。

思ふに氏は久しい前からデイアレクテイクの達人である。氏は論理主義の立場に立つてゐる。従つて氏が提出した人格主義も、必然的論理の産物であつて、事実の子でない。このことは人格主義を理解する上に可成重要なことである。氏のいふ人格主義とは氏の思想の運動、体操、さらにいへば遊戯から産出されたものである。かかる種の産物が現代にいかなる結果をもち来すかは、必らずしも問ふを要しないのである。

論理とは何であるか。それはもとより人間がその思想を整理するために用ゐるところの道具なのである。生活は事実と思想との両面から成立する。さうして思想は事実から来たものであり、事実は性欲の産物である。即ち生活とはそれの根本が性欲にあるので、これは藝術とか美術とかのみに限らず、人間生活のすべてはその起原を性欲に求むべきである。しかしながら起原が性欲にあつても、現代に於てはそれから独立し得るものもあるが故に、必らずしもそれに固着するを要しない。そこに思想が事実から分離して来るのである。さうして人間はその生活をするために、いろいろな道具を用ゐるが思想生活を整理するためには論理を用ゐてゐるのである。論理は形式化されるべきである。論理の用は内部に入るを須ゐない。それは外面のみに止まる。否らざるとき、それは思想の整理の道具の用をなさないのである。思想はそれ自身にて創造しゆくものである。故に空間的に思想の交換をなすにも、時間的にそれを連続せしめるにも、一定の形式的基礎がなければならない。甲のいふ「理想」と乙のいふ「理想」とはその内容に大差あるべきである。しかも「理想」といふ語は同じい。これ言語も形式化されることによつて言語の用をなすのである。論理も同様である。かかる論理、言語が形式的、固定的であるがために、その用をなすのに、之を内容的、流動的になすには、事実が之を翻訳するのである。故に論理はあくまで形式的であるべきである。

そこに一つの誤謬が生ずるのである。論理は道具なるにかかはらず、之を事実と見ることがそれである。それに形式的を内容的となすに至つて、つひに済度すべからざるものが生ずる。論理的に発展し得るものが事実にもその通りと考へたのが論理派の誤謬である。かかる誤謬はさきに述べた「文化」主義者の誤りとその性質にちがひはないのである。之を救ふものはやはり論理をしてその分を守らしめて、その道具の位置にかへらせるべきである。形式論理学に於てすら、事実によつてその論理の正確さを正さざるを得なくなつてゐるのではないか。「生の論理」といふことがいはれるのも、まさしくその形式論理の上に立てられた誤りを正さうといふ一努力にちがひないのである。即ちそれは生活事実にかへることなのである。

阿部氏は論理主義に属してゐる。それがもつところの意味は、かのヘーゲルの液落にかへるべきである。氏がいかに形式論理に囚はれてゐるかは、氏が循環論理の誤謬をもつて来て、かつて社会改造と個人改造とを説いたことでも分る。即ち氏は社会事実、社会生活が、形式論理のいはゆる循環論理に陥つてゐることを認めないのである。さうして形式論理が之を否定するが故に、社会事実に於ても否定されなければならないと考へるのである。しかしながら社会事実がかゝるいはゆる循環論理に陥つてゐることは、すでに多くの社会学者によつて認められてゐるのである。例へばデユルケムにしても、ジムメルにしても、個人がなければ社会がないし、また社会がなければ個人もないことを力説してゐるのである。従つて社会の改造は個人の改造によらざるを得ず、個人の改造はまた社会の改造に帰せざるを得ないのである。個人が環境によつて形成されると共に、環境がまた個人によつて改造されるのである。このことは啻に社会事実のみでない。一切の真理に於て認められる。即ち全は個により個はまた全によつてゐる。かゝる事実を単に形式論理が矛盾であるとなすの故を以てすてやうとする氏は、未だ社会生活の認識に充分でない。論理は生活の道具であり、それ以上の何物でない。之に反して生活は本体であり、事実である。論理は生活によつて正されるが、生活は決して論理によつて規定されるものではない。

氏の人格主義は、全体として観察すると疑ひもなく論理主義の結果である。それは人格といふ具体的事実から生じたものでなくして抽象的論理なのである。かくの如きものが現代に対するとき、それはかの愚劣なる「文化」主義者の「理想」や「原理」とその意義を同じくしはしないであらうか、重ねて、それらとその運命をひとしくしないであらうか。現代の意識はいふまでもなく現前の事実から生じたものである。それは哲学的には浅薄であるかも知れない。それは或はカント以前の独断論の一部かも知れない。それにもかかはらず、それは自分の哲学をつくらざるを得なくなつて来たのである。それは現に存する資本制度といふ事実が生んだのである。従つてそれは資本制度を破壊することより外考へない。それが事実から来た現代の意識なのである。この現代の意識は、しばしば資本制度によつて利益を得るところの権力階級の詐欺にこりてゐる。それはことに或は協調とか、共力とかいふ美名の下につくられる詐欺なので、かかる美名がなほ詐欺の如く思はれてゐる。現代知識階級がその詐欺の教へ手なのである。従つて現代の意識は、知識階級が与へる主義に同情しないのである。もとより人間生活の結局がすべての人の幸福にあることはいふまでもない。従つて資本制度もたゞ破壊するために破壊するのではない。たゞ現前の害があまりに甚しいのである。その害も除かれないうちから種々な主義が却つてその破壊を妨害すべく現れることは、却つて人間生活のための不利ではないだらうか。かゝる妨害に慣れてゐる現代意識が氏の論理主義及びその子なる人格主義をいかに待遇すべきかは、眼に見えるほど明かなのである。生活そのものがすべての「原理」や「理想」を外にしてひとりその進展の歩をすゝめて行くごとく、生活にとつて氏の人格主義が果していかなる効果を挙げうるであらうか。氏がかの愚劣なる特権思想をもてる哲学者であるとは考へられない。氏は論理そのものの命ずるがまゝに動いてはゞからざる人である。氏が特に意識してある特権階級のために努力するとは考へられない。しかし氏が奉ずる論理主義そのものが、もしも氏の知らないうちに、特権思想の奴隷となつてゐたならば、氏が折角正しく考へたところのものが、兼ねて空に帰するのである。論理主義が特権思想の権化であるとはいはない。即ちこの場合にあつて、氏がかの一派の「原理」論者と匹を異にすることは明かに認められる。従つて氏が現代に対してもつところの弱点は、氏が生活認識の不充分なところにある。現代社会主義の理論がヘーゲルの子である如く、氏もまたヘーゲルの子である。さうして社会主義は、理論の外に事実としてなほ別に発展しつゝあつてこれ即ちヘーゲル主義の破産を談るものに外ならない。それの根本的誤謬は、やはり氏のもつところのそれと同じなのである。氏が自己の思想を許容するならばそれと同じ意味で、氏は彼らの理論に入らなければならないであらう。

元来日本の哲学は、それの東洋的背景から一種の唯心論をもつてゐる。その唯心論といふのは、実は古代の残物なのでそれは宗教の一種なのである。それは迷信である。その迷信は、その内容をことにするにもかゝはらず外形をひとしくするために、(即ち論理主義の誤謬と同じ誤謬によつて) 西欧哲学の唯心論と混同されてゐるのである。その結果ドイツ哲学の輸入となり、ドイツ哲学が日本の哲学の親となつた。日本の哲学者はみな首を伏してドイツを拝してゐる。ドイツの哲学者がその必然的創造から「価値」といふとき、日本の哲学者も口をそろへて「価値」といひ、彼らが「論理」といふとき、これらもひとしく「論理」といふ。しかもその内容的根本の相違に気がつかないのである。かくして個の意味はいづこにあるであらうか。一個の独立思想がいづこにあるであらうか。又さうでないあるものは、彼らドイツ人がその国のために発明した理論を、日本にもぢつて、日本を存在以上にもち上げてゐるのである。さうしてより共通的なる部分を忘れてゐる。かかる愚人の徒を以つて満ちてゐる日本の思想界が、類を以つて集り、類を以つて知るが故に、いかなる暴論も尤もとして承認されてゐる。それを承認しないものは、哲学が分らない徒であるとして軽蔑する。これ正しく彼らが特権思想の一表示である。ベルクソン及びアインスタインが与へる暗示こそ反省せらるべきである。

しかしながら阿部氏は決してその亜流でない。氏は自己の良心に忠実である。氏が自己沈潜の思想家としての名声はすでに嘖々たるものがあつた。氏のその誠実さが何故に氏をかくの如き道に導いたのであらうか。それは疑ひもなく、氏をつくり上げた環境、即ちドイツ哲学中毒の周囲なのである。即ち氏の良心に責任はない。氏の眼が之を見貫く能はざりしものであつた。自然科学の実験者が成心を以つて実験するとき、その結果は必らずその考へた通りなることを注意してゐる。まことに成心は観察の妨げである。氏もまたその傾きがなかつたとはいへないであらう。

更に阿部氏には宗教的感情が多量にひらめいてゐる。この宗教的感情は、何らそれをもたないものにとつては、それをもつものが、一種の臭味を以つて、一種の厭味をもつて感ぜられるのである。さうして宗教感情のうちに於て、その誠実さが深ければ深いほど、その臭味と厭味が増すものである。しかもその臭味と厭味は、同じ宗教的感情をもてる同類にとつては、何の妨げとならざるのみならず、その度がつよければ強いほど、相感ずる度がつよい。これ宗教妄信者が常にその信仰のために死をも省みず熱狂し得る所以なのである。ある種の心理学者はそれの起原を性欲に帰し、及びそれを色情狂の一に取り扱つてゐるが、その観察は正しいとなすべきである。まことに同臭味間の熱情はわれらの知るべからざるものがある。これ有島武郎氏に於て、島崎藤村氏に於て、賀川豊彦氏に於て見得るものである。彼らの文章には誠実と正直とに充ちてゐる。それが同時に厭味と臭味になるのである。しかもその愛好する読者には、その臭味が堪へがたく好ましいのである。これ宗教的感情の特徴である。

宗教とは何であるか。それは人間が科学以前に於て、その生活の統一をはかるためにつくつたものである。神といふ一個の権威を考へたことは、王といふ政治的権威をおいたのと全く同じ心理である。それは自我を知らざる人間のしたことである。

従つてそれは現代に於ては正しく否定せらるべきである。これらは自我以外に権威を認めない、即ち王、即ち神これらのものはいづれも、過去の生活にとつて必要欠くべからざるものであつたと共に、今日に於ては全く不用なものである。それがすべて宗教家のうちにさへ認められてゐるとは、ユニテリアンの如きものさへ生じたことによつても分る。まことに個人を除いて、現代はいかなる意味をもつのであるか。さうして労働問題、社会問題も、そこに意味づけられるのである。それに対してすでに死んだ宗教が何物をもたらさうといふのであらうか。

感情は保守的である。むしろ何らの変化をしないといふ方が当つてゐるであらう。従つてそれは原始的状態を今日でも保つてゐるのである。その故に古代の痕跡は多く感情のうちに見出される。権威に対する感情も正しくその通りである。宗教感情が今日なほ多数のうちに残り、さうして宗教がなほその命をつないでゐるところもそこにある。さうして感情は盲目的であるが故に、宗教も感情的になるのである。

これらの宗教的感情は藝術、特に詩に於ては許される。然るに哲学に於ては許されない。哲学は古来いくたびとなくその外形と共に内容を変へた。さうして科学の後に於ける哲学はもとよりそれの以前の哲学と同じであるべきではない。情熱もてる哲学は容れられるべきである。しかし宗教的哲学はつひに現代と何等相容れるところがない。現代フランスが戦争ののちに於て、とくにカトリシスムの復活をはかつてゐるが、それは戦争といふ特別な理由によるので、それは一時の変態的現象に過ぎない。哲学そのものは結局理智にかへるべきである。それが現代社会思想の基礎となるためには、さらにそれが科学的になつてゐなければならない。宗教に現代を支配する力はすでにないのである。

この見地から論ずるとき、阿部氏はその論理とその宗教的感情との矛盾を感ぜずにはゐられないであらう。事実氏の論策のうちに於てそれはしばしば見出されるのである。氏は学者として論理に一貫せんことを欲する。然るに氏の感情はしばしば氏の論理を飛び超えて跳躍しようとする。例へばツアラトウストラを論じた一章に、超人がそれ自身の超人を目的とし敢へて他人との差別感によらないと論じてゐる。否、氏自身の性格は後者をとりたいといつてゐる。それの如きは明白にその論理の矛盾を露出せるものといつて然るべきである。もしも氏にしてこの矛盾を感ぜられないとするならば、氏はあまりにその感情のために眼を盲にせられたといふべきである。さうしてそれが人格主義にもよく出てゐるのである。

労働問題を扱ふに当り、宗教的感情に似たる情熱の必要なことはいふまでもない。しかしそれは宗教であつてはならない。宗教が労働問題に顔を出すとき、労働問題は却つてこの前途を妨げられるか、或はあきらめの心理に悟入して、行くところに行き得ない。これすでに賀川氏に於て見られたところである。愛は人を救ふかも知れない。しかし愛は決して事件を解決しない。それは事件を紛糾せしむるのみである。もしも阿部氏にしてその宗教感情から脱せられない限り、氏がいかに労働問題を扱はれてもそれは無駄なことであるといはなければならない。氏の人格主義は之をいかに解決するのであらうか。

論じ去り論じ来れば、氏もまたかの、社会思想の勃興と共に、あはててその渦中に身を投じた哲学者どもとその根本の思想に大差ないことが明になつた。その結論は、彼ら哲学者どもとその類を異にする氏にとつて大に迷惑なことに違ひない。さうして氏が彼らとちがふことはよく分るのである。それにもかかはらず氏の論を正当に解すればかくならざるを得ない。これ氏が意識してその知識的特権の〔一字欠〕に立たれたのでなくして、氏の論理の根本が、かの特権思想を生むものと同一のところから出てゐるためである。従つて氏が真摯であり、誠実であればあるほど、氏は自ら知らずして、かの特権階級の弁護につとめることになるのである。これ氏のみならず、現代社会思想に哲学の基礎を与へんとするもの常に心すべき点である。

（「新小説」大正10年5月号）

人格主義と労働運動

阿部次郎

一

自分は人格主義を信ずる者である、人格主義的見地の上に立つて人生と社会との現象を批判せむとしつゝある者である。自分がこの意味に於いて人格主義の代弁を始めたとき、一部の人達から受けた非難は固より一様ではなかつたが、その中最も重要な意義を持つてゐるものは、それが労働運動から熱と力とを奪つてその気勢を殺ぐ虞があるといふことであつた。若し人格主義とは実際あらゆる意味の労働運動と両立し得ないものならば、それは世界の大勢に逆行してその進行を妨げむとする愚論であるのみならず、又労働者の幸福を妨げむとする不正論である。一切の人に本質的幸福に到る道を与へむとする人格主義が労働者を幸福にせむとする運動に反対するは、甚しき自家撞着でなければならぬ。併し人格主義は固より凡そ労働運動に反対するやうな固陋な主張ではない。寧ろ或種の労働運動は、苟も人格主義者である限りは、自ら進んでこれに携るか、若くは少くとも同情を以てその成功を祈らなければならないところのものである。固より凡ての人にはその天分に応じた分担があつて、一人の人が一切のことに任じようとするのは、社会のためにも自分のためにも決して得策とは云へないから人格主義者も労働運動以外の事を自己の天職とするに何の不可もないことは云ふまでもない。例へば自分のやうなものは人格主義の原理的完成の方により多くの天分を持つてゐると信ずるが故に、少くとも現在のところ実際的労働運動に携らうとは考へてゐない。併しこれは阿部次郎といふ個人のことであつて一般に人格主義者のことではない。実際的労働運動に携はる人格主義者の益々多く輩出することは――寧ろあらゆる労働運動者が悉く人格主義の洗礼を受けることは、自分の切望してやまないところである。実際、人格主義の中には、実際的労働運動に情熱と力とを与ふべき力が充分に具つてゐる。万一自分の言説に、正しき労働運動からもその情熱と力とを奪はうとするやうな響があるならば――自分は固よりさうは信じないが――それは自分一個の過であつて、決して人格主義そのもの、罪ではないのである。

併し人格主義があらゆる労働運動を――それが不純なものであれ、結局社会全体の不幸を齎すに過ぎぬものであれ、苟も労働運動の名称を持つてゐるあらゆる運動を――そのまゝに是認することが出来ないのも亦当然である。そんなことをするのは無定見な者の時流に阿る醜い迎合に過ぎない。善悪正邪に対する確乎たる信念を持つてゐる者は、誰でもさう云ふ態度をとることを恥辱と感ずるであらう。あらゆる労働運動は、縦令それが労働者の幸福を目的とする点に於いては差異なきにせよ、猶次の二点に於いて――それは真正に労働者の本質的幸福を増加する方向に向つてゐるか、又所謂労働者のみの幸福を目的として、その結果人類全体の幸福を侵害するやうなことがないか、この二点について――検査されなければならない、この検査に合格した労働運動に対するとき、人格主義者は始めて満腔の情熱を以てこれに参加することが出来る。若しこの二点に於いて迷路に陥らうとしてゐるものがあるならば、労働運動の内部に於けるこの傾向と戦つて、その方向を正しくしその動機を清めるやうに努力することが、人格主義的労働運動者の免るべからざる義務である。彼はこの戦によつて始めて労働者に対する愛と、全人類に対する義務とを全くする。

然らば人格主義は如何なる労働運動を是認し、如何なる労働運動を否認するか、自分は簡単にこの問題を一考して見たい。

二

労働運動が労働者の所得を増加することを目的とするとき、人格主義は或る条件の下にこの労働運動を是認する。此処に「或る条件」といふのは、それが労働者自身並びに彼の家族の人格的向上に必要な限りに於いて、といふことである。凡ての人は食はなければならない、単に食ふみのならず又その健康を保持しその教養を高めなければならない。生存と保健と教養とこの三つのものに対する権利は凡そ人間に共通の権利であつて、その間に貧富上下の差別があるべきではない。固より其処には、凡ての人に此等の権利を保証するだけの設備が完成してゐないときには、已むを得ずその権利を抛棄しなければならないものと、他人に先んじてこの権利を保証されるものとの差別なきを得ないであらう。あらゆる病者を収容するだけの病院がなければ、入院を許される者と許されぬ者との差別を生ずるのは誠にやむを得ない。又今日の日本のやうに教育機関の不充分な国に於いては、何かの方法に於いて競争選抜の試験を行ふことは避け難いであらう。併し此等の余儀なくせられたる選択に際しても、これを外部的階級的特権によつてするのは不公正である。それはただ、その個人の実際の能力とその能力を基礎とする社会的使命の重さとを標準とするものでなければならない。今日のやうに、ただ貧なるが故に治療を受くる権利を喪ひ、たゞ家貧しきが故に如何なる秀才も高等教育を受け得ないといふやうな状態は、不公正なのは勿論のこと、それは又人才を要する社会にとつても、甚だ不利益である。さうしてこの不公正と不利益とを救ふためには、ただ国家が国費を以てその機会均等を保証するか、若くは各人をして医療と教養との費用に窮せぬほどの富を持たしめるか、二つの一つより外に途がないであらう。恐らく前者は最も妥当にして最も経済的な方法であるが、この方法が、現在の国家に行はれてゐぬ限り、吾々は兎に角出来るだけ富の所有を平均することによつて、機会均等の条件を確めるやうに努力しなければならない。この意味に於いて労働者の所得を増加せむとする運動は正当である。それが正当なのは現代の合言葉を用ゐれば、創造の条件としての所有を求める運動であるからである。人格生活の向上にとつてなくてならぬものを求める運動であるからである。この所有慾は創造慾に代るものではなくてこれに奉仕するものだからである。

併しこの所有慾が創造慾に代るとき、この意味の労働運動は世界の禍ひである。この運動は、その根本精神から見れば、労働運動ではなくて資本主義運動である。何となれば、資本主義の根本精神は、創造衝動に代るものとしての所有衝動、所有衝動の直接、間接の目的としての享楽慾でなくて何であらう。享楽慾の直接の発現は贅沢である、その間接の発現は贅沢権の優越を誇とする虚栄と権勢とのみを念とするやうになれば、彼はその内心に於いては既に労働者ではないのである。彼はその本来の性質上創造の衝動に立脚しなければならぬ労働者道に離れたのである。彼はただ、飢ゑたる資本主義者、嫉妬と猜忌とに満ちた資本主義者、新たに資本主義の軍門に降れる労働道徳の謀反人に過ぎない。人格主義の立脚地から見れば、資本を擁する者必ずしも資本主義者でなく、資産なき者必ずしも労働主義者ではない。所有を唯一の関心とするものは、彼が洋服を着てゐても法被を着てゐても、彼の手が女のやうに白くても軽石のやうにざら〳〵してゐても、悉く資本主義者である。白き手の資本主義者と荒き手の資本主義者と、現在資本を擁する資本主義者と資本家に成上らうとする資本主義者と――この二つ階級の争ひは、その道徳的意味から云へば、白き手の資本主義者と荒き手の資本主義者との競争と実質上何の相違もないのである、労働運動とは若し白き手の資本主義者と争つて天下をとらうとする、荒き手の資本主義者の押したてる旗印に過ぎないならば、それは結局資本主義道徳宣伝の運動である。この労働運動が拡まれば拡まる程、益々資本主義根性が拡まつて行くであらう。さうしてこの労働運動が決定的の勝利を得るとき、従来資本家といふ一部の人の間にのみ堰きとめられてゐた資本主義精神は、大河を決するの勢を以て世界の全体に氾濫するであらう。従来健全であつた労働者の精神は、当然にこの世界的大洪水の中に覆没しなければならぬ。併し労働生活の精神を埋没してそれを資本主義に改宗させる運動が、何で労働運動の名に価ひしよう。

自分は現在の労働運動がこの意味の争奪心を根本動機として行はれてゐると信ずる者ではない。併し今日の労働運動は労働者の人格の承認を目的とするものであつてこの意味の争奪戦の如きは過去の事実に過ぎないと軽易に断言せむとする主張にも容易に同意することが出来ない。蓋し歴史的に見ればこの意味の争奪戦が行はれることは当然の順序になつてゐるからである。資本家の贅沢を見ながら久しく甚しき欠乏を忍ばなければならなかつた労働者が、資本家の贅沢を憎悪しつゝ羨望して、自分も同様の贅沢をしたいと考へるやうになるのは、避くべからざる心理の当然である。資本主義根性は、羨望や憎悪といふ感情を通路として、不知不識労働者の精神に浸潤する。従つて此等の労働者の不平を出発点とする労働運動が、その根本精神に於いて資本主義的色彩に感染することは、自然の成行と云はなければならぬ。労働運動を資本主義根性の感染から清めることは、一部の人の考へるやうに容易なことではない。当分の間この意味に於ける両党の争ひが、天下の形勢を行くべきところまで押し詰めて行くことは、如何ともすべからざる自然の経過であるであらう。併し吾々を幸福にする新世界は、仮令この争ひによつて地ならしをされることがあつても、決してこの争ひの精神によつて建設されることは出来ない。歴史の進行は早晩著しき方向転換をしなければならぬ。新しい世界はこの方向転換の後に始めて顕現するであらう。この方向転換を準備するために、人格主義はあらゆる意味の資本主義的精神を警戒することを要する。冷静な頭脳と透徹せる洞察とを以て、労働運動の衣を着た資本主義をも亦警戒することを要する。

三

人格主義は資本主義の後塵を拝してこれに追随する意味の労働運動に参加することが出来ない。人格主義が情熱を以て協同したり同情したりすることが出来るのは、人格としての権利を労働者のために確保せむとする運動である。さうしてそれは、人権を確保するための条件として、彼等の物質的所得を多くすることも、差当つての必要に相違ないことを認める。併し労働運動が労働者の人権の主張を目的とするとき、それは決して所得の増加のみを以て満足することが出来ない。所得の増加はただ已むを得ぬ初歩の要求であるに止つて、それが労働者を本質的に幸福にする力を持つてゐないことは、物質的には何の不足のない今日の資本家の多くが、人間としては甚だ不幸であり憫むべきものであることを見ても、思ひ半ばに過ぎるものがあらう。労働者を人格として幸福にするためには、労働組織の官僚主義も変へなければならぬ。資本家の「賃銀奴隷」である関係を改めて、一つの事業に於ける協同労作者《ミットアルバイター》であるといふ自覚と待遇とを与へなければならぬ。又楽んですることの出来ぬ労働を出来るだけ少くするために、一般の社会生活を単純化することをも考へなければならぬ。この問題については嘗て他の場処で（中央公論正月号）少しくこれに触れたことがあるから、今は凡て省略に附するが、この意味の労働運動を成功させるためには、沈着にして洞察に富んだ理智と、愛と正義感とに満ちた心臓とが必要である。社会組織の全体に渉る徹底的改革や人間の生活態度的革命や、これ等のジリ〳〵と辛抱強く喰入つて行かなければならぬ仕事を遂行することは、単純な憤激や憎悪や嫉妬や羨望や物慾で盲動する人のよくする所ではないであらう。恐らくこの仕事は、深く革新の原理を把握して、無私な心を以て愛と正義との世を来らしめむことを祈る心——換言すれば人格主義者のみのよくするところである。然るに人格主義はこの意味の労働運動からも熱と力とを奪はむとするものであると考へるが如きは、甚しき誤解といはなければならぬ。

併しこの意味の労働運動も、まだ、労働者も亦人であるといふ程度の主張に過ぎない。侵略された権利の恢復を図るといふ意味に於いて、それはまだ受動的消極的の域に止つてゐる。これは現代労働運動の歴史的位置から見て固より当然のことであるが、人格主義者の労働運動は更に一歩を進めて積極的に働きかけて行かなければならぬ。それは凡ての人を労働者にすることである。労働者の国を造ることである。労働者こそ真正の人である、若し真正の人とならむと欲するならば、汝等も亦その懶惰を棄てゝ、労働者となれ——人格主義の労働運動は、世界のあらゆる資本主義や享楽主義者に向つてかう呼びかけなければならぬ。かう呼びかけることによつて、労働運動の資本主義に対する宣戦は始めて徹底する。彼等に追随せずに彼等を救済すべきものとしての使命が始めて確立する。この意味の労働運動は、人格主義が双手をあげて、無条件に賛成するを得るところである。

かう云つたら、汝の主張はボルシエギズムと同様であるといつて、或人は喜び或人は憂慮するかも知れない。併しこの喜びもこの憂慮も共に当らない。吾々とボルシエギズムとは労働者の概念を異にする。吾々の此処にいふ労働者とは、それが物質的のものであれ精神的のものであれ、それが経済的報酬を伴ふものであれ伴はぬものであれ、凡そ或る価値の創造を生活の中心義としてゐる人の一切である。従つて学者や藝術家等の所謂精神労働者は勿論、事業を計画する企業家も亦労働者である。所有と享楽とを根本義として生活する資本主義者――必ずしも資本家ではない――に対して、価値の創造を根本義として生活する者は凡て労働者である。人格主義はこの意味に於いて凡ての人を労働者とせむことを欲する。この意味に於いて労働者の国を創造せむことを欲する。それは所謂筋肉労働者が他の意味の労働者を支配することを求める意味ではない。所謂無産階級が曾て有産者であつた者の上に専制政治を布くといふ意味でもない。同じ労働者のうちでも或る一つの党派に属するもの（例へば労農主義者）が他を圧迫する制度を造るといふ意味でもない。吾々の理想とする労働者の国は、「ブールジヨアを殺せ」と云ふ標語によつて準備されることが出来ない。これを準備するものは、深く人心に浸潤し行く労働の愛と尊敬とである。資本主義者に対する労働の勧説と命令とである。かくて改宗せる労働者に対する寛容と愛と保護とである。又異れる労働に従事する者の間に於ける相互の理解と尊敬とである。他の労働者の権利と自由とに対する公正無私なる承認と交譲である。特殊の階級の会議の上にその政治の基礎を置くことである。憎むことではなくて愛することの上に、殺すことではなくて生かすことの上に、排斥することではなくて包容することの上に、新しき労働者の国は建設せられなければならぬ。他の階級と区別された意味の無産階級ではなくて凡そ労働者の上に基礎を置かうとするところにボルシエギズムと異れる吾々の立脚地がある。

四

以上吾々は労働運動の目標と人格主義との関係を考へて、人格主義が如何なる労働運動を是認し如何なる労働運動を否認するかを明かにした。併しこの二つのもの、関係はまだこれだけでは尽されてゐない。人格主義は労働運動の如何なる態度を是認し、如何なる態度を否認するか。

若し労働運動とは労働者の所得の増加を無条件の目的とするものならば、態度の是非の如きは大した問題にはならないであらう。この目的を達成するに最も便宜でさへあれば、暴動も虐殺も必ずしも避けるには及ばないであらう。併し人格主義の是認する労働運動は、労働者の人格の向上若くは労働王国の建設を目的とするものでなければならない限り、それは労働運動の態度に対しても当然に或種の規範を立てずにはゐられない。労働運動の最後の関心は人格にある、人格の国にある。故に人格と人格の国との完成を妨げるやうな手段は結局目的そのものを傷害するものである。人格の問題に於いては、手段を目的と分離して考へることが出来ない。人格にとつては、悪にして而も有功な手段といふものはあり得ない。悪しき手段は有害な手段である、有功なのはただ善なる手段のみである。

例へば、労働王国の建設にとつては労働主義の政治が必要である。真正の労働者を基礎とする権力を設定することは、労働運動の極めて重要な目的の一つに属する。併しこの目的を実現することは、或時代の或社会にとつては甚だ困難である。若し性急にこれを実現しようとするならば、直接行動や暴力や爆裂弾や暗殺などが最有効な手段であるやうな場合も、決してないとはいへないであらう。従つて目的のために手段を択ばぬ或種の労働運動者は、ブールジョアを憎め、ブールジョアを殺せ、彼に属する一切のものは坊主の袈裟も悉くこれを呪ひぬけ——かう云つて憎悪と復讐心とを煽勤せむとする。併し人格主義は此の如き態度を是認することが出来ない。何となれば、此の如くにして煽られた憎悪と復讐心とは、かくて造り出された労働王国の内部を腐蝕する毒物として作用を続けて行くからである。その敵を倒すために用ゐた武器は自己を殺すための武器とならざるを得ないからである。仮令此の如くにして所謂労働者の天下が持ち来されるにしても、この場合に設定された労働者の権力は、畢竟自党の私利を保護し、他種の労働者に対して不公正を強行し、世界を益々苦くするために用ゐられるに過ぎないであらう。真正な労働王国の建設は却つてこれがために妨げられる。真正な労働王国を実現する時期は却つてこれがために遅くされる。何となれば、それはただ愛と正義との上にのみ建設されることが出来るからである。

固より今日の社会に於いて、資本主義的精神は、牢乎として抜く可からざるの勢力を振つてゐる。それは単に資本家を支配するのみならず又労働者をも支配しつゝある。労働運動が戦はなければならぬ戦ひは決してなまやさしいものではない。それは幾度か、愛するが為に憎み、生かさんとするが故に殺し、包容せむとするが故に排斥しなければならぬ非常事にも遭遇するであらう。併しその根本志向が愛と生と包容とにある限り——さうして憎と殺と排斥とが此等の根本志向を実現するための絶対不可避の手段として認識されてゐる限り、憎も愛であり、殺も生であり、排斥も包容である。人格主義は決して労働運動に優柔不断を要求するものではない。併し憎のための憎、殺を喜ぶの殺、排斥の興味に溺れたる排斥は、永久に労働運動の魔道である。人格主義はこの意味の労働運動に対しては、明瞭にその「気勢を殺がむ」ことを努める。これは禾穀を育てむがために雑草を抜くと同様の努力である。人格主義の労働運動も、資本主義といふ悪を憎む精神に立脚してゐることは勿論であるが、それはどうしても資本家といふ人間の不幸を喜ぶ心に立脚してはならないのである。労働運動は労働者と共に資本家をも——彼が現に属し若くは嘗て属してゐた階級の如何に関らず世界のあらゆる人類を、幸福にするものでなければならない。

（「解放」大正10年5月号）

近代の恋愛観（抄）

厨川白村

『ラブ・イズ・ベスト』

よろづにいみじくとも、色好まざらむ男は、いとさうさうしく、玉の盃そこなき心地ぞすべき。

兼好法師【徒然草】

夏のゆふべ、羅馬《ローマ》の郊外カンパニヤの大野のはて、蒼然たる暮色に包まれた野も丘も、すべては静かで寂しかつた。羊の群は、なかば夢心地で牧草を食みながら、寝舎《ねや》をさして辿つて行く。おもへば之が羅馬《ローマ》大帝国の都城のあとだ。そのむかし堂々たる王者が三軍を叱咤し生殺与奪の権を握つて世界を睥睨《へいげい》した頃の王城の地ではないか。いまは一樹《じゆ》の繁る可《べ》きなく、草のみが生ひ茂つてゐる。

皇帝オオガスタスの大業《たいげふ》、そんなものが何だ。天に聳《そび》える円屋根を頂いた大理石造の王宮、そんなものが今何処に在る。蔓《まん》草荒蓁《さうくわうしん》を踏みわけて、旅の人は今わづかにその礎《いしずゑ》の跡を見るに過ぎない。

唯だ一つ、むかふに小さな壺が残つてゐる。八重葎《むぐら》の蔽へるに任せた此さゝやかな櫓《やぐら》のあと、それは昔王侯が嬖臣寵妃をあつめて、戦車競争《チャリオットレース》をながめた宏大な演技場《ステヂーアム》の跡でもあらうか。その塔のなかに身を潜め、こよひ男との逢ふ瀬を待わびる金髪白面の少女がある。男の来たるを今や遅しと胸轟かしながら、息をこらし目を見張つて佇んでゐる。恋人が来れば、つと歩み寄つて二人は忽ち無言にして相抱くであらう。

黄金の戦車《チャリオット》、百万の大軍、今は影をも留めて居ない。残れる者は僅に此廃墟ではないか。しかし男と女との恋、そこには今も昔も変りない永遠性があり恒久性がある。千載を隔てゝ猶滅びざるものは両性の恋だ。幾世紀間の馬鹿騒ぎ無駄骨折り、その勝利をも光栄をも黄金をも、すべてを皆葬り去れ。恋のみが至上である。(Love is best)

「廃墟の恋」と云ふ美しい歌に、詩聖ブラウニングは恁う歌つた。その歌のこゝろを、パアン・ジョオンズがまた画にもかいた。

人類発達の史上に空前にしてまた絶後とも云ふべき荘麗な羅馬《ローマ》文明のあとは、いまわづかに廃墟となつて行人の歩を留むるに過ぎない。而も人間の、燃ゆるが如き情熱と感激と憧憬と慾望との白熱化した結晶とも見るべき恋愛には悠久永遠の生命の力がこもる。トロイのヘレンの昔からして、こよひ盆踊のはてた夜半《やはん》、鎮守の森かげに恋を囁く村乙女に至るまで、東西古今を通じて男女《なんにょ》の性愛には永久不滅の力が動いてゐる。霊と肉との最も強烈な欲求が、こゝにのみは長へに美しい詩として長へに花咲いてゐる。市場の有価証券、領土拡張騒ぎ、私有財産の争奪戦、博徒の縄張り争ひ見たやうな国際競争、贈賄収賄の法律裁判、脱税を目当ての社会奉仕の財団、すべてそんな者が何《なん》になる。千年にして百年にして、否なわづか十年にして皆《みな》悉《ことごと》く廃墟ではないか、墳墓ではないか。世の悧巧な愚物よ、俗漢よ、しごととか事業とか政権とか利益とかゞ夫れほど迄に有難いか。すべてが葬り去られて、草葉のかげに廃墟といふ墓標を残す悲しき日を思へ。

『永久の都城《イタアナル・シテイ》』は羅馬《ローマ》ではなく、恋である。荒れ果た古塔のかげに男を待つ女の目にのみは、霊性の永遠不滅の光が輝く。罪ふかき穢れた吾等の生活が、浄められ高められ償はれて、無限悠久の生命を得るのは女性の愛によつてだ。ゲエテは『ファウスト』の末草に「久遠の女性《ダス・エエギヒ・ヴイブリツヘ》われらを導く」と歌ひ、ダンテの『神曲』に於いてはベァトリチェこそ救ひの女神であつた。かう云ふ中世風のロマンティシズムを、更に派手やかに近代に花咲かせたワグネルの楽劇では、『タンホイザア』のエリザベエトや『デア・フリィゲンデ・ホルレンデル』のセンタにも現はれてゐる。最も現実的なイブセンに於てさへ、『ベエア・ギント』の最後の一節に此思想がほのめかされて居るのも面白い。もとより恁ういふ旧いロマンティシズムは、幻滅時代に入つてストリンドベルヒの極端な女性憎悪《ミソジニイ》や、バナァド・ショウの痛罵などによつて、今は破壊し去られたとは云へ、それが更に現実化せられ人間化《ヒューマナイズ》せられて、今日の文化と生活との根柢を流れてゐる事だけは、否定すべからざる事実だ。

日本人の恋愛観

恋愛讃美、女性崇拝はおろか、女を『人』として考へる事さへ知らないで、自ら国粋を説き文化を口にし、五大国民の一などゝ独りよがりで自惚《うぬぼ》れてゐる人種がある。この人種は不思議にも男女関係を常に僻《ひが》み根性で見る事のみに慣らされてゐる。何でもない男と女とが一寸話しをして居ても、忽ち猜疑のまなこを光らす。況んや両性の恋愛関係と見れば、それを愚弄したり嘲弄したり、面白半分にからかつたり、それでもまだ気が済まなければ、今度は恋愛を罪悪視し背徳乱倫呼ばはりまでしようと云ふ恐ろしい人種である。

記紀万葉の如き古代の文献に徴しても、また平安朝の文学に現れた所を考へて見ても、日本人は本来もつと自由に、もつと解放的に、もつと正しく両性関係を見る事の出来た聡明な人種であつたのだ。それが、鎌倉時代ごろからの戦国殺伐の気分と儒仏の外来思想とを捏《こ》ね混ぜて出来た武士道と云ふ者に誤られ、人が『人』としての生活の最も重要な部分である両性関係に対して、奇怪至極な偏見と僻み根性を抱くに至つたのだ。徳川時代までは、例の男女七歳にして何とかせずの流儀で、当時の識者であり知識階級であつた漢学者たちの両性観と云ふ者は、如何にも馬鹿〳〵しい者であつた。しかし因襲の久しき既に七八百年に及んで、この偏見迷妄より来れる悪風潮は、明治大正の新時代に入つても、他の多くの旧思想と同じく、依然として邦人の脳裡にこびり附いて離れない。先づ日清戦争ごろまでは、内乱と外戦とで、すべてが幼稚な乱脈時代に在つたのだから、是は問題外とする。吾々の生活が漸く新路を拓かうとするに至つた明治三十年頃からのロマンテイシズム時代には、青春の恋を歌ふ詩人を星菫《せいきん》党など丶云つて冷かした者だ。更に四十年前後からは世人は自然主義と云ふ文字を変に曲解して、また再びすべての性的関係を侮蔑した。次いでは享楽主義の文字に勝手放題な異様の意味を寓し、最近では性慾と恋愛と、みそとくそとをごつちやにして、また新しい愚弄を始めやうとしてゐる。つまり手を変へ品をかへて頑強固陋《ころう》なる旧思想の迷妄を繰返してゐるのに過ぎない。

然らば、かくまで性的関係を蔑視せる日本人は、其性的生活に於てかの清教徒のごとくに潔癖なりやと云ふに、そは云ふ迄もなく正反対だ。今も昔も、女でなければ夜の明けぬ国である。田舎に行くと、全村一人の処女なしと云ふ村落も珍らしくないさうだ。また此厄介な現象に煩はされて、今なほ青年男女の共学《コエヂユケーション》が行はれないと云ふ国だ。嘗て明治時代の文教の要路に立つてゐた男が、或る時その友人の藝者買ひを責めた。それに対して、其友人が『然らば貴公が下婢の袖を引くのは、どうした者だ』とやつたので、明治の大教育家は一言も無かつたと云ふ。是なぞは旧式な四角八面の道学先生の好標本である。

一面に於て性的関係を甚だしく擯斥し侮蔑しながら、他の半面に於て、男女の風紀が他の文明国に類ひなき程に乱れてゐるのは、武士道の如き旧道徳のうちには、恋愛の貴さに対する正当なる理解が全然欠如してゐたからだ。両性関係を単に生殖作用だと考へたり、性慾の遊戯だと見たりする固陋の謬見に基くのだ。動物よりも進化した人間生活に於ては、両性関係は既に簡単なる性慾作用よりも更に進転し昇華《サブリメエト》して、既に至高の道徳となり、信念となり藝術となつてゐる事に気附かないからだ。『人』としての生活の中枢に横たはる至高至大の力である事をも考ふるに至らないからだ。

近ごろ日本で頻《しきり》に性的生活に関する著述や翻訳が行はれるのを、わたくしは決して悪い事だとは思はない。しかし単に性慾学の知識のみが普及されて、恋愛といふ人格関係の全的意義が明かにせられないならば、それによつて古来日本人の有する偏見迷妄が一層甚だしくなりはしないかを憂ふるのである。西洋には昔から恋愛の心理を論究して、その霊肉両方面に於ける種々相を闡明《せんめい》しやうと試みた書物は甚だ多い。かの小説に批評に暢達流麗の筆を揮うて一世を驚かし、テエヌやゾラやニイチエの如き近代の文豪をして讃嘆措く能はざらしめた前世紀の才人スタンダル（アンリ・ベイル）には『恋愛論《エツセイ・シユル・ラムウル》』の名著がある。また歴史家ではあるが、詩才縦横の情熱家ジュウル・ミシュレエの筆に成る『恋愛編《ラムウル》』も、此種の書中最も広く世に行はれた者だ。若《も》し夫れ文学者や歴史家の書いた者では承知が出来ないと云ふ人があるならば、去つて伊太利《イタリー》の病理学者パオロ・マンテガッザの名著『恋愛の生理《フイジオロジ・オブ・ラヴ》』を繙け。そこには極めて系統的な科学者らしい心理論を読む事が出来るだらう。今なほ恋愛を劣情だと見てゐるやうな偏見から抜けられない人たちに、わたくしは是等の名著の一読を勧めたい。有名な本だから、みな独訳もあり英訳も出来てゐる。ミシュレエやスタンダルの独逸《ドイツ》訳はレクラムの廉価本ですら得られる。

私は今でも想ひ起す、子供の時英語の手紙の稽古をするのに、『書翰文範《レタア・ライタア》』と云ふ物を色々見た。開巻第一、先づ奇異の思をなしたのはどれを開けて見ても『恋ぶみ《ラヴレタアズ》』の一章が必ずある。親子兄弟友人間の贈答の文範と相並べて『はじめて会つて恋しと思ふ女へ送る手紙』とか『女へ愛を誓ふ男の手紙』とか『色よき返事』とか云ふのが沢山に出てゐる。わたくしは其頃の子供心にも、東西に於ける両性観の相異を深く考へさせられた。日本で云へばこんな文範は、花柳界のほかには恐らく用の無い物だらう。之を学校の作文科にとでも云つたら、今の教育家先生は、それこそ目を廻すだらう。これを目して単に外面的な風俗の相異など丶云ふべきだらうか。

恋愛観の今昔

人生は欲求の無限の連続である。言を換へて云へば、生きると云ふ事、その事が、既に何者かを求める事である、その求める所の者が異性であるか真理であるか浄土であるか神であるか智識であるか黄金であるか名誉であるかは問ふ所ではない。ひとしく皆その物に対する熱愛に根柢を置いてゐる。愛しない者を求めると云ふ事は不可能であるからだ。従つて、何者をも心から愛する事が出来ないと云ふ事は、人間としての最大の不幸であり悲哀であらねばならぬ。

かくの如き生の欲求は、やがて人間の色々な創造生活となつて現はれる。そのなかで最も大きな最も自然な、そして最も強い欲求は新しい生命の創造である。人間が新しい生命を創造し、子孫といふ形で自己を永久に保存する事は、異性との結合によつてのみ成される。そこに恋愛は生ずる。恋愛なくして行はれる生殖作用は、野獣の喜劇にあらずんば、人間の悲劇である。

広い意味での愛を至上至高の道徳と見なし人間生活の中枢なりとする思想は、他の多くの近代思想と同じく、その源流を希臘《ギリシャ》に発してゐる。哲人プラトオンの著作中最も詩的であり藝術的である『ジンポジアム』の対話篇は、即ち森羅万象に普遍なる愛の力を説いたものであつた。地水火風の間にも天と地との間にも、そこには互に相求むる神秘の恋があり結婚があつて、万物は決して単独にして存在しない。また此《この》愛の力は常に美を求め善を求めて絶対無限の世界に連なり、至高至大の霊に向つて憧がれる。人が人を愛するのは、恁くの如き霊的生活に到達する為めの階段であると考へられた。プラトオンの時代を去ると二千三百年、流風遺韻ながく後代に伝はつて、この思想は多くの哲人に影響し、シェリイやウォルヅウォスやブラウニングの如き近世の詩人にも共響《ひゞき》を伝へてゐる。

しかしプラトオンの時代にはまだ、近代のやうな恋愛観は考へられて居なかつた。墺地利《オーストリア》のエミイル・ルッカが数年前に公けにして、学界と文壇の注目を惹いた名著『恋の《デイ・ドライ・》三　階　段《ストウフエン・デア・エロオテイク》』に従へば、文化の発達と共に両性関係は古来三つの階段を経て今日に及んだ。第一は先づ性的本能にのみ動かされた肉慾の時代で、是は古代に属する。いつまで経つても両性関係に、性慾や生殖より以上の意義を認め得なかつた東洋の道学者流は、つまり此階段の所に低迷して居た者である。第二は、恋愛観が基督教《キリスト》の禁慾主義の思想と結び附いた中世期である。即ち女性を目して人間性を超越した神格あるものと考へ、それがやがて聖母マリアの崇拝となつた。今までは罪業のかたまりの様に思はれてゐた女性は、こゝに至つて一躍して男子に君臨する女王となり女神となつた。この思想は先づ仏蘭西《フランス》南方のプロヴァンスに起つて、その頃の騎士《ナイト》の城下から城下へと、琴を抱いて歌ひ歩くトルウバドウルの詩人たちによつて伝へられた。霊的の恋愛観はこゝに濃厚な宗教的色彩を帯び、所謂「ミシネ」の浪漫的《ロマンチツク》恋愛観となつて、欧洲文藝の思潮に此上もない派手やかな色彩を加へた。ダンテが『新生』に、女人を目して、「諸悪の消滅者、一切の善の女王」と云つたやうな女人礼拝の思想は、中世はもとより十九世紀に至るまでも、欧洲の文学には色々の姿になつて現れてゐる。

しかし中世の「愛の宗教」の他の半面には、また驚くべきばかりの肉慾耽溺の生活があつた。霊的女性が救ひの女神と見られると同時に、肉的女性は悪魔の手先きだと考へられた。ワグネルが『タンホイザア』に描いたやうに、霊肉二元の生活の間に彷徨して惑ひ悶ゆるものが中世の人であつたのだ。

そこで古代の肉的性的本能時代と、中世の霊的宗教的女人崇拝時代とに次いで来れるものは、霊肉合一の一元的恋愛観の時代であらねばならぬ。それは即ち近代だ。即ち一方から云へば、古代のやうに婦人を男子の性慾満足と生殖との為めの道具のやうに見たのは、男尊女卑の動物扱であつた。また中世の如くに、女人崇拝の極は之を九天の高さに祭り上げたのは女に神格を認めて人格を認めなかつたからであつた。婦人を一個の人として認め、個人の人格を確認すると共に、また完全な霊肉合一の恋愛観を見るに至つたのは、ルツカの所謂第三階段である十九世紀以後に属する。近代婦人の自覚に基く個人主義の思想は、旧時の恋愛観を破壊すると共に、また新しい恋愛観を生ずるに至つた。即ち男も女も単独にしては不完全な者である。そして両性は互に補足の作用を為すが故に、二つの個人が相求め相索《ひ》く事によつてお互に自己を新にし全からしめ充実せしめる事が恋愛であると云ふ様に考ふるに至つた。生殖作用の如きは単に両性関係の一部分に過ぎないので、恋愛が即ち性を異にせる二つの個人の結合によつてお互に「人」としての自己を充実し完成する両性の交響楽《シンフオニイ》に外ならぬと見られて居る。エレン・カイ

(ケイと発音するのは正しくない)やエドワアド・カアペンタなどの所説は、先づ恁《か》ういふ見かたの代表的なる者であらう。

愛の進化

何だかまた学校の先生の講釈見たやうになりさうだから、この辺で一つ出直す。

エリスやフォレル以来、近頃学者の性慾に対する研究は著るしく進んだ。そして夫れが日本に於けるやうに、一時的な薄つぺらな、ふざけ気分の流行物で無いだけに、一般の思想界や学界に及ぼした其影響は非常に大きい者であつた。中でも精神分析学《サイコアナリシス》一派の学徒の研究の如き、一切の道徳その他の精神現象の根本を性慾《リビドオ》に在りと主張するに至つたのは、たしかに在来の幽霊道徳の信者に向つて、冷水一斗を浴せるだけの痛快な者であつた。

人間の道徳生活の根本である愛を、性慾に基くと考へる事は、さまで難事ではない。人間は呱々の声を揚ると共に既に、性慾を有つてゐるので、赤ん坊が母親の乳房に吸ひ附く時から既に性慾は発動してゐる。稍長じて夫れが親兄弟に対する愛情に変つて行くのだと、精神分析学者は多くの例証を挙げて説明してゐる。さう云ふ学説の当否は姑《しばら》く別問題として、両性間の恋愛が性慾に根ざしてゐる事は今人の誰しも疑はない所であるが、唯だ夫れが動物とちがつて、人間への進化と共に、浄化せられ醇化せられて最高至上の道徳となり藝術となつてゐる事は考へて見ねばならぬ。かの男女間の事とし云へば、直《たゞち》に之を色情とか劣情とか痴情とか云ふ言葉で貶《けな》し去らうとする古風な道学者の如き、彼等自らの頭脳が此点に於てまだ畜生の域から一歩も進んで居ない事を証明してゐるに過ぎない。

愛情が一つの状態から他の状態へと移転し浄化されて行く事実は何も小難かしい学説なぞを担ぎ出さずとも、吾々が日常生活に於て屢《しば〲》見る所である。たとへば黄金慾の如き、最初は其黄金と交換して得られる物が欲しさに黄金を求めたのであつた。ところが後にはその慾情は転移して唯だ黄金その物の為に黄金を求めて他を顧みざる今日の資本家の心理状態の如きを現出するに至つた。又、も少し上品な例を取れば、最初は食用に供する為の魚が欲しさに魚を釣つたのであつた。然るにその慾情は後に進化し転移して、魚は釣れても釣れなくても、唯だ林間の流れに繊綸《せんりん》を垂るゝ事それ自らに興味を持つ釣魚の楽み——むかしアイザック・ウォルトンが『釣魚大全《コンプリイトアングラア》』に書いた様な極めて詩人的な、のどかな余裕低徊趣味の心的状態にまで純化せられ浄化せられるに至つた。また世には愛書家《ビブリオフメイル》と云ふものが多い。書物は読んでも読まなくても、唯だ多く蒐集し愛玩して、その古版を喜び装釘印刷などの外観古色掬すべきを楽しんでゐる人たちだ。最初は書籍の内容に興味を持つて、己れの知識慾や読書慾を満足せしめんが為めに書を求めたものが、後には書籍の内容とは没交渉な所へ其慾情は移つて了つたのだ。

すべて恁ういふ浄化転移の心理は、動物に於けるよりも、進化した人間に於て最も著るしく現れてゐるので、此の域に進めば、最初に求めた目的その物は、既に無意識心理の底に影を潜めて了つてゐる。学者は是に名を附けて昇華作用（サブリメェシャン）と云ふのだらうが、名前なぞは何だつて可い。人間が最初その動物時代に於て異性との結合を求めたのは、明かに性慾満足と生殖慾望との為めに相違なかつた。しかし進化と共にやがて其慾望は浄化せられ純化せられ詩化せられて、そこに恋愛といふ至上至高の精神現象を生ずるに至つたのだ。こゝに至つて既に最初の所謂《いはゆる》「劣情」や慾望は、全然無意識心理の底に沈んで了ふ。恋は果敢ない浮草でもなく根無草でもない。飽くまでも深く強く性慾と云ふ泥田の中に根ざしてはゐるが、やがて夫れが恋愛となつて高く美しく花咲き、母性や近親愛となつて実を結ぶとき、根帯《こんたい》は既に泥土のなかに姿を没してゐる事を思はねばならぬ。

全く肉的接触の経験などを有たない若い男女の初恋などには、性慾とか生殖とか云ふ問題は殆ど意識の上に上《のぼ》つて居ないと云つても可い。さう云ふ時にかれらは初めて本当の人生を味ふのであるが、先づ最初に現れる者は自己犠牲の精神であらう。恋人のためには身をも心をも捧げて惜まないと云ふ奉仕の心である。今まで幾年の間学校の先生などから、忠だの孝だの社会奉仕だのと色々の他の形で説教せられながら、而もなほ十分に自分の体験の内容とまでは成つて居なかつた自己犠牲と云ふ事がしみ〴〵と感得せられるのは、はじめて恋を知つた時であらう。一切の道徳の根柢に横たはれる自己犠牲と云ふ事は、燃ゆるやうな恋をする男女によつて最も痛烈に体験せられるのが常である。単に「人間の道」であるなぞと云つて、仁義を口にし忠孝を説ける徒輩の未だ曽て想ひ到らざる程に熱烈な自己犠牲の至高の道徳性が、恋愛には最も花やかに現れるのである。かう云ふ恋愛は、だから、単に色を漁り性慾の満足を求め、また自分の子孫を設けて私有財産を譲渡さうなど、云ふ料簡の不良老年輩や、或は単に青年時代の盛な性慾を満足せしむべく、女学生や給仕女の尻を次から次へと追廻してゐるにきび満面の不良少年輩の夢想だも及ばざる心境である事は云ふ迄もない。恋愛は心の純なる者にして初めて之を成し得べき気高さと貴さとを有つてゐる。否之を逆にして、人の心は恋を知るに至つて初めて浄められ高められると云つても過言ではあるまい。

次で結婚関係に入るに及んで、この愛は更に物的基礎の上に固められ、強められ深められるのである。しかし最初の花やかなロマンテイシズムは決して長く其儘では持続しない。派手やかな恋愛関係が地味になり、浮ついた者が引締り、外面的な者が更に内部的となり、花は去つて実を結ぶのである。詳しく言へば、結婚によつて物的基礎の確立すると共に、愛の内容はこゝに再び進化し転移して複雑性を増し、更に一新境を開拓する。即ち最初の恋愛はやがて夫婦間の相互扶助の精神となり、至高至大の友情と変じ更に進んで親としての児女に対する愛情に向つても転化して行く。殊に婦人の有する最も貴き母性が、性欲に根ざせる性的恋愛の延長であり変形に外ならぬと見るのは、至当の見であらう。そは又やがて、子が親に対する愛情となつて報いられる。更に進化と共に此の如き愛の精神が拡大せられるに及んで、家族よりして更に隣人に及び、おのが民族の全部に及び、社会に及び、世界人類に及ぶとき、吾々人間の完全なる道徳生活は茲に成る。

世には極めて稀に、霊肉ともに全く異性との接触を断つてゐる人がある。さう云ふ場合には、此性慾から出てゐる愛の力が、更にまた驚嘆すべき転移昇華の作用をなしてゐる。即ち時に夫れは真理や知識に対する愛慾となり、或は藝術に対する熱烈なる愛慕と変じ、殊にまた敬虔なる宗教生活に入つて、神を希望し浄土を欣求《ごんぐ》する信仰ともなつてゐる。自己の全生命をそこに集注して白熱点に到達し得た三昧法悦の心境は、科学だつて藝術だつて宗教だつて、それは皆恋をする男女が相抱くエクスタシイの境地と多く異る所は無いのである。之を全く別物のやうに考へて、一方を貴しとし一方を卑しとするが如きは、畢竟浅薄なる俗流の俗見に過ぎない。

ノラはもう古い（上）

人間の性的生活、殊にその最も進化した純正な形に現れたる恋愛を上述のやうな風に考へるとき、それは特に結婚問題に於て至高至大の意義を有する事に気附くであらう。又かの主としてエレン・カイによつて唱へられた恋愛至上主義の結婚説に動かすべからざる真理の存する事をも考へさせられるのである。

双方ともに自由な個人である男と女との結合、そして此結合によつて自己を完成し、また更に新しき生命を創造し得る生活は、唯だ相互間の恋愛によつてのみ成立し得るのである。恋愛なき結婚は人としての自己の存在を無意味ならしむるばかりか、民族の発達人類の進化の為にも大なる障碍《しやうがい》を与ふる者である。だから法律とか財産とか家名とか、其様な外的条件を如何に完全に具備した結婚であつても、そこに両性間の恋愛を欠いてゐると云ふ事は、最高の道徳から見て三文の価値なき者だ。カイは『恋愛と道徳』『恋愛と結婚』等の諸著に於て、極めて大胆に極めて率直に、此《この》恋愛至上主義を唱へた。若し最初は男女相愛して、しかも後に恋愛が消滅したならば、直に其の結婚関係を断絶して可なりとする彼女の自由離婚説の如きも、この論当然の帰結として喝破せらる可き説だ。愛を失つた虚偽の結婚生活は、批判と自省とを有する近時代に取つて、確にストリンドベルヒが所謂《いはゆる》「地獄」の生活に他ならない。この地獄の悲劇が日常吾々の見聞する所に多いばかりでなく、近代文藝の最も主要な題材の一つである事は、今更説く迄も無く読者の知らる丶通りだ。

法律上の手続は如何にあらうとも、単に財産の為に家名の為に或は他の何等かの必要の為に、相愛しない者が結婚すると云ふ事は、個人としての人格を有し自覚を有する者の断じて忍ぶ能はざる所であらう。特に経済上の独立を有しない人、——殊に婦人が、愛なき結婚関係によつて、自己の物質生活の安固を得るが如きは、何と考へても一種の奴隷的売淫生活であり、野蛮時代の売買結婚の遺風に過ぎない。又たとひ一夜の契《ちぎり》と雖も、そこに恋愛が存在して居たならば、夫れは確かに一種の結婚であつて売淫ではない。愛なき夫婦関係は、たとひ共白髪の四十年五十年の長きに亙らうとも、そして人間の拵へた法則が如何《いか》に之を認めやうとも、神の最後の審判廷に於て、夫れは明かに一種の強姦生活であり売淫生活である。一夜の売淫一度の強姦は之を罪悪として咎めながら、銀婚式金婚式におよべる長き売淫関係と強姦生活とは立派に許されてゐる。さう云ふ売淫や強姦は、お祝ひをする程までに芽出度い者であらうか。

　結婚と恋愛との問題に就て誰しも気付くことは、自我にめざめた近代人の個人主義思想と恋愛との関係である。即ち恋愛は飽くまでも対者の為に身をも心をも捧ぐる自己犠牲の精神であるが、之に反して個人主義の方はまた飽く迄も強く自己を主張し肯定して、おのれの欲求の儘に自由に動かうとする思想だ。結婚によつて成立した家庭生活と、醒めたる新人の自我の要求とは、是に於てか嘗ていくたびか悲惨な衝突を繰返した。イブセンの描いたヘツダ・ガブレルやノラのやうな女は、此《この》衝突から起る恋愛の破滅と家庭崩壊の悲劇を代表する者であつた。

ノラはもう古い（下）

　然らば個人として覚醒した女（或は男）に取つて、恋愛は遂に空疎な理想主義に過ぎないだらうか。一種のセンティメンタリズムであるだらうか。力強い個人主義の前には恋愛結婚は果して無意味な空想夢幻に終るのだらうか。嘗ては如何にも、さうだと考へられた。しかし既《も》う其の見かたは今では古い。前世紀の事だ。二十世紀の今人は更にも一つ深い所にある自我を発見する事によつて、恋愛を肯定し、恋愛を基礎とせる結婚生活の真意義をも発見するに至つた。

　イブセンが『人形の家』を書いて、欧洲の思想界を驚かしてから既《も》うかれこれ四五十年にもなるだらう。目まぐるしきばかり急速に変遷する思潮の流れは、今日はやくも既に其方向を転じてゐる。一たび失はれた物が見出され、否定せられた者が肯定せられると共にかの亭主の家を飛び出した「新しい女」のノラが今では浅薄な古い女になつて了つた。

　手短かに云へば、それは恋愛が本当の自己を肯定し完成する者である事に気付いたからだ。人が——殊に女が、今まで自分を見つめて是が自分の真の生活だと思つて居た者が、更にも一つ深い所に、もつと大きい自我の生活の在る事を発見したからである。恋愛によつて自己を放棄してゐると見えたのは、実は表面的外面的な自己をのみ見て居たので、人間が性的にも霊的にも、すべて全我的に自我を満足させる事は、恋愛によつてのみ可能である。真に愛し真に自己を捧ぐる事によつてのみ人は自己を満足し充実せしめ得る事を知るに至つたのだ。ノラ式の自我を棄てる事その事が実は本当の自我を充実し実現してゐるのである。新しい女は更に新しい妻として、また新しい母として現れ、そこに母性擁護の主張も起り人生に於ける性的生活の真義をも覚るに至つた。また男子の方から云つても恋し懐かしと思ふ女に身をも心をも捧げる事が出来るならば、それは実は本当の自我を満足させる唯一の道なのである。かの愛せんとして愛し得ざる者の苦しみ、愛の無くなつた生活の悲しみ、それ等は皆この本当の深い自我が満足せられない所から起つてゐるのである。

こゝに明言しておくが、恁う云ふ恋愛観を基礎とした結婚生活は、かの最初から無自覚な、或は自己の意志に反した虚偽の結婚生活や、また因襲的な賢母良妻主義とは、その本質に於て、否《いな》其の出発の第一歩からして、既に全然異れる者である事を十分に考へて貰ひたい。かくの如き恋愛の心境は強く自我に目ざめた者にして初めて味到し得べく、また真の結婚を売淫や家庭奴隷の生活と峻別し得べき新しき至高の道徳である事をも注意しておきたい。

（「大阪朝日新聞」大正10年9月18日～23日）

恋愛の人生に於ける地位

――〔厨川博士を駁す〕――

石田憲次

（一）

厨川博士は勇気ある学者である。世の道学者や旧弊政治家や成金者流を向うに廻して、堂々と恋愛の神聖を説かれた。嘗て「象牙の塔を出て」が出た時さうであつたと云ふやうに、嘸や満都の青年男女は其の若き血を湧かして共鳴した事だらうと思ふ。然るに、私は如何にも散文的な人間である為めか、博士の説を読んで何等興奮や感激を経験しないのみならず、却つて今まで持つて居た疑問を深くしたのみである。私は博士の如く婦人問題の文献に通じても居らず、また東西の恋愛文学を読破しても居らぬ故、博士の所説を弁駁する力量も無く、またそんな大それた野心も持つて居らぬ。唯だ私自身の体験と私自身の体験を通じて得た狭い知識とを本として、私の有りの儘の所見を公けにし、博士に成る程かう云ふ立場も有り得ると云ふ事を認めて貰ひ度いと思ふのである。

（二）

博士は彼の「エッセイをブラウニングに書き始めて、ブラウニングで」終られた。博士はブラウニングの「ラヴ・イズ・ベスト」なる文句に心から共鳴して居らるゝ如くであつた。そして言はれた。「お夏清十郎、おさん茂兵衛、お七吉三、お駒才三、梅川忠兵衛、小春治兵衛……詩文のうちに藝術化されたそれらの美しい恋の名は、千古万古に朽ちないで、とこしなへに人の胸に響く。桂太郎、寺内正毅そんな名は十年ならずして、もう忘れられた」と。博士はまた「八十歳に近かつた老詩人ブラウニング」が「人生の至上善（サンマム・ボオナム）は一少女の接吻にある」と言つた句にも、全幅の同意を灑がれ、故上田敏博士の訳詩を引用せられた。

「蜜蜂の嚢にみてる一とせの香も花も、
宝玉の底に光れる鉱山の富も不思議も、
阿古屋貝うつし蔵せるわたつみの陰も光も
香、花、陰、光、富、不思議、及ぶべしやは、
玉よりも輝く真、
珠よりも澄みたる信義、
天地にこよなき真、澄みわたる一の信義は
をとめごの清き口づけ。」

（三）

私は実は学校の講義の必要で、大分ブラウニングの詩を読んだものである。其の時、彼の「ラヴ・イズ・ベスト」の文句のある「廃墟の恋」や「至上善」は詩として真に美しいと思ひ、殊に前の詩に於て、女が先づ男をかき抱くやうな眼遣ひをし、そうして二人が遮二無二御互の腕に投じ合つて、眼も見えず物も言へぬ迄にキスする処などは、その熱烈なる描写に快哉を叫んだ位のものである。ブラウニングには猶ほ「懺悔」（Confessions）と云ふ作がある。臨終の床にある男が最後の懺悔を聴きに来た僧侶に向つて、若気の過ちを悔ゆるどころか、却つて之を得意に成つて話して聞かせ、「それは悲しい事で悪い事で気狂ひじみた事だつたらう、併しまあ何と楽しい事だつたらう」（How sad and bad and mad it was—But then, how it was sweet !）と結んで居る如きも私は非常に痛快に思つたものである。私はそれを読んだ時、所謂道学者の頭から冷水千斛を濺いでやつた位に気味よく思つた。

私も両棲類のやうな体温を持つた、血の循環の遅い道学者では無い。人間の生命力を徒らに抑へつけて、世をおしなべて味もそつ気も無いものにしようとする人達には極度の反感を持つ。私は詩を無用の閑事業と見做しては居らぬ。併し詩の世界と散文の世界とは別である。詩の世界でのみ通用する言説を散文の世界へ持つて来て宣伝する事はどうかと思ふ。

（四）

厨川博士の今度のエッセイは、モウルトンが言つたやうに「抒情詩を散文で行つたもの」に過ぎず、現在の社会状態も何も構はず、唯だ一図に博士の「詩の世界」「ロマンスの世界」に対する憧憬を表現されたものとすれば、私には一言も二言も無い。併し、之が若し世の俗衆を開発して、社会の文化を更に一歩進めようと言ふ博士の慨世の至情から出たものとすれば、（さうして博士の言説中にはさう受取れるべき所がいくつも有るやうに思はれる）、私は博士が余りに詩人的でなかつたか、余りに現実を無視せられなかつたを疑ふのである。

博士はシヨオやストリンドベルヒの浪漫主義打破の功績を認めてゐらるゝ故（博士の論文の初、ラヴ・イズ・ベスト参照）博士の所謂恋愛は浪漫主義以後のものでなければならぬと思はれるが、博士の引用せられたブラウニングの詩は浪漫主義に属するものだと私は思ふ。さうして近松の「お夏清十郎小春治兵衛」等を讃美せらるゝに至つて、益々浪漫主義に逆戻りされたかの印象が強められる。

浪漫主義は人間の感情生活を解放した。之は確かにその功績である。浪漫主義が我が国に盛んであつた頃の川柳に「式部曰くあたいの恋は神聖よ」と云ふのがある。所謂恋愛神聖論は、その頃から我が国の青年間に力を得て来て、今日の青年男女の中には、殊に文学好きと称せられる青年男女の中には、此の思想が尚ほ余程勢力を占めて居るやうに思ふ。さうして恋を恋して、ロマンスの一つでもなければ一人前の人間になれぬ如く思つてゐる青年男女も随分ある事と思ふ。此等の人々に恋愛至上説を説くのは、それこそ三池大牟田に石炭を運ぶやうなもので無益であるのみならず、寧ろ有害ではなからうかと思ふ。

（五）

私は恋愛を人生の大局より見る時、それは結局一つの挿話乃至一つの段階であつて、恋愛を中心に人生を考へる事は、金銭を中心に人生を考へると同様に誤りだと思ふ。エリザベス朝の英国は、英国人が個人的国家的自覚を獲得した時代で、冒険の気分の最も盛んな時代であつた。此の時に当つては近世のヱルテル流の煩悶は無く、内省には子供同然であつても実行には果敢なオセロ型の勇士が沢山ゐた。此の時代の一人偉人であるベイコンは何と言つて居るか。彼は其のエッセイズの「恋愛に就いて」（Of Love）の劈頭に於て、さも事も無げに申述べて居る。「実人生よりも芝居の方が恋愛に負ふ所が多い。」何となれば、芝居に於ては、恋愛は常に喜劇の材料と成り時折悲劇の材料と成るが、実人生に於ては、それは多くの災を醸し時としては妖魔の如く、時として悪鬼の如くであるからである。諸君は気が附くであらう、歴史に残る古今の偉人傑士の中、心が狂ふ程恋に熱中した人の無い事を。これは偉大なる気魄と偉大なる事業とは此の弱き感情を妨遏する事を証するのである」と。

（六）

近代に於ても、恋愛を軽視して居る思想家は大分数あるだらうと思ふ。アイスランド伝説に興味を持つに至つたモリスは、常に死を眼前に控へてアクション以外に殆んど疑惑や空想の余裕を持たなかつた北欧の勇士の態度を憧憬したものであつて、彼のユートウピアたる「無何有郷便り」（ニユーズ・フロム・ノウホニア）にも同様の意見が表れて居る。曰く、「私達の誇とする処は、自己中心で物を考へない事です。一人は悲しいが為めに世界が運行を熄めなければならぬなど、感じない事です。それであるから、私達は情操や感受性の問題を誇張して考へる事を愚な事、否な寧ろ一種の犯罪とすら考へるのです。私達は肉体の苦痛を忘れまいと努力する気が無いと同様に感傷的な悲しみを態と長く引張る気が無いのです。さうして私達は世の中には恋愛以外に他に快楽が有る事を認めるのです」と。又同じ書物の他の処で彼は言つて居る。「私達は丼クトーリア朝の小説の結末に成ると、篇中の主人公と女主人公とが他人の不幸を踏台にして、幸福の島の中に楽しく暮して居るのを見て満足しなければならぬのです。さうして而かもそれは長い間嘘の（若しくは大部分嘘の）自分で拵へた煩悶をやつた末の事です。彼等の感情とやら理想とやら何とやら彼とやら言ふものに就て、面白くもない内省的の世迷ひ言を並べた末がやつとそれなのです。併し、その間も世の中は静止して居たのでは無く、此の役に立たぬ動物の周囲で、耕いたり蒔いたり、麵麭を焼いたり家を建てたりして居たに違ひ無いのです」と。以上に依つてモリスが恋愛とか家庭の幸福とか言ふ事に、人生に於て如何なる地位を与へたか明瞭であると思ふ。

（七）

バーナード・シヨオはモリスの意見を更に徹底させて居る。彼は社会的の活動に大なる価値を置いて、甘つたるい恋愛や家庭生活に極端なる呪咀を浴せかけてゐる。彼の小説「もつれ縁」（The Irrational Knot）の主人公コノリや、非社交的社会主義者（The Antisocial Socialist）の主人公ツリフユーシスは恋愛なるものに全く愛想をつかしてゐる。資本主義時代の生産力の発達が生産組織を中から壊して終はなければ置かぬと云ふやうに、社会的活動力の旺盛な男の活動慾は、女の黒髪の絆を断ち切り家庭生活を中から破らずには置かぬのである。

私は最近シヨオの「傷心の家」（Heartbreak House）を読んで居つたが、其の中の現実に目覚めた女性エリーは、人生の苦楚を甞め尽した老船長シヨツトオウヴアーに「貴方は凡てを奪はれ、希望をさへも奪はれて初めて幸福である程、自ら充ち足らつてゐる人の一人ですか」と訊かれ、「さう思へますね。それは、私は今何一つ要求するものが無くなつてから、何一つ出来ない事は無いやうな気がして来ましたから」と答へて居る。それに対してシヨツトオウヴアーは恰も我が意を得たる如く言ふ。「それ以外本当の力は無いのです。それが天才です」(Thats the only real strength, Thats genius)

これはシヨオの戯曲のなかに、歌に言ふ「折返し」(refrain)の如く屢々出て来る思想であつて、彼の「カンヂダ」の中の青年詩人ユージーンは恋を棄て、、初めて一人前の男と成り、「船長ブラスバウンドの改心」の主人公は、ウエインフリート女史に対する恋を断念した瞬間、精神的に蘇つて居る。

「シーザーとクレオパトラ」のシーザーの偉い処は何処にあるか。それはシーザーが恋愛や幸福など言ふ生ぬるい感情を超越し、明断透徹なる理知を以て、強剛なる其の意志を実行しようとして居る所に在る。「悪魔の弟子」のヂツク・ダツヂヨンが恋愛中心の女性ジユーヂスを如何なる軽蔑を以て見て居るか、之を読まない者は到底その痛烈さを知り難い。

(八)

ジエイン・オーステンの「思慮と感情」(Sense and Sensibility)を読んだ者は知るであらう。作者が如何に思慮を重んじて、感情を軽んじ、当時の流弊たる浪漫主義に一痛棒を食はして居るかを。否な博士が深刻な恋愛を体験したとして挙げて居られるゲーテ其の人にしても、「トルクアート、タツソー」の戯曲に於ては寧ろ団扇を思慮の方に挙げて居るではないか。否な、それ処ではない、彼の自伝「作為と真実」を読んだ者は知つて居るであらうが、ゲーテの所謂失恋は多くの場合失恋ではなく、彼の「より良き判断」が其の感情に打勝つた結果であつて、それは恋を失つたのでなく、恋を捨てたのである。ゲーテがリ、を棄てた時の如き、それは全くリ、が彼の父母の家風に合ふまいと云ふ月並な理由なのであつて、英国に於ける「ゲーテ伝」の著者ジヨージ・ルーイスは言つてゐる。此の時のゲーテの態度は、彼の「我は恋する人として大息したが、子として従つた」と言つた史家ギボンの態度を思はしむるものだと。

(九)

私は以上を以て、詩人文学者が悉く恋愛中心主義を奉じて居る者でない事を明かにしたと思ふ。さりとて、私は一も二も無く恋愛を痴情だとして斥け去り、家とか身分とか財産とかを個人の要求よりも重んずる老人連の見解に賛成する者ではない。或る場合に於てはブラウニングが「立像と胸像」に於て歌つた如く、博士が又「象牙の塔を出て」に於て述べられた如く、社会の因襲を敵として勇敢に戦ふ事の壮挙に賛成するものである。併しながら、その何れの態度に出づべきかは、当事者の自由なる考察に委せらるべきであつて、博士の如く恋愛を絶対的に讃美し、因襲的結婚をする者を人でなしの如くに言はるゝは、少しく言ひ過ぎではあるまいかと思ふ。

(十)

私は凡てを対社会的価値から判断し度いと思ふ。個人よりも社会に標準を置いて万事を判断し度いと思ふ。社会と言つても既成社会ではない。私が理想とする所の社会、私がよしと信ずる社会状態を招徠する事に貢献する程度に従つて、個人の行動の価値を判断し度いと思ふのである。此の点は「象牙の塔を出て」を公にせられ、其の他常に現代の日本を罵つて居らるゝ博士の事であるから、私に同感して下さる事と思ふ。理想的社会の建設を意とする人に取つては時に恋愛を生かして之を成就せしむる事が自己の義務と感ぜらるゝ事も有るべく、又恋愛を棄てゝ、所謂エントザーゲンして、之に依つて省略せられたる精力の消費を他の方面に向くる事を義務と感ずる事も有るであらう。要は其何れが人類的に価値が有るかである。而もそれは時処を離れた人類的社会的であつてはならない。現在の人類、現在の社会を更に一歩進ましむる上に於て、何れが価値が有るかの問題でなければならない。それでなければ徒らに空疎なる概念論と堕する。

（十一）

由来人間の活動は個人的家庭的な段階から社会的にまで進んで行くものである。子供は純粋に個人的（利己的と言つてもよい）要求のみに従つて行動するが、普通の人間に成ると、或る程度まで社会的或る程度まで個人的家庭的と云ふ程度に進む。然るに活動慾の偉大な、生命力の旺盛な人々は遂に此の段階を超越して、社会的の活動に進む。此の程度の人にとつては恋愛が決して興味の中心であらう筈が無い。彼のベイコンが偉人傑士と言つたのも此の種の人でありショオが描いた人々も此の典型に属する。

（十二）

博士も屢々言つて居られる如く現代は世智辛い喰ひつめた時代である。ボオマルサシズムが真面目に論議せられて居る時代である。フエイビアン協会で、嘗て避妊の取調を最も厳密なる方法で行つたところ、千八百九十年から千八百九十九年に至る期間、百廿組の夫婦の中、避妊を行はなかつたものは僅六組のみと云ふ結果を得たと云ふ。（ピース著フエイビアン協会史、一六一・二頁）博士の所謂初夜の性交が強姦ならば、之は当に殺人と言ふべきであらう。夫が是認されむとして居るのである。此の喰詰めた世の中に於ては、学問の為めにも恋を捨てなければならず、主義の為めにも恋を斥けなければならぬ事が屢々起り得る。

社会連帯説は博士が嘗て或る程度まで裏書せられた説であるやうに思ふ。さうして現代の社会は随分緊張した時勢に遭遇して居る。此の時に当つては、各人が皆な社会的に目ざめて、社会的に意義有る行動を為してこそ、此の難局が切り抜け得られやうかと思ふ。享楽的、個人的な恋愛観の如きは当然廃棄せらるべきものでなければならぬ。

（十三）

それに今一つ、現代の社会組織にして改造せられざる限り、個人が如何に努力しても、恋愛に依る結婚の成り立ち得る機会は誠に少いであらう。或る場合には、社会的に考へて自己の恋愛を主張する事も、玆に言つた如く一の新しい道徳であらうが、多くの場合に於て、現代人は恋愛問題を十分に考ふる余裕すらも与へられぬであらう。それよりは更に重大な生存の保証の問題や、自由独立の問題が彼の頭脳の全体を占有する事が多いであらう。さうしてそれは私の立場から見れば、寧ろ局面を打開する経路として祝福せらるべき事である。

（十四）

博士がせられた如く私も「ブラウニングに書き始めてブラウニングで終」り度い。此の詩人は、その傑作「ビバ過ぎ行く」の中に、或る小姓の御台所に対する恋を材料としたビバの歌を挿入して居る。小姓は曰ふ、若し御台所が身分低ければ、私は此細腕もて君を高き位に上ぼせむと努めようものを。若し御台所が困つて居らるゝとならば、私は仮令土を割り海を潜つても君を御助け申さうものを。既に私より身分高い何一つ足らはぬ物無き御台所であつてみれば、私の誠を表さう由も無いと。

今日の青年学生の意は多く此の小姓の御台所に対する恋のやうな形を取る。貧乏人が多く、金持が少い世の中に於ては自然な事である。此の場合若し万一小姓の恋成るとも、その御台所の権勢地位にして存する限り到底同等の物であり得ない。エマスンが金銭の貸借に於て必ず喰付くと云ふやうに、隷従の感じ虚偽の感じは必ず此の小姓の心裡に深く喰込まずには居らぬ。若しその恋成る皂無しとすれば、この小姓の如く、歎き喞つは詰らぬ事である。「女房は掃溜から拾へ」と云ふ。彼のビバの歌を聞いて翻然悟る所有つたジユールス（Jules）の如く、その掃溜から拾つた女房の眠れる霊を眼覚ますべく努力するこそ、より多く意味有る事ではあるまいか。

（十五）

博士と会つて話したら、恐らく博士は私の言ふ所をも首肯せられるかと思ふ。私はエレン・カイやカーペンタアを読んだ事は無いが彼等を引いて居られる博士の意見は、純然たる恋愛の讃美ではなささうである。それで居て、私は博士の十五回に亘るエツセイの読後の感じは、矢張恋愛の讃美が主に成り、非常に享楽的な分子が這入つて、モリスが嫌つたやうな「象牙の塔」の中へ再び逆戻せられたのであるまいかとの杞憂をさへ起さしめる。これ私が聊か卑見を述べて博士の教を請ふ所以である。

博士の改革者的熱情とラブ・イズ・ベストの思想とは当然絶縁すべき運命にあると思ふ。博士は其の何れを棄てられるであらうか。

（「読売新聞」大正10年10月11日〜15日）

性慾文学勃興の徴

岡田三郎

〔上〕

性慾に関する雑誌書籍の市場に横行すること、蓋し今日より盛んなるはなしと云ふも敢て過言ではない。日々の新聞を見るに、必ず之等の雑誌書籍の広告を発見しないことはない程である。実に昭代の慶事とでも云ふべきか。

五六年前、何か性慾に関する書物を見たいと思つても、我々専門外の人間の手に届く範囲では、エリスの本くらゐしかなかつたものだ（但し我々にとつては、エリスの著書だけでも沢山過ぎるかも知れない）。翻訳書としては文明協会の出版にかゝる、性慾乃至犯罪に関する二三の著書を除く外、殆ど我我の眼に触れるものはなかつたやうに記憶する。おまけに文明協会は会員組織だから、出版書は市場に現はれないと来てゐる。それに比べると、今日の状態はどうだらう。曰く「性慾心理学」曰く「性の研究」曰く「色情犯罪学」曰く「性慾と人性」曰く「女の性慾生活」曰く何、曰く何、この他、名を学術に藉りて、内実徒らに人の好奇心を唆るに努むるが如き種類の著書に至つては、一々応接の煩に堪へない。五六年前に比して、まさに隔世の感なきを得ざる次第である。

由来性の問題は、人生に於ても最も厳粛な問題の一つである。しかし、厳粛なる性の問題の隣りには、誘惑に充ちた暗黒の深淵が口を開いて待つてるのを常とする。今若し早計にも、天下挙つて色情に惑溺する傾きありとでも云つたら、また、将来益々性慾文学の隆盛を見るだらうなど、云つたら、却つて世を毒し世を誤るの言として道学先生の顰蹙を買ふのみか、やがては指弾の憂目に遭遇するやも計られぬ。慎むべきことであるが、私は自ら好んで世を毒し世を誤るが如き言弁を弄して、心中快哉を叫ばうとするものでは断じてない。寧ろ私自身、今日世上に滔滔として流れる好色的傾向に対しては、ひそかに顰蹙してやまないものである。同様に、最近特に文壇の一角に擡頭の徴を示してゐる好色文学に対しても、聊か意に満たざるものがないではない。

〔中〕

文学と性慾の関係は、今更事々しく述べたてるを要せない。性慾のあるところ文学を生じ、文学あるところ必ず性慾の発露を見ると云つては、多少近視眼者或ひは斜視眼者流の言たるを免れないが、（しかし中には、人間の愛慾乃至性慾を措いては、藝術創作の動機がないなど、云ふ作家もあるやうだ）兎に角性慾と文学とは、影の形に添ふが如き親密な関係にあることは否まれない。が、昨今、世の風潮が動くと同時に、或ひはその以前に、文壇の一隅に徐々に頭をあげて来たかの如き観ある、性慾偏重、極端に云へば好色本位の文学は、抑々何を語るか。

日本と云ふ国は、実にいゝ国らしい。偶々労働運動とか、普選促進運動とか、婦人参政権獲得運動とか云ふものが、旗を押し立て喇叭を吹き鳴らして、世間を騒がせることもないではないが、それも一時の空騒ぎで、精々新聞雑誌記者を喜ばすくらゐのところで終つてしまふ。世人多くは、諸種の革新運動に対して全く馬耳東風の態度を持してゐる。要するにそんな運動は、日本にとつては花見行列以上のものではないやうだ。まことに天下泰平なことである。吹く風枝も鳴らさぬ御代とは斯くの如きを云ふか。

文壇の趨勢と雖も殆ど之と大差はない。偶々先覚者に依つて文学革新の声が叫ばれても、文壇は之を迎ふるに反感の眼を以てするばかりではなく、革新文学の萌芽を一概にやれ社会主義小説だ、やれ労働小説だ、やれ乞食小説だのと悉く傾向小説の名の下に一括して継子扱ひして異端視し外道呼ばはりする（だが、昨今頻出する好色物を、傾向小説と呼ばないのは不思議なことだ）。そして、何でもかんでも人間性と云ふ頗る訳のわからぬものに還元させて、制度の改造よりも人心の改造だなど、をさまつてゐる。をさまつてゐるにしても、せめて人心の改造を云々するのはまだいゝ部類で、大方は人心の改造どころか、一にも二にも人間性を祭りあげ、その前に跪き甘へて随喜してゐるやうな始末だ。泰平の御代に楽天文学の簇出を見る、敢て珍とするに足らないし、楽天文学が戯作的風手を備へ、俗衆と迎合し、好色に溺れる、これまた多奇なき次第である。

〔下〕

話はかはるが、露西亜では一九〇五年の革命前後、性慾文学が俄かに大河の決するが如き勢ひで勃興したやうにきいてゐる。その理由は、民衆側に即して見れば、彼等の革命的精神が官憲のために極度に抑圧された余り、その反動として猛烈な性慾運動に吐口を求めた結果であり、また官憲側に即して見れば、彼等が民衆の革命運動を惧れる余り、性慾の好餌を与へて革命的精神を麻痺させることに努力した結果だと云はれてゐる。

この説をとつて直ちに日本にあてはめるのは無謀なことである。日本には革命はなかつたのだから。また、近き将来にも、恐らく革命は起らないだらうから。しかし、革命的精神はどうかと云ふことになれば、これは、今俄かに否定することは出来ない。革命と云ふ言葉を公に用ゐるのは、聊か不穏当に聞えるかも知れないが、文学の革命、政治の革命等、いくらも公に高唱されてゐる故、一向不穏なことはなさそうだ。高唱されてゐるくらゐだから、日本にもやはり革命的精神は多かれ少かれあるらしい。あつていゝことである。あつていゝものだが、やはりこれは何処の国でも邪魔物扱ひされてゐるやうだ。革命的精神を麻痺させることに努力してゐる点では、日本も強ち露西亜帝制時代にひけはとらないやうに見える。官許交接市場とでも云ふべき公娼制度は云ふまでもなく、私娼の黙認も定めし故あることであらう。性慾の自由消費は、強者をして儒者たらしめ革命家をして幇間たらしめる。公娼私娼は治国平天下の基礎である。(だから、公娼廃止論者、私娼撲滅論者の如きは、国を乱り民を惑はすところの国賊と云ふべきである)。ところが不思議なことには、一方では公娼私娼を許して大いに世道人心を腐敗させ(と云へば語弊があるが)、平和に導いてゐながら、他方では性慾文学乃至好色文学を、風俗壊乱の故を以て発売禁止にしてゐる。これなんかは少々智慧がなさ過ぎるといふもの、その種の文学が隆盛を極めれば極めるほど、天下は愈々泰平となるのである。性慾に関する雑誌書籍の刊行盛んなるを評して、昭代の慶事となした所以、また実にこゝに存するのである。

(一〇・四・一七)

(「読売新聞」大正10年4月29、30、5月1日)

志賀直哉論

――氏の創作心理に対する一面の洞察――

堀江　朔

不図生起した気分の上の聯想と云ふものは、必ずしも其場合聯結する二つの心的事実の性質を正当なる関係の許に齎すものではない。私が次ぎの経験の如きがそれである。私は志賀氏の小説集『夜の光』を耽読して「好人物の夫婦」に至り、その書出しの文句、「深い秋の静かな晩だつた。沼の上を雁が啼いて通る。」と云ふのを読んだ時、フムこれはよいと思つた。白い狭霧も立つて居らう。冷々と露繁き夜を、沼の上を時折雁が啼いて通る。静かな、広々とした沼の景色が見えるやうだ。而して私は此処に感ぜられる詩的情趣は東洋固有のものですることを考へた。又同時に、自分は何かかうした感じに似た感じのする或物をあの実朝の歌集で読んだ気持がするのを考へた。けれども、それがどんな歌であつたかどうしても思ひ浮んで来ない。が、どうも似たやうなものがあつたやうな気がしてならぬ。其処で金槐集を披いて思当りの句を探してみた。然し見当らぬ。それでは一寸でも似よつたものでもと思つて探すと一つあつた。

題は野辺露と云ふので、「ひさ方のあまとぶ雁の涙かも大あき野のさゝの上のつゆ」と云ふ歌である。想に於て志賀氏のかの描写と甚しく性質を異にして居る。私は私の聯想の間違つて居たことを認めた。

私の聯想は間違つて居つた。しかし、この聯想は事実の上に於ては間違ひがあつたが、かゝる聯想を私の脳髄に向つて刺戟したものはなにかと、それは又一考してよいことだと私は考へた。それは、果して何か？ 答はかうである。それは、東洋固有の趣味的精神の、氏の藝術生活内に於ての復活である。人間生活に於て良い趣味は循環して復活する。そして、今、その東洋固有の趣味的精神が氏の作品の中で活動し始めた。

而して、この事実こそ、その原因となつて、私にかの聯想をなさしめたものではあるまいか？

私は、私の観察には過ちがないと信ずる。

*

趣味の復活——然らば、それは復古と云ふことを意味するのか？ 或は又永井荷風氏の場合に於けるが如く、ヘドニズム尊奉者の趣味耽楽とでも云ふことを意味するのか？ 勿論、否である。自主的で、活動的な人間は、濫りに自己の嗜癖に婬することすらせぬものである。従つて、彼がもし何か行為に訴へる処のものがあれば、その行為は必ず積極的なものであらねばならぬ。而して、私は志賀氏もさう云ふ人だと信ずるのである。

私は氏等の如き性格の人々によつてこそ、真によくかのゲーテの言葉が理解されることと思つてゐる。彼は言つた。『余を通じて、独逸詩人達は、人が内より外に向つて働らかねばならぬが如く、藝術家は、たとへ如何なる転位を為すにもせよ、己れが世に示し得る者は只己が個性のみであることを知つて、内により外に働かねばならぬことを承知するに至つたのである。』藝術家詩人にとつては個性を活すことが大切、その生活にとつて唯一主要の問題である。而して、自主的で、活動的な人間は、必然進歩的であらねばならぬ。従つて、私は志賀氏の性格に荷風氏の趣味耽楽の精神的事実の生起を考へる訳にはゆかない。

然らば、氏の藝術に対する東洋趣味の復活とは、一体何を意味するものであるのか？ それは、何等模倣的事実の存在することによつて認められるものではないのである。それは、寧ろ氏の性癖が先天的に東洋趣味と契合する処の者があることによつてゞある。

然らば、云ふ処の東洋趣味は何者であるか？ ——これは少し説明するに困難な問題である。

併乍ら、敢て説明するならば、所謂『雲烟緲々』的な藝術味のことである。又所謂『気韻生動』的な藝術味のことである。而して、それは多く想念に基いて創造せられるが、さりとて単に'formalistic'な者たるにとゞまらず、其形相を超越して存在する精神の快味を其形相を通じて保留せしめて居る藝術味の謂である。それは東洋趣味の本流をなすものであるが、又同時にその一部分のものとして現はれて居る。而して、強ひて何かの共通を志賀氏の作品に対して示す創作物を、その古典的藝術のなかに求めるなら、それは雪舟、雪村あたりの絵画である。

如何なる点が共通するのか？　しかし、私達はそれを論証する前に氏が今日の文壇に於て生粋の現代的作家の一人であることを忘れてはならないであらう。而して氏の藝術は現代的作家として如何なる特色を示して居るか？　一、イゴイズムの藝術である。二、現実主義の藝術である。三、単に心理解剖にすぐれて居ると云ふ許りでなく、卓越したる論証的能力を示す批評的精神の藝術である。四、貴族的藝術である。五、表現上刻苦を極め趣味の上に於て嗜欲する処深き藝術である。

これを分解して説明するならば、第一の場合に於ては、氏の作品の内容の性質を吟味してみるに、氏は直接主観的自我に関する生活事実を藝術的再現する処に、作のテエマを扱ふ上に、最も深き興味を感ずるが如くに見えるからである。第二の場合に於ては、第三の定義と聯関して、氏の鋭い批評的精神が自己の生活に関してくる外囲の事象を、その適切な性質によつて検覈し、そして、氏をしてそれになんらの想像を加へる余地をも与へざることによつて、飽迄も現実生活に相即せる思考のみを氏になさしめるが為めである。第三の場合に於ては、『范の犯罪』なる作品が、よく私の定義を証拠立てゝ居る。第四の場合に於ては、作品が気品の高いことによつて。而して、その気品の高いことは、一つには、これは必ずしも一気にさう云ひ切つても仕舞へないかも知れぬが、狷介孤立的な氏の性格の貴族的精神が、その性癖上趣味生活の良不良に対する判断の峻厳なることに生ずるものなのであるが、二にはそれと同時に其作品の背景をなす氏の生活の貴族的なるに因る。第五は、氏の藝術の表現形式其者が無言の裡によくその事実を雄弁に語つてゐる。

＊

猶此等の事実の一二を詳細に説明するに勉めてみよう。氏の藝術は頗る渋い藝術だと云はれる。渋いとは如何なる理由により云はれるのか。

氏は自分で自分は遅筆だと云はれる。恐らくさうであらう。そして何故遅筆かと云ふに、恐らく氏は自分の心情が経験して居る感情を最も適切に表明し得る言葉を撰んで表現しようとするからであらう。しかも其言葉を常に一篇の作品構成上もつとも急所を得た干繋に布置する為めには、作家は一方ならぬ苦心を経験するのである。それ故、それに対して必至の欲求を感ぜざるものは他方中途で挫折するものである。処が氏の気質はその中途挫折を許さないのである。そこで、氏はそれに凝り出す。凝ればこそ渋い藝術が出来るのである。

『清兵衛と瓢箪』のなかで、氏は書いて居る、『全く清兵衛の凝りやうは烈しかつた。』と――私は氏が作品を書くのにどんな気持で凝出すかと云ふことを考へると、いつもこの瓢に凝る十二の子供の清兵衛の様子を思浮べて微笑する。実際、清兵衛の凝り方は並でないのである。彼は往来で爺さんのハゲた頭を瓢簞と思ひ間違ひをした位である。しかも、『「立派な瓢ぢや」かう思ひながら彼は暫く気がつかずにゐた。』位なのである。この位に夢中になつたのであるから、その道にかけての研究に熱心になつた程度も思ひ遣られる。彼は自分の町の瓢簞屋の店と云ふ店を覗いて歩いた。そこで作者は、『殆んど毎日それを見歩いてゐた清兵衛には、恐らく総ての瓢簞は眼を通されてゐたらう。』と云つてゐる。

又その手入れ方が大変である。彼は『夜は茶の間の隅に安坐をかいて瓢簞の手入れをしてゐた。手入が済むと酒を入れて、手拭で巻いて、鑵に仕舞つて、それごとコタツへ入れて、そして寝た。翌朝は起きると直ぐ彼は鑵を開けて見る。瓢簞の肌はスツカリ汗をかいてゐる。彼は厭かずそれを眺めた。それから丁寧に糸をかけて陽のあたる軒へ下げて、で、学校へ出かけて行つた。』この念入りは驚く可きものだ。この瓢いぢりに夢中になつてゐる子供の様子に父は苦い顔した。が、彼の凝り方は烈しくなつた。彼はそれを学校へ迄も持つて行き、時間中でも机の下で磨いてゐた。それを教員にめつかつた。『修身の時間だつただけに教員は一層怒つた。』そして『到底将来見込みのある人間ではない』なぞとまで云つて、そのたんせいを凝らした瓢簞を其場で取り上げた。取り上げられた『清兵衛は泣けもしなかつた。』その教員は執念深く家に迄告げにきた。子供が馬鹿な者に凝出したのを彼の母は泣いた。母はそのことを大工をしてゐる彼の父が仕事場から帰つてくると話した。父はその話を聞くと、『急に側にゐた清兵衛を捕へて散々に撲りつけた。清兵衛はここでも「将来迚も見込のない奴だ」と云はれた。「もう貴様のやうな奴は出て行け」と云はれた。』そして彼は、『不図柱の瓢簞に気がつくと、玄能を持つて来てそれを一つ一つ割つて了つた。清兵衛は只青くなつて黙つてゐた。』彼は只青くなつて——この思ひ込み方が並でないのである。

叱られて顔を青くして居るやうな子供は、大概気象の勝つた児に多いのである。然るに、こんな気象の子供が何かの仕事に心を打込み出すと途方もなく凝出すものである。彼は殆んどそれが為めに自分と云ふ者を忘れたやうになる。そして、私は其点『清兵衛と瓢簞』を書いた志賀氏の性格が、どうやらその主人公の子供と性格を一致せしめて居ることを思ふ。

氏の作品『襖』のなかにかう云ふ場面の描写がある。箱根の葦の湯の紀伊国屋の湯治に行つた時のことである。夏で客が非常にタテ込んでゐた。自分達は祖父祖母に連れて行かれた子供客だつた。処が、襖一重隣にも子供連の一家族の客が居る。その中に甚くイキな細君が居た。夜など時折自分で弾いて長唄をやつてゐた。そして『どうかすると其三味線で、小声で義太夫を語る事などもあつた。』毎朝女の児に唄を教へた。

此処で、氏は自分達小供等がお友達になり合ふプロセスを一寸次ぎの如く書いて居る。

子供同士はそんな事がなくても直ぐ友達になるものだけれど

も、吾吾が来た翌朝、隣で唄の稽古が始まると僕の妹は直ぐ縁側へ出て、後手に欄干に倚りかゝつて、背をスリながら静かに横あるきをして隣を覗きに行つた。

一トクサリ済むと隣の細君は

「おはいり遊ばせ」と声を掛けた、妹は腭を胸へつけるやうにして、子供に特有な真面目腐つた顔をして黙つてゐる。僕は花と云ふ此方の守に眼くばせした。花が出て行つて、其時から妹とミノリさんとは友達になつたのだ。

此処で、妹が後手に欄干に倚りかゝつて、背をスリながら、横あるきに隣の間を覗きにゆく。この観察も如何にも面白いが、『おはいり遊ばせ』と声を掛けられた途端、『妹は腭を胸へつけるやうにして、子供に特有な真面目腐つた顔をして黙つてゐる』と云ふ観察は更に面白い。簡潔な言葉のうちに、さう云ふ場合子供が如何にも取りさうな態度が、如何にもよく活き活きと活されてゐる。私はこれ丈の文字によつて、その妹さんなるものが、その時どんなに大きな目をまじまじさせたか、そしてその児が定めて下ぶくれした頬の可愛らしい児であり、又黒い切下髪の毛の房々させてゐる児であらうことを随分に想像する快感を経験したのである。しかも、どうだ、かくまでその場合の子供の仕草を活して居るこの言葉が、実際は説明に近い言葉に過ぎないのである。そして、それはある情景を立方的に具体化せんとする感覚的描写の如きものではないのである。そしてみればこれだけの文字で此丈の快い想像を示唆する此説明の一句は、また容易ならざる苦心を要した作家の意図によつて嵌込まれて居ることを考へざるを得ないのである。恐らく、志賀氏は一文章を遣るには容易ならざる苦心をするに違ひあるまい。この苦心あればこそ渋い藝術が出来るのである。そして、私はかくの如く表現に苦心する氏の心中を察する時、瓢いぢりに凝つてしまつた、あの小供の清兵衛の心持を思合はせずには居れないのである。

氏の藝術が渋いと云はれるのはかうした凝り方があるからだ。

*

『赤児に死なれた後の自分の家は急に淋くなつた。夜庭に椅子を出して涼んでゐるやうな場合、遠く沼向ふの森で「あーッ。あーッ」と啼く鳥の声がしてくる。自分達にはそれが堪らなかつた。』（和解）私達は此表現が単に説明的な性質の言葉を並べたものなるにとどまらず、同時にそれ以上に、読者にとつて快なる感情を経験せしむる情緒を濃密に保留せしめて居ることを認めるであらう。しかして、その表現的性質が説明的なものであるにもかゝはらず、如何にしてさうした効果を有するかと云へば、氏の表現上の技巧が説明的なるにも拘はらず、その言葉に対し、その背景に存在する具体的感情を想像的に私達に示唆するに足る情緒を含蓄せしむるからである。即ち、氏の表現形式は多くの場合性質が説明的な者であるにも拘はらず詩を含蓄するからである。而して私は此点によつて氏の藝術に対する東洋趣味の詩情の回帰再現を感ずる。

一体、私達が漢詩や和歌や俳句に就いて、所謂かの『神韻縹々』を論ずる時何によつてそれを論ずるかと云ふに、元来説明的な性質の表現形式を取る詩形が、内容に事実上体験の感情を具象せしめて、飽くことない詩的余情を漂はしめる為である。景樹の歌に或は僧の死を悼んだものがある。『あはれあはれ粟田の山に立つ雲のありと見し人今なかりけり。』と云ふのである。或人がみれば或る観念を抽象的に説明したものに過ぎぬとするかも知れない。然し、私からみれば別に情趣の存在することを感ずる。身に沁みてかの無常迅速の人生を観照し体験する人の悲哀感に対する感動の存在である。その悲哀の情緒は萩の葉に置く露の如く又冷えた涙のやうに、あの歌詞の間にひたひたと寄り添うてゐる。而して、この事実こそ、此にかの神韻縹々の情緒を生動せしめる所以である。

元来其表現形式が説明的傾向を帯びて居る者であるにもかゝはらず、猶ほ言外に余情を托する処、こゝに東洋藝術の表現上の特色がある。とは云へそれも程度の問題で、欧洲文学にそれがないと云ふのではないのである。されば私が特に志賀氏の藝術に東洋趣味の眼醒めを観取すと云ふのは、其表現形式が従来の東洋文学固有のそれと合致する者であり、そしてその詩藻の含む情趣に、東洋固有の詩的情緒を示唆する者が存するによるのである。『深い秋の静かな晩だつた。沼の上を雁が啼いて通る。』私達はこの味ひのある氏の文章によつて、『鮒鮨や彦根が城に雲かかる』と云ふかの蕪村の有名な句などに味ひ得る趣味上相似の快感を感じ得ないであらうか？

志賀氏の表現上の手法に対して、最もよき対照を与へる為めにトルストイの描写法を私は考察してみる。トルストイは或人物の或る場合に於ける生活態度乃至気分を描き出さうとする時、感覚的描写を綜合せしむることによつて、生きた人間の個体をつくり上げる。そして如何にも動的な人間を表現するのである。『戦争と平和』のなかで老公爵ニコライアンドレーヰッチ・バルコンスキーはワシリー公爵を軽蔑してゐた。それはあとでは『悪意と侮蔑の感情に変つてしまつた。』処が、その公爵が彼を訪問すると云つてきた。彼は非常に不気嫌になつてしまつた。そして、かの『公爵が到着するといふ日には、老公爵は殊に気むづかしく不機嫌であつて、ワシーリイ公爵が来るといふので不機嫌なのか、それとも不機嫌な為めにワシーリイ公爵がくるのを取り別け不快に思つてゐたのか、それは誰にも分らなかつた。が、兎に角不機嫌であつた。』そしてトルストイは老公爵が如何に不機嫌な様子をして居るかを、周囲の召使用人共の様子で知らせる。朝早く建築師は老公爵の部室を訪ねようとする。するとチホンがそれを押へて、『「あの足音をお聴きなさい。」「踵で歩いてゐらしやるんですさ……あ、いふ時はその……」』彼等はブルブルものである。『九時になると、老公爵は、黒貂の襟のついてゐる』外套を着て散歩に出かける。路で彼に捉つて物を訊ねられる者はハラハラしてゐる。そして無難であると思はずホツトする。『「あゝ、有難い」と、（一人の）用人は思つた。「黒雲が通り過ぎた！」』処がその安心が彼の口を滑らした。用人はワシーリイ公爵のことを思ひ出して、『「大臣がお越しになると」』と云ふと、老公爵は『恐い眼付で彼を睨みつけた。「なに大臣？　どんな大臣だ？　誰がお前に命令したのだ？」「……私の邸には大臣は居ないぞ！」「閣下、私は推量しました……」「お前が推量した？」「貴様が推量した……山賊奴等！　悪党共！　推量するといふことがどんなことか教へてやる。」』かう怒鳴つて彼はプリプリしながら杖を振り廻す。そして猶ほ怒鳴り立てる。『「貴様が推量した……悪党共！」』用人は杖に驚いて身を躱したが、それが却て無礼であつたと思つて、公爵の前へ出で恭しく禿頭を下げるると、さうしたせいか、公爵は杖を振り上げなかつた。『そして矢張り「悪党共！……路を元の様に埋めろ……」と、叫びながら、自分の部室へ駈け込んで行つた。』此処では悉く感覚的描写である。そして其描写の綜合は一個の生きた人間の生活気分を統覚的に遺憾なく纏め上げる。しかもその生命は内から外へ絶えず生命を投げ与へてやまざる作家の創作上の衝動力によつて生き生きさせられて居る。従つて光景が活躍してくる訳である。故に又、なんとなく描写が活動的なものなることを覚える。

これに比較すると志賀氏の描写は少なからず静的である。それは氏の描写が前述の如く説明的なものである為めである。氏は事物の精神を形相によつて捉へる。内から生命を与へようとしないであらう。再三繰返し引用するが、『妹は膊を胸へつけるやうにして、子供に特有な真面目腐つた顔をして黙つて居る』と云ふこの文章が、よくその事実を証拠立てる。これは元来ある場景を説明して居る者なのである。けれど、私達はそこに説明以上の情緒の発露、即、「詩」を感ずる。生命を感ずる。しかし、その生命の発露し来る状態は静的であるだらう。而も、それは外面的に眺められた形相を通じて発露する為めに静的なのである。而して、之こそ、私の云ふ処の東洋藝術に固有の表現的技巧でなくてなんだらう。

もつとも、純粋に観照的態度を取る藝術家にして、自己本有の情緒をその藝術に遺憾なく再現せんとして苦心するならば、それが目的とする最高の藝術三昧境は、あらゆる藝術を共通する処の者である。その点に到達すれば、氏は更に優秀なる藝術的才能を示すであらう。

飽迄も思ひ苦み、苦み抜いて、やつと完全な形相に於て表現し得ることが出来るやうな気持で、表現されてゐるやうな氏の文章を読んで、しかもそこから快い一個の情緒が完全に発露し来ることを感ずる時は、私は宛も苦心の玉工の仕事場から、光沢よく磨き出されたる白玉を手に取り来つて、その光沢を飽かず賞美する時の如く、なんとも云へず高貴な思ひを抱かずには居れないのである。……

以上は、私の氏の創作心理に対する或る一面の洞察と、及びその表現形式が含む趣味性に対する識別とである。

（「大観」大正10年2月号）

＊

気品について
（志賀直哉氏の『荒絹』を評す）

和辻哲郎

或る文藝の作品が「うまい」とか「まづい」とかいふ批評はよく聞かされる。またそこに描かれた話が「面白い」とか「面白くない」とかいふ批評も屢聞かされる。しかし作品の気品を気にする人は案外に少ないらしい。特に賤人の少くない文壇では、気品を問題にするのが、何か笑ふべきことのやうに考へられてゐるらしい。しかし或作品の美しさの中核をなすものは実は気品である。気品のない作品は、いかにうまくても、また面白くても、下卑た感じをしか与へない。従つて美しいとは感じられない。

しかしこの気品は、勿体ぶつた女の「お上品」のやうに、意識して造り出せるものではない。それは作者が無意識の間にその作品の内容に附加する微妙な陰影である。人相に現はれる精神の陰影と同じく、作者は自らそれを左右することが出来ない。しかもそれは作者の最奥の秘密を漏洩する。

このことは作品の「内容」が何であるかを考へるときに、一層明白となるであらう。内容とは其作品に現はれた作者の思想ではない。思想の表現が作者の目的であるならば、彼は藝術の形式をとるよりも寧ろ論理的形式をとるがよい。また内容とは主題ではない。作者が或主題によつて材料を配置したにしても、そこに産み出された製作がたゞこの主題を際立たせるためにのみ意味を持つてゐるとは思へない。そこに描かれた人と自然とは、それ自身の生命と必然性とを以て生きるが故に、必ずしも主題の奴隷とはならないであらう。また内容とはそこに描かれた事件意志感情の葛藤、人物などではない。それらはこの作品の材料に過ぎない。作者は思想、人物、事件といふ如き材料を、その表現の技巧によつて、一つの形式にまとめ上げる。その際この形式に即して一つの内容が現はれるのである。

その内容は、この作品に取扱はれた材料を作者がいかに見、いかに感じ、いかに取扱ひ、いかに統一してゐるか、といふ点に存在する。即ちこの作品に現はされた世界の創造者としての心が、この作品の内容である。こゝには作者が自ら欲すると否とに拘はらず、また意識すると否とに拘はらず、その人格を投影した生命が造り出される。もとよりそれはこの作品の形式に即したものであつて、形式と離して感ずることは出来ない。しかし我々はこの形式を通じてその内容を、即ち心を、生命を、自己の内に感ずるのである。美とはこの感じに他ならない。

かくの如く内容が作者の人格の投影であるとすれば、それは作者の意識的な表現のみではない。むしろ無意識に現はされたものにヨリ重大な、ヨリ切実な意味があるであらう。従つて或作品は、作者がいかに人間の貴さを現はさうとしても、卑しい印象をしか与へない。また或作品は人間の穢なさ賤しさのみを描いても、貴い印象を与へる。即ち材料の如何、企図の如何に拘はらず、作品の印象は常に作者の人格から流れ出る。この点に於て作者は絶対に自己を偽ることが出来ない。

気品とは作者の心の清さ、心情の貴さが、右の如く無意識的に作品に流れ出たものである。もとより自分はこの「清さ」「貴さ」を、処女の清さ聖者の貴さの如き類型的な意味に使ふのではない。あらゆる穢さを蔵した心も、もし自らそれを是認せず、ヨリ又清き心境への要求に燃えるならば、或清さを持つといふ事は云へるであらう。たゞこの要求がいかに真実に人格的事実となつてゐるかによつて、清さの無意識的な流出は度を異にするのである。作者が自ら省みて心の清さを量り得ない場合にも、作品は恐らくそれを正直に反映するであらう。それは行と行との間を流れる感情のリズムとなり、或は作中の人物の動作言語を強め或は弱める微細な注意となり、或はその人物を愛し労はる柔しい心使ひとなり、或は事件の運び方に関する強い関心となつて、作品の全面を隈なく包む。それは説明し難い有機的な働らきである。が作者にとつては本能的な、「しなければ気のすまない」ことに過ぎない。だからもし作者の人格が或清さ貴さを持つならば、それは必然に作品の気品となつて現はれるのである。さうしてこの気品の現はれたところには、仮へ醜悪と卑賤とのみが描かれてゐる場合にも、我々の心を高め強める楽しさがある。

志賀直哉氏の近著「荒絹」に収められた十数篇の短篇は、気品の高い作品としての好箇の例である。(自分は此事を此等の短篇の鑑賞に於て感ずるのであつて、志賀氏の人格の個人的印象によつて感ずるのではない。自分は志賀氏と数回顔を合はせたことはあるが、稍長く話し合つたことは七八年前に二回ほどあるきりである。その印象は氏の作品から得た詳細な印象とは到底比較が出来ない。自分がこの事を断はるのは、数年前「十一月三日午後の事」を批評した時、江口渙氏から受けた反駁を記憶してゐるからである。)

志賀氏の作品は技巧のうまさのためにしばしば賞讃せられた。しかし氏の作品の美しさは、このうまさに存するのではない。もとより我々はこのうまさを度外して氏の作品を見ることが出来ない。しかし我々の打たれる美は、この巧みな形式によつて現はされた心に存在する。特にその心の透きとほつた清かさに存在する。自分の記憶する限り志賀氏の作品にも二三濁つたものはあつたが、「荒絹」に収められてゐる諸篇はすべて一点の濁りをも持たぬものである。

曾て志賀氏は心理的に「珍らしい」素材を好む傾向があつた。「荒絹」に収められたものでも、「剃刀」「児を盗む話」などはその傾向の現はれである。(尤もこの二篇の美しさはそこに描かれた異常な心理には依存しない。)しかし近頃の作になるほど氏はこの種の素材から遠ざかつて日常の些事を材料に選ぶ。これは氏の生活が深まつた証拠である。深い美しさは材料の珍奇によるのではない。路傍の花にも無限の神秘はある。氏が日常の些事を象徴として底知れぬ生命を現はさうとするのは、作品の内容が素材に頼らずして素材を取扱ふ心にあることを感ずる故であらう。この傾向と共に氏の作品の気品が著しく高まつて来たことも故がないでない。

藝術の目的が美の創造にあるとすれば——即ち人生と自然の一切の事象への尊重と愛を我々の心に湧き上らせることにあるとすれば、氏の「山の生活にて」、「真鶴」の如きは真実の藝術である。自然と人とに対する無限に深い、湿めやかな、静かな涙に充ちた親愛の情が、広潤な、朗かな世界に於て我々を包む。二人の幼い漁師の子は永遠に夢み歓び苦しむ人間の、憐れな、いとしい、愛すべき姿ではないか。この種の深い清らかさは殆んど我々を、古代の優れた宗教藝術に対する如き喜びに誘ひ入れる。

自分がこの種の気品を認めるのは、氏の描く人材が貴いからではない。氏の描くのは「憐れな男」である。我儘な男である。しかしそれらの人物のみじめな苦しみや我儘な振舞を描くことによつて、いかによく和らぎの喜びや愛のよろこびが現はされてゐるだらう。「或る朝」の如き旧作に於てさへもこの事は既に著しい。この種のよろこびをこれほど力強く純粋に現はし得ることが、この作品の貴い所以であり、また作品の気品を高からしめる所以である。

（「読売新聞」大正10年4月10日）

我がまゝの完全完成を

宮島新三郎

志賀直哉論は前から書きたい書きたいと思つてゐた。しかし何時まで経つても自分の思ふやうな論は書けさうでない。読めば読むほど神秘が重つて行く。それほど志賀氏は、人としても藝術家としても多角的な、そして底の知れない人だ。尠くとも僕に取つてはさうだ。従つて志賀直哉論を書くことは安易なことでない。更に批判と要求とを述べることは尚ほ一層困難である。以下に書きしるすことは、だから、志賀氏に対する単なる僕一個の感想に止まるかも知れない。そのつもりで読んで貰ひたいことを予めお頼みして置く。

志賀氏くらゐ、ユニークな、而かも意義あるスタイルを持つた作家は、今の文壇には稀しい。簡潔で、明瞭でしかも適確である。それは丁度秋の晴れた夜空のやうに、すつきりと澄みわたつてゐる。言葉のエコノミストで、決して余計なことを書かない。惜みすぎる位文字を惜んでゐる。装飾的な言葉や枝葉の話が殆どない。シラーは『藝術家は、彼の省略するものに依つて寧ろ知られる』と言つたが、志賀氏の如きは、実にその省略するものに依つて知られる作家の一人である。氏にあつてこそ、始めて内容即表現説が信ぜられる。五の内容は同時に五の表現であり、十の表現は同時に十の内容である。

氏は説明だの描写だのといふことにこだはつてゐない。在来の概念から見て行くと、氏の作品には説明的分子が随分多い。

僕の非常に好きな『老人』の如きも全部が説明である。しかし、表現の形式は説明ではありながら、志賀氏はあの一篇の人物事件を決して説明してはゐない。くだ〳〵しく描写するよりも遥かに有効に読者の脳裡にあの一篇の深い意味を刻みつけてくれる。それは志賀氏の心が、仮令その表現形式は説明でも、描写的である、つまり立体的で、深く鋭くなつてゐる為めであることは言ふまでもない。今一つの理由として、僕は、氏が言葉を生かして使ふ修辞学者であることを挙げたい。

志賀氏は好んで、『いやな気がした』とか『参つた』とか、『淋しい気持』とか、『不安な』とかいふ心理学的の形容語を用ひる。これ等は何れかと言へば、概念的な、普遍的な言葉で、普通に吾々が使用した場合には、その時の実際の気分、特殊な情緒が浮んで来ないものである。ところが、志賀氏がそれ等を用ひてゐる場合はどうかといふと、『いやな気』なら、『いやな気』が具体的に感ぜられるし、『参つた』と言へば、参つた時の気持に十分同感が出来るだけ、それ等の言葉の背後に実感が濃く漂つてゐる。普通の場合では死んで了ふ言葉を、志賀氏が生かして使つてゐるといふのは、此の意味だ。

奈故、志賀氏がかくまでに立派なスタイリストになれたかと言へば、それは氏が根本的にリアリストだからである。藝術家としてのリアリストに取つて必須な条件は、如何なることにも酔ふことなく、ぢつとこれを観照し、そしてその底に透徹する力を持つといふことだ。志賀氏にはこの必須な条件が立派に備はつてゐる。実現、如何なる実現をも、恐れるところなく見究める聡明さと冷静さを持つてゐる。実生活に於ける志賀氏は、可なりものに拘泥して気むづかしくなり、小主観のとりことなるやうな人らしいが、一度藝術の世界へ来ると、氏の頭脳は氷の如く冷静に、日光の如く透明になる。作中の人物や事件と一緒に酔つたり、感激したりすることは微塵もない。

ある人は愛といふ目標を捕へるとそれにすぐ酔ふ、憎みといふものに出遇ふとこれにもすぐ参つて了ふ。安価な人道主義者などがその好い見本だ。対象をぢつと冷静に眺めるだけの余裕がない――藝術家としては決して優れてゐるとは言へない。近頃の若い作家の作品には、この即きすぎた醜い姿が折々見受けられる。つまり作者が作中人物と一緒に泣いたり笑つたりしてゐるのだ。声ばかりが大きいだけで、エフエクトは少しも挙らない作品しか出来ない。而かも面白いことには、どうかすると、それが新しい藝術だなど、言はれて案外世間の喝采を博してゐる。

僕は実際の事実から推して、生活と実生活との間には、故島村抱月氏の説いたやうに、矢張り一線を設くべきが当然だと信ずる。生活を客観の対象として離して眺めた瞬間、即ちアプレシエーションの世界に移した瞬間が藝術境、さうだ最も深い意義ある藝術境地だと思ふ。酔ふことを知つて醒めることを知らない人は此の境地へ這入り得ない。即ちリアリストではないのだ。この境地はリアリストの占有だ。志賀氏の如きは、この境地に自から居住し居る素質を持つてゐる。この意味に於ても立派なリアリストだ。

リアリストとしての志賀氏は、今の文壇に対していろ〳〵な貢献をなしてゐる。けれども他の如何なる人にも増して尊き貢献は、人間心理の描写といふことだ。志賀氏の作品は或る意味に於て、此の心の鏡である。丁度感光板が外界の光の陰影を映し出すやうに、鮮明に、その作品は氏の心を映し出してゐる。この意味で、氏はユニークなサイコロジストでもある。今の文壇にもサイコロジストと言はれる作者は決して尠くない。けれども氏ほどに、自分の心の微妙なシエーヅをはつきりと映し出す作家は稀であらう。

志賀氏はある時は極く簡単にある心持の説明をする。又あるさゝやかな事件を描写する。しかもその中に無限大無限小の深い心理を描くことがある。それでゐながら、稍もすれば鼻につきやすい心理嗅味がない。志賀氏が偉大なサイコロジストであることを知らうと思ふ人は、『范の犯罪』『濁つた頭』『剃刀』『好人物の夫婦』『子を盗む話』等を読むが好い。

まだ一度も会つたことがないから、実際には知らぬが、作品を通して見た志賀氏は、気むづかしい、潔癖な、神経質な、絶えずイラ〳〵してゐる、一言で蔽へば、随分我がまゝな人である。友達としてはうつかり冗談も言へないやうだ、絶えずものに拘泥せずにはゐられないやうな人である。このことは『暗夜行路』の前篇を通読した人には、尠くとも理解されることだと思ふ。

我がまゝといふと誤弊があるが、僕の言ふ『我がまゝ』は『卒直にして真摯なる我がまゝ《フランク・エンド・シンシア・エゴイズム》』である。僕は我がまゝに二通りあると思ふ。一つは現在の自己を肯定するための我がまゝである。他は現在の自己に不満なところから生ずる、即ち進んでよりよき自己を建設せんがための我がまゝである。世間では普通前者の意味を汲んで我がまゝと言つてゐる。僕が志賀氏を我がまゝな人といふのは、無論後者の意味に於てゞある。即ち氏の我がまゝは、より自己に忠実に生きんがため、そしてよりよき自己をきづかんが為めの我がまゝである。氏の気むづかしさは、自己のうちに潜んでゐるあるものに対する嫌忌から来る。更に氏の神経質は自己のうちに潜んでゐる嫌なものを他の世界に於ても見るところから生ずる。

志賀氏は、自分のうちにも又周囲の世界にも醜悪な汚い、嫌なものを、ありあまるほど見てゐる。而かも彼はそれ等に参りきつて、ペシミストにはなつて了はない。さういふ境になつても、此は尚ほ強く正しく生きる力の存在を信じてゐる。だから決して氏の心は暗くはなりきらない。さういふ醜悪なもの、汚いもの、嫌なものをふみくだいても尚ほ生きようとする、好い意味のエゴイズムがある。現実を見究めて、なほ現実に堪へ得る力が氏にはある。その現実に堪へ得る力は何処から来るか。よりよき未来を信ずるからである。此の意味で、志賀氏は積極的なリアリストだ。リアリストとは決して藝術上の態度や手法に就いてのみ言はれるのではない。現実を深く見るのは、それに堪へて行くためだ、それに堪へることは、よりよき現実を希望するためだ。リアリストは此の意味で現実生活の改造者だ。こゝまでこなければ徹底したリアリストとは言へない、志賀氏を僕がリアリストと言ふのは、無論此の意味をも含めてゐるのだ。

志賀氏に取つて、藝術は自己脱却の藝術だと言へる。人に見せる遊戯ではない、又、人に教へる説教でもない。藝術は全く現在の自己から脱却して、よりよき生活への目標であらねばならぬのだ。それだからと言つて、志賀氏の藝術は、独り志賀氏のためにのみ存在意義を有するものと誤解してはいけない。志賀氏に取つてそれが自己脱却の藝術であるなら、それは等しく僕等凡ての人類に取つても亦た自己脱却の刺戟を与へる藝術である。なぜならば、僕等は志賀氏と同じく、様々な苦しみ、悩み悶えの負担者だからである。醜さ、汚さ、嫌さの共有者だからである。志賀氏の藝術は決して志賀氏一人を救ふ藝術でなく、僕等凡ての人類を救ふ藝術である。氏は『暗夜行路』のなかで、『人類全体の幸福に繋りのある仕事――人類の進むべき路へ目標を置いて行く仕事――これが藝術家の仕事であると思つてゐる』と述べてゐるが、これに依つても、志賀氏が如何に真摯に藝術の存在意義を考へてゐるかゞ了解出来よう。だから、自己といふものに忠実に生きようとする者に取つて、志賀氏の藝術は、常に必要な糧である。

現在の志賀氏に対して何等かの要求があるとすれば、あの我がまゝの完全完成といふ一語につきる。志賀氏の我がまゝはさきにも述べたやうに、自己をよりよく生かす為めの我がまゝだ、大手を振つて自由に呼吸しようとする我がまゝだ。発案者たり創造者たらんとする我がまゝだ。自己を完全に支配して、その行手を拡大しようとする我がまゝだ。更に言へば聖雄主義に即した我がまゝだ。これを更に理論化すれば徹底したアリストクラシーだ。現代はデモクラシーの時代である。しかしデモクラシーは現在の社会、現在の個人を維持する為めの一つの方便にすぎない。現在の社会現在の個人の生活を高く引き上げるものは矢張り発案、企業、冒険愛、活力の精神を、卒直にして真摯なるエゴイズムを基調としたアリストクラシーだ。現代は社会的にも個人的にも斯かるアリストクラシーを必要とする。

好き意味の、凡俗の解釈に従はないアリストクラシーに志賀氏がなることは望ましい。即ち我がま丶を完成させることだ。この我がま丶を社交本能や世間道徳に妥協させることは好ましくない。その結果は単に氏をアヴエレージ・マンたらしむるのみだ。広い大きな憂を持つて凡てを包まうとするのは好い。けれども所謂温情主義や、外交上の一般的平和の協定は禁物だ。この意味で、僕は『和解』の最後を少しあぶないものと思ふ。主人公の必然の気持といふよりも、作者の温情的な妥協的な気持から、父子を和解にまで持つて来たといふ点がある。センティメンタルな人道主義に陥つてゐる。無論あすこまで持つて行つた作者の気持は頷づける。いがみ合つてばかりゐることのつらさ、淋しさ、悲しさに人は何時まで堪へられようといつた境地から結果したとは解せる。しかしその気持の根本に既に妥協がないとは言へない。そして其処からは一瞬時の幸福しか来ない。到底永遠の幸福は望めない。

より好く自己を生かすために、より正しく強く生きるために、僕は志賀氏に向つて何よりも、我がま丶の完成完全を要求する。それは同時に氏の藝術をも益々高め且つ深めることになるだらう。

（「新潮」大正10年9月号）

「暗夜行路」を読む

片岡良一

菊池寛氏はその「色々読んだもの」に於て、「志賀直哉氏の『暗夜行路』は……今までのところでは、これまでの短篇より受けた以外に、与へられるところも、また教へられるところもなかつた。」と云つてゐられる。与へられるとか教へられるとかいふ言葉は云はゞ内容的に作品を見た場合に云はるべき言葉だと思ふ。さう考へる時、菊池氏の言葉は素より否定できない。一先づ打ちきりになつた「暗夜行路」を通読しても、決して新しい「志賀直哉論」は生れない。夫は、武者小路実篤氏の、或る意味で今までの氏の作品の総和とも見らるべき、「ある男」を通読することによつて、新しい「武者小路実篤論」が生れないのと同様である。

が、さうは云つても「暗夜行路」に描出された十幾人かの人物のきび〳〵とした印象――といふよりも、お栄ならお栄、信行なら信行、お加代ならお加代を描く場合に、彼等の一顰一笑も、彼の用ふる一々の言葉の端までも、夫々完全にその各々の人になりきつてゐる点や、――其処にはほんとに真摯な画家の有つ、一木一草の微と雖も疎かには筆をつけまいとする敬虔さと、沈潜とがしのばれる――其他色々の点に於て、文壇の他の多くの作家連の追随を許さないものが、今更ながら読者の心を強く打つのを感ずるけれども、夫等は矢張り此の作者の場合、今までの定評を訂正すべき発見とは決して云はれない。

けれどもこれらの点を別にして、たゞ一つ――夫はかなり重要な一つだと思はれる――今までの定評の埒外に出づべき或物が、此の「暗夜行路」から発見されると思ふ。と云ふのは、此の作品は確かに今までの此の作者の作品の多くとは、かなり異つた味によつて纏められてゐる、といふことを指して云ふのである。

従来の此の作者は、例へばその「范の犯罪」に於て、范の心理を描かうとした――言葉は違ふかも知れないが――作者自身がさう云つてゐるやうに、ある事件なり心理なりに藝術的な触発を感ずると、其の事件なり心理なりを、出来るだけ正確に且つ効果的に描き出さうとするといふ行きかたを取つてゐた。夫は飽く迄も事件の興味といふことが主であつて――所謂興味中心の意では勿論ない――決して作品の味といふことが主ではなかつた。寧ろ或る場合には味は顧みられないことさへあつた。ある藝術的な感じや味ひを主題とする場合でも、其の味や感じを出来るだけ適確に、内から描き出さうとする、といふ行き方であつた。

夫に反して「暗夜行路」には、其の主題を描き出さうとする努力の他に、更に作品全体を或る味によつて外から統一しようとする作者の努力が認められる。此の作に於ける主人公謙作が肉の鑵詰を買はうとして、オーツの鑵詰を突きつけられていら〳〵するところは、「大津順吉」の作者なら、恐らくもつと端的な昂奮を以つて語つたであらう。慶太郎に対する憤慨と侮蔑とは、「剃刀」の作者によつてなら、もつと直接的な言葉によつて表現されたであらう。自己の呪はれた運命を知る前後の父や兄に対する気持は、「和解」の作者によつてなら、もつと生々しい表現をとつたであらう。然るに「暗夜行路」の作者は「平生の自分を見失ふ」程の打撃をさへ静かに眺めて、これをある静かな味のうちに溶け込ませるやうに描かうと努力したのである。其の努力の結果が、加藤武雄氏の所謂「水を盛つた器を両手に捧げるやうな努力」なしには、此の作品の真相を捉へ難いといふ感じを此の作品に与へたのだ。作品全体が燻銀のやうな落着いた色調と、底光りのする光沢と、寧ろ蒼古とも云ふべき味とによつて統一されたのは、此の作者の努力の結果なのだ。此の作者のこれも定評であつた手法の「渋い」といふことは、此の作に於て、更に拡張して、其の作品全体の味の上にまで云はるべき言葉となつたのである。恐らく此の作品によつて、此の作者は、作家としてほんとうに老熟したことを、唱はるべきだと自分は思ふ。

広津和郎氏は嘗てその「志賀直哉論」に於て、「志賀氏は藝術派といふよりも、寧ろ人生派といふ方が妥当だ。」といふ意味のことを云はれた。が、「暗夜行路」の産出を見た今は、氏も恐らく前言を取消して、「人生派であると同時に、飽く迄も藝術派である。」と云ひ直さなければなるまいと思ふ。少なくとも自分は、今の志賀氏は藝術派と呼ぶのが最も妥当であると思ふ。さうして自分は此の作者が藝術派となりきつたことを、衷心から喜んでいゝと思ふ。ある作家にあつては、彼が藝術派であるが故に、彼の人生に対する態度に熱意と真実とを失ふ怖れがあるけれども、此の作家に限つては、さうした心配は、寧ろ全然杞憂に過ぎないと思ふから。

（「新潮」大正10年10月号）

「暗夜行路」と自伝小説

武者小路実篤

上

志賀の「暗夜行路」を自伝小説のやうに思つてゐる人も多いのですがそれは随分間違つた考へです。志賀の祖父さんを尊敬してゐることは、志賀の短篇を読んだことのある人は知つてゐることゝ思ひます。志賀の祖父さんは二宮尊徳の弟子で品行もよかつた方であり、尊敬すべき方であつたことは何日も志賀から聞いてゐます。

あれが自伝小説、小説と云ふ以上は事実とまるでちがつてもいゝわけですが多くの読者の思つてゐる通りの意味で、或は「和解」なぞと同じ意味の自伝小説だと思はれては志賀の祖父さんにお気の毒な気がします。このことは後篇が出ればはつ切りすることで、志賀は気にしてゐないかと思ひます。あすこに出てくる主人公も志賀とは随分ちがう方面をもつてゐると思ひます。志賀自身があの主人公と同じ境遇にゐたらあゝ生きるのが本当だと思へる処が八分通りか九分通りはあると思ひますが。

一体自伝小説と云ふのは誤解されやすい言葉と思ひます。自伝と小説とはくつゝくものではないのです。ゲーテの「作為と真実」なぞは自伝小説と云へるかも知れませんが、あれは寧ろ自伝とすべきものと思ひます。しかし自伝と云ふものも何処までも本当であるかどうかと云ふことになると又問題になります。しかしなるべく正直に空想を入れずに自分の本当のことを書かうとすると、それは自伝と云ふ方が本当と思ひます。

志賀の「和解」なぞは自伝と云ふ方が本当な位で、事実から少しもはみでゝゐませんが、「暗夜行路」はその点、殆んど自伝的な処がないのです。あれば、ある旅行や、女との場面位かと思ひますが、それも何処まで本当かはわかりません。恐らく何処も本当にあつた事でなく、しかも実感のエッセンスを書かうとした処に、志賀の自信があるのではないかと思ひます。

自伝小説のやうな顔した作品であつて、不自然な処を事実あつたことの顔してごまかさうとする人を時々認めます。かう云ふのは卑怯です。その点、志賀の良心は随分ゆきわたつてゐることは人の既に知る所と思ひます。

小説をすぐ本当と思ふのは尤も簡単な読者です。しかし事実と小説との関係は作者々々によつていろ〳〵の形をとつて現はれます。実に何んでもない処まで事実によつておいて、大事な処ですつと空想でごまかす人もあります。大体を事実によつてある部分だけ空想でごまかす人もあります。それ等は馴れた人だと大概見当がつき、其処に作者の根性があらはれやすいものです。

賤しいのになると事実をかいたふりして、都合のいゝことをかいて第三者をごまかさうとするのもあります。元よりさう云ふのは問題にする必要はないと思ひます。

下

要するに創作としては事実をその通りかくと云ふことは問題ではありません。しかし実感以外をかくことは恥ぢなければなりません。そして自伝小説として、殊に自伝として通用するものは書く人の良心が十分に働いてくれないと困ります。其処に出てくる人物がある個人だと云ふことが明瞭に読者にわかる人物をかく時に、作者の良心が働かないのは不徳なことゝ非難すべきことゝ思ひます。

私達夫婦は時々そんな目にあはされます。しかし馴れて平気になりました。その点でも志賀は見上げてゐゝと思ひます。『暗夜行路』の批評はすべて出た上で云ひたいことがあつたら云ふとして、自分は志賀が確信してゐる通りあれを完成することを望んでゐます。

私の「或る男」は自伝として書く気持になつてゐますが、しかしそれは一個の人間の記録と云ふことに正直になりたいためです。しかし之から本文に入るのですが、どうなるか不安です。

ものになるかならないかはあと四五日つゞけたらはつ切りすると思ひます。

自分の経験したことをそのまゝ書くよりは自分の実感をある形に創造して書く方が作者としては気持のいゝものと思ひます。

しかし自伝も書きたい時は書くつもりです。自伝的小説はなるべく書きたくないと思つてゐます。実際のあつたことゝ実際なかつたことゝをくつけて書くのは気持のいゝものではありません。しかしそれが勢ひなら仕方がないと思ひます。

しかしどんな形をとつて書かれたにしろ、そのものが一人わかりに堕するのはさけられるだけさけたく思ひます。しかしわからす為めにムダなことは書きたくないと思ひます。

自分は自分のもの、読者を自分以上のものにおきます。ごまかしてすむと云ふ気になることは作家にとつて一番致命的と思ひます。少々要領を得ない処があるかと思ひますが談話代りに急いで書く。

（「読売新聞」大正10年10月4日～5日）

最近小説界の傾向
特にその職業化に就いて

中村星湖

一

九月の雑誌に載つた小説のあらましは読んでみた。雑誌に載るのだけが小説ではない。新聞の続き物にも結構な小説があらうし、書きおろしの単行本にも逸してはならない物が沢山あるであらうとは思ふが、さう〳〵読んでゐる暇がない。ところで、わたしの見た限りでは、最近の小説界は甚だ振はない。量に於てはなか〳〵読むに堪へない程多いけれども、質に於ては有つても無くてもよいやうな物ばかりだつた。

かう一概に言つてしまふと、いつでもかういふ事は言へる、そして、「その余は沈黙」だ。けれども、わたしは、現在日本の小説界を白眼視して、乱暴な罵言だけを加へて済まされる批評家といふやうな側の人間ではない。わたし自らが足らないながらも、小説作家の一人として生きてゐるのだから、ちやうど普通の人間が、他人の上には無責任な悪口などを言つて得意がつたりしてゐるけれども、自分の骨肉の事となると、無責任では済まされない、悪口ばかり言つてはゐられない、つまりよければよいなり、わるければわるいなりに愛着もし、庇護もしようとするのと同じ、すくなく共それに似てゐる心理の行き交ひを、我が小説界に対して持たざるを得ないのだ。

「最近小説界の傾向は何んなであるか？それに就て書いてほしい」

この欄の記者からさういふ求めを受けた時、別に目ざましい傾向をも認めてゐないわたしは、お断りするのが当然のやうであつたけれど、何か一と言言つてみたい気持ちはあつたので、傾向といふやうな大勢的の事ではなくて、（さういふ事は、実際、わたしには解らないのだから。）ほんの部分的の管見を述べてみる積りになつた。

九月のいろんな雑誌の小説を読んでみたけれど、面白いとか、うまいとか、言へば言へる物にはたま〳〵出喰はしたが、大部分は崇拝するとか、尊敬するとか、感心するとかは嘘にも言へない代物ばかりだつた。そのなかで、わたしは兎に角、山本有三氏の訳されたシエニツツレルの「盲目のジエロモニとその兄」（人間）といふのと今ちよつと訳者の名は忘れたがアルツイバーシエフの「或る殴打の話」（ロシヤ文学）といふのとに感服し、葛西善蔵氏の「仲間」（野依雑誌）と、中條百合子女史の「我に叛く」（太陽）とに特別の興味を、藝術的といふよりは寧ろ実際的の興味を覚えた。わたしの持つてゐる材料は、概括するとこれだけである。わたしはわたしの今の心の面に比較的鮮明に浮んでゐるこの材料をまづ取り上げる、そしてこれを手がかりとして余のごたついた部分、不透明な部分の整理を、出来るなら、してみようと思ふ。

ほかの雑誌へもちよつと書いた事であるが、外国の作家がよい作品を書いてゐるといふやうな事は、そしてそれに比較して日本の作家の物は見劣りがするといふやうな事は、たまには誰でも言ふ気にもならうが、あんまり屢々繰返すのは、繰返す者自らが恥づべき事である。

「隣の嬢さんのお行儀のよい事、そして学校も大変よくお出来なさるつて。あなたも、あれを見習はなくては可けません。」

極く低級な家庭教育の、お定り文句はこれだ。やれトルストイがどうの、ドストエーフスキイがどうのと、文壇でもよく言ふ。低級な批評家に限つてさういふ事を繰返す。わたし自身、そんな事を言つた覚えもあるし、言はれた覚えもある。いやなものだ。かれはかれ、われはわれだ。実際、それはわたしも十分知つてゐるが、この後、何かの場合にはつひ言はずにゐられなくて言ふ事もあらう。

二

最近わたしが読んだシユニツツレルの作品とアルツイバーシエフのそれとに就いて、こゝでは、わたしはたゞ人情味と藝術味との極めて豊かな物であつたと云ふ事とそれに連関して、わたしは、亡くなつた島村抱月氏が『日本人の生活にはアクセントが無い、外国人のそれと比較して殊にさうだ』と言はれた事を思ひ出して、『日本人の藝術にもアクセントが乏しい』と附け加へずにはゐられなかつた事だけを言つて置く。アクセントの強弱が、生活や藝術の価値の標準、絶対的標準では無い事は勿論だが。

ところで、わたしは葛西氏の作品に就いて、また中條女史のそれに就いて、何を感じたか？これ等に就いては、わたしは前にも言つた通り藝術的感興は殆ど惹かれずにリアルインテレスト、換言すれば生地のまゝな材料と、作者の恐く無意識に取つたであらう一つの態度とに、真面目に考察するに足る物のあるのを感じたのである。

わたしが、生地のまゝな材料といふのは、『仲間』（これは所謂「私小説」であつた）も、『我に叛く』（これは形式だけは客観的の、「第三人称小説」であつた）も、それ〴〵の形式は異なつてゐながらも、共に作者自身の告白もしくは記録といふべき種類のやうに推察するからである。中條女史の実生活に就ては、世間の噂話以外にわたしは何も知らないのだが、葛西氏のそれに就てはわたしは可なり立入つた事を言つてもよい程聞き知り見知りしてゐるので、『仲間』を読んでゐると、全く、小説を読んでゐるやうな気持でなくて、その後のかれの身の上の、いくらか世間態を装ふ手加減はあらうとも、打ち明け話を聞くやうな気がした。中條女史の物でも、ほかの事は何うだか知らないが、『我に叛く』に書かれた娘と母親との関係は、直ちに作者とその母君との関係であるらしい、あゝいふ噂話をわたしは或る確かな筋から聞いてゐるのだから。

そこで、この二つの作品に対して、わたしの感じた実際的興味の性質は何であるか？わたしは、文壇諸家の楽屋話を聞いて喜んでゐるのには、余りに年を取り過ぎてゐるし、自分で言ふとちとへんだが、余りに物を考へ過ぎる側の人間だ。わたしは、老練無比と言つて然るべき徳田秋聲氏の人情物をも見、時代好尚に投ずるに吝でない上司小剣氏の労働物をも見、人道主義的の武者小路氏、長与氏などの修身の教科書に編入れてもよさゝうな物をも見、頽廃的情調にひたつてゐる宇野氏、室生氏などの好色物をもすこしばかり読みかけてやめたりした間で、この二人の作品が、葛西氏と中條女史との作品が、それ〴〵の作者の生地を出してゐる、すくなくとも過去に於て多少取繕つた藝術を作つてゐたのに慊くなつて、自分自身の生地に帰らうと努めてゐる、更に出直すにしても、一旦はその生地に帰らなくては何うしようもないと言つた風を示してゐるのに出逢つて、さういふ気持をわたし自身が持つてゐるせいか、可なり強く動かされた。わたしが、この場合実際的興味といふのは即ちこれである。

遠慮なく言ふならば、葛西氏はその生活に濫した末、いくらか自暴気味になつて、何でも構はず投げ出したのかも知れない、中條女史は、その女人として誰でもが経験しさうな結婚生活の初期に於ける肉体的及び精神的満足に伴ふ、仕事の上の弛緩から抜出さうと熱心に努めてゐるのかも知れない。そしてそれ〴〵の作品が、形式からも内容からも、いろ〳〵批評される余地はあるのにも拘らず、一味清涼の気をわたしに覚えさせたのは、程度もしくは性質の差はあつても、どちらにも可なり信用の出来る誠実があるからだとわたしは判断する。商売人らしい衒気や技巧が無くて、素人らしい生一本な気持でひた押し押してゐるからだと思ふ。

三

最も素人臭い作品、最も記録的な小説にのみ、人間のもしくは作家の誠実が存在すると思ふ程、わたしは幼稚な考へを持つてはゐない、すくなくともそれ程解らずやではない積りだ。これを言ひ換へると、今の日本の小説は余りに玄人臭い、商売人臭い、それは余りに職業的に、従つて器械的に、殆んど何等の感激もなしに、一般市場の物資と同じやうに需要供給の経済的原理から割り出されたやうな物が多い為めに、所謂藝術品としては大して価値も無さゝうな、「仲間」や「我に叛く」がわたしの眼を惹き、心を惹いたのである。すくなくともわたしはさう思ふ、さう信ずる。

藝術の専門化もしくは職業化がその藝術を堕落させるとは、藝術論上の定説ではないまでも、一面の真理を道破してゐる言葉である事は誰でも知つてゐよう。左甚五郎もロダンも職人だ、そして傑作を沢山遺してゐる。ドストエーフスキイは原稿料を余計に取る為めに、あゝまで長たらしく書かずとも済む物を、だら〴〵と引伸ばした、それでも「罪と罰」や「カラマーゾフ兄弟」は偉大な作品である事を妨げないし、どころか、人間霊魂の最高の表現となつてゐる。——といふやうな議論も成り立つには相違ない。けれども、それはそれこれはこれだ。職業のなかにあつて職業に囚はれず、専門のなかにあつて専門の眼の眩まない、超人的の人格者に直ちに己れを比較しようとする程大胆な人間は、日本の文壇にはさうはあるまい。狂人か馬鹿か以外には。

藝術が、殊に小説が近来著しく職業化して来た事は、いろんな方面から観察する事が出来る。が、日本人一般の文化の程度が高くなつた事、方々の営利雑誌で小説を競つて載せる事、新聞もまたさうである事、つまり小説の需要が多くなつて、その原稿料も自然、可なり高くなつたので、小説書きが職業として十分立ち行けるやうになつたのが、何よりの源因であらう。十年もしくは二十年以前には、小説家と云ふ者はあつても、小説を売るだけで生活し得る者はほんの僅かで、余は好きからその道へ足を踏入れ乍らも、何か他の職業で口を糊して居たものである。

「雑誌の小説だけではとても食べて行けないからね、それでいやいやながらも新聞の通俗物なんか一方で書いて居る。」

自然主義運動の最中に、わたしは徳田秋聲氏からそんなしみ

〴〵とした述懐を聞いた事を記憶して居る。あゝ云ふ誠実な人だけに徳田氏などは雑誌に書くのは純粋藝術的、新聞に書くのは職業的従つて通俗的と区別してをられた、（近頃では所謂通俗物も亦純粋藝術的感興を以て書き得るやうになられたらしい口吻を氏が漏すのをもわたしは聞いたが）そして立派な藝術品を数々書かれてをるのだが、生中、唯物史観的の現代思潮にかぶれて居る某々氏の如きは、その始めこそ好い作品を書いたが、書き上げて編輯者の手に渡せばもう商品だから、原稿料は取れるだけ取らなきや損だとか、藝術的には善かれ悪しかれ、注文主との約束の期限に約束の枚数をちやんと送れば、むかうは商売の間を欠かされないので喜んで何時でも注文するとか、読者を釣る即ち注文主を釣るのだとか、さう云ふ事を放言して憚らない程職業的意識が明瞭になつて来てからの彼等の作品のだらけ方は何うだ！　かう云ふ事は某々氏等二三に限らない。小説を売つて藝娼妓を買ひそれで材料を拵へてまた一と儲けするか、他人の原稿を安く買ひ込んでそれを書き直して高く売付けるとか言つたやうな、驚くべき小説の職業化が、流行児と目されて居る青年作家の間に激しいと云ふ事である。さう云ふ事実はわたしは直接には知らないが、小説界沈滞堕落（全部とは言はない、大半と言つて置かう）の最も憂ふべき傾向は此辺から起つて来るのではないか？

　小説の職業化を証拠立てる、一番はつきりした現象は「小説家協会」の設立と云ふ事である。これは純然たる職業組合であつて、かやうな組合が成立するまでに小説家の群れが成長した事は勿論喜ぶべきだが、職業的意識にばかり囚はれないやうにしてほしい。それには、精神的には、てんでがも一遍人間の生地に、素人に立帰る事を努むべきではあるまいか。

（「読売新聞」大正10年9月30日、10月1日、3日）

文壇の職業化

木村　恒

○

チエーホフは、掌の平の中へ書き得るほどの短篇を作つてみたいと云つたさうだが、この時の彼の心持を想像してみると、書きたいが、それはとても困難で駄目だと嘆息した言葉のやうに思はれる。彼の如き名手にも、掌の平の中へ書き得るほどの真の短篇を作ることは困難だつたのだらう。

けれども翻つて、彼の言葉を、現在の日本の文壇へ持つてきてみると、それは一笑に附せられてしまひさうに思はれる。現在の日本の小説界には、恐らく、チエーホフの如き嘆きを発する小説作家は一人もあるまい。そんなことは、御注文とあらば朝飯前にやつてのける手腕を、みんな持つてゐさうである。何故と云ふまでもなく、現在の日本の小説家はすつかり職業化して、恰度職人と同じやうになつてきたからである。

『三十五枚の小説を某日までに是非おたのみしたいのですが。』

『よろしい。但し僕の原稿料はX円ですよ。』

と云ふやうな簡単な掛合で、多くの小説は作り出され、売買されてゐるのであるから、そんな調子に出来ない作家は、とても文壇の中流に乗り出してゐることなどは出来ない。掌の平の中へ書けるぐらいの小説はまだ〳〵容易のことで、多分今の日本の文壇で、小説作家として人も許し我れも許してゐる人達ならば、指の先きへでも、或は爪の上にでも書き得るやうな小説も原稿料次第では、どし〳〵書いて出すだらうと思ふ。

だからチエーホフの言葉などは、恐らく一笑に附せられてしまふだらうと思ふのである。

○

がもう一度、更に翻つて、今度はこの、小説家の職業化と云ふ事を考へてみるに、これは頭から悪い傾向だと云つて了はなくもよいと私は思ふ。否、一面から云へば、この職業化は日本の文壇の為めには反つていゝのだと云つても差支へないと思ふ。

かう云ふと何か特に奇論を好むやうだが、さう云ふ意味ではない。つまり今迄は閑人の閑仕事として世間から迎へられ、自分も亦さう諦めて生活してきた小説家が、外国の文学に刺戟されて目を開き、漸く真剣に小説と云ふものを書き初めたのが、自然派勃興以来の日本の文壇である。ところが愈々真剣に小説を書き始めてみると、なか〳〵骨が折れる。昔の様に閑人の風流事として書いてゐたのなら、菜つ葉に豆腐汁位で生活してもゐられたが、真剣に書かうとなると、どうしても盛に肉も食はねばならず、外国の書籍も読まねばならず、その上精神的にうんと労らされる。そこでどうしても昔の様にゆつたりと構へてはゐられない。成るべく多くの金を得て、甘い物を食ひいゝ生活をしなければ、いゝ小説も出来ないと云ふ訳である。従つて出来た作品は勢ひ商品として、一銭でも他より高価に売つて、利得を多くしようとする。誰もそう判然と意識して行はぬまでも、心の底にはその心持があつて口をきかせる様になる。そこで今日の如き職業化となつたのではあるまいか。

かう考へてみると、今日の職業化は先づ真剣に入るの第一歩だとも見られる。即ちこれから小説家が益々職業化して、職人と全く選ぶ所なしと云ふ所までゆくと、初めて、その職人の中から、己は藝術家だと云ふやうな意識なしに、本統の藝術家が現れ出てくるだらうと思はれる。例へば浮世絵の方の歌麿だとか北斎だとか云ふ連中の如くにである。

さう考へてみると、今日の小説家の職業化と云ふことも、何も悪い傾向だと罵ることではあるまいと思はれる。寧ろ私は喜ばしい、いい傾向だと思つてゐる。

〇

また外国人の名を引張り出すやうだが、今日世界の大藝術家として慕はれ、偉大の藝術家として尊重されてゐるシエークスピアは、その戯曲を書く時、かつて一度も、偉大な、また立派な藝術品を書かうと考へて筆を執つたことはなかつたさうで、どうしたらば観衆を一人でも多く呼ぶことが出来るか、どう云ふやうにすれば、一番多く見物人に持てるかと云ふやうなことばかり考へて、あの多くの作品は書かれたものだと聞いたことがある。つまり職人の心持もそこまで本統に徹底すれば、それは藝術家である。

一人でも多くの見物人を呼び得、また多くの観衆から多大の歓喜を受ける芝居は、人間の心――即ち観衆の心――に一番深く触れた芝居である。人間の心に深く触れた芝居は、即ち偉大の藝術である。

一体、今の日本の小説家の書くものは理屈が多すぎると思ふ。また六ケしすぎると思ふ。さうして六ケしい理屈がうんと中にあつて、一寸考へたぐらいでは分らないやうな小説が偉い小説だと云はれやすいやうである。これはまだ日本の小説家が、生で、中途半端であるからであると私には思はれる。

或ロシア人が、日本の文壇を評した時、日本ではトルストイだとかドストヰウスキイだとかの作品を、非常に高級なもののやうに云つてゐるが、ロシアではトルストイでもドストヰウスキイでも、みんな高等小学の生徒は読んでゐる、そんなに六ケしいものではない、つまり日本で云ふ通俗小説で、特に高級藝術とか何とか云ふものではないと云つたことがある。

やあ通俗小説だ、高級藝術だと云ふ様な事をよく云ふのは日本許りの様である。小説は通俗的でいゝのだと思ふ（但し日本人が今日称してゐる種類の通俗小説ではない）それには作家がもつと藝術家だなどと云ふ気取り気をなくして、徹底的に一度職業化する必要があるだらうと思ふ。さうして職人になつて然る後に、左甚五郎となり歌麿とならなければ噓の様な気がする。

○

然し、歌麿となるのも、左甚五郎となるのも、最後の問題はその作家の人格である。だから日本の小説家が今より職業化し、徹底的に小説を作る職人になつたところで、みんなが其時は歌麿になり、左甚五郎になると云ふのではない。

読者を馬鹿にし、名の売れたのを幸に、間に合せの、金取り外に目的のないやうな、小さな自分の経験を語つて得意としてゐる様な、そんな小説を書いて高い原稿料を請求して嬉しがつてゐる様な連中には、その時代が明日きても、迚も歌麿にはなれない。真剣な職人でなければ世の中が承知しない。だが、日本の小説家がみんな徹底して、職人となれば、よしそんなぐうだらな人間が居たところが、今日の如く八釜しい文壇の問題とはならない。世間の人も、あんな職人を相手にしても為方がないと云つて構ひはしまい。仮令構つても、職人だから今日の様に文壇的に云々とか、藝術上どうとか云ふ様な八釜しい事にはならぬ。さうして一方真剣な真面目の人丈は、あれは全く感心な人だと世間からも誰からも、特別の待遇を受ける様になるだらう。

さうなると、今日の文壇の如く、原稿料に就ても不公平がなく、真に其人に適した原稿料と云ふ物も生れてくるに違ひない。さうして本統にいゝ作家はいゝ生活が出来、それでない凡作家ぐうだら作家は、職人的の生活をする様になるだらう。従つてさうなれば、若い、出たての、我々の様な作家も何の彼のと不平がましい事も云はずに居る様になるだらう。そこで文壇は平和のいゝ所になると思ふ。私は真面目にさう考へてゐる。

（「中央文学」大正10年11月号）

『冥途』其他

森田草平

一

　気兼ねなしに、自由に物を云ひ得るために、予めお断りをして置きたいのは、「冥途」の作者内田百閒君は私の友人であるといふことである。これをお断りする以上、私が友人のために仲間褒めをしてゐるんだと取る人があつても、別段不足は云はない積りである。さう云ふハンデイ、キヤツプを差し引いた上で、なほ取るべき所があればそこを見て貰ひたいと云ふに過ぎない。

　処で、さう云ふハンデイ、キヤツプを承知しながら、こゝ一両年の間全く人の眼に触れるやうなものを書かないでゐた私が、押して筆を取るに到つたのは、「冥途」が不当に現下の文壇から閑却されさうな形勢を見て取つたからである。勿論それは普通に所謂文壇の狭量と偏見とに帰すべきものであると云ふよりも、寧ろあの作品そのもの、本質に基くと云つた方がい、かも知れない。そして、その多くの人に見遁されさうな本質こそはあの作品の有つてゐると云ふよりは、あの作品ばかりが有つてゐる真珠である。即てそれがこゝにこの拙い批評を綴らなければならない理由でもある。

　「冥途」の価値を正当に云ひ表はすためには、私はどうしても菊池寛君の作品に読者の注意を乞はなければならない。隆々たる盛名を文壇に馳せて、世間に多くの共鳴者を有する菊池君の作物を褒めるのは、私も成るべくなら罷めにして置きたい。褒めた処で、読者を益するではなく、作者からは馬鹿にされる位のものだ。が、それにも拘らず、私は同君の作物が所好だ。少くとも「小説『灰色の檻』」を読むまでは所好であつた。（あの作を見た時は、殆ど絶交状を突きつけられた位、作者に対して可厭な気がした。この方は委しく解剖して書いたら、多少読者並びに作者の参考になりはすまいかと思ふが、最初から悪口を云ふ積りで書き出したのでないから、止めて置く。）

　不精者の私だから沢山も読んでゐないが、世間で評判になつたやうなものは私も矢つ張り所好であつたと思つて貰へば可い。殊に最初「新思潮」に出た「水難救助業」の如きは、当時の所謂漱石門下の人人の間に、余り作意の露骨な、それだけ読めば作者の人生観の広さも深さもすぐに分かつて仕舞ふやうな所があるといふ意味に於て、大分不評判であつた。さう云ふ非難に対しては、私も返す言葉がなかつたが、それにも拘らず、私はその構想の自由で大胆な所が将来を想はせるやうな気がして、矢つ張り所好であつた。想ふに、菊池君の短所はやがて其長所である。底が見えると云ふやうな嫌ひはあるかも知れないが、同時に覘ひ所がはつきりしてゐて、ぐん〳〵と押して行く。誰にでも分かる。読んで感心すべき所が誰にでも分かるやうに書いてある。最近に読んだ所では、花袋秋聲両氏の誕生祭の文集の中にある「ある敵討の話」でも、正月の「蘭学事始」でも皆その例に洩れない。つまりこの誰にでも分かると云ふことが、一般の人気と云ふ点から云つて、同門の芥川龍之介君を圧するまでに嘖々たる盛名を走せられた所以ではあるまいか。

二

内田百閒君は、独自の藝術的世界を有つてゐる。少なくとも、今度の「冥途」に於てそれを的確に示した。その世界は極めて小さなものではあるが、乍併決してぼんやりしたものでも、曖昧なものでもない。ちやんと藝術的に纏まつた一つの世界である。そして、それが内田君の性癖や趣味と渾然として融合するものであることは云ふ迄もない。但し曖昧なものでないとは云つたが、決して誰にも分かり易いものではない。いや、分かることは分かる、あゝ云ふ気持ちに興味を有つて、蹤いて行きさへすれば誰にでも分かる、分かるべき筈のものである。決して神秘を描いたものでも不可思議を描いたものでもない、単に或時或場合の気持ちを描いたものに過ぎないから。が、仁丹の広告燈のやうに向う向いてゐる者をこちら向かせるだけの力はない。駈け抜ける者を捕まへて感服させるだけの力もない。つまりあの作に取つては、縁なき衆生は到底如何ともすることが出来ないのである。この意味に於て、前に挙げた菊池寛君の作とは好個の対照をなすものと云はなければならない。

真個菊池君の作は駈け抜ける者をも捕へて感服さすべき要所々々が誰にも見遁されない様にはつきり書いてある。が、同時に、さう衆皆が感心するなら俺だけは止めて置かうか知らと、衆と共に楽しむことを知らない旋毛の曲がつた人間が出て来ないとも限らない。そこへ行くと百閒君のものは、滅多に蹤いて来る者がない代り、一旦蹤いて来出したら飽くまで蹤いて来なければ已まないと云つたやうな作風である。尤も、本当に読者が蹤いて来るまで書きつゞけるだけの根気がこの作者にあるか何うかは私にも分からない。

実際さう思はれる程に、行文は経営惨憺たるものである。お座なりを云へば、象牙の毛彫りのやうだと云つてしまつても可いかも知れない。作者は恰も言葉といふものを自分が初めて使ひ出したやうに、それ程自分の印象を自分自身の言葉で、しかも動きのとれないやうに表白しようと勉めてゐる。其苦心があり〳〵と看取される。誰だかこの欄の六号文字で「写生文のたど〳〵しさ」があると云ふやうなことを云つてゐた。成る程あまりに自分の印象に忠実であらうとした結果、「白々した室」だとか、「濡んだやうな板の間」だとか云ふ句が、あれだけの中に二回も繰り返されて、場馴れのしない所を見せてゐないではないが、云ひたい事を半分で云ひ差したやうな「たど〳〵しさ」は毫末もない。文章は極めて明快なものである。つまり〳〵部分々々が明快で、菊池君とは反対に要所々々を晦ましてゐる所に、あの作の技巧がある。あの内容を盛るに応はしい表現の上の技巧がある。

一つ〴〵の話の出来栄から云へば、私は「山東京伝」、「花火」、「件」などが好きで、「土手」、「豹」などや、劣り、作者にして最初の「冥途」に重きを置くならば、それは余りに個人的興味が勝つてゐるやうに思はれる。「土手」の中の妙な道伴が、「栄さん、己は生まれないで済んだけれども、お前さんの兄だよ」と云ふ辺り、ぎよつとしなければならないのに、馬鹿らしい様な気がしたのは何んなものか。

三

「冥途」について今一言云つて置きたいのは、それ〴〵の話にみんな落ちが附いてゐることである。作者に向かつて、「みんな話の落ちがあるのは変だね」と云つたら、「落ちがなくつて、何うして話の結末が附けられますか」といふ返辞であつた。成る程それはさうかも知れない。漱石先生の「夢十夜」にも落ちはあつた。私にも格別名案はないが、本当に生活の全部があの内容と融合してゐる作者なら、落ちはなくとも何うにか出来さうに思はれる。尤も「夢十夜」のやうに理窟つぽいものでないだけに、「冥途」の方が余程純なものだとは思ふが。

これを要するに、百閒君の有つてゐる世界は単に「冥途」だけには止らない。「冥途」は「冥途」で、読者のおくびが出るまで書きつゞけることにして、別に平生の潑溂たる駄弁を浄化したやうなものも書いて見てはどうか。あれなら誰にでも分かつて、請けなかつたら、それこそ「僕は僕の頭を喰つて見せる」がね。

「冥途」を読んだ序と云つては済まないが、同じ雑誌の水上瀧太郎君の「失職」と犬養健君の「帰れる子」と読んで見た。「失職」は実に達者なものだ。自分には迚もかうは書けないと思つた。真個善い意味で黒人の作である。犬養君といふ人は「白樺」派のまだ若い人と聞いてゐたが、どうしてこれもなか〳〵巧いものである。殊にあつた話らしいだけに、しみ〴〵実感の溢れてゐるのが嬉しかつた。但し二つとも及ばないとは思つたが、まだ教へられると迄は思はない。作者自身もさう思つてゐられなからう。実は自分は久しい間余儀ない事情から文壇を離れて、評判の好い作さへ碌々読み得ないでゐたが、余り寂しいので、この頃少しづゝ読まうと思つてゐる。処が、何れから手を附けてい丶か薩ぱり見当が附かない。で、甚だ勝手ではあるが、作者諸君から、作者自身のためではなく、私のために読んだら可からうと思はれるやうな作を教へて頂くわけには行くまいか。何れ私信でもお願ひする積りだが、こ丶に一言申上げて置く。

最後に荷風小史の「偏奇館漫録」について一語云つて置きた

い。あれは本春読んだものの中で面白かつたものの随一である。と云つた所で作者は別に喜びもしないだらうから、まだ読まない読者の為に云ふのである。義理を欠いて春本を買ふ話も人を喰つたものだが、数寄屋橋ぎはに纜つた船頭の立小便なぞは正に一読三嘆すべき大文字であると云ひたい。あゝ云ふ風な、逆説めいた皮肉を売物にする漫録風の文字といふものは、とかくアフエクテエシヨンに堕し易いものだが、あの位洒然として居れば、もう厭味つ気は微塵もない。但し余り徹底したすれつ枯らしでお友達にして貰ふ気にもなれないが、読んで面白いことだけは確実である。

（「読売新聞」大正10年1月24日～26日）

女流作家として私は何を求むるか

中條百合子

なぜ女性の中から良い藝術家が生れないか、或ひはそれが生れたにしてもなぜ完成の域にまで成長しないのか、その質疑に対して私は第一に女性教育の欠陥を挙げたいと思ひます。個性の上に温かいはぐゝみを持たない今の教育は、綜合的な人間常識を授けるにとゞまつて、その人の持つてゐる質の善悪にまで敷衍されてゐないからです。その点から一面、人間中心藝術中心の、天才教育があつてもよいと思ひます。

藝術家としての素質に就いて女性をどう観るかといふ事に就いては、私は女性にも十分に藝術家になり得る天分は賦与されてゐると思ひます。趣味の上から、その生活に湿ひのある点から、或ひはその環境が女性の上に及ぼす体験から、到底男性に持ち得ないと思はれる何ものかを持つてゐると思ひます。それがなぜ力として藝術化されにくいか、或ひはその創作が多くの場合、彼女は女であるといふ目安の上に置かれて批判され、価値づけられてゐるか、この点に関しては、例へば「性」の問題を取扱ふとして、つぎの如きもどかしさがその創作を裏切る。即ち「性の問題」を取扱ふ場合も、男はそれを彼の生活の一部として虚心に口にし、藝術化し得るのに対し、女性はそれをより以上に敏覚する素質を与へられてゐ乍ら、彼女がその原始時代から伝統的に培はれてきた道徳性は、この問題を直ぐに善悪の批判の上に結び付けたがります。一面男性よりも性的の徹底性を持ちながら、藝術家になり切れない道徳性の為めに、フツ切れない女性の力のはがゆさが痛切に感ぜられます。

　これは僅かにその一二の例に過ぎないが、これらの点からも女性はもつと〱力強く自己を開拓する必要があると思ひます。

○

　私は過去の自分の創作やその態度に非常な飽き足りなさを感じたことから、今度の長篇に対してはこれまでとは全く異つた気持で向つてゐます。私は過去の生活が割合に順調であつた為めに、それから享容れた或る純真さはあつたかも知れないが、他面に於て前に述べた伝統から享容れた欠点のある事も否めない事実であるから、これからは一切の不純な気持、身に附き添つた色々なこだわりから離脱し、創作境そのもの丶中に自分を投げ捨て丶か丶つた覚悟で仕事に掛かりたいと思ひます。

　今月の「新小説」に和辻哲郎氏が「入宋求法の沙門道元」に就いて書て居られるが、あの中の「即ち十丈の竿のさきにのぼつて手足を放つて身心を放下する如き覚悟がなくては」といふ気持、あの「人を救ふための求道ではない、真理の為めに真理を究める求道」であるといふ心境、それを私は求めたいと思ひます。私の目下はあの地虫が春が来てひとりでに殻を破つて地上に抜け出る、あの斬進的な自然の外脱を得たいと思ひます。

　至純な藝術境にあつて死身に仕事が出来れば結構ですが、要するに其も質の問題だと思ひます。エルマンをお聴でしたか。世の中に一人あつて二人とないあの藝術、物理学的な機械観念から離れた真実の心音、あの心境が創作の上に移し得られるならばと思ひます。名匠が仏体を刻む鑿の音、其処にあつて私は仕事がして見たいと思ひます。私はあの里見弴氏の藝術からその気持が享容れられます。

　私は創作は議論ではない力だと思ひます。それはお互ひに争つた両人の画家が、最後に無言で両人の作品を並べて其力を批判した力其物の表現だと思ひます。（談）

（「読売新聞」大正10年3月6日）

ブルヂョアの「新しき女」より無産階級の「新婦人」へ

山川菊栄

□

『元始太陽は女性であつた』といふ青鞜社同人の叫びは、男子専制に対する最初の反抗の声として、確かにエポック・メーキングな刺戟を日本の婦人界に与へたものであつた。青鞜社同人の自覚は未だ徹底せず、その解放の叫びは弱かつたにせよ、とにかく彼女達は、性欲奴隷たる婦人の現状に対する、世界的な反抗の叫びに、最初に声を合せた日本婦人の一団として特殊の意味を有したことは疑を容れない。

時勢は急転した。当時に於て嘲笑の的であり、浮薄なお転婆の代名詞であつた『新しき女』といふ言葉は、今日ではもはや特異の刺戟を与へぬまでとなり、事実上、総ての女は、思想、感情、趣味等孰れかの方面に於て、多少なりとも新し味を帯びざるは無きに至つた。日本の社会がブルジヨア的色彩を濃厚にするに連れ、ブルジヨア男子は、封建的婦人よりも、ブルジヨア流に新しき女を要求すること丶なつた。青鞜一派の人々の色彩は、その個人主義的なる点に於て、その享楽的なる点に於て紳士閥の男子が求める新しき女のタイプをよく代表して居つた。

所謂『新しき女』が、其蒙つた罵詈嘲笑、及び或程度の迫害にも拘らず、いつとはなしに社会を征服して、善悪両様の意味に於て世の婦人を『新しき女』化したのは、か丶る理由に拠るのである。実際、今日社交界に、藝術界に、多少なりとも存在を認められる婦人は、当時の青鞜社同人の程度か、若しくは多少それに磨きをかけた程度の婦人である。

『元始太陽は女性であつた』といふ言葉は、漠然ながらも、婦人全体を代表して、その現在の屈従に反抗した声かの如く聞えたところに、無限の力をもつてゐた。けれども遺憾ながら青鞜社同人の眼界は、未だ婦人に及ぼされるほどに広からず、その同情は、自然自己の属する階級——有産階級——の眼界以外に出づることが出来なかつた。

青鞜派の運動は、これといふ纏まつた収穫もなくして、六七年前に一段落を告げた。けれども彼女等の唱へた、紳士閥本位の婦人解放論は、大体に於て世間の受容る丶所となり、当時に於ては、問題とすらもされてゐなかつた官私立大学や、高等職業の女子に対する開放は、当然の事として実現せられ、進んで参政権の問題さへも云為せらる丶有様となつた。過去数年間に於ける是等の変化は、かなりに目覚ましく、最近各方面に於ける婦人の活動は、漸く顕著になつて来たとは云へ、青鞜一流の、個人的、有産階級的、享楽的な色彩を脱したものは、極めて稀である。

□

例へば上流婦人の催しにかゝる生活改善会、婦人平和協会などは、関係者の主観から見れば、決して道楽三昧ではなく、真面目な事業であるかも知れぬ。それにも拘はらず、運動の性質そのものは、現在の経済組織に依てあらゆる種類の自由を奪はれてゐる大多数労働階級とは何の交渉もない。生活改善沙汰は一部特権階級者の日常の生活形式の部分的変更――民衆の生活からは疾に影をかくして封建的儀礼乃至服装の改廃――といふ至つて単純な問題に関する、仰々しき研究や発表にすぎない。実際、この運動は、所謂上流人士なるものは、この目まぐろしき社会的変化の渦中に在つて、世界の大勢にも、大多数人類の苦痛の呻きにも耳をかさず、自分ら自身の日常生活の便不便以外に、『生活改善』の問題は無いと心得るほどに鈍感であり、利己的であることを広告して居るのである。

婦人平和協会とても、大同小異である。人類の不和闘争を余儀なくさるゝ現在の社会組織の上に、その安易と幸福とを保たれてゐる人々が、戦時には一人たりとも多くの敵を屠り、一歩たりとも多く敵地を侵略すべく、出征兵士を慰撫激励する貴婦人連が、その血なまぐさい手を宝石に飾つて、『国際的の平和』を喋々するとは、何たる恥しらずの滑稽さであらう。侵略主義的、軍国主義的婦人団体、愛国婦人会、飛行術後援婦人会、其他所謂名流婦人を網羅する諸慈善団体の如き、孰れも役者買の片手間の道楽と思へば間違はないのである。

婦人矯風会、女子青年会の如きは、開国当時外国宣教師のお土産である基督の福音と人心改造論とを、五十年一日の如くに信奉してゐるといふことより以外、その存在を明かにすべき何等の特色も無いらしい。是等の運動に従事する婦人が――すべての社会改良家と等しく――畢竟は現行制度の擁護と、有産階級の利益とに終るべきその運動を以て、全婦人、若くは無産階級の婦人の利益でありとする誤信に迷はされてゐる限り、その熱烈な信仰も、清教徒的な犠牲献身の勇気も、要するに徒労にすぎないのである。

□

青鞜派の直流である新婦人協会の運動は、昨年より今年に亙つて、かなりに世間の注意を惹たものゝ一つであつた。曾ては極めて哲学的、独善的、個人主義的な、思索万能の形であつた平塚明子氏が、青鞜派の『反社会的』、もしくは『非社会的』なることを以て誇とせられたかの観がある平塚氏が、一躍最も俗悪な、最も堕落した、最も自由平等の理想に遠い、ブルジヨアジーの見本のやうな政党者流と握手せられ、彼等との間の相互利用の巧妙な掛引に、世人の目を瞠らせたのは、これを平塚氏の進歩とすべきか、退歩とすべきか、評者はその言葉に苦しまざるを得ない。

新婦人協会の抽象的な標榜『婦人及び子供の権利の伸張』には、何人も異議を挿むことは許されまい。問題はたゞいかにしてそれが得られるか、てふ運動方法の点にある。平塚氏に云はせれば、その方法は、議会を通じて婦人及び子供に有利なる法律を制定せしめらるゝことにあるのであらう。吾々の見地からすれば、現在の議会――現行制度の産物であり、その支持者である――に依て事を為さんとするが、常に極端なる空想である。今日の政治は、経済組織の反映であり、政治家は、政治家なるが故に有力なのではなく、自ら有産者たり、又は有産階級の代表者たるが故にのみ、よく勢力を振ひ得るのである。即ち人民の運命を事実上左右してゐるのは、議会ではなくて、その背後の資本家階級であり、彼等の力は、財産を所有し、且つその結果として生産を支配し得る点にある。此関係を究めずに、表面に現れた政治の経過のみに留意し、議会により、腐敗した代議士を信頼し利用することによつて、婦人及び子供の権利を伸張するといふことは、木によつて魚を求むるに等しきものである。

目下の処、新婦人協会には、平塚氏等少数個人の運動以外に何等団体としての運動は見られない。議会運動も、会の内容が一層充実し、団体としての運動が盛になるのでない限り、成功は困難である。既存の勢力と妥協し苟合して、その好意によつて、存在を許され、多少の便宜をさへも得ようとする限り、氏等の運動は、相変らず、無害の遊戯として迫害や圧迫の恐れなしにゐられよう。それだけ社会運動としての意義には乏しいものであることを認めなければならぬ。

社会問題についての平塚氏の思想は、労資協調の辺にさまよつてゐるらしく、曖昧模糊として捕捉し難い裡に、有産階級的道楽的改良論者の不徹底と虫のよさとを多量に包含してゐる。平塚氏にして思想の現状を脱せざる限り、又は新婦人協会にして平塚氏の指導を脱せざる限り、時勢後れの議会運動に始終する現在の如き新婦人協会の発展は、望み少きものである。

平塚氏と相並ぶ母性論者であり、特に平塚氏の議論の欠点のみを承けついで、それを極度に誇張した人に、山田わか氏がある。この人については、現代に対して最も没理解な、そして最も露骨な有産階級の代表者であるといふ外、とり立てゝ論ずる必要はない。

与謝野晶子氏は、近年余り論文を発表されぬ様子であるが、氏を学監（?）とする西村伊作氏の某女学校の企ては、或程度まで氏の抱負を実現したものといはれよう。金持といふものは金の遣ひ方を知らぬもの、詩人といふものは安楽なもの、といふより外、私はこの大人の遊戯について評するだけの興味を持たない。

□

右諸種の紳士閥的、道徳的婦人団体、乃至婦人運動とひとり色彩を異にするものは、我邦唯一の社会主義婦人団赤瀾会である。この会は成立後未だ日も浅く、会員も少く、何等の活動もしてゐない。それにも拘らず、官憲の圧迫干渉は、不思議に辛辣を極めてゐる。吾々その内部にあつて、現在に於けるその貧弱さを知るものは、これを以て赤瀾会の現在が――その微々たる勢力が、官憲を畏怖せしめるに足るが故とは思はない。たゞ官憲の恐怖は、赤瀾会の将来に於ける発達の可能性に基いてゐるのだと考へる。赤瀾会は、社会の趨勢を反映した婦人団体である、無産者の解放を期する婦人団体である。茲に赤瀾会は、その発達の無限の可能性が含まれてゐるのである。赤瀾会はメーデーに於ける最初の活動のために、三人の入獄者を出し、罰金約二百円を科せられた。五月中、大阪へ遊説に出かけた会員三名は、降車すると同時に検束せられ、越えて二日、浜松に於ける講演会にも亦、警察の干渉によつて出席を拒まれた。かくて表面に現れた運動が、一切禁圧し去られた時、ひとり赤瀾会といはず、全社会主義運動はいかなる経路を執るであらうか。……筆と舌とによる一切の運動を禁じても、…………に対する吾々の信仰を禁ずることは出来ぬこと、…………の真理たることを禁じ得ぬことを記憶しなければならぬ。

過去の十年は、ブルジヨアの『新しき女』のタイプを発達し普及せしめた時代であつた。今やブルジヨアの婦人界は『新しき女』の天下である。無産階級の『新婦人』は、ブルジヨアのそれの如く、個人的、享楽的なることを特徴とせず、階級的自覚と戦闘的精神とを以て、誇るべき特色とする。無産階級の若き婦人は、かのブルジヨア新婦人を模倣する前に、まづ此区別を知つて、自己の階級に忠実なる、永久に、真に新しき婦人たることを期せねばならない。

（「解放」大正10年7月号）

長篇流行の傾向

市場を風靡せる原因如何

江口　渙

上

「長篇時代来る」といふ言葉が近頃ちよい〳〵彼方、此方で聞かれるが、成る程さういへばさうかも知れない。

これには色々の原因もあらう。水守亀之助君のいふやうに、今までの文壇閥に対抗する必要上、短篇では追つかなさそうに見える無名の人達が、長篇の力作によつて一挙に名を成さうと試みた事も、その原因の一つであるかも知れない。現に島田清次郎君なぞは、兎に角「地上」の一篇によつて、善かれ悪かれ、天下に名を成したといふ事が出来るだらう。又、かういふ現象に刺戟されて、吾れも〳〵と長篇を追ふやうに成つたともいへるかも知れない。然し此現象の根本に関はる最も有力な原因を私に言はすれば、只一言にして尽すことが出来る。即ち要するに小説市場に於ける需要供給の関係によるものに外ならない。小説市場といふと誤弊があるかも知れぬが、私のいふ小説市場とは、日本国中の書籍の小売店のことをいふのである。つまり二三の長篇がその藝術的価値の如何に係らず、小説市場を風靡して、意外の大当りを見た。それで今まで長篇を出し渋つてゐた本屋も「オヤ〳〵長篇を出せばそんなにも当るものかナア」と感心して「どつかに長篇はありませんかなア」と捜しはじめた。すると之れに応じて東西南北から長篇小説が飛び出したといふ迄のことである。

かういふと長篇作家に甚しい侮辱を与へたやうにとれるかも知れないが、私のいふ意味は必ずしもさうでない。今まで短篇よりも寧ろ長篇に適した素質の人でも需用供給の関係上、止むなく自分には不満足な短篇を書き書きしてゐたが、漸く時を得て来た結果、初めてその本来の面目を発揮出来るやうになつた人もゐるだらう。だが中には「長篇なら何処の本屋でも出して呉れるし、又出せば売れもするから俺も一つやつて見ようかナア」といふやうな考へから、名声慾と印税慾の二途をかけて筆を執つた人も、必ずしもないとはいへまい。かういふ人は長篇が売れなくなつて、短篇が売れ出せば又何時でも機に応じ、変に臨んでそれ〴〵平気で商売替が出来る人である。長篇時代の来たことを寧ろ喜んでゐる私は、かういふ臨機応変の作家によつて、所謂長篇時代が成るべく穢がされざらん事を心から祈つてゐる。何となれば事実本質的に長篇作家でありながら、需用供給の関係上、止むなく短篇を書いてゐた人達が、初めて時を得て、其本質を発揮すべき長篇と先に云つた臨機応変の作家、商略的長篇とが、往々にして同じ長篇といふ範疇に入れられることを恐れるからである。

偖て先に長篇時代の来たのも結局市場に於ける需用供給の関係だと私は云つた。然らば何故か丶る需用が生じたのかといふことに就て、私は此処に少し考慮を費してみたいと思ふ。売れる見込があればこそ本屋が出版するのだ。然らばその出版されたものは何処へ如何なる理由で消化されて行くか、勿論買ひ手は天下の青年男女であることは改めていふ迄もなからう。処が所謂青年男女は数年前までは主に通俗小説を読んでゐた。つまり新聞や婦人雑誌の絵入小説である、処が読者の鑑賞力は時代の進歩と共に次第に成長して来たにも係らず、作者の藝術力は一向発展しなかつた、さうして読者と作品との間に次第に距離が出来てくると共に、最早在来の絵入小説では満足出来なくなつた。然も一方所謂文壇人の短篇は余りに文壇人的に特殊化され、殊に「私小説」的短篇が多くなつた結果、多数の読者には其作者に対する個人的興味以外、さう大した興味も起させないといふやうな原因から、これ亦充分の満足を文壇的短篇によつて満たされることが出来ない。この間隙を満たす為めに勢ひ長篇の需用を惹起したといふことは確に一つの真実であるらしい。殊に一般の読者は、所謂作品の味とか、好さとかいふものよりも、その藝とか力とかいふ方を重んずる傾向のあるものだから、自然に力作的長篇に趣くやうになつたのだらう。

下

此処に一つ近頃の長篇流行に就て見遁すべからざる特殊な現象がある。それは賀川豊彦君の「死線を越えて」島田清次郎君の「地上」なぞに現はれてゐる社会運動的色彩である。勿論、社会運動とはつきり言ひ切れない程度の可なり稀薄なものではあるが、それでも兎に角これに近い一種の色彩があることは事実である。あゝいふ色彩の所謂力作が、その藝術的価値如何に係らずどし〳〵売れ出したといふ事は、天下の青年男女の心の底に斯かる社会運動的精神の芽が生じて来た何よりの証拠である。これは勿論こゝ数年の間に潮の如く日本の社会全般に押拡がつた新しい思想の影響、所謂社会思想の激しい動揺と、その発展とに原因してゐるのはいふ迄もない。然し天下の青年男女にあゝいふ小説の興味を懐くやうにさせたもの丶一つの原因は言ふ迄もなく武者小路実篤君の人道主義の運動である。武者小路君の影響によつて人道主義の洗礼を受けた青年男女は、更に最近の社会思想の動揺と発展とに遭遇して、もう一つ次の階段を昇り出した。詰り思想的社会運動の階段である。思想的社会運動といふと一寸変に聞えるかも知れないが、要するに身に危険を及ぼさざる程度の社会運動、机上的社会運動をいふのである。かういふ心の持主は自分の心の内だけでは多少とも社会主義的傾向を持つてはゐるが、堵てそれを実行に移して危険を冒してまでも戦ふだけの勇気はない。然しそれを小説中の諸人物がそれ〴〵やつて呉れるので堪らなく嬉しくなる。其結果社会的不平を幾分でも慰めても呉れるし、又緩和しても呉れる。かういふ風な心持から、賀川君や、島田君の小説に天下の青年男女が翕然と集つたのではないのだらうか。

この特殊な文学運動、つまり武者小路君や倉田百三君の人道主義的文学の運動から、更らに賀川君や島田君の社会文学的運動（今の処かなり心細い運動ではあるが）に変化して行つた天下の青年男女の心は、更に近き将来に於て未だ幾つかの変化を経ずには置かないであらう。今迄の変化はさう大して価値のあるものではない。今の変化は大に注目に価するだらうと私は信じてゐる。その時代こそもつと新しい傾向の革命主義の文学が興ると共にやがてその実行が興るのではないか、そしてその実行の結果が更によりよき文学、藝術的にも社会的にも充分価値ある文学が興るのではなからうか。然しそれは要するに「次に来る人々」を待つより外はない。

扨再び長篇時代の問題に帰る。以上のやうな理由から考へて、商略的に長篇を書かうとするやうな人は必ず葬られる時が来るのは受合つておく。又多少の売行を見るとしてもそんな気持で書いたものに何の価値があるのだ。だが私は近頃頻出する長篇に於て斯の如き種類の一つもないことを信じたい。

長篇小説の流行には小さい乍らまだもう一の原因もあるらしい。それは「福岡日々新聞」で藝術的長篇小説を載せてゐることだ。福岡で掲載されて終つたやつを東京へ持つて来て出版すると、知らないもの丶眼には書卸しの新作のやうに見える。又本屋がそんな顔をする。読者はそれを本気にする。そして需用のある処へ向つて時を得たりとばかりに供給するのだからたまらない。いよ〳〵もつて長篇時代を実現して行くのである。

それからもう一つ長篇の売行をして今日の如くならしめたものに新潮社と改造社の広告係がゐる。「死線を越えて」の鬼面人を脅やかす如き広告文と、新潮社風の如何にも巧みに人の心を唆かす名文とは、蓋し長篇を市場へ送り出した有力な武器であるといはなければならない。此処にも文学に対するコンマアシヤリズムの支配が遺憾なく現はれてゐる。

社会思想の動揺と発達――夫に因した需用と供給の関係――巧妙なるコンマアシヤリズムの支配、かうして所謂長篇時代は来たのではなからうか。（談）

（「読売新聞」大正10年7月8日～9日）

「三等船客」を読んで
前田河広一郎君の近業

山崎　斌

上

前田河君。

『中外』八月号所載の君の『三等船客』を見た。そして大変面白かつた。それが文壇近来の力作でありまた種々の意味から異色あるよき作物でもあつたといふことは、尠くとも多数の読者によつて首肯せられ酬はれたらうと思ふ。

前田河君。

僕が茲に面白いと思ふのは、君が同じ雑誌の上で、江原小弥太氏の『新約』を評してゐる言葉だ。

『作の構図が思ひ切つて日本人一流の国境観念を無視し、表現が傍若無人にもスタイルや、技巧も度外してかゝつてゐる処は更に此作物を有価にせしむる所因だ』

この言葉を思ふことが、即ち君を憶ふことの様な気がする。僕は屢々君から世界的といふ言葉を聞いた様に思つてゐる。即ちこゝに生れて来たのが、実にこの『三等船客』ではなかつたか。君のいふスタイルや技巧の度外がこの『三等船客』を有価にしてゐるかどうかは暫く擱き、これは真に所謂日本文壇現在のスタイルや技巧に係る処のないものであるのは事実である。そして基処に却つて、日本人がよく描かれてゐるといふことを面白いと思ふのだ。

『日本は、彼等にとつては、普通の内地人の考へてゐるやうな、単純な故国ではなかつたのである、――さびしい、頼りない、迫害され勝ちな異国から、一生一度しか越したことのない巨きい海を隔てて、今まで毎日毎日憧憬の眼を潤まして翹望して来た、彼等の力労と孤独の半生に対する最後の安息地であつた。――彼等の日本は彼等自身の生活の、より高い大部分であつた。』

――それは斯様した、海を隔てたアメリカへ出稼ぎに行つてゐたといふ様な人々――三等船客の日本への帰航であつた。その帰航の人々の生活こそ、まことに単純であり、複雑でもあつた。そこには一あてのない性慾の奔放があつた。二恥を忘れた食慾があつた。三、刺激が欲しいといふ一種の性慾がさせる丈で、殆ど彼等に無目的な賭博といふ様なものが其処にあつた。四、寂寥に虐られた健康の若き男女の痙攣的な狂暴があつた。五、呪はしい不聊から浪花節といふ様なものに傾倒する心持があつた。またそれに纏る現実的な争闘といふ様なものがあつた。六、大地を恋ひ慕うて来たホノルルに尚癒されぬ失望を捉へた人々があつた。七、何を見ても物の本質が判らぬほど感覚が懶く硬ばつて、たゞ無恥にして、漸く狂燥を加へて性慾の衝動に狩られてゆく人々が其処にあつた。八、彼岸の日本に近づいた、其船中に出産といふ様なことがあつた。そして其処には人間らしい一日があるのであつた。が、遂に十六日間の狂燥より解放される日が来た。そこには「日本、日本、日本」とコーラスを唱つて飛び廻る人々があつた。不思議の融和力がそこにあつた。十、然も、その間に錠の卸してない他人の鞄の金を盗む、賭博に破産した一青年があつた。

前田河君。

君の『三等船客』は実によくその生活を描いたものであつた。——僕は斯様して君の作物を思つて来ると、それは藝術の難有さといふ様なものを感ずる心ともなつた。それを思はして呉れた君の作物は全く偉いと思ふ。其処で僕は斯様思ふ、本当にそれは人間の問題である。そして真の意味に於ける体験に因る処のものである。唯一それの問題であるとも言へると。斯様言ひかけて君に、君は斯様いふいゝ作をこれから幾つも書いて呉れることが出来るか。〔二字欠〕ふ〔二字欠〕質問を敢てしたいと思ふ。

前田河君。

僕ははじめ君の技巧に就いて、現在日本のそれに全く係りがないと云つた。（長い間アメリカへ行つてゐた君で、また帰つてからもそれに関知しようとしなかつた君としてそれが自然らしいのだが、）処で或人はそれが日本に於ける自然主義初期の技巧とスタイルだといふことからこれを貶してゐる。そして、その周囲の言ふ処を聴いてそれが現下の若い人々に共通した見方であるらしいことをも知つた。そして尚、他に於て君の喜ばれる所以が、実に君の文明批評的な思想の記述に在ることも知つた。そして自然主義的といふのには苦笑し乍らも、思想的といふのに本懐であらう君を想望したのであつた。

下

前田河君。

君と僕との問題は玆に在るのである。君は実に『三等船客』によつて僕を喜ばしめ、また（僕と此処には相容れないであらう）思想的な君、及び君の読者をも同時に悦ばせたといふ事が、この作に於て君が、君の論ずる所そのものに徹するといふより、より体験を描くといふことに期せずして忠実であつたからではないかと思ふ。

君の記述は実に強く、正確であつた。為にその強さは、君の文明批評的な言説の、兎もすれば僕にうるさかつた煩瑣を僕に忘れしめたかの様であつた。然して尠くともそれはまた適当に思想的であつて、君の読者をも満足せしめたものであらうとも思ふ。それは体験の、そして自然に在つて正しい必然の威力でなくて何であらう。

君は実に女を眼で追ふ男を描いて成功した。ピシヤリと男の頬を撲ぐる女を描いてそのムードを如実した。更にすばらしい手際を以て晴れた日、曇日、暴風の夜の海を。そして彼岸の日本に近づいてゆく船とその人とを描いた。（汽船は北へ航路を変へた。……気候の変り目から船客のうちには鼻カタルを罹ふ者が多くなつた。）といふ様な確かな技巧をも見せてゐる。たゞ如何に現下の日本に係りなしとしても尠くとも生硬に過ぎる四五の文字遣ひを難とするも、謂ゆる自然主義初期のスタイル如何は玆に問題ではないだらうと思ふ。

然も君の問題を擱いて自然主義に就て僕に云はしむるなら、その提唱こそ僕の仕事でもあるのだ。それは勿論技巧とスタイルとの問題ではなく精神の問題である。これはこの場合にいふべきではないが、僕のいふ自然主義が内容して自然主義、体験主義、主観主義純粋感情主義、究極、藝術最大最広主義である上から、君が或ひは思はずして弁護した僕の所謂藝術最大最広主義に在つて僕を悦ばしめたものであるかも知れないといふ意味を云ふ上に許されるだらう。然して、再び斯様いふものを書いて呉れることが出来るかといふ質問の説明ともなり、またこの批評が或は君に全く他山の石たるを明かにする処でもあらうと思ふ。之に就ての高説を聴きたいと思ふ。

前田河君。

また省みて他を云ふと云つたものを書いて仕舞つた。さうして柄にもなく、何々主義といふ様なことをも書いた。日本といふ国は何故か、何々主義といふ様なことを云はなければならないからだ。自然主義！それがこんなにまで誤まられて居ないならば、僕は進んでこの名の下に立たう。僕の敬愛を感ずる中村星湖氏までが、フロオベルに就て、『彼は世界に於ける自然主義文藝の開祖と呼ばれて居るが、彼はさう呼ばれるのには、一方に余りに大きいロマンチストであり理想家であつた』と云つて、「ボワリイ夫人」を読んでみろと云つて居る。然し「ボワリイ夫人」こそ自然に於て遂に正しい必然にして人間の自然感情、乃至純主観に在つて交響して居る真の大自然主義、それの文藝ではないか。もう止めやう、文字で言ひ且つ書かねばならぬ者の呪はしさだ。

前田河君。

兎に角、『三等船客』はどの意味よりするもいゝ作物の一つであつた。たゞ、終末の青年の盗みは無くもがなだと思ふ。あそこで却つて、既に日本に着いた人の必然が破られた様に思ふ。そしてあれでは、またこれから次の物語がはじまるといふ様で、あと口が悪い。かなり、材料が累積されて居るのだから勘弁して貰ひたかつた。

（「読売新聞」大正10年8月24日～25日）

日本未来派運動第一回宣言

平戸廉吉

顫動する神の心、人間性の中心能動は、集合生活の核心から発する。都会はモートルである。その核心はデイナモ――エレクトリツクである。

神の専占物は凡て人間の腕に征服され、神の発動機は、今日、都会のモートルとなり、百万の人間性の活動に与かる。

神の本能は都会に遷り、都会のデイナモ――エレクトリツクは人間性の根本の本能を揺り起し、覚醒し、直接に猛進せんとする力に訴へる。

神の有せし統御は、移して全生活の有機的関係となり、此処に動物的運動の暗黒、渟滞齟齬、屈従の状態から免れ、機械的直情の径行は、光輝となり熱となり不断の律動となる。

MARINETTI―*Après le règne animal, voici le règne mécanique qui commence*

我等は強き光と熱の中にある。強き光と熱の子である。強き光と熱そのものである。

智識に代はるべき直感、未来派の否藝術の敵は概念である。『時間と空間は既に死し、最早や絶体の中に住む』我等は、素早く身を挺して、冒進し創造しなければならぬ。其処には、只目前のカオーに至上の律（神の本能）を直感せんとする人間性の能動あるのみである。

多くの墓場は既に無用である。図書館、美術館、アカデミーは、路上を滑る一自動車の響にも価しない。試みに図書堆裡の唾棄すべき臭気を嗅いで見給へ、これに優ることガソリンの新鮮さは幾倍ぞ。

未来派詩人は多くの文明機関を謳ふ。これ等は潜在する未来発動の内延に直入して、より機械的な速かな意志に徹し、我等の不断の創造を刺戟し、速度と光明と熱と力を媒介する。『躍る真理のカメレオン』――多彩―複合―万華鏡の乱舞の中に見る光の全音階。

瞬間的にして快足を好む我等は、シネマトグラフの妖変を愛するマリネツチイに負ふ所多き者として無論擬声音、数学的記号、あらゆる有機的方法を採用して真締のクリエーションに参加せんとする。能ふ限り、文章論、句法のコンヴエンシヨンを破壊し、殊に形容詞副詞の死体を払ひ、動詞の不定法を用ひ何事にも侵略されないもの丶域に進む。

未来派には肉を羇がしむる何事もない――機械の自由――活達――直動――絶体の権威絶体の価値のみ。

（大正9年12月、東京日比谷にてビラとして撒布）

〔「種蒔く人」宣言〕

種蒔き社

嘗て人間は神を造つた。今や人間は神を殺した。造られたもの、運命は知るべきである。

現代に神はゐない。しかも神の変形はいたるところに充満する。神は殺されるべきである。殺すものは僕たちである。是認するものは敵である。二つの陣営が相対するこの状態の続く限り人間は人間の敵である。この間に妥協の道はない。然りか否かである。真理か否かである。

真理は絶対的である。故に僕たちは他人のい〔は〕ない真理をいふ。人間は人間に対して狼である。国土と人種とはその問ふところでない。真理の光の下に、結合と分離とが生ずる。

見よ。僕たちは現代の真理のために戦ふ。僕たちは生活の主である。生活を否定するものは遂に現代の人間でない。僕たちは生活のために革命の真理を擁護する。種蒔く人はこゝに於て起つ――世界の同志と共に！

（「種蒔く人」大正10年10月号）

唯物史観と文学

平林初之輔

一

小島徳弥氏が先月の本誌で「……平林君などの言葉に多く共鳴点を見出してもその唯物史観に全然入つて行けないのである」と言はれなかつたら僕はたしかにこんな文章は書かなかつたらう。更に「唯物史観に入つて行けない」といふ言葉が今日の精神文化に従ふ人々の間に広く瀰漫してゐる心理の表白でなく、単に小島氏一人の、若しくは少数の人々の考へに過ぎないならば私はこの文章を書かなかつたらう。ところが事実はさうでなく反唯物史観的思想は知識階級に共通の思想であり、従つて小島氏のあの一句は氏自身の意図如何にかゝはらず、今日唯物史観が受けてゐる誤解を益々深めるものだと思ふから、僕はこの奇妙な問題に就いて一言して置く必要を感じた。

唯物史観は今や中間階級的イデオロジストの非難の的となつてゐる。しかも多くの新しい学説がさうであつた如く、甚だしい、誤解、曲解、通俗化、脱骨、中傷の犠牲となつてゐる。一時文明は唯物史観の前に戦慄した。併しながら文明は直ちに逆襲に転じた。唯物史観の如き時代後れの浅薄な学説に従ふのは学者文人の恥辱であるとして、「現代文化」の支持者達は雄々しくも唯物史観征伐の十字軍を起した。さうして彼等は易々と唯物史観の首級をあげて凱旋したのである。嗚呼しかしながら、その首級は正真まぎれもない唯物史観のそれであつたか？　否それは彼等のイリユージヨンであつた。彼等自身がこしらへた唯物史観の模型であつた。どうしてそんなことが生じたか？

二

近世の自然科学は丁度唯物史観と同じ運命を経て来た。宗教家、神学者、倫理学者、哲学者、文学者等は、自然科学誕生の前後に於て甚しい恐慌を来した。さうして次には結束して此の幼児を虐殺しようとした。権威ある故人をしてこれを語らしめよ。

リッチー教授は言ふ。

「科学概念の変化に対する干渉は、人間の精神を重んずる人々によりて従来たえず行はれた過失である。かゝる干渉は常に当時勃興しつゝあつた科学の為に棄てられた中途半端な科学的学説の支持者の敗北に終つた。神学はガリレオに干渉したが、其干渉に依て何等得る所がなかつた。天文学、地質学、生物学、人類学、歴史学等は屢々、物質的人間説を恐れてゐる人々の心を震駭させた。彼等はダーウイン説とラマルク説の相違等をもつけの幸として新学説と戦はさうとした。恰も人類の精神的幸福が十七世紀若しくはそれ以前の科学的信仰と密接不離の関係があるかのやうに…(Prob. Ritchie, Philosophical Studies)

これは丁度マルキシズム、サンヂカリズム、アナーキズム等に依て唯物史観に対する解釈を異にしてゐるどさくさ紛れに十八世紀乃至十七世紀の科学前派のヒユーマニズムの貴公子を持出して、鉄と石炭と電気とに依て動かされてゐる近世産業問題を解決させようとする労資協調人道主義者の心理其儘である。

三

労資協調派、無抵抗主義者、人道主義者、等が一刀のもとに退治した唯物史観の白髪首とは何であるか？　それは古代希臘にさかへた唯物的形而上学である。ターレスやヘラクライトスの原始的唯物哲学はその後幾度か時代の衣をつけて各時代に出現した。最近に於ける自然科学の発達はエネルギーの概念を発達せしめ、オストワルドの如きは物質概念を捨てゝエネルギー一元論を唱へた。唯物的形而上学が旧衣をすてゝ十九世紀乃至二十世紀の新衣と着更へたのである。

ところが此等のメタフィジシアンは、宇宙の実体或は本体は何であるか？　といふ問題を解かうとしたのである。而してこれに対しては希臘時代にはプラトーが、近世にはカントが、最近には新カント派が既にそれぞれ解決を与へてゐる。今日では哲学は知識の問題に、科学は物理的世界の問題に自己の職能を局限して宇宙の究極的実体といふやうな問題には触れない。

近世の文化的教養を受け、精神主義の福音に酔はされた人々は攻撃の相手を見失つた。尤もまだ『綜合文化』といふやうな怪物をかゝげて『今の科学者は物質万能で人生を解しない』などといふ非難をする者がある。かゝる非難は科学者が顕微鏡をすてて人生問題に容喙して来た時にのみ妥当なのだ。科学者が物質の研究をしてゐるから物質万能だなどといふ非難は少くも地上では通用しないのである。

かくの如く相手を見失つて手持不沙汰であつた文明の支持者の面前に大胆不敵にも現れたのが唯物史観である。あまりの大胆さに彼等は前にも言つたやうに一時戦慄した。併しすぐに気を取りなほして一刀両断のもとにこれを切りすてた。ちやうど新カント派が唯物的形而上学を切りすてたやうに。併し切られたのは唯物史観ではなくて唯物的形而上学であつた。切つたのは彼等自身ではなくて形而上学を退治した科学者や哲学者であつた。彼等はたゞ昂奮し易い芝居の観客のやうに舞台の出来事を自分の事だと思つて手に汗して思はずヤツと掛声をかけたゞけなのだ。唯物史観は彼等の為めに手傷だに負うてゐない。それどころかまだ彼等にその正体が知られてゐないのだ。斃れたのは前から死んでゐた唯物的形而上学であつたのだ。

四

僕はこゝに唯物史観とは何であるかを説明しなければならぬだらうか？　否それは唯物史観の創説者自身をして語らしむれば十分だ。

マルクスは「経済学批評」の序文で言ふ「人類の生活を決定するものは意識ではない、その反対に人類の社会的生活が彼等の意識を決定するのだ」と。彼に従へば人類の意識或は思想及びこれに基く所謂上層建築（文化）が人類の物質生活を決定するのではなくて、人類生活の物質的条件、生産力がそれ等を決定する故に人間の歴史の基礎は物質的であるといふのである。

更にマルクスは「哲学の貧窮」（英訳百十九頁）にこれを註説してゐる。曰く「社会関係は密接に生産力と関係してゐる。人類は新しき生産力を獲得することによりてその生産様式を変化し、その生産様式、生活資料を獲得する方法を変化することによりて、その一切の社会関係を変化する。風車と共に封建社会が存在し、蒸汽機関と共に資本家社会が生れる。

物質的生産に一致せる社会関係を樹立した同じ人々は又その社会関係に一致せる、主義、思想、範疇を生じさせる。

かくの如く此等の思想、これ等の範疇は、それによりて表現されてゐる社会関係以上に永遠ではない。これ等は歴史的、一時的の産物なのだ。」

五

如何に藝術の永遠を信ずるものも、徳川時代の文学と明治時代の文学とに変化がなかつたと主張する勇気はないのであらう。此の変化は何によつて生じたか？　唯物史観はそれは物質的変化によつて生じたのであると解釈する。唯物史観はこの変化或は歴史のみに対する説明であつて、発生や起原を説明しようとはしないのである。況んや物質が全部であつて精神文化は閑却してもよい等とは主張しないのである。

ところが文学者、藝術家はこの点に於て美妙な、誘惑的な曲解を行ひ、唯物史観は精神文化を破壊するものだといふ。それは中世紀の坊主が地動説は神に対する冒瀆であると非難し、近世の宗教家が進化論は聖書に悖ると非難したのと同断である。進化論によつて人間の祖先が動物であるといふことが証明されたら人間の恋愛も道徳も審美感も成立しないだらうか？　吾々は大抵創世紀の人間と動物との距離がごく近いことを知つてゐる。併しながら恋愛もすれば、審美感も動く。

それと同じく人間の歴史が物質的条件によつて決定されるといふ事実があつても精神文化は依然として吾々の最も尊重しなければならぬものなのだ。唯物史観を信ずる人は精神文化を閑却するどころか却つてこれを尊重する。だから資本主義により て樹立された今日の文化の代りにもつと上等な文化を実現しようとする。その為めに物質条件を変へようとするのである。ところが「現代文化」の支持者達は資本主義文化を、物質的条件には無関係な永遠の文化だと思つてこれに反対するのだ。唯物史観は文化そのものに挑戦したことはない。たゞ唯物史観を理論的背景とする社会主義はある特定の生産条件の上に樹立された文化に挑戦するだけである。

六

けれども「現代文明」の支持者達は尚ほひるまない。文化は永遠であつて決して物的条件の為に変化しないといふ。人間は太古から今日まで同じ人間であつて少しも変化しなかつたといふ意味に於てなら僕も藝術や文化の永遠を信じる。併しそれは歴史の否定であつて、歴史を否定する限り歴史観たる唯物史観は当然消滅して問題は残らないわけだ。唯物史観は歴史を肯定してその一の観方としてのみ意味をもつのである。最もわかりやすい例で言へば昨今しきりに問題になつてゐる映画藝術は決して観念から生れたものでなくて活動写真が発明された為めに生じたものである。もつと精神的な問題について言へば尊王討幕といふ思想は幕府の横暴、皇室の式微といふ当時の物的条件があつて生じ、自由民権の思想は人民の権利が圧制されてゐたといふ特殊の物的条件によつて生じたのである。

最後に文学藝術の方面から唯物史観に対してあげられる反対の叫びの中には唯物史観は文学的気分乃至は情操にぴつたりあはないといふ理由からこれを排斥しようとするのがある。こんな乱暴な言ひ分がとほるなら、数学は藝術を否定せねばなるまい。文学は物理学を否定せねばなるまい。併し事実吾々は二二が四といふ数学の原理を信じつゝ熱烈に愛しあふことが出来ると同じやうに、唯物史観を信じつゝ、藝術を創作し鑑賞することが出来るのである。たゞ凡俗なセンチメンタリズムが文学の名に於て歴史の事実を朦朧化し、二十世紀の現代に眼を閉ぢさして民衆を昔し〳〵のお伽噺につれてゆかうとする時、唯物史観は儼然たる事実を示す必要があるのである。

繰り返して言ふが唯物史観は文化に挑戦するものでも、これを蔑視するものでもない。けれども歴史とその必然を信ずるが故に永遠に藉口して「歴史的一時的」の文化を擁護する守旧派に挑戦する。唯物史観は形而上学でないから物質が万能だとは言はない。歴史は物的条件によつて変化するといふだけである。快感が起つてからピアノの音がするのでなくてピアノの音がしたから快感が起つたといふまでだ。

私はまだ唯物史観を殆んど研究したこともないから従つてこれをふりまはしたことはないが小島氏から指摘されたのを機会に唯物史観と文学（或は一般精神文化）との関係を感ずるまゝに略述して見た。更に示教を賜はらば幸甚である。

（「新潮」大正10年12月号）

文藝時評

新年の創作評

豊島与志雄

〔一〕 芥川氏の小説「秋山図」

「改造」所載の小説戯曲を終りから順次に評してゆく。

小説「秋山図」――芥川龍之介。

黄一峯の秋山図を材にした、好箇の短篇である。全体の布置結構から一句々々の畳み方まで、作者の筆は端正を極めて、聊かの隙間をも見せない。それは名工の手に成つた建築を思はする。各部分が一定の節度を保ち、全体が端然たる均勢を保つて、些の歪曲をも流動をも許さない。――創作時の作者の頭の働きは、築き上げることに在つて、流露することにはなかつたらしい。組み立てることに在つて、生み出すことにはなかつたらしい。而かも組み立て、築き上げるのに、作者は優れた才能を示してゐる。出来上つた一篇は、叩けば金鉄の響きを返しさうな、堅固なものとなつてゐる。――堅固である上に、作者が意図したらしい一種不思議な気分が、行と行との間から立ち昇つて、全体にまとひついてゐる。堅い冷たい四角な煉瓦を積み重ねた塀、それと向き合つて立つた時に感ずるやうな、一種の淡い神秘的な心持ちが、読んでゆくうちに感ぜられる。それは、円形な物の持つ不可思議さではなくて、方形な物の持つ不可思議さである。そしてこの気分は、大支那に対する各種の知識が、自由に駆使されてる所から、更に助長されてゐる。

　然しながら難は、最後の一頁に在る。最後の一頁を読んだ後には自然に前の部分を顧みざるを得ない。そして顧みる時、可也大なる欠陥が見出される。——第一、秋山図の如き神品に附随する一種の神秘を、作者が狙つたものだと仮定してみる。さうする時には、王氏邸の描写が非常に不足である。再び現はれた秋山図の環境、王氏邸の有様、それが明かに描かれなければ、物語の内容は生き上り難い。張氏の家の情景が、簡にして要を得た言葉を以て、頗る明かに浮出されてるに反し、王氏邸の情景が模糊としてるのは、否初めから描かれてゐないのは（作品に即して云へば語られてゐないのは）、作者の不注意であらねばならぬ。——第二、最初の「怪しい秋山図」が、それを理解し得る人の心の中にだけ残つてゐれば、世に出た秋山図が真偽何れであつても、「憾む所はない」といふことを、作者が狙つたものだと仮定してみる。さうする時には、この一篇は一の小話と堕する恐れがある。なぜなら右の思想は一の解説として、余りに突然に、最後の五行だけに飛びだしてるのみで、物語のうちに内在してゐないからである。藝術に最も忌むべきものは、遊離した解説だからである。——然しながら作者が狙つたのは、恐らく第一第二の両方であらう。最初は第一であつて、最後に第二も出て来たのであらう。さうする時には、この一篇は結局、手腕が確かすぎて意図が不確かだつたものとなる。

　私はこの作者に、最後に至つても一度初めからのことを顧みる要のないやうな作を、あくまでも読者をつき離さないやうな作を、この一篇に即して云へば最後の一頁が不要であるやうな作を、見せて貰ひたいと希望しておく。

（「読売新聞」大正10年1月1日）

一月の文壇評

中戸川吉二

(六)『中央公論』の三篇

◇塚原健次郎氏の「血に繋がる人人」はやつと今日よんだが、この作の批評は九日の本紙にすでに二つ出てゐる。染井養名と云ふ人のは、「藝真面目と根気」と云ふ題で、最初の五六頁《ページ》をよんだら愛憎がつきたから、あとの五十何頁にどんな素張らしいことが書いてあるか知らないが、性急《せつかち》な自分にはそんなあてにならないことを考へてよむ根気がない、かう云つて、イキリ立つた調子で猛烈にやつつけてゐる。よみもしないでやつつけるのはヒドい。不愉快な作品だつたら、尚更丁寧によんで批評すべきだ。かう云ふ批評は作者の心にへんな自信と、生田春月君式な文壇に対する間違つた軽蔑感を植つけるばかりだ。そして、益々妙な己の殻に閉じこめさせて了ふばかりだ。「有島武郎の再版だ。おまけに初版の誤植そのまゝの再版だ」と云ふ結びの句も、皮肉にも警句にもなつてゐないぢやないか。

そこへ行くと、春氏と称する人の六号批評の方はフンととりすました厭味はないでもないが、染井氏よりは落ちついて急所を摑んだものゝ云ひ方をしてゐる。「予は余りに型通りな文学青年的ナマな言葉が、何の深い裏づけもなしに投り出してあるのに少からず眉を顰めた」云々と云ふ批評は、私も作品をよんでみて同感した。眉を顰めるか笑ひ出すかは問題であるが。この作をみ、「人間」の今月号に出てゐる水上瀧太郎氏の随筆、「貝殻追放」の後半を思ひ出した。折角の日曜の朝に水上氏の疳癪を破烈させた文学青年の面影を思ひ浮べたのである。近頃流行る資本家階級に対する型通りの反抗気分を一方に持ち、僕は、此頃のちいさい技巧の冴えをよろこぶ文壇の傾向には不満足です。もつと自己を生かし切らなくてはいけないと思ひます、てな風なきまり文句を口にする文学青年。——近頃の世の中にはかう云ふ型の文学青年はかなりゐるらしい。中に、塚原氏のやうに、「中央公論」に買はれたために、春氏のやうなかう云ふ傾向の藝術（?）が嫌ひな人にも、雑誌に対する敬意から読まれて批評される幸運な方もあるし、一方又不運な、無数の天才があることも考へられる。水上氏を怒らせた、あの文学青年の創作だつて「血に繋がる人々」程度にはかけてゐるんだらうがなア……と思ふ。

◇小川未明氏の「死刑囚の写真」をよんで、その文章でも、ものゝ考へ方でも、若々しいのには感服して了ふより外ない。永久の青年と云つたやうなその風格は、武者小路実篤氏と共に私の尊敬を強いて止まないところだ。私は二三度未明氏にあつたことがある。何時かその処女作を発表なすつた頃のお話を伺つたことがあつたが、私がまだ小学校へ這入つたばかりの時代のことだつた。其頃から、苦しい生活と戦ひながら、文壇の塵にまみれず、かうして相も変らず同じやうな若々しい作品を示してくれるのだ。わが小川未明氏にどうして敬意を表さずにゐられやう。「私の好きな早春がめぐつて来ました。梅の梢は珊瑚樹のやうにうす紅く色づいて、空は酒に酔うてゐるやうにほんのりと匂やかに色づいてゐます」と云ふ書き出しから、「ヒヤシンスの花を買ひに出やうと思つてゐたが、Kを送り出した時には、もう、この黒水晶のやうな早春の夜は大分更けてゐました」と云ふ結びの句まで、私はなつかしい気持でよむことが出来た。

◇菊池寛氏の「入れ札」は上手な作だ。好みから云つて私には「啓吉の誘惑」と云ふ風な味本位の、菊池氏の人格にぢかに触れることの出来る作品の方が好きだが、菊池式テエマ小説に入る部の作だらうが、この「入れ札」などにはふつくりした丸味が加はつて来てゐる。九郎坊と弥助の人間らしい弱さを対照させて書いてゐるところなど殊に、「忠直卿行状記」時代と各段に進歩した手腕が感じられる。ぼき〳〵した文章の感じ位から、うつかり菊池氏を無技巧な作家だなどと早合点をしてゐると、とんでもない目にあひさうだ……。

（「時事新報」大正10年2月1日）

三月文壇を評す

岡栄一郎

（三）　谷崎潤一郎の「私」

谷崎潤一郎氏の「私」は、最後まで主人公の「私」がほんとうの泥坊だと名乗らないで、隠約の間にそれとなく消極的な肯定をしてゐる一種のトリツクとも称すべき技巧が先づ面白い。平田といふ友人に面当てに盗みをするまで、「私」が泥坊ではないと考へてゐる読者は、まんまと作者のトリツクに引つ掛かつたと思つて悔しがるだらうが、作者は別にそんな意図を有つて此の小説を書いたのではないらしい、「私」が泥坊ではないと積極的に弁解しないで、泥坊だけが知つてゐる秘密な心理を諄々と説明して行く手際《てぎは》如何《いかん》を覗《うかが》つて書いたのだらう、始めから泥坊だといふ事を読者に分らせる積りで、題からして「私」と附けてあると谷崎氏は云ふ、その点から云ふと、此の作品はかなり成功したものと称して差支へがない。

最後の己が泥坊だと名乗りを上げる所は、至極ありふれた強請《ゆすり》の小悪党の形で、お尻をまくつて何とか棄て白《せりふ》宜《よろ》しくあると云つたやうな紋切型の結末の気がする。今迄自分を信じて庇護してくれた友人の愚さを嘲つて、始めから泥坊だと睨んでゐた平田の慧眼を賞讃したゞけでは、いつもの谷崎氏の妙なモオラルで下げが附けてあるなぐらゐにしか思はれない。人情に絡んだ、友情なんぞに目を眩まされて、己の正体が分らなかつたのだな。ざまあ見やがれとでも云つたやうな口吻を洩らしてゐるだけで、さつさと解決を附けられては少々僕なんぞは面喰つてしまふ。此処らはセンチメンタルな、所謂《いはゆる》人情といふ奴を好かないらしい、意地の悪い谷崎氏の「気質《かたぎ》」でも、何とか一と言お人好しの友人に花を持たせる工夫があつてもよかりさうにも思はれる。此れだけでは理詰めのお談議だといふ気がする。

「私のやうなぬすつとの心中にも此れだけデリケートな気持がある」と谷崎氏は云はせてゐるが、いくら泥坊は止められないと云つても、盗まれる奴が馬鹿だと叱りつけられるのは、全くそれに相違はないとしても、少し厳し過ぎるが、菊池氏の所謂テエマ小説とはまるで正反対に、悪の美しい所を捉へた（と云つていけなければ、悪を肯定する）のが谷崎氏のいつもの行き方だから、かういふ註文をするのは間違つてゐるかも知れない。

手際から云ふと、此れが某々氏等の手になつたものだとすると、筋書の範囲を脱しないみじめな小説になるのだらうが、一見何等他奇のない、平明な叙述の文章が枯淡の域に這入つてゐると云つて宜しい程度に巧に物語られてゐるのは偉い。説明で行つて描写になると云ふ類の技巧であらう。

（七）　荷風氏の『雨瀟々』（上）

永井荷風氏の「雨瀟々」（新小説）を読んで気附いた事を左に列挙して見る。

一、作者の人格即ち此の小説である事。作中綿々と老境の寂しさを味はひながら訴へてゐる小説家金阜散人を作者荷風氏と解釈しても別に非礼でもなく、あながち見当違ひではないと思ふ。寧ろ幾分の理想化を施してある点から云ふと、作者をさう解釈した方が礼に適つてゐるのかも知れない。氏の随筆の「偏奇館漫録」に表れてゐる妙に時世を憤つた激越な調子が出てゐないで、何人も首肯する事が出来て、時には多少僻羨《へきせん》の情を催さしめるほどに、独居の閑寂と初老の平穏な心境とが作中に遍満してゐるのは、稍理想化した傾きがあるとは云へ、荷風氏の人格即ち此の小説であると称して差支へはない。少くとも荷風氏の藝術が立派に存在の理由があると認めてゐる者の眼から見れば、左様心得てよろしからう。

一、荷風氏近頃の傑作である事。「開化一夜草」を甚だ飽足りなく感じた僕は、此の小説の布置結構が堂々としてゐる上に、文章が平淡自在の域に入つてゐるので、かなり面白く読む事が出来たのである。作者の傑作の一に数へるに躊躇しない。

一、俳諧趣味が多分に窺へる事。此れは荷風氏の作物全部を通じて窺へる特色の一つではあるが、それがわざとらしくなく、極めて自然な様式で作力に用ゐられてゐる。前に云つた独居の閑寂を味ひ楽んでゐる心境が単に景物として四時の移り変りを感慨深く叙述した作物の装飾分子としてゞはなく、蕉門の寂しをりを想ひ出させるぐらゐに、先づ今時の人としては俳諧道に達した趣きからよほど影響せられてゐると云つてい丶だらう。

（八）　荷風氏の「雨瀟々」（下）

一、存外作者が真面目な態度で筆を執られてゐるらしい事。荷風氏が不断の口吻から察すると、今の世が如何に半端な、殺風景な時代であつて、それからして氏の世捨て人のやうな生活が始められたものらしいから、氏が今の社会を批評する態度が、どうしても皮肉になり、諷刺の調子に傾き、自ら諦めてゐるやうで、実は白眼世上を見るやうな結果を生じてゐるのが此の小説にはその様子が見られなくて、なかなか真剣な創作的態度を執られたらしいのが頗るよろしい。氏の作物に応々見える厭味な説明とか、批評とかゞないのも、そのせいである。そして言外に自ら今の社会の文明批評を物語つてゐられるのが、僕の気に入つたのである。お半なる藝者上りの女が薗八の稽古を怠けて、活動の弁士と密通してゐた事に憤慨して、作者自ら陣頭に立つて滔々《とうとう》と現代の文明を罵つたりしてゐられないのが、その一例とする。

一、終りのレニエの小説を持ち出してあるのは余の感服しない事。外国小説の例を挙げたり、筋書を話したりして、作物に一種の味を附け、若しくは対照を作られたりするのは、荷風氏にとつてそんなに珍らしい事ではないが、又時としては、それが大に効能がある場合もあるが、此の小説には何もわざわざレニエの小説の梗概を引つ張り出して、変にハイカラアな趣き、乃《ない》至《し》対照、或は下げを附けなくてもいゝと思ふ。僕は余り感心しない。作中、唯一の病弊であると感じた。事毎《ことごと》に三味線をかつぎ出されるのと好一対である。

此の外、お半なる女の容貌から些か作者の好きな女に渉つて書きたいが、此れは「月評」の範囲を出るから省いた。

（「時事新報」大正10年3月8日、12日、13日）

三月文壇を評す

久米正雄

（一） 兎に角志賀氏から

何を措いてもと云ふ訳ではないが一番最初に「暗夜行路」を読んだ。正月から何かと悪口を云ひながらも、矢つ張り一番最初に読む気になるのだから、志賀さんの「作家徳」と云ふのも、矢つ張り大きいものだなと思ふ。そして実質に於ても、矢つ張り最初に読むだけのものはある。最初に御挨拶をして置く所以だ。

今月の所は、愈々時任謙作が、自家のお栄に悪い心を動かし初めて、それから免れるために、尾の道へ行つたところまで書いてある。少し本筋へ入つて来たなと思はせたところが、直ぐ尾の道へ逃げて了つたので、物足りない気もしないではない。併しこれは大きな波動の前の、小さな準備波動かも知れないが、それにしても謙作のやり初めた放蕩の状態が、一種の抽象的な感想で渡つて了つてあつて、又お栄に対する苦悩も、矢つ張り描写でなしに一種の感想で代表されてゐるために、どうも其処を逃げ出す主人公の姿が、はつきり実感に来ないで、理詰めの移動としか思はれないのは遺憾だ。矢つ張り一種のキレイゴトだ。と云ふ「人間合評者」の説も、徹回する訳には行かない。

あの性慾の跳梁を、あの夢で代表し尽したと思つたら間違ひであらう。併しあの夢は、あそこの部として見ると播摩《はりま》も魔物も非常によかつた。あゝ云ふ妙な気味悪さは志賀さんでなくてはならない面白い所で、私も非常に感心して読んだが、あの二つを、同夜に見た連続的な夢としたのはどんなものだらう。「播摩《はりま》」と云ふのは、志賀さんの思ひついた命名ださうだがいつかの「何んとかの尊」―名を忘れた―の夢の感得と共に、天才の片鱗をちらと見た気がする。

尾の道へ逃げる前の、小山羊の春の悩みを小道具に使つての会話は可なり重要なものでありながら少々稀薄な気がする。前が殆ど感想と夢で、其心もちの転換が、あの会話ではどうも稀薄だと云ふのである。

船へ乗つてからの自然描写は評なし。但しあの位の観察は、他の人のにでも見たる事あり。

例に依つて部分々々のいゝ所、人間合評家どもの所謂「日記帳」的ないゝ所は、相変らず幾つもある。日本橋で浚渫船《しゆんせつせん》を見る所は其好適例。及び尾の道で安摩を取らせながら、舟の万力の音を聞くところなど。

（二）　一言志賀氏に答へる

つぎに、此の月評を機会として志賀さんの僕たち「人間合評家」に与へた一文にお答へする。成る程僕はあの合評に於て、時任謙作が「小我の塊《かたまり》」のやうに云つた。（それに里見君が反対して、大我にも通じてゐると云つた。）そして其説は今月と雖も尚撤回しない。たゞ僕はその「小我」を決して悪いとは云はなかつた。たゞ「如何にも御立派な小我」でと敬遠したゞけだ。つまりあゝ云ふ人格に対して、立派かも知れんが親愛を持つてない意志を表白したまでだ。それは御説法を伺ふまでもなく、「小我の価値、それを卒業する時代の尚早」といふやうな「身魂磨き」上の問題はもつと貴方なんぞより心胆に徹して知つてゐるつもりだ。而して、僕たちにも「小我」ありやと問はれゝば、勿論あると答へる。が、併し僕たちは、その小我を時任謙作のやうに、あゝまで是認しないだけだ。「小我」の「いゝ芽」になり得る事は知つてゐる。併し道具屋や道行く人にまで、反感や敵意を持つ、「小我」まで、是認しなくちやならない人格には、少くとも僕は敬遠を感ずる。それが無理かと問ひ度い。

あの一文、全体が「そんならおまへ達はどうだ」と云ふやうな、志賀さんらしくもない稚気を帯びた買ひ言葉で、反駁にも何にもなつてゐないが、折角吾々を一束にして放り出して下すつたのだから是を機会に一言挨拶をして置く。因に「暗夜行路」の批評は、今後やめる方よしと書いてあつたが、批評されるのが厭なら、あの作品を公表しない方がよろしい。若し長編だから、完結しない中に批評するのが悪いと云ふなら、是も断片的に発表しないがよろしい。其上どんな非難を中途で加へられやうと、若し完結の上で、それらを事実上一蹴してゐたら、それは作者の光栄を更に光栄あらしむるものではないか。僕は寧ろこれを望む。志賀さんが是だけきりのものゝ連続であるとしたら、随分淋しい話だから。

（「時事新報」大正10年3月4日、5日）

四月の創作評　中村星湖

〔一〕　小説「暗夜行路」の新要素

志賀直哉氏の『暗夜行路』（改造）といふのは、いろ〳〵な意味で世間の評判になつてゐるらしい。その評判だけは新聞や雑誌の上でちよい〳〵目を通したが、評判の対象を見るのは、わたしとしては、今度が初めてゞある。続き物の、前が何うなつてゐるか、また後が何うなるのかも知らずに、たゞこの月分だけに就いて兎角の言葉を下すことは、作者に取つても読者に取つても迷惑な事であらう。けれども、部分々々の読後感なり批評なりを形造くるわけだから、続き物だからとてさう〳〵遠慮するには当るまい。特にこれだけの断りをするのは、作者志賀氏から「人間」同人へ此作の批評に就いて抗議を申し出てゐたやうに記憶するからである。わたしは「人間」同人とは何の関係も無いが、あの余りに神経質な抗議はたゞに「人間」同人への抗議であるばかりでなく、あの作を読むすべての人への警告であるやうに考へたからである。更にまた、こんな余計事を言ひ添へるのは、あの作の四月分には、作者と「人間」同人との争ひを背景としてはじめてその真意が分明するやうな部分が一箇所あつて、そこに特種の興味をわたしが持つたからである。

一体、わたしは、昔から、志賀氏の藝術に対しては並々でない信用、もしくは信頼を持つてゐた。この頃こそあまり読まないが、以前は氏の作品の大方を愛読してゐた。或時は実にいゝと思つた、或る時は実にしつかりしてゐると思つた。そして、その心持は氏の作品を読まない時にでも続いてゐて、世間の評判がよければ当然だと思ひ、わるければそんなわけはないと否定して来た。もし自信といふ言葉に対して他信といふ事が言はれるなら、わたしは、志賀氏の、人に対してゞはなく（人を知らないのだから）藝術に対する他信をわたしは十二分に持つてゐたわけである。

「暗夜行路」の今月分を読んで、わたしはわたしの他信を動かさなかつた。前の方をも後の方をも読まなくても、これはこれだけで結構だと思つた。ばかりでなく、わたしが志賀氏の藝術に対して抱いてゐた成心（悪い意味のではない）からいくらかはづれるやうな新要素を発見した。それは「気分」といふ漠然とした意味よりは余程偏寄つて、「可笑味」に近い、「ユーモア」である。簡潔な描写のうちに、細かい心理の行き交ひや、おつとりした気分の流れを、ふつくらと出すのが氏の藝術の特色の一面だとは感じてゐたが、『大津順吉』などを読む頃には、わたしはやゝ骨々しくて、割に味に乏しい憾みを覚えた。くど〳〵と説明せずに、印象的に描出して行かうとすれば、勢ひあゝはなるだらうが、もつと自由にのび〳〵してもよからうやうに考へた。ところが、『暗夜行路』の今月分では、以前のやうな行き方は行き方だが、何処となく趣が違つて来てゐる。それを細かく研究してゐるのは面倒だから、手取り早く類例を取るならば、二葉亭四迷の或種の作品（特に晩年の『平凡』など）夏目漱石の或種の作品（これはむしろ初期の『二百十日』など）を読んだ時と似たやうな感じをわたしは受けた。藝術的な円味、柔か味のほかに、読者を微笑させる或物がある。即ちユーモアである。

これを反対に、非藝術的（むしろ現実的と言つた方がよいかも知れぬ）の立場から言へば、実感から遊離しようとしかけてゐるのが『暗夜行路』の今月分である。一例を挙げれば、象頭山から巨大な象の出現を空想し、それを「人間」と戦はせる事を想像するあたりは、あの文字面だけ見る人にはたゞの空想であるが、作者と「人間」同人との争ひを知つてゐる者から言へば、或実感が抑へられてゐる。そしてそれが皮肉にならずに可笑味になつてゐる所に藝術家としての志賀氏の価値があるのであらう。

五月の創作評

下村千秋

(七)　加藤武雄、佐藤春夫氏等

「春浅き一日」（佐藤春夫）（新潮）早春の雪上りの一日の、甘い頼りない悲しみといつたやうなものを現はした小品である。病気上りにウエーフアーを食つてゐるやうな感じだ。もつと水々した感じも含んである。南薫造氏のさうした画に対した時のやうなおもしろさがある。作者はこれを朝飯前に書いたに違ひない。

「奇禍」（加藤武雄）（新潮）五年間も淫売婦をしてゐた女が素状も知らぬ男に連れられて東北のある温泉場へ行く。女はそこの静かな生活に浸つて始めて過去の辛い苦しい生活を顧みるがつひにそれに堪へられなくなり、男を促して帰京しやうと自動車で停車場へ来る。自動車の中でも女は初恋の話をする。その最中に自動車は谷へ墜落するといふ筋。摑み所のない暗い頼りない寂しみが充分に現はれてゐると思ふ。少しだらだらと延びた気分を最後の奇禍で、小気味よくキパリと生かしてゐる。しかしかうしたものを書くことは作者のお手のものぢやなからうか。私達はかうした気分に慣れ過ぎてゐる。もつと新しい気の啓示を望んで止まない。

「ある死、次の死」（佐々木茂索）（新潮）或る一人の青年が人妻に恋するそこで青年は苦しむ。その結果自殺する青年の遺書に依つて妻の夫は始めて二人の関係を知る夫は苦しむ、そして病気になりつひに死ぬといふのである。長篇にすべきものを短篇にしたもの、やうに思はれる。さう思はれるほど短かい描写の中に複雑した心理道程が含まれてゐる犀利《さいり》な生きた筆つきが、かうした効果の一部分を扶《たす》けたことはいふ迄もない先つ作に含む気品が気に入つた。青年の死んだ原因を何処にもはつきりと書かずにその原因を書いたよりも一層はつきりと見せて呉れる所にも、新しい描写法があると思ふ。作者がこの作をものにするに当つて最も適当な心の距離に在つたこともこの作を生かした原因の一つであると思ふ。問題は少し離れるが、夫がもし死なずにゐたなら如何だらうか。さうしたならもつと深刻な世界が開けて来はしないだらうか。

「検温器」小家素子（新潮）先づこの作に依つて女性特有の静かな涙ぐましい心を味はひ得たことを嬉しく思つた。かうした作は、ともすればセンチメンタルになり過ぎるのを、さうしなかつたことも嬉しく思つた。四年前に死に別れた夫に対して、当時妻として愛し得なかつた心が、今になつては只白い空虚な心となつたのを、それを凝つと見詰めてゐる態度を現はしたも私はこの趣味を奈良平安の文学から脉々《えい〳〵》として現代に伝はつてゐる日本人固有の趣味性の中に求めることが出来る、吾々はこの趣味に対しては正しい批判を持ち得ないほどその趣味の中に没頭してゐる。併し創作は、凡ての生活内容の創造であるとするならばこの趣味の中にのみ美しき生活を求めて行くことはどうだらうか。但し講演草稿要記といふ中に作者の思想の一部を見ることが出来るので、玆で趣味問題を云々することは当を得てゐないかも知れない。

（「時事新報」大正10年5月8日）

六月の創作評

広津和郎

【二】　作者近来の佳作か

先づ一番最初に宇野浩二氏の『夏の夜の夢』から始めよう。これには最後に作者が、先月の「中央公論」に出た『一と踊』と二つ組合はして「わが日、わが夢」（一、一と踊。二、夏の夜の夢）と云ふ題の一篇の小説とするつもりだつたと云ふ断り書をしてゐる。

けれどもこれだけでも無論立派な一篇をなしてゐるし、私の読んだ感じから云へば、『一と踊』よりも此『夏の夜の夢』の方が、ずつと気持が好い。或は此作は作者近来の佳作ではなからうかと思ふ。尤もこの作者の月々に沢山に発表する一々の作

のがこの作の中心であらう。空虚な白い冷たい心、私達はこの心を救ふことをばかり考へないでそれを何処までも深く見詰めて行くことに徹底したいと思ふ。

「日向ぼこり」（宇野喜代之介）（国本）死にかけてゐる老婆と、その老婆の唯一の友である小猫と、その老婆と小猫とをまた唯一の友とするより外に仕事のない青年が日本アルプスの麓の小さな町で、毎日日向ぼこりの中に浸つてゐる。やがて青年は、さうした老婆を唯一の遊び相手とするやうな十七八の工女と恋に入り、たうとうその女を連れ出し貧と寒さに苦しめられながら浮浪するといふ筋を過去の事件として、いまはその女には死なれ、かたみの子供は知人夫婦の所に預け、青年はまたも小猫を唯一の友として毎日の日向ぼこりの中にうつらうつらと過ぎた日のことを思ひ出してといふ生活を、日記体の五十頁に亘る長篇に綴つたものである。

現在から順次に過去に返り、さうして円を描くやうにして現在に戻るプロセスが可なり自然にしかもゆるみなく描かれた手法に先づ学ぶべき所があると思ふ。日向に甲羅を乾ながら凝つと眼を閉ぢて自分の生活を噛みしめてゐる姿、しかもいつ迄かうしてはゐないぞといふ力を何処かに見せてゐる態度、底の底まで沈んでそこで泣きもせず笑ひもせず静かに事象を観照してゐる心持ちが読者の胸にしつとりと染み込んで来る、情緒の豊かさをこれほど迄に盛つた作品は近頃に珍らしいと思つた。只一つの問題は、この作に現はれた作者の趣味に就てゞある。

をみんな読んでゐるわけではないから、他にどんなのがあるか解らないが。

　私はどんな作について批評する場合でも、何よりもその作を書いた時の、作者の心の姿を思ひ浮べる。そしてその作者の心の姿が、読む自分の胸に、澄んで来るか濁つて来るかを一番先に、そして一番重要なものとして、考へる。私の批評の心がけは、実際それより外にはないのだ。

　此宇野浩二氏の『一と踊』と『夏の夜の夢』とを二つ考へて見る時、作者の意図は類似したものにあり類似した気分によつて、二つの作を統一しようとしたのであらうが私の胸に来る印象から云ふと、『夏の夜の夢』は『一と踊』よりもずつと素直だ。透明だ。そして此作にも、作者の工夫は、たくみは、かなりに使つてあるが、併しそれが『一と踊』よりも作者の心の中に於て調和が取れてゐる。――『一と踊』に於いて、最後に出してある二人の老婆の踊も、『夏の夜の夢』に於いて、最後に出してあるゆめ子の母親とゆめ子の赤ん坊も、作者がそれを出してゐる作の効果についての意図は互に似通つてゐるけれども、その結果は『夏の夜の夢』の方が自然であり、又重要である。『一と踊』の老婆の踊は、現にあの主人公が見たにしてからが、あの作に作者があれを重要視してゐる程、それ程、主人公の心に取つては、ほんたうはそんなに重要ではない。主人公よりも作者の方があれを題材の一つとして感心し過ぎてしまつてゐる。けれども『夏の夜の夢』の老婆と赤子は、あれは主人公に取つての重要さと、作者が感じてゐる重要さとが、ほんたうに一致してゐる。

　私が此作者の旧作の中で『其の世界』よりも、『人心』を称讃するのも、それと同じ理由からだ。ほんたうの重要な事は、時に作者の意識を越えて、作物の中に滲み出て来る。――そして今度の『夏の夜の夢』の全体を考へて見ても、時々作者が此処と思つて、得意で腕を揮つたところよりも、唯何となく書いて行つたところの方に却つて好いリズムが出てゐる。その他作者の人生観、と云ふと語弊があるが、人生に対する心臓の位置（一寸変な云ひ方だが）については、論じて見たい事があり、不服があり注文があるが、今度は月評だから作だけについて述べるに止める。

八月文壇評

加藤武雄

㈢　折柴、味津三、如是閑三氏を論ず

滝井折柴氏の「竹内信一」（新小説）は信一が松子といふ遊女上りの女と結婚するまでの事を書いたものだが、新傾向句的な表現に特色がある。簡勁な、適切な言葉でその情景なり心理なりを微細に描き出した手腕は尊敬に価する。が盆栽の樹のやうに、あまりコブコブしてゐて、感じを小さくしてゐるのが残念だ。その字々句々に於ける苦心が、必ずしも作全体の効果を助けてゐない場合も尠くない。松子に対する信一の心持は、すこし甘過ぎるとは思ふがまああれでいゝとして松子の前の男に対する信一の心持はもつとほぢくり返して見る必要が無かつたらうか。つくしやの娘との挿話は、もすこし端折つた方がいゝやうに思ふ。前月に出た「父」にはかなり感心したが、此の作はあれに較べると少々落ちる。

佐々木味津三氏の「うら門」（新小説）は、続きものである。私は、前の分を読んでゐないので、これは読まなかつたが、前月の「蜘蛛」に出た「どぜう」といふ小説は面白かつた。去年であつたか、一昨年であつたか私は、この人の「馬を殴り殺した少年」といふ小説の批評をして、泡鳴に似てゐるといつたやうな事を云つて、作者の反感を買つた事がある。が此の作者の表現法には、どこかに泡鳴に似た処があると、「どぜう」を読んだ時も思つた。一元描写に終始してゐるところ、その心理描写に、独白的な形式を多く採用してゐるところ、突兀として言葉を起し説明ぬきにして事件の中心に飛び込むところ、その言葉が一力との種熱とをもつてゐるところ——。兎に角此の作者も亦一種の著しい特色をもつてゐる。

長谷川如是閑氏の「二人の軽業師」（新小説）を読みながら、私は二十年も前に読んだ或る一つの小説を思ひ出した。草いきれのする野路を田舎廻りの曲馬師の一行が通る——といふ最初のシインが、今でも鮮かに頭の中に残つてゐるが其の曲馬師の親方が、一座の中の美しい娘に懸想する、その娘は、同じく一座の中の若者と恋に落ちてゐる、それを知つてゐる親方は舞台の上で、過失を装つてその若者を自分の乗つた馬で蹴殺すといふ筋だつた。而して作者は、江見水蔭だつた。江見水蔭の作を思ひ出す位だから、此の「二人の軽業師」も、テエマは新しいとは云へない。何も今更長谷川如是閑先生を煩はして書いて貰はなくてもいゝと思はれるやうなものだが、しかし、書き方はいかにも旨い。これは決して学者の余技ではない。玄人過ぎる程玄人だ。おれは小説家だか何だかわからないから——といふ口実で、如是閑氏は小説家協会へ入会を見合せて居られるさうだがこれだけ小説らしい小説を書き得る人が、小説家協会の中にも幾人あるか知ら？しらばつくれてはいけないぜ、と云ひ度くなります。が、それはそれとして、如是閑氏には、もつとヘンテコな小説を書いて貰つた方がいゝ。たとへば、いつかの「打ちのめされた男」のやうな。かういふ小説もいゝ事はいいが、どうもすこしおとなし過ぎる。あたりまへ過ぎる。

（「時事新報」大正10年8月4日）

九月の雑誌から

葛西善蔵

十六

馴れぬ前座藝で、道草を喰ひ過ぎ、編輯者から簡単々々とお叱りを受けてゐるので、期待してゐた中央公論四百号記念号の大冊を精読することが出来なかつたのは、残念だつた。正宗白鳥氏の『人さま〴〵』を読んだが、久しぶりで氏の真面容《しんめんよう》に接した気がして、月評以来初めて新秋の碧空《へきくう》を仰いだやうな気がされた。『泥人形』以来の高踏ぶりが新らしく顧みれて尊敬の念禁じ能はさるものがある。二三ヶ月前の大観に出た『たはむれ』のやうな作にしても、この作のやうなものにしても、皆お手本として読むべきであつて、作家としての心の持方、処世の態度、如何に東洋人的な意志の働かせ方、精進力についての工夫が積んで居るか、など、云つた点なども考慮に入れて、それを突抜けたところで初めて新戯作主義なり新知識主義なりを振りかざして、大きく納つたらよからう。颯爽たる氏の姿が眺められる気がして、こゝまで来ると小説と云ふものも、小説家と云ふものも世間在来の評価程度のものではないんで、もつと出来たものなんで、斯う云ふ人が一人でも多く出来ることを、日本文運の為めに祈らない訳に行かないだらう。何と云つても不惑の域に達しないうちは駄目だと云ふ気がする。

野上弥生子氏の『或る男の旅』と云ふのを、女流作家と云ふのでこれまでは読んだことはないんだが敬意を払つて読んで見たが、さすがに整斉《せいせい》の美に心をひかれながら五十頁からのものを読み終つたが成程と予期してゐた訳ではないが女流作家の作は、自分なんかには縁が遠いものだと云ふ気がした。箪笥のこつちの抽斗《ひきだし》には何の着物こちらには何と、匂袋かなど入れてよく整理はされてあるが、女が美しいと思ひ大事と思ひ手抜かりがあつてはならないぞと心がけた慎ましやかさも、自分のやうな田舎者には、むしろ繊細すぎ、造花めいた感じしか残されない。それがまた女流作家の特長なんで、やはり女流同士でなければ、女流作家のものはほんとうの評価が出来ないやうな気がする。そしてまた、斯《か》うした作品こそは、現代中流階級の家庭読者に、一番歓迎されてゐやしないのだらうかと思ふと、自分なんかも婦人雑誌へ書きたいと思つてる準備には、参考にすべきだと思つた。

芥川龍之介氏の『母』は大いに期待して読んだが、左程の感銘も与へられなかつた。僕は中央公論の作家でも読者でもないんで、これまで中央公論に出た氏の傑作はほとんど読んでないので、それだけに期待が大きかつただけに、読後力の脱けた気がした。十五頁ばかしの短篇としては描写と云ひ工夫と云ひ申し分がないと云ふ気がするが、さてどうと感想を叩かれては、何と云つてい丶か、底の手ごたへの感じが微弱だ、額椽に納まつた水彩画の感じだ。帰朝早々のところで力作は今後に期待したい。

徳田秋聲氏の『死の執着』を読んだ。秋聲氏については何かと云つて見たいことが沢山あるんだが、何しろ改造十月号の広告が新聞に出てる始末で、九月号の化物月評なんか当然引込むべき時期に迫られて居るので、残念ながら機会を失してしまつた。この作にしても氏の深みある尖鋭な眼の光り、苦渋甘酸《かんさん》さのこなれた味がよく出てゐる。氏の持こたへ方の如何に用心深く、粘り強く、委曲を尽してゐるか、殊に一二年――恐らくは今後も続くであらう一二年の苦しい歩み方を、自分なんかは頭を垂れて観てゐるほかないのだ。宇野浩二氏の『小説及び小説家』はさすがに才筆、ちよつと態心《たいしん》させられた。

（「時事新報」大正10年9月27日）

大正十年の文壇

平林初之輔

一

文壇は次第に一つの中心に落ちつかうとしてゐる。何物かを求めて、追求と動揺に疲れた文壇は次第に中心に落ちつかうとしてゐる。今日の日本の文壇は西洋のそれに比して遜色がなくなつた。――と言ふやうな叫びがこの中心から起つて来る。もう動揺や追求は沢山だ、安静が欲しい――といふ欲求が凡ての正統派の作者の間に流れてゐる。この安静を求めて瀕んでいかうとする文壇の中心勢力を具体化したものが小説家協会だ。

「吾々が文壇へ出るには大変な苦心をしてきたのだ、さうしてやつとのことで今日の地位を獲得して来たのだ。それを、かけだしの経験も何もない、学校の教室や下宿の二階から飛び出して来たばかりの作家に蹂躙されてたまるものか、二十歳やそこらで小説を書くのは生意気だ」といふ退嬰保守の精神が文壇の中心勢力の間に流れて来た。それは給仕上りの重役や、丁稚上りの店主や、姑にいぢめられて来た主婦に共通のサイコロジーである。更に適切に言へば、昨日まで支配階級に対して反抗して来た人間が一朝支配階級の地位に立つた時十人の中の九人までがとりつかれる病気である。

併し、歴史はこんなことに頓着してはゐない。進む所まで進むのだ。千七百八十九年のフランスの平民は国民議会が成立した時、革命はこれで沢山だと思つてゐた。ところが歴史はそれを許さなかつた。千九百十七年のロシアの中流階級はツアーが退位して言論集会出版結社の自由や選挙権を獲たとき、もうこれで沢山だと思つた。ところが歴史はそれを許さなかつた。今日の日本の文壇を革命にたとへるのは妥当を欠いでゐるかも知れない。しかし歴史の流れを喰ひ止めやうとする保守派反動派の遭遇する運命はいつでも結局は同じである。嫁いぢめをする姑の心理にも一応の理窟はある。併し新勢力の圧迫を感じた時、旧勢力は既に退場すべき運命に近づいてゐるのだ。新勢力は多くの場合組織をもつてゐない。乱雑で無秩序で、時とすると無作法でさえある。併しそれはやがては鉄のやうな組織でかためられてゐる旧勢力を雑作なく打ち壊してしまうのだ。けれど旧勢力はこの混沌たる新勢力を侮蔑し、軽視して、最後までその力に気がつかない。バチテーユ陥落の当日悠々狩猟に出かけてゐたルイ十六世のやうに。

二

去年、上野で美術院の展覧会を見たあとで、近くに開かれてゐたフランス近代作家の瀟洒たる展覧会を見にいつたことがあつた。私のやうなまるで美術のわからないものにも両者から受けた印象の相違はヽつきりと区別がついた。日本の作家の絵は三四枚見てゆく中にもう assez！だといふ気がした。ちやうどそれは脂肪に富んだ、ぶよ〳〵した女が厚化粧をして、彩りの華美な着物をつけてゐるやうであつた。館を出る時には餅菓子を食ひすぎた時のやうな満腹感、反撥感をおぼえた。ところがフランスの美術に対した時には裸体の小児を見るやうな新鮮な感じがするのだ。

文壇についても、それと同じことが言へると私は思ふ。菊池寛氏は明かに今日の日本の小説は西洋の小説に劣らないと言つたが、劣らないのは着物だけである。描写法や題材を切りはなして見たら成る程劣らないかも知れない。けれども日本の小説にはエスプリがない。

これは文壇の中心勢力となつてゐる。所謂中堅作家の間に特に甚だしい傾向である。饒舌で多産だけれど、凡てがエスプリの脱け殻である。平易にずつと読んで行けるが、それきりの話で何もひつかヽりがない。極めてありふれた常識か、さもなければ歯の浮くやうなフイリスチン・センチメンタリズムを活字にしたゞけのものである。

自然主義の遺伝――といつても悪い方面ばかり――を受けついだ、調子の低い内容の稀薄な小説はあまりなくなつた。歯ぎれのいゝスチイルが流行して来たのは喜ぶべきだ。併し此の平板自然主義からの脱却の仕方に色々あつた。以前の文壇の主流であつた灰色の世界から宙返りして明るみへ飛び出した人に芥川龍之介や菊池寛氏がある。彼等の手柄は不明瞭な観念を不明瞭に表現することしか出来なかつた主流文壇（月々の雑誌に現れる作品を以て形成さるゝ）を閉息せしめて明確な文体を創始した点にある（尤も夏目漱石の如きはもとからさうだつたのだが）。ところが宙返り（個人的にでなく文壇に）したまゝで彼等は終りさうである。今では殆んど末技にふけつてゐるやうである。落語のさげのやうなことをするのは観念の存在を際立せるためには一時有効であつたかも知れないが、今ではそれは人間の尻尾となつてゐる。ごく低級な読者に、絵さがしや謎々を解いた時のやうな一種の満足を与へるだけのものとなつてゐる。そんな低級な効果をねらうとき、藝術は玩弄物の域まで堕落する。私は日本の小説を西洋の小説と同一レヴエルに置いた菊池氏の作品にエスプリの欠けてゐることを悲しむものである。

これに反して同じ文壇の中心勢力をなしてゐる人々でも豊島与志雄氏や水守亀之助氏や加藤武雄氏等を以て代表さる、一派には宙返り的の華々しさはないが、次第に起き上らうとしてゐる努力は見られる。古く発表された作もあるが今年一冊として発刊された水守氏の「愛着」には力と純一性とを欠いてゐるが、どこか国木田独歩を偲ばせる調子が一貫してゐる。数ある作品全体を通じて多少とも吾々の精神に訴へた日本近代唯一の作家は独歩であつた。水守氏の作品は独歩のそれに比べて熱も力も乏しいし夾雑物が多い。しかし技巧の末で読者を釣らうとするやうな所がないことは認めねばならぬ。「一冊の本を盗んだ男」や「地獄」のやうな不完全な作にも文学以外のものが蔵されてゐる。豊島氏の作品には私の読んだ範囲内でもつまらないものもあつた。が、作者が懸命の省察を傾倒したものもあつた。「子を奪ふ」の如きは作者の倫理的省察の不備を露出してゐる点で私はいつか難じたことがあつた。今でも私はそれを固執する。主人公が以前関係した女に対する責任感が殆んど主人公を煩はしてゐない点は何といつてもこの作の価値を半減してゐる。それにも拘らず、一種の遊戯に効果を期しようとするやうな山気のない所は読んで気持がいゝのである。藤森成吉、吉田絃二郎、細田民樹諸氏にも同様の感じを抱く。

かくの如く中心勢力の間にも明確な分裂がある。けれども大体に於て革命的精神がなまぬるく、現状維持の錘を首にまきつけて、やゝもすれば、落ちついて満足しやうとする傾向のある点は同じである。尤も彼等が進歩を排してゐるのでないことは無論だが、根本的な変革、少くも一時泥足で文壇をふみにじらうとするやうな企てに対して守旧的であることは争はれない。「あまり騒々しくつゝつかずにおいて呉れ、俺達が今にいゝものを書いて見せる」といふ気分が漲つてゐることは事実である。

おとなしく着実に文壇を改革してゆかうと彼等は欲してゐるのだ。併し歴史はそれを許さない。遠慮なく彼等が安静なれかしと願つてゐる城廓を揺ぶり続けるだらう。さうしてその動揺を煩さがつて避けやうとする者はどん〳〵追ひ越されてゆくだらう。歴史は一部の人に都合のいゝ時に休止してはくれないのだ。倉田百三氏の如き人でもたまに作品を発表すると一時文壇の注意を独占してしまふやうな現象が起るのは、文壇の中心作家が如何に無力であるかを証するものである。

三

文壇の中心勢力に対する不満の声は種々の方面からあげられた。直接の批難の声は批評家によつて毎月雑誌や新聞であげられた。間接の不平は同人雑誌の頻出となり、或は孤立した作家が突然名乗りをあげることによりて現れた。文壇は殆んど乱脈の光景を呈しやうとした。文壇の中心作家は次第にその光彩を失ひかけて来た。機会さへあれば誰でも一挙にして彼等の仲間入り出来ることが明かになつた。そこで旧勢力は結束する必要を感じて来た。かうして生れたのが小説家協会である。

勿論私はこゝで個々の作家の心理過程を書いてゐるのではない。恐らく意識的にこんなことを企てた人はないであらう。私はたゞ歴史的事実に論理的解釈を下したまでゞある。若し此の協会が資本家に対する文筆労働者の生活の保障を唯一の目的とするならば、この運動は最も逆境にある人々から起つて来なければならない筈だ。そしてこれから文壇に出て生活しやうとする人はこれを歓迎しなければならない筈だ。ところが実際はこの運動の主唱者は今日の文壇の流行児の間から起つた。さうして、これから文壇に出やうとする人々は一斉にこれに反対した。

表面だけを見ると小説家協会の主張は甚だ立派で公平である。併しこの立派さ、この公平さはブルジヨア・デモクラシーのそれと同じである。凡ての人が一枚分の原稿料を積み立てゝそれを基金にするまことに公平だ。原稿料を最低三円にする！　まことに公平だ。併しそれは名ばかりの公平である。出版業者の需要が甲の作家に集中して乙の作家には一向集まらないといふやうな現象を避けることは到底出来ない。現在人気を失つてゐる作家はこれによつて何等利する所はない。たゞ現在の人気作家を利するに止まつてゐる。文士遺族の救済、傷病貧窮者の救済等は立派な主張であるが苟くもかうした物質的の企でゞある以上もう少し根本の不公平をたゞさねば意味がない。会員の最低原稿料三円を出版業者が厳密に守つたとして一ケ月平均二十枚しか原稿を売ることの出来ない作家と、一枚十円の原稿が平均百枚も売れる人とが同じ割合の基金を積み立てるといふやうな制度は今日の国家の所得税制よりも更に不合理なものである。今日の国家が年収八百円の安月給取から所得税で絞りとつて、百万長者の脱税を見逃してゐるのと少しも変りはない。若し物質的相互扶助組合として不徹底ながらも多少有意義なものとしやうと思ふなら、次の総会には累進所得税法にならつて、所得の作家からは非常な高率の拠金をさせ、所得の少い作家には義務を免除するといふ位の提案をして然るべきだと思ふ。併しどの道資本制度に支配されてゐる社会に於て経済的公正や安定を求めやうなどと考へるのはあまりにオプチミズムな考へ方である。十年もたつたら文士の遺族が生活に苦しむやうな悲惨事はなくなるだらうといふやうな文学者のパラダイスを描いてゐる内に経済的不景気の週期が襲つて来て出版界が萎微して来たらどんな光景が演出されるだらう？　吾々経済的安定を求めるならもつと別のことを考へねばならぬ。

四

私は次に本年主として単行本として発表された作品の中読んで記憶してゐるものだけについて若干の感想を述べることにする。文壇の鳥瞰図的な批評はとても今私には出来ない。だから私はこの短い論文で今年の文壇全体に亙る公平な批評だなどとは主張しない。これは私の目にふれたごく少部分だけのスケッチである。時々一般的断案を下すのは、それから推論した結果であつて、相当な反証を挙げて私の断案の誤りを指摘された場合には私は私の断案を取り消すに躊躇するものでない。

先づ私の記憶に浮ぶのは佐藤緑葉氏の「黎明」と加藤一夫氏の「幻滅の彼方へ」である。特にこの二つを対照させたのはどちらも現代の時代精神を現さうとした点に於て共通点が見られるからである。

「黎明」は知識階級的文化、リベラリズム、文化生活への黎明としての美しい平和な恋愛、伝統的道徳と革新的道徳との調和――かういふ思想が全篇を貫いてゐる。根本問題についての深刻な懐疑も否定もない。従つて革命的精神を欠いだ、穏健な、なまぬるい肯定が基調となつてゐる。それがこの作品に技巧上の欠点があまりないに拘らず、あれだけの範囲で纏つた、整つた作品であるに拘らず、私にはどうも歯がゆくてしやうがなかつた。

ところが「幻滅の彼方へ」の作者は文化或は自由主義的人生観社会観の幻滅を描かうとした。宗教に虚偽を見、人道主義に無力を見た。一言で言へばリベラリズムの立場から見た人生に幻滅を見た。自殺にさへも無解決を見た。そして文化生活に対する幻滅の彼方に戦闘的生活を肯定しやうとした。

併し作者の意図がこの作に遺憾なく表現されたかといふと否と答へざるを得ない。作者が幻滅の彼方へ行つたつもりでも作品にあらはれた世界は幻滅の此方に止まつてゐる。それは作者が予定の筋書を辿るに急で、神学生の合宿所やカフエ・ライオンの二階での抽象的な対話によつて最も大切な、困難な描写を軽く廻避したからだ。だからキリーロフやスタヴローギン（ドストエフスキーの悪霊の人物）のやうな血みどろの幻滅が少しも見られない。作者が玩具の幻影をこしらへてそれがペンの尖で壊して見せたに過ぎない。作者は立派な骨組をこしらへて見せた。けれどもそれに肉をつけ血を通はせるべくあまりに題材が大きすぎ、あまりに作者の努力が足りなかつたのだ。私は失望してしまつた。幻滅の彼方を見ることはおろか真の幻滅を見ることさへも出来なかつたのだ。作中の松原は「僕等のグループはみんなニヒリストになつてしまつた……」と言ふ。が具体的には殆んど一人もニヒリストは描けてゐない。「野田の所謂幻滅の彼方へ行つてゐるところの森永の生活態度」も作者の独合点に落ちてゐる。最もはつきりと描けてゐるのはお島だが、それすら幻滅の彼方への過渡にあまりに肉と血とが無さすぎる。

要するにこの作の意味と価値は文化生活を批評して否定しやうとした作者の企図にある。作者はこの企図を遂行するためにあまりに完全な筋書をこしらへ、あまりにきちん〳〵と段階を辿りすぎて失敗したのである。

五

次に自伝小説として住井すゑ子女史の「相剋」と生田春月氏の「相寄る魂」とに移らう。これはどちらも前篇だけしか私がこれを書いてゐる時までには出てゐない。そしてどちらも小説としての処女作であらう。

「相剋」は一人の女性が恋人を見出してから、それと同棲するに至るまでの短い間の記録である。人生のクライマックスの描写である。その為めに描写に些の渋滞も蹉跌もなくさながらペンの尖から流れ出したかと思はれる位自由自在に筆が動いてゐる。作者の語らんとする所が残りなく語りつくされてゐる。この作のヒロインが怒号し、咆哮し、自責し、一人の愛人の周囲をめぐつて転々として喜憂してゆく生活がかなり鮮明に強烈に描かれてゐる。

ところが此の作の最も大きな欠点は背景がないといふことである。たゞ白紙の上に強烈な絵の具をなすりつけたゞけである。しかもその色彩は極めて単純である。それ故に或る意味に於ける完成をこの作がもつてゐるに拘らず、その単色が如何に強烈であつても吾々の魂に喰い入る力を欠き、前に述べた満腹感を与へるのである。この作に於て私は強暴なヒロインの進んでいつた鮮明な足跡を見た。けれどその足跡は複雑な人間生活の真髄へはつれてゆかなかつた。

「相寄る魂」は「相剋」のやうに人生のクライマックスを捉へたものでなく一人の人間のそも〳〵の生ひ立ちからの記録である。作者はまづ主人公の揺籃の地の地理から筆をおこし（この描写は拙劣だ）、ついで「カラマゾフ兄弟」でドストエフスキーがやつたやうに両親や祖父母のことを書く。此のもの〳〵しいプレリユードは此の作のスケールの如何に大なるかを思はせるに十分だ。作者は此の小説で何を書かうとしたか？　それは人のよい、臆病な、多感な、ロマンチツクな詩人の半生だ。恋愛と失恋、慈愛と無理解、迫害と庇護、かうした境遇の中に苦しみつゝ自己を主張してゆく、弱くして強いサフアリング・ヒユーマニチイだ。

民族や国家の歴史は神話からはじまる。純一（この小説の主人公）の生ひ立ちの記も幼年時代は神話の霧に被はれてゐる。しかも作者は近代の歴史家或は考古学者のやうにこれを合理化しやうとした。敏子との関係を小学校時代の弁当事件、清水詣りにまで辿つていつた。併しこの必然性の乏しい描写は、幼年時代から少年時代へかけての牧歌的情調の中へ作者自身を没入させてしまつてゐるセンチメンタリズムと相俟つて私にはかなり閉口だつた。

神話が発展して次第に歴史となつてゆく。純一が東京へ出てから、殊に冬子を知つてから以後に至つてはじめて現実の人間が舞台へ出てくると共に作者の描写も円熟して来てゐる。殊にその頃の純一と冬子の関係が不即不離に進んでゆくところは此の小説前篇を通じての圧巻である。けれども此の作者も亦凡庸な小説家の十人が十人まで陥る陥穽を脱却してゐない。純一及びその愛人に於てサフアリング・ヒユーマニチーを見た作者はその他の人物に於てそれを見逃してゐる。西尾宏の如きには余程筆を費してゐるに拘らず、単なる性格の相違だけしか認めてゐない。それから事件にも人物にもたゞ作品の生命に何等必然的関係がないにかゝはらずたゞ書いたゞけといふやうなのがある。殊に社会主義者の群に接した際に共鳴的にも反撥的にも少しも本質的志向が動いてゐないのはどうしたものだらう。さういふ記事は書かねばよかつたのだ。

此の外自叙伝小説たることを明白に銘うつたものとして武者小路実篤氏の「ある男」が連載され出した。併し武者小路氏についてはこれまでに私は大分書いたし、それに此の小説の前の方の部分を読んで見たが格別従来の氏の作品に対する批評以外のことを附言する必要を認めないからこゝでは省略する。たゞ氏が依然として文壇の中心勢力の圏外にたつ一勢力であることだけを序に言つておかう。

六

此年の初夏ロシアの盲詩人ワシリー・エロシエンコ氏が危険人物として日本から放逐されたことはまだ吾々の記憶に新しい。此の事件に於ける当局の処置の是非については私は何も言はない。二つの国が双方とも正義を旗幟として戦つたりすることが可能な今日正義のために悲憤慷慨するのは児戯に類する。正義は誰もゝつてゐる。此の事件は支配者の正義が被支配者の正義を支配してゐる一般現象の中の特殊の一例に過ぎないのだ。私はたゞ彼の藝術について一言して見たいと思ふ。

迂闊千万にも私はエロシエンコ氏があの事件で有名になつた迄あまり氏に注意しなかつた。氏の作品中で読んだものは「狭い籠」一篇である。

ところが——大正の物徂徠と笑はれるかも知れないが——私は此の作で日本の多数の作家に見ることの出来ないエスプリを見ることが出来た。此の作に於て氏は絶対自由を歌つた。それはある日の檻の中の虎の夢である。虎は到る虎に奴隷と圧制とを見た。虎は牧場の羊に奴隷を見た。籠のカナリヤに奴隷を見た。殿様の女達に奴隷を見た。否人間に奴隷を見たのだ。虎は奮激した。荒れ狂つた。

彼は初めて人間が目に見えない強い足でも壊すことの出来ない狭い籠に入れられてることを明瞭感じてきた、籠のことを思ひ出すと虎が又怒つた。

「人間こそ見下げた奴隷だ、人間こそ畜生だ。だが人間を目に見えない籠に入れて奴隷のやうに、畜生のやうに取扱つてる奴は一体誰だらう?」

この疲れた虎はエロシエンコその人に他ならないのだ。到る虎に奴隷と圧制とを見て「あゝあの阿呆の顔、あの阿呆の下品な笑ひ声……」と目をつぶつて彼は今日本を去つてしまつたのだ。

「狭い籠」で見たエロシエンコ氏の文体は素朴であるがどうも動かし難い力をもつてゐる。「虎が疲れた……。毎日毎日同じこと……。狭い籠、籠から見える狭い空、籠の周囲に見渡す限りまた狭い籠……。————あゝ虎が疲れた……虎が全く疲れて仕舞つた。」——此の冒頭の数行を見てもそこに動かし難い必然性がある。

七

藤森成吉氏の「妹の結婚」は前半を雑誌に出た時に読んだが今度一冊の本として出たので全部を読みなほして見た。事件がはじめの方がごた〳〵してゐるので少々読みづらかつたが後半に至つて漸く、月が雲霧を抜けて中天へ昇つた時のやうにはつきりとして来て楽によめた。「相ひ寄る魂」などに見るやうな、題材に対して大事をとつて堅くなつたやうなところがまるでなく、ごく砕けた調子で座談式に書いてある。主人公の雅夫と妹夫婦(将に結婚せんとしてゐる)との生活態度の相違から来る喰ひ違ひを骨子として嫂と妹との女同志の間の反対等を織り込み、物質万能主義と自由主義との扞格、人間離合の淋しさ等を現はさうとしたもの、やうである。それだけの人生のスケッチとして此の作は先づ成功に近いものだと思ふ。たゞ前半の煩雑な内容を料理してゆくにあたつて作者がかなりの不手際を示したことは争はれない。前半を読んだ時にはつきりしなかつたみな子が後半で最もよく描かれてゐるのはい、が雅夫ははつきり描かれてゐながら結局宙ぶらりの常識的人物に止まつてゐたのは少々物足りなかつた。

最後に江原小弥太氏の「新約」について何事かを言ふ義務を感ずるが、この小説は全三巻が既刊されてゐるに拘らず私はまだ第一巻だけしか読んでゐないので全体の批評が出来ないことを遺憾とする。

此の小説が非常な苦心の作であることは二三十頁もよめばすぐわかる。単にこれだけの材料を一篇の脈絡ある物語に仕上げたゞけでもその努力の並大抵でなかつたことが察せられる。しかも単に物語に組みたてたといふことは作者の努力のあまり大なる部分を占めてゐるのでない。作者は神話を歴史にしたばかりでなく歴史を生きた人間の記録とした。新約全書の全体に亙るらしい（通読しないので断言は出来ないが）此の企ては全く氏の独創といつて差支ないと思ふ。

前篇だけについて言つても作品全体の有機的統一は不完全で純一な印象を妨げ、読者に与へる効果を散漫にしてゐるが、少年ユダの心に次第に成長してゆく懐疑などはよく描けてゐる。青年ダビデの苦悶も現代の眼をもつてすれば人間になりきらない処もあるがまづ無難な程度に達してゐる。それにかうした歴史物はすつかり現代に還元する方法とその時代の種々の特色を保存する方法と二色あるので、宗教家歴史家によりてあれ程色づけられたキリストやユダ等を現代のピーターとポールとに還元することは困難である上にそれが正しいとかそれが唯一の方法であるときめてしまふわけにさえゆかないのである。いづれにしてもこの作品の如きは作者の努力だけからいつても今年の文壇に於て記念すべき作品の一つであることは議論の余地がない。

以上は今年の文壇で多少とも問題になつた比較的新進作家の作品の一部である。その他言ふべきことは多いが、どうせ部分的であることを余期してかゝつた評論のことだから不確かな印象をよび起したり、重複にわたつたり、既に定評ある作家のあまりすぐれてゐないものについて紙数を費すことは避けやう。

八

評論壇に於ても一世を風靡するやうな力強い運動は起らなかつた。

片上伸氏や本間久雄氏は文藝教育といふ問題をひつさげ教育上に於ける文藝至上主義を唱へたが、その主張は抽象的で、どこかに空虚をもつた、従つて新人の胸に肉迫する力をかいてゐたので文壇には殆んど反響がなかつた。西宮藤朝氏の文化主義、阿部次郎氏の人格主義等はその概念的であり、不徹底である点に於て、どうでもいゝものであつた。

井汲清治氏は三田文学の一隅に閉ぢこもつてデイレツタンチズムの心地よい温室にしたつてゐた。そこには得体の知れない文化派に見るやうな馬鹿げた主張はなかつたかはり、文字通り、行先さだめぬ、かりそめのプロムナードに過ぎなかつた。

宮島新三郎氏は、常にカーレント・トピツクに触れて時勢と接触を保つてゆかうとしたが、荆棘を開いて進む先駆者の勇気と果断とを欠いた為めに、論鋒は常に千篇一律の生ぬるさを脱することが出来なかつた。木村毅氏は鋭さは欠いてゐたが、その所論にはいつも元気と果断があつたが、時々短いものを書くだけで、大部分研究の中に雲がくれしてゐた。

かゝる論壇にあつて比較的異彩を放つたのは村松正俊氏と福士幸次郎氏とであつた。村松氏は論理の微細な点に於て、福士氏は信念の鞏固な点に於て。その代り村松氏の所論は時折論理にひきづられてメタフイジツクの領土に辷りこみ、福士氏は往往フアナチツクとなつた。私は村松氏にはその批判がもつと動的になることを、福士氏に対してはもつと冷静に対象を見て氏自身の思想を整頓せられんことを望むものである。

作家にして批評をかいた人に菊池寛、田中純、宇野浩二其の他の諸氏があつた。殊に後の二人のものには、はつきりした立場はなかつたが、時々理解のある言葉が見られた。

劇壇、詩壇についてはもう書けなくなつた。たゞ劇壇に於ては量の上からは非常に多くの作品が出たに拘らず中村吉蔵氏に比肩すべき作家は皆無であつたこと、藤井真澄氏の社会劇、倉田百三氏の戯曲等がそれぞ〳〵の意味で特色をもつてゐたこと、並に詩壇に於ける新詩人の運動が漸く文壇の表面に現れて来たことを指摘するに止めておく。

最後にダンテの六百年祭、ドストエフスキー、ボードレール等の百年祭をもつた今年が吾が島崎藤村氏の誕生五十年記念にあたるに関聯して、今年は殆んど作品を発表しなかつたに拘らず、年末の真率な氏の藝術に敬意を払つて擱筆しやう。

(「解放」大正10年12月号)

詩歌

詩
短歌
俳句

詩

阿毛久芳＝選

野口米次郎

私の歌

私のは進歩を否認する歌、
形式で律せられざる、言葉なき歌、――
生命の産れ、
避くべからざる偶然、
創造的本能の上昇。
歌よ、汝は現象で、仕遂げでない。

言葉に形造くられる時精神は下る、
構造の力を失つて初めて心力は得られる。
廃頽は進化の転換点だ。
秋の終る時、何んたる自然の破産！
新らしき力は北方から来る――
冬は神秘を行はん為め沈黙のうちに物思ふ。
自然をして静かに負傷から回復せしめよ。

美の統治は終れりと私はいふ、
不完全又荒敗のうちに一層の心力があると私はいふ。
何んたる暗示、何んたる報償の可能、
人生の悔恨に何んたる現実があるよ、
心的変化に何んたる詩があるよ。
歌よ、汝は風だ、無死の生命と時の歌ひ手！
汝の近代的衝動に何んたる新らしき発奮があるよ！
私の歌は進歩を否認する。
形式で律せられざる、言葉なき私の歌、

（「早稲田文学」大正10年1月号）

詩人

薔薇は自分の美を食つてそして死ぬ。
詩人もまた自分の詩で養はれる。
自分の詩？　そうだ瞬間に摑まれる真に自分の肉！
瞬間に摑まれる霊と肉に何等の叫びかあるよ！
(現在そのまゝの真生命を持つた瞬間よ、
過去の無いお前は将来を知らない、
お前の生命は前の瞬間の死から造られたのか？)
薔薇は自分の美を食つてそして死ぬ。
詩人の歌は各瞬間の死に対する葬式の吟誦だ。

死を通じ或は生を通じて人間生活の威嚇へ
彼は目覚める（彼は瞬間と生命の詩人だ）。
薔薇は自分の美を食つてそして死ぬ。
詩人の肉と霊は骨となつて自分を亡ぼし、
荒敗の灰色の上に難船した帆柱のやうに浮ぶであらう。

（「詩聖」大正10年12月号）

野口雨情

儚き日

君のたよりの
来た日から
かなしい噂がたちました

水に流して呉れろとは
夢と思への
謎か知ら

走り書きだが
仮名文字で
「涙」と記してありました

水に流して呉れろとは
熱い涙の
事か知ら。

（「小説倶楽部」大正10年2月号）

蚯蚓の唄

『わたしも一緒《しよ》に連《つ》れてつてお呉れ
よ』とおみつは
一緒《しよ》にゆく気《き》になつてゐる

夜《よる》は
しん〳〵と更《ふ》けていつた

『わたしや　もう　着物《きもの》も帯《おび》もいら
ない』と男《をとこ》の胸《むね》に
顔《かほ》をあてゝしく〳〵泣《な》いてゐる

厩《うまや》の背戸《せど》で　かなしさうに
蚯蚓《みみづ》は唄《うた》を　うたつてゐた

（「日本詩人」大正10年11月号）

雨にうたるるカテドラル

高村光太郎

をう又吹きつのるあめかぜ。
外套の襟を立てて横しぶきのこの雨にぬれながら、
あなたを見上げてゐるのはわたくしです。
毎日一度はきつとここへ来るわたくしです。
あの日本人です。
けさ、
夜明方から急にあれ出した恐ろしい嵐が、
今巴里の果から果を吹きまくつてゐます。
わたくしにはまだこの土地の方角が分かりません。
イイル　ド　フランスに荒れ狂つてゐるこの嵐の顔がどちらを
　向いてゐるかさへ知りません。
ただわたくしは今日も此処に立つて、
ノオトルダム　ド　パリのカテドラル、
あなたを見上げたいばかりにぬれて来ました、
あなたにさはりたいばかりに、
あなたの石のはだに人しれず接吻したいばかりに。

をう又吹きつのるあめかぜ。
もう朝のカフエの時刻だのに
さつきポン　ヌウフから見れば、
セエヌ河の船は皆小狗のやうに河べりに繋がれたままです。
秋の色にかがやく河岸の並木のやさしいプラタンの葉は、
鷹に追はれた頬白の群のやう、
きらきらぱらぱら飛びまよつてゐます。
あなたのうしろのマロニエは、
ひろげた枝のあたまをもまれるたびに
むく鳥いろの葉を空に舞ひ上げます。
逆に吹きおろす雨のしぶきでそれがまた
矢のやうに広場の敷石につきあたつて砕けます。
広場はいちめん、模様のやうに
流れる銀の水と金茶焦茶の木の葉の小島とで一ぱいです。
そして毛あなにひびく土砂降の音です。
何かの吼える音きしむ音です。
人間が声をひそめると
巴里中の人間以外のものが一斉に声を合せて叫び出しました。
外套に金いろのプラタンの葉を浴びながら
わたくしはその中に立つてゐます。
嵐はわたくしの国日本でもこのやうです。
ただ聳え立つあなたの姿を見ないだけです。

をうノオトルダム、ノオトルダム、
岩のやうな山のやうな鷲のやうなうづくまる獅子のやうなカテ

ドラル、
灝気の中の暗礁、
巴里の角柱、
目つぶしの雨のつぶてに密封され、
平手打の風の息吹をまともにうけて、
をう眼の前に聳え立つノオトルダム　ド　パリ、
あなたを見上げてゐるのはわたくしです。
あの日本人です。
わたくしの心は今あなたを見て身ぶるひします。
あなたのこの悲壮劇に似た姿を目にして、
はるか遠くの国から来たわかものの胸はいつぱいです。
何の故かまるで知らず心の高鳴りは
空中の叫喚に声を合せてただをののくばかりに響きます。

をう又吹きつのるあめかぜ。
出来ることならあなたの存在を吹き消して
もとの虚空に返さうとするかのやうなこの天然四元のたけりや
　う。
けぶつて燐光を発する雨の乱立《らんたつ》。
あなたのいただきを斑らにかすめて飛ぶ雲の鱗。
鐘楼の柱一本でもへし折らうと執念くからみつく旋風《せんぷう》のあふり。
薔薇窓のダンテルにぶつけ、はじけ、ながれ、羽ばたく無数の
　小さな光つたエルフ。
しぶきの間に見えかくれるあの高い建築べりのガルグイユのば
　けものだけが、
飛びかはすエルフの群を引きうけて、
前足を上げ首をのばし、
歯をむき出して燃える噴水の息をふきかけてゐます。
不思議な石の聖徒の幾列は異様な手つきをして互にうなづき、
横手の巨大な支壁《アルブウタン》はいつもながらの二の腕を見せてゐます。
その斜めに弧線をゑがく幾本かの腕に
をう何といふあめかぜの集中。
ミサの日のオルグのとどろきを其処に聞きます。
あのほそく高い尖塔のさきの鶏はどうしてゐるでせう。
はためく水の幔まくが今は四方を張りつめました。
その中にあなたは立つ。

をう又吹きつのるあめかぜ。
その中で
八世紀間の重みにがつしりと立つカテドラル、
昔の信ある人人の手で一つづつ積まれ刻まれた幾億の石のかた
　まり。
真理と誠実との永遠への大足場。
あなたはただ黙つて立つ、
吹きあてる嵐の力をぢつと受けて立つ。
あなたは天然の力の強さを知つてゐる、

しかも大地のゆるがぬ限りあめかぜの跳梁に身をまかせる心の
　落着を持つてゐる。
をう錆びた、雨にかがやく灰いろと鉄いろの石のはだ、
それにさはるわたくしの手は
まるでエスメラルダの白い手の甲にふれたかのやう。
そのエスメラルダにつながる怪物
嵐をよろこぶせむしのクワジモトがそこらのくりかたの蔭に潜
　んでゐます。
あの醜いむくろに盛られた正義の魂、
堅靭な力、
傷くる者、打つ者、非を行はうとする者、蔑視する者
ましてけちな人の口の端を黙つて背にうけ
おのれを微塵にして神につかへる、
をうあの怪物をあなたこそ生んだのです。
せむしでない、奇怪でない、もつと明るいもつと日常のクワジ
　モトが、
あなたの荘厳なしかも掩ひかばふ母の愛に満ちたやさしい胸に
　育まれて、
あれからどのくらゐ生れた事でせう。
をう雨にうたるるカテドラル。
息をついて吹きつのるあめかぜの急調に
俄然とおろした一瞬の指揮棒、
天空のすべての楽器は混乱して
今そのまはりに旋回する乱舞曲。
おうかかる時黙り返つて聳え立つカテドラル、
嵐になやむ巴里の家家をぢつと見守るカテドラル、
今此処で、
あなたの角石に両手をあてて熱い頬を
あなたのはだにぴつたり寄せかけてゐる者をぶしつけとお思ひ
　下さいますな、
酔へる者なるわたくしです。
あの日本人です。

——巴里幻想曲の一——

（「明星」大正10年11月号）

ちん〳〵千鳥《ちどり》（こもりうた）

北原白秋

ちん〳〵千鳥《ちどり》の啼《な》く夜《よ》さは、
啼《な》く夜《よ》さは、
硝子戸《がらすど》しめてもまだ寒《さむ》い、
まだ寒《さむ》い。

ちん〳〵千鳥《ちどり》の啼《な》く声《こゑ》は、
啼《な》く声《こゑ》は、
燈《あかり》を消《け》してもまだ消《き》えぬ、

まだ消《き》えぬ。

ちん〳〵千鳥《ちどり》は親無《おやな》いか、
親無《おやな》いか、
夜風《よかぜ》に吹《ふ》かれて川《かは》の上《うへ》、
川《かは》の上《うへ》。

ちん〳〵千鳥《ちどり》よ、お寝《よ》らぬか、
お寝《よ》らぬか、
夜明《よあけ》の明星《みやうじやう》が早《は》や白《しら》む、
早《は》や白《しら》む。

（「赤い鳥」大正10年1月号）

揺籠《ゆりかご》のうた

揺籠《ゆりかご》のうたを、
カナリヤが歌《うた》ふよ。
　ねんねこ、ねんねこ、
　ねんねこ、よ。

揺籠《ゆりかご》のうへに、
枇杷《びわ》の実《み》が揺《ゆ》れる、よ。
　ねんねこ、ねんねこ、
　ねんねこ、よ。

揺籠《ゆりかご》のつなを、
木《き》ねずみが揺《ゆ》する、よ。
　ねんねこ、ねんねこ、
　ねんねこ、よ。

揺籠《ゆりかご》のゆめに、
黄色《きいろ》い月《つき》がかかる、よ。
　ねんねこ、ねんねこ、
　ねんねこ、よ。

（「小学女生」大正10年8月号）

落葉松　七章

一

からまつの林を過ぎて、
からまつをしみじみと見き。
からまつはさびしかりけり。
たびゆくはさびしかりけり。

二

からまつの林を出でて、
からまつの林に入りぬ。

からまつの林に入りて、
また細くつづく道あり。

三

からまつの林の奥も
わが通る道はありけり。
霧雨《きりさめ》のかかる道なり。
山風のかよふ道なり。

四

からまつの林を過ぎて、
ゆゑしらず歩みひそめつ。
からまつはさびしかりけり、
からまつとささやきにけり。

五

からまつの林を出でて、
浅間嶺《あさまね》にけぶり立つ見つ、
浅間嶺にけぶり立つ見つ、
からまつの林のうへに。

六

からまつの林の雨は
さびしけどいよよしづけし。
かんこ鳥鳴けるのみなる。
からまつの濡るるのみなる。

七

世の中よ、あはれなりけり。
常なけどうれしかりけり。
山川《やまかは》に山かはのおと、
からまつにからまつのかぜ。

（「明星」大正10年11月号）

赤蜻蛉《あかとんぼ》

三木露風

夕焼《ゆふやけ》、小焼《こやけ》の、
山《やま》の空《そら》、
負《お》はれて見《み》たのは、
まぼろしか。

山《やま》の畑《はたけ》の、
桑《くは》の実《み》を、
小籠《こかご》に摘《つ》んだは、
いつの日《ひ》か。

十五で、ねえやは
嫁《よめ》に行《ゆ》き、
お里《さと》のたよりも
絶《た》えはてた。

夕《ゆふ》やけ、こやけの、
赤《あか》とんぼ、
とまつてゐるよ、
竿《さを》の先《さき》。

（「樫の実」大正10年8月号）

萩原朔太郎

蒼ざめた馬

冬の曇天の　凍りついた天気の下で
そんなに憂鬱な自然の中で
だまつて道ばたの草を食つてゐる
みじめな　しよんぼりした　宿命の　因果の　蒼ざめた馬の影です
わたしは影の方へうごいて行き
馬の影はわたしを眺めてゐるやうす。

ああはやく動いてそこを去れ
わたしの生涯《らいふ》の映画膜《すくりーん》から
すぐに　すぐに外《づ》り去つてこんな幻像を消してしまへ
私の意志を信じたいのだ。馬よ
因果な　宿命の　定法の　みじめなる
絶望の凍りついた風景の乾板から
蒼ざめた影を逃走しろ。

――宿命の不可抗力に就いて――
（「日本詩人」大正10年10月号）

遺伝

人家は地面にへたばつて
巨きな蜘蛛のやうに眠つてゐる。
さびしいまつ暗な自然の中で
動物は恐れにふるゑ
なにかの夢魔におびやかされ
悲しく青ざめて吠えてゐます。
　のをあある　とをあある　やわあ

もろこしの葉は風に吹かれて
さわさわと闇に鳴つてる
お聴き、しづかにして
道路の向ふで吠えてゐる
あれは犬の遠吠だよ。

のをあある　とをあある　やわあ
「犬は病んでゐるの　お母あさん。」
「いいえ　子供
犬は飢えてゐるのです。」

遠くの空の微光の方から
ふるえる物象の影の方から
犬はかれらの敵をながめた
遺伝の、本能の、古い古い記憶のはてに
あはれな先祖のすがたを感じた。
犬の心臓《こゝろ》は恐れに青ざめ
夜陰の道路にながく吠える。
　のをあある　とをあある　のをあある　やわあ

「犬は病んでゐるの　お母あさん。」
「いいえ子供
犬は飢えてゐるのですよ。」

閑雅な食慾

松林の中を歩いて
あかるい気分の珈琲店《カフエ》をみた
遠く市街を離れたところで
だれも訪づれてくる人さへなく
林間の　かくされた　追憶の夢の中の珈琲店である。
少女《をとめ》は恋情の羞をふくんで
あけぼののやうに爽快な　別製の皿を運んでくる仕組
私はゆつたりとふほをくをとつて
おむれつ　ふらいの類を喰べた。
空には白い雲が浮んで
たいさう閑雅な食慾である。

（「日本詩人」大正10年12月号）

天候と思想

書生は陰気な寝台から
家畜のやうに這ひあがつた
書生は羽織をひつかけ
かれの見る自然へ出かけ突進した
自然は明るく小綺麗でせいせいとして
そのうへにも匂《にほ》ひがあつた
森にも　辻にも　売店にも
どこにも青空がひるがへりて美麗《びれい》であつた
そんな軽快な天気に
美麗《びれい》な自働車《かあ》が　娘等がはしり廻つた。
わたくし思ふに

思想はなほ天候のやうなものであるか
書生は書物を日向《ひなた》にして
ながく幸福の匂ひをかいだ。

（「表現」大正10年12月号）

川路柳虹

群集

群集よ！
薄暮《たそがれ》がた、灯の零《こぼ》れ散る街を、
群集よ、鴉の群のやうに
石炭の煙の塊《かたま》りのやうに
しかも静まり、力なく、弱々しく
街を練り歩く群集よ。

電車の鈴のけたゝましく鳴る街衢《とほり》を
おまへは歩いてゆく、男も女も、
疲れた足並に、小さな包をかゝへて
夕闇に定かならぬ色ながら
蒼ざめた顔にうつむいて歩いてゆく。
群集よ……
おまへの背《そびら》に立つあの工場は
呻《うな》りを発する煙突をもち
人をおびやかす機械の響が
おまへの魂《たましひ》を小さくする、
富はおまへの腕からつくられるのに
機械はおまへを虫のやうにいぢめる。
そしてその後《うしろ》の貪婪《どんらん》な黒い手は
おまへを弱らし、へと〳〵にさし、
薄暮《たそがれ》の闇の中にかくも吐《は》き出《いだ》す。

群集よ、
鴉のむれのやうに
石炭の煙の塊《かたま》りのやうに
塊つては崩れ、くづれては群り
あとから、あとから
あの門をつゞいて路に溢れる
力ない敗残者よ、そこよりほかに
「生活」がないやうにとりすがる地上の生物《いきもの》よ、
人といふよりはたゞの影、黒いもの影だ。
わたしは君たちの後《うしろ》から
おなじやうに歩《ある》きながら
しかも君たちをどうすることも出来ない。

何ゆゑのもの影か、

何ゆゑの存在か、何故の『吾』か――
わたしの心は手をとつて泣きたい位《くらゐ》
君たちの心と共に歩むのに
しかも嘆く心が何の幸ひをもたらさぬ
この不幸な世界を何としよう。
わたしの手は力なく
わたしの手は空しく路上に振る。

群集よ、
わたしは君たちのあとを
ともどもに夕闇に吸はれるため
たゞ歩く、無意味に、
うなだれて、うなだれて……。

（「中央公論」大正10年8月号）

室生犀星

夏の軽井沢

低い青々した木の間から
やさしい白い別荘が見える

レースの窓帷がそよそよして
異人がながいからだを長椅子の上に伸してゐる
そのかたはらに異人の子が
小さい運動椅子をゆすぶつてゐる

異人のよこがほが美しい
貝のやうにひかつてゐる

暑い日のせいのひくい緑の林間に
異人らは私にわからない言葉で
親と子とが話してゐる
異人の子はときどき猿のやうに笑ふ

そこの小径は赤いのや白いのや
別荘ばかりがならんでゐる
日本の娘らが町へかひものにゆくのが見える
異人につかはれてゐる娘らだ

その娘らもふしぎによく肥えて
あたらしい眼のはたらきをもつてゐる
高原の雑草の緑はいきいきして
娘らの日傘を照りかへす

晩には蛍によく似た高原の虫が
あかりを慕ふてくる

ながい触り角をもつてゐる
それと同時に冷たい涼しさが来る
ピアノやマンドリンなどきこえる

夜業する洗濯屋さんは
異人の着るすずしい白いきものに
こまかい霧を吹きかけて
火のしをあてる、白いけむりがのぼ
るそのうへ洗濯屋さんの唱ふのは
異人のうただ

異人がたくさん散歩する
美事な大きい足、
がつしりした頸すぢ　貝のやうな肌、
私によくわからない言葉で
すずしい町をあるいてゐる
活動写真のなかから抜け出したばかりの美しい
のがある

けれども歩くと心が重くなる
何ひとつ異人にくらべて秀るものがない
芋の子のやうな私どもの散歩
あるくと陰気になる
くらくなる
夏の軽井沢。

（「電気と文藝」大正10年7月号）

白鳥省吾

手

『今日は《ヰラーストウヱッチ》！』

温かい大きい手
露西亜の茫漠たる土地その物の小模型のやうな手
嬰児と巨人をつき交ぜた柔かさと力のある手
熊と聖者とを一緒にしたやうな手
大地の心《こゝろ》をつかむ手
戦父には弱いがより藝術的な手
思想を直《たゞ》ちに実行する手
新しき真理の為めに旧い一切の形式を破壊する手
底知れぬ苦悩の試練に堪える手。
（その手にぎゆつと握られると
日本人は猿のやうに飛び上がる）

お、打ち振れよ
打ち振れよ

その無類の手を、
その大いなる手は
曠野の果てに太陽のごとく輝かうとする。

（「日本詩人」大正10年12月号）

佐藤惣之助

変化の簑

わたしは四季の水眼鏡で
変化の簑をといたり着けたり
七色燈の精神に
都市と田舎を映し変へる

わたしは博物館のミイラのそばで
古代のまぼろしに眼をそめ
ふしぎな英雄の心臓を塗りこめて
都会の幽境に出入する

わたしは精神病院の奥庭で
星形に咲く鋪石の線にそひ
遊星や星霧をかんじてゐる
おぼろ気な人々の傍を歩む

わたしは天文台の白い円頂の下で
新鮮な現実の街の写真を
月の望遠鏡でのぞいたり
事件の彩画を判断したりする

わたしは警視庁の電気帯の中で
酒神と私窩子の漂流記を
暗夜にかゞやかされた人の精霊を
顕微鏡の彩菌の上に見る

わたしは街道の光線をふんで
無名の新自然界へ飛行し
木々や草の風俗と
地理や天文の会場へはいる

わたしは花々や雑草の光明世界へ
わたしの血や肉眼の彩点を
大風のやうに吹き入れよう
藪が重々しい憂愁に濡れるまで

わたしは畑の花が驃騎兵の服をつけ
雲が青空を掃き清め
日光が地平線の四つの壁を塗つたとき

天帝を拝するために丘を歩かう

わたしは地球を考へるためにのみ
黄昏の寺の中へ身を沈め
もろ〳〵の暗黒と幻影に面会し
万象の演説に耳をすまさう

わたしは風と暗黒の彩管をもち
昼と月夜の両面に出来た肉体をもつてゐる
わたしの簑は天象の線でたてをつらぬき
　地球の横糸を織り交ぜてゐる

わたしは古代の夢の豪猪であり
現実喜劇の蟷螂である
わたしは右に大きい万年時計をもち
左に愛らしい空間の蒸汽船をもつてゐる

わたしは又言葉の魔術師であり
あわれびんぜんな生活の巡礼である
わたしは夢幻の食物と
時間を航空し彩色する血の管をもつ

わたしは墓と太陽の間を
誕生と髑髏の里程を
漂流し、飛行し、潜在し、浮游する
都市と田舎の新らしい船である。

（「新潮」大正10年8月号）

人生は何か

堀口大學

人生《じんせい》は何《なに》か？
人生《じんせい》は私《わたし》にあつては
過《す》ぎ行《ゆ》く日日《にちにち》だ
遠《とほ》くへ行《い》つて仕舞《しま》つて
遂《つひ》にかへらぬ日日《にちにち》だ
然《しか》も今日《けふ》は昨日《きのふ》に似《に》て
昨日《きのふ》は明日《あす》に似《に》て
人生《じんせい》は私《わたし》にあつては
退屈《たいくつ》な一日《いちにち》だ

過去《くわこ》は一日《ひとひ》の思《おも》ひ出《で》に集《あつま》り
思《おも》ひ出《で》は心《こゝろ》に痛《いた》い
未来《みらい》は虚無《きよむ》に連《つら》なる
果《はて》のない闇夜《あんや》だ

私《わたし》が生《うま》れた日《ひ》は私《わたし》が死《し》ぬ日《ひ》であり
私《わたし》が死《し》ぬ日《ひ》は私《わたし》が生《うま》れた日《ひ》である

人生《じんせい》は何《なに》か?
人生《じんせい》は私《わたし》にあつては
退屈《たいくつ》な一日《いちにち》だ

(「現代詩歌」大正10年1月号)

槻の木

西條八十

「いい空だな」
二階の縁に出て、私は独《ひと》りごちた
裏庭の
たかい槻《つき》の樹の間に
久しぶりで覗いてゐる初秋の空が
たまらなく懐しい色をしてゐた。

階下《した》へゆくと
しんと明るい六畳の室に
やつと癒《なほ》りかけた四歳《よつつ》の女児《むすめ》の
白い臥床が敷いてあつた、
五所車に大きな桜の花をちらした
派手なめりんすの子供蒲団がひろがつてゐた、が
枕もとの薬鑵の傍《そば》に
赤い膨《ふくら》んだゴム風船が二つ転げてゐるだけで
臥床の主は見えなかつた。

庭の方で華やかな笑声《わらひごゑ》がしてゐた。

「いい空だな」
私はもう一ぺん二階の縁《えん》に戻つて
莨をふかしながら
濃《こ》青《あを》の秋空を眺めた。

(「大観」大正10年8月号)

野薊の娘

尾崎喜八

太陽よ、もつと私を焼いておくれ
雨よ、もつと私を濡らしておくれ
風よ、霰よ、もつと私を鍛へておくれ
私がもつともつと強い女になるやうに
用捨なく焼いたり、濡らしたり、鍛へたりしておくれ

広い荒野の鍛冶場にそだつ

私は野薊の若い娘だ

猛々しい野育ちの
美しい私を見て
人は心を引かれながら
やつぱり怖れて寄りつかない

晴れやかな私の眼には棘《とげ》がある
熱い心臓の脈を打つ
乳房の高い私の胸にも棘がある
逞ましい私の手足にも棘がある
私のからだは、からだぢうが
馴れ難い鋭い棘で一ぱいだ

よく、人が来て
私に優しい言葉をかけ
私の野性を歌に歌つて
私の前に膝をつき
私に恋をさゝやくけれど
私は薊、薊の娘
棘に刺されて帰つてしまふ

二た親もなければ身寄りもない

一本立ちの生娘の私
その私の純潔を護つてくれるのは
人の厭やがるこの棘だ
あれさへなければ、と、人の惜しがる
この棘だ、この棘だ！

私を恋ひ慕つて来た幾人の人が
これに突かれて帰つた事やら
美しい、それから気立てのいゝ
又はおどおどしたあの人達
気の毒だと思ふけれど
また、恋しい人よと思ふこともあつたけれど
何と云つてもこの棘を
持つて生れた親しみにくいこの棘を
私にどうする事が出来たらう
何より貴い私の心を
ほろりとし易い弱い心を
護つてくれるこの棘を

毎日、毎日
燃える瞳にうつるのは
小石やヒースで荒れ果てた
あの永遠の地平線だ

私の耳に聴へるのは
遥かの空の鷹の声だ
西天に、まつかな日の沈む夕がた
よく、絶え入るばかりに悲しくなつて
私はひとりで泣くけれど
優しい夜露や、慈しみ深い星が来て
眠りの歌で揺すつてくれる
私は子供のやうに寝てしまふ

朗らかな朝が来て、太陽が出る
荒野は露の薔薇いろの輝きと
そとかぜの歌でみたされる
私も、もう一度強くなつて
悲しみのために鍛へられて
荒野の女王のやうに凛々しくなる
私は歌ふ、血をたぎらして
生長の歌、勇気の歌を
猛々しい声で
また、時には、あこがれの歌を
涙ぐんで

あゝ！
太陽よ、雨よ、風よ、霰よ

私を鍛へて鍛へておくれ
私がもつともつと強い立派な女になるやうに
そして私よりも強くて立派な男が来た時に
決して捨てられる事のないやうに
用捨なく、焼いておくれ
濡らしておくれ、鍛へておくれ！

広い広野の鍛冶場にそだつ
私は野薊の若い娘だ

（「新詩人」大正10年10月号）

佐藤春夫

水辺月夜の歌

せつなき恋《こひ》をするゆゑに
月《つき》かげさむく身《み》に沁《し》む。
もののあはれを知《し》るゆゑに
水《みづ》のひかりぞなげかるる。
身《み》をうたかたとおもふとも
うたかたならじわが思《おも》ひ。
げにいやしかるわれながら
うれひは清《きよ》し、君《きみ》ゆゑに。

或るとき人に与へて

片《かた》こひの身《み》にしあらねど
わが得《え》しはただこころ妻《づま》
こころ妻《づま》こころにいだき
いねがてのわが冬《ふゆ》の夜《よ》ぞ。
うつつよりはかなしうつつ
ゆめよりもおそろしき夢《ゆめ》。
こころ妻《づま》ひとにだかせて
身《み》も霊《たま》もをののきふるひ
冬《ふゆ》の夜《よ》のわがひとり寝《ね》ぞ。

（「改造」大正10年4月号）

秋刀魚の歌

あはれ
秋風よ
情あらば伝へてよ
――男ありて
今日の夕餉に　ひとり
さんまを食《くら》ひて
思ひにふける　と。

さんま、さんま、
そが上に青き蜜柑の酸《す》をしたたらせて
さんまを食ふはその男がふる里のならひなり。
そのならひをあやしみなつかしみて女は
いくたびか青き蜜柑をもぎて夕餉にむかひけむ。
あはれ、人に捨てられんとする人妻と
妻にそむかれたる男と食卓にむかへば、
愛うすき父を持ちし女の児は
小さき箸をあやつりなやみつつ
父ならぬ男にさんまの腸《はら》をくれむと言ふにあらずや。

あはれ
秋風よ
汝《なれ》こそは見つらめ
世のつねならぬかの団欒《まどゐ》を。
いかに
秋風よ
いとせめて
証《あかし》せよ　かの一ときの団欒《まどゐ》ゆめに非ずと。

あはれ
秋風よ
情あらば伝へてよ、
夫を失はざりし妻と

父を失はざりし幼児とに伝へてよ
——男ありて
今日の夕餉に　ひとり
さんまを食ひて
涙をながす　と。

さんま、さんま、
さんま苦いか塩つぱいか。
そが上に熱き涙をしたたらせて
さんまを食ふはいづこの里のならひぞや。
あはれ
げにそは問はまほしくをかし。

（大正十年十月）

（「人間」大正10年11月号）

百田宗治

河端

木造の、壊れかゝつた橋であつた、
空はいつも曇つて
時々その間から青い空が覗きかけた
両側には材木問屋が続いてゐた、
汚れた白壁の土蔵、
高い——風車のやうな
洗濯工場の物干し、
——その上にはいつも白い長い布切れが、はたはたと風に靡
いて散つてゐた。

菱形《ひしがた》に組み上げた材木が
濃い影を水の上に落してゐた、
水底からさうして積み上げられた材木の影に
私はいつも沢山の小魚が巣を食つてゐることを知つてゐた、
流れ寄つた藻や塵芥が
巧みに彼等の隠れ場所をつくつた、
そこは暗くどんよりとして
大きい黒い材木の腹が
いつもそれと同じ影を水の中に映じてゐた。

それは悲しげに
毎朝小学生の私が
鞄を吊して往来した寂しい河端であつた。
汚れた白壁づくりの土蔵、
その上に
高い——風車のやうな、洗濯工場の物干し、
——そこにはいつも白い長い布切れがはたはたと風に靡いて
散つてゐた。

（「新潮」大正10年4月号）

第四側面の詩

平戸廉吉

Ⅰ　触手

　空に
触手は
　　拡げる
見えざる手を
繖形花序に
感覚の総和と記憶と
　　覚醒！
触手は　不断に
　　時を航行し
　　側面を走り
未知の光に衝突し
　　分裂する
分裂＝綜合
綜合＝分裂
新しい感覚の発生と運動
不断に
　　繖形花序に咲き
　　　伸びる

Ⅱ　移住

大洋の水涸れ
銅色の太陽に
巨大な影
沙漠につづく
無
衣なく
念《おもひ》なく
日なく
群来る
（裸体に見る四肢の屈折と内接する意志の
　　弾性ある跳躍！）
跳躍のみ――
　　窓へ
未知の光

Ⅲ　全世紀を通過する炬火

瀝青のカンデラブルム
振翳し行く
列
無限に

野は輝き
未聞の風に
炎　踊る
（シーザーの凱旋行列図に見る跫音）
遠くの響——近く
今
過去と現在と未来の境を
　　　　　偸む
光
野の果に
若者の四体の活動にゆれ
円柱の間に居並ぶ観衆の面を染める
前へ
先駆者を
彼方野の果に動く炬火を追へ！
深い陰は後へに埋れる

第四側面の解（空間の第四次元）

想像されたる、あるひは仮定されたる次元であつて、それの、長さ、幅、厚みなど認められた次元に対する関係は、三者の各々が他の二者に対する関係と同様である。第四次元の空間は、解析幾何学に於て四次方程式を解くための仮定概念として、或は普通の存在の限界を超ゆる実体として見らるべきものである。第四次元としては高次元の取扱は、双曲線的空間の幾何学あるひは　次元の幾何学に属する。

第四次元の概念は、ある学者達によつては、この概念を用ゐねば説明しがたき或る超物質的現象を説明するに用ゐられてゐる。
(Mew St. Dictionary.)

（「炬火」大正10年10月号）

空

空にうつるよ
わたしの心は
羊飼のこどもが
角笛を吹いてゆく
どこかで見た女の
退屈な欠伸まで
埋れた街は空にある
トロヤの城も空にある
　山も——地平も
　　小屋も
あゝ愚かなことだ！
私のこゝろに捲きついた
どんなフヰルムが
　　映らうと
たつた一つの葡萄も
おつこちて来ないものを……
（虚《むな》しい心と空のSYNCHRONISME《シンクロニズム》）

自画像

　空虚な壺へ
　私の涙が落ちる
なき友の言葉のやうに
よい詩のこゝろのやうに
淋しい夜明の星のやうに
　　明滅する燈芯の後に
日車の花が私を焦《や》く
火の鳥が舞ふ
嵐が過ぎて
私は恋人を
虚空の中に賭る
なに？
　クラシシズム！
　ロマンテイシズム！
分裂——分裂——分裂
虚空の中で
見知らぬものが待つてゐる

飛　鳥

鳥が飛ぶ
心も姿も
　　黝ずんだ
黒鳥
痩せ衰へて
飛ぶよ

卍　に

入乱れ
磁気性の淵の上
　　渦に飲まる
舞ふよ
　舞ふよ
水車の翅
一羽の後を　一羽
　　一羽
　　一羽
　　一羽
翻転——
　側走——
　　旋回——
各々
　弧線の尖は
渦に懸かる

ダーリヤ

架空線に
爆裂し笑ふ
　花冠
大輪の
ダーリヤ
獅子のたてがみ
（熱望の両端に
人工楽園の思想を仄めかす）
動く都人士のメダル
昼夜
四季
走る電車の窓に――

（「日本詩人」大正10年11月号）

沢ゆき子

年増となる悲しみ

微笑んだまゝ結んだ寝がほなら
一寸は可愛でせうか。

あんまり暗くて
あんまりみにくくて
いくら生身をはがして行つても
やつぱりくらくてみにくい。

泥人形ででもあつたらくだいて了つて
もと通り水にかきまぜるより仕方のないしろものだ。
ひと焼きに焼いてほふむらう
りんごのやうな火の焔で
密会の途上でクレオパトラのやうなのを
いきなりだいた青年の頬の色だ
りんごのやうな甘い焔で
ひとやきにしやう

あかい松の幹や
なよ〳〵とゆれる花草の野に来てごらんよ
恋やうたでは一寸も私の身が洗はれない
きれいな愁《うれひ》のこころが
「微笑んだまゝ、むすんだ
ねがほが可愛でせう。」

（「詩聖」大正10年10月号）

二十五歳

金子光晴

振子は二十五歳の時刻を刻む。

夫は若さと熱禱《いのり》の狂乱《ものぐるひ》の刻を刻む。
夫は碧天の依的児《エーテル》の波動を乱打する。

夫は池水や青葦の間を輝き移動してゆく。
虹彩や夢の甘い擾乱が渉つてゆく。
鐘楼が　森が　時計台が　油画の如く現れてくる。
夫は二十五歳の万象風景の凱歌である。

二

私の鏡《かゞみ》には二十五歳の顔容が陥没してゐる
二十五歳の哄笑《たかわらひ》や　歓喜や　情熱が反映してゐる
二十五歳の双頬は朱粉に熾《も》えてゐる
二十五歳の眸子は月石の如く潤んでゐる

あゝ　二十五歳の椚林《くぬぎばやし》や　荊棘墻《いばらかき》や　円屋頂《ドーム》や　電柱は、其
背後《うしろ》を推移してゆく。
二十五歳の微風や　十姉妹の管絃楽が続いてゐる。

空気も　薔薇色の雲々も
あの深邃な場所にある見えざる天界も二十五歳である、
山巓は二十五歳の影をそんなに希望多く囲む
海は私の前に新鮮な霧を引裂く

二十五歳の糸雨は物憂く匂やかである
二十五歳の色色の小島は煙つてゐる

二十五歳の行楽は、ゆるやかな紫煙草の輪に環かれてゐる
二十五歳の懶惰は金色に眠つてゐる

三

二十五歳の夢よ　二十五歳の夢よ
どんなに高いであらう
二十五歳の愛慾はどんなに求めるだらう
二十五歳の皮膚は　どんなに多く　罪の軟膏を塗るであらう。
二十五歳の綺羅はどんなに華奢《はでやか》であらう
二十五歳の好肖《このみ》はどんなに風流であらう

（「人間」大正10年10月号）

歩くなら銀座だとさ

大藤治郎

ねえ、ちつぽけな量見で
探したつて駄目さ
おつこつてなんぞゐるもんか
何がつて、眼さ
若い娘の眼がサ

だが、歩くんだね
まぬけて広い人道を
なるたけゆるく大股に
うまい具合に
やせ腹をつき出して

かまあもんかな
うんとこさと
こつちの眼穴を深くして
かみさん、新造をとび込ませるのサ

夜店のあかり奴
下から照して
せいを高くしようなんて
えり足の後れ毛が
チヨツみんな昇天だ

のつぺらだつて
ふくらみさうな
帯の締め方だもの
もつとしめてみろ
二つの穴から乳が出る

買物が笑はせるよ
かめのこだわしとちりれんげ
メリンスの風呂敷《ふろしき》の上で
もつとものほしさうなのは――
銀座でなくちアわからない

カフエーの扉をあけたつて
お出でなさいといふ眼か、あれが
今日はもう沢山
ね、閑のときにみせて、と
さう白粉が突立つてゐる

半垢のテーブルに巣食つて

ニキビ試験を通過して
学生が出来た連中が
顔の方から
皿へ出掛けるおつくうさ
電車に吸ひつき度いのか
乗合が上下《うへした》に走つて
中では女車掌の監視のもとに
客はいつまでも
クッションの埃をはたいてる

歩くなら銀座だとさ
月給とおかずさへ
考へなかつたら
横丁につくばつてゐる乞食なんぞ
蹴るがよからう

歩くなら銀座だとさ
名士貴婦人が歩けるといふ
まるでいざりをたゝしたように
有難いまぢないが
大新聞を太らせる

銀座で泣く奴は莫迦さ

これほど明るい世の中に
限りのない悲しみを
たつたひとりで
誰にも知れずに寂しまうなんて。

（「新詩人」大正10年7月号）

萩原恭次郎

蒼ざめたる肉体と情緒

彼女とやる癖なんで
舌と舌を嚙むやうなキスをしながら
木の葉のやうに　小雨《あめ》にそぼぬれて
みぢめにつめたく　露路の奥に
女の腕の中にすくんでゐた時

死に接近してゐる　はかない嬰児の泣声が
儂の頭にひしひし来るのだ
儂はびつくりして　すくんでゐた女を側《かたはら》に
すと身をもたげた
それはなんと云ふ　幻影に近いやうな泣き声であつたらう
毎夜高い塀のあたりに集つて
露路の奥の方で　冷い手足を摑んで

利己的な頭を
火のやうに昂奮《ほてら》さす人々の間に
自分もまぎれ込んでゐた

草類の茎のやうな　暗愚の盲目にまかせて
魂はきたない荒地に　はり込みゆく雑草の根のやうに……
奈如してこんなに咳が出たり　変《へん》に身体がふるえるんだらう
あゝ強い手足の女らよ！
俺はなぜか　この間毎日ぼんやりしてゐる

儂は疲れてゐるやうだ
あの胸から来る放逸の花のやうな匂ひ
窒息するやうに　身体は熱く
咲ききつてしまつた草花のやうに　動けなく
ぼんやりと重くなるのだ

何を幻想《ゆめみる》のだ！
（主よ　何時までもかうして会堂にゆかない僕を鞭うちたまへ
いつかの美しいマリア様のみ手や　白いみ胸はこゝからでも
　見られるのに
あの繊《ほそ》やかなる御手《み》にて　笑みみちびき下さつたみ膝に伏し
身のみにくさを恥ぢた宵《ゆふべ》を……）

糞つ！
俺は油煙と自棄と貧血だ
憔悴した身心はふらふらと　嫌な不治の病気も脊込んだやうだ

何を畜生！　吠えたり泣きじやくるのだ　娘つ子のやうに
強い接吻《べえぜ》が火酒のやうに　身体中にまはつてゆくのに
触れては離る　彼女の唇のまま
俺の身体をまかしたまゝ　動いてゐるのに

あのうす暗い方にも誰かゐるやうだ
あの枯れた柳の影に
をい！　誰かゐるやうだぜ
影が動いてゐるぜ…………。

（「炬火」大正10年10月号）

短歌

来嶋靖生＝選

山かげに住みて

若山牧水

わが門《かど》のまへをながるゝ小流《こながれ》に散りうかぶ葉は日に日に繁し
散り浮びまたくは濡れぬ桜木《さくらぎ》の紅葉《もみぢ》は流る門《かど》のながれに
水痩せし流にうつる茎長《くきなが》の野菊のはなの影のさやけさ
花を多み真赤に見ゆる門口《かどぐち》の山茶花をうとむ朝な朝なに
綿雲《わたぐも》の四方《よも》にながれておほゝしきけふくもり日の庭のもみぢ葉
時雨空《しぐれぞら》小ぐらき空にそびえたる富士の深雪《みゆき》のいろ澄めるかな
汐風のみなみ吹きつのり愛鷹《あしだか》の峰藍《あゐ》いろに曇り終れり
南吹きかけり曇れる愛鷹《あしだか》の峰に居る雲《くも》深くもあるかな
照り曇りはげしき地《つち》にみなみ風吹きすさびつゝ富士晴れてをる
南吹き雲むらしげき空のもとにただにまさをき香貫松山《かぬきまつやま》
しみじみと聞けば聞ゆるこほろぎは時雨《しぐ》るゝ庭に鳴きてゐるなり
こほろぎの今朝鳴く聞けば時雨降る庭の落葉の色ぞおもはる
赤飯《あかまゝ》の花と子等いふ犬蓼の花はこちたし家のめぐりに
愛鷹《あしだか》の裾野の襞《ひだ》にとびとびにこもれる雲《くも》はすゑ煙《けぶ》りたり
今朝の空雲深ければ愛鷹の山は黒ずみたひらかに見ゆ
ときは樹は遠きに光り柿紅葉やはらかなれや窓のひなたに
刈株の蕎麦が根赤き霜月の香貫の原に雲雀《ひばり》啼くなり
桑の葉の色に出でつゝ落ちてをるこのあたりしげき鳥の声かな
桑の木の老いて枝張る梢より啼きてとびたつ頬白《ほゝじろ》の鳥
夜半を降るしぐれの雨は歌を思ふわれのこゝろに浸《し》みひゞくなり
戸のそとの闇《やみ》に降るなる夜の時雨こゝろに見えていよゝ降るなり
たけひくき小松ならべるわがめぐり風は寒けど去りがたきかも
わが憩ふ窪みにふかき草むらの雑草《しこぐさ》の花も秋さびにけり
ひとりゐの心ゆたかに腹ばひて足伸ばす此処の草むらは冬
濃きけむり遠くはなびけ冬草のかげに坐りて煙草を吸へば
とびあそぶ蝗をとりて吸ひてをる草むらの巣のうつくしき蜘蛛
梢《うれ》枯れし老松が枝におほらかに羽根をひろげて鴉はとまる
老松《おいまつ》の梢《うれ》をつらねつあづさ弓はりわたす浜の松原は見ゆ
松原の茂みゆ見れば松が枝に木《こ》がくり見えておほき富士《ふじ》が嶺《ね》
雪降りていまだ日を経ぬ富士が嶺の山の荒肌《あらはだ》つばらかに見ゆ
此処ゆ見る伊豆の国辺《くにべ》に二並《ふたなら》びならびて国《くに》の背《せ》をなせる山
潮《うしほ》ぞとおもひもかぬる清らけき澄みぬる凪《なぎ》をけふ浜に見つ
うちわたす小石の浜に音たてゝさざなみ寄する今朝の凪かな
見てをりてこゝろ澄みゆく今朝の凪のうしほの底の青石原《あをいしはら》を
末とほく煙りわたれる長浜を漕ぎ出づる舟のひとつありけり
うす雲と沖とひと色にけぶりあひて浜は濡れゆく今朝の時雨に

この浜の石つぶまろく深ければわが歩く音湧きひゞくなり
雲丹《うに》の子《こ》のうちあげられし拾ひとり小指《をゆび》さゝれぬ朝寒の浜に
めづらしきこの霜月の日照雨《ひでりあめ》に庭のもみぢ葉照りかゞよへり
繁山のいたゞき近み生ふる木のたけ高からず枝は張りたり
（愛鷹山に登りて詠める、六首）
張りわたす蜘蛛手《くもで》なしつゝ老いし木の紅葉時過ぎて枝の美し
時過ぎていまはすくなき奥山の木《こ》の間の紅葉かゞやけるかな
散り積る落葉のいろの鮮かさ手にし掬《すく》へばいやあざやけき
麓までいまは降りけむ富士が嶺の雪見に登る愛鷹《あしだか》の山に
山なだりなだらふ張りの四方《よも》に張りてしづもり深き富士の高山
わくら葉の散り残りたる桑畑のなかに昼餉《ひるげ》す百姓たちは
鋤《す》きあげて真黒き土《つち》のうへに坐り煙草すひをり老いたる人は
とほ山のまろき峰《を》の上《へ》に畝《うね》ならべ畑《はた》みのる見ゆ秋の深みに
（「新文学」大正10年1月号）

秩父の歌

前田洋三

ただなはる秩父むら山ふもとべの曠野《あらの》にいでて人畑をうつ
あらはなる野土《のつち》のうへに夕日さし人むらがりて山にいそぐも
あらがねを搬《はこ》ぶ索道《さくだう》のバケットのはろばろと来る雪空のもと
山畑の青菜の上《うへ》にすれすれに索道の線のたるみたるかも
索道のバケットに乗りて人来たる
雪かつき空にむら立つ山越えていのちさびしく人来たりけり
はつ冬の曠野《あらの》のうへにバケットのおほ揺れに揺れ野分《のわけ》はげしも

＊

くろぐろと空を劃《かぎ》れる山なみのふもとを走るわが小俥《をぐるま》は
山小舎にて
谷川のあら瀬の音はさむしろのうへにまろぶす身にひびくかも
酔ひざめの身にさむざむとうちひびく荒き瀬の音山風のおと
枕べに吊りしランプの石油の人寝しづまりひそかににほふ
足裏に朝をしたしきあらむしろ寒かりければ足袋はきにけり
朝寒しもりあげられし赤き火の火鉢によりてぬれ手をあぶる
もとあらにむら立つ山毛欅《ぶな》の灰しろき木肌をみつつぬる湯に浸る
朝霜の氷りてしろき路のべの青笹の葉に手を触れしかも
向山《むかやま》の橇道くだり来し人のかほあげてみるわがゐるかたを
人夫小舎の前とほりしにあかあかと火を焚きゐたりさみしと思はず
おのれ一人働かざりしさみしさにあかき焚火に足あぶりたり
人をいとしと思ふ心のさみしさよ帰りてあかき火にあたりたり
湯ざめして感冒《かぜ》ひくならむ川床をさやかに走る水の音すも
枕べのむしろのうへの月のいろ水がながれてありとおもひぬ
対山《むかやま》の木の葉とび来たり我が部屋の窓うつ音す野分はげしも
燃ゆる炎《ひ》の音ききながらさむしろに我がまろねして酔ひさめにけり
あなあはれ遠空《とほそら》のもとうねうねと雪かつきたる我が山のみゆ
山並は凍りてしろく天走る秩父《ちゝぶ》両神《りやうがみ》はろかなるかも
かうかうと野のはてしろく山光るこのすばらしき朝ぼらけはも
雪はだらなる山の上なる朝日子の赤きをみつつ道行く吾は
むらだてる杉木立をばうちなびけ山どよもして昼野分来も

青空にかかりゐる日を忽ちに吹雪きたりてつつみ去りにけり
炭俵あむ人妻のかたはらの土に散り来る山越の雪
炭俵ひそひそと編む人妻は日向《ひなた》のかたをみかへりにけり
炭層《たんそう》のあらはれてゐる川岸《かはきし》に雪はだらにもふりつもりたり
雪解《げ》靄土よりのぼる山畑の青そら豆の葉をつみにけり
野娘《のむすめ》のひろき背なかのいとしもよそら豆畑の畦みちの雪
雪はれし山よりのぼるぬれ色の朝日子《こ》にあふ畑なかのみち
野木の上すれすれに行くバケツトの鉱石のうへにつもる白雪（索道）
山より来たる彼の索道のバケツトのこともなげなり今日もはれたる

＊

きさらきの空よりみ雪ひかり降《ふ》りさやぐ小笹の葉にちりにけり

山菅

日向山《ひなたやま》雪とけければ青き葉の山菅草《やますげぐさ》のあらはれにけり

（前田洋三は前田夕暮の筆名の一つ）
（「新文学」大正10年2月号）

薄と牛

北原白秋

ねんごろに夕陽照りそふ枯尾花遠きあなたは揺れかがやきぬ
ふかぶかと揺れの近づく薄の穂いよいよ耀き牛曳かれ出づ（薄と牛二首）
鼻づら反《そ》らし角低め来《きた》る真黒牛の片眼かがやきぬ薄穂の下
松が枝ともみぢの枝にふる時雨松には松雀《まつめ》もみぢには鶫
松が根にひとむらそよぐ薄の穂あはれとし見つつ我もいそぎぬ（松と薄二首）
松が根にさむざむ来る夕時雨薄も濡れて揺れかたぶきぬ
松が枝に太尾《ふとを》の栗鼠の耳たてて聴きすます風は山の秋の風
蒲の穂にひとひら白き冬の蝶ふと舞ひあがる夕空晴れて
田鴫立つ枯葦原の夕ながめはろばろと寒し新月のかげ
春浅み背戸の水田のさみどりの根芹は馬に食べられにけり

（「潮音」大正10年4月号）

紫陽花と蝶

北原白秋

すれすれに月夜《げつや》の花に来て触《さや》る黒き揚羽蝶《あげは》の髭大いなる（蝶二首）
留らんとして紫陽花の球に触りし蝶逸《そ》れつつ月の光に上る
紫蘭咲いていささか紅き石の隈目に見えて涼し夏さりにけり
羽根そよがせ雀樗《あふち》の枝に居り涼しくやあらむその花かげは
月の夜のましろき躑躅くぐりくぐり雉子ひそみたりしだり尾を曳き
飛び翻《かへ》り雀蹴散らす花いばら今日盛りかも今盛りかも
孟宗竹に孟宗軽くかぶさる里こんもりと見えて前の蓮の田（竹の里三首）
幽かなる翅立てて飛ぶ昼の蛍こんもりと笹は上をしだれたり
昼ながら幽かに光る蛍一つ孟宗の籔を出でて消えたり
軽うそよぐ早稲の穂づらの夕あかり先ゆく人のふと振り返る
雨ふくむ野良の新樹の空ちかく消ぬかの虹のまだ斜なる

（「潮音」大正10年4月号）

萌黄の月

北原白秋

雨ふくむ春の夜空の薄雲はうつしけなけどまだ寒く見ゆ（浅春二首）
雨のこる萌黄の月の円き暈いまだ寒けれど遠く蛙鳴く

松山に松蟬鳴きて寂しければ立ちとまる子か鞄《かばん》をかかえて　(松山二首)
松山の風のとわたる日の暮は夕焼の紅《あか》き空もすべぞなき
しげしげと時雨見送る鶺鳥の一羽二羽とまるさいかちの枝　(時雨二首)
時雨ふる阪の紅葉の下明り鴉が飛び来ななめ上を見て
追はれ追はれ枯木にたかる稲田雀ひとしきり鳴けば夕かげり疾き　(冬日二首)
むきむきに省すぼまる枯木の枝夕さり寒し陽は明るけど
誰ぞ誰ぞ雀射つなと荒らけく声かけて寒し障子閉めたり
たまたまに障子にあかる薄陽のいろうれしとは見れどまた翳《かげ》りたり
暗き空の下に明りてひとときは白く霜つけし枝は百日紅の枝　(霜の朝)
笹籔から雪の田圃へぽつつりと紅豆《べにまめ》提灯出て来てあはれ　(雪後)
(「潮音」大正10年7月号)

かつしかの夏

北原白秋

葛飾《かつしか》の真間《まま》の継橋《つぎばし》夏ちかし二人わたれりそのつぎ橋を
葛飾《かつしか》の真間《まま》の手児奈《てこな》の跡《あと》どころその水の辺《べ》のうきぐさの花
住みつかぬ山の庵《いほり》のけうとさもまだそぞろなり一日《ひとひ》二日《ふたひ》は
堪へがてぬ寂しさならず二人《ふたり》来て住めばすがしき夏たちにけり
この夏や真間《まま》の継橋《つぎばし》朝なさなゆきかへりきく青蛙《あをがへる》のこゑ
花なつめ軍帽紅《あか》き騎馬の兵のつきつぎにかがみ通る朝もあり
おのづから心安まるすべもがと寂しき妻と野に出でて見ぬ
鳰鳥《にほとり》の葛飾野《かつしかの》良《ら》の夕《ゆふ》がすみ桃色ふかし春もいぬらむ
山ゆくと妻をいたはりささがにのいぶせき糸も我は払ひつ
この妻はさびしけれども浅茅生《あさぢふ》の露しげき朝は裾かかげけり
たまさかに来《きた》り眺めし山間《やまあひ》の池、いよよ美《うつ》くしう水草《みぐさ》殖《ふ》えにけり
紫のあやめ積藁《つみわら》むら雀農家《のうか》の庭の麦扱《むぎこ》きの音《おと》
香《かう》ばしく寂《さび》しき夏やせかせかと早や山里《やまざと》は麦扱《むぎこ》きの音《おと》
棕櫚《しゆろ》の花霧立つ雨後《うご》の藁屋根《わらやね》にすずやかに垂れて夏は来にけり
何の芽か物の芽かをる雨ゆゑに今朝《けさ》ふる雨をめづらしみゐる
椎山《しひやま》の五月《さつき》の百舌《もづ》のをさなごゑ朝餐《あさげ》食《は》みつつ珍らしみゐる
おのづから笑《ゑま》ひ頰《ほ》に出《で》ぬかの鳴くはまだいわけなき夏の百舌《もず》かも
草の葉に生れしばかりの露の泡ほたるはいまだ光りえなくに
紫蘭《しらん》咲いていささか紅《あか》き石の隈《くま》目に見えてすずし夏さりにけり
円弧《ゑんこ》かきて時たま翔《かけ》る小鳥のかげ山蔭に見えて今朝《けさ》も晴れたり
空よく晴れて今朝《けさ》し吹きまくつむじ風に吹きちぎられて飛ぶ木《こ》の葉青し
さらさらと音のみわたることの山や松に松の風椎《しひ》に椎の風
松風の下吹く椎のこもり風なほ末《いま》だ騒ぐ雨もかものこる
雑木《ざうき》の風ややにしづもれば松風のこゑいやさらに澄みぬ真間《まま》の弘法寺《ぐはふじ》
蛍飛ぶ真間《まま》の小川《をがは》の夕闇に鰕《えび》すくふ子か水音《みのと》立つるは
葉蘭《はらん》の闇に蛍か居《を》らし息づきつつひとつ葉《は》の裏《うら》の青う明《あか》るは
一《ひと》つ火《ひ》のさみどりの蛍大きく光り雨しとどふりし闇を今上《あが》る
吾庵《わがいほ》の厠《かはや》の裏のなつめの木花のさかりも今は過《す》ぎたり
(「国粋」大正10年8月号)

朝霜

四賀光子

この朝の霜に消えたる人の命照る日は照りてなほ静かなり　(故野元氏)
隼人のさつまの国に君ありと思ひたのめり今日の日までも

冬の日の光りあたたかしわが庭に葉落ちてはやもめぐむ木のあり
つかのまもうつりてやまぬものの命死ねりと人を嘆きつるかも
おのづから朝霜消えて草枯の野の上に照れる日は静かなり
葉がくれにおのれ咲きをへて散りにけりちりたる花はびはの花かも
木の葉ちりし庭のあかりに咲くとなくいく日をさきてびはの花ちる
はしばみの芽ふく木原に声わかく歌ひし人をまたも見ましや　(故青木黙花)
霜がれのみぎはの草をたもとほりふみてぞ見つるすべを知らねば
送られし柿のうまきをひるに食べ夕べにたべて足らひいませり
送り来しせき止めあめをひとりゐて寂しき時か喰べていますは
昼《ひる》食終へて庭にと思へば早やゆきてもの書きいます日のつづくかな

(「潮音」大正10年1月号)

信濃の旅にて

太田水穂

上田城趾

雨霽れて塩田平に雲白く立ちわかれゆく山々の裾
谷々に雲をのこして田沢山うねうね青くあらはれにけり
風ふけば立ちわかれゆく雲の間にみだるるなして伏せる山々
早や行かんあの野を越えて山ひとへ松にお城のよき松本へ
城あとの草にこぼれてゆく春のもろさを見するひとへ山吹
心とけて見しとは人の知らざらん見きとないひぞ白あやめの花
城あとの青葉の闇に見しやそのあやめの花と消えば消えなん
この一町ふけて雨夜をしめやかにしづかに山に拠りて眠れる
しめじめと雨にくれたる春山のはざまに一つともる灯火
ぬばたまの夜の目のまへにくろぐろと立ちてをりたり太郎坊の山
山々の眠りにかよふ川の瀬の遠きひびきは千曲なるらん

善光寺

大峰の山にさしたる日の影の光りを負ひて大いなる寺
夏となる山の光りを大門《だいもん》のみ坂の道にあふぎ見にけり
み仏はまことにここにゐましたり照る日のなかの大峰の山
いかにわがなつかしみせし山川ぞ向ひて居ればこともなきもの
年たけてふたたびここに見し夢のあとをたづぬる刈萱の山
花は根に若葉は枝に雲鳥の老のなげきをここにきてする
刈萱山たのむ願ひにくれかかる夕べの闇にすがる思ひぞ　(刈萱堂)
刈萱よ日ぐれて道のいや遠き老のなげきも救ひたまはん
ありし日の夢をとざして草ふかく荒れたる庭をとめて来んとは　(故園荒廃)

松本平

白壁に朝日たしくる五月晴藍をながして水ぞせせらぐ　(女鳥羽川)
この朝け麦の穂の上《へ》にむすびたる雨霧いとどこまかなるかも
げんげ咲く花田のうへの雨霧を吹きただよはす朝あらしかも
焼跡の空地の畠の桑わかば麦もそよぎて夏となる町

(「潮音」大正10年6月号)

磐梯山

窪田空穂

深更、月明をたよりに、翁島駅より、磐梯山下なる押立温泉に向ふ。

天渡《あめわた》る月《つき》を遠《とほ》みか磐梯《ばんだい》のひとり立《た》つ峰《みね》の黒《くろ》くそびゆる
わが行《ゆ》くや荒野《あらの》の道《みち》は真夜中《まよなか》の磐梯《ばんだい》の峰《みね》に向《むか》ひたりけり

磐梯《ばんだい》の裾《すそ》みの荒野夜《あらのよ》を行《ゆ》けばほのにあらはれ霧《きり》の舞《ま》ひ来《く》る
磐梯《ばんだい》の裾《すそ》みの荒野夜《あらのよ》を行《ゆ》きて己《おの》が足音《あおと》を耳《みゝ》に聞《き》きつも
荒野《あらの》らの葉広柏《はひろがしは》の枯《か》れし葉《は》はさす月《つき》かげに濡《ぬ》れて光《ひか》れり
荒野《あらの》らにたまたま立《た》てる高《たか》き木《き》の夜《よ》を行《ゆ》く我《われ》に葉《は》を落《おと》し来《く》る
磐梯《ばんだい》の裾《すそ》みの荒野家《あらのいへ》ありて灯《ひ》かげをもらす暗《くら》き荒野《あれの》に

案内者にみちびかれて登山の道につく。

攀《よ》づべくも裾野《すその》よ見《み》れば磐梯《ばんだい》のこごし岩山《いはやま》いや天《あま》そそる
磐梯《ばんだい》のみ山《やま》さかしみあふぎ見《み》るわが眼《め》の攀《よ》ぢも安《やす》からなくに
青《あを》み空御笠《そらみかさ》となせる磐梯《ばんだい》のかのいただきに攀《よ》ぢも登《のぼ》るか
磐梯《ばんだい》のみ山痩《やまや》すればその広《ひろ》き裾《すそ》みの荒野《あれの》立《た》つ木《き》のあらず
磐梯《ばんだい》の裾野《すその》の小楢秋《こならあき》ふかみ光《ひか》るその実《み》を草《くさ》にこぼせり
磐梯《ばんだい》のこごし岩山背向《いはやまそがひ》にしくれなゐ深《ふか》く立《た》つ一木《ひとき》かも
磐梯《ばんだい》の裾野《すその》をい行《ゆ》く細《ほそ》き川又《かはまた》は無《な》しといふ川《かは》の水飲《みづの》む

たぐひあらじと廻はるる峻しき路を登る。

幽世《かくりよ》ゆ降《お》ります神《かみ》をろがむとつけける道《みち》の峻《さか》しもこの道《みち》
磐梯《ばんだい》の神《かみ》は畏《かしこ》しこごし岩攀《いはよ》ぢみすがりみ真直《ますぐ》に行《ゆ》かしむ
攀《よ》ぢ難《がた》み息《つき》づき立《た》てば磐梯《ばんだい》の荒岩肌《あらいははだ》は日《ひ》に照《て》りひかる
後《しり》へより我《わ》が見《み》る友《とも》は獣《けもの》なし岩《いは》はひのぼるはひなづみつつも
岩攀《いはよ》ぢて登《のぼ》り来《こ》し路《みち》見《み》おろせばこの在《あ》る我《われ》の消《き》ゆらくみ山《やま》に
今《いま》はわれ心《こゝろ》もあらず出《い》づる息入《いきい》る息《いき》の音《ね》を耳《みゝ》の聞《き》きにして
ここにして人《ひと》ならぬ鬼《おに》の膝折《ひざを》りし高《たか》き巌《いはほ》を我《われ》は攀《よ》ぢつる（鬼膝と称する難所にて）

頂上に展野をほしいまゝにす。

磐梯《ばんだい》の峰《みね》のみ社《やしろ》ここにして天降《あも》らす神《かみ》のあやに畏《かしこ》き
磐梯《ばんだい》の峰《みね》の岩《いは》むら天《あま》つ日《ひ》の照《て》らせど寒《さむ》く生《お》ふる草《くさ》のなき
高光《たかひか》り照《て》り足《たら》ふ日《ひ》は五百《いほ》つ山並《やまな》みゐる空《そら》に雲《くも》を居《は》らせず
蒼《あを》み空御笠《そらみかさ》となすやひとり立《た》ち天《あま》そそり立《た》つ磐梯《ばんだい》の山《やま》
たたなはる五百《いほ》つ群山垣《むらやまかき》としてひとり立《た》てらく磐梯《ばんだい》の山《やま》
たたなはる天《あめ》の高《たか》やま低《ひく》やまと伏《ふ》し退《しぞ》かしむ磐梯《ばんだい》の山《やま》
わくらはに今日《けふ》を我《わ》がゐる高天《たかあめ》に頭《かしら》ならぶる五百《いほ》つむら山《やま》
名《な》ぐはしき吾妻《あづま》の山《やま》の三つの山晴《やまは》れてさやけき高天《たかあめ》にゐる
ここにして我《わ》が見《み》さくれば天《あめ》なるや五百重《いほへ》しら雲眼《くもま》したに沈《しづ》む（雲海）
白波《しらなみ》のさわぐ海《うみ》なし立《た》ちつづく五百重《いほへ》天雲眼《あまぐもま》したに見《み》るか
眼《ま》したにし今日《けふ》を我《わ》が見《み》る天《あま》つ雲照《くもて》り美《くは》しもよ五百重《いほへ》しら雲《くも》
雲海《うんかい》のはたてにか立《た》つ薄青《うすあを》き御神楽岳《おかぐらだけ》は空《そら》にかも浮《う》く
人《ひと》の村幾《むらいく》つを沈《しづ》め生《あ》れしてふみづうみの見《み》ゆ三つのみづうみ
磐梯《ばんだい》の奥《おく》にい隠《かく》れ相並《あひなら》ぶ三つのみづうみ濃青《こあを》くひかる
湖《うみ》の水濃《みづこ》青《あを》きものを囲《かこ》み立《た》つ山《やま》ことごとく赤埴《あかはに》にして
赤埴《あかはに》の山《やま》の間《ま》に見《み》る青《あを》き湖見《うみみ》らく久《ひさ》しも魚《うを》見えぬ湖《うみ》
うるはしき八十《やそ》の小島《をじま》を持《も》つからにいよよ悲《かな》しと檜原湖《ひばらこ》は見《み》ぬ
檜原湖《ひばらこ》が持《も》たる百《もゝ》くま隈《くま》ごとに照《て》りひかる水《みづ》のい隠《かく》ろひ行《ゆ》く
磐梯《ばんだい》の三つのみづうみさしつなぎ長瀬《ながせ》細川光《ほそかはひか》りてうねる（長瀬は川の名）
磐梯《ばんだい》のこの一つ山己《やまし》が作《な》せる湖《うみ》にかこまれ裾《すそ》は持《も》たぬかも

噴火口を俯瞰して

灰《はひ》と散《ち》りし奥磐梯《おくばんだい》の形見《かたみ》てふ一つ大岩踏《おほいはふ》みてわがゆく
噴火口《ふんくわこう》のぞき見《み》おろせばくれなゐの岩《いは》の海《うみ》なしわが眼《め》やり難《がた》き
奥磐梯吹《おくばんだいふ》き飛《と》ばしける火《ひ》は消《き》えずここだくも立《た》つる真白《ましろ》きけぶり

噴《ふ》きのぼる地心《ちしん》の煙《けむ》の立《た》つる音谷《あとたに》にあふれて空《そら》にきこゆる
噴火口《ふんくわこう》のぞき見《み》おろし恐《おそろ》しみ見《み》やるわが眼《め》に人《ひと》の家《いへ》を見《み》き
噴火口見《ふんくわこうみ》のおそろしき底《そこ》にしてうつし身人《みひと》の住《す》みて家《いへ》する

山頂に近きあたりに清水湧けり。

身《み》にしみる寒《さむ》さにふるへ磐梯《ばんだい》の岩《いは》わきいづる真清水《ましみづ》を飲《の》む
照《て》り足《た》らふ光《ひかり》はあれど土《つち》にゐてむすびを食《く》へば寒《さむ》さ身《み》にわく
磐梯《ばんだい》の奥《おく》ゆく路《みち》に見《み》かけては生《い》きもの人《ひと》に声《こゑ》かけにけり

下山の道は、旧噴火口の底につゞけり。

岩《いは》むらの乱《みだ》れは立《た》てど行《ゆ》きぬべみ我《わ》がくだりゆく噴火口《ふんくわこう》の底《そこ》に
磐梯《ばんだい》の山《やま》の常蔭《とかげ》の時《とき》じくにここに日《ひ》はささず岩《いは》のみ並《なら》ぶ
我《わ》が踏《ふ》むは旧噴火口焼石《きふふんくわこうやけいし》の晒《さ》れて白《しろ》きが空《そら》に向《むか》ふも
衝《つ》き立《た》てるか黒大岩見《ぐろおほいはみ》あぐれば山《やま》の峰越《みねこ》えて天《あめ》にし立《た》てり
噴火口底《ふんくわこうそこ》ゆく道《みち》は我《わ》が面《おも》をただに前《まへ》にし向《むか》はしむるも
磐梯《ばんだい》の荒岩山《あらいはやま》に湧《わ》く水《みづ》のいささ清水《しみづ》のここににじみゐる
岩《いは》ならぶ旧噴火口蘆《きふふんくわこうあし》の生《お》ひ枯《か》れて立《た》ちたりたけ低《ひく》き芦《あし》

赤埴山

赤埴《あかはに》やま峰《みね》に登《のぼ》れば天《あま》つ空広《そらひろ》みさやけみみ谷忘《たにわす》れぬ
焼岩《あけいは》の赤岩《あかいは》をもて成《な》れる山《やま》わが登《のぼ》り来《く》れば夕日《ゆふひ》に照《て》りたり
赤埴《あかはに》の峰《みね》よ望《のぞ》めば磐梯《ばんだい》の此面《このも》まさをく熊笹生《くまざゝお》ふる
高天《たかあめ》ゆみ谷《たに》をさして磐梯《ばんだい》の笹生《ざゝお》ふる面《おも》はひたになだれぬ
磐梯《ばんだい》の此面《このも》おほへる熊笹《くまざゝ》の濃青《こあを》き面《おも》に夕日《ゆふひ》のさしぬ
夕空《ゆふそら》の暗《くら》きにむかひ行《ゆ》きぬべき山《やま》のなだれの伸《の》びたり遠《とほ》く

（「短歌雑誌」大正10年2月号）

病院雑詠

松村英一

子の死にし悲しみいまだ去らずあり眼のまへにさやぐ桜葉《さくらば》のいろ
恋ひ思ふ亡き児の面輪かそかなり昼のねむりにわが落ちんとす
垢つきし手さきを洗ふわれの辺《へ》に吾《あ》が瘦言ひて妻の坐《すわ》れる
たはやすく病の癒えしうれしさや腕《かひな》の瘦せをわれとはかりつ
今宵も夜ふけたるらし看護婦が電灯《ひ》をおほひたり白き布《ぬの》もて
夜ふけてねむりのならぬわが上に低くつり垂れぬあはき電灯
いく重《へ》にかおほへる布をとほす灯の光柔《やは》らげりわが枕辺に
雨もよひ暁《あけ》の寒さに癒えきらぬわが下腹は冷えおぼえたり

病院往来

松村英一

病院の夜の戸ひらくや軒のへに光またたく天のあか星
あか星の光うするる夜のあけにかなしき眠わが欲りにけり
しみじみと夏の暁の光の中に目をみひらきて息づく吾《あ》が妻
いちじるく眼をくぼましし妻の顔死ぬべく思へてわれは眼離《めか》れず
このわれの面《おも》見ゆるやと顔よせてたゞに言ひけり苦しめる妻に
みだれたる心しづむるときのあらず出て来し路の夏日の光
をりをりはひとり眠れる幼児の物言はぬ顔を見つゝ、なげかふ
泣き疲れ今はねむれる幼児につりてやりたり青き麻蚊帳

（「国民文学」大正10年2月号）

水郷早春

半田良平

潮来十六島

牛が鋤く出島《でじま》の小田の堅土のかぐろき土は舟の上《へ》ゆ見る
いちにちの田為事《たしごと》をへてかへり行く農夫の舟は妻が漕ぎけり
与田の浦に舟漕ぎ入れば舷《ふなべり》に立ちさやぐ波の音のさむしも
学校へ往き来《く》としてはこの橋をかならず渡る子等の愛《かな》しも
加藤洲の堀江の水にひとゝころ日光《ひ》のさす見ればゆふべ近しも
日にふたたび堀に潮《さ》しくる水を汲みこゝらの人は米研ぐといふ

潮来の町

あは〳〵と夕日さしたる大き江を漕ぎよこぎりてわが舟泊《は》てつ
家裏の堀の隈回《くまみ》に舟寄せて潮来の町におり立てりけり
まむかひの河岸《かし》に凝りたる朝霧のながれはじめて天明《てんあ》けにけり

霞ヶ浦

あかときを舳《へ》に立ち見れば大空にまだ明けきらぬ筑波やま浮けり
あさぞらに筑波の山を見定めてわが進みゆくや湖の上を
浪の上につらなり浮ぶ鳰《には》どりのちさきあたまは見らく愛《かな》しも

志戸崎

渚ゆくわが眼先《まなさき》にわづらはし日光《ひかり》のなかを群れとぶ蚋《ぶと》の子
まなさきに蚋むれとびて春あさき渚の道を行き疲れたり
裏木戸を出づれば見ゆる湖は冬田を越して光りたるかも（折本芳衛君宅）
わが舟が経めぐりて来し蘆の洲はへだゝる並《な》べに崎なせり見ゆ

（「国民文学」大正10年4月号）

金華山　一

島木赤彦

山島のわたし

島にわたる渡しを見れば日のくるる巌《いはほ》のうへに家一つあり
舟を渡す家高くありそはだてる岩根とどろかし鳴る波の音

船岬をめぐる

潮のいろふかく透れり列《つら》なめる岩立ちの底を知るといはなくに
わが心をたもちつつありよる波のうねりの底に蒼める岩むら
この海の波底にある岩のむれ目には見ゆれど思ひ知られず
もの言はぬ己が静けさに親しめり波まなくして日のくるる船に
横になれる友も眠れるにあらざらむ波うちあたる舷《ふなべり》の音

金華山　二

島木赤彦

船島に近づく

海峡に二たわかれ見ゆる大海より向ひつつ来るいく重の白波
うねり波のあたまより船のくだるはやし底ひ知られぬ思ひしてをり
雨雲やもよほせるらしいちじるく暗き沖べにとぶ波がしら
しばしばもあらはれて見ゆ沖波の高きうねりに浮きあがる船の
つぎつぎに辺《へ》に向ふ波の高く低く影をなしつつ夕づきてあり
霧のなかに仰ぎ見にけりこの島の巌たかくしてのぼる道あり

海上

夕波の音にまぎれざる沖つ風聞きつつあればとよもしきたる

（「アララギ」大正10年1月号）

冬田の道

島木赤彦

さしのぼる日のかげうすしあしたより風疾《はや》く吹く冬田の面《おもて》
あしたより曇りかさなりて暗くなれる冬田の面《おも》に音する木がらし
時の間《あひだ》　冬木の鳴りの静まりにおほに音あり風吹く大空
大きなる風音となれり目のまへに曇り垂れたる冬田のおもて
風に向ふわが耳鳴りのたえまなし心けどほくただ歩みをり
木枯にみづうみいたく荒れぬらし田圃の道に音のきこゆる
木枯にいたくあらぶるみづうみの波がしら見ゆ田圃の向うに
冬の田に底ひびきして聞ゆるは波うちあぐるみづうみの音
冬田もてかくめる湖の浅くあれやあした風吹きてはやく濁れる
埴山《はにやま》のうへに雪あり雲行きのすみやかにして日の洩るるおほし

大村湾を過ぐ　九年七月長崎行

国土《くにづち》もはてしとぞ思ふ入海のむかうに低き段々畑
わが汽車の窓のそとなる入海の水ひろまれり山もをはりか
わが友の命をぞ思ふ海山のはたてにありて幾とせ経つる
汽車のなかに眼にしむ汗を拭きてをり必ず友を死なしめざらむ
汽車のなかに透る光のひまもなし心ひたすらになりてわが居り

出発の日

とほくとほく友は病めりと思ひつつ心もはらに汗ふきてをり

（「アララギ」大正10年2月号）

蓼科山の湯

島木赤彦

草枯丘いくつも越えて来つれども蓼科山《たてしなやま》はなほ丘の上にあり
遠長き丘とぞ思ひのぼり来《こ》し雪しろき山目の前になれり
落葉かく親と子どもの姿見ゆ沢のくぼみの冬木のなかに
ここに来てにはかに風なし山すその窪たみにして山は見えなく
山裾原このもかのもに立てる木の裸となりて目に立つ白樺
雪もよひ曇れる山の頂より傾きおつる遠き裾野原
曇りつつただに横はる草枯の山のいづこを頂と言はむ
曇りつつただに起き伏せり草がれて狐《きつ》の毛色なすいくつもの丘
いくつもの丘と思ひてのぼりしは目の下にしてひろき裾原
日のくれまで野をのぼり居り草鞋もて踏みゆく土の凍るけはひす
雪ふりて来る人のなき山の湯に足をのばして暖まり居り
山風のさわぐ浅夜に酒に酔ひていづる疲れを安しといはむ

長崎行　二

夏もなか病み衰ふる友のまへに心いたましく坐りつつをり
向ひゐつつ時ふるものか二日二夜汽車に眠り来て吾も疲れたり
夏の日のもなかにしあり友の前に坐る畳の熱きをおぼゆ
坐りゐて耳にきこゆる蟬のこゑ命もつもののなどか短き
よろこびつつ語り過《す》ししにあらざるか曇り蒸しあつく夜に入りにけり
夏の日は暮れても暑し肌ぬぎつつ物言ふ友の衰へにたる

（「アララギ」大正10年3月号）

故郷 一

古泉千樫

手つだひの人らは今日は来らねばうから静かに家に籠るも
まこと今日みうちのみゐて飯は食むこの我家に父のあらなくに
こもりゐて心はさびし向つ田をすきかへしゐる人の声きこゆ
五月の日あかるく照れり村人らみな田に出てはたらくらしも
わが家に今年も巣くふつばくらめ出で入る見つつ涙ながれぬ
今にして父を死なしめ思ほへばすべもすべなし一人室を出づ
草木てるみちあゆみつつつくづくに父のよき性《さが》おもほゆるかも
かへり来て家いつぐべき我なれやおこたり多く年ふりにけり

故郷 二

古泉千樫

かなしくも親しきものか朝起きておくつき道をただにまゐ行く
わが山の草木あひ照りかがやけり父とこしへにここにこもれる
このあした児牛ひきいで野路ゆけば児牛は駈けるわが牽きがてに
飛び駈けるまがなし児牛飼はまくは女のみにてすべなかるらし
吾児つれて木苺とりに来りけりわがよく知れるこの山の沢に
木苺のみのらふ藪はともしかり山いつくしく杉立ちしげる
海見むと丘にのぼれりひむがしの青海さやに晴れわたり見ゆ
うちわたす山裾遠くわが家はまともにを見ゆ日のてるなかに

（「アララギ」大正10年2月号）

冬柳

中村憲吉

吾が宿の柳あかるく散りすきて池みづを広く見るべくなりぬ
冬池の水ゆたかなり垣の根に小波ちかくなりにけるかも
なまけつつみ冬にいりぬ鳥さへも池のもなかに下りてかづくに
冬に入る寂しさもてり池水のひたに照りかへす二階に居りて
世のさまの甚《いた》くなほらぬこの冬は旅に住まひて父ははをおもふ
吾れひとりあそぶ今年を冬ぬくき国に住みつつ寂しく思ふ
夏かげに家《へ》持荷《もちに》の馬車つなぎたる門《かど》のやなぎも散りにけるかも
池の照りすでにかくらふ門の樹に山よりならむ来鳴《きな》く冬どり

（「アララギ」大正10年3月号）

○

中村憲吉

梅雨あけ

梅雨《つゆ》明《あ》けの雨あらく落ち雲にもつ雷《いかづち》のおとは大きくなれり
梅雨ぐもに微かなる明りたもちたり雷《らい》ひくく鳴り夏に近づく
梅雨ながら降りの急《せは》しきこの雨に雷《いかづち》の音は地に近づけり
砂庭の草花に照る日強けれど霽れきらぬ梅雨を時どき落とせり
にはか雨蜥蜴がぬれて這ひ入りぬ庭松の枝のとどく二階に
干しものの忘れてあるを取りに出で濡れ屋根ふみぬ瓦のぬくさ
一枚の葉書をかかぬ時の間も濡れ屋根かわく日に照りながら

雨池

さみだれの池ひろみかも夜のかはづ岸に鳴くなるこゑの乏しさ

夜くれば池にひたれる樹につきて僅かに鳴くも蛙のこゑは
夜をこめて荒き雨かも灯《ひ》のともる池べの道に波あげんとす

しめり

池ばたにひと年住みて借り家の雨夜じめりも我れは慣れける
五月雨は夜ふけておほし借り家の枌《そぎ》の小屋根に音のしるけく
雨漏りて壁にしめりのくる夜らはタオル寝衣《ねまき》を子らに着せしむ
さみだれの家の廊下に夜も干す子どもの衣はいまだ乾かず
雨の夜の戸をしめてこもる室のいきれ厨《くりや》の匂ひしるく来るも
灯もをつけぬ室に蚊帳つり早くより腸を損ねし下女はねむれり

京の宿

ひがし山大きくかすむ朝のかげ旅にあふ友と酒汲みしたしむ
加茂川の橋したにして光りゐる朝波うれし友に会ひぬれば
忝けなくいのちを続げり家をもち子をもち我等世にありながら
一昨年《をとゝし》の大きいのちを生きつぎしこの友を見てわれはよろこぶ
春めきし加茂川のおとの朝がすみおほにかなしく旅にあふかも
わが顔に照る川なみや朝酒にねむたく酔ひぬ心ゆるびて

朝

昨夜《よべ》聞けばことの悲しく目覚めても頭つかれて人をぞ憂ふ
朝ぎりは川をはなれず立ちて居り心かなしも人を思へば

夜

加茂川の音春めきぬこの宿に戸をとづれども耳ちかき音
河の音の宿にひびかふ灯のかげや友の言ふ声に親しみを覚ゆ

白河口

比叡山の白河村は軒したに柴おほく積みて川ぐりたり
山の木の焚くほどのもの皆柴に苅り京に近き人なりはひにせり
春にむかふ山の家かも櫟ひくき裏山へ咲く白梅の花
比叡山にのぼる谷村の日かげ茶屋に人力車《くるま》乗りつけぬ午後を急ぎて
谷茶屋に手拭を買へりこの村の講じるしつきて端赤きかも

谷の道

谷ふかくのぼれば寒したまたまに家ある川べはみな水ぐるま
枌《そぎ》落す工場やすめり冬あけの谷の水車《すゐしや》はみな乾きをり
山ぐるま荷を積みてゐる若夫婦のはぢらふに谷の径問ひにけり
谷ふかく遇ふものはただ山ぐるま柴木をつみて人より高し
山ぐるま来なくなりたり白河のみなもとの谷を越えにけらしも
うつそみの友として行く山のなか君は下駄はく谷にひびきて

うぐひす

うぐひすの稚くこもりて鳴く山の芽吹かぬ谷を絵に写すひと
曇りつつ山はしづみぬ草のなか人紙にかくただペンの音

（「アララギ」大正10年8月号）

○

斎藤茂吉

五月十二日、結城哀草果を率《ゐ》て

山がひに日に照らされし田のみづやものの命《いのち》の幽《かす》かなりけれ
みちのくのわが故里《ふるさと》にかへり来て白頭翁《をきなぐさ》を掘る春の山べに
山かげのしづかなる野に二人ゐて細く萌えたる蕨をぞ摘む
みちのくの春の光は清《すが》しくてこの山かげにみづの音する

山かげを吾等来《こ》しかば浅みづに蛭《ひる》のおよぐこそ寂しかりけれ

（「アララギ」大正10年8月号）

母の喪　その一

釈　迢空

苔つかぬ庭のすて石面かわき雨あがりつつ昼のひさしさ
庭の木の立ち枯れ見れば白じろと幹にあまりて虫むれ飛べり
町なかの煤ふる庭は蕗の薹立ちよごれつつ土からび居り
古庭と荒れゆくつぼもほがらかに昼のみ空ゆ煙さがるも
家ふえて稀にのみ来る鶯の啼くよと兄は言ひつつさびし
静けさは常としもなし店とほくとほりてひびく銭函のおと
二七日《ふたなのか》近づくころか家ふかく蔵の土戸をいで入るひびき
遠くより帰り集るはらからにこと終《を》へむ日かずいくらも残らず

母の喪　その二

釈　迢空

さびしさに馴れつつ住めば兄の子のとよもす家を旅とし思ふ
はらからのかくむ火桶に脣《くち》かわき語にあまれる心はたらへり
まれまれは土に落ち著《つ》くあわ雪の消えつつ庭のまねく濡れたり
たまたまは出でつつ間《ま》ある兄の留守待つとしもなく親しみて居り
顔ゑみてその言しぶる弟の心したしみは我よく知れり
いとけなき我を見知りし町人の今はおほよそはなくなりにけり
母の喪に来りこもらふしづごころ家居るほどはたもちて居らむ
若げなるおもわは今はととのほり叔母の命《みこと》は母さびいます

（「アララギ」大正10年1月号）

夜ごゑ　一

釈　迢空

下伊那の奥、矢矧川の峡野《からふ》に、海《うみ》と言ふ在処がある。家三軒。皆、県道に向いて居る。中に、一人の翁がある。何時頃からか狂ひ出して、夜でも昼でも、河原に出て居る。色々の形の石を拾うて来ては、此小名の両境に並べて置く。其一つひとつに、知つた限りの聖衆の御姿を観じて居るのだと聞いた。どれを何仏、何大士《だいし》、と思ひ弁き得るのは、其翁ばかりである。

ながき夜のねむりの後《のみ》もなほ夜なる月おし照れり河原すが原
川原《かはら》の樗《あふち》の隈の繁み〳〵に夜ごゑの鳥はい寝あぐむらし
川原田に住みつつ曇る月のいろ稲の花香のうつろひよどむ
さ夜風は山原竹の尾根くだり穏《おだ》やむ音す月の下びに
をちかたに水霧《みなぎら》ひ照る瀬のあかり竜女《によ》の姿むれつつ移る

夜ごゑ　二

釈　迢空

光る湍《せ》の其処につどはす三世のほとけうつそみ我のまじらひがたき
矢矧川月夜に照れるつぶら石やくしは立たすよしやかもにもいましぬ
湍を過ぎて淵によどめる波のおもかそけき音もなくなりにけり
淵のおもに時ありて起る渦波は何音もなくめぐり消えつつも
うづ波の穿《う》けたるもなか見る〳〵に青れんげの花咲くけはひすも
水《みな》底にうつそみの面わ沈透《しづ》き見ゆ来む世も我のさびしくあらむ
岩のうへにもろ枝さしおほふ合歓《ねむ》のうれに立つ夜の霧は目に馴れ来たる
合歓の葉の深きねぶりは見えねどもうつそみ愛《を》しきその香たち来も

（「アララギ」大正10年4月号）

富士見原

土屋文明

冬木原松を交へて丘ならぶうす日かげさす曇は高し
空高きくもりの下に横はる釜無山は近く大きし
枯草の山近ければ山腹の松の並びもつまびらかなり
いただきは立つ木も稀にくま笹と枯草原と色を分てり
くもり明き空近く立つ山の嶺のくま笹原はうす青くみゆ
おほかたは枯れし笹原白さびてつらなる峰に匂ふ青かも
おほらかに傾き下る八ケ根の麓の原も枯れにけるかも
かたむける麓の原の村ふたつ土にしたしくつけるさまなり

新湯 一

土屋文明

馬の湯に居る馬七つ日照雨に背のかけむしろみなぬれてあり
首筋を流るる雨におどろきてからだ動かす馬いとけなし
馬の湯につづく湯の池およぎつつ馬に近づけば馬くさきかも
馬の腹にひたひたとつく湯の湛へ底の石みな青光りせり
巌の上の青葉を煽る霧早し湯を出し馬はふるひいななく
馬の湯に今朝ゐる馬は一つなり湯の中に楽々尾を振り遊ぶ
霧ふれば暗き部屋ぬち三人居て詞まれなりうときにはあらず
一《ひと》夜ねて話はたえぬ窓にむき逸也は本をよみはじめたり

（「アララギ」大正10年1月号）

大氷柱

結城哀草果

軒軒をめぐりて並ぶ大氷柱《おほつらら》日向はとけて濡色《ぬれいろ》にみゆ
夕べ風大き氷柱の並びたる軒をまわりて屋根の雪飛ぶ
冬の雨嵐となりぬ田の面の氷やぶれて水騒《さわだ》立てる
冬の日の嵐にぬれて啼く鴉声のさびしき夕べとなりぬ
寒月の光つめたし雪の上低きところを夜霧ながるる
つぎつぎに人は歩めど雪の原道の形《かたち》つかぬ吹雪日つづく
心むつめば凍《こゞ》る朝もさむからず妻飯を炊《た》き吾藁を打つ
くもりたる空の彼方に月出でて雪降りながらあかるき冬の夜

（「アララギ」大正10年3月号）

春の歌

土田耕平

すでにして春きたるらしさわやかに山の目白のさへづる聞けば
春ははや木の芽ゆるむに先立ちて榛の木の花青みたるかも
鶯は始めて啼けりほうほけきよほうほけきよとぞ二声啼きし
新芽ふく梢の色を見つつわが心の中は寂しかりけり
われつひに知ることもなしひとときに木の芽ふきそろふ島原に立つ
行きめぐりいづこを見てもみ山木の芽吹かぬはなし春日照りつつ
春の日の照りしづかなる道のべにむらがり咲ける花菫はや
青空を見つつし思ふこの島を立ち去らむ日は近づきて居り

（「アララギ」大正10年4月号）

雪の日

三ケ島葭子

吾子のゐる田舎へゆくと雪の日を小さき汽車に足冷えて居り

明日のあした吾子に着すべき衣持ちて汽車に乗りをり大みそかの夕べ

麦畑の畦《うね》ほとほとにおしうづめ雪は野の面《も》をおほひたるかも

笛鳴らし汽車の止まれる駅小さしこのあたり雪の深くつもれる

わが留守の友を思《も》ひつつふるさとの家人とあり元日の夜を

元日のひねもす忙し年玉の手拭を裁つふるさとの家に

年玉の手拭たたむわが前をゆきかひ遊ぶ吾子の足見えつ

たまたまに逢へば吾子はわが膝にありつつ我の襟をながむる

ただに見て過さんものをためしなきつめたき心人におぼえつ

夫とたのむ心ゆるびにはしたなきこと言ひいでて怒られにけり

ひたに悔ゆるわれの心のつめたさを君がさびしむ時はあらぬか

怒る人をあはれと思ひぬうつそみの心ひとつに堪へゆかんものを

炭出すと厨の土間に屈み見る夕べの空に木枯止みぬ

ひとことの言ひがたくしていたづらに我の苦しむ幾時ならん

鏡台に一輪赤きカーネシヨン友に言はれてわが見るしばし

わがひとり堪《こら》ふるによりて君が心安しと言はば命もて堪へん

ひたすらに堪《こら》へてあらむと思ふ我の心に堪へぬ命のごとし

怠りてあれば心の落ちつかずきさらぎの日はすでにのどめく

わが寝ねし後《あと》にて友の編みけるか靴下は今朝仕上りてありぬ

戸の隙の明るさいみじき雪の朝《あした》二階の赤児しきりに泣きをり

二階の人裏戸をあけて部屋に明るし厨の空《あ》くを待ちつつ寝ねをり

友とともに煮るべき牛の肉買ふと雪降る中を街に出できつ

思ひあまり人には告げし一言の今はくやしも取消すすべなき

白妙の雲のおもてにたらひ置き襁褓洗へり二階の妻は

二階にて赤児をあやす声きこゆ本は読みつつ心落ちゐず

しきりに腹立つ心おさへつつはしたなきわが性を恥ぢけり

人の困ることと思へば言ひがたしおのれ堪へつつ今日も過しぬ

こらへゐる今にはあらず言ふべき一言のわれに言ひがたきなり

（「アララギ」大正10年3月号）

帰郷

原　阿佐緒

吾子がゐるふるさとちかくゆきたらばわすらるべきか友にのこるこころ

友にのこる思ひたちがたし旅ゆかむ俥に居りてきはまる寂しさ

夜の俥の幌内ゆ見る濠の水さざなみたちて月あかり揺るる

濠の水に月あかりせばくゆらめけり旅ゆかむ夜の俥に見つつ

吾があらぬ今宵ははやく戸を閉ざし寝るらん友の姿おもほゆ

子ら見むとゆかむ旅なるにかくばかり心のこりの友にするかも

旅立たむ時しせまるに俄かなる病ひ起りたるもひそかにかなし

ただ走る街の灯明かし遠き子の面影の見ゆのこる友の見ゆ

吾がたのむ友のひとりにえも告げず遠くいゆかむこころは寂し

吾子がゐる家にとまりてこのあさけ子が通学のすがたを見けり

吾よりも疾く起きいでて朝戸繰る吾子をたのもしみものいひかたり

用達して寒夜を吾子はかへり来しにつかれ寝し吾は眠りて居りき

まぎらすべき苦しさにあらね黙せればいよよ苦しくものいはましを

言言《ことごと》に厳《いつ》かしきいらへしませればいまはかなしく口つぐみたり

たゞならぬ師のみけしきをまともには見がたく吾の心すくみたり

掩ひがたきあが苦しさを座をはづし友にひそかに訴へたりけり

師と人と交はさむ言をはかりつつ友とさびしく炬燵かこめり

（「アララギ」大正10年3月号）

父逝く　(一)

小泉藤三

かたはらにありて涙のとめどなし注射の針のかすかなるおと

食塩注射かさねうちつつ吾《あ》をまちししかれどつひにものを言《の》らさず

吾にものを言《の》らさんとする唇のおとろへし見ればこころときめく

短か世に子の名を父のよびてゐしその唇《くち》とぢて今はひらかなく

ひく息のおとのはげしくなりまさるこのわが父を死なすべしやは

死に近きまなこ見ひらく父の顔まさめにみつつなみだ堪へゐる

冷めまさる額《ひたひ》にふれつ玉の緒の今はたえたれ父とふ子とふ（二月八日夜永眠）

み顔おほふ布とりのけつうつそみのこころはゆらぐそのまくらがみ

父逝く　(二)

小泉藤三

はらからのふたりの姉のあひよりてすすりなくこゑかなしくきこゆ

なきながらを清めまつるとあるこほる手にはとりつつこころ堪へをり

短か世に父子となりて心《うら》がなし冷めたきみ手に聯珠《じゆず》かけまつる

み柩にいまは蓋《ふた》すとくろがねの釘とりあげて言はあらず

父子とふ深き所縁のかなしみをまさしに知りてなみだおちたれ

はふむりの列につらなり歩みつつかなしなみだを人にはみせず

水田みち歩みひさしき葬列の上にはたかく冬日ひかりたり

堪へゐたるなみだおちたり父のひつぎはふむりし土をひとりふみつつ

父逝く　(三)

小泉藤三

うつしよの八十《やそ》の月日を山の裾しづけき駅《まち》にすごしたまへり（行年七十九歳）

これの世につひにこころをうちあけて言ひとくあらず父を死なしめし

これの世にありしかぎりは清らかに生きし父ぞとわづかになぐさむ

（家人亡父の写真を送りきたる）

童顔の臨終《いまは》のわらひうつしゐただよひ見ゆればかなしくなれり

墓所《はかば》よりとほく谷間をのぞみゐつ父埋めし山におほき松の樹

（二月三十日帰省展墓）

松の間にともしく立てる裸木の冬木のうれにかぜふきおこる

朝に夕に松のうれふく風の音土深く亡父《ちち》のさびしみきくらん

来迎寺の墓所に手向けの花は多しみほとけの父はさびしくゐまさん

父逝く　(四)

小泉藤三

ゆきぐもる空の眼近かに森のかげ大きく見えて出ふかし来し

（以下亡父の忌日を山深き寺にこもりて）

うつそみのいのちはかなし眼ぎらふそらかたむけて雪ふりしきれ

あかときの寺のみ堂のきざはしに鴉なきゆくこゑをききをり

あかときの空冴えたれば雪つみしこしぢの山はつぶさには見ゆ

ひさかたの空ほのぐもり雪ふくむつめたきかぜは山よりおつる

ひさかたの天《あめ》の綿雲《わたぐも》ゆきとなりちりくる空を仰ぐさびしく

ほがらかに月てりゐたり白たへの雪ふりやみし深夜の空に
いつのまにゆきやみたらん夜をふかみふきつのるかぜの音さえわたる

（「水甕」大正10年5月号）

源氏物語礼讃

与謝野晶子

桐壺

紫の輝く花と日の光おもひ合はではあらじとぞ思ふ

帚木

中川《なかがは》の皐月の水に人似たり語ればむせび寄ればわななく

空蟬

うつせみの我が薄ごろも風流男《みやびを》に馴れて寝《ぬ》るやとあぢきなき頃

夕顔

憂き夜《よる》の悪夢とともになつかしき夢も跡なく消えにけるかな

若紫

春の野のうらわか草に親みていとおほどかに恋もなりぬる

末摘花

革ごろも上に着たれば我妹子《わぎもこ》は聞くことの皆身に沁まぬらし

紅葉賀

青海《あをうみ》の波しづかなるさまを舞ふ若き心は下《した》に鳴れども

花宴

春の夜の靄に酔ひたる月ならん手枕《たまくら》かしぬわが仮臥《かりぶし》に

葵

恨めしと人を目におくことも是れ身の衰へに外ならぬかな

榊

五十鈴川神のさかひへ逃れきぬ思ひ上《あが》りし人の身のはて

花散里

橘も恋の愁ひも散りかへば香をなつかしみ牡鵑《ほととぎす》鳴く

須磨

人恋ふる涙と忘れ大海《おほうみ》へ引かれ行くべき身かと思ひぬ

明石

わりなくも別れがたしと白玉《しらたま》の涙を流す琴の絃かな

澪標

みをつくし逢はんと祈る幣帛《みてぐら》もわれのみ神に奉るらん

蓬生

道もなき蓬を分けて君ぞ来《こ》し誰にも勝《まさ》る身の心地する

関屋

逢坂は関の清水も恋人の熱き涙もながるるところ

絵合

逢ひがたき斎《いつき》の女王《みこ》と思ひにき更にはるかになり行くものを

松風

あぢきなき松の風かな泣けば泣き小琴《をごと》をとれば同じ音を弾く

薄雲

桜ちる春の夕のうす雲の涙となりておつる心地に

朝顔

自らをあるか無きかの朝顔と云ひなす人の忘られぬかな

乙女

雁鳴くや列《つら》を離れて唯だ一つ初恋をする少年の如

玉　蔓

火の国に生ひ出でたれば云ふことの皆恥しく頰《ほ》の染まるわれ

初　音

若やかに鶯ぞ鳴く初春の衣配《きぬくば》られし一人《ひとり》のごとく

胡　蝶

盛りなる御代の后《きさき》に金《きん》の蝶しろがねの鳥花たてまつる

蛍

身に沁みて物を思へと夏の夜の蛍ほのかに青引きて飛ぶ

常　夏

露置きてくれなゐいと深けれど思ひ悩める撫子の花

篝　火

大きなる檀《まゆみ》の下《もと》に美くしく篝火《かがりび》燃えて涼かぜぞ吹く

野　分

けざやかにめでたき人ぞいましたる野分が開《あ》くる絵巻の奥に

行　幸

雪ちるや日より畏《かしこ》くめでたさも上《うへ》なき君の玉のおん輿

藤　袴

むらさきの藤袴をば見よと云ふ二人《ふたり》泣きたき心地覚えて

真木柱

恋しさも悲しきことも知らぬなり真木の柱にならまほしけれ

梅　枝

天地に春新しく来りけり光源氏《ひかるげんじ》のみむすめのため

藤の裏葉

藤ばなのもとの根ざしは知らねども思ひかはせる白と紫

若葉上

涙こそ人を頼めどこぼれけれ心にまさりはかなかるらん

若葉下

二ごころ誰先づもちて淋しくも悲しき世をば作り初めけん

柏　木

死ぬ日にも罪報《つみむくい》など知る際《きは》の涙に似ざる火のしづく落つ

横　笛

亡き人の手馴《てなれ》の笛に寄りも来《こ》し夢のゆくへの寒き夜半かな

鈴　虫

鈴むしは釈迦牟尼仏の御弟子《おんでし》の君のためにと秋を浄《きよ》むる

夕　霧

つま戸より清き男の出づる頃後夜《ごや》の律師のまうのぼる頃

御　法

なほ春の真白き花と見ゆれども共に死ぬまで悲しかりけり

幻

大空の日の光さへ尽くる日の漸く近き心地こそすれ

匂　宮

春の日の光の名残花園《はなぞの》に匂ひ薫るとおもほゆるかな

紅　梅

鶯も来よやとばかり紅梅の花のあるじはのどやかに待つ

竹　川

橋姫

姫達は常少女《とこをとめ》にて春ごとに花あらそひをくり返せかし

椎が本

しめやかに心の濡れぬ河霧の立ち舞ふ家はあはれなるかな

総角

暁《あけ》の月涙のごとく真白けれ御《み》寺《てら》の鐘の水わたる時

心をば火の思ひもて焼かましと思ひき身をば煙にぞする

さわらび

早《さ》蕨《わらび》の歌を法師す君のごとよき言葉をば知らぬめでたさ

宿木

おふけなき大《おほ》みむすめを古の人に似よとも思ひけるかな

東屋

朝霧の中《なか》を来つればわが袖に君がはなだの色うつりけり

浮舟

何よりも危きものとかねて見し小《を》舟《ぶね》の上に自らを置く

蜻蛉

一時《ひととき》は目に見しものを蜻蛉《かげろふ》のあるかなきかを知らぬ果敢なさ

手習

覚めがたか夢の半《なかば》かあなかしこ法《のり》の御《み》山《やま》に程近く居《ゐ》る

夢の浮橋

蛍だにそれとよそへて眺めつれ君が車の灯の過ぎて行く

（「明星」大正10年12月号）

石榴集

与謝野　寛

やや暫し沈吟《ちんぎん》したる我を見て柘榴《ざくろ》を嚙みぬ少年の書記

みづからを思ひ上《あが》りし天の罰いまいちじるし頂《いただき》にゐる

此処にして誰に逢へるや今こそは漸く言はめ吾に逢へると

淡《あは》き月やや大人《おとな》びて水色の涙をこぼす夕月となる

朴の花恃むかたなき自らを投げ出だしたる我が如く落つ

射し入りて白き薔薇をば撒きちらす寝台の前の秋の夜の月

巧みにも同じ舞台をめぐるとて痩せし曲馬の受くる喝采

いと濶《ひろ》く建てたる堂も猶いまだ柱の多し人を遮る

うら寒く細細《ほそぼそ》として筮竹《ぜいちく》と相似たるかな支那の竹箸《たけはし》

虎杖《いたどり》の灰むらさきの愁の芽《め》土より出でず心より出づ

今一度長安の子の春の夜の噂のなかにある身ともがな

この路を行くこと勿れ女面《によめん》にて謎をば投ぐるあやかしの住む

ポンペイの廃墟に立てる柱廊も我に比べて寒からぬかな

春の夜に腕輪の玉の話などするも淋しや男のみにて

目に見えぬ丹《に》塗《ぬり》の矢をば断えず射て我より老《おい》を遠ざくる君

四十をば過ぎて学徒にうちまじり物読む窓の落葉《らくえふ》のおと

手を挙げて天《てん》を拝すと見るよりも天を拒むと見ゆる冬の木

いと淋し誰か認めん新しき星雲《せいうん》の舞ここにあれども

地獄をば覗かんとして一筋のあやふき糸に垂れ下がる蜘蛛

ゆくりなく諸手《もろで》を拡げ立つときに十字の形《かたち》人に現はる

怨女《ゑんによ》をばうすむらさきの帳中《ちやうちう》に閉ぢ籠めんとて把る煙草かな

支那繻子の青き上衣《うはぎ》の襟あけて白き乳房をあらはせる月
秋の人山に住まねど心にはほのかに苦《にが》き菊の香ぞする
貴妃のため実《まこと》の貴妃は肥えたりと云ふ考証《かうしよう》は関《かゝは》りも無し
凡骨《ぼんこつ》は稲妻に似る手附《てつき》しぬ否と云ふにも好しと云ふにも
言訳《いひわけ》の手紙は長し恋人の短き文に似るべくも無し
若き日は始もあらず涯《はて》も無しわれ手繰《たぐ》るなり念珠《ロザリヨ》の如
年わかき男同志が肱を把り入日に来る黒き影かな
忘れたる話をするも忘れ得ぬ涙ながすも似たる若人《わかうど》
いつ見ても同じ印をば坐して組むわが仏こそ哀れなりけれ
折々は薔薇に対してささやきぬ君に告ぐべき思なれども
人間のわかき盛りを後《あと》にして見れども飽かぬ薔薇の花かな
心には四十九年を愧づれども頬《ほ》はまた紅く染むべくも無し
尋ねられ尋ねて今は慰まず共に知らざる悲しみの本《もと》
唇を少し触れたるばかりにて火の薔薇なりと驚きしかな
子供らが蝙蝠を追ふ帚《はうき》もて掃ひやしけん空に星無し
あさましく自ら歎くことに由り身の瘦せゆくも哀れなりけれ
雑草も或ところまで空《そら》に伸び七月にして早くうなだる
秋の日を正面《まとも》に受くる木立にも薔薇にも見ゆる泣笑ひかな
船の絵を描けば必ずをさな児は舳先《へさき》に置きぬ紅き太陽
かなしみの林の奥にほととぎす若き五月を恋ひつつぞ啼く
老水夫よろけて人をかき分けて海の日の出を諸共に喚ぶ
楽まずはた悲まぬ日に見れば世の常の人世の常の薔薇
百ほどの歌を端《はし》より消しゆけば残り寡《すくな》しわが命ほど

（「明星」大正10年12月号）

東京にありて

柳原白蓮

ひとりあれば歌も涙もあるならひ吾を忘れて笑みぬ此宵は（藤田邸にて二首）
けふの日の今のよろこびとこしへに生きよわれたゞ一人ある日も
立ちてなほ地に引く長きくろかみを今の世にして見たる尊さ
君にして始めて見たる黒髪のそのめでたさもわすられなくに
女なり妬むにあまるくろかみを現にぞ見し心ふるへて
人々のいつくしみさへいと悲しかへりて後のひとりを思へば
かくなれば神のめぐみも親の名もほこりにまさる悲しみなりき
幾度か別れてかへる停車場のこのどよめきも馴れしさびしみ
一人だに知る人もなし停車場の群集の中に満てる淋しさ
後より通りぬけては見かへらる異国の民が雑るごとくに
もの云へば合はぬ言葉の端々《はし〴〵》をあはさむとして心つかるゝ
思はれて驕る心の豊けさをしみ〴〵恋ふるこの身のなげき

（「心の花」大正10年4月号）

日記の中より

九條武子

大書院さきの帝がたまものの銀の孔雀もはえある正月《むつき》
初春のよそひの衣もさながらにたれこめてあれば如月に入る
山つみに花の供養をまゐらせぬいとま申して春をゆく風
ふくとなき春の夕べの風にだにちるらむ花のよき宿世かな
観世音供華の牡丹のくづれしにふとわがむねのとどろきやまず（長谷寺）

わが心せめてわれにしまことなれ汝をよすがに生くるこの身ぞ
唖者のごと聾者のごとも一切の有無をはなれていく年か経し
あきらめのはて猶この身すべ知らすおもきくさりに引かれもて行く
いつとなう心まづしき身となりて世にも人にももの乞はまくす
瑜伽の業そも及はずて三界をいづれ火宅の女なりけり
ただひとつ永劫よりの願もてこの現身にやどりし魂か
町ゆけばゆきすり人のささやきにきくわが名こそはかなかりけれ

（「心の花」大正10年4月号）

牡丹

木下利玄

花びらの匂ひ映《うつ》りあひくれなゐの牡丹の奥のかゞよひの濃さ
花になり紅《くれなゐす》澄める鉢の牡丹しんとしてをり時ゆくとおもへ
床の間のをぐらきに置く鉢の牡丹白牡丹花《はくぼたんくわ》は底びかりせり
花びらをひろげて大き牡丹花に降り出《で》の雨のぢかにぞあたる
牡丹花の大き花びら蕚はなれ低木の下の地に移《うつ》りたる
低き木の大き牡丹花なくなりてその根の土に花びらぞある

京都太秦牛祭

歩み入る太子堂境内をちこちに灯《ともし》見えつ、足もとのくらき
この夜らの地靄《ぢもや》をさむみ衣重ねわれも交れり祭の人出に
寺庭の篝のあかりとゞきゆき夜の木の枝葉青くせられをり
篝火は夜の木に映《うつ》りこの夜らの人の心を楽しくするも

（「白樺」大正10年9月号）

俳句

平井照敏＝選

ホトトギス巻頭句集

明月や葎の中の水たまり　丹波 泊雲
月下の簗水只白く流れけり　同
手に足に逆まく水や簗つくる　同
簗かけずやがて立去りぬ蓑父子　同
今年も来し膳椀つぎや芋の秋　同
水田底の落穂さやかや見てすぐる　同
一葉一葉裏返し見るや菊の虫　同
コスモスや豚小屋へ又子供達　同
道埃どうと上るや枯木中　同

（「ホトトギス」大正10年2月号）

掛かる月をゆる枝もなし枯木原　丹波 泊雲
颪どうと土襲ひ嘗めし焚火哉　同
枯蔦の垂れ端シ閉ざす氷哉　同
潦に映りては消ぬ春の雪　同
干菜一聯吹きとばしたる吹雪哉　同
時雨払つて燿く星や枯柳　同
芋の葉影土に蒐まれる良夜哉　同
コスモスの相搏つ影や壁の午後　同
断崖を削りて落ちし木の実哉　同
灯の障子につら〳〵闇の落葉哉　同
真ン中の踏み込まれある落穂哉　同
木の実皆小さき影持てり日向縁　同

（「ホトトギス」大正10年3月号）

遠野火や寂しき友と手をつなぐ　京都 草城
牡丹や眠たき妻の横坐り　同
春雨や頬と相圧《お》す腕枕　同
星を消す煙の濃さ見よ夕野焼く　同
深夜の卓のさくらんぼうに聖く居し　同
春泥に刎《は》泥《ね》もあげたる素足かな　同
春宵の咽喉に影落つ襟豊か　同
ストーヴを背に読む戯曲もう十時　同

（「ホトトギス」大正10年4月号）

夜桜や四五人帰る小提灯　鎌倉 はじめ
土の上に苺花持つ春日哉　同
花の山鳶の乗り来し嵐雲　同
花の雲家《か》々《ゝ》の絶間の枯棹　同

ちら〱と凧見えそめぬ花の雲　同
春暁の玻璃戸や椅子の庭向きに　同
（「ホトトギス」大正10年5月号）

清明節の朝しめりよし芋を植う　丹波　泊　雲
月や出ん雲の輝き水にあり　同
松に倚り山焼見るや人も来ず　同
日ざしつゝ尚小しぶくや木の芽畑　同
山吹伏るや蓑毛逆立て崖に俯し　同
蓑を著て又薪割れり春小雨　同
根の髯の絡まる土や木の実植う　同
細《こま》杷《ざらひ》を落葉に秘めて人去れり　同
（「ホトトギス」大正10年6月号）

こま〲と椎の落花にうごく蟻　鎌倉　はじめ
破れ〱し囲に蛛住みて細繭哉　同
むくつけく揺れて新樹の陣の蜘蛛　同
蝶漸く風の萱葉をのがれ出し　同
青嵐に花もつれたる太藺かな　同
枝蛙痩腹捻《よ》れてむかう向き　同
吹けばちる骸《なきがら》なりし蝶々かな　同
（「ホトトギス」大正10年7月号）

麦藁を焚き放したる煙かな　東京　たけし
麦藁をしたゝか積みて空家かな　同
雫して持重りたる早苗かな　同
籐椅子によろこび凭れり大夕立　同
一抹の帽子の黴やなで拭ふ　同
蚊遣火の根なし煙のそこらかな　同
梅雨菌足蹴にかけて天気かな　同
（「ホトトギス」大正10年8月号）

夏野騾馬巫女の皷を括られて　朝鮮　緑　童
柱聯を替へて麦秋の郡守かな　同
高粱や驢上の買人月を失す　同
内房や羅裁つに月まどか　同
春愁の泪落ちしや薄瞼　同
（「ホトトギス」大正10年9月号）

流れそめて渦従へり落椿　大阪　若　沙
泥に条《すぢ》ひきて先なる落椿　同
落椿波にほどけて一重かな　同
月の棹に流るゝ海月感じけり　同
担ひこぼせし水に苦笑や秋の風　同
朝な影ふちどる落花鳳仙花　同
（「ホトトギス」大正10年10月号）

鈴虫のからりと死にし小籠かな　信濃　浜　人
暁の垣戸さしある一葉かな　同
朝顔の宿の朝茶にあづかりぬ　同
荷嵩蔽うて良き合羽やな秋の雨　同
手水鉢へ次第に高し秋海棠　同

夕焼す縁側へ月の供へ物
（「ホトトギス」大正10年11月号）

木蔭より耳《くぐり》門《もん》入る月の寺　東京　花　蓑

風の樹々月振り落し振り落し　同

蝉や月の厨戸隙だらけ　同

（「ホトトギス」大正10年12月号）

『山廬集』（抄）

飯田蛇笏

大正十年三十二句

夏

水泳　游泳やおぼる、水のかんばしき

蠅叩　音ひしと盤面をうつ蠅叩

秋

秋　わづか酔ふてさめざる姿態《シナ》や秋女

　通る我をしげ〲と見ぬ秋の馬

秋の夜　はした女をうつ長臂や秋の夜

月　月をみる眇もちたる樵夫かな

名月　明月に馬盥をどり据わるかな

霧　霧罩めて野水はげしや黍の伏し

　山霧のかんがり晴れし枯木かな

秋の虹　蚕部屋より妹もながめぬ秋の虹

稲刈　稲扱く母にゐまひなげゆく一生徒

秋耕　秋耕にたゆまぬ妹が目鼻だち

　蠅つるみとぶ秋耕の焚火空

水燈会　ふなべりや上げ汐よする水燈会

虫　廊の虫吹かれしづみて月夜かな

蛇入穴　むちうちて馭者喫驚す秋の蛇

桐一葉　一葉掃けば蚯蚓縮みて土の冷え

　捕鼠器ひたし沈むる水や桐一葉

冬

冬　玉虫の死にからびたる冬畳

冬の日　寒ン日に面しゆく我や戎橋

雪　雪つけて妻髪枯れぬ耳ほとり

冬の風　空は北風《ナラヒ》地にはりつきて監獄署

炭　汝が涙炭火に燃えて月夜かな

橇　黒衣僧月界より橇に乗りて来ぬ

炬燵　ひとり住むよきゐどころや古炬燵

　をんな泣きて冬麗日の炬燵かな

　炬燵あつし酒利きつもる小盃

鴛鴦　よる鴛鴦にかげふか〲と雨の傘

冬木立　旅馬車に渚又遠し冬木立

　寒禽を捕るや冬木の雲仄か

　寒林の陽を見上げては眼をつぶる

落　葉　月のゆめを見しおもひ出や焚く落葉

『八年間』（抄）

（昭和7年12月、雲母社刊）

河東碧梧桐

ミモーザの花　ローマにて

ミモーザの花

木は相応に高いが、あまり大きいのを見ない、日本の合歓位だ、い丶香りがある。之れから香水をとる
真盛りの時は遠方からでも見へる
何だか人を唆る花だ
金モールといふものは之をイミテートとしたのだ

ミモーザの咲く頃に来たミモーザを活ける
ミモーザを活けて一日留守にしたベッドの白く
ミモーザを売る春撫子はふくみくだかれて
ミモーザ活けてベッドに遠かつた
ミモーザに鼻つける事を一人でする夜
ミモーザの匂ひをふり返り外出する
ローマの花ミモーザの花其花を手に
花屋の大きな傘のかげにもならぬミモーザ
ミモーザの花我れ待つてさく花ならなくに
ミモーザ束にしてもつ女よコロンナの広場よ
ミモーザが立つた　コニヤーク置く
萎んだミモーザの花の色衰へず

ローマのパラチノ丘の夕日の中をさまよひつ丶

我が靴ずれの青草の涙落つ
子供らが摘みて噛む草の其の葉は多し
青葉の夕日が丘と我ぞいふ
杏さく道に下りたくもイめる
あやめ咲く花の摘みあらされてある
あやめ薄紫の倒れて我が靴
石の青さのもろ膝の暖かさ触れん（古代彫刻）
我がふむこの石ころのかけらローマの春の人々よ
ローマの春の人々の腰してこの石
夕日の投げた夕かげの青草の寒む

ローマ　ポルゲーゼ公園をあるく

我はゆるされて青草の路葉ふむ
青草の落葉ふむ音の鳥を我れきく
ローマの春の青草に寝ころび得るよ

写生する人あり

ローマの春の日蒲公英は描かんともせず

三月三日、一日病んで終日閉居す

ローマの春の雨になる空よ窓にすがりて
この窓は春の日もさす時のなく
ミモーザ買はしめて餓ゑて昼眠て

チ、アンの模写が言ひしれず私を慰めてくれる

チ、アンの女春の夕べのうしろ髪解く

街路樹

七月半ば巴里の暑気は何十年以来の極点に達した、尤ももう六七十日雨らしいものは降らない

ぎつしりな本其の下のどんぞこの浴衣
糊強わな浴衣であつて兵児帯うしろで結べ
誰が糊づけをしたこの浴衣
浴爻著て部屋を出る姿映るぞ鏡
浴衣著る芦屋の砂原がずつと
浴衣の膝のベットが埋む
浴衣著てあぐらかくそれぎりなのだ

旱り枯れした街路樹は黒く黄ばんでゐる

干反つた落葉ふんで彳まねばならぬ
落ちて柄を立てゝ反り打つ葉
篠懸は皮を脱ぐことをする

（大正12年1月、玄同社刊）

〔大正十年〕

高浜虚子

踊いまだ人ちらほらとそこら哉　（「ホトトギス」大正10年1月号）

雪解の雫すれ〳〵に干蒲団　（「ホトトギス」大正10年3月号）

ぬれて飛ぶ畳の上の雨蛙

セルを著て夫婦離れて椅子に在り　（「国民新聞」大正10年5月22日号）

厚板の錦の黴やつまはじき　（「ホトトギス」大正10年7月号）

新しき帽子かけ置く黴の宿　（「ホトトギス」大正10年9月号）

空に延ぶ花火の途の曲りつゝ　（「ホトトギス」大正10年10月号）

『雑草』（抄）

長谷川零余子

春

雛　雛抱いて駈け上りたる二階かな
菊根分　植ゑても植ゑても葉萎えし菊のいらだゝし
春の雨　乳を吸ふ鼻冷たさよ春の雨

夏

芍薬　頭巾ぬいで芍薬を見る尼達かな
芍薬の薄くれなゐにほぐれたり
瓜　瓜畑にかたまりて鹵簿を見送れり

秋

冷か　樹々冷かに薄明りして情けなし

扇置く　秋扇やしみ〲として恋ひ恋はれ

秋の灯　樹々を透きて秋灯ひろごる限りなし

野分のあとの十三夜、今宵すさまじく月冴え渡る

後の月　後の月さしてそゞろに苔広し

秋の雨　船窓に偶々顔や秋の雨

虫　虫鳴いて颸あがれる梢かな

遠チ〱と虫の鳴きゐる嵐かな

秋海棠　壊れたる壁に窓あり秋海棠

曼珠沙華　曼珠沙華に雪の近さよ迦毘羅城

葡萄　此道の日当る方や葡萄園

唐黍　一つ心に黍焼きくるゝ夫婦かな

冬

十二月二十七日静浦舟行二句

冬の山　冬山のいたゞきにすこし日当れる

山眠る湾をいだいて御用邸

山茶花　山茶花や形存する壺の骨

十二月四日所沢にて

落葉　疎くなりし玆の句会や落葉降る

蕪　大霜に萎えし葉もてる蕪かな

（大正13年6月、枯野社刊）

解説・解題

東郷克美

編年体　大正文学全集　第十巻　大正十年　1921

解説　一九二一(大正十)年の文学

東郷克美

一　大本教と「大正維新」

大正十年は、第一次大本教事件とともにはじまるといってもいいかもしれない。世の中が「宮中某重大事件」の余波おさまらぬ二月十二日早朝、京都府警察部は二百余名の警官隊を大本教の本部綾部におくりこみ、出口王仁三郎・浅野和三郎らの幹部を、不敬罪、新聞紙法違反で一斉検挙し、教祖の墓や神殿を破壊した。王仁三郎は、教祖ナオのお筆先「立替え立直し」を、国家神道のもとになっている記紀神話に結びつけることによって、独自の神話を構築し、大本教教義を体系化した。もともと、大本教は貧農、零細商人、職人など社会的下層に信者が多かったが、大正期に入ると、大戦後の不況や農村の貧窮などによる社会不安を背景に、皇道大本と改称した大本教が説く「立替え」の時至るという予言、「大正維新」の呼びかけは反響をよび、今までの社会下層者に加えて、都市中間層、労働者、企業経営者、ジャーナリスト、海軍軍人、学者、社会運動家などにまで信者を拡大していった。その勢いを無視できなくなった国家権力は、しだいに大本教への干渉を強め、メディアも大本教批判を推進し、大正九年に入ると「改造」(九月)が「大本教と迷信現象の批判」を特集するなど、官民をあげて大本教批判・撲滅キャンペーンが展開された。しかも、大本教は大正十年を辛酉革命(辛酉の年には、天命が革まり世界終末が訪れるという考え方。大正十年は辛酉にあたる)と結びつけ、真の皇道実現を予言した。特に大正九年に大阪の有力新聞「大正日日新聞」を買収して「大正維新」論を展開するに及んで、もはや政府も看過しえなくなっていたのである。政府が大本教の「不敬罪」的側面に神経質になっていたのに対し、民間の学者たちは、主としてその鎮魂帰《ちんこんき》神《しん》の集団的神がかりの行法が「催眠術を駆使した迷信」であるとして、今日からみるといささか異常なほどの大本批判を行なった。

その大本教批判の中心的イデオローグは、近年曾根博義氏の発掘によって注目されるようになった雑誌「変態心理」の主宰者で、本全集第二巻にも小説『殻』(大正二年)が収められている中村古峡である。もともと漱石門下だが、大正六年日本精神医学会を設立、十月に月刊誌「変態心理」を発刊して、大正十五年十月まで一〇三冊を出した。古峡は、大正八年七月の

「大本教の迷信を論ず」(「変態心理」)をかわきりに大本教批判を展開、大本教の鎮魂帰神の行法が、催眠術による暗示現象であることを指摘し、九年に入ると、『学理的厳正批判・大本教の解剖』(大九・八)を出版して、大本教撲滅のために全国各地を講演旅行した。十二月には「変態心理」特別号として「大本追撃号」を出し、第一次大本教事件後の大正十年六月には特別号「大本撲滅号」を出すとともに、大本教公判の特別傍聴人となって、弁護人江木衷と「東京朝日新聞」で論争をするなど十二月の大本教解散への最大の理論的功労者の役割を演ずる(曾根博義編「中村古峡年譜」)。

実はこの大本教事件のことは、新聞記事差止めになっていたので、それが解除される五月まで一般国民は知らなかったのであるが、差止めが解除されると、五月十一日の「東京日日新聞」は「かくして実現された大本教破滅の日」という見出しで「邪教の末路」を報じている。しかし、これは一新興宗教の問題ではなかった。うち続く倒産・争議など時代閉塞の状況の中で、形こそ違え一般の人々も大本教の「立替え立直し」に象徴されるような、変革・維新を意識的・無意識的にかかわらず、求めていたのが大正十年の時代的雰囲気だったのではなかろうか。九月二十八日安田善次郎を暗殺した朝日平吉(実行後、自決)も遺書の中で「大正維新」ということばを使っている。この年に「種蒔く人」(第一次・第二次)が出て、従来の労働文学に階級性をもちこみ、プロレタリア文学運動の端緒を開くのも、この社会的雰囲気とまったく無縁ではなかったはずである。

ところでこの年は、相対性原理や性欲学や優生学など科学ないしは疑似科学の流行がひとつの頂点に達した年でもある。古峡のいう「変態心理」は今日でいう意味と異って、広く非正常の心理のことだが、古峡は「科学」の立場から、霊的言説を「迷信」として徹底的に「解剖」することを自らの使命としたのである。

古峡は東大英文科の出身で、最初は小説家をめざした。芥川龍之介はその後輩ということになる。一方、海軍機関学校を辞して大本教に入信し、その霊学・世界終末論を強調し、鎮魂術の実践や旺盛な文筆活動によって大本教宣伝の中心になる浅野和三郎も、英文学者で、大本教に入信するまでは、海軍機関学校の教官として芥川の前任者であったという不思議な縁がある。つまり、中村古峡と浅野和三郎とは「科学」と「宗教」というように、対立しながら、時代の変革を願っていた点ではどこかで通底していたはずである。つまり、この年は「科学」の時代であるとともに「宗教」の時代でもあった。賀川豊彦、倉田百三、江原小弥太、石丸梧平などの宗教文学が盛行(ベストセラー化)するのも大正十年なのである。

二　ラブ・イズ・ベスト

生方敏郎の「大正十年歳晩記」(「中央公論」大一〇・一二)は、秋子といううら若い女性と春翁と称する隠居との対話のかたちをとっている。春翁はこの一年をふりかえって、学界を振わしたものとして、「中央公論」一月号の「スタイナッハの若返り法」（永井潜「スタイナハ氏の『若返り法の生理的根拠』」）と「改造」十月号のアインシュタインの相対論（石原純「アインスタイン印象記」、吉村冬彦「アインスタイン」）の二つをあげ、ついで、女性歌人原阿佐緒と相対性理論の東北帝大教授石原純博士との恋愛事件、「熱情的反哲学者」野村隈畔と岡村梅子の情死、医学博士令嬢浜田栄子の自殺事件、そして柳原白蓮の姦通事件を話題にしている。浜田栄子は、病院長である親の反対をおしきって恋人と同棲するが、妊娠しても家の許しがえられず、悲観して一人服毒自殺したもので、世の同情をかって、秋子によれば「わけても多くの記事を作」り、唄にまでうたわれたという。浜田以外は、いずれも著名人の情死であり、不倫的な恋愛だった。

なかでも、天下の耳目をあつめたのは、柳原白蓮こと伊藤燁子である。柳原伯爵家に生れた白蓮燁子は、最初の結婚に破れたのち、二十五歳年上で坑夫上りの炭鉱王伊藤伝右衛門と結婚、同棲十年ののち夫に離縁状をつきつけて、年下の宮崎龍介（宮崎滔天の息子）のもとに奔った。彼女の場合、離縁状を新聞に発表した上での行動であって、メディアを利用した事件としても特異なものであった。十月二十二日の「東京朝日新聞」は「同棲十年の良人を捨て、白蓮女史情人の許に走る」と四段ぬき二面にわたって詳細に報じている。翌二十三日の夕刊には彼女の離縁状と称するものが公開されているが、彼女自身の執筆ではないという。二十四日の「読売新聞」の「よみうり婦人欄」には、中條百合子が「早晩かうなつて行く運命／あの夫人の運動」というタイトルの談話を寄せて「人間として非常にお気の毒な境遇にゐた夫人がかう云ふ思ひつめた最後の手段に出る迄にはどれ位人知れぬ悩みを重ねてゐたか決して是は浮ツ調子な笑ひ話ではないと思ひます。」と語っているのが目につい た。三十一日の「東京朝日新聞」は「燁子事件の反響」の特集をくみ、読者から投書四百十二通があったとしてそのうちの二十通を紹介しているが、男性からのものがほとんどで、しかも彼女の行動に対するきびしい批判が多い。

また、七月二十三日付「東京日日新聞」には「恋ゆゑの此の処決／歌人原阿佐緒女史との巷の噂が事実となつて石原純博士辞職す」の記事がのり、さらに十一月九日付「東京朝日新聞」は「若き哲学者が情死する迄」という見出しで「野村隈畔氏の手記」なるものが公表され、そのうち死の前日の十九日の項には「有限なる現実界に生れて永劫無限の世界に旅立つ是哲人の希望であり、満足であり、歓喜である、明二十日こそ断じて決行しなければならぬ、日誌は今日で終りを告げる／永劫の世界への旅行者／隈畔」とある。

これらの事件は、たまたま当事者が、有名人だったから世評にのぼったというだけのことではない。その背景には、たとえば性の解放とか恋愛の自由とかがいわれる中で、一般市民の離婚の急増が社会問題化しているというような現実もあったのである。たとえば「よみうり婦人欄」は、「婦人の権利拡張に伴ふ離婚離縁の増加」（六月八日）「激増する離婚訴訟—妻から夫に対する請求が大多数」（六月十八日）などの見出しの記事が出ている。それに先立って「東京日日新聞」は二月一日から、「離婚自由の問題」というテーマのもとに識者の意見を連載している。そこには、男性の側から、その原因は「不用意な結婚」「愛のない結婚」によるものが多いとして、いったん結婚した以上は「死を択ぶか離婚を執るかの時、始めて、与へる丶の自由ならざるべからざるなり」（高島米峰、二月七日）とか、「精神上身体上愛の至誠契約を理解し永続する能力のない者は結婚してはならない、此点は或程度まで法律を以て結婚禁止を命ずるも一策である」（泉二新熊、二月一二日）などという常識的かつ保守的な提言がなされる中で、有島武郎の「女の生活の独立」（二一・一）という、次のような意見が目をひく。

夫婦の愛のない所に結婚を続けるのは全然意味をなさないから離婚すべきだと思ひます。

一方の愛が滅び他方の愛が続いてゐる場合は悲惨ですが、この場合の離婚は何等かの意味の争闘になるより外はありません。然しか丶る関係で結婚生活を持続してゐた所が悲惨と争闘の伴ふのは離婚の場合と同じです。だからどつちかといふと此場合でも離婚した方が正しいのです。子が生れた後夫婦間の愛の冷却が起つた時には問題が可なり紛糾します、此れには私は私一個の見地を持つてゐますが問題がこ丶に述べ尽すにはあまりに広きに亘りますから省略します離婚の合理性を徹底するには女史の生活上の独立が何より急務です。

「東京日日新聞」は特集「離婚自由の問題」連載にあたって「日本ほど離婚の多い国は世界にないといはれて居りますし、また文明国として日本ほど婚姻制度の雑駁なものはあるまいかと思はれます、道徳上からも経済上からも或いは性の上からも国家の上からも考ねばならぬこの問題——殊に近頃では真摯なる識者間に離婚の自由といふ事を唱ふる人さへ出て参つたやうで御座います」とのべているが、今や離婚は社会問題化したというわけである。そして離婚の第一の原因は愛なき結婚——霊肉不一致に帰することになる。有島がいうように「夫婦の愛のない所に結婚を続けるのは全然意味をなさない」のである。

右のような状況の中で「ラブ・イズ・ベスト」という書き出しで始まる厨川白村の「近代の恋愛観」が、各方面に反響を呼んだのは当然である（白蓮事件は、その連載中におこった）。かくして大正十年は空前の恋愛論流行の時代となる。白村はエミール・ルッカの「恋の三段階」によりながら、「古代の肉的性的本能時代と、中世の霊的宗教的な女人崇拝時代とに次いで来れるものは、霊肉合一の一元的時代であらねばならぬ。それは即ち近代だ。」といっているように、その恋愛論の根本にあるのは精神と肉体の一致した恋愛である。彼は人間の道徳生活の基底に性欲があることを認めている。しかし、彼によれば、それが単なる性欲の満足、生殖欲望にとどまらないのは、恋愛に浄化転移し、昇華されるからである。さらにその恋愛は結婚によって、夫婦間の相互扶助の精神となり、友情に変じ、児女に対する愛情に転化するというのである。白村によれば「殊に婦人の有する最も貴き母性が、性欲に根ざせる性的恋愛の延長であり変形に外ならぬ」が、その愛はまた子の親への愛情によって報いられるはずである。こうして、この至高の愛の精神は、家族より隣人へ、さらには民族、社会、世界人類に及んでいくことによって、「人間の完全なる道徳生活」が完成するというのだ。まことに楽天的な理想主義的恋愛観である。白村は、当時の日本に大きな影響を与えつつあったエレン・ケーの『恋愛と結婚』（原田実訳、大九・一）の恋愛至上主義を引き「人間が性的にも霊的にも、すべて全我的に自我を満足させることは恋愛によつてのみ可能である」として、「人形の家」のように自我に目覚めただけの女は「もう古い」といっている。恋愛による以外に霊肉一致の理想的結婚生活には到達できないというのである。

「愛なき夫婦関係は、たとひ共白髪の四十年五十年の長きに亙らうとも、そして人間の拵へた法則が如何に之を認めやうとも、神の最後の審判廷に於て、夫れは明らかに一種の強姦生活であり売淫生活である」という白村の主張は、要するに恋愛結婚のすすめであり、見合い結婚の否定である。この論理からすれば、白蓮事件も当然肯定されなければならない。厨川は「燁子問題に就いて——恋愛と結婚のこと」（「東京朝日新聞」大一〇・一〇・三〇）において、この事件は「売淫結婚、奴隷結婚の畜生道から離脱して、人間としての自己を全うし、おのれの人格を保持する為には已むを得ない行動であつた」とのべている。

この霊肉一致をめざす恋愛結婚のすすめは離婚激増の現実にどう対応しえたろうか。熱烈な恋愛によって夫婦生活に入っても、恋愛状態がいつまでも持続するはずはない。白村もそれは承知の上で、結婚によって「燃えるやうな恋愛感情」は消えたようにみえても、恋愛の本質は内面化され潜在化され、より「持久的な、底力のある神聖愛」つまりは夫婦愛や親子愛に変化していくというのであるが、これがどれほどの現実的な効力や説得力をもったであろうか。生活の窮迫に苦しむ庶民や、恋愛の機会さえない下層の労働者たちにとっては、ほとんど無縁な空論であったはずだ。「近代の恋愛観」の連載されつつある同じ新聞の広告欄が、求婚や結婚斡旋の広告でみちているのは皮肉である。なお、厨川をはじめこの時期の恋愛論が、種族の優良性をめざす優生学と一面で結びついていたことも指摘しておきたい。

その一方で、たとえば白蓮事件は「恋愛過重の思想」（野上俊夫「東京朝日新聞」大一〇・一一・五）の弊害であり、「無分別なる一部人士の鼓吹する此の恋愛至上の思想が、世の中の不品行なる子女の我がままを増長せしめ、恋愛の美名にかくれて已れの劣情を満たすことを恥じないやうにせしめるに力あつた事は蓋し疑ひを容れないであらう」とする意見や、小島徳弥「白蓮夫人の家出に対する社会的批判」（「新文学」大一〇・一二）のように「今日、自分等の立場から見れば「人形の家」のノラ夫人なぞはちょっと新しがりやの女学生上りの妻君が、興味半分にやつてみた藝当位の価値しかないのであつて（中略）女は家庭の主婦としてその権利を有し、その義務を背負つて行くところに真に生甲斐のある生活があることを知らねばならぬ」という意見が、いまだまかりとおっていた時代でもあったのである。もちろん、白村も結婚という制度や一夫一婦制に対してはまったく疑いを抱いていない。しかし、この年に活躍したアナーキストの批評家村松正俊のように「制度にあらざる恋愛を、人間的制度であるところの結婚と結びあはさうといふ」ところに「根本的な誤診がある」（「結婚制度の廃止と自由恋愛の確立」「新小説」大一〇・四）というような自由恋愛論も存したことを付け加えておこう。

それにしても、この年にこれほど恋愛論のブームが起ったのはなぜであろうか。家父長制のもとで抑圧されていた性の解放は、ある程度進んだかもしれない。しかし、まだ古い性意識は残存していたであろうし、新しい性モラルもまだできあがっていなかった。そのような状況のなかで、特に地方出身の都市中間層は、新しい男女関係や性の規範を求めてゆらいでいたのだといえよう。倉田百三『愛と認識との出発』（岩波書店、大一〇・三）などが読まれるのも、そうした雰囲気においてであった。

三、性欲学の流行

いうまでもなく、この時期の恋愛論は明治期のそれのように、肉体と精神の二分法にもとづくプラトニックな純愛主義ではなかった。したがって、恋愛について論じることは、性と愛の関係の模索に及んでいかざるをえない。「近代の恋愛観」の中でも触れられているように、大正十年は、性に関する雑誌・単行本が氾濫した性欲学ブームの年でもあった。新聞・雑誌の記事や広告にも性欲や性欲学に関するものがあふれ、それは単なる科学的な啓蒙・教育の域を越えており、青少年への悪影響を心配する声も少なくなかった。五月二十二日付「読売新聞」の「読者と出版界」欄は、「性慾全盛時代」の見出しで、この年前半期は「性慾出版」が頂点に達したと報じている。古川誠は一九二〇年代を通俗性欲学の時代と呼び、「とりわけ一九二一年という年は「性」「性欲」「性教育」といった言葉が氾濫した年として記憶されるべきであろう」（「恋愛と性欲の第三帝国」「現代思想」平五・七）とのべている。前掲「大正十年歳晩記」にも「今年になつて一番流行つた言葉は、性教育でせう」とある。この時代を代表する通俗性欲学者としては、雑誌「性慾と人生」を主宰する羽太《はぶと》鋭治と、雑誌「性」の主宰者沢田順次郎がいた。彼らを中心に、おびただしい通俗性欲学書が翻訳書も含めて出版されている。このような通俗性欲学書流行の背景には、古い因襲的な性道徳は、たとえば自然主義の文学などによって一面では否定し去られたものの、先にのべたように自己を規定する新しい性モラルはいまだないという、いわば性的規範の空白があったといえよう。これらの性欲学者の主張に共通しているのは、性欲や性生活は罪悪ではなく、生物としての自然であり、生理的に必要なものであるということである。同時にそれは精神的肉体的に大きな危険が伴うことを彼らは説いている。しかし、彼らは性欲を必然としながら、それを現実の生活や社会的関係の中でいかに実現していくかについての具体的規範を一般大衆に向かって示すことはできなかった。そこにこれらの通俗性欲学書が、単なる性的好奇心の対象になっていった理由もあったのである。さらにいえば、そこにこれらの性欲学のいかがわしさの一面もあるのだが、羽太鋭治に『性慾と恋愛』(大一〇)という著書があるように、性欲学の第一人者を自任する彼の最終的目標は、性欲を基礎に、性欲と恋愛とを一致させたまったく新しい霊肉一致の道徳を確立することにあった(古川誠論文)。沢田にも『恋愛と性慾』(大一一)という著書がある。そういう意味では、この時期の恋愛論と性欲学は、それぞれの方向から同じ理想をめざしていたといえる。

性欲学の流行は、文学の世界にも反映せずにはいない。平林初之輔は「時評」(「新文学」大一〇・一二)の中で、「今年の文壇を支配するのは性慾文学だらうと大胆な予言をした人もあつた」とのべ、「文学が此の問題を取り扱ふのは当然と言はねばならぬ」としながら「私は性慾文学の唱導者等が戦争の後に民衆の間に鬱然として起つて来た社会的正義の観念の帰趨を恐れ、これを人類全体に最も普遍的に配分されてゐる享楽的欲望に転向せしめて一時を糊塗せんとするのではないかを疑ふ」とのべている。岡田三郎「性慾文学の勃興の徴」(『読売新聞』四・二九～五・二)は「性慾に関する雑誌書籍の市場に横行すること、蓋し今日より盛んなるはなし」と性欲学書流行の傾向を指摘しつつ、「最近文壇の一角に抬頭の徴を示してゐる好色文学」も、天下泰平の慶事だと皮肉っているが、具体的にはどのような作家のどの作品をさすのかははっきりしない。紀平正美「性的研究の合理化〈思想界時評〉」(「読売新聞」大一〇・六・五)も、最近の「科学的良心によらざる」性科学書の流行が藝術や子女の教育に与える悪影響を指摘し、本間久雄「性道徳の建設の為に―文藝家の攻究を希望す――」(「読売新聞」大一〇・六・八～九)も同じく性科学関係の書籍・雑誌の氾濫にふれて、性問題の流行を単なる流行に終らせないためにも、今日のわが作家たちに新しい性道徳の建設をのぞんでいる。福士幸次郎「性慾文学の害」(「時事新報」大一〇・一一・五～九)もやはり性欲文学について、月々の雑誌が性欲に関する記事で「天下の視聴をそゝり、変態何とかの諸種の翻訳書が、読者の好奇心を引く時代に、迎合される文学だ」として批判し、「性慾は、美と矛盾し、衝突する」と論じている。これらは通俗性欲学書の氾濫に対する文学者からのいささか保守的にすぎる反応だが、一方でまともに性欲を扱った真の文学作品が書かれなかったことをも物語っているであろう。

そのような論調の中で長谷川如是閑が「性の研究の流行を如何に観ずるか」(「読売新聞」大一〇・五・一五)で、形而上学を破壊するのは、革命を経なければ不可能であり、したがって「性的現象に関する研究は、形而上学的の傾向を持つた時代には困難」であるとして、次のように語っているのが注目される。

さういふ次第ですから、若し解放の時代が今日来たとすると、性の現象は最も徹底的な現実味を持つて取扱はれる筈のものです。革命的な思想が世界に汪溢するに連れて、稍やさういふ風になつて来てゐますが、然し何と云つてもまだ性の問題程、科学としてデータの十分でないものは少ない。今の処、それを科学的らしく扱つてゐるもの丶多くは価値の少ない手品のやうなもので、科学としては幼稚なものに違ひありません。心理学でもフロイト一派が漸く有力になりつ丶ありますが、これ等が最も望みのある一つでせうが、それも未だ極めて幼稚の時代にあることは免れません。

然し乍ら、兎に角、解放の一般傾向と同時にデカタン的の藝術について、性に関する知的の欲求の起ることは自然の順序だとは云はなければならぬことは、今日の流行によつても多少窺はれます。(中略)今日性の問題が殆ど病的にたしなまれてゐる事は、維新後の民権思想のやうな革命的な一般現象の一部であるよりは、寧ろ末期的の現象の一部であるかも知れません。然し解放期の前後に兎に角性に関する現象に対し焦慮的な欲求の起ることは事実なのです。これは只その事だけを兎や角いふよりも、社会的改造によつて処置すべき問題だらうと思ひます。徳川末期の頽廃文学は、維新の革命によつて初めて処置されたのです。(談)

大正十年は、恋愛と性欲をめぐる転換期でもあった。

四 「長篇小説」と文壇

大正十年は文学の「素人」が、「玄人」を圧倒した年である。「新潮」の一月号は「大正十年文壇予想」として、上司小剣、久米正雄、平林初之輔、菊池寛、江口渙、柴田勝衛、近松秋江の七人に「質問十四項」について答えさせている。「予想」とはいえ、この時期にどういうことが問題になっていたかを知るために、まずその十四項をあげておく。

▼長篇小説流行の傾向に就いて
▼どんなイズムが文藝の中心となるか
▼月評是非の問題
▼最近台頭すべき新作家は誰か
▼新作家の通俗小説執筆の是非
▼謂ゆる「似而非現実主義」の問題
▼謂ゆる文壇の党派的関係

▼文学者の収入問題（所得税に就て）
▼文士の遊蕩的気分の是非
▼女流作家に対する期待
▼旧劇に属する新人の将来
▼新劇運動は何うなるか
▼活動写真と文藝との交渉
▼通俗小説の文藝的位置

第一の質問項目である「長篇小説流行の傾向に就いて」には多くの出席者が特に若い作家に長篇を書く傾向が出て来たことを認めている。その中で「以前は長篇小説を出したくてもそれが文壇的に反響を求めやうと思へば思ふほど、出版が頗る難事であつた。（中略）それから思ふと、今の時代は余程長篇物に対して世間が理解してきてゐる。世間の眼が理解の光をはなつと同時に、文藝に対する態度が、ある点まで行届いて来たことになるので、書きたくても書けなかつた文学者が相当の位置を作りあげて行くことが出来るやうになつたのである。だから一概に若い作家の長篇小説の濫造を表面的に見るのは不満です」（柴田勝衛）というのが穏当な認識だろう。

大正期は短篇の時代といってよく、掲載雑誌などの関係もあって特に長篇の発表には制約があった。この大正十年前後は、時評・月評が盛んであったが、長篇がそこにとりあげられることはきわめて稀で、のちにふれるように、この年「改造」にその前篇が連載された「暗夜行路」はほとんど唯一の例外であったといってよい。山本芳明氏は、文学出版が儲かるビジネスになったのが大正九年であったことを指摘して、「大正九年、〈文学〉出版が成功したことは、文学作品が商品として自立したこと、それによって文学者が経済的・文化的側面から社会的地位を獲得したことにつながっていった」とのべている（『文学者はつくられる』ひつじ書房　平一二・一二）。特に長篇小説は賀川豊彦『死線を越えて』（改造社、大九・一〇　＊中巻「太陽を射るもの」大一〇・一一）や島田清次郎『地上　第二部・地に叛くもの』（新潮社、大九・一　＊第一部「地に潜むもの」大八・六、第三部「静かなる暴風」大一〇・二）などをはじめとする長篇小説が前年来ベスト・セラーになっており、文壇の関心事になっていた。倉田百三『出家とその弟子』（岩波書店、大六・六）も相変らず読まれ、やがて、この年出る江原小弥太『新約』（越山堂書店、上・中巻、大一〇・四、下巻、同五）が一大ベストセラーになることを考えれば、長篇小説とは多く教養小説的な宗教文学の色彩をもっており、しかも文壇的にみればいわば素人の作品であったが、その存在は既成作家にとってその地位を揺るがしかねない不安材料になっていたはずである。

ところで江原小弥太「小説「新約」を完成して」（「読売新聞」大一〇・五・二四）の中で、親に捨てられて育ち、棄教の体験もあるので「聖書の中では、私は最もユダに共鳴するのです」とのべた上で、次のように語っている。

ただ私は私の四十年間の生活をこの「新約」の中に描写

して、これを世の人々から見てもらひ、私の生活を一つの存在として受け入れてくれるや否、この「新約」が藝術的にも物質的にも成功すればよしもし失敗であれば、私の四十年間の生活は無意義なもの、まちがつたものであるといふ、一つの骰子を投ずる決心で、朋友から仕送りを受け乍ら、困窮欠乏の中の五年間にこの小説を完成したのです。それで今でも胸が轟いてゐます。

賀川豊彦といい島田清次郎といい、この時期のベストセラーは、作家も作品も何らかの意味で宗教的ないし人生訓的な要素をもった波瀾万丈のストーリーを備えており、それらが第一次大戦後の不況や争議などの社会不安の中で、前年十二月に結成された日本社会主義同盟の活動も既成文壇の作品も与えてくれなかったものを代替的に実現してくれたという側面があるのではなかろうか。それは宗教の通俗化とも文学の通俗化ともいえるが、それらがいわゆる純文学にはない何か——大衆の渇きを癒すような何かを含んでいたことも確かである。

「長篇流行の傾向」については「読売新聞」が七月二日から二十日にかけて、上司小剣、水守亀之助、江口渙、平林初之輔、近松秋江、加藤武雄、西宮藤朝ら七人に十四回にわたって感想をのべさせている。ここで長篇小説というのは、やはり『死線を越えて』や『地上』のような作品をさしているようだ。ほとんどの人が最近の長篇流行の実態を認めているが、中でも注目されるのは、水守に代表されるように、これは短篇と長篇を「玄人と素人の対立」ととらえ、「近頃の長篇作家に共通してゐるのはアンビシヤスで、ヒロイツクな点である」として、そこに一種の通俗性・物語性をみようとしていることである。特に江口が「所謂文壇人の短篇は余りに文壇的に特殊化され、殊に「私小説」的短篇が多くなつた結果」文壇的短篇にも、通俗読物小説にも満足できなくなった読者が長篇小説におもむいたのだとし、賀川や島田の長篇には武者小路や倉田百三らの人道主義から一歩進んで「思想的社会運動」「社会文学的運動」の側面があり、それが青年男女をひきつけ、加えて「新潮社と改造社の広告係」に代表されるコマーシャリズムが長篇時代の到来を促したのだと語っているのが、もっとも正鵠を射ている。

「時事新報」も、「長篇小説の流行」(六・一八)、「長篇小説邪見」(七・一四)、「長篇流行」(七・二三)などの匿名記事を文藝欄にのせている。総じて長篇流行には好意的でなく、「長篇小説の流行」では、「江馬修、島田清次郎などの影響のみでもあるまいが、長篇流行の時代が来た」けれども短篇とちがって長篇が批評の対象にならないのが問題であるとして、「差しあたり、「新約」などには敬意を以て真面目に批評する人が出てもよからふと思ふ」と提案し、「長篇小説邪見」は「今の文学を支配してゐるのはジヤーナリズムぢやない。商業だ。長篇の流行は投機があたつたので素人玄人論などはその投機の一要素に過ぎない」と切り捨て、「長篇流行」は「長篇の流行といふ事が問題になつてゐるが文壇の中心は依然として雑誌本位の短篇だ。（中略）無名作家の書いた長篇を出版するのは、出版者の方から云へば一やま当ようとする一種の投機だ。出版者の投機心は仕方が無いが、それが作者の心理を支配して、長篇ナリキン島田清次郎などを目標にする投機長篇家が頻出するやうな傾向があるのは一寸困る」とこれも長篇小説投機論だ。生田春月も「長篇時代――「悩ましき春」を読む」（「時事新報」大一〇・六・二六、三〇）という書評を「長篇小説の時代はつひに来つた。近時の長篇小説の刊行せられる数は実に夥しいものがある。」と書き出している。なお、「新潮」十一月号が「長篇小説に対する抱負と考察」という特集を組み、島田清次郎、生田春月、佐藤緑葉、渡辺清、江馬修に書かせている。

五　小説家協会の成立

ところで、この長篇小説論議の渦中で、小説家協会設立のことが話題になりはじめている。まず「時事新報」（六月十二日）が「設立準備中の小説家協会」を報じ、同紙二十四日には上司小剣が談話「小説家協会と障害」、二十五日は小川未明が「戦闘的機関として＝小説家協会に望む」という談話をのせ、二十八日にいたって「小説家協会大略成立」の記事が「時事新報」に載る。この小説家協会は、今日の日本文藝家協会の前身にあたるが、発起人の中心になって「趣旨書と規則書とを起草」したのが、のちに文壇の大御所となる菊池寛である。長い引用になるが、史料として掲げておく。

（設立されんとする小説家協会は発起人、豊嶋、徳田、小川、加藤（武）、加能、吉田、谷崎（精）、田中、室生、宇野（浩）、久米（正）、江口、芥川、里見、相馬（泰）、菊池、広津以上十七氏の名によつて、昨日次の如き趣意書と規定とを、発起人諸氏の認めて以て現下日本の小説家と許す有資格の人約五十氏に発送、賛成を求めた。賛否の回答を受けた上で、更に発会式を挙げる手筈になつてゐる。）

趣意書（要約）

今度私達が、別紙の如き規定に依り、小説家協会なるものを、創立いたすことにしましたから、御賛同御加入下さるやうお願ひいたします。

規定を御一読下されば、会の主旨は十分お判りだらうと思ひますが創立の目的は我々の生活を少しでも安定させたいために、一種の職業組合共済組合を作ることです。その外には何の意味もありません極めて実際的な計画であります。我々の著作から得る報酬が、不安定であるために、我々が常に、現在の生活に就ても、子女の教養に就ても、晩年の生活に就ても、身後の計画に就ても、絶ゑず不安を感じて居ることは、お互の事であります。我々が、此の不安を脱するには、何うしても、相互扶助相互の共済の道を講ずる外はないと思ひます。本会の創立は、その意味です。無論諸君の内には、生活の安定を得て居らる丶方も、あるだらうと思ひますがさう云ふ方々も同職業者に対する相見互として、御加入下さるやうお願いいたします。

本会の積立金の方法は、可なり実際的な方法でありまして、その実行は頗る容易であります、計画倒れになるやうなことは決して無いことを信じて居ます原稿料印税に関する積立金は作家の分も纏めて雑誌社出版書店に委託して取り集めることにしますから、取立は極めて容易です、殊に一枚分の僅かに半分ですから作家も雑誌出版業者も苦痛を感ずることは決してないと思ひます我々の作品に依つて雑誌出版を経営して居る雑誌出版業者の人々は我々に対する奉仕として欣んで此の寄付に応じて呉れるだらうと思ひます。

此の会規に依る積立金は極く内輪に見積つて左の如き額に達します。

積立金予算（会員五十名とし）

一、原稿料に依るもの

金弐百円也（毎月会員の起稿を五十篇とし、原稿料を一枚四円とし）

一、印税に依るもの

金七拾五円也（毎月会員の出版図書を十五冊とし印税を一冊五百円とし）

一、会費に依るもの

金百円也（会費百五十円中、会の費用五十円を除く）

月額。一、金参百七拾五円也

年額。一、金四千五百円也

右に小説選集の印税年額一千円也を加へて

一ケ年積立金総計

一金五千五百円也

此の積立予算は、決して過大に見積つたものではなく、殊に原稿料に依る積立金などは、遥に此の予定額を越ゑるだらうと信じます。従つて年額五千円は動かない所だらうと思ひますから、第四条の共済を実行するに十分な資力を得ることは確実だと思ひます（中略）我々が、手を拱ねて居ては、我々の生活の不安は、何時が来ても除去されることはないと思ひます。我々は、自分達で結束することに依つて、自ら生活の安定を創り出す外はないと思ひます（後略）

小説家協会規定（要約）

会員の資格

第三条　本会は小説創作を職業とする者にして左記資格あるものを会員とす

一、著名なる文藝雑誌乃至新聞に五篇以上の小説を発表したることあるもの

二、小説の単行本を二冊以上発行したることあるもの（自費出版を除く）

共　済

第四条　本会は積立金に依り左の如き共済を行ふ

一、会員にして在会十五年に及びたる時は慰労金として二千円以上五千円を贈与す
二、会員死亡の場合は弔慰金として金二千円を贈与す但し在会年数一年を加ふる毎に金百円を加ふ尚本会に対する功労遺族の経済状態に依り適宜の追加を為すことあるべし
三、会員の家族死亡の場合は弔慰金として金百円以上五百円までを贈与す
四、会員及び其家族疾病の場合は一ヶ月三十円以上百円までの補助をなすことあるべし
五、五年以上会員の義務を尽したる者にして、生活困難に陥りたる場合は、適宜の補助をなすことあるべし、会員の遺族の場合も又同じ

積立金

第七条　積立金は左の如き方法に依る一、会員が著作を新聞雑誌に発表したる場合、一枚分の原稿料に当る金額を二分し、各その一分を、会員と新聞雑誌業者の双方より、本会に寄付せしむ
但し五十枚以上の場合は、五十枚毎に一枚分を加ふ
二、会員が著作を単行本として、発表したる場合は、印税の百分の一を二分し、各其一分を会員と出版業者の双方より、本会に寄付せしむ
三、毎年一回会員の傑作選集を発行し、その印税を積立金に加ふることあるべし
四、毎月所定の会費を徴集し、会の経費を支弁したる残りを積立金に加ふ

それにひき続いて「小説家協会是非」の談話を長谷川天溪（「時事新報」大一〇・六・二九）、片上伸（同六・三〇）が発表し、某発起人の「諸説を駁撃す」（同七・一）が掲載され、同紙七月十七日には「四十三名を得　小説家協会　創立総会開かる昨夜中央亭にて」という記事が出て、小説家協会が成立したことが報じられる。「小説家協会加入者確定」（「読売新聞」七・一八）の記事によれば、正宗白鳥、葛西善蔵、武者小路実篤、水上瀧太郎らはその時点で不加入、田山花袋、泉鏡花らは加入未定とある。ところが、その前後から「機会均等＝我等にも進出の舞台を与へよ　◇無名同盟に就て◇」（「時事新報」七・八）などという記事が出はじめ、自称無名作家たちが自分たちにも、既成作家と同様に雑誌発表などの機会を均等に与えることを要求している。小説家協会がその資格として「著名なる文藝雑誌乃至新聞に五篇以上の小説を発表したることあるもの」などとしているのを特権擁護とみて反発したもののようだ。
次に「無名作家同盟の宣言書」（「読売新聞」大一〇・七・一〇）をあげておく。

藝術の権威は絶対にして何ものにも侵さるべきではない。作品発表の手段として機関存在の意義を認める◇然るに事実は機関たる刊行物存在のために取引的創作行はれ作家はジヤーナリズムに支配されて居る傾きがある。ジヤーナリ

ズムに服従しなければ生活出来ない状態にある。何たる矛盾ぞ◇今や刊行物の簇出限りなく我等はその文藝に対する貢献、多大なる功績を深く認むると同時に、また、それより生ずる弊害の漸く大ならむとすることをも看過することは出来ない◇謬られたるジャーナリズムによつて所謂有名作家となりたるものの横暴は、その反動として、不遇なる無名作家をして益々悲境に陥らしめつゝある。かくては徒らにジャーナリズムに媚びるもののみの文壇となつて、文藝そのものの正しき進展は望み難い。我々は茲に広く同志を糾合し堅く結束し『無名作家同盟』の名に於いて、謬られたるジャーナリズムを矯正し文藝をして正道を進ましむることに努め、無名なるが故に受くるあらゆる虐待よりの解放を叫び、文壇道徳を鼓吹して有名作家の横暴を懲らさんことを期す◇『無名』の意義は、無名作家の純真なる藝術的良心を以て藝術に奉仕するの謂にして、また無名であるために虐待を受くる者の味方となりて、戦闘せんとするがゆゑである◇我々はこれを、単に、所謂文壇的問題とせずして、広く社会的問題として訴へ、文藝の確立を計らねばならぬ◇『無名』の意は前述の如くであるから、必ずしも無名なる者のみに限らず既に有名なる作家と雖も我々の精神に賛して同盟に加はりその『有名』を正しく用ゐんとする人あらばもとより歓迎する所である◇運動についての具体的条項は加盟者の数相当を得た上で総会を開き決議することにする（大正十年十月）◇［主唱者］原田謙次、浜田廣介、星野潤一、田中宇一郎、山崎斌、木村恒、平戸廉吉◇付説一、本同盟は小説作家のみに限らず、一、本同盟について、申込、及其の他一切の照会は本郷区本郷四丁目二九大東館方「無名作家同盟本部」内原田謙次宛のこと。

無名作家同盟はともかく、小説家協会の結成は、長篇小説の流行などに代表されるような文壇外の「素人」の活躍に対する職業作家たちの自己防衛を意図したものである。既成文壇の枠組が、宗教的なものや思想性を適度の物語性や通俗性に包んだ「素人」の書き手の進出と出版社の商業主義によって脅かされつつあったことを端的に示す現象とみてよい。既成作家たちが新しい読者大衆の要求に応えられなくなって来た証拠でもある。大正十年は文壇も大きく変りはじめた年として記憶されるべきだろう。

作家たちも、今や職業としての小説家、産業としての文学を意識せざるをえなくなったのである。一方で極端な職業化への反省と不安も既成作家の間にはあった。中村星湖は「最近小説界の傾向　特にその職業化について」（「読売新聞」大一〇・一〇・三）の中で、葛西善蔵の「仲間」と中條百合子の「我に叛く」が、藝術的には必ずしもすぐれてはいないが「それぞれの作者の生地を出してゐる」ところに惹かれたことをのべるとともに、「今の日本の小説は余りに玄人臭い、それは余りに職業的に、従つて器械的に、殆んど何等の感激もなしに、一般市場の物資と同じように需要供給の経済的原理から割り出されたやうな物が多い」と書いている。そして「小説の職業化を証拠立てる、一番はつきりした現象は「小説家協会」の設立と云ふ事である。これは純然たる職業組合であつて、かやうな組合が成立するまでに小説家の群れが成長した事は勿論喜ぶべきだが、職業意識にばかり囚はれないでほしい。それには、精神的には、てんでがも一遍人間の生地に、素人に立帰る事を努むべきではあるまいか」というのが、職業作家中村星湖の反省である。さらに近松秋江は「十年顧望」（「時事新報」大一〇・一二・九）という欄で、「精進の人少なき時」と題して、最近の中堅作家たちが「小説商売の産業化」に追いまくられて原稿料の高い新聞や婦人雑誌の通俗的読物に没頭している現状を歎く一方、谷崎潤一郎と佐藤春夫が文学の「産業化に累《わずら》はされざる点に於て、私には、本年中著しく眼についたのだ」と評している。同じ「十年顧望」欄（同一二・一四）で岡栄一郎は「主義主張なき長篇」と題して豊島与志雄と正宗白鳥の精進をあげつつ、「今年の文壇の一特長として書き下ろし長篇小説頻出を論じなくてはならないのだが、僕はまだその何れも読んでゐないと云つて差支へのない程度にそれ等長篇小説の作者に不親切なのである。第一、その多くが作者、又は作者の人格から抽出して来たらしい人物、主として青年男女の自叙伝形式のもので」あって、そこには何らの「主義主張」もないと一蹴している。ここでも「小説の産業化」に対する既成文壇の抵抗と反感があらわである。

六　文藝時評の時代

大正十年前後は文藝時評隆盛の時代である。特に新聞の時評・月評は、毎月の雑誌が出るとただちにそれをとりあげて論評した。それも時によっては十回を越えて連載される。特に「読売新聞」と「時事新報」は、文藝時評を売り物にして競いあっている観がある。この時期の時評は、広津和郎、近松秋江、上司小剣、久米正雄、田中純、中村星湖、中戸川吉二などのような実作者が執筆するのが特徴だが、この年は特に若手の文藝批評家として、平林初之輔と村松正俊、とりわけ平林の活躍が際立っている。この前後から文藝評論が専業として成り立つようになったことを物語っている。月評のあり方については石丸梧平「月評家に対して」（「読売新聞」大一〇・八・一五、一六）のように、実作者からの不満が出たり、福士幸次郎「所謂月評廃止の要」（「時事新報」一〇・八）に対して堀木克三「月評廃止論を駁す」（同　一〇・一四、一五）のような論争もあったりするが、文藝時評が果した役割は大きい。特に新聞の場合、多くは印象批評だが、その速報性に意味があったのである。

月評の問題点は、連載や書きおろし長篇などが、批評の対象になりにくいということである。その点、その前篇が「改造」の一月から八月まで連載された「暗夜行路」は例外である。新聞にかぎっても毎月の時評でとりあげられている。つまり「暗夜行路」は連載開始直後から問題作だったのだ。この巻にもいくつかの例をあげてみたが、その他に「読売新聞」と「時事新報」にかぎっても、次のようなものが目についた。

豊島与志雄「新年の創作評㈤」（「読売新聞」一・四）
水守亀之助「読んだものから㈤」（「読売新聞」二・二四）
小島政二郎「三月の文藝評㈡」（「読売新聞」三・二）
中村星湖「四月の創作評㈠」（「読売新聞」四・二）
内藤辰雄「五月の文壇評㈢」（「時事新報」五・四）
広津和郎「六月の創作評（十三）」（「時事新報」六・二二）
山本正己「八月創作評㈢」（「読売新聞」八・三）
加藤武雄「八月文壇評㈡」（「時事新報」八・五）

　豊島は「人の精神にぢかに迫つてくる作品である。――この作品の第一の特質は、作者の持つ批評的な眼から来る、この眼は物を手に取上げて観照しないで、物の内部に穿入して批判する。而もそれは、何かのためにする価値的批判ではなくして、直接に何物であるかといふ本質的な批判である。」と高い調子で書き出している。山本正己に至っては「言葉遣ひの殆んど妥当さを通り越した旨さ、一厘の隙もぬかりもない、かう云ふ作家の机に向つたときの刻々の配慮、真剣さが尊くおもはれる。今の粗暴な世に、かうして細々しい隅々にまで心を許さぬ人を持つことは私共の矜りである。……全体の構想、筋の運びに就いては私は全く氏を信じてゐる。その将来をも信じてゐる」と、ほとんど拝跪するがごとき文章である。加藤武雄も「今月で前篇の終りになつてゐるが、今月分は、殊に生気があるやうに思ふ、女を買ひに行くところなどの描写は、いかにもヴイヴイッドである。氏の文章を読むと、一言一句に、鋭敏に過ぎる位の神経が顫へてゐるので、そつと抑へて表面落着いた風格を見せてゐるやうなところがあるので、水の一ぱいはひつた薄いビイドロの器を捧げてゐるやうに読んで行く気持がなか〳〵骨が折れる」と評している。

　ところが志賀は批評嫌いである。「「人間」の合評家に―小我なしに大我ありや―」（「読売新聞」二・一〇）は、雑誌『人間』の合評に反発したもので、「今月の「人間」の合評を読んだ。例のさばけたつもりの下等な調子が不愉快だつた。大勢寄つたと云ふ勢力感からものを云つてゐる感じも感心しない」と書き出し、「以後は「暗夜行路」の批評やめる方よし」と手きびしい。本巻に収めた久米の「三月文壇を評す」で、「つぎに此の月評を機会として志賀さんの僕たち「人間合評家」に与へた一文にお答へする」とあるのは、右の志賀文をさしている。久米の方も「世評されるのが厭なら、あの作品を公表しない方がよろしい」と一歩も譲っていないところが面白い。

　以下、本巻所収の作品にふれた月評を紹介しておこう。大正十年の劈頭の傑作はやはり内田百閒「冥途」（「新小説」一月）だろう。百閒はそれまでほとんど無名に近く、「読売新聞」が元旦の文藝欄に「「冥途」の作者―実は陸軍教授の内田栄造―」として写真入りで紹介している。読売新聞一月十一日の「新年の雑誌」では「一番感興を呼ぶべき」伊藤燁子「短歌自叙伝」（「新小説」一月）とともにとりあげられ、「内田百閒と云ふ見馴れない作家の名に惹かれて読んだが、それは酬はれるまでの作物ではなかつた。どこか独逸風のロマンチツクな感想を、写生文風のやゝたど〳〵しい手法でまとめて居る。ある底知れぬ薄気味のわるいねちねちした藝術的気分を持つて居るまでは感知されても、かうした種類のものが今の自分の求める創作とは可なり縁の薄いものである事だけは言へる」と評されている。しかし、同じ漱石門下の森田草平が「「冥途」其他」（本書収録）を書くなど一気に作家的地位を築き、「読売新聞」には早速「今年は何を書くか」のアンケート・シリーズでとりあげられ、腹案中の長篇二篇があると答えている。ついでにいいそえると、大正十年は人格主義の阿部次郎、恋愛観の厨川白村をはじめ和辻哲郎、森田草平、松岡譲、芥川龍之介、久米正雄などやはり漱石の門下生たちの活躍が目立つた年ともいえるだろう。

「入れ札」は「二月の文壇評㈥」（本書収録）で中戸川吉二がとりあげたが、水守亀之助「読んだものから㈠」（「読売新聞」二・一四）も「所謂、菊池氏一流の「テーマ小説」と云ふべきものだが、読んで見るとなか〳〵面白い。簡撲な筆致ではあるが、光景もまざ〳〵と眼前に浮んで来るし、それぞれの性格や心理をも、大きな手でぎゆつと攫んでゐる。そこに細さはないが確かさはある。私は史実の有無は知らないが、かう云ふ作品を書かせると、菊池氏は流石にうまいと思ふ。氏も又た文壇一方に於ける才人と云つても決して過賞ではない。」といっているようになかなか好評であった。

「ある死、次の死」は、平林初之輔「文壇月評㈢」（「読売新聞」五・六）が、「器用に書いてある。題材の暗さに比して、恐ろしい明るい感じのする作だ。あまりに明るすぎるので、狐につまゝれたやうな感じさへする。器用な割には独り合点が多い。その上筆に弾力性がなく、余韻に乏しいのが瑕だ」と評している他、広津和郎も「六月の創作評㈦」（「時事新報」六・一〇）は「なかなか面白いと思った。「ある死、次の死」と云ふのは題材から言へば、別段新しいものではないが、作者の感じ方に新しさがあつた。そして作者の目指してゐるらしい印象派風の軽いタツチもかなり効果をもたらしてゐた」と肯定的だ。

「埋葬そのほか」については「七月の創作評㈠」（「時事新報」七・九）で田中純が次のように評している。

> 葛西善蔵氏の「埋葬そのほか」（改造）と云ふ短篇には、氏一流の苦吟のあとが見へる。最初の部分にしても、遺失の部分にしても、非常に切りつめた簡潔な手法の中に、相当にその場その場の情景や心持を現はしてゐることは流石だが、かう云ふ苦吟に全然感服することは、今の僕には出来ない。苦吟は結構だが、そのために何《ど》うも暢達した味が欠けてゐる。或る感情がミスされてゐる。
>
> 葛西君はやつぱり「私《わたし》」小説の作家である。この小説の中で、最初の部分は純然たる「彼」小説であり「遺失」の

項は半《なかば》「私」小説だが、矢張りそれらの部分よりもそれ以下の部分、殊に「獲物」の項などが際立つて巧い。苦しんでゐる点から言へば、最初の部分などが一等らしいが、割合に楽に書いてゐる「獲物」の項などの方が作としては好いやうに思ふ。筆がのび〳〵してゐるし、それだけにまた細かいところにも作者の心が行きとゞいてゐる。氏にあり勝ちの一人合点、例へば「越年」の項で叔父の死霊云々を引つぱり出して来るやうな、あゝした点も、「獲物」などの項には見へない。此処の部分だけが、一寸光つた小品になつてゐる。

すでに前年ごろから定着しつつあった「「私」小説」という語が使われていることに注意したい。

「捨てられたお豊」は、のち「文芸首都」でもっぱら後進の指導にあたるようになる作家の若き日の作品だが、田中純「七月の創作評(九)」(「時事新報」七・一五)が早稲田の同級生を手きびしく批判している。

保高徳蔵氏の「捨てられたお豊」(早稲田文学)を読んだ。そして、恐ろしく古風なものを書いたものだと思つた。実際、私は読んでゐながら、何年か前の早稲田文学の綴ぢこみ帖でも読んでる気がしてその意味で面白かつた。あの題材あの扱ひ方、あの文章、何《ど》うも古臭い。この新しい時代に生きてるものゝ意気ごみなどが全然感じられないのが、私の昔の同級であるだけに情なかつた。さう云ふ意気ごみがなければ、小説を書くことは無用である。その人には、今の文壇に生きる資格もないし、必要もないのである。私はこの苦言を昔の友情をこめて、この作者に贈りたいと思ふのである。

それから、これは別事だが、私はこの作を読んでゐて、今の作家の頭が、一般に非常に批評的になつてると云ふことを感じた。今の文壇に批評的精神がないなどゝ言つた批評家もあつたやうだが、その実、今の創作くらゐ、一般に、批評的なものはこれ迄にはなかつたと思ふ。それは、この保高氏の作と他の若い作家の作とを比べて見ただけでも解る。が、それも、創作に対する作者の態度で別れるのかも知れない。作者の覚悟がしつかりして、その意気ごみが強くて、その目ざすところが高ければつまり、彼等の心が高処に立つてゐれば、その作は、期せずして自然に批評的な色調を帯びずにはゐないのかも知れない。

やがて「無限抱擁」(昭二・九)の第二章になる「竹内信一」については、加藤武雄「八月文壇評(三)」(「時事新報」八・四)に次の評がある。

瀧井折柴氏の「竹内信一」(新小説)は信一が松子といふ遊女上りの女と結婚するまでの事を書いたものだが、新傾向句的な表現に特色がある。簡勁な、適切な言葉でその情景なり心理なりを微細に描き出した手腕は尊敬に値する。が盆栽の樹のやうに、あまりコブコブしてゐて、感じを小さくしてゐるのが残念だ。その字々句々に於ける苦心が、必ずしも作全体の効果を助けてゐない場合も少くない。松子に対する信一の心持は、すこし甘過ぎるとは思ふがまああれでい丶として松子の前の男に対する信一の心持はもつとほぐくり返して見る必要が無かつたらうか。つくしやの娘との挿話は、もすこし端折つた方がい丶やうに思ふ。前月に出た「父」にはかなり感心したが、此の作はあれに較べると少々落ちる。

「八月の雑誌」（「読売新聞」八・二）も「これほど入りくんだ内容を、これほどヴイヴイツドにくつきりと描き出す手法はやつぱりしつかりして歪のない食ひ入るやうな観察によるものでなければならぬ」と評価している。

「怒れる高村軍曹」については、山本正己「閑居して㈠」（「読売新聞」八・八）が「強い筆である。強い底に密集した感覚の冴えが透いて見える。」とほめているのが目につく。

加藤武雄「八月文壇評㈦」（「時事新報」八・九）が新人の横光利一をとりあげて、「横光利一氏の「月夜」（「街」）は、此の前に読んだ「顔を切る」といふ作ほど面白くなかつた。片端から斬り捨て丶ゆくやうな力強い筆致は読んでゐて気持がい丶が、どうも含蓄が足りない。七の言葉で十の内容を運ばうとした作者の意図は察しられるが、結果がその意図を裏切つてゐるのである。だから、どの人物も皆類型的にしか書けてゐない。しかし、ところぐ\にい丶ところはある。更に次の作に期待する。」と評していることが注目される。

川端康成「招魂祭一景」も、「同人雑誌評判小記」（「時事新報」四・二四）で「「新思潮」は第二号をよんだきりだが、川端康成氏の「招魂祭一景」に一番心を引かれた。描写なんかも自由だし、或うんだやうな曲馬乗の女の心持も出てゐるが、どこかピシツと締める力が足りないやうに思つた。殊に仕舞が物足りなかつた。」と評されているので、この年はやがて新感覚派の中心作家になり、昭和文学を牽引していく両者が、文壇に認められた年として記憶されるべきである。

宇野（藤村）千代と尾崎士郎は「時事新報」の「懸賞短篇小説」に「脂粉の顔」（一等）「獄中より」（二等）で応募「三千何篇」の中からそれぞれ入賞し、文壇への足がかりを得て、これが縁で両者は同棲に至るのである。審査員の里見弴と久米正雄が「選後の感」（一・二一）を書いている。里見は「「獄中より」は小説としてよりも一つの手記としての面白みでとりました。これは読者も御同感だらうと思ひます。／「脂粉の顔」はなかで最も小説らしい小説です。さうして中々うまいと思ひましたが、出来てゐてだけに清新の味には乏しいやうに思はれました。」と評し、久米は「藤村千代氏の「脂粉の顔」にしても、展覧会向きの絵のやうに、少しびかぐ\し過ぎてゐて、悪達者な感じを禁じ得ないが、兎に角も目につくし、題材も興味がある。たゞあれを脂粉のせいと云ふ落をつけずに、あの女の心ものひけ目だけを書いたら、猶素直に行つたらうと思はれ

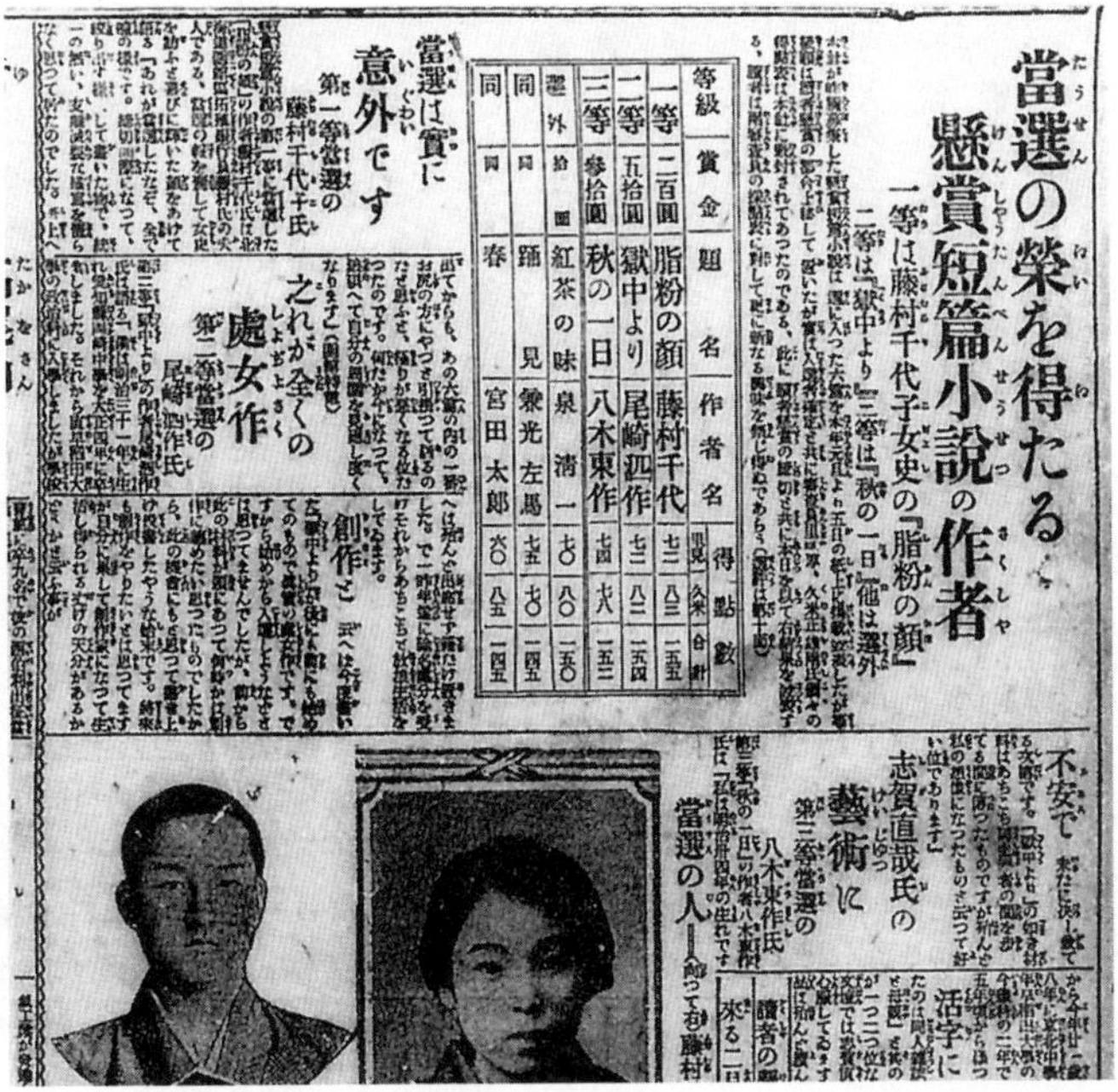

當選《たうせん》の榮《えい》を得《え》たる
懸賞《けんしやう》短篇小說《たんぺんせうせつ》の作者《さくしや》
一等は藤村千代子女史の『脂粉の顔』
二等は『獄中より』三等は『秋の一日』他は選外

等級	賞金	題名	作者名	得點數		
				[illegible]	久米	合計
一等	二百圓	脂粉の顔	藤村千代	七二	八三	一五五
二等	五拾圓	獄中より	尾崎四作	七二	八二	一五四
三等	參拾圓	秋の一日	八木東作	七四	七八	一五二
選外	拾圓	紅茶の味	泉清一	七〇	八〇	一五〇
同	同	踊見	兼光左馬	七五	七〇	一四五
同	同	春	宮田太郎	六〇	八五	一四五

當選は實に意外です
處女作
藝術に
當選の人

「時事新報」大正10年1月21日。選外「兼光左馬」は横光利一の筆名

る。／第二等「獄中より」は第二等として文句なし。第一等に推すには少し具象的な要素が足りないし、第三等以下に落すは余りに貴重な材料であると思つた。事実あの手紙の原形があるのだらうと思はれる位である」とのべている。

新人といえば「新しき女流詩人」高群逸枝が「百七十枚の長詩を発表する」（「読売新聞」三・二四）というので「地上」と同じく生田長江推薦ということもあり「女の島田清次郎か」と前評判が高かったが、「新小説」（四月）に出ると、川路柳虹「「日月の上に」の詩としての価値」（「読売新聞」四・三）も「高い意味でいふ「天才的」偉観は見出せなかつた」とし、中村星湖「四月創作評」（「読売新聞」四・六）は次のように評している。

高群逸枝氏の『日月の上に』（新小説）。長篇詩としてある。詩ではあるが、ロマンチツクな幾らかお伽噺めいた小説を読むやうな興味で読む事が出来た。等しく生田長江氏によつて、最大級の讃辞を添へて推薦されたものであるが、かの島田清次郎氏の作にあるやうな誇大な気持ちはこの作にはあまりない。作者が女であるためか、「汝洪水の上に座す、神エホバ。吾日月の上に座す、詩人逸枝」といふ前書きで、随分大きく出てはゐながら、早熟で、従つて余りに若くてヒステリイに罹つてゐるらしい少女の泣き濡れ打ち鬱いだ姿が到る処に見出されて、むしろ可憐な感じを惹起こす。「島が櫟林を出て来た、日は沈んだ。遠く富士を眺め、野州の空を一瞥し、武蔵野を今詩人は歩いてゐる。詩人は知らない、十日の未来を。月は輝き、林は火事のやうに明るくなる。あゝ天よ、詩人は寂びしい、詩人はまだ性格をもたないかも知れない。」とむすんであるのなどを見ても、性格を持ち過ぎてゐる誇は心にあるであらうが、可なり聡明な、反省的な作者である事は解る。
　格闘《ママ》は可なり整つてゐる。皮肉は何処から得て来たか、諧謔は何から学んだか、（恐らく作者の素質と経験と読書とからであらうが、）ぎこちない筈の漢文口調を自由に使ひこなしてゐるあたりは、父祖にさういふ素養があつたといふ、その余波を受けてゐるのかも知れない。

戯曲は主として歴史劇に力作が多かったが、山本有三の作品をめぐっては近松秋江「『坂崎出羽守』を評す」（「時事新報」九・七、九、一〇、一一、一三）のていねいな批評がある。

「此の作の千姫も、祖父家康の政治家らしい機略的な、個人の尊重といふことを滅却した――少くとも自己の為に他人の意思を犠牲にして意に介しない人生観の反射として、飽くまで自己の第一義に生きようとする自然児としての千姫を書いてゐる。
　出羽守成正は、モンナヴンナのギドオといつたところだ。日本従来の脚本でも、文学とか瀧口とか失恋の武夫を書いた物は少くないが彼等の心持ちの書き表し方は、いかにもクラシックで、あつさりとしてゐる。おほまかである。従つて科白《せりふ》がごみ〳〵してゐない。故にそれを演ずる上にも、いかにも雄壮に云へる。然るに此の作のこんな書き方は恰も嶋村抱月氏訳のモンナヴンナのギドウの科白と同じやうに、一寸お可笑しく聴こへる。
　けれども、そんなところも長くは続ひてゐない。全篇概して簡潔な科白で、鮮かに運ばれてゐるのは、プレイライトとして夙《つと》に確に成功してゐる人といはねばならぬ。要するに第三幕の二た場とも人物の数は、いづれも二人づゝの対話であるが、此の一作の性根を成してゐる処であつて、なか〳〵面白い。が、之を演じ活かすのは、役者が余程巧くやらねばならぬ。

「モナリザ」については、加藤武雄「読んだもの㈠」（「時事新報」一一・一五）が「力作」と評価している。

　松岡譲氏の「モナリザ」（新小説）は今月中での力作である。松岡氏の作では、ずつと前に「法城を護る人々」といふのを読んだ事があるが、これも頗る力作であつたと記憶する、而《しか》してその力作といふのは、「力の籠もつた作」といふよりは「力瘤の目立つ作」と云ふ意味での力作であつた事を記憶する、「モナリザ」も矢張り力瘤が見立つ作であるが「法城を護る人々」のやうに、瘤々《こぶ〳〵》しく無いところに、此の作者の一つの進歩が見られると思ふ、が、大体に於て、矢張りどうも理屈ツぽく、概念的で十分の感情移入が行はれてゐないのがあき足らない。

序《ついで》に云ふが、世間で力作々と云つて持て囃す作を見ると、大抵、枚数の多いものとか、「力瘤の目立つもの」とかである様だが、本当の力作はさういふもの丶外にあると思ふ。作者がその作に打ち込んだ作が、徒に枚数を殖やしたり、力瘤を目立たせたりするだけでは困るのである。作の力は、作の内部に深く潜んでゐなければならない。即興的の小品の流行する今日の文壇に於ては、大に力作を鼓吹する必要があるのだが、本当の力作は、作者の力が、内部に充実した時に初めて書き得られるのである。非力の痩腕に力瘤ばかり目立つのは、あまり観る可き作ではない。——そこで斯ういふ事を云ひ出すとひどく松岡氏の作を貶すやうにとられるかも知れないが、然う云ふ気持で云つたのでは無い。此の「モナリザ」は、前に云つたやうな欠陥はあるにしても、今日私の読んだ作品のうちでは、先づしやんとしたもの丶部類に属する。ひよつとしたら、今月中での一佳作と云へるかも知れない。

七　「転換期」としての大正十年

できるだけ同時代感覚をよみがえらせたく、この解説では主として新聞記事を中心に大正十年を眺めてみようと試みた。もとより偏向は承知の上のことだが、やはり重要なものがおちてしまった。人格主義論争は、いわゆる大正教養派の阿部次郎が、前年末成立の日本社会主義同盟などの出現に危機意識を感じての文化防衛的発言に端を発しているが、これは竹内仁をはじめとする労働文学・社会主義の側の圧勝であることは明らかだ。それにしても労働文学・プロレタリア文学の方に、「三等船客」が出るまでは見るべき実作がなかったことも事実である。

女性文学にも言及できなかったが、こちらもこの年は稔りが少なかったのではなかろうか。あれほど活発だった恋愛論議に、女性の側からの発言がなかったのも、男性上位社会におけるジャーナリズムのあり方をよく示している。かといって男性の既成文壇の方が豊作だったわけでもない。「暗夜行路」以外には、さしたる作品もなく、新興勢力の宗教文学や長篇流行の推移を傍観しつつ、小説家協会や長篇小説「素人」論など既得権確保に終始していた。

宗教文学は、聖書と親鸞の通俗化・物語化という側面をもつが、既成文学にも後発のプロレタリア文学にも欠落していたものを代行しているようなところがある。政治はもとより宗教といい恋愛・性の問題といい、社会は大きく動いていた。

かつて大正十年の文学をいみじくも「転換期の文学」（「文学」昭三九・一二）と呼んだのは紅野敏郎氏だが、文学だけでなく（文学はむしろ遅れがちに）、時代そのものが大きく転換しつつあったのが大正十年である。

解題　東郷克美

凡例

一、本文テキストは、原則として初出誌紙を用いた。ただし編者の判断により、初刊本を用いることもある。
二、初出誌紙が総ルビであるときは、適宜取捨した。パラルビは、原則としてそのままとした。詩歌作品については、初出ルビをすべてそのままとした。
三、初出誌紙において、改行、句読点の脱落、脱字など、不明瞭なときは、後の異版を参看し、補訂した。
四、初刊本をテキストとするときは、初出誌紙を参看し、ルビを補うこともある。初出誌紙を採用するときは、後の異版によって、ルビを補うことをしない。
五、用字は原則として、新字、歴史的仮名遣いとする。仮名遣いは初出誌紙のままとした。
六、用字は「藝」のみを正字とした。また人名の場合、「龍」、「聲」など正字を使用することもある。
七、作品のなかには、今日からみて人権にかかわる差別的な表現が一部含まれている。しかし、作者の意図は差別を助長するものではないこと、作品の背景をなす状況を現わすための必要性、作品そのものの文学性、作者が故人であることを考慮し、初出表記のまま収録した。

〔小説・戯曲〕

冥途　内田百閒

一九二一（大正十）年一月一日発行「新小説」第二十六年第一号に発表。ルビなし。同年二月十日、稲門堂書店刊『冥途』に収録。その際「五、土手」を「道連」と改題。底本には初出誌。

象やの粂さん　長谷川如是閑

一九二一（大正十）年一月一日発行「中央公論」第三十六年第一号に発表。極少ルビ。一九二四（大正十三）年五月十日、叢文閣刊『長谷川如是閑創作集　1　象やの粂さん』に収録。底本には初出誌。

秋山図　芥川龍之介

一九二一（大正十）年一月一日発行「改造」第三巻第一号に発表。パラルビ。同年三月十四日、新潮社刊『夜来の花』に若干の修訂をほどこし収録。底本には初出誌。

幻影の都市　室生犀星

一九二一（大正十）年一月一日発行「雄弁」第十二巻第一号

に発表。総ルビ。同年三月二十五日、隆文館刊『香爐を盗む』に収録。底本には初出誌を用いルビを取捨した。

脂粉の顔　宇野千代

一九二一（大正十）年一月二日発行「時事新報」第一三四五〇号に発表。総ルビ。筆名・藤村千代。翌々年七月七日、改造社刊『脂粉の顔』に収録。底本には初出紙を用いルビを取捨した。

獄中より　尾崎士郎

一九二一（大正十）年一月四日発行「時事新報」第一三四五二号に発表。総ルビ。底本には初出紙を用いルビを取捨した。

入れ札　菊池寛

一九二一（大正十）年二月一日発行「中央公論」第三十六年第二号に発表。パラルビ。同年七月一日、春陽堂刊『道理』に収録。底本には初出誌。

雨瀟瀟　永井荷風

一九二一（大正十）年三月一日発行「新小説」第二十六年第三号に発表。ルビなし。翌年七月二十八日、春陽堂刊『雨瀟瀟』に若干の修訂をほどこし収録。底本には初出誌。

私　谷崎潤一郎

一九二一（大正十）年三月一日発行「改造」第三巻第三号に発表。パラルビ。同年十月十五日、新潮社刊『AとBの話』に収録。底本には初出誌。

招魂祭一景　川端康成

一九二一（大正十）年四月一日発行「新思潮」（第六次）第二号に発表。パラルビ。一九二七（昭和二）年三月二十日、金星堂刊『伊豆の踊子』に収録。底本には初出誌。

一と踊　宇野浩二

一九二一（大正十）年五月一日発行「中央公論」第三十六年第五号に発表。パラルビ。翌年二月十五日、隆文館刊『わが日わが夢』に収録。底本には初出誌。

ある死、次の死　佐佐木茂索

一九二一（大正十）年五月一日発行「新潮」第三十四巻第五号に発表。少なめのパラルビ。一九二四（大正十三）年十一月二十日、金星堂刊『春の外套』に収録。底本には初出誌。

話好きな人達　高群逸枝

一九二一（大正十）年五月一日発行「新小説」第二十六年第五号に発表。パラルビ。底本には初出誌。

顔を斬る男　横光利一

一九二一（大正十）年六月一日発行「街」第一号に発表。少なめのパラルビ。大正十三年八月十三日、新潮社刊『幸福の散布』に収録。その際「悲しめる顔」と改題。底本には初出誌。

悩ましき妄想　中河与一

一九二一（大正十）年六月一日発行「新公論」第三十六年第六号に発表。パラルビ。底本には初出誌。

埋葬そのほか　葛西善蔵

一九二一（大正十）年七月一日発行「改造」第三巻第七号に発表。ルビなし。翌年九月十一日、改造社刊『哀しき父』に収録。底本には初出誌。

棄てられたお豊　保高徳蔵

一九二一（大正十）年七月一日発行「早稲田文学」第百八十八号に発表。少なめのパラルビ。底本には初出誌。

竹内信一《結婚に関して》　瀧井孝作

一九二一（大正十）年八月一日発行「新小説」第二十六年第八号に発表。パラルビ。のち一九二三（大正十二）年六月一日発行「改造」第五巻第六号に発表の「無限抱擁」、同年八月一日発行「新潮」第三十九巻第二号に発表の「沼辺通信」、一九二四（大正十三）年九月一日発行「改造」第六巻第九号に発表の「信一の恋」。以上を「信一の恋」「竹内信一」「無限抱擁」「沼辺通信」の順に四つの章として編み、一九二七（昭和二）年九月二十四日、改造社より『無限抱擁』として刊行。底本には初出誌。

三等船客　前田河広一郎

一九二一（大正十）年八月一日発行「中外」第五巻第八号に発表。極少ルビ。翌年十月十五日、自然社刊『三等船客』に収録。底本には初出誌。

奇怪なる実在物（グロテスケン）　富ノ沢麟太郎

一九二一（大正十）年八月一日発行「街」第二号に発表。一九三六（昭和十一）年十一月十五日、沙羅書店刊『富ノ沢麟太郎集』に収録。底本には初出誌。

怒れる高村軍曹　新井紀一

一九二一（大正十）年八月一日発行「早稲田文学」第百八十九号に発表。ルビなし。底本には初出誌。

人さまゞ　正宗白鳥

一九二一（大正十）年九月一日発表「中央公論」第三十六年第十号に発表。パラルビ。翌年一月二十日、金星堂刊『人さまざま』に収録。底本には初出誌。

坂崎出羽守　山本有三

一九二一（大正十）年九月一日発行「新小説」第二十六年第九号に発表。ルビなし。翌年七月六日、改造社刊『嬰児殺し』に収録。底本には初出誌。

御柱《おんばしら》　有島武郎

一九二一（大正十）年十月一日発行「白樺」第十二年第十号に発表。パラルビ。翌年二十五日、新潮社刊『現代三十三人集』（有島武郎・志賀直哉編）に収録。底本には初出誌。

人間親鸞―恋の歌―　石丸梧平

一九二一（大正十）年十一月一日発行「大観」第四巻第十一号に発表。パラルビ。翌年一月一日、蔵経書院刊『人間親鸞』に第一篇「恋の歌」として収録。底本には初出誌。

モナ・リザ　松岡譲

一九二一（大正十）年十一月一日発行「新小説」第二十六年第十一号に発表。パラルビ。翌年七月二十日、春陽堂刊『九官鳥』に収録。底本には初出誌。

〔児童文学〕

赤い蠟燭《らふそく》と人魚　小川未明

一九二一（大正十）年二月十六～二十日発行「朝日新聞」第一二四五七～六一号に発表。総ルビ。同年五月十九日、天佑社刊『赤い蠟燭と人魚』に収録。底本には初出誌を用いルビを取捨した。

椋鳥《むくどり》の夢　浜田廣介

一九二一（大正十）年八月三十一日、新生社発行。

蝗《いなご》の大旅行　佐藤春夫

一九二一（大正十）年九月一日発行「童話」第一巻第六号に発表。総ルビ。同年十月二十日、新潮社刊『幻燈』に収録。底本には初出誌を用いルビを取捨した。

雪渡り　宮沢賢治

一九二一（大正十）年十二月一日、翌年一月一日発行「愛国婦人」第四七六～七号に発表。総ルビ。底本には初出誌を用いルビを取捨した。

〔評論〕

人生批評の原理としての人格主義的見地　阿部次郎

一九二一（大正十）年一月一日発行「中央公論」第三十六年第一号に発表。極少ルビ。翌年六月十五日、岩波書店刊『人格主義』に収録。底本には初出誌。

阿部次郎氏と現代社会問題　村松正俊

一九二一（大正十）年五月一日発行「新小説」第二十六年第五号に発表。ルビなし。底本には初出誌。

人格主義と労働運動　阿部次郎

一九二一（大正十）年五月一日発行「解放」第三巻第五号に発表。ルビ一語のみ。翌年六月十五日、岩波書店刊『人格主義』に収録。底本には初出誌。

近代の恋愛観（抄）　厨川白村

一九二一（大正十）年九月十八日〜十月三日発行「大阪朝日新聞」一四二七六〜二九一号に発表（九月二十八日は休載）。総ルビ。加筆・修訂のうえ翌年十月二十日、改造社より『近代の恋愛観』として発行。第一回より第六回までを抄出。底本には初出紙を用いルビを取捨した。

恋愛の人生に於ける地位　石田憲次

一九二一（大正十）年十月十一〜五日発行「読売新聞」第一六〇〇三〜七号に発表。総ルビ。底本には初出紙を用いルビを取捨した。

性欲文学勃興の徴　岡田三郎

一九二一（大正十）年四月二十九日〜五月二日発行「読売新聞」第一五八三九〜四二号に発表（五月一日は休載）。総ルビ。底本には初出紙を用いルビを取捨した。

志賀直哉論　堀江朔

一九二一（大正十）年二月一日発行「大観」第四巻第二号に発表。ルビなし。底本には初出誌。

気品について　和辻哲郎

一九二一（大正十）年四月十日発行「読売新聞」第一五八二〇号に発表。ルビなし。底本には初出紙。

我がまゝの完全完成を　宮島新三郎

一九二一（大正十）年九月一日発行「新潮」第三十五巻第三号に発表。極少ルビ。底本には初出誌。

「暗夜行路」を読む　片岡良一

一九二一（大正十）年十月一日発行「新潮」第三十五巻第四号に発表。ルビなし。底本には初出誌。

「暗夜行路」と自伝小説　武者小路実篤

一九二一（大正十）年十月四・五日発行「読売新聞」第一五九九六〜七号に発表。総ルビ。底本には初出紙を用いルビを取捨した。

最近小説界の傾向　中村星湖

一九二一（大正十）年九月三十日、十月一・三日発行「読売新聞」第一五九九二、三、五号に発表。ルビなし。底本には初出紙。

文壇の職業化　木村恒

一九二一（大正十）年十一月一日発行「中央文学」第五巻第十一号に発表。ルビなし。底本には初出誌。

『冥途』其他　森田草平

一九二一（大正十）年一月二十四〜六日発行「読売新聞」第一五七四五〜七号に発表。ルビなし。底本には初出紙。

女流作家として私は何を求むるか　中條百合子

一九二一（大正十）年三月六日発行「読売新聞」第一五七八五号に発表。総ルビ。底本には初出紙を用いルビを取捨した。

ブルヂョアの「新しき女」より無産階級の「新婦人」へ　山川菊栄

一九二一（大正十）年七月一日発行「解放」第三巻第七号に発表。ルビなし。底本には初出誌。

長篇流行の傾向　江口渙

一九二一（大正十）年七月八〜九日発行「読売新聞」第一五九〇九〜一〇号に発表。ルビなし。底本には初出紙。

「三等船客」を読んで　山崎斌

一九二一（大正十）年八月二十四〜五日発行「読売新聞」第一五九五六〜七号に発表。ルビなし。底本には初出紙。

「種蒔く人」宣言　種蒔き社

一九二一（大正十）年十月一日発行「種蒔く人」第一号に発表。底本には初出誌。

日本未来派運動第一回宣言　平戸廉吉

一九二〇（大正九）年十二月、東京日比谷にてビラとして撒布。底本には翌年三月二十五日、新潮社刊『大正十年日本詩集一九二二年版』（詩話会編）を用いた。

唯物史観と文学　平林初之輔

一九二一（大正十）年十二月一日発行「新潮」第三十五巻第六号に発表。ルビなし。底本には初出誌。

文藝時評

新年の創作評　豊島与志雄

一九二一（大正十）年一月一日発行「読売新聞」第一五七二一号に発表。ルビなし。底本には初出紙。

二月の文壇評　中戸川吉二

一九二一（大正十）年二月十一日発行「時事新報」第一三四九〇号に発表。総ルビ。底本には初出紙を用いルビを取捨した。

三月文壇を評す　岡栄一郎

一九二一（大正十）年三月八・十二・十三日発行「時事新報」第一三五一五、一三五一九〜二〇号に発表。総ルビ。底本には初出紙を用いルビを取捨した。

三月文壇を評す　久米正雄

一九二一（大正十）年三月四・五日発行「時事新報」第一三五一一〜二号に発表。総ルビ。底本には初出紙を用いルビを取捨した。

四月の創作評　中村星湖

一九二一（大正十）年四月二日発行「読売新聞」第一五八二〇号に発表。ルビなし。底本には初出誌。

五月の創作評　下村千秋

一九二一（大正十）年五月八日発行「時事新報」第一三五七六号に発表。総ルビ。底本には初出紙を用いルビを取捨した。

六月の創作評　広津和郎

一九二一（大正十）年六月三日発行「時事新報」第一三六〇二号に発表。総ルビ。底本には初出紙を用いルビを取捨した。

八月文壇評　加藤武雄

一九二一（大正十）年八月四日発行「時事新報」第一三六六四号に発表。総ルビ。底本には初出紙を用いルビを取捨した。

九月の雑誌から　葛西善蔵

一九二一（大正十）年九月二十七日発行「時事新報」第一三七一八号に発表。総ルビ。底本には初出紙を用いルビを取捨した。

大正十年の文壇　平林初之輔

一九二一（大正十）年十二月一日発行「解放」第三巻第十二号に発表。ルビなし。底本には初出誌。

〔詩〕

私の歌　ほか　野口米次郎

私の歌　一九二一（大正十）年一月一日発行「早稲田文学」第百八十二号に発表。　詩人　同年十二月一日発行「詩聖」第三号に発表。

僂き日　ほか　野口雨情

僂き日　一九二一（大正十）年二月一日発行「小説倶楽部」第一巻第二号に発表。　蚯蚓の唄　同年十一月一日発行「日本詩人」第一巻第二号に発表。

雨にうたるるカテドラル　高村光太郎

雨にうたるるカテドラル　一九二一（大正十）年十一月一日発行「明星」第一巻第一号に発表。

ちん〳〵千鳥《ちどり》　ほか　北原白秋

ちん〳〵千鳥《ちどり》（こもりうた）　一九二一（大正十）年一月一日発行「赤い鳥」第六巻第一号に発表。　揺籠のうた　同年八月一日発行「小学女生」第三巻第八号に発表。　落葉松　七章　同年十一月一日発行「明星」第一巻第一号に発表。

赤蜻蛉《あかとんぼ》　三木露風

赤蜻蛉《あかとんぼ》　一九二一（大正十）年八月一日「樫の実」第一巻第四号に発表。

蒼ざめた馬 ほか　萩原朔太郎
蒼ざめた馬　一九二二（大正十）年十月一日発行「日本詩人」第一巻第一号に発表。遺伝・閑雅な食欲　同年十二月一日発行同誌第一巻第三号に発表。天候と思想　同年十二月一日発行「表現」第一巻第二号に発表。

群衆 ほか　川路柳虹
群衆　一九二一（大正十）年八月一日発行「中央公論」第三十六年第八号に発表。

夏の軽井沢　室生犀星
夏の軽井沢　一九二一（大正十）年七月一日発行「電気と文藝」第二巻第七号に発表。

手　白鳥省吾
手　一九二一（大正十）年十二月一日発行「日本詩人」第一巻第三号に発表。

変化の簔　佐藤惣之助
変化の簔　一九二一（大正十）年八月一日発行「新潮」第三十五巻第二号に発表。

人生は何か　堀口大學
人生は何か　一九二一（大正十）年八月一日発行「現代詩歌」第四巻第六号に発表。

槻の木　西條八十
槻の木　一九二一（大正十）年八月一日発行「大観」第三巻第八号に発表。

野薊の娘　尾崎喜八
野薊の娘　一九二一（大正十）年十月一日発行「新詩人」第一巻第六号に発表。

水辺月夜の歌 ほか　佐藤春夫
水辺月夜の歌・或るとき人に与へて　一九二一（大正十）年四月一日発行「改造」第三巻第四号に発表。秋刀魚の歌　同年十一月一日発行「人間」第三巻第八号に発表。

河端　百田宗治
河端　一九二一（大正十）年四月一日発行「新潮」第三十四巻第四号に発表。

第四側面の詩 ほか　平戸廉吉
第四側面の詩　一九二一（大正十）年十月一日発行「炬火」第一巻第二号に発表。空・自画像・飛鳥・卍に・ダーリヤ　同年十一月一日発行「日本詩人」第一巻第二号に発表。

年増となる悲しみ　沢ゆき子
年増となる悲しみ　一九二一（大正十）年十月一日発行「詩

聖」第一号に発表。

二十五歳　金子光晴

二十五歳　一九二一（大正十）年十月一日発行「人間」第三巻第七号に発表。

歩くなら銀座だとさ　大藤治郎

歩くなら銀座だとさ　一九二一（大正十）年七月一日発行「新詩人」第一巻第三号に発表。

蒼ざめたる肉体と情緒　萩原恭次郎

蒼ざめたる肉体と情緒　一九二一（大正十）年十月一日発行「炬火」第一巻第二号に発表。

〔短歌〕

山かげに住みて　若山牧水

一九二一（大正十）年一月一日発行「新文学」第十六巻第一号に発表。

秩父の歌　前田洋三

一九二一（大正十）年二月一日発行「新文学」第十六巻第二号に発表。

薄と牛　北原白秋

一九二一（大正十）年四月一日発行「潮音」第七巻第四号に発表。

紫陽花と蝶　北原白秋

一九二一（大正十）年四月一日発行「潮音」第七巻第四号に発表。

萌黄の月　北原白秋

一九二一（大正十）年七月一日発行「潮音」第七巻第七号に発表。

かつしかの夏　北原白秋

一九二一（大正十）年八月一日発行「国粋」第二巻第一号に発表。

朝霜　四賀光子

一九二一（大正十）年一月一日発行「潮音」第七巻第一号に発表。

信濃の旅にて　太田水穂

一九二一（大正十）年六月一日発行「潮音」第七巻第六号に発表。

磐梯山　窪田空穂

一九二一（大正十）年二月一日発行「短歌雑誌」第四巻第二号に発表。

病院雑詠　松村英一

一九二一（大正十）年二月一日発行「国民文学」第七十八号に発表。

病院往来　松村英一

一九二一（大正十）年二月一日発行「国民文学」第七十八号に発表。

水郷早春　半田良平

一九二一（大正十）年四月一日発行「国民文学」第八十号に発表。

金華山　一　島木赤彦

一九二一（大正十）年一月一日発行「アララギ」第十四巻第一号に発表。

金華山　二　島木赤彦

一九二一（大正十）年一月一日発行「アララギ」第十四巻第一号に発表。

冬田の道　島木赤彦

一九二一（大正十）年二月一日発行「アララギ」第十四巻第二号に発表。

蓼科山の湯　島木赤彦

一九二一（大正十）年三月一日発行「アララギ」第十四巻第三号に発表。

故郷　一　古泉千樫

一九二一（大正十）年二月一日発行「アララギ」第十四巻第二号に発表。

故郷　二　古泉千樫

一九二一（大正十）年二月一日発行「アララギ」第十四巻第二号に発表。

冬柳　中村憲吉

一九二一（大正十）年三月一日発行「アララギ」第十四巻第三号の発表。

○　中村憲吉

一九二一（大正十）年八月一日発行「アララギ」第十四巻第八号に発表。

○　斎藤茂吉

一九二一（大正十）年八月一日発行「アララギ」第十四巻第八号に発表。

母の喪　その一　釈迢空

一九二一（大正十）年一月一日発行「アララギ」第十四巻第一号に発表。

母の喪　その二　釈迢空
一九二一（大正十）年一月一日発行「アララギ」第十四巻第一号に発表。

夜ごゑ　一　釈迢空
一九二一（大正十）年四月一日発行「アララギ」第十四巻第四号に発表。

夜ごゑ　二　釈迢空
一九二一（大正十）年四月一日発行「アララギ」第十四巻第四号に発表。

富士見原　土屋文明
一九二一（大正十）年一月一日発行「アララギ」第十四巻第一号に発表。

新湯　一　土屋文明
一九二一（大正十）年一月一日発行「アララギ」第十四巻第一号に発表。

大氷柱　結城哀草果
一九二一（大正十）年三月一日発行「アララギ」第十四巻第一号に発表。

春の歌　土田耕平
一九二一（大正十）年四月一日発行「アララギ」第十四巻第四号に発表。

雪の日　三ヶ島葭子
一九二一（大正十）年三月一日発行「アララギ」第十四巻第三号に発表。

帰郷　原阿佐緒
一九二一（大正十）年三月一日発行「アララギ」第十四巻第三号に発表。

父逝く　(一)　小泉藤三
一九二一（大正十）五月一日発行「水甕」第八巻第五号に発表。

父逝く　(二)　小泉藤三
一九二一（大正十）年五月一日発行「水甕」第八巻第五号に発表。

父逝く　(三)　小泉藤三
一九二一（大正十）年五月一日発行「水甕」第八巻第五号に発表。

父逝く（四）　小泉藤三
一九二一（大正十）年五月一日発行「水甕」第八巻第五号に発表。

源氏物語礼讃　与謝野晶子
一九二一（大正十）年十二月一日発行「明星」第一巻第二号に発表。

石榴集　与謝野寛
一九二一（大正十）年十二月一日発行「明星」第一巻第二号に発表。

東京にありて　柳原白蓮
一九二一（大正十）年四月一日発行「心の花」第二十五巻第四号に発表。

日記の中より　九條武子
一九二一（大正十）年四月一日発行「心の花」第二十五巻第四号に発表。

牡丹　木下利玄
一九二一（大正十）年九月一日発行「白樺」第十二巻第九号に発表。

〔俳句〕

ホトトギス巻頭句集
一九二一（大正十）年二月一日発行「ホトトギス」第二十四巻第五号（二百九十三号）。同年三月一日発行同誌第二十四巻第六号（二百九十四号）。同年四月一日発行同誌第二十四巻第六《ママ》号（二百九十五号）。同年五月一日発行同誌第二十四巻第七《ママ》号（二百九十六号）。同年六月一日発行同誌第二十四巻第九号（二百九十七号）。同年七月一日発行同誌第二十四巻第十号（二百九十八号）。同年八月一日発行同誌第二十四巻第十一号（二百九十九号）。同年九月一日発行同誌第二十四巻第十二号（三百号）。同年十月一日発行同誌第二十五巻第一号（三百一号）。同年十一月一日発行同誌第二十五巻第二号（三百二号）。同年十二月一日発行同誌第二十五巻第三号（三百三号）。

山廬集（抄）　飯田蛇笏
一九三二（昭和七）年十二月二十一日、雲母社発行。

八年間（抄）　河東碧梧桐
一九二三（大正十二）年一月一日、玄同社発行。

〔大正十年〕　高浜虚子
一九二一（大正十）年一月一日発行「ホトトギス」第二十四巻第四号（二百九十二号）。同年三月一日発行同誌第二十四巻第六号（二百九十四号）。同年五月二十二日発行「国民新聞」第一五三二二号。同年七月一日発行「ホトトギス」第二十四巻第十

号（二百九十八号）。同年九月一日発行同誌第二十四巻第十二号（三百号）。同年十月一日発行同誌第二十五巻第一号（三百一号）。

雑草（抄）　長谷川零余子

一九二四（大正十三）年六月二十五日、枯野社発行。

著者略歴

芥川龍之介―あくたがわ りゅうのすけ―一八九二・三・一～一九二七・七・二四 小説家 東京出身 東京帝国大学英文科卒 『鼻』『羅生門』『河童』

阿部次郎―あべ じろう―一八八三・八・二七～一九五九・一〇・二〇 評論家・哲学者 山形県出身 東京帝国大学哲学科卒 『人格主義』『三太郎の日記』

新井紀一―あらい きいち―一八九〇・二・二二～一九六六・三・一一 小説家 群馬県出身 四谷第一尋常高等小学校卒 「友を売る」『雨の八号室』

有島武郎―ありしま たけお―一八七八・三・四～一九二三・六・九 小説家・評論家 東京出身 ハヴァフォード大学大学院卒 『或女』『惜みなく愛は奪ふ』

飯田蛇笏―いいだ だこつ―一八八五・四・二六～一九六二・一〇・三 本名 飯田武治 俳人 山梨県出身 早稲田大学英文科卒 『山廬集』『山廬随筆』

石田憲次―いしだ けんじ―一八九〇・六・七～一九七九・六・三〇 英文学者 山口県出身 京都大学英文科卒 『ジョンソン博士とその群』『アメリカ文学の研究』

石丸梧平―いしまる ごへい―一八八六・四・五～一九六九・四・八 小説家・評論家 大阪府出身 早稲田大学史学科卒 『人間親鸞』

内田百閒―うちだ ひゃっけん―一八八九・五・二九～一九七一・四・二〇 本名 内田栄造 小説家・随筆家 岡山市出身 東京帝国大学独文科卒 『冥途』『百鬼園随筆』『贋作吾輩は猫である』『阿房列車』

宇野浩二―うの こうじ―一八九一・七・二六～一九六一・九・二一 本名 宇野格次郎 小説家 福岡県出身 早稲田大学英文科予科中退 『苦の世界』『子を貸し屋』『枯木のある風景』

宇野千代―うの ちよ―一八九七・一一・二八～一九九六・六・一〇 小説家 山口県出身 岩国高女卒 『色ざんげ』『おはん』『或る一人の女の話』

江口《えぐち》 渙《かん》—一八八七・七・二〇〜一九七五・一・一八　小説家・評論家・児童文学者・歌人・社会運動家　東京出身　東京帝国大学英文科卒　『労働者誘拐』『わが文学半生記』

太田水穂《おおたみずほ》—一八七六・一二・九〜一九五五・一・一　本名　太田貞一　歌人・国文学者　長野県出身　長野県師範学校卒　『つゆ艸』『老蘇の森』『短歌立言』

岡栄一郎《おかえいいちろう》—一八九〇・一二・二一〜一九六六・一二・一八　劇作家　金沢出身　東京帝国大学英文科卒　「意地」「松永弾正」「槍持定助」

岡田三郎《おかださぶろう》—一八九〇・二・四〜一九五四・四・一二　小説家　北海道出身　早稲田大学英文科卒　『涯なき路』『巴里』『三月変』『伸六行状紀』

小川未明《おがわみめい》—一八八二・四・七〜一九六一・五・一一　本名　小川健作　小説家・童話作家　新潟県出身　早稲田大学英文科卒　『赤い蠟燭と人魚』『野薔薇』

尾崎喜八《おざききはち》—一八九二・一・三一〜一九七四・二・四　詩人・随筆家　東京出身　京華商業卒　『空と樹木』『花咲ける孤独』『山の絵本』

尾崎士郎《おざきしろう》—一八九八・二・五〜一九六四・二・一九　小説家　愛知県出身　早稲田大学高等予科政治科中退　『人生劇場　青春篇』『篝火』

葛西善蔵《かさいぜんぞう》—一八八七・一・一六〜一九二八・七・二三　小説家　青森県出身、早稲田大学英文科聴講生　『哀しき父』『子をつれて』

片岡良一《かたおかよしかず》—一八九七・一・五〜一九五七・三・二五　国文学者　神奈川県出身　東京帝国大学国文科卒　『近代日本文学の展望』『近代日本の作家と作品』『自然主義研究』

加藤武雄《かとうたけお》—一八八八・五・三〜一九五六・九・一　小説家　神奈川県出身　川尻小学校高等科卒　『郷愁』『悩ましき春』

金子光晴《かねこみつはる》—一八九五・一二・二五〜一九七五・六・三〇　本名　金子安和　詩人　愛知県出身　早稲田大学英文科・東京美術学校日本画科・慶応義塾大学英文科予科中退　『こがね虫』『鮫』『マレー蘭印紀行』『落下傘』『人間の悲劇』

川路柳虹《かわじりゅうこう》—一八八八・七・九〜一九五九・四・一七　本名　川路誠　詩人・美術評論家　東京出身　東京美術学校（東京藝術大学）日本画科卒　『路傍の花』『波』

川端康成―かわばた　やすなり―一八九九・六・一四～一九七二・四・一六　小説家　大阪市出身　東京帝国大学文学部国文科卒『伊豆の踊子』『雪国』『名人』『みづうみ』『眠れる美女』

河東碧梧桐―かわひがし　へきごとう―一八七三・二・二六～一九三七・二・一　本名　河東秉五郎　俳人　愛媛県出身　仙台二高中退『新傾向句集』『八年間』『三千里』

菊池　寛―きくち　かん―一八八八・一二・二六～一九四八・三・六　本名　菊池寛（ひろし）　小説家・劇作家　香川県出身　京都帝国大学英文科本科卒『父帰る』『真珠夫人』『話の屑籠』

北原白秋―きたはら　はくしゅう―一八八五・一・二五～一九四二・一一・二　本名　北原隆吉　詩人・歌人　福岡県出身　早稲田大学英文科中退『邪宗門』『桐の花』『雲母集』『雀の卵』

木下利玄―きのした　りげん―一八八六・一・一～一九二五・二・一五　本名　利玄（としはる）　歌人　岡山県出身　東京帝国大学国文科卒『銀』『紅玉』『一路』

木村　恒―きむら　つね―一八八七・三・一二～一九五二・四・二六　小説家　埼玉県出身　早稲田大学専門部政治経済科卒『狂人の妻』『女の秘密』

九條武子―くじょう　たけこ―一八八七・一〇・二〇～一九二八・二・七　歌人　京都市出身『金鈴』『薫染』歌文集『無憂華』戯曲『洛北の秋』

窪田空穂―くぼた　うつほ―一八七七・六・八～一九六七・四・一二　本名　窪田通治　歌人・国文学者　長野県出身　東京専門学校（早稲田大学）卒『まひる野』『濁れる川』『鏡葉』

久米正雄―くめ　まさお―一八九一・一一・二三～一九五二・三・一　小説家・劇作家　長野県出身　東京帝国大学英文科卒『父の死』『破船』『月よりの使者』

厨川白村―くりやがわ　はくそん―一八八〇・一一・一九～一九二三・九・二　本名　厨川辰夫　英文学者・文藝評論家　京都府出身　東京帝国大学英文科卒『近代文学十講』『象牙の塔を出て』

古泉千樫―こいずみ　ちかし―一八八六・九・二六～一九二七・八・一一　本名　古泉幾太郎　歌人　千葉県出身　千葉教員講習所卒『川のほとり』『屋上の土』

小泉藤三―こいずみ　とうぞう―後の小泉苳三　一八九四・四・四～一九五六・一一・二七　歌人　横浜市出身　東洋大学国文科卒『夕潮』『明治大正短歌資料大成』『近代短歌史・明治篇』

西條八十―さいじょう　やそ―一八九二・一・一五～一九七〇・八・一二　詩人　東京出身　早稲田大学英文科卒　『砂金』『西條八十童謡全集』『一握の玻璃』

斎藤茂吉―さいとう　もきち―一八八二・五・一四～一九五三・二・二五　医師・歌人　山形県出身　東京帝国大学医学部卒　『赤光』『あらたま』『童馬漫語』

佐佐木茂索―ささき　もさく―一八九四・一一・一一～一九六六・一二・一　小説家・編集者・文藝春秋新社社長　京都市出身　小学校卒　『春の外套』

佐藤惣之助―さとう　そうのすけ―一八九〇・一二・三～一九四二・五・一五　詩人　神奈川県出身　暁星中学付属仏語専修科卒　『華やかな散歩』『琉球諸島風物詩集』

佐藤春夫―さとう　はるお―一八九二・四・九～一九六四・五・六　詩人・小説家・評論家　和歌山県出身　慶応義塾大学文学部中退　『田園の憂鬱』『殉情詩集』『退屈読本』

沢　ゆき子―さわ　ゆきこ―一八九四・二・一五～一九七二・一一・二九　本名　飯野ゆき　詩人　茨城県出身　『孤独の愛』『沼』『浮草』

四賀光子―しが　みつこ―一八八五・四・二一～一九七六・三・二三　本名　太田光子　太田水穂の妻　歌人　長野県出身　東京女子高等師範学校文科卒　『藤の実』『朝日』『麻ぎぬ』

島木赤彦―しまき　あかひこ―一八七六・一二・一七～一九二六・三・二七　本名　久保田俊彦　歌人　長野県出身　長野尋常師範学校（信州大学）卒　『柿蔭集』『歌道小見』

下村千秋―しもむら　ちあき―一八九三・九・四～一九五五・一・三一　小説家　茨城県出身　早稲田大学英文科卒　『刑罰』『彷徨』『天国の記録』

釈　迢空―しゃくの　ちょうくう―一八八七・二・一一～一九五三・九・三　別名　折口信夫　国文学者・歌人・詩人　大阪府出身　国学院大学卒　『海やまのあひだ』『死者の書』

白鳥省吾―しろとり　せいご―一八九〇・二・二七～一九七三・八・二七　詩人　宮城県出身　早稲田大学英文科卒　『世界の一人』『大地の愛』

大藤治郎―だいとう　じろう―一八九五・二・一二～一九二六・一〇・二九　詩人　東京出身　京華中学卒　『忘れた顔』『西欧を行く』訳詩集『現代英国詩集』

高浜虚子―たかはま　きょし―一八七四・二・二二～一九五九・四・八　本名　高浜清　俳人・小説家　愛媛県出身　第三高等中学校、東京専門学校（早稲田大学）中退　『俳諧師』『柿二つ』『五百句』

高村光太郎―たかむら　こうたろう―一八八三・三・一三～一九五六・四・二　詩人・彫刻家　東京出身　東京美術学校（東京藝術大学）彫刻科卒　『道程』『智恵子抄』『典型』

高群逸枝―たかむれ　いつえ―一八九四・一・一八～一九六四・六・七　詩人・評論家・女性史研究家　熊本県出身　熊本女学校卒　長篇詩「東京は熱病にかかつてゐる」『母系制の研究』『招婿婚の研究』

瀧井孝作―たきい　こうさく―一八九四・四・四～一九八四・一一・二一　小説家・俳人　岐阜県出身　早稲田大学聴講生　『父』『無限抱擁』『折柴句集』『山茶花』『野草の花』『俳人仲間』

谷崎潤一郎―たにざき　じゅんいちろう―一八八六・七・二四～一九六五・七・三〇　小説家　東京出身　東京帝国大学国文科中退　『刺青』『痴人の愛』『春琴抄』『細雪』

土田耕平―つちだ　こうへい―一八九五・六・一〇～一九四〇・八・一二　歌人　長野県出身　私立東京中学卒　『青杉』『斑雪』『一塊』

土屋文明―つちや　ぶんめい―一八九〇・九・一八～一九九〇・一二・八　歌人　群馬県出身　東京帝国大学哲学科卒　『ふゆくさ』『山谷集』『万葉集私注』

富ノ沢麟太郎―とみのさわ　りんたろう―一八九九・三・二五～一九二五・二・二四　小説家　山形市出身　早稲田大学予科中退　『富ノ沢麟太郎集』

豊島与志雄―とよしま　よしお―一八九〇・一一・二七～一九五五・六・一八　小説家　福岡県出身　東京帝国大学仏文科卒　『生あらば』『野ざらし』

永井荷風―ながい　かふう―一八七九・一二・三～一九五九・四・三〇　本名　永井壮吉　小説家・随筆家　東京出身　東京外国語学校（東京外国語大学）清語科中退　『ふらんす物語』『すみだ川』『日和下駄』『濹東綺譚』『断腸亭日乗』

中河与一―なかがわ　よいち―一八九七・二・二八～一九九四・一二・一二　小説家　東京出身　早稲田大学英文科中退　『氷る舞踏場』『天の夕顔』『失楽の庭』『悲劇の季節』

中條百合子―なかじょう　ゆりこ―一八九九・二・一三～一九五

一・一・二一　本名　宮本ユリ　小説家　東京出身　日本女子大学英文科予科中退　『貧しき人々の群』『伸子』

中戸川吉二《なかとがわ　きちじ》—一八九六・五・二〇～一九四二・一一・一九　小説家　北海道出身　明治大学中退　『反射する心』『イボタの虫』『北村十吉』

中村憲吉《なかむら　けんきち》—一八八九・一・二五～一九三四・五・五　歌人　広島県出身　東京帝国大学法科卒　『林泉集』『しがらみ』『軽雷集』

中村星湖《なかむら　せいこ》—一八八四・二・一一～一九七四・四・一三　本名　中村将為　小説家　山梨県出身　早稲田大学英文科卒　『女のなか』『少年行』

野口雨情《のぐち　うじょう》—一八八二・五・二九～一九四五・一・二七　本名　野口栄吉　民謡・童謡詩人　茨城県出身　東京専門学校（早稲田大学）中退　『船頭小唄』『波浮の港』『七つの子』『十五夜お月さん』

野口米次郎《のぐち　よねじろう》—一八七五・一二・八～一九四七・七・一三　詩人　愛知県出身　慶応義塾に学ぶ　『Seen and Unseen』『二重国籍者の詩』『林檎一つ落つ』『沈黙の血汐』

萩原恭次郎《はぎわら　きょうじろう》—一八九九・五・二三～一九三八・一一・二二　詩人　群馬県出身　前橋中学卒　『死刑宣告』『断片』『もうろくづきん』

萩原朔太郎《はぎわら　さくたろう》—一八八六・一一・一～一九四二・五・一一　詩人　群馬県出身　五高、六高、慶応義塾大学中退『月に吠える』『青猫』

長谷川如是閑《はせがわ　にょぜかん》—一八七五・一一・三〇～一九六九・一一・一一　本名　長谷川万次郎　評論家　東京出身中央大学卒　『額の男』『現代国家批判』『ある心の自叙伝』

長谷川零余子《はせがわ　れいよし》—一八八六・五・二三～一九二八・七・二七　本名　富田諧三　俳人　長谷川かな女の夫　群馬県出身　東京帝国大学薬学科卒　『雑草』『零余子句集』

浜田廣介《はまだ　ひろすけ》—一八九三・五・二五～一九七三・一一・一七　本名　浜田廣助　児童文学者　山形県出身　早稲田大学英文科卒　『椋鳥の夢』

原阿佐緒《はら　あさお》—一八八八・六・一～一九六九・二・二一　本名　原あさを　歌人　宮城県出身　宮城県立高等女学校中退・日本女子美術学校（都立忍岡高校）入学　『涙痕』『白木槿』『死をみつめて』

半田良平—はんだ　りょうへい—一八八七・九・一〇〜一九四五・五・一九　歌人　栃木県出身　東京帝国大学英文科卒　『野づかさ』『幸木』『短歌新考』『短歌詞章』

平戸簾吉—ひらと　れんきち—一八九三〜一九二二・七・二〇　詩人・美術評論家　大阪府出身　上智大学中退　『日本未来派宣言運動』『K病院の印象』『飛鳥』『合奏』『無日』

平林初之輔—ひらばやし　はつのすけ—一八九二・一一・八〜一九三一・六・一五　文藝評論家　京都府出身　早稲田大学英文科卒　『無産階級の文化』『文学理論の諸問題』

広津和郎—ひろつ　かずお—一八九一・一二・五〜一九六八・九・二一　小説家・評論家　東京出身　早稲田大学英文科卒　『神経病時代』『風雨強かるべし』『年月のあしおと』

福士幸次郎—ふくし　こうじろう—一八八九・一一・五〜一九四六・一〇・一一　詩人　青森県出身　国民英学会卒　『太陽の子』『展望』

堀江　朔—ほりえ　さく—一八九一・二・一〜一九三九・二・一〇　評論家　千葉県出身　早稲田大学英文科卒　「メレジコフスキー論」「『コザック』の主人公によつて杜翁の生涯を論ず」

堀口大學—ほりぐち　だいがく—一八九二・一・八〜一九八一・三・一五　詩人　翻訳家　東京出身　慶応義塾大学文学部予科卒　『月下の一群』『人間の歌』

前田（洋三）夕暮—まえだ　ゆうぐれ—一八八三・七・二七〜一九五一・四・二〇　本名　前田洋造　歌人　神奈川県出身　中郡中学中退　『収穫』『生くる日に』『原生林』

前田河広一郎—まえだこう　ひろいちろう—一八八八・一一・一三〜一九五七・一二・四　小説家　宮城県出身　宮城県立一中中退　『三等船客』『十年間』『蘆花伝』

正宗白鳥—まさむね　はくちょう—一八七九・三・三〜一九六二・一〇・二八　本名　正宗忠夫　小説家・劇作家・文芸評論家　岡山県出身　東京専門学校（早稲田大学）英語専修科卒　同文学科卒　『何処へ』『毒婦のやうな女』『生まざりしならば』

松岡　譲—まつおか　ゆずる—一八九一・九・二八〜一九六九・七・二二　小説家　新潟県出身　東京帝国大学哲学科卒　『九官鳥』『方城を護る人々』

松村英一—まつむら　えいいち—一八八九・一二・三一〜一九八一・二・二五　歌人　東京出身　愛知県熱田尋常高等小学校中退　『春かへる日に』『やますげ』『初霜』

三ケ島葭子―みかしま よしこ―一八八六・八・七～一九二七・三・二六 本名 倉片よし 歌人 埼玉県出身 埼玉女子師範退学 『吾木香』

宮沢賢治―みやざわ けんじ―一八九六・八・二七～一九三三・九・二一 詩人・児童文学者 岩手県出身 盛岡高等農業高等学校卒 『春と修羅』『注文の多い料理店』『グスコーブリの伝記』

宮島新三郎―みやじま しんざぶろう―一八九二・一・二八～一九三四・二・二七 英文学者・評論家 東京出身 早稲田大学英文科卒 『近代文明の先駆者』『明治文学十二講』『大正文学十四講』

武者小路実篤―むしゃこうじ さねあつ―一八八五・五・一二～一九七六・四・九 小説家・劇作家 東京出身 東京帝国大学社会学科中退 『お目出たき人』『友情』『人間万歳』

村松正俊―むらまつ まさとし―一八九五・四・一〇～一九八一・九・二〇 詩人・評論家・翻訳家 東京出身 東京帝国大学美学科卒 『歴史の創造』『無価値の哲学』ジャン＝ジョーレス『仏蘭西大革命史』

室生犀星―むろう さいせい―一八八九・八・一～一九六二・三・二六 本名 室生照道 詩人・小説家 石川県出身 金沢高等小学校中退 『抒情小曲集』『性に眼覚める頃』『杏っ子』

百田宗治―ももた そうじ―一八九三・一・二五～一九五五・一二・一二 詩人・児童文学者 大阪府出身 高等小学校卒 『ぬかるみの街道』『何もない庭』

森田草平―もりた そうへい―一八八一・三・一九～一九四九・一二・一四 小説家 岐阜県出身 東京帝国大学英文科卒 『煤煙』『夏目漱石』『続夏目漱石』

保高徳蔵―やすたか とくぞう―一八八九・一二・七～一九七一・六・二八 小説家 大阪市出身 早稲田大学英文科卒 『孤独結婚』『道』『作家と文壇』

柳原白蓮―やなぎはら びゃくれん―一八八五・一〇・一五～一九六七・二・二二 本名 宮崎燁子 歌人 東京出身、東洋英和女学校卒 『踏絵』『几帳のかげ』『荊棘の実』

山川菊栄―やまかわ きくえ―一八九〇・一一・三～一九八〇・一一・二 評論家 東京出身 女子英学塾（津田塾大学）卒 『婦人問題と婦人運動』『女二代の記』

山崎 斌―やまざき あきら―一八九二・一一・九～一九七二・六・二七 小説家・評論家 長野県出身 国民英学会に学ぶ 『静かなる情熱』『藤村の歩める道』

山本有三―やまもと　ゆうぞう―一八八七・七・二七～一九七四・一・一一　劇作家・小説家　栃木県出身　東京帝国大学独文科卒　『同志の人々』『波』『真実一路』

結城哀草果―ゆうき　あいそうか―一八九三・一〇・一三～一九七四・六・二九　本名　結城光三郎　歌人・随筆家　山形県出身　『山麓』『すだま』『群峰』『まほら』

横光利一―よこみつ　りいち―一八九八・三・一七～一九四七・一二・三〇　小説家　福島県出身　早稲田大学高等予科中退　『御身』『日輪』『上海』『機械』『寝園』『旅愁』

与謝野晶子―よさの　あきこ―一八七八・一二・七～一九四二・五・二九　本名　与謝しよう　歌人・詩人　与謝野寛の妻　大阪府出身　堺女学校補習科卒　『みだれ髪』『君死にたまふこと勿れ』

与謝野寛―よさの　ひろし―一八七三・二・二六～一九三五・三・二六　号　鉄幹　詩人・歌人　京都府出身　『東西南北』『紫』『リラの花』

若山牧水―わかやま　ぼくすい―一八八五・八・二四～一九二八・九・一七　本名　若山繁　歌人　宮崎県出身　早稲田大学英文科卒　『別離』『路上』

和辻哲郎―わつじ　てつろう―一八八九・三・一～一九六〇・一二・二六　哲学者・評論家　兵庫県出身　東京帝国大学文科大学哲学科卒　『古寺巡礼』『風土―人間学的考察』

編年体 大正文学全集

第十巻 大正十年

二〇〇二年三月二十五日第一版第一刷発行

著者代表――内田百閒
編者――東郷克美
発行者――荒井秀夫
発行所――株式会社 ゆまに書房
東京都千代田区内神田二―七―六
郵便番号 一〇一―〇〇四七
電話〇三―五二九六―〇四九一代表
振替〇〇一四〇―六―六三一六〇
印刷・製本――日本写真印刷株式会社
落丁・乱丁本はお取替いたします
定価はカバー・帯に表示してあります

ISBN4-89714-899-5 C0391